마약왕
파블로 에스코바르의 반전

케이북스

시작에 앞서

파블로 에스코바르 가비리아(Pablo Escobar Gaviria, 1949~1993)는 '콜롬비아의 마약왕'으로 불린 실존 인물입니다. 마약밀매 범죄조직인 메데인 카르텔(Medellin Cartel)을 창설한 파블로 에스코바르는 세계 최대 마약 소비국인 미국을 비롯한 전 세계에 코카인을 밀매해 한때 세계 7위의 부자가 됐습니다. 에스코바르는 정치인과 경찰을 매수하여 마약사업을 보호했고, '돈 아니면 총알'이라며 콜롬비아 사회를 공포로 몰아넣기도 했습니다.

그렇지만 어릴 적 지독한 가난을 경험한 그는 고향 메데인 사람들에게 아낌없이 선행을 베풀어서 로빈후드로 불렸습니다. 파블로는 대통령을 꿈꾸며 정치에 입문했지만, 콜롬비아 당국과 미국 마약단속국에 쫓기는 범죄자가 되었고, 결국 1993년 가난한 유년 시절을 보냈던 메데인의 산비탈 슬럼가에서 경찰에 의해 사살됐습니다.

파블로는 살인자, 마약왕으로 악명을 떨쳤지만, 경이로운 그의 모험과 자선 행위는 수많은 영화와 소설의 소재가 되어왔습니다. 이 소설은 만약 파블로 에스코바르가 1984년 정부와의 대결을 선택한 바보 같은 결정을 하지 않고 진짜 정치를 했더라면 어떤 일이 벌어졌을까를 상상하며 구성한 작품입니다. 소설에 나오는 인물은 실존인물을 바탕으로 하되, 순전히 작가의 허구적 상상력으로 설정된 캐릭터이며, 사건 역시 픽션임을 알려드립니다.

차례

Contents

시작에 앞서 · 002
등장인물 소개 · 004

1 마약왕이 돈이 없다니! · 007
2 마약 대신 커피와 꽃 · 062
3 일본시장 진출 · 118
4 이봐, 해봤어? · 172
5 보물찾기 · 226
6 콜롬비아 여자 · 301
7 거대 카르텔 시대의 종식 · 380
8 자원 개발 · 424
9 코카인 프레싱 · 480
10 고속도로부터 놓자 · 528
11 수도 이전 · 589
12 하케 작전 · 644
13 혁명보다 힘든 개혁 · 691
14 다 이루었다! · 723

후기 · 766
작품 해설 · 769

등장인물

- **파블로 에스코바르(박건우)**
  몸은 파블로이지만 정신은 한국의 상사맨인 박건우. 다년간의 국제무역과 투자의 경험을 바탕으로 저개발된 콜롬비아를 마약과 좌익게릴라의 혼란에서 근대화와 국가통합으로 이끈다. 자신의 정체가 드러날까봐 발레리아와의 사랑에 망설인다.

- **발레리아 발레즈**
  파블로를 정치로 이끈 여인. 박건우는 그녀의 가치를 알아보고 비즈니스 파트너로 거리를 두지만, 사업가로 정치가로 파블로의 변신을 지켜보며 한결같은 사랑을 준다.

- **나베간테**
  칼리 카르텔의 암살자이지만 실제 신분은 아무도 모른다. 배신을 밥먹듯이 하지만 치밀하고 꼼꼼한 일처리 하나는 최고.

- **레옹 고메즈**
  M-19 좌익 게릴라 출신의 정치인. 정치 경력이 일천한 파블로의 최측근.

- **로베르트 에스코바르**
  파블로의 친형. 전형적인 마약 보스로 곳곳에서 사고를 일으키지만 파블로에게는 절대 충성.

- **구스타보 가비리아**
  파블로의 사촌이자 카르텔의 핵심 멤버. 파블로가 마약사업을 포기하자 방황한다.

- **리오넬 마테오**
제대로 된 대학을 졸업한 파블로의 학생이자 측근으로 무역, 에너지, 정부 부처에서 활약한다.

- **로드리게스 가차**
메데인 카르텔의 보스. 잔인한 성격에 정부와의 대결을 불사하며 파블로와 끝까지 싸운다.

- **힐베르토 로드리게스**
칼리 카르텔의 최종 보스. 코카인 밀매를 정상적인 사업으로 간주하며 살인과 폭력을 자제한다. 아내가 공식적으로 3명으로 관리의 마피아.

- **체페 산타크루즈**
칼리 카르텔의 보스. 마피아, 우익민병대를 지휘하는 변신의 천채. 파블로를 여러 차례 죽음의 함정으로 몰아넣는다.

- **파초 에레라**
칼리 카르텔의 보스. 파블로의 숙적으로 어머니, 아내, 구스타보 등의 살인 음모를 교사한다.

- **빌 스테크너**
콜롬비아 CIA 지부장. 미국의 국익 극대화를 위해 어떠한 짓도 벌일 수 있는 남자.

- **잉그리드 베탕쿠르**
개혁과 혁신을 부르짖는 여성 정치인으로 좌익 게릴라에 의해 납치된다. 파블로에게 호감을 가짐.

01

마약왕이 돈이 없다니!

[으르렁!]

어디선가 기분 나쁜 초주파수 소리가 들렸다.

'이건 뭐지? 지옥에 온 건가?'

나는 호화로운 침대에서 눈을 떴다. 정신을 차리고 지옥이 어떻게 생겼는지 바라보았다. 방안은 크고 화려했다. 천장은 높았고 창문에는 비싸고 화려한 커튼이 쳐져 있었다. 벽에는 사슴뿔과 코뿔소 박제가 달려 있다. 침대에서 일어나 거실로 갔다. 푹신한 카펫이 맨발을 감쌌다. 여기가 어디지? 지옥이 이렇게 화려한가?

나는 메데인 인근 거대한 돌산인 과다페에서 실수로 떨어졌다. 바위에 머리가 부딪친 아픔과 충격이 생생한데, 살아있을 리가 없다. 살았다고 하더라도 병원에 있어야지, 이 화려한 방에 정상적인 몸으로 있다는 것은 말이 안 된다.

거실의 대형 거울로 다가가 내 상태를 확인했다. 그런데 거기에는 한국의 비즈니스맨 박건우가 아니라 다른 사내가 서 있다. 그 사내는 너무나 익숙한 마약왕 파블로 에스코바르다. 메데인에서, 아니 콜롬비아에서 그를 모르는 사람은 없다.

믿기지 않는 일이다. 턱수염을 만져 보았다. 정말 있다. 나는 턱수염을 기르지 않는데 말이다. 팔도 다르다. 부슬부슬 한 털이 올라와 있다. 셔츠를 열고 가슴을 보니, 거기에도 털이 있다.

짙은 쌍커풀, 깊게 패진 눈, 무엇보다 이 턱수염! TV와 사진에서 그렇게 많이 보아온 마약왕 파블로 에스코바르다. 내가 20년 전에 죽은 파블로 에스코바르로 환생했다니! 그럼 지금은 언제인거지?

[똑똑똑]

누군가가 이 방에 들어오려고 한다. "들어오세요." 내 입에서 자연스럽게 스페인어가 나왔다. 나는 스페인어 전공자다. 지금 파블로 에스코바르 모습을 하고 있으니 한국어로 말할 수 없다.

조심스럽게 문을 열고 한 사내가 들어왔다. 넓은 턱에 눈은 작고 반짝거렸다. 걸리면 누구도 용서하지 않을 잔혹한 얼굴이다. 한눈에도 깡패처럼 보였다. 나쁜 뽀빠이같다고나 할까?

"보스, 호랑이를 준비했습니다. 그놈 처형을 시작할까요?"

내가 보스라니! 맞아, 나는 지금 마약왕 에스코바르가 아닌가! 일단 말을 아끼기로 했다. 평생 비즈니스를 하면서 터득한 게, 대답하기 곤란할 때는 대답하지 않는 것이 답이다. 내가 그를 지켜만 보자 뽀빠이는 당황한 듯 다른 지시사항도 보고했다.

"밑에 애들도 다 불렀습니다. 명령만 내려주십시오."

이놈이 자꾸 재촉한다. 뭔가 말을 해야 하는데…….

"피곤해. 기다리고 있어!" 가장 무난한 답변을 했다.

"네, 알겠습니다." 인상 더러운 뽀빠이는 이유도 묻지 않고 조용히 문을 닫고 나갔다. 감히 보스에게 이유를 물을 배짱은 없을테니 말이다.

소파에 앉아 지금 어떤 상황인지 곰곰이 생각해보았다. 나는 대한민국의 사업가다. 대학 때 스페인어를 전공했고 이후 대기업 상사에 들어가 20년 이상 일하다가 명퇴하고 2년 전에 내 사업을 시작했다. 있는 돈, 없는 돈 다 끌어모아 베트남에 봉제공장을 차렸는데, 작년부터 코로나 팬데믹이 불어닥치면서 락다운을 석 달 이상 하는 바람에 파산 지경에 몰렸다. 결국, 베트남을 대신할 새로운 생산 기지로 미국과 가까운 콜롬비아를 생각하고 메데인에 왔다. 메데인시와 복잡한 협상을 끝낸 이후 머리를 식히기 위해 유명 관광지인 과다페 돌산을 찾았었다. 바위 하나가 200미터가 넘는 이 돌산을 오르기 위해서는 꾸불꾸불한 계단을 타고 20분 정도 걸어야 했는데, 정상에 오르기 전에 갑자기 돌풍과 비가 내렸다. 그리고 나는 빗길에 미끄러져 그대로 수직 추락했다.

죽기 전 찰나의 순간, 후회 없이 인생을 살았으니 여한이 없다고 생각했다. 아내와는 10년 전에 이혼했고, 자식은 없다. 부모님도 일찍 돌아가셨다. 세상 곳곳을 돌아다니면서 무역과 투자를 하고, 사업도 한때는 잘 나갔었다. 하느님, 감사합니다. 자유 대한민국에서 태어나 해보고 싶은 것 다 하게 해주셔서…….

그렇게 죽었다고 생각했는데 말짱하게 살아났다. 물론, 비즈니스맨 박건우라고 아닌 마약왕 파블로 에스코바르로. 발음은 조금 서툴지만 스페인어도 무난하다. 정신을 차리고 어떻게 해야 할 것인지 고민했다. 파블로의 얼굴로 박건우라고 주장할 수는 없다. 미친놈 취급을 당할 것이다.

중요한 것은 지금이 언제냐이다. 나는 파블로의 책상에 앉아 서류를 뒤적거렸다. 특별한 것은 없었다. 책상 밑에 백 달러 지폐 돈다발이 굴러다녔다. 마약왕이 현금이 많기는 많구나.

소파에 신문이 하나 놓여 있었다. 날짜를 보니 1984년 2월 11일이다. 에스코바르의 일대기를 그린 나르코스 드라마를 본 기억에 의하면, 1984년 4월 콜롬비아의 로드리고 라라 법무부 장관이 에스코바르가 보낸 시카리오에 의해 암살당한다. 시카리오는 오토바이를 탄 히트맨, 저격자들이다. TV를 틀었다. 콜롬비아 의회에서 파블로의 마약 전과가 있다는 뉴스가 흘러나왔다. 그러면 지금은 1984년이 맞다.

파블로 에스코바르는 1983년 선거에서 메데인의 의원으로 당선되었다가

로드리고 라라 법무부 장관의 범죄 혐의 폭로 이후 의회에서 추방되고 미국 비자는 취소당한다. 라라는 한 단계 더 나아가 파블로를 살인과 마약 혐의로 형사 기소를 하는데, 이때부터 에스코바르는 잔인한 폭력과 테러를 동반한 반정부 투쟁에 나선다. 이렇게 계속 흘러가다가는 결국 죽음뿐이다. 여기서 멈추어야 해.

[따르르르릉!]

골똘히 생각하고 있는데 위성전화가 울렸다. 아직 상황 판단도 안 되었는데 전화를 받기 싫었다. 전화는 몇 번 더 오고 그쳤다. 그냥 여기서 벗어나 한국으로 가버릴까? 그러면 살 수 있지 않을까?

고개를 가로저었다. 파블로 에스코바르는 조금 있으면 미국 법무부에 기소된다. 한국 정부가 자국민도 아닌 파블로를 보호할 이유가 어디 있겠는가? 미국이 주시하면 전 세계 어디도 안전하지 않다. 차라리 마피아 조직을 꾸리고 있는 여기 콜롬비아가 더 안전하다. 그러면 마약사업을 해야 한다는 말인가?

약간의 사기를 친 적은 있지만 평생 불법적인 것과 담을 쌓고 살아온 내가 마약사업을 할 수 있을까? 그따위 위험한 비즈니스는 하고 싶지 않다. 나의 경험과 지식이라면 그거 말고도 돈 벌 아이템이 무궁무진하다.

영화 나르코스에 보면, 파블로가 엄청난 현금을 쌓아 놓았다는데 그것부터 확인해보자. 방구석에 돈은 굴러 다니지만 돈뭉치는 보이지 않는다. 큰돈은 아마 다른 곳에 보관할 것이다. 그런데 TV에 나왔던 것처럼 정말 그런 돈이 있을까? 나는 범죄 조직에 대한 경찰 발표를 잘 믿지 않는다. 경찰은 실적을 과대 포장하기 위해 금액을 항상 뻥튀기한다.

진짜 파블로가 숨겨놓은 현금이 많다면 마약사업을 당장 때려치울 것이다. 참, 그런데 내가 파블로가 숨겨놓은 돈을 어떻게 찾는다는 말인가? 환생 소설을 보면 다른 사람으로 빙의한 주인공은 기억까지 흡수한다는데 나에게 그런 현상은 전혀 없는게 문제다. 스페인어 실력이 좀 늘어난 것 말고는 아무런 정보도 기억도 없다.

이 생각, 저 생각하고 있는데, 노크도 없이 갑자기 문이 확 열린다. 마약왕의 거처를 무단 침입할 수 있는 사람은 가족 말고는 없다.

"파블로! 왜 전화를 안 받아요? 구스타보가 걱정되는지 내게 전화했어요."

나는 깜짝 놀라 그녀를 쳐다보았다. 아마 파블로의 아내 마리아일 것이다. 구스타보는 파블로의 사촌이자 조직의 2인자로 나르코스에 나온다. 마리아는 약간 살이 쪘지만 초롱초롱한 눈으로 닦달했다.

"피곤해서 잠시 졸았어."

"그러니까 술 많이 마시지 말라니까요. 그리고 애들을 다 대기시켜놓고 뭐 하는 건가요?"

"말했잖아. 지금 피곤하다고." 나는 행여 그녀가 지금의 내가 다른 사람이라는 것을 눈치챌까 봐 조심스럽게 최소한의 단어로 말했다.

"그 자식, 빨리 죽여버려요. 호랑이가 우리 곁에 있는 게 싫어요."

아, 지금 파블로는 사람 하나를 처형해야 하는 순간인 모양이다. 환생하자마자 살인이라니! 파블로의 아내도 사람 죽이는데 전혀 망설임이 없다. 그런데 죽일 놈의 죄목은 뭐지? 궁금하지만 그걸 물어볼 수 없다.

"오늘은 몸이 피곤하니 처형을 연기해. 그렇게 전해줘."

"알았어요. 어디가 아픈가요? 의사를 부를까요?"

"아픈건 아냐! 술을 많이 마셔서 그래. 조금 쉬면 괜찮아질 거야."

"그놈의 라라 자식 때문에 당신 스트레스가 이만저만이 아니라는 거 알아요. 그렇다고 술 마신다고 해결이 되나요?"

"알았어. 그만."

이 여자와 오래 대화를 해서는 안 된다. 얘기를 하다 보면 들통나기 십상이다.

"메누도 만들어 보낼게요. 참, 전화 받으세요. 중요한 일이라고 해요." 멕시칸 해장 요리인 메누도를 만들어주겠다고 하며 마리아는 방문을 닫았다. 호랑이 울음소리와 사람들이 흩어지는 발걸음 소리가 들렸다.

오늘 죽을 놈은 파블로가 아닌 인권을 존중하는 대한민국 사람 박건우 덕분에 목숨을 건졌다. 다시 전화벨이 울렸다. 이제 안 받을 수가 없다. 에라, 모르겠다.

"여보세요."

- 형님, 구스타보입니다. 왜 전화를 그렇게 안 받았어요. 지금 급한 상황인데.

"피곤해서 졸았어. 무슨 일이야?"

- 무슨 일이겠어요. 비둘기를 띄울까요?

"뭐?"

이 무슨 귀신 씻나락 까먹는 소리인가! 웬 비둘기! 한낱 비둘기를 띄우는 일로 조직의 2인자가 보스에게 여러 차례 위성전화를 할 리가 없다. 이건 파블로와 그만의 주고받는 암호다. 그런데 나는 모르는 일이다. 이럴 때는 아는 척하는 수밖에 없다.

"다른 문제는 없지?"

- 네. 다 체크했어요. 이상 없습니다.

"그럼, 그렇게 하도록 해."

- 알겠습니다. 일 끝나면 곧 돌아가도록 하겠습니다.

"몸조심하고."

- 감사합니다.

구스타보는 이상하다고 생각하며 전화를 끊었다. 파블로에게 한 번도 이런 살가운 얘기를 들어본 적이 없기 때문이다. 메데인 카르텔의 창립멤버인 구스타보는 파블로의 사촌으로 이 조직의 두뇌이자 파블로의 오른팔이다. 파블로가 막 나가려 할 때마다 브레이크를 걸 수 있는 유일한 인물이기도 하다.

나는 한숨을 쉬며 전화를 끊었다. 가짜 파블로 노릇하는 게 쉽지 않다. 마리아가 만들어 보낸 메뉴도를 먹고 침대에 누웠다. 자고 일어나면 이 일이 꿈이기를 빌었다. 가만, 그러면 나는 절벽에 떨어져 죽는 건데……. 개똥밭을 굴러도 이승이 좋지 않은가? 마약왕이라는 타이틀은 싫어도 하기 나름 아닌가? 살

길을 찾아봐야겠다.

아침에 일어나자마자 문을 열고 나갔다. 세상에서 제일 좋은 날씨를 가진 메데인이다. 메데인은 1년 내내 바람이 살살 부는 싱그러운 봄날이다. 공기도 부드럽고 맑다. 여기는 위도상으로 적도에 있는데다 사람이 살기 좋은 1,500미터 높이이다.

"보스, 커피 가져올까요?" 밤새도록 내 방을 지킨 경호원이 다가와 인사를 했다.

"그래, 갖다줘. 산책하고 와서 마실 테니까."

파블로의 집은 커다란 목장 한가운데 있었다. 그는 메데인 외곽에 있는 약 20제곱킬로미터의 땅을 수백만 달러에 구입하여 나폴레스 농장을 만들었다. 그가 지은 호화로운 집에는 동물원, 호수, 조각 정원, 개인 투우장, 그리고 그의 가족과 카르텔을 위한 유락장이 포함되어 있다.

거대한 주택을 지나자 동물들을 가둬둔 사육장이 보였다. 호랑이, 사자. 하마, 코뿔소, 심지어 코끼리까지 보였다. 동물원을 차렸다더니 정말이네. 사육사들은 내가 지나가자 하던 일을 멈추고 고개를 숙여 인사를 했다. 어제 사람 고기 맛을 보지 못한 호랑이가 그 이유가 나 때문인지를 아는 듯 으르렁거리며 발작했다.

"저놈은 왜 저래?"

"며칠을 굶어서 신경이 날카로워서 그렇습니다."

"왜 굶겼어?"

"벨라스케스가 명령했습니다. 죽일 놈이 있는데 호랑이가 배가 부르면 안 먹는다고……."

"이놈이?" 나는 주걱턱을 만지는 시늉을 했다. 나쁜 뽀빠이 벨라스케스다.

"네."

"사료를 줘. 그 일은 취소되었어."

"네, 알겠습니다. 보스!" 사육사는 사료를 찾으러 창고로 갔다.

파블로 에스코바르는 자신의 권위를 세우기 위해 지나치게 공포에 의존했는데, 그게 나중에는 독이 되었다. 사람을 죽여도 너무 노골적으로 잔인하게 처리했다. 그러면 사람들은 처음에는 겁을 내지만 나중에는 증오하고 반대로 돌아선다.

"그 자식들을 어떻게 처리해야 하나?" 나는 일의 자초지종을 알기 위해 나를 따라오는 경호원에게 물어보았다. 내막을 모르니 막연하게 물을 수밖에.

"보스의 물건을 훔쳤으니 당연히 죽여야 합니다."

아니, 도둑질했다고 호랑이 밥으로 만들어? 잔인한 파블로!

"참, 그놈들 이름이 뭐였지?"

"카를로스 형제입니다. 주방일을 하던 놈들인데 겁도 없이 보스의 은제 식기를 훔쳤다가 잡혔습니다."

그래, 이렇게 하나씩 알아가는 거다. 동물원을 지나 커다란 덩굴나무가 우거진 곳으로 갔다. 자전거를 탄 소년이 내게 달려왔다. "아빠, 안녕! 나 자전거 잘 타지?"

이놈이 파블로의 아들 마로킨인 모양이다. 초등학생 고학년 정도 나이에 얼굴에는 주근깨가 가득하다. 나는 그를 안아주었다. 세상의 모든 어린애는 귀여우니까! 전생에 헤어진 아내와는 애가 없었다.

"대단해! 다음에는 사이클을 타야겠다."

"아빠, 사주세요. 빨리 달리고 싶어요."

"하하하. 좋아. 그렇지만 반드시 헬멧을 써야 해. 약속하면 사줄게."

"네, 약속해요."

"좋아, 그러면 열심히 달려." 나는 마로킨의 자전거를 밀어주며 보냈다. 오래 얘기하면 뭔가 꼬일지 모를 일이다.

산책을 마치고 돌아와 커피를 마셨다. 마약왕의 커피는 달랐다. 진한 향기에 목 넘김이 부드러웠다. 아마 최고급 원두를 사용하겠지.

마리아가 나를 아침 식사 자리로 안내했다. 마리아와 마로킨, 그리고 파블로와 닮은 중년 사내가 식사 자리에 와있다.

"파블로, 어제저녁 몸이 안 좋았다고 들었는데 지금은 어떤가?"

파블로의 이름을 부르는 것을 보니 이놈과는 가족관계인 모양이다. 진짜 얼굴이 많이 닮았다.

"지금은 괜찮습니다."

"어제저녁에 카를로스 형제놈들 처형을 왜 미루었어? 애들 다 불러놓고 그냥 보내면 안 되지."

이놈도 악당이다. 사람이 호랑이 밥 되는게 좋나?

"급한 일도 아니고…… 생각할 게 좀 있어서요."

"도둑놈들에게 본때를 보여줘야 해. 그렇지 않아도 네가 의원직을 상실해서 우리를 가소롭게 생각할 수도 있으니까."

"로베르트! 아침부터 왜 그래요. 마로킨 앞에서 그런 얘기는 하지 마세요."

아, 이놈이 파블로의 형 로베르트이다. 파블로보다 훨씬 더 무식하고 폭력적인 놈인데, 카르텔의 자금을 관리한다고 한다. 한 덩치하는 놈이며, 앞뒤 재지 않고 돌진하는 멧돼지라고나 할까.

식사를 하는데 한 사람이 들어왔다. 숱이 많고 칼날같은 눈썹을 갖고 있는데 남자답고 의리있게 생겼다. 마로킨이 달려갔다. "구스타보 삼촌, 잘 다녀오셨어요?"

"아이고, 우리 마로킨이 많이 컸네. 하하하. 이건 네 선물이다." 구스타보가 갖고 온 선물을 건네주었다.

"아, 신난다. 아빠가 사이클도 사주기로 했는데, 삼촌 선물까지 받다니!"

"수고했어. 배고플 텐데 식사하지."

"네, 감사합니다."

나는 자초지종은 모르지만 구스타보에게 식사를 권했다. 마리아와 애들이 있는 자리라서 사업 얘기는 하지 않고 가벼운 주제로 대화를 나누었다. 물론

나는 최소한의 대화만 했다. 조금씩 이 패밀리에 적응이 되어간다. 마약왕 가족도 자기들끼리는 다정다감하다.

식사가 끝나고 로베르트와 구스타보는 거실에 모였다.

"보스, 물건은 잘 보냈습니다. 마이애미에서도 받았다는 연락이 왔습니다."

구스타보는 출장이 잘 끝나 기분이 좋아 보였다.

"이번에는 로스(손실)가 얼마나 나왔어?" 로베르트가 물었다.

"몇 개만 빼고 다 받았다고 합니다. 이게 얼마 만인지 모릅니다."

"멍청한 마이애미 새끼들이 이번에는 제대로 일을 했네."

이들의 대화를 들으니 대충 이해가 되었다. 비둘기는 코카인을 의미했고, 비둘기가 떴다는 것은 코카인을 실어 보냈다는 것이다. 혹시라도 위성전화가 도청당하는 것을 대비하기 위해 카르텔에서 나름 은어를 사용한 것이다.

"이번 물량이 얼마였지?"

"약 900킬로그램입니다. 시가로 천오백만 달러입니다."

1984년에 천오백만 달러면 2021년 기준으로 1억5천만 달러다. 옷 한 벌 만들면 2~3달러 마진받는 내 봉제 비즈니스랑 급이 다르다.

"대금은 언제 들어오나?"

"그게 무슨 말이냐?"

로베르트는 내 말이 생뚱맞은 모양이다. 너무 당연한 것을 물어본다는 표정이다.

"아니, 구스타보 생각을 듣고 싶어서요." 나는 상황을 얼버무리며 시간을 끌었다. 자칫 이들이 나를 오해할 수도 있는 상황이다.

"하기야 지금 우리 자금 사정이 안 좋지. 보고타에 기름칠하지 않으면 골치 아픈 일이 생겨. 이번에 대금을 빨리 회수해야 하는데……."

로베르트가 심각한 표정으로 말했다. 아니, 마약왕이 돈이 없다는 말인가? 이러면 곤란하다.

"지난번 경우를 보면 몇 달 뒤가 되지 않을까요? 레흐더 새끼에게 전화를 넣으세요. 이번엔 빨리 결제해달라고."

구스타보가 담배에 불을 붙이며 심각한 표정으로 말했다. 로베르트는 시가를 피웠다. 거실이 담배 연기로 가득 찼다. 마약을 보내고 돈을 못 받을 가능성은 적다. 대금은 마약을 공급한 뒤, 후지급으로 받기는 하지만 못 받는 경우는 드물다. 마약만 공급받고 대금을 내지 않으면? 전쟁이다.

그러나 그보다 더 무서운 것은 돈을 안 보내는 놈은 다시는 마약을 공급받을 수 없다는 사실이다. 그리고 이 바닥에서 양아치로 찍히면 사업하기가 쉽지 않다. 미국 마피아가 바보가 아니라면 한번 먹튀하는 것보다는 지속적인 공급을 원할 것이다. 그러려면 제대로 돈을 지급해야 한다.

로베르트에게 물었다. "당장 필요한 돈이 얼마입니까?"

"최소 백만 달러는 있어야 해. 지난달 상납도 하지 않아 벨리사리오가 뿔이 잔뜩 났어."

벨리사리오 베탕쿠르는 안티오키아주 출신으로 현재 콜롬비아 대통령이다.

"형님, 공장에도 돈을 보내야 합니다. 코카인 원료 살 돈이 지금 부족하다고 합니다."

구스타보가 또 다른 긴급자금을 요청했다. 베트남에서 사업할 때도 매일 돈이 부족해 은행에 대출받으러 가는 게 일이었는데, 이놈의 콜롬비아 마약 사업도 자금이 막힐 때가 있구나.

"파블로, 미안하지만 네 돈이 필요해. 그러려고 따로 숨겨둔 거 아냐?"

로베르트가 해결책을 제시했다. 그렇지만 나는 그 돈이 어디 있는지 모른다. 미치겠다.

"좀 더 생각해보겠습니다. 아직 시간이 있으니까요." 한참 망설이다가 이 말을 꺼냈다. 돈을 어디에 숨겼는지 기억이 나지 않는다고 하면 이들이 나를 의심하고 무시할 것이다. 그렇다고 돈이 없다고 하며 권위가 사라진다. 아무리 같은 패밀리라고 하지만 한번 권위가 떨어지면 수습하기는 쉽지 않다.

"알았어. 빨리 돈을 만들어. 밑에 애들 월급 주는 것은 절대 빼먹으면 안 돼!" 로베르트가 단호하게 말했다.

"알겠습니다. 그건 제가 책임지겠습니다."

나중에 어떻게 되더라도 여기서 약한 모습을 보여서는 안 된다. 나는 이들의 보스 아닌가?

"형님, 우리 장부좀 봅시다. 현금 흐름을 파악해야겠어요."

"그게 무슨 말이야!"

로베르트는 생뚱맞은 얘기를 들은 듯 당황한 표정을 지었다. 그가 이제껏 에스코바르 패밀리의 자금을 관리해 왔지만 파블로는 한 번도 형에게 자금 현황에 관해 물은 적이 없다. 형을 신뢰하는 것도 있지만 기본적으로 회계 지식이 없기 때문이다. 그 과정에서 로베르트는 조금씩 자신의 실속을 챙겼다.

"지금 조직에 자금이 모자라지 않습니까. 앞으로 얼마나 조달해야 할지 알아봐야겠습니다. 장부 가져오세요."

나는 형이지만 또한 부하인 로베르트에게 단호하게 말했다. 로베르트는 똥씹은 표정으로 자신의 방에서 장부를 가지고 왔다.

"이게 장부라고!"

나는 로베르트가 가지고 온 장부를 보고 경악했다. 한마디로 회계의 기본도 지키지 않고 1억 달러를 기록한 장부다. 거기에는 돈 들어온 날짜, 지출한 날짜만 적혀 있다. 어디에 지출했는지도 정확하게 기재되어 있지 않다. 누구에게 뇌물을 주었는지 알아야 나중에 협박하지!

로베르트와 파블로는 초등학교만 졸업하고 거친 마피아 세계에 뛰어들었다. 회계 지식이 있을 리가 없다. 그러면 전문가를 시켜 장부정리를 해야 하지만 에스코바르 패밀리는 외부인을 기본적으로 신뢰하지 않는다.

"장부는 두고 가세요. 제가 정리해 보겠습니다."

한국의 대기업에서 20년을 근무한 나다. 외국인 투자 법인의 대표를 맡은 적이 있어 나의 회계 지식은 전문가급이라서 현금 흐름만 보면 사업의 미래를 금방 파악할 수 있다. 어디에서 비용이 새는지도 쉽게 찾을 수 있다. 그것을 바탕으로 기업의 강점은 키우고 약점은 보강하는 것이다. 마약도 비즈니스가 아닌가?

"파블로, 장부를 보다 보면 돈이 좀 모자랄 거야. 그건 쥐들이 돈을 파먹어서 그래. 내가 기억이 안 나서 적지 못한 것도 있고." 내가 장부를 꼼꼼히 보자 로베르트는 쫄리는지 벌써 변명을 한다.

"형님께 뭐라고 하지 않을 겁니다. 일단 오늘 회의는 여기까지 하죠."

에스코바르 마약 기업의 장부를 보니까 자신이 생겼다. 엑셀로 한눈에 정리는 못 했지만 현금 흐름이 압도적이다. 천하의 애플도 이런 아름다운 그림을 만들 수 없다. 조금 더 계산해서 내부수익률(IRR)을 계산해보니 약 500퍼센트가 넘는다. 이런 비즈니스가 있다니!

문제는 지출한 돈이 너무 어이가 없다는 것이다. 로베르트의 말도 안 되는 지출 내용을 다 인정해도 무려 수천만 달러가 빈다. 이 자식이 이 돈을 지가 다 먹은 것 같지는 않은데, 여기저기 흘리고 다니면서 어디에 썼는지도 잊어버렸을 것이다.

로베르트를 자금담당에서 잘라야겠다. 그러면 그 일을 누구에게 시키지? 구스타보? 아냐, 지금 구스타보는 공장과 유통을 책임진다고 정신이 없다. 그가 없다면 에스코바르 마약공장은 물건을 제대로 생산할 수 없다.

일단 내가 자금을 맡고 실무자를 구하자! 들어올 돈의 흐름이 보이니 안심이 되었다. 한두 달만 버티면 나는 부자가 될 수 있다. 돈 가뭄을 극복하기 위해 일단 파블로가 숨겨놓은 돈을 찾아야 한다.

파블로의 서재에는 최고급 쿠바산 시가가 있다. 이미 20년 전에 담배를 끊었지만 이 유혹을 도저히 참을 수가 없다. 어차피 덤으로 사는 인생인데……. 게다가 9년 뒤에 죽을 운명이지 않은가?

느긋하게 가죽 소파에 기대어 시가를 피우며 앞으로 어떻게 할 것인지 생각해보았다. 파블로가 악명을 떨친 건 콜롬비아 정부와 전면전을 벌이고 일반 시민들에게까지 납치와 테러를 자행했기 때문이다. 심지어 이 나라 대통령 후보를 세 명이나 죽이고 비행기까지 폭파했다. 이런 바보 같은 일은 하지 말아야 한다.

그렇다고 여기서 마약사업을 그만둘 수는 없다. 은퇴하는 순간 파블로는 죽은 목숨이다. 미국 감방에서 평생을 살아야 할지도 모른다. 경쟁자들이나 콜롬비아 정부가 가만 내버려 두지 않을 것이다. 그의 손에 무참하게 학살당한 M-19 게릴라도 복수한다고 설칠 것이다.

무엇보다 에스코바르의 부하들도 다 도망갈 것이다. 돈이 안 나오는데 충성할 리가 없다. 빨리 파블로가 숨긴 돈을 찾아야 한다. 그 돈이 충분하면 은퇴하고 유유자적하게 살 생각이다. 돈이 없으면? 살기 위해서라도 당분간 이 더러운 비즈니스를 하지 않을 수 없다.

아내 마리아를 불렀다. "마리아, 내가 요즘 라라 그 개자식 때문에 기억이 깜박깜박해. 혹시 내가 숨겨둔 돈이 어디 있는지 알고 있어?"

나초를 먹으며 TV를 보던 마리아가 시큰둥한 표정으로 말했다. "당신은 내가 그런 일을 알면 위험하다고 입도 벙긋하지 않았잖아요. 구스타보에게 물어봐요. 당신의 제일 측근이잖아요. 그리고 나 돈 필요해요."

돈을 찾으려다가 돈을 토해내야 할 상황이다. 혹 떼려다 혹을 더 붙였다. 나는 탁자 밑에 굴러다니는 백 달러 뭉치를 그녀에게 전했다.

"마로킨 사이클도 사줘."

"이 돈 가지고는 턱도 없어요. 두 뭉치 더 줘요."

백 달러 한 뭉치는 만 달러다. 3만 달러를 이렇게 지나가듯 달라니!

"무슨 돈이 그렇게 많이 필요해?"

"어머님께도 돈을 보내야 해요. 여기 식구들이 하루에 얼마나 많이 먹는지 몰라요?"

파블로의 어머니 에르밀다는 돈 욕심이 많기로 유명하다.

"알았어."

나는 두 뭉치 돈을 더 그녀에게 건네주었다. 마리아의 얼굴이 활짝 피었다.

파블로 이 자식은 부자라면서 왜 마누라에게 이렇게 짜게 대했을까?

"파블로, 오늘은 당신과 자고 싶어요. 괜찮죠?"

돈을 주었으니까 몸을 주어야 한다고 마리아는 생각하는 모양이다.

"아냐, 피곤해. 다음에……."

남의 여자랑 자고 싶지 않다. 게다가 지금 죽느냐 사느냐 하는 기로에 놓여 있다.

"흥, 그년이 그렇게 좋아요? 재미 많이 봐요!" 마리아는 찬바람을 남기며 자신의 방으로 돌아갔다. 그런데 그년은 또 누구인가? 머리가 아팠다. 중요한 것은 파블로가 의외로 돈이 그렇게 많지 않다는 거다. 아니, 내가 그의 돈을 못 찾고 있는 것일까? 돈 문제는 다음 날 아침에도 터졌다.

구스타보가 노크하고 들어 왔다. "페르난도 두케가 왔습니다."

이놈은 누구인가? "무슨 일로?" 일단 아는 척을 했다.

"보스, 요즘 스트레스 때문에 기억이 잘 안 난다고 마리아가 그러던데 정말인가요?"

"응. 요즘 기억이 가물가물 힘들어."

마리아, 이게 벌써 온갖 사방에 소문을 퍼뜨렸구나. 조직 수장의 건강은 1급 비밀이어야 하는데, 도대체 여기 규율이 있기나 한가?

"두케가 지금 벨리사리오 대통령과 협상 중입니다. 로드리고 라라 법무부 장관의 거취를 두고 보스와 조율 중입니다."

아, 이거 잘못하면 내 정체가 드러날지도 모른다. 그동안 진행된 복잡한 협상 과정을 잘 모르니 말이다. 신뢰할 수 없는 변호사에게 들키는 것보다 가장 신뢰하는 구스타보에게 의심을 받는 게 낫다.

"구스타보! 그동안 네가 알고 있는 협상 내용에 관해 말해 봐. 혹시 내가 기억 못 하는 것이 있을 수도 있으니."

"말하는 것은 어렵지 않습니다. 그렇지만 저도 정확한 것은 모릅니다."

구스타보가 간략하게 그동안의 협상을 보고했다. 페르난도 두케는 한마디로 마피아 전담 변호사이고 가장 큰 고객은 메데인 카르텔이다. 1983년 법무부 장관 로드리고 라라는 의회에서 파블로가 1976년 이미 마약밀매로 체포되었다는 사진과 기록을 공개했다. 문제는 당시 파블로를 체포한 두 경찰이 죽었다는 것이다. 이 살인 혐의로 파블로는 면책특권을 상실하고 소속 정당의 압력을 받아 의원직을 사임했다.

라라는 파블로를 의원직에서 사퇴시켰을 뿐만 아니라 마약밀매 혐의로 기소하여 미국 감방으로 보내는 것을 추진 중이다. 의회는 마약 관련 범죄인 인도 법안을 추진 중이다. 두케는 에스코바르의 사주를 받아 범죄인 인도 법안을 무력화시키고 나아가 라라를 법무부 장관에서 물러나게 만드는 정치 공작을 꾸미고 있다. 그 파트너는 이 나라의 대통령인 벨리사리오이다.

수염이 멋진 중년 신사가 들어왔다. 눈치 빠르고 기민하게 생겼다.

"파블로! 잘 지냈어?"

"그럭저럭. 자네는?"

"자네 때문에 죽을 맛이야. 벨리사리오는 여기저기 눈치만 보고 있고 자네는 자꾸 재촉하고……."

뭘 내가 재촉했다는 말인가? 구스타보에게 간접적으로 들었지만 최종 협상가는 나일 수밖에 없다. 여자 메이드가 커피를 가져왔다. 커피를 권하며, "일은 어떻게 되어가고 있어?"라고 물었다.

두케는 이마, 턱, 눈썹이 다 고루 잘 발달하여 있어서 다른 사람에게 좋은 인상을 준다. 이 사람과 만나면 나쁜 감정을 가지기 힘들다. 전형적인 협상가 스타일이다.

"자네도 알다시피 이 일이 꼬인 것은 미국놈들 때문이야. 라라가 입수한 사진은 미국 마약단속국이 제공한 거야."

"그럴 줄 알았어. 내가 관련 증거를 다 없애버렸는데, 그걸 콜롬비아 경찰이 다시 찾을 리는 없지."

"그래서 벨리사리오가 함부로 나설 수 없어. 이 나라에서 미국의 심기를 거슬리고 정치할 수 있는 사람은 없으니까."

"그러면 협상이 실패했다는 말이야?"

"아직은…… 대신 액수가 올라갔어."

기가 막혔다. 일국의 대통령이 범죄자를 상대로 돈 뜯어내겠다고 수작을 부리고 있다니.

"얼마를 원해?"

"천만 달러!"

"뭐!"

나는 자리에서 벌떡 일어났다. 지금 백만 달러를 만들지 못해 죽을 지경인데 천만 달러라고!

"그 금액은 너무 심한 거 아니야?"

"자네를 미국에 안 보내는 조건으로 그렇게 높은 금액은 아니야. 벨리사리오도 혼자 다 먹는 게 아니고. 다른 의원들을 설득하려면 돈이 필요해."

"그래도 내가 감당하기엔 힘들어. 5백만 달러로 하지."

"하하하. 천하의 파블로가 가격 협상을 하다니. 자넨 목숨이 5백만 달러밖에 안 되나?"

나는 시가의 불을 붙였다. 어떻게 해야 하나? 파블로라면 어떻게 했을까?

"두케! 말조심해." 불붙은 시가를 그의 얼굴에 던졌다. 두케는 파블로를 비웃다가 자신이 상대하고 있는 사람이 누구인지 알았다. 이 나라 최고 살인마이다.

"미안해. 내가 잘못했어."

"라라를 쫓아낸다면서? 언제까지 그 자식이 그 자리에 앉아 있는 거야?"

"그건 진행되고 있어. 범죄인 인도 법안이 부결되면 라라를 스페인 대사로 보낼 거야."

"그 자식이 TV에 나오는 것을 더는 볼 수가 없어. 빨리 그 일부터 하라고."

"미안해. 생각보다 일이 잘 진행이 안 되네. 이게 다 미국놈들 때문이야. 대통령도 미국놈들을 의식하며 조심스럽게 진행하고 있어."

"법안 통과 금액은 절충해서 750만 달러로 하지. 이거 안 받으면 나는 내 방식대로 할 거야. 벨리사리오에게 정확하게 전달해."

"그대로 전할게."

"그럼 나가봐."

"알았어. 마지막으로 만약 벨리사리오가 그 금액을 받는다면 돈은 언제 줄 수 있어?"

"한 달!"

한 달 뒤에 미국에서 돈이 입금된다.

"안돼! 상황이 다급해. 다음 주까지 반드시 줘야 해. 안 그러면 협상은 끝이야."

아, 씨발! 어떻게 돈을 구하지?

두케가 최종 통고를 하고 나간 뒤, 로베르트와 나쁜 뽀빠이가 들어왔다.

"벨라스케스가 준비되었다고 하네." 로베르트가 좋은 소식이라고 웃으며 말했다.

미치겠다. 뭐가 준비되었다는 거야. "어떻게 준비되었는데?" 나는 냉담한 인상을 풍기며 무심한 듯 물었다. 회사에 가면 상급자들이 가장 잘 쓰는 말이기도 하다. 무책임한 말이기도 하고.

"시카리오 중의 시카리오를 뽑았습니다. 이놈들 경력이 화려합니다." 벨라스케스가 자신에 찬 목소리로 말했다.

누굴 죽이겠다는 거야? 모두 아는데 나만 모르니 미치겠다. 시치미 떼고 두루뭉술한 질문을 했다. "믿을 수 있나?"

"어떤 일이 있어도 보스 이름은 나오지 않을 겁니다." 벨라스케스가 가슴을 치며 장담했다.

"그게 중요한 게 아니야. 성공해야지." 나는 벨라스케스의 말을 가로막았다.

"파블로! 라라 그놈의 경호원 한 놈을 매수했어. 이제 라라는 죽은 목숨이야." 로베르트가 자신의 공적을 과시했다. 경호원이 우리 편이면 라라는 이미 사형선고를 받은 것과 같다. 아마 에스코바르 패밀리는 라라를 죽일 계획을 짜고 있었을 것이다. 에스코바르는 라라 법무부 장관을 살해하고 이후 콜롬비아 정부와 전면전을 갖게 된다. 돌아올 수 없는 다리를 건너기 일보직전이다.

"라라 건은 중지해요! 다른 생각이 있습니다."

"그게 무슨 말이야. 라라 경호원을 매수하는데 얼마나 힘들었는데." 로베르트가 반발하고 나섰다.

"지금 라라가 죽으면 내가 했다는 게 너무 티가 나지 않습니까? 그러면 정부와 전면전을 해야 합니다. 여론도 안 좋아지고요." 마피아놈들이 여론이란 말을 알까? 모르겠다. 그렇지만 라라 건은 미루어야 한다.

"우리가 가만히 당하기만하면 남들이 비웃을 거야. 힘을 보여줘야 해! 우리는 비실비실한 칼리 카르텔과 다르다는 것을 보여주자고." 로베르트가 반발하고 나섰다.

법과 질서보다 폭력이 판치는 콜롬비아에서 이게 여론이 아닐까 하는 생각을 잠시 해보았다. 여기는 무시당하면 그대로 죽는, 힘만이 정의인 세상이다. 그렇지만 라라 뒤에는 미국이 있다. 대통령이 아무리 돈 받고 봐주어도 미국놈들 앞에서는 꼼짝 못 한다.

"라라 그놈을 죽이는 것은 일도 아닙니다. 그 후폭풍을 생각해야 해요. 우리 조직이 완전히 불법화되고 정부와 전면전을 할 수 있습니다. 형님! 평생 경찰에 쫓겨 다니며 살 수 있겠습니까?"

"무슨 약한 소리야! 우리 돈 안 먹은 경찰놈들이 어디 있다고! 메데인에서 우리는 절대 안전해. 메데인 카르텔이 우리 수중에 있다고."

"라라놈을 죽이는 것을 그만두자는 게 아닙니다. 미루자는겁니다. 카르텔에 안건으로 올려 처리합시다." 나는 필사적으로 라라 암살 건을 막았다.

"좋아, 그러면 카르텔 회의에서 결정해." 로베르트가 패밀리 두목의 의견에 굴복했다.

"형님, 기억이 안 나실 것 같아 제가 말씀드리겠습니다. 이번 모임에서 가차 그 자식에게 비행기 이용료를 꼭 받아내시기 바랍니다. 이 자식이 돈을 낸다고 하면서 벌써 몇 달을 끌고 있습니다." 구스타보가 분한 듯 말했다. 마약 수송의 실무적인 책임자는 구스타보이다. 가차의 마약은 에스코바르의 마약이 미국으로 운반될 때 슬그머니 편승한다.

"금액이 얼마인가?"

"약 5백만 달러입니다. 몇 달 치가 밀려서 금액이 커졌습니다."

"돈을 받아야지. 지금 우리가 돈이 없는데, 받을 돈을 못 받으면 그건 바보지."

아, 하늘이 무너져도 빠져나갈 구멍은 있구나. 가차 자식에게 돈을 받으면 당장 급한 것은 해결할 수 있다.

"자, 그러면 오늘은 이만하죠. 라라 새끼 때문에 머리가 아프네요." 일단 패밀리 회의를 끝냈다. 돈을 조달할 방법이 생기자 마음이 조금 느긋해졌다.

내일 메데인 카르텔 회의가 오초아 집에서 열린다. 돈도 문제지만 살인마 집단 메데인 카르텔과는 어떻게 해야 하는가? 마음 같아서는 당장 탈퇴하고 싶지만 카르텔 없이 내 목숨은 오래 갈 수가 없다. 에스코바르 권력의 원천이 메데인 카르텔에 있기 때문이다.

메데인 카르텔은 처음에는 급진적 사회주의를 표방하며 경찰, 판검사, 군인들을 죽이거나 납치해서 돈을 요구하는 좌익 게릴라 M-19에 대항하여 결성되었다. M-19가 마약상 오초아 패밀리의 여동생을 납치한 것이다.

에스코바르는 이것을 기회로 사분오열해서 각자 아웅다웅했던 마약상들을 하나로 뭉쳤다. 이것이 메데인 카르텔의 시작이었다. 메데인 카르텔은 '납치범들에게 죽음을'이라는 구호를 외치며 M-19의 대원들과 가족들을 무차별적으로 죽였다. 마피아의 무자비한 폭력에 놀란 M-19는 결국 백기를 들었다.

이 카르텔의 핵심 멤버는 에스코바르 형제 이외에도 원래 부자인 오초아 형제, 에메랄드 광산 마피아에서 시작한 로드리게스 가차와 미국 시장을 개척한 카를로스 레흐더 등으로 구성되어 있다.

마약 유통은 크게 '생산-공급-대금회수' 등 단순하지만 하나라도 빠지면 안 되는 과정으로 구성되어 있다. 에스코바르와 오초아 형제, 로드리게스 가차는 생산을 책임진다. 이들은 서로 모르는 정글 어딘가에 코카인 공장을 갖고 있다. 에스코바르는 미국으로의 마약 운송을 책임진다. 레흐더는 미국 마피아로부터 대금을 회수하여 콜롬비아로 가져온다.

여기서 가장 중요한 것은 미국까지, 아니 마이애미까지 마약을 전달하는 것이다. 콜롬비아 마약 카르텔은 미국 시장을 크게 마이애미, 뉴욕, LA 등으로 나누었다. 메데인 카르텔은 가장 큰 시장인 마이애미를, 메데인 카르텔의 경쟁자인 칼리 카르텔은 뉴욕을, 그리고 LA는 공동시장으로 경계 지었다.

에스코바르는 초기에는 인편을 통해 마이애미에 마약을 보냈다. 그러나 이건 물량 부족과 미국 세관의 단속으로 불가능해졌다. 이후 베네수엘라, 쿠바, 코스타리카, 엘살바도르 등 카리브해를 통해 마약을 보냈지만 현지 중간상에게 마진을 주지 않을 수 없었다. 이에 에스코바르는 발상을 전환하여 직접 비행기로 미국에 마약을 보냈는데, 이게 대박이 났다. 이전까지 어떤 마약상도 시도하지 않는 루트였다. 물론 여기에는 미국 정부의 암묵적인 방조가 있었기 때문에 지속할 수 있었다.

나는 아이디어가 떠올랐다. 잘하면 지금의 위기를 극복할 수 있다. 구스타보를 따로 불렀다. "구스타보! 이 일을 할 수 있겠나?"

"보스가 시키는 일이라면 뭐든지 해야죠."

"좋아!"

나는 구스타보에게 할 일을 설명했다. 구스타보는 심각하게 듣고 있다가 고개를 끄덕였다. "약점을 가진 놈이 있습니다. 그놈이라면 가능할 겁니다."

"잘 되었어. 네가 이 일을 맡아줘. 아주 중요하니까 절대 실수하면 안 돼."

"네, 알겠습니다."

이번 메데인 카르텔의 정기 회의는 오초아 형제 집에서 열렸다. 파블로의 동물원이 졸부 티가 나는 반면, 오초아 형제의 집이자 목장인 로스 라모스는 귀족 티가 났다. 널찍한 고풍스러운 건물에 말과 투우들을 위한 운동장도 따로 있다. 오초아 형제가 수집한 할리 데이비슨 오토바이들도 볼거리다.

흙수저 출신인 에스코바르 형제나 로드리게스 가차와 달리 오초아 형제는 금수저 출신이다. 오초아 가문은 담배 밀매사업을 하다가 지금은 마약사업에 뛰어들어 에스코바르 패밀리 다음으로 많은 마약을 미국에 보내고 있다. 오초아 형제는 미국에 마약을 보내기 위해 에스코바르의 경비행기보다는 쿠바를 주로 이용한다. 피델 카스트로의 혁명 동지이며 쿠바군의 사령관인 아르날도 오초아 장군이 그들의 사촌이자 뒷배이기도 하다.

나는 구스타보를 통해 이들의 정보를 듣고 어떻게 이들을 대해야 할지 많이 생각했다. 무엇보다 인물을 구분할 줄 알아야 해서 다양한 경로로 사진을 구해서 익혀두었다. 흙수저인 파블로가 오초아 형제를 압도했던 것은 과감한 결단력과 행동에 있다. 파블로는 망설임이 없는 사람이다. 결정하면 그대로 실행하는 스타일이다. 상사맨으로 재고 또 재는 대한민국의 박건우와는 전혀 다르다. 오늘 모임에서도 절대 이상하게 보여서는 안 된다.

"오늘 바비큐는 특별히 아르헨티나 최상급 소고기로 준비했어. 고기를 굽기 위해 숯불 화덕도 새로 만들었어. 친구들! 마음껏 즐기게."

오초아 형제의 장남인 후안이 기분 좋은 웃음을 날리며 메데인 카르텔의 참석자들에게 말했다.

"여기 아과르디엔테도 최상급으로 준비했습니다. 마음껏 즐기시기 바랍니다. 자, 먼저 한잔하겠습니다." 막내 파비오가 흥분하며 말했다.

아과르디엔테는 콜롬비아의 증류주다. 불을 붙이면 그대로 탈만큼 독하다. 이들은 먼저 오초아 형제가 잔을 들이키자 안심하고 건배하며 마셨다. 같은 카르텔이라고 해도 서로를 완전히 믿지 않기 때문이다.

"지난번 구스타보가 보낸 물건이 미국에서 좋은 반응을 보인다고 합니다.

이번엔 로스가 많이 나지 않아 수익이 짭짤할 겁니다." 마약 대금 회수를 책임지고 있는 레흐더가 말했다.

"지난달 결제도 아직 제대로 안 되었어. 물건을 보내면 결제해야지, 자식들이 물건을 팔고 나서 돈을 보내는 것은 바꾸어야 해."

키는 작지만 밀림의 왕 재규어같이 사나운 눈빛을 가진 로드리게스 가차가 거친 말을 쏟아부었다.

"그래도 쿠바나 다른 나라를 통하는 것보다 마진이 높잖아. 조금만 참으면 더 많은 돈이 들어오는데 난 기다릴 수 있어." 오초아 형제 가운데 가장 점잖게 보이는 호르헤가 시가를 물며 말했다. 그는 넥타이를 맨 양복 차림에 뾰족구두를 신고 이 자리에 참석했다.

"중요한 얘기를 해야겠어." 나는 중구난방으로 떠드는 카르텔 멤버들 사이에서 일어나 말했다.

"무슨 일이야?" 가차가 심드렁한 표정으로 물었다.

저 자식이! 최종 보스인 내가 말하는데 대꾸하다니! 나는 구스타보에게 눈치를 보냈다. 구스타보가 일어나 "가차, 보스가 말하는데 말대꾸하지마!"라고 소릴 질렀다. 가차가 발작하려고 했지만 주변 눈치가 심상치 않아 말문을 닫았다.

"벨리사리오 대통령과 최종 협상을 했어. 750만 달러야. 그 돈을 주면 미국 송환을 막아주겠대. 그러니까 각자 지분대로 돈을 내야 해."

"난 싫어. 벨리사리오를 믿을 수 없어! 우리가 한두 번 그놈에게 당했나? 돈만 받아먹고 약속을 안 지킨 경우가 여러 번이야." 또 가차가 발작했다.

그도 그럴 것이 벨리사리오도 메데인 출신이고 이 지역에서 정치적 경력을 쌓았다. 아마 여기에 있는 모든 멤버와 인연이 있을 것이다.

"물론 그놈이 배신할 수 있어. 그러면 우리는 그놈을 협박할 수 있는 명분을 갖게 돼. 750만 달러 아끼다가 우리가 미국으로 송환될 수 있어."

"나는 찬성이야. 파블로의 제안에 찬성해." 오초아 형제의 실질적인 수장인 후안이 말했다.

"나도 찬성. 역시 파블로가 큰일을 해냈어. 750만 달러면 비싼 것도 아니지." 레흐더도 동참했다. 모두 찬성하는 분위기에 가차도 마지못해 동의했다.

"그러면 돈은 다음 주까지 로베르트 보스에게 보내줘." 한 가지 의제가 마무리되었다.

가차가 일어났다. "라라 그 개자식이 나를 조사하고 있어. 살인 혐의로 기소하겠다는 거야. 이 얘기 들었지?"

"가차, 너는 행동을 조심해야 한다고 내가 충고했잖아. 아무 데서나 사람을 죽이니 증거 찾는 게 어렵지가 않지." 구스타보가 짜증을 내며 말했다.

가차는 조금만 마음에 안 들면 총을 꺼내는 게 예사다. 얼마나 목격자가 많겠는가? 라라는 먼저 가차를 살인 혐의로 기소하고 마약 관련 증거를 찾을 것이다.

"그 개자식을 죽여버리겠어!" 가차가 흥분된 목소리로 외쳤다.

"지금은 안 돼!"

"왜 안 된다는 거야?" 가차가 나에게 소리를 질렀다.

"지금 우리가 벨리사리오 대통령과 협상을 하고 있는데, 그 밑의 법무부 장관을 죽이면 어쩌자는 거야? 때를 봐가며 설쳐야지."

"설치다니! 파블로 네가 그렇게 당하고도 가만히 있으니까 저놈들이 우리를 얕보는 거야. 송환법은 송환법이고 우리를 도발한 놈은 그냥 내버려 두어선 안 돼!" 가차가 강력하게 반발했다.

"가만히 있자는 게 아니야! 송환법을 처리하고 그놈을 손봐주자는 거야."

"파블로 말이 맞아. 지금은 우리가 정면으로 정부와 부딪쳐서는 곤란해. 일이라는 게 순서가 있지." 시가를 피우며 나와 가차의 논쟁을 지켜보던 레흐더가 말했다. 레흐더는 독일계 출신 이민자의 후손이다. 메데인 카르텔 가운데 가장 신중하고 허풍이 별로 없다.

"그래, 나도 동의해. 지금은 송환법을 먼저 처리하는 게 중요해." 호르헤가 마티니를 마시면서 말했다.

"좋아, 그런데 만약 내가 기소라도 되면 너희들은 어쩔거야?" 고립된 가차가 구시렁거리며 반발했다.

"내가 아마 너보다 먼저 기소될 거야. 급한 건 나라고. 그런데 아직 기소 전이니까 저쪽과 협상할 여지가 있어."

사실 가차의 사건은 심각하지 않다. 미국이 지금 잡으려고 혈안이 되어 있는 사람은 파블로이고 가차는 곁가지에 불과하다. 돈만 많이 준다면 대통령이나 라라 법무부 장관과도 얼마든지 협상할 수 있다. 정치인은 다음 선거를 위해 막대한 현금이 필요하다.

가차는 그 돈이 아까워서 저 지랄을 하는 것이다. 암살자 시카리오 두 명에게 천 달러만 주면 해결되는 데 수백만 달러를 들일 필요가 어디 있겠는가?

"이게 다 파블로 네가 쓸데없이 정치를 한다고 나섰기 때문이야. 가만히 비즈니스만 하고 있었다면 정치권이 우리를 주목하지 않았을 거야. 마약 하는 놈이 정치 권력까지 가지려고 하니까 견제가 들어온 거라구!"

가차가 평소에 생각하던 불만을 거리낌 없이 털어놓았다. 그는 파블로의 정치 참여를 처음부터 반대했다. 송충이는 솔잎을 먹고 살아야 한다면서.

오초아 형제들이 동감하는 표정을 지었다. 솔직히 내 생각도 마찬가지다. 일개 마약상이 콜롬비아 정치권에 들어오자 기득권 세력들이 벌떼처럼 단결한 것이다.

"나는 그렇게 생각하지 않아." 레흐더가 다시 나섰다.

가차가 이글이글타는 증오의 불길을 그에게 쏟아부었지만 그는 담담하게 말을 이어갔다.

"파블로 보스가 정치하든 안 하든 상관없이 검찰은 치고 들어왔을 거야. 지금 우리 코카인이 미국 시장을 완전히 장악했어. 미국에서는 우릴 죽이려고 잘 알다시피 DEA(마약 단속국)을 직접 파견했어. 이들이 벨리사리오 정부를 움직인 거야."

"파블로가 국회의원에 출마한다고 할 때 가차 너도 찬성했어. 왜 지금 와서 헛소리야!" 로베르트가 고함을 쳤다.

"나는 그때 안 했으면 좋겠다고 말했어. 이미 다 결정이 났길래 잘해보라고 그냥 덕담한 거였지!" 가차가 지지 않았다.

"옛날 일을 가지고 언제까지 싸울 거야. 지금 중요한 것은 앞으로 어떻게 대처할 것인가야. 지금 우리 카르텔이 위기에 놓여 있어. 우리끼리 싸우다가는 칼리 개자식들이 이 자릴 비집고 들어올 수 있어." 나는 논쟁의 주제를 돌렸다. 외부의 적을 끌어오면 내부의 단합에 유리하다.

칼리 카르텔은 콜롬비아의 세 번째 도시 칼리를 배경으로 성장한 마약 조직이다. 이들은 아직 메데인 카르텔에 미치지 못하지만 뉴욕을 중심으로 코카인 물량을 늘리고 있다.

칼리 얘기가 나오자 호르헤의 안색이 어두워졌다. 그는 재빨리 주제를 돌렸다. "자자, 이제 논쟁은 그만하고 오늘 밤 즐겨 봅시다. 세뇨리따 불러!"

"그래 중요한 결정을 했으니 이제 놉시다. 내가 오늘을 위해 많이 준비했어."

후안이 손뼉을 치자 문 뒤에 대기하고 있던 아가씨들이 들어왔다.

"올라!" 아가씨들이 인사를 하며 자기를 선택해달라고 웃었다.

"보스, 먼저 고르십시오. 그래야 다른 보스들도 선택할 수 있습니다."

아무런 행동을 취하지 않고 멍하게 앉아 있는 내가 걱정되는지 구스타보가 귓속말로 전했다. 여기서 머뭇거리면 오해받을 수 있다.

"거기 너 이리 와!" 맨 앞에서 웃고 있는 약간 작아 보이는 아가씨를 선택했다. 뒤이어 가차와 오초아 형제 등 다른 멤버들도 아가씨를 선택했다. 가차는 무려 두 명을 찍었다. 이어서 음식이 본격적으로 들어오고 밴드가 곡을 연주했다. 파티가 시작되었다.

내 옆에 앉은 아가씨가 "루시아라고 해요. 파블로 보스를 만나 뵙게 되어 영광입니다."라며 인사했다.

"영광이라고까지 할 게 있나?"

"아니에요. 저도 파블로 님의 도움을 받았어요. 크리스마스날 운동화를 저에게 주셨거든요."

"아, 그래."

천하의 악당 파블로도 가끔은 좋은 일을 하는구나. 파블로는 크리스마스 등 특별한 날에 먹을 거나 운동화 등을 대량으로 구입해 빈민가 달동네에 뿌렸던 것이다. 고개를 들어 그녀를 보니 이제 겨우 대학생 정도 되는 나이다.

루시아는 내 옆에 붙어 거의 움직이지 않았다. 처음에는 마약 카르텔 보스라고 겁을 먹었지만 일반 사람들처럼 고기와 술을 먹고 춤을 추고 하는 것을 보면서 조금씩 마음을 놓았다.

콜롬비아에서는 두세 사람이 모여 술을 먹으면 춤추지 않는 상황을 생각할 수 없다. 모두 파티에 빠져들었다. 나중에는 여자들이 더 적극적이었다. 20대 초반 평범한 여성들이 평소 먹기 힘든 바비큐와 와인과 맥주, 그리고 뛰어난 악단의 연주를 들으며 춤 줄 기회가 얼마나 있겠는가?

구스타보와 로베르트도 여자를 하나씩 끼어 차고 술과 음악에 빠져들었다. 그렇지만 나는 아니다. 여기서 돈을 조달해야 하는 임무가 나의 어깨를 눌렀다. 레흐더를 찾아갔다. "잠시 얘기 좀 할 수 있을까?"

옆의 여자랑 술마시며 놀고 있던 레흐더가 정신을 차리고 '네'라고 답변했다. 나는 그를 끌고 구석 자리로 갔다. "자네, 오늘 여러 가지로 나를 변호해주어 고맙네."

"아닙니다. 나는 보스의 결정이 맞다고 생각합니다."

"나는 장기적으로 정부와 협력할 생각이야. 우리 카르텔이 메데인에서 큰소리치고 있지만 콜롬비아 전체와 비교하면 새 발의 피야. 게다가 천조국 미국의 감시를 벗어날 수는 없어."

"천조국이란 무슨 말입니까?" 메데인 카르텔에서 가장 똑똑한 레흐더가 고개를 갸우뚱거렸다. 평생 처음 듣는 말이기 때문이다. 아, 맞다. 여기는 20세기 남미의 촌동네 콜롬비아지.

"천조국이란 미국의 국방예산이 1조 달러라고 해서 불리는 이름이지. 우리가 어떻게 미국을 이기겠나? 미국의 눈치를 보며 살아가는 게 우리 시대의 운명이야."

"맞습니다. 미국 애들 경제력 보십시오. 마이애미만 해도 콜롬비아 전체 GDP를 넘어서고 있습니다. 여기 코카인 1달러 하는 게 거기서는 백 달러에 팔리는 데도 물량이 없는 상황입니다."

"자네 덕분에 우리 카르텔 수입이 비약적으로 늘었어. 항상 감사하게 생각해."

마이애미에서 코카인을 판 대금은 레흐더를 통해 들어온다. 레흐더는 그쪽 미국 마피아와 네트워크를 갖고 있다.

"별말씀을요." 레흐더는 나의 눈치를 보며 의아한 눈길을 보냈다. 본래 파블로는 이런 다정다감한 사람이 아니다. 본론을 꺼내기로 했다. "사실 지금 내가 일시적으로 자금이 부족하네. 그래서 자네에게 돈을 좀 빌리고 싶은데."

"얼마나요?"

레흐더가 심플하게 답했다. 나도 마음이 놓였다. 이놈에게 돈을 빌려 자금 위기를 벗어날 수 있다는 생각이 들었다.

"3백만 달러 가능한가?"

"네?"

"액수가 너무 많나? 지난번 미국에 보낸 물량을 생각하면 충분히 변제할 수 있지 않나?"

"그건 그렇지만…… 저도 지금 그 정도 자금이 없습니다. 지난번에도 백만 달러 빌리지 않았습니까?"

아이고, 이제 숨겨놓은 부채도 있구나. 에스코바르 조직이 부실기업의 증후를 갖고 있다니!

"이번에 돈 들어오면 일시에 다 갚을 테니 빌려주게."

"제가 안 빌려 드리겠다는 것이 아니라 정말 돈이 없습니다. 이번에 송환법 로비하는 데 제가 낼 돈을 생각하면 자금이 빠듯합니다."

"정말 이럴 건가? 내가 이렇게 부탁하는데……."

에스코바르 모드로 나가기로 했다. 깡패들에게는 힘이 법이다.

"휴……. 그러면 어떻게 백만 달러만 융통해보겠습니다. 더는 힘듭니다."

"2백만 달러!"

"정말 안 됩니다."

"그러면 말고……."

나는 배짱을 튕겼다. 백만 달러는 확보했기 때문이다. 레흐더는 어두운 표정을 지었다. 파블로의 요구를 들어주지 않을 수 없다. "힘들겠지만 한번 만들어 보겠습니다. 대신 이번에 대금 회수할 때 3백만 달러는 공제하고 드리겠습니다."

"당연하지. 고맙네."

우리는 우정의 샷을 들었다. 그 순간, 어디서 찢어지는 비명이 들렸다. "죄송합니다. 살려주세요."

춤추는 무대에서 아가씨가 무릎을 꿇고 누군가에게 빌었다. 나의 파트너 루시아가 가차에게 눈물을 흘리며 고개를 숙이고 있었다. 가차가 인상을 쓰며 "이년이 사람도 안 보고 마구 춤을 춰. 네가 밟은 내 발꿈치가 얼마나 아픈지 알아?"라고 소리쳤다.

"죄송합니다. 갑자기 무대로 들어오셔서 보지 못했습니다."

가차가 발길질로 그녀를 걷어찼다. "이게 잘못했다고 하지 않고 쓸데없는 변명이나 해!"

루시아는 무지막지한 가차의 발길질에 코피를 흘리며 뒤로 넘어졌다. 호스트인 후안이 달려와서 말렸다. "가차! 미안해. 내가 교육을 잘못해서. 그런데 루시아는 파블로의 파트너야."

"그게 뭐가 중요해. 그년에 밟힌 내 발이 아파 죽겠는데." 큰소리는 치지만 가차도 루시아가 내 파트너라는 말에 기가 살짝 죽었다. 나는 무대로 천천히 걸어갔다. 밴드가 음악을 멈추었다. 무슨 일이 일어날지 모르기 때문이다.

"루시아, 가차 보스에게 사과해. 무조건 네가 잘못한 거야."

"죄송합니다. 제가 잘못했습니다." 그녀는 벌벌 떨며 다시 고개를 숙였다.

"처음부터 네 잘못을 빌었으면 용서못할 내가 아니지." 가차는 비릿한 웃음을 흘렸다. 파블로가 체면을 세워주었는데 더 시비걸 수가 없다. 나는 후안에게 루시아를 가르키며 눈치줬다. 후안의 부하가 루시아를 밖으로 데리고 갔다.

"가차, 둘이 할 얘기가 있어."

다른 사람들이 다시 파티를 즐기는 동안 우리 두 사람은 구석으로 옮겼다. "무슨 일이야?" 가차는 시가를 피우며 거만하게 말했다.

"가차! 메데인에서 마이애미까지 항공 운송은 공짜로 하는 거 아냐. 망할 놈의 조종사들에게 돈도 주어야 하고 비행기도 사고 미국의 창고도 운영해야 해. 네가 내야 할 돈이 5백만 달러야. 어떻게 할 거야?"

"구스타보 자식이 매일 귀에 딱지가 앉을 정도로 얘기해서 알고 있어. 그렇지만 여러 번 말했듯이 코카 원료를 시중 가격보다 20퍼센트 싸게 카르텔에 공급하고 있어. 이걸 고려해달라는 거야."

가차는 콜롬비아 중부에 대규모 코카 농장을 갖고 있다. 에스코바르의 마약공장은 주로 가차의 코카잎을 사들여 코카인을 제조한다.

"우리가 물량을 대규모로 사주는 만큼 그만큼의 할인은 기본이야. 싫으면 앞으로 공급하지 마."

가차의 안색이 붉으락푸르락해졌다. 콜롬비아에서 코카잎을 공급할 농부는 천지다. 단, 그것을 코카인으로 만들 마약상은 드물다.

"우리 농장의 코카잎 품질은 달라. 다른 싸구려 코카잎에서는 고품질의 코카인이 나올 수 없어."

"알았어. 네가 그걸로 다 만들어. 대신 그동안 이용한 항공 운송료는 내기 바래."

"안 낸다면…….." 가차는 비웃는 기색으로 나를 쏟아보았다. 이 살인마랑 대화하다 보니 내 심장도 쫄깃하다. 그렇지만 여기서 물러나서는 안 된다.

"다음번부터 네 물량은 네가 직접 미국으로 보내. 우리 비행기 이용하지 말고."

"에이씨!"

가차는 화가 나는지 탁자에 놓인 테킬라를 들이켰다. 메데인 카르텔을 이용하지 않고 마약을 미국으로 보내서 대금을 회수하는 것은 거의 불가능한 일이다.

"지금 그만한 돈이 없어. 조금만 기다려줘."

"구체적으로 말할게. 1주일 안에 2백만 달러 보내고 나머지 3백만 달러는 이번에 대금 결제될 때 빼겠어."

"그건 안 돼! 좀 더 시간을 줘."

"지금 이 자리에서 얼마나 시간이 걸리는지 분명히 말해. 그동안 나는 많이 기다렸어."

가차는 한참 생각하다가 "백만 달러는 빼줘. 내가 그동안 싼 가격에 코카잎 공급한 것은 사실이야. 다 파블로 보스를 위해 내가 배려한 거야."라고 말했다.

"고마워. 다음 거래할 때 네 가격을 제대로 평가해줄게. 그렇지만 계약은 지켜야지."

가차는 큰 머리를 쥐어뜯다가 "2주 안에 백만 달러 보낼게. 나머지는 미국서 들어오는 돈에서 빼주기를 바라네."라고 무뚝뚝하게 말했다.

"좋아. 나도 1주일은 더 기다려주지. 다음 코카잎 공급할 때 인정상이라고 하지 말고 정확하게 금액을 구스타보에게 말해."

"그래도 너무해!" 가차는 분한 듯 자리를 박차고 일어섰다. 그리고 인사도 나누지 않고 파티장을 벗어났다. 가차가 말도 없이 사라지자 파티장 분위기는 썰렁해졌다. 에스코바르 패밀리도 농장으로 복귀했다.

농장에서 며칠 동안 숨겨진 파블로의 재산을 찾았지만 실패했다. 이놈이 진짜 돈을 가지고는 있었는지 의심이 되었다. 대신 매일 청구서가 날아들었다. 가장 큰 청구서는 경찰과 정치인에게 보내는 상납금이다. 로베르트가 모른 체하자고 우겼지만 나는 반대했다.

  뇌물을 주지 않고 시카리오에 천 달러만 주면 해결할 수 있지만 장기적으로 그건 손실이다. 언제까지 폭력에 의지해 살 수는 없다. 돈은 터무니없이 부족한데 상납금을 주고 나니 더 힘들었다. 다행히 레흐더가 돈을 빌려주어서 겨우겨우 조직을 운영할 수 있었다.

  위성전화가 왔다. 여자 목소리다.

  - 파블로, 나야! 그동안 왜 연락 안 했어. 보고 싶어.

  이 여자는 누구지? 보고 싶다니…… 파블로의 애인이구나. 마리아가 공공연하게 인정하는 파블로의 애인, 방송국 아나운서인 발레리아다.

  "바빴어. 내 문제도 복잡하고."

  - 오늘 만나자. 할 얘기가 있어.

  전혀 알지도 모르는 이 여자를 만나야 할까? 감당할 자신이 없었다. 그렇지만 내가 생각하는 파블로의 변신을 위해 이 여자는 반드시 필요하다.

  "알았어."

  - 사랑해 파블로!

  발레리아는 코맹맹이 소리로 유혹했다. 아이고 이 사태를 어떻게 감당하나! 약속 장소와 시간은 정하지 않았다. 위성전화 도청을 염두에 두고 구체적인 장소와 시간은 절대 언급하지 말아야 한다. 우리 조직원이 발레리아의 집에 가서 그녀를 데리고 지정한 레스토랑에 데리고 오는 식이다. 물론 중간에 미행을 극도로 조심하면서.

  메데인 외곽의 깨끗한 호텔 방에서 그녀를 만났다. 키가 크고 육감적인데다 얼굴에 도화살이 그득하다.

  "파블로! 왜 그동안 연락하지 않았어? 다른 여자 생긴 거야?" 발레리아는 내가 들어오자 달려와 안기면서 물었다. 30대 물이 한참 오른 그녀의 몸은 뜨거웠다. 주체 못할 반응이 올라왔다. 이러면 안 된다.

"그런 거 없어. 정말 바빴어. 망할 놈의 라라 그 자식이 자꾸 나를 불러내잖아."

"그것 때문에 내가 파블로를 보자고 했어."

"나도 하고 싶은 얘기가 있어. 자, 식사하면서 얘기해." 나는 이미 차려진 식탁에서 그녀에게 와인을 따라주었다.

"라라 그 자식을 어떻게 할 거야? 죽일 거야?" 발레리아는 노골적으로 물었다.

"어떻게 했으면 좋겠어?"

"죽여서는 안 돼. 그러면 여론이 더 나빠져."

언론인인 발레리아는 확실히 여론의 동향에 민감하다.

"그 자식을 죽이지 않으면 내가 기소되는데……."

"기소된다고 바로 구속되는 것은 아냐. 재판을 거쳐야지."

맞다. 내가 듣고 싶은 얘기를 발레리아가 정확하게 말했다.

"재판에서 이기면 돼!" 그녀는 방법도 제시했다.

"어떻게 이겨? 증거가 확실한데."

"우리 판사님들은 돈을 좋아해. 그리고 여론을 절대 무시 못 해."

살인을 밥 먹듯 하는 마피아 새끼들이랑 있다가 정상적인 사고를 하는 사람이 하는 얘기를 들으니 살 것 같았다.

"좋아. 천천히 식사하면서 얘기해."

발레리아와 나는 라라가 기소하면 어떻게 할 것인지 놓고 대처 방안을 짰다. 먼저 검찰청부터 뇌물을 돌리기로 했다. 법무부 장관은 잠시 왔다 가는 임시직이다. 그러나 그 밑의 검찰은 잠깐있을 법무부 장관과는 생각이 다르다. 정의보다는 돈이 더 소중한 놈들이다.

먼저 검찰이 구멍이 송송 뚫린 엉터리 기소를 하게 한다. 대한민국 검찰도 봐주어야 할 사람을 마지못해 기소할 땐 무성의한 공소장을 제출해 무죄를 받게 해준다. 검찰 단계에서 불구속 기소를 노리고 다음에는 재판부를 매수한다. 판사가 마약왕에게 무죄를 주려면 민심이 중요하다. 그래서 여론 공작을 해야 한다.

"당신이 언론을 맡아 줘. 돈이 얼마든지 들어도 좋아. 내 이름이 신문에 나올 때 마약이나 카르텔 이런 것을 빼고 반드시 전직 국회의원이라고 쓰라고 압력을 넣어줘."

"걱정하지 마. 기자들은 매수하기 어렵지만 편집 데스크는 얼마든지 가능해. 돈만 준다면."

언론의 힘이란 이런 데 있다. 앞에 어떤 타이틀을 붙이는가에 따라 대중의 인식이 달라진다.

"좋아. 그리고 보고타에 있는 언론사를 하나 사줘. 장기적으로 언론사를 내가 갖고 있어야 여론을 움직이지."

"돈이 많이 들 텐데. 알다시피 신문사는 돈이 안 돼."

"돈 벌려고 언론사 하는 거 아냐. 저기 멀리 코리아라는 나라에서는 건설사들이 언론사를 해. 왜냐하면 언론 네트워크가 있어 자기들끼리 비리는 봐주거든. 건설사들이 저지르는 비리를 언론사를 통해 무마하는 거야."

"나름 선진국이네. 어떤 신문사를 인수하고 싶어?"

"엘파이스!"

"어머! 그 신문사는 쉽지 않을 거야. 콜롬비아에서 가장 오래되고 권위 있는 신문사인데다 로페즈 가문이 꽉 쥐고 있어 팔지 않을 거야."

"일단 시도해보고 안 되면 다른 신문사를 인수하지."

"알겠어. 돈만 많이 줘." 발레리아는 웃으며 말했다.

"그리고 이번 주부터 공개 활동을 조금씩 시작할 거야. 사전에 연락할 테니 신문사, 방송국 기자들 다 불러줘."

"어떤 일을 할건데?"

"노숙자들과 거지들을 위한 무료 급식소를 열거야. 요즘 경기가 안 좋아서 메데인에 시골 거지들이 몰려 오고 있어."

"돈이 많이 들 텐데."

"그러니까 내가 하는 거지. 가난한 메데인시 정부가 그런 긴급 예산을 만들어낼 수가 없으니까."

"멋있어! 전에 내가 그런 일을 해야 한다고 할 때는 시큰둥하더니, 진심이야?"

"진심이야. 돈 벌어서 혼자 펑펑 쓰는 것도 질렸어."

사실 진심은 살기 위해 인심을 베푸는 것이다. 그리고 박건우는 원래 기업의 사회적 활동에 관심이 많았다. 베트남 공장만 잘 되었다면…….

"자기, 다른 사람이 된 것 같아!"

가슴이 덜컥했다. 남의 속도 모르고 발레리아는 슬그머니 나에게 안겼다. 매혹적인 향수 냄새가 났다.

"내가 자기를 얼마나 좋아하는지 모르지?" 발레리아는 얼굴이 살짝 빨개지면서 눈을 감았다. 키스하라는 신호다. 그녀의 자존심을 무시할 수 없다. 살짝 키스하고 떨어졌다. 더 이상 진도를 냈다가는 그녀와 잠자리를 가질 지 모른다. 그러면 그녀는 내가 파블로가 아닌 것을 금방 눈치챌 것이다. 그게 두려웠다.

"발레리아, 지금 나가봐야 해. 다른 중요한 미팅이 있어."

"너무해. 거의 한 달 만에 만나는데 그냥 간다고?" 그녀는 울기 일보 직전이다.

"미안해. 다음에 같이 밤을 보내자."

달라붙는 발레리아를 겨우 떼어낼 수 있었다. 이 사태를 어떻게 하지? 머리가 아팠다.

일요일 오전. 나는 아내 마리아와 아들을 데리고 메데인 시내에 있는 성당에 갔다. 콜롬비아 최대 마피아 보스가 성당에 나타나자 난리가 났다. 도망가는 사람도 있었다.

사전에 내가 미사에 참여한다는 것을 알고 있는 주임신부가 성당 입구까지 나왔다. "파블로 형제! 잘 왔네. 우리는 모두 천주님의 자식이야. 죄를 회개하고 반성하면 누구나 용서받고 천국에 갈 수 있다네."

천국을 믿을 나이는 아니지만 살기 위해, 아니 대중의 지지를 받기 위해 시치미를 뗐다. "제가 너무 많은 잘못을 했습니다. 앞으로 열심히 성당에 나오겠습니다."

"오, 정말인가? 자네를 진심으로 환영하네."

나는 가족들과 함께 미사에 참석했다. 지루하고 짜증이 났지만 참고 시간을 보냈다. 살아야하니까. 미사가 끝난 후 신부님은 내 부하가 전해준 성금봉투를 열어보고 깜짝 놀랬다. "파블로 형제, 헌금이 너무 많지 않은가?"

"아닙니다. 제 성의입니다. 여기 성당의 지붕이 너무 오래되어 물이 샌다고 들었습니다. 자칫 그러다가 십자가라도 떨어진다면 무슨 망신입니까? 성당을 보수하는 데 사용하시기 바랍니다. 모자라면 제가 더 기부하겠습니다."

"고맙네. 파블로 형제! 내 걱정이 바로 그거였어. 정말 성당 십자가라도 무너지면 천주님의 진노를 내가 어떻게 감당할까 항상 걱정이었는데, 형제가 내 고민을 해결해주었어. 이리 나오게. 내 특별히 은총을 베풀어주겠네."

나는 주임신부의 발밑에 무릎을 꿇었다.

"어떤 은총을 원하나?"

"우리 콜롬비아 사람들이 전부 무사하고 배부르게 살 수 있기를 원합니다."

"역시 형제는 선량한 사람이야!"

정말 하느님이 있다면 "제발 총 맞아 죽지 않고 한국에 한 번 보내주세요."라고 빌고 싶었지만 차마 말하지 못했다. 진짜 파블로는 죽고 한국인 사업가 박건우가 환생했다는 것을 누가 믿겠는가.

다음날 콜롬비아 언론에서는 난리가 났다. 마약왕 파블로가 성당에 가서 미사를 드리고 건축헌금을 했다는 기사로 도배되었기 때문이다. 콜롬비아는 인구 90퍼센트 이상이 가톨릭 신자다. 성당은 내전과 폭력으로 피폐해진 콜롬비아를 지탱하는 보루이기도 하다. 파블로가 가족과 함께 미사를 보았다는 것은 그 또한 같은 콜롬비아인이라는 좋은 인상을 심어주었다. 거기에 거액의 건축헌금까지…….

이게 신문에 날 일은 맞지만 온 지면과 TV를 도배한 것은 발레리아 덕분이다. 아니, 내 돈이 일을 한 것이다. 외부에서 초청한 전문 사진사가 내가 신부님에게 은총을 받는 장면을 찍은 사진도 사람들에게 큰 감동을 주었다고 한다.

여기서 멈추면 안 된다. 화요일 오전. 나는 우리 조직 애들과 동네 여자들을 불러 코뮤나 13에 무료 급식소를 열었다. 코뮤나 13은 메데인에서 가장 열악한 빈민가로 산 중턱 이후부터는 전기와 물도 나오지 않는 곳이다.

내전과 가난에 쫓겨 일자리를 찾아서 대도시로 무작정 이주한 사람들이 할 수 없이 이 지역으로 들어온다. 도시는 그나마 일자리를 얻을 수 있기 때문이다. 그렇지만 그들을 기다리는 것은 폭력과 굶주림이다. 빵 한 조각을 빼앗기 위해 살인을 하는 곳이 코뮤나 13 지역이다.

이곳은 경찰도 포기한 동네로 실질적인 지배자는 마약왕 파블로 에스코바르이다. 그의 조직, 특히 시카리오들은 대개 이 지역 출신이다. 며칠 전부터 무료 급식소를 연다는 소식에 동네는 약간 흥분 상태다. 그들의 우상 파블로가 직접 가난한 이 지역 사람들을 챙긴다는 이야기를 들었기 때문이다.

나는 코뮤나 13의 가장 큰 사거리에 간이식당을 차리고 식량을 최대한 구입했다. 음식 조리를 위해 동네 여자들을 일당을 주고 고용했다. 배식과 질서 유지를 위해 조직을 동원했다. 처음 우리 조직 애들에게 봉사하자고 했을 때는 전부 떫은 표정으로 나를 쳐다보았다. 구스타보는 "이런 쇼를 한다고 남들이 알아줄까요?"라고 회의적으로 말했다.

"코뮤나 13은 우리가 태어나고 자란 곳이야. 우리가 마지막으로 기댈 수 있는 동네이기도 하고. 우리 형제자매들이 굶주리고 있는데 마음이 편할 수 없어."

 나의 강요로 평소 총을 들고 동네 사람들을 위협하던 깡패들이 주걱을 들고 배식에 나섰다. 보통 이런 행사를 하면 좀 더 먹겠다고 설치는 놈들이 있는데, 배식은 아주 평화롭게 진행되었다. 중간에 나도 배식에 나섰다. 내가 밥을 퍼주자 젊은 놈들은 덜덜 떨었고 할머니들은 눈물을 흘리며 고마움을 표시했다.

 그런데 이놈들은 왜 안나타나지? 그 순간 발레리아가 기자들과 방송국 카메라를 데리고 들어왔다. 역시 언론은 화제성과 돈으로 움직인다. 길게 줄은 선 주민들 사이를 뚫고 방송국 기자가 나에게 질문했다. "에스코바르 씨! 이런 활동을 언제까지 할 예정인가요?"

 이 자식도 지금 이것을 쇼로 보고 있구나. "제가 여유가 있는 한 계속 할 예정입니다. 앞으로《코뮤나 13 사회적 연대》라는 조직을 결성하여 이 지역의 빈곤 문제에 대처할 예정입니다."

 "그 조직은 어떻게 운영되나요?"

 "위원장님은 이 지역의 활동가인 곤잘레스 씨가 맡아줄 겁니다."

 나는 지금 배식을 돕고 있는 이 지역 사회활동가 곤잘레스를 소개했다. 배식을 돕던 곤잘레스는 고개를 들어 웃으며 인사를 했다.

 "돈은 제가 책임집니다. 조직의 투명한 관리를 위해 이 지역 신부님도 참여할 예정입니다."

 "감사합니다. 앞으로 큰 성과를 기대하겠습니다."

 인터뷰를 옆에서 듣고 있던 시민들이 손뼉을 치며 "에스코바르! 에스코바르!"라고 외쳤다.

 신문과 방송은 마약왕이 아니라 전직 국회의원으로 나를 소개했다. 무엇보다 마약왕이 자선 사업가와 신실한 가톨릭 신자로 탈바꿈한 것이 신선했을 것이다. 물론 댓글을 달 수 없는 1980년대의 일방적 언론 보도도 도움이 되었다. 만약 댓글이 달렸다면 악플도 쏟아졌을 것이다.

그나저나 이제 비즈니스를 정비해야겠다. 왜냐하면 정말 돈이 다 떨어졌기 때문이다. 가차 이 자식이 돈을 갖고 와야 할 텐데 조금 걱정이 되었다. 패밀리 회의를 열었다.

로베르트가 어제 무료 급식 소감을 전했다. "파블로, 네가 시켜서 마지못해 했지만 하고 나니 기분이 좋았어. 밑에 애들도 마찬가지야. 하기야 코뮤나 13은 우리 고향 같은 곳이지."

"봉사활동은 좋지만 보스가 전면에 나서는 것은 좋지 못합니다. 혹시 이상한 놈들이 숨어들어와 불미스러운 일이 있을 수도 있습니다."

구스타보는 나를 향한 저격이나 암살을 걱정했다.

"걱정 마. 내가 확실하게 경호를 세우고 있어. 지금 메데인에서 누가 파블로를 저격하겠어." 로베르트가 가슴을 치며 경호실장 자부심을 드러냈다.

"자자 그만. 오늘은 중요한 일이 있습니다." 나는 두 사람을 마주 보며 말했다. 두 사람이 조용해지자 말을 이어갔다. "오늘부터 회사를 만들 거야. 우리는 이제 합법적인 사업가가 되어야 해."

"어떤 사업을 하려고?" 로베르트가 의아한 듯 물었다. 마약사업 말고 다른 비즈니스를 한 번도 생각해 본 적이 없다.

"일단 물류와 건설, 그리고 경비와 통신사업을 할 겁니다."

"우리가 그런 일을 할 수 있을까? 경험이 없는데……."

"충분히 할 수 있습니다. 저만 믿으세요."

"어떻게 할 건데?"

"먼저 구스타보가 물류사업을 맡아줘."

"형님, 저도 사업 경험이 없습니다." 구스타보가 풀 죽은 목소리로 말했다.

"무슨 말이야? 지금도 네가 미국으로 약을 운송하는 사업을 하고 있잖아."

"그러면 마약 운송사업을 한다는 겁니까?"

"그건 앞으로 안 할 거야."라고 말하려다 참았다. 지금 이 패밀리는 마약사업을 하지 않으면 무너지는 구조다.

"비중을 줄여 나갈 거야. 당장은 트럭을 사서 메데인과 보고타, 부에나벤투라, 바랑키야 등을 운행하는 운송사업을 시작해. 지금 트럭 운송비가 콜롬비아 물가에 비해 터무니없이 높아."

"그건 당연하지. 경찰에 뜯기고 강도가 털어가고…… 배보다 배꼽이 큰 비즈니스니까."

"우리 패밀리가 한다면 적어도 강도에 당하지는 않을 거 아닙니까. 옛날에 우리 담배 밀수사업도 트럭으로 하지 않았습니까."

"알겠습니다. 트럭은 몇 대나 살 생각이십니까?"

"그건 네가 계산해 보고 나에게 보고를 올려. 운전사들도 구하고 창고도 사놓아. 창고는 애들 보고 지키라고 하고. 우리 조직이라면 트럭 물류사업은 충분히 경쟁력이 있어. 장기적으로 항공사업도 할 거야. 에스코바르 항공을 만들 거야. 구스타보 너는 거기 사장하는 거고."

"정말요?" 구스타보가 기대에 찬 목소리로 말했다.

"그래, 언제까지 마약밀매업자, 마피아로만 살 수 없어. 우리 자식들에게 합법적인 사업을 물려주어야 해."

"그렇지. 당연한 얘기야. 이런 더러운 비즈니스는 우리 당대에 끝내자고." 로베르트가 흥분하여 말했다.

"그런데 나는 무슨 일을 맡아?"

"형님은 건설을 맡아주십시오. 앞으로 우리 콜롬비아에 건설 시장이 전망이 밝습니다."

"집 지어봐야 큰돈 벌기 힘든데…… 돈이 잠기는 것도 문제고." 마피아들이 제일 싫어하는 것이 장기투자다. 마약사업은 초단기 투자다.

"형님, 건설은 집만 짓는 게 아닙니다. 정부 발주 도로, 철도도 건설사업입니다. 무엇보다 지금 메데인에 엄청난 건설 프로젝트가 곧 등장합니다."

"그게 뭔데?"

"다음에 말씀드리겠습니다. 일단 건설사를 만들고 손해 안 나는 프로젝트만 해서 실적을 올리시기 바랍니다. 돈을 확실히 받을 수 있다면 집이라도 짓기 바랍니다."

"크하하하. 우리 카르텔 돈을 떼먹고 갈 놈은 없어." 로베르트가 큰소리쳤다. 하기야 마피아 건설업체에 돈을 주지 않을 배짱 있는 놈이 어디 있겠는가.

"보스, 저와 로베르트 형님이 물류와 건설업을 하면 기존에 하던 일은 어떻게 하고요?"

"구스타보 너는 공장 일은 일단 손을 떼. 네가 항상 필요한데 출장이 너무 잦아서 그동안 불편했어."

"누구에게 맡기려고요?"

"블래키가 할 거야."

"네? 그놈은 칼리 출신이라서 믿을 수 없습니다." 구스타보가 반대했다. 칼리 카르텔은 메데인 카르텔과 경쟁관계에 있다. 지금은 메데인 카르텔이 압도적인 우위에 있지만 칼리도 만만치 않다. 블래키는 칼리 출신의 에스코바르의 부하이다. 카르텔에 뛰어들기 전에 화학약품 공장장이었다.

"출신은 모르겠지만 능력은 믿을 수 있어."

"배신하면 어떻게 합니까?"

"그런 걸 염두에 두고 사람을 쓸 수는 없어. 일단 전폭적인 신뢰를 주고 보자." 의심 많은 콜롬비아 마피아에게 현대식 인사관리를 가르치려니 힘들다.

나는 로베르트를 쳐다보았다. "형님, 제가 장부를 면밀하게 살펴보았습니다. 그동안 정리한다고 고생이 많았습니다."

"그거야 뭐……." 로베르트는 나의 시선을 받지 않고 고개를 떨구었다. 찔리는 게 많기 때문이다.

"이제 장부는 제가 직접 관리하겠습니다. 구체적인 자금 관리는 리코에게 맡길 예정입니다."

"무슨 말이야! 나를 빼겠다는 거야? 리코 개자식은 대학 나왔다고 잘난 척만 하는 놈이야. 총 한발 제대로 쏘지 못하는 놈이야."

"자금 관리하고 장부 정리하는데 총이 무슨 상관입니까? 능력이 있으면 믿고 써야 합니다."

"그래도 내가 지금까지 우리 패밀리의 자금을 관리해왔는데 거기서 밀려나면 내 체면이 어떻게 되겠어?" 로베르트는 실상 체면보다 앞으로 뒷돈을 챙길 수 없는 것을 걱정한다. 이놈을 안심시켜주어야 한다.

"형님이 건설업을 맡으면 할 일이 엄청 많습니다. 거기에다 다루어야 할 돈도 많습니다. 전체 자금을 관리할 여유가 없습니다." 나는 단호하게 말했다.

회계의 ABC도 모르는 무식한 로베르트에게 연 매출 2-3억 달러 회사의 자금 관리를 맡길 수 없다. 나중에 알고보니 리코는 내 아들 마로킨의 대부이다. 그 정도 관계라면 자금을 맡길 수 있지 않는가? 그리고 무엇보다 내가 회계 전문가인데 아마추어 리코가 나를 속일 수 없다. 조금 있으면 엑셀 프로그램도 나온다.

"그리고 법인을 설립할 예정입니다. 이제 우리는 콜롬비아 법을 지키며 사업을 해야 합니다."

"마약사업은 안 할 예정인가요?" 구스타보가 노골적으로 물어보았다.

나의 가장 큰 고민이기도 하다. 돈만 충분히 있으면 때려치우고 싶은데, 이 모든 사업을 하기 위해서는 당분간 캐시카우가 필요하다. 대박이 터지기 전까지는 마약사업을 병행하지 않을 수 없다. 그렇지만 이들 앞에서 내 속마음을 드러낼 수는 없다. "같이 할 거야. 점차 비중을 줄여 나가는 거지."

"메데인 카르텔에서는 그렇게 생각하지 않을 것 같은데요."

"마약사업의 결말은 결국 우리 패밀리의 멸망이야. 천조국 미국과 맞설 수는 없어."

"천조국이 뭡니까?" 구스타보가 물었다. 귀찮지만 다시 한번 설명해 주었다.

"법인은 어떻게 만들 거야?" 로베르트가 구체적으로 물었다.

"주식회사로 만들 겁니다. 지분을 정해야지요."

지분이라는 말에 로베르트와 구스타보의 얼굴이 진지해졌다. 복잡한 회계는 몰라도 자기 몫에는 본능적으로 민감하다.

"제 생각은 이렇습니다. 제가 51퍼센트. 왜냐하면 최대 주주로서 결정권이 있어야 하니까요. 로베르트 형님과 구스타보는 각각 20퍼센트입니다."

사촌 형 파블로에 대한 충성심이 높은 구스타보는 20퍼센트 지분에 만족했다. 그렇지만 하는 것도 없이 파블로의 형이라는 이유로 대접받아온 로베르트는 인상을 찌푸렸다. 그는 불만을 간접적으로 표시했다. "9퍼센트는 누구 거야?"

"우리 조직원들에게 나누어 줄 생각입니다. 이들도 지분을 받을 충분한 권리가 있습니다."

"우리 패밀리가 아닌 놈들에게 왜 우리 지분을 나누어 주나? 나는 반대야."

"형님, 우리 회사가 살아남고 사업이 잘되려면 패밀리를 넘어 이익공동체를 만들어야 합니다. 지분도 없는데 우리 부하들이 목숨을 걸고 의리를 지킬까요?"

"……."

"파블로 형님, 다 좋은데, 사업할 돈은 지금 있나요?" 구스타보가 뼈아픈 약점을 물었다.

조직 자금 사정을 뻔히 다 아는 로베르트도 나의 답변을 기다렸다.

"돈은 구할 데가 있어. 사업계획서나 짜서 와." 나는 큰소리쳤다.

"비자금을 찾은 거야?" 로베르트가 물었다.

"그런 건 없습니다. 돈은 제가 책임지고 해결할 겁니다."

다음날 나는 에스코바르 주식회사 지분 9퍼센트를 나누어줄 중간 보스들을 소집했다. 약 20여 명 정도 되었다. "오늘부터 우리 조직은 큰 변신을 한다."

파티할 때나 상대방 조직과 전쟁 할 때를 빼고 조직원이 이렇게 다 모인 것은 처음이다. 모두 어떤 이야기가 나오나 궁금해 귀를 쫑긋 세웠다.

"우리는 합법적이고 정상적인 사업을 할 예정이야. 먼저 물류 분야는 구스타보 사장이, 건설은 로베르트 사장이, 그리고 통신은 에르난데스 사장이, 보안사업은 바르카스 중령이 맡기로 했어."

 조직원들은 구스타보와 로베르트의 명칭이 보스에서 사장으로 바뀐 것을 주목했다. 범죄 조직이 기업 조직이 된 것이다.

 "에르난데스는 누구입니까? 통신사업은 무엇을 의미합니까?" 조직의 자금 담당을 맡은 리코가 물었다.

 "에르난데스는 오늘 이 자리에 오지 못했어. 지금 그는 콜롬비아 텔레콤 본부장에 있어. 오늘 자로 사퇴하고 우리 조직에 합류할 예정이야." 조직원들이 웅성거렸다. 깡패가 아니라 일반인이 에스코바르 조직에 가입하는 것이다.

 "통신사업은 일단 유선전화 임대사업부터 시작할 예정이야. 장기적으로 이동통신, 즉 위성전화사업도 할 생각이야." 조금 있으면 이동통신 시장이 열린다. 이 시장의 성장 전망도 밝지만 더 중요한 것은 전화를 감청할 수 있다는 것이다. 정보는 돈이자 곧 생명이다.

 "보안사업이란 무엇입니까? 바르카스 중령은 누구입니까?" 다른 조직원이 물었다.

 "바르카스는 현재 콜롬비아 육군 중령이야. 그 또한 곧 전역하고 우리 조직에 합류할 거야. 보안사업은 지금 단계에서는 경비업이라고 할 수 있지. 경비가 필요한 기관이나 단체에 우리 조직원들을 보내주는 거야."

 에스코바르 조직이 경비를 선다면 얼치기 범죄 조직은 접근도 하지 않을 것이다. 조직원들을 체계적으로 훈련시키고 정상적인 비즈니스 기업이라는 것을 보여주기 위해 현역 육군 중령을 불렀다.

 물론 에르난데스와 바르카스가 쉽게 합류한 것은 아니다. 나는 그들이 나에게서 받은 뇌물 금액과 날짜를 조용히 보내주었다. 감방에 갈 것이냐, 에스코바르 조직에 합류할 것인가를 요구했다. 동시에 앞으로 사업 구상을 담은 계획서도 보내주었다. 두 사람은 피치 못할 선택을 하였지만 내 사업계획도 마음에 들어 했다. 게다가 지분까지 준다고 하지 않는가?

 "우리는 어떻게 됩니까?" 다른 중간 보스가 물었다.

"지금부터 각자 소속을 부를거야."

나는 네 개의 사업부와 경호대, 조직 관리부로 나누어 사람들을 재배치했다. 조직원들은 웅성거리며 자기 소속으로 찾아갔다.

"보스, 그러면 앞으로 마약사업은 하지 않는 겁니까?"

"공식적으로 에스코바르 주식회사는 마약사업을 하지 않아. 이 문제는 보안 사항이야. 구스타보 사장이 필요하다면 여러분에게 지시할 수 있고 그때는 그 명령을 수행해야 해."

"우리의 급여는 어떻게 됩니까?"

"급여는 직급에 맞게 제시될 거야. 성과급은 줄어들겠지만 월급은 대폭 오를 거야."

지금까지 에스코바르 조직의 급여 관리 시스템은 개판이었다. 월급이라는 개념이 없고 건수별로 돈을 주었으며, 마약사업으로 큰돈이 들어오면 파블로 기분대로 돈을 마구 나누어주었다. 이렇게 해서야 안정적인 가정과 미래를 꾸릴 수 없다. 조직원들이 사건이 날 때마다 배신하고 파블로 뒤통수를 때린 이유가 거기에 있다. 나는 간단하게 직급에 따른 급여를 공개했다.

"더 중요한 사항을 말하겠어. 여기 모인, 그리고 에르난데스와 바르카스에도 회사의 지분을 줄 예정이야."

"정말입니까? 우리는 에스코바르 패밀리도 아닌데요?"

"그건 중요하지 않아. 가장 중요한 것은 일을 잘하고 조직에 충성하는 거야. 너희들의 지분은 현재 최소 0.2퍼센트에서 1퍼센트까지야. 지금은 그 가치가 작다고 생각할 수 있지만 나중에 주식이 상장되고……."

가만, 이 콜롬비아 총잡이들이 주식 상장이라는 개념을 이해할 리 없다. 좀 더 쉬운 언어로 설명했다. "에스코바르 주식회사가 연말에 결산을 하고 이익이 나면 자기 지분에 따라 배당금을 받을 수 있어. 이익이 백만 달러고 지분이 1퍼센트라면 1만 달러를 받는 거야."

"정말입니까?" 어떤 중간 보스가 기대에 찬 목소리로 물었다.

"한 치의 거짓도 없어. 지분은 공증으로 보장될 거야. 더 중요한 것은 이 지분은 너희들이 에스코바르 조직을 그만두어도 사라지지 않는다는 거지."

"지분을 팔 수도 있습니까?"

"얼마든지. 그렇지만 팔지 않을 게 좋을 거야. 나중에 우리 회사가 잘 되면 그 가치는 어마어마해질 거야. 단, 너희들이 에스코바르 주식회사에 근무할 때는 팔지 못 해."

"좋습니다. 파블로 보스, 감사합니다."

"보스, 아니 회장님 만세입니다." 중간 보스들은 만세를 불렀다.

오랫동안 대기업의 조직 관리를 해본 경험에 의하자면, 사람들은 그 조직에서 심리적 안정을 느낄 때 조직에 충성하고 성과를 낸다. 에스코바르 조직의 중간간부들은 자신들이 총알받이라는 것을 잘 안다. 에스코바르 패밀리가 아닌 이상 보스가 되기도 힘들다. 그들을 움직이는 것은 돈과 총이다. 에스코바르가 크게 한탕 했을 때 목돈을 챙길 수 있다.

이 조직을 배신할 수 없는 이유는 의리 때문이 아니라 에스코바르 패밀리가 가만히 놔두지 않기 때문이다. 그런데 이제 지분을 받을 수 있다. 그리고 합법적인 사업이라면 교도소를 들락거리지도 않을 거고, 안정적인 직장이 아닌가? 에스코바르 패밀리의 사업이 잘될지 안 될지는 모르겠지만 미래가 눈에 보인다는 점에서 그들은 환호했다.

이제 문제는 돈이다. 당장 내달 돌아오는 급여를 준비해야 하고 사업 초창기에는 이것저것 돈이 많이 든다. 구스타보와 로베르트는 내가 비자금을 가진 것처럼 생각하지만 수중에는 백만 달러도 없다. 그러면 적어도 당장 필요한 자금 2백만 달러는 어떻게 조달하지? 당연히 은행을 통해 대출받아야지. 세상에 자기 돈만으로 사업하는 것만큼 어리석은 것은 없다.

자금담당을 맡은 리코가 들어왔다. "보스, 메데인은행의 은행장과 미팅을 잡았습니다."

"수고했네."

"실례지만 거기는 왜 가시는가요?"

"대출 받으러 가는 거야."

"대출을요? 왜요?"

"사업하려면 자금이 필요하고 그 자금은 은행이 가지고 있으니까. 가자."

내 말에 황당한 표정을 짓는 리코와 벨라스케스를 대동하고 메데인은행으로 들어갔다. 경비가 우리를 보더니 슬그머니 사라졌다. 메데인은행장 아구에르가 현관문 앞에 나타나서 우리를 영접했다. 그의 안색은 어두웠다. 아무리 요즘 파블로의 이미지가 좋아졌다고 하지만 마약왕과 만나는 것은 부담스러운 모양이다.

전날 그는 나와 만나는 것을 거부했다고 한다. 리코는 준비한 자료를 건네주었다. "이걸 보고 만날지 안 만날지 결정해!"

리코가 건네준 자료는 사진들이다. 거기에는 아구에르 행장의 가족들 사진이 하나하나 찍혀 있었다. 눈에 넣어도 아프지 않을 아들과 딸, 그리고 그의 숨겨둔 애인 사진까지 있었다. 아구에르는 손을 벌벌 떨며 나와 만나겠다고 고개를 끄덕였다고 한다.

밤새 잠을 제대로 자지 못해 눈밑이 검은 아구에르 행장이 초췌한 표정으로 나를 마중나왔다.

"행장님, 이렇게 만나 뵙게 되어 반갑습니다. 제가 최근 새로 명함을 하나 팠는데 드리겠습니다."

아구에르는 나의 새로운 명함을 뚫어지게 쳐다보았다. "에스코바르 주식회사는 언제 만들어졌는가요?"

"1주일 되었습니다. 상공회의소에 등록도 했습니다."

"축하드립니다. 그런데 왜 저를 만나시려고 하십니까?"

"이제 본격 사업을 시작하는데 자금이 부족합니다. 메데인은행의 대출을 부탁드립니다."

"네?"

아구에르는 황당한 표정을 지었다. 파블로는 지금 콜롬비아의 최고 현금부자 아닌가? 돈이 남아돌아 땅밑에서 썩고 있다고 들었는데 대출을 해달라니.

"저의 사업계획서 내용을 한번 들어보시렵니까?"

아구에르는 이게 무슨 상황인지 이해가 되지 않아 눈을 깜빡거렸다. 리코가 준비한 차트를 방에 설치했다. 아직 컴퓨터가 대중화되기 전이다. 파워포인트도 나오지 않아 사업계획서를 차트로 만들었다. 나는 차트를 하나하나 넘기면서 사업 내용을 설명했다. "우리 에스코바르 주식회사의 사업 분야는 크게 네 가지입니다. …… 현금 흐름은 이렇고 손익분기점은 2년 뒤, 주당순이익률은 300퍼센트를 넘을 예정입니다."

아구에르는 약간 멍한 상태가 되었다. 마약왕 파블로 에스코바르가 이렇게 똑똑하다니! 그렇지만 이건 그의 전공분야다. 흥미가 생겨 몇 가지 질문을 했다. 나는, 아니 마약왕 파블로는 막힘없이 대답했다. 아구에르는 오랜만에 제대로 된 기업보고서를 들은 셈이다.

"저는 메데인은행에 5백억 페소 대출을 요구합니다. 은행의 대출이자 12퍼센트는 물론이고 1차 상환은 3개월로 해드리겠습니다."

아구에르는 충격을 받아 얼굴이 검게 바뀌었다. 이 가난한 은행의 여유자금을 파블로가 다 긁어가는 게 아닌가?

"저의 은행에는 그만한 돈이 없습니다."

"그러면 우리가 한번 뒤져볼까요?" 나는 벨라스케스에게 눈치를 보냈다.

벨라스케스가 총을 꺼내 나가려고 하자 아구에르는 놀란 표정으로 말했다.

"지금 금고에 있는 돈은 지급준비금입니다. 은행의 여유 자산이 아닙니다."

"오, 돈은 있군요. 잠시 나가들 있게." 나는 부하들을 밖으로 보냈다.

"아구에로 행장님, 5백억 페소를 대출해주시면 커미션으로 10만 달러 드리겠습니다."

콜롬비아 은행은 대출 조건으로 불법 커미션이 필수적이다. 아구에르는 에스코바르가 그래도 기본은 되어 있다는데 안도의 한숨을 내쉬었다.

"감사합니다. 그러면 담보는 있는가요?"

"나폴레스 농장으로 합시다."

"그건 대출 담보로 약합니다. 코끼리와 하마는 팔 수도 없습니다."

당연히 농장으로 해결이 안 된다. 할 수 없다. "아구에로 행장님, 잠시만 이쪽으로……." 나는 준비한 한 수를 꺼냈다. 내 말을 들은 아구에르의 얼굴이 활짝 피어났다. "좋습니다. 대출해드리겠습니다."

대출은 순식간에 이루어졌다. 커미션도 현금으로 아구에르에게 전달했다. 은행을 나오면서 리코가 흥분된 목소리로 물었다. "완강한 아구에로 행장이 전격적으로 대출을 해줄 것이라고는 생각도 못 했습니다. 피를 좀 흘릴 것이라고 예상했는데 다행입니다."

"만약 한 달 뒤에 약속한 달러가 들어온다면 5백억 페소 대출 결정은 어렵지 않아. 앞으로 메데인은행을 주거래 은행으로 사용할 거라고 하니까 좋아 죽더군."

"그러면 이제 돈을 창고에 보관하는 게 아니고 메데인은행에 예금하는 겁니까?"

"당연히 그렇게 해야지. 에스코바르 주식회사 법인으로 통장을 만들어 거래할 거야."

"돈세탁이 쉽지가 않을 텐데, 가능할까요?"

"그래서 자네에게 새로운 업무를 하나 맡길 생각이야."

"어떤 업무입니까?"

"에스코바르 상사를 만들어. 그리고 질 좋은 커피 원두를 사서 미국에 수출해. 콜롬비아 가난한 농부들이 힘들여 재배한 커피니까 깎지 말고 부르는 대로 구입해. 그러면 미국에 있는 은행에서 메데인은행으로 그 대금을 결제할 거야."

물론 거기에 커피 수출은 형식이고 실질적으로는 마약 판매 대금이다. 그런데 지금까지 이런 걸 몰랐던 것은 아니었다. 문제는 딴 데 있었다.

"아! 미국에서 돈을 보내면 합법적인 자금이 되는군요. 그런데 미국 은행에서 과연 냄새나는 돈을 보내줄까요?"

"그건 내가 알아서 하지. 자네는 콜롬비아에서 일어나는 일만 책임지게. 참, 그리고 상사 직원들을 뽑을 때 반드시 갓 대학을 졸업한 친구들만 뽑아. 대졸 신입사원의 최고 연봉을 보장해주고 최고의 엘리트를 선발해. 영어는 기본이고 무역과 회계 지식이 갖춰져 있어야 해. 최종 면접에는 나도 들어갈 거야."

"경력사원은 안 됩니까?"

"안 돼. 반드시 대졸 신입을 뽑아. 내가 직접 그놈들을 가르칠 거야."

나의 무역과 금융 지식은 아마 지금 세계에서 최고 수준일 것이다. 앞으로 새로운 무역과 금융 기법이 마구 나올 텐데, 구닥다리 지식을 갖고 있으면 오히려 흡수에 방해가 된다. 게다가 젊은 친구들은 콜롬비아에 만연한 부패와 나태와는 거리가 멀다. 그들의 순수함과 패기가 경력보다 훨씬 중요하다.

"알겠습니다. 사실 우리 조직은 덩치에 어울리지 않게 시카리오 출신만 넘쳐 나는 게 문제입니다."

에스코바르 조직의 말단은 시카리오에서 시작한다. 거기서 살아남고 경력이 쌓이면 조직의 말단 간부가 되고 그중에 충성심을 인정 받으면 중간 보스로 성장한다. 조직원 대부분은 초등학교를 못 나온 친구들이다. 대학까지 졸업한 리코는 그 과정에서 소외감을 많이 느꼈다.

나의 지시에 리코는 신이 났다. 미국서 합법적으로 자금이 들어오면 에스코바르 주식회사는 콜롬비아 최대 기업이 될 수 있다. 그러면 그는 그 기업의 CFO(최고재무관리자)가 아닌가. 그런데 보스가 어떻게 고액의 현금을 의심 많은 미국 은행을 통해 움직일 수 있을 지는 의아스러웠다. 미국 은행은 범죄 조직의 자금세탁에 대단히 민감하다. 그런데 리코가 착각하는 게, 나는 미국 은행이라고 하지 않았다. 미국계 은행이다.

홍콩에 본사를 둔 HSBC는 지금 중국 조폭 삼합회의 자금 창구 기능을 한다. 그런 HSBC가 작년에 LA에 진출했다. HSBC는 합법의 탈만 씌워준다면 돈 되는 일은 마다하지 않는다. 그래서 나중에 미국 금융감독원으로부터 마피아 자금을 중개했다고 거액의 벌금형을 받기도 한 걸 아는 사람은 나뿐이리라.

코뮤나 13에 설치한 무료 급식소는 일회성 행사가 아니다. 나는 시간 날 때마다 봉사 활동을 갔다. 처음에는 나를 어렵게 생각했던 지역 주민들도 이제는 마치 한동네 사람인 양 편하게 '파블로'라고 부른다. 내가 이 지역에 자주 나타나자 범죄율이 급격하게 감소했다고 한다. 콜롬비아 살인왕이 행차하는데 조무래기들이 설칠 수는 없을 것이다.

그날도 음식을 배식하고 기분 좋게 집으로 돌아가는 중이었다. 인적이 드물고 길이 복잡하게 구부러지는 칼레 49번 국도로 접어드는데 뒤에서 오토바이 두 대가 굉음을 내며 다가왔다.

"보스, 뭔가 이상합니다. 고개를 숙이세요." 경호실장인 벨라스케스가 조수석에서 소리쳤다.

앞서가는 오토바이가 내 차량 앞에서 경호하던 밴에 집중 사격을 가했다.

[탕탕탕]

이 차량은 충격과 커브 길의 원심력을 이기지 못해 그대로 가로수에 부딪쳤다.

[쾅!]

차량에 불이 붙었다. 두 번째 오토바이가 달려와서 뒤쪽에 앉은 놈이 총을 꺼내더니 나에게 발사했다.

[탕탕탕]

총알은 그대로 나에게 날아왔지만 이 자동차의 방탄유리를 뚫지는 못했다. 이놈들은 얼마 전에 내가 방탄차로 바꾸어 타고 있다는 것을 몰랐다.

"보스! 괜찮은가요?" 벨라스케스가 놀라서 소리쳤다.

총알이 방탄차의 유리창에 튕겨 나옴에도 불구하고 오토바이를 탄 시카리오들은 총질을 멈추지 않았다. 내 뒤를 따라오던 경호 차량에서 이놈들에게 총질을 퍼부었다.

[탕탕탕]

오토바이 한 대가 커브 길의 원심력을 견디지 못해 밑의 언덕으로 떨어졌다. 내 차에 총질한 오토바이는 공격이 무산되었다는 것을 알고 그대로 도망쳤다. 벨라스케스가 운전사에게 "저놈을 쫓아! 살려두어서 안 돼!"라고 외쳤다.

'바보 같은 놈! 지금 뭐가 중한데!'

"아냐. 그놈 신경 쓰지 말고 전속력으로 달려!"라고 나는 지시했다.

[부아아앙!]

조직의 보스가 일개 암살자랑 다투어서 뭐하겠다는 건가? 빨리 이 자리를 안전하게 벗어나는 게 중요하다. 콜롬비아 마피아는 잔인하고 용감하기는 했지만 생각이 없는 경우가 많다.

자동차는 전속력으로 달려 무사히 농장에 도착했다. 내가 공격당했다는 소식을 듣고 로베르트가 부하들을 데리고 정문 앞까지 마중 나왔다. "파블로, 괜찮아? 경호 차량 두 대는 어디에 있어?"

"저는 무사합니다. 하나는 가로수와 부딪쳤고, 다른 하나는 시카리오를 찾으러 갔습니다."

"마리아랑 마로킨이 걱정하고 있어. 빨리 집으로 들어가!"

집에 들어와 가족들을 안심시키고 샤워를 했다. 누가 나를 암살하려고 했을까? 파블로에게는 적이 너무 많아 짐작되지 않았다. 시가를 한 대 피우며 죽음에서 살아 돌아온 힘든 하루를 반추했다. 조금 뒤에 벨라스케스가 노크를 하고 들어왔다.

"보스, 시카리오 한 명은 도망가고 나머지 한 명을 겨우 잡아 왔습니다. 그런데 생명이 간당간당합니다. 어떻게 할까요? 직접 심문하시겠습니까?"

잔인한 파블로는 포로 심문을 좋아했다고 한다. 심지어 직접 고문에 나서

기도 했다. 그렇지만 한국의 비즈니스맨 박건우는 그런 잔인한 짓거리를 사양한다.

"아냐, 피곤해. 네가 직접 알아보고 보고해."

"네."

벨라스케스는 싱글벙글 웃으며 돌아섰다. 오랜만에 손맛을 볼 생각에 기분이 좋아 입 근육이 실룩거렸다.

시간은 오래 걸리지 않았다. 로베르트와 조금 전 귀가한 구스타보가 모여 오늘 사태를 얘기하고 있는데 벨라스케스가 들어왔다.

"어떤 새끼들이야?" 로베르트가 화난 목소리로 물었다.

"그놈도 잘 모른다고 합니다. 자신들이 설마 파블로 보스를 죽이려는 줄 몰랐다고 합니다."

"정말인가?"

"네."

"어디 출신이야?"

"칼리 촌놈들입니다."

"뭐?"

구스타보가 소리쳤다. "자초지종을 설명해."

"이번 보스 암살에 동원된 4명은 칼리의 유명한 시카리오들입니다. 1주일 전에 다비드라는 지역 건달이 와서 살인을 의뢰했는데, 보스를 사업가로 소개했다고 합니다. 이 건수는 착수금 5천에 성공보수금 5천 달러를 받는 조건으로 계약을 맺었다고 합니다. 평소보다 2~3배 높은 금액이라고 하더군요. 며칠 전에 메데인에 와서 오더를 기다리고 있었는데 보스 차량을 가르쳐준 놈은 이름도 모르는 젊은 놈이라고 합니다."

벨라스케스가 알아 온 정보로 파악할 때 나의 살인을 의뢰한 사람은 철저히 자신을 숨겼다. 내가 알게 되면 곤란한 상황이 발생할 것을 우려한 것이다.

"지금 애들을 보내 칼리의 다비드라는 놈을 잡아 와. 적어도 그놈이 죽은 사진이라도 가져와야 해."

로베르트가 벨라스케스에게 지시했다. 벨라스케스가 이 명령을 수행하기 위해 방을 나가려는데 내가 덧붙였다.

"벨라스케스, 지금 붙잡힌 놈에게 오늘 차량을 알려줬다는 젊은 놈 인상착의를 알아내. 그림 잘 그리는 애를 시켜 그려서 가지고 와."

"네, 알겠습니다. 보스!" 벨라스케스가 명령 복창을 하고 사라졌다.

"파블로, 누구일 것 같아? 암살 사주한 놈이?" 로베르트가 물었다.

"글쎄요. 워낙 많아서…… 가능성으로 따지자면 로드리게스 가차입니다. 이번 달에 백만 달러를 보내기로 했는데 지난번에 전화가 와서 1주일만 미루어 달라고 하더군요."

가차가 백만 달러를 갚지 않는 바람에 자금 사정이 많이 꼬였다. 개자식이 끝까지 문제네.

"설마 우리 카르텔 내부에서 그런 일을 사주하겠어?" 로베르트가 아니라는 듯 고개를 저었다.

"얼마든지 가능합니다. 가차도 오초아 형제도 우리가 커미션을 너무 많이 떼간다고 생각하고 있어요. 그러니까 우리만 제거하면 커미션을 내지 않아도 된다고 생각한 것 같습니다."

미국으로 보내는 마약 물량의 운송비는 매출액의 20퍼센트이다. 그 돈으로 에스코바르 패밀리는 레흐더와 함께 유통망을 만들어 운영하고 있다. 게다가 이제 칼리 카르텔의 물량도 호르헤의 부탁으로 실어나르고 있다. 칼리 카르텔은 30퍼센트의 커미션을 낸다.

"저놈들이 바보가 아닌 이상 유통에는 비용이 든다는 것을 알 텐데, 이런 짓을 할까?" 카르텔에 애정이 많은 로베르트가 부정적으로 보았다.

"가차는 지난주에 백만 달러를 보내지 않았어요. 만약 이번 암살이 성공한다면 암살 의뢰비 만 달러로 백만 달러 버는 셈이죠. 아니, 추가로 4백만 달러도 보내지 않을 핑계가 생기는 겁니다." 구스타보도 가차를 가장 의심했다.

"그렇다고 확실한 증거도 없는데 가차를 용의자로 지목할 수는 없어." 로베르트는 여전히 카르텔에 미련이 남아 있다.

"혹시 칼리 카르텔이 사주한 거 아닐까요?" 나는 조심스럽게 물었다. 칼리 카르텔은 나를 제거하면 미국으로 보내는 물량의 커미션을 낼 필요가 없다. 시장도 마이애미까지 넓힐 수 있다.

"호르헤 보스가 칼리 카르텔의 힐베르트 로드리게스 보스랑 오랜 친구 사이야. 호르헤의 부탁으로 우리가 칼리 카르텔의 미국 시장 진출을 도와주었는데, 은혜를 원수로 갚겠어?" 로베르트가 부정적으로 말했다. 그는 여전히 메데인 카르텔의 충실한 신도이다.

"칼리에 애들을 보냈으니 다비드 그놈 입에서 답이 나올 겁니다." 구스타보가 말했다.

"좋아! 그 일은 벨라스케스에 맡겨 두고 카르텔 회의를 소집합시다. 내가 죽을뻔 했는데 다른 놈들이 어떻게 나오는지 보죠."

"맞습니다. 이 회의에 참석하지 않는 놈이 일을 사주했을 가능성이 큽니다." 구스타보가 맞장구를 쳤다.

"회의에 다 참석할 거야. 안 나오면 의심을 받는데, 죽을병이 아니면 얼굴을 내밀겠지. 그놈들과 얘기하다 보면 실마리를 찾을 수 있을 거야."

"보스의 말이 맞습니다."

순진한 바보 로베르트와 달리 구스타보는 내 말의 의도를 파악했다.

"형님이 전화를 돌려 모레까지 우리 농장서 카르텔 회의를 개최한다고 전해주세요. 제가 암살당했다는 얘기는 하지 말고, 긴급사항이라고만. 구스타보는 다비드라는 놈과 메데인에서 나를 지목한 젊은 놈의 정체를 알아내."

"네, 알겠습니다."

02

마약 대신 커피와 꽃

지난번 메데인 카르텔 회의가 파티를 즐기기 위한 명분이라면 이번 모임은 최종 보스가 내린 긴급회의라서 참석하는 사람들의 얼굴이 심각했다. 내가 왜 이 회의를 소집했는지 설명하지 않았기 때문이다.

모두 도착했다는 말을 듣고 나는 회의실로 들어갔다. "형제 여러분! 바쁘신 가운데 이렇게 와주셔서 감사합니다."

"파블로 보스! 어떤 일인가요? 우리가 이렇게 긴급회의를 가진 게 거의 몇 년 만인 것 같은데 심각한 사안입니까?" 후안이 물었다.

"네, 심각합니다."

나는 구스타보에게 눈치를 보냈다. 잠시 뒤 벨라스케스가 두들겨 맞아서 얼굴이 곤죽이 된 칼리의 시카리오 한 놈을 데리고 나타났.

"얼마 전에 제가 암살을 당할 뻔했습니다. 4명이 덤볐는데, 3명은 죽고 이 놈만 남았습니다."

"네? 아니 그런 일이!"

"아니, 왜 진작 말하지 않았습니까?"

"누구 소행인가요? 카르텔 차원에서 대응해야 합니다."

메데인 카르텔의 보스들이 경악에 찬 목소리로 중구난방으로 외쳤다.

"이놈이 직접 얘기할 겁니다."

칼리의 시카리오가 벌벌 떨면서 쥐죽은 목소리로 "저희는 암살 대상이 파블로 보스라는 것을 전혀 몰랐……습니다. 평소 우리에게 사건을 의뢰하던 다비드가 별 위험하지 않은 큰 건이라며 소개해주었……습니다. 메데인에 도착해서는 호텔에 숨어 있다가 사건 당일 다비드가 연락책이라고 말한 놈의 지시를 받고 움직인 것이 전부……입니다."라며 더듬거리며 말했다.

"너 혹시 칼리 카르텔의 조직원 아냐?"

레흐더가 시카리오들이 칼리 출신이라고 하자 당연히 그렇게 의심을 했다.

"아닙니다. 절대 아닙니다. 우리 같은 조무래기들은 칼리 카르텔에 들어갈 수가 없습니다." 그는 펄펄 뛰며 부정했다. 이제 그가 죽고 사는 게 문제가 아니다. 이게 조직과의 전쟁이 되면 그의 가족들 생명이 위태롭기 때문이다.

파블로를 죽이려고 시도한 것이 칼리 카르텔일지도 모른다는 주장이 제기되자 호르헤가 정색하며 나섰다. "칼리 카르텔의 힐베르트 로드리게스 보스가 파블로 보스에게 항상 감사하다는 인사를 전해달라고 하는데 이런 짓을 할 리는 없습니다. 만약 정말 이런 일을 꾸몄다며 당장 의심받을 수 있는 칼리의 시카리오들을 사용하지 않았을 겁니다."

"그건 모르지. 커미션 금액이 워낙 크니까 거기에 욕심을 가질 수 있지." 레흐더가 호르헤의 주장을 반박했다.

"칼리 카르텔은 아직 미국으로 물량을 어떻게 보내는지 모릅니다. 우리 카르텔을 통하지 않고는 물량을 안정적으로 미국에 보낼 수 없는데 왜 분란을 일으키겠습니까?" 호르헤가 필사적으로 칼리 카르텔의 입장을 옹호했다. 그는 지금 메데인 카르텔과 칼리 카르텔 사이에 중재 역할을 맡고 있다.

"다비드라는 놈은 잡았습니까?"

"네, 잡기는 잡았는데, 우리가 도착했을 때는 이미 죽어 있더군요." 구스타보가 다비드의 죽은 모습이 찍힌 사진을 꺼내 보여주었다. 최초의 의뢰자는 철저하게 살인멸구를 한 것이다.

나는 죽을 순간만 기다리고 있는 칼리의 암살자를 밖으로 보내라고 벨라스케스에게 고개로 지시했다. 이 불쌍한 놈은 아마 밖으로 끌려가는 순간 세상과 이별을 고할 것이다.

자리를 정돈하고 먼저 가차가 일어서서 말했다. "어찌 되었든 칼리 카르텔과 전쟁을 선포해야 해. 칼리놈들이 파블로 보스를 죽이려고 시도한 것은 부정할 수 없는 사실이야. 칼리 카르텔은 자신의 전 지역을 물샐틈없이 커버하는 데 이런 중요한 일을 모를 리 없어."

그는 전쟁을 해야 한다고 선동했다. 나는 사실 이놈이 더 의심스럽지만 얘기를 꺼낼 수는 없다. 가차는 내 암살 사건이 터지고 그다음 날에 백만 달러를 보내왔다.

"칼리 카르텔은 만만한 조직이 아닙니다. 이놈들은 칼리시를 철저하게 장악하고 있는데 조직원만 수백 명입니다." 호르헤가 전쟁이 가져올 끔찍한 결과를 설명하고 분위기를 돌리려고 노력했다.

"전쟁이 무서워서 피한다면 누가 우리 카르텔을 존중하겠어? 보스의 암살에 관여된 일을 그냥 넘어가서는 절대 안 돼!" 로베르트 또한 전쟁에 찬성했다.

"잠깐! 이럴 게 아니라 칼리 카르텔의 힐베르트 로드리게스에게 직접 사건을 물어봅시다. 뭐라고 변명하는지 들어나 봅시다." 후안이 중재안을 제시했다.

"그러면 호르헤가 지금 여기서 전화를 걸어 직접 물어보게. 우리가 모두 듣게."

"네."

호르헤는 위성전화를 꺼내 힐베르트 로드리게스에게 전화를 걸었다. "힐베르트, 지금 심각한 문제가 있어. 자네 생각을 듣고 싶네."

- 호르헤 형제, 무슨 일인데 목소리가 벌써 잠겨 있나?

"얼마 전에 칼리에서 온 시카리오들이 메데인에서 큰 사고를 쳤어. 자네는 알고 있나?"

- 여기 애들이 청부를 받고 메데인에 갔다가 실패했다는 소문은 들었어. 그리고 청부 의뢰자가 죽었다는 얘기도.

"그 사람이 누군지는 아나?"

- 그건 모르지. 메데인의 사업가라고 들었어.

"파블로 보스야."

- 뭐라고? 정말? 아, 이 일을 어떻게 하지?

"20년 친구로서 자네에게 솔직히 묻고 싶어. 자네는 이 일과 정말 관련이 없나?"

- 내가 왜? 지금 파블로 보스에게 감사 인사를 드려야 할 상황인데 왜 그런 쓸데없는 짓을 하나?

호르헤는 좌중을 보며 보란 듯이 칼리 카르텔의 무고를 보여주었다. 나는 호르헤에게 전화기를 가져오라고 손을 까닥거렸다. 호르헤가 정중하게 전화기를 넘겨주었다.

"파블로요."

- 안녕하십니까? 파블로 보스!

칼리 카르텔이 칼리시에서는 천하무적이지만 세계적인 조폭인 메데인 카르텔에 비교할 수 없다. 게다가 지금 황금알을 낳는 미국으로의 마약 수출은 전적으로 메데인 카르텔에 의존하는 상황이다.

"나는 힐베르트 보스의 말을 믿소. 그렇지만 여기 다른 보스들은 믿을 수 없다며 전쟁을 하자는 분위기요."

- 맹세코 우리 카르텔과는 상관이 없습니다. 제 목숨과 명예를 걸겠습니다.

"좋소. 그러면 칼리의 청부 의뢰자 다비드를 죽인 놈을 넘겨주시오. 시간은 1주일 주겠습니다."

-네. 책임지고 그놈을 찾아 메데인으로 보내드리겠습니다.

전화 통화가 끝나자 모두 잠시 침묵에 빠졌다. 칼리 카르텔이 암살을 사주한 것이 아니라면 누가 이 사단을 벌였을까? 가차가 불만 가득한 목소리로 외쳤다. "나는 우리가 왜 칼리 카르텔에 뉴욕 시장을 넘겨주어야 하는지 모르겠어. 이놈들이 돈맛을 들이면 나중에는 우리 시장도 넘볼 수 있는데, 일찍 그 싹을 잘라야 해!"

"칼리 카르텔에 뉴욕 시장을 넘겨주는 대신 우리가 커미션을 30퍼센트 받기로 한 것에 대해 가차 보스도 동의하지 않았습니까? 뉴욕 시장은 우리가 접근하기 힘든 곳입니다. 칼리 카르텔이 오랫동안 공들여 구축해서 빈틈이 없습니다." 호르헤가 진땀을 흘리며 방어했다. 아마 칼리 카르텔이 메데인 카르텔의 유통조직을 이용하는 대가로 호르헤에게 어느 정도 지분을 주고 있을 것이다.

"나에게 뉴욕 시장을 줘! 우리 조직을 동원해서 반드시 시장을 개척하겠어." 가차가 탐욕스러운 표정으로 말했다. 저 자식의 속셈은 칼리 카르텔이 차지하고 있는 이권을 이 기회에 자기가 갖겠다는 것이다.

"칼리 카르텔과 이미 약속을 했는데 우리가 일방적으로 파기한다면 전쟁이 불가피해. 다비드 건을 어떻게 대처하는지 보고 결정을 해도 늦지 않아."

나는 어떻게 하든 조직 간의 전쟁을 피하고 싶다. 그 짓거리를 하면 사람이 죽어나고 무고한 일반 시민들도 피해를 본다. 언론과 정부의 관심을 불러일으키고 싶지 않다.

"파블로 보스의 말이 맞습니다. 조금 더 상황을 지켜보고 결정을 해도 늦지 않습니다." 후안이 나를 지지했다.

일단 암살 사건은 이렇게 중간 매듭을 짓고 다른 긴급 사안을 다루기로 했다.

"잘 아시다시피 미국 송환 문제가 잘 해결이 되고 있지 않습니다. 벨리사리오 대통령이 750만 달러로 절대 안 된다고 추가로 750만 달러를 더 요구하고 있어요. 그쪽의 논리에 따르면 미국이 범죄인 송환 문제만 통과시켜준다면 3천만 달러 무상원조를 해주겠다는 제안을 받았다고 하더군요. 여기에 자유당 의원들이 흔들리고 있어서 더 약을 쳐야 한다고 하는데, 여러분들의 생각은 어떤가요?"

"말도 안 돼! 이미 큰 지출을 했는데 또 그만큼 지출할 돈이 없어. 그 돈이면 우리가 애들을 모아 정부와 한판 전쟁을 할 수도 있어." 가차가 극렬하게 추가 모금에 반대했다.

"맞습니다. 벨리사리오 임기도 얼마 남지 않았습니다. 차라리 다음 대통령을 밀어주어 송환법을 저지하는 게 나을지도 모릅니다." 오초아 형제의 막내 파비오가 오랜만에 발언했다. 이놈은 무뇌아에 가깝다. 패밀리의 배경으로 보스가 되었지만 즉흥적이고 폭력 행사를 꺼리지 않는다. 가차와 성격이 비슷해서인지 둘은 잘 어울렸다.

"벨리사리오에게 우리 의지를 보여 주자고! 먼저 라라 장관을 제거합시다. 그놈이 지난주에 나를 살인 혐의로 기소했어. 제까짓 게 뭐라고 나를 기소해!" 가차가 다시 흥분했다.

"가차 보스는 두케를 만나지 않았나? 두케가 돈으로 충분히 협상할 수 있다고 하던데."

나는 가차의 기소를 두케에게 맡겼다. 두케는 책임지고 불기소로 처리하겠다고 장담했다.

"금액이 너무 높아 거부했어. 시카리오 몇 명만 보내 라라를 죽이면 해결되는데 50만 달러를 낼 필요가 어디 있나?"

머리가 아팠다. 저 바보 같은 놈. 고작 50만 달러를 아끼자고 스스로 수배범으로 전락하다니!

"좋습니다. 그건 가차 보스가 알아서 하시고, 어떻게 할까요? 750만 달러를 더 내는데 동의합니까?"

"저는 반대입니다. 한번 협상했으면 끝이지, 또 돈을 요구하는 것은 받아들일 수 없습니다. 차라리 처음부터 우리 식으로 해결했어야 합니다." 파비오가 가차의 주장에 동조하고 나섰다.

"우리 식?"

"시카리오놈들을 사서 힘으로 몰아붙여야 합니다. 그래 보았자 백만 달러도 들지 않습니다."

덤 앤 더머가 따로 없다. 바보 새끼들! 힘이라는 것은 드러내는 순간 타깃이 될 수밖에 없다는 것을 모른다.

"만약 우리가 추가로 돈을 내놓지 않으면 앞서 낸 750만 달러는 받을 수 있습니까?" 그래도 머리가 돌아가는 레흐더가 냉정하게 물었다.

"그건 협상을 해보아야 알 것 같아. 벨리사리오 대통령에게 원금을 다 받기는 쉽지 않을 거야."

"왜 그렇습니까? 자기가 일을 못 한다면 돌려주어야지 않습니까?" 파비오가 거칠게 반발하고 나섰다.

"콜롬비아에서 한번 건너간 돈을 돌려받으려면 전쟁을 각오해야 하는데, 상대는 대통령이야. 우리가 그를 제거할 수는 있겠지만 후폭풍을 감당할 수는 없어."

[쾅!]

"우리 카르텔의 눈 밖에 나면 대통령도 죽을 수 있다는 것을 보여 주어야 해!" 가차가 탁자를 치며 반발했다.

"750만 달러 때문에 콜롬비아 정부와 전쟁을 한다는 것은 있을 수 없는 일입니다. 가차 보스는 진정하시오." 후안이 반대했다.

"일단 벨리사리오 대통령과 다시 협상해보지. 그다음에 결정합시다."

"그게 좋겠습니다. 아직 우리가 판단해야 할 정보가 너무 부족합니다." 레흐더도 동의하고 나섰다.

"파블로 보스, 에스코바르 그룹 회장님이 되신 것을 축하합니다. 궁금한 게 우리 사업은 어떻게 하실 생각입니까?" 호르헤가 물었다.

"우리가 언제까지 지하 세계에서만 살 수 없지 않겠나? 조금씩 합법적 사업을 찾아가야 하지. 에스코바르 주식회사는 그런 사업의 시작이야." 마약사업을 손 떼고 이 바닥에서 은퇴하겠다고 말하고 싶었지만 그럴 수는 없어 두루뭉술하게 설명했다.

"건설사업을 하신다고 하는데 저희 형제도 참여하고 싶습니다. 지분 투자 가능한가요?"

"하하하, 좋아. 그런데 이제 삽을 들었으니 다음에 만나서 얘기합시다."

"돈 되는 사업거리라면 카르텔 차원에서 추진하는 것이 좋지 않겠습니까?" 머리가 비상한 호르헤는 뭔가 냄새를 맡는 듯 집요하게 물고 늘어졌다.

"앞으로 사업이 구체화되면 생각해보지. 지금은 시작 단계라서 뭐라고 말할 게 없군."

말은 이렇게 했지만 내가 미쳤다고 합법적인 사업에 마피아 패거리를 끼워 넣겠는가?

"파블로 보스는 사람이 많이 변한 것 같아. 옛날에는 푼돈 나오는 비즈니스는 쳐다보지도 않았는데, 경비사업도 한다면서요? 하기야 메데인에서 누가 우리를 건드리겠어요. 하하하." 가차가 비웃듯 말했다.

"영리한 토끼는 굴을 3개 판다는 중국 속담이 있어. 여유가 있을 때 다른 사업도 생각을 해야 해. 하나가 막히면 다른 하나가 도움을 줄 수 있기 때문이지." 나는 제사상을 받아놓은 이 한심한 카르텔 인간들을 위해 충고를 했지만 인생 한 방을 노리는 건달들이 이해하리라고는 생각하지 않는다.

"자 그러면 다른 용건이 없으면 오늘 회의는 여기까지 합시다. 식사를 준비해놓았습니다."

저녁을 먹고 가라고 했지만 레흐더를 제외하고 모두 기분이 뒤숭숭한 듯 일찍 자리를 떴다. 과거에는 만나면 아침까지 술을 먹었다고 하던데 이제는 조금씩 서로 멀어지는 느낌이라고 로베르트가 말했다.

대한민국 정치권도 마찬가지지만 콜롬비아 정치권도 믿을 게 못 되었다. 콜롬비아 의회는 전격적으로 송환법을 통과시켰다. 750만 달러 로비자금보다 3천만 달러 미국 원조를 선택한 것이다. 내가 두케를 통해 강력하게 항의하자 벨리사리오 대통령은 3백만 달러를 보내왔다. 대신 라라를 법무부 장관에서 해임하고 나의 사법 처리를 막아주겠다고 장담했다.

마침 그때 미국에서 지난번 마약 판매대금이 들어와 메데인 카르텔 보스들에게 송환법 로비 자금을 전액 반환했다. 어찌 되었든 로비 실패는 내가 책임져야 하니까.

콜롬비아 정부와 나를 중개하던 두케가 급히 보고타에서 날라왔다. "파블로 보스, 좋은 일과 나쁜 일 두 가지가 동시에 발생했어. 어떤 소식부터 들려 들려줄까?"

"좋은 소식부터……."

나쁜 소식을 들으면 좋은 소식을 들어도 기분이 나지 않는다. 어차피 액운은 피해갈 수 없으니 일단 기분 좋게 시작하자.

"검찰이 내일 보스를 기소할 예정인데, 100퍼센트 법원에서 기각될 거야. 소장을 쓴 검사도 구속을 결정하는 판사도 다 우리 사람이야. 엉터리 기소에 확실한 우리 편이 불구속 기소를 때릴 테니 걱정하지 마."

"그거 예정대로 되니 좋은 소식이군. 나쁜 소식은?"

"미국 법원에 출두해야 해."

"뭐라고? 그건 말도 안 돼. 파블로 보스가 미국 송환을 당하지 않기 위해 그동안 네게 준 돈이 얼마인데?" 로베르트가 거칠게 반발했다.

"벨리사리오가 나를 팔아넘겼네."

안 봐도 어떤 딜이 오갔는지 짐작이 된다. 3천만 달러 미국 원조를 받는 조건으로 나를 미국으로 보내는 거래가 있었을 것이다.

"미안해. 하는 데까지 최선을 다했는데 이런 결과가 나왔어."

"기소 내용은 뭔가?"

"작년에 잠수정을 이용해서 미국으로 마약 운송한 것이 발각된 적이 있지?"

나는 구스타보를 쳐다보았다. 갑자기 이 세계에 환생하는 바람에 전혀 모르는 일이다.

"네, 그런 일이 있었습니다. 레이더를 피하지 못해 미국 함정에 의해 나포되는 바람에 손해가 막심했습니다."

"체포된 선원 한 사람이 이 마약을 파블로 보스가 보낸 것으로 진술했어. 그래서 미국 법원에서 체포영장이 떨어진 거야."

아, 잘못하면 환생한 생애 마지막을 미국 교도소에서 보내다가 죽게 될지도 모른다. 마약왕을 가두는 특수 교도소는 햇빛도 들어오지 않는다는데…….

"두케, 이 자식이…… 우리가 너에게 주는 돈이 얼마인데 일을 이따위로 해!" 로베르트가 흥분하며 방방 떴다.

"두케, 안 갈 방법이 있나?"

"없어. 대신 콜롬비아에 숨어 있으면 미국놈들이 어떻게 보스를 잡으러 오겠어?"

아 제기랄! 이제 합법적인 사업을 시작하고 지상으로 나오려는 참에 다시 지하로 도망가라고!

"내가 자네를 이딴 충고나 하라고 고용한줄 아나?" 나도 모르게 큰소리가 나왔다.

"미안해."

"생각 좀 해야 하니까, 나가 있어. 내가 부르면 들어와." 두케를 쫓아냈다. 로베르트와 구스타보도 흥분하여 콜롬비아 정부, 나아가 미국 정부와의 전쟁을 주장했다. 이놈들도 생각이 없기는 마찬가지다.

"구스타보, 지난번에 내가 지시한 일은 어떻게 되었나?"

"네, 사진과 녹음 파일이 있습니다."

"그거 지금 당장 10벌씩 카피해서 지금 내게 가져와."

"파블로, 그게 뭐야?" 로베르트가 물었다.

"제가 지금 살아날 수 있는 유일한 구명줄입니다."

구스타보와 로베르트를 쫓아내고 미국인 조종사의 증언과 항공 사진을 유심히 살펴보았다. 이제 정말 살길은 이것밖에 없다. 두케를 불러 해야 할 일을 지시했다. 이놈에게도 이 일을 말하면 안 된다. 그 정도로 중요한 정보다.

한 달이 쏜살같이 지나갔다. 법원에서 검찰이 청구한 영장이 기각되었다는 소식에 메데인은 축제 분위기였다. 그렇지만 얼마 지나지 않아 미국 법원에서 에스코바르를 소환하기로 했다는 소식에 메데인은 깊은 침묵에 빠졌다.

다시 카르텔 회의가 열리고 대책을 논의했지만 결론을 내리지 못했다. 가차는 이 기회에 최종 보스를 노리고 침묵을 지켰다. 레흐더만 나를 걱정하며 당분간 밀림지대로 거처를 옮기자고 제안했지만 내가 거부했다. 평생 쫓겨다니며 살고 싶지는 않다.

나는 미국 법원에 출두하기로 했다. 로베르트와 구스타보, 그리고 아내와 어머니까지 나서 반대했지만 내 고집을 꺾지 못했다.

"살아 돌아올 테니까 걱정하지 마세요."

살아 돌아올지, 아니면 미국 교도소에서 평생을 보낼지는 미국에 가서 부딪혀 봐야 한다. 두케를 통해 미국 최고의 변호사들로 변호인단을 꾸렸다. 이들이 나를 무죄로 만들어주지는 못하겠지만 온갖 꼼수를 통해 시간을 벌 수 있게는 해줄 것이다.

나는 콜롬비아의 미국 대사 누난에게 비밀 면담을 요청하면서 사진 한 장을 보내주었다. 며칠 뒤 누난이 보고타 시내에서 만나자고 제안했다.

내가 메데인을 떠나는 날 공항은 사람들로 인산인해를 이루었다. 플래카드가 내걸어지고 동원된 할머니들은 성호를 그으며 무사 귀환을 빌었다. 물론 자발적으로 공항까지 나온 사람도 있지만 돈을 받거나 우리 조직의 명령으로 나온 사람이 대부분이다.

지난 몇 달 동안 무료 급식 봉사 활동과 성당 보수 작업으로 파블로의 인기는 올라갔다. 게다가 에스코바르 건설사가 대규모 콘도사업을 벌이면서 수천 명의 노동자를 고용했다. 만약 내가 미국에서 돌아오지 못하면 이 모든 게 나 가리다.

메데인 시내에서 호세 마리아 코르도바 공항까지는 한 시간 이상 걸린다. 공항에 도착하자 엄청난 소리가 들렸다.

"에스코바르! 에스코바르!"

차에서 내리자 메데인시장이 배웅 나왔다. 나는 이 사람의 급여보다 몇 배나 많은 뇌물을 주고 있다.

"회장님, 미국 잘 다녀오십시오. 저는 무죄를 확신합니다. 이제 회장님이 없으면 우리 메데인시는 돌아가지 않습니다."

"감사합니다. 반드시 살아서 돌아올 겁니다."

무너지는 지붕을 수리해준 성당의 주임신부도 다가왔다. 그는 성호를 그으며 축복을 빌어주었다. "파블로, 천주님이 지켜주실 거야. 반드시 돌아와야 하네. 자네가 없으면 여기는 지옥이야!"

"감사합니다. 신부님. 제가 없는 동안 가족들이 교회를 나갈 겁니다. 제가 돌아오면 이번에는 교회를 새롭게 지어드리겠습니다. 신도들이 자리가 없어 못 들어가는 일이 있어서는 안 됩니다."

"오, 정말인가! 자네는 천주님이 보내주신 천사야!"

믿음이 충만한 할머니들이 눈물을 흘리며 나를 위해 기도했다. 대학교에서 동원된 젊은 친구들이 "콜롬비아는 주권국가다."라고 구호를 외치며 나를 지지했다.

중요한 건…… 이 모든 게 TV로 생중계되고 있다는 것이다. 더 중요한 것은 미국 CNN 방송도 생중계하고 있다는 것이다. 저 멀리서 발레리아가 웃으며 눈인사했다. 그녀가 꾸민 것이다. 나는 오늘 이벤트를 위해 방송국과 신문사에 아낌없이 돈을 뿌렸다. 내가 무죄나 가벼운 처벌로 풀려나려면 여론이 중요하다. 범죄인 송환을 콜롬비아 주권 문제로 만들면 미국도 큰 부담을 얻게 된다. 왜 미국이 콜롬비아에 사법권을 행사하느냐의 문제는 범죄의 성격과 상관없이 콜롬비아인의 자존심을 건드리고 있었다.

공항에서 간단한 인터뷰가 있었다. "파블로 회장님, 미국 법정 송환을 어떻게 생각하십니까?"

"마약 확산에 따른 미국의 걱정과 우려를 충분히 이해합니다. 그렇지만 저는 그 사건과 아무런 연관이 없습니다. 그래서 당당하게 미국에 가는 겁니다."

"만약 미국에서 구속된다면 콜롬비아에 다시는 돌아오지 못할 텐데 걱정되지 않으세요?"

"저는 무죄를 확신합니다. 미국 법정에서 저의 진실을 숨김없이 밝히겠습니다. 저는 콜롬비아와 미국 헌법을 지키며 싸우겠습니다."

솔직한 마음으로 왜 미국이 콜롬비아 사법권을 침해하느냐고 지적하고 싶지만 미국과 척지지 말아야 한다. 박수와 기도를 받으며 메데인을 떠났다. 범죄자 파블로는 호세 마리아 코르도바 공항 이벤트를 통해 순교자 파블로로 바뀌었다.

그날 신문의 논조도 바뀌었다. 미국이 콜롬비아 주권을 빼앗고 있다는 자극적인 기사가 나왔다. 신문과 방송에 마약왕 에스코바르는 사라지고 전직 국회의원에 현직 에스코바르 주식회사 회장으로 나왔다. 보고타 엘도라도 공항에도 기자들이 한가득 나와 있었다.

기자들의 질의응답을 하나도 놓치지 않고 대답해주었다. 콜롬비아 여론이 돌아서면 미국도 부담감을 느끼지 않을 수 없기 때문이다. 많지는 않지만 발레리아가 조직한 대학생 시위대도 등장하여 "콜롬비아에 주권을!" 외치며 나를 지지해주었다.

물론 반갑지 않은 사람도 나왔다. 콜롬비아 경찰과 DEA 요원들이 등장했다. 황색 가죽 잠바를 입고 검은색 선글라스를 착용한 요원이 다가왔다. "에스코바르 씨! DEA의 스티브 머피입니다. 내일 이 시각에 공항으로 나오시기 바랍니다. 잘 아시겠지만 만약 내일 사라지면 공개수배를 내릴 예정입니다."

"아, 당신이 그 유명한 스티브 머피군요. 어찌 되었든 만나서 반갑소. 내일 출두는 걱정 마시오."

DEA의 스티브 머피는 몇 년 동안 개고생하며 콜롬비아 경찰과 협력하여 파블로를 쫓았다. 미국으로 송환되기에 앞서 나는 보고타에서 하룻밤을 보내는 것으로 협상을 했다. 여기에 꼭 만날 사람이 있기 때문이다. 주콜롬비아 미국 대사인 누난이다. 그녀는 레이건 대통령의 친구이기도 했다.

그날 저녁 나는 감시하는 콜롬비아 경찰의 인사를 받으며 숙소를 떠나 시내 카페의 밀실에서 누난을 만났다. 누난은 마약 보스와의 비밀회동을 절대 원치 않았지만 내가 보낸 사진 때문에 나오지 않을 수 없었다.

카페 밀실에 앉아 있자 보안요원이 들어와 나의 몸을 수색했다. 미국 대사가 마약왕의 인질이되지 않을까 우려했기 때문이다. 잠시 후 침통한 표정의 누난 대사가 들어왔다.

"에스코바르 씨, 도대체 무엇을 원합니까? 미국은 당신의 협박에 넘어가지 않습니다."

"위대한 미국은 절대 넘어가지 않죠. 넘어가는 것은 레이건 정부입니다."

"……"

누난은 침묵을 지켰다. 협상 내용을 내어놓으라는 것이다.

"부시 부통령을 만나게 해주십시오. 그분과 거래하겠습니다."

"일개 마약 상인이 위대한 아메리카의 부통령을 만나는 것은 불가능합니다."

"이것은 당신이 결정할 문제가 아닙니다. 저의 조건을 보고해달라는 것입니다."

자신을 거래 당사자가 아니라 단순한 전달자로 규정하는 나의 발언에 누난은 약간 화가 났다. "만약 못하겠다면?"

"레이건 정부가 흔들릴 것입니다. 무엇보다 최대 피해자는 차기 대통령을 노리는 부시 부통령이 될 수밖에 없습니다. 그래서 그분의 의견을 들어봐야 하지 않겠습니까?"

"도대체 어디까지 그 정보를 가졌는지 말하지 않으면 나는 어떤 내용도 우리 정부에 보고하지 않을 거요." 누난이 단호한 표정으로 말했다.

"제가 보낸 사진 한 장이 전부라고 생각하지 마시오. 자, 여기 추가로 한 장 더 공개합니다."

나는 품에서 사진 한 장을 꺼내 누난에게 전해주었다. 누난의 동공이 흔들렸다. 미국 무기로 무장한 콘트라 반군이 경비행기에 마약을 싣는 사진이다. 이게 공개되면 레이건 정부는 끝장난다.

1980년대 중반, 미국 CIA는 이란에 무기를 넘기는 대가로 거대한 비자금을 조성했다. 이 돈으로 CIA는 니카라과의 콘트라 반군을 지원했는데, 콘트라 반군은 돌아가는 빈 비행기에 코카인을 실어 달라고 요구했다. 메데인 카르텔은 여기에 물건을 공급했다. 덕분에 상상도 할 수 없을 만큼 어마어마한 양의 코카인이 중남미를 통해 미국에 들어오게 되었다.

　　메데인 카르텔은 이 거래를 통해 미국으로 경비행기를 이용한 마약 수출 루트를 개척하게 된 것이다. 미국 사회에 마약이 급격하게 퍼지고 라틴아메리카 전체를 생지옥으로 만든 마약 관련 범죄들은 다 이때 급증했다. 당시 로널드 레이건 정권은 겉으로는 마약과의 전쟁을 부르짖으면서 실제로는 CIA를 이용해서 중남미 마약을 미국에 밀수하는 개막장 짓거리를 한 것이다.

　　"이 비행기가 미국으로 갔다는 증거는 없지 않소?" 누난이 나를 떠보았다.

　　"그렇게 믿고 싶다면 저와 거래하지 않으시면 됩니다."

　　"……."

　　누난의 동공이 또 흔들렸다. "나는 어떤 것도 약속할 수 없소. 미국에 잘 가시오. 돌아올 지는 모르겠지만……."

　　"잘 다녀오겠습니다. 미국에서 연락을 기다리겠습니다."

　　누난과 거래를 끝내고 보고타의 숙소로 들어왔다. 나를 감시하는 보고타 경찰은 '특별한 이상 동향 없음'으로 상부에 보고했다. 이미 돈으로 매수되어 있었기 때문이다.

　　미국으로 건너가기 전 나는 콜롬비아 남자의 정체성과 같은 콧수염을 밀었다. 긴 머리도 짧게 자르고 뒤로 넘겼다. 인상이 달라졌다. 마약왕이라기보다는 월가의 비즈니스맨처럼 보였다.

　　스티브 머피 등 DEA 요원이 나를 공항에서 운송 전용기까지 밀착 감시했다. 콜롬비아의 젊은 학생들이 보고타 공항으로 오고 있다는 소문이 들렸기 때문이다. 나는 VIP 좌석에 앉아 머피에게 기장을 불러 달라고 했다.

　　"기장은 왜요?"

"비행기를 탔으면 티켓 값을 내야 하는 거 아닙니까?" 나는 가방에서 돈뭉치를 꺼냈다.

머피는 황당한 듯 나를 쳐다보며, "파블로, 이상한 짓 하지마십시오. 당신은 범죄 혐의로 미국에 압송되고 있는 겁니다!"라고 소리쳤다.

"머피, 당신 경찰관 맞소? 난 법원의 선고가 떨어지기까지 무죄입니다. 혐의만 있는 거지, 아직 민간인이란 말입니다."

"……."

"이 돈 안 받으면 저는 안 갑니다."

머피는 머리를 감싸며 고민하다가 체념한 듯 말했다. "그런 큰 돈을 받을 수는 없습니다. 백 달러 한 장만 주시죠." 머피는 그 돈을 스튜어디스에게 팁이란 명목으로 주었다.

마이애미 국제공항에 입국하자마자 기자들이 들이닥쳤다. 마약 관련 범죄자의 미국 송환은 레이건 정부의 큰 성과로 소개되었기 때문이다. 처음에 기자들은 나를 알아보지 못했다. 스티브 머피가 나를 소개하고 나서야 플래시를 터뜨렸다.

내가 고용한 로펌의 제임스 변호사가 서투른 스페인어로 인사를 했다. "미국에 오신 것을 환영합니다. 제임스라고 합니다."

"그냥 영어로 얘기합시다. 파블로 에스코바르입니다."

"네?"

제임스는 깜짝 놀랐다. 내가 영어로 말할 것이라고는 상상도 못 했기 때문이다. 고객이라고 하지만 시골 콜롬비아 마약상이 아닌가. 대부분 남미 사람은 영어를 모른다. 그들은 스페인어와 포르투갈어로만 대화할 수 있다. 20년 이상 국제 비즈니스맨 생활을 한 나는 오랜만에 영어로 얘기할 수 있어서 기분이 좋았다.

누난 대사와도 영어로 얘기했다. 내가 영어를 사용하자 제임스의 안색이 밝아졌다. 못 하는 스페인어로 대화하는 것보다 훨씬 좋았다.

"알겠습니다. 그런데 오늘 굳이 기자회견을 해야 합니까? 말을 하다 보면 꼬투리를 잡힐 수 있습니다. 나중에 법정 진술을 할 때 검사의 공격 재료가 될 수도 있습니다."

"이번 재판은 여론전입니다. 언론이 저의 입장을 해명할 기회를 주었는데 굳이 그것을 마다할 필요는 없습니다."

나는 마이애미 공항에 도착하면 기자회견을 준비하라고 로펌에 미리 지시했었다.

"알겠습니다. 대신 애매한 질문이 나오면 답변을 하지 마십시오. 자, 기자회견장으로 가시지요."

마이애미 공항 기자회견장에는 미국의 신문사, 방송국이 총출동했다. "에스코바르 씨, 미국 입국 소감이 어떻습니까?"

"자유의 나라라서 자유를 만끽하고 있습니다."

"와! 하하하."

기자들의 폭소가 터졌다. 마약왕이 자유를 말하니 뭔가 부조화하면서도 미국의 권위를 살려주었기 때문이다.

"에스코바르 씨, 영어가 유창합니다. 어디서 배웠나요?"

"독학을 했습니다. 그동안 잊어먹고 있다가 미국에 오기로 결정하고 지난 몇 달 동안 제 변호를 위해 열심히 공부했습니다."

'공부'라는 말에 기자들의 놀람이 터져 나왔다. 조직범죄 혐의로 기소된 사람이 공부라니!

"대단하십니다. 미국행도 콜롬비아 정부의 강요가 아닌 본인이 결정했다고 하던데, 무죄를 확신합니까?"

"네, 확신합니다. 저는 미국 검찰이 기소한 사건과 어떠한 관계도 없습니다. 재판을 통해 저의 무죄를 주장할 것입니다. 미국 법정은 정의가 살아 있지 않습니까?"

"콜롬비아에서는 이번 에스코바르 씨 송환에 대해 불만이 많은 걸로 알고 있습니다. 이유가 뭐인가요?"

"제가 미국에 간다고 하니까 수많은 콜롬비아 시민들이 반대하고 나섰습니다. 마약의 문제는 미국의 문제인데, 왜 콜롬비아 시민이 미국 법정에 출두해야 합니까? 이런 식으로 범죄인 송환을 한다면 미국에서 콜롬비아 커피를 훔친 미국 시민을 콜롬비아 법정으로 소환할 수도 있습니다."

"하하하."

기자들은 나의 비유가 재미있는 듯 웃었다.

"그렇지만 메데인 카르텔이 존재하고 대량의 마약 거래를 한다는 것은 사실이지 않습니까? 에스코바르 씨도 일찍이 마약 거래 혐의로 체포된 적이 있는 걸로 알고 있습니다."

"메데인 카르텔이란 조직은 없습니다. 조그마한 동네니까 커피 한잔하면서 동네 얘기를 나눈 적이 있을 뿐입니다. 옛날에 제가 마약 거래를 했다는 것은 사실입니다. 그때는 젊어서 먹고 살길이 없어서 실수했습니다. 다시 한 번 반성합니다."

눈가라고 아웅 하는 답변을 했다. 사실 카르텔은 조직이 아니다. 현안에 같이 공동으로 대처하는 연합체에 가깝다. 과거 마약 거래는 사실이니까 부정할 수 없다. 그냥 반성한다는 자세만으로 충분하다.

"재판 잘 받으시고 진짜 미국의 자유를 마음껏 즐기시기를 바랍니다."

곤란한 질문도 나왔지만 적당히 얼버무리고 기자회견을 끝냈다. 그날 신문 기사도 나의 입장이 강력하게 반영되었다. 마약왕이라는 표현도 있었지만 '무죄를 당당하게 주장하는 전직 국회의원 에스코바르' 이런 식으로 나왔다.

파블로의 이미지가 나빠지게 된 것은 라라 법무부 장관을 살해하고 이후 반정부 투쟁을 하면서 시민들과 경찰을 무차별적으로 살해했기 때문이다. 지금 미국 여론은 반반이다. 굳이 미국이 비싼 돈과 여론의 반대를 무릅쓰고 범죄 혐의자를 미국으로 부를 필요가 있냐는 것이다.

검찰은 내 주거지 비용을 자부담하는 조건으로 특급호텔 체류를 허가했다.

기분이 좋았다. 왜냐하면 여기 특급호텔에는 HSBC 지점이 있었고 카페나 식당이 많았다. 호텔 안에서 얼마든지 사람을 만나고 비즈니스를 할 수 있다. 시간은 나의 편이었다. 미국 재판은 비싼 변호사를 사용하면 얼마든지 시간을 끌 수 있다. 내가 고용한 로펌은 이런저런 이유로 시간을 끌었다. 재판은 연기되기 일쑤였다.

나는 그 시간을 이용해 미국 비즈니스 기반을 구축하는 데 시간을 보냈다. 미국에 회사를 만들고 HSBC에 계좌를 개설했다. 미국의 커피 수입회사를 만나 거래를 텄다. 시세보다 5퍼센트더 저렴하게 물량을 주기로 했다. 합법적인 자금을 확보하는 게 중요하다. 커피를 수출하는 콜롬비아 농가들에 미안하지만 더러운 자금을 주는 것이다. 대신 비싸게 사주는 조건으로.

콜롬비아의 또 다른 수출 산업이 될 화훼 비즈니스도 본격적으로 준비했다. 마이애미와 LA의 꽃 수입업체를 불러 물량과 가격, 품종 등을 열심히 연구하고 합의를 보았다. 메데인은 화훼산업을 하기에 최적의 기후를 갖고 있다. 해발 1,500미터지만 적도에 위치해 사철이 따뜻하다. 바람이 잘 불지 않아 비싼 비닐하우스를 설치할 필요도 없다. 인건비도 저렴하다.

문제는 물류인데, 앞으로 항공사를 이용해 미국으로 직수출할 생각이다. 미국으로 마약 대신 꽃을 수출하는 것이다. 밤새 사업계획서를 짜다가 늦잠을 잔 날이었다. 식사하기 위해 나오는데 복도 끝에서 건장한 정장 차림의 두 사람이 다가왔다. "에스코바르 씨, 잠시 할 말이 있습니다. 같이 가주시지요."

"네?"

내가 고용한 경호원은 보이지 않는다. 이들이 누구지? 짐작은 가지만 그냥 따라갈 수는 없다. "어떤 분인가요? 필요하면 자료를 준비해야 합니다."

"그런 거 필요 없습니다. 길지 않을 겁니다. 아 참, 당신 경호원들은 밑에서 커피를 마시며 쉬고 있으니 걱정마세요."

사설 경호원을 마구 부릴 수 있다면 이들은 정부 요원이 틀림없다. 나는 이들에 이끌려 옆방으로 들어갔다. 그 방에는 얼굴이 크고 주름이 잔뜩 잡힌 백인 남자가 소파에 앉아 기다리고 있었다. 그는 일어나 악수를 청했다.

"생각보다 젊어 보이네. 파블로, 미국에 온 것을 축하해. 앞으로 네가 평생 살 나라야! 하하하."

"감사합니다만 저는 조국 콜롬비아를 사랑합니다. 거기에 가족과 친구들이 있기 때문이지요. 미국은 앞으로 자주 방문할 예정입니다."

"그건 네 마음대로 되는 게 아니야."

"……."

"네가 가진 자료를 다 내놓고 우리와 협조하면 10년 정도 미국에 살게 해주지. 10년 뒤에 깨끗한 파블로는 콜롬비아에 돌아가는 거지. 어떤가? 평생 여기에 살 건가, 아니면 10년만 살 건가?"

"저는 무죄이기 때문에 최대한 빨리 돌아가고 싶습니다."

"그게 자네 마음대로 되는 게 아냐! 자네의 죄를 따지면 평생 감옥에 있어도 모자라. 10년이면 금방 간다네."

여기서 넘어가서는 안 된다. 이놈들이 이렇게 나오는 것은 약점이 있기 때문이다.

"저 같은 피라미가 평생 감옥에 사는 게 무슨 의미가 있겠습니까? 위대하신 미합중국의 대통령이 마약 수입을 조장하고 거짓말을 했다는 비난과는 비교할 수도 없을 겁니다."

"글쎄…… 그게 자네 마음대로 될까?"

"저는 CIA가 엘살바도르, 파나마에서 마약을 들여오고 있다는 명확한 증거를 가지고 있습니다."

내친김에 이놈의 기를 죽여야 한다. 이 남자는 다른 무엇보다 CIA라는 말이 나오자 움찔했다.

"더 중요한 것은 미국이 중남미 우파 게릴라를 위해 무기를 공급하고 있다는 증거가 있습니다. 레이건 대통령이 의회에서 절대 그런 일이 없다고 몇 번이나 부정한 것이 완전 새빨간 거짓말이라는 것을 밝힐 수 있단 말입니다. 닉슨 대통령이 왜 탄핵당했는지 잘 아시지요? 거짓말을 했기 때문입니다."

중년 남자는 여유를 잃고 일어섰다. "너 죽을 수도 있어. 말조심해."

"10년을 미국 감방에 산다는 것은 죽는 것과 다를 바 없습니다. 여기 이 자리서 죽거나 사라진다면 내일 아침 미국 유권자들은 뒤통수에 망치를 맞은 충격을 받을 겁니다."

중년 남자는 한동안 충격에 멍하게 있더니 곧 평정을 찾고 뭔가 생각을 하기 위해 호텔 방안을 걸어 다녔다. 그리고 결심한 듯 말했다. "내 이름은 엘버트야. 네가 요구하는 대로 해주겠어. 대신 네가 한 말에 조금이라도 거짓이 있으면 너의 패밀리뿐만 아니라 메데인 카르텔을 지상에서 없애 버릴 거야."

"그 정도는 각오하고 있습니다."

"자료 준비하고 있어. 조만간 연락이 갈 거야. 참, 그 어떤 것 하나라도 유출되면 너는 죽은 목숨이야." 엘버트는 인사도 없이 황급히 문을 열고 나갔다.

부시 부통령을 만나기까지 얼마 걸리지 않았다. 다음 날 아침, 엘버트에게서 연락이 왔다. 자료를 준비하고 있으라는 것이다. 저녁을 먹고 TV를 보면서 휴식을 취하고 있는데 호텔 종업원이 들어왔다. "엘버트 씨가 보내서 왔습니다. 지금 가셔야 합니다."

"네, 금방 준비됩니다."

나는 미합중국의 부통령과 만나기 위해 가장 비싼 정장 차림으로 나왔는데, 나를 태우고 간 것은 리무진이 아니라 세탁 차량이었다. 그것도 눈을 가린 채. 더 굴욕적인 것은 호텔을 나가기 전까지 세탁 수레에 숨어야 했다는 것이다. 뭐…… 형식이 중요한 것은 아니니까.

트럭은 호텔에서 한참 달려서 차 소리가 나지 않는 조용한 곳에 도착했다. 그곳에서 보안요원이 내 몸을 철저하게 수색했다. 그리고 나는 조용한 방에서 엘버트를 만날 수 있었다. "파블로, 온다고 수고했어. 자료는 다 가지고 왔겠지?"

"그럼요. 물 좀 주세요. 하도 긴장해서 목이 마르네요."

"그러면 물 먹고 있어. 오래 걸리지 않을 거야."

금방 온다는 것은 거짓말이었다. 물 한 통을 다 마시고 나서야 부시 부통령이 나타났다. 부시는 방에 들어오자마자 웃으며 말했다. "오, 자네가 파블로인가? 우리 미국을 마약 천지로 만든 악당처럼 보이지는 않네. 하하하."

"이렇게 뵙게 되어서 반갑습니다. 파블로 에스코바르라고 합니다."

나는 공손히 그가 내미는 손을 붙잡았다.

"그래 용건을 말하게. 그 망할 놈의 증거도 보여주고."

"네."

나는 갖고온 사진으로 CIA가 니카라과, 파나마, 온두라스에서 벌인 더러운 공작을 하나하나 보여주었다. 미국에서 무기를 싣고 가는 비행기, 무기를 우익 반군에게 전달하는 모습, 그리고 마약을 싣고 미국으로 돌아오는 같은 비행기.

부시는 사진을 하나하나 보더니만 깊은 한숨을 쉬었다. "도대체 이놈들은 제대로 하는 게 하나 없네."

이놈들은 CIA 요원들을 말하는 것일 것이다.

"그런데 이걸 우리 애들이 했다는 증거가 어디 있는가?"

"여기 있습니다. 이 사람이 누구인지는 엘버트에게 물어보면 금방 알 수 있을 겁니다." 마지막 사진에는 무기를 싣는 비행장에서 찍힌 CIA 요원이 있다. 가장 비싼 돈을 주고 산 사진이다.

부시 부통령은 문을 열고 엘버트를 불러 확인했다. "이놈은 확실한가?"

"네, 현장 요원입니다. 바보 같은 놈!"

"세탁이 가능할까?"

"못할 것은 없지만 안보위원회에서 뒤지면 꼼짝없이 나올 수밖에 없습니다."

"알았네. 그럼 나가서 기다리고 있어."

항상 미소를 띠며 대화를 하던 부시 부통령은 침통한 표정으로 말했다. "자네가 요구하는 조건이 뭔가?"

"저를 풀어주십시오. 다시는 마약을 미국에 보내지 않겠습니다."

"두 번째 약속은 하나 마나 한 거고, 첫 번째도 쉽지가 않아. 왜냐하면 범죄인 송환은 레이건 정부의 큰 업적인데, 첫 번째 송환자가 무죄로 풀려난다, 이건 정권에 치명적이야."

부시는 일어나 방안을 걸으며 어떻게 할지 생각에 잠겼다.

"무죄를 바라는 것은 아닙니다. 집행유예도 상관없습니다."

"그게 그거지. 언론에서 가만히 있겠나?"

"이란-콘트라 사건이 터지고 레이건 대통령이 거짓말을 했다는 사실이 드러나는 것보다 훨씬 가벼운 일입니다."

"뭐? 자네가 이란-콘트라 사건을 어떻게 아나?" 부시 부통령은 놀라운 표정으로 나를 쳐다보았다.

아차, 이건 몇 달 뒤에 터지는 사건인데 지금은 의회 안보위원회에서 비밀리에 다루고 있을 것이다.

"조종사가 그러더군요. 무기 구매 자금은 이란에서 온다고요. 무기는 콘트라 반군에게 전달되고 있으니, 이란-콘트라 사건이 아닌가요?"

"자네를 오판했네. 일개 콜롬비아 마약상이라고 생각했는데 정치적 감각이 있어. 이러니 자네를 그냥 풀어주는 게 더 부담스럽게 느껴지네."

부시 부통령은 지긋이 나를 응시했다. 솔직히 가슴이 쫄깃했다. 그는 2차 대전 당시 역전의 용사였다. 또한 몇 년 뒤에는 이라크와 파나마에서의 미군 작전을 승인하는 철혈의 대통령이 되지 않는가?

"우리 업계에 이런 말이 있습니다. 한번 들어보시렵니까?"

"어떤 말이야? 자네가 말하는 업계는 마약 시장이지?"

"네, 그렇습니다. 이 시장에서 통용되는 규칙은 딱 하나, '선수가 바뀌어도 게임은 계속된다'는 겁니다. 한 종류의 마약을 막으면 다른 마약을 만든다, 이 지역을 막으면 다른 지역에서 만든다, 이 범죄 조직을 소탕하면 다른 범죄 조직이 가담한다, 밀매되는 루트를 막으면 다른 루트로 들어온다는 겁니다."

"하하하. 재미있는 말이군."

부시 부통령은 심각한 문제를 고민하다가 나의 재치있는 말에 웃었다.

"마약은 절대 근절되지 않습니다. 공산주의 국가에서는 그게 가능하지만 자유를 내세우는 민주주의 국가에서는 불가능합니다. 중요한 것은 잘 관리하는 겁니다."

"그 말은 네가 잘 관리할 테니 편의를 봐달라는 얘기인가?"

"그렇습니다. 제가 미국의 편이 되어 안마당인 중남미에서 지저분한 일을 해결해드리겠습니다."

"나는 일개 부통령인데 그런 결정을 할 수 없어."

부시 부통령은 자기 한계를 보이며 살짝 물러났다. 마약상에게 약점을 잡히기 싫은 것이다.

"미스터는 곧 대통령이 되실 겁니다. 그때 저를 기억해주시면 제가 목숨을 바쳐 도와 드리겠습니다."

부시 부통령의 눈빛이 조금 바뀌었다. 아무에게도 노골적으로 말하지 않은 욕망을 이 콜롬비아 촌놈이 건드리고 있다.

"넘겨짚지마. 오늘 내가 이 자리에 나온 것은 대통령이 나올 수 없어서 대신 나온 거야. 최종 결정은 그분이 하는 거야."

"……."

부시는 턱을 쥐고 생각에 잠겼다. 그리고 결심한 듯 단호한 눈빛으로 말했다. "일단 네가 가진 모든 자료를 폐기해. 그중에 하나라도 나오는 순간 너는 죽은 목숨이야."

"네, 당장 폐기하겠습니다."

"내가 약속할 수 있는 것은 재판에 최대한 편의를 봐주는 거야. 판사에게 직접 영향을 미칠 수는 없어. 이 정도면 우리의 딜이 되겠는가?"

"그 정도면 충분합니다. 제 변호사들이 나머지는 알아서 처리할 겁니다."

"자네는 나를 믿을 수 있나?" 부시 부통령은 나를 똑바로 바라보았다.

"네, 믿습니다. 앞으로 미스터의 충실한 친구가 되겠습니다."

"하하하. 일개 콜롬비아 마약상이 나와 친구가 되고 싶다고? 재미있는 놈이군."

"친구가 별다른 게 있습니까? 서로 존중하고 신뢰하다 보면 정이 쌓이고 친구가 되는 거죠."

"수많은 무고한 사람을 죽인 마약상에게도 감정이 있는가? 너무 오버하지 마."

"저는 이제 마약상으로 살지 않을 겁니다. 비즈니스맨이 될 것입니다."

"좋아. 그 더러운 비즈니스에 빨리 손을 떼라고. 우리 미국은 마약 문제에는 관용이 없어."

부시 부통령 또한 마약 문제를 너무 쉽게 생각한다. 단속을 강하게 한다고 마약이 없어지는 것은 아닌데 말이다.

"오늘 이 자리 얘기 어디서도 말하지 말고 그 망할 놈의 자료 철저하게 폐기해."

"네, 알겠습니다."

"마지막으로 네가 미국에 마약을 다시 뿌리면 가만두지 않을 거야. '선수가 바뀌어도 게임은 계속된다'라는 개떡 같은 얘기하지 말고 죽을 길을 가지 마."

"미국과의 마약사업은 다시는 하지 않을 생각입니다. 지금 에스코바르 법인은 이미 합법적인 사업을 시작하고 있습니다."

"그래 잘 생각했어. 오늘 만나서 재미있었고 다음에는 멋진 식당에서 밥이나 한번 먹도록 하지."

이 텍사스 사나이는 뒤끝이 없다. 친구로 만나면 배신하지 않고 적으로 만나면 용서하지 않는다. 부시 부통령과 악수를 하고 헤어졌다. 호텔로 돌아오는 길은 역순으로 진행되었다. 불편하긴 했지만 막힌 가슴이 뚫린 기분이다. 룸서비스로 샴페인을 주문했다. 그런데 미국으로 마약을 안 보내면 에스코바르 주식회사가 당장 필요한 막대한 현금은 어디서 조달하지?

부시에게는 미국과 거래하지 않겠다고 약속했다. 이 분은 차기 미국 대통령이다. 그 아들도 대통령이 된다. 친하게 지내도 아쉬울 수 있는데, 속인다는 것은 말이 안 된다. 미국 말고 세계 최대 마약 시장으로 떠오르고 있는 나라에서 한탕만 화끈하게 벌이고 이 업계를 떠날 결심을 했다.

세기의 재판이 시작되었다. 언론은 내가 미국에 마약을 보낸 혐의로 종신형을 예상했다. 내 변호사들은 죄를 인정하고 바게닝(협상)을 권고했다. 다른 마약 카르텔 조직을 DEA에게 넘기라는 것이다. 나를 압송해온 스티브 머피가 제안한 바게닝이기도 했다. 나는 거부했다.

"머피, 내가 20년을 미국 감방에서 썩겠다고 자발적으로 온 게 아냐. 나는 무죄라고요. 나를 밀고한 자식과 만나게 해주십시오."

"파블로, 여기는 콜롬비아가 아닙니다. 말도 안 되는 소리는 집어치우고 메데인 카르텔 조직을 부는게 좋을 겁니다. 잘하면 판사님이 10년은 더 깎아줄 수 있을 겁니다."

"미국 법정은 증거도 없이 사람을 가둬두는 곳이라 생각하지 않소. 재판이 당신 생각처럼 쉽지는 않을 겁니다."

"좋습니다. 평생 미국에서 살게 해주죠. 당신이 벌인 더러운 짓거리를 찾아서 추가 기소까지 해주겠습니다."

혹 떼려다 혹 붙이게 생겼다. 이놈을 달래야지. "머피, 자네는 강력하게 단속한다고 마약이 미국에서 사라질 것으로 생각하나? 나를 제거하면 미국에 마약이 들어오지 않을 거라고 믿는건가? 내가 사라지면 칼리 촌놈이나 잔인한 멕시코놈들이 설칠거요. 앞으로 당신과 협력할 테니 너무 무리하게 몰아붙이지는 말아 주시죠."

머피는 한참이나 나를 쳐다보았다. 아마 그가 생각하는 파블로와는 너무 달랐기 때문일 것이다. 잔인하고 비타협적인 조직 범죄자가 아니라 주고받는 것에 능숙한 비즈니스맨과 상대하는 느낌.

"흥, 꿈 깨시죠. 그런 고상한 얘기는 높은 분이 하는 거고 마약 거래자를 잡는 게 내 임무라서요. 당신 때문에 망가진 사람들이 얼마나 많은지 모르나 봅니다."

"압니다, 안다구요. 그래서 나는 콜롬비아를 재건할 겁니다. 두고 보시죠."

"알기는 뭘 압니까! 당신을 평생 미국에 가둬둘 겁니다!" 머피는 고함을 치며 돌아갔다.

변호사들도 협상을 포기하고 무죄 전략으로 나가는 데 동의했다. 돈 주는 클라이언트가 우기는데 굳이 싸울 필요가 없다. 협상이 결렬되면서 미국 검찰은 배심원들에게 내가 얼마나 나쁜 놈인지 보여주는 데 주력했다. 증거는 없지만 과거 메데인 카르텔이 관여되었던 것으로 의심되는 살인, 마약 거래, 밀수 등 모든 패를 꺼냈다. 이걸 인정한다면 200년 형을 받아도 모자랄 지경이다. 나는 판사에게 발언을 요청하고 허락받았다.

"존경하는 판사님, 그리고 배심원 여러분. 저는 마약 거래 혐의로 미국 법정에 기소되었습니다. 콜롬비아의 많은 친구가 가지 말라고 조언했지만 저는 제 발로 여기 마이애미에 왔습니다. 비행기 요금도 제가 냈습니다."

"하하하."

방청객에서 웃음이 터졌다.

"제가 제 돈 내고 미국 법정을 찾은 이유는 정의가 구현될 것으로 믿었기 때문입니다. 정의는 먼저 증거에 기초해야 합니다. 검찰이 주장하는 내용에 증거가 어디 있습니까? 만약 이런 식으로 재판이 진행되면 앞으로 다른 나라에서 누가 미국 법정에 정의를 기대하고 자발적으로 찾아오겠습니까?"

판사가 고개를 까닥거렸다. "에스코바르 씨 말에 수긍합니다. 검찰은 주장하는 내용에 증거를 첨부하기 바랍니다. 이 법정을 책임지고 있는 본 판사는 인종과 국적에 상관없이 진실에 기초해 심리를 진행할 것입니다."

머피와 검찰의 얼굴이 썩어들어갔다. 재판은 계속 진행되었지만 결정적 증거는 나오지 않았다. 내가 미국에 마약을 보낼 것을 지시했다고 증언한 잠수함의 선원이 재판에 나오지 않았다.

결국 검찰이 실토했다. "죄송하지만 우리 증인이 갑자기 실종되었습니다. 엄격한 증인 보호 프로그램 안에 격리되어 있던 증인이 2주 전에 사라졌습니다. 지금 경찰이 총력을 기울여 찾는 중입니다. 재판 연기를 부탁합니다."

상대편 약점을 발견한 우리 변호사들이 벌떼처럼 달려들었다. 이놈들은 절차상의 하자를 찾아내어 재판을 뒤집는데 선수이다. 검찰은 증인이 실토한 비디오를 공개하자고 제안했지만 판사는 거부했다. 미국 법정에서도 특별한 사유가 없는 이상 증인이 출두하지 않은 비디오를 증거로 채택하지 않는다.

시간이 갈수록 미국 여론도 바뀌었다. 어찌 되었든 파블로 에스코바르는 자발적으로 미국 법정에 출두했다. 그에게도 미국인과 똑같은 기회와 정의가 주어져야 한다는 것이다. 결국 여론 동향에 민감한 배심원이 무죄를 선언하고 판사도 이를 그대로 인용했다.

법정을 나오자 기자들이 달려들었다. "에스코바르 씨, 재판 결과에 한마디 해주세요."

"이것은 저의 승리가 아닌 미국의 승리입니다. 저는 미국 법정의 정의를 믿고 콜롬비아에서 여기까지 찾아왔습니다. 저는 미국이 세계를 이끌어가는 양심적이고 정의로운 국가라는 것을 이 재판을 통해 보여주었다고 생각합니다."

"왜 갑자기 증인이 사라졌을까요?" 어떤 여기자가 핵심을 찔렀다.

"저는 그 친구를 알지도 못하고, 왜 사라졌는지도 모릅니다."

반은 진실이고 반은 뻔뻔스러운 거짓말을 했다. 갑자기 환생했기 때문에 그놈을 전혀 모르는 상태다. 그놈이 사라진 것은 당연히 CIA가 작업했기 때문이다. 콘트라 사건의 결정적 증거를 지워주는 조건이 그놈이 증언하지 않는 것이다.

"메데인 카르텔은 어떻게 미국으로 마약을 보내고 있습니까? 경항공기를 주로 이용한다고 하는데, 그거 미국 정부가 봐주는 게 아닌가요?"

갈수록 태산이다.

"저는 메데인에서 건설과 물류사업을 하는 사업가입니다. 앞으로 미국에 콜롬비아의 커피와 꽃을 보낼 예정입니다. 많은 이용 부탁드립니다." 이왕 이렇게 언론을 탄 김에 우리 제품 홍보를 마다하지 않았다. 다음날 신문에 '마약 대신 커피와 꽃'이라는 도발적인 기사가 실렸다.

메데인의 호세 마리아 코르도바 공항에 수많은 인파가 집결했다. 메데인의 로빈후드 파블로 에스코바르가 미국에서 무죄를 받고 귀국하는 날이기 때문이다. 출국할 때는 사람들을 강제 동원했지만 귀국할 때는 사람들이 자발적으로 찾아왔다. 그들에겐 내가 영웅이다.

콜롬비아는 항상 미국을 어렵게 생각한다. 미국이 기침하면 콜롬비아에서는 태풍이 된다. 그런데 파블로가 미국 법정에서 당당히 싸워서 무죄를 받고 나온 것이다. 내가 콜롬비아의 자존심을 세운 것이다. 그날 심지어 좌파 학생들까지 나를 환영하기 위해 공항에 나왔다는 소문을 들었다.

아내와 아들, 그리고 어머니와 뜨거운 포옹을 했다. "파블로! 자랑스러워요. 당신 재판이 매일 TV에 나왔어요. 혹시 잘못될까 봐 얼마나 걱정했는지 몰라요." 아내 마리아가 눈물을 흘리며 나를 뜨겁게 껴안았.

솔직히 아직 잘 적응이 되지를 않는다. 내겐 낯선 여자이기 때문이다. 더 적응이 안 되는 것은 엄마이다. "왜 로베르트와 구스타보는 공항에 나오지 말라고 했니? 그 애들도 얼마나 너를 보고 싶어 하는데."

"이따가 집에서 보면 되지요." 미국서 겨우 마약 거래 혐의를 벗었는데 우리 조직원이랑 공항에서 공개적으로 만날 수 없다. 귀여운 아들 마로킨의 머리를 쓰다듬어 주었다. 멀리서 발레리아가 나를 보며 눈웃음쳤다. 보고타에서 기자들을 트럭째 몰고 온 그녀에게 감사했다.

준비된 기자회견장에 들어섰다. 출국할 때보다 두 배나 많았다. 그만큼 나의 무죄 판결이 전례가 없는 일이기 때문이다.

"에스코바르 씨, 축하드립니다. 무죄로 풀려 난 원인이 어디에 있다고 봅니까?" 기자가 물었다.

"미국 법정에 정의가 있기 때문입니다. 다시 한번 미국의 위대함에 감사드립니다. 그리고 저를 성원해준 우리 콜롬비아 국민에게도 크게 감사드립니다."

"미국이 자기 법을 앞세워 우리 콜롬비아 주권을 제한했다는 얘기가 있습니다. 어떻게 생각하십니까?"

이 자식이…… 참 곤란한 질문을 한다.

"미국은 우리의 최대 교역국이며 가장 중요한 투자국이기도 합니다. 필요하다면 서로 협력해야 한다고 생각합니다." 두루뭉술하게 답변했다.

"미국에 가서 성과가 있었다는 소식을 들었습니다. 어떤 내용인가요?"

나는 웃음을 지었다. 이것 때문에 대규모 기자회견을 준비한 것이다. "제가 미국에서 재판을 받는 동안 대규모 거래를 따왔습니다. 미국 기업은 향후 매년 3천만 달러의 콜롬비아 커피를 구매할 예정입니다. 이것이 바로 그 계약 문서입니다."

나는 미국 커피 수입업체와 맺은 MOU를 보여주었다. MOU는 강제력 없는 문서지만 아직 콜롬비아에서는 이런 걸 모른다.

"저희 에스코바르 상사는 콜롬비아의 커피 재배 농가로부터 국제 가격으로 커피 원두를 사서 세계 최대 커피 시장인 미국으로 수출할 계획입니다. 지금까지 콜롬비아 커피 원두는 국내 시세로 거래되었는데 앞으로 '공정무역'의 관점에서 국제 시세로 지급할 예정입니다."

기자들이 박수를 쳤다. 마약을 제외한 콜롬비아 최대 수출 상품이 커피이기 때문이다. 그런데 수입 도매상은 자본력을 앞세워 말도 안 되는 싼 가격으로 커피를 매입하면서 농가들을 울리고 있다.

"에스코바르 상사가 직접 농장을 운영할 생각은 없습니까? 그게 훨씬 이익이 되지 않을까요?" 기자가 물었다.

"절대 그럴 생각이 없습니다. 같이 먹고 살아야지요."

같이 먹고 살자는 것은 나의 진심이자 철학이다. 마피아 세계는 승자 독식의 오징어 게임이지만 비즈니스의 세계는 상생하지 않으면 오래가지 않는다. 더구나 커피콩 재배는 대기업이 규모의 경제를 거둘 수 없는 분야다. 가난한 콜롬비아의 대부분 인구는 여전히 농민이다. 이들의 푼돈을 뜯어내서 뭐 하겠다는 건가. 그거 말고도 돈 벌 기회는 무궁무진하다.

콜롬비아로 돌아오고 난 후 엄청난 스케줄을 소화했다. 주말에 성당을 찾아가 감사헌금을 드렸다. 신부님의 입이 귀에 걸렸다. 그날 찬송가 소리가 얼마나 시끄럽던지……. 한때 죽을 고비를 넘겼던 무료 급식소의 봉사 활동도 재개했다. 꼭 급식 때문이 아니라 나를 보기 위해 사람들이 몰려들었다.

전문 사진사를 특별 채용하여 사람들과 악수하며 인사하는 사진을 찍었다. 그리고 우리 조직원이 나온 사진은 찍힌 사람의 주소를 적었다가 나중에 보내주었다. 1980년대 콜롬비아에서는 사진이 귀했다. 게다가 그 유명한 마약왕, 아니 대사업가 파블로와 찍은 사진이 아닌가? 이들은 나중에 반드시 귀중한 한 표를 나에게 던질 것이다.

에스코바르 상사를 만들고 내가 사장에 취임했다. 콜롬비아에서 무역 업무를 나보다 잘하는 사람이 누가 있겠는가? 리코가 메데인 외국어대학을 갓 졸업한 똘똘한 학생 3명을 채용했는데, 그중에 리오넬 마테오라는 놈이 말귀를 잘 알아듣고 행동이 빨랐다. 그놈에게 일단 커피콩 매입 업무를 지시했다.

여기도 홍보가 빠지면 안 되지. 발레리아가 손을 써서 TV 방송국이 에스코바르 상사의 커피콩 매입 현장을 중계했다. 시세보다 무려 10퍼센트가 높은 가격이다.

"우리 에스코바르 상사는 공정무역이라는 철학을 갖고 있습니다. 미국 시민들은 콜롬비아 농민들의 정당한 대가가 담긴 커피를 마셔야 정신 건강에도 좋을 겁니다. 커피콩을 재배한 농민이 제대로 가격을 못 받고 울고 있는데, 커피 가격이 싸다고 손뼉을 칠 수는 없을 것입니다."

마테오가 TV 인터뷰에서 한 말인데, 이놈에게 약간 좌파 냄새가 난다. 내가 공정무역 개념을 가르쳐주자 왼쪽으로 더 나아갔다. 나를 변호한 마이애미의 로펌에 이 인터뷰 영상과 자료를 전해주었다. 로펌은 CNN 기자에게 기사에 촌지를 얹어 넘겼다. 미국 기자도 돈과 기삿거리에 굶주리는 것은 마찬가지다. 나의 무죄 판결이 인상 깊었던 CNN은 콜롬비아로 직접 기자를 파견해 취재했다. 그리고 아주 자극적인 제목으로 보도했다.

'코카인 대신 커피콩을 수출하는 마약왕 파블로 에스코바르!'

제기랄! 공정무역이라는 아름다운 개념을 던져주었는데, 굳이 마약, 코카인을 넣어야 하나? TV를 보다가 맥주잔을 던졌다. 제발 부시 부통령이 이 방송을 보기를 기도했다. 그리고 메데인 카르텔을 해체, 아니 탈퇴하기로 했다. 이미 그에게 약속하지 않았나.

메데인 카르텔의 이번 모임은 카를로스 레흐더 집에서 가졌다. 독일계 출신답게 레흐더는 유럽 취향의 주택을 지었다. 대지 면적은 협소하지만 지하 3층, 지상 3층짜리 주택이다. 실내는 유럽에서 가져온 미술품으로 채워 넣었다.

레흐더가 샴페인 잔을 들고 건배를 외쳤다.

"파블로 보스가 미국서 무사히 귀국한 것을 축하드립니다."

[쨍그랑! 쨍쨍쨍]

모두 잔을 부딪치며 샴페인을 마시고 잔은 뒤로 던졌다. 다시는 샴페인을 먹지 않겠다는 신호다.

"이런 싱거운 술 말고 테킬라 가져와!"

가차가 소릴 질렀다. 저 자식이 상당히 거슬리네. 지가 보스야?

"정말 보스의 능력이 어디까지인지 모르겠습니다. 미국 가면 최소한 10년 이상이라고 생각했는데 무죄를 받고 귀국하실줄 몰랐습니다."

후안이 칭찬인지 욕인지 모르는 소릴 했다. 아무래도 지난번 저격 사건은 오초아 형제가 꾸민 것 같다는 심증이 들었다. 내가 사라지면 가장 행복한 놈은 가차와 오초아 형제다.

"다 여러분이 걱정하고 도와주신 덕분입니다. 레흐더가 소개해준 마이애미 로펌도 큰 역할을 했고, 여러분이 제가 미국에 있는 동안 조용히 지내주신 덕분에 여론이 돌아섰습니다."

내가 미국에 가면서 메데인 카르텔에 지시한 사항은 사고 치지 말고 조용히 있으라는 것이었다. 다행히 이놈들이 활동을 자제한 것은 맞는데, 과연 그게 나를 위해서였을까? 아닐 것이다. 포스트 메데인 카르텔의 최종 보스를 누가 쥘 것인가를 놓고 눈치를 굴리느라 조용히 참고 있었을 것이다.

"파블로 보스, 오늘 특별히 할 말이 있다고 카르텔을 소집했는데, 무슨 내용입니까?" 호르헤가 물었다. 확실히 이해타산이 빠른 놈이다.

"나는 오늘부로 메데인 카르텔을 탈퇴할 거야."

"네?"

"아니, 도대체 그게 무슨 말씀인가요?"

"파블로 보스가 사라지면 우리 카르텔은 어떻게 합니까?"

"앞으로 마약사업을 안 하실 생각입니까?" 카르텔의 다른 보스들이 중구난방으로 물었다.

손을 들어 진정시켰다. "메데인 카르텔을 유지할지 말지는 여러분이 결정하면 돼. 내가 카르텔을 탈퇴하는 이유는 지극히 개인적인 이유니까."

"그 이유가 뭔지 궁금합니다." 레흐더가 안타까운 표정으로 물었다.

"미국과 약속했기 때문이지. 우리 시대에 미국과 등져서는 살아갈 수 없어. 이번에 무죄로 풀려나면 메데인 카르텔을 탈퇴할 것을 그분에게 굳게 맹세했거든."

"그분이 누구야?" 가차가 심드렁한 표정으로 물었다.

"말할 수 없어. 그것도 약속의 조건이야."

"카르텔을 배신하면 죽음으로 징계하겠다는 우리 약속이 있습니다. 이 경우는 어떻게 됩니까?" 후안이 물었다.

"나는 배신하는 게 아니지. 사실 이번 미국 재판 과정에서 DEA의 스티브 머피가 카르텔의 죄를 폭로해주면 종신형에서 10년으로 바꾸어주겠다고 플리바게닝을 제안했지만 나는 거부했어."

"파블로 보스는 마약사업을 포기하는 건가요? 최근에 커피콩을 수출한다는 방송을 보았습니다." 파비오가 물었다.

"응, 맞아. 이제 마약사업을 하지 않을 예정이야."

큰 건수 하나가 남아 있지만 굳이 이들에게 말하지 않았다. 이들이 노리는 시장과는 전혀 다르니까.

"그럼 우리가 미국에 구축한 시스템까지 넘겨주시는 겁니까?" 파비오가 욕망에 가득 찬 눈으로 물었다.

"당연히! 거기에 투자한 돈은 깨끗이 포기하겠어. 여러분이 마음껏 이용하도록."

메데인 카르텔은 미국으로 코카인을 수출하기 위해 바하마 군도의 섬을 하나 통째로 사서 활주로를 건설하고 경비행기 수십 대와 잠수정과 초고속 보트 등을 구비했다. 마이애미 외곽의 물류 창고에도 투자를 많이 했다. 이걸 저놈들에게 공짜로 넘기는 것은 속이 쓰리지만 그건 감수해야 한다.

"파블로 보스, 그 결정을 철회할 수 없습니까? 뭔가 우리 카르텔에 마음에 안 드는 것이 있으면 말씀해주십시오. 제가 나서서 해결해보겠습니다." 레흐더가 재차 만류했다. 그가 볼 때 여기 남아 있는 인간들이랑 사업을 해서는 미래가 보이지 않았기 때문이다.

"이번 결정은 우리 카르텔과는 아무런 상관이 없어."

"지난번 파블로 보스 암살 사건 때문에 그런 거 아닙니까? 칼리 카르텔 그 자식이 사주한 것이 분명합니다. 지난번 답변도 너무 무성의했습니다."

레흐더는 내가 지난번 암살 사건 때문에 카르텔을 탈퇴하는 것으로 생각한다. 칼리 카르텔은 다비드와 자신들은 무관하다는 주장을 호르헤를 통해 여러차례 보내왔다.

호르헤는 불편한 기색으로 말했다. "다비드는 칼리 지역에 거주했지만 칼리 카르텔과 무관합니다. 파블로 보스도 따로 조사한 것으로 알고 있습니다."

"흥, 그건 모르지. 무관해 보이는 다비드를 통해 파블로 보스 암살 공작을 시켰는지……." 구스타보가 냉정하게 받아쳤다. 그는 암살 사주가 칼리 카르텔이 지시했다고 생각한다.

"그건 이제 그만. 그 문제는 내가 정리할 테니 다른 보스들은 신경 쓰지 마. 탈퇴하기에 앞서 그동안의 미수금은 정산해. 가차 보스는 지난번 백만 달러를 내고 아직 4백만 달러가 정산되지 않았어. 오초아 형제도 여전히 3백만 달러가 남아 있어."

지금 내겐 카르텔을 탈퇴하는 것보다 돈이 더 절실하다. 커피콩도 매입해야 하고 대규모 아파트 건설비용도 계속 불어나기만 한다. 경비, 통신업도 돈이 부족해 난리다.

"파블로 보스가 우리 카르텔을 탈퇴하면, 자산도 부채도 다 사라지는거 아닙니까? 꼭 그 돈을 받아야 합니까?" 가차가 비실비실 웃으며 놀려댔다. 저 주둥아리를 찢고 싶은 욕망을 필사적으로 참았다. 다행히 로베르트가 가만있지 않았다.

"가차 보스가 그 돈을 내지 않겠다면 남은 것은 전쟁밖에 없지. 거기 조직원이 몇 명이더라. 한 백 명쯤 되나? 우리는 3백 명이 넘어. 우리 에스코바르 형제는 남에게 무시당하는 것을 절대 참지 않아. 한번 개겨봐."

가차가 인상을 구겼다. "안 주겠다는 것이 아니라 파블로 보스가 모든 권리를 포기하겠다고 하니까 부채도 그냥 청산하는 줄 알았지."

"우리 오초아 패밀리는 한 달 안에 정산하겠습니다." 후안이 기회를 놓치지 않고 말했다.

"가차, 너는?" 로베르트가 재차 확인했다.

"나도 한 달 안에 보낼게. 에이씨!" 가차는 남은 테킬라를 먹고 일어섰다.

"이제 회의 끝난 거죠? 나는 파블로 보스의 탈퇴를 승인합니다. 다음에 에스코바르 패밀리를 제외하고 우리끼리 만납시다."

"아쉽지만 우리 오초아 형제도 파블로 보스의 탈퇴를 받아들이겠습니다. 하시는 사업 모두 성공하시기를 바랍니다." 오초아 형제가 자기들끼리 쑥덕대다가 나의 탈퇴를 인정했다.

"저는 인정 못 합니다. 지금 파블로 보스가 미국에 갔다 오시면서 뭔가 문제가 있었던 것 같은데 다시 한번 생각해보시기 바랍니다. 결정을 유보해주시죠."

"고마워. 어찌 되었든 다수결로 우리 에스코바르 패밀리의 탈퇴가 승인된 것으로 생각하겠어. 여러분 사업에 행운이 가득하기를 빌겠습니다."

나는 마지막 인사를 하고 레흐더의 집에서 나왔다. 로베르트는 뭔가 아쉬움에 발걸음을 떼지 못했고 구스타보는 한숨을 쉬었다. 생각없는 로베르트는 카르텔을 좋아해서 미련이 남았다. 반면, 구스타보는 남은 카르텔 보스들이 어떤 행동을 할지 걱정이 되었다.

나는 결국 죽음의 계곡을 넘어섰다. 메데인 카르텔에 계속 남아 있었다면 결국은 제명에 죽지 못하거나 미국 감방에서 평생을 보내야 했을 것이다. 바보가 아닌 이상 거기를 벗어나는 것이 합리적이다. 미국도 내 행동을 주목하고 있다. 그렇지만 세상에 공짜는 없었다. 야쿠자도 조직을 탈퇴하면 손가락을 하나 남겨야 한다고 하지 않는가?

오늘은 아내 마리아의 생일이다. 그녀는 며칠 전부터 들떠 있었다. 메데인시 외곽에 있는 나폴레스 농장에서 시내 아파트로 주거지를 옮기기로 했기 때문이다. 마리아는 매우 사교적인 여자이다. 시골 농장에서 만날 사람이 누가 있겠는가? 메데인 시내로 들어오면 친구도 친척도 많다. 쇼핑하러 다니거나 자선을 하면서 내 피 같은 돈을 쓰는 재미도 있을 것이다.

남편이 밤일에 관심이 없으니 엉뚱한데 화를 푸는 것이다. 솔직히 남자로서 미안했다. 그래서 그녀의 방종과 이탈을 허용하지 않을 수 없었다. 대신 보안사업을 책임지는 바르카스 사장에게 철저한 경호를 지시했다. 마리아는 시내로의 이사 기념 겸 자신의 생활 파티를 위해 친구와 친척들을 새 아파트로 잔뜩 초대했다.

가고 싶지 않지만 도저히 빠질 명분이 없었다. 다만 약속을 핑계로 늦게 가겠다고 마리아에게 통고했다. 그날, 언론을 책임지고 있는 발레리아가 보고타에서 중요한 협상 결과를 갖고 돌아왔다. 우리는 호텔에서 몰래 만났다.

"나의 사랑 파블로, 안아줘. 보고 싶었어."

발레리아가 달려들어 내 입술을 훔치고 더듬었다. 갑작스러운 공격에 내 이성도 잠시 마비되었다. 그녀가 옷을 벗자 정신을 차렸다. 이러려고 환생한 것은 아닐 터이다.

"발레리아, 미안, 지금 집에 가봐야 해. 오늘 마리아 생일이야."

"흥! 언제 마리아를 챙겼다고? 나 말고 다른 여자 생긴 거지?"

"아냐, 요즘 본격적으로 사업한다고 그럴 여유도 없어. 여기저기 돈 구하러 다니는 게 얼마나 스트레스인데!"

진심이다. 벌인 사업이 너무 많아 마약 판매를 통해 들어오는 거대한 수입도 순식간에 사라진다. 가차와 오초아 형제에게 받을 7백만 달러만 들어오면 한시름 놓겠는데…….

"그럼 약속해. 다음에는 같이 밤을 보내겠다고."

"그래. 시간 나면 꼭 당신과 로맨틱한 밤을 같이 보낼게. 그런데 언론사 인수는 어떻게 되고 있어?"

나는 발레리아를 통해 콜롬비아 최대 일간지《엘파이스》인수를 추진 중이다. 그녀의 관심을 애정에서 사업으로 돌렸다.

"로페즈 가문이 부정적이야. 아무리 돈을 많이 주어도 팔지 않겠데."

"이 자식들을 그냥 죽여버릴까? 그래도 안 파는지 보고 싶네."

나도 조직 생활에 적응이 되는지 갈수록 말이 거칠어진다.

"그럴 수는 없어. 로페즈 가문이 콜롬비아 정·재계에 얼마나 친구가 많은데."

"좋아. 그러면 발레리아가 방송국을 하나 차려. 내가 밀어줄게."

"정말? 돈이 많이 들 텐데."

발레리아는 기쁨을 참지 못해 미소가 새어 나왔다. 일개 앵커에서 방송국 오너가 되는 거 아닌가? 이왕 언론 작업하는 거 신문보다 방송이 더 위력적이다. 돈도 더 벌 수 있다.

"방송국은 에스코바르 그룹사에 소속될 거야. 발레리아에게도 지분을 줄게. 당분간 사장도 당신이 하고."

"얼마나 줄 거야?"

사랑은 사랑이고, 계산은 철저한 년이다. 우리 두 사람은 지분을 둘러싸고 실랑이를 벌였다. 그 사이 마리아가 전화를 여러 차례 걸어 발광을 했다. '생일 파티에 늦지 마요.', '손님들이 다 왔다.', '왜 안 오는 거야, 이 자식아!' 등등.

발레리아랑 힘겨운 협상 끝에 에스코바르 그룹이 지분 80퍼센트, 발레리아가 20퍼센트를 받는 조건으로 초기 자본금 5백만 달러 규모의 방송국을 세우기로 했다. 발레리아는 공짜로 20퍼센트의 지분인 백만 달러를 받게 되자 나를 기꺼이 놓아주었다.

마리아의 전화 욕설을 들어가며 나는 집으로 급히 돌아갔다. 경호실장인 뽀빠이 벨라스케스의 안색도 달아올랐다. 사실 보스보다 더 무서운 게 보스 마누라다. 마리아가 아마 벨라스케스에게도 늦지 않도록 하라고 신신당부를 했을 것이다.

마리아가 앙심을 품고 벨라스케스를 괴롭히면 자칫 밥도 얻어먹지 못할 수가 있다. 마리아가 주방을 통제하고 있기 때문이다. 교통신호를 무시하고 폭주하여 겨우 아파트 근처로 왔다. 이제 마리아에게서 전화도 오지 않는다. 얼마나 화가 났는지 짐작이 된다. 차에서 내리는 순간, 갑자기 엄청난 폭발음이 들렸다.

[꽝! 꽈아아앙!]

"보스, 피하세요!" 벨라스케스가 나를 껴안고 폭발 지점에서 벗어났다. 내 자동차는 충격으로 뒤집혔다. 먼지가 사방에 뿌려졌다. 마치 9·11 테러로 뉴욕의 무역센터 건물이 무너지는 것과 비슷했다. 아파트가 서서히 허물어지려고 한다. 사람들의 비명이 터져 나왔다.

"살려주세요!"

"여기 사람이 죽어가고 있어요!"

아파트 주변에 무려 지름 8미터 이상의 싱크홀이 생겼다. 어떤 미친놈이 여기다 엄청난 양의 TNT폭탄을 터트린 것이다. 아파트가 바로 무너지지 않는 건 다행이지만 붕괴는 시간문제다.

벨라스케스는 사건 현장을 쳐다보지도 않고 도로로 나갔다. 그는 총을 꺼내어 사건 현장을 지켜보던 자동차 운전자를 끄집어냈다. "나중에 두 배로 갚아줄 테니 죽기 싫으면 빨리 꺼져!"

운전자는 공포에 질려 도망갔다.

"보스, 빨리 여기를 벗어나야 합니다. 분명히 2차 공격이 준비되어 있을 겁니다."

"그래도 저기 가족들이 있는데 어떻게 나만 빠져나간다는 말이냐?"

"보스의 생명이 가장 중요합니다. 살아 있어야 복수할 수 있습니다. 보스가 여기서 저 사람들을 구할 수 있는 길은 없습니다." 벨라스케스의 말이 설득력 있다. 빼앗은 자동차를 몰고 농장으로 급히 돌아왔다. 다행이 2차 테러는 없었다.

그 폭발 사건으로 아내 마리아와 어머니가 죽었다. 아들은 기적적으로 살아남았고 로베르트는 부상을 당했지만 생명에 지장이 없었다. 구스타보는 출장 중이라서 사고를 모면했다.

다음날 오후, 긴급 패밀리 회의를 열었다. 폭발 사건으로 에스코바르 가족이 많이 죽고 부상을 입었다. 만약 빌딩이 넘어갔으면 사상자가 속출했을 것이다. 머리에 붕대를 감은 로베르트가 화를 주체하지 못했다.

"이건 메데인 카르텔이 저지른 짓거리가 분명해. 복수해야 해. 당장 애들 불러서 전쟁을 준비해!"

"형님, 아직 확실한 증거가 없습니다. 메데인 카르텔이 저질렀다고 섣부르게 단정 지어서는 안 됩니다." 구스타보가 신중한 의견을 제시했다.

"맞습니다. 메데인 경찰은 아파트 주변에 세워놓은 화물차에 폭탄이 탑재한 것으로 파악하고 화물차와 운전자를 확인하고 있습니다. 화물차는 칼리에서 왔다고 합니다. 운전자의 신원은 아직 확인되고 있지 않습니다." 바르카스 사장이 침통한 표정으로 말했다.

"자네는 왜 그 시간에 현장에 있지 않았나?" 나는 그를 쳐다보며 물었다. 그를 의심하지는 않지만 반드시 짚고 넘어가야 한다.

"저는 그날 메데인시 산하 단체와 경비 계약을 체결하고 있었습니다. 제일 유능한 팀을 현장에 보냈는데 이놈들이 방심했습니다."

경비회사라고 해보아야 그 직원은 과거 마피아 똘마니들이다. 매뉴얼대로 체계적으로 대응하는 훈련이 전혀 되어 있지 않다.

"누가 이 사건을 저질렀다고 생각하나?"

"가차와 오초아 형제가 가장 유력합니다. 이놈들이 우리에게 7백만 달러를 주어야 하는데 그게 아까운 거죠. 게다가 우리 패밀리가 카르텔을 탈퇴했으니 후환이 두렵지도 않을 거고."

"그 두 놈에게 연락은 왔나?" 구스타보에게 물었다.

"네, 왔습니다. 일단 자신들은 무관하다고 발뺌하더군요. 형님의 안전을 물어보는데 저는 일단 모른다고 했습니다. 형님의 차가 폭발한 것은 알고 있습니다. 이놈들은 지금 형님이 살아있는지 죽었는지 확인한다고 정신이 없을 겁니다."

"어떻게 대응할까?" 나는 사실 이런 마피아 전쟁을 모른다. 전문가인 로베르트에게 슬쩍 물어보았다.

"당장 복수해야지. 여기서 가만히 있으면 사람들이 우리를 얼마나 우습게 보겠어?" 로베르트가 답을 내놓았다.

아, 마피아가 아닌 비즈니스맨으로 살려고 하는데 쉽지 않다. 여기 콜롬비아에서는 권력, 아니 적어도 무력이 뒷받침되지 않는 부를 쌓는 것은 불가능하다. 이래서 마피아 조직과 쉽게 인연을 끊을 수 없다.

"일단 우리 애들을 다 불러. 외부 경비용역에 나간 놈들도 농장에 집결하라고 해."

"네, 회장님." 바르카스가 큰소리로 답했다.

후안에게 전화를 걸었다.

- 아, 파블로 보스, 다행히 살아계셨군요.

그의 목소리가 떨렸다. 자칫하면 나의 분노를 그대로 받을 수 있기 때문이다.

"덕분에. 자네는 이 테러를 누가 일으켰다고 생각하나? 우리 애들은 오초아 형제가 가능성이 크다고 하던데……"

- 아, 아닙니다. 파블로 보스랑 같이 사업한 지가 얼마인데 그런 짓을 벌이겠습니까?

"좋아. 일단 믿어주지. 그러면 내일까지 3백만 달러를 보내."

- 네? 이달 말까지가 아니었습니까?

"자네의 진심을 확인하고 싶어서 그래. 보내기 싫으면 말아."

나는 전화를 끊고 가차에게 전화를 걸었다. 가차도 깜짝 놀라는 눈치다.

"내가 살아 있어서 반가운 눈치가 아닌 것 같은데. 좋아, 그건 그렇고, 자네 4백만 달러를 내일까지 보내. 우리 애들이 자네가 그 돈 내기 싫어 이런 사건을 저지른 게 아닌가 의심을 하고 있어."

- 파블로, 약속한 시간을 주게.

"그 시간, 여러 번 줬지. 내일까지 안 보내면 자네와 전쟁이야. 오초아 형제는 보낸다고 하더군."

오초아 형제가 보낸다고 약속한 적은 없다. 두 패밀리를 분열시켜야 한다.

- 1주일만 더 말미를 주게. 내일은 현실적으로 불가능해.

"돈이 없으면 에메랄드나 금도 가능해. 자네 광산 부자가 아닌가. 돈 주기 전까지 지저분한 부탁 전화는 하지마." 나는 전화를 끊었다.

나의 심부름을 다녀온 벨라스케스가 문을 열고 들어왔다. "보스, 지난번 암살사건을 사주한 놈의 신원을 알아 왔습니다."

벨라스케스는 품에서 사진을 꺼냈다. 모두 사진을 쳐다보았는데 모르는 눈치다. "칼리 카르텔의 로사리오란 놈입니다. 이놈이 시카리오에게 보스의 동선을 말해주고 암살 지령을 내린 놈입니다."

"지난번 암살사건과 이번 폭발사건에 칼리 카르텔이 개입한 것은 확실해. 일단 가차와 오초아 형제를 밀어붙여. 이들과 전쟁할 것처럼 분위기를 풍기란 말이야. 실제 목표는 칼리놈들이야."

"칼리를 직접 공격하는 것은 불가능합니다. 이놈들이 철저하게 도시를 방어하고 있어서 외부 사람이 들어가는 불가능합니다."

"아냐, 가능해. 바르카스, 준비한 플랜 B를 가동하게."

"알겠습니다."

바르카스가 서둘러 회의장을 떠났다.

"파블로, 그 정보는 어디서 얻었나?" 로베르트가 의아한 듯 물었다. 로베르트는 지난 몇 달 동안 암살을 사주한 로사리오 정보를 전혀 찾지 못했기 때문이다. 그런데 나는 하루 만에 범인을 찾아냈다.

"DEA에게서 얻었어요. 스티브 머피에게 먹잇감을 하나 던져주니까 이 정보를 주더군요."

"DEA는 어떻게 알았나?"

"24시간 저를 감시하고 있으니 제 주변에 누가 있는지 다 파악하고 있어요."

"그렇군. DEA에게 무엇을 주었나? 지난 미국여행 동행 기념으로 뭘 줄 놈들이 아닌데." 로베르트가 궁금한 표정을 지었다.

"DEA가 원하는 것이 뭐겠습니까?"

"우릴 붙잡아 미국으로 보내는 거 아닌가?" 로베르트가 당연한 질문을 왜 하느냐는 듯 답했다.

"아닙니다. DEA가 원하는 것은 콜롬비아 마약조직이 무너지는 겁니다. 제가 머피에게 정확한 정보를 주면 전쟁을 하겠다고 제안했어요. 머피는 잘 되었다고 그동안 감춰둔 정보를 살짝 공개한거죠."

"역시 우리 동생은 머리가 잘 돌아가. 어머님과 제수씨의 복수를 위해 가자!" 로베르트가 당장 칼리를 쳐들어갈 듯 무기를 꺼냈다.

"오늘은 아니에요. 작전을 가동하려면 병력과 물자 이동이 필요합니다. 그리고 칼리 애들의 주의를 돌려야 하고요. 이놈들은 지금 가차와 오초아 형제가 의심받고 있다고 약간 방심하고 있지만 완전히 경계를 늦추지는 않았을 겁니다. 시간이 더 필요해요. 그래서 공격은 어머님과 마리아 장례식이 열리는 날이 좋겠습니다."

"형님, 우리 조직만으로 가능할까요? 레흐더 보스는 형님 말이라면 기꺼이 지원할 겁니다." 구스타보가 신중한 표정으로 말했다.

"레흐더가 끼면 복잡해져. 우리 힘만으로도 충분히 가능해! 내가 달리 바르카스 전 중령을 영입한 게 아니야. 그놈 밑에 전직 특수부대 요원들이 있어서 이들을 용병으로 고용하기로 했어. 이게 플랜 B야."

"파블로가 메데인 카르텔 최종 보스가 된 것은 우연이 아니야." 로베르트가 엄지척을 날렸다.

"구스타보는 바르카스와 작전을 구체적으로 짜놓도록. 형님과 나는 연기를 좀 해야 하니까."

"왜? 나도 작전에 참여할 거야. 우리 어머니가 칼리놈들 손에 돌아갔어."로베르트가 반발했다.

"복수하지 말라는 게 아닙니다. 저랑 같이 칼리놈들을 속이기 위해 연기를 해달라는 겁니다. 이게 이번 복수에서 가장 중요해요."

어머니와 아내 마리아의 영결미사는 내가 돈을 지원하여 지붕을 수리한 코뮤나 13 성당에서 열었다. 성당은 조문을 온 메데인시의 유력자와 동네 주민들로 인산인해를 이루었다. 레흐더를 비롯한 메데인 카르텔의 모든 보스들이 조문에 나타났지만 가차와 오초아 형제는 보이지 않는다. 이들은 자칫 장례식장에 왔다가 잔뜩 화가 난 파블로가 죽일 것이라고 걱정했을 것이다.

나와 로베르트는 식장 앞에서 손님을 맞이했다. 아직 내가 메데인 카르텔의 최종 보스라고 생각해서 그런지 사람들은 정중했고 심지어 눈물을 글썽였다. 콜롬비아 경찰은 또 한바탕 피의 복수 전쟁이 일어날 것을 예상하고 전 경찰을 동원하여 장례식장을 경호했다.

저녁 시간이 되면서 조문객들은 크게 줄어들었다. 식장을 책임지는 신부에게 피곤해서 잠시 쉬겠다고 말하고 나와 로베르트는 뒷문으로 빠져나왔다. 준비한 경찰차에서 뽀빠이 벨라스케스가 마중을 나왔다.

경찰은 친절하게 앞뒤로 경계를 서주며 메데인 외곽까지 태워주었다. 거기서 우리 패밀리의 차를 타고 군 부대 헬기 착륙장으로 이동했다. 메데인에서 칼리까지는 약 400킬로미터. 문제는 소안데스산맥을 통과하는데 자동차로는 12시간 이상, 비행기로는 1시간 거리다.

비행기로 칼리를 가는 것은 신분을 그대로 드러내는 것과 마찬가지다. 칼리 카르텔은 공항에서부터 버스 터미널까지 완전히 통제한다. 칼리 카르텔의 눈을 피해 외부인이 칼리에 잠입하는 것은 불가능하다. 그래서 군사용 헬기를 이용하기로 했다. 마피아가 군사용 헬기를 어떻게 이용하냐고 묻지 마라. 여기 콜롬비아에서는 돈만 주면 불가능한 게 없다. 게다가 바르카스는 얼마 전까지만 해도 특수부대 대대장이었다.

"회장님, 오셨습니까? 지금 물자를 실어나르고 있습니다. 요원들은 먼저 출발하여 칼리 군부대에 대기 중입니다. 이제 우리 애들을 보낼 예정입니다."

"수고했네. 자네가 준비한 작전 계획을 다시 검토해보겠네."

"네, 준비하겠습니다."

"파블로, 나는 도저히 여기서 기다릴 수 없어. 우리 애들과 먼저 칼리에 가 있을래."

"형님, 대신에 사고를 쳐서는 안 됩니다. 제가 지시할 때까지 절대 움직이지 마세요."

"알았어. 걱정하지 마!"

로베르트를 먼저 보내고 바르카스, 구스타보와 함께 작전 계획을 검토했다. 내가 마피아식의 잔인한 살인극에는 약하지만 침투에 특화된 육군 수색대 출신이다. 대한민국 육군이 얼마나 우수한가를 보여주겠어!

새벽 5시. 점차 여명이 동터올 무렵 나는 이번 작전 지도부와 함께 칼리로 날아갔다. 바르카스는 안전하게 메데인에 남아 있을 것을 권유했지만 거부했다. 뒤에서 후방 지휘하는 것은 안전에는 도움이 되겠지만 이 작전을 통제할 수 없다. 이번 작전이 잔인한 복수극으로 끝나서는 안 된다. 이 기회에 칼리 카르텔을 굴복시켜야 한다.

헬기는 거의 두 시간을 날아가서 칼리 인근 군부대에 도착했다. 흥분으로 눈에 핏발이 가득 선 로베르트가 달려왔다.

"파블로, 우린 준비되었어. 애들도 충분히 쉬어서 사기가 올라와 있어. 그런데 카를로스 형제는 왜 데리고 온 거야?"

카를로스 형제는 우리 집에서 은식기를 훔치려다 호랑이 밥이 될 뻔했다. 그들은 지금까지 창고에 감금되어 있었다.

"그놈들은 죽을 각오로 싸울 겁니다. 제가 이번에 공을 세우면 살려준다고 했거든요."

"버스가 준비되었습니다. 회장님!" 바르카스가 상황을 알려왔다.

"그래, 가자!"

칼리 시내 진입을 위해 평범한 버스 두 대를 빌려서 약 백 명이 탔다. 이 인원으로 칼리 카르텔을 진압해야 한다. 신속하고 단호한 행동이 필요하다.

버스 두 대와 그 뒤를 따르는 택시가 아침 시간에 칼리 시내로 조용히 들어갔다. 아무도 특별히 의심하지 않았다. 칼리 카르텔은 설마 에스코바르가 어머니와 아내 장례식날에 칼리까지 와서 복수극을 벌일 거라고는 생각도 못 했을 것이다. 게다가 폭탄 테러의 배후를 칼리 카르텔이 아니라 가차와 오초아 형제로 간주한다는 소식을 듣고 1급 경계를 풀었을 가능성이 크다.

칼리 시내를 조금 벗어난 지역에 칼리 카르텔의 최종 보스인 힐베르트 로드리게스의 저택이 보였다. 시간을 보았다. 7시 28분. 2분 뒤, 버스에서 우리 조직원이 신속하게 내렸다. 운전자만 탄 버스 한 대가 그대로 정문으로 돌진했다. 아마 카를로스 형제 중 한 명이 그 버스를 운전하고 있을 것이다.

[쾅! 우지직!]

문은 그대로 박살 났고 버스는 집안 주차장까지 돌진했다.

"공격!"

바르카스가 외치자 우리 조직원들은 총을 난사하며 힐베르트 저택으로 진입했다.

[탕탕탕 타아앙!]

칼리 조직원이 뒤늦게 사태를 파악하고 대응 사격에 나섰지만 이미 늦었다. 이 시각은 야간 경계를 끝낸 근무자들이 가장 피곤해하는 때이다. 무엇보다 외부 세력이 칼리시에 대규모 공격할 것이라고는 생각도 못 했기 때문이다.

잔인한 복수극이 시작되었다. 로베르트는 두 손을 들고 항복하는 칼리 마피아조차 살려두지 않았다. 칼리 조직원들도 만만치 않았다. 이들은 수십 년 동안 이 지역을 지배해왔기 때문에 충성심이 대단하다.

우리 측 조직원도 몇 명 죽었지만 결국 진입 5분 만에 상황이 종료되었다. 설마 칼리 카르텔의 본거지로 쳐들어오는 놈이 있을 거라고 생각도 하지 않아 제대로 방어를 만들지 않았기 때문이다.

마지막으로 머리숱이 잘 보이지 않는 한 놈이 실실 웃으며 총을 내려놓았다. 눈 돌아가는 것을 보니 눈치가 보통이 아닌 놈이다. 대세가 기울었다는 것을 알고 가장 먼저 항복했다. 이놈 인상이 참 더럽고 특이하다.

더 이상 저항하는 놈들이 보이지 않는다. 빨리 상황을 종료해야 한다. 조금 있으면 칼리 마피아놈들이 떼거리로 몰려올 것이다.

힐베르트 로드리게스는 자다가 침대에서 끌려 나왔다. 가는 삼각눈의 힐베르트는 마피아라기보다 고객의 눈치를 보는 은행원 같았다. 그의 아내와 자식들도 잠옷 차림으로 끌려나왔다. 사방에 흥건한 피와 시체는 그들을 공포로 몰아넣었다.

구스타보가 작은방에서 한 놈을 질질 끌고 나왔다. "형님, 이놈이 카시야스입니다."

카시야스는 메데인 폭탄 테러를 주도한 힐베르트의 사촌동생이다. DEA의 머피가 친절하게 가르쳐 준 사실이다. 흥분한 로베르트가 총으로 그놈 머리를 후려쳤다.

[퍽!]

"개자식, 오늘 너는 죽었어."

"그냥 총으로 죽여! 사람을 모독하지 말고!"

카시야스가 반성은커녕 거친 반항을 하자 로베르트의 분노는 폭발했다.

[퍽퍽퍽!]

깨진 머리에서 피가 쏟아졌다.

"나를 봐, 이 개자식아! 너 혼자 죽는 것으로 끝나지 않을 거야!"

"그래, 내가 다 했어. 힐베르트 보스는 모르는 일이야!" 카시야스는 오늘 절대 살아남지 못할 것을 직감하고 혼자만 죽기로 했다.

[탕!]

로베르트의 총알이 카시야스의 다리를 관통했다.

"악!"

상처를 입어 쓰러진 카시야스에게 로베르트는 "나를 쳐다봐!"라고 소리쳤다. 다시 총알 한 방을 다른 다리에 쏘았다. "이건 마리아의 복수야!" 그리고 카시야스의 얼굴을 난사했다. 피로 물든 살 자국이 곳곳에 떨어졌다. "이건 우리 어머니의 복수야!"

나는 구스타보에게 눈짓을 주어 로베르트 행동을 만류하라고 지시했다. 자칫 힐베르트와 그의 가족마저 죽여버리면 이번 작전은 실패다. 바르카스가 의자를 가져왔다. 나는 거기 앉아서 힐베르트를 쳐다보았다.

"힐베르트, 메데인에 한번 오라고 그렇게 얘기했는데 결국 자네 집에서 볼 줄은 몰랐네."

"파블로 보스! 지난 사건을 사과드립니다. 죽을죄를 지었습니다. 제 선에서 끝내주시고 우리 가족들은 제발 살려주시기를 바랍니다." 힐베르트는 모든 상황이 끝난 것을 알고는 체념했다. 가족만이라도 살리고 싶었다.

"자네는 우리 가족을 죽였지만 나는 적의 가족을 죽이는 비열한 짓은 하지 않아."

"감사합니다. 파블로 보스! 저만 죽여주시기를 바랍니다."

나는 바르카스에게 눈짓을 주었다. 바르카스가 공포에 질린 힐베르트 가족을 옆방으로 데리고 갔다. 내가 힐베르트와 특별히 할 말이 있다는 것을 알기 때문이다. 방 안에는 힐베르트를 죽일 기회를 엿보는 로베르트와 구스타보만이 남아 있다.

"자네와 자네 가족이 살길이 있네. 들어보겠나?"

"네, 어떤 일이든 시켜만 주십시오."

"지난번 메데인에서 나를 암살하려고 했을 때 그 동선을 가르쳐 준 놈이 누구지?"

"그건……. 아, 말씀드리겠습니다. 오초아 형제의 호르헤입니다."

한참 고민하다가 로드리게스는 체념했다. 자칫하면 가족이 다 죽게 되는데 친구와의 의리가 뭐가 중요한가.

그럴 줄 알았다. 호르헤 개자식! 겉으로는 따르면서 속으로는 딴생각을 한다는 양봉음위(陽奉陰違)라는 말이 생각났다. 내 언젠가 이놈을 손봐야지.

"자네가 이번 폭탄 테러를 호르헤와 같이 짠 건가?"

"그건 아닙니다. 파초가 설계한 것입니다. 메데인 카르텔이 분열한 것을 알고 내부 전쟁을 유도할 수 있다고 파초가 주장했어요. 우리가 파블로 보스를 죽였을 것이라고 아무도 생각하지 않을 것으로 보았습니다."

"메데인 카르텔이 분열되면 커미션을 안 줘도 되니까? 돈 때문에 그런 거 아냐?"

"네."

낮은 목소리로 힐베르트는 인정했다. 그동안 칼리 카르텔은 메데인 카르텔에 커미션을 주는 것에 대해 불만이 많았다.

"나는 메데인 카르텔을 탈퇴했어. 오초아 형제가 싸워야지, 왜 나를 걸고넘어져? 고작 내가 자네 체스판의 장기 말이라는 건가?"

"죄송합니다. 에스코바르 패밀리와 오초아 형제가 싸우면 메데인 카르텔의 힘이 약화할 것으로 착각했습니다."

"파초 개자식은 어디 있나?"

파초는 칼리 카르텔의 막내 보스다. 패밀리는 아니지만 능력만으로 출세한 놈이다. 이놈이 카시야스와 함께 폭탄 테러를 계획했다.

"마침 보고타로 출장을 갔습니다."

파초 자식을 죽여야 복수가 완성되는데 오늘 그놈을 놓쳤다. 할 수 없다. 일단 힐베르트와 계산하는 수밖에.

"좋아. 사업상 그럴 수 있지. 대신 나도 사업상의 제안을 하나 하겠어. 들어보겠나?"

힐베르트의 눈빛이 반짝거렸다. 살아날 길이 있다는 말인가?

"나와 평화 협정을 맺자. 서로 메데인과 칼리의 영역을 존중하고 침범하지 않는 거로."

"네?"

힐베르트는 의아한 눈빛을 보냈다. 이건 자신을 살려주겠다는 게 아닌가. 그는 1초의 망설임도 없이 내 제안에 찬성했다.

"좋아. 그러면 칼리 카르텔은 오초아 형제와의 관계를 끊게. 다음에 호르헤와 작당하는 것이 눈에 보이면 어떤 일이 벌어질지는 알지?"

"앞으로 호르헤와는 만나지도 연락하지도 않겠습니다."

"좋아."

나는 힐베르트의 약속을 믿지 않는다. 둘이 몰래 전화하는 것을 내가 어떻게 알겠나? 그렇지만 이렇게 공개적인 약속을 해놓으면 둘 사이 관계는 점차 멀어질 것이다. 오초아 형제랑 칼리 카르텔이 붙어먹으면 곤란한 강적이 생긴다.

"그리고 미국으로 보내는 물량의 커미션은 반드시 레흐더에게 직접 전하게. 그건 내가 이야기해놓을게."

"알겠습니다. 앞으로 우리 비즈니스는 레흐더 보스랑 거래하겠습니다."

"좋아. 과거 커미션 조건이랑 거래 당사자를 지목하는 서약서를 이따가 작성해."

"네."

이 문서는 중요하다. 힐베르트는 지금 정신이 없어 작성하겠지만 이건 결국 미국으로 보내는 마약 거래를 실토하는 것과 다를 바 없다. 힐베르트와 레흐더를 통제할 수 있는 안전장치인 셈이다.

"그리고 우리 어머니와 아내에 대한 복수를 일단 카시야스를 통해 풀었지만 끝난 게 아니야." 나는 힐베르트의 가족이 감금된 옆방을 가리켰다.

"파블로 보스, 제발 우리 가족은 건드리지 말아 주시기 바랍니다. 뭐든지 다 하겠습니다." 힐베르트가 다시 손을 모아 빌었다.

"복수가 복수를 낳고…… 게다가 무관한 가족을 해치는 일은 나도 하고 싶지 않아. 대신, 위로금은 받아야지."

이 말에 로베르트의 안색이 변했다. "파블로, 무슨 말이 그렇게 많아. 이놈들을 다 죽이고 빨리 여기를 벗어나야 해. 나는 절대 저 자식을 용서할 수 없어. 저놈이 우리 어머니와 마리아를 죽였는데 저놈 가족을 살려준다는 것은 말이 안 돼!"

"형님, 무슨 말인지 알겠습니다. 그렇지만 오늘 이 일은 다 저에게 맡겨 달라고 하지 않았습니까? 형님도 이미 동의했고요."

내가 위험을 무릅쓰고 칼리까지 따라온 이유는 로베르트의 폭주를 막기 위해서이다. 아마 내가 안 왔으면 여기는 죽은 사람의 시신으로 가득 찼을 것이다.

"그렇지만……."

로베르트는 더듬거렸다. 여기 오기 전에 내가 신신당부했고 그 또한 설마 이렇게 사태가 전개될 줄을 모르고 동의했기 때문이다. 로베르트가 머뭇거리는 동안 빨리 사태를 마무리를 지어야 한다.

"천만 달러 내게. 그러면 더 이상 복수하지 않겠네."

"파블로 보스, 금액이 너무 큽니다." 힐베르트가 감당할 수 없다는 표정을 지었다. 이 자식이 죽을 걸 살려두었더니 개소리를?

"자네가 돈을 만들 동안 당분간 가족들은 우리가 데리고 있겠네. 자, 빨리 조금 전 약속을 문서로 작성하게."

구스타보가 종이와 펜을 가져왔다. 밖에서 움직임이 심상치 않다. 칼리의 경찰과 다른 조직원들이 속속 힐베르트의 저택에 모이고 있다. 힐베르트는 서약서를 작성하고 나에게 넘겼다. 이제 이놈은 이 종이에 코가 꿰였다.

문서를 작성하고 힐베르트가 결심을 한 듯 말했다. "파블로 보스, 만약 지금 천만 달러를 드리면 우리 가족을 인질로 삼지 않는 거죠?"

이놈이, 지금 집에 천만 달러나 있다는 말인가? 금액을 더 세게 불렀어야 했었는데.

"당연한 거 아닌가? 돈을 다 냈는데 굳이 가족을 인질로 데리고 가는 수고를 왜 해?"

"그러면 당장 돈을 드리겠습니다. 대신 이것으로 오늘 사건을 끝내주시기를 바랍니다."

"나도 원하는 바야."

칼리 카르텔의 핵심인 힐베르트를 기습 공격하는 것은 대성공으로 끝났다. 힐베르트는 우리의 안전을 보장하기 위해 저택에 모인 칼리의 마피아와 경찰을 내보냈다. 또한 스스로 인질이 되어 마지막 헬기가 뜰 때까지 기다렸다.

그사이 우리는 친해졌다. 이 친구가 생각보다 똑똑했고 신사였다. 생각 없는 메데인의 양아치 마피아와는 달랐다.

"파블로 보스는 왜 마약사업을 포기했습니까?"

"우리 메데인 카르텔에 대해 모르는 게 없네. 하하하."

"호르헤가 얘기해주었는데 믿을 수가 없었습니다."

"그건 진짜야. 미국으로 마약 보내는 사업은 너무 위험해. 이 사업의 종점은 죽거나 미국 교도소야. 이런 바보 같은 일을 왜 해?"

"저도 동감합니다. 그렇지만 이 가난한 칼리 지방에서 돈 되는 일은 마약밖에 없습니다. 다른 일을 아무리 해도 먹고 살기가 쉽지 않습니다."

"그렇다고 죽을 길을 갈 수는 없어. 자네도 장기적으로 잘 생각해봐. 가진 돈도 많은데, 그걸로 다른 사업을 하는 게 나을 거야."

"마약사업에 너무 많은 사람이 관여되어 있습니다. 제가 돈을 주지 않으면 경찰, 공무원, 군인, 정치가들이 달려들어 뜯어 죽일 기세입니다."

"미국 마피아도 처음에는 밀주, 마약 등 불법적인 일로 돈을 벌었지만 똑똑한 놈은 비즈니스맨으로 변신했고, 바보 같은 놈들은 죽거나 교도소에 갔어."

"어떤 사업을 해야 합니까?"

이 자식이 천만 달러 냈다고 사업까지 가르쳐 달라고 한다. 그래, 오늘 고생했으니 한 가지만 가르쳐주자.

"칼리 지방에는 석탄 등 광산이 많지 않나? 앞으로 콜롬비아에는 많은 발전소가 세워질 거야. 그 연료는 석탄일 수밖에 없고. 광산업을 해보게. 자본도 있으니까 조금만 버티면 대박이 날 수 있을 거야."

"아!" 힐베르트는 가슴이 뻥 떨리는 느낌이다. "좋은 조언 감사드립니다. 앞으로 자주 통화하고 뵈었으면 합니다. 제 전화번호는……."

칼리에서 가져온 천만 달러에서 백만 달러를 포상금으로 내놓았다. 우리 조직의 사기가 올라갔다. 로베르트는 밑의 애들과 술을 마시러 나갔고 나는 농장에서 혼자 시간을 보냈다. 내 진짜 마누라는 아니었지만 옆에서 챙겨주던 마리아가 사라지니까 허전했다.

테킬라를 한잔하고 있는데 구스타보가 들어왔다. "형님, 포상금을 다 분배했습니다. 나머지 돈은 리코에게 넘겼습니다."

"수고했어. 네 공장에도 돈이 필요하지 않나? 리코에게 말할 테니 가져가."

구스타보는 마약공장을 책임진다. 최근 생산 물량이 증가하면서 원료 구입비와 인건비가 올라갔다.

"네, 그런데 하나 궁금한 게 있습니다."

"뭔가?"

"미국으로 보내지도 않는데 왜 생산 규모를 두 배나 늘리라고 하십니까? 지금 공장에는 재고가 너무 쌓여 둘 데가 없습니다."

"생각이 있어. 나중에 말해줄게. 물량을 충분히 확보해두게."

"네, 알겠습니다."

힐베르트의 고민은 나의 고민이다. 이 빌어먹을 콜롬비아에서 마약사업 말고는 제대로 돈을 벌 기회가 없다. 장기적인 사업을 시작하려면 엄청난 돈이 든다. 도덕적으로 비난받을 수 있지만 크게 한탕을 해야 한다.

"그리고 형님, 힐베르트를 왜 제거하지 않았습니까? 그대로 두면 복수한다고 설칠 게 뻔한데요."

"너도 칼리 봤지? 그 시골에서 돈 벌 일이 있겠는가?"

"그야말로 시골 깡촌입니다. 물류도 너무 힘들고. 돈 벌 구석이 없습니다."

"그렇지. 힐베르트를 죽여 보아야, 제2의, 제3의 힐베르트가 출현할 수밖에 없어. 어찌 되었든 칼리 카르텔은 재건될 거야. 왜냐하면 거긴 마약밖에 할 일이 없거든."

"형님은 잘 모르는 새로운 칼리 카르텔 보스보다 차라리 통제되는 힐베르트가 낫다고 판단하신 겁니까?"

"그렇지. 이놈은 일단 나에게 약점이 잡혔고, 우리 힘을 느꼈으니까 섣부르게 도전하지 않을 거야."

"죽이는 것만이 능사가 아니네요."

"네가 이제 정치를 조금 이해하네."

돌격대장 로베르트보다 구스타보가 세상 이치를 빨리 깨닫는다. 에스코바르가 비행기를 폭파하고, 경찰을 향해 잔인한 복수극을 벌인 것은 바보짓이다. 권력과 폭력은 드러나지 않을 때가 더 무서운 것이다. 그걸 과시하게 되면 사람들은 공포를 느끼지만 다른 한편으로 증오하게 된다. 인간의 증오는 언젠가는 반격한다. 투표가 되든 혁명이 되든.

"칼리 습격 사건이 언론에 나오지는 않았지?"

"네, 힐베르트가 단단히 입막음한 것 같습니다. 물론 알 사람은 다 알겠지만 이게 언론에 나오면 힐베르트의 체면도 무너지게 되니까요."

힐베르트는 칼리 사건이 외부에 퍼져나가는 것을 철저히 막았을 것이다. 에스코바르에 의해 박살났다는 것은 조직 안에서도 문제가 될 수 있기 때문이다. 그렇지만 내부적으로는 소문이 나지 않을 수 없다. 가장 충격을 받은 것은 아마 가차와 오초아 형제이리라. 메데인 카르텔을 탈퇴한 에스코바르의 힘이 여전하다는 것을 절감했을 것이다.

갑자기 후안에게서 전화가 왔다.

- 파블로 보스, 어제 늦은 시간에 조문을 갔는데 뵙지를 못했습니다. 돌아가신 고인의 명복을 빕니다.

"고맙습니다. 제가 어디를 다녀와서 후안 보스를 뵙지 못했습니다."

- 저도 도와드릴 수 있는데 부르지 않아서 섭섭했습니다. 앞으로 필요하면 우리 오초아 형제도 불러주시기를 바랍니다.

"네, 그렇게 하겠습니다."

- 참, 돈은 준비되었습니다. 어디로 보내드릴까요?

없다는 돈이 칼리 카르텔이 박살이 나자 생겼다.

"농장으로 보내주면 됩니다. 기간을 지켜주셔서 감사합니다."

- 별말씀을요. 더 일찍 드리지 못해 죄송합니다.

후안의 전화를 끊자마자 가차에게서 전화가 왔다. 확실히 이놈들에게는 법보다 주먹이다.

- 하하하. 파블로 보스! 대단하십니다. 칼리 자식들이 박살이 났다는 소문을 들었습니다.

무대뽀 가차는 대놓고 말했다.

- 제가 파블로 보스를 좋아하는 이유가 바로 그런 화끈함이었습니다. 그런데 최근에는 다른 사람이 되셔서 솔직히 실망이었습니다.

"가차, 하고 싶은 얘기가 뭐야?"

짜증이 났다. 이런 하루살이들과는 대화하고 싶지 않다. 어차피 제삿날이 얼마 남지 않는 놈들이다.

- 돈이 준비되었습니다. 어디로 보내드릴까요?

역시 무대뽀에겐 무대뽀로 응대해야 말을 듣는다.

"농장으로 보내게. 그리고 앞으로 약속을 하면 반드시 지켜. 특히 시간 말이야."

- 네. 그렇게 하겠습니다.

가차는 마지못해 대답했다. 이 자식도 손을 봐야 한다. 오초아 형제에게 붙어서 반란을 조장하고, 기한 내에 돈을 갚지도 않고, 무엇보다 공개석상에서 나를 무시했다.

전화를 듣던 구스타보가 밝은 표정으로 "형님, 이제 자금 사정이 풀립니까?"라고 물었다.

"아냐, 그래도 돈이 부족해. 앞으로 2천만 달러가 더 필요해!"

"아이고, 도대체 어디다 돈을 그렇게 사용하세요."

마약왕 파블로는 여전히 배고프다. 돈이, 그것도 엄청난 돈이 필요하다.

"일단 대형 화물선을 하나 사. 선적은 콜롬비아가 아닌 파나마로 등록하고."

"네? 그게 무슨 말입니까?"

"우리 상품을 수출할 전용 화물선이 필요해. 자세한 것은 나중에 설명해줄 테니, 일단 2백만 달러 정도 되는 배를 빨리 찾아봐."

"혹시 미국으로 물건을 보내는 거라면 쓸데없는 짓입니다. 미국의 항구 감시 시스템을 벗어날 수 없습니다. 몇 번 시도했지만 대부분 적발되었습니다."

"미국이 아냐. 부시 부통령에게 미국에 마약을 수출하지 않을 거라고 했어."

"미국 말고 보낼 데가 있는가요?"

"있어. 조금 있으면 미국 다음으로 부자 되는 나라가."

"어느 나라입니까?"

"일본."

"네? 그 원숭이 나라로 보낸다고요? 그놈들이 돈이 있을까요?"

"지금 가장 잘 팔리는 TV가 뭐야?"

"당연히 소니지요. 화면이 얼마나 크고 밝은데요."

"그래 지금 미국이 일본산 제품 때문에 무역적자가 이만저만이 아냐. 조만간 미국이 일본 재무장관을 불러내어 엔화 환율을 대폭 올릴 거야. 그러면 일본 내 자산 가격이 두세 배 폭등하는 거지."

"무슨 말씀인지 잘……."

우리 조직에 그나마 똑똑하다는 구스타보가 이 수준이다.

"미국은 자국 제조업을 보호하기 위해 일본 상품가격을 인위적으로 올릴 생각이야. 엔화의 가치를 지금보다 두 배 높게 인상하면 미국 소비자들이 일본 상품을 안 살 것으로 예상하지. 우리에겐 그것보다 더 중요한 것은 섬나라 원숭이들이 갑자기 부자가 된다는 거야. 부동산이 폭등하고 월급이 두 배나 인상되고 수입 물가는 반값이 되는 거야. 그렇게 흥청망청 놀다 보면 결국 마지막 종착은 그거야."

구스타보의 눈이 휘둥그레졌다. "아, 네. 형님, 언제 이렇게까지 유식해졌습니까?"

"신문도 보고 가끔 책도 읽어. 언제까지 총질만 하고 살 수는 없잖아." 나는 적당히 얼버무렸다.

"리오넬 마테오를 내 업무 비서로 발령시켜. 그나마 그놈이 영어도 하고 머리가 돌아가니까."

마테오는 경제학 전공인데다 영어도 잘한다. 지금 커피콩 구매 업무를 맡고 있는데, 거기서도 발군의 실력을 발휘하고 있다.

"네, 알겠습니다."

03

일본시장 진출

　힐베르트의 인질금과 그동안 밀린 메데인 카르텔의 돈이 들어오자 사업은 활기를 띠기 시작했다. 가장 큰돈이 들어가는 것은 메데인 재개발이다. 메데인시는 지난 몇 년 동안 몰락한 농촌인구가 밀려 들어오면서 도시가 온통 산동네가 되었다. 이 산동네에는 전기도 상수도도 들어오지 않는다. 일자리가 없는 실업자들은 잠재적 범죄자가 되어 백 달러만 주면 살인도 주저하지 않는다. 그런데 내가 전 세계를 다녀봤지만 메데인만큼 살기 좋은 데는 없다. 1년 열두 달이 봄이다. 꽃과 식물은 금방 자라나 신선한 공기를 뿜어낸다.
　앞으로 메데인은 세계적인 관광도시가 될 것이다. 그러기 위해서는 지금부터 난개발을 막고 건전한 중산층을 키워내야 한다. 그 첫 번째 사업이 대규모 아파트, 아니 여기 말로는 콘도 개발이다. 콘도는 방 하나, 부엌 겸 거실 하나, 화장실 하나를 가진 공동주택을 의미한다. 한국말로는 오피스텔이라고 한다. 지금 메데인의 중산층조차 이런 집이 없다. 전기와 물을 마음껏 쓰는 것만 해도 여기서는 중산층이다.
　메데인시 북부 터미널의 코로도바 지역을 개발 중심으로 잡았다. 여기는 메데인시를 관통하는 하천이 흐르고, 앞으로 지하철 노선이 두 개나 예정되어 있다. 메데인시에 정식 등록되지 않은 판자촌이 끝도 없이 펼쳐져 있다. 메데인시장은 에스코바르 건설사의 개발 신청서에 즉각 도장을 찍었다. 평소 뇌물을 받아먹는 데다가 에스코바르 조직이 칼리를 박살 냈다는 소문을 들었기 때문이다. 목숨은 소중하니까.

나는 로베르트에게 무허가 판잣집이라도 철거할 때 적당한 보상을 하라고 지시했지만 이 명령은 밑에 내려갈수록 들어먹지를 않는다. 근본이 깡패인 이놈들은 법보다 힘이고 한 푼의 돈도 남에게 주기 싫어하니까. 그래도 철거당하는 주민들의 반대와 저항은 일어나지 않았다. 메데인에서 누가 감히 에스코바르와 싸우겠는가?

그보다 더 중요한 것은 약 5만 세대 콘도를 건설하면서 엄청난 일자리가 쏟아졌다는 것이다. 경기가 나빠지면 정부가 나서서 아파트를 때려 짓는 이유가 바로 경제 활성화에 도움이 되기 때문이다. 1980년대 초반 건설 수준이란 게 다 인력으로 때우는 거다. 철거되는 집 주인에게 먼저 일자리를 주라는 내 지시도 한몫했다. 나중에는 여기 일하고 싶으니 자기 집을 철거해달라고 부탁하는 놈들마저 줄을 섰다.

건설이 본격적으로 진행되면서 돈이 눈녹듯 사라졌다. 리코가 사색이 되어 달려왔다, "회장님, 은행에서 추가 대출을 거부했습니다."

"뭐, 이 자식을……"

옆의 로베르트가 총을 꺼냈다.

"진짜 돈이 없다고 합니다. 저도 확인했습니다."

거래 중인 메데인은행은 이제 나에게 완전히 코를 꿰었다. 이미 은행 자산의 80퍼센트를 내가 갖다가 썼다.

"파블로, 어떻게 하지. 이번 달은 그냥 줄 수 있어도 다음 달 월급날은 힘들어. 애들보고 참으라고 할까?"

"그건 안 될 말입니다. 하루 벌어 하루 먹고 사는 놈들을 겨우 월급으로 달래 놓았는데 돈을 안 주면 폭동이라도 일으킬 겁니다."

"그러니까 왜 미국으로 코카인을 보내지 않았어! 가차와 오초아 형제놈들은 이런 골치 아픈 비즈니스를 하지 않아도 배가 부르다고 하던데." 로베르트가 원망스러운 눈초리로 나를 쳐다보았다.

"여기 메데인시에 돈이 없는 게 아닙니다. 메데인 카르텔이 벌어들이는 돈이 다 보스들에만 가는 게 아닙니다. 뇌물이나 부하들 급여도 주고, 밥 먹고 술 마시며 쓰고 있습니다. 문제는 여기 돈 있는 놈들은 은행에 저축하는 게 아니라 다 집에다 짱 박아두고 있다는 겁니다. 이놈들 돈을 끌어내야 합니다."

"역시 파블로 보스야! 말만 해, 내가 애들 데리고 다 털어 올게." 로베르트는 총을 꺼내어 큰소릴 쳤다.

아이고 머리야, 내가 이런 인간들을 데리고 사업을 한다니.

"형님, 힘으로 해결하는 게 가장 하책이라고 몇 번 얘기하지 않았습니까. 그 총 집어넣고 이렇게 해봅시다."

나는 로베르트에게 콘도 건설에 필요한 자금을 어떻게 조달할지 설명했다. 로베르트는 머리를 갸우뚱거렸다. 모든 걸 힘으로 해결하려는 마피아 보스 로베르트가 사람의 심리를 알기는 쉽지 않다.

일본으로 가는 커피콩 서류를 한가득 들고 마테오가 내 사무실에 들어왔다. "회장님, 준비한 자료 다 처리했습니다. 한번 확인해보실래요?"

"구스타보가 확인하지 않았나?"

물류 관련 사장이 따로 있는데 회장이 실무를 처리할 수 없다.

"구스타보 사장님은 봐도 무슨 말인지 모르겠다고 직접 회장님께 들고 가라고 하셨습니다."

마피아 새끼들이 해도 해도 너무한다. 모르는 걸 죄다 최종 보스에게 미루다니.

"알았어. 거기 두고 가게."

마테오는 서류를 책상 위에 올리고 한참 머뭇거리다가 물었다. "회장님, 일본으로 가는 화물 일부는 코카인이라고 들었습니다. 그게 수입 통관이 될까요?"

"세상에 코카인 수입 허가를 해주는 나라는 없어. 그건 다른 루트로 판매될 거야."

"회장님, 죄송하지만 한마디 해도 될까요?"

"괜찮아. 얘기해."

"제가 에스코바르 상사에 입사한 이유는 회장님의 공정무역이라는 대의에 자극받아서입니다. 물론 그전에 회장님이 메데인 카르텔의 최종 보스였고 안 좋은 사건도 많이 저지른 것을 알지만 미국으로 코카인 수출은 하지 않는다는 것을 믿었습니다. 그런데 미국이 아니라 일본으로 코카인을 수출하는 것은 아니지 않습니까? 코카인은 인간의 정상적 생활을 파괴합니다. 일본으로 물량을 보내는 것은 도덕적이지 않습니다."

나는 시가를 꺼내 불을 붙였다. 이놈을 설득하는 데는 시간이 걸린다. "마테오, 지금 콜롬비아와 일본의 무역 관계를 아나?"

"네, 잘 알고 있습니다."

마테오는 메데인대학 경제학과 최우등 졸업생이다. 무역 데이터는 기본이다.

"콜롬비아는 매년 일본에 약 3천만 달러의 무역적자를 기록하고 있어. 일본의 가전제품, 자동차 등이 콜롬비아 시장을 휩쓸고 있지. 반면, 콜롬비아는 일본에 약 백만 달러 커피콩만 보내는 실정이야. 이건 불공정하지 않나?"

"우리 경제 수준이 그 정도밖에 되지 않아 생기는 구조적 문제점입니다."

"그런 식으로 말하면 해결 방안이 없어. 우리는 코카인을 수출해 콜롬비아와 일본 간의 무역 밸런스를 맞추어야 해."

"일본 가전제품은 콜롬비아인 생활의 질을 높입니다. 그렇지만 코카인은 인간을 파괴합니다."

"그건 마약을 사용하는 중독자의 문제고. 그들이 선택한 거야."

"그래도 마약을 수출하는 것은 비도덕적입니다." 마테오는 내 말에 설득되지 않았다.

"마테오, 자네가 좋아하는 자유와 정의의 나라 영국도 무역적자를 견디지 못해 중국에 아편을 수출했어."

"네?"

여기 콜롬비아 애들은 동양에 대해 너무 모른다. "당시 영국은 중국산 차를 너무 좋아해 대량으로 수입했는데, 중국은 영국 상품이 필요하지 않아 은과 금 말고는 아무것도 수입하지 않았어. 그래서 그 잘난 영국놈들이 무역적자를 견디다 못해 아편을 수출한 거야. 더 웃기는 것은 중국이 아편 수입을 가로막자 전쟁을 벌여서 중국을 침략했어. 홍콩은 그렇게 얻은 영국 땅이야."

"정말입니까?"

"도서관에서 가서 확인해보게."

아직 인터넷이 보급되기 전이다. 모든 지식은 책에 있다.

"내가 일본에 코카인을 수출하는 것은 나 하나 잘 먹고 살려고 하는 게 아니야. 콜롬비아를 재건하려면 엄청난 자금이 필요해. 일본은 돈이 지금 썩어나가고 있어. 우리가 그 돈을 잠시 이용하겠다는 게 더 공익적이지 않나?"

"……"

"경제학에 '사다리 치우기'라는 개념이 있어. 미국이나 영국, 일본 등 지금의 선진국들은 결국 과거 제국주의 시대를 통해 식민지를 착취하고 약탈하고, 심지어 아편과 노예 수출을 통해 돈을 벌었어. 그러고 나서 배가 부른 선진국은 개도국에게 그런 걸 하지 말라고 막고 있는 거야. 개도국에게 선진국으로 가는 사다리를 치우고 있는 거지."

마테오는 한참 생각하다가 머리를 끄덕였다. "회장님의 깊은 뜻을 몰라보았습니다. 잘사는 일본놈들의 돈을 갖고 와 여기 못사는 콜롬비아인의 삶을 개선할 수 있다면 어떤 일이라도 하겠습니다."

"그래 맞아. 그리고 우리는 영국놈들보다 훨씬 도덕적이야. 설마 우리가 일본을 침략하겠나? 일본을 식민지로 만들 수도 없어. 그냥 비즈니스야."

"그렇군요. 그런데 회장님도 함께 일본에 가는 이유가 있습니까?"

나는 마테오에게 직접 화물선을 타고 일본에 갈 테니 위장 신분을 준비하라고 지시했다. 마테오는 여전히 마피아 보스가 한 달이나 걸리는 항해를 직접 하는 이유를 알지 못했다.

"우리 중에 누가 일본에 가서 코카인을 팔 수 있겠나?" 나는 한숨을 쉬며 말했다.

에스코바르 그룹의 인력풀이 너무 한심하다. 최종 보스가 상품을 팔기 위해 한 달이나 걸려 출장을 가야 하는 정도다.

"자네도 따라와."

"네?"

"혼자 가면 너무 심심하잖아. 우리 애들이 머리가 없어 대화 나눌 사람이 필요해. 남은 기간 일본어 열심히 공부해."

"알겠습니다. 그렇지만 통역할 수준은 되지 못할 겁니다."

"걱정하지 마. 통역은 내가 해줄 테니까." 마피아 보스가 통역까지 해야 한다니, 이건 너무 한 거 아닌가?

일본 출장을 가기 전에 에스코바르 건설의 자금 문제를 해결해야 한다. 로베르트와 리코를 불렀다. "콘도 공정은 어느 정도까지 진행되었나?"

"지금 터파기가 끝나고 하부 공사를 진행 중이야. 내일부터 콘크리트를 쏟아부어야 하는데 이놈들이 외상은 죽어도 안 된다고 해서 골치야." 로베르트는 인상을 쓰며 말했다.

"리코, 지금 자금은 얼마 남았어?"

"건설에 배정된 것은 3백만 달러입니다. 다른 곳에서도 돈 달라고 난리입니다. 이제는 건설에 추가 지원하기가 쉽지 않습니다."

"파블로, 걱정하지 마. 내가 이놈들 멱살을 잡고 일을 진행할 거야." 로베르트는 주머니에서 총을 꺼냈다.

외상 안 주는 놈은 죽이겠다는 것이다. 한숨이 절로 나왔다.

"형님, 우리는 이제 마피아가 아닙니다. 사업가입니다. 이쪽의 룰대로 따라야 합니다. 외상을 안 주는 게 관례라면 그렇게 해야 합니다. 일단 콘크리트 업체에 현금을 주어서 신뢰를 얻고 다음에 외상을 부탁합시다."

"그 돈을 주고 나면 다음 달 인부들 급여는 어떻게 하나?"

"그래서 제가 이렇게 회의를 하는 게 아닙니까. 리코. 여기 메데인의 부동산 중개인들 내일 전부 불러 모아. 한 놈도 빠짐없이."

"네, 보스."

"그리고 메데인 시내와 여기 현장에 대형 전광판을 세워."

나는 주머니에서 준비한 문구를 꺼냈다. "이대로 써서 붙이게."

로베르트가 내가 적은 문구를 유심히 보다가 말했다. "분양가보다 싸네. 내가 그래잖아, 여기 놈들 돈 없어. 좀 싸게 분양해야 한다고."

얼마 전에 콘도 완공 이후 분양가를 심사숙고해서 결정했다. 로베르트와 리코는 비싸다고 반대를 했었다.

"이건 사전 분양가격입니다. 공사가 진행되면 날마다 오릅니다."

"어떻게?"

"매일 숫자만 바꾸면 되죠."

"사람들이 장난치냐고 할 것 같은데." 로베르트가 고개를 갸우뚱거렸다.

"공사가 진행되면 분양 리스크가 줄어드는데 당연히 가격이 올라야죠."

마약 시장은 공급자가 절대 갑이다. 소비자의 심리나 경제 상황을 고려할 필요가 없다. 그렇지만 아파트 시장은 다르다. 여기는 투기 수요를 어떻게 끌어내느냐가 관건이다. 사람들의 욕망을 자극해야 한다. 욕망은 항상 숫자로 나타난다. 매일 가격이 오르는 것을 보면 참기가 힘들 것이다.

"리코, 신문과 방송에도 대대적인 분양 광고를 때려. 그 내용도 적어 왔어. 한번 읽어보게."

나는 준비한 다른 문서를 건네주었다. 리코가 다 읽고 감동의 눈물을 흘렸다.

"보스, 저도 한 채 사겠습니다. 이게 정말입니까?"

"내가 언제 거짓말하는 걸 보았나?"

리코는 속으로 '네'라고 대답했지만, 겉으로는 "절대 그런 적이 없습니다."라고 중얼거렸다.

내가 작성한 문구는 다음과 같다.

에스코바르 건설이 분양 중인 코로도바 콘도는 다음과 같은 사항을 보장함

파블로 에스코바르의 명예를 걸고 기한 내에 완공할 것임.

파블로 에스코바르의 명예를 걸고 이 지역의 치안을 책임짐.

24시간 전기와 상수도 공급을 보장함.

지하철 개통을 보장함.

콜롬비아 건설 시장은 기본적으로 후분양 시장이다. 왜냐하면 사업에 착공한 부동산의 절반은 시작도 전에 좌절되고 실제 완공은 20퍼센트에도 미치지 못하기 때문이다. 선분양하기 위해서는 완공을 보장해야 하는데, 한국은 정부가 보장해주지만 여기에는 그런 것이 없다. 그렇지만 콜롬비아 최대 마피아 조직의 두목인 내가 완공을 책임지겠다고 했으니 말의 무게가 다르다. 만약 완공을 못 하면 내 체면이 말이 아니게 된다. 즉, 기한 내에 완공되는 것이 첫째이다. 둘째, 콜롬비아 최대 마피아 조직이 만들고 운영하는 아파트에 어느 새끼가 깝치고 다니겠는가? 셋째, 전기와 상수도는 민간업자가 아닌 정부가 공급해야 한다. 하지만 돈 없는 콜롬비아 정부와 메데인시가 이런 인프라를 제공할 리가 없다. 나에게는 복안이 있다. 기대하시라. 넷째, 지하철은 시간이 되면 당연히 건설하게 되어 있다. 코로도바 지역은 교통의 요지이기 때문이다.

"자, 그러면 일 시작합시다."

다음날, 불쌍한 메데인의 부동산 중개업자들이 건설현장 사무실에 모였다. 오기 싫었지만 에스코바르 똘마니들이 총을 앞세워 몰아붙이니 안 올 도리가 없었다. 마음을 졸이며 왔는데 현장 사무실에서 맛있는 음식 냄새가 났다. 깡패들은 보이지 않고 예쁜 아가씨들이 반갑게 맞아주었다.

그중에 제일 예쁜 아가씨가 배꼽 인사를 했다. "여러분 환영합니다. 파블로 회장님이 먼저 식사하시라고 합니다. 메데인 최고의 요리사들이 바비큐를 준비했습니다. 맥주와 아과르디엔테, 테킬라도 준비되어 있으니 마음껏 드시기

를 바랍니다."

[와! 짝짝짝]

"감사합니다. 파블로 회장님!"

사람들은 미친 듯 달려들어 음식과 술을 마시기 시작했다. 죽기 싫어 억지로 왔는데 이게 웬 재수인가. 한바탕 전쟁이 끝나고 모두 배가 부르고 마음은 포근해졌다.

마음이 인자해지면 다른 사람의 말을 긍정적으로 생각한다. 부자들이 긍정적인 이유가 여기에 있다. 대신 가난한 사람은 매사 부정적이다. 중국 재벌 마윈이 한 말이다.

이들의 표정을 보니 내가 뭐라고 말해도 다 진짜로 받아들일 듯하다. 대한민국 부동산 초기 분양 행사가 이렇게 진행되었다. 일단 공짜로 소비자 마음을 뺏고 그 다음에 물건을 팔아먹었다. 다들 아파트 분양 사무실에 가면 뭔가 물건 하나는 선물로 들고나온 경험이 있을 것이다.

"파블로 회장님이 나오십니다."

나는 인상이 험악한 뽀빠이 벨라스케스와 애들을 앞세우고 나왔다. 중개인들은 정신이 돌아온 듯 얌전해졌다.

"여러분, 대접이 소홀하지는 않았습니까?"

"아닙니다. 너무 대접을 잘 받았습니다." 가장 고참 중개인이 황송한 표정으로 말했다.

"제가 여러분을 불러 모은 것은 사업을 하기 위해서입니다. 지금 에스코바르 건설이 약 5만 채의 콘도를 짓고 있습니다. 저는 다음과 같은 사항을 약속합니다."

우리 애들이 나의 공약사항을 적은 전단지를 돌렸다. 중개인들은 공손하게 받고 읽었다. 모두 '아' 하며 감탄사를 연발했다.

"이게 정말인가요?"

"한 치의 거짓도 없습니다. 나 파블로 에스코바르의 명예를 걸고 약속합니다."

마피아 보스에게 무슨 명예가 있겠냐마는…….

"저희를 왜 불렀습니까?"

"여러분에게 사전 분양권을 팔아 달라는 사업상의 제안을 하고자 불렀습니다. 커미션은 분양가의 1퍼센트입니다. 만약 두 채, 세 채를 판다면 추가로 5천 페소를 드리겠습니다."

경제는 인센티브 아닌가. 한 채 팔 놈을 두 채 팔게 하려면 보너스를 주어야 한다.

"사전 분양은 사람들이 잘 믿지를 않아서 쉽지 않을 겁니다." 고참 중개사가 걱정스러운 표정으로 말했다.

"그건 저에게 맡기고 여러분은 열심히 뛰어주시기 바랍니다. 분명한 것은 커미션은 계약 당일 현금으로 바로 지급된다는 것을 제가 보장합니다."

"한번 해보겠습니다. 메데인에서 파블로 보스를 믿지 못하면 누구를 믿겠습니까?"

"맞습니다. 한번 팔아봅시다."

"파블로 회장님 만세!"

접대와 공감의 효과가 발휘되었다. 물론 돌아서면 생까는 사람들이 대부분이겠지만 이 분위기는 메데인시민들 사이로 퍼져나갈 것이다.

"여러분, 저와 사업을 하는 겁니다. 앞으로 계속 분양 사업을 할 예정입니다. 부자 되십시오."

나는 마피아 보스가 아닌 사업가로 고객들에게 인사했다. 사람들이 약간 어리둥절하는 것 같다. 특히 벨라스케스의 인상이 굳어졌다. 우리 보스가 이놈들에게 인사를 하다니, 받아들일 수 없다는 표정이다.

다음날, 방송과 신문에 분양 광고를 때렸다. 점차 사람들이 관심을 두기 시작했다. 그렇지만 분양은 잘 이루어지지 않았다. 아무리 파블로가 보장한다지만 아직 아파트 건물이 올라가는 게 눈에 보이지 않기 때문이다. 의심이 사라지지 않았다.

메데인 시내와 건설현장에 대형 전광판이 세워졌다.

'9월 27일, 코로도바 콘도 현황, 남은 물량 49,992. 시세 2억 페소.'

그 밑에는 '메데인은행은 계약 체결 입금을 확인했음'이라는 문구가 쓰여 있다. 그러니까 실제 계약이 이루어졌다는 것이다. 저조한 분양률을 보고 사람들은 그러면 그렇지 완공도 안 된 저걸 누가 돈을 주고 사겠냐며 관심을 끊는 분위기다.

로베르트와 리코를 불렀다. 두 사람의 안색이 어두웠다.

"회장님, 이제 돈이 거의 떨어졌습니다. 기대했던 분양은 되지 않고……." 리코가 풀죽은 목소리로 말했다.

"에이! 이거 짜증 나서 못 하겠어. 약장사가 최고인데." 로베르트는 회사를 그만둘 기세다.

"다 예상했던 일이야. 건물도 안 보이는 콘도에 누가 투자하겠느냐. 자, 이제 작전 들어가자!"

"회장님 그게 무슨 소리입니까?"

"우리 조직원이 몇 명이야?"

"지금 많이 불어나서 약 2천 명 됩니다."

"그놈들에게 콘도를 한 채 선물하게."

"뭐라고? 왜 우리가 그런 쓸데없는 돈을 나누어주는 거야!" 로베르트가 불같이 화를 냈다. 지분을 가진 대주주이니까.

"형님, 같이 먹고 살아야지요. 콘도 한 채 받으면 회사와 조직에 대한 충성심이 올라갈 수밖에 없습니다. 그리고 콘도를 주되, 소유권은 당분간 회사가 갖는 조건으로 하는 겁니다. 10년 동안 사고 안 내면 주는 조건을 겁니다."

"저는 찬성입니다. 직원들 사기 진작에 큰 도움이 될 겁니다." 리코가 공짜로 콘도 한 채 받을 생각에 얼굴에 화색이 돌았다.

"……."

그렇지만 로베르트는 여전히 불만이다. 말이 없다.

"형님, 2천 명이 조금씩 콘도를 사기 시작하면 시장 분위기도 달라집니다. 이걸 마케팅비용으로 생각하시면 됩니다. 우리는 실제 48,000채를 파는 겁니다."

"그렇다고 시장 반응이 올까?"

"두고 보십시오."

"그런데 보스, 우리 조직원에게 주는 콘도비용은 어떻게 처리해야 합니까? 잘 아시겠지만 지금 돈이 없습니다." 리코가 물었다.

"돈은 필요 없어. 은행이 대출해줄 거야."

"메데인은행은 추가로 대출해줄 돈이 없습니다. 보스의 뜻은 좋으나 현재 여건으로는 힘듭니다."

"그건 내가 알아서 할 테니, 자네는 분양 순서를 짜게. 하루에 다 하지 말고 1주일에 나누어서 분양을 신청하라고 해. 그리고 10년 무사고, 무배신 계약서를 반드시 받아내."

사실 무사고보다 무배신이 더 중요하다. 마피아 조직이 망하는 것은 다 배신 때문이다.

"네, 알겠습니다. 보스!"

"벨라스케스를 불러! 메데인은행으로 갈 거야."

아구에로 행장은 안절부절못했다. 에스코바르 그룹이 지금 메데인은행 대출의 80퍼센트 이상을 차지하고 있기 때문이다. 커미션 받아 먹는 재미에 도장을 찍어주다 보니 어느새 마피아와 한 몸이 되어버린 것이다. 오늘은 저 인간이 왜 왔나 싶어 눈을 껌뻑거렸다.

"아구에로 행장님의 도움으로 코르도바 콘도 건설은 잘 진행이 되고 있습니다."

"분양 현황을 보니까 잘 안 되는 것 같은데요." 무덤덤하게 반응했다.

"걱정하지 마십시오. 한 달 안에 완판할 테니까."

아구에로는 사업이 장난인가라는 표정을 지었다. "오늘은 무슨 일로 오셨습니까? 리코에게 이미 말했습니다. 지금 은행에 현금이 없습니다. 의심스러우시면 지하 금고를 뒤져보십시오." 아구에로는 될 대로 되라는 듯이 내뱉었다.

"아닙니다. 오늘 온 것은 우리 직원들에게 줄 콘도 2천 채에 대한 대출을 부탁드리기 위해서입니다."

"네?"

아구에르는 황당한 표정을 지었다. 마치 바보를 보는 경멸이 살짝 지나갔다. "금방 돈이 없다고 하지 않았습니까."

"돈은 필요 없습니다. 장부상의 거래로만 기록하면 됩니다. 전문 용어로 말하면 '부동산담보 대출'이라고 합니다."

콜롬비아의 부동산 시장은 기본적으로 토지담보 대출 시장이다. 이곳 사람들은 콘도나 공동주택은 가치가 없다고 생각한다. 특히 건물이 완공되기 이전 콘도나 아파트는 대출해주지 않는다. 워낙 미완공 실패가 많기 때문이다.

"잘 들어보십시오. 먼저 우리 직원들이 콘도 구매계약을 합니다. 계약금은 우리 에스코바르가 내는 겁니다. 그 돈은 코로도바 콘도의 토지를 담보로 문서상의 대출로 처리해주세요. 중도금은 구매한 개인들의 콘도를 담보로 은행이 대출해주는 겁니다. 이렇게 하면 현금 한 푼도 들이지 않고 거래할 수 있습니다."

아구에로는 웃어야 할지 울어야 할지 모르는 표정이다. 뭔가 그럴듯하지만 이게 가능해지려면 몇 가지 조건이 필요하다.

"파블로 회장님, 정말 좋은 제안인데, 콘도 판매 대금은 적어도 완공 전에 들어와야 합니다. 지금 우리 은행의 NPL(부실 채권)이 10퍼센트에 육박합니다. 에스코바르 건설이 무너지면 메데인은행은 그냥 망합니다. 내년에 정부에서 실사가 나오는데 현금은 없고 대출 계약서만 잔뜩 있으면 저는 감옥에 갈지도 모릅니다."

"걱정하지 마세요. 내년 봄까지 갈 필요가 없습니다. 올해 말까지 대출을 다 갚아드리겠습니다."

"네?"

아구에로의 눈이 또 깜빡거렸다. 저 인간을 믿어 말아하는 표정이다. 그는 눈을 질끈 감았다. 이판사판이다. "알겠습니다. 도장을 찍겠습니다."

"감사합니다. 절대 메데인은행이 망하는 경우는 없을 겁니다."

나는 벨라스케스에게 눈치를 주었다. 벨라스케스가 커미션이 담긴 현금 가방을 들고 왔다.

"저의 선물입니다. 참, 행장님도 콘도 하나 분양 신청하세요. 내년이면 두 배 오릅니다. 제가 제일 좋은 층으로 특별히 배정해드리겠습니다."

"감사합니다만 제가 이미 집이 있어서……."

아구에로는 여전히 코르도바 콘도가 성공할 것이라고 믿지 않았다.

'9월 30일, 코로도바 콘도 현황, 남은 물량 48,992. 시세 2억5천만 페소.'

밀어내기 분양으로 콘도의 남은 물량이 소폭 감소했다. 우리 한국도 아파트가 안 팔리는 시기에는 건설회사가 직원들에게 물량을 떠넘기지 않았는가? 중요한 것은 가격이 올랐다는 것이다. 사람들이 동요하기 시작했다.

10월 1일 신문에 미국이 콜롬비아에 ODA(공적개발원조) 자금을 지원하는데, 메데인시에 복합화력발전소를 짓기로 했다는 기사가 났다. 메데인시장이 샴페인을 터뜨리며 환호하는 사진이 나왔다.

'자식, 놀고 있네. 이건 내가 한 거야.'

로베르트 또한 흥분했다. "파블로, 너 말이 맞아. 이제 전기는 문제없어. 넌 어떻게 이걸 먼저 알고 있었지?"

"형님, 알고 있는 게 아니라 그 일을 만든 사람이 바로 저입니다."

"네가 어떻게?"

"제가 부시 부통령에게 편지를 썼습니다. 메데인시에 발전소를 하나 지어 달라고."

"그놈이 콜롬비아 마피아 보스의 말을 들어주었다고?"

"네, 고맙게도 제 부탁을 들어주셨습니다."

부시 부통령은 내가 이란-콘트라 사건에 입을 다무는 조건으로 재판에 결정적 영향을 주었다. 핵심적인 증인이 갑자기 사라진 것이다. 그리고 더 이상 미국으로 코카인을 보내지 말라고 주문했다. 나는 성실히 그것을 수행했다. 부시 부통령에게 메데인 카르텔을 탈퇴하고 마약사업이 아닌 건실한 사업을 하고 있다면서 메데인의 안정과 발전을 위해 발전소를 지어달라고 부탁했다.

그런데 지금 언론에서 본격적으로 이란-콘트라 사건 보도가 쏟아져 나왔다. 내 입을 또 막을 필요가 있었다. 미국으로서는 어차피 ODA 사업에 돈 나가는 거, 다른 사업을 제치고 메데인시에 발전소 하나 지어주고 결정적 증언이 나오는 것을 막기로 한 것이다.

부시 부통령에게 감사의 편지를 보냈다. 앞으로도 적극적으로 협력하겠다는 내용이다. 대신 발전소 물량을 에스코바르 건설에 달라고 부탁했다. 이왕 도와주시는 거 화끈하게 지원해달라며.

발전소 건설이 확정되자 코르도바 콘도를 보는 시선이 조금 달라졌다. 메데인 시민들은 점차 이 지역 최고 마피아가 자신의 말을 지키는 사람이라는 것을 느꼈다. 돈 있는 사람들이 '혹시' 하면서 콘도를 분양받기 시작했다. 그렇지만 이걸로는 턱도 없다.

리코와 벨라스케스를 불렀다. "보스 준비한 명단을 갖고 왔습니다."

리코는 그동안 내가 뇌물을 주고 있는 메데인시의 정치인, 공직자, 경찰, 군인 등의 명단을 갖고 왔다.

"벨라스케스, 너처럼 인상 더러운 놈을 몇 명 데리고 가서 나의 편지와 선물을 전해주게."

"네, 알겠습니다."

벨라스케스는 자신이 가장 잘하는 일을 맡게 되어서 기분이 좋아 보였다.

필요하다면 총으로 죽일 기세다.

"보스, 궁금한데 이건 무슨 일입니까?"

"응, 간단해. 내 편지를 받는 분들에게 콘도 분양을 부탁하는 거야."

"네?"

"그분들과 우리는 비즈니스 파트너 아닌가? 내년이면 코로도바 콘도 가격이 두 배나 오르는데 일찍 사두어야 한다는 정보를 드려야 하지 않겠나?"

"살 것 같지 않은데요, 보스." 리코가 냉정한 현실을 말했다.

"안 살 수가 없을 거야. 검찰에 불려 가기 싫으면."

나는 편지 끝부분에 은근한 협박 문구를 적었다. 콘도 분양자와 연말에 파티하겠다는 것이다. 파티에 오지 않는 분은 그 명단을 어디론가 보내겠다고 했다. 아니, 앞으로 서로 보지 않고, 볼 수도 없을 거라고 선언했다. 죽이겠다는 말이 아닌가! 이렇게 해서 콘도 약 500채를 팔았다.

'10월 3일, 코로도바 콘도 현황, 남은 물량 38,992. 시세 3억 페소.'

밤낮을 가리지 않는 미친 공정으로 마침내 콘도 건물이 올라가기 시작했다. 타워크레인이 없는 게 아쉬웠다. 여기 콜롬비아는 아직 석기시대다. 피라미드 짓듯 아파트를 올리고 있다. 일꾼들이 개미 떼처럼 움직인다. 대신 고용 효과는 최고다. 약 2만 명 정도가 현장에서 일하다 보니 이 지역 경기가 살아났다. 게다가 조만간 발전소도 짓는다고 하지 않았는가? 미국에서 그 물량을 에스코바르 건설에 줄 것이다. 그 경험을 잘 살린다면 앞으로 중남미 발전소 건설 시장을 장악할 것이다.

건물이 올라가고 가격도 올라가고 물량은 점차 사라지자 투기 심리가 불이 붙기 시작했다. 게다가 몇 번 거래를 통해 커미션을 챙긴 부동산 중개인들이 미친 듯이 영업활동에 돌입했다. 사실 세상에 제일 속편하게 돈 버는 게 남의 물건으로 마진 남겨 먹는 것 아닌가?

'10월 7일, 코로도바 콘도 현황, 남은 물량 24,922. 시세 4억 페소.'

마침내 절반을 분양했다. 로베르트는 좋아서 입을 헤 벌리며 다닌다. 에스코바르 그룹, 아니 마피아 조직원의 눈빛도 살아났다. 특히 보스인 나에게 존경과 충성을 다짐했다. 갈수록 가격이 치솟는 콘도를 공짜로 받는데, 내가 하느님처럼 보일 것이다. 10년 무배신에 콘도를 주는 것은 비싼 비용이 아니다. 배신을 밥 먹듯 하는 마피아 조직이 아니라 삼성과 같은 성과에 따른 보상이 확실한 조직으로 탈바꿈해야 한다.

메데인은행에 부동산 계약금이 쏟아 들어오자 아구에로 은행장이 선물을 보내왔다. 비싼 와인과 함께 자신도 콘도 두 채를 계약했다는 사본이 첨부되었다. 자식이, 일찍 분양받았더라면 훨씬 저렴하게 샀을 텐데. 뇌물 전과를 폭로하겠다는 나의 공갈 때문에 마지못해 콘도를 분양받았던 메데인의 공직자들로부터도 감사의 편지가 쏟아졌다. 왜냐? 갈수록 콘도 가격이 올라가기 때문이다.

경제, 아니 부동산은 심리다. 문재인 정부의 부동산 정책이 실패한 이유는 공급은 등한시하고 세금과 규제로 부동산을 잡으려고 했기 때문이다. 눈앞에서 가격이 매일매일 올라가는 것을 보면 사람들은 속이 타기 시작한다. 결국 영끌해서 아파트를 사지 않을 수 없다.

메데인은 사실 콜롬비아에서 가장 잘사는 지역이다. 콜롬비아 최대 수출산업인 마약 수출업자가 여기에 몰려있기 때문이다. 보통 그렇게 모인 돈은 대부분 해외로 빠져나간다. 그런데 확실한 투자처가 나타나자 밀물이 밀려오듯 움직이기 시작했다. 매일 가격이 올라가는 게 눈에 보이는데 투자하지 않을 이유가 없는 것이다.

'10월 15일, 코로도바 콘도 현황, 남은 물량 0. 시세 5억 페소.'

마침내 콘도가 완판되었다. 로베르트는 좋아서 펄쩍펄쩍 뛰었다. 더 중요한 것은 2차 시장에서 콘도 매매 가격이 서서히 오르고 있다는 것이다. 코로도바 콘도 건물이 하루가 다르게 올라가고 전기도 공급되고 메데인 최고의 치안이 보장되는 것을 보고, 실수요자들이 움직인 것이다. 급전이 필요한 에스코바르 조직원들은 자신의 콘도를 팔게 해달라고 리코를 통해 부탁했지만 거절했다. 에스코바르 그룹은 자선단체가 아니다.

리코는 시무룩한 표정으로 말했다. "보스, 돈이 필요합니다."

아니, 5만 채의 콘도가 완판이 되었는데 돈이 없다고?

"콘도가 완판되지 않았나? 그 돈이 다 어디 갔어?"

"그동안 밀린 외상 갚고 우리 조직원들 계약금을 지불했습니다. 게다가 이제 본격적으로 건물이 올라가는데 발주하는 물량이 장난 아닙니다."

"그래도 남았을 게 아닌가? 무려 5만 채인데."

"발레리아 청구서를 무조건 결제하라고 보스가 지시하지 않았습니까? 그놈의 방송국이 돈 먹는 하마입니다."

아, 맞다. 발레리아는 지금 보고타에서 에스코바르 방송국 설립에 정신이 없다. 처음엔 5백만 달러를 예상했는데 갈수록 돈이 더 필요하다고 아우성친다. 발레리아가 자꾸 만나자고 하니 그녀가 부담스러웠다. 발레리아는 죽은 처 마리아의 자리를 노리고 있다. 그녀의 전화가 귀찮아서 리코에게 말하고 돈을 타가라고 했다. 그렇게 해서 그 많은 돈은 썰물처럼 사라졌다.

리코를 내보내고 오랜만에 발레리아와 통화를 했다.

- 파블로! 나 말고 다른 여자 사귀고 있지? 왜 전화를 하지 말라고 해?

그녀의 목소리가 높았다. 나와 몸을 섞은 지 오래되었다. 마침 나의 아내도 죽었다. 그녀는 아마 결혼을 꿈꾸었을 것이다. 내가 자신을 사랑했기 때문에 방송국도 사주었다고 착각하고 있을 것이다. 내가 돈을 팍팍 지를 때마다 그녀 눈에서 하트뽕이 보였다. 그런데 나는 그녀와의 관계를 어떻게 해야 할지 아직 모르겠다.

"무슨 말이야? 콘도 건설 때문에 정신없이 시간을 보내고 있는데."

- 나도 얘기 들었어. 지금 보고타에서도 코로도바 콘도 얘기가 가장 큰 화제야. 자기, 보고타에도 콘도 건설해봐. 내가 뒤를 봐줄게.

"그렇지 않아도 준비하고 있어. 당신은 방송국 일에 전념해. 그런데 무슨 돈이 그렇게 많이 들어? 우리 5백만 달러로 만들기로 했잖아."

- 미안해. 나도 그 돈이면 충분하다고 생각했는데 여기 인허가가 장난이 아냐. 대통령에게까지 상납해야 해.

"벨리사리오 그 자식은 얼마를 달라고 해?"

- 백만 달러를 요구하고 있어. 어떻게 하지?

벨리사리오 대통령을 생각하면 화가 치밀어올랐다. 돈은 돈대로 들고 송환법 하나 제대로 처리 못 하는 무능력자다. 그놈 때문에 결국 미국까지 갔다 온 것이다. 두케를 보내 이놈을 협박하기로 했다. 그동안 받아먹은 게 얼마인데 또 돈을 요구한다는 말인가? 이번에 당내 경선에 떨어져 대통령 재출마도 무산되고 퇴직금을 확보하기 위해 온갖 군데 손을 뻗치고 있다.

"벨리사리오 개자식은 내가 알아서 할게. 추가로 얼마나 더 들 것 같아?"

- 장비 사고 사람 채용하려면 2백만 달러는 더 있어야 해.

"그게 다야?"

- 파블로, 방송국 자리는 임대할 거야?

"……"

방송국은 한번 자리를 잡으면 옮기는 게 쉽지 않다. 그 장비며, 스튜디오와 세트 장치에 엄청난 비용이 드는데 어떻게 옮긴단 말인가? 어차피 임대료 나가는 거 건물을 사자. 일본 가서 한탕하고 오면 되겠지.

"방송국 건물 부지를 사는 것으로 해."

- 정말? 나도 그렇게 생각해. 임대료 내는 게 너무 아깝잖아.

"벨리사리오 문제는 내가 해결할 테니 자기는 방송국 개국에 집중해. 내년에는 방송이 나와야 해. 대통령 선거가 있잖아. 그게 방송국의 대목이야."

- 노력해볼게. 힘들지만.

"그리고 방송국 초대 사장으로 작가 가브리엘 마르케스를 영입해. 어떤 수를 써더라도.

마르케스는 노벨문학상을 받은 콜롬비아 최고의 작가이다. 문제는 쿠바의 카스트로와도 친하고 나이가 너무 많다는 것이다.

- 마르케스는 좌파 성향이 강하잖아. 괜찮을까?

"노벨문학상을 받은 분이야. 누가 뭐라고 그럴 거야? 그리고 나이가 많아서 방송국의 실제 경영에는 간섭하기가 쉽지 않을걸. 최고의 예우로 모셔. 실제 사장은 당신이야."

- 알았어. 걱정하지 마. 파블로 사랑해!

"나도."

서둘러 전화를 끊었다. 발레리아가 메데인으로 오면 곤란하다. 그녀는 이제 나폴레스 농장으로 쳐들어와서 안주인 행세를 할 가능성이 있다. 리코가 그녀에게 꼼짝 못 하는 이유가 여기에 있다. 미래의 사모님이 될지도 모르니까. 그나저나 천만 달러를 만들어야 한다. 이번 일본 원정이 실패하면 에스코바르 그룹은 위기에 빠진다. 아니, 부도가 날지도…….

일본 원정에 앞서 바르카스의 지휘 아래 우리 조직의 정예 멤버 백 명을 뽑아 훈련을 시켰다. 마피아들은 죽음을 두려워하지 않고 용감하기만 했지 규율과 자제력이 없다. 일본에서 사고라도 치면 곤란하다. 일단 산악 훈련을 통해 군기를 잡았다. 그리고 소음총 훈련을 집중적으로 실시했다. 일본 가서 콜롬비아에서 하듯이 대놓고 총을 난사할 수 없다. 훈련생 가운데 눈에 익은 놈들이 있다. 카를로스 형제다.

"바르카스 사장, 카를로스 형제를 왜 뽑았어."

"지난번 칼리 공격 때에도 큰 공훈을 세웠고 이번 작전에도 지원했습니다. 훈련생들 가운데 가장 열성적입니다."

'이놈들이 사고치면 안 되는데, 두고 보자.'

구스타보가 산타마리아호에 선적을 완료했다고 보고했다. "형님, 비밀리에 바랑키야 항구까지 약을 운반한다고 애들이 고생했습니다. 이 물량이면 우리가 미국에 보내는 1년 치에 가까운데 일본에서 소화 가능할까요?"

"일본과 자주 거래하다가는 DEA에 포착될 수밖에 없어. 야쿠자들이 정신이 있는 놈이라면 물량을 살금살금 시중에 내놓겠지. 그건 우리 문제가 아냐."

"저쪽하고 얘기는 된 거죠?"

"응. 이미 끝났어. 물량만 전달하면 돼."

구스타보 앞에서 큰소리쳤지만 일본과 얘기된 것은 아무것도 없다. 일본에 가서 직접 부딪쳐 봐야 한다. 구스타보와 우리 패밀리의 사기를 위해 다 얘기된 것처럼 말했다.

"그러면 굳이 형님이 갈 이유가 없지 않습니까? 우리 조직은 이제 형님이 없이는 존속할 수가 없습니다."

나도 저 멀리 일본까지 가고 싶지 않다. 그렇지만 영어도 잘 안 되고 일본어도 전혀 모르는 콜롬비아 촌놈들이 일본에 가서 코카인을 어떻게 팔아먹을 것인가?

"그게 간단한 문제가 아냐. 무사히 돌아올 테니 구스타보 자네가 그동안 조직을 잘 관리하고 있어. 절대 내가 일본에 갔다는 얘기가 돌면 안 되네."

"네, 잘 알고 있습니다. 이미 형님 대역을 하나 찾아 놓았습니다."

"그래, 그놈에게 간간이 코로도바 건설현장에 다니면서 내가 메데인에 있다는 것을 대외적으로 보여줘."

마약왕 파블로는 여전히 DEA의 감시 아래 놓여 있다. 내가 두 달 동안 사라지면 미국과 콜롬비아의 보안 기관들이 기를 쓰고 찾아다닐 것이다. 그래서 일본에 갔다는 것이 드러나면 어찌 되었든 골치 아파진다. 내가 일본에 갔다는 것을 아는 사람은 로베르트와 구스타보, 마테오뿐이다. 심지어 출항 당일까지 산타마리아호의 선장조차 목적지를 몰랐다. 배를 탄 조직원들은 죄다 멕시코 여권으로 위장했다. 배도 파나마 선적이다.

마침내 일본 출정이 시작되었다. 배가 콜롬비아 영해를 벗어나자 나는 선원과 조직원들을 불러 모았다. 여기 선원들 또한 얼마 전에 에스코바르 그룹에 가입했다. 이들은 존경의 눈으로 나를 바라보았다. 이 작전에 참가하기 전에 이미 코로도바 콘도를 한 채 받았기 때문이다.

"우리가 가는 곳은 일본이다. 이미 거기 조직과 얘기가 다 끝났으니 위험한 일은 없을 것이다. 그렇지만 우리 조직이 일본에 갔다는 것은 절대 보안이다. 만약 이 사실을 누설한다면 콘도가 박탈당하는 것은 물론이고 살아남지 못할 것이다. 알겠나?"

"네, 알겠습니다."

모두 크게 답변했다. 다른 보스는 몰라도 파블로 보스는 믿을 수 있다는 게 조직원들의 생각이다.

"일본에 도착할 때까지 권총 사격 연습 제대로 하고 규율을 지키며 절도 있는 생활을 해라. 일본에서 성공적으로 사업을 완수하고 귀국하면 월급과 별도로 1인당 천 달러를 주겠다."

"와!" 조직원들이 환호성을 질렀다. 천 달러면 콜롬비아 노동자들의 1년 월급에 가깝다. 모두 각오를 단단히 하고 자기들 위치로 돌아갔다. 내 방에 들어가 보니 마테오가 머리를 싸매고 서류와 씨름하고 있다. "회장님, 일본 입항 서류가 쉽지 않습니다. 화물선에 사람이 백여 명이나 탔다는 게 말이 되나요?"

"배가 후져서 선원이 많이 필요했다고 얘기하면 돼. 어차피 대부분 배에 남아 있을 테니까 문제가 되지 않을 거야."

"그래도 일본 이민국에서는 의심의 눈으로 바라볼 겁니다."

"그건 내가 알아서 할 거고, 커피콩 수입업자랑은 충분히 얘기되었나?"

"회장님의 지시로 일본 무역상사랑 BL(선화증권)을 주고받았습니다. 시세보다 10퍼센트 인하한 가격에 주겠다고 하니 그쪽은 생큐지요."

코카인을 위장하기 위해 커피콩 수출을 내세웠다. 일본 파트너 잡는 게 쉽지 않아 내가 겨우겨우 주선했다.

"회장님, 그런데 정말 코카인 수입 거래처와는 얘기가 되었습니까?" 마테오가 불신의 눈초리로 나를 쳐다보았다. 가장 중요한 품목에 관해 내가 한 번도 지시를 내린 적이 없기 때문이다.

"아니, 전혀 얘기된 게 없어. 일본에 도착해서 찾아야지."

"네?"

마테오는 황당한 표정을 지었다. 아니, 지금 이런 중요한 거래를 하면서 사전에 아무것도 준비하지 않고 바다로 나왔다니.

"어떻게 콜롬비아에서 이 일을 추진하겠나? 나와 에스코바르 그룹의 모든 전화와 팩스는 미국에 의해 도청당하고 있어. 코카인의 코만 나와도 뒤져볼 판인데 대놓고 얘기할 수는 없잖아."

"그래도 그렇지 만약 일본에 이 물건을 못 팔고 오면 어떻게 합니까?"

"그러면 우리 에스코바르 그룹은 망하는 거야. 반드시 팔아야 해."

"제 콘도는 문제가 없을까요?" 마테오는 얼마 전 분양받은 콘도가 신경이 쓰였다. 처음으로 자기 이름으로 집을 받았는데 에스코바르 그룹이 망하면 그 집도 사라진다.

"아마 중도금은 네가 내야 할 거야."

"제가 그런 돈이 어디 있어요? 회장님이 10년 무사고, 무배신 하면 사준다고 하셔서 모두 죽을 각오로 일하고 있는데 이렇게 나 몰라라 하면 어떻게 해요?" 마테오의 얼굴이 빨개졌다. 이렇게 보면 확실히 애는 애다.

"그러니까 더 열심히 일해야지. 일단 서류 숫자부터 맞추어 놔. 일본 세관에 책잡혀서 배를 뒤지면 네 책임이야."

"걱정하지 마세요. 대신 회장님은 코카인이나 확실히 파세요. 우리 애들 중도금을 제 돈으로 내라고 하면 선상 반란이 일어날 수 있어요."

"하하하, 이 자식아!" 나는 마테오에게 꿀밤을 선사했다. 그나저나 약 1톤이 되는 코카인을 일본에 어떻게 팔지?

마침내 긴 항해 끝에 고베에 도착했다. 도착하기 전 애들을 불러 모아 지시했다. "일단 배를 깨끗하게 청소해라. 먼지 하나 남아 있어서도 안 된다. 일본놈들은 청결을 중요시해. 배 내부가 깨끗하면 호감을 느끼게 되지."

"알겠습니다. 두 번, 세 번 하겠습니다." 카를로스 형제가 큰소리로 답했다. 이놈들은 요즘 내 눈에 들기 위해 열심이다.

"둘째, 전부 머리를 짧게 깎고 면도를 깨끗하게 해라. 일본놈들은 지저분한 장발을 싫어해. 가능하면 일본놈과 구별되지 않아야 한다. 내가 면도한 거 보았지."

"네."

나는 오늘 아침에 머리를 짧게 깎고 수염도 다 밀었다. 파블로 에스코바르처럼 절대 보이지 않아야 한다.

"셋째, 우리는 전부 멕시코인이다. 너희들이 받은 여권의 기재사항을 철저하게 외우고, 만에 하나 일본 경찰에 붙잡혔을 경우 멕시코인으로 행세해야 한다. 우리가 절대 콜롬비아인이라는 게 드러나서는 안 된다."

"알겠습니다." 모두 우렁차게 대답했다. 멕시코인이나 콜롬비아인을 사실 구분하기 힘들다. 같은 스페인어를 쓰고 비슷한 기후와 역사를 갖고 있다. 두 나라 다 미국의 최대 마약 수출국이라는 것까지도.

"이번 사업에 우리 조직의 운명이 달려 있다. 이 일이 성공해야 콘도의 중도금을 낼 수 있다는 것이다. 지난번에 성공 보수를 천 달러로 얘기했는데 수정한다. 만 달러이다."

"파블로 보스 만세!"

모두 돈이 열 배로 뛰었다는 사실에 흥분했다. 우리 보스는 한다면 하는 사람이다. 미국에서도 당당히 살아 돌아왔고, 불가능할 것 같았던 5만 채 콘도도 한 달 만에 완판한 사람이다. 만 달러도 반드시 줄 것이다.

멀리서 고베항이 보였다. 운명의 시간이 다가온다. 일본 이민국 관리들이 배에 올라왔다. 영어가 되는 마테오가 마중을 나갔다. "환영합니다. 콜롬비아 커피 한잔하시겠습니까?"

"아니, 필요 없어. 그런데 여기 선원이 왜 이리 많아. 밀입국하는 거 아냐?" 날카로운 눈매에 신경질적으로 보이는 일본 이민국 관리가 물었다.

"배가 오래되어서 사람이 많이 필요합니다."

"수상해. 전부 갑판에 모이라고 해."

처음부터 일이 꼬여 간다. 내가 나서지 않으면 안 된다. "안녕하십니까? 알베르토라고 합니다."

"아니, 당신 일본 말을 할 줄 알아?" 이민국 관리들이 호기심 어린 눈빛으로 나를 쳐다보았다. 나는 일본말을 조금 할 줄 안다. 옛날 무역 업무는 대부분 일본과의 거래였기 때문이다. 적도를 넘는 긴 항해를 하는 동안 집중적으로 일본어를 공부했다.

"네, 저의 할아버지가 일본 사람이었습니다. 일본 피가 4분의 1 섞여 있는 쿼터입니다. 할아버지는 고베 사람인데 항상 고향을 그리워하다가 돌아가셨습니다." 나는 눈물을 살짝 흘렸다. 살기 위해서라면 뭘 못하겠는가?

"오, 그래 잘 왔네. 할아버지 영혼도 기뻐할 거야. 그런데 자네 얼굴에는 전혀 일본인 흔적이 없는데."

"멕시코에 오래 살다 보니 라틴계로 완전히 동화되어서 그럴 겁니다. 빨리 일본 땅을 밟고 싶습니다."

"그래 금방 끝내주지." 일본인 후손에게 호감을 느낀 이민국 관리들은 배를 한번 돌아보고 선원들을 점검했다. 배는 낡고 후졌지만 모든 게 깨끗하게 청소되어 있고 단정한 선원들도 착하게 보였다. 커피콩 물량을 대충 확인하고 입국 허가 도장을 꽝 찍어주었다. 커피콩 밑에 1톤의 마약이 숨겨져 있다. 배의 안쪽을 뒤지면 약 200정 이상 되는 총과 탄약들이 음식 재료로 포장되어 있다. 모두 안도의 한숨을 쉬었다.

내가 유창하게 일본말을 하는 것을 본 우리 조직원들은 마치 하느님을 보는 것처럼 고개를 숙였다. 마테오가 이들을 대변해 말했다. "회장님, 일본말을 할 줄 아셨군요. 혼자 계셨을 때 공부하는 것을 보았습니다."

"배우고 때때로 익히면 즐겁지 아니한가. 자, 이제 나랑 같이 나가자."

태어나 처음으로 아시아 지역에 들어온 마테오는 정신을 차릴 수 없었다. 복잡한 통관 업무를 처리하지 못해 우왕좌왕 헤맸다. 결국 내 일이 되었다. 커피콩 통관에 큰 문제는 없었다. 다음날 일본의 수입업체가 실사를 나와 물량을 점검하고 인수 도장을 찍겠다고 했지만 나는 하역을 미루었다. 일단 이 물건을 내리면 돌아가야 하는 데 정작 중요한 물량의 판매처를 찾지 못했다.

고베는 일본 야쿠자의 고향이다. 일본의 최대 야쿠자인 야마구치구미가 고베에서 시작했다. 부두에도 야쿠자로 보이는 놈들이 있었는데, 그놈보고 코카인 1톤을 가져왔으니 너네 보스를 만나게 해달라고 조를 수는 없었다.

야마구치구미의 본사 건물도 찾아가 보았다. 1980년대는 일본 야쿠자의 전성시대다. 고베 시내 한복판에 당당하게 야쿠자임을 알리는 간판을 세우고 영업을 하고 있었다. 그냥 정문으로 들어가서 닥치고 협상을 해볼까 하는 유혹이 있었지만 참았다.

일본 최대 야쿠자인 야마구치구미는 배가 부르다. 그냥 가만있어도 이권 되는 일이 쏟아져 들어오는데 리스크가 높은 마약사업을 선뜻할 리는 없다. 최악의 경우 산타마리아호를 급습하여 우리 물량을 빼앗고 나와 우리 애들을 물고기 밥으로 만들지도 모른다.

그날도 마테오를 데리고 시내를 배회했다. 보스가 속이 타든지 말든지 이제 막 22살이 된 마테오는 이국의 신기한 문물을 보며 흥분에 들떠 있었다. 속이 답답해 소주가 생각이 났다. 멀리 보니 야키니쿠 가게가 보였다.

'그래 불고기에 소주 한잔하자.'

가게에 들어가려고 하는데 길거리가 개판이었다. 가게들이 부서지고 도로에는 핏자국이 홍건했다. 청소하는 아저씨가 한숨을 쉬며 "이놈들 이제 그만할 때도 되었는데 아직도 싸움질이야!"라며 화를 내고 있었다. 그런데 한국말이다. 얼마나 반가운지 몰랐다.

"누가 이렇게 심하게 싸웠나요?"

"응, 외국인이 조선말을 하네. 자네 조선인이 아닌데……." 사장님은 이방인이 한국말을 하자 황당한 표정을 지었다.

"제 할아버지가 한국에서 멕시코로 건너온 분입니다. 조선말을 들으니 너무 반갑습니다."

"오, 그래. 멀리 멕시코에서 우리 동포가 왔네. 그런데 얼굴은 전혀 조선 사람 흔적이 없어."

"멕시코에 오래 살다 보니 라틴계로 완전히 동화되어서 그럴 겁니다." 며칠 전에 했던 뻔한 거짓말을 또 했다.

"멀리서 우리 동포가 왔는데 그냥 보낼 수는 없지. 불고기에 쌀밥 먹고 가."

"아, 감사합니다. 김치도 있지요?"

"조선 식당에 김치가 없을 리가 없지. 자, 들어가세."

마테오는 불고기만 맛있다고 먹었지만 나는 찰기 넘치는 밥과 된장, 고추장, 김치를 먹고 눈물을 흘렸다. 지난 몇 년 동안 콜롬비아에서 한국 음식을 먹어보지 못했다.

"그만 울어. 이 사람아! 김치 먹는 걸 보니 조선 사람이 맞네."

"정말 감사합니다. 그런데 왜 골목이 개판이 되었습니까?"

"지금 야마구치구미 야쿠자끼리 전쟁이 붙었어. 야마구치구미의 전대 회장님인 타오카 보스가 돌아가고 난 뒤 타케나카 마사히사 님이 후임으로 뽑혔는데 혈기 왕성한 야마모토 히로시가 부하 되기를 거부하고 '이치와카이' 파를 결성하여 야마구치구미와 전쟁을 하는 거야."

한국 식당 가게 주인은 내가 외국인이라고 생각해서 그런지 최근 전국을 떠들썩하게 만드는 고베 야쿠자 전쟁을 소상하게 설명해주었다.

'그래 배고픈 야쿠자와 거래를 하자. 조직을 뛰쳐나왔으니 지금 자금이 절대 부족할 거야. 우리 상품에 눈독을 들이지 않을 수 없어.'

나는 한국 식당의 주인을 통해 이치와카이파의 주소를 알아내어 다음날 마테오와 카를로스 형제를 데리고 갔다. 마테오가 가는 길에 물었다. "회장님,

어제 식당에서 한 언어는 일본어가 아닌 것 같은데요?"

"응. 한국어야."

"네? 한국어도 할 줄 아세요?"

"조금 해. 왜냐하면 앞으로 세상을 움직일 언어니까. 너도 배워 놓아."

"에이, 한국은 들어보지도 못한 나라인데요. 일본이 앞으로 대세가 될 거예요."

"……."

지금은 1980년대다. 말해 뭐하나. 일이나 집중하자.

건장한 외국인 네 명이 들어오자 야쿠자들이 긴장해서 맞이했다. "누구야? 무슨 일로 왔어?"

"저, 저희가…… 온 이유는……."

야쿠자들이 위협적으로 소리치자 마테오가 쫄아서 잘 나오지 않는 일본말을 더듬거렸다.

보스의 체면을 내버리고 내가 말했다. "우리는 멕시코 마피아다. 책임있는 분과 이야기하고 싶다."

"무슨 얘기인지 먼저 내게 말해."

"너 같은 졸개는 몰라도 돼!" 나는 큰소리쳤다. 이놈들에게 기가 죽어서는 안 된다.

"뭐라고 이 자식들이 죽고 싶어. 여기가 어디라고!" 문지기가 흥분해 떠드는 소리가 울리자 안에서 양복을 입은 중간 보스가 나왔다. "무슨 일이야? 시끄럽게."

"쟤들이 멕시코 마피아라고 합니다. 사업상의 일이 있어서 왔다고 합니다."

"무슨 일인지 여기서 말해!" 중간 보스도 똑같은 소릴 했다.

"이치와카이의 운명을 좌우할 얘기를 길거리에서 해도 되나? 나중에 야마모토 히로시 님의 질책을 받을 자신이 있나?"

내가 배짱 좋게 나오자 중간 보스의 안색이 어두워졌다. 야쿠자는 신상필

벌이 확실했다. 괜히 나중에 한소릴 듣기보다 저 자식 얘기를 들어보자는 생각이 들었다.

"좋아! 그게 헛소리면 죽을 각오를 해. 일단 아오지마 두목님을 만나려면 수색을 받아야 해."

"당연하지."

"둘 다 총을 꺼내 줘."

카를로스 형제가 권총을 꺼내자 중간 보스와 졸개들의 얼굴이 놀라움으로 바뀌었다. 저놈들이 어디서 무기를 반입했지 하는 표정이다. 지금 고베에는 야쿠자 간의 전쟁이 일어나서 총 한 자루가 아쉬운 상황이다. 총이 두 자루 나오자 이치와카이파의 대접이 달라졌다. 나는 조용한 밀실로 안내받았고 곧 머리가 벗어진 30대의 잔혹한 인상의 남자가 방으로 들어왔다.

"자네는 누구인가? 멕시코놈이 어떻게 일본말을 할 줄 알아?"

"이게 이치와카이의 접대라면 야마모토 히로시 님에게 정식으로 항의해야겠어. 예의가 없어." 나는 한껏 인상을 찡그리고 눈썹을 들어올렸다.

아오지마의 안색이 어두워졌다. 가만 보니 자신이 너무 무례했다. "저는 이치와카이의 5대 두목인 아오지마라고 합니다. 누구신지요?"

"콜롬비아 최대 마피아인 메데인 카르텔의 최종 보스인 파블로 에스코바르다!"

메데인 카르텔을 탈퇴했지만 알 게 뭐야. 여기서는 위세를 보여야 한다.

"네?"

예나 지금이나 일본은 국제 정세에 어둡다. "여기 이 사람이 나야!"

미국 법정에 나가는 내 모습이 나온 신문을 보여주었다. 무식한 야쿠자가 영어를 알 리는 없지만 뉴욕타임스 신문에 내 모습을 확인할 수 있었다.

아오지마는 일어나서 정중하게 고개를 숙였다. "파블로 보스시군요. 조금 전에는 실례가 많았습니다. 무슨 일로 이 먼 곳까지 오셨습니까?"

"이것 때문에 왔어." 나는 품에서 코카인을 꺼냈다.

"일체의 다른 성분이 들어가지 않는 순도 100퍼센트의 코카인이야. 한번 맛을 봐. 부작용이 없는 마약이야."

"네?"

아오지마가 머리를 긁었다. 헤로인은 먹어 봤어도 최고급 마약인 코카인은 얘기만 들었지 실물은 처음이다. 한숨을 쉬었다. 이 무식한 놈들을 가르쳐야 한다니.

"최고급 코카인은 미국 상류층만 소비할 수 있어. 부작용이 없으니까. 대신 가격이 비싸. 돈 없는 놈들은 여기에 물, 베이킹소다나 레바미졸이라는 회충약을 섞은 크랙이라는 것을 흡입하지. 아마 일본 땅에서 이런 고급 코카인은 절대 구입할 수 없을 거야."

"그걸 파블로 보스가 어떻게 확신합니까?" 아오지마가 건방을 떨었다.

"흥, 이런 코카인을 생산하고 통제하는 조직은 전 세계에서 메데인 카르텔 밖에 없어. 미국에도 물량이 없어 못 파는데 일본까지 들어 올 수가 없지."

"그러면 미국에 가서 팔면 되지, 왜 여기까지 오셨습니까?"

나는 자리에서 일어났다. "내가 그걸 자네 같은 졸개에게 말할 이유는 없지. 야마모토 님에게 오늘 미팅을 보고하고 면담을 잡아. 그리고 이 샘플은 선물이야. 한번 맛을 보면 다른 마약은 눈에도 들어오지 않을 거야."

아오지마가 붙잡았지만 뿌리치고 나왔다. 메데인 카르텔 최종 보스의 자존심이 있지, 이런 아래것들 하고는 상대하고 싶지 않다.

다음날, 고베 외곽의 식당에서 이치와카이파의 최고 오야붕인 야마모토 히로시를 만났다. 일본 최대 야쿠자 조직인 야마구치구미를 만든 타오카 카즈오는 두 명의 후계자를 두었다. 야마구치구미의 규슈 진출에 지대한 공적을 남긴 야마모토 히로시와 또 한 사람은 공격적인 카리스마를 자랑하는 타케나카 마사히사이다.

야마모토 히로시는 직접 현장에 나서기보다는 뒤에서 사람들을 지휘하는 데 익숙한 인텔리 야쿠자인 반면, 타케나카 마사히사는 직접 공갈, 폭행을 저지르는 것도 서슴지 않는 전형적인 야쿠자다. 타오카의 후임은 104명의 하위 조직 두목들의 투표로 결정되었는데, 그의 부인인 후미코의 지지를 받은 타케나카 마사히사로 선출되었다. 경합에서 탈락한 야마모토 히로시가 타케나카의 부하가 되기를 거부하면서 자신을 따르는 고위급 부두목 18명을 데리고 새롭게 이치와카이파를 신장개업했다.

야마모토 히로시를 본 순간 딱 도요토미 히데요시가 생각이 났다. 처음 악수한 이후 야마모토는 웃으며 말을 이어갔다. 처세에 능해 보였다. "일본에서 파블로 보스를 볼 것이라고는 생각도 못 했습니다. 마약이라면 치를 떠는 미국 법정에서 무죄를 받고 나온 기사를 보았습니다. 거기에 고베에 온 이유가 있지 않을까 생각합니다."

역시 오야붕은 다르다. 하나만 봐도 열을 추측한다. "맞습니다. 새로운 시장으로 일본을 생각합니다. 저랑 손잡고 이 거대 시장을 개척해봅시다."

"하하하. 좋습니다. 어제 가져온 샘플을 우리 애들에게 먹여보았습니다. 아침에 마약 잔류 성분을 조사했는데 아무것도 남아 있지 않더군요. 그리고 보통은 먹고 나면 머리도 아프고 몸이 푹 쳐지는 게 싫었는데 그 약은 그런 것도 없다고 합니다. 미국 상류층만 먹는다는 마약이 맞더군요."

"그렇습니다. 돈 있는 사람은 마약을 해도 걸리지 않고 돈 없는 놈들은 본드만 맡아도 마약으로 걸리는 시대입니다."

"본드를 아세요? 콜롬비아에서도 그걸 합니까?"

아차, 실수했다. 그렇지만 안면을 까기로 했다. 콜롬비아에서는 넘쳐 나는 게 마약인데 싸구려 본드를 할 이유가 없다. 아니, 공업용 원료인 본드가 더 비싸다.

"돈 없는 애들은 그걸로 하죠."

"아, 그렇군요. 그런데 파블로 보스는 어떻게 일본어를 잘하죠? 신기한 일입니다."

"어릴 적 주변에 일본인 혼혈이랑 순수 일본 할아버지가 살았습니다. 거기서 조금 배웠고 일본 진출을 위해 본격적으로 공부했습니다. 여기는 영어가 안 통한다고 해서."

"하하하. 맞습니다. 우리 일본 사람들은 섬사람이라 외국어를 싫어합니다. 정말 일본어 공부하시기 잘했습니다."

서서히 짜증이 났다. 이런 외교 활동하려고 머나먼 일본까지 온 거 아니다. 그렇지만 먼저 거래하자고 꺼낼 수 없다. 그걸 꺼내는 놈이 협상의 주도권을 상실한다. 야마모토 히로시가 머리가 돌아가는 지능형 야쿠자라는 게 그냥 나온 게 아니다.

나는 콜롬비아의 마약 생산, 미국 법정 투쟁기 등을 얘기했고 야마모토 히로시는 야쿠자에서의 조직 생활, 최근 엄청난 충격을 받은 오야붕 선출 투표, 그리고 야쿠자의 새 오야붕이 된 타케나카 마사히사와 전 오야붕의 부인 후미코의 불륜에 관해 열변을 토했다.

"그년과 그놈이 같이 살고 있다는 확실한 증거를 갖고 있습니다. 선대 오야붕이 돌아가신 지 피도 마르지 않았는데 이런 패륜을 벌이다니 참을 수가 없습니다."

야마모토가 어지간히도 투표 결과에 충격을 받은 모양이다. 믿었던 다른 두목들이 배신하고 중립을 지킬 줄 알았던 후미코가 타케나카 마사히사를 지원했기 때문이다. 나도 그 장단에 맞추어 주었다. 고객이니까.

점심을 먹으며 시작한 얘기가 3시가 다 되어가도 본론이 나오질 않았다. 내겐 이건 너무 흔한 경우다. 비즈니스가 본래 밀고 당기기 아닌가?

결국, 야마모토가 먼저 본론을 꺼냈다. "파블로 보스, 물량은 얼마나 가지고 왔습니까?"

"100킬로그램 가까이 됩니다. 미국 시세로 따지면 약 천만 달러입니다. 오늘 야마구치구미 두목을 만난 기념으로 10퍼센트 디스카운트 해드리겠습니다."

물량은 100킬로그램이 아니라 1톤이다. 그렇지만 그렇게 물량이 많으면 이놈들이 가격을 깎을 가능성이 크다. 천천히 팔자.

"아, 감사합니다. 그런데 사실 우리 조직이 전쟁 중입니다. 지금 모든 자금이 거기에 몰려있어 9백만 달러를 조달하는 게 쉽지 않습니다. 일부는 외상이 가능하겠습니까?"

"마약 거래에 외상은 없습니다. 10퍼센트 더 할인해드리겠습니다. 현금을 주십시오."

야마모토는 한참 생각하다가 결단을 내린 듯 고개를 끄덕였다.

"파블로 보스의 배려에 감사합니다. 돈 조달에 시간이 걸립니다. 이틀 뒤에 거래합시다."

"감사합니다. 아무쪼록 야마모토 보스가 타케나카 마사히사를 물리치고 야마구치구미를 완전히 인수하기를 희망합니다."

"그럴 겁니다. 그러면 이틀 뒤에 이 자리에서 거래합시다."

택시를 타고 배로 돌아갔다. 거래가 예상외로 빨리 성사되어서 홀가분했다. 8백만 달러만 받아도 콜롬비아 사업에 숨통이 트인다. 게다가 9천만 달러어치 물건을 가지고 있다. 코카인이 한번 유통되기 시작하면 가격은 폭등한다. 한 번 맛본 사람은 절대 다른 마약을 못 한다.

만약의 사태를 대비해서 마테오에게 오토바이 다섯 대를 렌트하라고 지시했다. 다음 날 저녁 고베항에는 비가 내리고 바람이 심하게 불었다. 내일 가장 중요한 거래가 시작된다. 뭔가 불길했지만 야마모토가 배반할 것으로 보이지 않았다. 코카인을 안정적으로 공급받으면 이치와카이파는 재정적으로 야마구치구미를 압도할 수 있기 때문이다.

[댕그랑]

새벽에 한창 자고 있는데 비상 신호등이 울렸다. 경계를 서는 놈이 외부 침략이 왔을 때 알리는 신호이다. 즉각 눈을 뜨고 옷을 찾아 입었다. 밖에서 옥신각신하는 소리가 들렸다. 조용히 방에서 기다렸다. 내가 나가봐야 도움이 되지 않기 때문이다.

[쉬익!]

소음총이 발사되는 소리다.

"아아악!"

"죽어!"

스페인말과 일본말이 섞여 죽이고 죽는소리가 들렸다. 마테오가 문을 열고 들어왔다. "보스, 외부 공격이 있습니다."

"어떻게 되었나?"

"이놈들이 칼과 곤봉을 갖고 쳐들어왔는데 우리 애들에게 격퇴당하고 있습니다. 일부는 도망가고 지금 현장은 정리되었습니다."

문을 열고 밖으로 나가보니 현장은 참혹했다. 일본 야쿠자들은 다 총에 맞아 신음을 내며 뒹굴고 있었고 콜롬비아 마피아들은 칼에 맞아 피를 흘리고 있었다. 물론 더 심각한 측은 야쿠자다.

발에 총을 맞아 신음하는 야쿠자에게 다가갔다. "야마모토가 보냈나? 너 이치와카이파에 속하지?"

"어떻게?" 이놈은 정신이 혼미한 가운데 조직의 가장 중요한 보안 수칙을 위반했다. 아마 내가 너무 직설적으로 물어서 얼떨결에 대답했는지도 모른다.

그 옆에서 신음하는 다른 야쿠자에게 물었다. "몇 명이나 여기에 왔나? 2차 공격도 준비되어 있나?"

"몰라, 이 잡종들아! 나를 죽여." 이놈은 그래도 야쿠자의 기백이 살아 있다. 이번 특공대의 대장으로 임명된 카를로스 형제의 형인 미카엘이 다가와 보고했다.

"보스, 이놈들이 떼거리로 몰려들어서 총을 발사했습니다. 우리는 한 명이 죽고 세 명이 부상을 입었습니다. 일본놈들은 십여 명이 죽었고 지금 붙잡은 놈은 스무 명입니다. 어떻게 할까요?"

"지금 우리 특공대 가운데 최고 에이스 아홉 명을 뽑아. 이치와카이를 공격하러 가야 해. 그냥 당하고만 있을 수는 없지."

"네, 보스."

마테오를 불렀다. "지금 나는 우리 애들과 이치와카이의 본부를 습격하러 간다. 네가 여기를 지켜라. 항복한 놈들을 잘 감시하고 적의 공격에 대비하고 있어."

"네, 알겠습니다. 조심히 다녀오십시오."

"걱정 마!"

이번 작전에 투입된 애들은 우리 조직 가운데 가장 에이스이다. 지난 몇 달 동안 군사 훈련을 통해 경계 업무를 집중적으로 익혔고 이번 작전이 얼마나 중요한지를 알기 때문에 야쿠자의 공격에 당하지 않았다. 물론 소음총이 결정적이지만.

그나저나 야마모토가 배신하리라고는 생각도 못 했다. 이놈이 8백만 달러 아끼려고 하다가 인생 기회를 놓치게 되었다. 여기서 가만히 있으면 콜롬비아 마피아가 아니지. 제대로 콜롬비아 마피아의 맛을 보여주겠다. 아직 기습 공격 상황을 파악하지 못한 지금이 역습 시점이다. 만약의 경우를 대비해 오토바이도 빌려놓았다.

다섯 대의 오토바이가 조용히 고베시로 들어갔다. 우리 애들은 대부분 시카리오 출신이다. 어릴 때부터 오토바이를 타고 총질을 하며 자랐다. 게다가 일본의 도로는 구멍이 송송난 콜롬비아의 도로와 달리 오토바이 타기에는 천국일 정도로 잘 포장되어 있다. 미카엘이 앞장서서 이치와카이파의 본부 건물로 접근했다. 경계를 서고 있던 야쿠자가 멈추라고 소리를 질렀지만 소음총이 먼저였다.

[쉬익, 쉬익!]

경비병이 쓰러진 것을 본 후발대가 오토바이를 급발진하며 건물에 도착했다. 야쿠자들이 칼과 몽둥이를 들고 뛰어나왔지만 총을 맞고 그대로 쓰러졌다. 아홉 명의 특공대는 이치와카이파 본부를 박살을 냈다. 결국 야쿠자들이 항복했다. 총 앞에 칼 들고 설치는 게 무의미하다는 것을 깨달았기 때문이다.

그중에 아오지마도 보였다. 그놈을 데리고 야쿠자 차량을 하나 탈취해서

부두로 돌아왔다. 한바탕 전쟁이 벌어졌지만 부두는 조용했다. 아마 이번 공격을 위해 이치와카이파가 사전에 손을 쓴 모양이다.

우리는 외국인의 출입을 통제하는 정문을 우회해 개구멍을 통해 산타마리아호로 들어갔다. 포로로 붙잡혔지만 아오지마는 성질이 죽지 않았다.

"파블로 보스, 쓸데없는 짓 하지 말고 포기해. 당신들은 고작 백 명이지만 우리 이치와카이파는 3천 명이야. 내 오야붕에게 잘 말씀드릴테니 항복하는 게 어때."

"싫은데. 너에게 물어볼 말이 많아. 일단 좀 맞고 보자." 이놈의 성질을 죽여야 한다. 고문 기술자를 불러 옆방으로 아오지마를 보냈다.

콜롬비아식 고문이라고 들어보았나? 나도 우리 애들 하는 것 보고 알았는데, 이건 보통 고문과 차원이 다르다. 손가락 발가락 자르는 것보다 훨씬 지독하다. 효과는 100퍼센트다. 먼저 묻지도 따지지도 않고 졸라게 팬다. 고문당하는 놈의 처지에서 '이게 뭐지' 싶은 거다. 뭘 요구를 해야 협상이라도 할 수 있는데 이유 없이 구타만 일방적으로 당한다. 거의 죽을 지경이 되어서야 구타가 멈추고 강제로 코카인을 살짝 먹인다. 그러면 정신이 돌아오고 아픈 게 사라진다. 천국을 맛보는 것이다.

그리고 다시 구타를 시작한다. 처음에는 구타도 아프지 않게 느껴지지만 약발이 사라지면 이전보다 두 배나 고통을 느낀다. 죽은 듯이 뻗어 있는 놈에게 또 살짝 코카인을 먹인다. 그러면 이전보다 더 강렬한 천국을 맛본다. 이놈의 정신이 돌아오면 다시 구타가 시작된다. 그때 맞는 것은 처음보다 몇 배나 더 아프다. 그러고 나서 코카인을 앞에 두고 심문을 한다. 눈앞에 천국, 아니 마약 생각에 고문당하는 놈은 모든 것을 불게 되어 있다. 아오지마가 그랬다.

"파블로 보스, 뭘 원하십니까? 말만 하십시오. 제가 다 말씀드리겠습니다. 제발, 약 좀 주세요." 온몸에 피 칠갑을 하고 몸은 너덜너덜해진 아오지마는 치료보다 약부터 달라고 호소했다. 눈을 보니 벌써 황달이 온 것 같았다.

"묻는 말에 진실만 말하면 약을 줄게. 먼저 야마모토 히로시가 나랑 잘 협상해놓고 왜 기습공격을 했어?"

"지금 이치와카이파는 야마구치구미랑 전쟁 중입니다. 거기에 자원을 다 집중하다 보니 돈이 없습니다. 파블로 보스의 물건은 탐나고 돈은 없고…… 결국 강탈하기로 했습니다. 게다가 파블로 보스는 일본에 뒷배경도 없이 혼자 오신 것 같으며…… 사람도 별로 없다는 정보에 기습을 감행한 것입니다."

대충 짐작한 게 맞았다. 야마모토 히로시! 보스들 간의 약속도 지키지 않는 양아치 같은 새끼! 인상부터가 마음에 들지 않았다.

"앞으로 야마모토 히로시가 어떻게 나올 것 같나?"

"야마모토 보스는 신중한 분입니다. 기습공격도 실패하고 본부도 털리고…… 당분간 관망하면서 사태를 주시할 것으로 보입니다. 무엇보다 지금 야마구치구미와 전쟁 중이라 핵심 전력을 파블로 보스 공격에 쏟아붓기 힘들 겁니다."

다행이다. 총으로 무장했다고는 하지만 3천 명의 조직원을 자랑하는 이치와카이파이다. 게다가 일본 경찰을 통해 우리를 간섭하고 나서면 곤란해진다.

"너희들 전쟁 상황은 어떻게 되나?"

"전력은 우리가 우위입니다. 이치와카이파는 이미 타케나카의 부조장인 나카야마를 습격해 살해했습니다. 지난 1년 동안 약 200회 이상의 전쟁을 벌였는데, 야마구치구미는 압도적인 인원임에도 주도권을 잡지는 못했습니다. 그것은 우리 이치와카이파가 야마구치구미로부터 이탈하면서 무기의 대부분을 가지고 나왔기 때문입니다."

"오늘 기습 공격할 때 왜 총을 갖고 오지 않았나?"

"여기는 고베시 출입국관리국과 세관이 담당하는 곳입니다. 여기서 총소리가 울리면 아무리 뇌물을 많이 먹은 고베시 경찰이라도 가만히 있을 수 없습니다. 야간에 기습 공격하면 충분히 제압할 것으로 생각했는데……."

대충 상황이 짐작이 간다. 빨리 다른 대안을 만들어야 한다. 여기 시간은 외국인인 콜롬비아 마피아의 편이 아니다.

"야마구치구미의 타케나카 마사히사 보스의 전화번호를 알려줘."

"제가 감히 그분의 전화번호를 알겠습니까? 대신 그분의 동생 타케나카 마사시의 연락처는 알고 있습니다."

카를로스 형제에게 아오지마의 품에서 압수한 핸드폰을 가져오라고 했다. 전화 목록에서 타케나카 마사시를 발견할 수 있었다.

"타케나카 보스는 어떤 사람이야? 네가 볼 때 믿을 만한가? 아니면 야마모토 히로시처럼 배신을 서슴지 않는 놈인가?"

"타케나카 마사히사 보스는 일구이언하지 않는 분입니다. 행동이 과격해서 그렇지 의리 있는 분입니다."

"알았어. 오늘은 그만하고 쉬고 있어."

"약을…… 제발 약을 주십시오. 제가 다 불지 않았습니까?"

카를로스 형제에게 아오지마에게 약을 주라고 지시했다. 그놈을 다시 창고로 끌고 갔다.

야마구치구미 최고 오야붕의 동생인 타케나카 마사시에게 전화했다.

- 이게 누구야? 아오지마 동생 아닌가! 무슨 일이야?

"아오지마가 아닙니다. 오늘 이치와카이파 습격 사건을 들었습니까?"

- 그거 때문에 지금 여기가 난리야. 지금 전화한 사람은 누구야?

"제가 오늘 이치와카이파를 공격한 사람입니다. 야마모토 히로시의 배신에 대한 응징을 내렸습니다. 타케나카 마사히사 보스랑 얘기할 게 있는데 당신이 주선 좀 해주겠습니까?"

이치와카이파의 본부를 공격했다는 사람이라고 밝히자 타케나카 마사시는 급공손해졌다. 일본은 강자존의 세계다.

- 도대체 누구십니까? 신분을 먼저 밝히시기 바랍니다. 우리 보스가 정체도 모르는 사람과 만날 수는 없습니다.

"저는 콜롬비아 메데인 카르텔의 최종 보스인 파블로 에스코바르입니다. 일본에 일이 있어 왔는데 타케나카 마사히사 보스랑 긴히 상의할 일이 있습니다."

- 콜롬비아 마피아가 일본에 와서 설치는 건가? 이거 별로 재미가 없는데…….

이 자식이……. 그렇지만 여기서 민족주의 감정을 벌여서는 안 된다. 섬나라 일본은 외부에 항상 적대적이다. "저는 사업을 하러 일본에 왔습니다. 야마모토 히로시 보스가 저를 속이고 공격한 것에 대해 응징을 했을 뿐입니다. 오해 마시기 바랍니다."

- 우리 형님과 뭘 상의하겠다는 거요? 친목 차 왔다면 지금은 때가 아니요. 우리는 전쟁 중이란 말이요!

"타케나카 마사히사 보스에게 그 전쟁에서 이길 비결을 가르쳐 주겠다고 말해주시면 저를 만날 겁니다."

- …….

"타케나카 마사히사 보스를 만나는 기념으로 이치와카이파 애들을 선물로 드리겠습니다. 다른 선물도 있고요."

- 내가 형님에게 물어보고 이 번호로 전화하겠소.

다음날, 야마구치구미의 최종 보스인 타케나카 마사히사와 고베항 부두의 한적한 곳에서 만났다. 타케나카 마사히사는 전형적인 야쿠자 건달 스타일이었다. 감정을 속이지 못하는 직설남.

"멀리 콜롬비아에서 오신 파블로 보스를 이런 누추한 곳에서 뵙자고 해서 죄송합니다. 잘 아시겠지만 상황이 상황인지라 일단 용건부터 처리하고 다음에 제대로 대접해드리겠습니다. 참, 아침에 보내주신 선물은 잘 받았습니다."

"별말씀을요. 저도 잘 받았습니다. 우리 애들도 좋아하더군요."

나는 아오지마를 비롯하여 우리를 습격한 이치와카이파의 인질들을 야마구치구미에게 넘겼다. 어차피 뿌리가 같은 놈들이라 죽이지는 않을 것이다. 현장에서 죽은 놈들은 다리에 돌을 매달아 바다에 매장했다. 타케나카 마사히사는 답례로 스시와 사케 등을 보내왔다.

"파블로 보스는 일본에 왜 오신 겁니까? 설마 야마모토 히로시의 부탁을 받고 전쟁하러 오신 것은 아니지요? 하하하."

"설마요? 하하하. 제가 멀리 일본까지 온 이유는 비즈니스 때문입니다. 이 물건을 팔기 위해서입니다."

나는 코카인을 꺼냈다. 그리고 귀찮지만 코카인의 장점에 대해 다시 설명해주었다.

"제가 말을 해봐야 믿지 않을 수 있지만 아오지마에게 물어보면 확실하게 그 성능을 알 수 있을 것입니다. 싸구려 헤로인이나 히로뽕 같은 것과 비교도 안됩니다. 이것 때문에 야마구치구미는 앞으로 돈 걱정으로부터 해방될 것입니다."

"그렇지 않아도 동생에게 보고 받았습니다. 아오지마에게서 성능을 확인했습니다. 굉장히 매력적인 상품인 것은 분명하지만 지금 우리가 새로운 시장 개척에 관심을 쓸만한 상황이 아닙니다."

이놈은 어찌 보면 야마모토 히로시보다 더 다루기 어려운 놈이다. 하나만 보고 달려가지 다른 것은 생각도 안 한다. 이놈에게 이것을 못 팔면 다른 라인을 잡아야 하는데 벌써 머리가 아프다.

"만약 야마모토 히로시가 이 상품을 차지하게 되면 앞으로 야마구치구미는 힘들어질 겁니다. 마피아의 싸움은 결국 돈에서 갈리게 되어 있습니다. 미국이 일본과의 전쟁에서 왜 이겼습니까? 경제력 때문입니다."

"……."

타케나카 마사히사는 잠시 침묵을 지키다가 말했다. "그놈과의 협상이 실패한 것으로 알고 있습니다. 제가 야마모토 히로시를 잘 알고 있습니다. 한마디로 이중인격자입니다. 현장에는 나오지 않고 뒤에서 정치질이나 능한 놈입니다. 그놈과 거래하면 뒤통수를 맞게 되어 있습니다."

타케나카 마사히사는 야마모토 히로시를 생각하면 열이 받는 듯 온갖 욕설과 흉을 보았다. 본래 이런 것은 자기편이 아닌 제삼자 앞에서 떠드는 게 더 신나는 법이다. 자기만이 이 물건을 살 수 있다는 것을 은근히 과시했다.

"야마모토 히로시는 그렇게 말하지 않더군요. 타케나카 마사히사 보스는 머리가 없고 심지어 전대 보스의 와이프랑 불륜 관계라고 인간 취급을 하지 않는다고 합니다."

"뭐라고! 이 개자식을……." 타케나카 마사히사는 자리에서 벌떡 일어나 부들부들 떨었다. 누가 이런 얘기를 일본 최대 야쿠자 보스 앞에서 하겠는가? 흥분이 가시지 않는지 타케나카 마사히사는 손을 떨며 담배를 꺼냈다. 제대로 담뱃불을 부치지 못해 내가 대신해주었다.

"물론 저는 그 말을 믿지 않죠. 타케나카 마사히사 보스는 장비랑 같은 등급의 영웅인데 쥐새끼 같은 야마모토 히로시와 비교할 수 없습니다."

"오, 외국인 당신도 그렇게 생각하는가요? 제가 관우, 장비랑 비슷하다는 얘기는 많이 들었습니다."

본래 외국인이 자신을 칭찬해주면 자국민이 해주는 것보다 더 기쁨을 느낀다. 유튜브에 유치찬란한 국뽕 콘텐츠의 조회수를 보라!

불륜남에서 영웅으로 변신한 타케나카 마사히사는 저 멀리 외국에서 물건을 팔러온 장사꾼을 도와주고 싶은 마음이 드는듯 보였다.

"저도 코카인을 사고 싶습니다. 앞으로 이 바닥 시장의 판도를 바꿀 물건인 것은 틀림없습니다. 그렇지만 지금 우리 조직에 돈이 없습니다. 지난 1년 동안 전쟁한다고 숨겨둔 금 숟가락까지 다 팔았습니다."

야마구치구미가 돈이 없다면 이치와카이파는 돈의 씨가 말랐을 것이다. 그러니까 강도로 돌변한 것이다.

"선수금 20퍼센트만 주시고 80퍼센트는 1년 뒤에 갚는 것으로 해도 좋습니다."

"그래도 될까요? 약장사는 기본적으로 현금 결제인데……."

'이놈이 그래도 이 바닥의 룰은 아네.'

"다른 사람에게는 절대 이런 제안을 안 합니다. 의리와 신뢰를 중시하는 타케나카 마사히사 보스의 영웅적인 기상을 보니 믿어도 되겠다는 생각이 들어서입니다."

돈 벌려면 무슨 말을 못 하겠는가? 애기 데리고 장을 보는 아줌마들이 장사꾼에게 가장 많이 듣는 말이 "그놈 참 똘똘하네. 공부 잘하게 생겼다."라는 말 아닌가. 칭찬은 고래도, 아니 일본 최대 야쿠자 오야붕도 춤추게 만든다.

"파블로 보스는 정말 사람을 볼 줄 아는군요. 제가 우리 조직원의 집을 팔아서라도 돈을 더 내겠습니다. 50퍼센트를 내고 1년 뒤에 반드시 정산하겠습니다."

"좋습니다. 정말 타케나카 마사히사 보스는 만고의 영웅입니다." 아, 말 몇 마디로 이런 대박을 맞다니! 아버지라고 부르는 것 말고 못 할 말이 뭐가 있겠는가?

"대신, 조건이 하나 있습니다."

그러면 그렇지, 세상에 공짜는 없다. "말씀하십시오. 그런 거래 조건이라면 제가 웬만하면 들어드려야지요."

"파블로 보스는 오늘 회동에서 이치와카이파와의 전쟁에서 이길 비결을 가르쳐 주겠다고 하셨는데, 이제 말씀해주십시오."

아, 이 얘기는 꺼내지 않고 거래를 마무리하고 싶었는데……. 일본 야쿠자 간의 전쟁에 개입하기는 정말 싫었다. 그렇지만 세기의 거래를 위해 어쩔 수는 없다.

"야쿠자와 마피아의 전투력 차이가 뭐라고 생각하십니까?" 타케나카에 물었다.

"마피아는 총을 가진 게 큰 장점입니다. 그렇지만 그건 각자가 처한 상황이 달라서 그런 겁니다. 일본에서는 강력한 법률 때문에 야쿠자는 총을 사용하기 힘듭니다."

"물론 총기 소지 여부가 큰 차이이지만 더 중요한 게 있습니다. 콜롬비아는 경제가 워낙 개판이라 죽음을 두려워하지 않습니다. 백 달러만 주면 청부살인이 가능합니다. 우리 애들은 그런 환경에서 자랐습니다."

"야쿠자도 그건 마찬가지입니다. 우리는 용감한 사무라이의 후손입니다. 죽음보다 명예를 중시합니다."

"하하하. 좋습니다. 그런 논쟁을 하고자 하는 게 아닙니다. 우리 애들 대부분은 시카리오라는 오토바이 저격범 출신입니다. 일본에는 그런 게 없더군요."

"아하!" 타케나카 마사히사는 머리를 쳤다. 내가 무슨 말을 하는지 이해한 것이다.

"야마모토 히로시를 죽여준다면 외상이 아닌 100퍼센트 현금 거래를 하겠습니다."

"죽여드리겠습니다. 대신 다른 조건을 내걸겠습니다. 타케나카 마사히사 보스에게 훨씬 유래한 거래입니다."

"그게 뭡니까?"

나는 간단하게 새로운 거래의 조건을 말했다. 타케나카 마사히사는 고개를 갸우뚱거렸다.

"그건 저에게 너무 유리한 거래인데, 파블로 보스가 손해 보는 것이 아닌가요?"

"아닙니다. 저는 한탕 해 먹기보다 장기적인 관계를 원합니다. 이건 사업이니까요."

"좀 더 알아보겠지만 찬성입니다. 파블로 보스와 좋은 관계를 맺고 싶습니다."

우리 두 사람은 기본적인 합의를 했다. 타케나카 마사히사는 야마모토 히로시 제거를 위해 전폭적인 지원을 약속했다. 그리고 만약의 경우를 대비해 자신의 동생과 아들을 인질로 보냈다.

산타마리아호에는 경찰도 세관원도 누구도 오지 않았다. 야마구치구미가 우릴 보호하기 위해 공권력을 구워삶았기 때문이다. 오토바이가 열 대 지원되었다. 혼다 최신 기종이다. 카를로스 형제를 불렀다. "미카엘, 우리 애들 중에 오토바이 잘 타는 열 명을 뽑아라. 특급 작전이 있다."

"네, 보스."

"우리를 습격한 이치와카이파의 야마모토 히로시를 암살하는 것이다. 그놈의 동향에 관한 정보는 조금 있으면 들어올 것이다. 그전에 우리는 고베시의 지리를 숙지해야 한다. 오토바이를 타고 시내를 돌아다니며 도로와 교통 법규 등을 숙지해라."

"네, 알겠습니다."

나는 특공대 열 명에게 고베시 지리를 가르쳤다. 일본은 차량과 도로가 영국과 같은 좌측통행이다. 콜롬비아는 우측통행이다. 고베시 시내는 좁고 복잡하지만 포장은 완벽하다. 도로 곳곳이 보수가 되지 않아 파헤쳐진 콜롬비아와 달라서 밑을 보고 운전하지 않아도 된다.

시카리오에게는 식은 죽 먹기보다 쉬운 도로다. 게다가 콜롬비아에서는 볼 수도 없는 최신형 오토바이 아닌가. 간혹 경찰이 검문하는 때도 있지만 야쿠자가 준 통행증을 보여주면 잡지 않았다. 며칠 고베시를 질주하며 시카리오들은 길을 익혔다.

그동안 이치와카이파의 야마모토 히로시가 아오지마의 핸드폰으로 전화를 했다.

- 파블로 보스, 정말 미안합니다. 밑의 애들이 내 재가도 받지 않고 사고를 쳤습니다. 당장 만나고 싶습니다.

속으로 이를 갈았지만 태연한 척했다. 이놈을 죽이는 작전을 짜고 있는데 들켜서는 안 된다. "지금 제가 그때 공격으로 몸이 아픕니다. 조금 정신을 차리고 얘기합시다."

- 아, 정말 죄송합니다. 아오지마놈이 내 허락도 받지 않고 저지른 일입니다. 당장 만나서 지난번 계약을 이행합시다.

"아오지마 말로는 이치와카이파는 현금이 없다고 하던데요."

- 그런 졸개가 조직의 최고 기밀을 어떻게 알겠습니까? 만나서 직접 드리겠습니다.

야마모토 히로시는 펄쩍 뛰며 아오지마 욕을 계속했다.

"좋습니다. 한 3일 뒤에 봅시다."

- 더 빨리는 안 되는가요?

"제가 지금 몸이 불편해서……."

- 지금 야마구치구미의 보호를 받는 것 같은데, 혹시 그쪽과 거래하고 있는 것은 아닌가요?

이놈이 눈치채지 않을 수 없다. 세관과 경찰을 통해 내가 보호받고 있다는 정보를 들었는데 고베시에서 야마구치구미 말고 누가 콜롬비아 마약상을 보호하겠는가?

"당신이 계약을 깨는 바람에 할 수 없이 다른 야쿠자랑 거래를 준비하고 있습니다. 처음 약속을 지켰다면 이런 일은 생기지 않았을 겁니다."

- 다시 한번 사과드립니다. 만나게 되면 더 좋은 조건의 거래를 제안하겠습니다. 3일 뒤에 만나는 것으로 합시다.

"알겠습니다. 그렇게 합시다."

야마모토 히로시가 왜 나를 만나자고 할까? 코카인을 살 생각은 별로 없어 보인다. 지금 조직이 죽느냐 사느냐는 전쟁의 한가운데 놓여 있는데, 태평스럽게 장사에 관심을 가질 여유가 없다. 야마구치구미와 마찬가지로 콜롬비아 마피아의 무력에 매력을 느끼고 있을 것이다. 차도살인이야말로 누구나 좋아하는 전략이 아닌가.

야마구치구미가 야마모토 히로시의 동선을 파악하지 못해 결국 거사 일은 나와 그의 회동일로 잡았다. 아침에 열 명의 특공대원을 불렀다. "이제 고베시 지리는 확실히 숙지했나?"

"네, 보스. 여긴 오토바이 탈 맛이 납니다. 도로가 너무 좋습니다. 혼다 오토바이 성능도 죽입니다."

"이번 작전이 성공하면 그 오토바이를 선물로 주마."

"와! 감사합니다."

"오늘 작전이 우리의 일본 원정의 핵심이다. 조직을 배신한 야쿠자 보스를 죽이는 일이다. 일본 최대의 마피아 야마구치구미가 우리 뒤를 봐주기로 했다."

"총 앞에 야쿠자는 아무것도 아닙니다. 지난번에 우리 애들 열 명으로 이치와카이파의 본부를 털지 않았습니까?" 미카엘 카를로스가 가슴을 치며 자신감을 드러냈다.

그래, 이런 사기가 중요하다.

"그렇다. 그놈들이 숫자가 많아도 별거 아니다. 그리고 자동차도 방탄차가 아니라고 한다. 야마구치구미의 조직원이 그놈 차를 가리켜 줄 것이다. 나비처럼 날아서 벌처럼 쏘고 여기로 복귀하는 거다."

"네, 보스."

타케나카 마사히사와 짠 작전은 이렇다. 야마모토 히로시가 나를 만나러 오는 동선을 크게 세 개로 파악했다. 거기에 각각 두 조와 한 조를 배치하고 동시에 야마구치구미의 조직원을 안내원으로 둔다. 안내원이 야마모토의 차를 지시하면 콜롬비아 시카리오들이 전속력으로 달려가서 암살하는 것이다.

야쿠자들의 전쟁에서 이런 식의 암살은 없었다. 잘해봐야 총을 들고 집이나 본부로 쳐들어가는 것인데 도로 중간에 이렇게 일을 벌일 능력이 없는 것이다. 암살과 납치에 특화된 콜롬비아 시카리오만 가능한 작전이다.

"만약 경찰에 붙잡히게 되면 절대 콜롬비아와 우리 조직을 불면 안 된다. 너희들이 받은 멕시코 여권 이름을 사용해라. 그리고 야마구치구미가 뒤를 봐줄 테니 어렵지 않게 나올 수 있을 것이다."

"네, 잘 알고 있습니다." 모두 합창했다. 만 달러를 주겠다는 약속이 효과를 발휘하고 있다.

먼저 출발하는 한놈 한놈과 악수하고 포옹을 했다. 가난을 벗어나겠다고 이역만리 일본에 와서 죽을 가능성이 가장 큰 작전에 투입되고 있다. 말이 쉽지, 일본에서 두 번째로 강력한 야쿠자 오야붕을 암살하는 것이다. 그쪽 경호팀도 당연히 총으로 무장되어 있다. 이들이 과연 살아서 돌아올까? 독립을 위해 윤봉길을 죽음의 현장으로 몰아넣은 김구 선생님의 심정을 이해할 것 같다.

카를로스 형제 미카엘과 후안, 그리고 다른 한 팀이 야마모토 히로시가 올 가능성이 가장 큰길에 배치되었다. 옆에는 말도 안 통하는 야쿠자 한 명이 오토바이를 타고 대기 중이다.

"형, 이 오토바이 꼭 콜롬비아에 갖고 가자. 정말 마음에 무척 들어." 후안은 작전보다 오히려 오토바이에 빠져 있다. 고작 그의 나이 18살이다.

"후안, 집중해. 우리가 접근하면 그놈들이 차량의 속도를 높일 거야. 그걸 놓치면 안 돼."

"에이, 내 운전 실력을 못 믿어? 걱정마. 그런데 만약 우리가 죽으면 만 달러는 가족에게 전달될까?" 후안은 죽음보다 돈이 더 중요했다. 콜롬비아에서 만 달러면 가난한 집안이 일어난다. 당분간 배고플 일이 없다.

"파블로 보스는 어떤 경우든 약속을 지키는 분이야. 콘도도 어머니에게 상속될 거야. 그리고 죽기는 왜 죽어? 일본 최대 마피아가 뒤를 봐준다고 했어."

두 사람이 잡담하고 있는데 도로를 지켜보던 야쿠자의 안색이 굳어져갔다. 그는 멀리서 다가오는 대형 자동차 3대를 지목했다. 마침내 이놈이 왔다. 후안이 시동을 걸자 미카엘이 총을 꺼냈다. 그리고 총알처럼 달려나갔다.

다른 한 팀도 마찬가지다. 오토바이가 도로를 질주하자 일본 운전자들은 웬 미친놈인가 생각했다. 미카엘이 첫 번째 자동차의 바퀴를 조준하고 쏘았다.

[탕탕탕]

[끼이익, 콰아아앙!]

첫 번째 차의 타이어가 펑크 나면서 반대편의 차량과 충돌했다. 뒤따라오던 시카리오들이 확인 사살을 했다.

[탕탕탕]

미카엘은 총알이 떨어진 총을 버리고 품에서 다른 권총을 꺼내 속도를 줄이고 있는 두 번째 차량의 뒷좌석에 앉은 사람을 향해 난사했다.

[탕탕탕]

[쨍그랑, 우당탕!]

운전사가 당황하여 속도를 높였지만 앞의 차들 때문에 나가지를 못했다. 결국 다른 차와 부딪쳐 멈추지 않을 수 없었다. 세 번째 차량에서 야쿠자들이 총을 들고나와 응사하기 시작했다.

[탕탕탕]

"형, 꼭 잡아!"

후안이 오토바이 속도를 높여 차량 사이로 빠져나왔다. 그 사이 여기로 야마모토 히로시가 오는 것을 확인한 다른 곳에서 대기하던 시카리오들이 맹렬하게 달려 나왔다. 야쿠자와 마피아 간의 총알이 난무했다. 그렇지만 야쿠자는 이런 전투가 처음이다. 주로 정지된 상태에서 총을 쏘아 보았지, 시속 100킬로미터가 넘어가는 상황에서 총격전은 상상도 못 한 것이다.

미카엘은 두 번째 차량의 뒷좌석에 앉은 사람이 야마모토 히로시임을 확신했다. 확인 사살을 해야 한다. 그놈을 죽이지 못하면 작전은 실패다. 오토바이를 멈추고 정지된 차량으로 다가갔다. 그 순간 뒷좌석에 쓰러진 야마모토 히로시가 미카엘을 향해 총을 쏘았다.

[탕탕탕]

"형, 안돼!" 후안이 달려와 미카엘을 쓰러뜨렸다. 대신 후안이 총을 맞고 쓰러졌다.

"이 자식이······." 분노에 찬 미카엘이 그놈에게 총을 난사했다.

[탕탕탕]

"으악!"

일본의 떠오르는 신흥 야쿠자의 최종 보스 야마모토 히로시는 이렇게 죽었다. 콜롬비아 마피아가 세 대의 차량에 탑승한 야쿠자를 확인 사살하고 있는데 총소리를 들은 경찰차들이 달려왔다.

"후안! 정신 차려. 나를 꼭 잡고 있어야 해!" 미카엘은 쓰러진 후안을 오토바이 뒷좌석에 실었다. 다른 시카리오가 그 뒤에 앉아 후안을 고정했다. "배로 돌아가자!"

결국 후안 카를로스는 죽었다. 콜롬비아에서는 죽은 사람을 매장하지만 여기에서는 그렇게 할 수 없어서 시체를 수장했다. 지난번 이치와카이파 습격으로 두 사람이 죽었다. 이 조직의 두목으로서 이들의 죽음을 헛되이 할 수 없다.

타케나카 마사히사와의 회동은 산타마리아호에서 가졌다. 한때 야마구치구미를 위협했던 야마모토 히로시의 제거는 조직을 괴롭히던 전쟁이 끝나고 본격적인 타케나카 마사히사의 시대를 알리는 신호다.
 타케나카 마사히사의 입이 귀에 걸렸다.
 "파블로 보스, 정말 콜롬비아 시카리오의 위력이 대단합니다. 앞으로 우리 야마구치구미에서도 오토바이 저격수를 양성할 예정입니다. 한 수 가르쳐 주십시오."
 "네, 얼마든지 도와 드리겠습니다."
 "기분 같아서는 고베의 가장 좋은 식당에서 축하연을 하고 싶지만 지금 일본 경시청이 난리가 아닙니다. 고베 시내에서 총소리가 울려 퍼지고 야쿠자가 대거 죽는 바람에 비상이 걸렸습니다."
 "경찰에서 우리 콜롬비아 조직을 찍지는 않겠지요?"
 "하하하. 그런 거 걱정하지 마십시오. 고베 경시청은 사실 우리 산하 조직과 다를 바 없습니다. 이번 사건을 책임지고 감방에 갈 놈들은 섭외해놓았습니다. 콜롬비아는 이번 사건과 전혀 무관합니다."
 야마구치구미의 입장에서도 이번 사건을 자기가 주도한 것으로 해야지 콜롬비아 마피아의 도움을 받았다는 얘기가 나와서는 안 된다. 일본 최대 폭력단의 가오가 있지…….
 "다행입니다. 지금 우리는 떠나야 하는데 그런 일에 얽매이면 안 됩니다. 자, 그럼 이제 본격적으로 계약을 점검합시다."
 "좋습니다. 그렇지 않아도 지난번 주신 샘플로 테스트해 보았는데 약쟁이들의 반응이 난리가 아닙니다. 천금을 주더라도 그 약을 꼭 사야겠다고 하더군요. 무엇보다 후유증이 없어 상류층에서도 애용할 것 같습니다."

"맞습니다. 미국에서도 코카인은 돈 많은 부자만 사용할 수 있습니다. 마약 중의 최고입니다."

"이건 꼭 해야 할 사업입니다. 그리고 파블로 보스가 무려 1톤을 갖고 오셨다고 하니 이런 복이 없습니다. 위선자 야마모토를 죽인 것보다 우리 조직의 발전에 더 도움이 될 것으로 생각합니다."

"알아서 잘하시겠지만, 물량을 일시에 풀어 가격이 내려가고 경찰의 주목을 받는 행동은 피하시기 바랍니다. 마약은 일본 경찰뿐만 아니라 미국의 DEA 담당이기도 합니다. DEA의 리스트에 올라가면 타케나카 마사히사 보스도 곤란해집니다. 제가 그 때문에 죽다가 살아났습니다."

"파블로 보스의 피 같은 조언에 감사합니다. 그러면 가격은 지난번에 말씀하신 것 그대로 생각하면 됩니까?"

"네, 달라진 것은 없습니다."

지금 코카인 1톤의 도매가격은 미국 시세로 천만 달러에 달한다. 여기에 10퍼센트를 디스카운트해주기로 했다. 그렇지만 야마구치구미도 오랜 전쟁으로 현금이 바닥이다. 현금 확보를 위해 코카인을 대량 풀었다가 경찰의 주목을 받을 수 있다. 일본 경찰도 야쿠자의 단순 폭력이나 이권 개입은 어느 정도 봐줄 수 있지만 마약 거래는 용서하지 않는다. 현금은 딱 2백만 달러만 받기로 했다. 7백만 달러는 외상을 주기로 했다. 내가 뭘 믿고 야쿠자에게 외상을 주겠는가? 그렇지만 복안이 있다. 야마구치구미는 단순한 폭력조직이 아니라 일종의 범죄 기업으로 미쓰토모라는 종합상사를 배후에서 조종한다.

에스코바르 상사가 미쓰토모 상사에게 10년간 커피콩을 납품하는 계약을 체결한다. 거기에 매년 백만 달러의 커미션을 얹어주는 것이다. 야마구치구미의 입장에서는 비록 2백만 달러의 추가 부담이 생기지만 이자로 생각하면 된다. 코카인 천만 달러어치가 소매 시장에 풀리면 2천만, 3천만 달러가 되는 것은 순식간이다.

나로서도 이 거래는 꿩 먹고 알 먹기다. 에스코바르 상사는 향후 10년간 일본에 매년 4백만 달러의 커피콩을 수출한다. 돈은 백만 달러의 코카인 대금과 커미션을 포함한 6백만 달러를 받는다. 대략 일 년에 약 2백만 달러의 이익이 발생하는 것이다. 커피도 수출하고 마약판매 대금도 이자를 얹어서 회수하는 것이다.

여기까지는 타케나카 마사히사도 생각할 수 있는 거래이다. 타케나카 마사히사가 모르는 것은 이 거래를 내가 굳이 엔화로 체결했다는 것이다. 미쓰토모 상사는 달러가 아닌 엔화로 약 3억 엔을 에스코바르 상사로 송금해야 한다. 1985년이 되면 플라자 합의로 엔화 가치가 두 배나 상승한다. 즉 3억 엔은 내년부터 천만 달러가 되는 것이다.

타케나카가 엔화 가치가 올라서 이 계약을 파기하고 싶다고? 그러면 미국 법정으로 가야 한다. 계약의 주체는 콜롬비아의 에스코바르 상사가 아니라 내가 작년 미국 갔을 때 만든 미국 법인 에스코바르 상사이기 때문이다. 미국 법정에서 엔화 가치가 올랐기 때문에 계약을 바꾸고 싶다고 소송하겠다고 하면 미친 소리를 들을 것이다. 무엇보다 미쓰토모 상사가 그런 바보 같은 일을 하지 않을 것이다. 미국 수출로 대박을 터뜨리고 있는데 미국식 계약을 부정하고 나설 수 없기 때문이다.

"파블로 보스, 그러면 자세한 계약은 미쓰토모 상사의 이구치 사장과 하기 바랍니다. 보스가 부탁한 미국 로펌의 변호사도 같이 들어올 겁니다. 저는 먼저 돌아가겠습니다. 출항하기 전에 둘이 저녁이나 같이 한번 하시죠."

"타케나카 보스, 감사합니다. 물건 하역은 내일 부탁드립니다."

"내일 우리 애들이 올 겁니다. 여기 세관은 우리 나와바리니까 신경 쓰지 마십시오."

타케나카 마사히사가 나가고 난 뒤 이구치 사장과 미국인 변호사, 통역이 들어왔다. 계약은 일사천리로 진행되었다. 변호사가 계약서를 작성하는 동안 이구치 사장과 단독 면담했다.

"이구치 사장님, 간사이 기즈나와 면방공장은 잘 돌아가고 있습니까?"

"기즈나와 면방공장을 어떻게 아십니까?" 이구치는 놀라운 표정으로 나를 보았다. 타케나카 보스의 지시로 말도 안 되는 계약을 체결하고 있지만 이 깡패가 면방공장까지 알고 있을 것이라고는 생각도 못 했기 때문이다.

그렇지만 나는 전생에 섬유산업 전문가다. 입사 초창기에 일본 면방의 현황을 들은 기억이 있다. 1901년 설립된 기즈나와 면방공장은 한 세대를 잘 버티다 지금은 적자 운영 중이다. 일본 경제가 잘 돌아가자 더는 저임금 노동자를 구할 수 없어 결국 태국에다 헐값에 그 기계를 팔아먹었다. 아마 지금 공장 가동을 못 하고 기계를 어디에다 팔아먹을 것인가를 고민 중일 것이다.

"제가 콜롬비아에서 면방산업을 시작하려고 합니다. 콜롬비아 북부 지방은 목화 성장에 유리한 기후를 갖고 있습니다. 인건비도 저렴해서 공장 돌리는 데도 적합합니다. 저희와 합작회사를 할 생각이 없습니까?"

이구치는 반가운 생각이 들었다. 헐값에 공장을 사려는 외국인 바이어들은 많았지만 일본 기술자에 대해서는 관심이 없었다. 공장도 팔고 일본인 인력을 활용해서 합작사를 운영하면 꿩 먹고 알 먹는 셈이다.

"좋습니다. 그런데 기곗값은 어떻게 조달하실 생각입니까?"

"그건 걱정 마십시오. 대신 싸게 주십시오."

"타케나카 회장님과 잘 아시는 사이이니까 천만 달러에 드리겠습니다. 대신 일본인 기술자 10여 명의 취업을 보장하고 저희 지분이 들어가는 합작사를 세워야 합니다."

"제가 원하는 게 바로 그것입니다. 미쓰토모 상사는 이 계약으로 지속적인 큰 수익을 올릴 수 있을 겁니다."

세기의 계약을 맺었다. 하나는 콜롬비아 커피콩을 일본에 10년간 납품하는 것이다. 가난한 콜롬비아 농민들에게 큰 도움이 될 것이다. 우리는 공정무역을 주장하기에 콜롬비아 시세가 아닌 국제 수준의 합리적인 가격으로 커피콩을 매입하기 때문이다. 게다가 매년 코카인 커미션 백만 달러를 몰래 올린다.

더 중요한 것은 계약이 엔화 베이스이기 때문에 매년 환차익으로 두 배 이상 수익이 가능하다. 일본은 땅 치고 후회할 노릇이지만, 앞으로 코카인 가격은 수십 배 오른다. 일본의 거품경제는 유흥 수요를 폭발시키고 그 끝은 마약이다. 오히려 나에게 고마워해야 한다.

둘째는 헐값에 면방공장 기계를 인수했다는 것이다. 천만 달러는 어떻게 조달할까? 사업가는 자기 돈으로 사업을 하지 않는다. 내가 주목하는 것은 미국 은행 돈이다. 1980년대 중반 미국 은행은 본격적인 프로젝트 파이낸싱 기법에 주목한다. 에스코바르 상사와 미쓰토모 상사 간의 계약서를 담보로 대출을 받는 것이다. 엔화 가치가 두 배나 오르면 이 계약서는 현금 자판기와 같다. 돈을 빌려주지 않을 이유가 없는 것이다.

가장 큰 계약은 면방공장을 짓기로 했다는 것이다. 콜롬비아의 심각한 범죄와 부정부패는 제대로 된 일자리가 없어서다. 10만 추 규모의 면방공장이라면 적어도 2만 명 이상 고용이 가능하다. 또 면방공장에 필요한 원면 조달을 위해 목화 농사를 지어야 하므로 농촌을 살릴 수 있다. 도시로 범죄자를 보낼 필요가 없는 것이다. 이게 다가 아니다. 면방공장에서 생산된 실로 옷을 만들 수 있다면 많은 노동자를 고용하는 봉제산업을 시작할 수 있다.

카리브해와 연결된 콜롬비아 북부는 지리적으로 미국 수출에 최적화되어 있다. 코카인을 미국에 보내기 위해 메데인 카르텔은 많은 연구를 했다. 코카인 대신 티셔츠를 수출할 생각이다. 티셔츠 수출이 늘어나면 면방공장을 더 지어야 한다. 백만 추 규모의 공장이 가동되면 콜롬비아 인구 백만 명 정도가 일자리를 갖게 될 것이다. 콜롬비아의 가난은 이렇게 없애야 한다. 그래야 범죄도 마약도 사라진다. 사람들은 먹고 살만하고 미래가 눈에 보이면 감옥에 갈 수 있는 위험한 일은 하지 않는다.

계약이 체결되고 타케나카 마사히사는 저녁 식사에 나를 초대했다. 졸라게 바빴지만 그의 체면을 고려해 참석했다.

"파블로 보스, 얼굴 보기가 쉽지 않습니다. 하하하. 큰일도 치렀으니 느긋하게 일본을 즐기시고 가셔야지요. 그래서 오늘 게이샤까지 준비시켜 놓았습니다."

"감사합니다. 일본에 오는 게 쉽지 않은 일이라 온 김에 할 수 있는 일은 다 하고 돌아가고 싶었습니다."

"파블로 보스는 마피아 오야붕이 아니라 사업가 같습니다. 돈 벌었다가 뭐 합니까? 즐기고 노시기도 해야지요."

"가난한 콜롬비아는 할 게 많습니다. 부자 일본과는 상황이 다릅니다."

"저도 한번 콜롬비아에 가고 싶습니다. 도대체 어떤 나라인지 궁금합니다."

"오시지 않는 게 좋을 겁니다."

"무슨 말씀이신지……." 타케나카 마사히사가 불편한 기색을 보였다.

"우리는 자나 깨나 DEA를 조심해야 합니다. 제가 왜 국적을 멕시코로 속이고 일본에 왔겠습니까? 다 이게 DEA 때문입니다. 이놈들이 가장 주목하는 것은 마약의 국제 이동입니다. 일본에서 코카인이 팔리는 것을 알면 당장 콜롬비아를 의심할 겁니다. DEA가 타케나카 보스를 미국에 송환하겠다 하면 일본 정부는 얼씨구나 좋다고 도장을 찍어줄 겁니다."

"아, 그런 깊은 뜻이 있었군요. 그런데 갈수록 파블로 보스가 좋아집니다. 제가 정상에 오르고 보니 대화할 놈이 없습니다. 다 제 눈치만 보고. 게다가 파블로 보스는 보는 시야가 넓고 깊어서 대화하다 보면 배우는 게 많습니다."

"하하하. 감사합니다. 타케나카 보스가 지원해주는 바람에 많은 선물을 갖고 갑니다. 기회가 된다면 제가 한 번 더 일본에 오겠습니다."

"꼭 오시기 바랍니다. 그때는 한 1주일 같이 놉시다."

타케나카 마사히사는 많은 선물을 안겨다 주었다. 우리가 빌린 혼다 최신형 오토바이 10대를 선물로 주었다. 소니를 협박해 에스코바르 상사에 콜롬비아 판매 독점권을 주었다. 무엇보다 지금 돌아가는 기즈나와 면방 2공장을 협박해 공장을 멈추고 멀쩡한 방적 추 10만대를 뜯어내 사게 해주었다. 그런데 이러면 곤란하다. 그 돈을 또 어떻게 조달하란 말인가? 머리가 아프다.

04

이봐, 해봤어?

　일본을 다녀온 뒤 콜롬비아의 북부 항구도시 바랑키야에 면방공장을 만드는 데 주력했다. 무려 20만 추의 방적기가 가동되는 콜롬비아 최대 산업단지다. 문제는 돈이었다. 면방공장이란 게 기계만 갖다 놓는다고 돌아가는 게 아니다. 무엇보다 전력시설을 갖추어야 하는데 바랑키야시는 여기에 전혀 협조할 생각이 없다.

　바랑키야는 콜롬비아 북부 아틀란티코주의 주도이자 최대 항구도시이다. 카리브해로 빠지는 마그달레나강 하구를 통해 내륙과 수륙 교통이 가능하다. 바랑키야를 선택한 것은 무엇보다 해상물류 때문이다. 여기에서 생산된 섬유제품의 최종 목적지는 미국이다.

　바랑키야는 17세기 스페인 식민지 시대에 건설되었지만 열대의 저지대에 위치하여 오랫동안 별다른 발전이 없었다. 습한 무더위로 모기가 창궐하여 말라리아로 많은 사람이 죽어 나갔다. 20세기에 들어서야 항구시설이 정비되고 철도가 연결되면서 무역항으로 서서히 발전하기 시작했다.

　더위를 물리치고 공장을 가동하기 위해서는 전기와 상하수도 인프라를 구축해야 한다. 정부가 해야 할 일을 내 돈 내고 이리저리 뛰고 있는데, 바랑키야시장은 딴짓을 하고 있다. 천하의 에스코바르를 상대로 뇌물을 요구했다. 처음에 몇 번 주었더니 습관이 되었다. 먼저 이놈부터 손을 보기로 했다. 나쁜 뽀빠이 벨라스케스를 불렀다. "죽이지는 말아. 스스로 물러나도록 잘 설득해."

"보스, 금방 해결하겠습니다." 벨라스케스는 오랜만에 자신이 좋아하는 일을 찾은 듯 섬뜩한 미소를 지었다.

해결은 진짜 금방 되었다. 바랑키야시장은 죽지 않을 정도로 맞고 사퇴서를 제출했다. 새로운 시장은 지역 사회에 인망이 높은 인물이 나의 후원으로 선출되었다. 그런데 새 시장 역시 전기 공급 문제를 해결할 수 없었다. 중앙정부가 예산을 사용해야 하는데 이런 시골 촌구석에 대규모 발전 설비를 지을 이유가 없다.

결국 피 같은 내 돈으로 발전소를 설립하지 않을 수가 없다. 나가는 돈은 기하급수적인데 들어오는 돈은 쥐꼬리만 해서 죽을 지경이다. 에스코바르 건설은 본격적인 공장 건설에 들어갔다. 건설 비용이 장난이 아니다. 나를 바라보는 로베르트의 표정이 또 좋지 못했다. 큰 기대를 안고 시작했던 보고타 콘도 분양이 저조한 데다 원가 이하로 공사를 해야 하는 면방공장 때문에 불만이 많다.

돈, 돈, 돈을 찾아야 한다. 그렇게 1년을 보냈다.

내가 바랑키야 공장 건설에 매달리고 있는 동안 콜롬비아 정세에 큰 변동이 생겼다. 로드리게스 가차가 메데인 카르텔의 최종 보스로 등장한 것이다. 가장 유력했던 오초아 형제가 아니라 가차가 보스가 된 이유는 뭘까? 가차가 리더십이 있었을까? 아니다. 가차가 바보이기 때문에 그 제안을 받아들였을 것이다. 메데인 카르텔의 최종 보스는 이제 영광스러운 자리가 아니라 미국과 콜롬비아 경찰의 집중 표적에 불과하다. 교활한 호르헤가 가차를 꼬셨을 것이다.

오초아 형제는 가차를 방패로 삼아 실속을 차렸다. 미국에 얼마나 많이 코카인을 수출하는지 우리 패밀리가 운영하던 밀림의 마약공장을 2백만 달러에 인수했다. 나는 이게 웬 공떡이야라고 환호를 질렀지만 거기에 애정이 많은 구스타보는 공장 매각을 슬프게 생각했다.

메데인 카르텔의 최종 보스에 오른 가차는 폭주했다. 먼저 그를 법원에 송환하고 미국에 보내겠다고 공언한 로드리고 라라 법무부 장관을 마침내 암살했다. 라라는 가차의 살인 사건과 숨겨진 마약 거래를 폭로했다. 라라는 많은 압력에도 불구하고 마침내 법원으로부터 형사 기소를 받아 냈다. 동시에 메데인 카르텔이 코카인 불법 약물의 생산과 배포에 사용한 것으로 의심되는 수백 대의 비행기와 재산에 대한 압수를 명령했다. 의회는 가차에 대한 미국으로 범죄인 인도를 검토했다. 바보 가차는 바보스럽게 대응했다. 주말 휴가를 보내기 위해 보고타 고속도로를 빠져나가는 라라 장관을 시카리오 두 명을 보내 처리한 것이다. 라라의 암살 소식은 가차의 혐의를 벗게 해준 게 아니라 콜롬비아 정부와 의회의 강경 대응을 불러일으켰다.

벨리사리오 대통령은 굴복하지 않겠다고 선언했다. 가차는 한술 더 떴다. 가차에게 기소장을 발급한 판사도 살해한 것이다. 보고타에서 파견된 특수 경찰이 가차를 붙잡기 위해 메데인시로 들어왔다. 가차는 먼저 이들과 협력한 메데인 경찰을 살해했다.

대담하게 경찰 한 명을 살해하면 백 달러를 주겠다는 광고를 낸 것이다. 이 일로 많은 경찰이 목숨을 잃었다. 동시에 경찰도 메데인 카르텔을 잔인하게 진압했다. 이 과정에서 무고한 시민들이 희생되었다. 경찰도 아닌데 사람을 죽여놓고 가차에게 돈을 달라는 미친놈들도 나왔다.

그리고 가차는 경찰이 소극적으로 나오는 것을 틈타 보고타에서 날아온 특수부대를 격퇴했다. 로베르트 말에 의하면 메데인시는 전쟁터라고 한다. 사람들은 감히 길 밖으로 외출도 못 하고 경찰과 군인이 통제하는 것처럼 보이지만 그들은 가차를 두려워했다. 체포는커녕 가차가 버젓이 시내 레스토랑에서 식사하는 동안 얼씬도 하지 않았다고 한다. 그만큼 가차의 무장 부대가 대단하다는 것이다.

가차는 오래전부터 경찰과의 충돌에 대비해 이스라엘 군인들을 고용해 시카리오들을 훈련하고 무기에 투자했다. 이제 그 성과가 드러난 것이다. 그렇지만 바보도 이런 바보는 없다. 어찌 되었든 공권력에 대한 정면 도전은 국민의 반감을 불러일으킨다. 치안 공백을 걱정하는 국민이 정부가 아닌 마약상을 비난하기 시작했다. 그런데, 왜 마약상이 아닌 나를 소환하는지 모르겠다.

보고타시장이 에스코바르 건설이 짓고 있는 아파트 개발에 대한 잠정 공사 중지 명령을 내렸다. 치안이 불안하다는 이유다. 아니, 지금 그 지역은 에스코바르 건설이 들어가고 난 이후 잡범들이 사라지고 보고타에서 가장 안전한 지역으로 손꼽히는데 치안이 불안하다니. 로베르트는 보고타시장을 죽이겠다고 전화로 날뛰었다.

"개자식이 우리에게 받은 돈이 얼마인데 이따위 명령을 내리고 지랄이야. 애들 시켜 죽여버리겠어!"

"지금 형님이 사고를 치면 우리는 가차와 똑같은 놈이 되는 겁니다. 우리가 마피아 이미지를 벗어나려고 얼마나 고생했는데 여기서 관둘 수는 없어요."

"보고타 콘도에 들어간 돈이 얼마인지 알아? 거기 개발이 멈추면 에스코바르 건설도 휘청거릴 거야."

"잠시 어려울 수는 있지만 그렇지는 않을 겁니다. 메데인 발전소 현장은 정상적으로 돌아가고 있잖습니까. 곧 있으면 ODA 원조로 메데인과 바랑키야를 연결하는 도로공사도 나올 겁니다. 중요한 것은 보고타시장이 왜 저러는지 이유를 정확하게 알아봐야 합니다. 다른 속셈이 있을 거에요."

"그나저나 가차놈이 너를 좀 만나자고 연락이 왔는데……."

"그놈이 왜 저를 만나요? 우리는 메데인 카르텔을 탈퇴했는데."

"중요한 일이라며 연락을 해달래."

나는 메데인 카르텔을 탈퇴하면서 기존 전화번호를 다 버렸다. 메데인 카르텔에 애착이 심한 로베르트가 아마 나 몰래 연락하고 있었을 것이다. 메데인 카르텔의 새로운 최종 보스인 가차가 왜 나를 만나자고 할까? 이 전국 수배자랑 만나봐야 좋은 일이 없다. 바랑키야 현장에 남은 일이 산더미인데 메데인을 다녀오기도 쉽지 않다.

"가차랑 할 얘기도 없습니다. 만나보았자 정부로부터 의심만 살 겁니다. 안 만나겠다고 전해주세요."

이렇게 분명하게 잘랐는데 어느 날 오후 사무실에 이상한 놈이 나타났다. 벨라스케스가 반가운 표정으로 그를 만났다.

"보스, 가차 밑에서 일하는 델가토라는 놈입니다. 보스는 기억이 안 나시겠지만 옛날 보스가 델가토 덕분에 총탄을 피한 적이 있습니다."

벨라스케스는 내가 약간의 기억상실증을 앓고 있다는 것을 알고 있다. 아마 가차는 나와 인연이 있는 델가토를 보내 연락을 시도하려는 모양이다.

"분명히 말해. 우리 에스코바르 패밀리는 마약사업에 손을 뗐다고. 그리고 나는 가차와 만날 이유가 없어."

"델가토 말로는 보스가 가차를 만날 필요 없이 전화 한 통만 하면 된다는 겁니다. 중요한 용건이라고 합니다."

"만약 그것도 안 하면?"

"델가토가 여기서 자살하겠다고 합니다."

"뭐?"

내가 한때 은혜를 입었던 델가토가 나 때문에 여기서 자살하면 내 평판이 얼마나 나빠지겠는가? 바보 가차도 머리를 쓸 줄은 아는구나. 할 수 없다.

델가토가 사무실로 가서 일반전화를 받았다. 위성전화를 사용하지 않는 것은 도청을 피하기 위해서다. 걸걸한 가차의 목소리가 흘러나왔다.

- 파블로 보스, 오래간만이요.

"가차, 무슨 일이야? 난 이미 마약과는 손을 끊었어."

- 그래서 지금 편하게 사는 거 아냐. 하하하.

"농담할 기분 아냐. 바랑키야 면방사업도 복잡해. 용건만 간단하게 얘기해."

- 내 일을 좀 도와줘.

"싫은데."

- 그러면 할 수 없지. 내가 보스에게 보낸 돈 영수증을 DEA에게 제공하겠어.

아, 가차와 얘기를 하지 말았어야 했다. 자다가도 DEA 얘기 들으면 기분 나빠지는데. 이놈을 어떻게 하지? 가차를 죽이고 싶었다.

"뭘 원하는 거야?" 속마음을 감추고 물었다.

- 파블로 보스가 좀 도와달라니까. 지금 상황이 힘들어.

"내가 뭘 도와야 하나? 가차 보스는 잘나가고 있는 것 같은데……. 미국으로 송환을 막아달라든지, 이 정부와 무죄 협상은 할 수 없어. 능력 밖이야."

나는 한계를 분명히 했다. 안 되는 일을 할 수 있다고 말할 수는 없지 않은가?

- 나도 그건 알아. 내가 부탁할 일은 메데인의 민심을 돌리는 거야.

"무슨 말도 안 되는 얘기야? 돈도 아니고 민심이라니."

- 메데인은 파블로 보스를 존경하고 사랑해. 내가 지금 경찰과 힘겹게 싸우고 있는데, 메데인시민들이 나를 보는 게 소가 닭을 보듯 무덤덤해. 시민들이 도와주지 않으면 이 정부와 싸울 수 없어.

"그러니까 왜 그런 무리한 수를 두었어? 지금 메데인시민들은 카르텔과 경찰이 싸우는 바람에 외출도 꺼린다던데. 카르텔이 정부와 싸워서 이기려면 시민의 지지가 있어야 해. 폭력이란 드러나지 않을 때 힘이 있는 거지, 자네처럼 그렇게 설치면 사람들이 불편하게 생각해. 당장은 무서워서 따르는 것 같지만 장기적으로 원망을 쌓아가는 거야."

- 나도 그 정도는 알아. 훈계는 그만해.

가차는 지적을 당하자 기분이 상한 모양이다. 메데인 카르텔의 보스가 되고 난 뒤 남에게 싫은 소리를 들은 적이 없을 것이다.

"그래 나도 하고 싶지 않아. 그렇지만 알 것은 알아야지."

한참 답이 없었다. 속이 부글부글 끓고 있는 것을 참는 듯.

"그런데 민심을 돌려달라는 말은 무슨 의미야?"

- 아주 간단해. 파블로 보스가 나 가차를 지지한다는 말을 좀 하면 되는 거

야. 그거 돈 드는 것 아니지 않는가?"

이 개자식이 시민의 지지가 얼마나 비싼 거인지 모르네. 고작 영수증 한 장으로. 나도 속이 부글부글 끓었지만 일단 참았다.

"내가 그런 말을 한다고 메데인시민의 마음이 돌려질까? 그런 말보다는 가차 보스가 돈을 좀 쓰시지. 경찰 목에 백 달러가 아니라 배고픈 시민들에게 먹을 것을 주는 게 더 효과적이야."

- 쓸데없는 소리 말고 도와줄지 말지 결정해!

가차가 큰소리를 질렀다. 더 이상 내 훈계를 참지 못한 것이다. 기가 막혔다. 이놈이 컸다고 나를 무시하나. 이를 악물고 참았다. 내 약점을 지고 있으니까.

"가차 보스, 생각 좀 해봐. 내가 메데인 카르텔을 탈퇴하고 마약사업를 안 한지 2년이 다 되어 가는데 마약상을 지지한다는 게 말이 되나? 남들이 어떻게 생각할까? DEA는 잘 되었다고 나를 다시 미국으로 송환할 거야? 내 목숨을 내놓고 자네를 지지할 수는 없어."

- 지금 내가 죽게 되었는데, 그게 무슨 상관이야? 파블로 보스가 나를 지지한다는 말이 없으면 그 영수증은 조만간 DEA로 넘어갈 거야!

"가차! 자네를 지지한다는 말은 도저히 할 수 없어. 자네가 그것을 안 받아들이면 우린 전쟁이야. 나는 한 번도 내게 도전해온 놈을 회피한 적이 없어."

- …….

"이렇게 하지. 자네와 경찰을 중재해보겠네. 일단 경찰의 공격은 막아볼게. 그게 내가 해줄 수 있는 최대한이야."

- 무슨 말인지 모르겠는데.

"두고 봐. 그리고 다시는 영수증 얘기 꺼내지 마. 그게 드러나는 순간 가차 넌 죽은 목숨이야!"

- 크크크크. 파블로 네가 하는 것 보고 결정할 거야!

가차는 기분 나쁜 웃음을 내고 일방적으로 전화를 끊었다. 이런 개자식이!

사무라이 시카리오를 보낼까? 그러면 다시 피바람이 부는데, 이런 일은 피하고 싶다. 머리가 아팠다. 이 문제를 어떻게 처리해야 하나? 그냥 가만히 있으면 DEA에게 먹잇감을 주는 거고 가차를 지지한다고 하면 나의 정치적 자산은 사라지는 것이다. 메데인에 올라가 봐야겠다. 그동안 바랑키야 공장을 짓는다고 너무 여기에 오래 있었다. 일본 기술자들이 오기 전에 메데인 상황을 점검해봐야겠다.

메데인에 와보니 상황은 참혹했다. 시내 도로에는 경찰들이 쫙 깔려서 시민들을 무차별적으로 검문하고 있었다. 밤이 되면 경찰은 사라지고 시민들은 외출을 삼갔다. 마피아의 시간이다. 총소리는 매 시간마다 들렸다. 한마디로 무법천지였다.

오랜만에 찾은 나폴레스 농가에서 에스코바르 그룹의 패밀리 회의를 열었다. 구스타보와 로베르트의 표정이 심각했다. "형님, 왜 이제 오셨나요? 메데인은 형님이 없는 동안 개판이 되었습니다. 가차 개자식이 모든 걸 엉망으로 만들었습니다." 구스타보가 탁자를 치며 분노를 쏟아냈다.

"미안해. 면방공장 짓는 게 생각보다 힘들었어. 나 없이는 아무것도 돌아가지 않으니까 현장에 있어야 했어."

"여기 메데인도 형님이 있어야 사업이 돌아갑니다. 모두 최종 결정을 파블로 보스에게 물어봅니다."

"미안해. 네 물류사업은 어때?"

"지금 시내 상황을 보십시오. 트럭 하나가 지나가면 검문이 장난이 아닙니다. 경찰에게 뇌물을 주지 않으면 꼼짝달싹도 못 합니다. 겨우 시내를 벗어나면 강도들이 설칩니다. 이번 달만해도 트럭 다섯 대가 털렸습니다." 구스타보는 낙담한 표정이다. 사업 적자가 갈수록 심각해지고 있다.

"여기 건설사업도 힘들어. 그나마 발전소 건설은 제대로 되고 있지만 새 콘도 분양은 치안이 불안하니 진척이 없어. 보고타는 아예 건설이 중단되었어." 로베르트도 한숨을 쉬었다. 에스코바르 건설도 적자가 장난이 아니다. 많은 인력이 놀고 있다. 월급을 계속 주어야 하는데. 이 사태를 어떻게 해결해야 할지 머리가 아팠다.

"코로도바 2단지 분양은 형님이 그렇게 자신했는데 왜 이런 상황이 되었나요?"

코로도바 콘도 분양은 나의 작전 덕분에 공정 20퍼센트 단계에 분양이 완판되었다. 2단지도 자신만만하게 분양을 냈지만 메데인의 치안이 악화되는 바람에 투자 심리가 얼어붙었다.

"가차가 정부와 싸우는 바람에 누가 돈을 투자하겠어? 메데인 경기도 안 좋아. 여기 일자리가 없어. 콘도를 살만한 사람이 없어."

"로베르트 형님의 말이 맞습니다. 메데인시민들은 형님이 바랑키야에 면방공장을 세우는 것도 원망하고 있습니다. 거기에 수만 개의 일자리가 생기는데 메데인에 왜 아무런 일도 하지 않느냐면서요."

"하……."

나는 한숨을 쉬었다. 에스코바르 그룹의 사장이란 놈들이 경제를 몰라도 너무 모른다. 하기야 과거 마약 조직의 보스에 불과했던 인물이다.

"메데인에 면방공장을 만들면 물류 문제가 해결이 안 되니까 그렇지. 여기서 생산해서 바랑키야까지 하루를 기차도 아닌 트럭으로 달려가서 미국에 보내는 그런 비효율적인 사업이 어디에 있나?"

"그래도 메데인시민들은 파블로 보스가 지금 바랑키야에만 관심을 두는 것에 실망합니다. 여기는 형님을 자신들의 영웅으로 생각합니다. 이해해주세요."

"두고 봐. 메데인을 위해 좋은 일을 만들 거야. 그건 그렇고 가차 문제를 어떻게 하면 좋겠어."

나는 가차가 협박한 내용을 말했다. 두 사람은 그게 무슨 문제냐며 펄쩍 뛰었다.

"그건 간단해. 가차 개자식을 죽여버리면 되잖아." 로베르트가 명쾌하게 말했다.

"우리가 가차를 죽일 수는 있지만 우리도 엄청난 피를 흘려야 합니다. 미친 놈을 미친놈 방식으로 상대할 수는 없어요."

"공개하라고 해요. 형님은 부정하면 그만이지요. 그깟 영수증 하나잖아요." 구스타보가 뭘 그런 걸 고민하냐며 말했다.

"DEA가 그걸 가지고 가차와 같이 엮을 수 있는 게 문제지. 가차가 나랑 공범이었다고 자백하는데 쉽게 빠져나올 수는 없어."

"그러니까 가차놈을 죽이는 게 가장 확실해. 뭘 고민하나 동생? 바르카스 사장이 이끄는 에스코바르 경비 직원이 천 명이야. 이들을 동원하면 메데인 경찰도 압도하는데 고작 가차 조직 정도야 장난이지."

"형님, 에스코바르 경비는 마피아 조직이 아닙니다. 이들을 제 개인 일에 동원하면 앞으로 누가 믿고 경비 일을 맡기겠습니까?"

두 사람은 여전히 내 고민을 이해 못 한다. 가차를 능가하는 압도적인 무력이 있는데 왜 그것을 사용하지 않는지를. 나는 마피아 보스가 되려고 환생한 것이 아니다. 환생 이후 큰 그림을 그리고 있다. 여기에 가장 중요한 게 민심이다. 폭력과 납치, 그리고 푼돈으로 콜롬비아 사람들의 마음을 살 수는 없다. 그들에게 감동을 주고 마음으로부터 존경을 끌어내야 한다.

다음날 일요일. 오랜만에 아들 마로킨과 함께 성당의 미사에 참여했다. 마로킨은 몇 년 사이에 부쩍 성장했다. 엄마와 할머니가 갑자기 죽고 아빠라는 작자는 바람은 피우지 않지만 바랑키야라는 바닷가에 가서 연락을 두절했다가 갑자기 나타났다.

"로베르트 숙모가 잘 챙겨주나?"

마로킨은 로베르트 형수가 키워주고 있다.

"네, 잘해주세요."

"영어 공부 열심히 해라. 세상을 알려면 영어가 중요하다. 너 대학은 반드시 미국에서 다녀야 한다." 세상 모든 아빠와 같은 평범한 얘기를 했다.

"아뇨, 저는 사업을 하고 싶어요. 공부는 재미없어요."

이놈이……. 무슨 생각을 하고 있는지 궁금했다. 내가 진짜 아버지는 아니지만 정상적인 애로 키우고 싶은데, 여전히 마피아인 로베르트에게서 애가 뭘 배우겠는가? 미국 고등학교로 유학을 보내야겠다.

내가 왔다는 소식을 듣고 신부님이 달려왔다. "파블로, 잘 왔어. 모두가 너의 소식을 궁금해. 천주님의 가호가 있을 거야."

"감사합니다. 신부님의 염려 덕분에 저는 건강하게 잘 지내고 있습니다. 사업도 잘하고 있습니다. 여기 상황은 어떻습니까?"

"자네가 보다시피 이래." 성당 안에 사람이 잘 보이지 않는다. 할머니들만 자리를 채우고 있었다.

"왜 사람들이 이렇게 없나요?"

"자네가 떠나고 난 뒤 구호 활동도 시들해졌어. 무엇보다 가차와 경찰이 총을 들고 매일 싸우는 바람에 사람들이 무서워서 길거리에 나오지 못하고 있어."

"구호 활동은 제가 매주 하라고 지시했는데……."

"하고는 있지. 하는 척만. 나누어주는 음식도 너무 적고 그것도 빠지는 날이 많아."

"죄송합니다. 확실하게 챙기겠습니다."

로베르트가 하는 일이 다 이 모양이다. 구호 활동에 전혀 관심이 없는 로베르트는 애들에게 건성으로 지시하고 밑의 놈들은 얼씨구나 돈을 빼먹었을 것이다.

"파블로, 자네 다시 메데인으로 돌아올 수 없겠나? 자네가 있을 때 여기 치안이 안정되었고 건설 경기가 활성화되면서 사람들은 일자리를 가졌지. 자네가 떠나고 난 뒤 모든 게 엉망이야."

"이미 돌아오지 않았습니까? 앞으로 걱정마세요."

"오, 정말인가? 마리아님 감사합니다." 신부님은 성호를 그었다.

"신부님, 메데인시민을 위해 할 일이 하나 있습니다. 저를 도와주실 수 있습니까?"

"어떤 일인가? 파블로가 시키는 일은 뭐든지 할 수 있어."

"경찰과 마피아가 폭력을 중단하라는 평화 행진을 조직해주십시오."

"그게 가능할까? 누가 내 말을 들을까?"

"신부님과 가톨릭 사제단이 앞장서면 제가 뒤에서 도와 드리겠습니다. 시민들이 자발적 행동에 돌입하면 경찰과 마피아도 경거망동할 수 없을 것입니다."

"좋아. 뭐라도 해봐야지. 그러다가 죽으면 영광스러운 거고."

"하하하. 죽기야 하겠습니까? 제가 잘 보호해드리겠습니다."

"그래, 그러면 나는 자네만 믿고 메데인 사제단에게 호소해보겠네. 지금 이러다가는 다 죽어. 제발 그만해야 해."

"시위의 맨 앞줄에는 경찰과 마피아에 의해 가족이 살해당한 피해자를 앞세워주세요. 그분들에게 파블로가 보호해주겠다고 전해주세요. 따로 위로금도 드리겠습니다."

"오, 정말인가? 파블로야말로 신이 우리 메데인에 내려준 천사야. 정말 고마워." 신부님이 나를 껴안고 축복해주었다. 그 대가로 그날 헌금 만 달러를 냈다. 신부님이 금액을 확인하고 차를 타고 가는 나를 붙잡고 다시 축복 기도를 해주었다. 성당도 현금 없이 돌아가기는 힘든 모양이다.

메데인 사제단은 평화시위를 다음 달 3일에 열기로 했다. 사제단의 일부 신부님들은 분위기를 고조시키기 위해 단식기도에 들어갔다. 보고타에 있는 에스코바르 방송국에 연락했다. 전 인력을 동원해 평화시위를 취재하라고. 부사장 발레리아가 전화를 했다.

- 파블로, 당장 메데인으로 달려갈 테니. 꼼짝 말고 거기에 있어. 할 얘기가 너무 많아.

"당신을 본지도 오래되었네. 미안해, 시간이 될지 모르겠지만……."

- 무슨 개소리야! 당신 바람피우지? 바랑키야에 애인과 같이 산다는 소문을 들었어. 이번에는 꼭 만나야겠어.

머리가 아팠다. 내가 자기 남편이나 애인이라도 된다는 말인가? 안 본 지가 1년이 넘었다. 그 정도면 눈치채고 물러나야 하는 게 아닌가? 그렇지만 갈수록 발레리아의 집착이 강해지고 있다. 보고타에서는 아예 나를 자신의 남편이라고 떠들고 다닌다고 로베르트가 전했다. 로베르트는 그만한 여자 없다고 재혼을 권했다. 실제 발레리아는 보고타 콘도 개발에 중요한 역할을 했다. 시청의 인허가를 그녀가 앞장서서 해결한 것이다.

"애인이 어디 있어? 당신이 자주 통화하는 벨라스케스에게 물어봐. 바랑키야에서는 일밖에 하지 않았어."

- 정말이지? 메데인에서 만나서 확인할거야. 방송국 PD와 두 팀이 메데인에 갈 계획이야. 다른 언론사도 같이 취재하자고 설득할게.

"고마워. 당신 역할이 중요해."

신부님들이 메데인의 평화를 위해 단식기도한다는 소문이 돌자 시민들이 지지하기 위해 모여들었다. 여기에 감성이 중요하지. 벨라스케스를 불렀다. "벨라스케스, 지금 성모마리아 대성당에 시민들이 모여들고 있다고 했나?"

"네, 시민들이 단식기도하는 신부님들을 격려하기 위해 모이고 있습니다."

"지금 메데인에 있는 양초를 다 사라고 해. 그리고 애들을 시켜 양초를 뿌려. 음료수와 먹을 것도 사서 시민들에게 공짜로 나눠주고."

"공짜면 메데인시민들이 다 나올 텐데요."

벨라스케스는 내가 가난해지는 것이 무서운 모양이다. 에스코바르 그룹이 파산하면 실업자가 되기 때문이다.

"메데인시민을 다 먹일 수는 없지. 그렇지만 배고픈 시민들은 폭도가 될 수 있어. 지금 우리가 반정부 운동을 하는 것은 아니니까. 에스코바르 그룹이 시민을 위해 기부하는 거라고 분명히 해둬."

"네, 보스 알겠습니다." 벨라스케스가 돌아갔다. 저놈 상판대기 보면 감히 누가 공짜로 먹으려고 하겠는가?

메데인 시내 성모마리아 대성당에 평화를 지지하는 시민들이 모여들었다.

손에는 에스코바르 그룹이 나누어주는 촛불 하나를 들고 찬송가를 불렀다. 뭔가 성스러운 분위기가 나지 않는가? 에스코바르 방송국은 현장 라이브를 하고 싶었지만 80년대 방송 수준으로는 불가능했다.

촬영하고 비디오테이프를 보고타로 보내 방송국에서 편집하여 내보냈다. 뉴스 시간에는 대부분 단식기도와 촛불시위로 내용을 채웠다. 발레리아의 수완이 어찌나 좋던지 다른 방송국과 신문도 동참했다.

"우리는 평화를 희망합니다. 경찰도 마피아도 폭력을 중단하세요. 왜 당신들 전쟁 때문에 무고한 시민이 피해를 보아야 합니까?"

"낮에는 경찰이, 밤에는 마피아가 메데인을 지배합니다. 저는 무서워서 일하러 갈 수도 없고 꼼짝없이 집에 있어야 합니다. 제발 폭력을 멈추어 주세요. 이러다가는 우리 다 죽습니다."

촛불을 든 시민들의 인터뷰가 이어졌다. 나중에는 이런 사태를 초래한 현 정부를 비난하기까지 했다. 그렇지만 이 내용은 교묘하게 커트 되었다. 촛불시위가 반정부 활동으로 번져서는 안 된다는 내 '보도지침' 때문이다. 이번 평화시위는 철저하게 평화적으로 폭력 중단에 초점을 맞추어야 한다. 그래야 정부도 부담감이 없고 가차도 손을 뺄 수 있다.

처음에 대규모 시위 사태에 놀란 경찰은 시위를 진압할 생각을 했다. 그렇지만 이 나라 사람 대부분이 믿는 천주교 신부님들이 이 시위를 주도하고 있어서 큰 부담감을 느꼈다. 그리고 가만히 보니 시위대는 경찰만 비난하는 게 아니다. 마피아에게도 살인과 납치를 중단하라고 요구한다. 정부는 시위대를 보호하라는 지침을 경찰에 내렸다.

메데인 카르텔과 가차야말로 이 시위가 가장 반가운 선물이다. 경찰에 쫓겨 조직이 붕괴할 상황에서 한숨을 돌릴 수 있었기 때문이다. 가차는 사람들이 더 많이 모여야 한다며 성모마리아 대성당 인근에 밥집을 열었다. 파블로가 한 말이 기억났기 때문이다. 경찰 목에 돈을 걸기보다 시민들에게 밥을 사기로 했다. 그래도 차마 자신의 이름을 내걸기 힘들어 성당 주변 곳곳에서 봉사활동을 하는 에스코바르 그룹의 이름으로 위장했다. 가챠 덕분에 내 기부가 생각 외로 커졌다. 시민들은 '역시 파블로'라며 엄지척을 치켜들었다.

평화시위가 열리는 날. 메데인의 모든 시민이 다 쏟아져 나왔다. 인구 2백만 명 중 절반이 나온 것 같다. 성모마리아 대성당은 사람으로 한 발자국을 옮기기도 힘들었다. 나도 시위대의 맨 앞에서 '폭력 중단'이라는 구호를 외치며 시청으로 천천히 나아갔다.

내가 지나갈 때마다 '파블로! 파블로!'를 외치는 목소리가 높아갔다. 시위대는 알게 모르게 내가 자신들을 보호하고 있다는 느낌이 든 모양이다. 신부님들도 나를 칭찬하고, 시위대 주변에서는 내가 제공하는 음료수와 먹을 것 등이 제공되었다. 에스코바르 경비 직원들이 시위대의 질서를 잡아주고 있었다. 무엇보다 이전의 메데인 카르텔 최종 보스가 경찰이나 가챠로부터 자신을 지켜줄 것이라는 믿음이 생겼다.

내 옆에는 여우 같은 발레리아가 손을 잡고 같이 행진하고 있다. "파블로! 이 소리 들리지? 당신을 연호하고 있어. 메데인시민들이 당신을 얼마나 사랑하는지 몰라. 당신이 자랑스러워."

발레리아가 나의 손을 더 꼭 잡았다. 난감한 상황이다. 그렇다고 모두 손을 잡고 행진하는데 그녀 손을 뿌리치기 힘들다.

"언론사 부사장이 시위에 합류하면 방송의 중립성을 의심받지 않을까?"

"전혀! 이건 공익적 목적의 시위야. 정치적 목적이 아닌 폭력으로부터 안전한 사회를 만들자는 메데인시민의 간절한 염원이 담겨 있어. 이번 시위로 에스코바르 방송이 얼마나 뜨고 있는지 모르네."

"그런데 어떻게 여기까지 들어왔어? 사람들이 너무 많아 찾기가 쉽지 않았을 텐데."

"벨라스케스가 도와주었지."

바로 옆에서 '저 잘했지요?'라는 표정으로 히죽 웃고 있는 벨라스케스를 때려주고 싶었다.

"오늘 시위 끝나고 나하고 얘기 좀 해. 할 말이 많아."

아, 어떻게 도망가지? 발레리아에게서 벗어날 생각으로 정신없이 걷다 보니 시청에 금세 도착했다. 거기에는 이미 연단이 만들어져 있었다. 내가 걸어들어오고 있는 모습을 본 시민들이 '파블로! 파블로!'라고 소리치며 반겨주었다.

"여보, 시민들이 저렇게 부르고 있는데 연단에 올라가 한마디 해야지."

"발레리아, 당신 지금 뭐라고 불렀어? '여보'라니!"

"아이, 그게 뭐가 중요해. 이 목소리 들리지 않아? 빨리 연단에 올라가 시민들에게 인사하고 한마디 해."

"아니, 이게 얼마나 중요한데. 우린 부부가 아니라 비즈니스 파트너야!"

"빨리! 그건 나중에 얘기해."

발레리아와의 관계를 분명히 하고 싶었지만 사람들의 떠나갈듯한 박수와 함성에 쫓겨 연단에 올라갔다. 시민들의 목소리와 박수 소리가 더 커졌다. 오늘 시위를 주도한 《코뮤나 13 사회적 연대》의 곤잘레스가 나를 소개했다.

"여러분, 우리 메데인의 사업가이자 후원자인 파블로 에스코바르 회장님을 소개합니다."

[와! 짝짝짝!]

"파블로 회장님은 오늘 평화시위를 조직하고 후원하는 데 결정적 역할을 하셨습니다. 그리고 회장님의 메시지가 전해져 오늘부터 당분간 경찰과 마피아 간의 전쟁이 중단되었다고 합니다."

"와! 파블로 회장님 만세!"

어제저녁에 콜롬비아 정부와 메데인 카르텔 간의 비공식 회의가 열렸다. 더 이상 무고한 시민의 희생을 막기 위해 휴전을 선언한 것이다. 콜롬비아 정부도 분명한 성과 없는 마피아와의 전쟁을 계속 수행할 의지와 자원이 없었다. 가차와 메데인 카르텔도 마찬가지다.

범죄 조직이 정부와 싸울 이유가 어디에 있겠는가? 마약 마피아들은 콜롬비아 정부가 자신들을 미국으로 송환하지 않기만을 바랄 뿐이다. 경찰의 무자비한 진압으로 메데인시가 황폐해지는 것은 미국도 부담이다. 잠시 전쟁을 중단하는 것을 미국도 묵인했다.

"자, 그러면 파블로 회장님께서 말씀하시겠습니다."

나는 열광적인 박수를 받으며 연단에 올라갔다. 저 멀리 건물 옥상에도 사람들이 올라가 나를 지켜보고 있었다.

"여러분! 곤잘레스 씨의 말은 사실입니다. 경찰과 마피아가 서로 용서 없이 싸우면 우리 모두 다 죽게 되어 있습니다. 저기 앞에는 이번 전쟁에서 무고하게 희생된 가족들이 있습니다."

시위대의 앞줄에는 희생자 가족이 있다. 모두 숙연해졌다.

"그래서 이 전쟁을 일단 멈추고 메데인을 정상화해야 합니다. 경제가 돌아가지 않으면 배고픈 아이들이 속출하고 이들은 시카리오가 되어 다시 우리의 정상적 생활을 불가능하게 만듭니다."

"맞습니다. 일단 경제부터 살리고 보아야 합니다." 시민들이 나의 주장에 동감했다.

"지구별 도시들 가운데 메데인은 가장 살기 좋은 곳입니다. 1년이 다 봄 같은 도시는 세계 어디에도 없습니다. 이런 메데인이 살육의 현장이 되어서는 안 됩니다."

"맞습니다. 전쟁을 멈추어야 합니다."

"다행히 경찰과 마피아가 잠시 휴전에 합의했습니다. 저는 이 휴전이 종전으로 갈 수 있게끔 노력을 다하겠습니다."

"파블로 회장님, 최고!"

"그리고 제가 메데인시민을 위해 선물을 준비했습니다."

"와!"

일단 선물이라는 말에 사람들은 함성을 질렀다. 공짜는 좋은 거니까.

"에스코바르 그룹은 아틀레티코 나시오날을 인수하겠습니다."

"와!"

손뼉을 치며 환영하는 사람들도 있었지만 '이게 뭐지?' 하며 의아한 표정을 짓는 사람도 있다. 에스코바르 그룹이 이 시국에 왜 갑자기 축구클럽을 인수한다는 말인가?

"아틀레티코 나시오날을 콜롬비아, 나아가 아메리카 최고의 팀으로 만들겠습니다. 가장 뛰어난 선수와 코치를 영입하여 무적함대가 될 것입니다."

"와와!"

조금 전보다는 호응이 높아졌지만 여전히 사람들은 약간 생뚱맞다는 표정을 지었다. 지금 먹고살기도 힘든데 축구가 중요하다는 말인가?

"에스코바르 그룹은 아틀레티코 나시오날을 위한 축구전용경기장을 만들겠습니다. 월드 클래스 수준으로 관중 5만 명을 수용하는 초현대식 경기장이 될 것입니다."

이제야 사람들이 나를 이해했다. 아틀레티코 나시오날의 인수도 중요하지만 더 중요한 것은 5만 명을 수용하는 축구전용경기장의 건설이다. 대규모 건설은 침체된 메데인의 경기를 살리는데 불쏘시개 역할을 한다. 일자리가 생기고 건설 관련 업체들의 일감이 쏟아진다.

"에스코바르 그룹은 아틀레티코 나시오날 축구 중흥을 위해 유스 시스템을 만들겠습니다. 우리 메데인의 축구 꿈나무들이 마음놓고 운동을 하고 세계시장에 진출할 수 있도록 적극적으로 지원할 예정입니다."

"와!"

사람들의 분위기가 장난 아니다. 콜롬비아 국민이 가장 사랑하는 운동이 축구다. 이웃 베네수엘라에서는 야구가 인기지만 여기서는 축구가 압도적이다. 메데인시민들은 아틀레티코 나시오날을 자랑스럽게 생각한다. 아틀레티코 나시오날은 1947년에 설립된 메데인을 프랜차이즈로 하는 축구클럽으로 그동안 수많은 트로피를 들어 올렸다.

그렇지만 80년대 들어서는 메데인에서 마약 전쟁이 터지면서 우수한 자원들이 외부로 빠져나가고 외부 인재 영입이 힘들어졌다. 성적은 프리메라 A에서 바닥으로 떨어져 자칫 프리메라 B로 강등할 가능성마저 나오고 있다. 축구 종가로 자부하는 메데인시민의 자존심이 무너지는 상황에서 내가 대규모 투자를 발표한 것이다.

연단을 내려오자 방송국 카메라와 기자들이 달려 들었다. 이 특종을 놓치지 않기 위해 그들은 경호원을 밀치고 질문했다.

"새로운 경기장은 언제 착공합니까? 재원은 확보되었나요?"

"당장 다음달부터 건설에 들어갑니다. 에스코바르 건설이 보유하고 있는 북쪽의 유휴지를 활용할 생각입니다. 예산은 충분합니다."

돈이 준비되어 있다는 것은 거짓말이다. 지금 면방공장 건설에 투입되는 예산도 간신히 맞추고 있는데 새로운 돈이 어디 있겠는가? 그렇지만 만들다 보면 어디서 나올 거라는 낙관적 생각을 했다.

에스코바르 그룹을 팔아서라도 축구장을 건설해야 한다. 축구는 분열된 메데인, 나아가 콜롬비아를 하나로 묶을 수 있는 유일한 공감대이다. 20세기라면 전쟁을 통해 하나로 만들 수 있지만 지금 외부와 어떻게 전쟁을 벌이나? 축구라는 전쟁을 통해 콜롬비아를 하나로 만들어야 한다.

젊은 기자가 의아한 표정으로 물었다. "다음달 착공이면 축구장 설계도는 다 준비되었다는 말입니까? 인허가도 해결되었고요?"

자식이 똑똑하네. "네, 설계도는 준비되었습니다. 설마 메데인시장님께서 반대하시지는 않겠지요? 하하하."

"대단하십니다. 바랑키야 면방공장 일로 바쁘시다고 들었는데 언제 이런 일을 준비하셨습니까?"

"오래전부터입니다. 저는 메데인 사람입니다. 이 아름다운 도시를 사랑하고 메데인시민은 우리 가족입니다. 메데인시민이 가장 좋아하는 축구를 살리겠습니다."

[짝짝짝!]

기자들로부터 박수가 터져 나왔다. 말도 안 되는 거짓말을 했다. 축구장 건설은 얼마 전 메데인에 돌아오면서 필요성을 느꼈다. 사람들의 기를 살리고 기분전환을 위해 유흥거리를 제공해야 한다. 경기 침체로 에스코바르 건설 인력이 놀고 있다는 것도 자극을 받았다. 이들을 이용해 경기장을 지을 생각이다.

아틀레티코 나시오날의 전용 축구장은 토트넘 홋스퍼 스타디움을 모델로 할 생각이다. 나중에는 토트넘 홋스퍼 스타디움이 이 아틀레티코 나시오날 축구장을 본떠 만든 것으로 되려나. 과거 출장으로 런던에 있을 때 손흥민 경기를 보러 몇 번 간 적이 있다. 세상에서 가장 아름다운 경기장이었다. 5만 명을 수용하는 거대 경기장인데도 꼭대기에서도 선수들의 숨소리가 들린다. 마침 같이 간 친구가 건축 설계사여서 토트넘 홋스퍼 스타디움의 구조와 자재, 시공 등에 대해 들은 기억이 있다. 이것을 바탕으로 콜롬비아 설계팀에 주문할 예정이다.

메데인을 사랑하고 메데인시민이 가족이라는 것은 진심이다. 갈수록 이 도시가 좋아진다. 무덥고 습한 바랑키야에서는 살고 싶지 않다.

"아틀레티코 나시오날의 기존 코치진은 전면 물갈이하실 예정입니까?" 다른 기자가 물었다. 마음 같아서는 '예'라고 말하고 싶었지만 그런 무자비한 인간으로 보이고 싶지는 않았다.

"일단 새로운 사장을 선임하고 평가를 받아볼 예정입니다. 그것을 바탕으로 새로운 변화를 추구할 생각입니다. 가장 중요한 것은 아틀레티코 나시오날이 추구하는 축구 철학과 맞아야 합니다."

"파블로 회장님의 축구 철학은 무조건 이기는 것 아닙니까?" 어떤 기자가 짓궂은 질문을 했다.

진짜 파블로도 축구를 좋아했다. 그렇지만 그는 축구를 통해 시민과 콜롬비아가 하나되는 것보다 도박으로서 축구에 더 관심이 많았다. 승부조작도 서슴지 않았고 심지어 경기에서 실수한 선수는 살해당하기도 했다.

"경기의 목적은 당연히 이기는 것입니다. 축구 철학은 어떻게 이기느냐를 보는 관점입니다. 저는 90분 내내 멈추지 않는 축구를 좋아합니다. 투지가 넘치는 축구를 주문할 예정입니다."

이런 축구를 압박축구라고 한다. 이제 10년만 지나면 글로벌 축구의 트렌드가 된다.

"에스코바르 그룹이 자금 압박에 시달린다는 소문이 있습니다. 그룹 사정은 괜찮은가요?" 어떤 여기자가 과감한 질문을 했다.

"괜찮습니다. 우리 그룹의 자산 대비 부채 비율은 100퍼센트를 조금 넘는 수준입니다. 채권 시장에서 돈을 조달하는 데 문제가 되지 않습니다."

또 거짓말을 했다. 지금 에스코바르 그룹은 부채 비율이 500퍼센트를 넘는다. 모든 사업이 적자인데 일본에서 보내오는 엔화 가치 폭등으로 간신히 버티고 있다. 그렇지만 우리 그룹이 힘들다고 말하면 메데인시민들과 여기 기자들이 얼마나 실망할까? 콜롬비아에서 마약상을 빼고 가장 잘나가는 회사인데 실제는 그렇지 않다고 말하면 모두 실망하고 주가는 폭락하고, 메데인 경기는 얼어붙을 것이다. 경제는 심리다.

자금 얘기가 나오니까 에스코바르 그룹의 자금담당을 맡은 리코의 얼굴이 창백해졌다. 그는 사회자에게 인터뷰를 중단시키라는 메시지를 보냈다. 나도 더 하고 싶지 않다. 메데인 시청광장을 빠져나오면서 발레리아는 나의 손을 꽉 잡았다. 손을 놓으면 내가 도망갈 것이라고 본 것이다. 맞다, 도망가고 싶다. 이 여자가 나쁘지 않다는 것을 잘 알지만 마음이 움직이지 않는다.

"파블로, 축구 얘기는 금시초문인데 언제 준비했어?"

"한 몇 년 되었어. 아틀레티코 나시오날을 제대로 키워야겠다고 생각했지. 경기장도 마찬가지고."

거짓말은 완벽해야 한다. 자신도 속여야 하는데 축구 모르는 여자쯤이야!

"자기, 그런데 매일 돈 없다고 해놓고 언제 그런 큰돈을 만들어 놓았어? 나에게는 솔직해졌으면 좋겠어." 그녀의 얼굴이 약간 냉랭하다.

에스코바르 방송국도 거의 빚으로 만들었다. 나는 발레리아에게 '예산 절감'을 얼마나 주입했는지 모른다.

"갑자기 큰돈이 들어왔어. 그 돈을 어떻게 써야 할지 고민하다가 축구를 선택한 거야."

거짓말은 또 거짓말을 낳는다. 지금 상황이라면 에스코바르 그룹은 몇 달 뒤 직원 월급도 주지 못한다. 아, 코카인 팔러 일본을 또 가야 하나?

"그러면 우리 방송장비 좀 사주라. 요즘 소니에서 나온 카메라 성능이 너무 뛰어나. 그걸 사용하면 화질이 끝내주는데."

"그게 얼마인데?"

"2만 달러 정도 할 거야. 최소 다섯 대는 필요해."

갑자기 돈 벌 아이디어가 생각났다. 빨리 마테오를 만나야겠다.

"발레리아, 그거 내가 사줄게. 대신 지금 급한 미팅하러 가야 해. 나를 놓아줘."

"안 돼. 오늘은 같이 있을 거야. 자기랑 안 잔지가 2년이 넘었어. 나 이렇게 내버려 두면 바람나."

제발 딴 남자 찾아가라고 말하고 싶었지만 감히 꺼낼 수가 없다. 발레리아가 없다면 에스코바르 방송국을 누가 통제하나? 거기에 들어간 돈이 이제 천만 달러에 육박한다.

"발레리아, 앞으로 드라마도 찍는다면서? 그러면 카메라가 좋아야지. 지금 그 카메라 구입 때문에 누굴 빨리 만나야 해. 시간이 지나면 그 돈을 벌 수가 없어."

발레리아는 내 손을 놓고 고민하다가 결국 장비에 넘어갔다. 진짜 멋진 드라마를 만들고 싶었나보다.

"그러면 오늘은 놓아줄게. 대신 카메라는 다음 달까지 꼭 보내줘."

"고마워. 걱정하지 마."

발레리아는 갑자기 내 품으로 들어와 키스를 날렸다. "파블로, 내가 얼마나 자기를 사랑하는지 모르지? 당신은 절대 놓칠 수 없는 남자야!"

"당신도 마찬가지야!"

나도 발레리아가 필요하다. 여자로서가 아니라 능력있는 언론인으로 그녀의 재능이. 키스를 끝내고 간신히 그녀에게서 벗어날 수 있었다.

패밀리 회의를 하면서 로베르트가 가장 신이 났다. 그는 축구 광팬이다. 아니, 축구 도박 팬이다. "파블로, 정말 잘 생각했어. 내가 옛날부터 아틀레티코를 완전히 인수해야 한다고 했잖아. 이제 우리 토토 시장에도 진출하는 거야? 감독 선임은 내게 맡겨. 작전만 내면 알아서 경기를 조절할 거야."

"형님, 말 같지 않은 소리 하지 마세요. 우리가 도박하려고 3천만 달러 회사를 사는 거 아닙니다."

"뭐라고? 3천만 달러라고? 뭐가 그리 비싸!" 로베르트가 깜짝 놀란 목소리로 외쳤다.

"2천만 달러는 새 스타디움에 투자할 겁니다. 인수 자금이 2백만, 또 2백만 달러는 유스 시스템에 투자할 계획입니다. 6백만 달러는 새로운 코치와 선수진에 써야 할 돈이고요."

"경기장과 선수는 그렇다 치고 유스 시스템 같은 것에 무슨 2백만 달러나 투자해. 유망주들은 알아서 크는 거야."

"경기장비용은 깎을 수 있어도 유스 시스템 투자는 절대 줄일 수 없어요. 장기적으로 사람에 투자하는 것이 최고입니다. 나중에 펠레 같은 놈이 나오면 유럽 시장에 팔아먹을 수 있으니까요."

"그래?" 돈이 된다는 말에 로베르트의 인상이 펴졌다.

"그런데 형님, 지금 우리 금고에 3백만 달러밖에 없는데 어떻게 3천만 달러를 조달합니까?" 구스타보가 심각한 표정으로 물었다.

"그건 나에게 맡겨. 구스타보 너는 미국으로 가는 수출 루트를 확인 좀 해줘. 거기다 물건 팔아먹을 게 있어."

"파블로, 우리 다시 약 사업하는 거야? 하기야 3천만 달러 만들어내려면 그 길밖에 없지." 로베르트가 이해한다는 표정을 지었다.

"약이 아닙니다. 다른 걸 팔 게 있어요. 전혀 문제 될 게 없어요."

"뭔지 잘 모르겠지만, 미국으로 물량 보내는 것은 제 전문입니다. 다시 조직을 가동하겠습니다." 구스타보가 자신 있다는 표정으로 말했다.

아이고, 그게 아닌데. 오랜만에 일본으로 전화를 걸었다. 야마구치구미의 타케나카 마사히사가 반갑게 전화를 받았다.

- 오, 파블로 보스, 오랜만이오. 면방공장은 다 지었소?

"타케나카 보스 덕분에 잘 진행되고 있어요. 생각보다 공장 규모가 커지는 바람에 시간이 더 걸리고 있긴 하지만요."

- 그때 공장 설비 뜯어간다고 난리를 치던 놈들은 지금 조용합니다. 지금 일본은 경기가 좋아 공장에 일하려는 놈들이 없어요. 필요하다면 더 보내줄 수 있는데.

"아닙니다. 지금 규모도 감당이 안 되어 힘든데 새로운 설비를 설치할 여력이 없습니다. 타케나카 보스에게 전화한 이유는 다른 비즈니스 제안 때문입니다."

- 파블로 보스와 비즈니스는 언제나 환영이오. 어떤 아이템인가? 여기 약도 지금 부족한데 그것도 보내주시오.

"약은 이제 하지 않습니다. 미국이 워낙 간섭해서 조금만 실수해도 마이애미 법정으로 소환될 판이거든요. 제가 제안하고 싶은 것은 소니 워크맨 카세트를 더 많이 보내 달라는 겁니다. 지금 남미에서도 워크맨은 없어서 못 팔고 있어요."

- 오, 그런가? 나는 그런 돈 안 되는 일에는 관심이 없어서……. 내가 어떻게 도와주어야 하나?

"일단 소니 본사에 압력을 넣어 콜롬비아로 가는 물량을 지금보다 두세 배 이상 늘려주십시오. 거기에 대한 커미션을 보내겠습니다. 그리고 일본 시중에 나와 있는 워크맨을 산타마리아호를 통해 보내주면 여기에 마진 20퍼센트를 얹어 주겠습니다."

지금 전 세계적으로 워크맨은 수요보다 공급이 달린다. 일본 현지에서의 워크맨 가격은 다른 나라와 두 배나 차이가 난다. 옛날 도쿄의 아키히바라를 휘젓고 다녔던 적이 있었다.

- 그런 일이야 일도 아니지. 난 커미션도 필요 없고 마진도 필요 없어. 대신 약을 보내주시오. 그게 내 조건이오.

지금 도청을 피한다고 여기저기 우회해서 전화하고 있지만 전화상으로도 약이 나와서는 안 된다. 미국놈들이 다 듣고 있다.

"자세한 것은 우리 애가 출장을 가서 상의할 겁니다. 타케나카 보스 건강 잘 챙기고 다음에 봅시다."

- 그럽시다. 파블로 보스가 일본 온다고 옛날 약속했으니 반드시 지키길 바라오. 지금 우리 조직은 사상 최고의 전성기입니다. 내가 확실히 대접하지요. 하하하.

야마구치구미는 내부 분란을 극복하고 전국구 조폭으로서 잘나가고 있다. 일본 거품경제의 출현으로 부동산, 유흥, 대부업 등이 하루가 다르게 성장하고 있기 때문이다. 콜롬비아에 보내는 마약 대금은 돈도 아니다.

마테오를 불렀다. 일본에 갔다 온 뒤 마테오는 이제 어엿한 조직원, 아니 실무에 눈뜬 비즈니스맨이 되었다. "회장님, 어떤 일인가요? 메데인에 오시지 않아 근황이 궁금했습니다."

"바랑키야에서 힘들었어. 공장 만드는 게 장난 아니야. 거기 날씨도 너무 안 좋아."

"애들 시키시지, 굳이 회장님이 현장에 가셔서 고생하실 이유가 있습니까?"

"애들이 알아서 할 수 있으면 안 가지. 내가 안 가면 제대로 진행되는 게 없어. 그건 그렇고 내가 자네를 부른 이유는 일본에 출장을 다녀오라는 거야."

"네? 일본은 왜요?"

일본을 가라는 말에 마테오의 입이 헤벌려졌다. 2년 전 일본 출장에서 마테오는 귀중한 경험을 했다. 이후 일본 수출입 업무를 맡고 일본어 공부도 열심이었다.

"지금 에스코바르 상사에서 워크맨을 수입하고 있는 물량을 최대 세 배까지 받아오는 거야."

"정말요? 지금 워크맨은 없어서 못 파는데 물량을 그렇게까지 소니가 줄까요?"

"그건 이미 말이 다 되어 있어. 너는 다만 소니와 정식 계약을 하는 거야. 네가 해야 할 것은 TV 수입도 최대한 늘려."

지금 콜롬비아와 전 세계에서 소니 TV도 없어서 못 판다. 소니는 쇄도하는 주문으로 바이어에게 물량을 통제하고 있다. 마테오의 능력을 보자.

"두 번째 업무는 야마구치구미가 워크맨을 대량으로 보내줄 거야. 그걸 잘 싣고 들어와."

"그건 밀수잖아요……." 바른 생활 사나이가 난색을 보였다.

"본래 선진국들도 그렇게 해서 경제를 키웠어. 가난한 콜롬비아가 찬밥 더운밥 가릴 때가 아니야."

"네, 알겠습니다." 마테오는 마지못해 수긍했다.

"세 번째는 야마구치구미에서 요구하는 약을 중개하는 거야. 우리는 더 이상 그런 비즈니스는 하지 않으니까 레흐더를 소개해줘. 중요한 것은 절대 그 거래에 우리 조직의 흔적을 남기지 않는 거야."

마테오의 안색이 창백해졌다. 마약 거래를 중개해야 한다는 부담감 때문이다.

"이건 비즈니스야! 지금 에스코바르 건설이 아틀레티코 나시오날 신구장을 건설하는 데 돈이 필요해. 마테오 너의 능력이 필요하다는 얘기야!"

콜롬비아 대부분의 청년들과 마찬가지로 마테오도 축구 광팬이다. 그것도 아틀레티코 나시오날. 홈팀을 위해서라면 목숨도 아깝지 않다.

"네, 보스. 아니, 회장님! 꼭 일을 성사시키고 오겠습니다."

구스타보와 로베르트를 불렀다. "일본과 얘기 끝났어. 워크맨 물량이 다음 달에 바랑키야 항구에 대거 들어올 거야. 콜롬비아에 정식으로 들어오는 물량도 두세 배로 늘어날 거고."

"형님, 그런데 우리나라에서 그걸 다 소화할 수는 없습니다. 워크맨이 아무리 인기가 좋아도 여긴 경제가 워낙 안 좋습니다. 한 달에 백 달러도 못 버는 애들이 수두룩한데 2백 달러짜리 카세트를 살 수는 없습니다."

"왜 그걸 콜롬비아에서만 팔아야 하나? 여기서는 2백 달러지만 미국에서는 3백 달러잖아."

구스타보는 형광등이 들어온 듯 이마를 쳤다.

"아하, 워크맨이 코카인과 마찬가지군요. 알겠습니다. 그런데 워크맨은 무게가 많이 나가서 비행기로 보내기엔 운송비용이 만만치 않습니다."

구스타보는 워크맨을 코카인처럼 밀수출할 생각인 것이다.

"워크맨은 미국으로 정식 수출하는 거야. 우리가 워크맨을 불법으로 보낸다면 DEA가 잘 되었다고 영장을 청구할 걸."

구스타보는 고개를 갸우뚱거렸다. "일본에서 밀수한 것을 미국으로 정식 수출할 수 있는가요?"

"당연하지. 여기서 안 팔려서 미국으로 재수출하는 건데, 세금 다 내고." 1980년대만 해도 무역 규제는 상대적으로 허술했다. 에스코바르 상사가 소니와 맺은 계약에 의하면 재수출 금지라는 조항이 없다. 소니도 워크맨이 이렇게 전 세계적으로 대히트를 칠 것이라고는 생각도 못 했다.

"로베르트 형님은 레흐더를 만나봐 주세요. 일본에서 약을 구하는데 우리는 할 수가 없지 않습니까? 레흐더를 연결해주고 커미션을 챙기세요."

"파블로, 그거 우리가 하면 안 될까? 레흐더 주기엔 너무 아깝잖아." 로베르트는 마치 사탕을 빼앗기는 아기처럼 울상이다.

"형님, 진짜 미국 법정에 가고 싶으세요? 200년 징역형 받고 싶으세요? 형수님과 애들과 영원한 이별을 하고 싶으세요?"

"아니, 말이 그렇다는 거지. 커미션은 얼마나 받아야 하나?" 로베르트는 탐욕스러운 눈빛으로 말했다.

"5백만 달러입니다."

"그건 너무 싸게 주는 거 아니야?"

"레흐더는 수출 물량 비율로 주려고 할 겁니다. 그러면 우리 조직이 다시 약 거래에 개입하게 됩니다. 나중에 큰 문제가 될 수 있어요. 야마구치구미와 연결하는 조건으로 일 회 거래로 끝나야 합니다."

"알았어. 내가 레흐더랑 깨끗하게 거래할게."

나중에 확인해봐야 한다. 로베르트가 따로 커미션을 챙길 가능성이 크다. 그러면 또 사달이 난다. 형만 아니라면 자르고 싶은데……. 그렇다고 내가 직접 만나서 이 거래를 하기엔 부담스럽다. 나는 이제 공인이다. 문제가 될 수 있는 거래에 절대 개입해서는 안 된다.

솔직히 이런 거래를 주선하고 싶지도 않았다. 언젠가는 레흐더가 털리는 날에 나까지 문제가 될 수 있다. 그렇지만 지금 에스코바르 그룹에는 돈이 없다. 에스코바르 스타디움을 만들기 위해서는 과부 치마라도 팔아야 한다.

"형님, 한 가지 물어볼 게 있습니다." 구스타보는 어렵게 질문을 꺼냈다.

"뭐야?"

"꼭 에스코바르 스타디움을 만들어야 합니까? 기존 시립경기장도 쓸 만하지 않습니까? 지금 조직에 돈 들어갈 일이 태산인데 수익이 나오지 않는 축구 경기장에 엄청난 자금을 투자하는 게 이해가 되지 않습니다."

나는 담배를 한 대 피웠다. "구스타보 네 말이 맞아. 사실 이걸 사업으로 보면 말이 안 되는 거지. 그 돈으로 콘도를 지으면 얼마나 많이 벌겠어? 그리고 항공사도 하나 어렵지 않게 만들 수 있는 돈이야."

구스타보의 꿈은 에스코바르 항공사를 만드는 것이다. 지금의 트럭, 해상 물류와 함께 항공물류를 포함한 복합물류를 완성하는 것이 그의 비전이다.

"그렇지만 지금 경기장을 만들어야 해. 메데인시민은 마약상들과 정부의 전쟁에 지쳤어. 염증을 느끼고 있어. 내가 비록 그 바닥을 떠났다고 선언했지만 아직 메데인시민은 내가 몰래 그 일을 한다고 생각해."

야마구치구미와 레흐더를 연결하는 것을 보면 진짜 하는 거지만……. 정말이지 돈만 있으면 그 거래는 하고 싶지가 않다.

"축구를 통해 메데인시민들을 위로해 주어야 해. 에스코바르 그룹이 축구단을 인수했는데 뭔가 기념비적인 사업이 필요해. 나아가서 축구를 통해 콜롬비아를 하나로 만들어야 해. 전용구장은 그 시발점이야."

"파블로의 말이 맞아. 지금 시립경기장은 축구를 보기엔 적합하지 않아. 우리도 유럽처럼 축구전용구장을 가져야 해. 나는 절대 찬성이야." 축구라면 자다가고 일어나는 로베르트가 내 주장에 동참했다. 축구팬으로 한마디 더 했다.

"시립경기장은 처음부터 축구전용구장으로 짓지 않았다는 거야. 육상 트랙이 있어 관중석이 필드에 접근하는 게 거리가 있어. 게다가 지붕도 없어서 비 오는 날, 햇볕이 강한 날에는 경기를 보기에 너무 불편해."

"로베르트 형님 말이 맞아. 우리는 콜롬비아, 아니 남미 축구 역사에 새로운 페이지를 쓰는 거야. 메데인이 처음으로 현대식 축구전용경기장을 갖게 되는 거야. 여기서 얼마나 위대한 선수가 나올 지 몰라. 돈은 다음에 또 벌 수가 있지만 위대한 경기장은 지금 아니면 갖기 힘들어. 처음이라는 타이틀이 얼마나 중요한 지를 우리는 알잖아. 우리가 처음으로 미국에 약을 갖다 팔았기 때문에 엄청난 수익을 올렸던 거야."

말도 안 되는 논리지만 그걸 체험한 구스타보가 고개를 끄덕였다.

"그런데 선수단은 어떻게 할 거야?" 로베르트가 물었다.

"완전히 물갈이해야지요."

아틀레티코 나시오날을 인수하고 1주일 뒤, 나는 파초 마투라나 선수 겸 코치를 불렀다. 라틴계와 원주민 혼혈인 파초는 잔뜩 긴장하고 나타났다. 새

구단주이자 콜롬비아 전 최대 마피아 보스 앞에서 누구든 위축되지 않을 수 없다.

"오, 파초. 만나서 반가워. 내가 자네 팬이야. 이렇게 직접 만나니 반갑네."

"감사합니다." 표정이 좋지 않다. 파초는 아마 자기가 잘리는 통고를 예상했을 것이다. 어제저녁에 아르헨티나 출신의 감독인 주벨디아가 해고되었다는 소식을 들었기 때문이다.

"파초, 자네의 축구 철학은 뭔가?"

"네?" 나의 생뚱맞은 질문에 파초는 당황한 표정을 지었다.

"어떻게 하면 세계적인 클럽과 싸워서 이길 수 있는가? 거기에 대해 답해 보게."

시간이 없다. 이놈에게 싹수가 보이지 않으면 다른 사람으로 바꾸어야 한다. 파초는 이게 운명의 순간이라는 것을 직감했다. 바쁜 구단주가 하찮은 자신의 해고를 통고하기 위해 부르지는 않았을 것이다. 그의 눈이 빛났다.

"선수들 간의 라인을 좁히고 공격할 때나 수비할 때나 같이 움직여야 합니다. 전원 공격, 전원 수비가 될 때 세계적인 강팀이 될 것입니다."

"그러다가 선수들이 지쳐 나가떨어질 거야. 후반전이 되면 체력이 고갈되고 대량 실점을 당할 수 있지."

"꼭 그렇지는 않습니다. 체력은 키우기 나름입니다. 게다가 라인을 좁히면 패스가 세지 않고 실수를 줄일 수 있습니다."

이놈 봐라. 향후 세계 축구의 흐름을 이미 예상하고 있다. "만약 선수들이 파초의 말을 듣지 않으면 어떻게 할 거야? 자신들은 뛰는 게 일인 육상선수가 아니라며 파업을 벌일 수 있어."

"선수들이 이해가 되도록 설득하겠습니다. 경기에 이기기 위해서 왜 그런 축구가 필요한지, 납득시킬 때까지 말하고 말하고 또 말하겠습니다."

"그때는 감독이 카리스마를 발휘해 반발하는 놈은 자르고 경기에 내보내지 않으면 되는 건 아냐?"

"아닙니다. 구단주님!" 파초는 단호한 표정을 지었다.

"선수들이 마음속으로 팀의 전술을 이해하지 않으면 경기력이 올라올 수 없습니다. 감독의 카리스마는 승리하는 데 있지 선수들을 혼내준다고 생기는 게 아닙니다."

"좋아! 내가 원하는 게 그거야. 파초, 자네가 아틀레티코를 맡아주게. 최고의 연봉을 주겠네. 자네가 원하는 선수를 다 뽑아주겠네. 대신 아틀레티코 나시오날을 콜롬비아뿐만 아니라 남미에서 가장 강력한 팀으로 만들어주게. 코파 리베르타도레스 컵을 들어 올려주게!"

"네?" 파초는 어리둥절한 표정을 지었다.

이제 그의 나이 고작 서른이다. 지난 시즌에는 선수를 겸했다. 수비 코치 재계약을 받는 자리인 줄 알았는데 감독이라니. 그리고 남미 클럽 축구의 최고봉인 코파 리베르타도레스에 아틀레티코 나시오날을 우승시키라니! 너무 비현실적이다.

"파초, 우리 아틀레티코에는 젊은 피가 필요해. 그렇다고 흥분 잘하는 놈이 감독이 되어서는 안 돼. 내가 몇 년 동안 파초 자네 기록을 보니까 수비형 미드필드로서 출중해. 침착하고 실수가 거의 없었어. 혹시 선수로 더 뛰고 싶나?"

"아닙니다. 저보다 뛰어난 선수는 우리팀에도 많습니다. 저는 선수로서 한계에 왔습니다. 그런데 갑자기 감독을 맡으라니 조금 당황스럽습니다."

"시간이 지나면 적응될 거야." 나는 옆에 있는 벨라스케스에게 눈치를 주었다. 부하들이 엄청난 크기의 박스들을 갖고 왔다. 소니의 마크가 선명했다.

"내가 숙제를 내주겠어. 여기 비디오테이프를 보고 자네의 축구 전술을 제시하게. 참, TV와 비디오 플레이어는 내 선물이니까 돌려줄 필요 없어."

나는 파초에게 지난 3년 동안 유럽 리그의 중요한 경기를 담은 비디오테이프를 주었다. 유럽 축구 에이전트에게 수만 달러를 주고 산 것이다. 파초의 눈에 경련이 일어났다. 돈 주고도 못 구하는 귀물이다.

"우리 아틀레티코는 브라질처럼 경기하면 안 돼! 스타플레이어에 의존하지 말고 선수들이 유기적으로 팀에 녹아나야 해. 하나는 전체를 위하여, 전체는 하나를 위하여! 이런 걸 압박축구라고 하지."

"아, 정말 적절한 표현입니다. 제가 생각하는 축구 모델이 바로 그것입니다."

"그리고 자네에게 구단주로서 명령이 몇 개 있어."

"어떤 내용입니까?"

"브라질에 가서 호나우두라는 놈을 잡아 와. 무조건 우리팀에 합류시켜야 해. 돈이 얼마 들더라도."

"호나우두가 누구입니까?" 파초는 또 어리둥절한 표정을 지었다.

그도 그럴 것이 호나우두는 아직 프로 데뷔도 하지 않은 애송이다. 지금 그의 나이 15살. 2년 뒤에 프로에 입문한다. 그렇지만 벌써 그의 실력이 소문나서 발 빠른 유럽 구단들이 주목하고 있다.

"나의 브라질 친구들이 그러더군. 호나우두는 펠레를 능가하는 선수가 될 거라고. 그러니까 지금이 가장 가격이 싼 시기야. 유럽놈들이 부르는 가격의 두 배를 지급한다고 해. 그것도 선급으로. 10년 계약을 주게."

"네, 알겠습니다." 파초는 떨떠름한 표정을 지었다. 무슨 도깨비 같은 얘기인가 싶을 것이다.

"다음으로 아틀레티코 나시오날 유소년 시스템과 여자 축구단도 만들 거야. 물론 자네가 다 하라는 얘기가 아니야. 거기에 적합한 감독을 추천하게."

"정말입니까? 우리 아틀레티코 나시오날도 유럽과 같은 유소년 시스템을 만드는 겁니까? 이건 돈이 많이 들 텐데 대단하십니다."

"아냐, 장기적으로 보면 돈이 덜 드는 거야. 호나우두를 데려 오는 것보다 우리가 키워내는 것이 훨씬 싸게 들어. 어린 유망주들을 영입하고 길러내 포텐셜을 터트린 후 유럽 클럽에 팔아 수익을 올릴 수도 있지. 비참한 현실이지만 여기 콜롬비아에서는 축구에 목숨을 걸고 도전할 수밖에 없는 젊은 애들이 차고 넘쳐."

"파블로 회장님의 말이 맞습니다. 그런데 여자 축구단은……." 파초는 이건 이해가 안 된다는 표정이다. 파초가 아니라 마초인가.

"이 땅의 절반은 여성이야. 우리 메데인의 여성들도 축구를 즐길 권리가 있어. 앞으로 새로 짓게 되는 에스코바르 스타디움에 남자들만 경기하라는 법은 없지 않은가?"

"아, 네."

파초는 여전히 납득이 안되다는 표정이다. 저 인간이 돈이 얼마나 많으면 여자 축구단까지 만든다는 말인가?

"유스와 여성 축구단, 그리고 아틀레티코 나시오날 감독은 서로 호흡을 맞추어야 해. 그래서 자네 추천을 가장 먼저 받을 생각이야. 새로운 전술은 천천히 준비하고 먼저 그전에 호나우두를 영입하게."

"네." 파초는 걱정 반 기대 반을 안고 돌아갔다.

파초가 나간 뒤 로베르트가 들어왔다. "파블로, 레흐더와 협상을 하고 왔어."

"어떻게 되었어요?"

"난색을 보여. 자기는 일본 시장을 잘 몰라서 파블로가 인도해주는 조건으로 계약을 체결해야 한다고 하네."

"아니, 사는 놈을 연결해주면 자기가 알아서 해야지. 약장사 하루 이틀 하는 것도 아니고……."

짜증이 났다. 그렇지 않아도 약 거래에 개입해 찜찜한데 중개까지 맡을 수 없다.

"레흐더보다 가차가 낮지 않을까? 그놈이 지금 돈을 제일 많이 벌고 있어. 우리가 나간 시장의 공백을 거의 그놈이 차지했어. 일본 시장을 소개해주면 5백만 달러 이상 줄 거야."

"가차는 이미 수배자입니다. 돈이 아무리 많아도 결말이 좋을 수 없어요. DEA가 그놈을 붙잡으면 다른 놈을 부는 조건으로 협상할 텐데 그러면 당장 제 이름이 제일 먼저 튀어나올 겁니다."

"그러면 어떻게 해? 레흐더는 안 된다고 하고 가차는 싫고 그러면 오초아 형제는 어떤가?"

"오초아 형제는 더 믿을 수 없습니다. 옛날 저를 죽이려고 칼리 카르텔과 몰래 결탁하지 않았습니까? 저, 그 원한 잊지 않고 있어요."

"그러면 어떻게 할 거야? 에스코바르 스타디움을 시공하려면 적어도 몇백만 달러를 갖고 시작해야 하는데."

"제가 레흐더를 한번 만나볼게요." 할 수 없다. 그놈을 만나서 일본 시장을 설명하지 않을 수 없다.

"그래 그래야지. 사실 나도 그 시장을 잘 모르니까 설명하는 게 힘들었어. 그나저나 조금 전에 나간 놈은 파초 아냐? 그놈도 잘났나?"

"아닙니다. 파초에게 아틀레티코 나시오날의 감독을 제안했습니다."

"뭐라고? 그런 애송이를 감독으로 선임했다고! 그놈이 한 게 뭐가 있다고? 우리 클럽을 키우기 위해서는 최고의 감독을 모시기로 하지 않았나?"

로베르트가 흥분했다. 내심 자신이 미는 감독이 있었다. 그놈을 통해 축구 토토를 해볼 생각이었는데…….

"파초는 최고의 감독이 될만한 능력을 갖추고 있습니다. 축구 전술에 대한 이해도 높고 리더십도 있어 보입니다."

"도대체 뭘 보고? 그놈은 그냥 평범한 아틀레티코의 수비수였어. 특별히 못하지는 않았지만 눈에 띄지도 않았어."

"그게 파초의 장점입니다. 스타플레이어가 감독을 하면 자기가 잘했던 축구만 고집하는 경향이 있습니다. 그런데 지금 유럽 축구에서 엄청난 변화가 일어나고 있습니다. 우리 콜롬비아 아니, 아틀레티코 나시오날도 스타플레이어에 의존하는 뻥 축구를 지양해야 합니다. 파초는 우리팀에서 유일하게 대학을 나온 놈입니다. 이제 축구도 공부하고 연구해야 합니다. 감독도 나를 따르라는 독불장군보다는 선수들과 소통을 할 수 있는 사람이 필요합니다."

"……."

로베르트는 시무룩한 표정을 지었다. "좋아, 대신 그놈이 성과를 제대로 내지 못하면 차기 감독을 내가 추천할게."

"네, 그렇게 합시다. 형님은 이제 다시 코로도바 콘도 건설을 본격적으로 추진하시기 바랍니다. 현장에 형님이 보이지 않는다는 소리가 들립니다. 사장이 안 보이면 모두 불안하게 생각합니다. 분양도 힘들어지고요. 꼭 하루에 한 번은 현장에 가서 점검해주세요."

"알았어." 로베르트는 불만 가득한 표정을 짓고 돌아갔다. 레흐더와의 협상이 깨져서 커미션도 못 챙기고 감독도 자기 뜻대로 되지 않아서다.

며칠 뒤 브라질로 간 파초에게서 연락이 왔다. "구단주님, 호나우두가 콜롬비아에는 오지 않겠다고 완강하게 거부합니다."

"이유가 뭔가?"

"언어도 다르고 메데인은 치안이 불안하다고 합니다."

같은 남미권이지만 콜롬비아는 스페인어를, 브라질은 포르투갈어를 쓴다. 브라질 치안도 개판이지만 마피아와 경찰 간에 총알이 난무하는 콜롬비아보단 상대적으로 안전하다고나 할까.

"연봉은 얼마를 불렀나?"

"연간 10만 달러, 보너스 샷으로 백만 달러입니다. 여기 시세의 2~3배입니다."

내가 아무리 호나우두의 잠재력을 강조해도 파초가 생각하는 금액의 한계는 분명하다. 나중에 수억 달러를 받는 슈퍼스타를 고작 그런 금액으로 잡으려고 하니.

"알겠네. 내가 직접 갈 테니 자네는 거기에 있어." 호나우두를 잡기 위해 브라질로 가기로 했다. 호랑이 새끼를 잡으려면 호랑이굴에 들어가야 한다.

호나우두는 브라질의 빈민가에서 태어났다. 대부분 중남미 선수들이 그렇듯이 빈곤에 시달리던 어린 시절 유일한 희망은 축구공이었다.

공항에서 파초의 안내로 호나우두가 경기하는 운동장으로 곧장 갔다. 차 안에서 파초에게 물었다. "호나우두 부모님 생각은 어떤가?"

"아버지는 좋다고 합니다. 벌써 돈 들어온다고 동네 사람들에게 밥을 사고 난리입니다. 그런데 정작 호나우두가 완강하게 거부합니다."

호나우두가 경기하는 축구장에 도착했다. 호나우두의 어린 시절 경기를 직접 볼 수 있다니! 간신히 후반전을 봤는데 어린애들 가운데 호나우두의 움직임이 압도적이었다. 수비수 몇 명을 제치고 골을 넣었다. 경기가 끝난 후 호나우두가 소속된 팀 감독의 양해를 얻고 그와 운동장에서 만났다. 통역을 통해 그와 인사했다.

"안녕. 나는 에스코바르 그룹의 회장 파블로야! 경기 재미있게 보았어."

"아, 아저씨가 저를 영입한다는 아틀레티코 나시오날 구단주님이군요."

"그래. 만나서 반가워. 그런데 오늘 골을 넣고 왜 세레머니를 하지 않았어?"

"네? 그걸 왜 해요? 골을 넣기 위해 제가 출전한 거 아닌가요?"

호나우두는 벌어진 앞니 때문에 내성적이고 수줍어 보였지만 축구를 이야기할 때는 카리스마가 쩐다. 골 넣는 게 뭐 대수란 말인가? 그냥 자기 일이라는 것이다.

"호나우두, 메데인에 오지 않을래? 내가 최고의 대우를 해줄게."

"싫어요. 나는 스페인어를 몰라요. 축구라면 몰라도 다른 것은 굳이 공부하고 싶지 않아요."

"아냐, 호나우두! 너 지금 세계 최고의 클럽이 어디라고 생각해?"

"레알 마드리드잖아요."

"너 거기 가서 축구하고 싶지 않니?"

"……."

호나우두의 눈이 반짝거렸다. 이런 애들 꼬시는 것은 식은 죽 먹기지. "레알에서 축구하려면 스페인어를 해야 해. 콜롬비아에 와서 스페인어 공부를 한다고 생각하면 되지."

이건 순 거짓말이다. 레알 마드리드에 입단하면 전문 통역사가 따라붙는다. 그런데 브라질 촌놈이 이런 걸 알 턱이 있나.

"그래도 싫어요. 아틀레티코 나시오날은 코파 리베르타도레스에서 우승도 못 했잖아요. 저는 브라질보다 수준 떨어지는 팀에 가고 싶지 않아요."

"얘야, 우리 업계에 이런 말이 있어. 퍼스트 무버가 패스트 팔로우보다 더 위대하다. 너는 위대한 축구선수가 될 거야. 네가 이미 우승 경험이 있는 상파울루 FC이나 산투스 FC에 가서 우승컵을 들어 올리면 대단한 선수가 되는 거지만 아틀레티코 나시오날에서 처음으로 우승컵을 들어 올리면 위대한 선수가 되는 거야."

호나우두의 가슴이 숨 가쁘게 뛰는 것을 보았다. 어린애들에게는 꿈을 보여줘야지.

"아저씨는 제가 그런 선수가 될 거라고 어떻게 확신해요?"

여기서 돈이나 이적 조건 등을 내세워서는 안 된다. 이성보다는 감성에 호소해야 한다.

"네가 대단한 선수라는 것은 에이전트에게 들었어. 그렇지만 그것 때문에 너를 스카우트하기 위해 온 것은 아냐."

"……."

호나우두의 눈이 반짝거렸다. 어린애 특유의 호기심을 드러냈다.

"우리 콜롬비아에는 미래를 점치는 점성술사가 있어. 인디언 원주민인데, 고대 마야 문명의 계시를 받아. 나도 종종 그분에게 중요한 사업상의 조언을 받고 있어. 그분이 호나우두의 운명을 말했어."

나는 손으로 하늘 어딘가를 가리켰다. "저기 호나우두의 별이 커지고 있대. 위대한 축구선수가 되는 운명을 갖고 태어난 아이. 그렇지만 브라질에서는 클 수가 없다고 하네. 너, 예수나 마호메트가 자기가 태어난 곳에서 배척받았다는 것을 모르지? 너는 브라질에서 성장할 수 없어. 오직 콜롬비아에서만 위대한 선수로 성장할 수 있어."

물론 다 개뻥이다. 그렇지만 콜롬비아 제일 부자가 하는 말의 권위는 다르다. 게다가 호나우두는 아직 애다. 운명이니, 위대하다느니 이런 말에 속기

쉬운 나이다.

"정말요?"

"그럼. 내가 콜롬비아 최대 재벌이야. 다른 안 좋은 분야도 1등이고. 내가 이만큼 큰 것은 거짓말을 하지 않고 약속을 지켰기 때문이지."

"……."

호나우두의 갈등하는 눈빛이 보였다. 이제 이놈을 낚을 시간이 왔다. 나는 가방에서 설계도를 꺼냈다. "얘야, 이것은 3년 뒤에 개장하는 남미 역사상 최고의 축구전용 스타디움이야."

지난 2주 동안 메데인의 설계사들을 모아 합숙시키면서 만든 토트넘 홋스퍼 스타디움이다. 내가 토트넘 홋스퍼 스타디움을 그림과 글로 묘사하면 설계사들이 그걸 바탕으로 그렸다. 약간 다른 것 같지만 지금 세계에서는 나올 수 없는 아름다운 경기장이다.

어린애는 세상에 본 적이 없는 아름답고 웅장한 스타디움에 빠져들었다. 스타디움 정면 한쪽 벽을 가리켰다. "여기는 스타다움의 명예의 전당 자리야. 지금은 아무도 없지만 곧 네 자리가 될거야. 마야의 점성사가 네가 이 자리를 차지한다고 예언했어. 위대한 축구선수의 첫 여정이라고. 나랑 같이 가지 않을래?"

"갈게요. 꼭 가고 싶어요." 호나우두가 주먹을 불끈 쥐었다.

"그래, 이 아저씨가 너를 세계 최고의 축구선수로 키워줄게."

그나저나 3년 안에 어떻게 에스코바르 스타디움을 만들지? 지금의 콜롬비아 건설 수준으로는 어림도 없다. 특히 기둥이 없는 스타디움의 지붕을 만들기 위해 고도의 건설 수준이 필요하다.

답은 정해져 있다. 한국의 현대건설에 발주를 주는 것이다. 정주영 회장이 이끄는 현대건설은 88올림픽을 맞이하여 대형 스타디움을 빛의 속도로 만들어내어 세계 건설계를 놀라게 했다.

일단 편지를 보냈다. 역시 빛의 속도로 답이 왔다. 현대건설은 에스코바르 스타디움에 관심이 많다는 것이다. 특히 기술적 요구사항에 흥미를 보였다. 역시 도전하는 기업이다. 한국으로 출장을 가기로 했다. 가는 김에 레흐더 문제도 해결하기로 했다. 일본 도쿄로 따로 오라고 했다.

콜롬비아에서 한국으로 직행 비행기는 없다. 미국 LA를 경유하는 것이 가장 빠르지만, 혹시 DEA가 눈치챌까 봐 멕시코 경유를 선택했다. 멕시코에서도 한국으로 가는 비행기가 없어 일본 도쿄를 경유한다. 일단 완벽한 알리바이를 만들었다. 야마구치구미의 타케나카 보스에게 비밀 방문을 알렸다.

비행기가 도쿄 공항에 내리자, 보안요원이 기내로 들어와서 나를 찾았다. "파블로 회장님, VIP 코스로 나가시지요."

1980년대는 야쿠자의 위력이 일본 정계를 좌지우지하는 시기다. 국제공항까지 그 영향력이 뻗어 있다. 나와 가방모찌 마테오는 비행기 안에서 바로 이미그레이션을 단독으로 통과하여 도쿄 제국호텔로 가는 승용차를 탔다.

타케나카가 제공한 도요타 최고급 세단 크라운에서 조수석에 앉은 놈이 핸드폰을 전해주었다. "타케나카 보스의 전화입니다."

- 파블로 보스, 아 정말 반갑소. 오시는 데 혹시 소홀함은 없었소?

"타케나카 보스의 배려로 편하게 호텔로 가고 있습니다. 정말 감사합니다."

- 레흐더 보스는 유럽에서 어제 도착했소. 물론 호텔은 다른 데로 잡았지요.

"잘하셨습니다. 그놈과 같은 호텔에 있으면 안 되죠."

- 저도 그 정도는 압니다. 하하하. 자나 깨나 DEA 조심! 그런데 보스가 내일 오후 떠난다고 하니까 너무 아쉽군요. 사업은 사업이고 오늘 저녁 긴자로 나오십시오! 회포를 풀어야지요.

호텔에서 잠시 휴식을 취한 다음 타케나카가 보낸 승용차로 긴자로 갔다. 소니 워크맨 수입 문제로 몇 번 이곳을 방문한 마테오가 아는 척을 했다. 긴자의 최고급 일본 식당으로 들어가자 일반 손님은 아무도 없었다. 양복을 입은 야쿠자들이 나를 보고 고개를 숙였다.

타케나카가 입구에 나왔다. "오, 파블로 보스! 이게 얼마 만이요? 자, 들어갑시다."

"아이고, 이렇게 환대해주셔서 감사합니다."

"환대라니! 우리는 친구 아니요. 나는 친구가 없어. 전부 부하들이라 마음을 털어놓을 사람이 누가 있겠소. 오랜만에 멀리서 벗이 왔는데 이보다 좋을 수가 없어요."

일본식 진수성찬들이 나오고 옆의 게이샤들이 쉬지 않고 술을 따라 주었다.

"콜롬비아 상황은 어떻소?"

"한마디로 내전입니다. 카르텔과 경찰이 서로 죽이고 죽는 야단법석입니다."

"확실히 파블로 보스가 선견지명이 있어. 그 아수라장을 먼저 빠져나왔으니 천만다행이요."

"일본은 어떻습니까?"

"지금 일본은 건국 이후 최대 호황기요. 돈이 돈을 벌고 이권 사업이 쏟아져 나오고 있소. 덕분에 파블로 보스가 준 약이 날개 돋친 듯 팔리고 있소."

"잠시만."

눈치 빠른 타케나카가 게이샤들을 내보냈다.

"충분히 돈을 벌었으면 코카인사업은 안 해도 되지 않습니까?"

"나도 그러고 싶지만 그게 쉽지 않소. 약을 안 내려보내면 밑의 조직이 말을 안 들어요. 그놈들이 충성하는 것은 내가 아니라 코카인이라서……."

그의 고충을 알 것 같았다.

"코카인은 언젠가는 DEA가 건드리게 되어 있습니다. 타케나카 보스는 최대한 멀리 떨어져 있으시기를 바랍니다."

"자나 깨나 DEA 조심! 나도 그건 명심하고 있소."

"레흐더 보스가 타케나카 보스를 꼭 만나고 싶다고 해서 자리를 만들었습니다. 저의 어려운 부탁을 들어주셔서 감사합니다."

"에이, 우린 친구인데 그런 걸 부탁이라고 할 수 있겠습니까. 참, 그 워크맨은 잘 받았소?"

"네, 타케나카 보스 덕분에 워크맨을 미국으로 수출하며 돈을 벌고 있습니다. 감사드립니다."

"나도 그게 돈이 되는 줄 몰랐소. 우리 애들이 아키하바라를 휩쓸며 구매하고 있는데 갈수록 쉽지 않다고 합니다. 가격도 계속 올라가고."

"지금 워크맨은 전 세계적으로 공급이 부족한 실정입니다. 일본에서 구매하면 다른 곳보다 2~30퍼센트가 싸니까 아키히바라 상인들이 물량을 잘 내놓지 않을 겁니다."

"그러면 콜롬비아에 소니 전자공장을 만드는 것은 어떻소? 내가 거기 회장 놈을 잘 알고 있소. 그 면방산업처럼 인건비가 싼 곳에 공장을 만드는 것이오."

아이고! 면방공장도 지금 제대로 컨트롤하지 못해 머리가 아픈데, 전자공장까지! 그렇지만 이건 너무 매력적인 제안이다. 전자 조립공장을 만들면 수만 명의 콜롬비아 국민을 고용할 수 있다. 그래, 새로운 조국을 위해서라면 불 속도 뛰어들어야지.

"감사합니다. 그렇지만 사실 제가 약장사를 그만두어서 현금이 말랐습니다. 소니 공장을 만드려면 대규모 자본이 필요한데 콜롬비아 은행은 그럴 여력이 없습니다."

"소니가 100퍼센트 투자하면 되지 않소?"

"그러면 제가 소니를 어떻게 통제하겠습니까? 방법이 하나 있는데…… 타케나카 보스의 도움이 필요합니다."

"나는 친구를 위해서라면 뭐든지 할 수 있소."

"아, 감사합니다. 타케나카 보스는 일본 수출입은행에 대출을 알선해주십시오. 소니의 콜롬비아 법인에 대출해주는 겁니다. 소니가 파트너로 들어가 있어서 어렵지는 않을 겁니다."

"얼마나 필요합니까?"

"콜롬비아와 남미 시장을 커버하려면 적어도 1억 달러는 되어야 합니다.

일본에서 5천만 달러만 투자해준다면 나머지는 제가 알아서 하겠습니다."

"내가 책임지고 대출해드리지요. 자, 그러면 이제 놀아봅시다."

다음날 레흐더와 타케나카의 만남을 주선해주었다. 두 사람은 나의 조정을 통해 코카인 공급 계약을 체결했다. 레흐더는 5백만 달러를 현금으로 보내주었다. 그날 저녁 마침내 한국으로 가는 비행기에 올라탔다. 어떻게 하면 현대건설을 끌어들일 수 있을까? 2천만 달러를 조달하는 게 쉽지가 않다.

마침내 김포공항에 도착했다. 공항을 나오면서 나는 무거운 상념에 한마디도 할 수 없었다. 나는 누구인가? 박건우인가 파블로 에스코바르인가?

"보스, 한국이 생각 외로 깨끗하네요. 일본보다는 못하지만……. 에스코바르 스타디움을 이런 나라에서 만들 수 있을까요?"

마테오는 이전에도 왜 일본 건설사에 의뢰하지 않았냐며 묻곤 했다. 그렇지만 결론적으로 일본 건설사는 죽었다 깨어나도 3년 안에 공사를 끝낼 수 없다. 이미 현대건설은 지금 전 세계에서 가성비 1위의 건설사다.

"……."

마테오의 말이 귀에 들어오지 않았다. 전생의 박건우는 도대체 어디에 있는가? 콜롬비아에서 몇 번 집으로 전화를 해보았지만 없는 번호로 나왔다. 신라호텔에 체크인하고 혼자 과거에 살았던 동대문 창신동 집으로 택시를 타고 갔다. 우리 집이 보였다. 떨리는 마음을 진정하고 벨을 눌렀다. 어머니가 나오시겠지.

"누구세요?" 잘 모르는 중년 아줌마가 문을 열며 나를 쳐다보았다.

"여기 박건우 씨 집이 아닌가요?"

"네?"

아줌마는 웬 외국인이 유창한 한국말을 하는 것을 보고 깜짝 놀랐다. "그런 사람 처음 들어보는데요."

"박상기 씨라고 모르세요?" 아버지 이름이다.

"그런 사람 몰라요. 저희가 여기에 산 지 10년이 넘었어요."

"죄송합니다."

나는 박건우가 살았던 집을 나와 자주 갔던 동네 만화방에 들어갔다. 어릴 적 틈만 나면 만화와 소설을 빌려보던 곳이다. 얼굴이 익숙한 주인아저씨가 이상한 외국인이 들어오자 눈을 껌벅거렸다.

"아저씨! 박건우라고 모르세요. 저기 세탁소 옆집에 사는 학생이었는데 여기 단골이라고 들었어요."

"외국인이 한국말을 참 잘하시네. 근데 박건우라는 이름은 처음 들어봐."

그럴 리가 없다. 내 이름으로 얼마나 많이 책을 빌렸는데.

"호상이는 아세요?"

"그놈은 잘 알지. 우리 집 단골이야."

아, 나는 친구 호상이보다 더 이 집의 단골이었다. 박건우 너는 도대체 어디로 갔는가? 그날 창신동 골목을 누비면서 옛날 안면이 있던 사람들에게 박건우를 물었지만 아무도 몰랐다. 다음날 오전 내가 다녔던 고등학교와 대학교를 들러 박건우를 확인했지만 어디에도 그 흔적은 없었다. 도대체 나는 누구인가?

호텔로 돌아왔다. 저녁도 마다하고 생각에 잠겼다. 이제 혹시라도 한국으로 돌아갈 수 있다는 일말의 미련도 끊기로 했다. 나는 파블로 에스코바르다. 사랑하는 콜롬비아를 위해 어떤 일도 마다하지 않을 것이다.

다음날 오전, 예정된 미팅을 하기 위해 계동 현대건설을 찾았다. 국민 비호감인 아저씨가 반가운 얼굴로 맞아주었다. "멀리서 온다고 고생이 많았습니다. 혹시 불편한 점은 없었습니까?" 영어로 물었다.

"아닙니다. 날씨도 너무 좋고 사람들도 친절해서 마치 집에 온 것 같습니다."

"아니, 파블로 회장님은 한국말을 할 줄 아십니까?" 이 사장이 놀라운 목소리로 물었다.

"네, 저의 할아버지가 한국 사람이었습니다. 저는 한국 피가 4분의 1이 섞여 있는 쿼터입니다. 할아버지 또한 이주 노동자의 아들로 평생 조국 대한민국을 그리워하다가 돌아가셨습니다."

지난번 일본 입국 레퍼토리를 동원했다. 호감을 주기 위해서라면 뭔들 못하겠는가?

"오, 정말 잘 오셨습니다. 그런데 회장님 얼굴에 한국인 흔적이 잘 안 보입니다."

"콜롬비아에 오래 살다 보니 라틴계로 완전히 동화되어서 그럴 겁니다. 발가락은 많이 닮았습니다."

"하하하. 좋습니다. 한국말을 하시니 통역도 필요 없고 잘 되었군요. 그러면 미팅 시작합시다. 자, 김 상무가 에스코바르 스타디움 건설에 관해 보고하세요."

현대건설 건축 본부장이라고 자신을 소개한 김 상무는 "에스코바르 스타디움 설계는 아주 흥미있게 보았습니다. 매우 아름답고 미학적으로 훌륭한 축구전용 스타디움이지만 아쉽게도 현대 건축 기술로는 불가능합니다."라고 처음부터 선을 그었다.

김 상무는 큰 사진을 하나 꺼냈다. "이것은 잠실종합운동장입니다. 여기 운동장의 캐노피(천장)는 케이블로 설치했습니다. 캐노피는 모멘트의 원리가 작용되기 때문에 길이는 4배의 압력을 받습니다. 그런데 에스코바르 스타디움은 캐노피의 길이가 무려 20미터입니다. 이걸 지탱하기 위해서는 기둥의 두께가 10미터 이상 되어야 합니다. 배보다 배꼽이 더 큰 경기장이 될 수밖에 없습니다."

"그런 걸 모르는 것이 아니지만 현대건설이라면 이 문제를 해결하리라 생각하고 멀리서 찾아왔습니다."

자식들이 처음부터 안 되는 프로젝트라고 했더라면 굳이 여기까지 오지 않았을 것이다. 난감했다.

"파블로 회장님, 낙담할 필요는 없습니다. 여기 잠실종합운동장처럼 만들되, 제가 비용을 조금 빼주겠습니다. 사람들이 운동장 두께에 관심이라도 있겠습니까? 캐노피의 길이도 10미터 정도로 하시면 가격은 더 다운할 수 있습니다."

이 인간이……. 모든 걸 돈으로 환원하는 이놈의 속물주의가 역겨웠다.

"이 설계대로 하지 않으면 사업을 의뢰하지 않겠습니다."

"에이, 무식한 대중은 차이를 몰라요. 콜롬비아에 아직 축구전용경기장도 없지 않습니까? 그냥 싸게 빨리 만드는 게 최고입니다."

이 사장이 계속 가격으로 몰아붙였다. 자리를 박차고 일어났다. "저희하고 사업 철학이 맞지 않는 것 같습니다. 바쁘신 시간 빼앗아서 죄송합니다."

"아, 좀 더 싸게 만들어 드리겠습니다." 이 사장이 필사적으로 나를 가로막았지만 그를 뿌리치고 호텔로 돌아왔다.

콜롬비아로 돌아가야 하는 시간은 다가오는데 어떻게 해야 하나? 대우와 삼성건설에도 의뢰했지만 현대와 마찬가지로 지금의 건축 기술로는 불가능하다는 답변을 받았다. 마지막으로 정주영 회장을 만나기로 했다. 모두 불가능하다고 생각했던 건설 프로젝트를 창의적 발상으로 해결하신 분이다.

이 사장에게 면담을 요청했지만 바쁘시다고 거절당했다. 그러면 직접 만나야지. 아침에 일찍 나와 마테오를 데리고 청운동 자택 앞에서 기다렸다. 오전 7시, 청운동 자택에서 식사를 하기 위해 현대 일가들이 모여들었다.

한국의 차가운 새벽 공기에 덜덜 떠는 마테오가 "보스, 이렇게까지 해야 합니까? 도대체 만나시고자 하는 분이 누구인가요?"라고 물었다.

"무에서 유를 창조한 건설업계의 신 같은 분이지. 길이 없으면 길을 찾아야 하며, 찾아도 없으면 길을 닦아 나아가야 한다는 유명한 말을 하셨어. 우리 콜롬비아도 그분 정신을 배워야 해."

식사가 끝났는지 사람들이 한두 명 빠져나온다. 조금 있다가 넓은 하관을 가진 정 회장의 모습이 보였다. 나는 그가 탄 차를 가로막았다.

"당신 누구야? 여기가 어딘지 알고 가로막고 그래!" 운전기사가 핏대를 올리며 비켜달라고 소리쳤다.

"저는 콜롬비아에서 온 파블로라고 합니다. 정 회장님을 꼭 만나야 할 이유가 있습니다."

"김 기사, 잠시만. 저 사람 외국인이 아닌가? 한국말을 잘하네. 이유나 들어봐야겠네."

정 회장이 차에서 내려 다가왔다. "어느 나라에서 오셨소?"

"콜롬비아입니다."

"한국말을 참 잘하시네."

"할아버지가 한국전 참전용사로 통역병이었습니다. 그분에게 한국말을 배웠습니다."

"오, 그런가? 대한민국 은인의 후손이네. 이럴 게 아니라 집안에 들어가서 차라도 한잔하세. 은인을 길거리에서 대접하면 사람이 아니지."

콜롬비아는 6.25 전쟁 당시 한국을 지원하기 위해 5,100명이나 군인을 파병한 참전국이다. 파블로 얼굴로 할아버지가 한국 사람이라는 레퍼토리는 무리라는 생각이 들었다. 그래서 통역병으로 밀고 나가기로 했다.

정 회장이 웬 외국인을 데리고 집으로 들어오자 집안이 다시 분주해졌다. 인삼차가 들어왔다. "이게 사람의 원기를 보해주는 대한민국 특산 인삼차라고 하네. 한잔 들게."

"감사합니다."

얼마 만에 먹어보는 인삼차인가? 콜롬비아 커피만 마시다가 완전 별미였다.

"그래 무슨 일로 나를 보려고 왔는가?"

"네, 저는 콜롬비아 에스코바르 그룹의 파블로라고 합니다. 저희는 유통, 면방, 통신, 건설 등의 사업을 하고 있습니다."

"오, 파블로 회장이네. 자네 정도면 내가 안 만날 이유가 없는데 정식 절차를 받지."

"요청을 보냈는데 거부당했습니다."

"그래? 어찌 되었든 만났으니 용건을 말해보게."

"저희 그룹이 최근 축구단을 하나 인수했고 이제 축구전용경기장을 만들려고 합니다. 이게 그 경기장의 설계도입니다." 가방에서 에스코바르 스타디움 설계도를 꺼내어 보여주었다. 정 회장은 안경을 꺼내 유심히 설계도를 검토했다.

"이거 쉽지 않은 프로젝트네. 이런 덮개는 공식이 있어. 지금 에스코바르 스타디움의 두께로는 버티지 못할 거야."

"맞습니다. 현대건설에서도 그런 지적을 받았습니다. 그렇지만 이걸 포기할 수는 없습니다. 캐노피의 길이는 20미터가 되어야 하고 경기장의 외벽 두께도 최대 3미터가 넘어서는 안 됩니다."

"그건 나도 동의하네. 올림픽을 준비하면서 잠실경기장이 사실 제일 보기가 싫었어."

"왜 그렇습니까?"

"거기 케이블을 지지하기 위해 외벽 두께를 얼마나 늘렸는지 자네도 알 거야. 한마디로 웬 풍보를 만들어 놓았어. 그런데도 캐노피의 길이가 고작 10미터에 불과해."

"네, 맞습니다. 그러다 보니 잠실운동장에서는 관중들의 함성이 윙윙 울리는 공명화 현상이 벌어지고 있습니다. 축구전용경기장은 선수들이 뛰고 외치는 소리, 관중들의 함성, 이런 것들이 따로 분리되어 뚜렷하게 들려야 합니다. 게다가 우리 콜롬비아 사람들은 노래를 좋아합니다. 여기서 가장 중요한 게 캐노피가 이걸 공학적으로 조화시켜야 하는 겁니다."

"오, 내가 평소 불만을 가졌던 것을 자네가 바로 얘기했네. 건설사 회장이 될 자격이 있어. 하하하."

"무슨 방법이 없을까요? 우리 콜롬비아 메데인은 비도 자주 오고 햇살도 강합니다. 이걸 막을 수 있는 캐노피가 핵심인데 현재 건축 기술로는 다들 안 된다고만 하니 미칠 지경입니다."

"머리는 쓰라고 얹어 놓고 있는 거야. 방법을 찾아봄세. 잠시 나랑 산책하면서 생각을 해보자구. 멀리 콜롬비아에서 왔는데 우리 집을 소개해주고 싶어."

정 회장은 청운동 자택을 소개했다. "저 위가 인왕산이야. 산골 물 흐르는 소리와 산기슭을 훑으며 오르내리는 바람 소리가 좋은 터야."

"콜롬비아 메데인도 정말 좋은 도시입니다. 1년이 다 봄이고 온도가 20도 내외입니다. 일교차가 거의 없어 감기에 걸릴 일이 없습니다. 온갖 꽃들이 1년 내내 만발하여 꽃의 도시라고도 합니다."

"오, 그런가? 내 꼭 한번 방문하고 싶네."

정주영은 한국 최대 재벌이지만 그의 청운동 자택은 건물면적 96평에 지나지 않는다. 집은 화려하지 않고 수수하면서도 편안한 분위기가 느껴졌다. 심지어 직접 장을 담가 장독대마저 마당 한편에 있었다. 어떤 할머니 한 분이 장독대를 열고 소쿠리로 불순물을 건지고 있다.

"임자, 뭐 하고 있는 거야?"

"담가놓은 장에 뜨는 불순물을 떠내고 있어요. 이걸 해주어야 장맛이 담백해져요."

할머니는 아마 정 회장의 아내 변 여사일 것이다.

"며느리들 시키지 몸도 안 좋은 당신이 그걸 직접 해?"

"아니에요. 그 애들도 집안에 할 일이 많아요. 이런 사소한 것은 제가 해야지요."

"그거 줘 봐. 내가 할게."

정 회장은 변 여사로부터 소쿠리를 빼앗아 장독의 불순물을 꺼냈다. 두 분이 참 정겨워 보였다.

장독 하나를 끝내고 다른 장독을 열고 다시 불순물 제거 작업을 하던 정 회장은 마치 아르키메데스가 유레카를 외치듯 "맞아, 이거네!"라고 소릴 쳤다.

"임자, 당신이 마저 하게. 나는 콜롬비아에서 오신 손님과 할 일이 있어."

"네, 도와줘서 고마워요." "파블로 회장, 내게 좋은 아이디어가 떠올랐어.

자, 들어가서 구체적으로 얘기하세."

정 회장은 장독대에서 가져온 소쿠리를 탁자에 올렸다.

"파블로 회장, 이 소쿠리에서 느끼는 점이 없나?"

나는 한참 소쿠리를 응시했다. 도대체 천하의 정주영이 뭘 생각하고 있는 걸까? 소쿠리는 대나 싸리로 엮어 테가 있게 만든 채그릇이다. 얇고 가늘게 쪼갠 대를 얼기설기 엮어 놓았다.

"이게 스타디움의 캐노피랑 생김새가 비슷하네요."

"맞아, 정답이야. 경기장의 덮개를 소쿠리로 만들면 두께를 넓힐 필요가 없는 거야. 그러니까 지붕의 무게를 지탱해야 하는 케이블이 필요가 없는 거지."

"대나무로 캐노피를 만들면 비가 와서 무너지면 어떻게 합니까? 빗물이 샐 수도 있고……."

"하하하. 그건 나중 문제야. 이 소쿠리라는 게 생각 외로 튼튼해. 서로 얼기설기 짜서 힘을 분산시키는 거지."

"아, 정말 그렇군요. 소쿠리 방식으로 스타디움의 캐노피를 만들면 정말 아름다운 경기장이 될 것 같습니다."

"그렇지! 자네가 가져온 설계도를 보니까 지붕의 구조가 까치발이네. 그러면 지붕 재료를 경량화하면서도 빛을 투과하는 재료를 사용해야 해."

아, 진정 이분은 창의력이 흘러넘치는 건설계의 스티브 잡스다.

"자, 이럴 게 아니라 당장 회사로 가보세. 아이디어가 떠오르면 실행을 해야지."

정 회장은 비서를 시켜 사장과 건축팀을 모이라고 지시했다. 정 회장의 차를 타고 현대건설 본사에 들어갔다. 이 사장이 나를 보는 눈치가 좋지 않았다. 자신을 거치지 않고 내가 직접 회장과 컨택했기 때문일 것이다. 정 회장은 그런 것은 신경도 쓰지 않고 에스코바르 스타디움의 설계도와 소쿠리를 꺼냈다.

"내가 가장 싫어하는 게 잠실종합운동장 덮개라는 걸 잘 알지?"

"네, 케이블 지지선 때문에 경기장 두께가 넓어져서 풍보라고 부르지 않았습니까?" 이 사장이 맞장구를 쳤다.

"그렇지. 그걸 설계한 애들이 올림픽주경기장 설계를 너무 안이하게 했어. 그런데 오늘 파블로 회장이 가지고 온 에스코바르 스타디움을 보니까 정신이 번쩍 들어. 이것 봐, 얼마나 아름다운 경기장인가! 5만 명을 수용하지만 토지도 덜 잡아먹어. 날씬한 미인 모양 아닌가?"

"저희도 설계는 아름답다는 것을 알지만 캐노피를 계산할 때 공학적으로 불가능하다고 보았습니다." 이 사장이 냉정하게 평가했다.

"그래서 지붕을 케이블로 지지하는 방식으로 설계를 해서는 안 되는 거야." 정 회장은 소쿠리를 들어 올렸다.

"이렇게 한번 만들어봐. 그러면 훨씬 아름다운 미인 경기장이 될 거야."

"네? 대나무로 캐노피를 만들라는 말입니까? 스타디움은 한번 지어 놓으면 100년을 사용해야 하는데 나중에 썩은 대나무 캐노피를 교체하면 엄청난 비용이 들 수 있습니다."

"이 사장, 왜 지붕을 대나무로 만든다고 생각하나? 요즘 인공 섬유가 워낙 잘 나오고 있잖아. 그 재질로 지붕을 만드는 거 어때?"

"회장님의 생각은 잘 알겠습니다. 그렇지만 아직 이렇게 만든 캐노피는 듣지도 보지도 못 했습니다. 케이블 방식만 해도 신공법이고 안정성이 보장되는데 굳이 모험할 필요가 있을까요?" 이 사장은 여전히 부정적이다.

정 회장이 이 사장을 뚫어지게 쳐다보다가 말했다. "이봐, 해봤어? 되는지 안 되는지?"

"……."

정 회장이 옆에 건축본부장인 김 상무에게 지시했다. "김 상무, 애들 시켜서 최근 인공 섬유 최신 기술을 알아봐. 그리고 가장 강한 섬유줄로 소쿠리처럼 엮어서 하중을 얼마나 버티는지 실험을 해보고 그 결과를 1주일 이내에 가져와."

"네, 알겠습니다." 김 상무는 회장에게 깨진 이 사장을 힐끔 쳐다보며 대답했다.

"여기 파블로 회장님은 바쁜 분이야. 1주일 더 있어 달라는 말도 미안할 지경이야. 그러니까 견적팀에 얘기해서 지붕을 제외하고 일단 견적을 빨리 짜라고 해. 인공 섬유 덮개 결과가 나오면 바로 전체 견적이 나오게끔 말이야."

"네, 알겠습니다." 김 상무가 마지못해 답변했다.

"자, 얘기 다 끝났으니 파블로 회장은 저하고 점심 먹으러 갑시다. 당신 할아버지가 파병 용사인데 대한민국의 은인에게 밥 한번 안 사서야 되겠나? 하하하."

이 사장은 이건 무슨 소리인가 싶어 나를 째려보았다. 그렇다고 회장에게 물어볼 수도 없다.

정 회장은 이 사장을 제쳐놓고 나를 인사동의 한식당에 데려갔다. "파블로 회장도 김치를 알지? 한국말을 이렇게 잘하는데 김치랑 한국 음식도 잘 알 것 같아서 한정식당으로 모셨어."

"네, 할아버지가 김치를 직접 담아서 먹을 정도로 한국 음식 매니아입니다. 없어서 못 먹지 있으면 잘 먹습니다." 거짓말이 술술 나온다.

"아, 그래요. 여기 한정식당이 내가 좋아하는 요리들이 많아요. 마음껏 먹기를 바랍니다."

식사를 하며 정 회장이 물었다. "콜롬비아라는 나라는 마약으로 유명하던데 정말 문제가 그렇게 심각한가?"

언제 나를 검색해보았을까? 아마 이 사장이 비서를 시켜 미국 기사를 번역해 정 회장에게 전달했을 것이다. 저놈 조심해야 한다고.

"네, 대단히 심각합니다. 지금 마약상과 정부 간의 전쟁으로 수많은 무고한 피해자가 속출하고 있습니다. 경기도 얼어붙어서 사람들이 밖으로 잘 나오지 않는 상황입니다."

"정부가 제대로 역할을 못 하는 거네. 세금을 받는 정부라면 최소한 치안은 책임을 져야지."

"네, 그렇습니다. 콜롬비아 정부가 콜롬비아 국민을 대변하지 못하고 몇몇 유력 가문의 치부 수단으로 전락한 것도 문제입니다. 그러다 보니 좌익 게릴라가 준동하고 국민은 먹고 살길이 없어 마약상으로 전락했습니다."

"그래도 마약은 안 되지. 중국을 보라고 아편 때문에 청조가 멸망하지 않았나?"

"맞습니다. 마약상의 끝은 항상 안 좋습니다. 죽든지 아니면 미국의 교도소로 가야 합니다. 저도 한때 마약을 취급했지만 이제는 건전한 사업가로 변신했습니다." 그냥 솔직하게 털어놓기로 했다.

"그래 잘 결정했네. 자네 꿈은 뭔가? 단순한 사업가 같지 않아서 말이야."

역시 귀신은 속여도 정 회장에게는 안 통한다. 단지 돈 버는 목적으로 축구단을 인수하고 새로운 스타디움을 건설하려는 게 아니라는 걸 눈치챈 거다.

"제 꿈은 콜롬비아 국민에게 평화와 번영을 주는 겁니다. 마약이 아닌 콜롬비아의 풍부한 자원을 바탕으로 경제를 발전시키고 싶습니다. 사람들이 자유롭게 돌아다닐 수 있고 서로 믿고 신뢰하는 사회를 만들고 싶습니다."

"좋아! 그 정도 꿈을 가져야 큰 사업이 가능하지. 그런데 그걸 사업만으로 가능하다고 생각하는 것은 아니지?"

역시 귀신이다. 속마음을 숨기고 물었다. "그러면 어떻게 해야 합니까?"

"정치를 해야지. 권력을 잡아야 그런 사회를 만들 수 있어."

"기업가가 정치하면 다 망한다고 하던데요."

"하하하. 자네 해봤어? 남의 말 너무 듣지 마. 자기 의지가 중요한 거야. 자네가 그런 꿈을 가지고 있다면 이미 정치에 발을 들여놓은 거야."

"회장님도 정치를 하실 생각입니까?"

"글쎄……. 모르겠어. 마음 같아서는 이 썩어빠진 대한민국 사회를 개혁하러 나서고 싶은데 내 밑에 달린 식구들이 너무 많아. 까딱 실패하면 집안이 망하는 것은 당연하고 회사도 어려워질 수 있어. 그래도 정말 해야 하겠다고 마음먹으면 결단을 내릴 거야."

"저도 마찬가지입니다. 콜롬비아 정부가 너무 썩었습니다. 제가 사업하면서 얼마나 많은 뇌물을 주어야 하는지 회장님은 모를 길 겁니다. 그런데도 제대로 돌아가는 게 없습니다."

"자네가 하면 잘할 것 같아. 의지도 있고 비전도 있으니까."

"감사합니다."

"내가 1주일이나 잡아 놓아서 미안하네. 그동안 대한민국 구경하면서 많이 배우고 푹 쉬기를 바라네. 필요한 것 있으면 내가 다 지원해줄게."

정 회장의 배려로 중요한 산업 현장을 방문할 수 있었다. 삼성전자, 포항제철, 현대조선, 갑을방적, 현대자동차 등을 다니며 지금 콜롬비아에 어떻게 적용을 해야 하는지 질문하고 메모했다.

1주일 뒤, 현대건설에서 김 상무의 조사 결과를 들었다. 김 상무는 잔뜩 흥분한 표정으로 보고했다. "회장님, 우리 연구진이 1주일을 꼬박 밤을 새우면서 실험하였는데, 20미터의 캐노피가 충분히 가능하다는 결과를 확인했습니다."

"오, 수고했네. 이건 또 하나의 건설 기술의 발전이야."

"그런데 회장님, 문제가 있습니다."

"무슨 문제인가?"

"스타디움의 하중을 버틸 수 있는 캐노피를 만들려면 특수 인공 섬유 p234를 사용해야 하는데 이게 아직 대중화가 되지 않아서 원가가 너무 비싸게 나옵니다."

"얼마나 비싼가?"

"약 200퍼센트가 더 나옵니다. 에스코바르 스타디움의 건축 견적은 약 4천만 달러입니다."

아이고, 2천만 달러를 생각한 견적이 두 배가 되었다.

"그러니까 제가 처음부터 케이블 방식으로 하자고 하지 않았습니까? 콜롬비아 수준으로는 최첨단 경기장을 만드는 것은 애초부터 무리였습니다." 풀이 죽어 가만히 지켜보던 이 사장이 견적 결과를 보고 득의양양한 표정을 지으며 말했다.

정 회장이 나를 응시하며 "파블로 회장은 어떻게 할 건가? 그 비용을 감당할 수 있나?"라며 물었다.

"네, 돈을 두 배를 내더라도 설계안 그대로 스타디움을 만들겠습니다. 대신 3년 공기를 반드시 지켜주시기를 바랍니다."

"좋아. 자네가 참 마음에 들어. 내가 천만 달러는 깎아줄게. 이 사장, 3천만 달러에 계약하게."

"아니. 회장님 우리가 땅 파서 장사하는 것도 아니고 어떻게 천만 달러나 깎아줍니까?"

"이봐, 자네는 그게 문제야. 모든 걸 돈으로만 판단해서는 안 돼. 파블로 회장의 눈을 봐. 반드시 하려는 의지로 충만되어 있지 않은가? 이런 사람과 거래를 터야지. 우리가 앞으로 중남미에 진출해야 할 때 파블로 회장이 발 벗고 도와줄 거야. 그렇지 않나?" 정 회장은 나를 보고 물었다.

"지당하신 말씀입니다. 콜롬비아와 중남미 시장의 잠재력은 무궁무진합니다. 자동차뿐만 아니라 인프라 등 토건 시장도 가능성이 큽니다. 현대가 진출하면 제가 앞장서서 도와드리겠습니다."

"그래. 나도 미래를 보고 콜롬비아에 투자한다고 생각할게. 그러면 계약을 체결하고 가게. 3년 안에 에스코바르 스타디움을 완공하려면 하루라도 서둘러야 하네."

05

보물찾기

　계약은 일사천리로 진행되었다. 레흐더에게서 받은 5백만 달러를 현대건설로 송금했다. 현대건설은 에스코바르 건설을 파트너로 확정하고 하도급 계약을 체결했다. 현대는 엔지니어링 등 고급 인력을 파견하여 건설을 총괄하고 에스코바르 건설은 그 지시에 따라 스타디움을 짓는 것이다.

　이제 문제는 천만 달러를 더 마련해야 한다. 제발 워크맨이 미국 시장에서 잘 팔리기를 기도하는 수밖에 없다. 콜롬비아로 돌아가기 전에 일본에 들러서 소니와 콜롬비아 공장 건설 계약을 체결했다. 여기도 적어도 내 돈이 2천만 달러 이상 들어가야 한다.

　어디 돈 나올 구석이 없나? 옛날 대우 김우중 회장이 그렇게 은행을 갖고 싶어 하는 이유를 알 것 같다. 사업거리는 무궁무진한데 돈 나올 데가 없는 것이다.

　다시 마약을 팔고 싶다는 충동이 일어났다. 내가 탈퇴하고 난 다음 메데인 카르텔은 잘나가고 있다. 카르텔의 보스가 된 가차 자식은 이제 포브스지에 올라가는 세계적인 부자가 되었다.

　'그래 이놈의 썩어나가는 돈을 털자.'

　어차피 가차 자식은 경찰 총 맞아 죽거나 미국으로 송환될 건데 그 돈을 언제 쓰겠는가? 쥐새끼가 갉아 먹는 것보다 차라리 콜롬비아 발전을 위해 그 돈을 사용하는 게 합리적이지 않은가?

가차는 지금 콜롬비아를 지옥으로 만들고 있다. 범죄자가 되어 쫓기는 와중에 콜롬비아군과 경찰, 사법부, 정치인, 게릴라 등을 매수하고, 응하지 않으면 사지를 찢거나 불태워 죽인다. 수도 보고타에 자신의 사병을 잠입시켜 전투를 벌이는 등 콜롬비아 정부의 진을 빼고 있다.

가차는 또한 세사르 가르비아 대통령을 압박하기 위해 유력 언론인과 그 가족을 납치하는 만행을 저질렀다. 로스 엑스트라디타블레스라고 불리는 납치범은 정부에 압력을 넣기 위해 기자들을 마구잡이로 납치했다. 사실 테러보다 납치가 더 나쁜 범죄다. 테러는 일회성으로 끝나지만 납치는 길게는 수년을 끌면서 납치당한 당사자와 그 가족을 힘들게 한다.

결국 가르비아 대통령도 가차의 납치 전술에 굴복했다. 정부가 범죄자와 직접 협상을 할 수 없는 상황이라 그의 심복인 산도발 법무부 장관을 나에게 보냈다. 나폴레스 농장을 찾은 산도발은 흠잡을 데 하나 없는 값비싼 모직 양복과 이탈리아산 뾰족구두, 빨간색 넥타이를 매고 있었다. 빈틈이 없는 사나이로 보였다.

"오신다고 수고가 많았소. 내가 도움이 되지 않을 텐데."

"아닙니다. 우리 정부는 파블로 회장님의 도움이 간절합니다."

"뭘 도와주면 되는 거요?"

"콜롬비아 정부는 1990년 9월 5일, 행정법 제3030조항을 발동할 예정입니다. 이미 의회에서도 합의를 보았습니다. 앞으로 자수를 하거나 자신의 죄를 자백한 사람들은 국외로 인도하지 않는다는 겁니다."

"가차가 좋아하는 모습이 눈에 선하군. 대신 조건은 뭔가?"

"로스 엑스트라디타블레스가 납치한 언론인을 그전에 풀어주십시오. 그리고 가차와 오초아 형제들이 자발적으로 자수를 하는 겁니다."

"먼저 법을 제정하면 가차가 당연히 풀어주지 않겠소."

"그렇게 하면 정부가 마피아와 합의했다는 것이 공공연히 드러나게 됩니다. 미국의 압력도 거세어집니다. 사실 제3030조항 합의에 야당의 엄청난 반발이 있었습니다. 콜롬비아 정부의 무능을 대외적으로 드러내는 수치스러운 법률이라고. 대통령이 간신히 합의를 끌어냈는데 이놈들에게 공격의 명분을 주어서는 안 됩니다."

가르비아 정부의 곤혹스러운 처지가 이해가 되었다. 콜롬비아를 난장판으로 만들고 있는 가차와 메데인 카르텔을 어떻게 해볼 도리가 없다는 냉정한 현실을 받아들인 것이다.

"잘 될지는 모르겠지만 가차에게 정부의 뜻을 전하겠소. 그런데 나에게도 선물은 없소? 나도 비싼 몸인데……."

콜롬비아를 위해 이 거래를 맡아주기로 했다. 그렇지만 공짜는 안 된다. 그동안 정부에 뿌린 돈도 추수해야 한다.

"파블로 회장님이 요구한 보고타 콘도 개발 인허가를 한 번에 해드리겠습니다."

"그건 당연히 해주어야 할 일이 아닌가? 공사가 재개되면 누가 좋겠소? 일자리가 생기고 경제가 활성화되는데. 그건 내 선물이 아니라 가르비아에게 선물이지. 오히려 그 일을 가로막고 뇌물을 요구하는 관리와 정치인들을 징계해야 해."

"……."

산도발은 곤혹스러운 표정을 지었다. 여기 오기 전에 파블로의 실질적인 아내라고 주장하는 발레리아와 이 문제에 대해 합의를 했는데 무슨 딴소리인가 하는 표정이다. 물론 발레리아와 통화로 정부와의 거래를 사전에 조율한 것은 맞다. 그렇지만 이 중요한 거래에 나서는데 당연히 받아야 할 것으로 끝나기엔 너무 아깝다.

"회장님이 원하시는 것은 무엇입니까?"

"다음 달에 착공하는 에스코바르 스타디움 부지에 대한 사용 권한 50년을 1+1로 허가해주게. 내 돈 들여 엄청난 건설 프로젝트를 하는데, 정부가 지원을 해주어야 하지 않겠소. 스타디움 건설은 메데인 경제에 엄청난 효과를 줄 것이오. 무엇보다 가르비아 정부의 큰 공적이 되지 않겠소. 공사 시작하는 날, 가르비아 대통령을 초청하겠소."

"저도 그 얘기 들었습니다. 그런데 토지 가격만 천만 달러가 넘는데, 그걸 50년 사용 권한과 추가 50년 협상 권한을 달라는 것은 무리입니다."

"공짜로 쓰겠다는 것이 아니라 돈을 내겠다는 것이잖소. 지금 사실 공사비 조달하는 것도 만만치 않소."

나는 현대건설이 만든 공사장 설계도를 산도발에게 전해주었다. "대통령에게 이걸 보여주시게. 얼마나 아름다운 경기장인가? 이 스타디움이 완성되면 우리 콜롬비아는 전 세계에서 가장 아름다운 축구전용경기장을 가진 나라가 될 걸세."

"나라 경제도 안 좋은데 이런 무리한 사업을 할 필요가 있나요?"

이 자식도 하나만 알고 둘은 모른다. 정치에서 첫 번째, 최고라는 수식어가 얼마나 중요한지 모른다. 대중은 그런 수식어에 항상 현혹된다.

"가르비아 대통령은 세계에서 가장 아름다운 스타디움을 만든 대통령으로 콜롬비아 역사에 기록되고 싶지 않겠소? 그날 착공식에는 전 세계 언론이 다 모일 거요. 거기에 가장 중심에 계시는 분이 가르비아 대통령이 될 텐데…… 뭐 하기 싫으면 말아요. 다음 대통령에게 부탁하지."

산도발도 바보가 아니다. 정치인이다. 내 말을 금방 이해했다. "대통령께 보고하겠습니다. 적극적으로 추진하겠습니다."

"고맙소. 그 답변을 주면 내가 가차와 오초아 형제를 만나서 설득하겠소."

답변은 다음 날 금방 날라왔다. 보고타 콘도 개발 인허가를 풀어주고 에스코바르 스타디움도 내 주장대로 들어주겠다는 것이다. 안도의 한숨을 쉬었다. 천만 달러를 세이브한 것이다. 다음에 돈 들어오면 천만 달러를 내고 토지를 완전히 인수할 생각이다. 그렇지만 지금은 돈이 너무 없다.

자, 그러면 가차를 만나야지. 가차는 메데인에 없었다. 면방공장이 들어서고 있는 바랑키야에서 만나자고 한다. 그렇지 않아도 공장 건설 진행 현황이 궁금했는데 잘 되었다 싶었다.

바랑키야는 여전히 무더웠다. 공장 건설도 여전히 지지부진이다. 돈 잡아먹는 하마처럼 보였다. 바랑키야의 외곽 호텔 특실에서 가차를 만났다. 이놈은 전국 지명수배로 쫓기고 있지만 표정은 여전히 거만했다. 아니, 오히려 더 자신만만해 보였다. 돈이 산더미처럼 들어오니 생기는 후광이다.

"오, 가차 보스, 얼굴은 더 좋아 보이네."

"파블로 보스는 잠을 못 잤나. 얼굴이 안 좋아. 무슨 일 있는 거야?"

"자네에게도 그렇게 보이나? 여기 바랑키야에 면방공장을 짓고 있는데 이게 진도가 안 나가서 고민 중이야."

"그러니까 그 푼돈밖에 안 되는 사업 하지 말고 약장사를 해야지."

"그래도 마음 편하게 살고 싶어. 자네처럼 미국 감옥에서 평생을 보내고 싶지 않아."

"흥, 나는 미국 감옥에 갈 바에야 차리라 콜롬비아를 폭파하고 같이 죽을 거야."

"자, 그런 쓸데없는 얘기는 그만하고 가르비아 정부가 제안한 협상안을 받을 거야, 말 거야?"

"이놈들이 정말 그 법안을 통과시켜주는 게 확실하나?"

"인질들 가족 때문에 정부가 더 버티기가 힘들어서 그래. 자네도 지금 받는 게 좋아. 새로운 대통령이 들어서면 이런 조건을 받아내기가 쉽지 않아."

"파블로 보스가 보장하는 거야?"

"그래 내가 보장해. 제발 마음 편하게 사업 좀 하자. 자네 때문에 사람들이 지금 외출을 하지 않으려고 해."

"좋아. 대신, 가르비아 정부에게 전해줘. 내가 들어갈 감옥은 내가 선택하고 내가 짓는다고."

"뭐?"

가차 이놈 많이 컸다. 정부를 압박해 미국으로 가지 않는 것은 물론이고 감옥을 자기가 지정한다고? 아마 세계 형법사에 남을 기록이다.

"가르비아가 어떻게 받아들일지는 모르겠지만 먼저 자네가 성의를 보이게. 인질 중에 여자는 먼저 풀어줘. 콜롬비아 시민은 여자를 인질로 납치한 자네를 좋게 생각 안 해."

"파블로 보스가 부탁하는 거니까 들어주지. 만약 가르비아가 엉뚱한 생각을 한다면 나머지 인질들을 다 죽일 거야."

"약속을 안 지키면 자네 하고 싶은 대로 해. 대신, 나도 자네에게 요구할 게 있어."

"뭐야?"

"내가 자네를 위해 가르비아 정부에 요구사항을 전달하고 협상을 하는데 공짜로 할 수는 없지 않은가?"

"뭘 원해?"

"돈 좀 빌려줘. 요즘 자네 때문에 콘도도 분양 안 되고 사업이 잘 안 되어 힘들어."

"얼마나 원해?"

"스타디움도 지어야 하고 소니 전자공장도 만들어야 하고…… 한 5천만 달러만 빌려줘."

"뭐라고? 5천만 달러? 하하하. 내가 뭘 믿고 자네에게 그런 큰돈을 빌려주나?"

"내가 여태까지 약속을 어긴 적이 있나? 자네가 이 정부랑 종전 협상을 해 달라고 요구한 것도 들어주었어. 만약 그때 경찰과 계속 충돌했으면 자네는 살아남지 못했어."

"그건 인정해."

"이자를 주지. 연간 10퍼센트. 원금은 3년 뒤에 돌려주는 조건으로."

가차의 동공이 흔들렸다. 동굴에 숨겨놓은 돈을 세탁할 기회이다.

"동굴에 숨겨놓으면 돈이 썩는 것 모르나? 지폐에 습기가 차면 금방 썩어버려. 썩은 돈은 콜롬비아 은행에서 받아주지 않을 걸."

"무슨 개소리야! 동굴에 돈을 숨겨 두는 일은 없어." 가차는 허가 찔린 듯 당황스러운 반응을 쏟아냈다.

"좋아, 좋아. 어디에 숨겼든 나는 관심 없어. 빌려줄 거야 말 거야?"

"안 빌려주면?"

"다른 사람과 다시 지루한 협상을 해야지."

가차는 입을 다물고 그답지 않게 신중하게 생각했다. 아마 다른 사람을 내세워 협상할 생각보다 나를 믿고 돈을 빌려주어야 할지 말아야 할지 고민할 것이다.

"내가 신탁증권을 하나 발행해줄게. 가차 자네 이름이 아니라 자네 아들 다니엘의 이름으로. 그러면 안심이 되나?"

가차는 다니엘이라는 이름이 나오자 얼굴에 미소가 퍼졌다. 이런 살인자도 자식 사랑은 숨길 수 없다.

"좋아. 콜롬비아에서 발행하는 것이 아니라 미국 은행 명의로 증권을 발행해줘. 여기서는 어떻게 믿을 수 있나?"

"미국에서는 안 돼. 자네나 나나 미국이 볼 때 그냥 마약상이야. 그런 큰돈은 마약 세탁 자금으로 미국 정부가 압수할 가능성이 커."

"그럼 어디에서 발행할 거야? 안전한 데가 어디지?"

"카리브해 케이맨제도로 하지. 거기 페이퍼컴퍼니를 만들어 내가 신탁하는 것으로 하지."

"좋아. 근데 5천만 달러는 없어. 포브스지 얘기는 순 거짓말이야. 매출이 높다는 거지 최종적으로 도착하는 돈은 5분의 1도 되지 않아."

"그러면 얼마를 빌려줄 거야?"

"천만 달러."

"그것 밖에?"

"싫으면 말아."

급한데 이 돈이라도 받아야지, 어떻게 하겠나? 어차피 갚지 않을 돈이다.
"좋아. 조금 있다가 계약서를 쓰고 나는 다른 방에 가서 가르비아 대통령과 통화하고 올게."
"그 자식, 쓸데없는 음모 꾸미지 말라고 경고해줘. 정말 나는 콜롬비아를 폭발시킬 수 있어." 가차는 주먹을 불끈 쥐었다.
전화를 걸러 옆방으로 가는데 눈에 익숙한 인물이 띄었다. 벨라스케스와 떠들고 있는 인상 더럽게 생긴 놈이다. 이놈을 어디선가 본 적이 있다. 아, 맞다. 몇 년 전, 우리 조직은 칼리 카르텔의 본진을 턴 적이 있다. 그때 나는 이놈을 보았다.
이놈을 기억하는 이유는 보통 사람에게서 찾아보기 힘든 묘한 분위기 때문이다. 눈썹은 축 쳐져 있지만 눈알은 쉴 새 없이 좌우로 돌아간다. 큰 덩치에 큰 얼굴, 그렇지만 입은 작아서 뭔가 부조화스럽게 보였다. 당시 힐베르트 뒤에서 눈에 띄지 않기 위해 눈을 내리깔고 숨어 있었다. 더러운 인상이지만 눈여겨보지 않으면 눈에 잘 띄지 않는 특이한 놈이다. 이놈이 어떻게 가차의 최측근 경호원이 되었는지 알아봐야겠다.
산도발 법무부 장관은 가차의 요구에 어이없어했다. "세상에 범죄자가 감옥을 스스로 짓고 들어가는 경우가 어디 있습니까? 콜롬비아 정부 망신을 줘도 유분수지 해도 너무 한 것 아닙니까?"
"산도발, 형식이 뭐가 중요해. 감옥에 제 발로 들어가겠다는데. 가차가 이걸 받아주면 먼저 여자 인질을 풀어주겠데."
"저는 이런 결정을 할 수가 없습니다. 대통령께 물어보겠습니다."
"좋아. 빨리 결정해서 연락줘. 나도 여기서 기다릴 테니. 가차는 위치추적 문제 때문에 한 시간 이상 여기에 머물지 않을 거야."
가차는 콜롬비아 정부의 위치추적을 무서워해 약속 두 시간 전까지도 이 호텔을 가르쳐주지 않았다. 지금 경찰이 이 장소를 특정해도 출동하는 데는 서너 시간이 걸릴 것을 계산하고 만난 것이다.

전화를 끊고 벨라스케스를 불렀다. "저기 복도에 가차 경호원놈을 아나?"

"조금 알고 있습니다."

"이름이 뭐래?"

"나베간테라고 합니다. 보고타 출신이고요."

내가 저놈을 칼리에서 보았는데, 보고타 출신이라고! 더 의심이 갔다. "벨라스케스, 그놈에게 내 연락처를 줘. 힐베르트가 할 말이 있다면 반응이 있을 거야. 나중에 연락하라고 해."

"네, 보스."

이놈이 힐베르트랑 관계가 있다면 쫄아서 연락할 것이다. 내가 가차에게 한마디만 하면 죽은 목숨이다.

산도발에게서 전화가 왔다. "대통령께서 허락하셨습니다. 대신 여자 인질은 내일 석방되어야 합니다."

"좋아. 이제 지긋지긋한 전쟁이 끝났어. 에스코바르 스타디움 기공식에 가르비아 대통령을 초청하겠다고 연락해줘. 꼭 참석하시라고 하게. 우리 콜롬비아 국민이 축구를 얼마나 좋아하는지 알지?"

"그렇지 않아도 에스코바르 스타디움을 궁금해 하시니 참석하실 겁니다. 구체적인 것은 대통령 의전실과 얘기해주십시오."

위험한 시간이 다가와서 떠날 준비를 하는 가차에게 갔다. "가르비아가 오케이 했어. 이제 자네가 직접 접촉해서 문제를 풀어. 내 역할은 여기까지야."

"파블로 보스, 수고했어. 천만 달러는 곧 보낼게. 신탁증서는 다니엘 이름으로 부탁하네."

가차는 자기 발로 감옥에 가는 걱정보다 아들이 더 신경이 쓰이는 모양이다. 역시 자식이 약점이다.

"그래, 돈이 아무리 많아도 뭐 하나? 아들에게 제대로 물려주지 못하면 큰돈은 오히려 재앙이야. 내가 그래도 대사업가이지 않은가? 나에게 더 투자하게. 다니엘이 안전하게 그 돈을 받도록 세탁해줄게."

"생각해보겠네." 콜롬비아를 뒤흔든 희대의 살인범도 아들이라면 꼼짝을 못 한다.

가차는 콜롬비아 경찰에 형식적으로 자수하고 자신이 지은 감옥에 스스로 갇혔다. 그런데 그 감옥은 말이 감옥이지 웬만한 특급 호텔보다도 시설이 좋았다. 메데인 북부 산악 지역에 과거 수도원으로 사용되던 곳을 가차가 임대하여 그곳을 형식상의 감옥으로 개조했다. 누가 밑에서 기습 공격을 벌여도 충분히 방어할 수 있는 고립된 성채이다.

280센티미터 높이의 이중 철조망에는 5천 볼트의 전류가 흘렀다. 출입구에는 두 개의 망루가 설치되었는데 이것은 가차가 탈출하는 걸 막는 게 아니라 암살을 저지하기 위해서다. 여기로 접근하기 위해서는 시내에서부터 차를 달려 거의 1시간이나 걸린다. 길도 편도 2차선에 굽이도는 협곡이라 쉽게 올라갈 수 없다.

감옥의 면적은 무려 40만 평에 달했는데, 조그마한 축구장, 당구장, 바, 사우나를 위한 자쿠지와 폭포, 심지어 사격연습장까지 있었다. 이 호화로운 개인 감옥은 스페인어로 대성당이라는 말인 라 카테드랄(La Catedral)이라고 불렸다. 콜롬비아 마피아는 항상 죽음을 옆에 두고 있어 종교에 관심이 많다.

가차는 심지어 교도관도 직접 골랐다. 교도관은 가차의 부하와 마찬가지다. 가차와 그 일당을 위한 식품 트럭이 무제한으로 반입되고 심지어 여자도 자유롭게 출입했다. 게다가 가차를 비롯한 수감자들은 외출하고 싶으면 언제든지 나갔다 왔다. 죗값을 치르는 수감 생활이 아니라 휴가를 보내는 수준이다. 라 카테드랄 감옥은 가차의 개인 사무실과 다를 바 없다. 암살자 시카리오들이 공공연히 출입했다. 살인 임무를 받고 밑에 내려가기 전에 성모마리아에게 기도하는 샘터도 있다.

가르비아 대통령은 마약사범이 감옥을 스스로 만들어 수감하는 어이없는 추태를 감추기 위해 에스코바르 스타다움 기공식을 국가적 행사로 만들었다.

국민들이 가차의 사설 감옥보다 새로운 축구 경기장에 더 관심을 가지기를 바랐다.

기공식 며칠 전부터 에스코바르 스타디움 설계가 전면 공개되었다. 관중석을 뒤덮는 까치발의 캐노피를 둘러싸고 건축계에서는 부정적으로 본다는 기사가 나왔지만 시공사가 한국의 현대건설이고 충분한 실험을 통해 안전이 확보되었다는 얘기에 다들 반신반의했다.

만약 이 경기장이 제대로 들어선다면 남미에서 가장 현대적인 아름다운 경기장이 될 것이다. 하지만 좌파 언론이 가만있을 리 없다.

'국민은 테러에 움츠리고 먹을 것도 제대로 없는데 무슨 경기장에 수천만 달러를 쏟아붓는가?'

'에스코바르 스타디움은 제2의 콜로세움이다!'

좌파는 계급을 내세우지만 실제로는 자기 파당을 더 중요시한다. 자기 조직을 위해서라면 그들이 신성시하는 농민과 노동자의 희생을 아까워하지 않는다. 일부 좌파 운동권이 에스코바르 스타디움 건설에 반대하는 데모를 벌였지만 오히려 성난 시민들에 의해 쫓겨났다.

'콜롬비아 국민은 아름답고 편안한 최신 전용 경기장에서 축구를 즐길 권리가 있다.'

'못산다고 자존심이 없는 것은 아니다. 배는 고파도 최고의 경기장에서 최고의 축구를 보고 싶다.'

이런 여론이 언론에 쏟아졌다. 물론 에스코바르 방송국이 앞장서서 조장하는 것이지만……. 흔히 로마의 콜로세움을 시민들이 정치에 관심을 두는 것을 막기 위한 건축물이라고 하지만 이건 정말 인간을 몰라도 너무 모르는 것이다. 인간은 단지 먹고사는 동물이 아니다. 인간이 동물과 다른 것은 즐길 줄 아는 데 있다. 가난한 콜롬비아에서 가장 즐길거리는 축구다.

축구에서만큼은 월드컵을 들어 올리고 싶어 하고 최고의 경기장을 갖고 싶어한다. 지금까지 축구전용경기장조차 만들지 못했는데, 파블로가 자기 돈으로 최고의 구장을 만들겠다는 구상에 사람들은 열광했다. 가차가 제 목숨줄 연장하려고 호화 감옥을 만든 것과는 완전히 비교되었다.

삽을 뜨는 날, 가르비아 대통령의 표정도 너무 밝았다. 그동안 힘겨운 마약 범죄와의 전쟁에서 에스코바르 스타디움 건설은 한 줄기 빛이었다. 재선은 물 건너갔지만 임기 중에 이러한 업적을 남기게 되었기 때문이다.

기공식 연설에서 가르비아 대통령은 "에스코바르 스타디움은 이제 콜롬비아의 자존심입니다. 위대한 선수들이 이 경기장을 통해 배출되고 전 세계 축구 팬이 가장 방문하고 싶어 하는 스타디움이 될 것입니다. 저는 에스코바르 스타디움 건설을 추진한 파블로 회장에게 진심으로 감사를 드립니다."라는 말을 서슴지 않았다.

나도 한마디 하지 않을 수 없다. 먼저 대통령의 체면을 세워주었다. "에스코바르 스타디움은 가르비아 대통령의 도움 없이는 삽조차 들지 못했을 것입니다. 이 자리에서 진심으로 감사드립니다."

"가르비아! 가르비아!"

오랜만에 군중이 외치는 소리에 가르비아 대통령의 얼굴은 붉게 물들었다. 손을 흔들어 환호에 답했다.

"에스코바르 스타디움은 미래의 경기장입니다. 까치발의 천장은 쏟아지는 햇빛에 따라 아름다운 그림자를 보여줄 것입니다. 이제 비 맞고 땡볕 속에서 축구를 관람하는 일은 없을 것입니다. 그리고 경기장과 스타디움의 거리는 불과 3미터에 불과합니다. 선수들의 심장 박동 소리를 들을 수 있습니다. 선수들은 관중의 박수와 환호를 바로 옆에서 들을 수 있습니다."

"와! 와!"

"에스코바르 스타디움에는 4개의 라커룸, 선수들이 몸을 풀 수 있는 공간이 두 개, 지하에는 총 3천 대의 주차장을 마련했습니다. 2층 내부에 구단 박물관, 프레스룸, VIP룸과 휠체어를 이용할 수 있는 장애인 관람시설이 준비되어 있습니다."

[짝짝짝!]

"여러분! 더 놀라운 것은 이 스타디움을 3년 안에 건설하겠다는 것입니다."

"와! 와!"

"이것이 가능한 것은 이 공사의 설계, 시공, 감리를 한국의 현대건설이 주도하기 때문입니다. 현대건설은 지금 세계에서 가장 뛰어난 시공 능력을 갖추고 있습니다. 정주영 회장님이 특별지시하여 최고의 건설 팀을 보내주셨습니다. 정 회장님이 들을 수 있도록 큰 목소리로 불러봅시다."

"정주영! 정주영!"

에스코바르 스타디움 기공식은 축제로 끝났다. 참석한 사람들에게 먹을 것과 마실 것을 아낌없이 베풀었다. 콜롬비아 역대 최고의 마피아 보스였던 파블로 에스코바르가 개최하는 행사에 깽판치려는 간 큰 놈은 보이지 않았다.

기공식은 콜롬비아 국민에게 오랜만에 큰 카타르시스를 주었다. 마약과의 전쟁에서 매일 듣고 보던 게 테러, 납치, 살인, 경찰의 잔인한 진압 뉴스밖에 없었는데 파블로는 즐겁고 신나는 소식을 들려주었다.

특히 메데인시민에게 더 했다. 앞으로 이 아름다운 스타디움에서 축구를 볼 생각만으로 가슴이 두근거렸다. 반면, 가차는 개자식으로 인식이 굳어져 갔다. 메데인시민에게 스트레스만 잔뜩 안기고 자기는 호화 감옥에서 여자를 불러 즐기고 있지 않은가?

본격적인 공사가 시작된 지 몇 주 후에 나베간테가 은밀히 나를 찾아왔다. 이놈이 힐베르트의 첩자가 맞다. "파블로 보스, 안녕하십니까? 에스코바르 스타디움 공사는 잘 되고 있는가요?"

이 희대의 살인자도 내 앞에선 양처럼 공손했다.

"지금 기초 작업을 하고 있는데, 24시간 공사 중이야. 현대 직원들도 우리 콜롬비아 노동자의 열성에 감탄하고 있어."

"저도 한 손 거들고 싶습니다. 에스코바르 스타디움 기공식을 보았는데 가슴이 벅차올랐습니다."

"정말? 너도 살고 나도 도와줄 수 있는 길이 있는데 한번 들어보지 않을래?"

배신자, 첩자 나베간테는 이게 무슨 소리인가 싶어 눈만 깜빡거렸다.

"너도 잘 알다시피 나는 지금 코카인을 건드리지 않아. 그래서 스타디움 건설에 필요한 돈이 터무니없이 모자라는 상황이야. 이걸 네가 도울 수 있어. 너도 축구 좋아하잖아."

"파블로 보스, 무슨 말씀인지 모르겠습니다. 저는 가차 보스의 일개 경호원일 뿐입니다."

나는 나베간테에게 다가가 어깨를 쳤다. "하나 더 있지. 너는 칼리 카르텔의 첩자잖아."

나베간테의 얼굴이 창백해졌다. "무슨 말씀인지…… 제가 힐베르트 로드리게스 보스를 어떻게 알겠습니까?"

[빡!]

나는 주먹으로 나베간테 뒤통수를 쳤다. "거짓말할 사람이 따로 있지, 내 앞에서 그러면 안 돼!" 그런데 내가 때렸는데 내 손이 아프다. 이놈의 머리는 철판으로 덮여 있는지.

"나베간테, 칼리의 시체 청소부로 시작했지. 카르텔에서 사람들을 죽이면 네가 시체를 쇠 철조망으로 묶어 강에 던져 은닉시키는 일이 전공이라면서. 이후 칼리 카르텔 보스의 경호를 맡다가 이제는 가차를 경호하고 있어. 가차에게 보고타 출신이라고 얘기했던데…… 보고타 어디야? 가족은 칼리에 있는 거로 알고 있는데……."

아무도 모르리라고 생각한 정보가 술술 나오자 나베간테는 몸에서 힘이 쭉 빠져 얼굴이 시체처럼 창백해졌다. "파블로 보스, 용서해주십시오. 어리석었습니다. 보스를 위해 무엇을 해드려야 합니까?"

"그전에 물어볼 게 있어."

"무엇입니까?"

"힐베르트는 왜 너를 가차에게 보냈어? 어떤 일을 시킨 거야?"

"……."

나베간테는 한참 말이 없다가 말했다. "이 얘기를 하면 힐베르트 보스가 저를 죽이려고 할 것입니다."

"그 얘기를 하지 않으면 네가 여기서 먼저 죽겠지."

내 말을 들은 벨라스케스가 옆에서 총을 꺼냈다. 명령만 내리면 죽이겠다는 신호다. 나베간테는 할 수 없다는 듯 한숨을 쉬며, "힐베르트 보스는 가차가 뉴욕으로 보내는 마약 루트를 알고 싶어 합니다. 언제까지 메데인 카르텔에 의존할 수 없기 때문이지요. 저의 임무는 그 정보를 캐어오는 겁니다."라고 말했다.

"그건 내가 가르쳐줄 수 있어."

"정말입니까?"

"내가 미국으로의 루트를 개척한 사람이야. 지금은 그만두었지만, 그 노하우는 내 머리에 남아 있지."

"부탁드리겠습니다. 제가 그 정보를 캐어가지 않으면 우리 가족은 죽은 목숨입니다."

"좋아. 그 전에 네가 해주어야 할 일이 있어."

"뭡니까? 가차 보스의 암살 말고는 다 할 수 있습니다."

이 자식이 일을 너무 쉽게 생각한다. 그래…… "다니엘을 납치해 와!"

"그건, 그건…… 할 수 없습니다." 가차는 풀이 죽은 목소리로 말했다. 가차는 아들을 자신의 목숨보다 더 소중하게 생각한다.

"하하하, 그건 농담이야. 그러니까 약속은 함부로 하는 거 아냐. 내가 제일 싫어하는 게 납치거든."

"보스가 원하는 게 뭡니까?"

"간단해. 가차가 돈을 어디에 숨겼는지 그걸 말해주면 돼."

"그것도 불가능합니다. 저는 일개 경호원입니다. 가차의 돈은 그와 회계사 밖에 모릅니다."

"그 회계사가 누구야? 그놈만 붙잡으면 되겠네."

"그놈은 제가 압니다. 알렉스라는 놈입니다. 이거면 되겠습니까?"

갑자기 일이 너무 쉽게 풀린다.

"문제는 알렉스가 절대 가차 옆을 떠나지 않는다는 겁니다. 알렉스는 이동의 자유가 없습니다. 어떻게 보면 가장 불쌍한 놈이지요. 아마 저처럼 가족이 인질로 잡혀 있을 겁니다." 나베간테가 나를 보며 비웃듯 말했다.

그러면 그렇지. 절대 일이 쉽게 될 수 없지. "내가 원하는 건 돈의 행방이야. 네가 회계사를 고문을 하던 행방을 알아와. 네 전문이잖아."

"라 카테드랄에는 가차의 부하만 오십여 명이 넘습니다. 교도관도 부하라도 봐도 무방합니다. 저 혼자 어떻게 회계사를 심문하겠습니까? 죽이라고 하면 몰라도."

"혼자가 아닌 다른 사람이 조력하면 그놈을 심문할 수 있다는 거지?"

"시간이 문제지 가능합니다. 적어도 반나절은 필요합니다. 그런데 가차 보스는 한시라도 알렉스가 보이지 않으면 불안해합니다."

"두 시간을 줄게. 그놈을 족쳐서 돈의 행방을 알아내."

"어떻게 저에게 두 시간을 줍니까?"

"그건 내가 알아서 할 테니, 우리 쪽의 고문 전문가와 협력해서 알렉스의 입을 열어. 돈을 어디다 묻었는지 정확하게 알아봐."

호화 사설 감옥에 갇혀 있는 가차에게 전화를 했다. "가차 보스, 라 카테드랄에서 잘 지내시나? 천만 달러는 잘 받았어."

- 신탁증서도 잘 받았어. 에스코바르 스타디움을 보니까 정말 대단한 물건이 될 것 같아. 언제 그런 스타디움을 만들 생각을 했어?

가차도 TV로 중계된 에스코바르 스타디움 기공식을 보았을 것이다. 축구에 관심 있는 콜롬비아 사람이라면 흥분하지 않을 수 없는 뉴스이다. 가차도 축구팬이다. 공식적인 구단주는 아니지만, 수도 보고타에 있는 밀로나리오스

FC의 핵심 주주이다.

"돈 벌어서 뭐 하겠나? 자기가 좋아하는 일에 쓰는 재미가 최고야. 최고의 스타디움을 만들고 최고의 팀을 만드는 게 나의 꿈이야."

- 내가 여길 나가면 밀로나리오스 FC를 위한 스타디움도 파블로 보스가 만들어 줘. 돈은 걱정하지 말고 에스코바르 스타디움보다 더 좋은 축구전용경기장을 만들 거야.

"좋지. 아틀레티코 나시오날과 밀로나리오스 FC가 제대로 한번 붙어보자고! 하하하."

- 흥, 우리팀은 코파 리베르타도레스 준결승에 진출했어. 아틀레티코 나시오날은 한 수 아래지.

"프리메라 A에서는 아틀레티코 나시오날이 더 많이 우승했어. 게다가 지금 에스코바르 스타디움 건설 이후 최고의 선수를 내가 스카우트하고 있어. 밀로나리오스 FC는 우리의 새 스타디움이 생기면 쫓아올 수 없을 걸. 하하하."

- 무슨 말이야. 지난 시즌에는 밀로나리오스 FC가 아틀레티코 나시오날보다 승점이 높았어!

"아, 이거 말로는 안 되겠네. 우리 카르텔이 말로 싸우는 조직이었던가?"

- 우리 돈을 걸고 한번 붙어보자. 당장!

"좋아, 도전을 받아주지. 날짜만 얘기해."

- 다음 주에 당장 해.

"날짜는 좋아. 하지만 경기장에서 하면 가차 보스가 참석할 수 없잖아. 아무리 콜롬비아 정부가 봐준다고 해도 노골적으로 외출하는 것은 용납할 수 없을걸."

- 그러면 어떻게 해?

"지금 라 카테드랄에 조그만 축구장이 있다고 들었어. 거기서 풋살로 시합을 하는 건 어때? 선수도 지금 비시즌이라 11명 전부 불러낼 수 없는 상황이잖아."

풋살은 골키퍼를 포함해 다섯 명이 한 팀을 이룬다. 간단하게 축구 시합을 하기엔 적합하다.

- 그거 좋은 아이디어야! 내가 보고타에 전화할게. 다음 주에 여기 라 카테드랄에서 아틀레티코 나시오날과 한판 붙으러 오라고 지시할게.

"좋아. 나는 가차 보스 위로도 해주고, 돈도 좀 따고 싶어. 지금 내가 에스코바르 스타디움 건설 자금이 많이 부족해."

- 10만 달러를 걸겠네.

가차가 갑자기 승부욕이 불타올랐다. 아무리 자기 맘대로 할 수 있는 감옥이라고 하지만 답답하고 심심한 것은 어쩔 수 없다. 그런데 파블로가 흥미진진한 게임을 제안하지 않았는가?

"10만 달러가 뭐야? 경기에 이기면 시합에 출전한 애들 용돈은 주어야 하는 거 아냐? 명색이 프로인데…… 백만 달러로 하지!"

- 흥, 돈이 없다면서 백만 달러는 어디서 나오나?

"내가 왜 그런 고민을 해. 우리팀이 이길 텐데. 하하하."

- 뭐라고! 좋았어. 백만 달러 콜이야.

"잠시만, 백만 달러가 끝이 아니야. 경기가 40분이니까 삼판양승제로 하지. 그러니까 총 내기 금액은 3백만 달러가 되는 거야."

- 하하하. 파블로 보스가 미쳤구나. 돈이 없다면서 이런 내기를 거는 걸 보면 제정신이 아니야.

"그만큼 자신 있으니까. 쫄리면 하지마. 3백만 달러 잃었다고 천만 달러에서 깔 생각도 하지마. 당일 현금을 준비해. 내가 가져가야 하니까. 하하하."

- 흥, 파블로 보스나 준비해. 작년에 우리 밀로나리오스 FC가 아틀레티코 나시오날보다 승률이 높았다는 것을 모르고 있구먼.

가차를 낚는 데 성공했다. 가차가 축구에 정신이 없는 상황을 이용해 알렉스 회계사를 고문하여 숨겨놓은 돈의 행방을 찾을 생각이다. 3백만 달러 승부를 어떻게 하냐고? 무슨 걱정인가! 불세출의 축구 스타 호나우두가 있는데.

돈도 따고 가차 비자금도 찾을 생각이다.

아틀레티코 나시오날과 밀로나리오스 FC 간의 풋살 시합이 라 카테드랄에서 열렸다. 한마디로 미쳤다. 여기는 그래도 콜롬비아 정부가 운영하는 교도소이다. 그 교도소에서 현역 프로축구 선수를 불러 모아 풋살 경기를 여는 것이다. 다들 제정신이 아니다.

심지어 교도소장은 가차 옆에서 담뱃불을 붙여주며 아부를 떨었다. 교도소의 경비원과 가차의 부하들도 전부 경기장에 집결했다. 나도 축구를 좋아하는 로베르트와 축구에 관심이 없는 애들을 데리고 갔다. 이 애들은 따로 할 일이 있다.

가차는 손님이 온다고 해서 커다란 바비큐 파티를 벌였다. 최고의 요리사와 미녀들이 서빙을 했다. 여기가 감옥이 맞나?

"파블로 보스 때문에 정말 즐거운 하루를 보내게 되었어. 여기서 어떻게 프로축구 시합을 할 생각을 했어?" 가차가 테킬라 잔을 들며 말했다.

"자네가 하자고 하지 않았나? 나는 거기에 응수했을 뿐이야. 우리 아틀레티코 나시오날이 얼마나 강한지 보여주고 싶었어."

이 작전은 내가 아닌 가차가 만든 것으로 몰아가야 한다. 나중에 알렉스가 사라지면 그 의심은 내가 받기 때문이다.

"하하하. 말은 마음대로 하게. 돈은 준비해왔지?"

"그럼."

내가 눈치를 보내자 경호원 한 명이 가방 세 개를 들고 왔다. 백만 달러 세 뭉치다. 전속 경호원 벨라스케스는 어디 갔냐고? 저기 나베간테와 회계사를 고문하기 위해 대기하고 있다.

"와와와!"

"아틀레티코 나시오날 이겨라!"

"밀로나리오스 FC 만세!"

6백만 달러가 든 가방 여섯 개를 앞에 두고 마침내 경기가 시작되었다. 교도관과 마피아 애들 전부 흥분하여 고함을 질렀다. 이런 고립된 산중 감옥에서 콜롬비아 최고 선수들 간의 축구 경기라니! 게다가 고기와 술이 무제한 나오고 예쁜 언니들이 서빙을 하고 있다.

다 좋은데, 1차전에서 밀로나리오스 FC가 3:1로 승리했다. 가차는 좋아 죽는 표정이다. "하하하. 파블로 보스, 그렇게 자신하더니 뚜껑을 열어보니 전혀 아니네. 3백만 달러 물리기는 없는 거야."

아틀레티코 나시오날이 힘없이 무너지자 옆의 로베르트는 화를 참지 못해 권총을 꺼내려고 했다. "개자식들이 제대로 뛰지를 않아. 다 죽여야겠어."

"로베르트 보스, 그렇게까지 화를 낼 필요가 있나? 자, 술 한잔 하지."

가차가 테킬라를 들어 올렸다. 로베르트가 단번에 마시고 다시 건배를 제의했다.

"첫 경기는 졌지만 이렇게 공기 좋은 라 카테드랄에 와서 멋진 경기를 보니 기분이 좋네. 가차 보스, 한잔 더 해." 오늘 로베르트의 임무는 술상무다. 가차를 취하게 만들어야 한다.

"바비큐 고기도 정말 잘 구웠네. 시원한 바람 맞아가면서 맛있는 고기랑 이 멋진 시합이라니. 이게 사는 게 아닌가? 물론 2, 3차전에서는 우리가 이길 테니." 나도 가차에 호응하여 건배를 제의했다. 물론 대부분 안 마시고 몰래 버렸지만.

"우리 옛날 생각이 나네. 메데인 카르텔이 결성되고 경찰이나 좌익 게릴라들이 쫄아서 도망가는 거 보면 얼마나 신이 났나? 파블로 보스, 다시 카르텔에 합류하게." 가차가 유혹했다.

'미쳤나! 경찰에 쫓겨 다니고 결국에는 미국으로 송환되거나 죽고 마는 그런 비즈니스를 왜 하나.'

"하하하. 뜻은 고맙지만 사양하겠소. 난 에스코바르 그룹을 지켜야 하는 의무가 있으니까. 아, 2차전이 시작되었네."

2차전에는 양 팀의 선수가 많이 바뀌었다. 풋살이 축구보다 뛰는 양은 반도 되지 않지만 전후반 40분을 뛰고 다시 한번 더 뛰는 것은 부담스럽기 때문이다. 풋살은 경기장이 작아 그만큼 공수 전환이 빠르고 흥미로운 경기가 진행된다.

마침내 호나우두가 출전했다. 이제 그의 나이 16. 아직 작고 여린 모습이다. 우리팀을 제외하고 아무도 호나우두에 주목하지 않았다. 그렇지만 축구 천재가 그 존재를 드러내는 데 1분도 채 필요하지 않았다. 호나우두는 하프라인에서 공을 받자마자 3명을 그대로 제치고 마지막으로 달려 나오는 골키퍼를 농락하며 파넨카킥을 선보였다.

"와! 아틀레티코 만세!"

1차전에서 풀이 죽은 아틀레티코 나시오날 팬, 아니 에스코바르 조직원들이 환호를 질렀다. 교도관들도 가차의 눈치를 살피며 환호성을 보냈다. 아틀레티코 나시오날은 메데인의 팀이기 때문이다. 어이없이 첫 실점을 당한 밀로나리오스 FC도 공세에 나섰다. 5분 뒤에 아틀레티코 나시오날 진영에서 우당탕하다가 한 점을 넣었다.

"와! 밀로나리오스 FC 만세!"

가차 조직원들이 환호성을 보냈다. 가차도 그러면 그렇지 하며 테킬라를 원샷했다. 거기까지였다. 축구 천재는 몸이 풀렸다. 자유롭게 적 진영을 유영하고 필요하면 마르세유 턴을 아끼지 않았다. 왼쪽 골포스트를 향해 벼락같은 슛을 날렸다. 그물망이 철렁거렸다.

"저놈이 누구야?" 가차의 안색이 돌변했다.

"호나우두라는 브라질놈이야. 앞으로 우리 아틀레티코 나시오날을 이끌고 갈 보배야."

"적이지만 잘하네. 볼을 몸에 붙이고 다니잖아."

호나우두의 장점은 드리블과 적중률 50퍼센트를 넘어가는 골 감각이다. 게다가 풋살 시합은 오프사이드가 없다. 전방의 스트라이크를 묶는 가장 큰 함정이 없는 셈이다. 게다가 호나우두는 나이 때문에 아직 체격이 작은 편이다.

좁은 풋살 경기장에 딱 맞는 스펙인 것이다.

이렇게 우리가 잡담하는 사이 호나우두가 골키퍼가 펀칭한 골을 그대로 발리슛으로 꽂아 넣었다. 전반전에만 3골을 넣은 것이다. 가차의 안색이 다시 바뀌었다. 처음에는 죽일 듯이 호나우두를 쳐다보다가 나중에는 그의 묘기에 넋이 빠졌다. 술 마시는 속도가 빨라졌다.

전반전이 끝나고 화장실에 가는 척하며 뒤쪽에 대기하고 있는 벨라스케스를 불렀다. "어떻게 되었나?"

"알렉스놈이 화장실에 도통 오지를 않습니다. 축구에 빠져서 관중석 한가운데 있습니다."

벌써 한 게임 반이 지나서 이놈을 고문하기엔 시간이 터무니없이 부족하다.

"나베간테에게 알렉스를 불러내라고 해. 안 그러면 내가 가차에게 다 말할 거라고."

"네, 알겠습니다."

"시간이 없는 관계로 작전은 플랜 B로 간다. 애들에게 얘기하고 이후 전화는 사용금지야."

여기 교도소에서 알렉스를 고문하여 가차의 비자금을 찾는 것은 시간상으로 불가능하게 되었다. 이걸 대비하여 플랜 B를 만들었다.

고작 한 게임 반이 지났는데 가차는 이미 만취 상태다. 흥미진진한 축구 경기가 그를 자극했기 때문이다. 후반전에서도 호나우두의 쇼는 계속되었다. 두 골을 더 넣고 난 뒤에 그를 뺐다. 3차전이 기다리고 있기 때문이다.

로베르트는 내가 지시해서 그런지, 아니면 약장사하는 가차와 성정이 맞아서인지 술을 계속 주고받았다. 오랜만에 시킨 일을 잘하고 있다.

"가차 보스, 어떤가? 호나우두 봤지. 3차전도 우리가 이길 것 같은데."

"흥, 한번 당했으면 되었지 두 번은 안 당해. 호나우두는 3차전에 꽁꽁 막힐 거야."

"설마 반칙으로 호나우두에게 이상이 생기면 난 절대 참지 않을 거야."

"경기하다 보면 그럴 수 있지." 가차는 나의 경고를 태연히 무시했다.

가차가 지시를 내린 것인지 아니면 밀로나리오스 FC 감독의 전략인지는 몰라도 3차전 시합이 시작되면서 호나우두는 집중 견제를 받았다. 아예 수비수 하나가 그를 전담 마크했다. 그리고 공만 잡으면 반칙으로 끊어내었다. 어린 호나우두가 몇 번이나 넘어졌는지 모른다.

"가차. 이건 친선시합이야. 미래가 창창한 선수를 잡으려고 하면 안 돼!"

"친선은 개뿔! 이건 3백만 달러가 걸린 시합이야. 쟤들 연봉이 2만 달러가 되지 않아. 무조건 이겨야 해. 그리고 심판이 있잖아. 거친 태클을 하면 반칙이나 경고를 하겠지."

"……."

가차의 말이 맞다. 그런데 문제는 심판놈들이 가차 돈을 받았는지 어지간한 반칙도 넘어간다. 저놈들 이름을 기억해야겠다. 밀로나리오스 FC의 거친 반칙 속에 공격의 속도가 죽은 아틀레티코 나시오날은 결국 한 골을 먹고 말았다. 전반전이 끝났다.

경기도 경기지만 알렉스놈의 동향 때문에 눈이 아플 지경이다. 이놈이 마침내 엉덩이를 들고 화장실에 가는 게 눈에 띄었다. 나베간테와 벨라스케스가 잘해야 할 텐데.

가차는 전반전에 자신의 작전이 맞아 떨어져서인지 테킬라를 연신 들이켰다. "하하하. 파블로 보스, 이제 얼마 안 있으면 저 돈은 내 돈이 되는 거야. 경제적으로 힘들다고 들었는데 미안해."

"흥, 길고 짧은 것은 대어 보아야 알지." 나는 호나우두를 믿는다.

나의 믿음이 헛되지 않았다. 전반전에 전담 마크맨에 꼼짝없이 잡혀있던 호나우두가 스피드로 극복하기 시작했다. 수비에 가담하면서 전담 마크맨과의 간격을 벌리고 그다음에 공을 잡으면 질풍노도처럼 달렸다. 두 명의 선수를 제치고 골대 왼쪽으로 그림 같은 슛을 날렸다.

"골! 골이다!"

우리 조직원과 교도관들이 환호성을 질렀다. 자신만만하던 가차의 안색이 심각해졌다. 테킬라에 자꾸 손이 갔다.

후반전 1분을 남기고 밀로나리오스 FC의 골키퍼가 얌전히 공을 수비수에게 넘겼다. 수비수는 호나우두가 달려들자 당황하여 골키퍼에게 백패스를 했다. 문제는 공을 제대로 터치하지 못해 옆으로 흘린 것이다. 결정적 실수를 저질렀다. 이걸 놓칠 호나우두가 아니다. 호나우두는 흘러나오는 공을 달려나오는 골키퍼 왼쪽으로 강하게 찼다. 공은 그대로 곡선을 그리며 밀로나리오스 FC 진영의 골대로 빨려 들어갔다.

"아틀레티코 만세!"

"호나우두 만세!"

경기장은 축제의 현장으로 바뀌었다. 1분이 지나자 심판이 경기 종료를 선언했다.

"호나우두 만세!"

"파블로 만세!"

아니, 내 이름이 여기서 왜 나오나? 그게 중요한 게 아니다. 이 경기서 3백만 달러를 땄다는 것이다. 아니, 더 중요한 것이 남아 있지. 벨라스케스가 일을 잘 처리했는지 모르겠다. 일단 관중석에 알렉스의 얼굴은 보이지 않아 다행이다.

가차의 안색은 똥색으로 변했다. 화를 주체못해 테킬라를 연신 들이부었다. "개자식이 그걸 하나 제대로 패스 못 해!"라고 소리쳤다.

결정적 실수를 한 밀로나리오스 FC 수비수는 망연자실한 표정이다. 하기야, 저 실수 하나 때문에 3백만 달러가 날아갔으니…….

"가차 보스, 3백만 달러는 잘 쓸게. 억울하면 다음에 또 신청해. 얼마든지 받아줄게."

"흥, 다음에는 우리가 이길 거야. 아틀레티코 나시오날이 잘해서 이긴 게 아니라 저놈 수비수 때문에 졌어."

"가차, 네게 3백만 달러는 돈도 아니잖아. 덕분에 즐거운 경기도 보고 하루를 재미있게 보냈어. 자, 이제 본격적으로 술판을 벌여 볼까?"

"그래, 가차 보스! 포브스가 인정하는 부자잖아. 우리 에스코바르 건설은 지금 돈이 없어 쩔쩔매고 있어." 로베르트가 가차의 기를 살리며 술 마시는 분위기를 조장했다.

"흥, 돈이 문제가 아니지. 저따위로 경기하는 놈은 죽어야 해!" 가차가 소릴 지르자 주위 분위기가 싸늘해졌다.

가차는 나베간테를 불러 뭔가를 지시했다. 나베간테는 조금 전 회계사를 간신히 넘겼는데, 또 다른 임무가 떨어졌다. 결정적 실수를 한 선수가 나베간테에게 끌려갔다.

분위기가 이상하게 돌아가자 나는 가차에게 말했다. "여기 사람들 보는 앞에서는 삼가게."

"싫은데……"

"내 체면도 생각해. 우리끼리 전쟁을 벌이면 너는 메데인에서 살아남을 수 없어. 여긴 네 교도소지만 메데인에 있다는 것을 잊지말아."

가차의 안색이 붉어졌다. 내게 도발하고 싶지만 그러면 여기서 전쟁이다. 이제 겨우 미국으로 송환되는 걸 모면했는데 그럴 수는 없다. 가차가 옆의 똘마니를 불러서 뭔가 지시했다. 똘마니는 나베간테에게 뛰어갔다.

나베간테는 불쌍한 그 수비수를 사람들 시선이 보이지 않는 창고로 끌고 갔다. 조금 뒤, '탕탕탕' 소리가 울렸다. 모두 침묵에 빠졌다. 나베간테는 아무 일 없었다는 듯이 징그러운 미소를 띠며 나타났다.

개자식 가차가 실수 한번 했다고 축수선수를 죽인 것이다. 진짜 인간 쓰레기다. 그리고 여기는 죄수를 교정하는 국가 기관이다. 살인이 서슴없이 행해지고 법을 지켜야 하는 교도관은 살인 사건을 목격하고도 꿀먹은 벙어리다. 국가 질서가 붕괴되고 있다.

선수 하나가 죽자 분위기는 시베리아가 되었다. 기분이 좋은 사람은 가차뿐이다. "자, 여기 파블로 보스와 콜롬비아의 축구를 위해 한잔해. 한잔 다 마신 사람에겐 백 달러를, 잔을 비우지 않은 사람에게는 총알 한 방을 선사할 거야."

나도 쫄아서 원샷했다. 다른 사람들은 말할 것도 없다. "가차, 이제 배가 고파. 밥을 먹자!" 분위기 전환을 위해 가차에게 식사를 요청했다.

"오, 미안해. 식사 시작합시다."

가차가 신호를 주자 저녁 만찬이 시작되었다. 준비한 밴드가 나와서 곡을 연주했다. 가차가 테킬라를 들고 술을 나누어주자 사람들은 조금 전 무슨 사건이 생겼는지 잊어먹고 다시 흥청거리기 시작했다.

이게 콜롬비아이다. 옆에 살인 사건이 일어나도 자기 일이 아니면 금방 잊고 놀고먹는다. 술이 들어가면 몸을 흔든다. 가차가 불러온 아가씨들을 상대로 춤판이 벌어졌다. 파티가 시작된 것이다.

누구도 알렉스에게 주목하지 않는 이 분위기는 내가 일을 꾸미는데 도움이 되었지만 가차 개자식이 선수 하나를 실수 때문에 죽였다는 게 용납이 되지 않는다. 실수를 용납하지 않으면 누가 축구를 하려고 하겠는가. 우리 호나우두 멘탈에 금이 가지 말아야 하는데……

분위기를 반전시켜야 한다. 어느 정도 식사가 끝나고 춤판도 시들해질 때쯤에 나는 선수들을 불렀다. "오늘 경기 뛴다고 고생한 선수들 앞으로 나와."

양 팀의 선수들이 내 앞으로 나왔다. 안 나왔다가는 가차보다 더 잔인한 것으로 소문난 파블로에게 죽을지 모르기 때문이다.

백만 달러 가방에서 돈을 꺼냈다. 옆의 카를로스에게 밀로나리오스 FC 선수 각자에게 만 달러를 주라고 지시했다. "멀리 보고타에서 여기까지 와주어서 고맙네. 이건 차비에 보태쓰게!"

"파블로 보스, 감사합니다." 경기에 지고 동료도 죽어서 의기소침 해있던 밀로나리오스 FC 선수단은 조용히 인사했다.

파초 마투라나 아틀레티코 나시오날 감독을 불렀다. 백만 달러에서 남은 돈 90만 달러를 건넸다.

"이 돈을 오늘 출전한 선수들에게 나누어줘. 잘한 놈은 특별히 많이 주게."

"와! 파블로 회장님 최고! 감사합니다." 갑자기 돈벼락을 맞은 아틀레티코 나시오날 선수들이 환호성을 질렀다.

오늘 구단주의 급작스러운 호출에 광대가 된 기분이었는데 연봉보다 더 많은 돈을 받다니! 옆의 동료 하나가 죽었지만 자기 손에 큰 현금이 들어오자 얼굴에서 웃음이 떠나지 않았다.

가차는 내가 이런 쇼를 하는 동안 술기운을 이기지 못해 졸고 있었다. 만약 내가 자기 돈으로 자선을 베푸는 것을 보았다면 그냥 넘어가지 않았을 것이다. 가차는 결국 졸다가 쓰러졌다. 코를 골았다. 그렇지만 아무도 그를 건드리지 못했다.

이게 콜롬비아 감옥이다. 죄수가 프로축구 선수단을 불러 교도소 내에서 시합하고, 마음에 안 드는 놈은 그 자리서 죽이고! 밖에서 술 먹다가 졸고. 어떤 놈은 여자 엉덩이 본다고 눈이 뻘겋고…….

가차가 자는 틈을 타 나도 라 카테드랄을 벗어났다. 농장에 도착하니 벨라스케스가 웃는 표정으로 다가왔다. 그런데 저 자식은 웃어도 웃는 것 같지가 않다. 워낙 인상이 안 좋아서. 조금 전 웃으며 사람을 죽이는 나베간테와 형제 같았다.

"보스, 플랜 B가 성공했습니다. 나베간테가 알렉스를 유인하여 창고로 데리고 왔습니다."

"그놈이 밥값을 했네. 그걸 본 사람은 없지?"

"네, 전부 축구 경기에 몰두해서 알렉스가 어떻게 사라졌는지 모를 겁니다."

한심한 콜롬비아 교도소다. 사람이 그렇게 쉽게 빠져나올 수 있다니. 교도소가 아니라 축구장인가?

"알렉스 그놈은 지금 어떤가?"

"자기를 왜 납치해왔는지 잘 알고 있습니다. 한나절만 시간을 주십시오. 원하는 정보를 몽땅 가져다 바치겠습니다." 벨라스케스는 손이 간지러운지 뼈를 뚝뚝 문질렀다.

저놈에게 맡기면 일은 쉬워지지만 그러고 싶지 않았다. 충분히 말로 해서 들을 애를 병신 만들기는 싫다.

"아냐, 일단 내가 말로 설득해볼게. 알렉스를 데리고 와!"

알렉스는 거의 자포자기한 상태였다. 살려는 의지가 없어 보였다. 가차가 자신이 탈출하거나 납치당한 것을 알면 가족을 절대 그냥 두지 않으리라는 것을 잘 알기 때문이다.

"알렉스, 고생 많았어. 그를 풀어줘."

벨라스케스가 내 지시를 받고 알렉스를 묶은 밧줄을 풀어주었다. 알렉스는 무덤덤했다.

"술 한잔하겠나?"

"아뇨, 생각 없습니다."

"알렉스, 편하게 생각해. 그러면 물이라도 마셔. 목마를 거야."

벨라스케스가 물병을 알렉스에게 건네주었다. 알렉스는 물로 스트레스를 푸는 듯 벌컥벌컥 마셨다.

"가차가 자네가 사라진 것을 알면 가족을 그냥 내버려 두지 않을 거야. 자네가 나에게 협조한다면 자네도 살고 가족도 살 수 있어."

"……."

"문제는 시간이야. 자네가 빨리 불면 그만큼 빨리 자네 가족을 구할 수 있어. 자네 가족이 라 카테드랄에 있는 거는 아니지 않은가?"

"보고타에 있습니다."

"좋아. 주소와 전화번호를 불러주게. 지금 당장 구하러 가겠네."

"저도 살려주시는 겁니까?"

"당연하지. 중요한 정보를 주는데 자네를 죽일 이유가 어디 있나?"

알렉스의 얼굴이 살짝 돌아왔다. 자신도 살고 가족도 살 수 있는 한줄기 빛이 있다는 것을 느꼈기 때문이다. "먼저 가족이 무사하다는 전화를 받으면 원하는 정보를 드리겠습니다."

나는 알렉스에게 다가갔다. "나를 못 믿는가? 우리 애들이 자넬 고문하자는 걸 난 반대했어. 몸은 만신창이가 되고, 가족이 가차의 손에 죽게 하고 싶으면 시간을 끌게."

알렉스의 얼굴이 다시 사색이 되었다. "파블로 보스, 잘못했습니다. 원하시는 게 뭡니까?"

"좋았어. 가족의 주소와 전화번호를 주게. 급한 일부터 먼저 처리하고 자네 얘기를 들어보지."

알렉스 가족 정보를 들은 나는 보고타 애들에게 긴급 출동하여 구조하라고 지시했다. 전쟁 가능성이 크니 무장을 철저히 하라고 당부했다. 가차가 알렉스가 사라진 것을 알면 가족을 인질로 잡을 것이다.

알렉스가 큰 짐을 덜었다는 듯 한숨을 쉬었다. "감사합니다."

"가차의 비자금은 어디에 숨겼나?"

"여기저기 분산했습니다. 가장 큰돈은 파나마 접경지대인 안티오키아주의 밀림입니다."

"가차의 에메랄드 광산이군."

"어떻게 아셨습니까?" 알렉스는 놀란 표정을 지었다.

"내가 가차에게 그냥 떠보았는데 당황한 목소리로 부정하더라고. 그놈이 돈 번 게 광산이지 않은가? 광산에 돈을 묻을 바보 같은 아이디어는 바보 가차만 가능한 거지. 굴은 습기가 많아. 얼마 안 가 돈이 썩을 거야."

"습기 제거제와 같이 돈을 묻었습니다."

"그러니까 바보지. 습기 제거제는 산소가 필요해. 같이 묻으면 의미도 없어."

알렉스의 얼굴을 쳐다보며 직설적으로 물었다. "어떤 광산인가? 위치를 말해주게."

"정확한 위치는 지도에 표시해놓았지만, 그건 가차 보스가 보관하고 있습니다. 대략 설명해 드려도 찾기는 쉽지 않을 겁니다."

'어떻게 하지? 저놈을 믿어?'

나의 눈치를 보던 알렉스가 "저를 믿는다면 같이 가서 가르쳐 드리겠습니다."라고 제안했다.

마다할 이유가 없지. "좋아. 그 돈을 찾으면 5퍼센트는 자네에게 주겠네."

"정말입니까?" 알렉스는 탐욕에 번들거리는 눈으로 물었다.

"나는 절대 혼자 독식하지 않아. 에스코바르 그룹의 모토가 뭔지 아나? '공동부유'야. 여긴 독식이 없어."

"뭔가 사회주의 좌파 느낌이 나는 구호 같습니다."

이 자식이 눈치가 빠르네. 시진핑이 마오쩌둥 시대로 돌아가려는 것을 어떻게 알았을까?

"우리 에스코바르 그룹은 10년 무사고 무배신이면 조직원 누구에게나 콘도 하나를 그냥 주고 있어."

"잘 알고 있습니다. 그래서 배신자가 없다고 들었습니다."

"그건 다른 문제고······. 그리고 내가 거짓말하는 걸 보았나? 메데인시민이 왜 나를 지지하겠나? 파블로는 말을 하면 지킨다고 믿기 때문이야. 그러니까 걱정은 말고 지금 일단 그 지도를 그리게."

벨라스케스가 종이와 펜을 가지고 왔다.

"거기에 얼마나 묻었나?"

"2천만 달러입니다."

가차 개자식이 돈을 벌기는 정말 많이 번 모양이다. 굴에다가 2천만 달러를 묻을 정도라니.

"거기 말고 다른 곳도 있지 않나?"

"네, 몇 군데 있습니다." 알렉스는 마지못해 대답했다. 나중에 혹시 가차가 죽고 나면 혼자 찾아 독식하려고 했는데······.

"그것도 그리게. 물론 찾으면 자네 몫은 5퍼센트야. 에스코바르 그룹은 파트너에게도 철저한 성과급을 지향하네. 공동부유라니까."

"네, 정말 가차 보스와는 다릅니다." 알렉스는 존경스러운 눈빛으로 나를 보았다.

다음 날 아침. 가차가 전화했다.

- 파블로, 어제 잘 들어갔어?

"물론이지. 자네 덕분에 급한 돈 메꿀 수 있어서 고마워."

- 내가 도움이 되었다니 다행이군. 자네도 나를 좀 도와주어야겠어.

"뭘 도와 드려야 하나? 돈도 빌려주시고, 공돈도 주시는 분에게 내가 못해 드릴 게 없지."

- 우리 애새끼 하나 돌려주게.

"무슨 말이야!"

- 자네 애들이 우리 조직원 한 명 납치하지 않았나? 그놈이 내겐 중요해. 그냥 돌려주면 없던 일로 하겠어.

"무슨 말을 하는지 모르겠어. 그런 일 없어."

- 파블로, 실망이야. 솔직하게 말해. 알렉스 개자식을 제자리로 갖다 놓아. 그렇지 않으면 전쟁이야!

가차가 흥분된 목소리로 말했다.

"전쟁? 좋지. 내가 카르텔을 벗어났다고 무장까지 포기한 거로 생각하는 모양이지. 우리 에스코바르 경비 직원만 천 명이야. 우리 조직 건드리면 라 카테드랄을 박살 낼 거야. 자네가 어디로 도망가겠나?"

- 개자식! 내가 그렇게 호의를 베풀었는데 배신을 해?

"배신은 무슨 배신이야. 자네가 전쟁하겠다니 받아주겠다는 것뿐이야!"

- ······.

잠시 정적이 흘렀다. 가차도 정신을 수습하고 어떻게 해야 할지 고민하는 모양이야.

- 알렉스 그 자식을 자네가 납치하지 않았나?

역시 가차의 넘겨짚기였다. 내 그럴 줄 알았다. 증거를 안 남겼는데 아무리 확신을 해도 더는 몰아붙일 수가 없다.

"이봐, 가차! 적어도 조직의 보스 정도 되면 근거를 갖고 말해야지. 그냥 의심난다고 상대방을 몰아치면 어떻게 해. 나는 알렉스라는 이름도 처음 들어."

- …….

가차는 침묵했다. 물 들어올 때 노 저어야 한다. 가차 이놈이 한발 물러설 때 밀어붙여야 한다.

- 미안해. 그렇지만 자네가 알렉스 건에 관여되어 있다는 게 드러난다면 절대 좌시하지 않겠어.

"자네 마음 이해해. 혹시 도울 일이 있으면 언제든 말해."

가차가 일방적으로 전화를 끊었다. 이제 가차가 눈치채기 전에 빨리 그 비자금을 털러 가야 한다. 2천만 달러면 당분간 빚 독촉에 시달리지 않을 수 있다. 문제는 이게 열대우림의 광산에 숨겨져 있다는 것이다.

벨라스케스가 들어왔다. "보스, 알렉스 가족을 무사히 구출했습니다. 구출 과정에서 가차 조직과 작은 전쟁이 벌어졌는데 알렉스 아들이 다리에 총상을 입었습니다."

"수고했어. 알렉스놈의 지도는 확인했나?"

"네, 대략 위치는 파악했습니다만 접근하는 게 이만저만 힘든 게 아닙니다. 길도 없는 밀림을 반나절은 걸어가야 합니다. 자동차로 거기까지 가는 데도 12시간이나 걸립니다."

"지금 바르카스 사장을 불러. 애들은 출동 준비시키고."

"네, 보스."

자동차로 왜 밀림 입구까지 가서 반나절을 걸어가야 하나? 그건 나올 때도 마찬가지란 얘기 아닌가? 헬기를 이용하면 되지. 그나저나 누굴 데리고 가야 하나? 욕심 많은 로베르트는 안 된다. 돈을 보면 무슨 사건을 저지를지 모른다. 구스타보는 항공사업을 한다며 미국에 출장 가 있다. 아, 이것도 돈 들어갈 일만 남았는데 골치 아프다.

지난번 일본 야쿠자 보스를 죽인 시카리오놈들을 불러야겠다. 이 자식들은 그 사건 이후 다들 두둑한 보상금을 받았다. 절대 입을 다물라는 명령도 충실히 지켰다. 우리끼리는 사무라이 시카리오라고 부른다.

"미카엘 카를로스를 포함한 사무라이 시카리오의 핵심 열 명만 불러. 그놈들을 데리고 갈 거야. 너와 알렉스도 같이."

"알겠습니다. 보스!"

당장 출발하고 싶었지만 일정이 연기되었다. 바르카스는 우리가 가진 헬기로는 강하할 수 없다고 답했다. 일반 승용 헬기는 사람이 밧줄로 타고 내려가기에 기체가 너무 가볍다는 것이다. 할 수 없이 가장 가까운 착륙 포인트를 찾기로 하고 헬기를 먼저 사전 지형조사차 보내기로 했다. 그런데 갑자기 폭우가 쏟아져 이것도 며칠 연기되었다. 그러는 사이, 가차가 탈옥했다는 소식이 들려왔다. 경찰에 박아놓은 내 첩보원이 긴급사항이라고 보고했다. 아, 자꾸 일이 꼬인다.

로베르트와 바르카스를 불렀다. "왜 탈옥을 했데요? 거기 들어가려고 그렇게 난리를 쳤는데······."

"그러게 말이야. 이제 좀 조용해지지 않을까 생각했는데, 가차가 또 한바탕 콜롬비아를 들쑤실 것 같아." 로베르트가 심각하게 말했다.

"경찰이, 아니 정부가 절대 그냥 두지 않을 텐데······ 왜 그런 어리석은 짓을 저질렀을까요?"

"제가 들은 정보에 따르면 가차를 다른 교도소로 이송하는 게 검토되었다고 합니다. 교도소 안에서 몇 건의 살인사건이 발생했고, 심지어 마약 거래 지시도 이루어져서 DEA가 강력하게 콜롬비아 정부에 항의했습니다. 가차는 이송이 미국 송환으로 연결되는 것을 두려워했을 겁니다." 바르카스가 경찰에게서 들은 정보를 말했다.

가차의 살인 본능은 감옥 안에서 오히려 더 심해졌다. 수비 실수를 했다고 축구선수를 처형하는 몰상식한 놈이다. 사람은 공포에 약하다. 그러나 그것도 비상식적으로 자주 발생하면 무감각해지고 증오하게 된다. 증오는 결국 배신으로 이어진다.

"나도 들었는데, 가차가 축구 시합에 지고 난 다음 날 난리가 났데. 가차의 자금을 관리하는 놈 하나가 사라졌는데, 제대로 경비를 서지 못한 놈들이 즉결 총살당했다고 하네. 가차가 너에게 전화하지 않았나?" 로베르트가 나를 보고 말했다.

"전화 왔었어요. 말도 안 되는 소릴 집어치우라고 했습니다. 내가 그놈이 누구인지 어떻게 압니까?" 나는 시치미를 뗐다.

로베르트는 내가 가차 비자금을 쫓고 있다는 사실을 알면 자기도 끼워 달라고 떼를 쓸 게 분명하다. 나중에 돈을 찾으면 거기에 자기 몫을 요구할 가능성이 크다. 로베르트에게 들어가는 돈은 우리 조직에 전혀 도움이 되지 않는다.

"지금 메데인시와 안티오키아주는 난리입니다. 가차를 잡기 위해 경찰과 우익민병대 애들이 곳곳에 설치고 있습니다. 몇 군데에서는 벌써 가차 조직과 경찰의 총격전이 벌어졌습니다. 보고타에서는 마피아를 잡겠다고 정예군을 조직했다고 합니다. 헬기 특별 소편대 한 개 부대와 영국 정부의 SAS(스페셜 에어 서비스) 훈련을 받은 300명이라는 정보를 인수했습니다. 이놈들은 다른 기관의 간섭을 받지 않고 보고타 경찰청 명령에만 움직인다고 합니다." 바르카스가 정부 현황을 보고했다.

"가차도 만만치 않아. 다시 경찰 목에 현상금을 내걸었다고 하네. 장교 한 명당 5백만 페소, 경찰 한 명당 150만 페소, 부상자 한 명당 80만 페소를 내걸고 살인을 부추기고 있어. 지금 길거리에 사람이 없어. 건설 노동자들이 무서워서 출근을 못 하고 있어." 로베르트가 현황을 보고했다.

"건설 노동자 임금에 위험수당을 지불하세요. 출근하면 무조건 천 페소라고 광고하세요."

"돈이 어디 있어?"

"제가 백만 달러 긴급으로 지원해드리겠습니다."

"아, 가차 돈이 있지. 하하하."

"스타디움 건설에 차질이 있어서는 안 됩니다. 콘도도 마찬가지입니다. 우리 에스코바르 그룹은 어떤 경우에도 약속을 지키는 기업이라는 이미지를 유지해야 합니다. 한국에서 비싸게 부른 엔지니어들이 놀고 있으면 안 됩니다."

나는 바르카스에게 지시했다. "우리 애들, 이럴수록 절대 사고를 쳐서는 안 돼. 괜히 정부와 충돌했다가 가차와 같은 마피아 조직으로 엮일 수 있어."

"잘 알고 있습니다. 그런데 지금 농장주들이 경비를 요청하고 있습니다. 어떻게 할까요?"

"사람이 없다고 해. 가급적 메데인시를 빠져나가면 안 돼. 아마 가차와 경찰은 시 외곽의 농장에서 한판 붙을테니 거기에 휘말리면 안돼."

"가차가 내건 살인 수당에 혹하는 우리 애들이 있습니다. 워낙 박봉이라 돈 조금만 더 주면 어떤 일도 마다하지 않습니다."

"애들에게 공개적으로 공지해. 다른 조직 일을 하거나 엉뚱한 사건에 연루된 것이 드러나면 콘도 계약은 파기된다고. 그리고 절대 내가 용서하지 않을 거라고 해."

"알겠습니다."

"자, 그럼 오늘 회의는 여기까지 합시다. 로베르트 형님은 제발 공사 현장에 하루에 한 번은 들리시기 바랍니다. 안 좋은 소문이 들립니다."

"무슨 소리야!" 로베르트가 발끈했다.

"아시잖아요. 도박장에 다니시는 것. 공금에 손대면 아무리 형제라도 가만히 있지 않겠습니다."

"어떻게 알았어?" 로베르트는 시무룩한 표정으로 시인했다.

"메데인시에 제 눈과 귀가 얼마나 많은지 형님이 가장 잘 알고 있지 않습니까? 에스코바르 건설을 콜롬비아 최고로 만들겠다는 약속 잊지 마세요."

"알았어." 로베르트는 슬그머니 자리를 빠져나갔다. 내가 로베르트를 광산에 데리고 가지 않은 이유가 여기에 있다.

바르카스는 로베르트가 나가는 것을 보고 다른 지시사항을 보고했다.

"보스, 다 준비되었습니다. 폭발 해체 전문가도 보고타에서 긴급 수배하여 데리고 왔습니다."

"좋아. 내일 아침 일찍 출발하지. 우리 애들도 점검하고 보안사항 수칙 확인해."

"네, 알겠습니다."

다음 날 아침 7시. 바르카스가 이끄는 사무라이 시카리오 1진이 에메랄드 광산이 있는 밀림으로 떠났다. 헬기는 9시에 돌아왔다. 벨라스케스와 카를로스 그리고 알렉스와 함께 안티오키아 밀림으로 떠났다. 다행히 날씨는 좋았다. 헬기는 거의 한 시간을 날아가 1진이 도착한 지점에 무사히 내렸다. 열대 우림의 한가운데 농민들이 농사를 짓겠다고 인위적으로 산불을 낸 지역이다. 우리를 내려놓은 헬기는 다시 메데인으로 돌아갔다.

"여기에서 광산으로 가는 길이 어디 있나?" 알렉스를 보고 물었다. 주위에 아무리 보아도 길이 보이지 않았다.

"저기 산을 하나 넘어가야 합니다. 힘들지만 밀림을 통과해야 합니다."

우리 일행의 대장 격인 바르카스가 사무라이 시카리오를 지휘했다. 그는 정글에서 좌익 게릴라와 전쟁을 벌인 경험이 있다. "부대 앞으로! 지금부터 열을 지어서 이동한다. 파블로 보스의 안전을 가장 우선시하고 밀림을 통과 시 이상한 식물이나 동물과는 접촉해서는 안 된다."

15명의 보물 탐사단이 밀림 안으로 들어갔다. 바르카스가 내게 다가왔다. "보스, 힘들지 않으십니까? 베이스캠프를 치고 기다리는 게 나을 수 있습니다. 헬기를 다시 부르면 됩니다."

"괜찮아, 이 정도는."

'야, 나 이래도 대한민국 수색대 출신이야! 천리행군을 무려 세 번이나 받은

왕재수라구!'

그렇지만 정글은 만만치 않았다. 열대우림은 적도 인근의 고온다습한 기후에 대량의 수목이 매우 밀집되어 생식하는 지역이다. 보통 사람이 살 수 없는 사막이나 극지방을 불모지라고 하는데, 열대우림 또한 만찬가지다. 이곳은 동식물이 많고 원주민도 있어서 풍요로운 곳으로 보이지만 실제로는 녹색 사막이라 불릴 정도로 먹고살기 힘든 곳이다. 정글에 빽빽이 들어찬 풀떼기나 동물은 전부 하나같이 독을 가득 품은 놈들이라 먹을 수 없다.

심지어 물도 마시면 안 된다. 정글에 있는 고인 물은 병원균과 박테리아, 기생충들이 득실거린다. 흐르는 물도 흙을 쓸고 내려오는 경우가 많아서 정수하지 않으면 마시고 배탈과 설사로 이어진다. 다행히 바르카스 사장이 정글 활동에 경험이 있고 사무라이 시카리오 중에서 원주민 출신들이 몇 명 있어 밀림을 헤쳐 가는 데 도움이 되었다.

"보스, 이 정글에서 가장 위험한 것이 무엇이라고 생각합니까?"

"글쎄, 독충이나 표범?"

"하하하. 그건 우리가 총이 있으니까 문제가 되지 않습니다."

"날씨가 지랄 같네."

"그건 일리가 있는 말입니다."

정글에 들어오자마자 비를 맞았다. 준비한 우의로 비를 막았지만 이미 속 내의는 다 젖었다. 스콜로 불리는 소나기는 잠깐 열기를 식혀주지만 대신 습도를 미친 듯이 올려 체감 더위는 견딜 수 없었다. 맨몸이면 차라리 빨리 마르기라도 하지, 옷 사이에 스며든 물기 때문에 견디기 힘들다.

"답이 뭐야? 날씨는 아닌 것 같은데."

"네, 가장 위험한 것은 밀림에 숨어 있는 좌익 게릴라입니다."

"그놈들이 여기 숨어 있다고?"

"그렇습니다. 독충이나 맹수는 대적할 수 있고, 날씨는 예상할 수 있지만 그놈들은 갑자기 튀어나옵니다. 나무 위에서 내려올 수 있고 땅바닥에 함정을 까거나 가장 위험한 것은 우리가 보이지 않는 사선 사이에서 총을 갈겨대는 겁니다. 한마디로 예측할 수 없는 놈들입니다."

괜히 왔다 싶었다. 여기는 체력으로 버티는 곳이 아니다. 살아나려면 재수가 좋아야 한다. 성모마리아에게 몰래 기도했다.

"여기를 차지한 좌익 게릴라는 어떤 놈들이야?"

"M-19입니다. 보스도 잘 아시지 않습니까?" 바르카스는 내가 한때 M-19의 미친 폭군으로 불리는 이반 토레스와 관계를 맺었다는 것을 알고 있다. 그렇지만 그건 환생 전이다.

'잘 모른다. 이 자식아!'

M-19는 1970년 4월 19일 대통령 선거 결과에 저항하는 운동에서 시작되었다. 당시 야당인 국민인민동맹(ANAPO)은 군부가 개입한 부정선거에서 패배하였는데, 거기에 항의하는 대학생들이 밀림에 들어가 게릴라가 되었다. 이들은 줄기차게 반정부 활동을 전개했는데, 한 번은 자금을 조달하기 위해 오초아 형제의 여동생을 납치했었다.

이 납치를 계기로 메데인의 마약상들이 카르텔을 형성했다. 그것이 메데인 카르텔이며, 초대 회장이 나 파블로 에스코바르다. 메데인 카르텔은 M-19 관련 조직원과 그 가족을 무차별적으로 학살하여 항복을 받아냈다. 결국 M-19의 이반 사령관은 나를 찾아와 볼리바르 검을 바치며 용서를 구했다. 그런데 나는 이걸 전혀 모르는 것이다. 파블로로 환생해서 몸만 차지했지 기억은 얻지 못했다. 그래서 그가 숨겨놓았다는 엄청난 비자금과 볼리바르 검의 향방도 모른다.

"M-19는 어떻게 이런 밀림에서 살아남았나?"

"여기 원주민들의 마음을 얻었기 때문입니다. M-19는 척박한 밀림에서 원주민에게 헌신적입니다. 그들을 의식화시키는 데 성공했습니다. 대부분의 원주민이 M-19가 되었다고 보아도 무방합니다. 이들은 주로 코카인 원료나 커피콩을 팔며 자금을 조달하지만 필요하다면 납치와 강도도 서슴지 않습니다."

"M-19가 우리를 만나면 어떻게 대할까?"

"잘 모르겠습니다. 경찰이 아니니 노골적인 적대는 하지 않을 겁니다. 그런데 회장님은 그놈들과 안 좋은 기억이 있어서……."

바르카스는 과거 내가 중심이 되어 M-19에 무자비한 테러를 벌인 것을 우려하고 있다. 기억에 없지만 할 수 없다. 전생의 업보라고 생각해야지. 바르카스가 경계를 점검하기 위해 순찰에 나섰다. 잠자리에 들려는 알렉스를 불렀다.

"알렉스, 아들놈 총상은 어떤가?"

"보스가 신경 써주셔서 병원에서 잘 치료 받았다고 합니다. 큰 이상은 없어 다행인데 조금 더 두고 봐야 한다고 하더군요."

알렉스의 가족은 탈출 과정에서 가차 조직원의 공격을 받았다. 아들이 가벼운 총상을 입었다고 하는데 다행이다.

"천만다행이야. 내가 궁금한 것은 가차는 어떻게 그 큰 돈을 에메랄드 광산에 숨겼나? 지금 우리가 하던 방식 그대로인가?"

"아닙니다. 돈을 숨길 당시 에메랄드 광산은 폐광이 된 지 얼마 되지 않아서 헬기 착륙장이 있었습니다. 그런데 몇 년 동안 사람이 전혀 이용하지 않으니까 거기도 밀림이 되어버린 것입니다."

"가차 자식이 돈을 숨겼다는 정보를 감추기 위해 나쁜 짓을 했을 것 같은데, 맞지?"

"네, 맞습니다. 그때 돈을 숨기고 운반한 사람 모두 가차 보스에게 살해당했습니다. 심지어 헬기 조종사 두 명도 죽었습니다."

"자네는 어떻게 살아났나?"

"장부를 정리해야 하니까요. 가차 보스가 그런 일에는 일자무식이고 믿을 만한 측근도 없다 보니 제가 살아남을 수 있었습니다."

"가차가 자네를 내보내고 동굴에 폭탄 장치를 한 것은 확실하나?"

"네, 그만 알 수 있는 지점에 대량의 다이너마이트를 심어놓았습니다. 그 돈을 누구에게도 안 주겠다는 거죠. 저도 돈이 숨겨진 곳은 알지만 폭탄은 어디에 숨겨져 있는지 모릅니다."

"그래서 보고타에서 폭탄 제거 전문가를 데리고 왔어. 자네는 장소만 지정하면 돼."

알렉스는 주저하며 "저어"하며 망설이다가 물었다. "정말 5퍼센트를 주는 겁니까?"

"나는 약속을 지키는 사람이야. 에스코바르 그룹의 모토는 공동부유라니까. 같이 잘 사자는 거지. 2천만 달러를 캐내면 백만 달러는 자네 거야."

"그런데 제가 만약 죽으면 어떻게 되는 겁니까?"

나는 알렉스의 눈을 쳐다보았다. 이놈이 궁금해하는 것은 이거였다.

"나는 공산주의자가 아냐. 사유재산을 인정해. 당연히 자네 가족에게 상속될 거야."

알렉스의 표정이 밝아졌다. "감사합니다, 보스. 저도 처음에는 긴가민가했는데, 사무라이 시카리오들이 그러더군요. 파블로 보스는 약속을 반드시 지킨다고."

"걱정하지 말고 자게. 내일 또 강행군해야 하니까."

본래 예정으로는 저녁에 광산에 도착해야 하는데 폭우 때문에 할 수 없이 밀림에서 야영을 했다. 그런데 잠이 오지 않는다. 온종일 행군을 해서 피곤하지만 젖은 옷을 말리지 못했다. 옷을 벗자니 달려드는 모기떼가 무서웠.

칠흑같이 어두운 밀림에서 간간이 맹수의 울부짖는 소리, 벌레들이 먹잇감을 향해 달려드는 웅웅웅하는 소리만 들린다. 새벽에 간신히 잠이 들었는데, 누군가가 "비상! 일어나!"라고 소리 질렀다.

나는 벌떡 일어나 총을 잡았다. "무슨 일이야?" 그 말을 하는 순간 총소리가 울려 퍼졌다.

[탕탕탕]

"으악!"

"피해!" 바르카스의 목소리가 들렸다. 다행히 우리의 쉼터는 한쪽 벽면이 크게 가로막고 있어서 총탄은 돌을 맞고 옆으로 튕겼다. 그렇지만 한 명이 총을 맞고 비명을 질렀다.

"9시 방면으로 사격해!" 바르카스가 총탄이 오는 방향을 외치자 모두 그쪽으로 총을 쏘았다.

[탕탕탕 타탕탕!]

우리의 일체 사격을 받은 적도 대응 사격을 했지만 곧 잠잠해졌다. 잠시 적막이 흐르고 바르카스가 외쳤다. "파블로 보스, 괜찮은가요?"

"난 이상 없어. 다른 사람을 체크해 봐!"

사무라이 시카리오 중의 한 명이 상처를 입었다. 팔에 총이 스쳤는데 다행히 생명에는 지장이 없다고 한다.

날이 밝아오자 어두운 밀림 속에 서서히 햇빛이 들기 시작했다. 간밤에 격전을 치르고 모두 잔뜩 긴장한 채 아침을 맞았다.

바르카스에게 물었다. "어떤 놈이야? 새벽에 기습하는 놈들이?"

"모르겠습니다. 조금 전에 사격한 지점을 뒤져보았는데 어떤 흔적도 없습니다. 보초를 선 놈에 의하면 그렇게 많은 사람은 아니라고 합니다."

"M-19인가?"

"그럴 가능성이 가장 큽니다. 원주민은 새벽에 이런 무리한 일을 벌이지 않습니다."

"그러면 빨리 이 자리를 빠져나가지. 아침을 먹고 에메랄드 광산으로 가자. 대략 10킬로미터도 남지 않았어."

"네, 보스!"

M-19를 만나는 데는 오래 걸리지 않았다. 아침을 먹고 자리에서 일어서려고 하는데 멀리서 외치는 소리가 들렸다.

"너희들은 누구냐?"

바르카스가 물었다. "뭐라고 대답하지요?"

"솔직하게 말해."

"우리는 에스코바르 경비회사다."

"그게 뭐야?"

모르는 게 당연하다. 나는 큰소리로 답했다. "우리는 메데인 카르텔이었던 에스코바르 패밀리다. 너희들은 누구냐?"

"우리는 M-19 전사들이다."

"왜 먼저 총을 쏘았나?"

"그게 정글의 인사다. 무슨 일로 이 정글에 들어왔나?"

"우린 광산의 지질조사차 왔다. 비즈니스 때문이다."

"그러면 세금을 내야지."

미친놈이다. 밀림에서 세금을 받겠다니. "세금을 내겠다. 만나서 얘기하자." 내가 소리쳤다.

언제까지 이놈들 때문에 발목을 잡혀서는 안 된다. 감옥을 탈출한 가차가 어떻게 나올지 모르기 때문이다.

"좋다. 그런데 너희들이 에스코바르 패밀리라는 것을 어떻게 믿나?"

"내가 파블로 에스코바르다. 내 목소리는 들어보았지?" 나는 바르카스의 제지를 뿌리치고 내 신분을 밝혔다.

잠시 침묵이 흐른 뒤, M-19 쪽에서 "비슷한 것 같다. 그러면 우리가 그쪽으로 갈 테니 총을 내려놓기 바란다."라는 메시지가 나왔다.

"좋아. 너희도 총을 내려놓고 와라."

밀림을 헤치고 두 사람이 우리 쪽으로 다가왔다. 앞장선 사람이 나를 보고 악수를 신청했다.

"굿모닝! 당신 얼굴을 보니 파블로 보스가 맞네."

"반갑소. 그런데 당신은 누구요?"

"나는 M-19의 안티오키아 사령관인 레온 고메즈요."

턱이 가운데로 모아져 카리스마가 넘치는 고메즈는 다른 한편으로 개구쟁이 같은 세상에 물들지 않는 순수한 눈빛을 가지고 있다.

"자, 앉아서 얘기합시다."

카를로스가 간이 의자 두 개를 갖고 왔다.

"파블로 보스 얘기는 많이 들었어. 우리 조직 M-19를 궤멸 일보 직전까지 몰아붙였지."

"그건 과거 얘기니까 꺼내지 말고 지금은 통행세 문제나 풉시다."

과거 얘기가 아니라 내가 모르는 일이라 언급하기가 불편했다.

"좋아. 일단 무슨 일로 이 정글에 들어왔나?"

"여기 광산을 재개발 하고 싶어 찾아왔소."

"하하하. 그건 말이 안 되는 것 같은데. 지금 콜롬비아 전역이 마피아와 경찰 간의 전투로 야단법석인데 한가하게 광산 개발이라니!"

"고메즈 사령관! 그게 중요한 게 아니야. 중요한 것은 나는 M-19와 어떤 원한도 사업도 없어. 그냥 당신들이 지키고 있는 밀림을 무사히 지나가고 싶어. 대신 통행세를 내겠소."

"역시 파블로 보스는 단순 명쾌하군. 통행세는 만 달러야."

'무슨 죽일 놈의 밀림이 디즈니랜드인가? 통행세를 만 달러나 처받고 지랄이야!'라고 말하고 싶었지만 시비를 걸고 싶지 않았다. 지금 시간은 돈이다.

옆의 벨라스케스에게 눈치를 주니 돈 가방을 가져왔다. 거기서 2만 달러를 꺼내 주었다.

"만 달러는 통행세, 나머지 만 달러는 고메즈 사령관을 만난 기념이오. 앞으로 잘 사귀어보자고."

"하하하. 파블로 보스는 확실히 통이 커. 사람들이 파블로 보스와는 믿고 비즈니스를 할 수 있다고 하던데 정말이네."

"고메즈 사령관은 인상이 좋아. 앞으로 큰일 할 것 같아서 미리 베팅하는 거요."

고메즈 인상이 좋은 것은 맞지만 만 달러를 더 주는 것은 만에 하나 다른 변수를 우려했기 때문이다. 미운 놈 떡 하나 더 주자.

"바쁘신 것 같으니 이만 일어서겠어. 그런데 어디를 가시나?"

"저기 브라티카산 쪽으로 갈 거야."

목적지를 말해주어도 상관없다. 어차피 이놈들은 뒤따라 올 거니까. 이 심심한 정글에 이만한 이벤트가 없다.

"여기에서 그쪽으로 가는 지름길이 있어. 돈 받았는데 힘 좀 써주지. 나를 따라와." 고메즈는 돈을 부하에게 전달하고 가이드를 자처했다. 이놈 뒤를 안 따라갈 이유가 없다. 가차가 장난치기 전에 빨리 에메랄드 광산에 도착해야 한다.

고메즈는 흥겨운 친구였다. 눈치도 빠르고 말도 많았다. 궁금한 것도 많았다. 우린 대화를 나누며 밀림을 헤쳐나갔다.

"파블로 보스는 왜 마약 거래를 그만두었어? 미국 법정에서 어떻게 무죄를 받았지? 참고로 나는 미국에서 자랐고, 중퇴했지만 콜롬비아 대학 법학과 출신이야."

"자네 같은 인재가 왜 밀림에서 게릴라 활동을 하나? 미국의 지원 아래 편안한 자유당 의원을 하든지 변호사가 되어 돈을 긁어모을 수 있는데?"

"하하하. 나는 그런 부르주아 인생이 싫어. 조국의 민중이 고통받고 있는데 혼자 잘 먹고 잘사는 게 무슨 의미가 있어?"

"그렇다고 대법원에 불을 지르고 납치를 밥 먹듯이 하는 게 잘하는 일은 아니지."

1985년 M-19는 보고타의 콜롬비아 대법원을 습격하여 판사 11명을 포함하여 백여 명 이상 사상자를 발생시켰다. M-19의 공동 창립자이며 '폭군 이반'이라는 별명을 지닌 이반 토레스는 콜롬비아군에게 사살되었다.

"유감이지만 그 사건은 나하고 노선이 다른 이반 그룹이 주도한 거야. 그놈은 자네 같은 마약상과 거래를 자주 했지. 가차가 대법원의 자기 서류를 불태워주는 조건으로 백만 달러를 제시했다고 들었어."

"M-19도 생각보다 복잡하네. 자넨 언제까지 이 축축한 밀림에 있을 거야?"

"혁명이 완수되는 그날까지." 고메즈는 무덤덤하게 말했다.

"정글에서 어떻게 혁명을 하나? 도시로 나가야지."

"보고타와 메데인에도 우리 혁명 조직은 있어. 지금은 우리 역량이 부족해서 여기서 힘을 기르고 있는 거야."

"안 그런 것 같은데⋯⋯."

"무슨 말이야?" 고메즈는 발끈했다.

"고메즈, 혁명의 시대는 끝났어. 중국과 소련이 사회주의를 포기했어. M-19는 시대의 흐름에 뒤처져 있는 거야. 역량의 문제가 아니야."

고메즈는 가던 길을 멈추고 나를 뚫어지게 쳐다보았다. "너는 누구지? 파블로 에스코바르는 마약상이 아니었나? 이렇게 식견이 높을 리가 없어."

가슴이 철렁했지만 시치미를 떼기로 했다. "흥, 자네가 이 콜롬비아 밀림에 사니까 세상 돌아가는 것을 몰라서 그래, 당장 미국이나 아시아를 가 봐. 어떤 좌파도 혁명을 얘기 안 해. 혁명을 하기엔 세상은 너무 복잡해졌어. 사람들은 혁명이 경제적 번영보다 빈곤을 가져왔다는 것을 다 알고 있어. 마오쩌둥은 농촌을 사회주의화하겠다는 인민공사 운동을 벌였는데, 돌아온 것은 수천만 명이 굶어 죽은 것이었지."

"⋯⋯."

고메즈는 침묵을 지키며 걸었다. 그러다가 한참 만에 말했다. "시대가 변했지만 우리 콜롬비아가 안고 있는 문제는 변하지 않았어. 소수특권 계급이 토지 대부분을 차지하고 국가를 이용해서 자신의 배만 불리고 있어. 이들을 제거하지 않는 이상 콜롬비아는 발전할 수 없어."

"내가 그걸 부정하는 게 아니야. 방법이 문제지."

"어떻게 해야 해?"

"하하하. 왜 이래? 영어도 잘하는 콜롬비아 법대 출신의 이 나라 최고 좌파 이론가가 고등학교도 중퇴한 마약상에게 그런 걸 물어?"

"모르면 물어야지. 배움에는 학벌이 필요 없어." 고메즈는 어린애 같은 미소를 띠며 나를 쳐다보았다.

"그러면 가르쳐줄게. 대신 다음에 나도 도와줘."

"좋아. 마약 거래는 빼고. M-19는 이제 마약은 취급하지 않아."

"그건 나도 마찬가지야. 이제 나르코스 파블로가 아니라 에스코바르 그룹 회장 파블로로 불러줘."

"하하하. 넌 재미있는 놈이야. 이제 답변을 줘. 정말 궁금해."

"선거!"

"선거는 기득권이 이길 수밖에 없는 구조야. 우린 돈이 없다고. 언론도 없고." 고메즈는 침통한 표정으로 말했다.

"칠레의 아옌데 정권도 선거를 통해 등장했어. 선거 과정에서 기득권이 온갖 방해와 견제를 하겠지만 콜롬비아 국민이 너에게 희망을 건다면 이길 수 있어."

"체제 안으로 들어가라는 말이야?"

"내가 보기엔 그 수밖에 없어. 여기 밀림에 계속 있으면 게릴라도 마약상이 될 거야. 먹고는 살아야 하니까. 그럴 바에야 체제 안으로 들어가 경쟁을 벌이는 게 낫지. 너 당대는 못 해도 다음 세대는 콜롬비아의 운명을 바꿔놓을 수 있을 거야. 우리는 멀리 봐야 해."

"……."

고메즈는 다시 말이 없었다. 한참을 걸어 어두운 계곡을 지나 간신히 밀림을 벗어났다.

"여기야. 저기 브라티카산이 보이지. 이 능선을 따라가면 저녁에는 도착할 거야." 고메즈는 주위 지형을 설명해주었다.

"고마워. 2만 달러가 아깝지 않네. 우리끼리 이 길을 헤쳐나왔더라면 내일도 도착하지 못했을 거야."

"파블로 네가 여기서 뭘 하는지는 모르겠지만 행운을 빌어. 너의 조언도 고마워." 고메즈는 같이 간 부하와 함께 다시 밀림으로 들어갔다.

능선에서 간단하게 점심을 먹고 다시 강행군을 벌인 끝에 마침내 가차의 에메랄드 광산에 도착했다. 광산은 여기저기 널린 침목과 곳곳에 파헤쳐진 갱도, 그리고 숙소로 사용된 오두막을 제외하고는 흔적을 찾기 힘들 정도로 황폐한 상황이다.

알렉스가 열심히 갱도를 하나씩 체크했다. 아마 입구쪽에 표시해놓은 것 같은데 한참 헤매다가 왼쪽 구석에 있는 갱도를 지목했다. "여기입니다. 이 안에 물건을 숨겨놓았습니다."

"얼마나 걸리는가?"

"30분 정도 걸어가야 합니다. 그런데 벌써 물이 올라와서 어떻게 될지 모르겠습니다."

폐허가 된 광산은 배수 처리를 하지 않아 물이 갱도 곳곳에 올라와 있다. 가차, 바보 같은 놈이 이런 곳에 콜롬비아의 자산인 2천만 달러를 묻다니!

"지금 들어갈 수 있나?" 바르카스를 보고 물었다.

"안 됩니다. 준비할 게 많습니다. 폭발물 제거 전문가도 장비를 점검해야 합니다. 내일 새벽에 들어가는 게 어떤가요?"

"한시라도 빨리하는 게 좋은데. 할 수 없지."

다시는 정글을 헤쳐나가고 싶지 않다고 생각하며 저녁을 먹고 일찍 잤다.

다음 날 새벽. 간단하게 아침을 먹고 보물찾기에 나섰다. 보물 갱도 밖에는 바르카스를 포함한 8명이 경비를 서고 나와 알렉스, 폭발물 제거 전문가 바르뎀 등이 갱도 안으로 진입했다. 모두 헤드랜턴을 끼고 조심스럽게 들어갔다. 갱도 안에는 위에서 물이 떨어져서 바닥이 질퍽했다.

바르뎀에게 물었다. "물이 이렇게 차면 설치한 폭탄은 무용지물이 되는 거 아닌가?"

"그럴 수도 있고 그렇지 않을 수도 있습니다. 군용 고폭발 물질인 펜타에리트리톨 테트라니트레이트(PETN)는 습기에 취약하지만 트라이나이트로톨

루엔(TNT)는 수십 년이 지나도 끄떡없을 정도로 주변 환경과 무관하게 작동할 수 있습니다."

"알렉스, 가차가 어떤 폭탄을 사용한 것 같나?"

"저는 모르겠습니다. 물건을 묻은 장소에서 5분 이내인 것은 확실합니다. 그곳을 통과해야 물건을 찾을 수 있습니다."

알렉스와 나는 돈 대신 물건이라는 단어를 사용하기로 했다. 아무리 믿을 수 있는 사무라이 시카리오라고 하더라도 2천만 달러라는 얘기를 듣는다면 마음을 다르게 먹을 수도 있기 때문이다.

우리는 어두운 동굴을 조심스럽게 헤쳐갔다. 가다가 중간에 갈림길이 나왔다. 알렉스는 머리를 쥐어 뜯어가며 기억을 되살렸지만 확신을 못 했다. 일단 오른쪽 광도를 선택하여 내려갔다. 지금부터 바르뎀이 폭발물 탐지 센서를 작동하면서 조심스럽게 접근했다.

지하 특유의 답답하고 밀폐된 공기와 극도의 긴장감 때문에 땀이 흘러내렸다. 게다가 잘못하면 폭탄이 터질지도 모른다. 그런데 20분이 지나도 갱도는 끝나지 않았다.

"여기는 아니야. 이 시간이면 우리가 죽거나 아니면 폭탄을 발견했을 시점이야. 다시 돌아가자."

다시 20분을 걸어서 갈림길로 돌아왔다. 전부 얼굴이 땀범벅이다.

"랜턴은 몇 시간이나 가지?"

"두 시간이라고 들었습니다." 카를로스가 대답했다.

"그러면 이제 한 시간 남았네. 여분은 가지고 왔지?"

"이게 전부입니다. 보스."

아이고, 바르카스 개자식! 무슨 작전을 이렇게 엉망으로 짜놓았는가?

"뒤의 세 사람은 랜턴을 끄고 따라와. 비상상황을 대비해 랜턴을 아껴야 해."

이제 정말 조심스럽게 접근했다. 오른쪽 갱도가 아닌 이상 왼쪽 갱도가 확실하다. 어딘가에서 폭탄이 우리를 노리고 있다. 우리 모두 극도로 긴장한 채바르뎀을 따라갔다. 바르뎀은 혹시 센서가 놓칠까 봐 내딛는 발걸음 하나도 조심스럽게 움직였다. 10분을 갔을까, 폭발물 감지 센서가 '뚜뚜뚜' 신호를 보냈다.

"여기입니다. 전부 제 자리에 가만히 있으세요. 혹시 잘못 건드리면 폭탄이 터집니다." 바르뎀이 입을 꿰매는 시늉을 하며 말했다.

바르뎀은 손전등을 꺼내 동굴 주변을 샅샅이 살폈다. 모두 숨 쉬는 것조차 참으며 그의 일거수일투족에 주목했다. 마침내 폭탄을 찾았다. 살짝 꺾어지는 갱도 구석에 수상스러운 상자가 있는 것이다.

바르뎀이 조심스럽게 다가가 상자 봉지를 해체했다. 다이너마이트다! 이걸 모르고 건드리거나 밟고 지나갔다면 갱도가 무너졌을 것이다. 숙련된 전문가인 바르뎀이 극도로 긴장한 채 폭탄을 해체했다. 그의 몸에서 땀이 뚝뚝 떨어졌다. 지켜보는 우리도 마찬가지다.

영원히 갈 것 같은 수 분이 지난 뒤, 바르뎀이 "됐습니다. 폭탄을 해체했습니다."라는 기쁜 소식을 전했다.

"수고했어. 자, 그러면 여기는 바르뎀과 너희들이 지키고 있어. 나와 카를로스, 알렉스는 안으로 들어가자."

비밀은 가급적 모르는 사람이 많은 게 좋다. 좁은 갱도를 통과하자 마침내 더는 길이 보이지 않는다.

"보스, 여기입니다." 알렉스가 소리쳤다.

"카를로스, 거기를 파봐!"

알렉스가 찍은 바닥에 카를로스가 삽을 떴다. 혹시 갱도가 무너질까 봐 조심스럽게 삽을 뜬지 10분 만에 비닐로 감싼 커다란 봉지 4개를 발견했다.

"보스, 이게 그 물건입니다." 알렉스가 소리쳤다.

카를로스가 검은 봉지에 싸인 비닐 가방을 열었다. 돈 썩는 냄새가 풍겨 나왔다. 가방에 습기제거제가 있었지만 무소용이었다. 이미 돈 일부는 썩어들어가고 있었다. 아마 이대로 1년만 내버려 두었다면 콜롬비아 은행에서는 이 돈의 인수를 거부했을 것이다.

'바보 같은 가차놈!' 다시 속으로 욕을 했다. 그래도 고생 끝에 2천만 달러를 찾았다. 이제 에스코바르 스타디움 공사에 필요한 돈은 충분히 확보되었다. 문제는 돈이 생기면 돈을 꼭 써야 할 일이 반드시 찾아온다는 것이다.

"알렉스, 수고했어. 다 자네 덕분이야. 정산은 메데인에 가서 하자!"

"아닙니다. 파블로 보스의 결단과 지도력 덕분에 가능했습니다. 이제 물건을 옮길까요?"

"그래야지. 애들을 불러."

"보스, 랜턴이 끝나갑니다. 빨리 나가야 합니다." 알렉스가 말했다.

"조금 전 예비로 꺼놓은 것을 사용해서 천천히 나가! 어차피 외길이잖아."

바르뎀와 알렉스가 앞장서고 나는 제일 뒤에서 줄을 맞추어 갱도 밖으로 서서히 걸어 나갔다. 카를로스를 비롯한 4명은 각자 돈 가방을 하나씩 들었다. 무려 5백만 달러짜리 가방이다. 어두운 동굴을 땀을 뻘뻘 흘리며 다시 돌아나갔다. 랜턴도 거의 다 사용해서 앞의 알렉스 것을 제외하고는 빛이 가물가물했다. 저 멀리서 불빛이 반짝거렸다. 입구가 보인다. 모두 안도의 한숨을 쉬었다. 갱도에 들어온 지 두 시간이나 지났다.

"여기 쉬어. 짐 옮긴다고 수고했어. 카를로스, 바르카스와 다른 애들을 불러!"

"네, 보스!"

보물찾기는 마무리가 중요하다. 혹시 동굴 밖의 상황이 어떨지를 몰라 카를로스를 먼저 보냈다. 카를로스를 보낸 지 몇 분이 지났는데 움직임이 없다. 기분이 좋지 않았다. 다행히 동굴 안으로 들어오는 발걸음 소리가 들린다. 그런데 이놈들이 랜턴이 없나, 그냥 어두운 갱도 안으로 들어오네. 익숙한 목소리가 들렸다.

"보스, 가차가 여기 있습니다. 피하셔야 합니다." 절규하듯 외쳤다.

사무라이 시카리오 중의 한 명인 알프레드다. 이치와카이파의 야마모토 히로시 보스를 죽이는 데 카를로스 형제 다음으로 큰 공을 세운 놈이다.

[탕탕탕]

"으악!"

아마 알프레드가 지르는 비명일 것이다. "동굴 안으로 뛰어!" 급하게 명령을 내렸다. 경비조들이 진압당하고 가차는 우리가 갱도 밖으로 나오기를 기다리고 있었을 것이다. 하마터면 일망타진당할 뻔했다. 알프레드의 죽음이 헛되지 않아야 한다.

[두두둑!]

모두 있는 힘을 다해 다시 동굴 안으로 뛰어 들어갔다. 동시에 총소리가 들려왔다.

[탕탕탕]

"으악!"

가차 조직원들이 갱도 안으로 들어와 마구 총을 갈겼다. 사무라이 시카리오 중 또 한 명이 총을 맞았다. 밖의 동태를 살피러 갔던 카를로스가 무사히 돌아와서, "보스는 안으로 더 들어가세요. 저는 이놈을 데리고 가겠습니다." 라며 등을 밀었다.

"상태는 어떤가?"

"왼쪽 팔에 총이 스쳤습니다. 괜찮습니다." 총 맞은 사무라이 시카리오가 씩씩하게 말했다.

"팔을 빨리 지혈하고 그 가방을 나에게 줘. 내가 들고 갈게."

"아닙니다. 보스가 그러실 필요 없습니다."

"시간 없어. 우리는 한 팀이야!" 나는 그의 가방을 빼앗아 동굴 안으로 달렸다. 총 맞은 놈과 카를로스도 뒤이어 따라왔다.

'천리행군을 세 번 받은 왕재수가 나라고! 30킬로그램 군장을 지고!'

오랜만에 무거운 짐을 지고 달리니 숨이 가빴다. 파블로 개자식! 완전 저질 체력이다. 메데인에 돌아가면 운동부터 해야겠다. 그렇게 5분을 달렸다. 가차 일행도 동굴 안으로 추격해 들어왔다. 왼쪽으로 꺾이는 동굴 지점에서 나는 일단 멈춤 지시를 내렸다.

"일단 여기서 쉬어! 카를로스, 총을 줘! 모두 전방을 경계한다."

사무라이 시카리오는 다들 놀라는 눈치다. 매일 살인 지시만 하던 보스가 이렇게 침착하게 전투를 지휘하다니! 존경의 뜨거운 눈빛 때문에 내 얼굴도 더워졌다.

에스코바르 조직이 사용하는 총은 9밀리 미니 우지라는 기관단총이다. 이 총은 개방 노리쇠 방식이기 때문에 비교적 잘 맞는 편인 데다 값도 싸고 잔고장이 적어 가난한 나라에서 즐겨 사용된다. 문제는 사용 중에는 개머리판을 착용해야 반동을 최소화할 수 있다는 것이다. 그렇지만 지금 언제 개머리판을 장착할 것인가? 나는 동굴 안으로 달려오는 놈들을 조준하여 쏘았다.

[탕탕탕]

"악! 으악!"

앞의 몇 놈이 쓰러졌다. "야, 언제까지 지켜보고 있을 거야! 빨리 일제 사격을 해!"

사무라이 시카리오 놈들이 정신을 차리고 같이 사격에 나섰다.

[탕탕탕탕탕]

준비되지 않은 상황에서 갑자기 동굴 안으로 들어온 가차 조직원은 어둠에 적응하지 못했다. 방향을 잡지 못해 우왕좌왕하다가 우리의 반격으로 궤멸 일보 직전까지 몰렸다.

"일단 후퇴! 동굴 밖으로 나가자!"

가차 조직원의 중간 보스가 더 이상 진격은 무리라고 판단했다. 그들이 물러가는 소리를 들은 우리는 안도의 한숨을 쉬었다.

"보스의 총 솜씨가 보통이 아닙니다. 개머리판도 없는데 쏘았다 하면 백발백중입니다." 카를로스가 존경의 눈빛으로 말했다.

'우리 대한민국이 신궁의 나라야. 쏘는 것은 세계 최고이지!'라는 말을 하려다 참았다. "평소에 열심히 연습한 덕분이야. 너희도 쉬는 시간에 술만 마시지 말고 사격 연습을 해!'라는 모범 답안을 말했다.

사실 수색대 근무할 때 특등사수였다. 나의 총솜씨에 반한 중대장이 장기 부사관을 권유할 정도였다. 하지만 3년 있는 것도 억울해 죽겠는데 평생을 짬 박히라니! 저주로 들렸다.

죽음의 고비를 벗어났지만 이제 어떻게 해야 하나? 일단 부상자부터 확인하자. "다들 이상 없나?"

"제리를 제외하고 다친 사람은 없습니다." 카를로스가 대답했다.

"제리, 팔은 어때?"

"견딜 만합니다. 사격도 할 수 있습니다."

"전방을 주시하면서 쉬고 있어. 알렉스는 나랑 얘기 좀 하자."

평생 의자에 앉아 일하던 알렉스는 한바탕 총격전에 혼이 나간 듯했다.

"알렉스, 이 동굴에 나가는 곳이 있나? 조금 전에 우리가 오른쪽으로 갔는데 끝이 보이지 않았어."

"잘 모르겠습니다. 가차 보스 말로는 만약의 사고를 대비해 갱도마다 탈출구를 만든다고 했습니다."

"알았어. 너무 놀라지 말고 나만 따라와. 우린 여기를 안전하게 벗어날 수 있어."

"보스 말을 믿습니다." 이놈의 눈빛도 심상치 않다.

본의 아니게 알렉스에게 나도 확신 못 하는 얘기를 했다. 그렇지만 사람이란 조금의 희망만 있어도 힘이 난다. 그런 말을 하고 행동에 옮기는 게 지도자의 역할이다.

바르뎀이 다가왔다. "파블로 보스, 할 얘기가 있습니다."

"뭔가?"

"갱도의 상황이 심상치 않습니다. 오랫동안 보수되지 않는 동굴이라 이미 총소리에 갱도가 균열되고 있습니다."

바르뎀이 랜턴으로 조금씩 갈라지고 있는 갱도 윗부분을 비춰주었다.

"어떻게 해야 하나?"

"한시라도 빨리 나가야 합니다. 굴이 무너지면 끝장입니다."

"카를로스, 이리와!"

카를로스가 다가왔다. "너는 조금 전 우리가 갔던 오른쪽 굴로 끝까지 가서 혹시 다른 탈출구가 있는지 확인해봐. 시간은 1시간이야. 그 시간이 지나면 그냥 돌아와."

"네, 알겠습니다."

카를로스가 떠나자마자 동굴 안으로 누가 들어오는 발걸음 소리가 들렸다. 우리 애들이 총을 갈겼다.

[탕탕탕]

속으로는 동굴 무너진다고 말리고 싶었지만 애들 사기가 있어 제지하지 않았다.

"파블로 보스, 총 그만 쏴요. 나베간테입니다."

아니, 이 배신자가 왜 여기에 나타났나? 죽었다 하지 않았나?

"너 나 배신했지? 내가 가만히 있을 줄 알아!" 나는 화가 나 소리쳤다. 나베간테 이 인간을 믿은 내가 바보지!

내가 가차의 비자금을 털러 간 것을 아는 사람은 에스코바르 패밀리 중에서도 극히 소수만 안다. 심지어 구스타보와 로베르트에게는 말도 안 했다. 결국 배신자는 나베간테인 것이다. 가차가 시간 맞춰 찾아온 것도 나베간테에게 정보를 들었기 때문이다.

"파블로 보스, 미안해요. 저도 사정이 있었어요. 살기 위해서 털어놓지 않을 수 없었어요."

"밖의 우리 패밀리들은 어떻게 되었나?"

"조금 전 보스에게 소리친 놈은 죽었어요. 그전에 총격전으로 두 명이 죽었고요. 바르카스와 벨라스케스는 잡혀 있어요."

"우리 패밀리에게 손대지 말라고 가차에게 전해. 나중에 열 배로 갚아줄 거야."

"네, 전해드릴게요. 그런데 일단 보스가 살아 있어야지요."

"하고 싶은 말이 뭐야?"

"가차 보스는 돈만 그대로 넘겨준다면 그냥 이 자리를 떠나겠다고 합니다. 살 수 있습니다."

"흥, 내가 그 말을 믿을 것 같아! 가차가 직접 오라고 해!"

이 말이 끝나기가 무섭게 "그렇지 않아도 왔어!"라는 가차의 목소리가 들렸다. 우리의 반격을 무서워해 나베간테 뒤에 숨어 있었다.

"가차, 오랜만이야. 자네를 라 카테드랄에 보내려고 내가 그렇게 노력했는데 왜 나왔어? 거기 있으면 사면 복권되고 정상적인 생활이 가능한데…… 너 정말 바보 아니야?"

"개소리 집어 치워. 네가 내 돈을 빼앗으려고 하니 나온 거야! 의리라고는 없는 놈! 천만 달러나 빌려주었는데."

"그 돈은 갚고 있어. 이자를 내고 있잖아. 안 갚으면 나는 케이맨제도에서 신용불량자가 되는 거야. 네 아들에게 원금과 이자를 반드시 줄 거야. 그렇지만 이 돈은 아냐!"

"무슨 개소리야!"

"이 돈은 우리 콜롬비아 민중의 피와 땀이 담긴 돈이야. 코카인을 만들고 미국으로 수출하는데 얼마나 힘든 작업이라는 것을 잘 알지 않나. 가차 너는 이 돈을 잠시 보관하고 있었던 거야."

"파블로, 넌 나를 홧병으로 죽일 생각이야? 말 같지도 않은 말 그만해."

"더 들어봐! 가차 넌 돈 보관도 제대로 못 했어. 벌써 돈이 썩어들어가고 있었어. 1년만 뒤에 왔다면 아마 너는 돈이 아니라 썩은 종이뭉치만 발견했을 거야."

"……."

"더 중요한 것은 네가 이 돈을 갖고 나가면 나라에 재앙이 된다는 거지. 가차 네가 이 돈으로 할 일이라고는 시카리오 애들 살인이나 사주하고 경찰, 군인, 정치인에게 뇌물로 뿌릴 거 아냐?"

"내 돈 내 마음대로 하는 데 누가 무슨 상관이야!"

"내가 이 돈을 가지고 나가면 콜롬비아 전자산업과 섬유산업에 투자할 거야. 그러면 일자리가 창출되고 옷과 가전제품을 수출할 수 있어. 엿같이 떨어지는 페소화도 안정이 될 거야. 그러니까 대의를 위해 네가 양보해."

"파블로, 언제부터인가 말만 번지르르하게 늘어놓는 것 같아. 헛소리 집어치우고 돈을 내놓고 살 것인지, 아니면 죽을 것인지 결정해."

가차 이놈이 눈치 하나는 빠르다. 살인마 파블로는 죽고 사업가 박건우가 환생했다는 것을 어떻게 알았을까? 사업가 파블로는 행동보다는 말로 설득하는 것을 선호한다.

"나는 네 약속을 못 믿어. 네가 얼마나 잔인한 놈인지 콜롬비아에서 모르는 사람이 없어. 에메랄드 광산의 네 동업자 가운데 지금 누가 살아 있나? 다 네가 친구라고 부르던 동업자를 조금이라도 이득이 생기면 다 죽였잖아?"

"개자식! 좋은 말로 할 때 듣지, 죽으려면 무슨 말을 못 해!"

"파블로 보스, 우리 화력이 막강합니다. 그냥 항복하시는 게 좋겠습니다." 나베간테가 항복을 권유했다.

"너희들과 우리가 한꺼번에 총을 쏘면 갱도가 무너져. 같이 죽겠다면 뭘 못 하겠는가? 그리고 우리는 확실히 같이 죽기 위해 다이너마이트를 터트릴 거야. 여기 폭탄 전문가 바르뎀의 얘기를 들어봐."

바르뎀이 뒤이어 설명했다. "가차 보스, 갱도의 윗부분을 보십시오. 그렇지 않아도 무너지는 굴이 총소리 충격으로 서서히 갈라지고 있습니다. 여기에서 총격전과 함께 제가 다이너마이트를 터트리면 모두 죽습니다."

"개자식들! 돈만 넘겨주면 살려준다니까 내 말을 믿지 않고……." 가차가 분통을 터뜨렸다.

[탕!]

흥분한 가차가 총을 쏘았다. 나도 대응 사격을 했다.

[탕!]

"같이 죽자!"

다시 치열한 총격전이 벌어졌다.

[탕탕탕]

그러는 사이 갱도 일부가 무너졌다. 놀란 가차가 후퇴했다. 2천만 달러보다 자기 목숨이 더 소중하기 때문이다.

"가차를 추격할까요?" 사무라이 시카리오 중의 한 명이 물었다.

"아냐, 지금 그게 중요한 게 아니야. 바르뎀! 갱도 상황을 체크해 봐!"

바르뎀이 랜턴으로 갱도의 균열을 점검했다. "얼마 못 버틸 것 같습니다."

"정확한 시간은?"

"그건 저도 모르겠습니다. 제가 광산 전문가는 아닙니다."

여기를 벗어나 가차 뒤를 쫓아가야 하나? 그렇지만 그건 아닌 것 같다. 일단 가차를 잡을 확신도 없는 데다 굴이 무너지고 있기 때문이다. 동굴 밖에서 기다리고 있는 가차와 싸워서 이길 수도 없다. 진퇴양난이다.

그때 카를로스가 돌아왔다. "보스, 밖으로 나가는 길을 찾았습니다."

듣던 중 반가운 소식이다. "좋아! 그쪽으로 빠져나가자! 얼마나 시간이 걸리나?"

"도착하는 데 약 30분 걸립니다."

"바르뎀! 여기에 다이너마이트를 설치하게. 1시간 뒤에 폭발시킬 수 있겠지?"

"물론이죠. 사실 제 전공이 폭탄 설치입니다." 바르뎀이 웃으며 폭탄을 설치했다.

잠시 후, 우리는 가차와 싸웠던 지점에서 30분을 걸어 갱도의 다른 출구로 빠져나올 수 있었다. 사람이 올라가는 구멍을 넓힌다고 시간을 보내며 거의 한 시간이 걸렸다. 그리고 소리를 들었다.

[꽝! 두두두!]

폭탄이 터지면서 갱도가 무너지는 소리다. 하마터면 우리도 저기서 죽을 뻔했다. 모두 안도의 한숨을 쉬었다.

"보스, 이제 어떻게 해야 합니까? 헬기를 부를까요?" 카를로스가 위성전화기를 갖고 물었다.

"이쪽으로 불러. 구스타보에게 연락해. 가능한 애들 다 끌고 오라고 해!"

카를로스가 전화를 걸다가 낙담한 표정으로 말했다. "보스, 배터리가 나갔습니다."

미치겠다, 이 중요한 순간에 연락할 수 없다니! 그렇지만 애들 앞에 그렇게 말해서는 안 된다.

"배터리는 충전하면 돼! 일단 우리 애들을 구출하자. 돈보다 더 중요한 것은 우리팀이야. 전우는 남겨두지 않는다." 사무라이 시카리오들이 이유도 모른 채 존경의 눈으로 나를 쳐다보았다.

"먼저 돈 가방을 저기에 간단히 파묻어. 이걸 들고 전쟁을 할 수는 없어. 그리고 카를로스는 광산 입구 가는 길을 찾아서 와. 혼가 가지 말고 다른 애들이랑 같이 갔다 와. 절대 가차 일행과 싸워서는 안 돼!"

"네, 알겠습니다."

모두 달려들어 돈 가방을 대충 묻었다. 잠시 쉬면서 체력을 비축하고 있는데, 총소리가 들렸다. 카를로스가 들켰나?

"모두 전투 준비!"

쉬고 있던 사무라이 시카리오들이 총을 잡고 전방을 주시했다. 카를로스가 급히 달려오고 있는 모습이 보였다. 그 뒤를 가차 조직원들이 쫓고 있었다.

나는 개머리판을 끼워 넣어 조준 사격을 했다.

[탕!]

옛날 솜씨가 어디 가지 않았다. 가차 조직원들이 총에 맞고 두 명이나 쓰러졌다. 카를로스는 무사히 우리 쪽으로 뛰어 들어왔다.

"보스, 죄송합니다. 들키고 말았습니다. 다른 친구는…… 죽었습니다."

"아……. 수고했어. 저놈들 상황이 어떤가?"

"생각 외로 사람이 많았습니다. 50여 명이 넘습니다. 잡힌 사무라이 시카리오는 보이지 않았습니다."

"일단 여기를 벗어나 저쪽 큰 언덕으로 올라가자. 가차 일당들이 곧 몰아닥칠 거야."

우리는 장소를 이동했다. 언덕 위에 큰나무들이 은폐 역할을 해주었다. 안도의 한숨을 쉬고 곰곰이 생각했다. 여기는 이제 6명밖에 남지 않았다. 게다가 알렉스는 총을 다루지 못한다. 이 6명으로 50명과 싸워 이길 수 있을까?

돈은 나중에 찾고 일단 여기를 벗어나는 게 최선이다. 그러려면 밀림으로 다시 들어가야 한다. 하루를 걸어 헬기 착륙장으로 갈 수 있을까? M-19 고메즈의 도움으로 그게 가능했지 이쪽 지리를 모르는 우리가 하루 만에 간다는 것은 불가능하다. 무엇보다 동료를 남겨두고 간다는 게 꺼림칙했다. 애들 앞에 폼나는 멋진 말은 다 해놓고 진작 중요한 순간에 도망가는 것은 내 스타일이 아니다.

문제는 또 있다. 총알이 떨어져 간다는 것이다. 처음부터 빈집털이를 생각했지 다른 막강한 조직과 전투를 염두에 두고 부대를 꾸린 게 아니기 때문이다.

"카를로스, 애들과 같이 조금 전 전투에서 죽은 가차 애들의 총과 탄알을 찾아와. 조심해야 한다."

"네, 보스!"

카를로스가 땀을 흘리며 죽은 두 놈의 무기와 탄환을 가져왔다.

바르템이 다가왔다. "보스, 혹시 다이너마이트 여분이 필요하면 얘기하세요. 갱도에서 사용하고 남은 게 있습니다."

"오 정말인가? 조금 전에 다 사용하지 않았나?"

"갱도는 거의 무너지기 일보 직전이었습니다. 조금만 사용해도 문제없었습니다."

"고맙네. 바르템! 반드시 자네에게 보상하겠네."

'신에게는 아직 12척의 배가 있사옵니다.' 이 말을 한 이순신 장군의 심정을 너무나도 잘 알 것 같다.

"저도 믿습니다. 파블로 보스는 정말 아랫사람을 챙겨주는 분이란 확신이 들었습니다."

장군 중에 최고는 덕장이라고 했던가. 아이고, 쑥스럽다. 그렇지만 일은 일이다. "그러면 저기 마른 웅덩이 앞에다가 설치해주게. 가차 애들이 작은 언덕 위에서 뛰어내릴 때 총으로 폭탄을 터뜨려줄 거야."

"네, 알겠습니다." 바르뎀이 대답하고 폭탄을 설치하러 갔다.

뒤에 얌전히 있던 알렉스가 다가왔다. "보스, 저도 할 얘기가 있습니다."

"뭔가?"

"총을 주십시오. 저도 싸우겠습니다."

"자네는 총을 다루지 못한다고 하지 않았나?"

"배우면 되지요. 지금은 누구라도 손을 거들어야 할 때입니다."

나는 알렉스의 손을 잡았다. "미안해. 내가 상황을 너무 낙관적으로 생각하는 바람에 충분한 병력을 이끌고 오지 못했어."

"아닙니다. 저는 이제 진정한 주군을 만난 것 같습니다."

이게 무슨 말인가? 일단 알렉스에게 죽은 가차 조직원의 총을 넘겨주었다.

조금 뒤에 멀리서 움직임이 포착되었다. 가차 조직원 수십 명이 나타났다.

"잘 들어. 적이 사격거리에 다가올 때까지 총을 쏘아서는 안 된다. 내가 먼저 발사하면 전원 함께 총을 쏘아야 해. 적이 퇴각하면 우리도 뒤로 물러선다. 여기서 10분을 달린 뒤 은폐 지점을 찾아놓아. 내가 찾아갈 테니까."

"보스는 어떻게 하실 생각입니까?" 카를로스가 물었다.

"지옥의 불구덩이 맛을 보여주어야지." 나는 다이너마이트가 설치된 웅덩이를 가르쳤다.

"안 됩니다. 보스부터 먼저 퇴각해야 합니다." 카를로스가 반대했다.

"걱정하지 마. 적을 다 죽이고 갈 테니 기다리고 있어. 여기서 나보다 총을 더 정확하게 쏘는 놈이 있어?"

안타깝지만 사실이다. 사무라이 시카리오는 용감하기는 했지만 정규 군사 훈련을 받지는 못했다. 나는 세계 최강 대한민국 수색대의 특등사수 출신이다. 비록 파블로의 저질 체력을 물려받았지만 총 쏘는 감각은 살아 있다.

호흡을 가다듬었다. 가늠자를 보며 거리를 재었다. 가차 조직원들이 조심스럽게 다가왔다. 유효사거리에 들어왔다.

[탕탕탕탕탕]

내가 신호를 주자 모두 미친 듯이 총을 쏘았다. 가차 조직원들이 총을 맞고 풀잎처럼 쓰러졌다. 정신을 차린 놈들이 우리가 어디에 있었는지도 모르고 사방으로 총을 난사했다.

"이제 뛰어!" 나는 남은 애들에게 도망가라고 지시했다. 그리고 밑으로 조금 내려가서 숨었다. 다이너마이트 심지를 정확하게 맞혀야 한다.

총성이 멎자 가차 조직원들이 정신을 차리고 재집결했다. 나베간테의 목소리가 들렸다.

"놈들은 고작 6명이야. 여기서 물러나면 우리 모두 가차 보스에게 죽어. 앞으로 돌진!"

나베간테의 재촉에 가차 부하들이 마지못해 뛰어나왔다. 언덕을 내려오기 시작했다. 몇 놈은 언덕을 통과했고 나머지 놈들이 떼로 몰려들었다. 지금이다.

[탕탕탕]

[꽝!]

다이너마이트 심지를 맞췄다. 폭탄이 치솟았다. 언덕 위에서 나베간테의 당황한 표정이 보였다. 그놈도 나를 보았다.

"저기 파블로가 있다. 저놈을 잡거나 죽이면 가차 보스가 큰 보상금을 줄 거야!"

가차 조직원들이 정신을 차리고 나를 쫓아왔다. 좆됐다는 생각에 열심히 다리를 놀렸지만 파블로 개자식의 저질 체력이 나를 가로막았다. 밀림 안으로 들어간 지 얼마 지나지 않아서 총탄이 뒤에서 날아들었다. 이제 죽는구나 싶었다. 그 순간, 반격이 일어났다. 숨어있던 우리 조직 애들이 다가오는 적을 향해 총알 세례를 퍼부은 것이다.

[탕탕탕]

"으악! 살려줘!"

동시에 가차 애들도 우리 애들에게 발악하듯 총알을 퍼부었다.

"악!"

그렇지만 기다리며 준비하고 있는 우리 애들에게 남은 가차 애들이 맥없이 다 쓰러지고 말았다. 카를로스가 급히 다가왔다. "보스, 괜찮은가요?"

"나는 괜찮아. 더 도망가라고 했잖아."

"어떻게 우리가 보스를 버리고 도망갈 수 있습니까!"

눈물이 핑 돌았다. 역시 사람은 먼저 주는 게 있어야 받는 게 있다. "애들은 괜찮아?"

"알렉스가 총에 맞았습니다. 심각해 보입니다."

알렉스에게 다가갔다. 총알이 그의 배를 관통했다. 거의 정신이 없는 상황에서 알렉스가 나를 알아보고 미소를 띠었다.

"파블로 보스, 살아 계셨군요."

"더 이상 말을 하지 말게. 빨리 처치를 해야 해."

"아뇨. 그럴…… 필요가…… 없습니다." 알렉스는 고개를 가로저었다.

"무슨 말이야? 살아나가야지."

"저는 힘들 것…… 같습니다. 보스가 저에게 약속한 거 유효…… 합니까?"

"자네 가족에게 백만 달러를 전달하겠네."

"감사합니다. 저는 파블로 보스를 믿…… 습니다."

"안 돼! 살아서 자네가 그 돈을 전해주어야지!" 알렉스가 숨을 거두었다. 이건 너무 미안하잖아!

다시 저쪽에서 가차 조직원들이 달려왔다. 악에 받친 나베간테가 외쳤다.
"파블로를 반드시 잡아야 해. 이제 남은 애들도 얼마 없어."

[탕탕탕]

총알이 빗발쳤다. 이제 정말 항복해야 하나? 여기는 총알도 거의 없다. '죽는 것보다 가차에게 항복하는 게 시간을 벌 수 있을 거야'라고 생각한 순간, 뜻밖의 반전이 일어났다.

[탕! 탕탕탕]

우리 왼쪽에서 가차 패거리를 향해 집중 사격이 발생했다. 누구지? 가차 패거리는 파블로를 다 잡았다고 생각했는데 뜻밖의 공격으로 당황한 표정이 역력했다. 애들이 죽어가면서 나베간테는 마침내 후퇴를 결정했다.

"파블로, 기다려! 넌 절대 이 밀림을 벗어날 수 없어!"

"두고 보자는 놈, 안 무서워! 가차 개자식을 데리고 와!"

나베간테 패거리가 물러가고 난 다음에 왼쪽 밀림에서 고메즈 일행이 나타났다. 짐작이 틀리지 않았다. 이 밀림에서 구스타보와 로베르트가 나타날 리가 없다. 더욱이 콜롬비아군은 이 지역을 포기했다.

"파블로, 괜찮아?" 고메즈는 미소를 지으며 나타났다. 우리를 구해주어서 더 잘생겨 보였다. 이 미남의 미소에 얼마나 많은 여자가 좌익 게릴라가 되었을까?

"정말 고마워. 일단 우리 부상자부터 알아볼게."

나베간테와의 전투에서 알렉스와 사무라이 시카리오 한 명이 또 죽었다. 부상도 한 명 당했는데, 허벅지에 총탄이 관통한 것 같았다. 아직 의식은 잃지 않았지만 고통에 신음하고 있는 그를 찾아갔다.

"어떤가? 우리 지원군이 왔어. 이제 걱정하지 마."

"감사합니다, 보스. 견딜 수 있습니다."

고메즈가 다가와 그의 상처를 살폈다. "총알이 박혔어. 지금 당장 제거 수술을 해야 해."

"여기서 어떻게 수술을 해?"

"내가 해줄게." 고메즈는 웃으며 말했다.

"넌 법대 중퇴자라면서……."

"밀림에서는 필요하면 의사도 되어야 살 수 있어. 옛날 의사 출신 동지에게 외과 처치 수술을 배웠어."

고메즈는 갖고 온 비상 응급장비로 능숙하게 수술을 진행했다. 먼저 마취를 시키고 외과용 나이프로 상처 부위를 절개하여 총알을 찾아냈다. 그리고 번개같은 솜씨로 상처 부위를 꿰매고 항생제 주사를 놓았다.

"잘하네. 의사라고 해도 믿을 거야."

"다 경험 덕분이지. 그래도 전문의와는 비교할 수 없어."

부상자를 치료하고 죽은 알렉스와 한 명을 묻었다. 우리는 두 명 죽었지만 저쪽은 여덟 명이나 죽었다. 이놈들을 묻을 시간이 없어 총과 탄약만 압수했다.

"우리가 여기 있다는 것을 어떻게 알았어?"

"밀림이 터지도록 폭탄과 총소리가 난무하는데 가만히 있을 수는 없지. 적어도 어떤 사정인지는 알아봐야 할 거 아닌가?"

"보다시피 가차 조직과 한 판 붙었어. 내가 오판해서 애들을 많이 데리고 오지 못했어. 아마 네가 도와주지 않았다면 오늘 안 좋은 일이 벌어졌을 거야. 고마워."

"파블로 보스에게 수고비도 받았고 좋은 조언도 들었는데 이 정도 도와주는 건 당연한 건 아냐?" 고메즈는 미소를 띠며 말했다. 이 사람과 대화하면 누구나 설득당할 만큼 매력적이다.

"도와주는 김에 조금만 더 도와줄 수 없나?"

"글쎄, 그 조금이라는 게 목숨을 걸 수도 있는 거니까! 구체적으로 얘기해 봐. 들어보고 결정할게."

"지금 큰 가방 네 개를 메데인으로 갖고 가야 해. 가차도 그걸 노리고 있어. 가차를 친 후에 지난번처럼 밀림을 통과해 헬기 착륙장까지 우리를 안전하게 데리고 가주는 거야."

"조금 도와주는 게 아닌데! 마피아 간의 전쟁에 우리가 끼이는 거잖아. 가차 조직은 지금 얼마나 남아 있나?"

"30명 정도 있을 거야."

"우리 조직이 그보다 수적으로 압도적이지만 전쟁이란 모르는 거야. 굳이 가차와 전쟁을 할 필요 있나? 그놈들을 피해 가방과 자네들만 안전하게 밀림을 통과시켜주면 되는 거 아닌가?"

한숨을 쉬었다. 그냥 솔직하게 말하는 게 낫겠다.

"우리 조직원 5명이 가차에게 붙잡혀 있어. 이들을 두고 갈 수는 없어."

"오, 파블로 보스에게 이런 면도 있었네. 사람들이 당신을 좋아하는 이유를 알겠어. 5명을 구해내려면 가차와의 전쟁을 피할 수 없어. 그러면 조금이 아니라 엄청 많이 도와주어야 하는 거야."

"그래, 자네 말이 맞아. 엄청 많이 도와줘. 대신 대가는 확실히 치르겠어."

"얼마?"

"큰 가방 중의 하나를 주겠어."

"정확히 얼마야?"

"5백만 달러!"

"뭐, 정말이야?"

"내가 한 말 뒤집는 사람 아닌 거 알지 않는가?"

"만약 우리가 파블로 보스 당신을 죽이고 그 돈을 차지하는 것을 생각 안 해보았나?"

"이 상황에서 고메즈 사령관을 믿는 거 말고 다른 대안은 없어. 그러면 할 수 없는 거지." 나는 체념조로 말했다.

"대신 가차 조직과 한 판 해야 할 거야. 그리고 콜롬비아군이 고메즈 사령관에게 2천만 달러가 있다는 사실을 알면 아마 정규 사단을 여기에 보낼 거야. 자네에겐 재앙이지."

"하하하. 파블로 보스의 배짱은 남달라. 이 상황에서도 미래를 보는 눈이 있어. 좋아! 큰 가방 하나 받고, 다른 조건을 들어준다면 거래하는 것으로 하지."

"뭐야? 두 개 주는 건 안돼. 나도 지금 엄청난 비용을 들여 작전을 하는 거야. 두 개 주면 적자야."

"아냐, 큰 가방 하나면 돈은 충분해. 지난번 폭군 이반이 가차의 사주로 대법원을 공격했을 때 받은 돈이 고작 백만 달러였어. 이건 다섯 배잖아."

"그래, 그 바보 같은 사건으로 M-19는 거의 궤멸하였지. 바보 이반도 죽고."

"M-19의 흑역사야." 고메즈는 침통한 표정으로 말했다.

"나머지 조건이 뭐야?" 나는 망설이지 않고 물었다.

"다른 조건은 나랑 같이 하루 있으면서 얘기를 좀 하자는 거야."

가슴이 철렁했다. 이놈이 나랑 사귀자는 건가? 내가 비록 콜롬비아에서 여자를 멀리하지만 그쪽 취향은 아니다.

"지난번 파블로 보스의 조언이 가슴에 와닿았어. 좀 더 자세하게 얘기하고 싶어. 세상이 어떻게 변화되었는지, 앞으로 어떻게 갈지 알고 싶어. 나는 세상과 너무 오래 떨어져 이 정글에 있었어."

다행이다. 내 얘기를 듣고 싶다는거잖아, 사귀자는 게 아니라.

"좋아. 대신 깨끗한 잠자리와 좋은 음식을 제공해야 해. 지난 며칠 동안 제대로 자지 못해서 지금 엄청 피곤해."

"오케이, 그럼 이제 구체적인 작전을 짜볼까." 고메즈가 밀림 속에 대기하고 있는 부하들을 불렀다.

고메즈가 이끄는 부대는 거의 백명이 넘었다. 게다가 이 정글에 오랫동안 살아온 전사들이다. 이쪽 지리는 눈 감고도 달려갈 수 있을 만큼 익숙하다. 고메즈의 부대를 따라 지름길로 가차가 진을 치고 있는 광산 입구로 달려갔다. 고메즈와 나는 망원경으로 상황을 주시했다. 가차의 조직원이 총을 들고 과거 숙소로 사용된 건물을 지키고 있었다.

고메즈에게 물었다. "저놈들은 어떻게 밀림을 통과하지 않고 저기에 도착했지?"

"강하용 군 헬기를 이용했어."

아, 나도 그렇게 해야 하는데, 돈 몇 푼 아끼겠다고 부하들만 죽였다.

"어떻게 할 거야?"

"공격해야지. 파블로 보스는 여기서 지켜만 보고 있어."

"왜?"

"우리 작전에 도움이 되지 않아. 우린 손발을 오랫동안 맞추어 온 팀이야."

"고마워. 사실 나도 피튀기는 전쟁에 끼어들기 싫어."

"마피아는 매일 전쟁이지 않은가? 하하하."

고메즈는 시계를 보았다. 그리고 오른손을 들어 신호를 보냈다. 일단의 고메즈 부대가 가차의 숙소를 향해 총을 난사했다.

[탕탕탕탕탕]

총탄이 난무하면서 가차의 경비병이 쓰러졌다. 그리고 숙소에서 다른 조직원들이 떼거리로 나와 응사했다. 혼전 상황 가운데 숙소 뒤편으로 몰래 움직이는 고메즈 부하들이 보였다. 양동작전이다. 전면 공격은 가차 조직원의 시선을 끌려는 유인책이다. 게릴라라고 하지만 제법이다.

[펑!]

갑자기 바주카포가 터졌다. 숙소가 아작이 났다. 돌과 판자 조각이 너부러지면서 먼지가 일었다. 거기에 피도 섞여 있었다.

"으악! 악!"

가차 조직원이 지르는 비명이 밀림 속으로 퍼졌다. 사방이 정리되었다. 가차 조직원의 시체가 너부러져 있다. M-19가 게릴라라고는 하지만 기본적으로 일종의 정규군이다. 도시에서 각개 전투에 익숙한 마피아가 감당할만한 무력이 아니다.

그나저나 이러면 우리 애들도 같이 죽은 것은 아닌가? 고메즈와 같이 광산 입구로 들어갔다. 먼저 들어가서 정리 작업하는 M-19 게릴라가 다가와서 보고를 했다. "저희 쪽은 두 명이 죽고 가차 조직원은 22명이 죽었습니다."

"그러면 아직 안 죽은 가차 조직원이 있다는 얘기네. 가차도 안 보이는 것 같고…… 그놈들을 찾아. 멀리 도망가지 않았을 거야."

우리는 가차 잔당을 수색했다. 아마 여기 수많은 갱도 중 하나에 숨어 있을 것이다. 조심스럽게 갱도를 수색하고 있는데, 총알이 튀어 나왔다.

[탕!]

"으악!"

게릴라 중의 한 명이 총에 맞았다. 나머지 게릴라들이 그 갱도에 집중 사격을 가했다.

[탕탕탕]

고메즈가 손을 들었다. "중지! 거기에 바주카포 한 방을 먹여!"

바주카포 한 방이면 갱도는 그냥 무너질 것이다. 달리 무덤을 만들 필요가 없다. 이 얘기를 들었는지, "파블로 보스와 협상할 게 있소!"라는 나베간테의 다급한 목소리가 들렸다.

자식이 죽지 않고 살아 있다. 고메즈가 내 눈치를 보았다. "얘기나 들어봅시다."

고메즈가 부하를 향해 사격을 중지하라는 명령을 내렸다.

나베간테가 갱도 밖으로 나왔다. "파블로 보스, 협상할 게 있어요."

"난 그런 거 없는 데. 이 기회에 배신자 나베간테와 콜롬비아의 해충 가차를 죽이고 싶어."

"갱도 안에 바르카스와 벨라스케스가 잡혀 있습니다. 부하들 세 명도 있고요. 우릴 살려준다면 이들을 풀어주겠습니다."

아, 고민스럽다. 이 자리에 사무라이 시카리오가 없고 고메즈도 없다면 아예 무시하고 이 기회에 가차를 제거하는 버튼을 누를 텐데…… 보는 눈이 너무 많다. M-19 게릴라만 백여 명이 넘는다.

망설이지 않았다. 고민은 배송만 늦출 뿐이다. "좋아, 너희들 생명을 보장해주겠어. 빨리 우리 애들 풀어줘."

"감사합니다. 역시 파블로 보스는 부하를 사랑하는 마음이 대단합니다. 저도 파블로 보스 밑에서 일하고 싶습니다."

"난 싫어. 배신자는. 우리 에스코바르 패밀리는 기본적으로 무배신, 무사고를 지향해. 배신자는 받지 않아."

나베간테의 안색이 일그러졌다.

"가차를 살려줄 테니 나오라고 얘기해."

가차가 갱도 안에서 눈치를 살피며 나왔다. "파블로 보스, 고마워. 내가 그래서 자네 말만 믿고 천만 달러를 빌려주었잖아. 내가 사람 보는 눈이 있어. 하하하." 가차가 살았다며 신나게 웃었다.

"가차, 아직 거래는 끝나지 않았어. 우리 M-19는 당신에게 받아야 할 빚이 있어." 고메즈가 가차 앞으로 다가갔다.

가차의 안색이 어두워졌다. M-19에게는 정산하지 못한 빚이 있기 때문이다.

"여기는 파블로 보스가 통제하는 거 아냐? 거래는 끝났어."

"아니, 여긴 우리 지역이야. 파블로 보스는 우리 손님일 뿐이야."

"손님의 입장을 존중해줘. 파블로 보스의 체면이 있잖아."

"글쎄, 나도 그러고 싶지만 넌 달라. 가차 너 때문에 얼마나 많은 우리 동지가 죽었는지 몰라."

"그건 나와 무관해. 폭군 이반에게 물어봐."

"그는 죽었어. 네가 사주한 대법원 폭발 때문에 우리 조직의 리더가 죽은 거야."

"내가 죽인 것은 아냐. 말은 똑바로 해."

"좋아. 이반은 콜롬비아군에 의해 죽었어. 네가 사주했든 안 했든 결정은 그가 한 거니까 그 문제는 넘어가겠어. 그렇지만 네가 주기로 했던 돈과 물건은 오지 않았어. 오늘은 그 이자까지 받아내야겠어."

"돈은 주지. 50만 달러 잔금이 남았는데 네가 메데인으로 돌아가면 즉시 주겠어."

"하하하. 내가 어떻게 널 믿고 풀어주겠어. 확실한 정산 방법을 제시해. 참, 50만 달러가 아니라 백만 달러야. 지연이자까지 청산해야지."

"백만 달러, 좋아! 내가 반드시 줄 테니까 믿고 풀어줘."

"어떻게 너 같은 쓰레기를 믿을 수 있어. 파블로 보스 말을 들어보니까, 너는 동료와 파트너를 죽이고 돈을 모았다는데……."

가차가 나를 째려보았다. 자신의 치부를 밝힌 나를 찢어 죽이고 싶다는 표정이다. 여기에 주눅들 내가 아니지. "고메즈 사령관, 내게 좋은 방안이 있어."

"내가 가차에게 빌린 돈이 있어. 그 돈을 사령관에게 주겠어. 가차, 동의해?"

가차의 눈은 활활 불타올랐다. 백만 달러 공수표를 발생하려고 했는데, 훼방꾼이 나타났다.

"그거 좋은 방안이네. 가차! 결정해. 여기서 죽을 거야, 아니면 백만 달러 내고 나갈 거야."

"그럼 그렇게 해! 개자식들아!"

"가차 보스, 그러면 천만 달러에서 백만 달러 빼고 이제 9백만 달러 남았어."

"알았어. 이제 우릴 풀어줘!"

"가차, 하나 더 남았어. 이반이 준 볼리바르의 검도 내놓아. 그건 우리 M-19의 물건이야."

"흥, 그게 어떻게 M-19의 물건이야. 콜롬비아의 국보야. 너희 M-19는 그걸 훔쳐 간 도둑놈에 불과해."

"좋아. 도둑놈 이반의 물건을 돌려주지 않는 너는 사기꾼이야. 물건을 돌려줄 때까지 인질로 잡혀 있을 거야."

고메즈는 부하에게 눈치를 주었다. 고메즈의 부하들이 가차에게 다가오자 가차는 손을 저었다. "그 물건은 내게 없어. 저기 파블로 자식이 볼리바르의 검을 빼앗아 갔어. 그놈에게 달라고 해."

고메즈가 나를 쳐다보았다. 정말이냐고 묻는 표정이다. 미치겠다. 볼리바르의 검과 비자금이 어디에 숨겨져있는지 전혀 모른다. 일단 시치미를 떼기로 했다. 진짜 기억에 없으니까.

"가차, 무슨 개소리야. 난 기억에 없어."

"흥, 그날 기억이 안 나? 메데인의 너의 집에서 카르텔 모임 때 내가 볼리바르의 검을 가져가니까 이건 최종 보스의 거라며 빼앗아 갔잖아. 난 그때부터 네가 싫었어."

분노에 찬 가차의 표정을 보니까 정말이지 싫었다. 여기서 계속 발뺌하면 나만 이상해진다. "고메즈 사령관, 그때 술을 너무 먹어 잘 기억이 나지 않아. 내가 집에 돌아가면 찾아볼게."

고메즈가 고개를 끄떡이며 받아들였다. 그리고 가차를 향해 말했다. "가차, 무기는 전부 압수다. 그러면 그만 가도 좋아."

M-19 조직원들이 가차 일당의 무기를 빼앗고 풀어주었다. 동굴 안쪽에서 벨라스케스와 바르카스 등 우리 조직원이 나왔다. 바르카스가 계면쩍은 표정으로 "보스, 죄송합니다."라며 사과했다.

"아냐, 괜찮아. 죽은 애들, 잘 묻어줘."

우리는 고메즈를 따라 다시 정글로 들어갔다. 그전에 임시로 파묻은 2천만 달러를 다시 찾았다. 고메즈가 물었다. "파블로, 왜 가차를 살려주었나? 그런 쓰레기는 기회 날 때 죽여야 하는데. 그러면 빌린 돈도 갚지 않아도 되고."

"하하하. 고메즈 자네도 그런 계산을 하네."

"나도 조직의 리더야. 필요할 때는 얼마든지 냉정하게 처리할 수 있어."

"우리 업계에 이런 말이 있어. 선수가 바뀌어도 게임은 계속된다는 거야. 한 종류의 마약을 막으면 다른 마약이 튀어나오고 이 범죄 조직을 소탕하면 다른 범죄 조직이 떠오르는 거지. 가차를 죽이면 내가 모르는 놈이 카르텔의 보스가 될 수 있어. 그러면 통제가 힘들어."

"다른 이유도 있는 것 같은데······."

"뭐라고 생각해?"

"가차가 벌이는 흉악한 짓거리 때문에 파블로가 상대적으로 좋은 사람으로 보인다는 것."

"하하하. 고메즈, 자네는 정치를 해도 잘할 것 같아. 맞아."

내가 굳이 가차를 살려두는 이유는 어차피 이놈을 제거해봐야 다른 놈이 튀어나올 수밖에 없다는 사정도 있지만 더 중요한 이유는 가차가 저렇게 설치고 다님으로써 전 마피아 보스 파블로는 괜찮은 사람으로 인식된다는 대비효과도 있다.

이게 선거의 메커니즘이다. 선거는 최선의 사람을 뽑는 게 아니라 덜 나쁜 놈을 고르는 것이다. 영악한 여자는 자기보다 못난 친구를 데리고 남자친구를 만난다.

가차가 납치와 살인을 저지르고 다니니까 내가 에스코바르 스타디움을 짓는 효과가 크게 두드러지는 것과 비슷하다. 보통 사람들은 자기 기준이 없다. 사람들은 절대적 평가보다 상대적 평가에 익숙하다.

한참 정글로 들어가던 고메즈가 밀림 속에 숨겨진 오두막에 멈추었다. "파블로, 여기서 자네 부하들을 오늘 밤 쉬게 해. 음식은 조금 있다가 갖다줄거야. 자네만 나와 우리 집으로 가지."

혼자 가는 게 부담스러웠지만 고메즈가 굳이 그렇게까지 해서 날 해칠 이유는 없다. "그렇게 하지. 정산은 여기서 하고."

고메즈에게 돈 가방 한 개와 가차에게서 받아야 할 돈 백만 달러를 건네주었다. 부하들을 오두막에 남기고 고메즈를 따라 M-19의 숨겨진 본거지로 들어갔다.

M-19의 거주지는 안내를 받지 않고는 찾지 못할 만큼 은폐된 곳에 숨겨져 있었다. 거기에는 게릴라들도 살고 있지만 원주민도 보였다. 아이들도 있고 여자들도 돌아다녔다. 고메즈는 우물로 나를 데리고 갔다.

"여기서 샤워해. 끝나고 애들이 식당을 안내해줄 거야. 같이 저녁을 먹어."

오랜만에 샤워했다. 정글로 들어온 지 며칠째 씻지 못하고 노숙에 갱도를 헤매고 전투를 벌인다고 이리저리 뛰어다녔다. 땀과 먼지가 잔뜩 묻어 있다.

우물 밖으로 나오니 어린애가 수건을 들고 기다리고 있었다. 그 아이의 안내로 식당으로 갔다. "여기서 기다리고 계세요."

"그래, 고마워."

아무도 없는 식당 구석의 흔들의자에 앉았다. 피로가 몰려들었다. 그냥 그대로 잠들었다. 잠결에 어디선가 피아노 반주에 맞춰 노래가 흘러나왔다.

"Do you hear the people sing? singing a song of angry men?……"

'누가 이 노래를 부르지?'

흔들의자에서 일어나 식당 밖으로 나갔다. 금방이라도 불쏘시개가 될 것 같은 낡은 건반에 고메즈가 연주하고 어린애들이 그 옆에서 노래를 부르고 있었다. 여기가 콜롬비아에서 제일 위험한 좌익 게릴라의 본거지가 아니라 평화로운 시골 학교처럼 느껴졌다.

연주가 끝나고 난 뒤 고메즈가 나를 보았다. "파블로 좀 더 자지 그래? 코까지 골며 자고 있어서 식사 시간을 늦추었어."

"아냐, 푹 잤어. 그런데 자네가 어떻게 레미제라블의 '민중의 노래'를 아나?"

"뭐라고? 이 노래가 레미제라블의 '민중의 노래'라고?"

"고메즈 자네는 그것도 모르고 피아노를 쳤나?"

"난 전혀 몰랐어. 언젠가 우리 게릴라 중에 여가수가 있었지. 그녀가 시간 날 때 애들에게 이 노래를 가르쳐주었어. 그녀는 작전 중에 죽었고 난 애들에게 이 노래를 배웠지. 가사와 곡이 너무 좋아 내가 반주곡을 만들고 자주 불렀어."

" '민중의 노래'가 혁명가야. 자네에게 딱 맞는 노래네."

"하하하. 그런가? 자, 그러면 식사를 하지."

우리가 식당으로 들어가자 아줌마 한 분이 음식을 갖고 왔다. 와인도 한 병 놓여 있었다.

"여기서는 정말 귀한 와인이야." 고메즈는 와인을 따라 주었다.

"고마워, 샤워도 하고 살짝 잠도 자고…… 컨디션이 좋아."

"잘 되었네. 그런데 레미제라블은 뮤지컬인가?"

"그렇지. 소설을 뮤지컬로 각색했어. '민중의 노래'는 그중에 가장 유명한 곡이야."

"파블로 보스는 마피아 같지 않아. 아는 것도 많고 문화적 소양도 있어."

"힘으로 몰아붙이는 조폭의 시대는 끝났어. 마피아도 머리가 있어야 해."

"M-19도 그렇게 변신해야 하나?"

"당연하지. 혁명의 시대는 끝났어. 다수 민중의 지지를 놓고 경쟁하는 정당으로 거듭나야 해."

"우리가 거기에서 성공할 수 있을까?" 고메즈는 심각한 표정으로 물었다.

"그 길밖에 없어. 조금 전 '민중의 노래'를 부른 사람들은 극 중에서 전부 죽지. 그렇지만 그게 불씨가 되어서 나중에 프랑스 대혁명으로 발전했어. 시작은 미약할지 몰라도 그 끝은 창대하리라."

"M-19가 그런 성공을 거두기 위해서는 어떻게 해야 하나?"

"하하하. 내가 그걸 알면 정치를 하지. 그건 자네가 고민하고 방법을 찾아야지."

"파블로 자네도 정치를 하는 것 아닌가? 한때 의원이었다면서?"

"나는 생존하기 위해 정치를 이용하는 거지, 정치인이 아니야."

고메즈는 담배를 꺼내 피웠다. 한참을 홀로 생각하다가 독백하듯이 말했다.

"콜롬비아에는 크게 두 개의 좌파 게릴라 조직이 있어. 우리 M-19와 FARC(콜롬비아 혁명군)야. FARC는 농민을 혁명의 근거지로 생각하는 마오이즘에 뿌리를 두고 반자본주의, 반제국주의를 주장하며 무장혁명 노선을 걷고 있어. M-19는 그들과 다르지. 우리는 도시를 더 중요하게 생각하고 선거 참여도 가능한 전술로 생각해. 그렇지만 M-19 안에서도 테러를 옹호하는 이반 세력과 거기에 반대하는 내가 있었어. 이반 세력이 자멸하는 바람에 내가 이제 확실한 리더가 되었는데, 우리 조직을 어디로 이끌고 가야 할지 확신이

서지 않아."

"이미 마음속에 결정은 한 것 같은데."

"맞아. 자네는 못 속이겠네. 하하하." 고메즈는 남은 와인을 마시며 계속 말했다.

"시대가 변하고 있다는 것을 느끼고 있어. 그동안 우리에게 우호적이었던 나라와 세력이 우리를 외면하고 있어. 소련과 쿠바에 무기 지원을 요청했는데 거부당했어."

"당연하지. 소련은 망하기 일보 직전이야. 쿠바도 미국의 계속되는 경제제재 때문에 망명자가 속출하고 있어. 폭력 혁명의 시대는 끝난 거야."

"그래서 M-19는 정부와 협상하려고 해. 무기를 내려놓는 조건으로 사면을 약속받고 제도권 정당으로 들어가겠다고."

"잘 생각했어. 그게 M-19가 사는 길이야. FARC처럼 나아가면 혁명군이 마약상이 되는 건 시간문제야. 그러면 국민은 절대 지지 안 해."

"국민의 지지를 받으려면 어떻게 해야 하나?"

"우리 콜롬비아 건국의 아버지 볼리바르처럼 행동해야지. 특정 계급의 이익을 옹호하기보다 콜롬비아 전체 이해를 대변하는 정당이 되어야 해."

"참, 볼리바르의 검은 언제 줄 거야?"

미치겠다. 이걸 어떻게 찾지? 파블로 개자식이 어디다 숨겼을까?

06

콜롬비아 여자

정글에서 죽을 고생하며 벌어온 1,400만 달러는 눈 녹듯 사라졌다. 에스코바르 스타디움과 콘도 건설을 위한 긴급자금으로 7백만 달러가 나갔다. 마침 이동통신 주파수 경매가 시작되면서 나머지 돈도 내놓아야만 했다.

사실 에스코바르 통신은 도청 저지 부대와 비슷했다. 콜롬비아 전화에는 비밀이 없다. 일단 경찰과 보안국은 노골적으로 도청한다. 거기다 외국 기관인 DEA도 도청한다. 무엇보다 미국이 공산주의를 저지한다는 목적으로 위성을 통해서 거의 모든 전화를 도청하고 있다.

에스코바르 통신사가 하는 주요 역할은 내 전화기를 바꾸어주는 일이다. 아무도 의심하지 못할 타인 명의 전화를 사용해서 도청의 추적을 따돌리는 것이다. 그리고 내가 사용하는 것으로 추정될 수 있는 전화는 떠버리들을 시켜 이해 못 할 이야기를 온종일 떠들어댄다. 아마 도청 분석관은 죽을 맛일 것이다.

이동통신 주파수 경매는 정치인들이 뇌물을 챙길 수 있는 절호의 기회다. 국민에게 아무런 피해도 주지 않고 거액의 뇌물을 받을 수 있기 때문이다. 물론 대통령 딸과 결혼하면 공짜다. 한국의 모 텔레콤처럼. 나도 법적으로 싱글이어서 가능한지 알아보았는데, 유감스럽게도 가르비아 대통령의 딸은 초등학생이었다.

에스코바르 통신은 국가에 주파수 할당으로 수백만 달러를 내고 로비 자금으로도 수백만 달러를 주어야 했다. 이게 끝이 아니다. 주파수를 할당받으면 이동통신 수신장비를 콜롬비아 전역, 아니 그건 불가능하고 주요 도시에 깔아야 한다. 간신히 대출을 받아 사업을 추진했다.

이동통신 문제도 머리가 아픈데, 바랑키야 면방공장도 답이 나오지 않았다. 마테오가 내가 자리를 비운 지난 몇 달 동안 에스코바르 면방회사의 현황을 보고하러 왔다. "보스, 안티오키아 밀림에서 고생 많이 하셨다는 얘길 들었습니다."

"돈 벌려면 할 수 없지. 바랑키야 현황은 어떤가?"

"말씀드리기 송구스럽지만 일본인 기술자들이 전부 도망갔습니다. 제가 아무리 잡아도 도저히 일할 수 없다며 짐을 쌌습니다."

에스코바르 섬유회사는 일본으로부터 면방 기계를 도입하는 조건으로 일본인 기술자를 데리고 왔는데 지난 2년 동안 그 누구도 콜롬비아에서 버티지 못했다. 아무리 월급을 올려주어도 싫다는 것이다.

"아이고! 공장 기계는 돌아가나?"

"일본인 기술자가 떠나고 난 뒤 불량률이 엄청 납니다. 생산은 되고 있지만 패브릭(천) 원료로 사용 못 할 지경입니다."

"원면 구매 현황은 어떤가?"

"그건 더욱 품질이 엉망입니다. 올해는 비가 많이 와서 최하등급의 원면 수준도 되지 못하고 있습니다."

머리가 아팠다. 안정적 원면 확보를 위해 자체 원면 농장도 만들었는데 올해 농사는 망쳤다는 것이다. 거기에 들어간 돈이 얼마인데…….

"보스, 하고 싶은 얘기가 있습니다." 마테오가 내 눈치를 보았다.

"얼마든지 얘기해."

"원면 농장은 하지 않는 게 좋겠습니다. 콜롬비아 날씨는 면화 농사와 맞지 않습니다. 여기는 열대우림의 영향으로 자주 비가 옵니다. 이게 면화 퀄리티에 치명적 부작용을 초래합니다."

"농장을 폐쇄하면 원면은 어떻게 조달하나?"

"수입하면 됩니다. 그게 오히려 싸게 먹힙니다."

섬유단지를 만들려는 목적은 콜롬비아에서 생산되는 저렴한 원면으로 풍부한 노동력을 활용하기 위해서이다. 그런데 첫 번째 단계부터 꼬였다.

"어디서 원면을 수입하나?"

"브라질과 미국 텍사스입니다. 두 나라 다 사막성 기후라서 원면의 품질이 좋고 물류도 나쁘지 않습니다."

"구스타보 사장과 상의하여 원가와 물류비용을 비교해서 보고해."

"네, 알겠습니다."

마테오가 나가고 난 뒤, 농장을 산책했다. 1,400만 달러를 검은 가방에 가져올 때만 해도 자신감이 넘쳤는데 이제 다시 시작이다. 내가 가장 자신만만하게 생각하던 섬유산업이 위기에 빠졌다.

문제는 원면의 조달과 공장의 생산능력이다. 콜롬비아에서 원면을 생산하려고 큰 노력을 기울였지만 실패했다. 이제 수입밖에 답이 없다. 섬유공장의 첫 단계는 원면을 실로 만드는 면방공장이다. 일본산 중고 기계를 가져왔지만 콜롬비아 현지화에 실패했다. 그 이유는 일본인 기술자들의 대거 이탈했기 때문이다.

이미 세계 최고 부국을 경험한 일본인은 힘한 일을 하지 않으려고 한다. 바랑키야는 카리브해 연안의 도시로 미칠듯한 더위와 습기 때문에 사람이 살기 힘든 곳이다. 게다가 현지 음식이나 문화도 일본인에겐 전혀 친숙하지 않다. 스시와 쌀밥, 미소국을 먹어야 하는 일본인이 콜롬비아의 대표적인 음식 빠이사를 좋아할 리 없다. 아침에 일어나자마자 돼지 껍데기를 마요네즈에 찍어 먹는 기분이었을 것이다.

그래, 일본 기술자가 안 된다면 한국 기술자를 부르자. 한국에서 절대 받을 수 없는 일본 기술자 수준의 급여를 준다면 여기서 버틸 수 있을 것이다. 비장의 카드를 꺼냈다. 정주영 회장에게 전화했다.

- 오, 자넨가? 스타디움 공사는 잘 되고 있지?

"네, 현대 직원분들이 정말 열심히 일해주셔서 예정대로 진행되고 있습니다."

- 듣던 중 반가운 소식이네. 그래 무슨 일인가?

이분은 항상 직진이다. 돌려서 말하는 게 없다. 내가 뭔가 아쉬워서 전화했다는 것을 금방 눈치챘다.

"에스코바르 그룹이 면방공장을 추진하고 있습니다. 그런데 일본인 기술자들이 여기 열악한 환경을 견디지 못해 나가버렸습니다. 그래서 한국 기술자들을 초청하려고 하는데 회장님이 도와주시기 바랍니다."

- 어려울 거 없지. 급여 조건과 필요한 기술자를 팩스로 보내. 그걸 보고 내가 보내줄게. 여기는 해외 못 나가서 안달 난 놈들이 많아. 월급만 많이 준다면.

"네, 금방 보내드리겠습니다."

- 일본인 기술자들이 현지 적응을 못 해서 나갔다고 했나?

"네, 아직 못 가보았습니다."

- 그러면 기술자만 초청해서는 안 돼. 한국인은 먹는 것에 민감해. 한국 요리사도 부르게. 음식이 맞으면 아무리 거친 환경이라도 적응하는 데 큰 도움이 돼. 내가 중동에서 건설사업을 할 때 느꼈지. 한국인은 밥심으로 살아.

"아, 그렇군요. 그러면 요리사도 한 사람 보내주시기 바랍니다. 한국 식자재도 부탁드립니다."

- 하하하. 나에게 식자재 부탁하는 사람은 천하에 자네밖에 없어. 자네 할아버지가 한국전쟁에 참전한 대한민국의 은인인데 도와주어야지. 다른 필요한 거 있으면 말해봐.

'돈 좀 빌려주세요.'라는 말을 필사적으로 참았다. 사람이 염치가 있어야지.

"그거면 충분합니다. 정말 감사합니다."

- 그래 필요한 거 있으면 언제든 연락해. 콜롬비아를 꼭 가고 싶었는데 내

가 정치에 입문해서 시간이 잘 나지를 않아.

정주영 회장은 올림픽을 끝으로 사업에서 물러나 정치에 참여하고 있다.

"꼭 대한민국 대통령이 되시기를 빌겠습니다. 선거운동에 필요하면 저를 불러주시기 바랍니다."

- 콜롬비아에서 어떻게 한국에 오나? 그런데 내가 대통령이 목적이라는 걸 어떻게 알았나?

"회장님이 고작 국회의원 되시려고 정치 입문하시지는 않았을 겁니다. 큰 일 이루시기를 기원하겠습니다."

- 고맙네. 멀리서도 내 마음을 알아주는 지인이 있어 외롭지 않네.

마음 같아서는 정 회장이 정치하는 것을 말리고 싶지만 그런다고 그만둘 분이 아니다. 많지 않지만 후원금을 보냈다.

정 회장의 도움으로 방적 기술자 네 명과 한식 요리사 한 명이 콜롬비아에 왔다. 한 달 뒤, 바랑키야 현장 숙소에서 그들을 만났다. 마테오가 영어로 나를 소개했다. "파블로 회장님입니다. 한국말을 잘하시니 편하게 대화하시기 바랍니다."

"회장님, 안녕하십니까? 최 이사라고 합니다. 은퇴한 저를 이렇게 초청해주셔서 감사합니다."

최 이사는 같이 온 일행을 소개했다. 마지막엔 한식 요리사다. "김길주라고 합니다. 식당을 하다가 망했는데 이렇게 기회를 주셔서 감사합니다."

"만나서 반갑습니다. 에스코바르 그룹의 파블로라고 합니다. 저의 할아버지가 한국전쟁 당시 파병된 통역군인 출신이라 그분에게 한국말을 배웠습니다."

"아, 그래서 한국말이 유창하시군요. 현대에서 회장님을 소개할 때 믿기지 않았는데 정말이군요."

"하하하. 앞으로 어려운 점이 있으면 언제든 저에게 직통으로 연락하시기 바랍니다. 다른 사람을 통하면 일만 어려워집니다."

"네, 감사합니다."

"우리 통역원들은 어떤가요?"

"한국말을 하지만 회장님만큼 자연스럽지는 않습니다."

"걔들이 이제 겨우 한국어과 대학을 졸업한 친구들입니다. 여러분들이 가르쳐주셔야 합니다. 조금만 지나면 금방 익숙해질 겁니다."

"네, 애들이 똑똑해 보입니다."

한국인 기술자를 위해 보고타에서 한국어과 학생 다섯 명을 사원으로 급히 뽑아 보냈다. 기술자들이 자기 전문분야만 집중하고 나머지는 최대한 편하게 해주어야 한다. 언어가 잘 안 통하면 향수병이 올라온다.

"제가 말씀드리고 싶은 것은 제1공장인 실(yarn) 공정에서 불량률을 10퍼센트 이하로 떨어뜨리는 겁니다. 이걸 달성하면 보너스를 100퍼센트 드리겠습니다."

"정말입니까?" 한국인 기술자의 눈이 휘둥그레졌다. 한국의 방적공장에서는 불량률이 5퍼센트도 되지 않는다. 10퍼센트는 누워서 떡 먹기다.

"네, 저는 정주영 회장님과 마찬가지로 약속을 지키는 사람입니다. 이따가 계약서를 쓰겠습니다."

"감사합니다. 저희도 정 회장님 말씀만 믿고 이 머나먼 곳에 왔습니다."

"둘째, 5퍼센트 이하로 불량률을 줄이면 보너스 200퍼센트를 약속합니다."

"와!"

한국인 기술자들이 손뼉을 쳤다. 잘하면 여기서 서울 집 한 채 값을 벌어갈 수 있겠다는 생각이 들었기 때문이다.

"마지막으로 지금 준비 중인 2공장인 원단(fabric) 공정을 제대로 론칭해주시면 보너스 천퍼센트를 약속합니다." 한국인 기술자들이 벌떡 일어섰다. 잘하면 여기서 서울 집 열 채 값을 벌어갈 수 있겠다는 생각이 들었기 때문이다. 이들과 달리 시무룩한 표정을 짓고 있는 주방장에게 말했다.

"김길주 주방장님도 마찬가지입니다. 실적이 달성되면 주방장님에게도 똑같은 보너스를 약속합니다."

"정말입니까?" 믿어지지 않는 약속에 주방장은 눈을 커다랗게 떴다.

"저는 항상 약속을 지키기 때문에 지금까지 사업에 성공할 수 있었습니다. 그래서 계약서를 준비했습니다. 한글본, 영어본도 가져왔으니 천천히 읽어보시고 사인해주시기 바랍니다."

"감사합니다. 정말 맛있는 요리를 해서 우리 동료들이 일에만 전념할 수 있도록 하겠습니다."

"네, 저도 기대하겠습니다."

모두 손벽을 치고 신이 났다. 주방장이 "회장님, 이럴 게 아니라 간단하게 파티를 합시다. 제가 금방 음식을 만들어 오겠습니다."라고 소리치며 주방으로 달려갔다.

김길주 주방장이 부엌으로 가서 금방 음식을 만들어서 왔다. 제육볶음과 잡채, 마른오징어, 그리고 북엇국이다. 보기만 해도 군침이 돌았다. 한국인 직원들이 식탁을 정리하고 냉장고에서 소주와 맥주를 차렸다. "회장님, 폭탄주 아시지요? 시원하게 한잔 말아서 올리겠습니다." 최 이사가 맥주를 따면서 말했다.

"압니다. 잘 압니다." 나는 흥겹게 호응했다.

소주를 먹어본 지 오래되었다. 지난번 스타디움 때문에 한국 출장 가서 마시고 1년이 넘었다. 소맥 파티가 벌어졌다. 최 이사가 잔을 들고 일어섰. "우리 에스코바르 섬유회사를 위하여!"

"위하여!"

잔을 부딪치고 원샷했다. 사람들이 눈치를 줘서 내가 폭탄주를 말았다.

"여러분의 건강과 안녕을 위하여!"

"위하여!"

잔이 얼마나 돌았는지 모른다. 흥겨운 분위기에 나도 평소 주량보다 많이 마셨다. 남자들끼리 술을 먹다 보면 결국 마지막에 나오는 얘기는 여자다.

"콜롬비아 여자가 정말 예쁩니다. 처음에는 우리 정서랑 맞지 않아서 어색했는데 갈수록 예뻐 보입니다." 김길주 주방장이 말했다.

"정말입니다. 직원 중에 얘가 왜 여기서 일할까 하는 생각이 들 정도로 예쁜 친구도 있습니다." 조금 젊어 보이는 직원이 말했다.

"맞습니다. 여기 남미 대륙 여자 중에 콜롬비아 여자가 제일 예쁩니다. 콜롬비아는 베네수엘라와 함께 세계 미인대회에서 가장 많은 수상자를 배출한 나라입니다." 나도 장단을 맞추었다.

"콜롬비아 여자가 예쁜 이유가 있습니까?" 다른 직원이 물었다.

"여기 남미 대륙은 인종의 용광로 같은 곳입니다. 원래 살고 있던 원주민 인디언, 스페인, 이탈리아, 포르투갈 등에서 온 백인 이민자, 그들과의 혼혈인 메스티소, 그리고 아프리카에서 온 흑인이 섞여 있습니다. 메스티소가 많은 나라는 멕시코, 베네수엘라, 콜롬비아 등입니다. 인디언 원주민이 많은 나라는 볼리비아와 페루, 그리고 흑인이 다수를 차지하는 국가는 아이티와 자메이카입니다."

"콜롬비아의 인종은 어떤가요?" 다른 직원이 말이 길어지자 못 참고 물었다.

"콜롬비아 인종 다수는 메스티소지만 백인 인종 비율이 약 30퍼센트입니다. 남미 대륙에서 코스타리카, 아르헨티나 다음으로 백인 비율이 높은 국가입니다."

"백인이 많아서 우리 눈에 예뻐 보이는군요." 최 이사가 말했다.

"그런 것도 있지만 백인과 원주민 피가 섞인 메스티소 아가씨들이 더 예뻐요. 눈썹이 진하고 속눈썹도 길어서 인형처럼 느껴집니다. 게다가 어릴적 예쁘다 싶으면 모델 아카데미에서 자신의 미모를 가꿉니다. 가난한 이 나라에서 모델이 된다는 것은 부와 명예를 획득하는 길이기도 합니다."

"아, 그렇군요. 콜롬비아 사람들은 어떤 여자가 미인이라고 생각합니까?"

"한국하고는 조금 다릅니다. 여기에서는 골반, 엉덩이, 가슴 등 몸 전체 라인을 중요하게 생각합니다. 한국은 잘 모르지만……." 잘 알지만 내가 전생에 한국 출신이라고 말하면 누가 믿겠는가?

"마르고 날씬한 여자는 콜롬비아에서 인기가 별로 없습니다. 여러분 취향이 그러하다면 그런 분과 사귀는 것은 어렵지 않아요."

"아!"

모두 눈이 초롱초롱하다. 다들 나이가 마흔대지만 마음은 이십대다.

"콜롬비아 아가씨 성격은 어떤가요?" 호기심 어린 눈빛으로 가장 젊어 보이는 직원이 물었다.

"여기 문화가 대단히 개방적입니다. 서로 좋아한다면 유부남이든 인종이 다르든 문제가 되지 않습니다. 처음 만난 날에 같이 잘 수가 있습니다."

"정말요?"

모두 눈이 빛나고 있다. 당장 어디론가 달려갈 태세이다.

"그렇지만 주의해야 할 점이 몇 가지 있습니다."

"어떤 점입니까?"

"콜롬비아 여자는 피임을 잘 하지 않습니다. 게다가 가톨릭 국가라서 낙태도 하지 않습니다. 여러분의 자식이 콜롬비아에서 태어날 가능성이 아주 큽니다."

"하하하."

모두 배를 잡고 웃었다.

"책임을 질 생각이 없다면 반드시 콘돔을 사용하시기 바랍니다."

"하하하."

"저는 돌싱입니다. 정말 마음에 맞는 여자가 있다면 결혼하고 싶습니다." 가장 젊은 친구가 말했다.

"결혼은 서로 의사가 통해야 하는데, 그러려면 스페인어를 열심히 공부하시기 바랍니다. 언어가 통하면 정말 좋은 여자를 만날 수 있어요."

"내일부터 당장 스페인어 공부를 시작하겠습니다."

"좋습니다. 다음으로 주의해야 할 사항은 여자를 만나면 마약과 범죄 조직에 노출될 위험이 크다는 겁니다. 잘 아시겠지만 콜롬비아는 지금 미국으로 코카인을 가장 많이 밀수출하는 나라입니다. 어디에서나 쉽게 싸게 마약을 구입할 수 있습니다."

"저희도 들었습니다. 회장님도 한때……." 최 이사가 눈치를 보며 말했다.

"네, 맞습니다. 제가 한때 메데인 카르텔의 최종 보스였습니다. 그러나 지금 그 사업은 완전히 손을 끊었습니다."

"사실 저희도 그 문제 때문에 여기 오는 것을 망설였는데, 정 회장님이 자신이 보증해준다고 하셔서 마음놓고 오게 되었습니다." 최 이사가 그간의 사정을 말했다.

"여기 콜롬비아는 치안이 좋지 못합니다. 먹는 음료에 마약을 타서 정신을 잃게 만든 다음 돈을 터는 경우가 많습니다. 나쁜 놈들은 여자를 앞세워 유인해서 강도짓을 하거나 인질로 잡고 돈을 요구합니다."

"치안이 정말 불안하다고 들었습니다. 여기 가는데 마누라가 울고불고 난리가 아니었습니다." 가장 나이 든 직원이 말했다.

"우리 회사 직원으로 있는 한, 미친놈이 아니고선 그런 일을 저지르지는 않겠지만 우발적 사고란 항상 존재합니다. 그게 여자, 술과 다 관련이 되어 있으니 조심하시기 바랍니다."

"네, 알겠습니다."

한국인 직원들이 성과를 발휘하려면 스트레스가 없어야 한다. 또한 사고에 노출되지 않고 자신을 통제할 수 있어야 한다.

"맛있는 한국 음식을 대접받았는데, 이제는 제가 초대할 차례입니다. 바랑키야 시내의 클럽으로 갑시다. 제가 한턱 쏘겠습니다."

"좋습니다!"

모두 환호성을 질렀다. 한 달 동안 공장에 갇혀 있어서 답답하던 참이었다.

차를 불러 모두 바랑키야 시내 최고급 클럽으로 갔다. 콜롬비아 경제 수준은 별로지만 노는 데는 선진국이다. 이들은 월급을 받으면 그 다음 날 다 쓸

정도로 소비 수준이 높다. 클럽에는 주말을 맞이하여 사람들이 북적거렸다. 그렇지만 내가 누구인가? 일단 돈으로 밀어붙이니 가장 좋은 좌석을 안내받았다.

마테오가 접대 담당으로 따라와서 주문을 대신했다. 테킬라, 위스키, 맥주와 과일 안주 등이 나왔다. 거기에서도 이 못 말리는 한국인들은 위스키 폭탄주를 제조하여 마셨다. 신나는 살사 음악과 섹시한 현지 여자를 보니 한국인들의 눈이 돌아갔다. 모두 몸이 들썩거렸다.

"자, 여기만 있지 마시고 나가서 춤을 추세요. 마음에 드는 여성이 있으면 춤을 신청해도 됩니다. 신사답게 매너만 지키면 됩니다."

두 사람이 무대로 나갔다. 춤을 추다가 마음에 드는 여성을 발견하고 접근했다. 여자들도 웃으며 그들을 받아주었다. 콜롬비아 사람들은 아시아인을 그냥 다 중국인, '치노'라고 생각한다. 그리고 찢어진 눈을 손으로 그린다.

무대에 나가지 않고 자리에 남아 있는 늙은이들을 보니 불쌍한 생각이 들었다. 한국 남자들은 클럽이나 바에서 자유롭게 사귀기보다 가라오케나 밀폐된 공간에서 여자를 부르는 것을 선호한다.

"마테오, 여기 클럽에서 가장 예쁜 여자 세 명을 데리고 와!"

"네, 알겠습니다."

클럽에는 자발적으로 놀러 온 일반 여자들도 있지만 돈 벌러 온 여자들도 있다. 마테오가 웨이터에게 뭐라고 말하니까, 조금 뒤에 웨이터가 예쁜 콜롬비아 아가씨 세 사람을 데리고 왔다.

"자, 그러면 최 이사부터 초이스 하세요."

한국 사람은 선택의 민족이다. 그냥 내 맘대로 배분했다가는 나중에 원망을 들을 가능성이 크다. 장유유서를 따지는 한국인은 나이순에 따라 초이스 한다.

"아이고! 저는 아무나 괜찮은데……." 말은 그렇게 하면서도 최 이사는 독사의 눈으로 여자를 훑어보다 마른 여자를 선택했다. 다음으로 주방장이, 마지막으로 젊은 직원이 여자를 찍었다.

"회장님은요?" 최 이사가 내 파트너가 없는 것을 걱정했다.

"마테오, 나도 하나 데리고 와!"

"네, 보스!"

평소 나를 고자로 알고 있는 마테오가 당황하며 밖으로 나갔다. 조금 뒤, 흑인 피가 많이 섞인 글래머가 들어왔다. 마테오 개자식은 보스 취향도 모른다. 그렇지만 분위기를 위해 참았다.

"자, 우리 즐거운 밤을 위하여 건배합시다!"

우리가 잔을 들자 옆의 여자들도 눈치를 보고 'Salud(살룻)!'이라고 외쳤다.

"그라시아스, 바모스 아 브린다르!(고마워, 모두 건배하자)"

내 옆의 여자가 물었다. "저분들은 중국 사람인가요?"

"아냐, 앞으로 세계를 이끌어갈 한국에서 오신 분들이야. 중국놈들과는 다르지."

"한국이 어디 있어요?" 옆의 아가씨가 고개를 갸우뚱거렸다.

"야, 너 서울올림픽 안 보았구나!"

"아, 그 나라구나." 앞의 아가씨가 손뼉을 치며 아는 척했다.

나 말고 다른 아가씨들은 말이 통하지 않아 그냥 웃고만 있었다. 이러면 분위기가 살지 않는다.

나는 일어서서 콜롬비아 아가씨들에게 말했다. "여기 오신 분들은 중국이 아니라 서울올림픽을 개최한 한국 사람이야. 우리 콜롬비아는 한국전쟁 당시 연합군으로 참전했어. 한마디로 우리는 혈맹이지. 그리고 한국은 전쟁의 잿더미에서 일어서서 지금은 아시아에서 일본 다음으로 잘 사는 나라가 되었어. 우리 콜롬비아는 한국을 본받아야 해. 이렇게 자원이 많은 나라가 경제발전이 안 되고 있다는 것은 부끄러워해야 할 일이야."

"아, 한국분들이구나!" 아가씨 중의 한 명이 아는 척을 했다.

지갑에서 돈을 꺼냈다. "너희들이 재미있게 놀아준다는 조건으로 돈을 줄게. 돈 걱정하지 말고 오늘 재미있게 놀아!"

백 달러를 아가씨들에게 돌렸다. "고마워요!"라는 말이 쏟아졌다.

역시 돈은 신비의 물질이다. 말이 통하지 않아 멀뚱멀뚱하게 앉아만 있던 아가씨들이 웃으며 다가왔다. 마음은 청춘이지만 동방예의지국의 체면을 지키던 한국의 아저씨들도 아가씨들의 적극적 공세에 무너졌다. 같이 뽀뽀하고 껴안고 난리다. 한쪽은 한국어와 영어를 하고, 다른 한쪽은 스페인어로 말하지만 서로 다 이해하는 표정이다. 사랑에 언어는 필요 없다. 필요한 건 술과 돈이다.

분위기가 점점 고조되어갔다. 내가 주머니에서 지폐 다발을 꺼내는 것을 본 내 옆의 아가씨도 난리다. 이 자리의 물주가 누구인지 알아차린 것이다.

"미 아모르(내 사랑)! 술 한잔해요. 우리도 신나게 놀아요." 그녀가 탱탱한 가슴을 비비며 다가왔다.

"하하하. 언제 내가 너의 사랑이 되었나?"

"돈 뿌릴 때요."

"하하하. 좋아. 한 번 더 뿌리지." 다시 백 달러씩 돌렸다. 아가씨들이 눈이 뒤집혔다. 오늘 진짜 재수 좋은 날이다.

[쨍!]

이렇게 놀고 있는데, 홀 안에서 맥주병 깨지는 소리가 들렸다. 음악이 멈추고 "왜 그러세요?" 한국말이 들렸다.

눈치 빠른 마테오가 재빨리 사태를 파악하고 왔다. "보스, 춤추러 나간 한국인이 현지인과 시비가 붙었습니다. 어떻게 할까요?"

"밑에 애들 올라오라고 해."

"네, 알겠습니다." 마테오가 서둘러 클럽 밖으로 뛰어나갔다.

"아무것도 아닙니다. 술 마시고 놀고 있어요. 제가 잘 정리하고 오겠습니다." 일행을 안심시키고 홀 안으로 들어갔다.

클럽 안에서 대기하고 있던 부하가 다가왔다. "보스, 저쪽은 대여섯 명 되는 패거리입니다. 밑에 애들이 올라올 때까지 기다리는 게 좋겠습니다."

"뭐하는 놈들이야?"

"이 동네 깡패로 보입니다."

"그놈들 정도야……."

나는 부하의 제지를 물리치고 시비 현장으로 나갔다. 동네 깡패와 한국인 두 사람이 싸우고 있었다. 문제는 의사소통이 전혀 안 된다는 데 있다.

"치노 새끼가 여기는 왜 와? 저기 여자들은 우리 거야!" 깡패 중의 한 명이 인종차별 발언을 서슴지 않았다.

"왜 우리에게 시비를 걸어? 뭐가 문제야?"

"콜롬비아에 왔으면 스페인어를 해. 이 자식들아!" 다른 깡패가 한국인을 툭툭 치며 희롱했다.

"이봐! 그만해. 이 사람들은 내 손님이야." 내가 끼어들었다.

"넌 뭐 하는 새끼야! 오, 네가 이 치노를 여기에 데리고 온 놈이네. 너 돈 많아? 나도 술 좀 사주라."

"하하하." 깡패 일행이 웃었다.

"보스, 저 개자식을……." 옆의 부하가 발작하는 것을 저지했다.

"이분들은 치노가 아냐. 서울올림픽을 개최한 한국 사람이야. 언제 우리 콜롬비아가 인종을 차별하는 나라가 되었냐? 이분들은 우리나라의 손님이야."

"손님이면 얌전하게 놀아야지. 우리 여자친구를 건드리니까 그렇지!"

나는 한국인과 같이 춤을 추었던 여자들에게 물었다. "이분들이 여러분의 남자친구입니까?"

"아니에요. 우리는 관심 없다는 데 계속 찝쩍거리고 시비를 걸었어요." 여자들이 극구 부인했다.

"아니라잖아. 쓸데없는 짓 하지 말고 그만 꺼져!"

"이 자식이! 내가 누군 줄 알고!"

깡패 중의 한 명이 피우던 담배를 발로 밟으며 빈 맥주병을 들었다. 클럽 안에는 총과 칼이 반입되지 않기 때문이다.

"네가 누군지 관심 없어. 거기서 한 발자국만 더 움직이면 너는 죽어!"

"뭐!"

병을 든 놈이 나를 똑바로 바라보았다. 어두운 클럽 안에서 앞사람이 누구인지 제대로 파악하기는 쉽지가 않다. 그렇지만 사람들에게는 보이지 않는 기라는 게 있다. 동네 깡패지만 대여섯 명이 모여있는 패거리 앞에 이렇게 배짱 있게 나서는 놈은 미친거나 뭐가 있는 놈이다. 본능적으로 불안을 느끼고 행동을 주저했다.

빈 병을 든 놈이 어떻게 할지 몰라 우물쭈물하는 사이에 덩치가 산만한 클럽 경비가 다가왔다. "너희들! 당장 그만두지 못해. 죽고 싶어?"라며 소리쳤다.

"너는 다짜고짜 왜 나에게 반말이야?"

"이 자식이 어디서 감히!"

경비가 소리치며 나에게 달려들었다. 옆의 부하가 달려들어 그를 막았다. "너, 이분이 누구인지 알고 이따위 행동을 해."

[우당탕!]

부하는 용감했지만 총도 칼도 없었다. 클럽 경비의 힘에 밀려 옆으로 넘어졌다. 경비가 그의 위에 올라타 주먹을 날리려고 했다.

"너, 더 움직이면 오늘 살아나갈 수 없어."

나의 단호한 말에 경비가 움찔했다. 내가 전생에 비즈니스맨이었지만 파블로로 빙의하고 난 뒤에도 그의 아우라는 살아있다. 그의 성격도 반 정도 섞여있다. 파블로는 피에 굶주린 마피아 보스다.

그 순간, 구둣발 소리가 천둥처럼 울리고 클럽 입구가 확 열렸다. 누군가가 전체 조명을 켰다.

"음악 중지해!"

벨라스케스가 DJ 박스에 소리쳤다. 우리 애들은 다들 손에 총을 들고 있다. 손님들은 공포에 휩싸였다. 총 발사는 가급적 삼가라고 말했지만 보여주지 말라고는 하지 않았다.

벨라스케스가 부하들을 데리고 내 앞으로 다가왔다. "보스, 괜찮은가요?"

"응. 괜찮아. 조금 시비가 있었던 것 뿐이야!"

조명이 들어오면서 시비가 붙었던 깡패와 경비의 얼굴이 창백해졌다. 내 얼굴을 본 것이다.

"파블로 에스코바르다!" 누군가가 소리쳤다.

콜롬비아 최대 마피아 보스를 건드렸으니 오늘 그들은 죽은 목숨이다. 클럽 가드들과 지배인도 달려왔다. "파블로 보스, 미처 알아보지 못해 죄송합니다. 용서해주십시오. 저놈들을 바닷가에 묻겠습니다."

클럽 지배인은 사나운 눈초리를 깡패들에게 보냈다. 내가 말만 하면 당장 끌고 갈 태세다. 그러나 오늘은 손님을 모신 자리가 아닌가?

"아냐, 내가 따로 할 말이 있어. 손님들은 계속 놀 수 있도록 음악을 틀어."

"네."

다시 음악이 흐르고 조명이 어두워졌지만 모두 놀 기분이 아니었다.

"여기 따로 방이 있나?"

"네, 창고가 있습니다."

"저놈들을 거기로 끌고 와." 벨라스케스에게 지시했다. 깡패들은 감히 반항할 엄두를 내지 못하고 우리 애들에게 붙잡혀 따라왔다.

지배인을 불렀다. "여기 사장도 불러. 그리고 히카우두에게 전화해서 당장 여기로 오라고 해."

"네, 알겠습니다."

히카우두는 바랑키야 최대 마피아의 보스다. 그래 봐야 메데인 카르텔의 코카인 물량을 카리브해로 연결해주는 소규모 지역 마피아에 불과하다. 내가 바랑키야에 섬유사업을 할 때 떡고물을 하나 던져주었다.

"참, 바랑키야 경찰서장도 오라고 해. 내가 할 말이 있다고 전해."

"네, 알겠습니다."

바랑키야 경찰서장은 에스코바르 면방공장이 들어서고 난 다음 꾸준하게 뇌물을 받아먹고 있다. 오늘 그놈에게도 경고해야 한다. 클럽 지배인은 꽁지가 빠지게 뛰어다녔다. 바랑키야 최대 마피아와 경찰서장을 당장 불러야 하기 때문이다.

홀 안으로 들어가 사색이 된 한국인 직원에게 다가갔다. "걱정하셨죠? 다 해결되었으니 다시 파티를 즐기시기 바랍니다."

"아, 네."

말로는 그렇게 하지만 긴장 때문에 안색이 창백하다. 이러면 제대로 놀 수 없지.

나는 DJ 박스로 가서 음악을 끄고 마이크를 잡았다. 모두 나를 주목했다.

"여러분! 나는 파블로 에스코바르입니다."

"와!"

손님들이 손뼉을 쳤다. 살기 위해서 어쩔 수 없다. 김정은의 시찰을 맞이한 군부대가 이럴 것이다.

"오늘 멀리 한국에서 저의 손님이 왔습니다. 이분들은 우리 에스코바르 섬유가 추진하고 있는 프로젝트를 위한 최고의 방적 기술자들입니다. 이분들에게 우리 바랑키야 경제가 달려 있습니다."

"와!" 이번 박수는 진짜다. 바랑키야 경제가 잘되어야 여기 클럽도 자주 올 수 있다.

"최 이사님, 김길주 주방장님! 다들 일어서서 인사해주시기 바랍니다. 우리 콜롬비아 국민이 진심으로 환영한다고 합니다." 한국어로 말했다.

한국인들은 뭔지는 모르지만 분위기가 좋게 바뀌었다는 것을 알고 고개 인사를 했다. 박수도 받았다.

"제가 이 역사적 순간을 기억하기 위해 오늘 여기 술값을 다 내겠습니다. 마음껏 마시고 즐기시기 바랍니다."

"와아!"

공짜 싫어하는 사람이 어디 있는가? 살인마 파블로가 왔다는 말에 오늘 일진이 사납겠다고 생각한 손님들은 순식간에 상황이 역전이 되자 더 신이 났다. 이 분위기를 놓칠 DJ들이 아니다. 가장 신나는 음악을 보냈다. 치노라고 놀림감이 되던 한국인들은 오늘 클럽의 주인이 되었다. 콜롬비아 사람들이 다가와서 술을 권하고 웃고 떠들었다. 술 마시는 분위기가 살아나고 있다.

깡패들과 경비 한 명을 데리고 창고로 갔다. 경비는 반쯤 생을 포기한 얼굴이다. "마테오! 이놈들 인적 사항을 적어. 그리고 사진 한 장씩 찍어놔."

"네."

"파블로 보스! 잘못했습니다. 살려만 주십시오." 나를 향해 병을 들었던 깡패가 간절하게 빌었다.

"걱정 마! 죽이지는 않을 거야. 네가 그 병을 내게 휘둘렀다면 넌 이미 죽었어."

"감… 감사합니다." 그놈은 떨리는 목소리로 말했다.

조금 뒤에 클럽 사장, 그 뒤를 이 지역 최대 마피아 보스 히카우두와 경찰서장이 창고로 들어섰다. 그들과 악수했다.

"여러분! 제가 올 때마다 한번 모시려고 했는데 다들 너무 바빠서 자리를 만들지 못했습니다. 용서해주십시오."

"무슨 말씀입니까? 파블로 보스! 저놈들이 오늘 보스를 향해 덤벼들었다고 들었습니다. 제가 책임지고 바랑키야 앞바다에 상어밥으로 던져놓겠습니다."

흑인 피가 진하게 섞인 히카우두가 표정도 변하지 않고 말했다. 깡패들이 벌벌 떨었다. 경찰서장이 바로 앞에 있는데도 살인 의사를 노골적으로 밝히니 쫄리지 않을 수가 없을 것이다.

"파블로 보스, 말만 하십시오. 저놈들을 살인 공모 혐의로 20년 징역형을 보내겠습니다." 경찰서장도 히카우두 못지 않았다. 법의 집행자가 아니라 파블로의 청부사다.

"아니, 아니. 그것 때문에 여러분을 부른 것이 아닙니다."

"오늘 술값은 제가 부담하겠습니다. 파블로 회장님을 알아보지 못하고 죄송합니다." 클럽 사장이 죽어가는 목소리로 말했다.

"오늘 술값은 내가 다 내기로 했습니다. 신경쓰지 말아 주십시오."

모두 궁금한 얼굴로 나를 바라보았다. 저 살인마가 왜 자기를 불렀는지 영문을 모르는 표정이다. "여기 바랑키야는 카리브해로 나가는 가장 중요한 항구도시입니다. 지금은 인구 백만 밖에 되지 않지만 나중에는 콜롬비아 대도시로 발전할 겁니다. 저희 에스코바르 섬유도 바랑키야의 물류 장점을 보고 투자했습니다. 앞으로 더 많은 외국인투자가 일어날 것입니다. 뿐만 아니라 바랑키야 카니발은 콜롬비아를 대표하는 축제가 될 것입니다. 이런 상황에서 인종차별이 일어나서는 안 됩니다. 이 깡패놈들은 인종차별 발언을 서슴지 않고 부추기고 있으니 서장님은 차별방지법을 적용하여 기소하기 바랍니다."

"네, 알겠습니다." 서장이 답변하자 깡패도 살았다는 표정이다. 차별금지법이라고 해봐야 며칠 구류에 지나지 않기 때문이다.

깡패를 향해 말했다. "다음에 한 번만 더 우리 직원들에게 무례하게 대했다가는 가만두지 않을 거야!"

"네, 파블로 보스. 절대 그런 일이 없을 겁니다." 깡패들이 이구동성으로 답했다.

마음 같아서는 손을 보고 싶었지만 안 그래도 콜롬비아 치안을 걱정하는 한국인들에게 피를 보여주는 것은 참아야 한다.

"한국분들 잠시 모셔와!" 마테오에게 지시했다.

홀에서 파티를 즐기고 있던 한국 사람들이 창고에 들어왔다. "즐겁게 노시는 데 불러내서 죄송합니다. 여러분이 꼭 아셔야 할 분들이 있습니다."

"아닙니다. 어떤 분들입니까?" 최 이사가 물었다.

"이분들이 바랑키야의 실세입니다. 이분은 이 지역 마피아 히카우두 보스이고 이분은 경찰서장입니다. 다들 인사하시지요."

콜롬비아 최대 마피아 보스였던 파블로의 강요로 어색한 인사가 이어졌다.

부자연스럽지만 한국인의 안전에 꼭 필요하다.

"이 한국분들은 멀리서 바랑키야 경제 발전을 위해 오셨습니다. 서장님과 히카우두 보스는 이분들 안전을 책임져줄 수 있습니까?"

"당연한 말씀 아닙니까? 파블로 보스의 직원들 아닙니까?" 두 사람은 이구동성으로 답했다.

"한국분들이 저희 클럽에 오시면 안전을 보장하겠습니다. VIP 손님으로 20퍼센트 할인해드리겠습니다."

"30퍼센트! 이분들 때문에 바랑키야 경제가 발전할 텐데 20퍼센트는 아니지!"

클럽 사장은 쓴웃음을 지으며 동의했다. 이제 한국인 기술자들을 안심하고 맡길 업소를 발굴했다.

"자, 그러면 이젠 다들 돌아가도 좋습니다. 히카우두 보스는 저와 얘기 좀 합시다."

히카우두는 부하를 불러 서류봉투를 가져왔다. "저는 파블로 보스가 이 사진 때문에 부르는 줄 알았습니다."

"물론 이것도 중요하지." 봉투에서 사진을 꺼내 보았다. 부시 대통령이 좋아할 사진들이다.

"수고했어."

"이것 찍는다고 죽는 줄 알았습니다. 가차 경호원들이 어찌나 설치던지 천신만고 끝에 찍은 사진입니다."

"수고했어. 그런데 노리에가는 끝났는데, 앞으로 어떻게 할 거야?"

"저의 조직은 파나마로 가는 물량이 없으면 죽습니다. 파블로 보스께서 새로운 물량을 배정해주시기 바랍니다."

바랑키야에 섬유공단을 만들 때 히카우두의 도움을 받았다. 공장 인근의 빈민가를 정리하고 근로자들이 안전하게 일하는데 이놈 조직이 나름 역할을 했다. 그 대가로 메데인 카르텔의 파나마 중개 물량을 이놈에게 넘겨주었다.

어차피 당시 사업을 정리하는 단계였으니까.

히카우두는 처음에는 구스타보에게, 나중에는 가차의 물량을 받아 파나마의 독재자 노리에가에게 넘겼다. 가차는 인수대금 문제 때문에 파나마를 방문했다. 그때 나는 히카우두에게 가차와 노리에가가 만나는 사진을 찍어두라는 명령을 내렸다. 약점은 많이 가지고 있으면 언젠가는 써먹을 수 있다.

"나는 그 바닥을 떠났어. 이제 마약 거래를 하지 않아."

"저도 들었습니다. 황금알을 낳는 거위를 왜 포기하십니까?"

"하하하. 가차를 봐! 지금 경찰과 군에 쫓겨 다니잖아? 나르코스의 최종 종착지는 총에 맞아 죽거나 감옥에 가는 거야. 나는 그렇게 살고 싶지 않아."

"그렇지만 당장 현금이 나오지 않으면 애들이 통제되지 않습니다. 바랑키야에서 무슨 일을 저지르고 다닐지 모르겠습니다."

이놈이 은근히 우리 공장을 위협한다. 지금 바랑키야에서 가장 큰 사업체는 에스코바르 섬유회사이다. 돈 떨어지면 여기에서 장난을 칠 수가 있다. 이놈이 딴생각을 안 하도록 떡밥을 던져 주었다.

"앞으로 콜롬비아를 대신해 가장 큰 마약 공급국은 멕시코가 될 거야. 그런데 멕시코 코카인의 품질은 형편없어. 자네가 콜롬비아 물량을 사서 멕시코로 넘긴다면 돈이 될 거야."

"아, 그런 방법이 있군요. 역시 보스의 식견은 대단합니다." 히카우두가 무릎을 치며 감탄했다.

"죽으려면 사업 크게 벌이고, 안 죽으려면 조금만 해. DEA에 포착되는 순간 자네 인생은 끝이야."

"네, 명심하겠습니다."

명심은 개뿔! 돈이 들어오기 시작하면 욕망은 더 커진다. 그러다가 사건이 일어나고 다음에 DEA 리스트에 오르는 것이다. 그러면 인생은 끝장난다. 메데인 카르텔의 보스들을 봐라. 결국 미국 법정에 끌려가지 않는가.

히카우두가 준 사진을 가지고 미국 출장길에 올랐다. 콜롬비아에서 원면 생산을 중단한다면 어디에선가 물량을 수입해야 한다. 브라질산과 미국산 원면을 비교해보았다. 품질은 미국산이, 가격은 브라질산이 압승이다. 그렇지만 브라질산 원면을 바랑키야로 끌고 오는 게 만만치 않았다. 안데스산맥이 가로막고 있기 때문이다. 반면, 미국산 원면은 카리브해를 넘어 벌크 화물 그대로 바랑키야 항구로 들어오면 된다. 가격이 비싸지만 물류를 고려한다면 미국산 원면을 수입해야 한다.

문제는 우리가 잡을 물량이 없다는 것이다. 미국산 원면 시장은 메데인 카르텔만큼 지독한 폐쇄구조다. 일단 시카고 선물시장에서 대부분 물량이 거래된다. 원면이 생산되기 전에 목돈을 넣어야 한다. 자금이 풍부한 미국 회사들은 선물시장에서 산 원면을 주로 아시아 시장에 푼다. 한국, 중국, 대만, 말레이시아 등은 대규모 면방공장을 돌리고 있다. 이들 국가끼리 경쟁을 붙여 높은 가격에 원면을 팔아먹는다.

미국 원면 시장에서 가장 웃기는 것은 미국 정부가 대규모 보조금을 풀고 있다는 것이다. 미국은 원면 생산비용의 절반을 보조금으로 농가에 지불한다. 이뿐만이 아니다. 미국산 원면을 사가는 회사에도 보조금을 준다. 미국산 원면을 시카고 선물시장에서 사는 미국 회사들은 꿩 먹고 알 먹는 게임을 한다. 그래서 자기들끼리 철저한 카르텔 구조를 형성하고 있다. 원면 구매의향서를 몇 번이나 냈지만 이들은 눈길도 주지 않았다.

이 카르텔 구조를 깰 수 있는 사람이 부시 대통령이다. 레이건 대통령 시절 부시는 나와 거래도 한 적이 있다. '옛날 정을 봐서 한번 봐주지 않을까?'라고 생각했지만 역시 개꿈이었다.

워싱턴 D.C. 하얏트 리젠시 호텔에 체크인하면서 누군가 연락이 오면 즉각 알려달라고 했지만 며칠째 감감무소식이다. 백악관과 CIA에 내가 만나고 싶다는 편지를 보냈는데 어떤 응답도 없다.

호텔 로비에 앉아 신문을 보고 있는데, 마테오가 지겹다는 듯 말했다. "보스, 여전히 연락이 없어요. 언제까지 기다려야 하나요?" 마테오는 핸드폰을 들어 올려 수신된 메시지가 없다는 것을 보여주었다.

안 되겠다, 나도 바쁜 사람이다. 메데인에 돌아가면 결제할 일도 산더미다. 비장의 한 수를 사용해야겠다. "워싱턴타임스에 연락해. 나에게 흥미로운 기삿거리가 있다고."

"어떤 기삿거리인가요?"

"파나마 마약 거래의 진실…… 이런 내용으로."

"부시 대통령이 싫어하지 않을까요?"

"싫어하겠지. 그런데 나를 만나주지 않으니 압박을 해야지."

"알겠습니다. 그쪽으로 연락하겠습니다."

그런데 사실 이건 잘못 건드리면 내가 죽는 길이다. 지난번 레이건 정권 당시 나는 CIA의 약점을 쥐고 마약 거래 무혐의를 받아냈다. 당시 부시 부통령은 영원한 침묵을 요구했다.

"신문사가 취재하겠다고 하면, 백악관에도 연락해. 파블로가 사고 칠지 모른다고."

"혹시 잘못되면 어떻게 합니까? 괜히 벌집을 건드리는 게 아닐까요?"

"그 정도는 통제할 수 있어."

워싱턴타임스랑 인터뷰하겠다는 의사를 밝히자마자 백악관에서 연락이 왔다. 우여곡절 끝에 부시 대통령을 안가에서 만났다.

"파블로, 죽고 싶은가? 왜 쓸데없는 얘기를 하고 다녀." 부시 대통령이 화를 냈다.

"아직 얘기하지 않았습니다."

"장난쳐? 워싱턴타임스랑 인터뷰한다면서."

"백악관 전화를 받고 인터뷰 약속을 취소했습니다. 대통령께서 연락을 안 주시니 할 수 없이 이런 방법을 동원했습니다."

"일개 콜롬비아 마약상이 미합중국의 대통령에게 압력을 넣을 수 있다고 생각하나? 그렇지 않아도 중남미 문제로 골치가 아픈데 너까지 설치고 다녀? 다시 미국 법정에 들어서고 싶나?"

"각하, 저는 이제 마약상이 아닙니다. 그 사업 정리한 지가 오래되었습니다."

"그건 모르지."

가슴이 철렁했다. 야쿠자와의 거래를 알고 있을까?

"왜 날 만나려고 했나?" 부시 대통령이 뚫어지게 나를 쳐다보며 물었다.

"선물을 드리고 싶어서입니다." 나는 히카우두에게서 받은 사진을 부시 대통령에게 보여주었다. 부시는 사진을 살펴보더니 "별 영양가 없는 정보네. 차모르 사진은 없나?"라며 돌려주었다.

차모르가 누구지? 맹렬히 머리를 굴렸다. 일단 처음 전략으로 밀어붙였다.

"노리에가를 확실히 잡아넣을 수 있는 증거입니다."

"그런 증거는 이미 많이 가지고 있어."

미국은 파나마를 침공하여 노리에가를 마약 거래 혐의로 법정에 기소했다. 이 사진은 노리에가가 콜롬비아의 마약업자이자 현재 메데인 카르텔의 최종 보스인 가차와 만나는 사진이다. 어떻게 보면 노리에가의 유죄를 끌어낼 수 있는 결정적 증거이기도 하다.

그렇지만 부시는 여기에 관심을 보이지 않았고, 일어서며 덧붙였다. "분명히 말하지만, 약속을 지켜. 나는 배신자를 증오해."

나도 일어섰다. 마지막 기회. 내 카드로 부시 대통령과 거래하겠다는 꿈은 사라졌다. 그러면 이 사람이 원하는 것을 해주어야 한다.

"각하, 원하시는 것이 있으면 제가 다 하겠습니다."

"내가 원하는 것은 파블로가 깨끗이 사라지는 거야. 옛날 더러운 거래를 기억하기 싫어."

부시 대통령이 원하는 것은 정말 이거일까? 그건 아니다. 뭔가 원하는 것이 있으니까 나를 만나러 온 것이다.

그 순간 비올레타 차모르가 생각이 났다. 그녀는 1990년에 실시된 대통령 선거에서 국민의 열렬한 지지 속에서 당선된 니카라과 최초의 여성 대통령이다. 다니엘 오르테가가 이끄는 반미주의 정권을 10년 만에 붕괴시키고 부시의 대중남미 정책의 성공 케이스로 주목받고 있다.

그런 그녀에게 문제가 하나 있다. 선거 참여를 주장하는 산디니스타 민족해방전선에서 이탈한 극좌 게릴라 세력인 FSLN GPP가 니카라과 북동부 지역의 시골과 산에서 무장투쟁을 선동하고 있다.

"차모르 정권이 성공할 수 있도록 모든 지원을 아끼지 않겠습니다."

부시 대통령은 나가던 길을 멈추고 소파에 앉았다. "역시 파블로가 센스는 있어."

"FSLN GPP를 박멸시키겠습니다."

"하하하. 콜롬비아가 니카라과 내전에 참여하는 것을 원하지 않아. 할 수도 없고."

"어떤 일을 해야 합니까?"

"FSLN GPP가 마약 거래를 한다고 하던데……."

"네, 그 증거를 갖고 오겠습니다."

증거가 없다면 만들어서라도 갖고 와야 한다. 누구의 명령인데.

"좋아. 그러면 자네는 왜 날 만나려고 한거야." 부시 대통령이 이제 값을 치러야 할 시간이다.

"미국산 원면을 사고 싶습니다. 제가 지금 섬유공장을 돌리고 있는데 세계 최고 품질의 텍사스 원면을 사고 싶지만 저희를 끼워주지 않습니다."

"텍사스 원면을 구매하면 주는 보조금 때문에 그런 거 아냐?" 부시 대통령은 나의 의도를 단번에 파악했다. 부시는 텍사스주에서 사업을 했고, 하원의원, 상원의원 등 정치적 기반을 다져왔다. 텍사스주와 연방정부가 주는 원면 생산 보조금은 연간 10억 달러를 넘는다. 이 때문에 미국산 원면은 전 세계에서 가장 경쟁력이 있다.

국토 대부분이 사막인 아프리카에서 목화 농사를 안 하는 이유가 미국의 보조금 때문이다. 임금과 기후가 문제가 아니라 엄청난 보조금을 주는 미국 원면의 가격 경쟁력을 넘어서기 힘들기 때문이다.

"네, 솔직히 그것도 탐이 납니다."

"좋아. 내가 하얀황금클럽에 자네를 추천하지. 약속을 지킨다는 전제하에."

하얀 황금이란 목화를 말한다. 금처럼 비싼 원료라는 것이다. 하얀황금클럽은 텍사스의 목화 생산업자와 유통업자들의 폐쇄적인 카르텔이다. 여기에 가입하게 되면 시카고 선물시장을 통하지 않고도 원면을 안정적으로 조달받을 수 있다.

"감사합니다."

"자네가 그나마 약속을 지킨 것을 인정하기 때문이야. 만약 조금이라도 마약 거래를 했다면 만나주지도 않았을 거야. 이번 거래도 잘해나가기 바래."

"다시 한번 감사합니다."

일본 야쿠자와 거래한 게 다행히 들통이 나지 않았다. 부시 대통령이 약속 얘기를 꺼낼 때마다 가슴이 철렁했다. 원면은 안정적으로 확보했으니 이제 콜롬비아산 옷을 팔아먹을 때다. 마테오를 불렀다. "오리건주 포틀랜드로 가는 비행기 표를 끊어."

"거기는 왜요?"

"나이키 본사를 방문할 거야."

"이제 신발사업을 하시려고요?"

"아니, 옷 장사를 할 거야!"

섬유산업의 마지막 공정은 봉제다. 목화에서 원면을 만드는 것이 면방산업이며 여기에 패브릭, 천을 만드는 것이 편직산업, 그 다음이 염색, 마지막으로 옷을 만드는 것이 봉제산업이다. 이 중에 사람의 손이 가장 필요한 데가 봉제산업이다. 사람 많고 인구 많은 콜롬비아가 딱 하기 좋은 산업이다. 지금 콜롬비아 실업률은 실질적으로 20퍼센트가 넘는다.

그렇지만 봉제산업을 하기 위해서는 지리적 위치가 중요하다. 세계적인 봉제공장이 있는 곳은 대부분 항구다. 한국에서는 과거 마산항이 대표적이다. 바랑키야를 택한 것도 항구라는 지리적 장점 때문이다. 무엇보다 세계 최대 시장인 미국이 바로 옆이다. 한국이나 중국에서 미국으로 물류를 보내려면 배로 최대 한 달이 걸리지만, 바랑키야에서는 이삼일이면 된다.

미국으로 마약을 수출하면서 에스코바르 그룹의 물류에 대한 이해는 높다. 경비행기, 보트, 선박, 심지어 잠수함까지 동원하여 미국으로 물류 루트를 뚫었다. 그 경험을 살릴 때가 온 것이다.

"나이키가 왜 옷을 만들어요? 신발 회사 아닌가요?" 마테오는 여전히 이해가 안 된다는 표정이다.

"똑같은 10달러짜리 티가 있는데, 네가 모르는 브랜드가 있고 하나는 나이키 로고를 박은 것이 있다면 너는 어떤 티를 선택할래?"

"나이키 티요. 그게 있어 보이잖아요. 남들이 알아주고."

"그거야. 나이키는 지금 엄청난 돈을 광고에 쏟아붓고 있어. 신발에만 브랜드를 박을 필요가 없는 거지."

"……."

"운동화뿐만 아니라 스포츠 의류 모두에 나이키 브랜드를 박아넣으면 10달러짜리를 50달러, 백 달러에 팔 수 있어."

"그러면 우리가 박아넣고 몰래 팔 수 있는 거 아닌가요?"

"하하하. 그건 상표법 위반이야. 그리고 그 물량을 미국의 누가 인수할 거야? 더 중요한 건 에스코바르 섬유는 굳이 나이키와만 거래하지 않아. 우리는 하청업체야. 자체 브랜드를 만들지 않아. 누구든지 오더만 주면 만들어주는 공장을 만들 거야."

"왜요? 우리도 브랜드 사업을 해요." 마테오가 갑자기 사업에 대한 의지를 불태운다.

"그건 나중에 천천히. 지금은 봉제공장을 가동해 콜롬비아 사람들에게 일

거리를 주어야지. 나이키 오더만 받으면 콜롬비아에 만 개 이상의 일자리가 생겨."

워싱턴에서 포틀랜드로 가는 길은 멀었다. 미국의 동부에서 서부 가장 위쪽으로 올라가야 한다. 비행기로도 7시간이나 걸렸다. 포틀랜드 공항에 내려 렌트한 차를 몰고 호텔에 투숙했다.

"나이키에서 연락 온 것은 없나?" 마테오에게 물었다.

"호텔에서 팩스를 하나 받았습니다. 그런데 내용이…… 자기들은 신발회사지 의류회사가 아니랍니다. 관심이 없다고 합니다."

포틀랜드에 오기 전에 나이키와 협업하고 싶다는 팩스와 메일을 보냈다. 한동안 답이 없다가 우리가 무조건 포틀랜드로 출장 간다고 하니까 마지못해 답변을 보낸 것이다.

"오늘은 푹 쉬고 내일 나이키 본사로 가자."

"네, 그런데 여기 너무 추워요." 마테오가 진저리치는 표정을 지었다.

"알래스카가 바로 위야. 오대호 못지않게 추운 지역이지."

다음날 가까운 백화점에 가서 가장 비싼 운동복을 사서 입었다. 신발은 나이키 에어를 구입했다. 마테오의 입이 찢어졌다.

차를 몰고 나이키 본사로 갔다. 나이키는 성장하는 기업이었다. 젊은 사람들이 정신없이 돌아다니고 있었다. 사무실 안으로 들어가도 아무도 제지하지 않았다.

"여기 필 나이트 사장님 방은 어디에 있습니까?"

"4층 왼쪽에 있습니다." 지나가던 젊은이가 우리가 묻는 말에 쿨하게 답변해주었다.

알려준 곳으로 가니 필 나이트라는 이름이 적힌 방이 있었다. 문이 살짝 열려 있었다.

[똑똑똑]

"들어오세요."

필 나이트가 신발을 들고 요모조모 살펴보고 있었다. 낯선 사람이라는 것을 발견한 필 나이트가 물었다. "어디서 오셨나요?"

"콜롬비아에서 왔습니다."

"환영합니다. 해외영업팀은 3층에 있습니다." 나이트는 우리가 바이어라고 생각한 모양이다.

"해외영업팀은 이따가 방문할 예정입니다. 다른 사업을 제안하고 싶어 찾아왔습니다."

"아, 그래요. 신사업팀은 2층에 있습니다." 나이트는 우리에게 관심이 없었다. 신발을 뚫어지게 쳐다보며 고민하는 표정이다.

나이키 신발의 애호가로서 한마디 하지 않을 수 없다. "신발은 더할 나위 없이 훌륭합니다. 그런데 색깔이 너무 밋밋하군요. 젊은 애들에게 인기가 없을 것 같습니다."

"아!" 나이트가 소리쳤다. 나를 쳐다보고 물었다. "혹시 좋은 아이디어가 있습니까? 에어맥스 신제품을 출시해야 하는데 이전 제품과 보기엔 차이가 없어 고민 중이었습니다."

"잘 모르지만 이 신발에 형광색을 입히는 것은 어떤가요? 그러면 이전 제품과는 완전히 달라 보일 겁니다."

"운동선수들은 그런 티나는 색을 좋아하지 않습니다."

"프로 운동선수에게 몇 켤레나 팔겠습니까? 젊은 애들이 시장의 주력이 아닌가요?"

나이트는 잠시 생각하다가 말했다. "이름이 어떻게 됩니까? 저는 필 나이트입니다."

"콜롬비아에서 온 파블로 에스코바르입니다. 바랑키야에 섬유공장을 운영하고 있습니다."

"만나서 반갑습니다. 여기 자리에 앉으시기 바랍니다. 조언을 듣고 싶습니다."

"네, 저도 마찬가지입니다."

나이트가 비서를 불러 커피를 가져오라고 하고선 계속 말했다. "우리는 에어맥스의 기능을 극대화할 생각입니다. 점프하고 착지했을 때 무릎의 무리를 가하는 것을 방지해주는 쿠션이 핵심입니다. 그런데 사람들은 이걸 잘 모릅니다."

"아닙니다. 신다 보면 다른 신발과 다르다는 것을 느끼고 있습니다. 저도 에어맥스 신발을 신고 다닙니다." 나는 나이트에게 신고 있는 신발을 보여주었다.

"상품의 스펙과 기능을 대중에게 설명해서는 안 된다고 봅니다. 감성적으로 느끼게 만들어 일단 무조건 사게끔 충동을 주어야 합니다. 사용하면서 실감하는 게 중요하다고 봅니다."

"저도 동감합니다. 그래서 우리는 마이클 조던 등 스포츠 스타들을 광고 모델로 활용하고 있습니다. 조금 전에 말씀하신 그런 신발이 팔릴까요?"

"남과 구별되고 싶어 하는 젊은 세대에게 큰 매력이 될 것입니다. 이들은 나이키의 쿠션 기능보다는 패션에 더 열광할 것입니다."

"아! 감사합니다. 그런데 파블로 씨는 어떤 일로 우리 회사를 방문하셨습니까? 신발 수입 문제로 오신 것 같지는 않습니다."

"네, 맞습니다. 저는 나이키에 새로운 사업을 제안하러 왔습니다."

"어떤 사업입니까?" 나이트는 흥미진진한 표정으로 나를 쳐다보았다.

"저희랑 같이 스포츠 의류사업을 합시다. 지금 제가 입고 있는 고급 스포츠 운동복은 2백 달러입니다. 제가 이걸 50달러에 공급하겠습니다. 나이키는 이걸 2백 달러가 아니라 3백 달러에 팔 수 있습니다."

"저희도 그 사업을 검토하지 않은 것은 아니지만 의류 분야를 잘 모릅니다."

"그건 몰라도 상관없습니다. 나이키는 여기에 브랜드만 찍으면 됩니다. 옷은 저희 에스코바르 섬유회사가 책임지고 최고 품질로 공급하겠습니다."

"그건 나이키 정체성과 맞지 않습니다. 우리는 신발 하나를 개발해도 깔창과 솔, 모두 우리가 자체 디자인하고 성능을 체크합니다. 의류를 한다면 우리는 확실하게 알고 디자인하고 제품을 만들 생각입니다. 그냥 공장에 외주를 줄 수 없습니다."

"당연히 그렇게 해야지요. 우리 에스코바르 섬유는 독자적인 의류 브랜드나 제품을 개발할 생각이 없습니다. 대신 나이키가 요구하는 스펙 그대로, 가장 싸게 만들어서 가장 빨리 미국 시장으로 인도하겠습니다."

나이트는 자리에 일어서서 창밖을 바라보았다. 그리고 나를 쳐다보고 말했다.

"파블로 씨의 열정이 부럽군요. 저도 20대에 일본을 우연히 방문하고 그 자리에서 오늘의 나이키를 창업했습니다. 그때 생각했지요. 세상 사람들이 미쳤다고 말하더라도 신경 쓰지 말자. 멈추지 않고 계속 가자. 그곳에 도달할 때까지는 멈추는 것을 생각하지도 말자. 어떤 일이 닥치더라도 멈추지 말자는 겁니다."

"저도 마찬가지입니다. 세상을 바꾸는 것은 쉽지 않습니다. 고정관념이 변화를 가로막습니다. 그걸 넘어서기 위해서는 불굴의 의지와 열정이 필요합니다."

"좋습니다. 모레 우리 이사회에서 의류산업 진출을 결정하겠습니다. 파블로 씨도 게스트로 참여해주십시오."

이틀 동안 포틀랜드에 머물며 돌아다녔다. 포틀랜드는 목재 수송 항구로 역사가 시작됐다. 항구도 크고 허브 공항이라서 물류는 문제없어 보였다.

나이키 이사회가 열렸다. 나는 옵서버 자격으로 참석했다. 젊은 기업답게 이사회는 인정사정없었다. 지위가 중요한 게 아니라 누가 논리적으로 말하느냐에 따라 의사가 결정되었다. 신발을 나이키의 정체성으로 생각하는 1세대 경영진은 의류 시장 진출에 부정적이었다. 실제 의류 시장은 악성 재고로 사업이 쉽지 않다.

"우리는 의류 시장을 잘 모릅니다. 나이키가 성공한 원인은 신발의 모든 것을 가장 잘 알고 있었기 때문입니다. 나는 이 운동복을 어떻게 설명할지 자신이 없습니다." 나이 든 이사가 말했다.

"왜 모든 것을 잘 알아야 사업을 시작할 수 있다고 생각하죠? 그리고 의류산업을 비하하는 것은 아니지만 우리가 조금 더 연구하고 전문가를 영입한다면 혁신을 기대할 수 있습니다." 젊은 친구가 스포츠웨어 시장 진출을 적극 지지했다.

나이트가 결론을 내렸다. "나이키의 출발은 신발입니다. 그렇지만 거기에 머물러서는 안 됩니다. 나이키의 정체성은 도전입니다. 한번 해보자는 겁니다(Just do it!). 인생에서 확실한 길은 없습니다. 이러한 사실이 인생을 훨씬 더 흥미롭게 만듭니다. 저는 스포츠웨어사업에 진출하는 것을 지지합니다."

나이트의 결론으로 나이키는 사업 진출을 결정했다. 이제 그 하청을 누구에게 주느냐는 문제가 논의되었다.

"우리 나이키의 높은 품질 기준과 적기 인도를 고려한다면 한국 공장에 오더를 주는 게 맞다고 생각합니다. 한국의 섬유산업은 세계 최고 수준입니다." 어떤 이사가 한국을 거론했다.

아, 조국 대한민국과 경쟁해야 한다니!

"여기 콜롬비아에서 온 에스코바르 씨가 있습니다. 어떤 견해를 가졌는지 들어봅시다." 나이트가 나에게 기회를 주었다.

"콜롬비아의 의류산업이 한국보다 수준이 낮다는 것은 인정합니다. 그렇지만 사실 스포츠 의류의 경우 소재만 제대로 수급된다면 만들어내는 데는 차이가 나지 않습니다. 무엇보다 콜롬비아는 미국과 가깝습니다. 바랑키야 항구에서 포틀랜드로 오는 데는 1주일이면 충분합니다. 뉴욕이나 LA로는 삼일이면 가능합니다. 그런데 한국에서 미국까지는 적어도 한 달이 걸립니다. 시장에서 물건이 한참 팔리는데 한 달을 기다리는 것은 있을 수 없는 일입니다."

모두 고개를 끄덕였다. 이들은 물류가 얼마나 중요한지를 잘 아는 전문가들이다. 미국에 나이키 신발공장은 없다.

"좋습니다. 그런데 에스코바르 섬유회사는 방적과 편직공장만 있고 봉제공장은 없다고 들었습니다. 공장이 없는데 어떻게 의류를 생산합니까?"

어느 놈이 찔렀을까? 나이트 회장이 콜롬비아에 관심을 보인다고 하니까 누군가가 견제에 들어간 것이다. 나는 가방에서 새로 건설할 공장 도면을 꺼냈다. 정주영 회장에게 부탁해서 1주일 만에 만든 공장 설계도다.

"이렇게 만들 계획입니다."

"아니, 장난합니까? 공장도 없이 공장 설계도만 갖고 물량을 달라니 당신 제정신인가?"

"공장은 석 달이면 만들고 두 달이면 세팅을 끝낼 수 있습니다. 이 공장은 기존 공장이 아닌 나이키의 요구를 최대한 반영한, 나이키 전용 공장이 될 겁니다. 믿고 맡겨주십시오."

"당신 전직이 마약상이라고 들었습니다. 뭘 믿고 우리 오더를 주겠습니까?"

이놈들이, 내 어두운 과거까지……. 장내 분위기가 싸늘해졌다. 나이키는 대중 브랜드다. 전직 마약상이 만든 상품이라면 제품은 물론이고 브랜드 이미지가 망가질 수 있다.

"제가 과거 마약사업했다는 얘기는 사실입니다. 그렇지만 저는 오래전에 이미 손을 완전히 끊었습니다. 미국 법정에서도 무죄를 받았습니다. 지금 에스코바르 그룹은 무역, 유통, 건설, 방적, 방송 등 사업을 운영하는 정상적인 기업입니다."

사람들의 차가운 시선이 조금 부드러워졌다. 호흡을 가다듬었다.

"저는 과거보다 현재가 중요하고 현재보다 미래가 더 중요하다고 생각합니다. 과거의 실수를 극복하고 미래를 향해 달려가는 사람이나 기업에 대해 대중은 더 많은 호의를 보일 것으로 생각합니다."

고개를 끄덕이는 사람이 조금 늘어났다. 결정타를 날려야 한다. "이상하게 들릴지 모르겠지만 저는 항상 품질을 중요시했습니다. 전 세계 마약 가운데 한때 제가 생산했던 메데인산 코카인이 최고 품질이었습니다. 제가 유통하는 커피콩도 마찬가지입니다. 저는 최고가 아니면 만들지 않습니다."

"하하하." 사람들이 웃기 시작했다.

"만약 나이키가 오더를 준다면 1차 물량에 대해서는 후불 거래를 하겠습니다. 전량 반품을 받아들이고 인도 지연 등의 사태에 에스코바르 그룹이 책임을 지겠습니다."

"와!"

나이트 회장이 다가와 악수를 청했다. "파블로 씨. 얘기 잘 들었습니다. 내일 연락드리겠습니다."

다음날, 나이키와 에스코바르 섬유는 스포츠웨어 계약을 체결했다. 무려 천만 달러 규모이다. 문제는 돈이 언제 들어올지 모른다는 것이다. 나이키의 입장도 이해가 되었다. 평판이 의심스러운 회사에 첫 오더를 주는 것이다. 게다가 공장은 아직 설계도에만 있다. 봉제 경험도 없는 회사다. 물량을 주는 것 자체가 어떻게 보면 특혜에 가깝다.

나이키 물량만 제대로 해내면 에스코바르 섬유는 본격적으로 성장할 수 있다. 미국이 아시아 공장에 오더하는 섬유 물량의 10퍼센트만 잡아도 수억 달러에 달한다. 수만 명의 콜롬비아 사람이 일자리를 얻고 바랑키야 지역경제도 성장할 수 있다. 이번 오더를 어떻게 해내느냐가 관건이다.

문제는 결국 돈이다. 봉제공장을 건설하고 재봉틀 등의 장비를 갖추는데 4천만 달러가 든다. 공장 운영은 최소한으로 잡아도 천만 달러를 준비해야 한다. 게다가 이동통신장비와 설치, 에스코바르 전자공장 운영자금…… 돈, 이놈의 돈이 부족하다. 파블로 이놈은 돈을 도대체 어디에 숨겨두었단 말인가? 할 수 없다. 다른 방법을 동원해야겠다.

발레리아에게 전화했다. 그녀가 시무룩하게 받았다.

- 파블로, 재미 좋아? 미국은 어떤 년과 놀러 간 거야?

아이고 머리야. 화가 치밀어 올랐다. "무슨 개소리야! 지금 미국의 끝과 끝을 오가며 동분서주하고 있는데 여자라니!"

내가 소리를 지르자 발레리아가 사태를 파악한 듯 말했다.

- 미안해, 나에게 말도 안 하고 미국에 가니까 그렇지.

"발레리아, 뉴욕으로 건너와. 마르케스 사장과 촬영팀도 같이 와."

- 정말? 알았어. 빨리 비자 받아서 넘어갈게. 파블로, 사랑해.

아이고, 머리야. 아무리 사랑에 눈이 멀어도 방송국 부사장이나 되는 사람이 무슨 일인지 물어보고 뉴욕에 와야 하는 건 아닌가.

"뉴욕에서 에스코바르 그룹 채권을 발행할 거야. 방송의 힘이 필요해."

- 걱정 마. 원하는 것 다 찍어줄게.

지금 보수적으로 계산해도 7천만 달러가 당장 필요하다. 콜롬비아가 정상적인 국가라면 이 돈을 대출받는 데 지장이 없다. 소니와의 계약서가 있고 나이키의 오더가 있고, 이동통신사업권이 있는데 돈을 안 빌려줄 은행이 없다.

그렇지만 콜롬비아 은행은 돈이 없다. 아니, 돈이 있어도 권력 있는 놈에게 대출하지 전직 마약상에게는 일 페소도 빌려주지 않는다. 그러면 돈 있는 곳에 가서 빌려야 한다. 세계에서 제일 돈이 많이 몰리는 곳은 뉴욕이다. 포틀랜드에서 다시 동부 뉴욕으로 와서 은행을 돌아다니며 대출을 호소했다.

그렇지만 어떤 은행도, 심지어 헤지펀드도 관심을 보이지 않았다. 이미 콜롬비아는 신용을 잃었다. 국가부도 위험을 반영하는 지표인 신용부도스와프(CDS) 프리미엄이 7퍼센트에 육박한다. CDS 프리미엄이 1000bp, 즉 10퍼센트를 넘어가면 그 원 채권은 사실상 부도가 이미 난 상태인데, 콜롬비아는 그 정도로 상태가 안 좋다. 그러니 누가 돈을 빌려주려고 할 것인가.

그렇지만 희망은 있다. 뉴욕에는 이렇게 저렇게 모인 콜롬비아 이민자가 50만 명이 넘는다. 이들이 백 달러씩만 빌려준다면 오천만 달러를 조달할 수 있다. 돈을 빌릴 수 있는 마지막 희망이다.

뉴욕에서 콜롬비아 이민자를 상대로 하는 은행인 안데스뉴욕은행과 우리의 주거래 은행인 메데인은행이 협력하여 에스코바르 그룹 채권 발행을 위한 행사를 가졌다. 그전에 콜롬비아 사람이 가장 좋아하는 노벨문학상의 작가 마르케스의 작품 낭독회를 가졌다.

마르케스는 나이가 있어 직접 경영은 하기 힘들지만 에스코바르 방송국의 사장이다. 그가 시를 낭독한 날에는 콜롬비아 사람뿐만 아니라 뉴욕의 문화계도 관심을 보였다. TV에도 나오고 신문에도 실렸다. 이걸 놓칠 발레리아가 아니다. 에스코바르 방송은 특집을 편성하여 대대적인 보도에 들어갔다. 콜롬비아 사람들도 내가 뉴욕에서 뭘 하는지 관심을 두기 시작했다.

다음날, 에스코바르 그룹 채권 발행을 위한 행사가 열렸다. 마르케스 사장이 나와서 축사를 했다.

"한 나라의 문화가, 문학이 성장하려면 그 나라의 경제가 튼튼해야 합니다. 우리 콜롬비아에는 자원은 풍부하지만 그걸 개발하여 경제발전으로 연결하는 기업이 없습니다. 그렇지만 에스코바르 그룹은 커피콩 생산에서부터 콜롬비아의 풍부한 원료를 이용한 경제발전을 추진하고 있습니다. 여러분의 많은 도움이 필요합니다."

[짝짝짝!]

분위기는 좋았다. 다음으로 내가 나섰다. "여러분, 에스코바르 그룹은 본격적인 성장 궤도에 들어서려고 합니다. 지금 추진하고 있는 사업으로는 소니와의 합작 전자공장, 바랑키야에 대규모 섬유단지, 여기에는 벌써 나이키의 오더를 위한 OEM 사업을 준비 중입니다. 또한 에스코바르 통신은 이동통신 허가를 받아 이제 기지국을 설치하고자 합니다. 매켄지 컨설팅사는 에스코바르 그룹이 향후 매년 2-300퍼센트 성장이 가능하다는 보고서를 제출했습니다. 이에 에스코바르 그룹은 필요한 자금을 조달하기 위해 약 7천만 달러 규모의 채권을 발행하고자 합니다. 채권은 3년 거치 10퍼센트 이자이며 달러로 지급하겠습니다. 질문받겠습니다."

"지급 보증은 누가 하나요? 안데스뉴욕은행인가요?"

처음부터 너무 어려운 질문이다. 솔직히 말하지 않을 수 없다. "안데스뉴욕

은행은 창구은행입니다. 대부분 기업 채권이 그렇듯이 이 채권의 지급 보증은 에스코바르 그룹입니다."

"그러면 에스코바르 그룹이 망하면 채권은 휴짓조각이 되는군요."

"네, 맞습니다. 그렇지만 우리 그룹은 사업을 성공시킬 각오와 비전을 갖고 있습니다. 3년 뒤에 이 채권에 대해 에스코바르 그룹 주식 전환권을 부여할 예정입니다."

"와!"

에스코바르 그룹은 아직 콜롬비아 주식시장에 상장하지 않았다. 콜롬비아 자본시장이 워낙 영세하고 개판이라 괜히 들어갔다가 제대로 평가를 받지 못할 가능성이 크기 때문이다.

"에스코바르 그룹은 콜롬비아 주식시장이 아니라 뉴욕 시장에 상장할 계획을 하고 있습니다. 3년 뒤에 이 채권의 가치가 얼마나 될지 기대해주십시오."

"섬유단지를 보니까, 봉제공장은 있지도 않더군요. 나이키 오더가 정말 사실인가요?"

"봉제공장 건설은 어렵지 않습니다. 한국의 현대건설이 맡아서 3개월 안에 완공할 예정입니다. 나이키 발주도 디자인을 포함하여 최소 몇 달이 걸립니다. 타임 스케줄로는 전혀 문제가 없습니다."

투자가들이 냉랭하게 반응했다. 공장도 없는데 물건 생산계획을 잡는다는 게 믿기지 않을 것이다. 투자가들의 반응은 반신반의하는 수준이다. 콜롬비아라는 나라가 아니면 투자할만한데 미래가 너무 불확실하다는 반응이다.

반면, 뉴욕의 콜롬비아 이민사회의 반응은 뜨거웠다. 내전과 마약 전쟁에 찌든 콜롬비아에도 제대로 된 기업이 들어선다는 기대 때문이다. 콜롬비아 사람들이 가장 좋아하는 작가 마르케스의 권유도 한몫했을 것이다. 나중에 사라질지도 모르지만 사랑하는 조국 콜롬비아를 위해 채권을 샀다. 이들은 큰 돈은 아니지만 천 달러, 많게는 만 달러 채권을 구입했다.

뜻밖인 것은 콜롬비아에서 투자가 쇄도하고 있다는 소식이다. 이번 채권 발행을 담당하는 메데인은행에 구입 문의가 끊이지 않고 있으며 실제 투자금이 입금되었다는 것이다. 콜롬비아 투자자들은 아마 에스코바르 방송을 보면서 우리 기업의 미래에 매력을 느꼈을 것이다. 콜롬비아에는 부동산 시장을 제외하고 자본시장에 투자할만한 적절한 상품이 없다는 것도 에스코바르 채권의 관심을 불러일으켰다.

그렇지만 목표 금액인 7천만 달러에는 터무니없이 부족한 약 3천만 달러가 모였다. 이러면 계획에 차질이 생긴다. 사실 채권 투자는 개인보다는 은행이나 펀드가 참여해야 하는데 뉴욕의 기관 투자가는 콜롬비아에 여전히 관심이 없었다.

메데인에서 날아온 메데인은행의 이사와 마테오를 데리고 뉴욕의 금융기관을 찾아다니며 투자를 요청했지만 대부분 실패했다. 투자를 받아도 그들 수준으로는 최소한 체면치레인 몇십만 달러에 불과했다.

피곤한 하루를 끝내고 호텔에서 쉬고 있는데, 발레리아에게서 전화가 왔다.

- 파블로! 들어왔지? 지금 방으로 갈까?

아이고, 이 사태를 어떻게 하나? "피곤해. 오늘도 여러 군데 미팅을 했지만 성과가 없어. 내일 다시 미팅을 준비해야 해."

- 내가 가서 마사지해줄게. 피로가 풀릴 거야.

"아냐, 괜찮아. 그냥 자고 싶어."

- 자기 지금 다른 여자 있지?

미치겠다. 왜 이 여자는 내 말을 믿지 못한다는 말인가? "발레리아, 지금 내 상황에서 다른 여자가 생각이 날까? 당장 4천만 달러가 부족해. 봉제공장을 지어야 하는데 계약금을 못 낼 판이야."

- 알았어. 그런데 빅토르가 누구야? 자기랑 연락이 안 된다고 전화 부탁하던데.

"나도 처음 듣는 이름이야. 나 신경쓰지 말고 이왕 뉴욕에 왔으니까 현지 촬영 많이 하고 가. 자료화면만 건져도 어디야!"

― 나도 바빠. 뉴욕의 명사들하고 인터뷰도 해야 해. 마르케스 사장님을 만나고자 하는 미국 문화계 인사도 많아.

"그래 수고해."

그녀가 바쁘다고 할 때 빨리 전화를 끊어야 한다. 그런데 빅토르가 누구지? 어제 오후에 빅토르라고 말하는 놈과 통화한 적이 있다. 그놈은 나를 아는 척 하는데 나는 전혀 기억이 나지 않는다.

미국 투자은행을 탐방하고 성과 없이 숙소로 돌아오는데, 호텔 지배인이 다가왔다. "에스코바르 씨, 저기 빅토르 씨가 잠시 뵙자고 합니다."

그가 돌린 눈을 따라가 보니 호텔 로비에 잘생긴 신사가 웃고 있었다. 전혀 기억이 안 나는 인물이다. "저는 저분을 잘 모릅니다."

메데인에서 자금 관계로 데리고 온 리코가 지배인에게 그만 가보라는 신호를 주고 말했다. "보스, 저놈은 빅토르가 아니라 체페 산타크루즈입니다."

"내가 아는 놈인가?"

리코가 당연하다는 듯, "잘 알죠. 보스도 몇 번 보지 않았습니까?"라며 대답했다.

미치겠다. 진짜 파블로의 기억이 나에겐 없다. 그래도 티를 내지 말아야 한다.

"어떤 놈이야?"

"칼리 마피아놈입니다. 힐베르트 보스의 심복으로 몇 번 심부름차 메데인으로 보스를 방문한 적이 있습니다."

역시 안면이 있는 놈이다. "저놈은 왜 뉴욕에 있나?"

"잘은 모르겠지만 칼리 카르텔의 뉴욕 지사장이라는 말이 있습니다. 여기에서 아마 코카인 수금을 관리하는 것 같습니다."

"호텔의 다른 방을 하나 잡아. 거기서 저놈을 만나지."

가급적 마약 관계자랑 만나지 말아야 한다. 아마 미국 DEA는 나의 일거수일투족을 다 지켜보고 있을 것이다. 그렇지만 혹시 우리 회사에 투자할 지도 모른다는 생각에 만나기로 했다. 지금 과부 돈이라도 있으면 빌려야 한다. 대신, 마테오에게 만약의 경우를 대비해 대책을 만들라고 지시했다.

잠시 내 방에 들어가 쉬다가 마테오가 새로 구한 호텔 객실에서 체페를 만났다. "무슨 일이야?" 단도직입적으로 물었다.

"사업을 제안하러 왔습니다." 그놈도 실무적으로 나왔다. 구질구질하게 인사하지 않아서 좋았다. 과거의 인연을 얘기하면 할 말이 없다.

"무슨 사업이야?"

"잘 아시겠지만 저는 칼리 카르텔의 힐베르트 보스 밑에서 일했습니다. 그렇지만 얼마 전에 힐베르트 보스와 정리했습니다. 제 사업을 뉴욕에서 하고 싶어서입니다."

"힐베르트가 순순히 놔 주던가?"

"갈등은 있었지만 잘 무마되었습니다. 자세히 말씀드리기는 힘듭니다."

"나도 관심 없어. 그런데 왜 나를 찾아왔어? 설마 에스코바르 그룹 채권을 사려고 온 건가?"

이런 놈 돈이라도 투자하면 받아야 한다. 한 푼이 아쉬운 시절이다.

"네, 저도 아내 이름으로 10만 달러 채권을 샀습니다. 조국 콜롬비아를 위해 뭔가 기여하고 싶어서입니다."

"고맙군. 실망하지 않을 거야. 그래 무슨 사업을 할 건가?"

"파블로 보스는 마이애미와 뉴욕을 어떻게 생각하십니까?"

"물어보나 마나 아냐. 인구와 경제력에서 뉴욕이 월등히 앞선 시장이지."

옛날 뉴욕 시장을 칼리에게 넘겨준 것은 바보 같은 짓이었다. 메데인 촌놈이 세상을 몰랐다.

메데인 카르텔은 마이애미의 성공에 도취하여 헐값에 뉴욕시장을 칼리 카르텔에 넘겨주었다. 이 협상을 주도한 게 체페 산타크루즈다. 이후 체페는 뉴욕으로 건너가 빅토르라는 가명을 쓰고 칼리 카르텔의 현지 지사장 역할을 했다. 체페는 당시 자신들의 마약 시장을 잠식하던 도미니카 공화국 출신 갱들을 쓸어버리면서 칼리 카르텔의 3인자로 부상했다.

"하하하. 파블로 보스의 보는 시각이 날카롭습니다. 그렇지만 더 중요한 게 있습니다."

"뭔가?"

"뉴욕은 뉴욕만 있는 게 아닙니다. 뉴욕주는 뉴욕시만큼 큰 시장입니다. 인구가 2천만 명에 육박하고 경제규모는 미국 내에서 캘리포니아, 텍사스 다음인 3위입니다."

"우리 에스코바르 커피콩의 큰 시장이네. 자네가 맡아주겠는가?"

"하하하. 파블로 보스는 농담도 잘하십니다. 저는 오줌 냄새나는 커피콩 따위 관심 없습니다. 파블로 보스가 뉴욕주에 코카인을 공급해주십시오. 제가 책임지고 팔아드리겠습니다."

"내가 그 바닥을 떠난 지가 5년이 넘었는데, 자네는 소식을 듣지 못했나?"

"이거 왜 이러십니까? 뒤로 약장사를 한다는 것을 알고 있습니다."

가슴이 철렁했다. 이놈이 야쿠자와의 거래를 알고 있는 게 아닐까? 일단 시치미를 떼기로 했다. "약장사를 한다면 뉴욕에 와서 채권을 발행해보려고 동분서주하지 않지. 자, 그러면 우리랑 비즈니스 접점은 없는 것으로 알고 그만 일어서겠네."

체페가 당황한 표정으로 나를 잡았다. 이놈이 그냥 넘겨 짚은 것이다.

"파블로 보스, 그러면 가차나 오초아 형제를 소개 좀 해주십시오. 대가를 지불하겠습니다."

"자네도 콜롬비아 사람 아닌가? 직접 만나서 얘기하게. 나는 메데인 카르텔을 떠난 지가 오래되어서 이들과 연락을 하지 않고 지내."

"제가 사정상 콜롬비아에 돌아갈 수 없습니다. 파블로 보스가 이 사업을 연결해주신다면 백만 달러를 드리겠습니다. 이건 마약사업이 아니지 않습니까?"

나는 나가려던 발걸음을 멈추고 말했다. "내 가치가 그것밖에 되지 않나?

실망이군. 그리고 마약사업이라는 것은 마약을 주고 파는 것만 의미하지 않아. 알선, 중재도 마약사업이야. 뇌물을 받아 처먹고 있는 정부 관료와 경찰도 마약사업을 하는 거야."

"알겠습니다. 파블로 보스, 5백만 달러를 드리겠습니다."

"관심 없네."

체페를 남겨두고 내 방으로 돌아왔다. 이제 뉴욕을 떠날 때이다. 이번 채권 발행은 절반의 성공이다. 무에서 유를 창출하지 않았나?

남은 필요한 자금 4천만 달러는 어떻게 조달하지? 구스타보 말에 의하면 파블로가 혼자 숨겨둔 돈이 수억 달러라고 하던데, 그 돈만 찾을 수 있다면 얼마나 좋을까?

미국 출장을 마치고 뉴욕의 존 F. 케네디 국제공항에 들어섰다. 보고타로 가는 비즈니스석 티켓팅을 밟고 있는데 멀리서 정사복 경찰들이 다가왔다. 설마 나 때문에 그런 것은 아닐 거로 생각했지만 나 때문이었다.

"파블로 에스코바르 씨! 잠시 따라와 주셔야 할 것 같습니다."

"무슨 일입니까?"

"조사할 게 있습니다." 경찰은 판사가 발부한 수색영장을 제시했다. 내 이름이 선명하게 찍혀 있었다. 여기서 발버둥 쳐봐야 의미 없다.

발작하려는 애들을 진정시켰다. "오늘 출국은 힘들게 되었어. 비행기 취소시키고 마이애미의 제임스 변호사를 불러."

제임스 변호사는 지난번 미국 법정에서 나의 무죄를 끌어낸 마피아 전문 변호사이다. 물론 그의 능력이 탁월해서가 아니라 내가 몰래 당시 부시 부통령과 거래를 했기 때문이다. 그래도 이 상황에서 불러낼 사람은 그밖에 없다.

내가 끌려간 곳은 경찰서가 아니라 DEA 뉴욕 지부이다. 내 그럴 줄 알았다. 가죽 잠바를 걸친 경찰과 신사복을 입은 요원이 내 심문을 맡았다.

"에스코바르 씨, 미국에 온 목적은 뭡니까?"

부시 대통령을 만나러 왔다고 할까? 이건 최후의 카드이고…….

"사업차 왔습니다. 에스코바르 섬유의 오더 물량을 받고, 우리 그룹의 채권 발행을 하려고 왔습니다."

"그것만 있는 게 아니고, 뉴욕에서 새로운 코카인사업을 하려는 목적이 아닙니까? 섬유나 채권 발행은 핑계 같은데요."

"저는 마약사업을 접은 지가 5년이 넘었습니다. 미국 법정에서 무죄도 받았습니다."

"미국 법정에서 무죄 받은 것을 부정하는 게 아닙니다. 이후 미국에서 마약거래를 시도한 적이 없느냐고 물었습니다."

"없습니다. 했다는 증거가 있나요?"

"증거가 있으니까 판사님이 영장을 발부한 거 아니겠습니까?"

"증거를 보여주십시오. 저는 결백합니다."

"3일 전에 체페 산타크루즈 씨랑 만나셨지요?"

이놈들이 그 일을 어떻게 안다는 말인가? 남의 눈을 피해 몰래 만났는데……. 가죽 잠바를 입은 경찰이 사진을 보여주었다. 뉴욕의 호텔에서 내가 체페가 있는 방에 들어가는 사진이다. 이것들이…….

"체페를 만난 것은 사실입니다. 같은 콜롬비아 사람입니다. 체페는 부인 명의로 에스코바르 그룹의 채권을 10만 달러나 구매해준 고객입니다."

"체페는 1급 마약사범입니다. 뉴욕을 코카인으로 물든 범죄자입니다. 체페는 칼리 카르텔이 뉴욕에 진출하는데 에스코바르 씨가 결정적 역할을 했다고 진술했습니다."

"일방적인 진술입니다. 증거를 제시하시기 바랍니다."

"……."

그런 증거가 어디 남아 있겠나? 경찰은 당황한 눈치다. "체페는 에스코바르 씨와 뉴욕주를 대상으로 코카인사업을 같이한다는 진술을 했습니다. 맞습니까?" 경찰은 체페의 진술서를 보여주었다.

이 사태의 범인을 알았다. 체페 이놈이 꾸민 것이다. 실제 사업을 하려는 의도 없이 나를 낚기 위해 꾸민 일이다. 솔직히 말했다. "체페가 그런 제안을 한 것은 사실입니다."

두 명의 DEA 요원은 당연하다는 반응을 보였다. 이제 콜롬비아의 일급 마약범을 잡을 기회라고 생각하는 듯 약간 들떠 있었다. "솔직히 말하는 게 좋을 겁니다."

"저는 체페의 제안을 거부했습니다. 이게 다입니다. 그놈과 대질 신문을 시켜주십시오."

"체페는 에스코바르 씨가 5백만 달러에 다른 마약업자를 소개해주었다고 했습니다. 진실은 법정에서 가리겠습니다."

안 된다! 법정에서 진실을 가리기 전에 내 사업이 망할 수 있다. 그렇지 않아도 나이키는 에스코바르 섬유에 물량을 준 것을 꺼림칙하게 생각하고 있다. 당장 오더는 취소될 것이다. 에스코바르 채권 가격도 폭락할 것이다. 그룹 총수가 마약 사건과 관련되어 있다면 채권 가격은 폭락한다. 투자자들의 원망을 받으면 이후 다른 사업 진행에도 큰 리스크가 될 것이다.

"우리 변호사가 판사님을 만날 것입니다. 진실은 금방 드러날 겁니다."

경찰서의 임시 유치장에서 하루를 보냈다. 거물 마피아가 들어온다고 난리가 아니었다. 지금 발레리아와 에스코바르 방송국이 필사적으로 언론 보도를 막고 있지만 오늘이 지나면 신문에 나는 것은 기정사실이다.

초조하게 기다리고 있는데, 제임스 변호사와 마테오가 나타났다. 이들을 따라온 경찰이 유치장 문을 열어주었다. "에스코바르 씨, 법원의 결정에 따라 석방합니다."

"회장님, 판사가 무죄를 선고했습니다." 마테오가 상기된 표정으로 말했다.

"파블로 회장님, 잘 끝났습니다. 판사님이 비디오를 보시고 그 자리에서 석방을 명령했습니다."

유치장을 나오며 제임스와 악수했다. "수고했습니다. 이제 콜롬비아에 돌아가도 되지요?"

"네, 회장님은 법적으로 어떠한 하자도 없습니다."

체페를 만나기 전, 방에 몰래카메라를 설치했다. 마약사범과 만나는 것은 조심해야 한다. 경찰의 끄나풀일 가능성이 있기 때문이다. 마피아를 수사하는 FBI나 DEA도 관료 조직 특유의 조직을 보호하려는 본능이 있다. 이들 조직이 살아남으려면 마피아가 창궐하고 마약이 흘러넘쳐야 한다. 만약 마피아 활동이 미약하고 마약이 잘 통제되면 억지로 마약사범을 조작하는 것을 서슴지 않는다.

전직 콜롬비아 최대 마약왕을 미국에서 붙잡는 것은 DEA의 큰 성과이다. 평소 약점이 있는 체페를 협박하여 나를 잡아넣으려고 했을 것이다. 언론에 소문나기 전에 사건을 마무리해서 천만다행이다. 나중에 무죄로 풀려나더라도 마약 관련 사건에 관여되어 있다면 미국에 출장 온 게 전부 나가리가 될 판이었다. 그나저나 체페놈이 혼자 벌인 일일까, 아니면 칼리 마피아의 지시를 받은 일일까? 나중에 체페놈을 잡아서 확인해보아야겠다.

콜롬비아에 돌아와서 에스코바르 통신을 3천만 달러에 팔았다. 도저히 4천만 달러를 조달할 가능성이 없기 때문이다. 이동통신 붐이 예상되면서 주파수를 배정받은 이동통신 가격은 외국인투자가의 큰 관심을 받았다. 이동통신 사업이야 누가 해도 돈 되는 사업이지만 이건 콜롬비아 경제 발전과 무관하다. 섬유산업이나 전자사업은 내가 아니면 누가 하겠는가?

자금 사정에 한숨을 돌리고 있는데, 콜롬비아의 치안은 갈수록 개판이 되고 있다. 가차가 정부와 싸우면서 테러와 납치가 일상적으로 반복되고 있었다. 벨라스케스가 당황한 표정으로 들어왔다.

"보스, 마로킨이 납치되었습니다."

"뭐라고? 마로킨이 납치되었다고?"

마로킨은 파블로의 아들이다. 친아들이 아니라서 관심을 쏟지 않은 것이 아니라 너무 바빠 잊어먹고 있었다. 어머니가 죽고 난 뒤 마로킨은 로베르트의 집에서 지내고 있다.

"어떻게 된 거야? 자세히 얘기해 봐."

"마로킨이 축구를 좋아합니다. 학교 공부가 끝나고 난 뒤 매일 공을 찼는데, 오늘 화장실에 간다고 한 이후 사라졌습니다. 경호팀이 나중에 실종된 것을 알고 지금 연락이 왔습니다."

에스코바르 경비를 책임지고 있는 바르카스에게서 전화가 왔다.

- 보스, 벨라스케스에게 급히 연락했습니다만 지금 마로킨이 실종되어 전 인력을 동원해 찾고 있습니다.

"사라진 지 얼마나 되었나?"

- 약 두 시간이 지났습니다.

"아니, 경호팀에서는 경호 대상자가 사라진 것을 두 시간이 지나도록 몰랐다는 말인가?"

- 죄송합니다. 지난 몇 년 동안 아무런 문제가 없어서 방심했습니다.

"너무 요란법석 피우지 말고 차분하게 대응해. 무엇보다 마로킨 이름이 외부로 나가서 안 돼."

메데인에서 파블로의 아들을 납치한 놈이라면 치밀하게 준비했을 것이다. 두 시간이면 벌써 메데인시를 벗어났을 것이다. 저인망식으로 온 동네를 훑는 방식으로는 대응해서는 안 된다.

바르카스와 수색 작전을 논의하고 있는데 로베르트가 급히 들어왔다.

"파블로, 마로킨이 납치되었어."

"네, 알고 있습니다. 지금 대책을 논의하고 있습니다."

"가차에게서 전화가 왔어. 그놈이 납치범이야."

마로킨이 납치되었다는 소식을 듣자마자 가장 유력한 용의자로 가차가 떠올랐다. 콜롬비아에서 감히 파블로의 아들을 납치할 간 큰 놈이 가차 말고 누가 있겠는가? 게다가 가차는 납치할만한 충분한 이유가 있었다.

로베르트의 전화기가 울렸다. "가차 전화야."

나는 로베르트의 전화기를 빼앗아 받았다. "가차, 오래간만이야. 마로킨을 네가 납치했어?"

- 그래, 잘 모셔놓았어.

"내 아들을 납치해놓고 무사할 줄 알아? 네 아들도 멀지 않았어!"

- 개소리 집어치우고 내 돈 3천만 달러를 가져와. 본래 네 돈이 아니잖아. 그러면 마로킨은 무사히 풀려날 거야.

"그게 어떻게 네 돈이야. 천만 달러는 빌려준 거고 2천만 달러는 콜롬비아 국민의 돈이야."

- 파블로, 너랑 말싸움하기 싫어. 내 요구조건은 3천만 달러야. 그게 싫으면 마로킨은 죽은 목숨이야.

가차는 전화를 끊었다. 이 사태를 어떻게 해야 하나? 담배를 한 대 물었다. "최근 가차의 상황은 어떻습니까? 제가 미국을 한 달 갔다 와서 콜롬비아 얘기를 들은 게 별로 없습니다." 로베르트에게 물었다.

"가차는 탈옥 이후 계속 쫓겨 다니는 신세야. 그러다 보니 돈이 궁하지. 애들도 제대로 충원되고 있지 않다고 해. 돈이 없기 때문이야."

가차가 경찰과 정부를 상대로 싸울 힘은 돈에 있다. 현금이 떨어지면 그의 부하들도 떨어져 나간다. 마약밀매 조직이란 의리와 명분으로 굴러가지 않는다.

"가차는 지금 어디에 있을까요?"

"메데인은 아냐. 가차가 여기 있다면 우리가 그의 행방을 모를 리 없어. 안티오키아주 외곽 정도 일 거야."

"평소 마로킨은 어떻게 생활했습니까?"

"파블로, 나도 책임이 있지만 너도 마찬가지야. 아들에 대해 너무 무관심해. 미국 출장을 다녀왔어도 아직 만나지도 않았잖아."

"통신사 매각 문제도 있고 너무 바빠서 그랬습니다. 제가 잘못했습니다."

"마로킨은 아빠의 관심도 못 받고 그러다 보니 축구에 미쳤어. 매일 수업이 끝나면 두세 시간씩 운동장에서 공을 차고 왔어. 가차에게 그 루틴이 보인 거야. 딱 납치하기 좋지."

"……."

"어떻게 할 거야?" 로베르트가 물었다.

"가차가 요구하는 금액이 너무 터무니없습니다. 3천만 달러를 달라고 하는군요."

로베르트의 안색이 달라졌다. "개자식이 말도 안 되는 요구를 하고 있어. 한때는 같은 동업자 아니었나!"

"마로킨을 찾는 것보다 가차를 찾는 게 더 빠를 것 같습니다. 그놈의 행적을 찾아봐 주시기 바랍니다."

"가차를 가장 열심히 찾는 경찰에게도 물어봐. 그게 빠를 거야."

콜롬비아에서 가차의 행방을 가장 열심히 찾는 조직은 경찰 특수부대 서치 블록(Search Bloc)이다. 이 부대는 미 육군 특수부대가 직접 요원들을 훈련시켰다. 서치 블록은 미국의 방대한 첩보망을 이용해 가차를 압박해나갔다.

서치 블록의 리스트에 오른 사람은 가차뿐만 아니라 나도 포함된다. 미국 법정에서 무죄를 받았지만 서치 블록은 나에 대한 의심을 거둔 것은 아니다. 서치 블록을 만나기는 싫었지만 가차를 잡기 위해서 할 수 없었다.

서치 블록의 카리요 대령은 카르텔의 수차례 매수 시도에도 넘어가지 않는 강직함을 가진 인물이지만, 카르텔 조직원들에게는 잔인하고 무자비했다. 우리 조직 애들도 수없이 그에게 당했다. 카리요 대령과의 면담은 간신히 이루어졌다. 우리는 시내 호텔의 방에서 만났다. 만나기 전에 내 상황을 먼저 전해주었다.

"카리요 대령, 가차 때문에 고생이 많다고 들었습니다. 내가 조그마한 정보를 갖고 왔습니다."

"나하고 거래할 생각은 하지 마시오. 그 정보를 주면 고맙지만 어떤 사례도 없을 겁니다." 카리요 대령은 냉담한 표정으로 말했다.

처음에는 나와 만나려고 하지도 않았다. 괜히 구설수에 오르고 싶지 않았을 것이다. 가르비아 대통령이 압력을 넣지 않았다면 만남 자체가 없었을 것이다.

"저도 카리요 대령과 같은 입장입니다. 가차를 잡는 데 도움이 되기를 희망합니다."

"먼저 같은 메데인 카르텔인 가차가 초대 보스의 아들을 납치한 이유부터 압시다."

"돈 때문이요. 가차가 서치 블록에 쫓기면서 돈이 궁핍해졌습니다. 가차의 조직은 돈이 돌지 않으면 움직이지 않습니다."

"좀 더 구체적으로 말해주시오."

"우리 아들과 3천만 달러를 교환하자고 합니다."

카리요 대령의 눈이 커졌다. "3백만 달러도 아닌 3천만 달러를! 당신이 그렇게 돈이 많아?"

"에스코바르 그룹의 가치는 1억 달러가 넘습니다. 그렇지만 내 돈은 전부 토지, 공장, 사업에 묶여 있는데 어떻게 3천만 달러를 조달합니까?"

"어떤 정보를 줄건데?"

이 자식의 말이 짧다. 기분이 나빴지만 아들 때문에 꾹 참았다.

"가차의 공장 리스트요. 여기를 공격하면 가차의 혈관을 막는 겁니다. 돈이 올라오지 않으면 가차의 조직원들이 가장 먼저 이탈할 겁니다."

나는 내가 알고 있는 가차의 마약공장 리스트를 카리요 대령에게 넘겼다.

"고맙소. 내가 해줄 것은 이 말밖에 없소."

"가차를 잡는 데 도움이 된다면 만족합니다. 혹시 가차를 붙잡을 때 마로킨이 보이면 살려주시면 감사하겠습니다."

"우리는 갱단이 아니오. 무고한 민간인은 죽이지 않아."

거짓말쟁이! 마약사범을 찾는다고 민간인을 고문하고, 이상하다 싶으면 살인을 서슴없이 저지른 것을 누구보다 잘 안다.

카리요 대령을 만나고 온 뒤, 벨라스케스가 들어왔다. "보스, 시키신 일은 완수했습니다. 메데인의 안전가옥에 감금해놓았습니다."

"수고했어. 나베간테 개자식에게 연락이 올 거야."

가차의 옆에 붙어 있는 칼리 카르텔의 첩자 나베간테가 지금 유일한 단서다. 나는 벨라스케스를 칼리로 보내 나베간테 가족을 붙잡아왔다. 나베간테가 가족이 사라진 것을 알면 자신의 정보를 알고 있는 나에게 연락할 것이다. 나베간테의 연락에 앞서 가차의 전화가 먼저 왔다.

- 파블로, 돈은 준비되었나? 내 인내력이 점점 떨어지고 있어.

"가차, 이 개자식아! 내가 현금이 없다는 것은 네가 잘 알고 있잖아. 모두 사업한다고 다 투자했는데 어떻게 당장 3천만 달러 현금을 만들어!"

- 그건 잘 모르겠고 돈이 넘어오지 않으면 마로킨은 죽어. 먼저 다리 하나를 잘라 보내주지. 콜롬비아의 위대한 축구선수가 될 놈이 다리가 잘리면 큰일이지. 크크크.

"다리를 자르든 죽이든 네 마음대로 해. 너도 곱게 죽지는 못할 거야."

내 아들이 아니라서 이런 것은 아니다. 인질 가족이 지나치게 매달리면 역효과를 낸다. 협상할 카드가 줄어들게 되는 것이다.

- 그래도 한때 같은 조직원이었는데 애 다리 자르는 것은 너무 심한 것 같아. 파블로 일단 백만 달러를 보내. 다리 자르는 것은 유보해줄게.

가차 이 자식이 돈이 급하긴 급한 모양이다. "가차, 3백만 달러로 협상하자. 내가 자네 사업을 키워준 사람 아닌가?"

- 흥, 너의 꼬심에 천만 달러를 넘겼어. 3백만 달러를 받으면 내가 7백만 달러를 손해 보는 거야.

"9백만 달러 그 돈은 정상적으로 갚을 거야. 우리 계약이 끝난 게 아니야. 네가 죽고 아들만 남으면, 그놈은 어떻게 살아가겠어."

한참 말이 없다가 가차가 결심한 듯 말했다.

- 일단, 백만 달러를 보내. 마로킨 처분은 시간을 두겠어. 3천만 달러 인질

금은 끝난 게 아니야.

가차에게 백만 달러를 보냈다. 일단 마로킨은 당분간은 이상이 없을 것이다. 지금 급한 것은 바랑키야 봉제공장을 건설하는 것이다. 석 달 뒤면 나이키의 오더가 나온다. 그전에 공장을 짓고 세팅을 마쳐야 한다.

에스코바르 섬유는 원사 생산에서부터 패브릭, 염색, 봉제 등을 일괄적으로 처리하는 수직계열화된 회사이다. 첫 번째 문제는 아직 패브릭 공정이 완성되지 않았다는 것이다. 최 이사를 불렀다.

"이사님, 언제 공장이 가동될까요? 석 달 뒤에 봉제 공정이 시작되는데, 빨리 패브릭 공정이 돌아가야 합니다."

"지금 상황으로는 반년은 되어야 가능할 텐데, 걱정입니다."

"그러면 에스코바르 섬유도 큰일입니다. 나이키 오더를 못 해내면 패널티도 있습니다."

"회장님, 혹시 일본의 후지방적사의 최신 편직기를 수입할 수 있나요? 그 기계를 사용하면 원사에서 편직으로 연결되는 과정을 대폭 줄일 수 있습니다."

"알아보겠습니다."

2공장을 지나 옆에 짓고 있는 봉제공장 건설현장으로 갔다. 공장 건설이 한참 진행 중이다. 봉제공장 자체를 짓는 것은 그렇게 어렵지 않다. 문제는 공장 가동에 필요한 인프라를 구축하는 것이다. 특히 전기와 용수가 핵심이다.

현대건설에서 이 공장 건설을 위해 급히 파견된 홍 반장이 전기 문제를 호소했다. "회장님, 전기가 이달 말까지 연결되지 않으면 내부시설을 완공하는 데 두세 달이 더 필요합니다. 지금 전기가 제대로 공급되지 않아 임시 발전기를 돌리고 있습니다."

"알겠습니다. 오늘 바랑키야시장과 담판을 할 예정입니다. 기다려 주십시오."

콜롬비아에는 인프라가 부족하다. 특히 발전소가 터무니없이 부족해서 대도시인 보고타나 메데인조차 24시간 전기가 잘 공급되지 않는다. 그러니 시골 동네인 바랑키야는 두말할 나위 없다.

오후에 바랑키야 시청을 찾았다. 바랑키야시장은 조심스럽게 보고했다. 그의 생사여탈권을 내가 갖고 있기 때문이다.

"회장님, 정말 당분간 전기 공급은 힘들 것 같습니다. 지금 에스코바르 섬유에 전기를 보낸다고 낮 시간에 바랑키야시의 전기를 끊고 있습니다. 시민들의 불만이 이만저만이 아닙니다."

"시민들에게 조금만 참으라고 하세요. 에스코바르 섬유가 완공되면 일자리가 수만 개 생깁니다. 지금도 공장 건설 때문에 이 지역 경기가 살아나고 있지 않습니까?"

"압니다. 그것 때문에 시민들이 참고 있습니다. 그렇지만 이제 우기가 닥치면 전기없이 생활하기가 정말 불편합니다. 회장님이 잘 이해해주시기 바랍니다."

아, 정말 어디서 전기를 끌어오지? 가만, 조금 전에 홍 반장이 임시 발전기를 돌리고 있다고 했다. 그러면 임시 발전기를 더 구하면 되지 않나? 문제는 석유다. 보통 발전 원료로 석유를 쓰지 않는다. 석유가 너무 비싸기 때문이다. 그렇지만 바랑키야 옆 나라에 물보다 싼 석유를 생산하는 나라가 있다.

세계 원유매장량 1위 국가 베네수엘라가 바로 콜롬비아 옆에 있다. 더욱이 바랑키야는 바닷길로 베네수엘라와 연결된다. 석유를 가져올 수 있는 최적의 나라이다. 콜롬비아와 베네수엘라는 같은 국가라도 봐도 무방하다. 두 나라 모두 스페인 식민지를 거쳤으며 건국의 아버지로 시몬 볼리바르를 숭상한다. 인종 구성도 비슷하며 같은 언어를 사용하고 있기 때문에 두 나라의 국경은 거의 개방되어 있는 것과 마찬가지다.

그러나 육로 국경은 소안데스산맥이 가로막고 있어 왕래가 편하지 못하다. 독립 이후 지리적 요인으로 두 나라가 갈라졌다고 봐도 무방하다. 남아메리카 6개국(콜롬비아, 파나마, 베네수엘라, 에콰도르, 페루, 볼리비아)을 통합하는 그란 콜롬비아를 꿈꾼 시몬 볼리바르도 이 점을 가장 아쉽게 생각했다.

그렇지만 바랑키야에서는 배로 쉽게 베네수엘라의 수도 카라카스에 도착한다. 마침 데리고 있는 중간 보스 중에 카시야스라는 놈이 베네수엘라 출신이다. 그놈을 메데인에서 바랑키야로 불렀다.

"베네수엘라에서 석유를 구할 수 있나? 바랑키야에 지금 석유가 필요해."

"돈만 준다면 얼마든지 구할 수 있습니다. 베네수엘라에서 석유는 물보다 쌉니다."

"좋아. 내일모레 배로 카라카스로 갈 테니 석유를 팔만한 놈을 알아보게."

1990년대 유가는 물량 폭증으로 배럴당 7달러에 지나지 않았다. 1918년부터 석유 개발에 성공하여 대규모 석유 수출을 해온 1세대 산유국인 베네수엘라에서는 배럴당 3달러에 팔리고 있다. 이걸 바랑키야로 운송하는 비용을 포함해도 배럴당 5달러면 충분하다. 긴급수배한 화물선을 타고 베네수엘라의 수도 카라카스로 들어갔다. 입국을 위한 어떤 서류도 없었지만 5백 달러 쥐여주니 출입국과 세관을 마음대로 통과할 수 있었다.

카라카스는 한마디로 혼란의 도가니였다. 페레즈 정권은 석유 가격 하락에 따른 세수 부족으로 IMF에 굴복하여 대대적인 긴축정책을 펼쳤다. 버스비와 휘발유값 등 주요 공공물가가 폭등하는 사태가 벌어지자 그동안 유가 하락에 크게 피해를 본 빈민층들이 배신감에 대거 분노하며 폭동을 일으켰다. 카라카스와 주요 대도시들의 주요 쇼핑물과 상점들의 물품과 경찰서 등이 털리고 혼란이 극심해지자 페레즈 정권은 군대와 경찰을 동원해 강경 진압에 나섰는데 약 3천여 명이 사망했다.

그렇지만 상황은 크게 변하지 않았다. 식품에 붙는 보조금이 삭감되고 통화팽창으로 물가는 급속히 상승하여 국민은 하루에 한 끼조차 못 먹을 지경이 되었다. 1992년부터 빈민층과 야권은 호루라기 시위를 벌이며 저항에 나섰다. 쿠데타 미수사건도 빈번하게 벌어졌다. 사전에 이런 정보를 들은 나는 사무라이 시카리오를 중심으로 백여 명을 데리고 왔다. 이 정도면 웬만한 갱단 정도는 충분히 바를 수 있으리라.

카라카스 호텔에 짐을 풀고 석유를 대량으로 팔겠다는 전 석유부 장관을 만났다. 나라가 썩어도 너무 썩었다.

"물량은 어느 정도 가능합니까?"

"파블로 씨가 원하는 대로 제공해드리겠습니다. 어차피 시중에 내놓아봐야 제값 받기 힘든 상황입니다."

"좋습니다. 일단 10만 배럴을 주십시오."

"30만 달러입니다."

"계약금으로 3만 달러를 드리고 물량을 인수하고 난 다음 잔금을 드리겠습니다."

"그렇게는 안 됩니다. 아시겠지만 저도 물량을 빼 오려면 전액 현금을 주어야 합니다. 지금 베네수엘라에서는 서로를 믿지 못하는 상황입니다."

"좋습니다. 약속만 지켜주시면 다음에 더 많은 물량을 오더하겠습니다."

준비한 현금 가방을 전 석유부 장관에 넘겨주었다. 그놈은 밑의 부하를 불러 꼼꼼하게 위폐 확인을 하고나서 활짝 웃었다.

"이틀 뒤에 라콰이라 항구로 가져가겠습니다. 트럭 운송비는 1만 달러입니다. 그건 물건을 받고 난 뒤 주시면 됩니다."

"좋습니다. 앞으로 사업 잘해봅시다."

그놈을 보내고 혼란한 카라카스 시내를 돌아다녔다. 살인적인 인플레이션 때문에 10달러를 바꾸어도 엄청난 돈뭉치를 받을 수 있었다. 길거리에 노숙자가 넘쳐나고 가게들은 절반 이상 문을 닫았다. 정치 하나 잘못되면 나라가 거덜 나는 것은 순식간이다. 자원도 없는 대한민국은 더 정신 차려야 한다.

카시야스가 볼리바르대학 정치학과 교수인 자기의 사촌 형을 데리고 나왔다. 이 나라 상황을 이해하고 싶어 내가 특별히 요청했다.

"파블로입니다. 이렇게 만나 뵙게 되어 반갑습니다."

"라파엘 카시야스입니다. 파블로 회장님 얘기는 많이 들었습니다. 이제 사업가가 되어 콜롬비아에서 좋은 일을 많이 한다고 하더군요."

"사업이 쉽지 않습니다. 그래서 제가 베네수엘라까지 오게 되었습니다. 한

가지 궁금한 것은 석유가 이렇게 많은 복 받은 나라인데, 왜 사람들이 굶어죽어 가고 있습니까?"

"베네수엘라는 비옥한 농토를 가지고 있는 풍요로운 나라였습니다. 그렇지만 석유 수출에 대한 의존이 늘어나면서 전통적인 농업이 쇠퇴하기 시작했습니다. 사람들은 농사를 포기하고 보조금을 받기 위해 도시로 몰려들었습니다. 이제는 아무도 농사에 관심을 가지지 않습니다. 그동안 석유로 벌어들인 돈으로 콜롬비아와 쿠바 등에서 농산물을 구매했는데 이제 돈이 없어 수입을 못 하는 실정입니다. 석유가 처음 발견되었을 때 우리는 이것을 '악마의 배설물'이라고 불렀는데 그 예언이 맞았습니다."

"석유가 그렇게 많은데 나라에 돈이 없다는 게 이해가 되지 않습니다."

"정치가 썩어서 그렇습니다. 석유에서 생산되는 부가 민중에게 제대로 분배되고 있지 못하고 있습니다. 제도권 정당들은 자신들의 기득권만 챙기지 민중에 전혀 관심이 없습니다. 석유 이권은 한 줌 기득권과 미국 석유 기업들이 다 가져가고 있습니다."

"베네수엘라에 진출한 미국 석유 기업도 저유가 때문에 적자라고 하던데요." 그의 말에 동의하기 힘들었다.

"그건 거짓말입니다. 유가가 좋을 때도 그놈들은 절대 이익을 공유하지 않습니다. 항상 엄살을 부리죠."

라파엘과 얘기를 해보니 빨간색이 많이 든 좌파 정치학자이다. 경제가 어떻게 돌아가는지 모른다. 그가 잘 아는 주제로 넘겼다.

"페레즈 정권은 어떻게 될 것 같습니까?"

"절대 오래 버티지 못합니다. 민중의 힘으로 무너지거나 아니면 정의를 내세우는 쿠데타군 세력에 의해 전복될 것으로 보입니다."

"아, 그렇군요. 여러 가지로 고마웠습니다." 더 얘기해봐야 도움이 될 것 같지 않아 적당히 사례하고 보냈다.

이틀 뒤, 석유를 받아서 출항하기 위해 우리가 타고 온 배 앞에서 대기했다. 그러나 아침 10시에 온다는 전 석유부 장관은 연락이 되지 않았다. 내가 그동안 너무 나태하게 살았다. 콜롬비아에서는 마약왕 파블로를 속이는 사람은 없었다. 속였다가는 죽음이기 때문이다. 그러나 여기는 베네수엘라이다. 좀 더 신중하게 접근했어야 했다.

전 석유부 장관을 소개해준 카시야스가 안절부절못한다. "보스, 여전히 연락되질 않습니다."

"그놈의 주소를 알고 있나?"

"네, 시내 중심가의 고급 주택에 살고 있습니다."

"그놈은 나를 어떻게 알고 있나?"

"보스가 시키신 대로, 그냥 바랑키야의 사업가로만 알고 있습니다."

베네수엘라까지 굳이 전직 마약왕이라고 선전하고 다닐 필요가 없다고 생각했는데, 그건 잘못된 판단이었다. "그놈 집을 덮치자. 애들을 불러!"

"네, 보스."

항구에서 차를 나누어 타고 카라카스 시내의 고급 주택가로 들어갔다. 전 석유부 장관 집 앞에는 이미 사태를 예측했는지 경찰차와 경찰이 배치되어 있었다. 이런 것에 눈 하나 깜짝하지 않는 사무라이 시카리오들이 작전 계획을 짰다. 일단 오토바이 두 대가 서서히 접근했다가 경찰에게 집중 사격을 가했다.

[탕탕탕]

기습 공격에 경찰들이 쓰러졌다. 골목에 숨어있던 다른 조직원이 쏜살처럼 뛰어나와 남은 경찰을 붙잡았다. 가급적 죽이지 말라고 사전에 지시했다. 길거리에서 총격전이 벌어졌지만 누구 하나 관심이 없었다. 카라카스에서는 이게 일상인 모양이다. 메데인과 다를 바 없네.

집으로 뛰어 들어간 애들이 실내를 정리했다는 신호를 보냈다. 차에서 내려 전 석유부 장관 집으로 들어갔다. 카를로스에게 먼저 그놈 아내와 애들을 옆방으로 옮기라고 지시했다. 가족이 무슨 죄인가.

거실에는 공포에 질린 전 석유부 장관이 바들바들 떨고 있었다. 나의 모습을 보자 오히려 안도의 한숨을 쉬었다. 강도보다 사업가가 상대하기 편하다고 생각하는 모양이다. 이놈 사람 잘못 보았다.

"파블로 사장님, 죄송합니다. 오늘 다른 사정이 있어 배달하지 못했습니다. 내일, 내일! 반드시 배달해드리겠습니다."

"아냐, 됐어. 한번 신용을 잃은 놈은 다음도 마찬가지야. 일단 내 돈 30만 달러는 어디 있지?"

"그 돈은 이미 석유업체에 지불했습니다."

참으로 뻔뻔한 놈이다. 장관이나 한 놈이 사태가 어떻게 돌아가는지 전혀 눈치를 못 채고 있다. 벨라스케스에게 눈치를 주었다. 고문을 사랑하는 벨라스케스가 웃으며 그놈을 옆방으로 끌고 갔다.

벨라스케스가 일하는 동안 이놈 집안을 살펴보았다. 길거리에 사람들이 굶어 죽어 가고 있는데 이놈 집은 호화롭기 짝이 없다. 사슴, 여우, 사자 등 동물 박제와 호화로운 대리석과 양탄자, 그리고 소니 대형 TV까지 다 갖추어져 있다. 조금 뒤 겉으로는 멀쩡하지만 멘탈은 완전히 붕괴된 전 석유부 장관과 벨라스케스가 나타났다.

벨라스케스가 웃으며 말했다. "보스, 30만 달러에다 우리 수고비 50만 달러를 받아냈습니다. 이제 이놈들을 어떻게 하죠?"

이 순간이 가장 곤혹스럽다. 아마 진짜 파블로라면 사정없이 살인 버튼을 눌렀을 것이다. 그렇지만 나는 정상적인 비즈니스맨이지 않은가? 할 수 없다.

그놈을 보고 말했다. "내가 누구라고는 말하지 않겠어. 그렇지만 나를 신고하는 순간 너와 네 가족은 모두 죽은 목숨이야. 알아서 처신해."

전 석유부 장관 집을 나와 다시 호텔을 잡았다. 어쨌든 석유를 가져가야 한다. 그냥 주유소에서 소매 가격으로 석유를 사는 게 속 편하고 빠른 길이다. 다행히 카라카스 시내 큰 주유소 몇 곳을 가지고 있는 업체와 연결이 되었다.

내일 당장 배송해주겠다는 약속을 받았다. 계약금도 10퍼센트만 지불하고 현장에서 잔금을 주기로 했다. 섬유공장 일도 바쁜데 잘 되었다. 빨리 돌아가야 한다.

그렇지만 또 사건이 발생했다. 당황한 표정의 카시야스가 내 방으로 뛰어 들어왔다. "보스, 우리가 타고 온 화물선이 경찰에 의해 압류되었습니다. 거기 선원들 전부 붙잡혔습니다."

"뭐라고! 내일 출항해야 하는데……. 전 석유부 장관 그놈이 저질렀나?"

"그놈 말고 찌를 놈이 어디 있습니까?"

"개자식! 반드시 응징할 거야."

마침 개자식에게 전화가 왔다. 카시야스가 전화를 바꾸어 주었다.

- 마약왕 파블로 에스코바르! 너 사람 잘못 보았어. 콜롬비아에서는 네가 왕이지만 여기서는 내가 왕이야.

"잔말 말고 원하는 게 뭐야?"

- 5백만 달러 갖고 와. 그럼 석유도 주고 너도 무사히 베네수엘라를 나갈 수 있어.

"알았어. 생각해볼게."

난감한 상황이다. 베네수엘라를 나가는 것은 문제가 되지 않지만 석유를 가져가지 못하면 공장 건설이 중단된다.

카시야스에게 물었다. "좋은 방안이 없나?"

"사촌 형에게 한번 알아보겠습니다."

카시야스가 열심히 전화를 돌렸다. 한참 뒤에 보고하러 왔다. "사촌 형의 지인이 대통령궁에서 일하고 있는데 그분이 도와주겠다고 합니다."

"누군데?"

"우고 차베스 대령입니다."

"뭐 하는 사람이야?"

"차베스 대령은 국가안전보장회의의 보좌관으로 일하고 있습니다. 한때 라파엘 카시야스 삼촌의 학생이었다고 합니다. 볼리바르대학 정치학과에서 공부한 적이 있답니다."

"좋아, 만남을 주선해주게."

다음 날, 카라카스의 대통령궁 근처 카페에서 차베스를 만났다. 차베스는 덩치도 크고 온몸에 활력이 넘쳐 흘렀다. 빨간 베레모에 녹색 군복이 잘 어울렸다.

"차베스입니다. 카시야스 교수님에게서 얘기들었습니다. 제가 무엇을 도와드리면 될까요?"

"파블로 에스코바르입니다. 이번에 처음 베네수엘라에 와서 카시야스 교수님에게 배웠습니다. 베네수엘라를 이해하는 데 많은 도움이 되었습니다."

"하하하. 카시야스 교수님이 대단하신 분입니다. 저의 평생 은사입니다. 은사님이 부탁하신 일이니 제가 책임지고 도와드리겠습니다."

"감사합니다. 저는 콜롬비아에서 사업을 하고 있습니다. 최근 공장 관련해서 전력이 부족한 상황입니다. 그래서 콜롬비아보다 가격이 싼 베네수엘라 석유를 구매하고 왔다가 사기를 당했습니다."

나는 자초지종을 설명했다. 물론 중간에 전 석유부 장관 집을 덮쳐 50만 달러를 빼앗았다는 얘기는 하지 않았다.

"알겠습니다. 제가 경찰에 연락해서 그 배를 당장 풀어드리겠습니다."

"아, 감사합니다."

"무슨 말씀을요. 우리 베네수엘라와 콜롬비아는 같은 형제 국가입니다. 다 시몬 볼리바르의 자식들입니다. 저는 콜롬비아 사람을 같은 베네수엘라 국민으로 생각합니다."

"혹시 볼리바르의 검을 본 적이 있습니까?"

"아뇨, 아직. 저의 평생 꿈이 그 검을 한번 보는 것입니다. 그런데 그게 지금 좌익 게릴라가 도둑질해가서 찾지 못하고 있다고 들었습니다."

"사실 내가 가지고 있다고 하는데, 어디에 있는지를 모르겠다. 이번에 메데인에 돌아가면 꼭 찾아야겠다. "볼리바르의 유물은 언젠가는 나올 겁니다. 그때 같이 구경합시다. 그렇지만 중요한 것은 볼리바르의 검이 아니라 볼리바르가 생각하는 이상입니다."

차베스의 눈이 반짝거렸다. 볼리바르에 대한 관심이 많다는 것이다. "파블로 회장은 볼리바르의 이상이 무엇이라고 생각합니까?"

"볼리바르는 스페인 제국주의로부터 남미를 해방하는 것을 그의 평생의 과업으로 생각했습니다. 그렇지만 그의 꿈은 실현되지 못했습니다."

"그렇습니다. 우리는 지금 미 제국주의에 의해 진정한 독립이 위협받고 있습니다. 스페인을 대신해 미국이 전방위적으로 우리를 압박하고 있고 부패와 착취 구조를 영속화하고 있습니다."

이게 무슨 귀신 씻나락 까먹는 소리인가! 그렇지만 은인 앞에서 당장 부정하기는 그렇다.

"미국이 베네수엘라나 콜롬비아의 독립을 위협하는 것은 사실입니다. 콜롬비아는 주권을 포기하면서까지 미국과 범죄인 인도조약을 맺었습니다. 그렇지만 독립이란 먹고 사는 문제입니다. 배가 고프면 노예 시절을 그리워합니다."

"그렇습니다. 제국주의자와 한 줌밖에 되지 않는 가진 자들을 배제하고 국가가 제대로 역할을 해야 합니다. 부패와 종속 구조를 벗어나야 진정한 독립입니다."

차베스는 자신만만하게 베네수엘라 현안의 해결 방식을 제안했다. 종속이론과 해방신학 등 엉터리 좌파 이론으로 말은 화려하지만 실질적으로 쓸모없는 이상들이다. 그를 가르치기로 했다. "볼리바르가 미합중국처럼 연방국가인 그란 콜롬비아를 꿈꾸었지만 이게 실패한 것은 지리라는 환경변수를 고려하지 못했기 때문입니다."

"잠시만……." 차베스가 시간을 보았다. "죄송하지만 지금 다른 중요한 회의가 있습니다. 파블로 회장님과 더 얘기하고 싶습니다. 다음에 한번 정식으로 토론합시다."

"네, 좋습니다."

"그럼 저는 바빠서 그만 가보겠습니다." 차베스가 일어섰다.

나는 그에게 돈이 든 가방을 내밀었다. "오늘 대령님을 만나서 너무 반가웠습니다. 약소하지만 저의 선물입니다."

"마음으로 받겠습니다. 볼리바르를 존경하는 형제가 어려움에 처했는데 제가 뭔가를 받고 도와준다는 것은 있을 수 없습니다."

"아닙니다. 다른 좋은 데 사용하시기를 바랍니다."

"절대 그럴 수 없습니다. 파블로 회장님이 이걸 다른 좋은 데 사용하시기 바랍니다."

차베스가 극구 사양하는 바람에 돈을 전달할 수 없었다. 베네수엘라에도 이런 사람이 있구나.

"그러면 식사를 한번 모시겠습니다. 언제가 편하신가요?"

"다음 주는 되어야 합니다."

"네, 제가 콜롬비아를 갔다가 다시 돌아올 예정입니다. 다음주 화요일 저녁에 모시겠습니다."

"그럽시다. 그럼 베네수엘라에서 사업 잘하시고 무사히 돌아가시기 바랍니다. 혹시라도 어려운 점이 있으면 언제든 저에게 연락해주시기 바랍니다."

차베스의 약속은 즉각 실현되었다. 경찰은 선박의 압류를 풀어주었고 선원들도 석방되었다. 우리는 석유를 사서 바랑키야로 돌아갈 수 있었다. 석유가 도착하자 봉제공장 건설은 낮과 밤을 가리지 않고 진행되었다. 이제 2공장에서 요구하는 후지방적의 최신 편직기를 수입해야 한다.

오랜만에 타케나카 마사히사 전화를 걸어 부탁했다. 대답은 시원했다.

- 파블로, 내가 구해서 보내줄게. 그런데 최근 레흐더 보스가 연락되질 않아. 지금 여기 물량이 떨어져 난감한데, 한번 알아봐줘.

"알았어. 레흐더를 찾아 연락줄게."

레흐더는 가끔 잠수타는 습관이 있다. 카리브해 어느 섬에 가서 약에 잔뜩 취해 여자들과 놀고 있을 것이다. 구스타보에게 레흐더와 연락을 취하라는 명령을 내렸다.

드디어 나베간테에게서 연락이 왔다. 마로킨은 자기가 잘 돌보고 있으니 자기 가족도 책임져달라는 것이다. 가차가 경찰의 공격 때문에 거처를 자주 옮기는 바람에 연락할 수 없으니 기다려 달라는 말도 전했다. 마로킨이 무사히 있다는 소식에 마음을 놓았다. 나베간테를 통해 가차의 정보만 확인하면 구출할 수 있다.

다음 달에 일본에서 보낸 편직기가 도착하면 2공장도 가동이 될 것이다. 3공장에 필요한 재봉틀과 발주 물량은 이번 달에 바르카스 항구로 들어온다. 이제 석유만 있으면 공장 돌아가는 것은 문제없다.

다시 베네수엘라로 갔다. 이번부터는 정기적인 물량을 가져오는 계약을 맺어야 한다. 당분간 2~3년 동안 발전소가 설립될 때까지 베네수엘라 석유로 발전기를 돌려야 한다. 지난번 석유를 인도한 업체와 계약을 맺었다. 한 달에 한 번 백만 배럴을 가져오기로 했다. 우리 공장이 사용하기엔 충분한 물량이다. 발전에 사용하고 남으면 콜롬비아에서 팔 수 있다.

콜롬비아의 석유 가격은 배럴당 7달러이다. 솔직히 석유 밀수를 할까 하는 생각도 했다. 그렇지만 불법은 사양이다. 몇 푼 더 벌려고 하다가 큰코다칠 수 있다. 에스코바르 그룹이 점차 성장하면서 이제 경쟁자는 마약 카르텔이 아니라 이 나라 기득권이 되고 있다. 전통의 명문 가문들은 메데인 촌놈이 치고 올라오는 것을 달가워하지 않는다.

화요일 저녁, 느긋한 마음으로 차베스와의 저녁을 기다렸다. 그런데 시내 분위기가 심상치 않다. 사람들이 거리에 잘 보이지 않고 경찰과 군인들의 모습이 늘어났다.

차베스도 약속한 시각을 한참 늦게 도착했다.

"오, 파블로 회장님! 늦어서 죄송합니다. 제가 지금 일이 엄청 많습니다. 양해해주시기 바랍니다."

"아닙니다. 중요한 일을 맡고 있는데 저에게 시간을 내어주셔서 감사합니다."

"석유는 구했습니까? 제가 도와줄 일이 있으면 서슴지 않고 말씀해주십시오."

"감사합니다. 지금까지는 무탈하게 진행하고 있습니다."

우리는 음식을 주문했다. 차베스는 배가 고프다며 빨리 나올 수 있는 얇은 빵 사이에 닭고기를 넣은 아레파 콘 포요를 시켰다. 우리는 와인을 한잔했다.

"파블로 회장님은 볼리바르의 이상을 어떻게 구현해야 한다고 생각합니까? 지난번 말씀이 참 많은 생각을 하게 만들었습니다." 차베스가 와인을 마시며 말했다.

"볼리바르는 남아메리카도 미합중국처럼 하나의 나라를 만들어야 한다고 생각했습니다. 왜냐하면 우리는 같은 조상, 같은 언어, 같은 안데스산맥과 카리브해를 끼고 있는 나라입니다."

"그렇습니다. 한 줌 무리도 안 되는 기득권 세력이 자신들의 이익을 위해 나라를 쪼개놓았습니다. 우리가 통합하려면 민중의 굳건한 지지에 기반을 둔 나라를 먼저 만들어야 합니다."

차베스가 또 폭주하기 시작했다. 나에게 말할 기회를 주지 않고 자신의 이상을 볼리바르의 이상과 동일시했다.

"지금 페레즈 정권은 IMF의 꼭두각시입니다. 베네수엘라 국민에게 내핍을 강조하고 대신 자본가와 미국이 우리의 자산을 빼앗아 가고 있습니다. 페레즈 정권을 무너뜨리고 진정한 민중의 정부를 세워야 합니다."

"페레즈 정권은 저도 반대합니다. 정치를 너무 못해 베네수엘라를 혼란과 갈등의 도가니로 만들었습니다. 그렇지만 차기 정권이 고립을 선택하는 것은 반대입니다. 지금 세계경제는 전부 연결되어 있습니다. 만약 여기서 고립을 선택한다면 제대로 된 상품이 공급되지 않는 것은 둘째 문제이고 베네수엘라의 주력 상품을 세계시장에다 내다 팔 수 없습니다."

"그건 차후의 문제입니다. 중요한 것은 먼저 민중의 정부를 만들어야 한다는 것입니다."

차베스가 다시 열변을 토했다. 그에게 반박하려고 하는데 차베스의 부관이 들어왔다. "대령님! 본부에서 급한 연락이 왔습니다. 빨리 들어가 보셔야 합니다."

차베스가 양해를 구했다. "파블로 회장님, 밤새워서 얘기하고 싶지만 지금 중요한 일이 있습니다. 다음 기회에 다시 모시겠습니다."

"네, 좋습니다. 바쁘신데 먼저 일어나시기 바랍니다."

차베스가 서둘러 돌아갔다. 그리고 그다음 주에 차베스가 쿠데타를 일으켰다는 소식을 들었다.

차베스가 주도한 쿠데타는 실패했다. 그는 페레즈 대통령과 그 측근들의 부패 혐의를 내세워 쿠데타를 시도했지만 군부의 지지를 받지 못했다. 하지만 쿠데타가 진압되어 투항하는 조건으로 방송 연설을 할 기회를 얻은 차베스는 자신의 동료들을 처벌하지 말라며 "지금은 목표를 이루지 못했지만 언젠가는 이룰 것이다. 모든 책임은 내가 지겠다."라는 연설을 통해 베네수엘라 국민에게 깊은 인상을 남겼다.

나는 라파엘 카시야스 교수를 통해 차베스에게 돈을 보냈다. 현직에 있을 때는 몰라도 감방에 갇혀 있으면 돈이 소중하다. 그의 지지자들에게 메시지를 전하기 위해서라도 뇌물이 있어야 한다. 차베스는 카시야스 교수를 통해 감사 편지를 보내왔다. 나도 편지를 보냈다. 조만간 같이 볼리바르의 검을 감상하자고.

집에서 쉬고 있는데 구스타보가 충격적인 소식을 갖고 왔다. "파블로, 레흐더가 구속되었어. 서치 블록이 레흐더를 보고타에서 잡았어."

"뭐라고?"

레흐더가 구속되었다는 것은 DEA의 요릿감이 되었다는 것이다. 차라리 죽었으면 고민거리가 사라지지만 살아서 구속되면 다른 범죄자의 죄를 불 수밖에 없다. 나도 레흐더에게 약점이 잡혀 있다. 그와 일본 야쿠자 간의 마약밀매를 주선하지 않았던가! DEA가 안다면 환호를 지를 것이다. 어떻게 하지?

레흐더에게는 딸이 하나 있다. 메데인대학에 다니는 그녀를 불렀다. "아빠가 구속된 것을 아나?"

"아뇨, 처음 들었어요. 그렇지 않아도 한동안 연락이 되지 않아 걱정하고 있었어요." 그녀는 금방이라도 울 것 같았다.

"아마, 내일모레 정도 너의 아빠가 체포되었다고 발표될 거야. 그런데 네 아빠가 구속되면 불안에 떨 친구들이 있어. 그놈들이 널 인질로 잡을 가능성이 커. 필요하다면 에스코바르 경비에서 보호해줄게."

"아저씨는요?" 그녀는 당돌하게 반문했다. 나도 불안에 떨 친구 중의 한 명으로 보는 것 같았다.

"난 마약 거래를 관둔지 오래되었어. 레흐더는 오랜 친구라서 책임감이 남아 있는 거야." 시치미를 뗐다.

"감사해요. 당장 경찰서에 가서 아빠랑 면회하겠어요. 그다음에 어떻게 할지 결정하겠습니다."

얘가 생각보다 똑똑하다. 공포에 휩싸이지도 않고 섣부른 결정도 하지 않는다.

"아마 당분간 면회는 되지 않을 거야. 꼭 면회해야 한다면 변호사 한 사람을 추천하지. 정부에 영향력이 제법 있는 사람이야. 전직 국회의원이고."

나는 내 전속 변호사인 두케의 명함을 주었다. 그녀는 명함을 얌전히 받아 넣고 나갔다.

두케도 불렀다. "레흐더가 구속되었어. 아마 그의 딸이 면회를 요청할 거야. 가르비아 개자식에게 돈을 줘서라도 그 딸이랑 내가 면회하도록 주선해줘."

"그건 네가 죄가 있다는 것을 간접적으로 보여주는 것 아니야? 미국에서 다 무죄로 인정받았는데 굳이 무리할 필요가 있을까?"

"레흐더는 오랜 나의 사업 파트너였어. 돈이 부족할 때 기꺼이 지갑을 열었지. 그가 이제 가면 다신 올 수 없는 미국으로 송환되는 데 한 번 정도 면회를 가는 게 도리이지 않은가?"

"그건 그렇지만…… 남들은 그렇게 생각하지 않을 거야."

"나, 파블로는 남들 눈치 보고 사는 사람이 아냐!" 두케 앞에 시치미를 떼고 큰소릴 쳤다. 믿지 않겠지만.

"알았어. 돈 보따리를 갖다 주면 면회 한 번 정도는 시켜주겠지."

어렵게 레흐더와의 면회가 성사되었다. 나를 만난 레흐더의 얼굴이 밝아졌다. "파블로 보스, 감사합니다. 덕분에 딸도 만나고, 보스와도 이렇게 시간을 갖게 되었습니다."

"자네의 미국 송환을 막기 위해 노력을 다하겠네."

"제발 그렇게 해주십시오. 가차 개자식이 그따위 사고를 저지르지 않았다면 여기 콜롬비아에 있을 수 있는데……."

"가차는 곧 끝날 거야."

"파블로 보스에게 부탁이 있습니다."

"뭔가?"

"저는 보스만 믿겠습니다. 제 딸을 맡아주시고, 제 재산도 그 애에게 넘겨주십시오. 그러면 저는 절대 배신하지 않겠습니다."

"걱정하지 말게. 자네 딸을 안전하게 보호해줄 거야. 자네 재산도 법정 소송을 통해 찾는데 노력하겠어. 그리고 만약 미국으로 인도된다면 거기서도 최대한 지원해주겠네."

"정말 감사합니다." 레흐더는 두 손을 꼭 잡았다. 콜롬비아 정부는 레흐더를 기소하면서 그의 재산도 마약 거래에 따른 부정 자산으로 간주하고 압수할 것이다. 여기서부터는 지루한 민사소송을 해야 한다.

"지금 부시 정부의 외교 과제는 중남미의 공산화와 반미 물결을 저지하는 거야. 이미 파나마를 침공해서 노리에가 정부를 전복시켰어. 자네가 자발적으로 노리에가 정부의 마약 거래를 폭로해줄 것을 기대할 거야."

"노리에가의 마약 거래 건은 제가 잘 알고 있습니다. 만약 미국에 송환된다면 이걸 거래 조건으로 내세우겠습니다."

우리는 한 번도 일본 얘기를 하지 않았다. 지금 이 면회장에는 벽 뒤편에서 DEA가 감시하고 온갖 도청장치에 카메라가 돌아가기 때문이다. 그렇지만 우리가 나눈 이야기 행간 곳곳에 나를 통해 레흐더가 일본에다 코카인 수출을 했다는 것을 폭로하지 않는 대신 자신의 신변과 뒷정리를 부탁하는 거래가 숨겨져 있다.

레흐더의 입을 일단 막아놓았지만 장래를 보장하지 못한다. 게다가 더 중요한 것은 당장 물량을 일본에 보내야 한다. 내가 마약 거래를 포기하고 가차가 경찰에 쫓기면서 콜롬비아 마약업계도 요동치고 있다. 레흐더가 구속되고 그전에 이미 오초아 형제가 미국에 송환되지 않는 조건으로 콜롬비아 교도소에 들어가 있다.

메데인 카르텔이 붕괴하면서 콜롬비아 마약업계를 장악한 조직은 칼리 카르텔이다. 칼리는 이제 뉴욕 시장을 넘어 마이애미, LA까지 영역을 넓히고 있다. 칼리 조직에 대항하여 새롭게 떠오른 세력은 노스 밸리 카르텔로, 태평양의 중요한 코카인 운반 창구인 부에나벤투라 항구를 배경으로 성장했다.

마피아라는 존재를 은폐하려 한 칼리 카르텔과는 달리 노스 밸리 카르텔은 자신들에 이익에 반하는 자는 잔인하게 죽여 호전성을 과시하고 있다. 이미 칼리와 크고 작은 전쟁을 치렀다. 칼리에도 노스 밸리에도 이 일을 맡길 수 없다. 이놈들은 언제든지 나를 배신하고 밀고할 수 있는 놈이기 때문이다.

사실 로베르토나 구스타보에게 명령한다면 일본으로의 수출은 전혀 문제가 될 게 없다. 그렇지만 우리 그룹이 다시 마약 거래에 개입하는 게 싫다. 믿고 일을 같이한 레흐더조차 잘 통제가 안 되는데 우리 그룹이 관련된 게 직접적으로 드러나면 끝장이다. 그렇지 않아도 콜롬비아 기득권층이 자꾸 에스코바르 그룹을 견제하는데 빌미를 주어서는 안 된다. 다른 조직을 찾아야 한다.

마침 나베간테에게서 연락이 왔다. 지금 카르타헤나에 가차가 있다는 것이다. 당장 바랑키야로 날아갔다. 바랑키야와 카르타헤나는 이웃 도시다.

나베간테의 전화가 왔다.

- 보스, 안녕하십니까? 그동안 연락을 드리지 못해 죄송합니다. 가차가 저를 의심하는 것 같아서 몸을 사렸습니다.

"마로킨은 어떤가?" 가차 개자식보다 아들이 가장 걱정이 되었다.

- 마로킨은 잘 지내고 있습니다. 가차 아들인 다니엘과 친구와 되어 매일 축구를 하고 있습니다. 인질이라기보다 친구로 놀러와 있는 것 같습니다.

다행이다. 가차 개자식이 고문은 하지 않더라도 마로킨이 어디 갇혀 있거나 정신적 외상을 받고 있다면 마음이 아팠을 것이다.

- 보스, 제 가족은 어떻습니까?

"걱정 마. 다들 잘 있어. 이 사건이 해결되면 금방 풀려날 거야."

- 감사합니다. 그럼 가차의 위치를 보내드리겠습니다. 여기 경비병이 약 50여 명입니다. 공격하기엔 새벽 시간이 가장 좋은 때입니다.

가차를 제압하는 것은 전혀 문제될 게 없지만 그렇다고 나에게 특별히 좋은 것도 없다. 가차가 사라지고 모르는 놈이 마약밀매를 하면 다시 콜롬비아가 시끄러워질 수가 있다. 아니, 칼리 카르텔에만 좋은 일을 시키는 것이다.

그렇지만 가차를 이제는 남겨둘 수 없다. 가차는 인질 납치, 폭탄 테러를 저질러 콜롬비아 정부의 공적 1호가 되었기 때문이다. 가차를 보내기 전에 나도 한번 써먹어야 한다. 부시 대통령과의 약속을 지키기 위해 가차를 토끼몰이할 생각이다.

"나베간테, 네 집을 뒤져보니까 너무 가난해. 자네 칼리 카르텔에서 돈 제대로 받았어?"

- …….

"자네가 우리 아들 마로킨을 구해주는 결정적 정보를 했으니 나도 자네 가족을 안전하게 돌려보내 주겠네. 그런데 자네. 돈 벌 생각이 없는가?"

- 가차는 지금 돈이 없습니다. 털어봐야 개털입니다.

"아냐, 나는 가차 돈에 관심이 없어. 자네가 토끼몰이의 몰이꾼 역할을 잘 해준다면 10만 달러를 주겠어."

- 어떻게 하면 됩니까?

"자세한 것은 벨라스케스가 얘기할 거야."

- 좋습니다. 제가 역할을 제대로 수행할 테니 50만 달러를 주십시오.

"그건 너무 많아. 20만 달러로 하지."

- 20만 달러 좋습니다. 선금으로 10만 달러를 우리 가족에게 주십시오. 그게 확인되면 토끼몰이에 나가겠습니다.

"좋아. 그럼 우리 거래가 성사된 거야."

3일 뒤 새벽, 카를로스가 이끄는 사무라이 시카리오들이 어둠을 헤치고 가차가 숨어 있는 별장으로 접근했다. 카를로스가 꾸벅꾸벅 조는 경비병을 조준하여 한 발을 쏘았다.

[탕!]

그놈이 쓰러지자 사무라이 시카리오는 허공을 향해 총을 갈겼다.

[탕탕탕]

혹시 아들 마로킨이 다칠까 봐 최대한 직접 공격을 자제하라고 지시했지만 만약의 불상사를 걱정하지 않을 수 없다. 즉각 가차 쪽에서 반격이 이루어졌다.

[탕탕탕]

우리 쪽에서 건물 창고를 향해 대공포를 발사했다.

[꽝!]

[우드드득!]

건물이 무너지기 시작하면서 가차 패거리들이 쏟아져 나왔다. 사무라이 시카리오들이 신중하게 사격했다. 잘못했다가는 보스의 아들이 다칠 수 있기 때문이다. 가차 패거리가 천방지축으로 날뛰어도 당초 우리 쪽의 화력이 압도적인 데다 기습 공격의 우위를 갖고 있어 가차가 제대로 대응하지 못했다.

망원경으로 상황을 초조하게 지켜보았다. 가차가 아들 마로킨을 남겨두고 도망가기를 기대했다. 그렇지만 이 기대는 빗나갔다. 마로킨 자식이 우리 편을 향해 총을 갈기고 있다. 고작 17살짜리가!

"사격 중지!" 큰소리로 외쳤다. 혹시 잘못 날아간 총탄에 아들이 죽을지 모른다.

"허공을 향해 쏴!"

[탕탕탕]

우리 편이 쪽수가 두 배이고 충분히 탄약을 확보했기 때문에 소리로 보아서는 경쟁이 되지 않는다. 마침내 가차가 후퇴를 결정했다. 나베간테가 차를 몰고 가차와 다니엘을 싣고 도망가는 게 보였다. 그런데 그 뒤에 마로킨 자식도 앉아 있다. 이놈이 미쳤나? 지금 상황에서 충분히 빠져나올 수 있는데 가차와 동행을 하다니!

"카를로스, 가차를 쫓고 나머지 인원들은 여기를 정리해."

"네, 보스!"

가차가 사라지자 가차 경비병들은 전원 항복했다. 본래 용병에 불과한 놈들이다. 물주가 사라졌는데 목숨 걸고 전쟁할 필요가 없다.

카를로스에게 무전을 쳤다. "가차는 어디로 갔나? 마로킨은?"

- 예상대로 배를 타고 도주하고 있습니다. 마로킨도 같이 있습니다.

"그 배를 바다 끝까지 쫓아가! 마로킨이 타고 있으니까 조심하고."

가차 일행은 카리브해를 넘어 니카라과 푸에르토카베사스 항구로 도망갔다. 마로킨 때문에 나도 따라가지 않을 수 없다.

토끼몰이를 대비해 이미 요트를 준비해두었다. 가차가 탄 보트에 추적 장치도 달아놓았다. 우리는 가차가 눈치채지 않게 조용히 뒤따라 갔다. 석양이 지는 카리브해를 바라보며 마로킨의 행동을 이해하려고 했다. 왜 자기를 납치한 가차와 함께 움직이는지 도저히 이해할 수 없다. 가차를 공격한 조직이 누가 봐도 자기 아빠라는 것을 알면서도 나를 향해 총을 쏘았다.

내가 자신의 진짜 아빠가 아니라는 것을 아는 걸까? 사실 환생 이후 마로킨과 둘이서 대화를 나누어 본 적이 없다. 어색하기도 했지만, 혹시 이놈이 내가 자신의 진짜 아빠가 아니라는 것을 눈치챘을지 모른다는 두려움이 있었다. 그 때부터 나는 알게 모르게 마로킨과 거리를 두었다. 미안하고 후회스럽다.

마리아가 죽고 나와 마로킨의 사이는 더 멀어졌다. 나는 일을 핑계로 마로킨을 거의 방치했다. 아니, 경호를 빌미로 외부와 거의 고립시켰다. 이런 상황에서 가차와 다니엘의 친절은 크게 다가왔을 것이다. 다니엘 또한 고립된 상황에서 같은 또래인 마로킨과 친구가 되었을 것이다.

앞으로 어떤 상황이 벌어질지 두려웠다. 마음 같아서는 그냥 여기서 돌아서고 싶지만 가차를 이대로 놔 두서는 안 된다. 콜롬비아에 폭력의 시대를 종식해야 한다. 텍사스 원면을 받기 위해서라도 가차는 제거되어야 한다. 마음이 무거웠다.

다음날 새벽, 니카라과의 푸에르토카베사스 항구에 도착했다. 어둠 속에서 항구의 불빛이 보였다. 여기는 인구가 고작 5만 명도 채 되지 않는다. 카를로스를 불렀다.

"가차는 어디에 있나?"

"세 시간 전에 항구에 도착했다는 연락을 받았습니다."

"나베간테가 어디로 가는지 표시는 해놓았겠지?"

"네, 그렇게 하기로 약속을 했습니다."

"좋아."

요트가 항구에 서서히 들어갔는데 아무도 접근하는 배가 없었다. 푸에르토카베사스는 니카라과의 북동부 북아틀란티코 자치구의 행정 중심지이지만 산업이 없다. 그러다 보니 이곳을 관리하는 출입국관리소와 세관도 제대로 돌아가지 않는다. 불빛이 반짝반짝했다. 카를로스가 섭외한 현지 길잡이다. 사무라이 시카리오는 배를 정박하고 무장을 정비했다.

"가차놈이 어디로 도망갔나?" 현지 길잡이에게 물었다.

"코코미나 정글 쪽으로 달아났습니다."

"몇 명이나 되던가?"

"다섯 명이었습니다."

"자동차로 이동했나?"

"네, 간신히 트럭 하나를 빌렸습니다."

"FSLN GPP는 주로 어디 근거지를 두고 있나?"

"온두라스와의 국경지대인 코코미나 정글입니다."

"여기서 몇 시간 걸리지?"

"자동차로 3시간은 달려야 합니다."

작전이 한나절에 끝날 것 같지가 않다. 적어도 하루는 잡아야 한다.

"아침 식사를 준비해주게. 일단 배를 채우고 가야겠어. 점심때 먹을 것도 싸주기 바라네."

간단하게 아침을 먹고 이미 준비해둔 트럭 두 대를 빌려 가차가 달아난 코코미나 정글로 이동했다. 다행스러운 것은 경찰이 거의 없다는 것이다. 길잡이 말로는 여기는 해방구라고 한다. 니카라과의 수도는 서부 태평양 인근의 마나과이다. 푸에르토카베사스는 아무도 관심이 없는 니카라과 북동부이다. 산업이라고는 어업이 고작이다.

FSLN GPP는 농촌혁명을 신봉하는 마오이즘을 내걸고 원주민들을 선동했다. 서부 지역에 대해 상대적 박탈감을 느끼고 있는 이 지역 주민들은 우파 정부인 차모르 정부에 대항하는 무장봉기를 일으킨 상태다. 아침을 먹고 코코미나 정글로 접근했다. 정글 입구에 가차가 탄 트럭이 발견되었다. 그 옆에는 트럭 기사가 총에 맞아 시체가 되어 있었다.

길잡이가 우리를 정글로 인도했다. 다행히 나베간테가 남긴 신호 덕분에 방향을 잃지 않았다.

[탕탕탕]

어디선가 총소리가 들려왔다. 아, 마로킨이 죽으면 안 되는데. "빨리 쫓아! 가차놈일 거야!"

사무라이 시카리오들이 총소리가 나는 방향으로 뛰어갔다. 총소리는 한동안 이어지다가 중단되었다. 우리를 향해 달려오는 발소리가 들렸다. 전원 사격 자세를 취했다.

길잡이가 망원경으로 누구인지 확인했다. "여기 게릴라들입니다. 제가 아는 놈입니다. 총 쏘지 말아주세요."

길잡이가 큰소리로 자기가 누구인지 외쳤다. 도망치던 게릴라가 호응했다.

"어떻게 된 일이야?"

"외부인이 침입해 들어왔어. 전투를 벌였는데 우리도 한 사람 죽고, 저쪽도 한 명 죽었어."

"죽은 사람이 누구지요?" 혹시 마로킨이 아닐까 싶어 걱정되었다.

"흑인입니다."

다행이다. 이제 가차와 애들 두 명, 나베간테만 남았다.

"그놈들이 간 방향을 압니까? 우리는 그놈들을 찾고 있습니다."

길잡이가 게릴라에게 대답해도 된다는 눈 신호를 주었다. "밀림 안쪽으로 들어갔습니다. 얼마 가지 못했을 겁니다. 똥보 한 놈이 있어요." 똥보는 가차다. 밀림 속에서 제대로 걷기 힘들 것이다.

"길 안내를 해주실 수 있나요? 사례하겠습니다."

게릴라가 고개를 끄덕였다. "잘 되었습니다. 복수해야지요."

코코미나 밀림을 잘 아는 게릴라가 합류했다. 그의 안내로 조심스럽게 정글 안으로 접근했다. 얼마 지나지 않아 덩굴나무가 우거져서 한 치 앞도 보이지 않는 곳에 도착했다. 게릴라가 조심하라는 신호를 주기가 무섭게 총소리가 터져 나왔다.

[탕탕탕]

"저기 가차가 있다." 카를로스가 소리쳤다.

게릴라와 사무라이 시카리오들이 총소리가 나는 곳을 향해 대응 사격을 했다.

[탕탕탕]

"으악!"

사무라이 시카리오 한 놈이 총을 맞았다. 그렇지만 압도적인 화력을 앞세운 우리를 가차는 당해낼 수 없었다. 단지 마로킨 때문에 집중 사격을 하지 않아서 가차는 버틸 수 있었다. 총소리가 주춤하는 사이 가차가 도망을 쳤다.

"저놈을 잡아!"

가차가 도망가다가 우리를 향해 돌아섰다. 가차는 마로킨의 머리에 총을 겨누었다.

"파블로, 그만 물러서. 아들을 죽이고 싶지 않으면."

나는 애들에게 한발 물러서라고 눈치를 보냈다.

"가차, 너는 끝난 몸이야. 그냥 항복해. 콜롬비아에서도 여기 니카라과 정글에서도 네 편은 없어."

"흥! 나는 그렇게 쉽게 죽지 않아. 비열한 네놈에게 당한 거지, 얼마든지 재기할 수 있어."

"네가 이 밀림에서 어디로 도망갈 거야? 더구나 너는 이미 여기 현지 게릴라와도 원수가 되었어."

"그건 내 문제니까 관심 꺼. 너나 빨리 꺼져! 아들을 죽이고 싶지 않으면."

마로킨을 쳐다보았다. 마로킨은 가차의 인질로 잡혀 있지만 전혀 위축되지 않았다. 오히려 나를 바라보는 눈빛이 증오에 가득 차 있었다.

"파블로, 우리 아빠 말 들리지 않아! 빨리 꺼져 이 자식아!" 다니엘이 그 뒤에서 소리쳤다.

기가 막혔다. 아무리 약육강식의 세계지만 한때는 자기 아버지 친구였는데 막 나간다. 마로킨과 다니엘이 같이 공을 차는 친구라고 들었는데, 도대체 마로킨은 다니엘에게 나에 관해 어떻게 얘기했을까? 불 보듯 뻔하다. 그렇지만 지금 그게 중요한 게 아니다. "마로킨, 어디 다친 데는 없어? 아빠가 있으니까 걱정하지 마."

"흥, 누가 아빠라 그래요?"

"그게 무슨 말이야?" 가슴이 철렁했다. 이놈은 알고 있구나.

"망아지 목장을 아세요?"

"……."

"봐요. 그러니까 당신은 우리 아빠가 아니에요. 어릴 적 우리는 망아지 목장에 자주 놀러 갔어요. 당신은 한 번도 가자고 하지 않았고, 얘기도 하지 않았어요."

"그건 내가 기억상실증에 걸려서……."

"거짓말하지 마세요. 저는 당신이 우리 아버지가 아니라는 것을 알아요. 당신은 도대체 누구예요?"

"마로킨, 말조심해. 나는 네 아빠야! 그걸 누가 부정해? 나는 파블로 에스코바르야!" 보란 듯이 소리쳤지만, 솔직히 미안했다.

"당신은 우리 아빠가 아니라니까!" 마로킨이 절규했다.

우리 대화로 모두 집중하고 있는 사이, 나베간테가 바로 뒤에서 가차의 다리를 향해 총을 쏘았다.

[탕!]

"으악!"

가차는 쓰러졌다. 쓰러지면서 가차는 마로킨에게 총을 쏘았다.

[탕!]

"악!"

마로킨이 쓰러졌다. 이때 벨라스케스가 달려와서 가차의 손목을 찼다. 총은 멀리 날아갔다. 가차가 쓰러지자 다니엘이 흥분하여 총을 쏘려고 했다. 이 상황을 주시하던 벨라스케스가 다니엘을 향해 먼저 총을 발사했다.

[탕탕탕]

"으악!"

다니엘이 쓰러졌다.

"다니엘! 괜찮아! 벨라스케스 이 개자식이!" 가차가 절규했다.

가차가 몸을 질질 끌면서 다니엘에게 다가갔다. 아들의 생명의 불빛이 꺼지고 있었다. "파블로, 제발 다니엘을 살려줘. 당신은 나에게 줄 9백만 달러가 있잖아. 다니엘만 살려준다면 그 돈 줄 필요 없어."

카를로스에게 눈치를 주었다. 카를로스가 다니엘에게 다가가 상황을 체크했다. 고개를 가로저었다. 다니엘은 이미 죽은 것이다.

"파블로 개자식! 네가 우리 아들을 죽였어. 나는 마로킨을 최대한 보호했는데…… 너는 개자식이야."

"가차 보스, 지금 입 닥치는 게 좋을 겁니다." 나베간테가 나를 위한답시고 가차를 압박했다.

가차가 나베간테를 향해 분노를 터뜨렸다. "너는 파블로보다 더 나쁜 놈이야. 이 배신자 새끼! 의심스러운 놈은 옆에 두지 말아야 하는데……."

나도 마로킨에게 뛰어갔다. 가차가 마지막으로 발사한 총알은 마로킨의 목을 꿰뚫었다. 마로킨은 죽어가면서 물었다. "우리… 아빠는… 어디 있어……요?"

"내가 너의 아빠야. 마로킨, 챙겨주지 못해서 미안해. 금방 병원에 갈 거야. 정신 잃으면 안 돼!"

"엄마 옆에… 묻어주세요. 망아지 목장에 아빠가 사준 축구복도… 같이요."

"안 돼! 마로킨! 죽으면 안 돼!"

나의 절규도 소용없었다. 마로킨의 생명의 불꽃이 꺼졌다. 눈을 감았다.

"마로킨!"

"크크크……. 파블로 너는 누구야? 마로킨의 말이 맞았어. 내가 아는 파블로가 아니야."

"이 개자식! 죽으려면 혼자 죽지! 애들에게 총을 쏴!" 총을 가차에게 돌렸다.

"죽여. 이 겁쟁아! 하하하!" 가차가 웃으며 소리쳤다.

[탕탕탕]

가차의 심장을 향해 총을 쏘았다. 머리는 훼손되면 안 된다. 지난 10년간 콜롬비아를 공포에 떨게 만든 대마왕이 숨을 거두었다. 이놈 때문에 얼마나 많은 무고한 시민과 경찰이 죽었는지 모른다. 한 시대가 끝났다.

동시에 아들 마로킨도 죽었다. 를 내버려 둔 게 너무 후회스럽다. 꼭 부자간이 아니라 자전거를 타며 친구처럼 즐겁게 보낼 수도 있지 않았을까? 그런데, 망아지 목장이 뭐지?

니카라과 작전은 완전히 성공했다. 가차를 제거하고 에스코바르 그룹은 텍사스의 하얀황금클럽에 가입했다. 이제는 최고 수준의 원면을 수입하고 거기에다 미국으로부터 수출 보조금까지 받을 수 있다.

가차는 내가 아닌 DEA가 추적 살해한 것으로 신문에 났다. 부시 정부는 니카라과의 FSLN GPP 게릴라가 콜롬비아 마약조직과 결탁했다고 발표하고, 니카라과 차모르 우익 정권에 대한 군사적 재정적 지원을 강화하는 법안을 의회에 제출했다. 죽은 가차가 억울해할 노릇이다.

바랑키야 섬유단지 건설도 계획대로 진행되었다. 전기가 충분히 공급되어 건설과 공장 운영에 숨을 틀 수가 있었다. 나이키의 오더도 떨어졌다. 6개월 뒤에 메이드 인 콜롬비아 스포츠웨어가 미국 시장에 나올 것이다.

그렇지만 이 모든 게 부질없어 보였다. 아들 마로킨이 죽었다. 그냥 죽은 것도 아니고 나를 원망하며 죽었다. 옆에 있는 사람도 못챙기는 주제에 나라와 국민을 내세우는 게 우습게 느껴졌다.

마로킨이 말한 망아지 목장은 어디 있다는 말인가? 나폴레스 농장의 모든 직원에게 알아보았지만 아무도 그 특정한 장소를 알지 못했다. 저녁마다 술이 없으면 잠이 오질 않았다.

구스타보가 늦은 시간에 나를 방문했다. "형님, 이제 술은 그만하시지요. 몸 상합니다."

"나도 알아. 그런데 이게 없으면 견딜 수 없어."

"빨리 다른 여자를 만나세요. 발레리아도 나쁘지 않은 것 같습니다."

"발레리아는 사업 파트너야. 여자로 느끼지 않아."

"언제까지 혼자 이 넓은 침상을 사용하실 겁니까? 애들이 형님이 혹시 성적으로 문제가 있는 거 아니냐며 쑥덕되고 있습니다."

"상관없어. 그나저나 항공기 인수 건은 무산되어서 미안하다."

"아쉽지만 다음 기회를 노려야지요. 정부에서 추가 면허를 주지 않는다고 하니 어디 원망할 수도 없습니다."

에스코바르 그룹은 항공산업에 진출하기로 면허를 신청했지만 정부는 이미 항공업계를 초과 경쟁 상황으로 보고 면허를 발급하지 않기로 했다.

"오늘 내가 너를 부른 것은 특별한 일 때문이야."

"어떤 일입니까?" 구스타보는 무관심한 표정으로 말했다.

마약사업을 그만둔 이후 구스타보는 사업에 흥미를 잃었다. 항공사업에 애착을 갖고 추진했지만, 그것마저 실패했다.

"약을 일본에 좀 보내야 하는데 네가 이 일을 맡을 수 있나?"

"네?"

약이라는 말에 구스타보 얼굴에 생기가 돌아왔다. 이놈은 타고난 나르코스인가?

"우리가 다시 코카인사업을 한다는 말인가요?"

"아냐, 절대 안 해. 이 일은 예외적인 경우야. 내가 신세를 지고 있는 일본 야쿠자 보스가 있는데, 이놈에게 물건만 전달하면 돼."

"대금 수금은 어떻게 하고요?"

"그건 편직기 기계로 받았어. 선금을 받은 것과 마찬가지이지. 일본에서 신뢰와 의리를 보여 주는데 우리도 가만히 있을 수가 없어."

"다른 놈을 시키지 왜 그런 리스크를 지려고 합니까?"

"본래 레흐더에 이 일을 맡겼어. 그런데 이놈이 지금 감옥에 있잖아. 다른 놈을 시키려고 심지어 바랑키야의 히나우두까지 생각해보았는데…… 나중에 문제가 되면 감당이 안 돼. 절대 믿을 수 있는 사람에게 일을 맡겨야 해."

"형님, 걱정하지 마십시오. 제가 문제없이 처리하겠습니다. 돈은 이미 받았고, 물건만 보내는 건데 어려울 것 없습니다."

"일본은 미국과 달라. 일본 경찰과 세관은 꼼꼼하기로 세계 최고야. 카를로스놈이 옛날 경험이 있으니까 그놈을 데리고 쓰게."

"알겠습니다."

"이 일은 누구도 알아서는 안 돼. 들키더라도 절대 우리 에스코바르 그룹이 관여되어 있다는 게 드러나서는 안 돼."

"걱정마세요. 제가 잘 처리하겠습니다."

"물건은 어디에서 구입할 거야?"

"멕시코 애들에게 받을 게 있습니다. 마침 잘 되었네요."

"네가 구입하는 것으로 되어 있는 것은 아니지?"

"그럼요. 다른 외상장부가 있습니다. 절대 우리 패밀리 이름이 나오지는 않을 겁니다."

07

거대 카르텔 시대의 종식

칼리 카르텔이 뜨고 있다. 가차가 죽고 난 뒤 콜롬비아 마약산업은 칼리 카르텔이 주도하고 있다. 칼리는 콜롬비아 서부 바예델카우카주의 주도인데, 보고타와 메데인 다음가는 제3의 도시이다. 사탕수수, 커피, 목화 등이 유명하지만 제대로 된 산업이 없다보니 칼리 또한 도시 전체가 코카인에 목숨을 걸고 있다.

로드리게스 형제는 칼리 카르텔을 마치 대기업처럼 운영했다. 이들은 어떤 종류의 부정적인 관심도 피했고, 뇌물과 좋은 이미지 구축에 수백만 달러를 썼다. 과거 에스코바르와는 전혀 다른 접근방식이다. 또한, 칼리 카르텔은 체계적인 보안 작업에 엄청난 신경을 썼다. 그들은 일명 칼리 KGB라고 불리는데, 전화국을 운영하며 모든 통신을 감청했다.

과거 에스코바르는 과시하기를 좋아해 정치에도 나서고 그와 맞선 사람은 노골적으로 잔인하게 죽였지만 칼리 카르텔은 살인조차 은밀하게 진행하고 흔적조차 철저하게 제거했다. 메데인 카르텔은 넘쳐나는 현금을 처리하지 못해 바보같이 땅에 파묻었지만 칼리 카르텔은 자기 소유 은행을 통해 자금세탁을 진행했다. 이들은 돈세탁을 위해 콜롬비아에서 가장 큰 약국 체인을 운영한다. 이를 통해 칼리 카르텔은 불법 자금의 일부를 씻어내고 합법적인 사업에 투자하거나 뇌물로 사용할 수 있게 되었다.

카르텔은 넘쳐나는 현금으로 경찰, 군인, 정치인, 판사에게 뇌물을 상납해 자신을 보호했다. 심지어 그들은 이번 대통령 선거 과정에서 에르네스토 삼페르를 지원하여 그를 대통령으로 만들었다.

칼리 카르텔에는 네 명의 보스가 있는데 최종 보스는 힐베르트 로드리게스다. 둘째는 힐베르트의 동생 미구엘인데 주로 자금세탁과 뇌물을 담당한다. 체페 산타크루즈는 뉴욕을 관리하며, 동성애자인 파초는 보안과 운영을 책임진다.

메데인 카르텔과 칼리 카르텔은 앙숙 관계다. 파초는 내 아파트를 폭파하여 가족을 죽였고, 체페는 뉴욕에서 나를 함정에 몰아넣은 적이 있다. 나도 한때 힐베르트를 급습해 복수도 하고 돈을 왕창 뜯어낸 적이 있다. 그런데도 힐베르트는 뻔뻔하게 나를 그들의 파티에 초대했다.

파티의 명분은 삼페르 대통령 당선 축하연이라고 한다. 가고 싶지 않았지만 가지 않을 수 없는 명분이다. 이 나라 대통령과 척지고 사업할 수는 없지 않은가? 파티는 호화의 극치를 달렸다. 러시아산 캐비어와 송로버섯, 푸아그라 요리를 마음껏 먹을 수 있다. 없는 술이 없으며 호화로운 장식은 눈을 즐겁게 만들었다.

힐베르트가 나를 껴안았다. "파블로 보스, 이렇게 와주셔서 정말 감사합니다."

"아닙니다. 삼페르 대통령 당선을 축하합니다. 저도 조금 냈지만 힐베르트 보스가 가장 많이 기부했다고 들었습니다."

"하하하. 콜롬비아 발전을 위해 그 정도 액수는 감당할 수 있습니다."

"제가 뉴욕에서 불쾌한 일을 당한 것은 알고 계시지요?"

"체페에게 들었습니다. 오해라고 하더군요. DEA의 함정수사 기법이라고 합니다. 자신은 정말 에스코바르 그룹에 투자한 것밖에 없고 파블로 보스를 존경하여 만나고 싶었던 게 전부라고 합니다."

말도 안 되는 변명이지만 힐베르트 앞에서 체페를 죽일 놈으로 만드는 것은 불가능하다. 다음에 손을 보기로 했다.

"오늘 중대발표를 한다고 들었습니다."

"네, 그래서 제가 굳이 파블로 보스를 초청했습니다."

"저는 마약업계와 연을 끊었습니다. 메데인 카르텔에서도 탈퇴했습니다."

"정말 선견지명이었습니다. 만약 계속 남아 있었더라면 파블로 보스도 어떻게 되었을지는 아무도 모릅니다. 가차는 죽고, 오초아 형제와 레흐더는 감옥에 있습니다."

"……."

"저도 그래서 파블로 보스를 본받기로 했습니다. 마약업계를 은퇴하려고 합니다."

"오, 정말요?"

"그렇습니다. 이제 불법적인 사업은 완전히 접고 합법적 사업만 할 예정입니다. 저의 롤모델은 파블로 보스입니다. 앞으로 많이 가르쳐주시기 바랍니다."

"그게 가능하게 하려면 우선 사법적 절차를 거쳐야 합니다."

나도 미국에서 죽을 고생하며 재판을 통해 무죄를 선고받았다. 이 업계에서 은퇴라는 것은 죽거나 미국으로 끌려가거나 둘 중에 하나다. 합법적 신분을 획득하기란 낙타가 바늘구멍을 통과하기만큼 어렵다.

"맞습니다. 저희도 삼페르 정부랑 사법 거래를 시작하고 있습니다. 몇 달 감옥에서 살 생각이 있습니다."

"하하하. 삼페르에게 천문학적 돈을 쏟아 붓은 이유가 있네요. 아마 잘 될 겁니다."

"6개월 뒤, 완전 은퇴에 앞서 크게 한탕을 할 생각입니다. 파블로 보스도 관심 있으시면 합류하시지요."

"하하하. 저는 이미 이 바닥에 손을 완전히 끊었습니다."

힐베르트가 다른 손님을 맞이한다고 밖으로 나갔다. 노스 밸리 카르텔의 오를란도 헤나오와 헤르다 살라사르의 모습이 보였다. 이놈들은 가차 못지않은 피에 굶주린 마피아들이다. 칼리 카르텔과 노스 밸리 카르텔은 사이가 좋지 않은데, 어떤 결말로 치달려 갈지 모르겠다.

잠시 후 힐베르트가 사람들을 모아놓고 중대발표를 했다. "여러분, 저는 이제 이 업계를 떠날 것을 선언합니다. 그동안 여러분의 지지와 도움에 정말 감사드립니다. 이미 삼페르 정부와 항복 계약을 체결하고 있습니다. 6개월 뒤에 저는 아마 사법적 판단을 받고 자숙하는 시간을 갖게 될 것입니다. 그 이후 모든 게 깨끗해지고 합법적인 사업가가 될 것입니다."

"축하합니다."

사람들이 손뼉을 치며 환호성을 질렀다. 힐베르트가 건배를 제의했다. 모두 잔을 채우고 힐베르트의 앞날에 축복을 빌었다. 그러나 과연 힐베르트는 무사히 신분을 세탁할 수 있을까?

옆의 로베르트가 아쉬운 듯 말했다. "파블로, 우리가 이 업계를 벗어나지 않았더라면 저놈처럼 떼돈을 벌었을 텐데……."

"형님, 메데인 카르텔의 남은 보스들이 어디 있습니까? 제발 정신 차리세요. 힐베르트도 결국 마약사업을 포기하지 않습니까?"

"흥, 저놈은 절대 포기할 놈이 아니야. 뒤로 호박씨 까고도 남을 놈이야. 여기 파초도 보이지 않잖아."

칼리 카르텔의 서열 3위 파초는 보이지 않았다. 이놈에게 받을 빚이 있는데 어디 갔다는 말인가? 오히려 나에게 파초를 묻는 사람이 있다. 노스 밸리 카르텔의 2인자 헤르다 살라사르이다.

"파블로 보스, 안녕하십니까? 헤르다 살라사르라고 합니다."

"아, 네."

별로 사귀고 싶지 않아 건성으로 답했다.

"혹시 제 아들 클라우디오 살라사르를 아십니까?"

"모릅니다." 내가 촌구석 마피아의 아들을 알 이유가 어디 있는가?

"혹시 소식을 듣게 되면 저에게 연락해주시기 바랍니다."

"왜요? 무슨 일이 있습니까?"

"네, 얼마 전에 실종되었습니다."

"아……."

콜롬비아에서 실종이란 죽음을 의미한다. 납치되었으면 연락이 온다. 얼마 전에 들은 얘기가 있다. 칼리 카르텔의 2인자인 미구엘 로드리게스가 노스 밸리 카르텔의 클라우디오를 불편하게 생각하고 파초를 보내 죽였다는 것이다.

파초는 클라우디오가 파티를 하는 나이트클럽으로 차를 몰고 그에게 와인 한 병을 건네며 화해하는 척 시도했다. 그는 그의 남자 애인과 춤을 춘 후 와인병으로 클라우디오의 머리를 부셨다. 이후 반대 방향으로 달리는 두 대의 오토바이에 클라우디오를 묶어 몸을 반으로 쪼갰었다. 그의 시체 조각은 철사로 묶여 강물에 던져져 물고기 밥이 되었다. 영원한 실종인 셈이다. 칼리 카르텔은 살인조차 드러내기를 싫어한다.

차마 이 얘기를 실종자의 아버지 앞에서 하고 싶지는 않았다. 나는 고개를 가로저었다. "처음 듣는 얘기군요."

"저는 각오하고 있습니다." 헤르다 살라사르는 사태를 짐작하고 있었다. 다만 혹시나 해 나에게도 물어본 것이다.

"혹시 펠릭스 가야르도를 아십니까?"

"…….."

나는 헤르다 살라사르를 쳐다보았다. 이 인간이 왜 펠릭스를 물어보지? 펠릭스 가야르도는 과달라하라 카르텔을 설립한 멕시코 마약왕이며, 택배업자다. 미국의 강력한 카리브해 봉쇄 정책으로 멕시코를 경유해서 코카인을 미국으로 보내야 했는데, 한때 메데인 카르텔도 그를 이용했었다.

잘나가던 가야르도는 산하 조직이 DEA 요원을 납치 고문하다가 망해버렸다. 미국은 중남미 마피아가 무슨 짓을 해도 관심 없지만, 미국인 관련 범죄는 용서 없다. 조직은 완전히 박살났다.

"가야르도는 작년에 미국에서 37년형을 선고받아 지금 미국 교도소에서 썩고 있소. 가야르도는 왜요?"

"가야르도 밑에 아마도 푸엔테스라는 놈이 있습니다. 혹시 그놈 연락처를 알 수 있을까요?"

아마도 푸엔테스는 '하늘의 군주'로 알려진 멕시코 택배업자이다. 개인 제트기를 사용한 정교한 항공 밀수 네트워크로 코카인 수백 톤을 미국으로 공수하는 놈이다. 메데인 카르텔도 놈의 비행기를 이용했다. 얼마 전 멕시코로 출장간 구스타보에게 아마도가 파초를 보호하고 있다는 얘기를 들었다. 원수의 원수는 친구다. 즉 파초를 원수로 생각하는 살라사르는 내 친구인 셈이다.

파초 자식은 폭탄 테러로 우리 가족을 죽였다. 아내와 어머니를 죽였고 마로킨을 정신적으로 병들게 했다. 내가 직접 칼리로 날아가 힐베르트를 응징하고 거액의 보상금을 받아냈지만 파초 개자식을 용서한 것은 아니다. 그놈을 제거할 기회가 온 것이다. 그것도 다른 사람의 손으로.

속으로 미소를 지었지만 겉으로는 무관심한 척 말했다. "나는 이제 그 업계를 은퇴했소. 굳이 관련되고 싶지 않습니다."

살라사르의 눈빛이 반짝였다. 내가 아마도의 위치를 알고 있다고 확신했다. "파블로 보스, 한번 도와주시기 바랍니다. 사례하겠습니다."

"10만 달러! 가격 협상은 없소."

공짜라도 알려주고 싶지만 그러면 이놈이 오해할지 모른다.

"좋습니다."

"연락이 갈 겁니다. 돈을 준비하고 있으시오."

"감사합니다." 살라사르가 실마리를 잡았다는 듯 희열에 가득 찬 표정을 지었다.

자, 이제 두 놈이 붙어 죽고 죽이는 살인극을 즐겨보자. 둘 다 다 죽어도 좋고, 파초만 죽어도 상관없다. 설마 파초가 여기서 살아 돌아오지는 않겠지?

파티는 한참 무르익어 갔다. 흥겨운 살사 춤을 보고 있는데, 배신자 나베간테가 다가왔다. "파블로 보스, 안녕하십니까?"

"너는 다시 여기 취직했나?"

"아닙니다. 원대 복귀한 것입니다."

"자꾸 옮겨 다니면 좋은 얘기 못 들어. 누가 널 신뢰하겠어."

"명심하겠습니다. 힐베르트 보스가 잠시 뵙자고 합니다."

나베간테를 따라 테라스에서 혼자 술을 마시는 힐베르트와 만났다. 그의 표정이 상기되어 있었다.

"파블로 보스, 어디 계셨습니까? 혹시 부족한 게 없습니까? 칼리의 미녀에게 관심은 없습니까? 여자없이 혼자 사신다고 들었습니다. 부를까요?"

도대체 이 바닥엔 비밀이 없다. 모두 서로 약점을 찾아내는 데 혈안이다. 내가 혼자 살든 힐베르트처럼 3명의 와이프를 데리고 살든 무슨 상관이야.

"감사합니다만 필요 없습니다. 힐베르트 보스는 어떻게 와이프를 3명이나 데리고 삽니까? 그런 정력이 있으니 이 엄청난 사업을 일구었을 겁니다."

힐베르트는 이틀마다 1명씩 아내를 바꿔서 만나고 일요일은 축구 경기 보는 날로 정해 4명이 함께 만났다. 이게 가능했던 것은 힐베르트가 아내 3명을 모두 설득해서 중혼에 대한 동의를 받아냈기 때문이다. 물론 그보다는 그의 엄청난 재력과 관리 능력 때문일 것이다.

"하하하. 왜 이러십니까? 파블로 보스도 마음만 먹으면 얼마든지 가능합니다. 저도 은퇴 이후 메데인의 에스코바르 스타디움처럼 칼리에 멋진 축구 경기장을 만들고 싶습니다."

"좋습니다. 맞수가 있어야 발전이 있습니다. 메데인과 칼리가 경쟁하면 콜롬비아 축구도 수준이 올라갈 것입니다."

"에스코바르 스타디움 짓는 속도가 장난이 아니더군요. 정말 그 엄청난 경기장을 3년 안에 완공하는 겁니까?"

"그렇습니다. 내년부터 아틀레티코 나시오날의 홈구장으로 사용할 것입니다. 아마 아메리카 드 칼리가 위축될까 봐 걱정됩니다. 너무 일방적이면 재미가 없어요."

"하하하. 그렇지는 않을 겁니다. 저는 승리 수당에 엄청난 돈을 베팅하겠습니다. 애들이 돈이라면 죽을힘을 다해 뛸 겁니다." 힐베르트는 칼리를 프랜차이즈하는 아메리카 드 칼리 축구클럽의 실질적인 소유주다.

"힐베르트 보스는 여자 축구를 어떻게 생각합니까?"

"네? 여자가 축구 경기를 한다는 게 상상이 안 됩니다."

"여자도 축구를 즐길 권리가 있습니다. 아틀레티코 나시오날에는 이미 여자 축구팀이 있습니다."

마피아는 힘을 추구하는 마초의 세계다. 여자란 성공한 남자의 트로피거나 어머니 둘 중의 하나에 불과하다. 힐베르트에게는 이미 3개의 트로피가 있다.

힐베르트는 여자를 경쟁자로 생각하거나, 여자가 남자처럼 축구시합을 한다는 것을 생각해본 적이 없다. 그렇지만 힐베르트는 마피아 중에 그래도 성인지 감수성이 조금이나마 있는 편이다.

"여자 축구, 참 재미있을 것 같습니다. 맞습니다. 우리 콜롬비아 여성도 그라운드를 뛰어다닐 자유와 권리가 있습니다."

"제 뜻을 이해해주셔서 감사합니다. 칼리도 여성 축구팀을 하나 창단해주십시오. 적어도 두 팀이 나와야 시합이 되지 않겠습니까?"

"좋습니다. 파블로 보스의 제안에 찬성합니다. 칼리도 여자 축구단을 창단하겠습니다."

우리는 칼리의 여자 축구팀 창단을 축하하며 건배를 나누었다. 힐베르트랑 상당히 친해진 느낌이다.

힐베르트가 속마음을 털어놓았다. "파블로 보스에게 물어보고 싶은 게 있습니다."

"말씀하세요. 오늘 저의 제안도 들어주셨는데."

"감사합니다. 객관적인 입장에서 칼리와 삼페르 정권과의 거래가 어떻게 될 것 같습니까? 만에 하나 잘못되는 경우도 찾아서 해결하고 싶습니다."

힐베르트도 자신의 미래가 걱정되는 모양이다. 그는 칼리에 맨손으로 자신의 거대한 제국을 건설했다. 미국 코카인 시장의 80퍼센트를 장악했고 지금 콜롬비아 최고 부자다. 그는 자신의 부를 지키기 위해 정치권과 경찰에 거액의 뇌물을 제공했다. 그것도 모자라 통신사와 택시 회사를 사서 모든 정보를 통제했다. 그는 칼리를 난공불락의 요새로 만들었다고 생각했다.

힐베르트는 마약 거래라는 불법으로 쌓아 올린 요새를 합법화하는 마지막 작업 중이다. 그의 노력은 과연 성공할까?

"힐베르트 보스, 모난 돌이 정맞는다는 얘기 들어보았습니까?"

"잘 알고 있습니다. 지금 우리 칼리가 그 꼴입니다. 가차와 메데인 카르텔이 사라지는 바람에 졸지에 칼리 카르텔이 콜롬비아 최고가 되었습니다."

"이 바닥에선 그게 좋은 게 아닙니다. 다른 말로 하면 미국의 표적이 되었다는 겁니다. 아마 DEA의 최우선 대상으로 선정되었을 겁니다."

"파블로 보스가 그런 말을 하니 겁이 나네요. 하하하. 그렇다고 고의로 2등 할 수 있는 것도 아니고…… 우리가 부족한 게 뭐가 있을까요?"

"칼리는 돈과 총을 다 가지고 있지만 없는 게 있습니다."

"글쎄요……." 힐베르트는 한참 생각하다가 말했다. "권력이 없습니다. 우리의 죄를 없애주고 새로운 출발을 가능하게 만드는 정치 권력!"

"맞습니다. 우리는 돈으로 권력을 살 수 있다고 착각하고 있습니다. 그렇지만 닥치면 알게 됩니다. 돈과 총은 사람의 행동을 일시적으로 강제할 뿐이라는 것을."

"사람을 진짜 움직이게 하려면 어떻게 해야 합니까?"

"종교나 신념을 심어주어야지요. 그런 점에서 좌파는 그런 이념을 쉽게 동원할 수 있습니다. 민중, 정의, 평등 개념이 그런 게 되겠지요. 그렇지만 카르텔에는 그런 도덕성과 명분이 없습니다. 카르텔이 가진 권력이란 구름 같은 것입니다."

"그러니까 파블로 보스는 우리 칼리 카르텔에 정치 권력이 없다는 것이 단점이라는 겁니까?"

"그렇습니다."

"……."

힐베르트는 잠시 생각하다가 말했다. "칼리 카르텔은 이 나라 정치를 움직일 수 있습니다. 삼페르 대통령은 우리 말을 듣지 않을 수 없습니다."

"글쎄요. 칼리가 그의 약점을 쥐고 있는 거지 서로 동지가 아니지 않습니까? 위기가 닥치면 삼페르는 지 살자고 서슴없이 배신할 겁니다."

힐베르트는 고개를 가로저었다. 그럴 리 없다는 확신에 찬 표정이다. "파블로 보스의 얘기 잘 들었습니다. 저도 6개월 바짝 당기고 정상적인 사업가로 태어나겠습니다. 에스코바르 스타디움에서 콜롬비아 여자 축구 시합을 같이 관람합시다. 하하하."

힐베르트의 기대는 실현되지 않았다. 그와 칼리 카르텔의 몰락은 순식간에 닥쳐왔다. 칼리의 제국은 돈과 KGB와 같은 치밀한 보안 네트워크를 자랑했지만 실제로는 사상누각이었다.

힐베르트는 늘 자신을 은폐하고 콜롬비아 정·재계와 경찰 조직에 뇌물을 뿌려 안전을 추구했다. 그런데 어느 날 칼리에 가스 누출 사건이 발생하여 많은 사람이 질식사했다. 칼리 카르텔은 합법적인 화학회사와 실험실을 사들여 탄소 암석에 코카인을 혼합하고 빈 가스 실린더를 채워서 코카인을 밀수하는 새로운 방법을 고안했는데, 이게 폭탄이 된 것이다.

칼리의 가스 누출 사건은 DEA의 관심을 끌었다. 이 사건을 조사하기 위해 칼리에 출장을 간 DEA 요원들이 우연히 칼리 카르텔의 보안 책임자인 코르도바를 추적하다가 힐베르트를 발견했다. 보고타에서 급파된 서치 블록은 욕조 아래 다락방 안에 숨어있는 힐베르트를 찾아내고 신속하게 그를 체포하여 보고타로 이송했다. 칼리 카르텔 붕괴의 시작이었다. 힐베르트는 그날 이후 아직 교도소를 벗어나지 못하고 있다.

나에게 10만 달러를 주고 파초의 행방을 추적한 노스 밸리 카르텔은 멕시코의 항공 택배업자 아마도와 새로운 계약을 맺었다. 아마도는 6개월 뒤 사업 종료를 선언한 칼리 카르텔을 대신해 물량을 제공하는 노스 밸리 카르텔과 손을 잡았다. 그 대가로 파초가 머무는 호화 콘도의 정보를 넘겨주었다.

파초와 아마도는 서로 친구, 형제라고 불렀지만, 이익 앞에는 남남이다. 나르코스에게 의리란 없다. 이익과 계약만 있을 뿐이다. 아마도는 새로운 계약을 위해 친구 파초를 팔아넘긴 것이다.

노스 밸리 카르텔은 한 트럭의 시카리오들을 파초가 숨어있는 멕시코로 보냈다. 파초는 치명적인 공격을 받았지만 죽지 않았다. 죽은 사람은 그의 친동생이다. 파초는 암살자를 보낸 노스 밸리 카르텔에 복수를 선언했다. 또한 자신의 위치를 알린 나에게도 복수하겠다는 메시지를 보냈다.

아니, 파초의 위치를 알린 사람은 아마도인데 왜 내게 복수하겠단 말인가? 나는 단지 노스 밸리 카르텔에게 아마도의 주소를 준 것뿐이다.

"형님, 그 미친놈이 무슨 짓을 저지를지 모르니 조심하십시오." 구스타보가 전화로 경고해주었다.

그런데 정작 화가 미친 사람은 내가 아닌 다른 사람이었다. 멕시코로 출장을 간 구스타보에게 즉각 돌아오라고 지시했다.

벨라스케스가 당황한 표정으로 들어왔다. "구스타보 보스가 전화를 받지 않습니다."

"무슨 일이야?"

"이틀 전까지만 해도 통화가 되었는데 어제부터 통화가 되지 않습니다."

불안한 생각이 들었다. "통화가 될 때까지 전화를 돌려!"

이 혼란한 시국에 멕시코로 구스타보를 보낸 게 후회스럽다. 괜히 일본으로 코카인 수출을 부탁한 것 같다. 구스타보를 따라간 카를로스에게도 연락을 취했지만 전화를 받지 않는다.

며칠을 불안 속에서 지내고 있는데, 로베르트가 급하게 문을 열고 들어왔다. "파블로 큰일 났어. 구스타보가 죽은 것 같아."

"뭐라고요?"

"보고타 외곽에서 시체 하나가 발견되었는데, 경찰이 구스타보가 아닌지 물어보는 전화가 왔어."

"멕시코에 있는 구스타보가 보고타는 왜요?"

"그건 나도 모르지. 구스타보 아내가 지금 보고타행 비행기를 예약했어."

구스타보가 죽다니, 있을 수 없는 일이다. 에스코바르 그룹은 얼마나 그에게 빚을 지고 있는지 모른다. 그가 없다면 물류 조직이 제대로 돌아가지 않는다.

"확인되는 대로 연락해주세요."

사무라이 시카리오에게 비상소집을 명령하고 대기하라고 지시했다. 구스타보가 살해당한 것이 확실하다면 복수해야 한다. 보고타에 있는 발레리아에게 전화를 했다. 나의 전화를 받은 발레리아가 기쁨에 가득 찬 음성으로 받았다.

- 파블로 웬일이야? 먼저 전화를 다 하고.

"발레리아, 지금 방송국 인력을 총동원하여 보고타 외곽에 구스타보로 추정되는 시체를 파악해줘. 만약…… 구스타보가 맞다면 왜 죽었는지도 알아봐 줘."

- 걱정하지 마. 우리 사회부 에이스를 보낼게. 그나저나 구스타보 보스가 죽었으면 큰일이다.

구스타보가 만났다는 아마도에게 전화를 했다. 여러 사람을 거쳐 간신히 통화가 되었다. "아마도, 나 파블로인데, 혹시 구스타보 소식 들은 것 없나?"

- 파블로 보스, 구스타보는 1주일 전에 저랑 만나서 비즈니스 종료했습니다.

"무슨 말이야?"

- 옛날에 구스타보가 맡긴 비둘기가 있는데 그걸 찾아갔습니다. 사실 옛날 그 비둘기는 이미 사라졌지만 제가 책임지고 다른 비둘기로 대체해주었습니다.

아마도가 말하는 비둘기 역시 코카인이다.

"구스타보가 어디로 간다고 하든가?"

- 그건 모르죠. 이 바닥에서 그런 거 묻는 거 예의가 아니라는 것은 아시지 않습니까?

"미안하지만 구스타보에게 문제가 생겼어. 그와 관련된 정보를 모아서 보내줘. 사례하겠어."

- 좋습니다. 파블로 보스와의 새로운 비즈니스 기회를 만들 수 있다면 제가 알고 있는 모든 정보를 공개하겠습니다. 혹시 내년에 NAFTA(북미자유무역협정)가 발효된다는 것을 아십니까?

"알고 있어."

- 역시 보스는 세상 돌아가는 데 관심이 많군요. NAFTA가 발효되면 미국과 멕시코 국경이 활짝 열리게 됩니다. 보스가 원하는 만큼 물량을 미국에 보낼 수 있습니다. 다시 사업을 시작하지 않겠습니까?

"나는 이 업계를 떠났어. 다른 놈을 찾아봐."

- 콜롬비아는 참 이상합니다. 파블로 보스도 은퇴하고 칼리 카르텔도 은퇴한다고 하고…… 도대체 누구랑 사업을 해야 합니까?

"노스 밸리 자식들이 있잖아."

- 거기는 자금력이 부족합니다. 물량이 생각만큼 많지를 않아요.

"노스 밸리랑 파초랑 싸움은 어떻게 되었어?"

- 난리가 아니었지요. 다행히 파초는 살아서 콜롬비아로 돌아갔습니다. 동생은 죽었지만.

"여기 콜롬비아도 난리야. 칼리 카르텔은 붕괴 일보 직전이고, 구스타보도 문제가 생겼어. 구스타보에 관한 모든 정보를 모아서 연락을 주게."

전화를 끊자마자 로베르트에게서 연락이 왔다.

- 파블로, 보고타에서 죽은 사람이 구스타보가 맞아. 구스타보 아내가 확인했어. 아, 정말 어쩌지?

하늘이 무너지는 것 같았다. 제발 다른 사람이기를 바랐는데 기대가 무산되었다. 에스코바르 패밀리의 가장 중요한 한 축이 무너졌다.

"비행기를 보낼테니 시신을 수습해서 메데인으로 데리고 오세요. 장례는 여기서 지내야지요."

구스타보의 시신은 그날 메데인으로 날라왔다. 장례식장에서 처참하게 죽은 구스타보의 시신을 확인했다.

"구스타보 보스가 엄청난 고문을 당했어요. 이빨이 다 빠졌고, 갈비뼈도 부러졌습니다." 고문 전문가 벨라스케스가 진단했다.

"구스타보를 죽인 놈은 무엇을 자백하라고 강요했을까?" 로베르트가 독백하듯 물었다.

"아마 저에 관한 내용이겠지요."

"파블로 자네가 무슨 문제가 있어?"

"저를 잡아넣고 에스코바르 제국을 차지하려는 놈들이 한두 놈이 아닙니다." 에스코바르 그룹이 잘 나갈수록 견제도 심해지고 있다. 지금 가전 유통과 섬유는 돈을 쓸어 담고 있고, 커피콩 수출도 안정적 수익을 보인다.

바르카스가 들어와서 알렸다. "발레리아 부사장님이 오셨습니다."

보고타에서 날아온 발레리아는 이미 완전한 조문 복장이다. 확실히 사람을 많이 상대하는 직업은 다르다. 그녀는 성호를 그었다. 잠시 의례적인 말이 있고 우리는 장례식장 구석으로 갔다. "파블로, 우리 기자가 엄청난 정보를 알아 왔어."

"어떤 내용이야?"

"구스타보를 죽인 사람은 파초가 아니라 서치 블록의 카리요 대령이야."

"뭐라고? 그 개자식이 왜 나와?"

카리요는 카르텔의 매수에 넘어가지 않는 강직한 놈이지만 잔인하고 무자비했다. 조금만 카르텔 연관 가능성이 있어도 즉결 처분을 내려 무고한 일반 시민을 많이 죽였다.

"우리 기자가 서치 블록 조직원을 알아. 그놈에게 돈을 주고 진술을 받아냈는데, 그놈 말에 의하면, 카리요 대령이 이틀 전에 멕시코에서 보고타 공항으로 들어오는 구스타보를 잡았다는 거야."

"무슨 근거로? 구스타보는 깨끗해."

"마약을 갖고 들어왔어."

"뭐라고?" 황당한 생각이 들었다. 콜롬비아에 코카인 천지인데 마피아 보스가 마약을 갖고 들어올 리는 없다.

"그건 중요한 게 아니야. 그렇게 구스타보를 체포해서 카리요 대령은 당신에 관한 진술을 강요했어. 마약 거래를 지시했다는 증언을 받아내기를 원했는데, 구스타보가 끝까지 거부했다고 하네."

"카리요 이 개자식을……."

나는 주먹을 불끈 지었다. 가만두지 않겠다. 삼페르 대통령은 부패한 자이다. 칼리 카르텔이 그에게 6백만 달러를 선거자금으로 주었지만 나도 백만 달러를 보냈다. 그 돈값을 이제 받아야겠다. 그에게 쪽지를 보냈다.

보고타 남쪽 외곽 산크리스토발은 시 외곽으로 빠지는 버스터미널이 있다. 낮에는 사람들로 혼잡하지만 주거지가 없어 저녁에는 을씨년스럽다. 보고타는 해발 2,600미터의 도시라서 저녁이 되면 춥다. 경찰차 한 대가 뭔가 어둠 속에서 뭔가 거래를 하는 사람들에게 조용히 다가왔다.

"경찰이다. 꼼짝말고 손들어!"

[탕탕탕]

[탕!]

"으악!"

마약 거래자들이 다짝고짜 경찰을 향해 총을 발사했다. 경찰이 대응 사격을 했지만 쪽수에서 밀렸다. 이들은 거래를 중지하고 각자 차로 돌아가려고 했다. 그 순간 헤드라이트가 비치면서 "움직이면 쏜다!"라는 경고가 나왔다.

서치 블록이 경찰차 뒤편에서 준비하고 있었다. 그러거나 말거나 마약 거래자들은 경찰을 향해 총을 갈겼다.

[탕탕탕]

[으악악!]

서치 블록의 압도적 공세로 마약 거래자들은 거의 제압당했다. 그 순간 오토바이 한 대가 쏜살처럼 현장을 빠져나갔다.

"저놈을 잡아야 해!"

서치 블록 차량 한 대가 오토바이를 추적했다. 오토바이 모는 놈의 운전실력이 놀라웠다. 마침내 서치 블록 차량이 골목길을 빠져나가지 못하고 갇혔다. 그 순간 차량 앞으로 폭탄이 터졌다.

[콰아아앙!]

"으악!"

서치 블록 차량에서 두 명이 피를 흘리며 기어 나왔다. 골목길에서 폭탄을 던진 벨라스케스가 한 놈을 사살하고, 다른 한 놈을 땅바닥에 눕히고 전화를 했다. 나는 벨라스케스의 전화를 받고 현장으로 달려갔다. 땅바닥에 피를 흘리며 쓰러져 있는 사람은 카리요 대령이다.

"카리요, 오랜만이야."

"파블로 개자식! 삼페르에게 얼마나 돈을 주었어?"

"많이 주었지. 그리고 삼페르는 자기 일을 했어. 보고타의 마약 거래 조직을 없애는 거잖아."

내가 삼페르 대통령에게 준 쪽지는 보고타의 떠오르는 마약 거래 조직의 밀거래 현장이다. 삼페르는 당연히 서치 블록의 카리요에게 출동하라고 지시했다.

피를 보면 흥분하는 카리요의 특성상 도망가는 놈들을 반드시 쫓아올 것으로 예상하고 덫을 놓았다. 사무라이 시카리오 한 명이 오토바이를 타고 골목길로 카리요를 몰아넣은 것이다.

"구스타보는 왜 죽였어?"

"콜롬비아 경찰이 마약업자를 죽이는 것은 당연한 거 아닌가?"

"고문은 왜 했어?"

"파블로가 다시 마약 거래를 하고 있다는 진술을 받아내려고 했어."

"유감이지만 나는 그 업계를 떠났어. 세상이 다 아는 일이야. 난 지금 콜롬비아에서 제일 잘나가는 사업가야."

"흥, 사업가 좋아하네. 사업하는 척하면서 뒤로는 마약 거래하고 있는 거 다 알아. 구스타보가 멕시코로 가서 마약을 미국으로 보냈다는 정보를 확인했어."

아이고, 결국 일본으로 보내는 물량이 들통났다. 다행히 이 물량의 최종 목적지는 모르고 있다.

"누가 확인해주었는데?"

"파초야!"

카리요는 숨길 게 없다는 식으로 말했다. 그에게 파초나 파블로나 다 같은 마약업계 마피아다. 서로 죽이고 죽이면 좋은 일이다.

"뭐라고 파초 개자식이……."

"그러니까 파초도 죽여. 파블로 너에 관해 정보를 준 놈이니까."

"카리요! 네가 무고한 시민을 죽인 것을 생각하면 일찍 제거해야 했지만, 그동안 참았어. 어찌 되었든 콜롬비아의 공권력이니까 건드리지 않았어. 그런데 너는 경계를 넘어섰어."

"죽이려면 빨리 죽여. 쓸데없는 말 그만해." 카리요가 소리쳤.

"너는 콜롬비아의 사법 절차를 무시했어. 구스타보가 죄가 있다면 법정에서 물어야지, 고문하고 살해하면 마피아랑 뭐가 달라."

"너를 잡고 싶어서 그랬어. 너를 못 죽인 게 분하다." 카리요가 악에 받친 표정으로 말했다.

"구스타보의 복수를 위해 널 살려둘 수 없어. 그리고 나의 최측근이 죽었는데, 가만히 있으면 사람들이 얼마나 우습게 나를 보겠어. 콜롬비아에서는 만만하게 보이면 무시받아. 내가 마피아 세계를 떠났지만 만만한 사람이 아니라는 것을 보여줘야 해. 여긴 사업도 전쟁이야."

벨라스케스에게 눈짓을 보냈다. 그의 총알이 카리요 심장에 박혔다. 그나저나 파초 개자식을 어떻게 손보지?

칼리 카르텔은 붕괴 일보 직전이다. 힐베르트가 감옥에 간 뒤 얼마 지나지 않아 그의 동생 미구엘도 체포되었다. 이제 남은 사람은 체페와 파초다. 두 놈 다 손을 보아야 한다. 체페는 뉴욕에서 나를 함정에 몰아넣었고 파초는 구스타보를 서치 블록에 넘겼다. 지금 칼리시는 전쟁 상태다. 경찰은 칼리 카르텔의 남은 두 보스를 잡기 위해 총력전을 펼치고 있고 DEA는 힐베르트와 미구엘을 미국으로 송환하기 위해 결정적 증거를 가진 회계사를 찾고 있다.

그런데 나도 문제가 생겼다. 카리요 대령이 죽자 삼페르 대통령이 나를 찾았다. 그의 메시지는 두케를 통해 전달되었다.

"파블로, 삼페르 대통령이 상당히 불쾌하게 생각하고 있어. 자신을 이용해서 카리요 대령을 죽인 게 아니냐며 펄쩍 뛰고 있어."

"카리요는 작전 중에 죽은 거야. 보고타의 마약밀매 조직을 검거하다가 순직한 거잖아."

"그 정보를 자네가 직접 주었다면서?"

"우연히 정보를 들었어. 대통령이 마약밀매 조직을 척결한다고 하길래 도움을 준 거지."

"에이, 왜 이래? 나를 못 믿나?" 두케가 약간 어이없다는 반응을 보였다.

'그래 못 믿는다, 이 자식아.' 솔직히 말하고 싶은 것을 꾹 참고, "그걸 알고 싶어서 온 거야?"라고 물었다.

"아니. 대통령이 먼저 자기 기분을 제대로 전달해달라고 말해서······."

"돈을 더 달라는 메시지인가?"

"돈보다는 소니와의 합작사 지분을 달라고 하네."

"뭐라고? 이런 개자식이······."

소니와 에스코바르 그룹은 보고타 인근에 전자공장을 짓고 있다. 무려 5천만 달러나 들었다. 처음에는 메데인에 지으려고 했지만, 가르비아 정부때부터 엄청난 압박을 주어 보고타로 장소를 바꾸었다.

메데인이나 보고타의 물류 입지조건은 최악이다. 더구나 콜롬비아 내륙에 있는 보고타 물류비용이 더 든다. 게다가 메데인시민들은 에스코바르 그룹이 공장을 바랑키아, 보고타에만 짓고 있는 것을 서운하게 생각한다. 이런 어려운 과정을 겪으며 짓고 있는 공장의 지분을 달라니, 화가 나지 않을 수 없다.

"얼마나 달래?"

"20퍼센트를 요구해."

천만 달러다. 기가 막혔다. 힐베르트가 6백만 달러를 주고 사면을 약속받았는데, 나는 고작 카리요 개자식을 죽이고 천만 달러 청구서를 받았다. 이런 딜은 있을 수 없다.

"알았어. 생각해보고 연락해준다고 해."

두케가 나가고 일본에서 비행기를 타고 급거 귀국한 카를로스가 들어왔다.

"보스, 임무 완성하고 왔습니다. 타케나카 보스가 안부 인사 전해달라고 합니다."

"수고했어. 어려운 길을 오갔네. 일본에 갈 때 왜 연락을 하지 않았어?"

"구스타보 보스의 지시였습니다. 절대 코카인 행적이 드러나서는 안 된다고 모든 통신을 사전에 차단했습니다."

"아, 그래."

구스타보 자식이 보고 싶다. 구스타보는 일본에 보내는 물량을 확보하기 위해 옛날 정산되지 않은 물량을 가진 아마도와 접촉했다. 아마도가 내준 물량은 일본으로 가는 커피콩 화물선으로 옮겨 실었다. 카를로스가 그걸 책임지고 일본에 넘긴 것이다.

"그런데 구스타보 보스의 행적은 왜 드러났습니까? 보고타 공항에서 붙잡힌 것으로 알고 있습니다."

"아마도 개자식이 정보를 파초에게 넘겼을 거야."

"왜요?"

"다음에 얘기해줄게."

아직 확신할 수는 없다. 아마도를 만날 수 없으니 파초에게 물어봐야겠다. 카를로스에게 말했다. "다른 임무가 있어."

"뭡니까?"

"사무라이 시카리오 애들을 데리고 부에나벤투라에 가서 대기하고 있어. 큰 전쟁이 한판 벌어질 거야."

부에나벤투라는 콜롬비아 태평양 연안의 최대 항구도시다. 이곳은 콜롬비아 마약의 수출 항구로 악명이 높다. 노스 밸리 마피아가 이곳을 관할하는데, 이놈들은 주로 사람의 신체를 절단하기 좋아한다.

"시켜만 주십시오."

카를로스를 보내고 노스 밸리 카르텔의 헤르다 살라사르에게 전화를 했다.

"파블로요. 한번 만나서 얘기를 하고 싶습니다."

- 보스가 필요하면 언제든지 가능합니다. 제가 메데인으로 갈까요?

살라사르는 내가 파초에 관한 정보를 준 것을 고맙게 생각한다. 물론 10만 달러를 냈지만.

"아닙니다. 제가 부에나벤투라로 가겠습니다. 파초 개자식을 어떻게 할지 같이 얘기 좀 해봅시다."

- 듣던 중 반가운 소식입니다.

살라사르는 내가 파초에 대해 적대감을 보이자 맞장구를 쳤다. "파초가 내 사촌 구스타보를 경찰에 팔아넘겼습니다. 도저히 묵과할 수 없습니다."

- 저도 들었습니다. 구스타보 보스가 죽었다는 소식을. 애도를 표합니다. 이제 파블로 보스랑 저희는 한배를 타게 되었습니다. 같이 파초 개자식을 죽입시다. 그놈 시체를 수백 토막 내어 개 먹이로 줄 겁니다.

"저도 마찬가지입니다."

우리는 약속날짜를 잡았다. 옆에서 그걸 지켜보던 로베르트가 참견하고 나섰다. "파블로, 그놈 믿지 마. 노스 밸리 개자식들은 의리라고는 눈꼽만큼도 없는 놈들이야. 게다가 부에나벤투라는 위험해. 메데인으로 그놈을 오라고 해."

"파초는 메데인으로는 절대 오지 않습니다. 그렇지만 부에나벤투라는 옵니다. 동생의 원수가 거기 있기 때문입니다."

"그 정보를 공개할 거야?"

"그렇게 하면 파초가 안 오죠. 파초는 자기가 이길 승산이 있다고 생각할 때 올 겁니다. 몰래 정보를 흘려야죠."

"누가 그 일을 할 건데?"

"그런 일을 잘하는 놈이 하나 있습니다."

파초를 잡기 위해 치밀한 그물망을 쳤다. 살라사르에게는 이 정보를 알리지 않았다. 아는 사람이 많으면 그물이 될 수 없다.

부에나벤투라는 항구도시가 아니랄까봐 짠 냄새가 났다. 도시는 제대로 정비가 되지 않아 곳곳에 쓰레기가 나뒹굴고 차들은 신호를 무시하고 질주했다. 이 바닥 놈들이 성질이 더러운 게 이해가 되었다. 미팅 장소는 부에나벤투라 컨테이너 부두 옆에 있는 야외 식당이다. 살라사르와 노스 밸리 카르텔의 최종 보스 오를란도 헤나오가 나왔다.

"파블로 보스를 부에나벤투라에 모시게 되어 영광입니다. 지금 칼리 카르텔이 붕괴 직전에 있습니다. 아니 붕괴했다고 해도 과언이 아닙니다." 오를란도 헤나오가 들뜬 표정으로 말했다.

"칼리 카르텔의 힐베르트와 미구엘이 감방에 있다고 망한 것은 아닙니다. 그놈들이 미국으로 송환되어야 끝나는 거죠."

"그렇게 하려면 어떻게 해야 합니까?"

"확실한 증거가 있어야지요. DEA가 칼리 카르텔의 회계사 행방을 쫓고 있다고 들었습니다."

"파블로 보스는 저희하고 같이 사업하실 생각이 없습니까? 이제 카르텔 시장도 다변화되고 있습니다. 일본과 홍콩 등 아시아 시장을 노려야 합니다. 부에나벤투라는 아시아 시장으로 가는 최적의 태평양 항구입니다."

"좀 생각해봅시다."

티끌만큼의 생각도 없지만 분위기를 맞추기 위해 호응하는 척 했다. 곧 저녁식사가 시작되었고 악단이 들어왔다. 살사 댄서들이 들어와 흥겨운 춤을 추었다. 나도 흥을 맞추기 위해 댄서와 춤을 추었다. 분위기가 상당히 무르익었다고 하는 순간, '쾅'하는 폭탄소리가 터졌다.

"적이다! 총을 꺼내!" 오를란도 헤나오가 소리쳤다. 악단 단원들과 댄서들이 놀라서 사방으로 튀었다. 바르카스가 뛰어 들어왔다. "보스, 빨리 피하시기 바랍니다."

"알았어. 애들은 다 준비하고 있나?"

"뒤편 컨테이너에 숨어 있습니다. 이제 나왔을 겁니다."

사태는 심각하게 진행되고 있었다. 파초가 칼리의 시카리오들을 다 데리고 온 듯했다. 총소리와 폭탄 소리가 사방에 난무했다. 화력에 밀린 노스 밸리 카르텔이 후퇴하기 시작했다. 로베르트의 말이 맞았다. 이 의리 없는 자식들은 손님의 안위에 전혀 관심이 없었다. 나는 바르카스의 안내로 뒤편 컨테이너 쪽으로 서서히 후퇴했다.

"저기 파블로가 있다!"

어떤 놈이 나를 본 모양이다. 병력이 내 쪽으로 집중되었다.

[탕탕탕]

[탕탕탕탕]

[펑!]

"으악!"

총과 폭탄이 난무하면서 사람들이 죽어갔다. 파초놈을 잡겠다고 오히려 내가 위험한 함정을 팠다. "보스, 그만 피하는 게 좋겠습니다. 위험합니다." 바르카스가 소리쳤다.

"아냐, 지금 아니면 파초놈을 잡기 힘들어."

파초를 유인하기 위해 속도를 늦추었다. 멀리서 파초와 체페 두 놈이 보였다.

"악!"

총이 내 옆구리에 박혔다.

"보스, 괜찮으신가요?" 바르카스가 놀라서 소리쳤다.

"방탄복에 맞았어. 그래도 되게 아프네."

마치 옆구리를 야구방망이로 맞은 기분이다. 마침 컨테이너에서 사무라이 시카리오들이 쏟아졌다. 카를로스가 맨 앞에서 지휘했다. "한 놈도 살려 보내지 마라!"

갑자기 상황이 역전되었다. 칼리 카르텔의 시카리오들이 쓰러지기 시작했다. 당황한 파초와 체페가 도망갔다. "저놈들을 잡아라!" 내가 소리쳤다.

간신히 식당 입구까지 도망간 파초가 황당한 표정을 지었다. "체페, 우리가 타고 온 트럭이 어디 있어? 여기 대기하고 있었는데."

"나베간테 자식도 안 보여. 이놈이 수상해. 우리도 빨리 뛰자."

그러나 파초와 체페는 얼마 가지 못해 붙잡혔다. 오토바이를 타고 달려온 사무라이 시카리오를 이길 수 없기 때문이다. 두 놈을 붙잡고 무릎을 꿇렸다. 궁금한 게 많다.

"파블로 비겁한 놈! 네가 우릴 유인한 거지? 컨테이너 뒤에 병력을 잔뜩 모아놓고……." 파초가 분한 듯 소리쳤다.

"그래. 너희들을 잡으려고 무대를 만든 거야."

"나베간테 배신자 개자식! 그놈이 우리에게 역정보를 주었어!" 체페가 소리쳤다.

"맞아. 나베간테를 통해 정보를 흘렸지. 그런데 나베간테도 할 말이 많더구먼. 칼리에서 킬러 생활이 10년이 넘었는데 돈을 제대로 벌지 못했어. 그래서 이번에 내가 수십만 달러를 주었지. 그놈은 나를 믿거든."

"죽여! 이 비겁한 새끼!" 파초가 소릴 질렀다.

"죽이기 전에 궁금한 게 있어. 답변 제대로 해주면 편하게 보내주지. 안 그러면 널 학수고대하는 살라사르에게 넘길 거야."

나는 파초의 눈을 바라보며 물었다. "구스타보의 행방은 어떻게 알았어?"

"아마도가 가르쳐 주었어." 파초가 아주 쉽게 대답했다.

내 그럴 줄 알았다. 아마도만 구스타보의 행적을 알고 있기 때문이다.

"아마도는 왜 그런 정보를 너에게 준 거야?"

"아마도는 노스 밸리 카르텔과 계약을 맺으면서 살라사르에게 내 정보를 가르쳐주었지, 개 같은 놈! 내가 살아나서 따지자 미안하다며 구스타보 정보를 준 거야."

"멕시코놈들은 의리라고는 없어. 뭐 우리 콜롬비아도 만만치 않지만…… 파초 너를 찢어 죽이고 싶지만 그래도 네가 칼리 카르텔과의 의리를 지켰다는 데 감명을 받았어."

"흥!"

파초는 코웃음을 쳤다. 아마도는 파초에게 칼리 카르텔을 그만두고 자기와 사업할 것을 제안했다. 그렇지만 파초는 자기를 거두어주고 키워준 칼리의 보스들을 차마 배신할 수 없다며 거절했다.

"마지막으로 하고 싶은 얘기 없나?"

"너를 죽일 기회가 많았는데 놓친게 분하다. 죽여! 개자식아!"

파초는 7년 전 폭탄테러를 사주했는데 나는 당시 무사히 살아남았고 대신 아내와 어머니가 죽었다.

"어머니, 아내, 그리고 구스타보를 위해 한 방씩 넣어줄게!"

[탕탕탕]

나는 총을 세 발 그의 심장에 갈겼다.

[털컥!]

파초는 신음도 내지 않고 죽었다. 배짱 하나는 좋은 놈이다. 다음으로 체페를 처단할 차례이다. 체페는 나에게 제안을 했다.

"파블로 보스, 아주 중요한 정보가 있어. 그걸 듣고 가치가 있다면 날 살려줘."

"그래. 들어보고 결정하겠어. 네 목숨보다 가치가 있는 정보면 안 죽이지."

"엄청난 정보야. 그래서 주변 사람들이 들으면 안 돼!" 체페는 확신에 찬 목소리로 말했다.

벨라스케스와 애들이 우리 대화가 들리지 않을 정도로 벗어났다.

"파블로 보스, 왜 내가 뉴욕에서 너를 구속하려고 작업한 이유를 아나?"

"아니, 모르겠어. 힐베르트는 오해라고 하는데, 그걸 믿지는 않아."

"우리 업계에 오해가 어디 있어. 실수나 욕망을 감추는 말이 오해야."

"끌지 말고 빨리 얘기해. 곧 경찰이 들이닥칠 거야."

"힐베르트와 삼페르 대통령은 정치적 동맹 관계야. 힐베르트가 6백만 달러를 주고 칼리 카르텔에 대한 사면을 받아냈어. 삼페르는 그 돈으로 대통령에 당선되었어. 지금도 그 거래는 진행되고 있어."

"그건 알고 있어. 그 정도로는 네 목숨값이 될 수 없어." 나는 총을 꺼냈다.

"그게 전부가 아니야!" 체페는 다급해 보였다. "더 중요한 거래가 있어, 둘 사이에."

"어떤 거래야?"

"에스코바르 사업의 모든 것을 뺏는 거래이지."

"뭐라고?" 직감이 맞았다. 뉴욕에서부터 뭔가 이상한 느낌이 들었는데 이제야 이해가 된다.

"힐베르트 보스가 자기의 롤모델이 파블로 보스라고 얘기하지 않았나?"

"그런 말을 했지."

"힐베르트 보스는 파블로 보스의 사업을 하고 싶어 해. 커피콩 수출, 가전제품 유통과 생산, 그리고 섬유사업까지."

피가 거꾸로 솟는 기분이 들었지만 필사적으로 참았다.

"그런데 그 사업을 그냥 넘겨받을 수는 없잖아. 파블로 보스도 제거해야 하고, 정치적 도움이 필요한 거지. 그래서 삼페르와 손을 잡았어. 삼페르는 전자공장을 차지하고 나머지는 힐베르트가 먹는 것으로 거래를 했어."

"방법은?"

"힐베르트가 파블로 보스를 사지에 몰아넣고 삼페르가 사법 살인을 하는 거지. 에스코바르 그룹의 치명적인 약점이 뭔지는 알고 있지?"

"뭐라고 생각해?"

"지분 구조가 단순하다는 거야. 파블로 보스만 제거하면 에스코바르 그룹을 차지하는 것은 전혀 문제가 안 돼. 알다시피, 파블로 보스의 가족 배경은 형편없잖아. 집안에 대학 나온 사람도 없어. 게다가 어머니, 아내, 아들까지 죽었어. 파블로 보스를 죽이고 난 다음에 바보 로베르트를 진짜 바보로 만드는 것은 일도 아냐."

체페 말이 맞다. 이건 나도 평소 우려하던 에스코바르 그룹의 문제점이다. 진짜 결혼해야 하나…….

"파블로 보스를 죽이기 위한 첫 시도가 뉴욕에서 그 작업이었어. 이제 이해가 되지?"

"두 번째 시도는 뭐야?"

"그건 나도 몰라. 힐베르트와 삼페르만 알겠지. 이 정도면 나를 살려줄 만한 가치 있는 정보 아냐?" 체페가 자신에 찬 목소리로 말했다.

"아니지. 오히려 네가 확실히 죽어야만 하는 정보를 준 거야. 내가 이 음모를 모르고 있어야 이 정보가 가치가 있는 거지. 만약 내가 알고 있다면 힐베르트와 삼페르는 다른 전략을 들고나올 거야. 네가 여기서 살아나가면 힐베르트에게 다 실토할 거 아냐? 미안하다, 체페. 정말 좋은 정보를 주었는데……." 나는 벨라스케스를 불렀다.

"파블로 이 개자식! 거래의 기본도 지키지 않는 양아치 같은 놈아!" 체페가 악이 바친 소릴 질렀다.

벨라스케스가 다가오자 체페는 필사적으로 외쳤다. "힐베르트 보스에게 절대 말하지 않을게. 오늘 이후 나는 콜롬비아를 떠나 돌아오지 않을 거야."

"한 가지 궁금한 게 있어. 힐베르트가 삼페르에게 주었다는 6백만 달러 영수증은 어디에 있나?"

"회계사 팔로마리가 갖고 있겠지. 이 정도 말했으면 살려주어야 하는 거 아냐? 제발."

"보스, 어떻게 할까요?" 벨라스케스가 무뚝뚝하게 물었다.

"체페를 심문해서 삼페르에 관한 모든 정보를 다 털어내. 지금은 경찰이 오니까 일단 이놈을 데리고 여기를 빠져나가자."

"파블로, 약속을 지켜!" 체페가 소리쳤다.

"죽이지 않겠다는 약속은 지킬 거야."

나는 체페를 멀쩡히 보내준다는 약속은 하지 않았다. 죽이지만 않으면 되는 거 아닌가?

벨라스케스가 갖고 온 정보는 충격적이었다. 그러나 증거가 필요했다. 내겐 칼리 카르텔의 핵심 인물이 있다. 나베간테에게 그 증거를 갖고 오라고 지시했다. 이제 프리랜서가 된 나베간테는 10만 달러를 요구했다. 조금 비싼 느낌이 없지 않지만 계약에 동의했다.

체페는 어떻게 했냐고? 콜롬비아의 신안 염전이라고 할 수 있는 오지 커피 농장에 팔아넘겼다. 밀림 한가운데 있는 그 농장에서 혼자 탈출하는 것은 불가능하다. 죽이지 않겠다는 약속은 지켰다.

1주일 후. 두케가 시무룩한 표정으로 보고타에 있는 내 사무실로 들어왔다. "파블로, 소식 들었지? 설마 왜 그런지 모르지 않겠지?"

"그렇게 노골적으로 방해하는데 모를 리가 없지. 일본 대사관에서 항의한다고 하는데 두고 봐야지."

콜롬비아 정부는 보고타에 신설되는 소니와 에스코바르 그룹의 합작공장

허가를 반려했다. 소방설비시설이 미흡하다는 것이다. 말도 안 되는 얘기다. 이 공장은 소니 기준으로 만든 전자공장이다. 개도국 콜롬비아에 과할 정도로 안전 및 환경보호를 지켰다. 누가 봐도 콜롬비아 정부가 시비를 걸고 있다.

"삼페르 그놈에게 20퍼센트 지분을 주지 않으면 계속 말썽을 부릴 거야."

"두케, 삼페르에게 확실히 말해줘. 소니 공장의 20퍼센트면 지분 가치만으로도 천만 달러야. 그걸 연간 수익 10퍼센트로 잡으면 내부수익률은 최소 50퍼센트가 넘어. 즉 10년 뒤에는 1억 달러가 되는 거야. 내가 미쳤어, 그런 돈을 주게."

두케의 얼굴이 놀라움으로 커졌다. "파블로, 언제 그런 계산을 했어? 밑에 애들이 한 거지?"

"내가 했어. 왜?"

가만, 아 나는 파블로가 아니구나. 마약왕 파블로가 이런 계산을 할 리가 없지. 두케는 황당한 표정이다. "파블로 보스는 가끔 마약왕이 아니라 회계사 느낌을 줘."

"거대 카르텔의 폭력 시대는 끝났어. 우리 조직도 수익 중시 경영으로 바꾸어야 해. 그 선두에 선 회장인 나부터 바꾸어야지."

"뭐 어쨌든 좋아. 그렇지만 지분을 주지 않으면 당장 공장을 가동할 수 없는데 어떻게 할 거야!"

공장이 예정대로 가동 안 되면 힘들다. 공장 인허가에 관한 것은 에스코바르 그룹이 책임지고 하기로 했는데 소니와의 계약 위반이 된다. 공장 설비도 다 세팅되었고 원자재도 창고에 다 들어와 있다. 사람도 약 3천 명을 고용해놓았는데, 언제까지 교육으로 시간을 보낼 수 없다.

"두케, 삼페르 그놈에게 지분은 절대 줄 수 없다고 해. 지금 이 공장의 지분은 에스코바르 그룹이 51퍼센트, 소니가 49퍼센트야. 내가 2퍼센트만 줘도 공장의 주인이 바뀌는 거야."

"나도 삼페르에게 얘기했어. 그렇지만 들은 척도 하지 않아. 공장 주인이 누가 되느냐에 전혀 관심이 없어, 그놈은."

"그놈은 콜롬비아 국민이 아니야? 아니, 콜롬비아 대통령이잖아. 대통령이 콜롬비아의 입장에서 생각해야지."

"삼페르에게는 쇠귀에 경 읽기야. 대통령이 된다고 얼마나 투자했는데 돈을 뽑아낼 생각밖에 없다니까."

"백만 달러 준다고 해! 그 이상은 불가능. 당장 소방설비 허가해주지 않으면 가만히 있지 않을 거야!"

"시카리오를 보낼 생각이야? 아니면 폭탄을……."

"그건 삼페르가 하기 나름이지. 내 메시지를 그렇게 전달해."

"알았어. 보스 말을 들을지는 모르겠지만……." 두케는 부정적으로 보았다.

두케가 내 말을 전달했지만 콜롬비아 정부의 방침은 바뀌지 않았다. 처음에는 정부를 원망하던 소니 법인장은 이제 나를 비난한다. 후지무라 소니 콜롬비아 법인장은 도쿄 법대를 나온 엘리트다. 자존심이 흘러넘쳐 거만하게 느낄 정도다. 이놈은 내가 콜롬비아 마약왕이라는 것을 모르는지 내 앞에서도 거침이 없다.

"파블로 회장님, 언제까지 정부의 입만 바라봐야 합니까? 도대체 소니가 잘못한 게 뭡니까? 우리가 합작하는 이유는 컨추리 리스크를 현지 파트너가 해결해주리라 기대하기 때문입니다. 소방 허가 하나 제대로 해결 못 하는 파트너는 필요 없습니다."

이 건방진 새끼를 한 대 패고 싶다. 총을 갖고 오지 못한 게 후회스럽다. 그렇지만 해결하겠다고 큰소리쳐놓고 결과를 내지 못한 것은 변명의 여지가 없다.

"죄송합니다. 조금만 더 기다려 주시기 바랍니다. 지금 칼리 카르텔의 보스들을 미국으로 송환하는 문제 때문에 내각이 정신이 없습니다."

DEA가 마침내 칼리 카르텔의 회계사 팔로마리를 찾아서 미국 법정에 힐베르트와 미구엘을 기소했다. 콜롬비아 야당은 미국 송환을 반대했지만 자유당 출신의 삼페르는 어정쩡한 자세를 취했다. TV에서는 송환을 둘러싼 논쟁이

종일 방영되고 있다.

"다음 주까지 해결 못 하면 나는 일본으로 돌아가겠습니다. 알아서 하십시오." 후지무라가 내 사무실의 문을 꽝 닫고 나갔다.

아, 진짜 성질 같아서는 죽이고 싶지만 비즈니스 세계에서 그럴 수는 없지 않은가?

메데인에 있는 마테오에게서 전화가 왔다.

- 보스, 큰일 났습니다. 오늘 에스코바르 상사에 메데인 세무서 애들이 찾아왔습니다. 지난 5년 동안의 거래 장부를 전부 압수해갔습니다.

"뭐라고? 메데인 세무서가 찾아왔다고? 그놈들이 감히……."

말이 나오지 않았다. 메데인의 실질적인 황제인 내게 세무서가 감히 덤비다니! 있을 수 없는 일이다.

- 세무서장도 보스에게 미안하다고 전해달라고 합니다. 보고타에서 하도 족치는 바람에 그냥 시늉이라도 내는 거라고 합니다.

"시늉이고 뭐고 간에 그놈에게 당장 연락해. 내일까지 원상복구 하지 않으면 알아서 하라고 해."

- 네. 알겠습니다.

전자공장의 소방설비 허가나 에스코바르 상사의 세무 감사는 그냥 나온 일이 아니다. 삼페르의 의중이 실린 것이다.

두케에게서 전화가 왔다.

- 삼페르 그 자식이 새로운 제안을 했어. 10퍼센트의 지분으로 낮추겠대. 대신 더 이상의 협상은 없데.

"흥, 10퍼센트도 5백만 달러야. 어떤 놈은 6백만 달러를 내고 사면까지 약속받았어. 있을 수 없는 일이야."

- 파블로, 잘 생각해. 소방설비 허가는 시작이야. 검찰이 곧 움직이데. 외국환관리법을 거들먹거리고 있어.

"마음대로 하라고 해. 내가 그냥 당할 사람이 아니야." 전화를 끊었다. 골치가 아팠다. 이놈을 어떻게 상대하지.

아래층의 발레리아를 불렀다. 그녀는 틈만 나면 내 방으로 들어오려고 했지만 내가 출입을 금지했다. "파블로, 무슨 일이야? 또 일 시키려고 불렀지?"

"미안해. 맞아. 지금 급한 일이 있어 그래."

"그래. 당신에게 낭만을 포기한 것은 이미 오래되었어. 어떤 일이야?"

"삼페르 개자식이 자꾸 나를 건드리고 있어. 가만히 당할 수는 없어."

"삼페르에게 총질하겠다는 것은 아니지? 파블로가 잘 알겠지만 이제 정부와 폭력적으로 맞서서는 안 돼. 칼리 카르텔이 붕괴하는 것을 봐!"

"그놈을 죽이는 일이라면 당신과 왜 상의해. 저 방의 벨라스케스에게 지시하면 되지. 내가 삼페르 그놈의 약점을 알고 있어. 우리 방송국에서 그 사건을 한번 다루어 봐줘."

나는 얼마 전 체페에서 뽑아낸 정보를 발레리아에게 말했다. 내 얘기를 들은 발레리아는 부정적이었다. "파블로, 그건 확실한 증거가 없는 거잖아. 언론에서는 소문을 내보낼 수 없어. 게다가 이 방송국의 소유주는 에스코바르 그룹이야. 그룹사에 유리한 정보를 보냈다가 역풍을 맞을 수 있어."

"그러면 어떻게 해야 해? 자칫 잘못하다가 전자공장도 뺏기고 세금도 두들겨 맞고, 무엇보다 천하의 파블로가 우습게 보일 텐데."

"에스코바르 방송국이 아닌 다른 사람의 입을 통해 나오면 돼."

"어떤 사람?"

"세상에 증거 없이 의혹만으로 떠들 수 있는 직업은 딱 하나 있어."

"마피아인가?"

"마피아는 떠들지 않잖아. 총으로 해결하지."

"그럼 어떤 사람이야?"

"정치인. 증명도 책임도 질 필요 없는 특권 계급이야." 발레리아가 웃으며 말했다.

"맞는 말이네. 그러면 누구에게 이 일을 맡기지?"

"안드레스 파스트라나!"

"보수당의 그 파스트라나?"

"그래, 지금 삼페르 대통령에게 유일하게 대들 수 있는 인물이야."

안드레스 파스트라나는 지난 대선에서 삼페르와 치열한 접전 끝에 패배한 보수당의 대선 후보이다. 나도 발레리아를 통해 선거 막판에 누가 될지 혹시 몰라 돈을 보냈었다.

"자기랑 파스트라나와는 서먹서먹한 관계이지."

"그게 무슨 말이야? 내가 돈까지 주었는데 서운한 관계일 리가 있나?"

"자기 정말 기억이 안 나?" 발레리아가 웃으며 말했다.

아, 환생 이전 파블로가 파스트라나와 뭔가가 있구나.

"내가 가끔 기억상실증에 걸린 거 잘 알잖아."

"그래 설명해줄게. 자기가 파스트라나를 납치한 적이 있어. 어떻게 그게 기억이 안 나?"

아이고, 이런 악연이! 그런데 내가 준 돈은 거부하지 않고 받을 걸 보면 정치인의 얼굴은 확실히 두껍다. 필요하면 악마와도 거래한다더니.

"파스트라나는 나와 같은 TV 방송기자 출신인데, 안티오키아에 출장을 갔다가 메데인 카르텔에 의해 납치됐어. 다행히 내가 중재를 해서 자기가 1주일 만에 풀어주었지."

"고마워. 다 발레리아 덕분이야."

"자기가 직접 만나서 삼페르에 관한 자료를 주는 게 좋겠어. 그래야 그 자료를 확실히 믿을 거야."

"그래 약속을 만들어 줘. 내가 만나볼게."

다음날. 나는 직접 파스트라나의 사무실로 찾아갔다. 대선 과정에서도 자주 보았지만 파스트라나는 잘생긴 멋진 신사이다. 좋은 집안에 태어나 미국 유학까지 마쳤다. 비서의 안내로 그의 사무실로 들어가자 파스트라나가 반갑게 만나주었다.

"파블로 회장님, 이렇게 찾아와주셔서 감사합니다. 제가 옛날 메데인에서 안 좋은 경험이 있어 장소를 조금 가립니다. 하하하."

"옛날 일은 지금도 죄송하게 생각합니다. 그때 뭔가 오해가 있었습니다."

"덕분에 좋은 경험 했습니다."

"이번에 참 아쉽게 되었습니다. 조금만 더 선거 기간이 길었다면 역전이 가능했을 겁니다."

파스트라나는 2차 투표에서 삼페르에게 아까운 표 차로 낙선했다.

"그래도 졌을 겁니다. 선거 막판에는 돈이 없어 운동원에게 밥도 사주지 못했습니다." 파스트라나는 아쉬운 표정을 감추지 못했다.

"자유당의 삼페르 캠프는 돈을 주체할 수 없어 흥청망청거렸습니다. 그 돈이 어디에서 흘러나왔는지 아십니까?"

"저도 그 정보를 들었습니다. 콜롬비아에 그 돈을 뿌릴 조직은 마약 카르텔밖에 없습니다. 심증은 가지만 물증은 없습니다."

"이 정도 사람이 진술한 거라면 확실하지 않을까요?" 나는 사진을 꺼내 탁자에 올렸다.

파스트라나는 사진을 보고 말했다. "누구죠? 잘 모르는 사람입니다."

"칼리 카르텔의 2인자인 미구엘 로드리게스의 아들, 다비드 로드리게스입니다. 그놈이 칼리 카르텔이 대선 자금으로 6백만 달러를 삼페르에게 주었다는 얘기를 들었다는 진술을 했습니다. 여기 그 테이프가 있습니다."

나는 갖고 온 비디오테이프를 꺼냈다. 나베간테에게 10만 달러를 주고 만들어온 작품이다. 체페의 진술을 받을 수 있으면 더 확실한데, 그놈은 지금 너무 멀리 떨어져 있다. 꿩 대신 닭이라고 나베간테는 다비드의 진술을 비디오로 찍어 왔다.

"오, 다비드의 진술이라면 상당히 설득력이 있을 겁니다. 그놈은 어디 갔나요?"

"아쉽지만 칼리 카르텔의 내분 과정에서 죽었습니다."

"더 확실한 증거가 있으면 더 좋겠는데, 이런 진술만으로 삼페르를 무너뜨릴 수는 없습니다."

"DEA가 칼리 카르텔의 회계장부를 압수했습니다. 회계사 팔로마리가 그걸 증언할 수 있는데, 그놈은 미국으로 압송되었습니다."

"미국은 이 사실을 절대 공개하지 않을 겁니다. 그걸 빌미로 삼페르 정권을 조종하는데 사용할 겁니다."

"필요하다면 칼리 카르텔의 3인자인 체페도 증언할 수 있습니다."

"그 증언도 받아주세요. 제가 삼페르 그놈을 무너뜨리겠습니다." 파스트라나는 단호한 표정을 지었다.

"좋습니다. 조금만 기다려 주십시오."

파스트라나는 나를 쳐다보며 물었다. "파블로 회장님은 왜 이런 정보를 주시는 겁니까? 삼페르에게도 한 다리를 걸쳤을 것으로 보는데, 왜 낙선 후보에게 접근하는지 설명해주십시오."

"저도 삼페르에게 압박을 받지 않았더라면 굳이 이런 일을 할 필요가 없었습니다. 삼페르는 지금 보고타에 있는 에스코바르 전자를 노리고 있습니다. 지분 20퍼센트를 달라고 하는데 그건 도저히 받아들일 수 없기 때문입니다."

"총만 안 들었지 도둑놈과 똑같군요. 우리 보수당은 기업의 자유로운 활동을 방해하는 어떠한 정부의 규제도 반대합니다."

"감사합니다. 앞으로 많이 도와주시기 바랍니다. 여기 비디오테이프에 보면 흥미로운 진술이 하나 있습니다."

"뭡니까?"

"알고보니 삼페르 그놈이 마약중독자라는 겁니다."

"네? 설마 그런 일이……."

"저도 못 보았으니 확신할 수는 없지만 다비드가 아버지 심부름으로 최상품의 코카인을 삼페르에게 수차례 전달했다고 합니다. 삼페르의 최측근 보테로 국방부 장관에게 직접 전달했는데, 한번은 둘이 코카인을 흡입하는 것을 보았다고 하네요."

다비드는 나베간테의 온갖 비열한 고문에 있는 얘기, 없는 얘기 다 털어놓았다. 결국 고문 후유증으로 죽고 말았다. 그놈을 살려 놓았어야 했는데.

"이건 도저히 묵과할 수 없습니다. 우리 콜롬비아의 운명을 약쟁이에게 맡길 수 없습니다. 제가 책임지고 이 문제를 따지겠습니다." 파스트라나는 단호한 표정을 지었다.

"저도 국민의 한 사람으로서 지지합니다. 요즘 선거 떨어지고 힘드신 것 같은데 제가 도움이 될만한 것을 갖고 왔습니다." 돈 가방을 탁자에 올려놓았다. 파스트라나는 거부하지 않았다. 낙선 이후 쏟아지는 청구서로 이미 파산 상태이기 때문이다.

삼페르는 두케를 통해 다시 압박해왔다. 조만간 결단을 내리라는 것이다. 어떤 대답도 하지 않았다. 대신 삼페르를 외곽에서 때리기로 했기 때문이다. '외곽 때리기'는 오래된 정치 수법이다. 판세가 불리할 때 정치제도의 틀 밖에서 작업하는 것이다

콜롬비아의 수도 보고타의 중심인 볼리바르 광장에 수천 명의 시위대가 몰렸다. 시위대는 "삼페르 정부는 일하고자 하는 노동자의 권리를 인정하라!"라고 소리쳤다.

"공장을 가동시켜라!"

"우리는 일하고 싶다!"

"경제 위기 자초하는 삼페르 정부 물러가라!"

시위대는 볼리바르 광장을 돌면서 유인물을 나누어주었다. 그 선두에는 전직 게릴라 대장인 M-19의 고메즈가 앞장섰다. 고메즈는 특유의 호소력 넘치는 목소리로 호소했다.

"여러분! 지금 보고타에는 일본과 콜롬비아의 합작기업인 에스코바르 전자가 오픈했습니다. 여기에 우리 노동자 수천 명이 일자리를 갖게 되었는데, 삼페르 정부가 공장 허가를 내주지 않고 있습니다. 그 이유가 너무 한심합니

다. 소방설비가 부족하다는 게 이유인데, 정부는 구체적으로 어떤 게 법정 기준에 맞지 않는지 제시하지 못하고 있습니다. 공장이 만약 다음 달까지 가동이 안 되면 소니는 사업 철수를 고려한다고 합니다. 그렇게 되면 여기서 일하기로 되어 있는 우리 노동자들은 다시 실업자가 되어야 합니다. 이 나라는 일자리를 만들어주지는 못할망정 멀쩡한 일자리마저 없애버리고 있습니다. 삼페르 정부는 물러가라!"

고메즈가 외치자 수천 명의 시위대가 같이 소리쳤다. "우리 민주동맹은 이 문제가 해결될 때까지 매일 시위를 벌이겠습니다."

고메즈가 이끄는 민주동맹의 시위는 그날 신문과 TV의 일면을 차지했다. 경제를 살려야 되는 정부가 경제를 죽이는 일을 하고 있다고 사람들은 분노했다. 기자들이 집요하게 소방 관련 문제점을 물었지만 정부는 답변하지 못했다. 본래부터 없는 문제를 꼬투리 잡았기 때문이다.

콜롬비아 신문과 방송은 대부분 우파이다. 평소라면 좌파 고메즈 동향을 보도하지 않았겠지만, 외국기업과의 합작사가 사업을 하지 못한다는 것을 참을 수 없었다. 정부가 경제를 망친다는 비난 기사가 폭주했다.

물론 고메즈가 알아서 이 시위를 조직하지는 않았다. 내가 그에게 부탁했다. 고메즈는 정글에서 속세로 내려온 이후 민주동맹이라는 정당을 조직하고 선거에 참여했다. 그런데 선거라는 게 돈이다. 좌파가 돈이 있을 리가 있나? 나는 조금씩 고메즈를 지원했다. 정글에서 끌어낸 책임이 있으니까.

고메즈의 민주동맹은 대통령 선거에서는 유의미한 표를 얻지 못했지만 국회의원 선거에서 보수당, 자유당 다음으로 많은 의석수를 확보했다. 오늘 시위는 그동안의 돈값이라는 의미도 있다. 하지만 민주동맹이 분배만 외치는 것이 아니라 경제를 걱정하는 정당이라는 좋은 이미지도 얻게 되었다.

다음날, 파스트라나가 기자회견을 열었다. 파스트라나는 비장한 목소리로 말했다.

"지금 우리 콜롬비아에는 금권정치가 판치고 있습니다. 저는 삼페르 대통령이 선거 과정에서 칼리 카르텔로부터 6백만 달러를 받았다는 증거를 갖고 있습니다. 지난 대선은 완전히 부정선거였습니다. 선거를 무효화해야 합니다."

기자가 다급한 목소리로 물었다. "증거가 확실합니까?"

"네, 확실한 증거가 있습니다. DEA가 칼리 카르텔의 회계팀장인 팔로마리를 미국으로 압송했습니다. 팔로마리의 장부 책에 6백만 달러가 기재되어 있습니다."

"파스트라나 씨가 그것을 보았습니까?"

"제가 보지는 않았지만 그걸 보았다는 유력한 용의자 두 명이 있습니다. 무엇보다 DEA에 물어보시면 확실합니다."

콜롬비아 기자들이 상전인 미국에 물어볼 일은 없다. 그러니까 정치인만 이런 폭로가 가능하다.

"다른 증거는 없습니까?"

"더 놀라운 사실이 있습니다. 삼페르 대통령이 마약중독자라는 겁니다."

"네! 정말입니까?" 사진기자들이 플래시를 터뜨리고 기자들의 질문이 쏟아져 나왔다. 기자들에겐 6백만 달러보다 대통령이 마약중독자라는 게 더 흥미진진한 모양이다.

"파스트라나 씨, 지금 진술은 명예훼손이 될 수 있습니다. 증거가 있습니까?"

"증거가 뭐가 필요합니까? 삼페르 대통령이 마약 투여 검사를 받고 깨끗하다면 저를 고소하면 되지 않겠습니까?"

"맞습니다. 이제 대답은 대통령이 해야 합니다." 파스트라나의 지지자 한 사람이 소리쳤다.

신문들은 쏟아져나오는 삼페르 대통령의 비리 스캔들을 취재하기 위해 문화면이나 스포츠면을 줄여야 했다. 다음날부터 당장 볼리바르 광장에는 삼페르를 비난하는 시위대로 가득 차게 되었다. 삼페르는 대통령 당선 이후 허니문은커녕 벌써 퇴진 압력에 직면했다.

6백만 달러 뇌물보다 마약 스캔들을 해소하기 위한 검사를 받지 않은 게 더 치명적이었다. 파스트라나의 주장은 흑색선전이라고 비난했지만 정작 가장 쉬운 해결책을 선택하지 않았기 때문이다. 사람들은 그때부터 삼페르를 마약 대통령, 삼페르 정부는 카르텔의 자금에 의해 움직이는 '마약 민주주의'라고 비난했다.

개인 비리와 에스코바르 전자공장 가동 문제에 직면한 삼페르는 먼저 쉬운 것부터 해결했다. 공장 가동 허가를 내준 것이다. 소방설비 문제는 기술적 오해였다고 해명했다. 외곽을 때리는 전술이 성공했다.

삼페르 정부의 압박에서 한시름 놓았다고 생각했는데 또 문제가 터졌다. 로베르트가 메데인에서 다급하게 전화를 했다.

- 파블로, 큰일 났어. 검찰이 나를 마약 중개 혐의로 소환한다는 영장이 나왔어.

"그게 무슨 말입니까? 마약은 쳐다보지도 말라고 했잖아요!"

- 미안해. 애들이 부탁해서 몇 건 도와준 것뿐인데…….

그렇지 않아도 로베르트가 항상 걱정되었다. 건설사를 맡겼지만, 회사보다는 도박과 마약에 더 관심이 많았다.

"두케랑 메데인으로 내려갈 테니 그때까지 검찰에 나가지 마세요."

- 알았어. 빨리 내려와.

콜롬비아 경찰과 DEA가 뻔히 도청하는데 전화로 구체적인 얘기를 나눌 수 없다. 다른 일정을 취소하고 메데인으로 날아갔다. 메데인 시내 사무실에서 로베르트와 만났다. "무슨 일이 벌어진 겁니까?"

"메데인 카르텔이 붕괴하고 난 다음 여기 소규모 마약밀매업자들의 판로가 막혔어. 일부는 칼리 카르텔에 팔거나 노스 밸리에도 줄을 댔지만, 그쪽에서 워낙 가격을 후려치는 바람에 사업이 힘들었지. 그래서 내가 애들을 위해 멕시코 라인을 연결해주었어."

"커미션을 받았죠?"

"안 받으려고 했는데 애들이 고맙다며 주는데 어떻게 거부해?"

안 봐도 비디오다. 마약업자들이 어떤 놈들인데 돈을 주겠는가? 로베르트가 이쪽 업계의 관례라며 20퍼센트를 징수했을 것이다.

"그게 마약 중개라는 것을 뻔히 알면서도 돈을 받았습니까? 정신이 있는 거에요?"

"그놈들이 설마 불 거라고는 생각 못 했어."

"몇 명이나 잡혀갔습니까?"

"정확하게는 모르겠지만 두세 팀이라고 들었어."

"그렇지 않아도 서치 블록의 카리요 대령이 죽은 혐의를 우리에게 두고 있는데, 형님이 좋은 건수를 제공해 준 겁니다."

"어떻게 하지? 나 감옥에 가기 싫은데." 로베르트가 제 잘못은 생각하지 않고 빠져나올 생각만 한다.

"그런데 잡혀간 놈들이 우리 패밀리 이름을 부르다니! 우리 조직도 힘이 많이 빠졌네요."

"요즘 누가 우리 조직을 무서워해? 이제는 마피아가 아니라 그냥 기업이라고 생각해. 그러니까 그놈들이 겁도 없이 자백하는 거 아냐?"

한때 메데인을 실질적으로 지배했던 우리 에스코바르 조직은 마약 거래를 포기함으로써 그 위상이 다르게 변했다. 아직 에스코바르 경비를 통해 무력을 포기한 것은 아니지만 과거처럼 메데인의 밤을 지배하지는 못한다.

이 공백을 타고 중소 규모의 마약밀매상들이 우후죽순으로 나오고 있다. 이들을 통제하지 못하면 어느 날 또 다른 거대 마피아가 출현할지 모른다. 그러면 메데인에 기반을 두고 있는 에스코바르 그룹에는 치명적이다.

"돈은 어떻게 받았어요?"

"현금으로 받았지만, 일부는 은행을 통해 받았어."

"어떤 은행, 어떤 계좌요?"

"…… 에스코바르 건설회사 계좌로 받았어." 로베르트가 고개를 숙였다.

아이고, 이 바보 형님이 회사를 망치려고 작정을 했구나.

"어떻게 그런 검은돈을 회사 계좌로 받으려고 했습니까? 형님, 정말 너무합니다."

"미안해. 금액이 조금 컸어……."

이미 엎질러진 물이다. 수습하는 게 중요하다.

"두케랑 얘기했어요. 일단 검찰의 소환을 피할 수는 없을 겁니다. 대질신문을 요구하세요. 돈을 준 놈들이 형님 면전에서 쉽게 불지는 못할 겁니다. 그놈들의 정보를 주면 제가 압력을 넣어볼게요."

"고마워."

"대신, 형님은 에스코바르 건설 사장을 사퇴해야 합니다. 법정에서 만에 하나 유죄로 판결이 나면 회사도 힘들어지기 때문이에요."

로베르트의 표정이 어두워졌다. "꼭 사퇴해야 해?"

"네, 형님과 회사를 위해서요."

"생각해볼게." 로베르트는 그동안 사장이라고 대접받은 것을 놓기 싫은 표정이다.

"다른 일은 없습니까?"

"참, 에스코바르 스타디움 건설에 차질이 생겼어."

"네? 그 중요한 얘기를 왜 지금 합니까? 형이 아직은 에스코바르 건설 사장입니다."

"미안. 내 일 때문에 정신이 없었어."

아이고, 우리 바보 형님 때문에 암에 걸릴 지경이다. "어떤 문제입니까?"

"메데인시에서 안전 규범을 지키지 않았다고 벌금을 매겼어. 그리고 공사도 중지시켰어."

"메데인시가 나에게 도전을 해? 내가 이놈들에게 준 돈이 얼마인데……."

기가 막혀 말도 나오지 않았다. 현대건설이 공사 주관사인데 안전을 안 지킬 이유가 어디 있겠는가. 어떤 이유로 메데인시가 나에게 도전하는지 알아봐야겠다.

"메데인 세무서가 우리 유통사에 세무조사 나온 것 알고 있지? 이제 이놈들이 에스코바르 패밀리를 우습게 생각해. 파블로, 우리 손에 다시 피를 묻혀야 할 것 같아." 로베르트가 흥분했다.

"형님, 우리 이제 마피아가 아닙니다. 피를 묻히는 것은 가장 나중에, 어떤 방법도 통하지 않을 때 해야 합니다. 일단 형님은 검찰 출두를 대비하여 주십시오. 건설 일은 손을 떼세요."

로베르트를 보내고 벨라스케스를 불러 종이를 주었다. "로베르트에게 마약 중개 자금을 주었다고 경찰에 실토한 놈들 명단이야. 이놈들 조직을 찾아가 쓸데없는 짓거리 하지 말라고 경고해. 진짜 진술하면 다 죽여버리겠다고."

"네, 알겠습니다. 그런데 보스, 이놈들도 이제 만만치 않습니다. 옛날 피라미들이 아니라 그동안 마약 거래로 돈을 모으고 애들도 빵빵합니다."

"사무라이 시카리오를 데리고 가. 반항하면 다 죽여도 상관없어."

죽여도 상관없다는 말에 벨라스케스의 입꼬리가 올라갔다.

벨라스케스가 나가고 마테오의 입사 동기이자 에스코바르 건설에서 기술 파트를 맡고 있는 다비드를 불렀다. "다비드, 네가 당분간 건설을 맡아주어야겠다. 로베르트가 개인적인 사유로 물러날 거야."

"네? 그게 무슨 말이죠? 저는 아직 어리고 경영 쪽은 경험이 짧습니다."

"경영은 배우면 돼. 필요하다면 미국 MBA 애들을 데리고 써. 그렇지만 기술은 쉽게 배울 수 없어. 그게 너의 장점이야."

"네, 한번 해보겠습니다."

"메데인시장을 찾아가 어떤 이유로 공사 중지를 명령했는지 알아봐. 그리고 내가 한번 만나자고 전해."

리코가 서류를 잔뜩 들고 나타났다. "회장님, 준비한 자료를 만들었습니다."

나는 리코에게 그동안 메데인시장놈에게 준 뇌물 장부를 만들라고 지시했다. 지난 1년 동안 그놈에게 거의 20만 달러를 주었다. 스타디움 공사도 있고 시내 콘도랑 몇 건의 도로공사를 수주했기 때문이다.

"자식이 많이도 받아 처먹었네."

"그놈에게 돈을 주지 않으면 허가 서류의 도장이 찍히지 않습니다. 그러고도 스타디움 공사를 중지한 것은 그놈 간이 밖으로 나왔기 때문입니다. 그냥 없애버리는 게 낫지 않을까요?" 리코가 목을 치는 장면을 연출했다.

"우리는 이제 마피아 조직이 아니야. 그놈을 죽이면 가장 의심받는 사람이 나인데 그렇게까지 할 필요가 없어."

"그러면 또 문제가 생길 텐데요."

"내가 생각하는 대안이 있어."

메데인시장놈과 미팅 잡기는 쉽지 않았다. 이놈이 이 핑계 저 핑계로 자리를 피했다. 그러면 할 수 없지. 일요일 새벽에 사무라이 시카리오를 잔뜩 데리고 그놈 집으로 들어갔다. 시장 경호원이 놀라 전화를 걸려는 것을 우리 애들이 제압했다.

백여 명이 넘는 총잡이들이 집을 포위하며 들어오자 메데인시장은 벌벌 떨었다. "파블로 회장님, 왜 이러십니까? 내일 시청에서 만나서 얘기합시다."

"네가 바쁘다고 하니까, 내가 직접 온 거야. 할 얘기가 있어."

"제가 잘못했습니다. 살려만 주십시오."

"내가 널 왜 죽여? 일단 몇 가지만 물어보자. 스타디움 공사는 왜 중지시켰어?"

"제가 하고 싶어서 한 게 아닙니다. 삼페르 대통령이 건설부 장관을 통해 압력을 넣었습니다."

"그러면 나에게 말해야 하는 거 아냐? 내가 너에게 준 돈이 얼마인데?"

"죄송합니다. 압력을 넣었다는 얘기를 하면 저를 뇌물죄로 기소하겠다고 위협을 가하는 바람에 조금만 버티자고 생각했습니다."

"이 서류를 봐!" 나는 뇌물 금액과 준 날짜를 적은 종이를 던졌다.

"여기 금액이 맞지?"

"네, 맞습니다."

"간단하게 말할게. 시장직을 그만두면 10만 달러를 더 줄게. 만약 시장을 계속하고 싶다면 뇌물죄로 너를 고소할 거야. 그리고 너의 가족은……."

나는 거실 안방을 쳐다보았다. 거기에 그의 식구들을 몰아넣었다. 나의 눈치가 뭘 의미하는지 메데인시장은 눈치를 챘다. 그는 금방 거취를 결정했다.

"사퇴하겠습니다."

"좋아. 내일 사퇴해. 그러면 아무 일 없을 거야. 그동안 모아둔 돈 많잖아! 여기에 10만 달러도 받고. 충분히 은퇴자금이 될 거야."

"1주일만 시간을 더 주십시오."

"싫어. 내일까지 아무 일도 없으면 너 인생은 끝나는 거야."

그에게 최종 통고를 내리고 돌아왔다. 다음 날, 메데인시장이 병을 이유로 사퇴했다. 스타디움 공사도 재개되었다. 한 달 후, 메데인시장 보궐 선거 공고가 나왔다. 나는 시장 후보에 등록했다.

로베르트가 찾아왔다. "파블로, 재판은 어떻게 되었어?" 재판 때문인지 그의 안색이 좋지 못했다. 로베르트는 마약 중개 혐의로 불구속 기소 상태다. 로베르트에게 돈을 주었다는 대부분의 마약업자의 진술은 철회되었지만, 회사 계좌로 받은 돈이 문제다.

"DEA가 형님을 노리고 있습니다. 콜롬비아 정부가 사건을 무마하고 싶어도 DEA의 압력 때문에 쉽지가 않습니다. 게다가 삼페르 정부는 우리 에스코바르 그룹과는 이제 원수 사이입니다. 최악의 경우, 몇 년 살 생각을 하셔야 합니다."

"그건 안 돼. 네가 좀 더 신경을 써 봐. 내가 마약을 직접 거래한 것도 아니고 단지 멕시코 쪽으로 연결만 해주었는데 몇 년을 감방에서 썩어야 하는 것은 있을 수 없어." 로베르트가 소리쳤다.

아이고, 제 잘못은 조금도 생각하지 않고 자기 유리한 것만 본다. 형만 아니라면…….

"두케가 판사들을 구워삶고 있습니다. 삼페르 정부도 마약 스캔들 때문에 제정신이 아닙니다. 우리에게 기회가 있으니 기다려주십시오."

"널 믿는다. 참, 파블로 네가 시장에 출마한다고?"

"네, 형님. 그렇게 되었습니다."

"사업에 집중해도 모자랄 판에 왜 정치를 하려고 해? 정치하는 놈에게 돈을 찔러주는 게 더 낫지 않나?"

"정치가 계속 사업을 방해하고 있지 않습니까? 삼페르의 압력에 맞서기 위해서는 저도 정치적 기반이 필요합니다."

"고작 시장 직위가 대통령의 압력에 맞설 수 있을까?"

"없는 것보다 낫습니다. 지난번 스타디움 공사 건처럼 저에게 그런 압력을 내리지는 못하겠지요."

"메데인시민이 너를 찍어줄까? 투표는 빈민들만 하는 게 아니야."

"메데인의 획기적 발전을 위해 청사진을 제시하겠습니다. 메데인은 이제 마약의 굴레를 벗어나야 합니다. 메데인의 마약 문제를 이대로 내버려 두다간 또 다른 거대 카르텔이 등장할지도 모릅니다. 그건 에스코바르 그룹에 치명적입니다."

"어떤 청사진이야?"

"마약 말고 메데인이 가장 잘할 수 있는 사업을 추진하겠습니다. 그 사업으로 메데인을 부흥시키겠습니다."

"그런 사업이 있나?"

있다. 메데인을 잘 살게 만들 사업이!

08

자원 개발

메데인시장 선거가 본격화되었다. 출마 선언 이후, 처음에는 거의 당선이 확실시되어 보였다. 빈민가 지역에서 압도적인 우위를 보였기 때문이다. 그렇지만 기존 정당이 나를 견제하고 나섰다. 전통적으로 콜롬비아 정치는 보수를 대변하는 보수당과 진보를 대변하는 자유당으로 나누어져 있다. 보수당은 주로 시골에, 자유당은 도시에 기반을 두었다.

보수당과 자유당은 오랜 세월을 거치면서 자신의 색깔을 잃어버리고 같이 소수 기득권 이익단체가 되어 버렸다. 기존 정당에서 자신의 목소리를 찾지 못한 젊은이들이 게릴라가 되는 이유가 이 때문이다. 나는 무소속을 선택했다. 기존 정당이 나를 공천할 리가 없고 기존 정당을 통해 정치적 이상을 실현할 수 없기 때문이다.

자유당의 삼페르 대통령은 나를 떨어뜨리겠다는 의지로 메데인에서 국회의원에 두 번이나 당선되었던 거물 정치인 안토니오를 표적 공천했다. 안토니오는 메데인의 중산층과 부자들에게 인기가 많다. 보수당도 무소속인 내가 다시 정계에 진입하는 게 반갑지 않았다. 과거 에스코바르는 보수당의 국회의원으로 잠깐 일한 적이 있다. 보수당은 자유당을 밀어주기 위해 아예 공천을 포기했다.

안토니오의 공약도 나를 겨냥해서 만들었다. '마약 없는 도시, 메데인!' 이 그 대표적이다. 그는 내가 전직 거대 마약상이라는 것을 대놓고 조롱했다. 내가 내세운 공약은 '메데인 경제 살리기!'였다. 이 도시의 가장 큰 문제는 마약도 치안도 아닌 경제다. 경제가 잘되어야 마약도 치안도 잡을 수 있다.

안토니오와 TV 토론회가 열렸다. 방송국 일을 잠시 접고 선거 사무장이 된 발레리아가 나를 코치했다.

"자기, 너무 쫄지말고 평소 말하는 대로 얘기해. 대신 상대가 있으니까 최대한 겸손하게 말해야 해. 마피아처럼 보여서는 절대 안 돼!"

"알았어. 연습한 대로 할 테니까 걱정하지 말아."

"안토니오는 토론의 대가야. 말을 얼마나 잘하는데! 거기에 말려들면 안 돼!" 발레리아는 걱정을 감추지 못했다. 여론조사에서 안토니오가 약간 앞서고 있다는 소식을 들었다.

아니나 다를까 안토니오는 나의 공약이 추상적이라고 비난을 퍼부었다. "경제를 어떻게 살리겠다는 말입니까? 파블로 씨가 숨겨둔 돈을 메데인에 풀겠다는 말입니까?"

"하하하."

방청석에서 웃음이 터졌다.

"메데인시의 문제는 산업이 없다는 점입니다. 여기는 고작해야 커피와 섬유공장 몇 개밖에 없습니다. 인구 250만 명의 도시에서 먹고 살길이 없으면 도시는 황폐해집니다. 정부가 아무리 마약업자를 단속해도 먹고 살길이 없으면 마약에 손댈 수밖에 없는 구조입니다."

"그걸 모르는 사람이 누가 있습니까! 일단 마약 문제가 해결되어야 외국인 투자가도 이 도시에 관심을 보입니다." 안토니오가 가로막고 나섰다.

내가 말하는 중간에 끼어드는 저 자식 입을 꿰매고 싶었다. 방청석에서 벨라스케스의 분노한 얼굴이 보였다. 아니, 그 옆에 나베간테 자식도 보인다. 저놈이 왜 여기를······.

"저는 시장이 되면 메데인에 화훼산업을 적극적으로 육성할 생각입니다.

미국에 코카인 대신 장미를 수출하겠습니다."

"고작 생각하는 게 꽃 장사입니까?" 안토니오가 비웃었다.

"꽃 장사를 우습게 보지 마세요. 네덜란드는 꽃 장사로 연간 수십억 달러를 벌고 있습니다."

"미국에도 화훼산업이 있고 미국 시장과 가까운 멕시코나 코스타리카에도 화훼산업이 있는데 거리도 먼 콜롬비아가 어떻게 미국 시장에 진출합니까?"

"안토니오 씨는 메데인이 화훼산업에 경쟁력이 없다고 생각합니까?"

"네, 물류나 자금력에서 메데인의 경쟁력은 없습니다."

"화훼산업을 잘 모르시는군요. 화훼산업의 가장 큰 경쟁력은 날씨입니다. 해발 1,500미터의 메데인은 연중 기온 18-25도로 화훼 재배의 최적지입니다. 우리 메데인에서 재배된 장미를 보십시오. 이렇게 예쁘고 큰 장미는 세상 어디에도 없습니다. 게다가 꽃꽂이를 위해 잘라낸 꽃의 수명도 1주일 이상 갑니다."

나의 역공격에 당황한 안토니오가 말을 중간에 끊고 물었다. "메데인 장미가 예쁘다는 것은 메데인시민 모두 잘 압니다. 그런데 이걸 어떻게 미국에 보낸다는 말입니까?"

"비행기를 이용하면 됩니다."

이건 내가 전직 마약왕이라서 잘 안다. 상품의 가치는 결국 물류에 달려 있다. 효율적인 물류 시스템을 이용하는 게 무역의 핵심이다.

"하하하. 고작 장미를 그 비싼 비행기에 실어 보낸다는 말입니까?"

"안토니오 씨는 평소 정치만 하셔서 경제 원리는 전혀 모르시네요. 제가 간단하게 계산을 보여드리겠습니다. 미국에서 장미 한 송이의 가격은 여기 메데인보다 10배입니다. 즉 여기 10페소 장미가 미국에서는 100페소에 팔립니다. 비행기 한 대에 약 3만 송이 장미를 보낼 수 있습니다. 수출 장미의 총 가격은 3백만 페소입니다. 비행기 한 대 이용 가격은 약 50만 페소입니다. 즉 메데인에서 원가와 운임을 포함한 비용은 80만 페소니까 220만 페소가 이익이 되는 겁니다. 물론 여기에 관세, 부가세, 중간업자와 통관비용이 포함되어 있지 않지만 그래도 백만 페소는 남길 수 있습니다."

"오!"

"아!'

방청객들이 놀라는 신음이 들렸다. 모두 나를 다시 보는 눈초리다. 마약왕인 줄만 알았는데 스마트한 국제 비즈니스맨이지 않은가! 내 전직이 대한민국서 잘나가는 상사맨이었다. 이런 것은 기본이다. 안토니오는 한 방 맞은 듯 말문을 잃었다. 여기서 한방 더 먹여주어야 한다.

"미국에서 졸업이나 어머니날 등 행사가 열리면 하루에만 천만 송이 장미가 팔립니다. 비행기 300대의 물량입니다. 메데인이 미국 시장의 10퍼센트만 먹어도 연간 10억 달러 이상 수출할 수 있습니다. 메데인의 운명은 화훼산업에 달려 있습니다."

[짝짝짝!]

"맞습니다!"

방청객에서 나의 주장에 호응하여 큰 박수를 보냈다. 벨라스케스가 눈을 부릅뜨며 손뼉을 치지 않는 사람을 체크하고 있다. 나베간테도 징그러운 웃음을 날리며 누가 손뼉을 안 치나 보고 있었다.

나에게 한 방 먹은 안토니오가 정신을 수습하고 나섰다. "파블로 씨의 주장대로만 된다면 얼마나 좋을까요. 그렇지만 미국이 자국의 화훼산업을 버려둘 리가 없습니다. 콜롬비아산 장미에 대한 관세를 올리면 어떻게 합니까?"

"지금 미국 대통령이 누구입니까?"

"클린턴입니다."

"어떤 정당입니까?"

"민주당입니다."

"민주당은 자유무역주의를 주장하는 것을 잘 아시죠?"

안토니오는 아차 싶었다. 뭐야! 파블로 저놈은 마약업자가 아니잖아. 미국 정치도 저렇게 잘 알고 있는 줄 몰랐다는 표정이다.

"민주당의 클린턴 정부는 자유무역을 주장하고 있습니다. 이미 북미에는 NAFTA라는 경제통합이 이루어지면서 무역과 관세가 철폐되고 있는 상황입니다. 미국은 콜롬비아에 대해 차별적 무역정책을 펼치지 않을 겁니다."

방청객은 흥미진진한 표정을 지었다. 전직 마약업자가 이렇게 국제정치경제를 쉽게 설명하리라고는 기대하지 않았다.

"미국 정부는 1991년 '안데스 무역 특례법'을 통해 콜롬비아와 볼리비아, 페루 등에서 수입하는 물품의 관세를 대부분 없앴습니다. 콜롬비아 경제를 양성화하고 합법적인 방식으로 미국 시장에 접근하도록 유인책을 제시한 것입니다. 이것은 코카인 대신 다른 물품을 미국에 팔아서 살라는 메시지입니다. 왜 우리는 이렇게 유리한 환경을 이용하지 않습니까!"

"옳소!"

"맞습니다!"

청중들이 일어나 호응했다. 벨라스케스와 나베간테의 살인도 불사하겠다는 눈빛 압력도 있었지만 그만큼 내 주장이 타당하다는 것을 느꼈기 때문이다.

안토니오가 다시 반박하고 나섰다. "파블로 씨의 아이디어는 좋습니다. 그렇지만 당장 화훼산업을 시작하려면 자본이 필요한데, 그걸 어떻게 조달한다는 말입니까? 잘 알다시피, 우리 콜롬비아는 가난한 국가입니다. 은행에서는 부동산이 없으면 대출을 해주지 않습니다."

"메데인의 화훼산업을 위해 약 1억 달러의 기금을 조성하겠습니다. 중앙정부와 외국인투자가 그리고 콜롬비아 민족자본을 총동원해 1억 달러 기금을 만들고 그 돈을 메데인 화훼산업 농가에 장기적으로 대출할 계획을 제시하겠습니다."

"말도 안 되는 주장입니다. 제가 보기엔, 이 기금을 통해 마약업자들이 자금을 세탁하려고 하는 겁니다." 안토니오가 또 반박하고 나섰다.

"그럴리는 없지만 마약업자들이 자금을 세탁하면 어떻습니까? 흰 고양이건 검은 고양이건 쥐만 잘 잡으면 되는 거 아닙니까!"

토론은 일방적으로 나의 승리로 끝이 났다. 안토니오는 넋이 나간 듯 보였다. 자칭 토론의 달인이라고 생각했는데 오늘은 들러리에 불과했다. 발레리아가 웃으며 다가왔다. "파블로 사랑해! 정말 나도 감동했었어. 어떻게 그런 정보를 알고 있었어?"

"신문에 보면 다 나오는 얘기잖아."

"아니야. 그런 지식을 자기 것으로 만드는 것은 지혜야. 자기, 오늘 교수 같았어. 나, 오늘 자기 집에 자고 가면 안 될까? 똑똑한 2세 만들고 싶어."

나는 얼른 그녀를 밀쳤다. "우리는 비즈니스 파트너야!"

그날 토론회 이후 선거 분위기는 180도 바뀌었다. 나에 대해 부정적이었던 메데인의 중산층과 부자들도 새로운 사업 기회를 보고 호의적으로 바뀌었다. 빈민가에서 지지는 여전히 일방적이었다.

메데인시장 판세가 기울자 삼페르가 노골적으로 선거에 개입했다. 로베르트가 불구속 기소 상태에서 재판을 받다가 갑자기 구속 선고를 받았다. 재판 과정이 이례적으로 신속하게 진행되었다는 것은 외부의 압력이 있었기 때문이다.

나에게 다시 '마약왕'이라는 타이틀이 달린 유인물이 메데인 시내에 뿌려졌다. 에스코바르 방송국을 제외한 다른 언론사는 노골적으로 '마약왕 메데인시장에 출마하다.'라는 기사를 내보냈다. 기득권 세력을 사주로 둔 언론사 기자의 집요한 취재도 계속되었다. 아침에 선거운동에 나가는데 콜롬비아의 유력한 신문사에서 갑자기 마이크를 들이댔다.

"파블로 후보, 후보자 형님의 구속에 대해 어떻게 생각합니까? 로베르트 씨는 이 사건과 파블로 씨는 무관하다고 주장하지만 콜롬비아 검찰은 파블로 씨도 연관되어 있다고 보고 있습니다."

발레리아가 상대를 하지 말라고 입을 다무는 신호를 보내왔지만 할 말은 해야겠다.

"로베르트 형님은 여전히 무죄를 주장합니다. 2심에서 좀 더 신중하게 다루어지기를 희망합니다. 1심의 선고는 너무 정치적입니다."

"중요한 것은 파블로 씨의 관여 여부입니다. 확실하게 말씀해주십시오."

"저는 마약상이 아니라 사업가입니다. 제가 관여되어 있다면 DEA가 미국을 방문한 나를 가만히 내버려 두겠습니까?"

"마약 문제에 대해 어떻게 생각합니까? 안토니오 후보는 마약상에 대한 철저한 단속과 최고 형량을 주어야 한다고 주장하고 있습니다."

"저는 거기에 대해 반대입니다. 마약 문제는 단속과 엄벌만으로 해결될 수 없습니다. 마약 문제의 뿌리는 빈곤과 일자리 부족입니다. 사람들이 정상적인 일자리가 있고 먹고 살만하면 위험천만한 마약 거래에 나서지 않습니다."

다음 날, 신문에는 '파블로 후보, 마약 문제는 해결할 수 없다.'라는 황당한 기사가 나왔다. 언론사 뒤에 사익을 추구하는 개인이나 가문이 있으면 기레기가 되는 건 어디나 마찬가지다.

그래도 나의 지지가 높게 나오자 삼페르는 더 독한 수를 사용했다. 메데인 시내에 건설 중인 전철 공사를 중단한 것이다. 메데인은 1970년대 말부터 대중교통용 케이블카와 전철망 건설사업이 개시되었지만 콜롬비아의 재정 상황이 좋지 않아 공사가 자주 중단되었다. 이제 파블로가 메데인시장이 되면 중앙정부는 전철 공사를 전면 중단한다는 소문이 돌기 시작했다.

언론의 조작과 이러한 소문으로 지지율이 떨어졌기 시작했다. 선거는 1주일도 남지 않았다. 삼페르 정부의 무차별적 공세에 고민이 많이 되었다. 정말 내가 당선되면 메데인의 가장 큰 현안인 전철 공사가 중단될 수 있다. 중앙정부가 교부금을 내려주지 않으면 재정자립도가 약한 메데인은 몰락할 수도 있기 때문이다.

마테오가 사무실로 들어왔다. "고메즈 민주동맹 대표님이 방문하셨습니다."

"아, 그래 들어오라고 하셔."

고메즈가 오늘 선거 지원차 방문한다고 연락이 왔었다. 고메즈는 특유의 미소를 띠며 들어왔다. "파블로 회장, 고생이 많군. 왜 유세에 나가지 않아?"

"그렇지 않아도 자네와 상의하고 싶은 문제가 있어. 지금 삼페르 정부가 메데인에 예산을 내려보내고 있지 않아? 내가 만약 메데인시장이 된다면 더 노골적으로 견제할 텐데, 이런 상황에서 시장이 된다는 게 의미가 있을까?"

"나도 국회에서 그 문제를 들었어. 이건 삼페르 대통령의 월권이야. 정부예산을 적시에 집행하는 것은 중앙정부의 의무라고. 만약 예산을 제대로 집행 안 하면 대통령을 탄핵해야 해."

"그건 나도 모르는 게 아니지만, 이 핑계 저 핑계 대고 시간을 끌면 결국 손해 보는 사람은 메데인시민이야. 나 때문에 메데인시가 힘들어지는 것을 원치 않아."

"아니야. 삼페르 때문에 메데인이 잠시 힘들어질 수는 있지만 장기적으로 본다면 파블로 회장 같은 사람이 메데인을 맡아야 이 도시가 발전할 수 있어."

"물론 그런 자신감은 있지만…… 당장 공사가 중단되면 많은 노동자가 일자리를 잃고 전철 개통은 늦추어질 거야."

"정치는 크게 미래를 보여주어야 해. 현재의 고통은 참고 머리를 맞대면 해결할 방안이 나올거야. 힘을 내."

고메즈는 오늘은 쉬고 내일 유세는 꼭 나오라며 사무실을 나갔다. 그의 말대로 오늘은 쉬면서 선거운동을 계속할지 말지 고민하기로 했다.

다음날 오전, 메데인 시내 성모마리아 대성당 근처에 있는 우리 선거 사무실에 시민들이 모여들었다. 발레리아가 흥분한 목소리로 말했다. "파블로 저기를 봐! 당신을 지지하는 시민들이 자발적으로 모여들었어."

성모마리아 대성당 앞에는 오전 일찍부터 사람들이 모여들었다. 그들은 한결같이 '파블로! 파블로!'를 부르며 외쳤다.

"왜 저러는 거야?" 발레리아에게 물었다.

"당신을 지지하는 거야. 잘 들어봐." 그녀는 사무실 유리창을 내렸다.

《코뮤나 13 사회적 연대》의 곤잘레스 위원장이 마이크를 받아 연설했다. "비겁한 삼페르 정부는 파블로 회장님이 메데인시장이 될까 봐 전철 예산 집행을 늦추고 있습니다. 우리 메데인이 우습게 보입니까?"

"삼페르 물러가라!" 모여든 시민들이 소리쳤다.

곤잘레스의 연설은 계속되었다. "지금 메데인에 전철보다 더 중요한 것은 일자리입니다. 일자리만 있다면 교통이 불편한 것은 참을 수 있습니다. 파블로 회장님은 우리에게 일자리를 약속했습니다. 우리는 삼페르 정부의 불법을 저지하고 일자리를 만들어야 합니다."

"맞습니다!" 시민들이 환호했다.

다음에 고메즈가 마이크를 잡았다. "어제 파블로 회장님과 만나서 얘기를 나누었습니다. 삼페르 정부가 메데인에 부당한 압력을 가하는 것 때문에 상당히 괴로워하십니다. 메데인시를 위해 후보를 포기할 생각까지 하고 있습니다."

"안 됩니다. 절대!" 시민들이 울부짖으면서 반대했다.

"저는 파블로 회장님이 메데인에 화훼산업을 발전시키겠다는 정책을 적극 지지합니다. 제가 잘 아는 미국의 경제학자에게 이 정책의 효과를 물어보았는데, 연간 10억 달러의 장미를 미국에 수출하면 메데인에 약 3만 개의 일자리가 생기고 메데인의 지역경제가 두 배 이상 성장할 것이라고 합니다. 그리고 메데인이 코카인의 도시가 아니라 장미의 도시가 되면 이 지역 관광산업이 발전하여 꽃 수출 이상의 경제적 효과가 발생한다고 합니다."

"맞습니다. 코카인 대신 장미를 수출하자!" 시민들이 손뼉을 치며 내 공약을 지지했다.

갑자기 사람들 사이 줄이 갈라지면서 성모마리아 대성당의 연로한 주임신부가 힘든 걸음으로 연단에 올라갔다.

"우리 파블로 형제는 영원한 메데인의 친구이자 보호자입니다. 이 성당의 지붕이 무너졌을 때 파블로 형제가 가장 먼저, 가장 많은 돈을 기부했습니다. 천주님의 은혜가 파블로에 내리기를……."

"아멘!"

"파블로 형제는 이 성당의 수호자일 뿐만 아니라 일찍부터 이 지역의 빈곤 문제에 적극적으로 대처해왔습니다. 그는 무료급식소를 열었고, 메데인 서민을 위해 저렴한 콘도를 건설해 분양했습니다. 삼페르 정부가 그를 괴롭힌다면 천주님이, 메데인의 시민이 절대 용서하지 않을 겁니다."

"맞습니다."

신부님이 물러가고 난 뒤, 더 과격한 주장이 나왔다. 메데인이 차별받고 있다는 것이다. 그렇지 않아도 메데인은 수도 보고타를 향한 불만이 많다. 중앙의 예산이 보고타에 집중되고 메데인을 소홀하다는 피해의식이다. 흥분한 시위대 가운데 총소리마저 들렸다.

"삼페르 정부는 전철 공사를 재개하라!"

"메데인 경제를 살리자!"

"메데인시장은 파블로가!"

"메데인 독립 만세!"

이런 주장을 외치며 시위대의 규모는 점점 불어났다. 발레리아는 감격스러운 표정을 지으며 말했다. "파블로! 여기 가만히 있지 말고 나가서 한마디 해. 그리고 사퇴한다는 생각은 꿈에도 하지 마."

"그래, 결심했어. 끝까지 삼페르 정부와 싸울 거야!"

나는 사무실을 나와 시위대 한가운데로 걸어갔다. "파블로! 파블로!"를 외치는 소리와 나와 악수하려는 사람들이 쇄도하는 바람에 걸음을 옮기가 힘들었다. 벨라스케스와 나베간테가 눈을 부라리며 도와주지 않았다면 걷지도 못했을 것이다.

어렵게 마이크를 잡았다. "저, 파블로는 절대 사퇴하지 않겠습니다."

"맞습니다!"

"파블로! 파블로!"

"파블로를 메데인시장으로!"

군중의 환호 목소리가 하늘을 가득 덮었다. 에라, 모르겠다. 공약인데 마음껏 지르기로 했다.

"저는 메데인을 코카인의 도시가 아니라 장미의 도시로 만들겠습니다!"

"메데인시장 4년 동안 새로운 일자리를 10만 개를 만들겠습니다."

"서민들이 살 수 있는 콘도 10만 채를 만들겠습니다."

"삼페르 정부랑 싸워서 반드시 임기 안에 전철 1호선을 만들겠습니다."

"파블로! 파블로!"

군중들의 목소리는 메데인시를 가득 덮었다. 선거는 끝났다.

1주일 뒤 개표 결과는 나의 압도적인 지지로 나왔다. 삼페르의 도발은 처음에는 효과가 있었지만, 나중에는 오히려 역효과를 발생시켰다. 특히 메데인 시민의 자존심을 건드린 것이다. 그나저나 이제 공약을 주워 담을 수 없다. 당장 삼페르 정부와 전철 공사 재개 문제를 협상해야 한다.

삼페르에게 면담을 신청했다. 면담을 안 받아주면 다른 방법으로 압력을 가할 생각이었는데 삼페르가 선뜻 만나자고 했다. 대통령궁에서 만난 삼페르의 안색은 좋지 못했다. 아직 칼리 카르텔의 선거자금 스캔들과 자신의 마약 복용 혐의를 벗어나고 있지 못하고 있다. 게다가 자유당 정부의 여론 지지가 폭락하면서 집권당 내부에서도 불만이 폭주했다.

"당선을 축하합니다. 파블로 시장님!"

"감사합니다. 대통령께 부탁할 일이 있어 이 자리를 요청했습니다."

"어떤 일입니까?"

"메데인시의 전철 공사를 재개해주십시오. 시민들이 간절히 원하고 있습니다."

"저도 그러고 싶지만 예산이 부족합니다. 메데인만 그런 게 아니라 다른 시도 마찬가지입니다."

"시민들의 여론이 좋지 못합니다. 당장 내년 총선에 자유당이 이 지역에 후보나 제대로 낼 수 있을는지 모르겠습니다."

정치인의 약점은 득표력이다. 만약 내년 총선에 자유당이 실패하면 삼페르 정부는 차기는 물론이고 당장 정책 추진도 쉽지 않아진다.

"최선을 다해 보겠습니다." 그래도 요지부동이다.

"감사합니다. 기대해보겠습니다." 전혀 기대가 안 되지만 일단 넘어갔다.

"그러면……." 자리를 일어서려는 삼페르를 만류했다. "또 하나 부탁드릴 게 있습니다."

"뭡니까?" 삼페르의 안색이 차가워졌다. 아마 주는 것도 없이 받으려고만 하는 내가 보고타의 정치 문법도 모르는 촌놈처럼 보였을 것이다.

"콜롬비아 화훼기금법을 통과시켜주십시오."

나는 시장 공약으로 메데인의 화훼산업을 위해 1억 달러의 기금을 조성하겠다고 했다. 그렇지만 이 기금 조성법안은 시장 결정 사항이 아니라 중앙정부가 의회에서 승인을 받아야 했다.

"그건 곤란합니다. 메데인에만 특혜를 줄 수 없습니다."

"메데인이 아니라 콜롬비아 화훼기금법입니다."

삼페르의 얼굴이 찡그러졌다. "특정한 산업에만 혜택을 줄 수 없습니다."

"특정한 산업이 아닙니다. 지금 콜롬비아에 가장 필요한 산업입니다. 우리의 자연과 기후를 이용하여 경제를 살릴 수 있는 법입니다."

"콜롬비아에 다른 산업도 많습니다. 석유산업도 있고 제철산업도 있습니다. 특정 산업을 위한 법안을 만들면 다른 산업 업체들이 가만히 있겠습니까?"

여기서 딜을 들어가야 한다. "지난번 요구하신 에스코바르 전자 지분을 드리겠습니다."

"오!" 삼페르의 눈이 빛난다. 가장 먹고 싶은 먹잇감이 나온 것이다.

"10퍼센트입니다. 공장이 지금 정상 가동되고 있습니다. 천만 달러 이상의 가치가 있다는 것을 잘 아실 겁니다."

"한 번 고려해보겠습니다."

여기서 더 질러야 한다. "기금이 이번 회기에 통과되면 대통령께서 미국 방문 시에 큰 도움이 될 것입니다. 미국이 가장 원하는 게 콜롬비아가 마약 수출 기지가 되지 않는 것인데, 이 기금은 그런 의미에서 대통령의 단호한 의지를 담긴 법안이 되는 겁니다."

"아, 그렇군요." 삼페르는 자신도 모르는 사이 무릎을 쳤다. 사실 말을 안 해서 그렇지, 지금 그의 미국 방문은 점점 힘든 상황이 되어가고 있다. 그의 마약 투약설 때문이다. 그런데 이 법안을 통과시키면 미국이 가장 좋아하는 상황이 되는 것이다.

"에스코바르 전자의 10퍼센트 지분을 내놓으면 에스코바르 그룹의 지배력이 사라지는 거 아닙니까?"

"할 수 없지요. 일단 공장이 가동되었으니까 소니를 믿어야 합니다."

"그 지분은 제가 원하는 회사에 넘겨주십시오. 금액은 장부상에만 기재하면 됩니다."

삼페르는 속내를 드러냈다. 유령 회사를 만들어 뇌물을 받겠다는 것이다.

"메데인 전철 공사도 재개되겠지요?"

"아마도…… 재무부와 얘기하겠습니다." 돈만 주면 콜롬비아에서 일은 술술 진행된다.

"지분은 그렇게 양도하겠습니다. 오늘 대단히 유익한 자리였습니다."

"저도 마찬가지입니다. 파블로 시장님을 만나보니 대화가 되는 분이라는 것을 알았습니다. 다음에 만찬에 초대하겠습니다."

콜롬비아 화훼기금법은 통과되었다. 그렇지만 껍데기만 나왔다. 교활한 삼페르 개자식!

화훼기금법에 명시된 금액은 1억 달러였는데, 중앙정부가 최소 천만 달러를 내기로 되어 있었다. 그런데 삼페르는 백만 달러만 내는 것으로 마지막에 법안을 바꾸어 제출했다. 9,900만 달러나 부족하다. 삼페르 정부의 노골적인 견제 때문에 콜롬비아 화훼펀드를 아무도 맡으려고 하지 않아 할 수 없이 내가 대표로 취임했다. 이제 책임지고 돈을 조달해야 한다.

결국 눈물을 머금고 에스코바르 전자 지분을 팔기로 했다. 이 공장은 향후 20년 동안 남미 대륙에서 가장 중요한 전자제품을 생산하는 기지가 되는데, 돈이 없어서 팔아야 한다. 장기적으로 보면 콜롬비아에서는 전자산업이 맞지 않는다는 것도 고려되었다. 콜롬비아가 경쟁력을 가진 산업은 따로 있다.

지분 인수에 소니가 가장 적극적이었다. 공장 설립 투자 초기의 리스크는 사라지고 지금 삼페르 정부의 적극적인 지원을 받고 있기에 자신감이 충만했다. 그리고 소니는 지금 돈이 너무 많아 뭔가 투자를 해야 하는데, 남미 대륙의 전진기지 지분을 사는 것만큼 가치있는 투자가 없기 때문이다.

소니는 6천만 달러에 에스코바르 그룹의 지분 41퍼센트를 전량 인수했다. 나는 그중에 3천만 달러를 화훼펀드에 투자했다. 투자가치로 본다면 미친 짓을 한 것이다. 화훼펀드는 망할 수도 있고 정부의 규제를 받기 때문에 큰 수익이 나도 다 내 것이 되지 못한다.

게다가 나머지 7천만 달러를 더 모아야 한다. 이 큰돈을 생각하면 머리가 빠질 지경이다. 파블로 그 자식이 숨겨둔 돈이 1억 달러가 된다고 하던데 도대체 그 돈은 어디에 있는가? 마로킨이 '망아지 목장'이라는 힌트를 주었지만 주변 사람 다 물어보아도 그런 농장은 없다는 것이다.

말 농장을 운영했던 오초아 형제에게 물어볼까 하다가 절대 그럴리는 없다고 생각했다. 파블로가 아들을 데리고 경쟁자의 농장에 놀러 가서 1억 달러를 몰래 숨겼다는 것은 상상할 수 없는 일이다. 게다가 오초아 자식들은 지금 다 감옥에 있다. 다행히 일찍 정부와 협상을 해서 미국으로 가지 않은 게 천운이다.

콜롬비아 재계의 거물들을 찾아가 기금에 투자할 것을 요청했지만 한결같이 거부했다. 삼페르 대통령이 견제하고 있다는 것을 눈치챘을 뿐만 아니라 장미 그런 것을 수출해봐야 돈이 되기 힘들다고 생각하기 때문이다.

보고타에 주재하고 있는 DEA의 대장인 하비에르 페냐를 찾아가 지원을 요청했다. "장미 수출이 활성화되면 메데인의 코카인 문제가 해결될 수 있습니다. 미국의 지원을 부탁드립니다."

"저도 그 의견에 동감합니다. 본부에 이런 상황을 보고하겠습니다. 기다려 주십시오."

페냐는 어두운 표정을 지었다. 메데인 카르텔을 붕괴시키고 칼리 카르텔의 핵심 보스들을 다 잡아넣었지만, 콜롬비아의 마약 수출은 줄어들고 있지 않다. 뭔가 다른 방법이 필요하다는 생각하고 있는데 내가 하나의 대안을 제시했기 때문이다.

"파블로 보스는 다시 마약 거래하지는 않죠? 저는 그렇게 믿고 있지만 본부에서는 여전히 의심하고 있습니다."

가슴이 뜨끔했다. 레흐더 자식이 미국에 가서 불지는 않았겠지? 로베르트는 DEA의 유도신문에 넘어간 게 아닐까?

"절대 그런 일 없습니다. 에스코바르 스타디움이 개장하면 특별 손님으로 와주시기를 바랍니다."

"그러죠. 감사합니다." 콜롬비아의 정·재계보다 사태를 정확하게 보는 페냐가 고맙게 느껴졌다.

에스코바르 전자 지분을 팔고 난 뒤, 2천만 달러를 긴급히 요구하는 곳이 있다. 바로 에스코바르 스타디움이다. 스타디움 건설은 공정 마지막에 우여곡절을 겪었다. 에스코바르 스타디움을 단순한 축구 경기장이 아니라 복합문화센터로 바꾸기로 했기 때문이다.

전 세계 모든 축구장은 그 자체로 적자다. 1년에 잘해봐야 20차례 경기를 사용하고 비워두어야 한다. 야구는 1주일 내내 시합을 할 수 있지만 축구는 한 달 이상 가동하기 힘들다.

이 딜레마를 해결하기 위해 여자축구단을 창단했지만, 콜롬비아에는 여자

프로 축구단은 칼리와 메데인 두 곳밖에 없다. 힐베르트가 그나마 나를 위해서 해준 게 아메리카 데 칼리의 여자축구단을 창단해준 것이다.

적자가 계속 나고 정부의 지원을 받아야 하는 보통의 스타디움을 원하지는 않는다. 그러면 축구 경기장은 변신해야 한다. 그 대안이 문화공간이다. 축구 경기장은 최고의 야외 공연장이 될 수 있다. 메데인에는 제대로 된 공연장이 없다. 공연장으로 1년에 석 달만 사용해도 적자를 면하는 데 큰 도움이 된다.

경기장을 공연장으로 겸용하기 위해서는 음향 시스템과 전기 관련 장치를 대거 바꾸어야 한다. 그것도 전량 미국이나 일본에서 수입해야 한다. 그러다 보니 추가 건설비용으로 2천만 달러나 더 들었다.

에스코바르 스타디움이 마침내 개장했다. 수도 보고타에 축구전용경기장이 하나 있지만 에스코바르 스타디움과는 비교할 수 없다. 여기는 관중 5만 명을 수용하는 초현대식 경기장이다. 비와 콜롬비아의 강력한 자외선을 차단할 수 있는 활 모양의 캐노피가 아름답게 펼쳐져 있다.

오프닝 세레모니로 콜롬비아에서 처음으로 여자프로축구 시합이 열렸다. 내가 아틀레티코 나시오날의 리그 경기가 아니라 이제 창단된 지 2년도 안 된 여자프로축구 시합하려고 하자 내부 반대가 심했다.

아틀레티코 나시오날 구단 사장인 히메네스가 총대를 메고 반대했다. "회장님이 콜롬비아 여자프로축구협회장이라는 것은 잘 알지만 많은 팬은 남자축구 시합을 기대하고 있습니다. 여자프로축구는 수준도 너무 낮고 인기도 없습니다. 굳이 아틀레티코 나시오날보다 먼저 해야 하는 이유가 뭡니까?"

"바로 그거지. 인기가 없으니까. 만약 남자축구가 먼저 열리고 그다음에 여자 축구 시합이 열리면 사람들이 관심을 두지 않아. 남자축구는 언제 해도 사람들이 찾아오지만 여자 축구는 관심이 없으면 힘들기 때문이야."

"혹시 다른 목적이 있는 게 아닙니까?" 히메네스가 주저하며 말했다.

"어떤 목적?"

"여성 표를 의식한 게 아닌가요? 회장님은 이제 메데인시장님입니다. 정치인입니다."

이 자식이 내 속셈을 눈치챘다. "그런 목적이 전혀 없었다면 나도 양심 불량이지……. 지금까지 콜롬비아 여성은 남성의 부속물이었어. 잔인한 테러와 폭력의 가장 큰 희생자였지. 그렇지만 앞으로 달라질 거야. 콜롬비아 여성은 남자보다 더 평화와 번영을 원해. 여자 축구는 미래 콜롬비아 여성의 롤모델이 될 거야."

"좋습니다. 그러나 저는 에스코바르 스타디움과 아틀레티코 나시오날 구단의 경영을 맡은 사장입니다. 회장님 말대로 적자를 내서는 안 됩니다. 저는 철저하게 수익 관점에서 관리할 생각입니다. 여자 선수들이 시합한다면 얼마나 많이 사람이 올지 모르겠습니다. 스타디움 오프닝 날인데 관중석이 비어 있으면 어떻게 합니까?"

"그건 걱정하지 마. 꽉 찰 테니까."

"절대 공짜로 표를 뿌리면 안 됩니다." 히메네스는 단호하게 말했다.

히메네스는 축구를 좋아하지만 축구 경력과는 무관하다. 에스코바르 방송국의 연예부장이 그의 전 커리어다. 그를 구단주에 앉힌 것은 오로지 에스코바르 스타디움의 흥행을 위해서이다. 나는 축구단이 적자 나면 자를 거라고 경고했다.

"우리는 자선단체가 아니야. 볼만한 시합을 하면 표가 아무리 비싸도 사람들은 찾아오게 되어 있어. 내게 그 방법이 있어."

스타디움이 완성되어가면서 모든 콜롬비아인의 관심은 이 경기장에 집중되었다. 콜롬비아에 제대로 된 축구전용경기장이 오픈하는 것이다. 콜롬비아만 난리가 아니었다. 유럽에서도 관심이 집중되었다. 축구 후진국이라고 생각한 콜롬비아에서 가장 현대적인 경기장이 먼저 설립되기 때문이다. 1990년대만 하더라도 제대로 된 캐노피가 갖추어진 전용경기장은 거의 없다고 보아도 무방하다.

FIFA 회장부터 유럽 유수의 클럽 관계자들이 개막식 참관을 신청했다. 펠레 등 축구 스타도 이 경기장을 보러 온다고 연락이 왔다. 콜롬비아 TV에서는 매일 월드스타 누가 온다고 하더라는 뉴스가 쏟아졌다.

심지어 삼페르 대통령도 오겠다고 했지만 거절했다. 마약 대통령이 오면 국제사회에서 콜롬비아 이미지가 안 좋아진다고 솔직하게 말하고 싶었지만…… 차마 그럴 수는 없고 경호상의 문제라고 둘러댔다. 나를 물 먹였는데 대접해주고 싶은 생각이 없다.

그렇지만 여자 축구는 여전히 생소했다. 남자들은 여자 축구를 무시했다. 여자들 경기에 가는 게 남자로서 수치스럽다고 생각해서인지 표를 사지 않았다. 어차피 다음 주에 남자축구 리그가 열리면 가면 된다고 생각했다. 여자 또한 마찬가지다. 보통 축구장에 가는 여자는 남자를 따라간다. 혼자 축구장을 갈 생각을 하지 않는 것이다. 이런 여자를 축구장으로 끌어당기는 결정적 무기를 준비했다.

마침내 에스코바르 스타디움이 오픈되었다. 표는 그 발표가 난 뒤 폭풍 매진되었다. 메데인의 아가씨들이 남친을 데리고, 혹은 여자들끼리 축구장을 찾았다. 이날을 위해 많은 흥미 있는 행사를 준비했다. 이 행사의 백미는 당대 콜롬비아 최고의 가수 샤키라의 전격 등장이다.

그녀를 출연시키기 위해 돈이 아니라 이 스타디움이 얼마나 아름다운지, 공연장으로 세계 최고인가를 설득해야 했다. 샤키라는 세계 최고의 공연장이라는 말에 관심을 보였다. 공연장으로 에스코바르 스타디움은 미국에서 공수한 최상의 음향과 조명 시스템을 설치했다. 무엇보다 이 무대의 첫 주인공이 당신이라는 말은 샤키라의 마음을 흔들었다.

공연 전날, 샤키라가 스타디움을 찾았다.

"샤키라, 정말 와주어서 고마워요." 나는 그녀를 직접 안내했다.

"정말 너무 아름다운 축구장입니다. 제가 여기서 공연을 하게 되어서 너무 기뻐요."

"저도, 우리 메데인시민도 마찬가지입니다."

"어떻게 이런 천장을 만들 수 있었는가요? 이게 무너지지는 않겠지요?"

"하하하. 걱정하지 마세요. 최악의 경우를 다 계산하고 만든 캐노피입니다. 까치발 구조의 캐노피는 지붕 재료를 경량화하면서도 빛을 투과하는 소재로 만들어졌습니다. 비 가림을 하면서도 경기장을 밝게 만드는 효과를 줍니다."

"까치발 지붕이 반복적으로 배열함으로써 리듬감을 주는 것 같아요. 그냥 노래를 부르면 박자가 넘실넘실 경기장을 돌아다닐 것 같습니다."

"맞습니다. 카메라 앵글도 고려했습니다. 이 스타디움을 배경으로 노래를 부르면 시각 효과가 극대화되고 극적인 긴장감을 줄 겁니다."

"빨리 마이크 테스트하고 싶어요."

"좋습니다. 시작합시다."

샤키라가 반주 없이 조용히 노래를 부르다가 갑자기 울었다. 옆의 매니저가 당황하여 어쩔 줄을 몰랐다.

"이게 제 노래가 맞나요. 너무 황홀해요. 마치 천상에서 부르는 거 같아요."

"맞습니다. 우리 스타디움의 캐노피가 노래를 반사하는 효과가 있습니다. 천정이 없는 야외무대는 소리가 공중으로 사라진다는 단점이 있습니다. 실내무대는 천정을 어떻게 설계하느냐에 따라 세계적인 콘서트장이 되기도 하고 망한 극장이 되기도 합니다. 이 스타디움은 그러한 단점을 극복했습니다. 세계 최고의 음향 전문가들이 스피커를 캐노피 방향으로 맞추어서 잡소리는 하늘로 빼고 진짜 소리는 캐노피를 두드립니다. 일종의 피치쉬프터 효과를 냅니다."

샤키라가 다시 노래를 불렀다. 이제는 본격적인 조명 시스템을 가동했다. 미국에서 수백만 달러를 주고 극장 무대에 사용하는 시스템을 도입했다. LED가 있었더라면 더 극적이었겠지만 다양한 전구와 색조를 동원하여 환상적인 조명을 선보였다.

음향 시스템과 조명 효과를 본 샤키라는 매니저의 만류에도 불구하고 도장을 꽉 찍었다. 단순히 1회 공연이 아니다. 향후 3년간 매년 1주 이상 콘서트를 열기로 했다. 히메네스 사장의 입이 찢어졌다.

마침내 대망의 개막식 날. 에스코바르 스타디움의 좌석은 매진되었다. 5만 명의 관중들이 입장했지만 경기장 밖에서는 표를 구하지 못해서 난리다. 암표는 무려 다섯 배 가격으로 팔린다고 한다.

관중들은 19개의 입구를 통해 신속하게 경기장에 접근할 수 있다. 입구에는 프레스룸, VIP룸과 휠체어를 이용할 수 있는 장애인 관람시설이 준비되어 있다. 경기 시작 무려 3시간 전에 입장한 관중들은 스타디움 곳곳을 돌아다니며 놀라움을 금치 못했다. 에스코바르 스타디움은 복합 문화관이자 쇼핑몰이며, 메데인 최고의 레스토랑이며 카페였다.

입구를 지나면 바로 아틀레티코 나시오날의 거대한 팬숍과 박물관이 있다. 박물관은 아직 형편없지만 팬숍은 유니폼을 비롯하여 다양한 용품을 갖췄다. 이게 많이 팔려야 할 텐데, 지금 콜롬비아 소득 수준으로는 기대하기 힘들다. 콜롬비아는 아직 못사는 나라라서 팬숍에서 정품을 사기보다 시장에서 짝퉁을 사기가 쉬울 것이다. 그래도 이렇게 시작은 해야 한다.

팬숍을 지나면 메데인 최고의 몰이 반긴다. 나이키와 소니 등의 매장이 있고 그 옆에는 거대한 마트가 있다. 평일에도 사람을 끌어들이기 위해서는 스타디움에 마트가 필수다. 이를 위해 스타디움 지하에는 콜롬비아에 발견하기 힘든 3층의 거대 주차장을 만들어 놓았다.

경기장 내부에도 다양한 특색을 가진 카페와 레스토랑을 만들어 콜롬비아 길거리 음식과 피자, 커피, 맥주 등을 먹고 마실 수 있고 식사도 가능하다. 쇼핑몰이 일상적인 매출이 가능하다면 여기에서 먹고 마시는 게 현재 아틀레티코 나시오날 구단의 핵심 사업이다. 이것은 세계 어느 스포츠 경기장도 마찬가지다. 다저스 경기장이 세계 최대의 야외 맥주펍이라는 것을 사람들은 모를 것이다. 아마 경기장 밖에서 음주 검사를 하면 1만 명 정도는 쉽게 잡을 수 있을 정도로 사람들은 맥주와 보드카에 탐닉한다.

영국 프리미어 축구 경기장의 매출도 티켓이 아니라 맥주 판매에서 나온다고 한다. 사람들은 경기를 위해 축구장을 찾는 게 아니라 마음놓고 술 먹고 떠들고 스트레스를 푸는 장소로 경기장을 찾는다. 영국과 미국의 차이라면 영국은 경기장 안에서는 술을 팔지 않는다는 것이다. 반면, 미국은 경기장 안에서도 맥주를 공공연히 판다. 확실히 미국놈이 돈 버는데는 더 악착같다.

에스코바르 스타디움은 친여성 경기장을 처음부터 표방했다. 무엇보다 여성을 위한 화장실을 충분히 만들어 불편하지 않게 했다. 여성들에게 화장실이란 생리 현상 해결 그 이상을 의미한다. 줄을 서지 않고 깨끗하고 안전한 화장실은 여자의 마음을 편안하게 하고 경기와 콘서트, 쇼핑에 집중하게 만든다. 에스코바르 스타디움에는 무료 탁아실을 운영한다. 엄마들이 경기나 콘서트, 쇼핑을 오더라도 아이를 마음놓고 맡길 수 있다.

어떤 여성은 이걸 보고 감동하여 울기까지 했다. 콜롬비아는 가톨릭 국가라서 낙태가 불법이다. 바람둥이 콜롬비아 남자들이 씨를 싸질러놓고 도망가면 여자들이 다 키워야 한다. 아기 키우는 것이 얼마나 힘든지를 남자들은 모른다. 돈 없는 콜롬비아 정부는 공공 탁아소나 유치원을 운영하지 않는다. 아이들은 방치되거나 엄마의 엄청난 희생으로 큰다.

콜롬비아 여성이 에스코바르 스타디움을 찾기만 하면 마음놓고 자기 시간을 가질 수 있다. 친구와 수다를 떨 수 있고 여가와 유흥 활동을 할 수 있다. 이건 적자를 보더라도 감당해야 할 비용이다. 아이는 경기가 마칠 때까지, 콘서트가 끝날 때까지 탁아소에서 책임지고 맡아준다. 쇼핑의 경우는 두 시간만 무료로 책정했다.

여자를 배려했다고 하지만 에스코바르 스타디움은 남자를 위한 무대이다. 축구는 남자의 로망이다. 남자는 쇼핑이나 이런 것에 관심이 없고 들어오자마자 펍에 들러 술을 퍼마신다. 고마운 손님들. 전반전이 끝나고 10분 휴식은 전쟁이다. 술을 주문하지 못하는 손님이 없도록 이 시간에는 최대한 알바를 동원해 매출을 올려야 한다. 히메네즈가 고함을 지르며 직원을 독려하는 시간이기도 하다.

마침내 경기가 시작되었다. 나를 포함한 쓸데없는 세레모니가 끝나고, 식전 행사는 샤키라의 공연이다. 바랑키야 출신인 샤키라는 이미 미국에서도 뜨고 있는 인기 가수다. 섹시한 그녀의 벨리댄스는 할리우드를 사로잡았다. 그건 콜롬비아에서도 마찬가지다. 지금 그녀는 콜롬비아 최고의 가수이다. 개막식 날 표를 매진하게 만든 원동력이다.

콜롬비아 사람은 노래가 있으면 춤이 있어야 한다고 생각하는 댄스의 민족이다. 칼리는 살사 댄스의 본고장으로 사람들은 어디서나 춤을 춘다. 메데인도 그 못지않다. 샤키라는 당대 최고의 춤추는 가수다. 축구장의 조명이 다 꺼지고 센터서클에 특별 설치된 샤키라의 무대에만 백색 조명이 쏘아졌다. 샤키라는 여신처럼 등장했다.

"샤키라! 샤키라!"

그녀는 조용히 지금 북미 지역과 콜롬비아를 강타하고 있는 'Pies Descalzos'를 부르기 시작했다.

시작은 일체의 사운드 없이 그녀의 낭랑한 목소리만으로 스타디움을 가득 채웠다. 사람들은 샤키라가 마치 옆에서 노래한다고 착각할 만큼 엄청난 음향 시스템에 놀랐다. 노래 나오면 흥분하는 콜롬비아 사람들답지 않게 사람들은 숨을 죽이며 그녀를 지켜보았다. 초반부의 숨죽일듯한 순간이 지나고 기타와 밴드가 본격적으로 터져 나오자 사람들은 열광했다.

"샤키라! 샤키라!"

마법 같은 10분이 지났다. 한 곡으로 끝나기에 너무 아쉬웠지만 오늘 메인은 축구이다. 샤키라는 폭풍 박수를 받으며 인사를 하고 물러났다. 샤키라가 사람들의 심장 맥박을 올려주었다. 이후 벌어진 아틀레티코 나시오날과 아메리카 데 칼리 간의 시합도 흥미진진하게 진행되었다. 남자축구만큼 빠르고 현란한 기술을 보이지는 않았지만, 콜롬비아에서 처음 여자프로축구 시합의 승자가 되기 위해 두 팀은 최선의 노력을 선보였다.

경기는 3:2로 아틀레티코의 승리로 끝났다. 사람들은 두 팀 선수 모두에게 큰 박수를 보냈다. 에스코바르 스타디움의 역사에 남을 첫 시합이 인상적으로 끝났다. 남자가 아닌 여자가 이 무대의 주인공이었고 이것은 앞으로 콜롬비아 여성시대가 열리는 것을 의미한다.

펠레도 나에게 다가와 악수를 청했다. "파블로 회장님, 정말 멋진 경기를 보았습니다. 그리고 이 아름다운 경기장에서 뛰지 못한 게 너무 아쉽습니다. 유럽의 어떤 경기장보다도 더 훌륭합니다. 우리 브라질에서는 지붕도 없이 사람만 꾸역꾸역 집어넣는 경기장을 보다가 에스코바르 스타디움을 보니 너무 부럽습니다."

"감사합니다. 브라질도 조만간 이런 경기장을 갖게 될 것입니다. 참, 그리고 내일 시합도 꼭 봐주시기를 바랍니다. 브라질에서 온 신성이 나타날 겁니다."

"호나우두라는 친구 말이지요?"

"네, 그렇습니다."

"기대해 보겠습니다."

펠레는 말은 그렇게 하지만 별 기대는 하지 않는 눈치다. 축구의 나라 브라질에서는 유망주가 1년에 한 트럭씩 등장했다가 그냥 사라진다. 펠레의 기대는 맞았다. 다음날 남자축구 시합의 주인공은 호나우두가 아닌 아틀레티코 나시오날이 선보인 완전히 새로운 스타일의 압박축구였다.

개막전에 앞서 아틀레티코 나시오날은 몇 번의 평가전을 가졌다. 결과는 별로 좋지 못했다. 선수들은 압박축구를 이해하지 못 했고 호나우두는 아직 어렸다. 아틀레티코 나시오날의 젊은 감독 파초는 나와의 면담을 통해 수비형 축구인 4.3.3으로 돌아갈 것을 부탁했다. 세계 축구는 여전히 수비와 공격을 철저하게 영역을 나누고 있었다. 나는 '노'라고 분명히 말했다. 압박축구의 기본은 쓰리백이다. 센터백보다 중간 윙어의 숫자를 늘리고 쓰리백도 공격 시엔 좌우가 올라가야 한다. 이러려면 엄청난 체력이 요구된다.

더구나 콜롬비아는 안데스산맥의 나라다. 보고타는 해발 2,600미터, 메데인은 1,500미터다. 평지보다 더 체력이 요구된다. 이런 이유로 남미 축구는 압박보다는 화려한 개인기에 바탕을 둔 드리블을 선호한다. 시합을 거듭할수록 아틀레티코 나시오날은 압박축구에 적응이 되었지만 수비진이 문제였다. 상대방의 역습에 속수무책으로 당하는 경우가 자주 발생했다.

나는 스페인 2부 리그서 뛰고 있는 콜롬비아 출신 골키퍼 레네 이기타를 영입하라고 지시했다. 파초 감독이 난감한 표정을 지으며 "이기타는 좋은 골키퍼지만 돌출 행동이 잦습니다. 안정적 수비를 위해서는 바람직하지 않습니다."라고 말했다.

"파초, 통계를 봐. 이기타가 콜롬비아 리그에서 뛸 때 평균 실점률이 2점 이하야. 이런 골키퍼를 어떻게 구하겠나? 스페인 리그에서는 완전 찬밥이라 싼 값에 준다고 하니까 영입해."

이기타를 영입하고도 아틀레티코 나시오날의 수준은 크게 나아지지 않았다. 선수들이 체력이 많이 요구되는 압박축구를 사보타지한다는 느낌마저 들었다.

선수들을 소집했다. 아틀레티코 나시오날의 실질적인 구단주로서 한마디 하지 않을 수 없다. 벨라스케스가 옆에서 거들었다. "말 안 드는 놈, 얘기만 하세요. 제가 바꾸어 놓겠습니다. 감히 보스의 말을 듣지 않는다니……."

"너는 나가 있어. 절대 끼어들지 마."

구단주는 한마디 할 수 있지만 축구도 모르는 제삼자는 절대 간섭해서는 안 된다.

아틀레티코 나시오날의 핵심 선수는 냉정하고 침착한 수비수 안드레스와 베테랑 루이스, 미드필드에는 백전노장인 알바레스, 그리고 팀 주장인 그라시아, 콜롬비아 국가대표로서 가장 많은 골을 넣은 공격수 자이로, 그리고 내가 영입한 호나우두와 이기타 등이 있다. 선수들은 구단주가 불렀지만 내가 축구의 문외한이라고 생각해서인지 냉랭했다. 자신들이 프로인데 아마추어의 간섭이 좋을 리 없다. 그렇지만 할 말은 해야 한다. 내가 월급을 주는 사람들에게 내 색깔을 입히지 못하면 굳이 구단을 운영할 이유가 없다.

"여러분, 지난 시즌부터 우리 클럽은 압박축구를 추구한다고 밝혔는데 아직도 제대로 안 되는 이유가 뭐야?"

"압박축구는 남미 스타일에 맞지 않습니다. 해발고도가 높은 여기에서는 많이 뛸 수가 없습니다." 자이로가 반박했다.

"축구선수로서 여러분의 꿈은 뭐지?"

"우승입니다. 콜롬비아 리그에서 우승하고 코파 리베르타도레스에서도 우승하는 겁니다." 자이로가 시무룩하게 대답했다. 고작 이런 질문을 하느냐는 식이다.

"나는 구단주로서 우승이 목적이 아냐."

"네?"

모두 벙찐 표정이다. 우승이 목적이 아니라니…….

"내가 아틀레티코 나시오날을 운영하고 에스코바르 스타디움을 만든 목적은 돈을 벌기 위해서야. 우리팀이 콜롬비아와 남미 축구에서 우승해도 큰돈을 벌 수가 없어. 나는 자선사업가가 아냐. 우리가 남미에서 아무리 잘나가도 유럽 리그의 보통 팀보다 매출 규모는 반도 되지 않아."

"구단주로서 회장님의 꿈은 뭡니까?" 다른 선수가 물었다.

"나의 꿈은 너희들을 유럽 클럽에 비싼 가격으로 팔아먹는 거야."

"……"

선수들은 나의 말에 어안이 벙벙한 표정이다. 다들 그런 생각이 없는 것은 아니지만 이렇게 노골적으로 말하는 사람은 아마 처음 보았을 것이다.

"유럽 리그는 남미와 달라. 거기에서는 개인기보다는 체력을 요구해. 브라질 스타 선수들이 왜 유럽에서 실패했는지 아는가? 90분을 뛰어다닐 체력이 없기 때문이야. 압박축구에 적응을 못 하기 때문이지."

"그렇다고 우리는 육상선수가 되기 싫습니다." 자이로가 여전히 고집을 부렸다.

"그러면 다른 팀을 알아봐. 내가 바라는 것은 90분을 뛰어다닐 수 있는 선수, 자기 개성이 있는 선수야. 이런 선수가 있다면 유럽에 비싼 가격에 팔 수 있지."

파초가 선수와 구단주 사이의 냉랭한 분위기를 조정하기 위해 나섰다. "파블로 회장님은 여러분의 가치를 높이기 위해 하신 말씀입니다. '팔아먹는다'라는 표현이 거칠지만 이건 여러분이 유럽 리그에서 비싼 몸값을 받는다는 겁니다. 그러려면 성과를 내야 합니다."

"저도 파블로 회장님의 말씀에 찬성합니다. 축구는 우리 선수들끼리만 하는 게 아닙니다. 경기장을 찾아준 관중들을 생각해야 합니다. 두 줄 수비로 재미없는 무승부 경기보다 지더라도 공격 축구가 낫습니다." 골키퍼 이기타가 끼어들었다.

"나는 확실하게 말하고 싶어. 우리 클럽의 목표는 세계야. 남미 최고의 팀이 아니라 세계 최고의 팀이 되어야 한다고. 그러기 위해서는 압박축구, 공격축구가 필수야! 파초 감독의 생각도 마찬가지야."

나는 슬쩍 파초를 끼워 넣었다. 파초도 유럽 리그 팀 비디오를 보면서 압박축구의 신봉자로 돌아섰다. "회장님의 의견에 전적으로 동의합니다."

"실패는 내가 책임질거야. 화끈한 공격축구로 여러분의 개성을 마음껏 발휘해! 유럽 클럽팀들에게 너희의 매력을 과시해. 돈 벌어야 될 거 아냐!"

어제 역사적 개막식을 치른 에스코바르 스타디움에 본격적인 리그 경기가 시작되었다. 상대는 아틀레티코 나시오날의 영원한 지역 숙적인 인디펜디엔테 메데인. 에스코바르 방송국에서 이 경기를 독점 생중계하였다.

사회자가 흥분된 목소리로 말했다. "여러분! 이 화면에 보이는 스타디움을 보십시오. 단언코 세계 제일의 경기장입니다. 아래 관중석에서는 심지어 선수들이 숨 쉬는 소리도 들을 수 있습니다."

"네, 그렇습니다. 그리고 지금 관중들이 내지르는 환호 소리에 귀가 멍할 정도입니다. 5만 관중이 하나가 된 이 느낌은 여러분들이 여기 오셔야 알 수 있습니다." 해설자가 흥분된 목소리로 응답했다.

"오늘 경기는 어떻게 보십니까?"

"아무래도 인디펜디엔테 메데인이 유리하지 않나 생각합니다. 인디펜디엔테 메데인은 작년 리그에서 준우승했습니다. 아틀레티코 나시오날은 고작 5위를 기록했죠."

"아, 그렇군요. 두 팀의 선수 구성 변화는 없습니까?"

"인디펜디엔테 메데인은 수비진을 대폭 보강했습니다. 공격진은 발데라마를 중심으로 리그 최강이기 때문입니다. 올해는 우승이 가능한 전력입니다."

"아틀레티코 나시오날도 큰 변화가 있었다고 하던데요."

"네, 이기타 골키퍼가 스페인에서 복귀했습니다. 그런데 실전 감각이 없어서 제대로 임무를 수행할지 걱정이 됩니다. 대신 그동안 공격을 주도했던 자이로 선수가 팀과의 갈등으로 유니언 마그달레나로 이적하고 브라질 출신의 불과 19세의 호나우두가 그 자리를 이어받았습니다. 아틀레티코는 스타디움에는 엄청난 투자를 했지만, 선수단에 대한 투자는 소극적이지 않은가 생각합니다."

"작년부터 아틀레티코는 압박축구 전략을 들고 나왔는데 어떻게 보십니까?"

"압박축구는 유럽에서는 인기있는 전술이지만 남미의 상황과는 잘 맞지 않습니다. 선수들을 혹사한다는 평가가 있을 정도입니다. 실제로 아틀레티코는 작년에 리그에서 네 번째로 많은 실점을 기록했습니다. 후반전 20분이 지나면 선수들이 제대로 뛰지 못하는 경우가 발생합니다."

"말씀드리는 순간 경기가 시작되었습니다."

주심이 호루라기를 부르자마자 아틀레티코 선수들은 중앙선을 넘어 인디펜디엔테 메데인을 압박하러 나섰다.

"아, 전반 초반부터 아틀레티코 선수들의 압박이 시작되었습니다. 인디펜디엔테 메데인 선수들은 공을 줄 곳을 찾지 못해 당황하고 있습니다."

"아틀레티코의 압박은 놀랍습니다. 센터백들이 중앙선까지 올라왔습니다. 발데라마가 이기타 골키퍼에 가장 가까이 있을 정도입니다."

전면적인 공격 축구에 가장 신난 사람들은 관중이다. 5만 관중이 지르는 소리로 경기장 열기는 폭발 일보 직전이다.

"아, 호나우두 선수 공을 빼앗았습니다. 그대로 한 명을 제쳤습니다. 골 에어리어에서 오른쪽에서 왼쪽으로 공을 몰고 갑니다."

호나우두가 골키퍼와 일대일 찬스를 맞이할 상황이 되자 인디펜디엔테 메데인 수비가 뒤에서 발을 걸었다.

[삑!]

주심이 그대로 패널티킥을 불렀다.

"아틀레티코 나시오날이 좋은 찬스를 맞이했습니다. 패널티킥을 누가 찰까요?"

"패널티킥은 과거 자이로 선수가 찼는데…… 아, 이기타 골키퍼가 공을 차러 옵니다."

"정말 믿기지 않습니다. 이 중요한 킥을 골키퍼가 차다니……."

"꼭 그렇게 볼 수는 없습니다. 이기타 골키퍼는 킥 능력이 좋은 선수입니다. 리그에서 이미 21골을 기록한 바 있습니다."

골 넣는 골키퍼 이기타는 신중한 자세로 공을 갖다 놓고 망설임 없이 공을 찼다. 공은 왼쪽 골 모서리를 향해 빨려 들어가듯이 꽂혔다.

"골! 골입니다. 아틀레티코 나시오날은 전반 시작하자마자 전면 압박으로 골을 얻어냈습니다."

"네, 이건 에스코바르 스타디움에서 터진 첫 번째 역사적 골입니다."

한 골이 터졌지만 아틀레티코의 공격은 멈추지 않았다.

"아, 호나우두가 패스를 받아 수비수 한 명을 제치고 강력한 왼발슛을 날립니다. 인디펜디엔테 메데인의 골키퍼가 다이빙해서 겨우 공을 쳐 냅니다."

"정말 좋은 슛입니다. 골키퍼의 선방이 없었더라면 충분히 들어갈 수 있는

숏이었습니다. 공은 거의 인디펜디엔테 메데인 진영에서 놀고 있습니다."

"인디펜디엔테 메데인 선수들이 당황한 표정이 눈에 보입니다. 수비 진영에서 공만 잡으면 압박이 들어갑니다. 공줄 곳을 찾지 못해 당황하고 있습니다."

전반전이 끝날 무렵, 다시 골이 터졌다. 수비수 안드레스가 문전의 혼란을 틈타 강력한 오른발 숏으로 한 골을 넣은 것이다.

"골! 골입니다."

안드레스를 중심으로 모든 선수가 동작을 맞춰가며 춤을 추었다. 이 세레모니는 관중들에게 전파되어 스타디움의 홈팬들은 전부 일어나 춤을 추었다. 콜롬비아 사람은 춤의 민족이다.

전반전 내내 일방적으로 아틀레티코는 인디펜디엔테 메데인을 공략했다. 문제는 후반전에 얼마나 체력을 유지할 수 있는지다. 후반전 초반에 마침내 아틀레티코 나시오날의 신성 호나우두가 골을 터뜨렸다. 센터 서클에서 강력한 압박으로 공을 탈취한 알바레스가 문전으로 달려가는 호나우두에게 중거리 패스를 했고, 호나우두는 간단히 수비수 한 명을 제치고 인사이드로 공을 감아 찼다.

"고오오오오올!"

남미 스포츠 해설가들의 전매특허인 골을 길게 외치는 소리가 끝날 줄을 몰랐다. 그만큼 환상적인 플레이였다. 다시 우리 선수들이 춤을 추며 세레모니를 벌였다. 스타디움은 열광의 도가니였다. 스타디움이 거대한 춤판이 되었다.

그러나 후반전이 되면서 선수들의 체력이 떨어졌다. 지친 선수들을 교체했음에도 불구하고 이제 센터백들이 공격에 나갔다가 복귀하는데 시간이 걸렸다. 이 순간을 놓칠 사자머리 발데라마가 아니다.

"발데라마 공을 잡았습니다. 아틀레티코 나시오날 진영에 수비수가 없습니다. 발데라마 이기타를 제치고 숏! 골입니다. 골!"

발데라마도 우리 선수들의 춤 세레모니가 부러운 듯 춤을 추었다. 메데인 더비 리그라서 경기장을 찾은 많은 인디펜디엔테 메데인의 팬들도 따라 춤을 추었다. 경기는 치열했지만 이걸 즐기는 팬들에겐 흥거운 하루였다.

3:1의 점수면 문전을 걸어 잠그는 게 기본 전략이지만 우리팀은 다시 공격에 나섰다. 코너킥을 얻으면 골키퍼 이기타가 헤더를 노리고 상대방 문앞에 들어왔다.

"호나우두, 문전을 향해 강하게 코너킥을 날립니다. 아, 이기타가 있었군요. 이기타 헤더! 골! 골입니다."

골키퍼가 무려 두 골을 넣었다. 마지막에 미드필드인 알바레스가 우당탕 골을 넣으면서 경기는 5:1로 끝났다. 경기가 끝났음에도 불구하고 관중들은 한동안 운동장을 떠나지 않고 춤을 즐겼다. 에스코바르 스타디움이 갖춘 엄청난 성능의 스피커에서 흥거운 살사 노래가 나왔기 때문이다.

같이 경기를 관전하던 펠레가 나를 향해 말했다. "정말 이런 경기를 본 적이 얼마 만인지 모르겠습니다. 공이 멈추어 있는 순간을 발견 못 했습니다. 아틀레티코의 압박축구는 골키퍼까지도 공격에 나서는 전혀 다른 축구입니다."

"남미 축구도 변해야 합니다. 이런 압박축구 전술을 장착하는데 거의 3년이 걸렸습니다. 처음에는 선수들이 따라 하지 못해 후반전에 뻗어버렸는데 오늘 보듯이 이제는 적응이 되었습니다."

"대단하십니다. 저는 미국 월드컵 우승 후보로 콜롬비아를 꼽겠습니다."

펠레는 브라질과 영국을 제치고 콜롬비아를 미국 월드컵 우승 후보로 예언했다. 월드컵 예선에서 콜롬비아는 전년도 우승팀인 아르헨티나를 압도적으로 이겼다. 콜롬비아 국민은 이번 월드컵은 16강을 넘어 4강에는 진입할 것이라고 낙관했다.

아틀레티코는 리그에서 무패를 자랑하며 1위를 질주하고 있다. 특히 공격력 지표에서 다른 팀과는 비교도 되지 않는다. 호나우두는 무려 32골을 넣었다.

그렇지만 콜롬비아 축구는 여전히 개인기에 중심을 둔 4.3.3 전략을 유지했다. 콜롬비아 대표팀의 전략을 바꾸기 위해 나는 콜롬비아 축구협회장을 원했다. 필요하다면 천만 달러를 내놓을 생각이다.

삼페르에게 내 의향을 전달했다. 지금 축구협회장은 그의 측근 정치인이다. 자기 돈을 넣지는 못할망정 축구에 투자되어야 할 정부 돈을 개인적 용도로 전용하고 있다는 의혹이 있다. 콜롬비아 국민도 찬성하고 나섰지만 삼페르가 거부했다. 대신 부회장이라는 직책을 주었다. 돈만 내놓으라는 얘기다.

누구보다 로베르트가 반대했다. 로베르트는 마약 중개 혐의로 구속되었다가 집행유예를 받고 풀려났다. 삼페르에 대한 원한이 크다. 지금은 바르카스가 은퇴하고 공석이 된 에스코바르 경비를 맡고 있다.

"하지 마! 돈만 내고 권한도 없는 부회장 그런 것을 왜 하나?"

"그래도 콜롬비아 국민이 월드컵을 엄청나게 기대하고 있는데 가만히 있는 것은 보기가 좋지 않습니다."

"만약 월드컵에서 성적을 내지 못하면 그 책임도 너에게 물을 수 있어."

"왜요?"

"충분히 돈을 제공하지 않았다는 핑계를 삼페르 그놈이 들고 나올 거야."

"그래도 할 수 없습니다. 향후 축구협회장을 하기 위해서는 이 타이틀이 필요합니다."

미국에 가야 한다. 그것도 뭔가 그럴듯하게 포장해서. 아직 콜롬비아 화폐기금의 반도 채우지 못했다. 미국에서 그 돈을 조달할 생각이다.

천만 달러를 내는 조건으로 콜롬비아 축구협회장직을 거래했다. 공식적으로는 5백만 달러, 뒷돈으로 삼페르에게 5백만 달러를 바쳤다. 축구협회에 집착하는 이유는 콜롬비아를 하나로 뭉칠 힘이 여기에 있기 때문이다. 중요한 축구 시합이 열리면 밀림의 정부군과 반군 게릴라도 휴전한다. 남녀노소, 지역과 빈부의 차이에도 불구하고 콜롬비아 사람은 축구에는 하나가 된다. 축구협회장이 되어 콜롬비아식 압박축구로 월드컵에 성적을 남기고 싶었다. 마침 펠레도 콜롬비아를 우승 후보로 찍었다.

그렇지만 이건 나만의 꿈이었다. 삼페르가 나를 불렀다. "파블로 시장, 축구협회를 맡기려고 했는데 주변 반발이 너무 심합니다. 콜롬비아 축구협회가 특정 팀의 영향력을 지나치게 받을 수 있다는 체육계 관계자들의 반발 때문에 어렵게 되었습니다."

"각하, 그런 반발보다도 더 중요한 것은 성적입니다. 제가 맡으면 충분한 투자도 하고 세계적인 코치들을 선임하여 월드컵에 성적을 내겠습니다."

"좋습니다. 제가 그렇게 하라고 지시할 테니, 대외적으로는 부회장직을 맡아주시기 바랍니다."

"네?"

이거 뭐 하는 장난인가? 내가 막후 실세 역할을 하라는 말인가? 삼페르 대통령은 내가 정치적으로 크는 것을 견제하고 있다. 축구협회장이 되어 펠레의 예측대로 콜롬비아가 우승이라도 하는 날에는 내가 차기 대통령을 노릴 수 있다고 본 것이다. 물론 이건 에스코바르 방송국의 발레리아가 나중에 들려준 얘기지만.

결국 돈은 돈대로 내고 축구협회 부회장이란 아무런 영향력이 없는 명예직을 받았다. 그리고 대표팀 선발에도 내 의견을 제시했지만 무시당했다. 나만 무시당한 게 아니라 리그에서 최고의 방어율을 보여주며 심지어 골마저 넣는 골키퍼 이기타마저 석연치 않은 이유로 배제되었다.

이기타가 마약 카르텔과 관계가 있다는 황당한 투서 때문이다. 아마 그것보다는 삼페르가 이기타의 플레이를 아주 싫어했다는 소문이 맞을 수 있다. 콜롬비아에는 마피아 보스와 대통령이 축구에 큰 영향을 미치고 있을 정도로 축구는 국민 스포츠이다.

1994년 월드컵은 콜롬비아 축구의 악몽이었다. 조별 예선 첫 경기에서 콜롬비아는 루마니아에 3:1로 패배했는데, 이기타를 대신한 골키퍼 코르도바가 실수를 연발했다. 2차전은 더 악몽이었다. 전반 35분 미국이 콜롬비아 패널티 에어리어에서 크로스한 공을 수비수 안드레스가 막아낸다는 것이 골문 안으로 밀어 넣는 자살골이 나왔다. 콜롬비아는 그 충격을 벗어나지 못해 경기 내내 고전하다가 후반전 마지막에 한 골을 넣는 데 그쳤다. 최약체로 지목

된 미국은 우승 후보 콜롬비아를 2:1로 격침하는 파란을 일으켰다. 3차전 스위스와의 경기에서 2:0으로 이겼지만 게임은 끝났다. 우승 후보 콜롬비아는 4위로 광탈했다.

미국 출장에서 목표한 내 사업도 마찬가지다. 미국에서 콜롬비아 화훼기금 투자유치회를 가졌지만 천만 달러도 모으지 못했다. 미국 경제가 긴축 모드로 들어가서 금리가 치솟았다. 기업과 개인들은 투자를 주저했다. 해외 시장에서도 경제위기가 감지되었다. 특히 미국 투자에 의존하던 멕시코 경제가 휘청거렸다.

멕시코 정부가 페소화 가치를 15퍼센트 평가절하하면서 주가 폭락과 자본 이탈이 시작되었다. 그동안 누적된 경상수지적자와 무분별한 단기자본 유입이 근본 원인이었다. 결국 멕시코는 IMF의 자금 지원을 받지 않을 수 없었다.

콜롬비아 경제도 마찬가지다. 멕시코처럼 치명적이지는 않았지만 달러 부족으로 페소화 가치가 폭락하고 소비가 줄어들면서 경기 침체가 심각했다. 다시 마약산업이 번창하고 지하경제가 활성화되었다. 과거 메데인 카르텔이나 칼리 카르텔과 같은 거대 조직은 등장하지 않았지만 소규모 마약상들은 더 증가했다.

마약산업과 함께 불법 도박이 독버섯처럼 번졌다. 특히 월드컵 경기 중에 사설 토토가 기승을 부렸는데, 콜롬비아 우승에 돈을 건 사람들이 큰 손해를 보았다. 미국전에서 자살골을 넣은 안드레스가 표적이 되었다. 결국 안드레스는 메데인 외곽 도로에서 시체로 발견되었다.

메데인시 경찰국장과 에스코바르 경비의 로베르트를 불렀다. "이건 있을 수 없는 일이야. 메데인시의 수치야. 두 분이 협력해 이 사건과 관련된 모든 놈을 잡아들여 손을 봐주게."

"네, 지금 그 지역의 마피아를 추적하고 있습니다. 사설 토토 조직도 알아보고 있습니다." 경찰국장이 수사 진행 상황을 보고했다.

"알았어. 내가 당장 잡아올게. 어떤 새끼가 감히 아틀레티코 나시오날의 선수를 살해하다니…… 간이 부은 놈이야." 로베르트가 가슴을 치며 장담했다. 본인이 토토 업계에 깊숙이 개입하고 있어서 그쪽 정보는 경찰보다 더 잘 안다.

삼페르에게서 전화가 왔다. 이 인간은 내가 어려운 상황을 즐긴다.

- 파블로 시장, 도대체 시 치안을 어떻게 하길래 콜롬비아 국대 선수가 살인을 당합니까? 일 제대로 안 할 건가요?

가슴이 부글부글 끓었다. 나를 축구협회장으로 만들어주었으면 16강 탈락이라는 수모도 당하지 않았을 것이다. 무려 천만 달러를 내고도 찬밥 신세가 되었다. 그렇지만 이 마당에 반발할 수는 없다.

"죄송합니다. 빠른 시간 안에 조치하겠습니다."

- 정말 국제사회에 부끄러워서 얼굴을 들지 못할 지경입니다. 월드컵 결과도 그 모양이고…… 도대체 부회장이 되어서 무엇을 했습니까?

도저히 참을 수 없었다. "좋습니다. 이기타를 왜 뺐습니까? 이번 대회는 골키퍼 실수가 너무 잦았습니다. 대통령께서 이기타를 싫어해서 빼라 했다는 얘기를 들었습니다."

- 뭐라고! 이 사람이 어디서 쓸데없는 소릴 하는 거야. 이런 말이 언론에 나오면 가만히 두고 보지 않겠어.

삼페르가 전화를 끊었다. 옆에 있으면 정말 계급장 떼고 한판 싸우고 싶었다. 그 화를 앞의 두 사람에게 쏟아부었다.

"안드레스 살인에 관련된 모든 놈을 잡아들여! 이 기회에 잘나가는 메데인 마약업자도 싹 다 정리해!"

메데인의 낮과 밤의 권력을 가진 나의 명령은 신속하게 집행되었다. 안드레스 살인범과 관련자들이 전부 구속되고 행세 꽤나하는 마약업자도 감옥에 잡아넣었다. 개인적으로 아틀레티코 나시오날의 선수인 안드레스 가족을 위해 큰돈을 기부했다.

미국발 금융위기로 모두 힘든 시기를 보내고 있었지만 에스코바르 그룹은 오히려 잘나가고 있다. 특히 에스코바르 섬유의 매출은 해를 거듭할수록 증가하고 있다. 세계 최대 섬유제품 시장인 시장인 미국이 바로 앞마당에 있고 섬유 관련 산업을 수직계열화하여 목화에서 바로 옷을 만들어낸다. 게다가 콜롬비아 인건비도 아직 싸다.

콜롬비아 화훼산업도 본궤도에 올랐다. 미국 정부가 콜롬비아 장미에 대해 무관세를 적용하면서 꽃 농장이 우후죽순으로 들어섰다. 이들 신생 농장은 부족하지만 화훼기금의 지원도 받을 수 있다. 에스코바르 유통도 여기에 한쪽 팔을 거들었다. 장미나 커피콩이나 사업 원리가 크게 다르지 않기 때문이다. 미국 쪽 유통망을 뚫는 데 우리 회사가 크게 이바지했다.

에스코바르 그룹이 잘나가다 보니 여기저기서 사업 제안이 많이 들어왔다. 그중에서 가장 큰 사업 제안을 한 사람은 삼페르다. 그가 불러서 할 수 없이 대통령궁을 찾았다.

"오, 파블로 시장님, 얼굴 보기 힘드네요." 삼페르가 비꼬는 투로 인사했다. 그동안 내가 바쁘다며 면담을 거절해왔기 때문이다.

"시장 일도 바쁘지만 그룹 일도 만만치 않습니다. 지금 에스코바르 섬유공장 증설 문제로 정신없습니다."

"콜롬비아 돈은 파블로 시장이 다 번다고 합니다. 하하하."

"제가 벌어야 10만 명의 우리 직원이 먹고살 수 있습니다. 혼자 잘 먹고 잘살자고 하는 게 아닙니다."

"좋습니다. 제가 파블로 시장을 부른 이유는 큰 사업거리 하나를 주기 위해서입니다."

이놈에게 뇌물을 주기 싫어서라도 그 제안을 거절할 생각이다. 일단 관심 없는 척했다.

"……."

"저는 시장주의자로서 국영기업은 기본적으로 비효율적이라고 생각합니다. 지금 콜롬비아 국가 재정의 가장 큰 적자는 정유산업입니다. 특히 에코피트롤의 바랑카베르메하 정유소가 엄청난 적자를 기록하고 있습니다. 이 정유소를 민영화하고자 합니다. 이 나라 최대 기업인 에스코바르 그룹이 인수해 주었으면 합니다."

"관심 없습니다." 나는 단호하게 거절했다.

미쳤다고 그 적자투성이의 낡은 정유공장을 인수한다는 말인가? 콜롬비아의 정유소는 국영석유기업인 에코피트롤의 바랑카베르메하 국영 정유소와 메데인시가 속한 안티오키아주에 위치한 나레 정유소와 카르타헤나 정유소 등 민영 정유소가 있다.

민영 정유소들도 적자지만 국영 정유소는 정부의 강력한 가격 통제 때문에 만성 적자를 벗어나고 있지 못하는 실정이다. 게다가 1990년대는 석유 가격이 배럴당 10달러에 불과해 생수 가격이나 휘발유 가격이나 차이가 없을 정도다.

나의 단호한 거절에도 불구하고 삼페르는 미소를 지으며 계속 말했다. "너무 부정적으로 생각하지 마세요. 바랑카베르메하 정유소를 인수하면 가능성 있는 유전도 같이 드리겠습니다. 지금은 석유 가격이 싸서 그렇지, 유가가 회복되면 대박이 될지 누가 압니까?"

"지금 에스코바르 섬유공장 증설 문제도 복잡합니다. 투자를 계속해야 합니다. 석유산업에 뛰어들 여유가 없습니다."

"에스코바르 섬유도 중요한 화학섬유는 수입에 의존하고 있지 않습니까? 정유공장을 인수하면 이것을 자급자족할 수 있는데 충분히 해볼 만합니다."

이 인간이 언제 이 분야를 공부 좀 했네. 그렇지만 지식수준이 낮다.

"각하, 정유산업과 석유화학산업은 다른 겁니다. 정유산업은 원유만 있으면 끓이기만 하면 석유를 추출할 수 있지만 석유화학산업은 대규모 설비투자가 소요되는 자본과 기술집약형 장치산업입니다. 우리 회사는 그런 돈도, 기술력도 없습니다."

"아, 콜롬비아에 에스코바르 그룹이 투자하지 않으면 누가 합니까? 부탁드리겠습니다."

"정부가 해야지요. 왜 그걸 민간기업에 떠넘기려고 합니까?"

"저는 시장주의자로서 국영기업 체제의 효율성을 부정합니다."

"정부가 해도 엄청난 적자를 보이는 회사를 민간이 한다고 성공하겠습니까?"

"미국 정부의 ODA 재원을 지원해드리겠습니다. 그러면 초기 투자금의 문제가 해결되지 않겠습니까?"

삼페르는 집요하게 정유공장을 팔아넘기려고 했다. 이 인간이 왜 이러지?

"만약 제가 인수한다면 커미션은 없습니다." 슬쩍 떠보았다.

삼페르의 인상이 찡그러졌다. 그러면 그렇지 이 인간이 이런 목적으로 정부 기업을 팔아넘기지.

"그건 아니지. 강호의 도리라는 게 있어. 내가 이렇게 중간에 다리를 놓는데 수고비를 안 준다는 것은 있을 수 없는 일이지."

"그러면 안 하겠습니다." 잘 되었다.

"정유공장을 인수하면 유전도 주고, 미국의 ODA 자금도 중개해주고, 그리고 하나 더 주겠네." 삼페르가 비장의 카드를 꺼냈다.

"뭡니까?"

"자네가 그토록 원하던 콜롬비아 축구협회장직을 주겠네."

"싫습니다. 다시는 들러리 역할을 맡지 않겠습니다." 1994년 월드컵에서 돈만 천만 달러나 날리고 아무런 영향력 없는 축구협회 부회장이 되었다. 이놈의 감언이설에 속아 넘어갔다.

"이번에는 확실해. 정말 내가 보장하지. 이건 커미션이 필요 없어."

"다른 사람을 알아보시기 바랍니다."

"정말 이럴 건가?" 삼페르가 화를 냈다.

"죄송합니다."

이제 이놈 임기가 1년 남았다. 죽을 각오로 1년만 참자. 이놈하고 엮여서 잘 된 게 없다.

"바랑키야 발전소는 가동 안 하고 싶나?"

바랑키야에 섬유 단지를 건설하고 난 이후 가장 큰 문제는 전력이다. 부족한 전력 때문에 한때는 임시 발전기를 돌린 적이 있다. 지금 공장이 두 개 더 증설되고 나서 다시 전력 부족 문제가 대두되고 있다. 새 발전소가 착공되었지만 정부가 예산을 미루면 이게 언제 완공될지 모른다.

"바랑키야 발전소는 제가 충분히 사례를 드렸는데 지금 딴지를 걸면 어떻게 합니까?" 이 발전소 공사를 위해 이미 뇌물을 주었건만 이렇게 딴지를 거는 것은 참을 수 없다.

"몰라. 자네가 권하는 술은 안 받고 벌주를 자초하니 그렇지. 그리고 자네 형님 재판은 아직 안 끝났어. 만약 대법원에서 유죄로 나오면 개인의 이탈이 아닌 에스코바르 그룹의 조직적 관여로 재판의 성격을 바꿀 수도 있어."

아, 정말 대통령만 아니라면 죽이고 싶다. 로베르트는 마약 중개 혐의로 구속되었다가 2심에서 겨우 집행유예로 나왔다. 삼페르 이 인간은 그걸 빌미로 에스코바르 그룹을 엮으려고 하는 것이다. 일단 물러서기로 했다. "계약 조건을 간단하게 말씀해주세요."

삼페르는 그러면 그렇지라는 미소를 띠며 말했다. "바랑카베르메하 정유소와 유전 두 군데를 포함하여 3억 달러에 주지. 정유소 재개발을 위한 ODA 자금 3천만 달러를 중개해주겠네. 축구협회장직도 주겠네. 바랑키야 발전소도 예정대로 진행되고, 자네 형님 재판도 잘 될 거야. 어때? 이런 패키지라면 충분히 매력적이지 않나?"

"그거 말고 대통령께서 가장 관심 있는 돈 액수에 대해 말씀해주세요."

"한 장이야."

1억 달러를 달라는 얘기다. "너무 많습니다. 그 돈을 어떻게 현금으로 만듭니까?"

"몰라. 돈세탁은 자네 전공 아닌가? 계약과 동시에 현금으로 보내주게."

"선거운동에 사용하실 거죠?"

대통령 선거가 1년 남았다. 지금 상황이라면 삼페르의 재선은 힘들다. 대통령 본인이 마약중독자라고 소문이 나 있는 상태다. 1억 달러를 받아 부정선거로 재선을 노리는 것이다.

"그건 돈 받은 사람 마음이지. 자네는 신경을 꺼도 되네."

"옛날 칼리 카르텔의 힐베르트처럼 그 돈이 폭로되면 제가 곤란해집니다."

"자네는 내가 재선 안 되리라 생각하나?" 삼페르가 화를 벌컥 냈다.

'네'라는 말이 목구멍까지 나왔지만 이를 악물고 참았다. "더 생각해보고 답을 드리겠습니다. 바랑카베르메하 정유소의 적자도 만만치 않아 보입니다. 그러면 자산 가격은 깎아야 합니다."

"그건 회계법인의 감사에 따르겠네." 삼페르는 웃으며 말했다. 그에게 가장 중요한 것은 국가자산을 얼마에 파느냐가 아니라 커미션을 얼마나 많이 뜯어내느냐이다.

삼페르가 내 약점을 노리는 것은 로베르트의 죄를 그룹사로 엮는 것이다. 두케를 불러 이 문제를 논의했는데, 그는 충분히 가능한 시나리오라고 걱정했다. 가급적 삼페르와는 협상하라고 충고했다.

문제는 결국 바랑카베르메하 정유소의 가치가 얼마가 되느냐다. 우리 회사에서는 에너지 전문가가 없다. 할 수 없이 정치적 실패로 칩거 중인 정주영 명예회장에게 도움을 요청했다. 현대석유화학 강 이사가 팀을 이끌고 콜롬비아를 방문했다. 이들은 바랑카베르메하를 방문하여 면밀하게 사업 타당성을 조사했다.

메데인 시청 시장실로 강 이사를 초청했다. "바쁘신데 지구 반 바퀴를 돌아서 출장 와주셔서 감사합니다."

"정 명예회장님이 신신당부한 일인데 제가 소홀할 수 있겠습니까?"

"감사합니다. 콜롬비아의 석유화학산업과 전반적 석유산업에 대해 솔직한 얘기를 듣고 싶습니다."

"네, 저는 콜롬비아는 축복받은 나라라고 생각합니다. 대한민국에는 없는 자원이 풍부한 국가입니다. 석유도 개발만 되면 지금의 생산량보다 훨씬 더 많을 수 있습니다."

"콜롬비아의 석유는 콜롬비아 서부를 흐르는 마그달레나강 동쪽에 주로 있습니다. 그런데 여기는 주로 밀림지역이라 개발이 쉽지가 않습니다. 거친 자연환경도 문제지만 거기엔 반정부 게릴라가 도사리고 있습니다."

"저도 몇 군데 유전을 돌아보았는데 일꾼보다 군인이 더 많더군요."

"바랑카베르메하 정유소는 어떻습니까?"

"그 정유소는 철거해야 합니다."

"네?"

삼페르 이 미친놈이 3억 달러나 부른 정유소다. 거기에 부채가 얼마나 많은 지는 아직 조사도 못 했다.

"정유는 크게 3가지 과정으로 이뤄집니다. 우선 원유를 끓는점을 이용해 분리하는 공정인 증류, 불순물 제거 등 품질을 향상시키는 공정인 정제, 정제된 각 유분을 제품별 혼합하거나 첨가제를 주입하는 공정인 배합으로 구분됩니다. 바랑카베르메하 정유소 공법은 1단계를 겨우 벗어난 수준인데 이마저도 50년 전 설비라 효율성이 매우 떨어지고 오염물질이 심하게 나오고 있습니다."

왜 미국에서 ODA 자금을 주는지 이해가 되었다. 설비를 완전히 갈아엎을 수밖에 없기 때문이다. "만약 새로운 설비를 도입한다면 어느 정도 비용이 들까요?"

"글쎄요. 어느 정도 규모와 수준을 목표로 두느냐에 따라 다르겠지만 최소 1억 달러는 필요합니다."

아, 3천만 달러는 미끼구나. 이 미친 삼페르! 이 사태를 어떻게 하지?

"만약 정유공장을 새롭게 설치한다면 석유화학 설비도 같이하는 게 효율적입니다. 어차피 정유소에 나온 생산물을 원료를 돌리는 게 석유화학산업이기 때문입니다."

"죄송하지만 그 설비는 어느 정도 예산이 필요합니까?"

"적어도 5억 달러는 잡아야 합니다."

삼페르에게 사업을 포기하겠다는 전화를 해야겠다. 인수금 3억에 새로운 설비 5억, 숨겨둔 부채와 커미션까지 내가 감당할 사업이 아니다.

"그렇지만 콜롬비아의 정유산업과 석유화학산업의 장래는 밝습니다. 일단 차량용 기름 수요가 엄청나더군요. 게다가 콜롬비아는 인구가 5천만 명이나 되는데 대부분 석유화학제품을 수입해서 사용하고 있습니다. 내수만 해도 충분히 수익이 나올 수 있습니다."

"만약 석유만 충분하다면 그걸 가공해서 콜롬비아가 잘살 수 있다는 말이죠?"

"그렇습니다. 원유보다 석유를 정제하고 화학제품을 만들면 부가가치는 최소 10배입니다."

그래. 이게 콜롬비아의 미래다. 자원 개발사업에 이 나라 발전의 승패가 달려있다.

"감사합니다. 자, 그러면 식당으로 가실까요." 강 이사와 한국에서 출장 온 팀들을 메데인 식당으로 초청했다. 오랜만에 잘나가는 고국 소식을 듣다가 암담한 콜롬비아와 비교하니 가슴이 아팠다.

다음 주, 삼페르에게 일단 인수 포기 의사를 밝혔다. 현대석유화학에서 받은 컨설팅 자료를 첨부해서 도저히 예산을 맞출 수 없다는 이유를 들었다. 예상대로 삼페르는 포기하지 않았다. 지금 콜롬비아에서 돈 뜯어낼 사람은 나밖에 없다고 생각한 모양이다.

일단 로베르트의 대법원 재판이 연기되었다. 여기는 사법부의 독립이 없다. 삼페르가 압력을 넣었을 것이다. 바랑키야 발전소 공사도 중단되었다. 이건 진짜 큰일이다. 임시로 발전기를 가동할 수 있지만 언제까지 그 비싼 연료를 감당하기 힘들다.

삼페르가 다시 나를 대통령궁으로 불렀다. "파블로 시장, 그 보고서 잘 보았어. 역시 한국 사람은 분석적이고 깔끔해."

"그 보고서에 의하면 정유공장은 완전 다시 지어야 한다고 합니다. 그러면 석유화학설비를 같이 하는 게 합리적이고⋯⋯ 에스코바르 그룹이 감당하기에 힘듭니다." 삼페르에게 낚시를 걸었다.

"그래서 내가 자네를 부른 거야. 지난 3년 동안 내 집권기에 가장 큰 업적이 콜롬비아 화훼기금을 만들어 장미 수출이 연간 3억 달러나 되었어. 그런데 이거만 내세우기엔 업적이 모자라네."

이 인간이⋯⋯ 콜롬비아 화훼기금을 만들고 운영한 것은 나인데 자기 업적이란다. 거기에 넣은 내 돈은 원금도 못 찾고 자본금으로 잠식되어 있다.

"우리 콜롬비아도 석유화학산업을 해야겠네. 수입에 의존하던 석유화학제품을 국산으로 대체하는 거야. 그건 나의 또 다른 큰 업적이 될 거야. 그걸 자네가 맡아주게."

예상대로다. 속으로는 웃었지만 겉으로는 어두운 표정을 지었다. "이미 말씀드렸듯이 불가능합니다."

"우리 정부가 2억 달러 대출을 중개해주겠네. 그러면 자네 부담감이 없어지는 것이 아닌가?"

"그것으로는 힘듭니다. 1억 달러 더 해주세요."

"음⋯⋯ 알았네. 내가 힘을 더 써보지."

내키지는 않았지만 자원개발 사업을 하기로 결심했다. 에스코바르 그룹이 바랑카베르메하 정유소를 인수해 석유화학 분야에 진출하는 것이다. 정부의 압력도 강했지만 석유산업이 이 나라의 미래라는 확신이 들었기 때문이다. 물론 커미션은 그대로 집행되어야 했다. 1억 달러 현금 비자금을 만들기 위해 리코는 콜롬비아 은행이란 은행은 다 돌아다녀야 했다.

에스코바르 섬유의 대출도 다 차서 할 수 없이 눈물을 머금고 지분을 팔았다. 콜롬비아의 유력 가문들이 우리 회사 매출을 눈여겨보고 이 지분을 사기 위해 줄을 섰다. 거기에서 1억 달러를 만들고, 미국에서 신용으로 또 2억 달러를 대출했다. 간신히 자본금을 만들어 에스코바르 석유화학사를 출범시킬 수 있었다.

영원한 나의 일꾼 마테오에게 사장 일을 시켰다. 마테오와 나는 에스코바르 석유화학의 본사가 있는 바랑카베르메하로 날아갔다. 바랑카베르메하는 마그달레나강 기슭에 있는 석유 도시이다. 이 강은 안데스산맥 북단 콜롬비아의 남동부 중앙산맥에서 발원하여 북쪽으로 흘러 카우카강과 합류한 뒤 바랑키야에서 카리브해로 유입되는 1,538킬로미터 길이의 하천이다.

마그달레나강은 에스파냐 식민 시대부터 콜롬비아의 주요한 내륙 교통로로 활용되어, 광석과 농산물 그리고 석유 제품을 운반하는 배의 왕래가 빈번했다. 하구에서 마그달레나강 상류까지 선박 운항이 가능하고, 카리브해 연안의 주요 항구인 카르타헤나는 운하로 연결된다.

마그달레나강은 콜롬비아 영토를 남북에 걸쳐 흐르는 대동맥이다. 마그달레나강 유역은 해발고도에 따라서도 기후가 달라지며 식생 분포도 수직적으로 변한다. 해발고도 900미터 이하는 전형적인 열대 우림 지대로 고온다습한 기후가 나타나는데, 바랑카베르메하가 대표적이다.

1920년대 초에 마그달레나강 하구에 대형 유전이 발견되면서 그 석유를 이용해 바랑카베르메하 정유공장이 건설되었다. 낡은 정유공장을 보며 마테오와 대화를 나누었다.

마테오는 연신 흘러내리는 땀을 씻어내며 말했다. "회장님, 여긴 에어컨 없이는 살 수가 없을 것 같습니다. 메데인으로 돌아가고 싶어요."

"한 3년 여기에 살아야 해. 지금 우리는 콜롬비아의 미래를 쓰고 있어. 현대건설 팀이 날아오고 있어. 낡은 정유공장을 해체하고 대규모 석유화학 설비가 들어설 거야. 그 시설이 완성될 때까지 넌 여기 있어야 해."

"아이고, 그 역사를 보기 전에 더워 죽겠어요."

"더워 죽는 것보다 저 강 뒤의 게릴라에게 총 맞아 죽을 가능성이 더 클걸."

바랑카베르메하시 뒤편의 밀림은 좌익 게릴라들의 활동 무대다. 게릴라들이 전쟁 자금을 조달하기 위해 인질들을 무차별적으로 납치하고 있다.

"게릴라도 문제지만 우익민병대도 만만치 않습니다. 이들은 게릴라를 진압한다는 핑계로 민간인을 서슴없이 약탈합니다."

"설마 정부시설을 그렇게 하겠어?" 나의 예측은 틀렸다. 우익민병대가 나를 덮쳤다.

바랑카베르메하 석유화학 프로젝트의 가장 큰 문제는 자금이었다. 실제 바랑카베르메하 정유공장을 인수하고 보니 부실 채권이 1억 달러가 넘었다. 정부 간 부채도 5천만 달러가 숨겨져 있는 것으로 드러났다.

현대건설도 석유화학 프로젝트 실사를 하고 나서 처음 제안한 금액으로는 도저히 맞출 수 없다면서 1억 달러를 추가 요청했다. 마테오가 미국 업체의 자문을 통해 그 금액도 싼 가격이라는 것을 확인해주었다. 할 수 없이 에스코바르 섬유의 지분을 또 팔았다. 그러고도 1억 달러 가까이 자금이 부족했다. 어디서 이 돈을 조달해야 하나 머리가 아팠다.

내가 돈 문제로 골머리를 썩는 동안 삼페르 정권은 바랑카베르메하 정유소의 민영화를 정권 치적으로 대대적으로 선전했다. 그러면서도 애초 약속한 정부 대출 3억 달러는 2억 달러로 깎았다. 1억 달러 비자금은 한 푼도 깎아주지 않았다. 나쁜 새끼!

사업적 관점으로는 바랑카베르메하 프로젝트를 접고 싶지만 이미 배는 지나갔다. 에스코바르 그룹의 현금이 모두 빨려 들어갔다. 로베르트의 불만이 가장 많았다. "삼페르 개자식, 이건 우리보고 망하라고 주는 프로젝트야. 파블로, 정말 그만둘 수 없나? 물 가격이나 석유 가격이나 똑같은데, 공장 설비를 바꾼다고 돈이 생기겠나?"

"형님, 지금 유가가 싸서 그렇지 가격이 회복되면 충분히 수익을 낼 수가 있습니다."

"그걸 믿고 사업하는 거야? 바닥 밑에 지하가 있어. 더 떨어지기 전에 정신 차려!"

"유가는 10년 주기로 변했습니다. 2~3년만 참으면 됩니다. 그때가 되면 석유화학 플랜트도 완공되었을 겁니다."

"내가 너 사업하는 데 반대한 적은 없는데 이번에 너무 일을 크게 벌인 것 같아 걱정이다. 왜 석유에 그렇게 집착하나?"

"바랑카베르메하 석유화학 플랜트는 콜롬비아의 미래입니다. 콜롬비아는 석유, 가스, 비철금속, 석탄 등 자원이 풍부한 국가입니다. 이 자원을 가공해서 부가가치가 높은 경제를 만들어야 나라가 잘살 수 있습니다. 바랑카베르메하 프로젝트는 그 출발점입니다."

"애국자 나셨네. 너 혹시 대통령 될 꿈으로 하는 거 아냐?"

"못 할 이유가 없죠. 삼페르 같은 썩은 놈도 대통령이 되는 나라인데."

"넌 어릴 적부터 대통령이 꿈이라고 말했어. 그땐 누구도 진지하게 생각 않았지. 메데인 빈민가에서 학교도 제대로 다니지 못한 가난한 소년에 불과했거든."

내가 그런 말을 했나? 파블로 이 자식 꿈이 대단했구나. "왕후장상의 씨가 따로 있답니까? 시대를 만나야죠. 태풍을 만나면 돼지도 하늘을 날 수 있습니다."

"메데인시장에 집착하는 이유도 정치를 하고 싶어서지?" 이 인간이 나를 따라다니더니 이제 내 의도를 읽어내는구나.

"그런 이유도 있지만 콜롬비아에서 자신의 재산을 지키기 위해서는 정치가 필수입니다. 법을 만들어 조지면 견딜 놈이 없습니다. 권력 없이는 큰돈을 지켜낼 도리가 없습니다. 일단 메데인 여기 기반이라도 확실히 다지고 나가야 합니다."

메데인시장 재선이 다가왔다. 선거운동이 시작되면서 나는 시장직을 사임했다. 차기 시장에 출마하기 위해서다. 메데인시장 재선거는 하나 마나할 정도로 압도적이다. 선거운동보다는 바랑카베르메하 프로젝트 자금 조달로 더 바빴다. "내일 본격적인 선거운동이 시작되니까 푹 쉬어. 나는 이만 갈게."

"네, 살펴 들어가세요."

그 순간, 폭발음이 터지면서 창문이 깨지면서 총알이 날아들기 시작했다.

[쾅, 쨍그랑!]

[탕탕탕]

"파블로! 다치지 않았어?"

"저는 괜찮습니다. 형님은요?"

"나도 괜찮아. 감히 어떤 새끼가 여기를 공격해?"

벨라스케스의 전화가 왔다.

- 보스, 군대의 공격이 있습니다. 빨리 피하셔야 합니다.

"군대라니? 그게 무슨 말이야? 콜롬비아 정부군이 쳐들어왔다는 말이야?"

- 그런 것 같습니다. 지금 정문에서 저지하고 있는데 금방 뚫릴 것 같습니다.

로베르트가 내 전화를 가로챘다. "벨라스케스, 플랜 C를 가동해! 비상상황이야."

- 네. 대기하고 있겠습니다.

에스코바르 경비는 내 근거지가 털릴 때를 대비해 몇 가지 대응 전략을 만들어 놓았다. 플랜 C는 빨리 여기를 떠나 다른 안가로 도주하는 것이다.

서재를 나오면서 도무지 상황이 이해되지 않아서 메데인 경찰국장에게 전화했다. 전화기가 꺼져있다. 개자식! 내가 시장직에 있을 때는 이런 적이 없었다. 이 공격을 알고 있다는 얘기이다.

나는 숨겨놓은 지하통로를 걸어가면서 로베르트에게 말했다. "형님, 상황이 심각합니다. 메데인 경찰도 개입된 것 같습니다. 전혀 모르는 안가로 가야 합니다."

로베르트는 부하들과 교신하면서 상황을 점검하고 있었다. "맞아. 1선 경비는 다 진압된 것 같아. 지금 2선에서 싸우고 있는데 뚫리는 것은 시간문제야. 그런데 왜 콜롬비아군이 우릴 공격할까?"

"군이 아닐 수도 있습니다. 요즘 민병대 자식들이 군복을 입고 설치고 있습니다."

멀리서 벨라스케스와 부하들이 달려왔다. "보스, 2선도 무너졌습니다. 빨리 여기서 탈출해야 합니다."

"서둘러!"

총소리가 사방에서 터져 나왔다. 졸지에 나폴레스 농장이 쑥대밭이 되었다. 우리는 비밀 지하통로를 걸어서 농장 외부로 나갔다. 농장은 총소리와 대포 소리, 화염으로 아비규환이다. 2선 경비를 책임지고 있는 부하에게 전화가 왔다.

- 파블로, 잘 지냈나?

부하의 목소리가 아니다. "넌 누구야?"

- 내 목소리도 잊었나? 이 개자식아!

"설마…… 체페 산타크루즈?"

체페는 네 명의 칼리 카르텔 보스 중 유일하게 감옥에도 가지 않고 죽지도 않은 인간이다. 밀림 오지의 커피 농장에 팔아넘겼는데 어떻게 살아 돌아왔는지 모르겠다.

- 맞아. 지옥에서 살아 돌아왔어. 우리 조직의 복수를 위해 오늘 이 순간을 기다렸다.

"체페, 굳이 이럴 필요가 있나? 네가 원하는 조건이 뭐야?"

- 너를 죽여 달라고 이미 돈을 받았어. 콜롬비아에 파블로가 죽기를 학수고대하는 사람들이 많아.

로베르트가 갑자기 내 전화를 빼앗아 배터리를 분리했다. "파블로, 이건 놈들이 신호 추적하려고 전화를 거는 거야. 빨리 여기를 벗어나야 해."

아, 내가 너무 방심했다. 멀리서 우리를 보고 달려오는 자동차가 보인다. 우리는 한참을 달려 자동차를 숨겨놓은 곳에 도착했다.

"파블로 상황이 심각해. 메데인 경찰과 정부군도 관여되어 있어. 일단 며칠간 잠복해야 해."

"13호 안가로 가죠. 거긴 애들도 대기하고 있습니다."

"아냐, 거긴 이미 오픈되어 있어. 아무도 모르는 곳으로 가야 해. 내가 13호

안가로 가서 시선을 끌 테니까 넌 아버지 집으로 가."

뭐, 아버지라고? 파블로의 아버지가 살아 있다는 말인가? 난 들은 적이 없는데…….

"물론 네가 아버지를 싫어하는 걸 잘 알아. 그렇지만 지금 적들이 완전히 모르는 안가는 안티오키아주 외곽에 있는 아버지 집밖에 없어."

"거긴 지리를 모르는데……."

"벨라스케스가 알고 있어. 그쪽으로 가서 기다리고 있어. 내가 상황을 정리해서 연락할게. 서둘러!"

멀리서 개 짖는 소리가 들렸다. 체페 자식이 준비를 많이 했다. "네, 그럽시다. 형님도 조심하세요. 벨라스케스, 가자."

벨라스케스가 모는 차를 타고 아버지 집으로 갔다. 멀리서 경찰차가 보였다. "보스, 잠시만요." 벨라스케스가 차를 멈추고 상황을 지켜보았다.

로베르트의 차가 검문소에 멈춰서 총을 갈겼다. 경찰 몇 명이 죽고 경찰차가 도주하는 차를 추적했다. "가시죠, 보스!"

우리는 경찰 초소가 혼란한 틈을 타 안티오키아주로 넘어갔다. "벨라스케스, 우리 아버지 집을 잘 아나?"

"당연히 잘 알죠. 옛날에 마로킨과 같이 자주 갔습니다."

"내가 기억이 가물거려서 그러는데, 우리 아버지는 건강하시나?"

"몇 년 못 봐서 잘 모르겠지만 건강하실 겁니다. 만약 돌아가시거나 아프시면 제가 모를 리가 없지요."

"혼자 사시나?"

"인디오 여자가 있습니다."

"그래?"

"이번에 아버님을 만나면 화를 내시면 안 됩니다. 마로킨이 죽었다는 걸 알면 아버님이 오히려 화를 낼 가능성이 큽니다."

파블로는 아버지와 사이가 안 좋았구나. 아마 어머니를 버리고 간 이유가 클 것이다. 파블로 아버지는 어릴 적 가족을 팽개치고 다른 여자와 결혼했다. 이것 때문에 파블로가 가난에 시달리고 제대로 공부를 못했다. 그 원망이 컸을 것이다.

차는 거의 세 시간을 달려 일반 도로에서 벗어났다. 비포장도로를 또 한 시간을 달려 어떤 농가에 도착했다. 개들이 맹렬하게 짖었다.

[빵빵]

벨라스케스가 클랙슨을 울리자 중늙은이가 총을 들고나왔다. "누구야?"

"저 벨라스케스입니다. 파블로 보스가 왔습니다."

차 문을 열고 나갔다. 생전 처음 보는 노인에게 인사했다. "아버지, 안녕하십니까?"

"여긴 왜 왔어?" 아버지라는 작자가 냉랭하게 인사를 받았다.

"지금 쫓기고 있습니다. 잠시 피신 왔습니다."

"일단 안으로 들어와."

집 안으로 들어가자 중년의 인디오 여자가 인사했다. "파블로, 식사는 했어요?" 이 여자도 기억에 전혀 없다. 여자는 파블로를 알고 있었다.

"네, 목이 마르네요. 물 좀 주세요."

여자가 가져다준 물을 마시고 있는데 아버지가 화난 목소리로 물었다. "마로킨은 왜 죽은 거야?"

"할 수 없었어요. 총알에 눈이 달린 게 아니니까요." 그날 현장을 설명해주었다.

"마로킨은 네 자식 아니냐? 말을 너무 쉽게 한다."

가슴이 뜨끔했다. 그날 나의 접근방식이 최선이었을까는 지금도 후회스럽다. 가차를 그냥 내버려 두어도 충분히 잡을 수 있었다. 뭐가 그리 급했을까……

"여보, 파블로가 피곤해 보이는데 내일 얘기해요." 인디오 아주머니가 우리 사이의 심각한 대화를 중단시켰다. 아버지는 아무 말도 없이 벌떡 일어서 자기 방으로 들어갔다. 나와 얘기하기 싫다는 거다.

"여유 있는 방이 하나밖에 없어서 두 사람이 같이 자야 해요. 이불을 가지고 올게요."

"보스, 저는 차에서 자겠습니다." 벨라스케스가 같이 있는 게 부담스러운 모양이다.

"차보다는 저기 소파에서 자. 오늘 피곤한 하루였어."

"감사합니다."

다음날 일어나니 해가 중천에 떴다. 피곤했지만 마로킨 생각 때문에 잠을 제대로 자지 못했다. 벨라스케스는 이미 나가고 없다. 핸드폰을 보니 신호가 잡히지 않는다. 하기야 시골구석에 기지국이 있을 리 없지.

화장실에 들러서 잠시 씻고 나오니까 인디오 아주머니가 우유를 들고 있었다. "파블로, 아침에 짠 신선한 우유입니다. 마셔보세요."

"감사합니다. 잠시 얘기 좀 할 수 있겠습니까?"

"네."

우리는 식탁에 앉았다.

"아버지는 어디 가셨나요?"

"이미 아침 드시고 밭에 나가 잡초를 제거하고 있어요. 벨라스케스가 도와준다고 따라갔어요."

"아, 제가 어제 잠을 잘 못 자서 늦게 일어났습니다."

"이해해요. 마로킨이 같이 왔으면 참 좋았을 텐데, 그 나이에 벌써 죽다니 믿기지 않아요."

"저도 가장 후회스러운 일입니다. 마로킨은 여기를 좋아했나요?"

"그럼요. 얼마나 웃고 즐겁게 놀았는지 몰라요. 파블로랑 망아지 목장에 놀러가서 조랑말 타는 것을 제일 좋아했어요."

"네? 망아지 목장이라고요?" 주변 어디에도 물어보아도 알 수 없다는 말만 들었는데, 여기에서 그 단서를 찾았다.

"파블로는 기억 못 해요? 그 목장은 우리 세 사람 사이의 비밀인데."

"제가 폭탄이 터질 때 받은 충격으로 일부 기억상실증에 걸렸습니다." 멋쩍게 웃으며 거짓말을 했다. 다른 사람이 환생했다고 말할 수는 없지 않은가.

"아, 그런가요? 마로킨이 다섯 살 때 파블로가 여기 데리고 왔어요. 그날도 아버지와 한참 싸워서 다음날 일찍 가려고 했어요. 그런데 아마 자동차가 고장이 났나 봐요. 그래서 하루를 더 여기서 보냈는데, 마로킨이 우리 망아지를 타고 싶다고 했어요. 그래서 제가 부드러운 흙이 깔린 저기 언덕 위의 창고 근처를 가르쳐주었어요. 그날 파블로와 마로킨이 그 창고 주변에서 재미있게 놀았나 봐요. 마로킨이 신나는 얼굴로 '아빠, 우리 망아지 목장에 자주 놀러 오자.'라고 말했고, 그때부터 그곳을 망아지 목장이라고 불렀어요."

"아, 그렇군요."

마로킨이 말한 장소가 여기가 맞는다면 파블로의 비자금과 볼리바르의 검이 있을 가능성이 크다. 비자금만 있다면 석유화학 플랜트사업의 자금 조달 고비를 넘길 수 있다. 그런데 파블로 자식이 비닐에다 돈을 넣어 놓았다면 그 돈은 썩었을 텐데, 걱정이다. 이미 10년이 지난 세월이다.

간단하게 점심을 먹고 벨라스케스에게는 핸드폰 신호가 잡히는 곳으로 가서 로베르트에게 전화해서 상황을 알아보라고 지시했다. 나는 삽을 들고 농장에서 위쪽으로 떨어져 있는 창고로 갔다. 창고는 거의 허물어지기 일보 직전이었고 안에는 건초더미가 쌓여 있었다. 일단 건초를 밖으로 꺼내고 창고 안의 땅을 팠다. 몇십 년 만에 하는 삽질이라 속도가 나지 않았다. 두 시간을 작업해서 흙을 들어내자 뼛조각이 보였다. 가만히 보니 사람 뼈이다. 그 옆에는 총알이 흩어져 있다.

보나마나 파블로는 비밀을 지키려고 여기 일했던 사람들을 모두 죽였을 것이다. 그러면 이 장소가 맞다. 사람 뼈를 옆으로 치우고 다시 파들어갔다. 한두 시간 더 주변을 파고 들어가자 삽이 철에 부딪히는 소리가 났다.

[탱!]

찾았다! 조심스럽게 철 상자를 꺼냈다. 상자를 오픈하니 갑자기 창고가 환해졌다. 황금이다. 파블로는 바보가 아니었다. 장기 보관을 위해 지폐가 아닌 금궤를 묻어둔 것이다. 시간도 늦고 이게 혼자서 작업을 할 일이 아니다. 상자가 얼마나 나올지 모른다. 작업을 멈추고 아버지 집으로 돌아갔다.

벨라스케스가 대기하고 있었다. "보스, 로베르트 보스와 연락했습니다."

"메데인 상황은 어떤가?"

"우리 조직이 다시 장악했습니다. 어젯밤 침입한 놈은 콜롬비아 민병대라고 합니다."

콜롬비아 민병대는 좌익 게릴라에 대항하는 우익 준군사조직이다. 이들은 정부군과 느슨하게 연결하여 좌익 게릴라인 FARC, ELN과의 전쟁을 할 뿐만 아니라 자금 조달을 위해 인질 납치, 마약밀매, 그리고 지주, 광산주, 석유회사, 정치인들이 준 후원금을 받아먹는다. 마약 카르텔이 미국의 견제로 사라진 콜롬비아에서 좌익 게릴라와 함께 강력한 무력을 자랑한다.

"그놈들이 왜 나를 노린 거야?"

"그건 물어보지 못했습니다. 확실한 것은 어제 민병대를 이끌고 온 놈은 체페입니다. 그놈이 커피 농장을 탈출해 우익민병대가 되었다고 합니다."

"전투는 어떻게 되었나?"

"아침에 에스코바르 경비를 총동원해 그놈들을 쫓았습니다. 스무 명 가까이 사살하고 두세 명을 포로로 잡았는데 체페는 도망갔다고 합니다."

"로베르트 형님에게 애들을 여기로 보내달라고 해. 트럭도 하나 갖고 오고."

"네, 알겠습니다."

화장실에 가서 땀을 씻고 나오니까 아버지가 부엌에서 술을 마시고 있었다. "너도 한잔할 거야?"

"네, 주세요."

아버지가 럼주를 따라 주었다. "마로킨은 어디에 묻었나?"

"메데인 시내의 공동묘지에 묻었습니다. 거기에 어머니와 마리아도 같이 있습니다."

"너도 조만간 거기에 묻히겠지. 총으로 일어선 놈은 총으로 망하는 거야."
기분이 나빴지만 사실 맞는 말이 아닌가.

"그게 인생입니다. 가진 것도 없는 놈이 일어서려면 그것밖에 없습니다."

"어릴 적부터 너는 내 말을 안 들었어. 성실하게 열심히 일하기보다 잔꾀에 능했지. 그래도 메데인시장까지 했으니 출세했다. 아들을 먼저 보낸 대가인가?"

이 노인은 끝까지 사람 신경 긁는 소릴 한다. 이러니까 파블로가 싫어했지.

"돈 필요하면 연락하세요. 이 기회에 메데인 시내에 나와 사는 것도 나쁘지 않네요."

"난 싫다. 여기서 땀 흘리고 살다가 아무도 모르게 죽을 거다."

"죽기 전에 병원에 갈 날이 있을 겁니다. 같이 사시는 아주머니가 혼자 여길 살 수는 없지 않습니까? 그럴 때는 도움을 요청하세요."

그날 저녁에 로베르트와 부하들이 트럭을 몰고 농장으로 왔다. 로베르트가 아버지와 대화하는 사이 나는 애들을 데리고 망아지 목장에 가서 숨겨둔 금궤와 볼리바르의 검을 찾았다.

메데인 시내 안가로 돌아와 금 시세를 확인하니 적어도 3천만 달러 이상의 가치가 있다. 이것만 팔아도 급한 자금 문제를 해결할 수 있다. 리코를 시켜 즉시 현금화하라고 지시했다.

칼집에서 볼리바르의 검을 빼보았다. 검날은 10년 동안 누구도 빼보지 않았지만 날카롭게 빛나고 있었다. 칼 손잡이에는 보석으로 장식되어 있어 화려함을 더 했다. 이게 3천만 달러보다 더 비싸 보였다. 아쉽지만 팔 수 있는 물건이 아니다. 콜롬비아 정부에 돌려주어야 하지만 잠시 보관하기로 했다.

지금 당장 급한 것은 메데인 경찰을 비롯한 배신자를 찾는 것이다. 카를로스와 사무라이 시카리오가 메데인시 경찰국장을 잡아 왔다. 그놈은 나를 보고 벌벌 떨었다. "파블로 회장님, 살려주십시오. 제가 잘못했습니다."

"나는 네가 실수했다고 생각하지 않아. 어제 왜 내 전화를 안 받았지?"

"술 마시다가 깜박했습니다. 정말입니다."

"그러면 전화를 걸어서 물어봐야 하는 거 아닌가? 어떤 일로 전화했는지? 내가 메데인시장을 그만두니까 우습게 보여?"

"아닙니다. 술을 너무 먹는 바람에 그만 자고 말았습니다."

벨라스케스에게 눈짓했다. 취미 거리를 발견한 벨라스케스가 기쁨을 감추지 못하고 경찰국장을 옆방으로 데리고 갔다. 잠시 뒤, 구타와 고문으로 얼이 빠진 경찰국장이 기어 나왔다.

"누가 지시한 거야? 어제 사태를 방조하라고?"

"보고타 경찰 총경입니다. 모른 척하라는 지시가 내려왔습니다. 정말입니다. 저는 화장님께 충성하려고 했는데 제 밑에 애들이 있는 바람에……"

보고타 경찰 총경은 삼페르의 최측근이다. 이놈들이 내 돈 1억 달러나 받아 처먹고 또 뒤통수를 치려고 하다니…… 참을 수가 없었다. 이 바닥에서는 만만하게 보이면 눈치보던 놈도 죽이려고 달려든다. 삼페르 개자식을 손봐야 한다.

벨라스케스에게 눈치를 주었다. 벨라스케스가 총을 꺼내려고 해서 제지했다. 내일부터 메데인시장 선거가 시작되는데 메데인 경찰 최고책임자를 죽일 수는 없다. "얼굴만 빼고 죽지 않을 만큼 패! 파블로를 배신하면 어떤 꼴이 나는지 보여줘."

"파블로 회장님, 감사합니다. 앞으로 다시는 배신하지 않겠습니다." 벨라스케스에 의해 끌려가면서도 경찰국장은 살았다는 안도의 표정을 지었다.

삼페르에게 전화했다. 비서실장이 받아서 연결해주었다.

- 오, 파블로 회장, 어젯밤에 기습을 받았다고 들었네. 몸은 괜찮소?

"제가 죽었다면 대통령께서도 편안하지 못할 겁니다."

- 하하하. 무슨 말을 그렇게 합니까? 이제 우리는 한배를 탄 사이입니다. 누가 다치면 서로 힘들게 되어 있습니다.

"저는 수틀리면 다시 마피아 보스를 하면 됩니다. 그렇지만 대통령께서는 뭘 하겠습니까? 누가 손해인지 냉정하게 판단하세요."

- 무슨 말인지 이해가 되지 않는군.

"전화상으로 사과받으려는 생각은 없습니다. 어제 사건도 있고 하니까 바랑카베르메하 정유소 인수대금을 깎아주십시오."

- 그건 이미 결론을 짓지 않았나? 대통령이라고 해도 마음대로 할 수는 없어.

"바랑카베르메하 정유소의 숨겨진 부채가 계속 나오고 있습니다. 그건 정부가 당초 약속대로 책임져주십시오."

- 아, 바랑카베르메하 정유소 민영화를 국민에게 약속했는데, 그 부채가 공개되면 곤란해.

"그러면 계약을 포기하겠습니다. 계약서 내용을 지키지 않은 것은 이 정부입니다."

- 아…….

삼페르는 깊은 한숨을 쉬고 생각하다가 다른 제안을 했다.

- 얼마 전 정부가 마그달레나강 근처에 유력한 유전을 발견했어. 최대 매장량이 1억 배럴이라고 하더군. 이걸 에스코바르 그룹에 싼 가격에 넘길테니 다음 달에 입찰하게.

정유공장의 핵심은 플랜트 설비보다는 원유이다. 원유가 싼 가격으로 지속적으로 공급되지 않으면 공장은 돌아가지 않는다. 두 개의 유전을 받았지만 이게 언제 기름이 떨어질지 모른다.

"조사해보고 가능성 있으면 받겠습니다. 또 다시 장난치면 절대 가만히 있지 않겠습니다."

- 이제 선거가 얼마 남지 않았소. 더 이상 문제 일으키지 맙시다.

개자식과 전화를 끊고 대기하고 있는 나베간테를 불렀다.

"보스, 몸은 괜찮습니까?" 나베간테가 조심스럽게 물었다.

이 자식이 왜 이러나? 피도 눈물도 없는 살인자인데. "괜찮아. 체페에 대해 알아보았나?"

청부살인업자 나베간테에 체페 건을 다시 맡겼다. "네, 여기저기 정보를 주워 모았습니다. 체페는 커피농장에 팔려 갔지만, 곧 그곳을 탈출하여 마그달레나강 유역의 민병대에 합류했습니다. '제6사단'이라고 불리며, 그 규모가 2만 명을 넘는다고 합니다. 거기 대대장이 되어 밀림의 학살자로 악명을 떨쳤다고 합니다."

"그놈이 밀림에 있지, 왜 나를 죽이러 메데인에 올라왔어?"

"개인적 원한도 있고…… 아마 청부를 받은 것으로 보입니다. 왜냐하면 거기도 군대라서 대대장이라고 자기 마음대로 병력을 이동할 수 없습니다."

"어떤 새끼가 청부했어?"

"그건 더 조사해봐야겠습니다."

"한 장이면 되겠지?"

10만 달러다. 20만 달러까지 줄 용의가 있었는데, 나베간테는 충분하다고 답했다.

"보스, 제발 경호를 강화하시기를 바랍니다. 좌익 게릴라와 우익민병대가 설치는 지금이 마약 카르텔의 시대보다 치안이 더 불안합니다."

이 자식이 왜 이러나? 용병 주제에…….

"충고 고마워."

"파블로 보스는 우리 콜롬비아의 미래입니다. 보스를 사랑하고 믿는 시민을 생각하여 안전에 주의했으면 좋겠습니다."

이놈이 지난번 에스코바르 스타디움 개장식 때 나를 보던 눈빛이 심상치 않았는데…… 그렇지만 나베간테는 배신자다. 항상 조심해야 할 놈이다.

"알았어. 빠른 시간 안에 체페를 청부한 놈과 제6사단 정보를 갖고 와!"

"알겠습니다."

마그달레나강 유전사업의 가장 큰 난건은 유전 개발이 아니라 그 인근에 자리 잡은 좌익 게릴라와 민병대이다. 이놈들이 설치면 유전 개발도 힘들고 송유관을 지키기도 힘들다. 바랑카베르메하 석유화학 플랜트가 가동되기 전에 이놈들을 소탕할 생각이다.

09

코카인 프레싱

메데인시장 선거는 압승으로 끝났다. 나의 선거 구호는 '안전한 메데인'이다. "메데인을 범죄로부터 안전한 도시로 만들겠습니다. 늦은 밤 여자 혼자서도 길거리를 다닐 수 있는 도시! 장사하는 사람들이 범죄자에게 갈취를 당하지 않는 도시! 납치가 없는 도시를 만들겠습니다. 마약을 완전히 메데인에서 몰아내겠습니다."

로베르트가 마약은 없앨 수 없다며 반대했지만 그럴 수 없다. 그동안 메데인 경제를 위해 소규모 마약상들을 봐주었지만 이제 예외는 없다. 바늘 도둑이 소도둑 되는 법이다.

시장에 당선된 이후 먼저 부패 경찰을 손보았다. 특히 간부급 경찰에 대한 내부 감찰을 통해 문제가 있는 놈들은 다 옷을 벗겼다. 하위직 경찰에 대해서도 향후 범죄 조직에 연루되거나 뇌물을 받으면 콘도 분양권을 몰수하겠다고 선언했다.

범죄 조직이었던 에스코바르 패밀리가 정상적인 기업으로 바뀔 수 있었던 것은 콘도 무상 분양이었다. 조직원들에게 10년 무사고, 무배신을 하면 콘도를 공짜로 주겠다고 약속했는데 이게 큰 효과를 보았다. 사람은 미래가 있으면 사고를 치지 않는다. 메데인 경찰에게도 이 원리를 적용했다. 10년이 아니라 5년을 조건으로 깨끗한 경찰이 될 것을 강요한 것이다. 그 대가가 에스코바르 건설이 만든 콘도를 무상 분양받는 것이다.

그렇지만 콜롬비아 치안을 혼란스럽게 만드는 것은 마약상이나 범죄자만이 다가 아니다. 좌익 게릴라가 인질 납치, 세금 강요, 마약상들의 앞잡이 노릇을 하는 게 더 문제다. 경찰은 중무장한 이들을 감당할 수 없다.

콘비비르(CONVIVIR)라는 치안 서비스를 도입했다. 인구 10만 명을 기준으로 민간인이 지역 사회에 경찰과 군대에 정보를 제공하면서 필요하다면 범죄 조직과 게릴라를 척결할 수 있는 시민 자경단을 만들었다.

시민 자경단이 또 다른 무장단체가 되는 것을 막기 위해 단장은 내가 지명했고 자금 일부는 에스코바르 그룹이 부담했다. 자경단이 게릴라의 활동을 제지하는 데 큰 역할을 했다. 비록 무고한 시민들을 괴롭히고 심지어 살인까지 한다는 비난도 받았지만, 범죄와 납치를 크게 줄였다는 점을 부정할 수 없다.

메데인을 비롯한 안티오키아주의 치안이 크게 안정되었다. 치안이 안정되니까 소비심리가 살아났다. 야시장이 열리고 카페와 레스토랑, 축구장과 극장 등은 사람들도 가득 찼다. 세상에 메데인의 저녁 날씨만큼 좋은 데가 없다. 습기가 없고 공기는 선선하며 도시에는 꽃냄새가 가득 퍼진다. 그동안 치안 불안 때문에 시민들은 이런 저녁을 누리지 못한 것이다.

소비가 살아나자 일자리도 절로 생겼다. 다른 도시에서 메데인으로 이주하는 사람들이 늘어났다. 보고타와 중앙 정치에서 파블로를 바라보는 시선이 조금씩 바뀌었다. 전직 마약왕이 아니라 유능한 행정가라는 이미지이다.

문제는 바랑카베르메하이다. 에스코바르 그룹이 정유공장을 인수하고 석유화학 플랜트를 건설한다는 소식은 민병대와 좌익 게릴라에게 호재가 되었다. 이놈들 눈에는 내가 그냥 돈주머니로 보이는 모양이다. 마테오가 바랑카베르메하에서 전화했다.

- 회장님, 큰일 났습니다. 민병대가 마그달레나강에서 플랜트 설비 화물선의 진로를 가로막고 있습니다.

바랑카베르메하 석유화학 플랜트 설비는 한국에서 태평양을 건너 파나마 운하를 지나 키리브해에서 마그달레나강을 통해 운반된다.

"그놈들의 요구조건은 뭐야?"

- 앞으로 배 한 척당 통과료로 10만 달러를 달라고 합니다.

"미친놈들! 지난번 복수도 못 했는데 또 우리를 공격해! 현지 경찰과 군에 협조 요청은 했나?"

- 네. 당연히 했지만 들은 척 만 척합니다. 자기들은 좌익 게릴라와 상대하기도 바쁘다고 합니다.

"일단 시간을 끌고 있어. 메데인에서 애들이 금방 내려갈 거야."

사무라이 시카리오의 대장인 카를로스를 불렀다. "지금 바랑카베르메하로 출동한다. 이건 전쟁이니 완전히 중무장해라."

"네, 알겠습니다. 상대는 누구입니까?"

"지난번 나폴레스 농장을 습격한 민병대 제6사단 놈들이다. 지금 마그달레나강에서 우리 화물선을 가로막고 돈을 요구하고 있다."

"그렇지 않아도 지난번 기습 공격으로 체면을 손상했는데 이번에 제대로 손을 봐주어야겠습니다."

"거기 민병대는 무장이 장난이 아니야. 에스코바르 경비에서도 백여 명 더 차출해서 당장 출발해."

"네, 알겠습니다."

바랑카베르메하에도 에스코바르 경비가 활동하고 있지만 규모가 백여 명도 되지 않는다. 앞으로 거기에도 사람들을 더 늘려야겠다. 무엇보다 마그달레나강 동쪽의 유전에서 정유소까지 보내는 송유관이 문제다. 송유관은 콜롬비아군이 책임지고 경비를 서주고 있지만 믿을 수 없다.

로베르트가 달려왔다. "늦어서 미안해. 다른 일을 보느라고……."

"축구 토토 하는 거 아니죠?"

"야, 그런 도박은 이제 안 해. 그건 그렇고 민병대놈을 어떻게 상대하지?"

"바랑카베르메하에는 정부 공권력이 없다고 생각해야 합니다. 우리가 무력이 없으면 협상력도 없는 겁니다. 장기적으로 우리 경비 병력을 늘려야 합니다. 일단, 현장에 가서 봅시다."

"그 위험한 현장에 네가 갈 필요가 있나?"

"현장을 알아야 제대로 된 대응책을 만들 수 있습니다. 마테오는 경영인이라 이런 군사적인 문제를 대처하기 힘듭니다. 비행기를 대기시켰습니다. 가시지요."

메데인에서 마이애미로 장미를 운반하는 에스코바르 물류의 화물 비행기를 준비시켰다. 사무라이 시카리오와 병력을 태우고 메데인에서 바랑카베르메하까지 날아갔다.

공항에서 마테오가 대기하고 있었다.

"회장님, 이놈들이 오늘까지 돈을 내지 않으면 화물선을 공격하겠다고 합니다."

"그놈에게 전화해! 내가 통화하겠어."

마테오가 민병대 책임자에게 전화를 걸어 바꾸어주었다. 전화받는 놈은 체페 개자식이었다. "체페, 나야! 지난번 받은 부채도 갚아주지 않았는데 또 이런 식으로 만날 거야?"

- 우리 비즈니스가 엮여 있으니까 그렇지. 잔말 말고 어떻게 할 거야? 통행료를 낼 거야?

"배 한 척당 10만 달러는 너무 많아. 1만 달러로 하지."

- 네 배에 실린 화물의 가치가 수백만 달러 한다는 거 알아. 돈 주기 싫으면 마그달레나강 바닥에다 묻어주지.

"석유화학 플랜트는 콜롬비아 정부의 관심 사항이야. 이러고도 네가 민병대라고 할 수 있나? 좌익 게릴라와 싸워야지 정부 프로젝트를 망치려고 해?"

- 그게 왜 정부 프로젝트야? 네 개인 사업이지. 10만 달러 낼 거야 말 거야? 지금 우리 포병대가 강기슭에서 화물선을 겨냥하고 있어. 시간 끌지 마!

일단 여기서는 물러서기로 했다. 말싸움하다가 저놈이 진짜 대포를 쏘면 곤란하다.

"계좌번호 불러. 지금 송금할게."

- 잘 생각했어.

리코를 통해 10만 달러를 민병대 계좌로 송금했다.

"체페, 다음번에는 이러지 말자. 콜롬비아 정부가 가만히 있지 않을 거야."

- 흥, 여기에 정부는 없어. 힘 있는 놈이 최고지. 그래도 우리가 있으니까 좌익 게릴라가 보고타로 진격하지 못하는 거야. 정부가 고마워한다고.

전화를 끊고 마테오를 불렀다. "민병대를 추적하는 애들이 대기하고 있지?"

"네, 보스의 지시로 그놈들을 감시하는 팀을 보냈습니다."

"포병대가 왔다고 하니까 철수하는데 시간이 걸릴 거야. 동선을 잘 파악해서 기습 공격하는 지점을 보내라고 해."

"네, 알겠습니다." 마테오가 내 지시사항을 감시팀에다 전달했다. 그리고 걱정스러운 표정으로 말했다.

"그런데 회장님, 이놈들을 기습 공격하는 것은 문제가 아니지만 앞으로 자꾸 이런 상황이 발생하면 어떻게 합니까? 플랜트 건설 과정에서 타협하는 게 어떨까요?"

"민병대와 타협하려면 먼저 우리 힘을 보여줘야 해. 알아서 복종하면 원래 자기의 힘이 어느 정도인지 몰랐던 상대방이 더 날뛸 수 있어. 그러면 상황이 더 힘들어져. 힘이 있어야 휴전도 가능해."

나는 카를로스를 불렀다. "지금 당장 기습 공격에 나간다! 준비해!"

"네, 준비하겠습니다."

감시팀에서 연락이 왔다. 민병대 제6사단은 엘카르맨 국도로 이동하고 있다고 한다. 아마 이들 근거지가 그쪽 밀림인 모양이다. 약 2백여 명의 우리 부대는 트럭과 지프를 나누어 타고 엘카르맨시 입구에 대기했다. 멀리서 트럭들이 달려오는 소리가 들렸다.

"저놈들입니다." 카를로스가 말했다.

"여기서 공격한다. 저놈들에게 대포를 사용할 기회를 주면 안 돼! 확실하게 진압해야 해!"

"네, 알겠습니다. 그렇게 지시하겠습니다." 카를로스가 분대장에게 무전기로 연락했다.

제6사단 트럭이 위태로운 커브 길을 돌자마자 사무라이 시카리오가 바주카포를 발사했다.

[쾅!]

"공격!" 카를로스가 외치자 매복하고 있는 우리 애들이 총을 갈겼다.

[탕탕탕]

세 대의 트럭에 나누어 타고 들어오던 민병대의 대응도 만만치 않았다. 이들은 이 지역에서 오랜 전투 경험으로 무장되어 있다. 우리들의 위치를 파악하고 트럭을 방패로 삼아 대응 사격을 했다.

[타아앙 탕!...... 꽈아아앙!]

바주카포와 소형 폭탄이 동원되었다.

[펑! 펑!]

"피해!"

"으아아아악!"

죽고 죽이는 참혹한 전투가 쉴 새 없이 펼쳐졌다. 환생 이후 많은 전쟁을 치렀지만 지금처럼 참혹하지는 않았다. 이건 마피아 간 총싸움이 아니라 진짜 전투고 전쟁이다. 다행히 우리가 기습의 우위를 가졌고 수적으로 많았다. 민병대는 전투 경험이 풍부했지만 백여 명 정도밖에 되지 않았다. 트럭 한 대가 뒤로 물러나서 우리가 막은 길을 그대로 돌파했다.

"저놈을 막아!" 카를로스가 소리쳤지만 우리 쪽을 향해 집중적으로 사격하는 바람에 피하지 않을 수 없었다.

[부우웅!]

트럭 한 대가 쏜살처럼 도망갔다. 남은 트럭을 방패로 삼던 놈들이 손을 들고 항복했다. 피에 젖은 눈빛의 로베르트가 이들을 죽이려고 했다.

"형님, 그건 나중에 해도 됩니다. 일단 우리 애들 상황을 파악해보시기 바랍니다."

"정말 여기는 전쟁터야. 메데인 시내에서 총격전은 애들 장난에 불과해."

사망자와 부상자, 그리고 포로를 확인하고 카를로스가 보고했다. "보스, 우리 애들은 9명이 죽고 부상자는 8명입니다. 그중에 둘은 심각합니다. 포로는 12명입니다."

"체페 자식은 보이나?"

"체페는 보이지 않습니다. 아마 도망간 것 같습니다."

"일단 부상자를 빨리 치료하고 마테오에게 얘기해서 병원을 알아봐!"

체페 자식은 이 매복 공격을 피해 도망갔다. 그놈에게 전화했다. "체페, 살아있나?"

- 개자식, 비겁하게 매복 공격이나 하고. 조금 전 거래를 끝냈으면 도발하지 말아야지.

"흥, 거래는 문제없었어. 배를 통과하는 조건으로 돈을 준 거지, 여기서 복수하지 말라고 한건 아니잖아?"

- 앞으로 너네 화물선은 예고 없이 공격당할 거야. 오늘 사건을 잘 기억해.

"만약 우리 화물선이 공격받으면 네 근거지도 끝나는 거야. 우리는 콜롬비아 정부군을 매수할 돈이 있어."

민병대 제6사단은 게릴라 반군에 대항하기 위해 콜롬비아군과 합동작전을 벌인다. 돈만 준다면 콜롬비아군은 민병대의 위치를 가르쳐 줄 것이다.

- 개자식! 두고 봐! 너는 언젠가 내 손에 죽을 거야!

체페가 고함치며 전화를 끊었다.

"자, 이제 돌아가자!"

"포로는 어떻게 합니까?" 카를로스가 물었다.

"데리고 간다. 잘 묶어서 도망치지 못하도록 해."

민병대의 포로라고 해봐야 용병이거나 마지못해 끌려온 시골 애들에 불과하다. 특별한 이념이 없어서 얼마든지 우리 병력으로 바꿀 수 있다. 시체는 내일 정리하기로 하고 차를 타고 바랑카베르메하시로 돌아갔다. 메데인에서 바랑카베르메하까지 비행기로 날아와서 다시 매복 공격까지, 피곤했다. 빨리 시내로 돌아가 쉬고 싶었다. 여기서 두 시간이면 갈 수 있다.

이미 밤늦은 시간이었다. 사방을 경계하며 트럭과 지프가 달려가고 있는데, 멀리서 폭탄 터지는 소리가 들렸다. 여기가 전쟁터라는 게 실감이 났다. 그리고 얼마 지나지 않아 총소리가 들렸다.

[탕탕탕]

"기습이다. 전부 차에서 내려서 전방 6시 방향으로 대응해!" 카를로스가 소리쳤다. 진짜 전쟁터구나. 방금 전에 피에 젖은 현장을 겨우 벗어났는데.

[탕탕탕]

"어떤 새끼들이야?" 나는 사람들을 보며 물었다.

"FARC입니다." 우리가 붙잡은 민병대의 포로가 대답했다.

"그놈들이 왜?"

"통행료를 받으려고 저 짓을 합니다. 총알이 전부 하늘로 날아가고 있지 않습니까?"

이놈 말대로 기다리며 매복하는 놈들이 총을 엉뚱한 방향으로 쏘고 있다. 아무도 다치지 않았다. "일단 사격 중지!"

우리 쪽 대응 사격을 중지하니까 저쪽도 중지했다.

어둠 너머 게릴라에게 물었다. "우리는 바랑카베르메하 정유소에서 왔다. 왜 사격을 하나? 대화하자!"

곧 답변이 왔다. "우리는 FARC이다. 마그달레나강에 온 것을 환영한다. 하지만 입장료를 내야지. 아니면 목숨을 내놓던지."

"얼마를 요구하나?"

"10만 달러. 싸게 부른 거다."

"통행료를 내겠다. 우릴 보내다오."

"좋아. 화끈한 놈이네. 이쪽으로 돈을 보내."

카를로스를 시켜 돈을 건네주었다. 돈을 확인한 FARC 게릴라 두목이 "파블로, 다음에 또 보자. 지금처럼 말을 잘 들으면 살려줄게."라며 외치며 사라졌다.

"몇 명 되지도 않는데 왜 돈을 주고 그래?" 로베르트가 불만에 가득 찬 목소리로 말했다.

"지금 밤입니다. 우리는 여기 지형을 모릅니다. 저기 밀림 뒤에 몇 명이 더 숨어 있는지 알 수 없습니다. 10만 달러 주고 여기 인원이 안전하게 통과하면 충분히 돈값을 한 겁니다."

"그런데 그놈이 네 이름을 어떻게 아나?"

"오늘 마그달레나강에서 한바탕하지 않았습니까? 이미 소문이 다 났을 겁니다."

"앞으로가 걱정이다. 메데인 시내에서 총싸움할 때가 좋았어." 로베르트가 한숨을 쉬었다.

"우리도 적응해야 합니다. 여기에서 석유를 제대로 공급받지 못하면 석유화학 플랜트는 고철이 됩니다. 그러면 에스코바르 그룹은 망합니다."

"도대체 여기는 정부 공권력이 있기나 하나? 제6사단에 FARC 게릴라까지 이렇게 설쳐도 콜롬비아군은 눈에 보이지도 않네."

로베르트가 모르는 게 있었다. 나도 마찬가지지만. 마그달레나강에는 콜롬비아군, 민병대 그리고 FARC만 있는 게 아니다. 다른 엄청난 배후조직이 있다. 그건 바로 CIA이다.

다음날 오후 CIA 콜롬비아 책임자인 빌 스테크너가 바랑카베르메하의 내 사무실로 찾아왔다. "파블로 회장, 지옥에 입성하신 것을 축하합니다. 하하하."

"무슨 일로 찾아왔습니까? 사업가가 CIA 요원을 만날 이유가 없는 것 같은데……."

빌 스테크너는 고개를 가로저으며 내 말이 맞지 않는다는 표정을 지었다.
"어제저녁에 자네가 죽다 살아난 것을 모르는가?"

"무슨 말이신지?"

"제6사단은 운 좋게 격파했지만 FARC와 만나서 10만 달러만 주고 통과할 수 있었던 것에는 내 역할도 있소."

"돈 주고 통과했는데 당신이 거기서 무슨 역할을 했다는 거요?"

"왜냐하면 그 시간에 내가 애들을 시켜 FARC 뒤쪽을 공격했으니까. 자네가 그놈들과 만나기 전에 폭탄 소리를 듣지 못했소?"

"……."

"본래 FARC는 자네를 납치할 생각이었소. 콜롬비아 최고 부자를 납치하면 1억 달러는 충분히 받지 않겠소? 하하하."

"우리 애들이 2백여 명입니다! 그렇게 당하지는 않소."

"자네 애들은 시가전에 특화된 시카리오들이지. 여기는 전쟁터요. 그런 화력으로는 견딜 수 없을거요."

이놈 말이 맞다. 어제 전투에서 그것을 느꼈다. 여기에서는 대포, 중화기 등 무력이 중요하다. 조직도 군대처럼 바뀌어야 한다.

"일단 고맙습니다. 왜 나를 위해 그런 공작을 했소?"

"미국이 파블로를 필요로 해서."

"무슨 소리요?"

"CIA는 자네에 대해 다 알고 있소. 파나마의 노리에가 공작에서부터 부시 대통령을 협박해 마이애미 법정에서 무죄를 받아낸 것까지."

확실히 CIA이다. 나의 파일을 차곡차곡 쌓아놓았다.

"하고 싶은 얘기가 뭐요?"

"CIA와 손잡고 FARC를 제거할 생각 없소? 그놈들을 제거해야 밀림의 유전을 안전하게 개발하고 원유도 공급받을 수 있을텐데.”

"FARC는 콜롬비아 정치의 문제야. 난 그런 일에 개입하고 싶은 생각이 없소. 콜롬비아군은 어디다 써먹을 거야? 난 사업가란 말이오.”

"콜롬비아군이 역할을 못 하니까 그런 거요. 그놈들은 뿌리부터 썩었어. 돈이 없으면 움직이지를 않소. 전투 실력도 형편없고. 자네가 그 역할을 할 수 있어. 돈도 있고 마피아 보스를 해보았으니까 리더십도 있고.”

"CIA가 키우는 제6사단이 그런 일을 하지 않나?”

"민병대는 이제 통제가 안 돼. 그놈들은 이제 마약업자요. 체페라는 놈이 거기 대대장이 되면서 사업 중심을 급속히 마약으로 턴하고 있단 말이오. 아무리 적의 적은 우리 편이라고 하지만 마약업자랑 관계를 맺으면 나중에 미국 의회에서 문제가 될 수 있거든.”

"어쨌든 나는 관심 없소. 당신은 당신의 일을 하시오. 나는 내 일을 할거요. 필요하면 서로 협력할 수는 있겠지. 그렇지만 나는 미국의 용병이 될 생각이 없소.”

"고집이 세구만…… 일단 두고 보겠소. 마그달레나강은 쉬운 데가 아니오. 메데인의 뒷골목과는 하늘과 땅 차이지.”

"마약업자와 다를 바 없는 제6사단은 우리 조직을 통해 대처할 수 있다. 문제는 군대와 마찬가지인 FARC이다. CIA와 콜롬비아군도 감당 못 하는 이놈들을 어떻게 제압할 수 있나? 게릴라 문제에 정통한 내 친구가 있다. 그 친구를 불렀다.

바로 M-19 전직 게릴라 대장인 고메즈다. 지금은 제도정치권으로 변신하여 민주동맹 대표를 맡고 있다. 내 전화를 받은 고메즈는 그의 부하들과 함께 바랑카베르메하의 사무실에 나타났다.

"파블로 회장, 고생이 많네. 그동안 신세 많이 졌는데 이번에 내가 도와주어야지.”

나는 드러나지 않는 고메즈의 가장 큰 후원자다. 내 돈이 없었다면 제대로 선거를 치르지 못했을 것이다.

"무슨 말이야? 우린 친구잖아. FARC 문제에 대해 조언을 해줘."

"자네는 내가 FARC와 전쟁을 하기를 바라는 것은 아니지? 난 그 바닥을 이미 은퇴했어. 총 잡아본 지가 오래되었다고. 하하하."

"아이고, 이거 괜히 불렀네. 쓸모도 없는 친구를…… 하하하."

우리는 같이 웃었다. 그리고 진지하게 부탁했다. "그러면 FARC를 상대할 방법이라도 가르쳐 줘. 정말 힘들어."

"FARC는 약 2만 명으로 구성된 군대야. M-19는 2천 명을 넘은 적이 없는데 우리의 10배나 되지. 내부 규율도 세서 전투에 물러섬이 없어. 에스코바르 경비가 감당할 적이 아니야."

"그러면 어떻게 하나? 그놈들이 관할하고 있는 밀림에 우리 유전과 송유관이 있어. 앞으로 개발될 신규 유전도 그놈들 근거지 가까이 있어. FARC가 우릴 공격하면 이 정유소와 석유화학 플랜트가 가동이 안 돼."

"FARC와 협상을 해야지. 돈을 주고 평화를 보장받는 게 제일 나은 방법이야."

"콜롬비아군과 민병대를 활용할 수 없나?"

"자네도 알다시피 콜롬비아군은 썩어서 전투능력이 없다고 봐야 해. 민병대는 돈 없으면 굴러가지를 않아. 그 돈을 민병대에게 줄 바에 FARC에 주는 게 더 효과적이야."

고메즈의 조언이 맞다. 에스코바르 경비가 아무리 사람을 동원해도 만 명이 힘들다. 만 명을 정글에 배치하면 그 경비를 감당하기 힘들다. 그리고 무엇보다 에스코바르 그룹은 기업이다. 우리는 사업을 해야 한다.

"고메즈 자네가 협상을 해주게. 돈을 내겠네. 대신 FARC는 우리 사업체를 건드리지 않고 보호해주는 조건이야."

"친구를 위해서 당연히 해야지. 자네가 그동안 나를 많이 도와주었잖아."

"고맙네."

"자, 그러면 나는 FARC의 라울 레예스를 만나러 가겠네." 고메즈가 일어섰다.

"하루 정도 쉬고 가. 술도 한잔해야지."

"일이 끝나야 편하게 마시지. 내 이럴 줄 알고 라울과 이미 약속을 했어."

고메즈가 나가자 나베간테가 들어왔다. 고생을 많이 했는지 얼굴이 수척하다.

"보스, 어제 공격을 받았다고 들었습니다. 괜찮은가요?"

이놈이 부쩍 나에게 관심이 많다. 설마 우리 조직에 들어오고 싶은 건가?

"우리 애들이 많아서 큰 문제 없었어. 어떻게 그동안 알아봤나?"

"네, 민병대 애들을 만나서 정보를 모았습니다."

"체페에게 들키지는 않았나?"

체페는 나베간테에게 한번 크게 배신을 당했다. 아마 만나면 살아남기 힘들 것이다.

"체페가 어떤 놈인지 잘 압니다. 그놈의 최측근을 매수했습니다. 그래서 정보를 입수했습니다."

"민병대에게 나를 죽이라고 사주한 놈들이 누구인가?"

"로페즈 가문이라고 합니다."

"그놈이 왜?"

로페즈 가문은 콜롬비아 최대 신문사인 《엘파이스》를 갖고 있다. 본래 대지주 토지 부자에서 지금은 보고타 부동산 거부인데다 신문사까지 운영하고 있다.

"저도 그 이유까지는 모릅니다. 로페즈 가문에서 보스 목에 백만 달러를 걸었다고 합니다. 민병대에 착수금까지 주었다고 들었습니다."

"알았어. 수고했고 잔금은 리코가 줄 거야."

"감사합니다. 별거 아닌 일인데 챙겨주셔서……."

"또 일이 생기면 연락할게."

로페즈 가문이 살인을 사주했다고 하니 여러 가지 복잡한 생각이 들었다. 이들은 내가 에스코바르 방송국을 만들 때도 지독하게 반대했었다. 언론사 사주 모임에서도 나를 계속 따돌림을 시키고 있다. 물론 거기 오라고 해도 갈 생각은 없지만.

그런데 로페즈 가문이 바랑키야에 있는 에스코바르 섬유의 지분을 10퍼센트나 샀다. 그놈들이 숨겨놓은 돈이 그렇게 많은 줄 몰랐다. 나를 죽여서 회사를 완전히 인수할 생각인가? 발레리아에게 로페즈 가문을 알아보라고 지시했다.

며칠간 현대건설 관계자와 석유화학 플랜트 건설에 대해 논의했는데, 문제는 갈수록 원자재 가격이 상승하고 달러 환율이 올라가면서 건설비용이 올라가고 있다는 점이다. 이제 대출받을 데도 없는데 어떻게 돈을 조달하나?

이틀 뒤, 고메즈가 돌아왔다. "파블로, 잘 되었네. 라울 레예스와 큰 줄기의 협상을 마무리 지었네."

"다 자네 덕분이야. 구체적으로 얘기해주게."

"FARC는 자네 사업권을 보장하는 조건으로 연간 2백만 달러를 요구하네. 돈은 선불이야."

"오, 고맙네. 그 정도 조건이면 조금 힘들지만 충분히 감당할 수 있어."

"처음에는 천만 달러를 요구했어. 내가 파블로 회장이 우리 좌익 정당에 그만큼 기부했다는 점을 강조했지. 같은 게릴라 출신이라서 양보를 받았어."

"고메즈 자네 덕분에 한숨 돌렸네. 그러면 우리 맥주나 한잔하며 얘기할까?"

"그러지. 이제 마음껏 마시자. 하하하."

맥주를 마시며 협상 과정의 뒷이야기를 들었다. 고메즈는 FARC가 마약밀매 조직이 된 것을 분개했다. "이제 이놈들은 좌익 게릴라가 아니야. 기지 안에 코카인 생산공장을 두고 농민들에게 코카잎을 심으라고 강요까지 하고 있어."

"그래 보았자 큰돈이 되지 않을 텐데. 콜롬비아에서 코카인을 보내려면 이젠 멕시코를 거쳐야 해. 잘해보았자 마진의 2-30퍼센트를 남기고 넘기는 건데, 대신 위험한 일은 천지야."

"그래 맞아. 네가 메데인 카르텔을 할 때가 절정이었지. 그때는 10배 이상 수익을 올렸다고 들었어. 하하하."

"맞아. 사업적 관점에서 보면 마약사업은 이제 큰돈을 벌기 힘들어. 물론 그래서 그만둔 것은 아니지만."

"석유사업은 어때? 많은 사람이 파블로가 도저히 먹을 수 없는 사업에 덤벼들어서 망할 거라고 보고타에서 수군거리고 있어."

"석유사업은 유가만 올라가면 대박 날 수 있어. 유가는 10년 주기로 움직여. 지금이 가장 낮을 때야. 그러니까 지금 투자해야지."

"사업적 관점으로 섬유사업을 확대하는 게 낫지 않나? 자네가 시작한 섬유사업으로 지금 콜롬비아 경제는 들썩이고 있어. 모두 봉제공장을 한다고 혈안이지."

"그것도 처음에는 모두 반대했어. 내가 원면 조달부터 나이키 하청까지 다 셋업을 했지. 마음만 먹으면 그 공장을 확대하는 것은 일도 아냐."

"그래서 사람들이 이상하게 생각해. 파블로는 왜 잘되는 사업을 확대하지 않고 잘 안되고 위험한 석유사업에 뛰어드는지를……."

"이제 콜롬비아에서 섬유사업은 누구나 할 수 있게 되어 있어. 기본 인프라와 유통 구조를 내가 만들었기 때문이지. 나는 남들이 하지 못하는 사업을 하고 싶어. 그래야 콜롬비아 경제에 도움이 되지."

"대단해, 파블로. 로페즈 가문이 자네 섬유사업에 큰돈을 투자했다는 소식을 들었어. 그놈들은 돌다리도 두드리고 건너는 놈들인데 그만큼 자네 사업이 전망이 있다는 거야."

"그런데 왜 그놈들이 내 청부 살인을 사주했을까?" 나는 나베간테가 알아 온 정보를 고메즈에게 얘기했다.

고메즈는 한참 심각하게 듣고 말했다. "자네는 우리 콜롬비아를 누가 움직인다고 생각하나?"

"부패한 보수당과 자유당이 움직이는 거 아닌가?"

"아냐, 대통령과 이 양당은 무대의 꼭두각시야. 이들을 움직이는 것은 콜롬비아의 3대 가문이야. 우리는 그들을 콜롬비아의 딥스테이트라고 하지."

딥스테이트란 말 그대로 국가 안의 조직화된 강력한 소수가 실제로 국가를 운영한다는 것이다. 선거에 따라 권력자들은 임기에 따라 주기적으로 교체되지만 선출되지 않은 일부 고위공직자들은 국가기관 안에서 정년에 이르기까지 오랜 기간 암약하며 제도와 정책, 어젠다와 중대사들을 쥐락펴락할 수 있다. 터키에서는 세속주의 군부이며, 한국에서는 기재부나 검찰이 여기에 해당한다. 선출받지 않는 권력이 선출된 행정부를 지배하는 것을 딥스테이트라고 한다.

"이놈들은 돈, 언론, 그리고 사법부를 통해 콜롬비아 정치를 배후조종하고 있어. 역대 대통령은 이들의 허수아비야. 어떻게 보면 삼페르 이놈은 딥스테이트로부터 돈을 받지 않으려고 하다가 마피아에게 돈을 받아먹고 탈이 난 거지."

"그러면 로페즈 가문은 왜 날 죽이려고 했을까?"

"그건 모르겠지만, 한 가지 확실한 것은 파블로 네가 딥스테이트에게 부담이 되고 있다는 거야. 딥스테이트가 가장 싫어하는 게 뭔지 아나?"

"뭐야?"

"떠오르는 세력이야."

목이 타서 맥주를 마셨다. 이해가 되는 것 같았다.

"자기들 기득권에 도전하는 세력을 가장 경계하지. 자네가 그냥 범죄자였을 때는 아무 문제가 없었어. 어차피 사법 권력에 의해 응징되니까. 그런데 자네가 콜롬비아 최고 부자가 되고 정치에 발을 들여놓으니까 딥스테이트가 제거할 계획을 시작한 거지. 자신들의 기득권에 도전한다고 생각한 거야."

"좋아. 그런데 로페즈 가문이 왜 우리 섬유회사 지분을 샀을까?"

"아마 딥스테이트 내부에서 이권을 나누었겠지. 로페즈 가문은 에스코바르 섬유를, 다른 어떤 가문은 유통을…… 하하하."

맥주 맛이 쓰다. 이미 나는 이놈들 장기판 위의 말로 전락했구나.

"어떻게 해야 하나?"

"자네가 싱글이니까 딥스테이트 가문의 아가씨랑 결혼하는 게 어떤가? 자네 정도의 신랑감은 콜롬비아에서 찾기 힘들어. 아마 자네가 결혼 신청하면 어떤 가문은 멀쩡한 유부녀를 이혼시키고 결혼시키려고 할 걸. 하하하."

"농담하지 마. 난 심각해."

"딥스테이트와 싸우려면 정치를 해야 해. 이 나라의 썩은 정치를 뒤집는 게 딥스테이트를 이기는 방법이야."

"지금 하고 있잖아. 메데인시장인데."

"대통령이 되어야지. 자네도 그런 욕심이 있는 건 아닌가? 하하하."

다시 고메즈가 웃었다. 날 놀려 먹는 게 재미있는 모양이다.

"전직 마약왕이 대통령이 되는 게 보기가 안 좋지 않나? 인물이나 경력이나 집안으로 보면 자네가 되어야지."

고메즈는 전직 해군장성의 아들이다. 미국에서 어린 시절을 보냈고 이 나라 최고 법대에 입학한 적이 있다.

"나는 안 돼. 미국이 절대 전직 좌익 게릴라가 대통령이 되는 것을 용납 안 할 거야. 딥스테이트도 미국의 뜻을 거스르지는 않아. 이미 지난 선거에서 압도적으로 낙선했잖아."

고메즈는 지난 대통령 선거에 출마했지만 득표율 10퍼센트도 얻지 못했다.

"파블로 자네가 콜롬비아 대통령이 되게. 그래서 이 나라 기득권을 몰아내고 잘사는 나라로 만들어주게. 나는 자네가 하는 사업마다 성공하는 것을 보면서 대통령이 되면 콜롬비아를 잘사는 나라로 만들 것으로 믿네. 그리고 자네는 아무런 빚진 게 없는 사람 아닌가?"

"미국이 싫어하지 않을까? 전직 마약왕이라고?" 나도 모르게 속마음을 털어놓았다.

"콜롬비아 국민이 더 좋아하면 되지. 메데인에 가보니까 빈민가 집에는 성모님 그림이랑 자네 그림이 같이 있는 걸 보았지. 콜롬비아 국민의 마음을 얻으면 미국이 반대해도 대통령이 될 수 있어."

고메즈의 말이 맞다. 미국 위에 콜롬비아 국민이 있다. 그래서 그동안 미루어왔던 콜롬비아 축구회장직을 수락했지만, 차일피일 미루며 회장에 취임하지 않았다. 곧 새로운 정부가 구성되기 때문이다. 그러면 기존 임명직은 전부 아웃이다. 새 정부랑 싸우고 싶지 않았다.

자유당 정부가 물러나고 보수당의 파스트라나가 새 대통령이 되었다. 파스트라나는 전직 기자 출신으로 나랑 인연이 있다. 삼페르가 칼리 카르텔로부터 6백만 달러를 정치자금으로 받았고 그놈이 마약 중독자였다는 정보를 내가 주었기 때문이다.

파스트라나는 선거기간 내내 삼페르 정부의 부패, 마약 카르텔과의 연관 의혹 등을 문제 삼으면서 깨끗한 정부 수립을 공약으로 내세웠다. 결국 집권당 후보와 결선투표까지 가는 박빙의 승부 끝에 51퍼센트의 득표율로 겨우 당선됐다. 나도 보험을 드는 기분으로 그에게 백만 달러를 내놓았다.

파스트라나는 그 대가로 콜롬비아 축구협회장에 취임할 것을 권유했고 나는 받아들였다. 콜롬비아 국가대표 축구팀은 천신만고 끝에 프랑스 월드컵 본선에 진출했는데, 시간이 얼마 남지 않았다.

축구협회장이란 돈을 내는 자리다. 내가 협회를 이끌어가려면 돈을 써야 한다. 돈을 만들기 위해 에스코바르 섬유 지분 전부를 팔았다. 로베르트가 현금 자판기를 왜 파냐고 펄쩍 뛰었지만 지금 회사에는 현금이 없다. 바랑카베르메하 석유화학 플랜트 건설에 돈이 다 빨려 들어갔다. 회사 부채도 300퍼센트가 넘는다. 이제는 돈 빌릴 데도 없다.

에스코바르 섬유는 콜롬비아에 새로운 산업의 가능성을 보여주었다. 풍부한 노동력과 미국과의 지리적 인접성을 바탕으로 한 봉제산업이 콜롬비아를 먹여 살릴 수 있다는 것이다. 지금 바랑키야와 메데인 등에 수많은 봉제공장이 들어섰다.

　로페즈 가문이 발레리아를 통해 에스코바르 섬유를 인수하고자 했지만 퇴짜를 놓았다. 말도 안 되는 가격이기 때문이다. 에스코바르 섬유는 미국의 투자를 받은 콜롬비아 기업이 2억 달러에 내 지분 전체를 인수했다. 1억 달러는 바랑카베르메하 석유화학 플랜트와 신규 유전 개발에 사용하고 1억 달러는 축구를 위해 사용할 생각이다.

　콜롬비아 축구협회장 취임 연설을 했다. "부족한 저를 콜롬비아 축구협회장으로 추대해주셔서 감사합니다. 저는 3가지 공약을 추진하겠습니다. 첫째, 이번 프랑스 월드컵에서 우승을 목표로 지원을 아끼지 않겠습니다."

　월드컵에서 우승을 노리겠다는 말에 기자들의 턱이 벌어졌다. 카메라 기자들은 이 순간을 놓치지 않기 위해 플래시를 쉴 새 없이 터트렸다. 사실 이번 프랑스 월드컵에 콜롬비아가 진출한 것은 행운에 가까웠다. 지난 미국 월드컵 출전 때보다 선수들의 수준이 떨어진다는 평가인데, 신임 축구협회장이 우승에 도전하겠다고 하니, 모두 어리둥절할 수밖에 없다.

　"둘째, 수도 보고타에 메데인의 에스코바르 스타디움을 능가하는 축구전용경기장을 짓겠습니다."

　또 다른 메가톤급 충격 공약에 기자들은 참지 못하고 연설 중간에 끼어들었다. "어떤 돈으로 짓겠다는 겁니까? 파스트라나 정부와 협의가 끝났습니까?"

　"정부와는 협의할 예정입니다. 인구 천만이 넘는 축구 도시 보고타에 축구전용경기장이 없다는 것은 말이 안 됩니다. 저는 정부 지원도 받겠지만 제 개인 돈을 들여 메데인 못지않은 아름다운 스타디움을 짓겠습니다."

　기자들의 플래시가 다시 터졌다. 월드컵 우승이야 상대가 있으니까 되거나 말거나 한 공약이지만 스타디움 건설은 다른 문제다. 자기 돈으로 짓겠다는데 이건 두고 볼 일이다. 말에 책임을 물을 수 있다.

　"셋째, 이번 콜롬비아 축구 국가대표 응원을 위해 '비바 콜롬비아'라는 팬

클럽을 만들겠습니다. 콜롬비아 축구팬이라면 누구나 가입할 수 있고 거리 응원 등 다양한 활동에 참여할 수 있습니다."

기자들은 셋째 공약에는 아무도 관심이 없었다. 응원이야 하든 말든 돈이 안 되는 일이기 때문이다.

축구협회장 취임 파티를 열었다. 쉐라톤 호텔의 야외 수영장에 콜롬비아에서 방귀 좀 뀐다는 사람이 다 모였다. 어찌 되었든 나는 지금 콜롬비아 제일 부자다. 많은 사람의 축하 인사를 받았다. 보고타 정계에 마당발인 발레리아가 마치 내 아내인 것처럼 옆에서 사람들을 소개해주었다.

잘생긴 중년의 사내가 웃으며 다가왔다. 발레리아가 반가운 표정을 지으며 말했다. "후안, 와주셔서 감사합니다."

발레리아가 그를 소개했다. "파블로, 인사해.《엘파이스》사장인 후안 로페즈 씨야."

이놈이 콜롬비아 딥스테이트의 일원인 로페즈 가문의 가주이다. 분위기부터 귀족티가 났다.

"반갑습니다. 이름을 많이 들었습니다." 후안은 웃으며 악수를 청했다. "만나 뵙고 싶었지만 기회가 없어서 아쉬웠습니다. 축구협회장 취임을 축하드립니다."

"감사합니다."

"이번에 에스코바르 섬유를 인수하지 못해 유감입니다. 직접 만나서 협상하려고 했는데, 그렇게 일찍 팔지를 몰랐습니다."

'말도 안 되는 가격을 제안하니 그렇지!'라는 말을 삼키고, "저쪽에서 워낙 급하게 서둘러서 다른 제안을 볼 여지가 없었습니다."라고 점잖게 대응했다.

"네, 그런 사정이 있었군요. 보고타에 축구전용경기장을 만든다는 제안을 들었습니다. 정말 대단하십니다. 혹시 생각한 땅이 있는가요?"

로페즈 가문이 보고타의 땅 부자라는 말이 사실인 모양이다. 이놈은 자기 땅을 팔아먹기 위해 접근한 것이다.

"알아보는 과정에 있습니다. 가급적 시내를 벗어날 생각입니다. 축구장은 교통이 중요합니다. 시내는 너무 혼잡해서……."

"맞습니다. 사람들이 쉽게 접근할 수 있는 곳이 되어야 합니다. 제가 몇 군데 추천해드리겠습니다."

"네, 좋습니다. 발레리아에게 말씀해주십시오."

후안 로페즈가 지나가고 난 뒤, 발레리아가 말했다. "저 자존심 높은 후안이 당신에게 참 겸손하네. 파블로 당신은 대단한 사람이야."

"로페즈 가문이 정말 보고타 땅 부자인가?"

"그럼. 보고타 땅의 10퍼센트가 그 집안 거라는 소문이 있어."

"이 자식이, 콜롬비아 산업을 위해 투자할 생각은 하지 않고 부동산 투기나 해서 먹고살려고 하네."

다른 사람의 인사를 받는 중에 30대의 늘씬한 여성이 다가왔다. 발레리아에게서 질투의 불빛이 새어 나왔다.

"파블로 시장님, 축구협회장 취임을 축하합니다." 산소녹색당의 잉그리드 베탕쿠르 의원이다. 프랑스계 아버지와 콜롬비아계 어머니 사이에서 태어난 베탕쿠르는 1994년 하원의원 선거에 출마하여 당선되었는데, 삼페르의 마피아 선거자금 수뢰를 폭로하면서 큰 주목을 받았다. 물론 그 정보도 내가 발레리아를 통해 건네준 것이었지만. 그녀는 산소녹색당을 창당하고 상원의원 선거에 출마하였는데, 삼페르 정권의 선거 부정 개입에도 불구하고 전국 최다 득표로 당선되었다.

"감사합니다. 베탕쿠르 의원님이 많이 도와주시기를 바랍니다."

"그럼요. 저는 파블로 회장님을 지지합니다. 콜롬비아 여자축구를 위해 애써주신 것에 대해 감사드립니다. 앞으로도 큰 역할 부탁드립니다."

"네, 콜롬비아 여성의 권리를 위해 적극적으로 노력할 생각입니다. 제가 할 일이 있으면 언제든 연락해주십시오."

"그렇지 않아도 마약 전쟁에 희생된 과부와 아이들을 위한 자선 바자회를 준비하고 있습니다. 회장님이 참가해주시면 좋겠습니다. 우리 콜롬비아 여성들은 여자도 축구를 할 수 있게 만든 파블로 회장님을 좋아합니다."

"우리 방송국도 그 바자회를 지원하겠습니다." 발레리아가 우리 둘 사이가 진행되는 것을 그냥 두지 않겠다는 결연한 자세로 끼어들었다.

"감사합니다. 방송국이 취재해주면 큰 도움이 될 것 같습니다. 자세한 것은 다시 연락드리겠습니다."

베탕쿠르가 지나가자 발레리아가 눈에 쌍심지를 켜고 물었다. "파블로, 저 여자 어때?"

"프랑스에서 모든 기득권을 버리고 온 분이야. 용기 있고 의지가 굳건하지. 기존 정당에 몸담지 않고 여성과 가난한 사람을 대변하는 분이지."

"흥. 그거 말고 여자로서 말이야."

"무슨 말이야?"

"저 여자가 이혼한 돌싱이라는 거 알지? 혹시 관심 있는 거 아냐? 내가 봐도 매력적인데 남자들이 얼마나 좋아하겠어?"

"난 그런 거 관심 없어."

"딴 여자 관심 두었다가는 우리 관계 끝장이야."

기가 막혔다. 환생 이후 난 그녀랑 악수하고 의례적인 키스한 게 전부다.

"우리는 비즈니스 파트너야. 서로 사생활을 침해해서는 안 돼." 미안하지만 냉정하게 잘랐다. 이제 그녀도 나에게 목매지 말고 다른 남자를 찾아 행복하게 살았으면 좋겠다.

"파스트라나 대통령이 오셨습니다." 벨라스케스가 허둥지둥 뛰어와서 긴급 상황을 전했다.

"뭐라고? 오신다고 하지 않았는데…… 빨리 자리를 만들어야겠어." 발레리아가 소리치며 뛰어나갔다.

입구에서 파스트라나는 나에게 바로 다가왔다. "파블로 회장, 취임을 축하하네."

"감사합니다."

"회의하고 있는데 보좌관이 급히 TV를 봐야 한다고 해서 자네 기자회견을 보았네. 정말 깜짝 놀랄 공약이야."

"꼭 지키도록 하겠습니다."

"축구장 부지는 알아보았나?"

이 인간도 땅 팔아먹으러 왔나? "아직입니다."

"자네가 축구장 건설비용을 낸다면 정부가 부지를 무상 제공하는 것으로 하지. 내가 보고타시장을 지냈잖아. 어디가 좋은지는 추천할 수 있어."

"감사합니다. 적극적으로 고려하겠습니다."

파스트라나도 정부 땅을 주고 인근에 자기 땅 가치를 올리려고 하나, 이런 생각이 들었다.

"바랑카베르메하 석유화학 플랜트는 잘 되어가나? 게릴라들이 준동하고 있어 걱정되네."

"보안을 대폭 강화했습니다. 건설은 예정대로 진행되고 있습니다."

"좌익 게릴라가 콜롬비아의 골칫덩어리야. 마약상이 사라진 자리를 그놈들이 대체하고 있어. 석유화학 건설에 문제가 생기면 얘기하게. 적극적으로 지원해주겠네."

"감사합니다."

파스트라나는 삼페르 정권과 대결하면서 정치적 인기를 얻었다. 그 과정에서 내가 제공한 마약 관련 정보가 큰 역할을 했기 때문에 나에게 호의적이다.

"콜롬비아 축구를 부탁하네. 우승까지는 바라지 않아도 예선은 통과했으면 좋겠어. 폭력과 내전에 지친 콜롬비아 국민에게 좋은 선물이 될 거야."

파스트라나가 덕담하고 다른 자리로 넘어갔다. 오늘 여기에 콜롬비아 주요 인물들이 다 모여 있어서 은밀한 정보를 나누기엔 최적이다. 염불보다는 잿밥에 더 관심이 많다.

고메즈가 다가왔다. "파블로 축하하네. 에스코바르 그룹의 회장인데다 메데인시장, 그리고 축구협회장까지. 도대체 몸이 몇 개야? 하하하."

"가족도 없는데…… 일이나 해야지."

"베탕쿠르 의원도 독신인데 잘 해봐. 그 여자와 결혼하면 이 나라 대통령 되는 게 어렵지 않아. 워낙 빵빵한 집안 출신이라서. 하하하."

"농담 그만하게. 그것 때문에 발레리아하고도 서먹서먹해졌어."

"알았어. 그런데 정말 우승할 수 있는 비법이라도 있는 거야?"

"남들은 그냥 하는 소리라고 생각하는데, 그렇지 않다는 것을 보여줄 거야. 우리 콜롬비아가 월드컵에 우승할 비결이 있어."

"그게 뭔가?"

마침, 콜롬비아 국가대표팀 감독으로 선임된 파초가 다가오고 있었다. "저 친구를 한번 믿어봐. 세계 축구에 새로운 역사를 쓸 거야." 고메즈에게 다가오는 파초를 가리켰다.

"아틀레티코 감독이었다가 브라질에 가서 죽을 쑤고 온 친구 아냐? 국가대표 감독으로 선임될 때도 논란이 많았는데……."

파초는 아틀레티코를 맡아 첫해에는 준우승, 다음 해에는 우승을 일궜다. 그리고 비싼 가격에 브라질 클럽 축구 감독으로 스카우트되었다가 실망스러운 성적을 내고 쫓겨났다. 그런 파초를 내가 직접 나서 콜롬비아 국대 감독으로 모셔온 것이다.

"아무튼 잘해보게. 나도 '비바 콜롬비아'에 가입할 거야. 만약 우리 콜롬비아가 월드컵에 일내면 그 조직이 자네의 정치적 기반이 될 거야. 그러니까 반드시 우승하게. 하하하."

"하하하. 고마워."

고메즈는 이미 내 의도를 파악하고 있다. '비바 콜롬비아'는 정치적 기반이 없는 나에게 중요한 자산이 될 것이다. 그러려면 성적을 내야 한다.

고메즈가 저쪽으로 가자 파초가 다가와 인사했다. "파블로 회장님, 취임을 축하드립니다."

"자네도 마찬가지야. 우리 한번 잘해보자!"

"네, 열심히 하겠습니다. 우승까지는 몰라도 예선은 반드시 통과하겠습니다."

"무슨 말이야? 우리팀의 목표는 월드컵 우승이야. 그런 각오 없이는 예선도 힘들어."

"우리팀의 스쿼드가 너무 약합니다. 특히 공격진 자원이 부족합니다."

"호나우두가 가세할 거야."

"정말입니까? 호나우두가 국적을 바꾸기로 했습니까?" 파초는 경악에 찬 목소리로 물었다. 엄청난 기대가 그의 얼굴에서 묻어났다.

"아직은…… 그렇지만 설득할 자신이 있어."

"호나우두가 가세하면 충분히 승산이 있습니다. 제발 부탁드리겠습니다."

호나우두는 아틀레티코에서 데뷔하여 3년 연속 최고의 선수로 활약했다. 경기당 거의 1골 이상을 넣는 득점 기계가 되었다. 문제는 그의 국적이 브라질이라는 것이다.

"그건 나에게 맡기고 자네는 우리팀의 전술을 가다듬게. 유럽 강팀과 싸우기 위해서는 체력이 기본이 되어야 해. 압박을 할 수 없는 놈은 대표팀에 뽑지 말게. 우리 아틀레티코가 했던 압박축구를 대표팀에 심어야 해."

"네, 월드컵 무대에서는 압박이 필수입니다. 콜롬비아 국대에 맞는 압박 전술을 한번 만들어보겠습니다."

"골키퍼로는 이기타를 뽑을 거야. 그놈하고 관계를 잘 풀기 바라네."

골 넣는 골키퍼 이기타는 아틀레티코에서 활약했다. 당시 파초 감독하고는 사이가 썩 좋지 못했다. 문전을 비워 두었다가 상대의 기습 공격에 실점을 당한 적이 몇 번 있었기 때문이다.

"회장님의 말을 따르겠습니다. 오해를 풀겠습니다." 파초는 내가 축구협회장이 될 때부터 이기타가 골키퍼가 될 것으로 예상했다. 내가 이기타를 좋아한다는 것을 잘 알고 있다.

"미국 월드컵의 실패를 반복해서는 안 돼. 유럽 전지훈련을 준비하게. 프랑스에서 몇 개월은 살 생각을 하게."

"아, 감사합니다. 회장님이 이렇게 지원해주실 것을 믿었습니다."

콜롬비아가 미국 월드컵에서 역대 최고의 스쿼드를 갖고도 실패한 이유는 현지 적응을 못 했기 때문이다. 돈이 없어 미국 전지 훈련을 가지 못했다. 미국 잔디와 콜롬비아 잔디는 완전히 달랐다.

"그리고 승리 수당을 줄 거야. 자네들이 깜짝 놀랄 만큼. 16강, 8강…… 우승까지. 정부가 아닌 내 개인 돈을 풀 거야. 자네들 전부 부자로 만들어줄 테니 열심히 뛰게."

"네, 정말 감사합니다. 우리 선수들은 프로입니다. 큰돈이 걸리면 자세가 달라집니다. 그동안 다른 나라는 엄청 돈을 풀었는데 우리에겐 그런 인센티브가 부족합니다."

"그리고 자네를 보좌할 스태프를 대거 보강하겠네. 필요한 자원이 있으면 얼마든지 얘기하게. 내가 지원해주겠네."

"아, 감사합니다. 자세한 것은 나중에 보고로 올리겠습니다."

"전력분석팀을 가동하게. 우리가 우승까지 싸워야 할 팀의 전력을 철저하게 파악해야 해. 현대 축구는 통계 축구이기도 해."

"네, 그쪽 인원을 보강하겠습니다."

"돈을 아끼지 말게. 콜롬비아 인재도 좋지만 유럽의 전문가들을 고용하게. 우리가 16강 이후 싸워야 할 상대는 남미와 아시아가 아닌 유럽이야."

파초는 감격스러운 표정으로 말했다. "정말 이렇게까지 지원해주셔서 감동입니다. 꼭 성적을 내도록 하겠습니다."

그래, 월드컵 우승하려고 내가 지난 몇 년간 키워왔던 알토란 같은 기업도 팔았다. 예선전도 통과 못 하면 대통령이 되겠다는 내 원대한 꿈을 접어야 한다.

보고타 내 사무실에서 호나우두를 만났다. 콜롬비아가 우승을 하느냐 못하느냐는 이놈에게 달렸다. 열심히 한다면 예선은 통과할 수 있겠지만 우승을 하려면 호나우두가 필요하다.

호나우두는 내가 왜 자기를 불렀는지 이미 알고 있었다. "콜롬비아 축구협회장 취임을 축하합니다. 좋은 성적 내시기를 기대하겠습니다."

"고맙네. 레알 마드리드와 이적은 잘 되고 있나?"

"네, 회장님 배려 덕분에 순조롭게 계약이 진행되고 있습니다."

호나우두는 아틀레티코에서 기록적인 활약을 바탕으로 레알 마드리드로 이적하게 되었다. 나는 기꺼이 그를 풀어주었다. 호나우두가 활약하기엔 콜롬비아 무대는 이미 너무 좁다.

"브라질 대표팀에서 자네를 선발했다는 소식을 들었어." 서서히 본심을 드러냈다.

"네, 그런 제안을 받았습니다."

호나우두는 이미 브라질 대표팀의 공격수로 지역 예선전에 나쁘지 않은 활약을 펼쳤다. 월드컵 출전은 거의 확정적이다.

"우리 콜롬비아 대표팀에서 뛰어줄 수 없나?"

"저도 그 생각을 안 한 것은 아니지만 태어난 조국을 버릴 수는 없지 않습니까?" 호나우두는 난감한 표정을 지었다.

"우리 콜롬비아 대표팀에 뛴다고 조국을 버리는 게 아니야. 나중에 얼마든지 국적을 회복할 수 있네."

"그래도 브라질 국민은 저를 배신자로 생각할 겁니다." 호나우두는 곤혹스러운 표정으로 말했다.

"배신자가 아냐. 자신의 역량을 마음껏 발휘할 수 있는 곳을 선택하는 거야."

"브라질 국대도 나쁘지 않은 환경이라고 생각합니다."

콜롬비아는 자신의 축구 커리어를 키워준 곳이다. 아틀레티코는 그의 레알 마드리드 이적을 깔끔하게 허용해주었다. 나의 권유가 무례한 것은 아니다.

"자네의 생각이 그렇다면 할 수 없지. 이번 월드컵에서 빛나는 별이 되게."

"감사합니다. 콜롬비아 대표팀도 좋은 성적 내기를 기대하겠습니다." 호나우두는 홀가분한 표정으로 말했다.

그러나 여기서 물러날 내가 아니다. 호나우두가 브라질 국대에서 뛰지 못한다면 콜롬비아로 돌아올 수밖에 없다. 제2의 펠레를 꿈꾸는 호나우두는 절대 월드컵 출전을 포기할 리가 없다.

먼저 발레리아를 통해 브라질 언론에 작업을 했다.

'수준 미달의 콜롬비아 리그에서 뛰는 선수가 브라질 국대가 되다니……'

'피파 랭킹 90위 콜롬비아의 선수는 피파 랭킹 1위 브라질 국대 선수가 될 수 없다.'

'호나우두 빠르기만 할 뿐, 개인 기량은 브라질 삼류 수준.'

'호나우두 엄마가 일본인인 듯, 뻐드렁니 어쩔거냐?'

브라질 언론의 융단 폭격이 시작되었다. 그리고 극성스러운 브라질 축구 팬클럽에도 작업을 했다. 그렇지 않아도 언론의 부정적 기사에 흥분한 브라질 팬들이 시위에 나섰다.

"삼류 축구 선수는 콜롬비아로 돌아가라!"

"감히 콜롬비아 선수가 브라질 국대가 되다니, 있을 수 없는 일이다."

"브라질 축구협회는 돈 받았냐? 정신 차려라!"

"호나우두, 네 엄마는 누구냐?"

브라질 축구협회는 결국 팬들의 압력에 굴복했다. 대표팀 최종 선발에 호나우두를 제외한 것이다. 호나우두가 나에게 전화를 했다.

- 파블로 회장님, 지난번 제안 아직도 유효합니까?

"당연하지. 나는 자네를 콜롬비아 선수로 생각해."

- 감사합니다. 콜롬비아 국대로 뛰겠습니다.

"잘 생각했네. 콜롬비아팀 전술은 아틀레티코 그 전술이야. 자네에게 가장 잘 맞는 옷이야. 프랑스 월드컵에서 자네는 득점왕이 될 거야."

누구보다 파초가 호나우두의 복귀를 환호했다. 그는 호나우두를 어떻게 활용해야 하는지 잘 알고 있다. 호나우두의 가세로 16강은 확실하다고 생각했을 것이다. 그러나 내 꿈은 16강이 아니다. 우승하려면 세계 축구계가 놀랄 전술을 들고나와야 한다.

파초와 미팅을 가졌다. "호나우두는 잘 적응하고 있나?"

"네, 처음에는 침울해했지만 곧 좋아졌습니다. 여긴 아틀레티코와 거의 다를 바가 없는 환경이니까요. 다 아는 친구들이고."

"압박 전술은 적응이 되고 있나?"

"네, 국대의 핵심 선수 출신이 아틀레티코라서 어렵지 않습니다. 다른 팀 선수들도 조금씩 적응하고 있습니다."

"지금 압박의 강도를 더 높이는 전술을 고려하게."

"네?"

"지금까지 월드컵 축구에서 골을 넣는 상황을 분석했네." 나는 없는 시간을 쪼개 만든 통계자료를 제시했다.

"월드컵에서 나온 골 상황을 크게 3가지로 분류했네. 첫째, 빌드업에서 정상적인 공격을 통해 골을 넣는 경우가 37퍼센트, 둘째, 세트피스 상황에서 골을 넣는 경우가 12퍼센트, 셋째, 수비진 실수에서 골을 넣는 경우가 43퍼센트가 되네. 나머지는 예외적인 상황이고."

"……."

"그러니까 우리는 상대 수비의 실수를 최대한 노려야 해. 그러려면 공격자가 공을 뺏기는 즉시 뒤로 물러나며 수비로 전환해서는 안 되네. 공을 뺏기자마자 그 자리에서 바로 재압박을 가하여 도로 공을 되찾고 빠른 역습을 노려야 해. 그게 골을 넣는 가능성이 더 높다는 게 통계적으로 증명이 되었어."

"압박축구도 엄청난 체력이 요구되는데 그런 전면 압박을 가하게 되면 후반전에 체력이 남아나지 않을 수가 있습니다."

"전반전에 3:0으로 이기고 있으면 후반전에 두 골을 내주고도 이기는 게 축구야."

"……."

"콜롬비아 축구가 세계 축구를 경악과 충격으로 몰아넣지 못하면 우승 가능성은 없어. 우리의 목표는 16강이 아냐."

파초는 약간 감동한 눈치다. 처음에 우승이라는 말을 꺼내었을 때는 의례적으로 하는 말인 줄 생각했다가 내 계획이 착착 진행되는 것을 보고 신뢰하게 되었다.

"콜롬비아팀은 상대가 공을 소유하고 있을 때 4면에서 달려들어 에워싸야 해. 아무리 탈압박 능력이 출중한 선수라고 해도 순식간에 4명이 달려들어 마구 할퀴는데 뺏기지 않을래야 않을 수 없어. 우리는 거기서 공을 뺏자마자 곧바로 호나우두에게 주면 되는 거야. 나머진 그놈이 알아서 해결할 거야."

"한번 해보겠습니다." 파초가 주먹을 불끈 쥐었다.

"이 전술은 월드컵이 열릴 때까지 비밀이야. 절대 들켜서는 안 돼."

"연습 경기를 가지면 다 알게 될 텐데요."

"안 들키면 되지."

월드컵을 앞두고 콜롬비아 국대는 영국으로 전지훈련을 갔다. 영국은 세계에서 물가가 제일 비싼 동네다. 가난한 콜롬비아 축구협회는 돈이 없어 내 생돈을 거기에 갖다 부었다. 영국이 좋은 게 높은 수준의 클럽팀들이 많이 있다는 것이다. 2부 리그만 하더라도 24개 팀이 있다. 1부 프리미어 리그 팀들과는 시합을 갖지 않았다. 우리 전략이 노출될 가능성이 높기 때문이다. 2부 리그와의 시합은 철저하게 비공개로 진행되었다. 또한, 보안사항을 넣어서 절대 시합 내용을 공개하지 못하도록 거액의 위약금을 걸었다.

그러거나 말거나 세계 축구계는 콜롬비아에 관심이 없었다. 피파 랭킹 90위에 불과하기 때문이다. 콜롬비아 현지에서는 궁금해하는 게 많았지만 이것도 철저하게 차단했다. 전면 압박축구 전술이 공개되면 다른 팀이 거기에 대책을 세울 수 있기 때문이다. 월드컵 개막 한 달을 앞두고 영국에서 프랑스로 넘어갔다. 이제 현지 운동장에 적응해야 한다. 거친 미국 잔디에 적응하지 못해 지난 월드컵에서는 조별 예선도 통과하지 못했기 때문이다.

대표팀이 착실하게 전지훈련을 받는 동안 국대 서포터인 '비바 콜롬비아'

조직에 박차를 가했다. 에스코바르 방송국이 중심이 되어 비바 콜롬비아 열기를 불러일으켰다. 그렇지만 사람들의 반응은 신통찮았다. 지난 미국 월드컵의 충격적인 패배와 수비 실수로 갱단이 선수를 살해한 사건의 충격이 남아 있었다.

사람들의 관심도 끌 겸 준비한 카드 하나를 꺼냈다. 서포터 단장으로 이제 세계적인 가수로 성장한 샤키라를 모셔왔다. 그녀는 매년 에스코바르 스타디움을 방문하여 콘서트를 가질 만큼 축구를 사랑한다. 샤키라가 서포터 단장이 되자 가입 신청이 쏟아졌다. 비바 콜롬비아 서포터 조직위원장에는 에스코바르 방송국의 연예부장이었다가 지금은 에스코바르 스타디움 사장을 맡은 히메네스를 찍었다.

히메네스는 나의 계획에 깜짝 놀랐다. "콜롬비아 도시 46개에 비바 콜롬비아를 다 조직한다는 말입니까?"

"콜롬비아에 축구를 싫어하는 사람이 있나? 월드컵 경기를 앞두고 다들 관심이 많아. 어렵지는 않을 거야,"

"관심은 많죠. 돈이 많이 들어서 그렇죠."

"서포터는 자기 돈 내고 하는 거야. 내가 월급 주는 게 아니야. 우리는 프로그램을 만들고 중앙에서 홍보하면서 지역 조직을 지원해주면 되는 거야."

"그래도 초기 셋업비용이 장난이 아닐 텐데요."

"그런 돈은 걱정하지 말게. 일단 메데인이 모범이 되어 주게."

"거기는 말하지 않아도 잘 될 겁니다."

"그러면 45개 도시에 서포터 조직을 시작하게. 각 도시의 서포터 단장은 그 도시 서포터의 투표로 결정하는 거야. 철저하게 민주적 조직 원리를 적용하게."

"알겠습니다."

"그리고 여기 응원가를 쉽게 따라부를 수 있도록 손을 좀 보게. 최고의 편곡자에게 부탁해. 돈은 얼마가 들어도 상관없어."

"회장님께서는 에스코바르 스타디움 운영에는 1페소 하나도 따지며 낭비하지 말라고 하셨는데 이제 돈을 푸는 겁니까?"

"돈 벌어서 뭘 할 거야? 이런 쓰는 재미로 돈 버는 거 아냐. 참, 봉제회사에 서포터들이 입을 티를 10만 장 주문하게."

"만 장이 아니고요?"

"우리 콜롬비아 국민이 5천만인데, 10만 장도 모자랄 거야. 일단 우리 서포터에 가입하면 티 한 장은 공짜로 주어야지."

"10만 장이면 적게 잡아도 50만 달러입니다."

"그런 돈 걱정은 하지 마. 내가 알아서 조달할 테니까."

"서포터 티 디자인은 어떻게 합니까?"

"노란색을 바탕으로 국대팀 디자인을 그대로 따라가게. 앞에는 비바 콜롬비아를, 뒤에는 선수의 이름을 넣어."

"네, 알겠습니다." 히메네스가 받아 적었다.

"대형 TV와 대형 스피커를 100대씩 주문하게. 길거리 응원하려면 필수야."

"길거리 응원이 뭡니까?" 히메네스가 어리둥절한 표정을 지었다.

"이제 축구 응원은 집이나 술집이 아니라 길거리에서 해야 제맛이야. 메데인에 서포터들이 10만이 넘을 텐데 이들이 모이는 장소는 길거리일 수밖에 없어."

"정부가 허락해줄까요?"

"시민들이 응원하러 나오는데 정부가 못하게 할 바보는 아니야. 오히려 정부 인기에 도움이 되니까 내버려 둘 거야."

"우리나라는 치안이 너무 안 좋습니다. 경기가 이기면 몰라도 지는 날에는 폭동이 일어날 가능성이 큽니다."

"폭동 일으키는 놈들에게는 경고해. 내가 가만히 두지 않겠다고." 지금은 정상적인 사업가이지만 한때는 콜롬비아를 뒤흔든 마피아 보스다. 사람들은 아직도 나를 무서워한다.

"다 준비되면 나랑 같이 콜롬비아 도시를 돌면서 축구 열기를 일으키자!"

응원가가 나왔다. 샤키라가 마음에 안 든다며 미국의 최고 편곡자에게 의뢰해 새로 만들었다. 먼저 에스코바르 방송국에서 그 노래를 매일 틀었다.

신나는 레게 음률에 중독성 높은 가사, 그리고 가벼운 댄스로 누구나 쉽게 따라 할 수 있는 응원가이다.

샤키라의 고향이자 한때 에스코바르 섬유공장이 있었던 바랑키야에서 서포터 발대식을 했다. 이날은 샤키라가 미국에서 날아왔다. 바랑키야시에서 에스코바르는 절대 선이다. 망해가는 카리브해의 도시를 섬유공장을 통해 내가 일으켜 세웠기 때문이다. 지금은 섬유 관련 업체가 수백 개 있고 관련 종사자만 수십만 명이 넘는다.

바랑키야 중앙광장에서 발대식이 열렸다. 이곳은 워낙 더운 지방이라 토요일 오후에 행사를 시작했다. 광장에는 사람들이 들어가지 못해 아우성이다. 바랑키야의 자존심 샤키라가 왔다. 그리고 이 지역경제를 살린 나도 오랜만에 바랑키야를 방문했기 때문이다.

행사 시작 1시간 전부터 콜롬비아 응원가가 울려 퍼졌다. 사람들은 춤과 노래를 부르며 발대식을 기다렸다. 분위기가 점점 달아올랐다.

"여러분, 지금부터 콜롬비아 국대 서포터 조직인 비바 콜롬비아의 바랑키야 조직 발대식이 있겠습니다." 히메네스가 흥분을 감추며 인사를 시작했다.

"바랑키야 서포터는 12,320명이고 이들의 민주적 투표로 아리나스 씨가 지역 대표로 선출되었습니다. 박수로 환영해주시기 바랍니다."

아리나스 씨는 봉제공장을 하는 전직 축구선수다. "여러분, 반갑습니다. 우리 바랑키야 서포터는 콜롬비아 축구팀이 월드컵 우승하는 그날까지 절대 포기하지 않겠습니다."

"비바! 콜롬비아!"

"그리고 파블로 회장님이 바랑키야 서포터를 위해 티셔츠 천 장을 기부해주셨습니다."

"와! 파블로! 파블로!"

"나머지 부족한 티셔츠는 저의 공장을 가동하여 만들었습니다."

공짜 티셔츠를 받은 서포터들이 손뼉을 쳤다. 아리나스가 자기 사비를 들여 수천 장의 티셔츠를 만든 것이다.

"아리나스! 아리나스!"

흥분과 응원의 목소리가 바랑키야시를 뒤흔들다. 점차 열기가 고조되어 갔다. 이어 샤키라가 등장했다. "여러분, 콜롬비아 축구를 사랑해주세요. 콜롬비아를 사랑해주세요. 여러분의 가족과 친구를 사랑하세요."

[짝짝짝!]

박수가 터지자 샤키라는 응원가를 부르기 시작했다. 초고성능의 스피커가 울려 퍼짐에도 불구하고 그녀의 노래는 들리지 않았다. 이미 사람들의 노랫소리가 광장을 압도했기 때문이다. 사람의 목소리는 빛보다 멀리 간다.

마지막으로 내가 등장했다. 시민들이 열광적으로 손뼉을 쳤다.

"여러분! 우리 콜롬비아는 오늘 하나가 되었습니다. 여기에는 인종의 차이가 없습니다. 여기엔 가난하고 잘사는 차이가 없습니다. 남자와 여자의 차이가 없습니다. 우리 콜롬비아 축구팀을 응원해주십시오. 파리의 사자들이 월드컵 황금 트로피를 여러분에게 선사해줄 것입니다."

"비바! 콜롬비아!"

"파블로! 파블로!"

사람들이 내 이름을 연호했다. 첫 단추는 잘 끼워졌다. 그 다음주 일요일엔 바랑키야 옆의 카르타헤나에서 열렸다. 여기도 나쁘지 않았다. 축구 열기가 워낙 높은 도시이기 때문이다. 그다음은 내 홈그라운드인 메데인! 메데인 서포터 열기는 상상을 초월했다. 공식 가입자가 이미 60만 명에 도달했고 서포터 티셔츠는 구하지 못해 가격이 폭등했다.

한 가지 재미있는 것은 이런 엄청난 길거리 행사가 있었음에도 불미스러운 사건이 거의 일어나지 않았다는 것이다. 사람들은 맥주를 물처럼 마셨지만, 음주 소동도, 폭력 행사도 없었다. 심지어 행사가 끝난 후 길거리 청소를 시민들이 자발적으로 했다.

행사 전날부터 메데인의 깡패들에게 내 메시지를 전했다. 행사날에 사고 치면 죽는다! 물론 이런 공갈도 어느 정도 강제력을 부과했지만 자기가 좋아하는 축구팀을 응원하러 나와서 깽판을 치는 놈은 없다.

나는 가급적 46개 도시를 다 돌고 싶었지만, 하루에 5~6개의 일정이 있는 날도 있었다. 그런 경우에는 전 국가대표 선수 발데라마 등을 보내 행사를 진행했다. 내가 빠지지 않고 참석한 도시는 바랑카베르메하와 마그달레나강 주변 도시이다. 여기에는 우익민병대와 좌익 게릴라들이 실제 도시를 통제하는 위험한 곳이다. 그래서 고메즈와 동반했다.

고메즈는 싱글벙글이다.

"자네는 왜 그리 웃나?"

"보고타에서 이런 소문이 돌고 있어. 다음 대통령은 파블로라고. 자네 인기가 얼마나 많은지 모르지. 파스트라나 대통령이 아차 싶었을 거야. 괜히 자네를 축구협회장을 시켜주었다고."

"우리 국대가 월드컵 예선도 통과하지 못하면 나는 끝장이야. 사람들의 실망을 감당할 자신이 없어."

"그건 모르지. 사실 나도 콜롬비아 국대에 큰 기대는 없어. 그렇지만 자네가 불러일으킨 영감은 엄청난 거야. 그나저나 보고타 행사에 참여하지 왜 이런 위험한 촌구석을 왔어?"

"밀림의 게릴라에게 서포터가 되어달라고 호소하고 싶어서 왔지. 얼마나 심심하겠어."

"하하. 그건 내가 잘 알지. 책 읽고 명상하기에는 좋아." 밀림에서 거의 10년을 산 고메즈가 웃으며 대답했다.

서포터 발대식은 석유화학 플랜트가 세워지고 있는 바랑카베르메하에서 열렸다. 여기에는 대낮에도 납치나 총질이 다반사이기 때문에 사람들이 잘 모이지를 않는다. 서포터 회원도 수백 명에 불과하다. 그렇지만 이날을 위해 보안을 철저하게 했고 간단한 내 인사말과 함께 무사히 행사를 마쳤다.

"여러분들이 월드컵을 볼 수 있도록 여기에 라디오 송신탑을 설치하겠습니다. 그리고 수백 대의 TV를 선물로 가지고 왔습니다. 월드컵이 열리는 날에는 제발 전쟁을 멈추고 즐기시기를 부탁드리겠습니다."

고메즈가 눈물을 글썽였다. "파블로 너는 사람을 감동하게 하는 재주가 있어. 밀림 저기 어두운 곳에서 인생을 즐기지 못하는 청춘들에게 이 소식만큼 반가운 게 있을까?"

"자네가 수고 좀 해주게." TV와 내 메시지는 고메즈가 전달해주기로 했다.

이제 콜롬비아 축구가 이기는 일만 남았다. 우승은 그냥 하는 말이고 제발 16강에만 들어가도 사람들은 그동안의 패배감과 좌절에서 벗어나 자신감을 느끼게 될 것이다. 콜롬비아가 하나가 될 것이다.

파리와 보고타의 시차는 7시간이다. 파리에서 오후 7시에 경기를 시작하면 보고타는 같은 날 12시이다. 그 시간은 보통 낮잠을 자는 시각이다. 그렇지만 보고타시민은 도저히 그럴 수 없었다. 보고타 중심의 볼리바르 광장에는 아침 7시부터 사람들이 모여들었다. 정부가 오늘 길거리 응원을 허락했기 때문이다.

이른 아침에 모여든 사람은 당연히 비바 콜롬비아의 서포터들이다. 그들은 알아서 질서를 잡고 아침부터 응원가를 틀어놓고 춤을 추었다. 이들을 노리고 보고타 노점상들이 다 모여들었다. 그 넓은 광장은 인산인해였다. 평소 여기 주인이었던 비둘기들은 놀라서 다 도망가고 없다.

나도 비바 콜롬비아 현장에 참여했다. 파리에 현지 응원하러 가라는 제안도 있었지만 거부했다. 표가 나오는 곳은 여기 광장이다.

발레리아가 감격에 잠긴 표정으로 말했다. "파블로, 지금 콜롬비아가 난리야. 메데인의 에스코바르 경기장에는 아침 6시부터 사람들이 모여들었다고 해. 바랑키야 공장들은 오늘 할 수 없이 그냥 휴일을 선언했다고 하네. 어차피 노동자들이 출근하지 않으니까."

"사고가 일어나지 않아야 할 텐데 걱정이야."

"시합에서 이기면 아무 일도 일어나지 않을 거야. 호호호."

"메데인은 내 말을 들을 거야. 사고 치면 내가 절대 그냥 두지 않는다고 경고했어. 보고타가 문제야. 여기 놈들은 조직이 없어서 내 말을 우습게 생각해."

"그건 나중에 일이 생기면 처리하고 이제 즐겨."

우리는 비바 콜롬비아 티셔츠를 입고 같이 춤추고 노래 불렀다. 오늘 콜롬비아의 첫 상대는 루마니아다. 지난 미국 월드컵에서도 콜롬비아는 루마니아와의 첫 경기에서 3:1로 패배했다. 이 경기에서 어이없이 실점을 내준 콜롬비아 수비수들은 살인 위협을 받기까지 했다. 오늘은 그런 루마니아를 상대로 복수를 해야 한다.

주심이 시합을 알리는 호루라기를 불자 루마니아는 정석대로 공을 뒤로 빼돌렸다. 그 순간 골키퍼를 제외한 콜롬비아 선수 10명 전원이 루마니아 진영으로 쳐들어왔다.

졸지에 콜롬비아 선수 4명에 에워싸인 루마니아 미드필드가 당황하여 공을 엉뚱한 곳으로 흘려보냈다. 왼쪽 공격수인 아빌라가 그 공을 오른쪽에서 쇄도하고 있는 호나우두에게 패스했다. 호나우두는 스키를 타듯이 3명의 수비수를 차례로 제치고 오른쪽 골 모서리로 강하게 차넣었다.

"고오오오오올!"

남미 특유의 골 발음을 길게 외친 아나운서가 시간을 보았다. 이제 겨우 경기는 10초가 지났다.

"여러분, 믿기지 않습니다. 경기 10초 만에 콜롬비아가 골을 넣었습니다. 발레나마 씨, 도대체 어떤 상황인지 설명을 좀 해주십시오."

"파초 감독이 즐겨 사용하는 전방 압박축구를 시합 시작과 동시에 들고 나왔습니다. 주심이 호루라기를 부는 순간 콜롬비아 진영에는 이기타 골키퍼를 제외하고 아무도 없습니다. 전부 루마니아 진영으로 넘어가 압박을 펼친 거죠. 당황한 루마니아 선수가 공을 흘렸고 그걸 호나우두 선수가 약 30미터 개인 드리블을 통해 통쾌한 슛을 날린 겁니다."

"정말 우리 콜롬비아 축구는 전무후무한 전술을 들고나온 거네요."

"저기 보세요. 루마니아 선수들이 완전히 당황한 기색입니다. 패스가 두번을 넘어가지 못하고 있습니다."

말 그대로 루마니아 선수들은 패닉에 빠졌다. 동유럽 스타일은 자기 공간을 중요시한다. 일대일 마크와 제 자리에서 역할 수행하는 것을 기본으로 하는데, 자기 진영에서 4명의 콜롬비아 선수들이 달려들자 어떻게 해야 할지를 모르는 것이다.

콜롬비아의 일방적인 공격이 시작되었다. 전반 7분, 다시 루마니아의 진영에서 골을 빼앗은 콜롬비아는 호나우두의 멋진 대각선 패스가 무인지경의 상태인 공격수 아스프릴라 앞에 떨어졌다.

"또 고오오오올!"

볼리바르 광장은 난리가 났다. 그냥 이기기만 해도 흥분이 되는 데 콜롬비아 선수가 숙적 루마니아를 난도질하고 있기 때문이다. 사실 광장 뒤편에서는 앞의 TV 화면이 보이지도 않는다. 그냥 라디오 소리만 듣고도 흥분했다.

전반 25분. 호나우두가 다시 스키를 탔다. 루마니아 진영에서 공을 탈취한 호나우두는 엄청나게 빠른 속도로 드리블하다가 골키퍼마저 제치고 얌전하게 공을 골망에 갖다 놓았다.

"너무 예술 같은 골입니다. 호나우두는 축구의 신입니다."

"그렇습니다. 그런데 전반 25분이 되어가는데도 루마니아 선수가 콜롬비아 진영에 넘어간 경우가 거의 없습니다. 완전히 하프 게임입니다."

루마니아는 콜롬비아의 압박축구에 철저히 농락당했다. 전반전에 4:0이라는 처참한 점수를 받았고 후반전에는 그나마 압박이 느슨해지는 바람에 2골밖에 내주지 않았다. 6:0의 대패라는 충격적인 결과에 루마니아 선수들은 망연자실했다.

콜롬비아가 루마니아를 무려 6:0으로 이겼다는 소식은 세계 축구를 흥분으로 몰아넣었다. 월드컵 도박사들은 콜롬비아를 예선 탈락 팀으로 분류했다. 유럽에서 장기간 전술 훈련을 했다는데 아무도 관심이 없었다. 콜롬비아 대표팀과 연습 경기를 했던 영국팀의 관계자가 얼굴을 가리고 인터뷰를 했다.

"그들은 악마입니다. 공을 보면 무조건 달려듭니다. 콜롬비아의 압박은 경기 내내 지속됩니다. 저는 이놈들이 약을 먹고 축구 경기를 한다고 의심합니다. 우리는 이걸 '코카인 프레싱'이라고 불렀습니다."

물론 약은 먹지 않았다. FIFA도 이런 의심을 품고 우리 선수단에 약물 테스트를 했지만 깨끗한 것으로 나왔다. 루마니아를 6:0으로 대파한 그 날 콜롬비아 역사상 처음으로 저녁 이른 시간에 맥주가 다 팔렸다. 맥주뿐만 아니라 아구아르디, 테킬라, 포도주도 불티나게 팔려나갔다. 밤늦은 시간까지 카페와 바에서는 그날 경기를 틀어놓고 사람들은 환호성을 지르고 응원가를 불렀다.

콜롬비아 시내에는 오토바이 경적이 하늘을 뒤덮었다. 그들은 콜롬비아 국기와 응원기를 달고 시내를 질주했다. 콜롬비아는 시카리오의 나라 아닌가! 마음 같아서는 하늘을 향해 총을 쏘고 싶었지만, 이 나라 밤의 황제가 절대 총질하지 말라는 무시무시한 경고를 잊지 않았다. 대신 클랙슨을 미친듯 누르고 구호를 부르며 달렸다.

광란의 그 날 밤이 지나고 다음 날 아침, 솔직히 걱정되었다. 얼마나 많은 사고가 일어났을까? 발레리아에게서 전화가 왔다.

- 파블로! 우리 사회부 기자가 콜롬비아 전국을 다 취재했는데 어젯밤에 총기사고가 하나도 없었데! 오토바이 과속이나 음주운전 사건은 있었지만 축제가 무사히 끝났어. 정말 우리 콜롬비아 맞아?

"정말 다행이야. 하다못해 카니발 축제만 해도 총기사고로 수십 명이 죽는 나라인데 어제 그 난리를 치고도 아무 일도 없다니!"

- 그러게. 그리고 더 의미있는 것은 거리 응원 행사를 끝낸 서포터들이 자발적으로 청소를 하고 떠났다고 해. 이거 정말 우리 콜롬비아 맞아?

그녀는 몇 번이나 "정말 우리 콜롬비아 맞아?"라고 되물었다.

"그건 서포터 헌장에 나오는 거야. 응원 뒤에는 깨끗이 치우고 간다라고 약속을 받았어."

- 정말 내가 콜롬비아 국민이라는 게 자랑스러워. 파블로, 나 지금 엄청 흥분되는데…… 당신 집에 가면 안 될까?

아이고, 이래서 월드컵 베이비들이 나오는구나. 남미에서 4년 주기로 애들이 평소 해보다 많이 태어난다. 특히 우승이라도 하면 아기 천지가 된다.

"발레리아, 우린 비즈니스 파트너야. 미안해. 다른 멋진 남자를 찾아봐."

- 미워, 파블로!

발레리아가 울면서 전화를 끊었다.

코카인 프레싱은 끝나지 않았다. 다음 경기 상대는 아프리카의 신흥 강호 튀니지! 그렇지만 튀니지는 루마니아보다 더 처참하게 패배했다. 본래 아프리카 축구는 조직력보다 개인기를 바탕으로 골을 노린다. 탁월한 센터포워드 한 명이 경기를 주도하는 것이다.

그런데 튀니지 진영에서 공이 제대로 넘어가지를 않았다. 물론 의미 없이 콜롬비아 진영으로 공을 차는 경우는 있지만 이것은 전혀 위협이 되지 않았다. 경기는 무려 8:1로 끝났다. 잔인한 파초 감독. 물론 후반전에 주축 선수들에게 휴식을 부여했지만, 후보 선수들의 투지를 막을 수는 없었다. 호나우두는 월드컵 역사상 처음으로 연속 해트트릭을 기록했다.

콜롬비아가 다시 난리가 났다. 경기 화면을 보고 있으면 미친 듯이 빨려 들어갈 만큼 콜롬비아 축구는 빠르고 파괴적이다. 사람들의 피를 끓게 만든다. 보고 또 보아도 질리지 않는다. 그날도 맥주와 술은 저녁 이른 시간에 가게에서 사라졌다.

지난 첫 경기와 마찬가지로 콜롬비아 축구팬들은 성숙한 매너를 지켰다. 오토바이들이 시내를 미친 듯이 질주했지만 총을 쏘는 미친놈들은 없었다. 거리에서 응원하고 술 마시고 춤추고 놀았지만 모두 친구처럼 다정스러웠다. 행사가 끝나고 난 뒤 이들은 자연스럽게 청소하고 돌아갔다.

고메즈가 급히 나를 찾아왔다. "파블로, 저쪽에서 급한 연락이 왔어."

저쪽이란 마그달레나강 서쪽 밀림지대에 있는 좌익 게릴라 FARC를 말한다.

"무슨 일인데?"

"잉글랜드와 축구 경기가 열리는 날에는 정부와 휴전하고 싶대. 자네가 파스트라나 대통령에게 얘기 좀 해주게."

오, 내가 던진 밑밥의 효과가 나타났다. 나는 이것을 위해 그들에게 라디오 안테나 탑을 증설하고 TV를 돌린 것이다.

"당연히 받아들이고말고! 그쪽에다가 월드컵 우승할 때까지 휴전하자고 제안해주게. 우리 콜롬비아는 이번에 우승할 테니까."

"하하하. 좋았어. 이 기회에 게릴라 문제가 해결되었으면 좋겠어."

나는 파스트라나 대통령에게 전화를 걸었다. "각하, FARC가 휴전 협정을 제안했습니다."

- 뭐라고? 정말인가?

파스트라나 정부는 지금 가장 우선적인 과제로 밀림의 FARC와 휴전을 추진하고 있다.

"네, 그 조건이란 게 월드컵 기간입니다. 쟤들도 마음놓고 경기를 보고 싶답니다."

- 좋았어. 당장 허락하겠네. 월드컵 기간만이라도 총소리 듣지 않고 축제를 즐기고 싶네. 자네 덕분에 참 좋은 경험하고 있어.

"감사합니다."

파스트라나는 차기 대통령 선거에서 내가 강력한 경쟁자로 부상하리라고 짐작하지만 지금 당장 훼방 놓을 생각은 없는 것 같다. 콜롬비아 축구가 승승장구하면서 그의 인기도 올라가고 있기 때문이다.

축구 때문에 휴전한다는 뉴스는 세계를 흥분시켰다. 언론은 대서특필했다.

'콜롬비아, 피의 내전이 축구 때문에 잠시 멈추다!'

'축구가 총을 내려놓게 하다!'

'코카인 프레싱 축구의 마법이 이념의 장벽을 넘어서다!'

그리고 영국도 난리가 났다. 본래 축구라면 죽고 못 사는 종족이 영국인이다. 월드컵 예선에서 한 경기당 무려 평균 7점을 내는 콜롬비아와의 시합을 앞두고 있기 때문이다. 영국 언론에서 코카인 프레싱을 분석하는 기사가 쏟아졌다. 콜롬비아 국대는 영국에서 두 달 전지훈련을 가진 적이 있다. 이때 콜롬비아팀과 싸웠던 2부 리그 팀들이 보안 협약을 헌신짝처럼 내버리고 공개한 것이다.

세계적인 축구 거장이자 전년도 잉글랜드 대표팀 감독을 맡았던 바비 롭슨이 '코카인 프레싱은 이렇게 깨야 한다.'라는 기고문을 무려 《가디언》지에 기고했다.

"코카인 프레싱은 현대 축구의 혁명이다. 이제 공간을 차지하고 마치 체스판처럼 움직이는 축구는 끝이 났다. 코카인 프레싱은 골키퍼 한 명만 자기 진영에 두고 10명이 올라와서 싸운다. 이들은 한 경기당 평균 12킬로미터, 심지어 15킬로미터 가까이 뛴다. 반면, 우리 잉글랜드 선수는 잘해봐야 10킬로미터를 뛴다. 이 엄청난 활동량을 바탕으로 공을 가진 선수를 에워싸니 상대 진영은 멘붕이 올 수밖에 없다. 코카인 프레싱을 이기려면 완전히 새로운 전술이 필요하다."

나는 바비 롭슨의 기고문을 읽고 긴장했다. 도대체 다음에 무슨 말을 할까?

"나에게는 그 비책이 있다. 그렇지만 콜롬비아 대표팀에게 가르쳐주기 싫다. 잉글랜드 대표팀에게 나의 조언을 전달했다. 그날 경기를 보시라! 그다음에 오늘 못다 한 얘기를 해주겠다."

이 사람이! 이런 기레기가! 제목으로 사람을 낚다니!

영국전을 앞두고 콜롬비아군과 좌익 게릴라 사이에 공식적인 휴전이 선언되었다. 이게 얼마나 갈지는 콜롬비아 축구팀 하기 나름이다. 결승까지 간다면 한 달이고 16강에서 패배하게 되면 1주일이다.

고메즈에게 중재의 조건으로 우리 방송국이 밀림의 현장 취재를 할 수 있도록 부탁했다. FARC가 머뭇거렸다. TV와 선물을 주겠다고 제안하니 받아들였다. 발레리아가 그 현장을 가겠다고 우겼다. "발레리아, 이제 방송국의 부사장이야. 굳이 그 위험한 장소를 갈 이유가 없잖아." 그녀를 만류했다.

"나는 경영인이기에 앞서 기자야. 이 역사적인 현장을 놓치면 두고두고 후회할 것 같아."

"만약 납치라도 되면 어떻게 할 거야?"

"고메즈가 중간에 있는데 그럴 일은 없을 거야."

할 수 없다. 그녀의 의지가 단호하다. "조심해서 다녀와. 이제 혼자가 아니라는 것을 잊지 마."

그녀는 눈을 껌벅거렸다. "파블로, 무슨 말이야? 프러포즈하는 거야?"

'아차' 싶었다. 전혀 그럴 의도가 아닌데 그녀의 입장에서는 딱 오해하기 좋은 말이다.

"에스코바르 방송국을 당신이 책임지고 있잖아. 딸린 식구가 얼마인데……."

"됐어! 이 인간아!" 그녀는 소리를 꽥 지르며 토라져 가방을 챙겨 나갔다. 아이고 머리야! 이 사태를 어떻게 해야 하나?

콜롬비아와 잉글랜드전은 월드컵 예선전의 최고 빅매치였다. 두 팀 모두 조별 예선 통과가 확정적이었지만 신흥 강호와 전통 강호의 양보할 수 없는 자존심의 대결이다. 나는 메데인의 비바 콜롬비아 행사에 참여했다. 서포터들은 에스코바르 스타디움에 모였다. 특별히 설치한 대형 TV 두 개를 중심으로 서포터들은 일찍이 모여 응원을 시작했다.

감동을 주는 것은 이제 여성과 아이들이 대거 참여하고 있다는 것이다. 물론 이들은 공식적인 서포터는 아니지만 누구나 일찍 줄을 서면 스타디움에 입장할 수 있기 때문이다. 아마 이들은 새벽부터 줄을 섰을 것이다. 여자와 아이들의 참여 비중이 높다는 것은 길거리 응원이 안전하다는 것이다. 내가 내세운 '안전한 콜롬비아'가 먹혀들어 간다.

"파블로 에스코바르 콜롬비아 축구협회장님이 입장하십니다."

관중들이 일어서서 열광적인 환호와 큰 손뼉을 쳤다. 여기는 내 안마당이다. 나는 고개를 숙여 인사했다.

"시장님, 대단하시네요. 이렇게 사랑받는 줄 몰랐어요." 오늘 이 행사에 따라온 산소녹색당의 잉그리드 베탕쿠르 의원이 감탄했다. 그녀는 뜻밖의 행사 참여 제안에 머뭇거렸지만 정치 인맥을 넓히기 위해 받아들였다. 발레리아가 둘이 같이 있는 장면을 보면 발작을 할 텐데…… 걱정되었다.

"아닙니다. 콜롬비아 여성들이 베탕쿠르 의원님을 얼마나 좋아하고 있는데요. 여기 메데인은 저의 정치적 기반이라서 그렇습니다."

"지금 콜롬비아 대통령 선거를 한다면 파블로 시장님이 당선될 거예요. 콜롬비아 국민에게 희망과 자존심을 살려주었어요. 저기를 보세요. 캄페시노를 입은 사람들입니다."

관중들 대부분은 비바 콜롬비아 티를 입었지만 일부는 콜롬비아 전통의상인 캄페시노를 입고 입장했다. 축구는 콜롬비아 민족의 스포츠다.

"오늘 잉글랜드를 꺾고 콜롬비아 축구가 비상했으면 좋겠습니다."

"그럼요. 저는 우리가 이길 것이라고 확신해요."

그렇지만 경기는 쉽지 않았다. 잉글랜드는 코카인 프레싱 대책을 들고나왔다. 불과 19세의 벤치멤버인 원더보이 마이클 오언을 주전 공격수로 선발 출전시킨 것이다. 마이클 오언은 엄청난 순간 가속력과 주력, 드리블을 주 무기로 삼는 전형적인 돌파형 스트라이커이다. 라인을 끌어올린 콜롬비아의 수비진을 한 방에 무너뜨릴 수 있는 카드이다. 객관적인 전력이 앞선 잉글랜드는 심지어 전방 압박에 대비하여 수비라인을 대폭 내렸다. 호나우두가 고군분투했지만 전담 마크맨이 두 명이나 붙어 다녔다.

잉글랜드의 또 다른 대책은 데이비드 베컴이었다. 베컴은 넓은 시야를 바탕으로 한 정확한 킥에서 나오는 패스를 주 무기로 한다. 베컴은 자기 진영에서 공을 잡으면 우리 콜롬비아 선수들이 달려들기 전에 오언에게 정확한 롱

패스를 날렸다. 달려가는 오언이 그 공을 잡으면 무인지경이 된다. 코카인 프레싱은 뒷공간을 쉽게 허용한다는 것을 간파한 것이다.

"베컴, 공을 잡자마자 오른쪽 측면으로 롱패스를 합니다. 아, 마이클 오언이 달려갑니다. 이기타 골키퍼가 달려 나옵니다."

이기타는 오언이 공을 잡고 치고 들어오면 일대일 상황이라는 것을 직감했다. 그는 골문을 버리고 과감하게 뛰어나왔다.

"이기타, 슬라이딩 태클! 아, 공을 빼는 데 성공했습니다."

잉글랜드의 새로운 공격 전술에 콜롬비아는 당황했다. 파초는 수비라인의 전진을 억제했다. 이렇게 되면 코카인 프레싱의 장점을 충분히 발휘할 수 없다.

결국 베컴과 오언의 합작으로 콜롬비아는 골을 허용했다. 베컴이 콜롬비아 수비 한 명을 제치고 달려나가는 오언을 향해 패스를 성공시켰고 오언은 그걸 그대로 치고 달려가 콜롬비아의 오른쪽 골 모서리에 정확하게 꽂아 넣은 것이다. 콜롬비아는 오프사이드라고 강력하게 주장했지만 아직 VAR은 도입되지 않았다.

에스코바르 스타디움에는 비탄으로 가득 찼지만 경기는 끝나지 않았다. 전반전이 끝나자 스타디움의 응원 열기는 오히려 더 높아갔다.

"축구를 좋아하지 않았는데 이렇게 사람들과 같이 보니 정말 재미있어요. 우리 콜롬비아가 골을 넣었으면 좋겠어요."

"후반전에는 가능할 겁니다. 잉글랜드가 수비 축구로 나올 줄로 몰라서 당황했지만 이제 적응이 되었습니다. 호나우두의 개인 돌파 능력은 세계 최고입니다."

나의 예상이 적중했다. 후반전에는 호나우두가 골문에서 어슬렁거리는 센터포워드가 아니라 미드필드처럼 중원을 헤집고 다녔다. 그의 발재간 기술은 이미 최고 수준에 도달했다. 호나우두가 수비수 두 명을 제치고 강력한 왼쪽 크로스를 날렸다. 아스프랄라가 그것을 논스톱 발리슛으로 잉글랜드 골망을 갈라놓았다.

"고오오오오올!"

에스코바르 스타디움은 난리가 났다. 아마 콜롬비아 전역이 들썩거렸을 것이다.

"당신의 말이 맞아요!" 베탕쿠르 의원이 신이 나서 소리를 지르고 나를 껴안았다. 기분이 이상했다. 발레리아가 보면 난리가 날 텐데⋯⋯ 그렇다고 그녀를 밀쳐버릴 수는 없지 않은가?

"잉글랜드 선수들이 지쳤어요. 콜롬비아가 이길 가능성이 커요."

잉글랜드의 수비수들은 콜롬비아의 파상 공격에 이미 지쳤다. 베컴의 롱패스 작전은 이기타에 의해 가로막혔다. 이기타는 골키퍼가 아니라 스위퍼 역할을 하며 상대방 공격을 차단했다. 코카인 프레싱에서 골키퍼는 수비수이자 공격진에 바로 공을 넘겨줄 수 있는 빌드업을 할 수 있어야 한다. 이런 이유로 공격이 가능한 골키퍼 이기타를 뽑아야 한다고 주장한 것이다.

후반전이 되면서 콜롬비아의 파상 공세가 시작되었다. 잉글랜드 수비진이 필사적으로 콜롬비아 공격을 막았지만 공을 빼앗겼다. 빌드업이 안 되는 것이다. 그러면 수비수들이 쉴 틈이 없다. 결국 후반 43분에 호나우두가 지친 수비수 2명을 마르세유 턴과 환상적인 드리블로 골을 넣었다. 프리미어 리그의 특급 수비수도 호나우두의 뛰어난 몸빵과 피지컬을 따라가지 못했다.

"골! 또 골을 넣었습니다! 콜롬비아가 2:1로 역전했습니다. 피파 랭킹 90위의 콜롬비아가 랭킹 3위의 잉글랜드를 무너뜨렸습니다!"

골이 들어가자마자 베탕쿠르 의원이 흥분하여 다시 나를 껴안았다. 이걸 놓칠 신문기자들이 아니다. 플래시가 터졌다.

경기는 콜롬비아 승리로 끝났다. 베탕쿠르가 감격스러운 표정으로 말했다.

"아, 너무 감동이에요. 제가 프랑스에서 자라서 유럽이 축구를 얼마나 잘하는지 알아요. 우리 콜롬비아가 축구 종가를 이기다니! 믿기지 않는 기적이에요."

나는 그 순간에도 그녀가 잡은 손을 뿌리치지 못했다. 잉글랜드의 막판 추격에 가슴 졸이던 베탕쿠르가 내 손을 잡았기 때문이다. 그녀는 손을 뺄 생각을 하지 않았다.

신문기자가 물었다. "콜롬비아가 마침내 16강을 향해 가고있습니다. 콜롬비아 축구협회장으로서 만족하십니까?"

"아닙니다. 나는 아직 배가 고픕니다."

베탕쿠르 의원이 그날 저녁에 나를 초대했다. "저녁은 제가 살게요. 오늘 파블로 덕분에 너무 감동적인 축구 시합을 보았어요." 가고 싶지 않았지만 차기 대통령 선거에서 그녀의 지지가 중요했다. 저녁에 발레리아의 항의 전화가 쇄도했다. 자기랑 저녁을 먹은 지는 10년이 넘었는데, 베탕쿠르와는 어떤 관계냐고 따졌다. 할 말이 없었다.

콜롬비아가 16강에서 만난 팀은 남미의 숙적 아르헨티나다. 콜롬비아는 남미 예선에서 승점 28점으로 간신히 3위로 월드컵에 진출하였지만 아르헨티나는 브라질을 넘어 1위를 한 팀이다.

그러나 코카인 프레싱은 개인기를 바탕으로 하는 아르헨티나에 치명적이었다. 전방 압박이 마구 달려드는 것처럼 보이지만 치밀한 협력을 전제로 한다. 상대방의 전진을 가로막는 선수, 패스를 차단하는 선수, 그리고 공을 뺏을 목적으로 기회를 노리는 선수들이 아르헨티나를 무기력하게 만들었다.

결과는 3:1. 콜롬비아의 압승으로 끝났다. 다시 한번 콜롬비아는 노란색 물결로 뒤덮였다. 이제는 거리 응원은 장소를 가리지 않는다. 대도시의 광장에서 마그달레나강의 선착장과 밀림의 공터에서까지 구호와 응원가가 터져 나왔다.

8강에서 만난 팀은 같은 압박축구를 구사하는 네덜란드. 네덜란드는 이미 십 년 전에 전원 공격, 전원 수비라는 압박축구를 선보인 적이 있다. 두 팀의 대결은 결국 중원에서 갈라졌다.

골키퍼를 제외한 모든 선수가 센터 서클에서 충돌했다. 공을 서로 뺏고 빼앗기는 혈투가 전개되었다. 그러나 콜롬비아에는 호나우두가 있었다. 호나우두는 월등한 개인기로 밀집된 수비를 뚫고 네덜란드의 골문을 짓밟았다. 2:1로 콜롬비아의 승리.

4강인 세미파이널의 상대는 호나우두의 조국이자 남미 축구의 종가인 브라질. 이번 월드컵에서 최다 골의 주인공은 이미 결정되어 있다. 호나우두가 8골로 압도적으로 1위에 올라왔다. 브라질에서 호나우두에 대한 공격이 이루어졌다. 그가 살았던 고향에서는 '배신자'라는 유인물이 뿌려졌다. 고향 친구들이 만약 호나우두가 조국에 골을 넣으면 친구로 생각하지 않는다는 인터뷰까지 올라왔다.

그렇지만 프로는 프로다. 호나우두는 브라질전에서도 한 골을 넣었다. 코카인 프레싱은 같은 압박축구를 구사하는 유럽팀보다 남미팀에게 더 치명적이었다. 경기 전에는 호나우두를 죽일 듯이 미워하던 브라질은 경기 이후 호나우두의 매력에 넘어갔다. 펠레를 능가한다는 평가가 전문가들 사이에서 이루어졌다. 지구별에서 호나우두를 막을 수비수는 없다는 것이다. 브라질은 호나우두에게 돌아오라는 손짓을 했다.

월드컵 결승이 열리는 날. 콜롬비아는 공휴일을 선언했다. 어차피 누구도 일하러 나가지 않으려 하기 때문이다. 콜롬비아의 동네마다 폭죽이 터졌다. 절대 총을 쏘지 말자는 비바 콜롬비아의 호소가 통했는지, 아니면 총질을 하면 죽여버리겠다는 나의 공갈 때문인지 사람들은 총 대신 폭죽을 선택했다.

이미 콜롬비아 5천만 국민이 노란색 공식 서포터 티를 입고 있다. 봉제공장은 24시간 가동하여 티를 만들어냈다. 메이드 인 콜롬비아! 봉제공장을 한 보람을 느꼈다. 그렇지만 콜롬비아 축구는 결승에서 프랑스에 아쉽게 2:1로 무너졌다. 프랑스는 이미 코카인 프레싱을 깰 대책을 세우고 나왔다.

지단은 엄청난 개인기를 바탕으로 탈압박의 선봉장으로 나섰다. 지단에서 시작된 프랑스의 빌드업은 콜롬비아 수비를 무기력하게 만들었다. 그리고 무엇보다 콜롬비아 선수들이 너무 지쳤다. 결승에 오른 콜롬비아 선수들은 프랑스 선수보다 지금까지 두 배 이상 뛴 것으로 드러났다.

축제는 끝났다. 그렇지만 콜롬비아는 축구로 하나가 되었다. 우리도 할 수 있다는 자존심이 생겼다. 나에게도 축하 전화가 쇄도했다. 그중에 가장 반가운 것은 베네수엘라 대통령이 된 차베스의 전화였다.

10

고속도로부터 놓자

내가 바랑키야 섬유공장을 준공하고 돌릴 때 전기가 부족했다. 임시 발전기를 설치했지만 석유가 부족해 베네수엘라에 석유를 사러 갔는데, 사기꾼을 만나 석유 수송선이 카라카스 인근 라콰이라 항구에 묶였다. 당시 국가안전보장회의의 보좌관인 차베스가 이것을 풀어주었다. 차베스는 이후 페레즈 대통령과 그 측근들의 부패 혐의를 내세워 쿠데타를 시도했지만 군부의 지지를 받지 못해 실패했다. 그가 힘든 감옥 생활을 할 때 나는 돈을 보낸 적이 있다.

차베스는 나를 카라카스로 초대했다. 대통령궁에서 만난 차베스의 얼굴에는 자신감이 묻어 있었다. 그는 얼마 전 대통령 선거에서 56.2퍼센트의 압도적인 득표율로 대통령에 당선되었다.

"파블로 형제, 축하하네. 콜롬비아 축구가 세계를 놀라게 했군."

"감사합니다. 제가 한 것이 아니라 우리팀이 하나로 뭉쳐 그런 성과를 낳았습니다."

"하하하. 겸손하기는. 편하게 말을 합시다. 우리는 형제 아니오!"

차베스는 나를 형제로 불렀다. 그가 어려운 시기에 내가 도와주었을 뿐만 아니라 건국의 아버지 시몬 볼리바르를 같이 존경하기 때문이다.

"그래도 이제 베네수엘라의 대통령이 되었는데 공식 석상에서 그렇게 말할 수 없습니다."

"하하하. 좋아. 자네 편할 대로 하시오. 나는 축구를 좋아하는데 우리 베네수엘라 사람은 야구를 더 좋아합니다. 야구 월드컵이 있었더라면 우리도 한 번 거리 응원을 할 텐데, 아쉬워,"

"앞으로 콜롬비아와 베네수엘라 대표팀 시합을 합시다. 그러면 베네수엘라 축구 수준도 올라갈 것입니다."

"그래, 내가 적극적으로 추진해보겠소. 파스트라나 대통령과도 관계가 나쁘지 않아. 그건 그렇고, 자네는 사업가 아닌가? 석유사업을 한다고 들었네."

"석유사업 중에서 다운스트림을 하고 있습니다. 정유공장과 석유화학 플랜트를 지금 건설 중입니다."

"내가 뭐 도울 것 없습니까? 감옥에 있을 때 자네가 도와주지 않았다면 아마 지금 이 자리에 올라오지 못했을 거요."

"감사합니다. 사실 지금 우리 공장에 원유가 필요합니다. 베네수엘라 원유를 사게 해주십시오."

"그건 문제없소. 다른 나라도 아니고 형제 국가에 가장 먼저 원유를 팔아야지."

"감사합니다."

"원유는 어떻게 가지고 가려고 합니까?"

"라콰이라 항구에서 원유 수송선이 바랑키야 항구로 가서 마그달레나강을 따라 바랑카베르메하 정유공장까지 올라가야 합니다."

"그거 말만 들어도 복잡한 경로군. 간단하게 하는 방법이 없소?"

"지금 베네수엘라 원유는 오리노코 벨트에서 생산되고 있는데 여기에서 콜롬비아 국경을 넘어 송유관으로 운반하는 게 가장 경제적입니다."

"나도 모르는 것은 아니지만 송유관 설치비용이 너무 비싸고 두 나라 관계가 아직 정상이 되지 않아 그런 거대 프로젝트를 할 수 있을는지 모르겠소."

"동감입니다. 콜롬비아와 베네수엘라 사이에 송유관이 건설되면 두 나라의 관계가 획기적으로 바뀔 것입니다. 그 프로젝트는 장기적 과제로 삼고, 일단 해상과 수상을 통해 운송하는 것으로 하겠습니다."

"그래 말이야, 본래 우리 두 나라는 시몬 볼리바르의 후손인데 어떻게 이렇게 사이가 벌어졌는지 모르겠군. 이게 다 미국놈들 때문이야."

미국은 차베스의 대통령 당선 직후에 급진적인 공약과 과격한 발언을 이유로 경고성 축하 서한을 보냈다. 차베스는 이에 발끈해서 미국을 신자유주의라는 세균이라고 비유하고 반미 발언을 자제하지 않아 베네수엘라와 미국과의 관계는 급속히 삐거덕거리기 시작했다. 차베스는 당선 이전 미국에 입국하려고 비자 발급을 신청했지만 1992년 쿠데타 시도를 이유로 비자 발급이 거절된 바 있다. 이러한 이유들로 미국과의 사이가 좋을래야 좋을 수가 없었다.

"그래도 세계 최대의 경제 대국인 미국과 등을 돌려서 어떻게 하겠습니까? 개인적 화는 참으시고 국익을 위해 미국과의 관계를 잘 푸시기 바랍니다."

"우리 베네수엘라는 미국 없이 충분히 번영하고 발전할 수 있어. 우리에겐 신이 주신 물방울인 석유가 있으니까."

베네수엘라는 세계 원유매장량 1위 국가이자 OPEC 창립 멤버다. 지금 베네수엘라의 일일 석유 생산량은 무려 345만 배럴에 달한다. 여기에서는 생수 가격이 석유 가격보다 비싸다.

"외람된 말일지는 모르지만 한 나라 경제가 자원에 완전히 의존해서는 안 됩니다. 지금은 석유 가격이 올라가고 있지만 나중에 공급이 흘러넘쳐 가격이 폭락할지도 모릅니다."

"나도 모르지는 않소. 베네수엘라는 원유에서 번 돈으로 거대한 실험을 할 겁니다. 우리는 거기서 승리할 자신이 있소."

"21세기 사회주의 말씀입니까?"

"그렇소. 모두가 잘사는 사회가 이 개혁의 핵심이오."

21세기 사회주의는 FTA 등 신자유주의에 적극적으로 반대하고, 적극적인 빈민구제와 직접민주주의의 확대를 주장한다. 주민자치위원회와 노동자가 참여하는 공동경영제도를 도입하는 것인데, 자본가라면 누가 이것을 받아들이겠는가? 자본가들이 반발하자 차베스는 이것을 강요하기 위해 의회 절차를 무시하고 권위주의에 의존했다. 차베스 집권 내내 나라가 조용한 적이 없었다.

형제를 위해 한마디 하지 않을 수 없다. "이미 사회주의 실험은 실패한 것으로 드러났습니다. 소련을 보십시오. 소련 말기 밭에서는 엄청난 감자가 생산되었는데 이걸 시장으로 연결하지 못해 사람들이 굶주렸습니다. 반면, 개방과 개혁의 길을 걷는 중국을 보십시오. 시장을 도입하고 자본주의 인센티브와 외국 자본을 받아들여 연간 10퍼센트 이상 경제가 성장하고 있습니다. 자본가들이 가장 싫어하는 게 경영 간섭입니다. 공동경영제도를 도입하면 외국 자본이 베네수엘라에 들어오지 않을 겁니다."

차베스가 시가를 꺼내서 피웠다. 생각이 많은 모양이다. "자네의 충고 고맙네. 그렇지만 미국놈들이 원하는 그런 신자유주의는 베네수엘라에 맞지 않소. 페레즈 정권이 추진한 신자유주의 경제정책은 이 땅에 부패, 빈곤, 그리고 외채의 증가만 불러 왔어. 베네수엘라의 우파들이 가난한 사람을 뭐라고 말하는 줄 아시오? '이빨 없는 사람들'이라고 한다네. 인간이 아니라는 거요. 다른 식의 접근이 필요합니다."

"……"

"나도 노동조합의 경영 참가나 자주 관리에 부정적이오. 그렇지만 나를 지지하는 노동조합단체의 의사를 무시할 수는 없습니다."

"형제의 입장을 이해합니다."

할 만큼 했다. 시간을 두고 충고해야지, 여기서 더 이상 논쟁은 감정만 상할 뿐이다.

"자, 이제 논쟁은 그만하고 술이나 한잔하지. 참, 볼리바르의 검은 찾았나?"

"열심히 찾고 있습니다. 몇 가지 단서를 발견했는데, 곧 좋은 소식이 있을 겁니다."

"내 생전에 볼리바르의 검을 보고 죽는 게 소원이네."

볼리바르의 검은 내가 잘 보관하고 있다. 이걸 언제 공개하는 게 도움이 될지 고민 중이다. 지금 공개하면 현 대통령만 좋은 일 시킨다.

차베스는 일일 10만 배럴의 원유를 우호 가격으로 제공했다. 콜롬비아 원유보다 무려 30퍼센트나 저렴하다. 수송비를 빼면 20퍼센트 정도 이윤이 남는다. 1년에 거의 3천만 달러가 세이브된다. 바랑카베르메하 신정유공장은 이미 완공되어 가동되고 있다. 워낙 큰 규모로 공장을 지었기 때문에 콜롬비아 원유만으로는 양에 차지 않았다. 조만간 석유화학 플랜트가 가동되면 더 많은 원유가 필요하다.

카라카스에서 보고타 엘도라도 공항으로 돌아오는데, 재수 없는 놈이 게이트 앞에서 기다리고 있다. 빌 스테크너이다. "파블로 보스, 출장은 유익했소?"

"나쁘지 않았소. 나는 바빠서 이만……."

이놈과 얘기하기 싫어서 그동안 만나자는 전화를 피했다. 나보고 미국 스파이가 되라는데 절대 받아들일 수 없다. 바쁜 척하며 지나가려고 하는데 빌이 말했다. "레흐더가 중요한 진술을 했소. 혹시 알고 있나?"

가슴이 철렁했다. 레흐더는 지금 마약 혐의로 20년 징역형을 받고 미국 감옥에 있다. 이놈은 내가 일본 야쿠자랑 마약 거래를 중개했다는 것을 알고 있다. 우리는 묵시적으로 거래했다. 내가 레흐더의 딸을 돌봐주는 대신 그는 야쿠자와의 거래에 관해 입을 닫는 것이다.

"무슨 말이오?"

"왜 그리 발끈하고 그러시오? 뭐 찔리는 거 있소?" 빌은 비웃으며 말했다.

"내일 만나서 얘기합시다. 공항에서 이러는 거 보기도 좋지 않고."

"오후에 찾아가리다. 이번에는 헛걸음치지 않겠지."

보고타로 돌아와 레흐더 동정을 알아보았다. 레흐더는 1급 중범죄 감옥에서 일반 교도소로 이감되었다. 자식이, 도저히 회유에 견디지 못해 불었구나! 그를 이해했다. 나라도 그랬을 것이다. 아마 20년 징역형에 대해서도 협상이 있었을 것이다.

빌 스테크너가 들어왔다. 자신만만한 표정이다. 내가 이미 그의 어장의 물고기라도 된 양 갖고 놀 생각이다. "나는 항상 궁금했소. 파블로 보스의 돈은 어디서 샘물처럼 솟아나는지. 얼마나 돈이 많으면 그 비싼 정유공장을 인수하고 석유화학 플랜트도 하고······ 심지어 콜롬비아 축구협회장이 되어 돈을 물처럼 펑펑 쓰고 있잖소. 이제 그 비밀을 찾았어."

"내가 그 비밀을 말해주지."

"말해보시오!"

나는 회계 보고서를 그에게 던졌다. "이게 작년 우리 에스코바르 그룹의 결산 장부요! 한 치의 거짓도 없소. 미국 회계법인 KPMG도 오케이한 문서란 말이오. 우리 그룹은 유통을 통해 엄청난 현금을 벌고 있고 잘나가는 섬유회사를 매각한 돈으로 에너지사업을 하는 거란 말이오!"

"하하하. 이게 어디서 약을 치고 있어! 일본 야쿠자에게 코카인 판 돈으로 사업을 키워온 거 아냐! 섬유사업이니 에너지사업이니 하는 것은 위장이고 당신은 여전히 마약상에 불과해!"

"한 번만 더 그따위 말을 하면 여기서 당신을 던져버릴 거야!" 나는 옆방의 벨라스케스와 경호원들을 부르는 벨을 만지작거렸다. 나의 위협에 정신을 차린 빌이 협상안을 제시했다.

"이거 왜 이러시오? 우린 충분히 같은 사업을 할 수 있어. 내 말을 들어보시오."

이놈이 무슨 새로운 제안을 갖고 왔는지 일단 듣기로 했다.

"FARC와 싸우는 자경단을 만들라는 제안은 취소하겠소. 그건 다른 놈이 맡기로 했으니까."

빌 스테크너는 에스코바르 그룹이 말썽 많은 우익민병대를 대신해 마그달레나강에 자경단을 만들어 줄 것을 제안했었다. 나는 군대와 같은 FARC와 싸울 수 없다며 거부했다.

"파블로 보스가 알고보니 마당발이더군. 차베스랑 그렇게 친한 줄은 몰랐군. 이번에 베네수엘라 원유까지도 싼 가격에 받아오는 거래에 성공해서 우린 깜짝 놀랐다오."

"하고 싶은 말이 뭐요? 내가 좀 바빠서."

"당신도 혹시 좌파 아냐? 차베스랑 생각이 똑같은 거 아니오?"

"흥, 마음대로 생각하시오. 그런데 내가 좌파라면 왜 기업을 하고 있겠나? 나는 에스코바르 그룹의 노동자들의 경영 참가를 허락하지 않소."

"좋아. 나도 그건 믿소. 말이 아니라 행동으로. 자네는 타고난 사업가야. 절대 친노동자나 반미주의자가 아니지."

"용건이나 빨리 말하시오! 당신하고 이념 논쟁할 생각이 없소."

"역시 파블로는 협상을 할 줄 아는군. 좋아 말하지. 차베스 동향과 생각을 아는 대로 말해주시오. 물론 한 번만 하는 것은 아니오. 대신 우리는 자네가 일본 야쿠자에게 마약을 중개했다는 것은 입을 다물겠소."

"싫소. 하지 않겠소."

빌은 당황한 표정을 지었다. 정보를 제공하는 거래 조건이라면 내가 부담감 없이 수락하리라고 생각했었던 모양이다.

그는 나중에 써먹을 생각으로 감춰둔 카드를 꺼냈다. "자네는 콜롬비아 대통령이 될 생각이 없나? 미국이 자네를 지원해주겠네."

"고맙지만 사양하겠소. 내가 정치를 안 하면 안 했지, 미국을 등에 업고 대통령이 될 생각은 없소."

"하하하. 처음에는 다 그렇게 말하지. 그러나 막상 닥치면 생각이 달라질 거요."

"우리 콜롬비아는 독립 국가입니다. 우리의 정책과 외교 노선은 콜롬비아 국민이 결정하는 겁니다. 미국이 아무리 강대국이라고 할지라도 우리에게 선택을 강요할 수 없소. 나는 대통령이 안 되면 안 되었지 미국 손에 조종당하지 않을 거요."

빌의 인상이 찡그려졌다. 말이 나온 김에 미국에 대한 분노를 더 털어놓아야겠다. "한 가지만 물읍시다."

"뭡니까?"

"왜 미국은 FARC에 무기를 지원하오?"

"무슨 말이오? 우리의 적은 좌익 게릴라야! 그놈들을 지원한다는 게 말이 되나!"

"후지모리가 보낸 무기는 CIA가 제공한 거 아니오?"

빌의 얼굴이 붉어졌다. "무슨 말인지 모르겠소."

그의 표정에는 '네가 그것을 어떻게 알았지'라는 놀라움을 숨기려는 게 보였다. 그 정보를 준 사람은 발레리아다. 그녀는 게릴라 캠프에 인터뷰하러 갔다가 우연히 페루에서 무기가 넘어왔다는 사실을 발견했다. 페루의 대통령 후지모리가 뭐가 좋아서 콜롬비아 게릴라에게 무기를 지원하겠는가? 부정선거로 미국에 약점이 잡힌 후지모리는 CIA의 요구를 들어주지 않을 수 없었을 것이다.

"CIA가 왜 그런 일을 하겠소? 옛날 이란-콘트라 사건으로 얼마나 개고생했는데." 빌은 단호하게 부정적 자세를 취했다.

"CIA가, 미국 정부가 그런 일을 하는지 안 하는지는 모르오. 그러나 CIA 콜롬비아 지부, 아니 중남미 지부는 절대 콜롬비아 내전이 끝나는 것을 원하지 않는 건 확실하지. 당신네들은 게릴라 반군과 정부군이 치고받고 싸우면서 내전이 계속되어야 자리를 유지할 수 있거든. 최근 게릴라 반군의 화력이 부족하다니까 페루를 통해 지원한 거 아니오? 이런 국가 간 대규모 무기 밀거래를 주도할 조직은 CIA밖에 없소이다."

"증거도 없이 그렇게 떠들면 미친놈으로 오해받을 거요!" 빌은 들키지 않을 자신이 있는 모양이다.

"흥! 당신도 마찬가지요! 나는 일본에 코카인을 수출하지 않았소. 그 물량을 댄 것은 레흐더라는 게 재판을 통해 다 드러났는데, 증거도 없이 나를 물고 늘어진다고 누가 믿을 것 같소? 일방적 진술만으로 나를 범죄자로 몰면 콜롬비아 국민이 가만히 있지 않을 거요! 미국은 차기 유력한 대통령 후보를 반미 세력으로 만들 작정이면 그 공작을 진행하시오!"

빌의 안색이 다시 붉어졌다. 레흐더가 진술한 것은 맞지만 그것을 증명하는 물증은 없다. 레흐더와 거래한 타케나카 마사히사도 죽고 없다.

"파블로, 잘 생각하시오. 콜롬비아의 딥스테이트는 당신을 원하지 않소. 미국의 도움 없이는 대통령이 될 수 없을 거요."

"대통령이 되는 게 내 인생의 목적은 아닙니다. 살펴 가시오."

빌을 사무실에서 내쫓았다. 재수 없는 자식! 어디서 약을 팔고 있어.

내 인생의 목적은 콜롬비아를 마약과 가난에서 해방하는 것이다. 대통령은 그걸 위해 필요한 자리일 뿐이다. 잘 먹고 잘살려고 환생한 게 아니다. 좋은 일을 해야지.

그렇지만 CIA는 집요했다. 《엘파이스》에 레흐더 기사가 실렸다. 유력 인사가 콜롬비아 마약의 일본 수출을 중개했다는 내용이다. 그 유력 인사가 나라는 것은 어린애도 짐작할 수 있을 것이다.

《엘파이스》 사장 후안 로페즈가 나를 찾아왔다. "파블로 회장님, 어제 신문 기사를 보셨지요? 제가 막지 않았으면 회장님 실명이 나갈 뻔했습니다."

"괜찮습니다. 실명을 내세요."

"네? 차기 대통령을 노린다면 그런 일이 일어나서는 안 됩니다."

"CIA의 꼭두각시가 될 바에야 차라리 사업가로 그냥 남아 있겠습니다."

"무슨 말씀인가요? CIA라뇨?"

"그 기사 제공한 곳이 CIA 아닌가요?"

"아닙니다. 우리 기자가 미국에서 레흐더와 면담을 통해 얻어낸 정보입니다."

이 자식도 낯짝이 뻔뻔하다. 미국이 콜롬비아 신문사가 뭐가 예쁘다고 레흐더와 만나게 해주겠는가? 다 이런 공작을 위해 명분을 만든 것이다.

"저는 파블로 회장님을 존경합니다. 콜롬비아 축구를 세계 2강으로 올리신 분 아닙니까? 그래서 기사를 최대한 막은 겁니다."

"감사합니다." 일단 빈말이라도 해주었다. 본론을 듣기 전까지.

"그래서 말이 나온 김에 보고타 축구전용경기장 부지에 대해 한번 말씀드리고 싶습니다."

그러면 그렇지, 이 인간이 청구서를 들고 올 줄 알았다. 내가 좋아서 실명을 막은 게 아니다. 나쁜 놈! 후안은 자기 땅이 포함된 보고타 남부 지역을 추천했다. 그리고 향후 개발 이익의 20퍼센트를 커미션으로 약속했다. 잘 알았다고 답하고 그와 헤어졌다.

파스트라나에게서 연락이 왔다. 중요한 안건이 있으니 대통령궁으로 들어오라는 것이다. 가기 싫었지만 마그달레나강 유전 개발 때문에 그와 만났다.

"파블로 시장, 차베스 대통령과 면담은 어땠나? 향후 우리 콜롬비아랑 어떤 관계를 맺을 것 같은가?"

"차베스 대통령은 콜롬비아를 형제 국가로 생각합니다. 같은 볼리바르의 후손이라고."

"다행이군. 큰 계약도 하나 했다고 하던데……."

"베네수엘라가 에스코바르 그룹에 일일 10만 배럴 원유를 팔기로 했습니다. 바랑카베르메하 정유공장이 당분간 돌아가는 데 어려움은 없을 것 같습니다."

"잘 되었네. 새 공장이 들어섰는데 원료가 없으면 안 되지. 내가 수입 통관에 어려움이 없도록 최대한 지원해주겠네. 하하하."

"감사합니다. 그리고 쿠시아나 유전 개발도 빨리 허가를 내주십시오. 언제까지 베네수엘라 물량에만 의존할 수 없습니다."

에스코바르 그룹은 자체 유전 2개에 프랑스 석유기업 토탈과 함께 쿠시아나 유전 개발사업을 진행 중이다. 콜롬비아 관리들은 기회다 싶어 여기에 빨대를 꽂고 엄청나게 돈을 뜯어 가고 있다. 물론 앞의 이 인간에게도 돈을 갖다 바쳤다.

"그게 열대우림 자연환경 보존 때문에 시간이 걸려요. 조금 더 두고 봅시다."

"최대한 빨리 허가를 부탁드립니다. 쿠시아나 지역 환경보호를 위한 프로젝트를 이미 두 달 전에 제출했습니다."

"알겠소. 오늘 만나자고 한 것은 보고타 축구전용경기장 때문이오."

내 그럴 줄 알았다. 대통령이란 작자가 경제개발 이런 문제보다 땅 팔아먹는 데 더 관심을 가지니 이 나라 정치가 제대로 안 돌아가지. 보고타 축구전용경기장 부지 발표는 이제 한 달 남았다. 부지 선정위원장은 나다. 왜냐하면 내 돈으로 스타디움을 짓기 때문이다. 그래서 지금 엄청난 로비가 들어온다.

"보고타 북부의 카레라 11 지대는 어떤가? 시내와 멀지도 가깝지도 않고 개발의 여지가 많은 땅이야."

"한번 적극적으로 고려하겠습니다."

"자네에게만 말해주는데, 여기에는 마르티네즈 가문의 땅이 많아. 그 가문과 잘 사귀어두면 앞으로 같이 사업할 거리가 많을 거요. 내가 쿠시아나 유전도 빨리 도장을 찍도록 의회를 설득하겠소. 하하하."

딥스테이트의 마르티네즈 가문은 전통의 지주 집안이다. 식민지 시대 카르타헤나를 바탕으로 사탕수수 농장을 통해 부를 일구었고 이 나라 사법 권력의 핵심을 이루고 있다. 파스트라나 대통령 가문도 마르티네즈와 밀접한 관련이 있다.

대통령과 만나고 나오는데 베탕쿠르 의원이 대기하고 있었다. 그녀의 표정이 좋지 못했다.

"의원님, 오랜만입니다. 잘 지내시지요."

"아뇨. 별로……." 베탕쿠르는 살짝 웃었지만 지친 얼굴이다.

"지난번 맛있는 식사를 초대받았는데 제가 그동안 바빠서 답례하지 못했습니다. 언제든 연락해주십시오."

"네, 감사해요."

그녀의 식사 수락은 그리 오지 걸리지 않았다. 그날 우리는 보고타 호텔에서 저녁을 먹었다.

"갑자기 식사하자고 해서 미안해요. 오늘 기분이 너무 좋지 않아서 그냥 집에 돌아가기 싫었답니다."

"아닙니다. 제가 언제든 가능하다고 했는데요. 파스트라나 대통령이 국민투표를 끝내 반대했다고 뉴스에서 들었습니다."

"맞아요. 오늘 최종 담판을 지었는데 대통령은 그의 공약을 지킬 생각이 없다는 것을 확인했습니다."

지난 대통령 선거에서 베탕쿠르는 부패 청산과 개혁을 내세우며 파스트라나 후보를 지지했다. 부패한 자유당의 삼페르 정권보다 낫겠지라는 기대를 하며 열심히 선거운동을 지원했다. 그렇지만 삼페르나 파스트라나나 오십보 백보였다. 대통령은 개혁 입법을 위한 특별위원회를 설치하는 데는 동의했지만 이것을 국민투표에 부치는 데는 반대했다. 자신의 공약을 배신한 것이다.

"실망이네요. 미국서 공부하고 신문기자도 한 사람인데 어떻게 여론 돌아가는 것을 모릅니까?"

"파스트라나는 한 번도 스스로 독립한 적이 없는 의지박약한 자입니다. 미국서 공부한 것도, 신문기자가 된 것도 잘난 집안 만나서 이룬 성취입니다. 야구로 비유하자면 태어날 때 3루 베이스에 있었어요. 보고타시장이 된 것도 오랫동안 TV 뉴스를 맡다가 떨어진 행운입니다. 시장에서 한 번도 물건을 사본 적도 없고, 월셋집을 구한다고 눈물을 흘려본 적도 없는 금수저입니다."

베탕쿠르는 파스트라나에 대해 부정적이다. 그녀는 의전만 챙기고 내용이 없는 대통령을 비난했다.

"개혁은 인기가 없는 일이니까요. 파스트라나는 그게 싫은 거죠. 그는 화려한 서포트만 받기를 원해요."

"본래 정치인이란 같이 비를 맞으려고 하지 않습니다. 누군가 우산을 쓰면 거기로 쏙 들어올 뿐입니다. 정치인은 기본적으로 기회주의자입니다." 나도 맞장구를 쳤다.

"콜롬비아 정치인이 다 그런 생각을 하고 있으니까 이 나라는 50년간 내전을 멈추지 않고 있습니다. 정치 지도자들이나 좌익 게릴라 조직은 나라가 피폐해져도 그들의 권력을 지속시켜 주고 치부토록 해주는 내전 상태를 유지하기 위해 적대적 공생관계를 유지하고 있어요."

"그들뿐만이 아닙니다. 미국, 아니 CIA 조직도 이 나라에 게릴라가 사라지는 것을 무서워하고 있습니다. 이 악순환의 고리를 끊어야 합니다."

"맞아요. 누가 나서서 십자가를 지고 가야 합니다."

"의원님이 차기 대통령에 출마하십시오. 제가 가장 앞장서서 선거운동을 하겠습니다."

"무슨 말입니까? 지금 여론조사를 보면 파블로가 가장 강력한 차기 후보인데요." 베탕쿠르는 손사래를 치며 거부했다.

"저는 출생이 비천해서…… 안티 세력이 많아서 힘듭니다."

"왕후장상의 씨가 따로 있나요." 베탕쿠르는 고개를 가로저으며 부정했다.

"콜롬비아에는 있습니다. 여기 대통령이 되려면 딥스테이스에게 인정받아야 합니다. 이들 3대 가문은 저 같은 근본 없는 빈민의 후손이 대통령이 되는 것을 용납하지 않을 겁니다."

"콜롬비아는 민주주의 국가에요. 앙시앵 레짐이 아닙니다. 파블로가 출마하는 것은 헌법에 보장되어 있어요!"

"물론 법적으로는 그렇죠. 그렇지만 지금까지 콜롬비아 대통령들을 보세요. 대부분 명문가에 최고 대학을 거쳐 미국에서 공부한 상류층 자제들이지 않습니까? 만약 제가 대통령 후보로 출마한다면 이들이 똘똘 뭉쳐 반대할 겁니다."

"지금 파블로의 인기는 압도적인데 한 줌도 안 되는 상류층이 반대한다고 될까요?"

"숫자가 문제가 아닙니다. 예를 들어 어제 신문에도 나왔지만 제가 일본과의 마약 거래 혐의를 받고 있습니다. 이들 상류층이 그걸 빌미로 저를 기소할 수 있습니다. 그러면 출마 자체가 원천 봉쇄되는 겁니다."

"국민이 그것을 용납할까요? 당신을 탄압하는 뻔한 수라는 것을 알 텐데."

"미국이 한쪽 팔 거들면 되죠. 지금 CIA도 저를 잡아먹지 못해 난리입니다."

"무슨 말인가요?"

"콜롬비아 선거는 미국에도 중요합니다. 자신의 안마당인 중남미에서 반미 정권이 등장하는 것을 원치 않습니다. 제가 차베스 대통령이랑 조금 친한데, 이놈들이 오해하고 있는 것 같습니다. 감옥에 갇혀있는 레흐더를 협박해 말도 안 되는 혐의를 퍼뜨리고 있어요. 미국이 지원해주면 자유당의 세르파 후보가 이길 가능성이 큽니다."

"말도 안 돼요! 세르파가 대통령이 되다니. 차라리 삼페르가 낫겠어요."

자유당의 세르파 후보는 전 대통령 삼페르의 심복이다. 칼리 카르텔의 피 묻은 돈을 중개한 놈이기도 하다. 베탕쿠르와 세르파는 의회에서 자주 충돌했다.

"그러니 의원님이 출마하시는 게 맞습니다. 이 나라 명문가의 후손이고 프랑스에서 공부하지 않았습니까? 지난번 상원의원 선거에서 전국 최다 득표를 하셨고…… 무엇보다 콜롬비아 정치개혁에 대한 확고한 의지가 있고 행정부 경험도 풍부합니다."

베탕쿠르는 잠시 생각에 빠졌다. 그녀는 진지한 얼굴로 나에게 물었다. "파블로는 절대 나를 떠나지 않을 거죠? 내가 어떤 상황이 되더라도 지지해주실 거죠?"

"그럼요. 저의 꿈이 이 나라를 빈곤과 테러, 전쟁과 마약에서 해방시키는 겁니다. 의원님이 그런 꿈을 포기하지 않는 한 우리는 같이 갈 겁니다."

"고마워요. 그럼 저는 파블로를 믿고 한번 험한 길을 가보려고 합니다." 그녀가 내 손을 꼭 잡았다.

1주일 뒤, 콜롬비아 축구협회는 보고타 축구전용경기장 후보지를 발표했다. 스포츠 기자도 있었지만 경제부 기자들이 더 많았다. 어느 지역에 스타디움이 들어서느냐에 따라 땅값이 달라진다.

나는 마이크를 잡았다. "콜롬비아 축구협회는 오랜 검토를 거쳐 보고타 축구전용경기장을 카레라 11 지대에 건설하기로 했습니다."

플래시가 터지고 기자들은 핸드폰으로 긴급 뉴스를 타전했다.

"왜 하필 보고타 북쪽입니까? 거긴 빈민가인데……."

"축구전용경기장은 단순한 스타디움이 아닙니다. 메데인의 에스코바르 스타디움처럼 문화와 쇼핑센터의 중심으로 개발할 예정입니다. 그리고 빈민가도 재개발하여 주택 개발사업을 추진하겠습니다."

파스트라나의 손을 들어주었다. 로페즈 가문이 제안하는 20퍼센트 개발 수익보다 쿠시아나 유전 개발이 더 중요하다.

"그리고 또 하나 말씀드릴 게 있습니다."

'뭐지?'라는 표정으로 기자들이 웅성거리며 귀를 쫑긋 세웠다.

"저는 이번 대통령 선거에 출마하지 않겠습니다. 사업에 전념할 생각이며, 대통령 후보로 베탕쿠르 의원을 지지합니다."

"뭐야! 파블로가 출마하지 않는다고!"

기자들이 다시 긴급 뉴스를 타전한다고 핸드폰 통화가 잘 안 될 지경이다.

"파블로 회장님, 왜 출마를 하지 않습니까? 지금 여론조사에서 가장 높은 지지를 받고 있는데……."

"저는 정치보다 사업이 더 좋습니다. 이제 바랑카베르메하 정유공장도 본격적으로 가동되고 있고 내년에는 석유화학 플랜트도 완공됩니다. 우리 콜롬비아의 미래는 에너지 개발에 달려 있습니다. 저는 경제를 일으켜 콜롬비아 발전에 도움이 되고자 합니다."

"베탕쿠르 의원을 지지하는 이유가 뭡니까?"

"그녀는 콜롬비아 개혁에 대한 확고한 의지와 프로그램을 가지고 있고, 다년간의 행정부와 국제사회에서의 경험이 있습니다. 저보다 훨씬 뛰어난 사람이고 콜롬비아의 소외된 사람과 여성계의 전폭적인 지지를 받고 있기 때문입니다."

기자회견을 끝나고 사무실에서 혼자 쉬고 있었다. 후안 로페즈의 전화가 왔다.

- 파블로 회장, 결국 파스트라나의 손을 들어 주었군요.

"미안하게 되었습니다. 다음 기회에 다른 사업을 한번 같이해봅시다." 마음에도 없는 말로 로페즈를 달랬다. 딥스테이트랑 척을 지기는 싫었다.

- 좋습니다. 그 알량한 유전 개발, 얼마나 잘 되는지 두고 보겠습니다.

로페즈는 신경질적으로 전화를 끊었다. 곧 파스트라나 대통령의 전화가 왔다.

- 파블로 회장, 고마워. 내 책임지고 유전 개발을 의회에서 통과시키겠네.

"감사합니다."

- 그런데 자네가 대통령을 포기한 것은 의외야. 월드컵으로 그렇게 점수를 따고도 포기하기가 쉽지가 않을 텐데 말이야.

"괜히 정치한다고 했다가 사업마저 못 하게 될까 봐 두려웠습니다. 제가 정치적 기반도 없고……."

- 우리 보수당에 이번에는 후보가 없어. 내가 당을 설득하여 베탕쿠르 의원을 지지하도록 유도해보겠네.

"감사합니다."

축구전용경기장 부지를 파스트라나 대통령에게 넘긴 또 다른 목적도 여기에 있다. 베탕쿠르는 산소녹색당의 당수이지만 거의 무소속에 가깝다. 거대양당의 지지가 있어야 대통령에 당선될 수 있는데, 마침 보수당이 무주공산이다. 파스트라나의 영향력은 그래도 당내에서 살아있다.

그나저나 내 사업이 고비. 베탕쿠르는 내가 명목상의 선거대책 고문이 아닌 실질적 역할을 요청했지만 그럴 여유가 없었다. 자원 개발사업이란 돈 먹는 하마다. 유전 10개를 개발하면 9개는 실패로 끝난다. 1개도 성공하려면 인프라 건설이나 세금 문제를 잘 해결해야 한다. 이미 에스코바르 그룹의 적자는 감당할 수 없을 만큼 불어나고 있다.

　게다가 보고타 축구전용경기장 건설비용도 충당해야 한다. 더 차입이 힘들어 현금자판기인 에스코바르 유통을 팔았다. 에스코바르 유통은 커피콩과 꽃 수출, 소니 가전제품 수입 등을 통해 엄청난 현금을 안겨다 주었는데, 눈물을 머금고 다른 기업에게 넘겨주었다. 이건 내가 하지 않아도 누구나 잘할 수 있는 사업이기도 하다.

　이제 남은 것은 건설과 방송국, 경비 그리고 에너지 기업밖에 없다. 쿠시아나 유전 개발사업에 실패하면 에스코바르 그룹은 무너질 수 있다. 프랑스 에너지 기업인 토탈은 개발을 담당하고 우리 그룹은 콜롬비아 정부와 협상을 통해 세금 등 유리한 조건을 끌어내야 한다.

　5월의 어느 날. 아주 좋은 소식과 아주 나쁜 소식이 동시에 들려왔다. 에스코바르 에너지의 마테오 사장이 흥분에 찬 목소리로 전화를 했다.

　- 회장님! 대박입니다. 쿠시아나 유전에서 엄청난 유정을 찾았습니다. 여기는 지금 흘러넘치는 원유를 감당하지 못해 기름 바다입니다.

　"정말인가! 수고했네. 지난 몇 년간의 고생이 이제 결실을 보았어. 토탈에서는 어떻게 예측하나?"

　- 최소 1억 배럴은 가능하다고 합니다. 인근 다른 지역에도 이와 유사한 유정이 있어 매장량은 더 늘어날 겁니다.

　"좋아. 유전 개발을 멈추지 말게. 지금 유가가 급등하고 있어. 이미 배럴당 30달러를 넘어섰어. 앞으로 50달러까지는 충분히 가능할 거야."

　- 정말이지 회장님이 처음 유전 개발하자고 할 때는 암담했는데 이제 하늘이 돕고 있습니다.

　내가 유전 개발에 착수할 때 석유 가격은 배럴당 7달러였다. 그런데 최근 경제가 살아난 중국이 석유를 마구 수입하면서 가격은 로켓이 하늘로 올라가

듯이 폭등했다. 토탈이 채굴하는 유전이라면 뉴욕에서 돈 빌리는 것은 일도 아니다.

기분 좋은 오후를 보내고 있는데, 산소녹색당의 관계자가 통화를 요청했다.

- 파블로 회장님, 큰일 났습니다. 베탕쿠르 후보님이 게릴라에 납치되었습니다.

"무슨 말이야? 오늘 보고타에서 검찰개혁 기자회견을 한다고 하지 않았나?"

- 네. 본래 기자회견이 예정되어 있었는데 내부 조율이 되지 않아 연기하였습니다. 그래서 그동안 미루어오던 마그달레나강 지역 유세를 떠났습니다.

"그런 위험한 지역을 왜 방문했어?"

- 후보님의 뜻이 강력했습니다. 현지 주민들과 대화하고 싶다고 하셨습니다.

"파스트라나 대통령에게는 얘기했나?"

- 네. 조금 전 상황을 설명했습니다. 현지 군과 경찰을 총동원하여 수색하라는 지시를 내렸습니다.

"알겠네. 혹시 새로운 소식이 들어오면 즉시 보고하게."

고메즈를 급히 사무실로 불렀다. 게릴라 문제에 대해 그만큼 잘 아는 사람은 없다. "베탕쿠르 의원이 FARC에 납치되었어. 자네 소식을 들었나?"

"오면서 라디오로 들었어. 어떻게 게릴라 지역에 안전을 확보하지 않고 들어갔어?"

"다른 일정이 취소되면서 급히 일정을 만들다 보니 그렇게 된 것 같아. 그녀를 구출할 수 있을까?"

"FARC가 공짜로 풀어줄 리가 없지. 그놈들의 요구조건을 들어보아야 해."

"자네가 FARC를 잘 알지 않나? 돈이 얼마가 들더라도 베탕쿠르 후보를 당장 구출해야 해."

"라울 레예스가 지도자로 있을 때는 말이 통했는데 지금은 이반 리오스야. 이놈과는 얘기가 잘 안 돼."

"뭐 하는 놈이었어?"

"거의 마약밀매업자에 가까운 놈이야. 라울은 말은 잘하는데 돈 끌어모으는 능력은 없었어. 그래서 밀려난 거야. 이반 리오스는 어디선가 돈을 엄청나게 갖고 들어온 데. 보나 마나 마약업자에게 물량을 넘기면서 벌어들이는 거지."

"자네가 한번 가볼 수 있겠나? 마약밀매업자라면 돈에 환장한 놈들 아닌가? 내가 그 돈을 주겠네."

"친구의 부탁인데 당연히 갔다 와야지."

"고맙네. 비행기를 불러줄까?"

"그러면 좋지. 그런데 너무 기대는 말게. 이반 리오스는 만만한 놈이 아니야. 베탕쿠르 후보라는 거물을 잡았는데 최대한 뽑아내려고 할 거야."

"자네도 잘 알겠지만 납치 사건은 1주일 안에 해결 못 하면 시간을 많이 끌게 되어 있네. 그놈이 원하는 것을 다 들어주겠다고 하게."

그러나 이반 리오스가 원하는 것은 돈이 아니었다. 그놈에게는 마약 거래로 벌어들인 충분한 돈이 있었다. 그놈이 원하는 것은 종신형을 받고 복역 중인 게릴라와의 교환이었다. 파스트라나가 감당할 수 없는 정치적 조건을 내건 것이다.

1주일 뒤, 고메즈가 지친 표정으로 사무실을 찾아왔다. "파블로, 미안해. 협상이 실패로 끝났어."

"아냐, 자네는 최선을 다했어. 파스트라나도 웬만한 것은 다 들어주려고 마음먹었지만 포로 교환은 정치적으로 도저히 감당할 수 없다고 하네."

"이반 그 자식은 미친놈인데 아주 교활해. FARC 내에서 마약 거래를 한다는 나쁜 평판이 도니까 정치적 명분을 만들려고 하는 거지. 만약 인질 교환이 이루어지게 되면 마약상이라는 나쁜 이미지를 떨쳐버릴 수 있으니까."

"베탕쿠르 후보는 만나 보았나? 상태는 어떤가?"

"상당히 힘들어하지만 건강은 특별히 나쁘지 않네."

"그중 천만다행이네."

"그녀가 자네에게 이 메시지를 꼭 전달해달라고 했어."

"어떤 내용이야?"

"자네가 대통령 후보로 나가서 자기가 못다 한 콜롬비아 개혁을 꼭 해달라고 부탁했어."

"그녀는 곧 풀려날 거야. 내가 FARC 캠프를 습격해서라도 그녀를 구출할 거야."

고메즈는 일어나 내 어깨를 두드렸다. "자네 마음 이해하네. 그러나 냉정하게 현실을 보게."

"……."

"FARC의 본거지는 아무도 몰라. 거의 몇 달에 한 번씩 이동하고 있어. 내가 그들을 만난 곳은 마그달레나강 동쪽 입구야. 거기만 해도 콜롬비아 일개 사단과 맞먹는 무장을 갖추고 있어. 마피아들이 시내에서 전쟁놀이하는 것과는 비교가 안 돼."

"파스트라나에게 얘기해서 포로랑 교환을 추진할 거야."

"파스트라나도 그렇게 하고 싶지. 그런데 이게 관행화되면 앞으로 콜롬비아에 납치는 일상이 될 거야. 국가는 법과 원칙이 있어야 해."

"……."

"자네가 대통령에 도전하게. 그게 그녀의 뜻이고, 자네가 대통령이 되면 그때 가서 협상하면 되지 않나?"

"내가 정말 정치를 해야 하나?"

"정치란 때로는 짐승이 되는 비천함을 감수하면서 야수의 탐욕과 싸워 성인의 고귀함을 이루는 일이야. 지난 100년간 이루지 못한 콜롬비아 개혁을 위해서는 자네 같은 강력한 리더십을 가진 사람이 앞장서야 해."

고메즈의 설득에 넘어갔다. 대통령 후보에 등록했다. 나는 '안전한 콜롬비아, 잘사는 콜롬비아, 하나되는 콜롬비아'라는 3대 정책 목표를 내걸었다. 여론조사 결과에 의하면, 일찍 선거운동에 뛰어든 자유당의 세르파 후보와 차이가 얼마 나지 않았다. 메데인과 안티오키아주에서는 압도적인 지지율을 기록했지만 콜롬비아 농촌과 시골에서는 여전히 세르파가 강세다.

나는 무소속으로 출마했다. 베탕쿠르가 속한 산소녹색당의 정책은 페미니즘과 급진 환경주의가 너무 강하다. 이래서야 정치의 주류가 될 수 없다. 대통령 후보에 출마하면서 축구협회장직을 사임했다. 그리고 언론 개입 문제를 고려하여 에스코바르 방송국 대부분의 지분을 사회단체에 기부하고 나머지는 발레리아에게 넘겼다. 그녀는 이제 최대 주주다. 발레리아는 울면서 반대했지만 부정선거 시비를 원천 차단하지 않을 수 없다.

"발레리아, 이제 당신이 에스코바르 방송국의 진짜 주인이야. 책임을 지고 콜롬비아에 꼭 필요한 방송국으로 키워나갔으면 좋겠어."

"싫어. 나도 당신 선거 캠프에서 일할래."

"안 돼. 당신에게 딸린 식구를 생각해. 당신은 정치인보다 언론인이 더 맞아."

"파블로, 미워. 왜 내 마음을 몰라줘? 베탕쿠르 때문이지?"

"그녀는 정치적 동지야! 당신은 나의 비즈니스 파트너이고."

"비즈니스 파트너 같은 소리 하지마. 당신과 결혼할래!"

울부짖는 그녀를 피해 도망쳤다. 아, 정말 어떻게 해야 하나? 지금은 선거에 집중해야 한다.

지금까지 콜롬비아 정치에서 무소속으로 대통령에 당선된 사례는 없다. 선거는 결국 조직이다. 아무리 욕을 얻어먹어도 기성 정당의 도움을 받지 않고 당선되기는 힘들다. 그렇지만 나에게는 강력한 조직이 두 개 있다. 과거 메데인 카르텔이었던 에스코바르 경비와 비바 콜롬비아의 축구 서포터다. 에스코바르 경비는 느슨하지만 전국적으로 마피아와 관련되어 있다. 이들이 물밑에서 나를 돕고, 비바 콜롬비아는 공개적으로 나를 지지한다. 마피아 조직과 축구 팬클럽 조직을 통합하여 '콜롬비아 퍼스트'라는 정치운동 조직을 결성했다. 이를 바탕으로 장기적으로는 보수와 자유 양당제도를 넘어 새로운 개혁 정당을 만들 생각이다.

선거운동은 치열했다. 지난 몇 년 동안 착실하게 기반을 닦아온 자유당의 세르파는 어디서 돈을 받았는지 엄청난 돈을 뿌리면서 미디어를 장악했다. 옛날 내가 삼페르에게 준 돈도 거기에 들어가 있을 것이다.

반면, '콜롬비아 퍼스트'는 자발적 지지자들에게 기대했다. 그들은 '변화는 지금이다(El Cambio es ahora)'이라고 씌여진 포스터와 모자, 티를 착용하고 거리를 누볐다. 우리 지지자들은 차에 콜롬비아 국기와 포스터를 온갖 곳에 부착하고 경적을 울리거나 심지어 창문에 걸터앉아 구호를 외쳤다. 마치 월드컵 축구를 응원하는 분위기다.

저녁 시간이 되면 우리 지지자들은 과거 월드컵 거리 응원 장소로 나와 깃발과 포스터를 흔들며, '콜롬비아 퍼스트!', '파블로 대통령'이라는 구호를 외쳤다. 그러다가 콜롬비아 축구 응원가와 살사 춤을 추며 분위기를 고조했다. 선거는 축제가 되었다. 에스코바르 패밀리가 보호하는 이 운동에 동네 깡패들은 감히 끼어들 수도 없었다. 안전한 콜롬비아라는 구호가 선거 현장에서 그대로 구현된 것이다.

여론조사에서 나는 무려 70퍼센트라는 압도적 지지를 받았다. 자유당의 세르파는 네거티브 운동을 들고나왔다. 보고타 축구전용경기장에서 물을 먹은 로페즈는 자신의 신문을 통해 나를 공격했다. 기사 제목은 '파블로 후보의 선거운동 자금은 어디서 나오는가?'였다.

"메데인의 마약상이었던 파블로 에스코바르 후보는 마약 거래를 그만두고도 엄청난 현금 동원력을 자랑했다. 그는 건설, 경비, 물류, 유통, 섬유, 방송국, 전자회사 등을 설립했으며 콜롬비아 화훼기금, 에스코바르 스타디움을 만들었다. 그리고 천문학적인 돈이 필요한 에너지사업에 투자했다. 에스코바르 그룹의 현금 화수분은 마약 거래에서 왔다. 그는 위험한 미국 시장을 포기하고 일본과 홍콩 등 아시아 시장으로 진출하여 엄청난 자금을 벌여 들였다. 기업을 인수하고 설립한 것은 자금세탁을 위해서다. 지금 미국 감옥에 수감되어 있는 메데인 카르텔의 전 보스 레흐더는 파블로 후보가 일본 코카인 거래를 중개했다고 증언했다."

이 기사는 1퍼센트는 맞고 99퍼센트는 틀렸다. 내가 돈을 번 것은 에스코바르 유통을 통해 콜롬비아 커피콩을 수출하고 엔화로 받았기 때문이다. 다른 기업을 인수한 것은 은행 대출과 투자를 통해서다. 그렇지만 사람들은 나의 해명을 믿지 않았다. 정확한 원인을 모를 때 사람들은 음모론에 귀가 솔깃하기 마련이다.

우리 에스코바르 그룹을 감사하고 있는 미국 회계법인 KPMG가 공개적으로 서류를 보여주며 내 말이 맞다는 것을 증명했다. 그러자 '콜롬비아 법을 세우는 연대'라는 이상한 단체가 나를 자금세탁 혐의가 있다며 검찰에 기소했다. 검찰은 나를 불러 소환도 하지도 않고 이 단체의 주장을 근거로 바로 법원에 기소했다. 법원은 재판에 부칠지 아닐지를 기소 전 심문을 진행했다.

피 말리는 시간이 지나갔다. 말도 안 되는 검사 주장에 정말 화가 났다. 두케가 긴장된 얼굴로 말했다. "파블로, 기분 나쁘더라도 이 재판을 무시하지 말게. 일단 기소를 해버리면 나중에 무죄로 판명되더라도 선거운동을 망칠 수 있어."

"우리 애들이 법세련놈들을 손볼 거야. 이 엉뚱한 기소를 한 검사놈도 가만두지 않을 거야."

"그러면 안 돼. 아무리 분하더라도 과거 마피아 두목처럼 총에 호소한다면 대통령이 될 수 없어."

파스트라나에게서 전화가 왔다.

- 파블로, 좋은 소식이 있어.

"어떤 겁니까?"

- 심문 결과가 나왔어. 자네 무죄야!

"네?"

- 마르티네즈 가문이 힘을 좀 썼어. 장부에 기록해 두게. 자네가 축구전용경기장을 카레라 11에 짓기로 한 선물이지.

"감사합니다. 다음에 인사하겠습니다."

딥스테이트라는 콜롬비아 3대 가문이라고 하더라도 이해관계가 완전히 일치하는 것은 아니다. 사법부를 장악하는 마르티네즈 가문이 지난번 나의 선물에 보상을 내린 것이다. 무죄를 받고 법정 밖으로 나오자 구름 같은 인파가 이미 모여들었다.

"파블로! 파블로! 콜롬비아 대통령!"

나의 지지자들에게 감사 인사를 했다. 이제 선거의 승기를 잡았다고 생각했는데 그건 오산이었다.

로페즈 가문이 운영하는 《엘파이스》에서 또 다른 흑색선전이 터져 나왔다. 파블로 후보는 반미주의자라는 기사다.

"파블로 후보는 과거부터 좌파와 밀접한 관계를 맺어왔다. 최측근인 레옹 고메즈 M-19 게릴라 출신이다. 파블로 후보를 지지하는 산소녹색당도 중도 좌파이다. 무엇보다 그는 반미주의자인 베네수엘라의 차베스 대통령과 밀접한 관련이 있다. 차베스 대통령은 에스코바르 에너지에 대규모 원유를 국제시세 이하로 공급하고 있다. 자유 콜롬비아에 반미주의자가 웬 말인가!"

콜롬비아는 이웃 베네수엘라와 달리 친미 국가이다. 심지어 자신의 마약사범을 기꺼이 미국으로 송환시킨다. 역대 대통령 대부분이 미국에서 유학한 경험이 있을 정도다.《엘파이스》는 CIA 출처가 분명한 의심스러운 문서와 사진을 올리기 시작했다. 내가 M-19에 정치 자금을 제공했으며, 차베스가 대통령이 되기 이전에 만난 사진을 올렸다. 지지율이 폭락했다.

고메즈가 선거대책본부장 사임서를 들고 왔다. "파블로, 여기서 내가 물러나는 게 좋겠어. 자네가 반미주의자로 오해받아서는 안 되네."

"절대 받아들일 수 없어. 자네가 전직 좌익 게릴라라는 것을 숨긴 것도 아니잖아. 이미 정부에 의해 사면 복권도 받았고 콜롬비아 국회의원도 했는데, 내가 이 선거에서 이기자고 동지를 배신할 수는 없어."

"선거에 이기고 그때 합류하면 되지. 일단 소나기는 피하자고."

"싫어. 나는 그런 선거공학적 판단으로 정치를 하고 싶지 않아. 대통령에 당선되자고 친구를 버리라는 말이야?"

"이제 투표는 얼마 남지 않았어. 갈수록 세르파가 치고 올라오고 있어. 결선투표에 가면 역전이 될 수도 있어. 일단 선거를 이기고 보자."

"고메즈, 조금만 참아줘. 내가 대책이 있어."

"그래. 1주일만 이 사표를 내지 않을게."

고메즈는 침통한 표정으로 돌아갔다. 할 수 없이 쓰지 않으려고 했는데 비장의 카드를 꺼냈다. 미국 텍사스에서 은퇴를 즐기고 있는 조지 부시 전 대통령에게 간신히 전화하는 데 성공했다.

- 파블로, 선거는 잘 되고 있나?

"잘 안 되고 있습니다. 지금 제가 상당히 곤란한 처지입니다. 죄송하지만 부탁이 있습니다."

- 뭔가?

나는 지금 상황을 설명했다. 부시 전 대통령은 심각하게 듣고 있다가 별거 아니라는 생각이 들었든지 웃으며 말했다.

- 진실만 말하면 되는 거 아닌가?

"그렇습니다."

- 알았어. 자네 나에게 빚 하나 진 거야. 하하하.

다음날 미국 대통령 조지 워커 부시의 아버지이자 전 미국 대통령이었던 조지 부시가 미국 신문과 간단한 인터뷰를 했다.

"파블로 에스코바르는 미국의 친구입니다. 그는 미국의 중남미 정책에 적극적으로 협조하였습니다. 파블로 후보는 또한 사업가로서 텍사스 원면을 대규모로 구입하여 미국 경제에 도움을 주었습니다. 그가 반미주의자라는 것은 말도 안 되는 얘기입니다."

부시 전 대통령의 인터뷰는 미국에서는 중요한 기사가 아니었지만 콜롬비아에서는 엄청난 사건이었다. 파블로가 좌파이고 반미주의자라는 《엘파이스)와 세르파 후보의 주장이 현직 미국 대통령의 아버지에 의해 처절하게 깨어진 것이다.

고메즈는 사표를 찢어버렸다. 나는 결선투표도 가지 않고 1차 투표에서 압도적인 표차로 콜롬비아 대통령에 당선되었다. 내가 대통령이 된 것은 콜롬비아를 완전히 바꾸기 위해서다.

먼저 내각을 꾸렸다. 부통령에는 산소녹색당의 호세 마누엘을 지명했다. 대통령 비서실장은 최측근 고메즈를, 그리고 국방부 장관은 전직 군인이자 에스코바르 경비 사장을 지냈던 바르카스를 불러왔다. 나머지 장관은 기득권 세력을 골고루 배려했다.

나베간테를 나리뇨궁(대통령궁)으로 불렀다. 이놈은 감격한 표정이다. 칼리 촌놈이 여기까지 오다니. "저는 보스가 큰 인물이 될 줄 알았습니다. 그래서 시키는 일이라면 물불을 가리지 않았습니다. 정말 우리 콜롬비아를 위해 일해주실 것을 믿습니다."

"고마워. 선거운동 기간에 정말 열심히 경호해준 것을 잘 알고 있네."

"감사합니다. 시키실 일이 있으시면 뭐든지 말씀하십시오."

나베간테는 내 말을 기다리고 있다. 내가 감사 인사하려고 단독으로 자신을 대통령궁으로 부른 것은 아니라는 눈치는 채고 있다.

"자네가 국가정보국에서 일 좀 해줄 수 있겠나?"

"네? 감히 제가 그런 높은 곳에서 일할 수 있을까요?"

"자네는 타고난 스파이야. 칼리 카르텔과 메데인 카르텔에서 신분을 숨기고 일했고, 경찰의 스파이도 했잖아. 그런데도 아직 죽지 않고 살아있는 것을 보면 자네 능력을 알 수 있어."

"감사합니다. 죽음을 각오하고 일하겠습니다." 나베간테는 감격한 얼굴로 말했다. 칼리의 암살자가 정부 고관이 되다니!

"좋아. 자네를 국가정보국 부국장으로 발령할 거야. 국장은 무능력한 늙은 변호사이니까 신경 쓸 필요 없어. 자네 임무는 콜롬비아군과 경찰에 부패한 놈들을 다 솎아내는 거야. 한 달 안에 쫓아내야 할 놈들과 깨끗하고 능력 있는 사람 명단을 작성해주게. 그리고 이 일은 자네와 나만 아는 비밀이야. 나에게만 보고하게."

"목숨을 걸고 임무 수행하겠습니다."

대통령이 되었지만 나는 거대한 기득권의 바다에 혼자 고립된 것과 마찬가지다. 3대 가문이 여전히 암중으로 콜롬비아를 지배하고 있다. 그중에 가장 위협적인 것은 콜롬비아군과 경찰에 단단히 뿌리를 내리고 있는 가르시아 가문이다.

언론과 사법부가 나를 위협해도 무력만 쥐고 있으면 싸울 수 있다. 그런데 가르시아 가문은 도저히 종잡을 수 없다. 그들은 누구도 건드릴 수 없는 거대한 부패 네트워크를 형성하여 역대 콜롬비아 대통령이 손을 댈 수가 없었다. 마치 한국의 하나회라고나 할까.

군과 경찰을 완전히 장악하면 기득권과의 전쟁은 물론이고 좌익 게릴라와의 전쟁도 제대로 벌일 수 있다. 위장의 천재이자 마피아 간 음모 전쟁에서도 살아나온 나베간테라면 누가 나의 적인지 제대로 찍어낼 것이다.

그를 국장으로 뽑고 싶었지만 경력이 너무 일천해서 국장은 3대 가문 중에 사법부 권력을 장악하는 마르티네즈 가문의 늙고 무능한 변호사를 뽑았다. 당분간 그 가문과는 사이좋게 지내야하고, 그놈은 어차피 허수아비니까.

나베간테가 나가고 고메즈가 들어왔다. "각하, 취임 이후 여론조사가 나왔습니다. 생각보다 지지율이 많이 떨어졌습니다."

"고메즈, 우리 둘이 있을 때는 말을 놓게. 친구 사이 아닌가? 그래야 직언도 하고 그렇지."

"그래도 되나? 남들이 뭐라고 할 텐데……."

"상관없어. 그건 그렇고 얼마나 떨어졌나?"

"10퍼센트나 폭락했어. 장관에 새로운 인물이 없고 부패한 기득권 세력으로 채워진 게 가장 불만이야. 개혁은 실종되었다는 뉴스가 대세야."

"고메즈, 3대 가문을 비롯한 콜롬비아 기득권은 지금 바짝 긴장해서 우릴 주시하고 있어. 개혁한다고 난리 치면 가만두지 않을 거야. 풀을 두드려 뱀을 놀라게 해서는 안 돼. 포커페이스로 개혁을 진행할 거야."

대통령 취임 이후 고메즈를 중심으로 토지와 경제개혁, 검찰개혁, 언론개혁의 안건을 제시했지만 나는 받아들이지 않았다. 오히려 나리뇨궁으로 기득권 세력을 불러들여 이 핑계 저 핑계로 파티를 벌였다. 그리고 개인 돈을 들여 비싼 선물도 마구 뿌렸다.

그제야 기득권 세력은 나를 받아들였다. 나도 그들과 똑같은 부패한놈으로 생각하기 시작했다. 장관 자리도 적절하게 그들의 입맛에 많은 사람으로 채웠다.

"그러면 언제 개혁을 시작할 거야."

"조금 더 두고 보게. 확실한 대안이 준비되면 바로 실행할 거야."

나베간테팀이 작업을 진행하는 동안 나는 기득권 편에서 그들을 옹호하는 발언을 서슴지 않았다. 국군의 날에는 육해공 3군 중장 이상이 참석한 보고회의에서 군 지휘부의 노고를 위로하는 등 아낌없이 아부를 떨었다. 육군사관학교 졸업식 연설에서 군의 명예와 영광을 되찾아주는 일에 앞장서겠다는 말을 통해 그들을 안심시켰다.

나베간테팀이 마침내 작업을 완수했다. 몸으로 움직이다가 서류 작업에 빠진 나베간테는 살이 2~3킬로그램은 빠진 듯 수척했다.

나는 서류에 적힌 액수를 보고 놀랐다. "수고했어. 그런데 이놈들이 이렇게나 많이 해쳐먹은 거야?"

"네, 카르텔 수입보다 더 많은 것 같습니다. 불량 무기를 사고 훈련비를 빼돌리고 심지어 사망보상금도 지불하지 않는 경우가 많습니다."

"경찰도 만만치 않군. 여기는 진급 비리가 기가 막히네."

콜롬비아는 경찰을 군으로 포함한다. 경찰은 진급할 때마다 최소 급여의 10년 치를 상납해야 한다. 그러면 1년만에 본전을 뽑고 2년째부터는 수익이 된다.

경찰이 부패하면 서민들이 불편하다. 특히 장사하는 소상공인들은 온갖 명목으로 돈을 뜯긴다. 사업하기 좋은 나라가 되려면 경찰이 먼저 깨끗해야 한다.

나베간테는 다른 서류를 내밀었다. 거기에는 기존 군과 경찰의 고위직을 대체할 수 있는 새로운 인물들이 올라와 있다.

"문제가 있습니다. 고위직은 너무 부패해서 대체 인력이 너무 젊다는 점입니다."

"괜찮아. 처음에는 시행착오를 겪겠지만 금방 적응될 거야. 그리고 보안은 철저하게 유지되었지?"

"네, 우리팀 전원이 지난 2주 동안 집에도 가지 않고 사무실에서 숙식하며 보안을 유지했습니다."

"좋아! 수고했어."

나베간테를 보내고 고메즈와 새로운 경찰법안을 검토했다. 법적인 미비점을 보호하고 이해충돌 관계를 조정했다.

다음 날 아침. 국방부 장관 바르카스를 불렀다. "군의 인사권은 누가 가지고 있나?"

"대통령께 있으며, 통수권을 행사한다면 언제든 가능합니다."

"그러면 지금 당장 인사 조처를 하겠네."

"겨우 1년 전에 바뀌었는데요. 벌써?"

나는 단호한 표정을 지었다. 이제 더 망설였다는 아무것도 되지 않는다.

"통수권을 행사하겠어. 육군참모총장, 공군참모총장, 1군단, 6군단, 9군단 사령관들을 오늘 자로 해임하게. 그리고 경찰청장, 보고타 경찰국장, 메데인 경찰국장, 내사국장도 모두 해임하고."

"네?"

옆에 있던 고메즈가 서류를 그에게 건네주었다. "여기에 해임자 명단과 새로 임명할 사람 리스트입니다."

"바로 당장 실행하게."

"각하의 명령입니다. 빨리 실행하십시오." 고메즈가 거들었다.

바르카스도 정신이 드는지 큰소리로 외쳤다. "네, 알겠습니다."

바르카스가 허둥지둥 나가고 난 뒤, 내무부 장관이 들어왔다. "각하, 부르셨습니까?"

"자네는 에스코바르 내각의 국정 목표의 첫 번째가 '안전한 콜롬비아'라는 것을 알고 있지?"

"네, 잘 알고 있습니다."

"안전한 콜롬비아가 되기 위해서 무엇을 해야 하나?"

"게릴라도 잡고 마피아 범죄를 척결해야 합니다."

"맞아. 그러려면 먼저 경찰이 깨끗해야 해. 그런데 우리 콜롬비아 경찰은 깨끗하나?"

"……."

"경찰은 마피아랑 전쟁한다는 핑계로 무고한 시민들을 괴롭히고 길거리에서 뇌물을 공공연하게 받아왔어. 이걸 바꾸어야 안전한 콜롬비아가 되는 거야. 오늘 그 첫 번째 조치를 시행할 거야."

"네?"

내무부 장관은 이런 중요한 일을 하면서 자기에 사전에 알리지 않는 것에 대한 불만이 가득했다. 그런데 이놈에게 말해주었다가는 보안이 지켜질 리가 없다.

"지금부터 경찰이 뇌물을 10만 페소 이상 받으면 무조건 해임한다고 공포하게. 시민들이 경찰에게 뇌물을 준 자료를 제출하면 뇌물 액수의 두 배를 상금으로 지급해. 대신 10년 무사고로 일하면 콘도 입주권을 부여할 거야. 그리고 경찰 급여를 당장 50퍼센트 올리게."

"네? 너무 급진적입니다. 경찰이 받아들이기 힘들 겁니다. 우리 사회에 뇌물이 만연한데 경찰만 그러면 안 됩니다."

"우리 사회에 뇌물이 만연하니까 경찰부터 개혁하는 거야."

"만약 이 일로 경찰이 대규모로 그만두면 치안은 누가 책임집니까?"

"메데인에는 이미 콘비비르라는 자경단이 있어. 이들이 당분간 지역 치안을 책임지게 하게."

내가 메데인시장을 할 때 경찰에 의존하지 않는 자경단을 만든 적이 있다. 이들 시민단체는 경찰과 군대에 정보를 제공하면서 범죄 조직의 발효를 막는 데 큰 역할을 했다.

"경찰이 없는 동안 당분간 시민들이 자발적으로 치안을 유지할 거야."

"이건 도저히 실행될 수 없는 명령입니다."

"그러면 자네 그만두게. 나랑 같이 일 못 하겠다는 사람을 굳이 잡아두지 않겠네."

내가 그만 그만두라는 말에 내무부 장관은 충격을 받았다. 대학도 졸업 못한 메데인의 깡패라고 속으로 무시하다가 정면으로 당한 것이다. "헤헤헤. 말이 그렇다는 거고요. 각하께서 시키면 각료로서 당연히 따라가야죠."

내무부 장관도 이 직위를 얻어내려고 그동안 투자한 것이 너무 아까웠다. 가족을 생각하면 절대 이 자리를 그냥 물러날 수는 없다.

"경찰만이 아니라 전 콜롬비아 공무원에게도 똑같은 원칙을 적용하게. 뇌물 액수가 천만 페소가 넘어가면 무조건 10년 형에 처하는 법률을 제정한다고 공포하고. 이제 콜롬비아 사회에서 부패를 제대로 척결할 거야."

"네, 알겠습니다." 내무부 장관은 속마음이 썩어갔지만 겉으로는 씩씩하게 답변하고 물러갔다.

다음날, 콜롬비아 사회는 난리가 났다. 군의 고위 장성들이 줄줄이 옷을 벗고 젊은 세대가 군의 핵심 요직을 차지했다. 나베간테가 중심이 되어 군 쿠데타 동향을 면밀히 주시했지만 다행히 불행한 사태는 발생하지 않았다. 군이 썩어도 너무 썩었다. 쿠테타도 못하는 무능력한 군대라니! 그러니까 한 줌의 무리도 안 되는 좌익 게릴라에게 그렇게 당하지.

군의 인사발령이 나기가 무섭게 경찰 부패에 관한 특별 조치가 발표되었다. 사실 군은 시민과는 별로 상관없다. 그냥 뉴스에 불과하지만 경찰 문제는 다르다. 시민들이 피부로 느끼는 현실이기 때문이다.

뇌물을 받은 경찰을 신고하는 일이 폭주했다. 시민들은 옛날에 뇌물을 준 사건까지 들고 왔지만 그건 받지 않았다. 그런데도 에스코바르 정부를 호구로 보고 뇌물을 받아먹다가 걸린 경찰이 한두 명이 아니었다. 심지어 보상금을 노리고 경찰에게 뇌물을 주는 사건도 속출했다.

보고타시와 일부 시에는 거리에 경찰이 사라지는 일이 발생했다. 사람들은 다시 마피아와 동네 깡패들이 치안을 망치지 않을까 우려했지만 그런 일은 발생하지 않았다. 과거 경찰의 보조조직이었던 자경단이 치안 공백을 훌륭하게 메워주었기 때문이다. 경찰도 나의 조치에 환호했다. 급여가 50퍼센트나 올랐기 때문이다. 그리고 10년 무사고면 콘도 입주권도 나온다는 것도 매력적이었다. 경찰이 뇌물을 받는 관행이 사라지고 치안 서비스에 적극적으로 나서면서 거리는 안전해졌다.

군과 경찰개혁의 핵심은 돈이다. 재무부 장관이 어두운 표정으로 보고하러 왔다. "각하, 경찰 급여를 50퍼센트 올려주면 국가의 재정적자가 무려 2퍼센트나 늘어나게 됩니다. IMF가 난리를 칠 겁니다."

콜롬비아 경제는 심각한 재정적자로 IMF의 구제금융을 받고 있다. IMF는 돈을 주는 조건으로 재정 건전성을 요구했고 경상수지 대비 재정적자는 절대 5퍼센트를 넘지 못하도록 강제했다. IMF가 기침만 해도 콜롬비아 페소 가치가 떨어지는 시대다.

"걱정하지마. 돈 나올 구석이 있어."

"네? 무슨 말씀이신지……."

"우리 정부예산이 약 5조 페소가 아닌가?"

"그렇습니다. 거기에 재정적자가 약 2천억 페소입니다."

"부채를 1조 페소로 올리게. 돈을 찍어내게. 지금 돈 필요한 곳이 한두 군데가 아니야."

"재정 건전성이 무너지면 페소 가치가 폭락합니다. 안됩니다."

이놈이 단호한 표정으로 말한다. 나랏돈이 제 돈인 양. 대한민국 기재부 논리다.

"미국놈들은 달러를 마음대로 찍어서 자기들 구제금융으로 사용하잖아. 우리나라라고 못할 이유가 없어."

"그건 달러가 기축통화니까 가능합니다. 전 세계에서 미국만이 경상수지 대비 재정적자를 신경 쓰지 않습니다."

"아냐, 다른 개도국도 가능해. 지금 유가가 상승하고 있어. 이럴 때 돈을 왕창 찍어서 인프라에 투자하고 경기를 활성화해야 해. 몇 년 지나면 그 돈이 세금으로 다 들어와. 땅과 주식이 폭등한다는 확신이 있으면 빚내서 투자해야 하는 거야. 이 가난한 나라가 그런 레버리지를 사용 못하면 언제 발전하겠는가?"

"IMF가 이걸 알면 당장 구제금융 빼겠다고 난리를 칠 겁니다. 그러면 이 나라 국가신용도는 폭락합니다. 페소화가 휴지가 되는 걸 보고 싶습니까?"

"안 들키면 되는 거 아닌가?"

"그게 무슨 말씀입니까?" 재무부 장관은 황당한 얼굴로 내 눈치를 살폈다.

"안 들킬 자신이 있어. 오늘부터 정부 최종 회계는 내가 정리하겠네."

"각하께서는 회계장부를 아십니까? 그런 이력이 없는 것으로 알고 있습니다. 이게 최고 수준의 회계사 10명이 달라붙어도 잘 마무리가 안 되는 고난도의 작업입니다."

"자네는 그거 신경 쓰지 마. 내가 알아서 할 테니. 중요한 것은 1조 페소를 더 찍어내는 거야. 아냐, 2조 페소를 찍게!"

재무부 장관은 어이가 없는지 입을 벌렸다. 1조 페소도 황당한데 거기다 1조를 더 올리다니. "그 돈을 어디에 쓰려고 합니까?"

"군대를 더 키울 거야. 한 10만 명 더 뽑으려고 해."

"무슨 말씀인지 이해가 안 갑니다. 그렇지 않아도 우리 콜롬비아는 GDP 대비 군인이 너무 많습니다. 거기 들어가는 돈도 부담스러운데 10만 명을 더 뽑는다고요?"

"응, 그래. 급여도 50퍼센트 올릴 생각이야."

"도대체 어떤 계획입니까?"

"좌익 게릴라를 완전히 잡을 생각이야. 군사 작전은 자네가 알 바 없고…… 자네는 2조 페소를 몰래 더 찍어내기만 하면 돼. 말 안 해도 알겠지만 이건 대외비야. 자네만 알고 있어. 만약 이게 소문이 나면 자네도 죽고 자네 가족도 다 죽일 거야!"

마약왕 파블로의 포스를 그에게 뿜었다. 평생 숫자만 다루어온 재무부 장관이 언제 이런 살인을 밥 먹듯이 하는 마피아 보스랑 독대를 해보았겠는가?

"내가 옛날 메데인 카르텔의 보스였을 때, 내 말을 제대로 안 듣는 얼간이 부하가 있었어. 게다가 이놈이 경찰에 내 동향을 밀고한 거야. 그래서 저기 경호실장 벨라스케스가 어떻게 했는 줄 아나?"

나는 뒤편에 무심코 숨어있는 뽀빠이 벨라스케스를 가르쳤다. 양복을 입어도 겁나게 생겼다.

"모…… 모릅니다."

"그놈을 몽둥이로 때려 죽였어. 그리고 시체를 토막내어 스테이크로 구워서 그 집 식구에게 음식 선물로 배달했어. 나중에 맛있게 먹었다고 인사하더라고."

"정….정말입니까?"

"나는 거짓말을 하지 않아. 한번 뱉은 약속은 다 지켰어. 그래서 메데인 카르텔의 최종 보스가 되었고 결국 이 나라 대통령까지 되었지. 내 부하들이 나를 신뢰하고 무서워하는 이유는 어떤 경우든 약속을 지키기 때문이야."

이놈의 얼굴을 살짝 보았다. 똥 마려운 듯 긴장을 타고 있다.

"분명히 말하지만 2조 페소 더 찍었다는 얘기는 어디 가서 절대 하면 안 돼!

그것만 지키면 자네는 내 사람이야. 나는 내 사람이라고 생각하면 끝까지 챙겨줘. 네가 나를 배신하지 않는 한 나는 절대 너를 배신하지 않아."

나는 슬쩍 벨라스케스를 쳐다보았다. 그놈도 눈치가 있어 고개를 끄덕거렸다. 재무부 장관은 조금 마음이 놓이는지 '휴!' 하고 한숨을 내쉬었다.

"아이고, 알겠습니다. 각하만 믿겠습니다."

재무부 장관은 자기가 모시고 있는 상관이 어떤 사람인지 이제 감이 왔다. 대통령 말을 따르지 않으면 해임되는 게 아니라 바비큐가 되어 가족들 식사거리가 되는 것이다. 몸서리를 쳤다. 대신 배신하지 않고 시키는 일만 잘하면 지켜주겠다고 하니 다행스러운 생각이 들었다.

"그런데 IMF 감독관은 어떻게 하실 겁니까? 국가재무제표를 확인할 텐데요."

"걱정하지마! 그놈도 내가 꼼짝달싹 못 하게 할 테니까!"

"각하만 믿습니다."

"그래. 모든 책임은 내가 질 테니까 자네는 시키는 대로만 하게."

재무부 장관을 내보내고 나베간테를 불렀다. 그의 어깨를 툭툭 쳐주었다. "수고했어. 덕분에 군과 경찰개혁의 첫 단추를 잘 채울 수가 있었어."

"감사합니다. 보스가, 아니 각하께서 시키시는 일이라면 지옥도 마다하지 않겠습니다."

"이번 일은 지옥에 가는 일은 아냐! 자네 능력 밖의 일이지만 그런 방면에만 재주있는 밑의 애들을 시키게."

"어떤 일입니까?"

"지금 우리나라에 IMF 감독관이 나와 있어. 도미니크 칸이라는 벨기에놈인데, 이놈의 약점을 잡아야 해."

"……"

"이놈이 여자를 좋아해. 어떻게 하든 여자랑 이놈이 자는 사진, 아니 비디오테이프가 좋겠다, 그걸 만들어와."

"저는 그 방면에 별로지만 밑에 그런 공작 잘하는 놈들이 있습니다."

"그래. 그런데 이놈은 입맛이 고급이라 창녀로는 힘들 거야. 돈이 얼마가 들어도 좋으니까 이놈 입맛에 맞는 여자를 넣어주고 진하게 노는 영상을 찍어 와야 해."

"네, 알겠습니다."

2조 페소라는 엄청난 돈이 필요한 이유는 낙후된 콜롬비아의 인프라를 구축하기 위해서이다. 경제가 발전하려면 기업을 운영하기 좋은 제도도 필요하지만 도로, 전력, 상하수도 등 하드웨어 인프라를 먼저 갖추어야 한다. 가능한 돈을 다 끌어내어 도로와 인프라를 만들어서 선진국으로 가는 기반을 구축해야 한다. 재정 건전성은 개나 줘버려!

문제는 엄청난 돈을 찍어낸다는 것을 절대 들키면 안된다. 돈이 마구 찍어 나온다는 소문이 돌면 국민은 인플레이션을 우려하여 페소화를 버린다. 페소화 가치가 떨어지면 찍어내나 마나다. 그래서 국가재무제표를 분식, 솔직한 말로 사기를 치는 것이다.

이건 전생에서 무수한 신생 기업의 회계를 담당한 내 전공이다. 적자를 감추고 투자를 받기 위해 할 수 없이 양심을 팔고 장부를 손본 적이 한두 번이 아니다. 나중에 회사가 성공하면 참 잘한 행동이고, 회사가 망하면 감옥에 간다.

2000년대 초반만 해도 엑셀의 매크로와 함수를 이용해 스프레드시트의 데이터를 조작하는 기법을 모른다. 멍청한 IMF와 회계 만능주의자들은 숫자만 본다. 예를 들어 GDP 대비 국가부채의 비율이 높을수록 경제성장률이 줄어들기 때문에 IMF는 강제적으로 부채 비율을 고수한다. 그러면 부채에 해당하는 데이터를 교묘하게 조작하면 국가부채의 비율을 높이고도 드러나지 않게 할 수 있다.

회계 분식은 결국에는 드러날 수밖에 없다. 콜롬비아 국가 회계는 지금 IMF 감독관이 담당한다. 그놈이 이걸 발견할 수 있다. 그럴 경우를 대비해 그놈의 약점을 잡아놓아야 한다. IMF의 이코노미스트들은 엄청난 급여를 받기 때문에 뇌물이 통하지 않는다. 뇌물은 안 통하지만 여자는 통한다. 특히 도미니크 칸은 호색한으로 알려져 있다.

부시 대통령을 만나기 위해 미국을 방문했다. 콜롬비아는 한국과 마찬가지로 권력이 바뀌면 천조국의 대통령에게 인사를 하러 가야 한다. 그래야 국민이 안심하고, 비참하지만 권력의 정통성을 인정받는다. 약소국이면 할 수 없지 않은가!

그래도 요란한 국비방문이 아니라 실무방문을 택했다. 미국으로부터 얻어낼 게 확실히 있기 때문이다. 부시 대통령은 반갑게 맞아주었다. 아버지 부시로부터 나에 관한 얘기를 들었을 것이다.

"파블로 대통령이 저의 아버지와 인연이 많더군요. 앞으로 저와도 좋은 관계를 맺기를 기대합니다."

"마찬가지입니다. 미국의 정책에 적극적으로 호응하겠습니다."

"좋습니다. 일단 마약 문제부터 얘기할까요?"

부시 대통령의 전임자였던 빌 클린턴 대통령은 콜롬비아의 마약밀매를 미국의 안보에 영향을 미칠 수 있는 위협으로 간주하였다. 미국은 매년 10억 달러를 들여 콜롬비아에 '플랜 콜롬비아(Plan Colombia)'라는 마약퇴치사업을 벌이고 있다. 이는 주로 항공기 및 군수품 지원, 자문관 파견, 불법 코카인 제거, 코카인 운송 항공기와 선박 나포, 대체 작물 재배 유도 등이다. 심지어 글리포세이토 제초제 공중 살포까지 나서며 전방위 노력을 기울이고 있다.

"플랜 콜롬비아는 나름대로 성과가 있었지만 콜롬비아의 마약 재배 면적은 오히려 증가하고 있습니다."

"그 이유가 뭔가요?"

"전통적인 마약 카르텔은 사라졌지만, 이 나라 최대 좌익 게릴라인 FARC가 마약 거래를 주도하고 있습니다. 이놈들은 이제 혁명가가 아닙니다. 멕시코 마피아와 손잡은 마약밀매업자입니다. 이들을 제거하지 않고서는 콜롬비아의 마약 문제를 해결할 수 없습니다."

전직 마약업자인 내 주장은 상당히 설득력이 있었던 모양이다. 부시 대통령도 관심을 기울였다.

"파블로 대통령은 뭔가 대안을 가진 것 같습니다. 하하하."

"네, 제가 생각하는 대안은 좌익 게릴라와 전면전을 벌이는 겁니다. 이놈들과 타협하는 게 아니라 확실하게 박멸하는 전략을 취할 겁니다. 미국은 클린턴 정부와는 다르다는 것을 보여줘야 합니다."

전임 대통령 파스트라나와 클린턴은 좌익 게릴라와 협상을 중요시했다. 게릴라들이 총을 포기하면 사면해주거나 납치자를 풀어주면 심지어 보상금까지 주었다. 내가 클린턴을 비난하자 부시의 얼굴에 미소에 퍼졌다. ABC(Anything But Clinton)로 상징되는 그의 정책은 전임자와는 반대 방향으로 가는 것이기 때문이다.

"좋습니다. 저는 파블로 대통령을 지지합니다. 제가 도와드릴 게 뭐가 있습니까?"

"100년 이상 콜롬비아 땅에 뿌리 박혀있는 좌익 게릴라를 제거하기 위해서는 지금의 지원금으로는 힘듭니다. 매년 20억 달러를 지원해주시면 대통령께서 임기 마치기 전에 콜롬비아에서 좌익 게릴라를 박멸하겠습니다."

"지금 의회에서 매년 10억 달러도 많다고 난리인데 20억 달러는 힘듭니다."

"미국이 코카인 수입으로 연간 천억 달러 이상 국가적 손실을 보고 있습니다. 20억 달러면 거기에 비하면 아무것도 아닙니다."

"미국이 콜롬비아만 지원하는 것은 아닙니다. 멕시코에는 더 많은 돈이 들어갑니다. 유독 콜롬비아에만 돈이 더 많이 투입되면 의회를 설득할 수 없습니다."

"연간 20억 달러를 지원해주시면 대통령께 소원 하나는 들어드리겠습니다."

"정말인가요?" 부시가 웃으며 물었다.

"네."

"좋습니다. 그러면 자유무역협정(FTA)을 체결합시다. 미국과 콜롬비아의 FTA는 두 나라 관계를 결정적으로 바꾸어 놓을 것입니다."

콜롬비아 국내에서도 미국과의 FTA에 비판적인 목소리가 없는 것은 아니다. 특히 투자 조항이 불평등하다는 말이 많다. 미국은 콜롬비아 에너지산업, 특히 석유산업에 투자하기를 희망한다. 그렇지만 미국과의 FTA는 장기적으로 콜롬비아 경제에 도움이 될 것이다. 어차피 세계가 개방으로 가고 있는데 개방의 가장 최첨단에 선 미국과의 FTA가 콜롬비아 경제를 강하게 만들 것이다.

성공적인 미국 방문을 마치고 돌아와서 기자회견을 가졌다. "이제 파블로 정부는 '테러와의 전쟁'을 선포합니다. 우리는 무장 반군을 완전히 종식시키는 작전에 들어갈 것입니다."

"전임 파스트라나 정부 정책과 어떤 차이가 있습니까?" 기자가 물었다.

"저는 FARC와 어떠한 타협도 거부합니다. 파스트라나 정부는 FARC와 협상을 시도하였으나, 오히려 FARC의 세력은 더욱 강화되었습니다. 이 나라의 폭력 활동도 증가하였습니다. FARC를 반드시 근절하겠습니다."

"어찌 되었든 FARC는 콜롬비아의 중요 정치세력입니다. 이를 부정하면 폭력과 전쟁은 끝낼 수 없는 거 아닌가요?" 좌파 시각을 가진 어떤 기자가 물었다.

"FARC는 좌익이 아닙니다. 게릴라도 아닙니다. FARC 조직은 전 미주대륙을 뒤흔들어놓을 만큼의 충분한 능력을 갖춘 마약 테러조직입니다. 범죄 조직입니다. 이걸 분명히 합시다. 정치 조직이라면 시민을 납치하고 멕시코 마약 카르텔과 거래하지 않습니다. 나는 코카인 생산과 밀매, 소비의 전 과정을 처벌하는 마약과의 전쟁에 나서겠습니다."

내가 FARC를 완전히 새롭게 정의하자 기자들은 충격을 받은 모양이다. 웅성거리는 소리가 울려 퍼졌다. 공보국장이 조용히 해달라는 요청을 몇 번이나 했다. 여기자가 손을 들었다. 질문하라고 눈치를 주었다.

"지금 베탕쿠르 의원 등 인질만 백여 명이 넘는데도 FARC와 협상을 하지 않겠다는 것입니까?"

"네, 이번 정부는 마약 테러리스트와 인질 협상을 하지 않겠습니다. 대신 반드시 인질을 구출하겠습니다."

"만약 FARC가 인질을 살해하면 어떻게 합니까?"

"지금 감옥에 갇혀있는 FARC 지도자들을 마약 혐의로 기소하겠습니다. 그놈들은 이제 콜롬비아가 아니라 미국 법정에 가야 할 것입니다. 우리의 원칙은 이렇습니다. '눈에는 눈, 이에는 이'입니다. 콜롬비아의 안정과 발전을 방해하는 좌익 무장세력에게 무관용의 원칙으로 대응할 것입니다."

"지금 콜롬비아군의 상태를 보아서 그게 가능할까요?"

"군 관련 예산을 대폭 증액할 생각입니다. 부시 대통령도 연간 20억 달러를 지원해주기로 했습니다. 우리 군은 최근 급여도 오르고 지도부가 바뀌면서 사기도 높습니다. FARC를 반드시 쫓아내고 이 나라에 안정과 경제발전에 토대를 쌓겠습니다."

기자회견이 끝나고 이틀 뒤에 콜롬비아 최대 마약 산지인 서부 푸투마요주에서 FARC가 경찰서를 공격하고 공무원 3명을 납치하는 사건이 터졌다. 언론은 파블로 정부는 허풍쟁이라며 FARC와 협상하라고 촉구했다.

물론 여기에 가만히 있을 내가 아니다. 일단 육군 특전단을 투입해 푸투마요주에 난입한 게릴라를 추적했다. 그렇지만 밀림 안으로 들어간 게릴라를 찾는 것은 불가능했다. 마약 테러리즘과의 전쟁을 위한 최고 전략회의를 열었다. 바르카스 장관의 발표에 군사령관들이 반발했다. 특히 육군참모총장이 당황한 표정이다.

"장관님의 계획은 대통령께서 발표한 '테러와의 전쟁' 전략과는 너무 많은 차이가 있습니다. 지금 당장 전력을 기울여 FARC와 전쟁을 벌여도 시원찮을 판에 포위 전략으로 접근해나가면 병력과 물자의 손실만 커집니다."

"여러분의 우려를 충분히 이해합니다. 거기에 대해서 대통령께서 따로 드릴 말씀이 있다고 합니다." 바르카스가 나에게 마이크를 넘겼다.

"콜롬비아군의 충성심과 용기를 충분히 이해합니다. 우리는 마약 테러리즘과의 전쟁에서 반드시 승리해야 합니다. 그러나 그 승리는 최소한의 피를 흘리고 경제에 부담감을 주지 않아야 합니다. 그러기 위해 군은 돌다리도 두드리면서 거점을 장악하고 적의 기반을 하나씩 무너뜨리고 포위를 확대하는 전술을 채택해야 합니다."

"네, 맞습니다. 그런데 그런 전략은 시간과 돈이 필요합니다. 국민이 기다려 줄지도 의문입니다. 군사작전에 성과가 없으면 군이 무능하다고 비난할 겁니다."

"그런 걱정은 전혀 하지 마세요. 정치적 비난은 제가 다 받겠습니다. 여러분은 군 병력에 최대한 손상을 입지 않고 안전하게 점진적으로 점령지를 확대해나가면 됩니다."

나는 마약 테러리즘과의 전쟁을 절대 빨리 끝낼 생각이 없다. 부시 대통령이 연간 20억 달러를 지원해주는데 2년 만에 끝내면 40억 달러만 받게 된다. 8년은 끌 생각이다. 좌파 게릴라의 뿌리를 뽑을 생각이다. 160억 달러면 전쟁에 이기는 것은 물론 콜롬비아를 개조할 수 있다.

"게릴라와 싸우는 여러 가지 전술이 있습니다. 우리는 그들과 직접 싸우기보다는 물량으로 그들을 압도하여 구석으로 몰아붙일 생각입니다. 남서부 지역은 나리뇨주에서 끝장낼 생각이고, 북동부 지역은 볼리바르주에서 게릴라를 최종 섬멸할 것입니다. 그러기 위해서는 보고타에서 시작하여 빈틈없는 물류 체계를 짜야 합니다. 이를 위해 병력과 물자 이동을 위해 대콜롬비아 동서남북 고속도로를 만들 생각입니다."

현대전의 핵심은 병참이다. 몽골 칭기스칸의 군대가 병참 문제를 스스로 해결이 가능했던 것은 그들이 유목민이었기 때문이다. 탄약 없이 적과 싸울 수 없다. 먹을 것이 부족한 군인은 현지 주민을 약탈한다. 전쟁하려면 먼저 공급망부터 짜야 한다.

지금까지 콜롬비아군이 게릴라와의 전쟁에서 압도적 우위를 보이지 못한 이유는 병력과 물자 이동이 주로 헬기나 비행기를 통해 소규모로 이루어졌기 때문이다. 특수전에 능한 게릴라에게 특수전으로 대응하는 바보짓을 했다.

"각하의 생각은 좋습니다만, 가난한 콜롬비아가 과연 그러한 막대한 예산을 동원할 수 있을까요?" 공군참모총장이 걱정스러운 표정으로 말했다.

"그래서 군에 공병단을 만들 생각입니다. 이들 규모는 10만여 명으로 앞으로 동서남북 고속도로를 만드는 데 투입될 예정입니다."

"네? 10만 명이라고요?" 군 관계자들이 웅성거렸다. 갑자기 군인이 10만 명이 증가하면 새로운 일자리가 생긴다. 후배나 지인을 거기에 꽂아 넣을 생각에 모두 설레이는 모양이다.

"그렇습니다. 이들은 보고타를 중심으로 콜롬비아 전역을 엮는 고속도로를 만드는데 투입될 겁니다. 그러면 보고타에서 푸투마요주까지 이틀이면 화물차가 도착합니다. 볼리바르주는 하루면 됩니다. 이 정도면 충분히 게릴라와의 전쟁에서 압도적 우위를 보이겠지요?"

"네, 충분합니다. 물자와 병력만 제대로 공급되면 게릴라들은 독 안의 쥐입니다."

참석한 군인들은 만세를 불렀다. 새로운 일자리가 생겼다. 대규모 예산이 투입된다. 군인들이 제일 좋아하는 뉴스이다.

한국에서 박정희 대통령이 집권하고 가장 먼저 한 게 고속도로 건설이다. 그는 군인 출신으로 물류를 이해했다. 사람과 물자가 오가는 혈관을 만들어야 피가 돌고 경제가 살아난다. 고속도로뿐만 아니라 향후 사업을 위해 국가기획처를 만들었다.

콜롬비아는 지리적으로 축복과 저주를 동시에 받고 있다. 이 나라는 태평양과 대서양을 동시에 갖고 있지만 나라 중심에는 8천킬로미터에 달하는 안데스산맥이 동서남북을 완전히 갈라놓고 있다.

안데스산맥의 긴 경사면을 따라 기후와 고도에 따른 농업이 가능하지만 도시 간 이동은 쉽지 않다. 수도 보고타와 제2의 도시 메데인 사이 거리는 415 킬로미터에 불과하지만 차를 타고 가면 10시간이 걸린다. 직선 도로가 하나도 없고 안데스산맥을 돌고 돌기 때문이다. 그나마 남쪽과 북쪽은 좁은 국도로 연결되지만 태평양과 대서양을 연결하는 남북간의 도로는 없다. 이는 게릴라들이 밀림을 근거지로 정부군과 오랫동안 싸울 수 있는 기반이 된다. 병력과 물자를 헬기로 이동해서는 게릴라와 싸울 수가 없다.

국가기획처의 대콜롬비아 고속도로 회의를 주재했다. 내각의 교통부, 건설부, 재무부 장관들과 국가기획처장, 새로 창설된 공병단의 단장 등이 참여했다.

교통부 장관이 순환 고속도로 개요를 발표했다. "수도 보고타를 중심으로 콜롬비아의 동서남북을 연결하는 고속도로를 착공할 예정입니다. 이 도로는 각하의 지시에 따라 무조건 직선 도로가 될 것입니다. 예를 들어 보고타와 메데인 간의 고속도로 길이는 300킬로미터가 될 것이며, 속도 무제한의 남미의 아우토반을 만들 생각입니다."

"그건 불가능합니다. 지금 우리나라 건설 수준으로는 그런 도로를 만들 수 없습니다." 건설부 장관이 반대에 나섰다.

"당신이 해봤어?" 내가 그의 말을 자르고 나섰다.

"해보지는 않았지만 상식이라는 게 있지 않습니까? 차라리 공항을 확장하는 게 도움이 됩니다."

만만치 않은 놈이다. "물론 공항도 확장해야지. 그렇지만 항공이 물류에서 차지하는 비율은 아직 1퍼센트도 되지 않아. 21세기는 고속도로의 시대야. 우리 콜롬비아는 남미에서 대서양과 태평양을 동시에 가진 유일한 나라야. 이 두 지역을 연결해야 경제발전이 가능해."

비서에게 눈치를 주었다. 그가 차트를 꺼냈다. "자, 여기를 봐! 보고타와 메데인 사이 실제 거리는 얼마 되지 않아. 문제는 지랄같은 안데스산맥이지. 그러면 어떻게 하느냐? 터널과 다리를 만드는 거야. 우리는 산을 관통하는 터널과 계곡 사이를 이어주는 다리를 만들 거야."

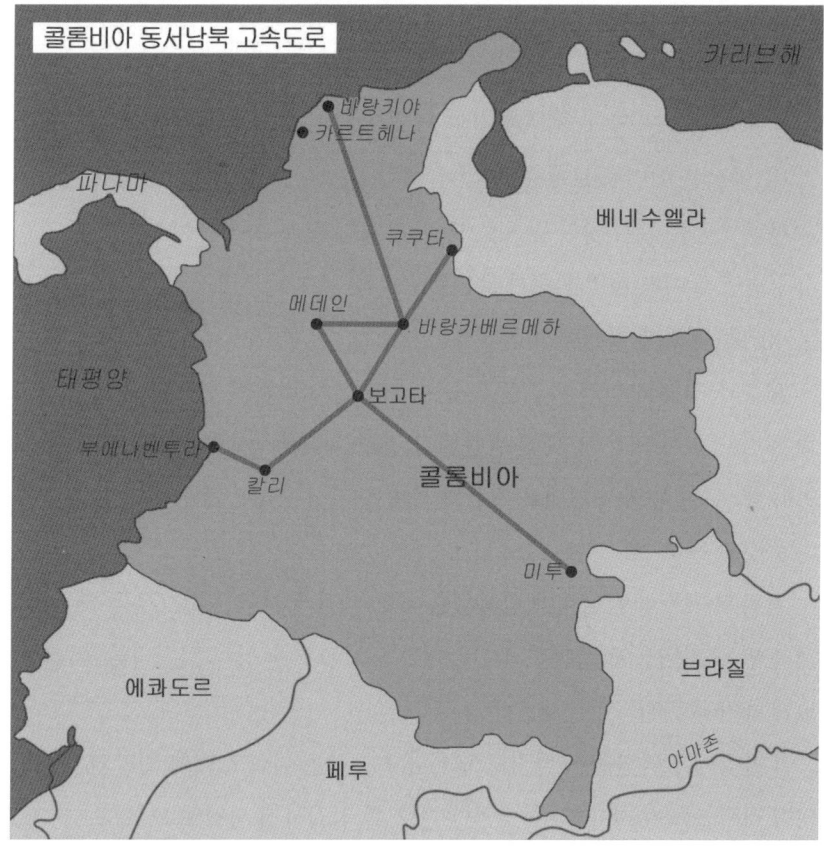

"터널 공사가 얼마나 어려운지 잘 몰라서 그러십니다. 산맥을 우회하는 도로보다 비용이 두세 배가 비쌉니다." 건설부 장관이 자신의 전문 지식을 뽐냈다.

"여러분은 '두더지 머신'이라고 불리는 TBM 공법을 들어보았나?"

"그런 게 있습니까?" 나의 충신이 된 재무부 장관이 맞장구를 쳤다.

"있지. 이게 커터가 회전하면서 암반을 깎아내며 앞으로 나가는 방식인데, 굴착으로 인해 생긴 암반 부스러기는 컨베이어 벨트를 통해 밖으로 내보내고 터널을 뚫는 동시에 터널 벽을 부착시키는 장치가 터널 벽을 만드는 거야. 이걸 2개를 사용하여 동시에 뚫으면 웬만한 산은 1년이면 개통할 수 있어. TBM은 일반 발파식 공법보다 최대 10배까지 빨라."

"기계가 너무 비쌉니다. 우리나라에 전문 인력도 없습니다." 건설부 장관이 끝까지 반대했다.

"돈은 신경 쓰지 말게. 재무부 장관, 이런 기계 10대 정도 충분히 살 수 있지?"

"네, 예산을 이미 확보했습니다."

"우리나라는 산이 많아 앞으로 TBM이 엄청 필요해. 처음이 힘들어서 그렇지 경험만 쌓이면 금방 익숙해질 거야."

"다리는 어떻게 할 생각이십니까?"

"계곡과 계속 사이에 다리를 만들어! 기술적 어려움이 있으면 외국 건설사를 데리고 와서 이용해. 대신 콜롬비아 건설사와 합작사업을 하는 조건이 되어야 해. 그걸 통해서 경험을 쌓은 콜롬비아 건설사들이 앞으로 이 나라 건설의 주역이 될 거야."

"각하의 탁월한 통찰력에 감동했습니다. 그런데 지금 고속도로를 동시에 4개나 만들면 비용이 콜롬비아 1년 예산을 넘길 가능성이 있습니다. 이걸 어떻게 해야 합니까?"

이 자식이 고기반찬이 될지도 모른다고 공갈을 치니까 이제 입안의 혀처럼 딱딱 박자를 맞추네. 내가 하고 싶은 얘기를 적절하게 꺼낼 줄도 알고.

"그래서 콜롬비아군에 공병단을 만든 거야. 공병단은 4개 군단으로 나눠서 각각의 고속도로 건설사업에 투입될 거야. 우리 군인들이 가세함으로써 인건비가 절약될 수 있을 거야."

"맞습니다. 그래서 공병단을 만드셨군요." 재무부 장관이 감탄사를 연발했다. 갈수록 자식이 마음에 들었다.

"동서남북 고속도로 건설은 경제효과가 3억 달러 이상이 될 것입니다. 내년 GDP 성장률을 1퍼센트 끌어올릴 것입니다." 국가기획처장이 흥분하여 말했다.

"각하의 뜻이라면 우리 공병단은 죽음을 각오하고 작전하듯이 사업에 매진하겠습니다." 공병단장도 아부의 대열에 나섰다. 여기에 올라오기까지 그 또한 아부라면 누구에게도 뒤지지 않는다.

이에 질세라 조금 전까지 부정적이었던 건설부 장관도 감탄사를 연발하며 좋은 아디디어라고 엄지척을 했다. 이 자식에게 스테이크 얘기하지 않아도 되겠다.

"자, 그러면 이걸 확정해서 발표하게."

콜롬비아 동서남북 고속도로 건설 계획이 발표되자 민심은 손뼉을 치며 폭발했다. 그렇지 않아도 경기가 신통찮은데 정부가 돈을 확실하게 푼다니 얼마나 신이 나겠는가?

건설사들은 사람을 뽑고, 자재상들은 물건을 확보하기 위해 동분서주했다. 젊은 친구 10만 명이 졸지에 군대로 끌려가는 바람에 시중에 일자리도 넘쳤다. 사람들은 테러와의 전쟁을 잊어버렸다. 경기를 선행하는 소비자 구매지수가 100을 넘어섰다. 정부지출이 왕창 증가한 것은 IMF와 국민 몰래 돈을 찍어내기 때문이다. 콜롬비아 정부에 돈이 어디 있나? 미국이 테러와의 전쟁에서 주는 돈도 큰 도움이 되었다.

그렇지만 미녀와 파티의 나라 콜롬비아의 최고 존엄은 오늘도 컴퓨터 앞에서 엑셀 데이터를 조작하고 있다. 그냥 조작해서는 안 된다. 엑셀의 순환 참조에서 오류가 발생하지 않아야 한다. 작업에 몰두한다고 저녁을 건너뛰었다. 이게 중간에 그만두기가 쉽지 않고 정신을 집중해야 하는 작업이기 때문이다. 검증 프로그램을 돌리고 보니, 웬만한 전문가가 아니라면 콜롬비아 정부 재무제표 조작을 발견하기 쉽지 않을 것이다.

벌써 저녁 8시가 되었다. 벨라스케스가 걱정스러운 얼굴로 물었다. "보스, 이제 저녁 식사하셔야 합니다."

"아냐, 입맛이 안 당겨."

오늘 오후에 공병대 충원 문제로 의회와 한판 싸웠다. 10만 공병대 충원을 위해 나는 그동안 특권층 자제들이 편법으로 사용하던 대학생 징집 면제를 해제할 것을 요구했다. 가난하고 못 배운 애들만 군대 가는 게 콜롬비아 현실이다.

의회는 격렬하게 반대했다. 간신히 보수당 의원들을 매수해서 법률을 개정했다. 피 같은 내 돈 2백만 달러가 나갔다. 마음 같아서는 국회의사당을 부수고 싶다. 총선이 얼마 안 남아서 겨우 참았다.

"밖에 바람이라도 쐬러 가자. 머리가 아파. 나베간테를 불러."

벨라스케스와 나베간테를 데리고 보고타 민정 시찰에 나서기로 했다. 경호실과 비서실에서 반대했지만 내가 누구인가? 한때 이 나라 최고 마피아 두목이다. 겁날 게 없는 사람이다. 온실에서 자라난 과거 대통령과는 질적으로 다르다.

취임한 지 반년이 되어 가는데, 시중의 진짜 여론을 듣고 싶었다. 위장을 위해 모자와 안경을 쓰고 흥청망청하는 보고타 시내 중심가의 밤거리로 나갔다.

오늘따라 저녁 날씨가 좋았다. 보고타는 해발 2,600미터의 고산지대라 일교차가 심하다. 심장병 환자에게는 치명적이고, 사람들은 감기에 걸려 폐렴으로 죽는 경우가 많다.

시중 경기가 좋은지 식당들은 식사와 맥주를 즐기려는 사람들로 붐볐다. 곳곳에 음악이 흘러나왔다. 콜롬비아의 가장 인기있는 요리인 반데하 빠이사와 치킨을 파는 식당에 사람들이 줄을 서 있었다.

"나베간테, 저기에 가자! 사람들이 모여 있으면 맛집이지."

"네, 먼저 가서 자리를 만들어놓겠습니다."

"아냐, 그냥 가. 우리도 줄을 서야지."

벨라스케스가 우리 뒤편을 따르는 경호실 직원들에게 신호를 주었다. 이들은 조용히 주위를 경계했다. 식당 입구로 가자 호객을 하는 젊은 친구가 반가운 얼굴로 말했다. "죄송하지만 잠시 줄을 서주시겠습니까? 금방 들어가실 수 있습니다."

"그러지."

나베간테를 데리고 줄의 끝으로 갔다. 우리 앞에는 젊은 친구 4명이 기다리고 있었다.

"보스, 굳이 이럴 필요가 있습니까? 제가 가서 자리를 만들겠습니다." 나베간테가 불편한지 특권을 권유했다.

"싫어. 누구든지 질서를 지켜야 해."

"알겠습니다."

이 집이 맛집인 모양이다. 내가 줄을 서자 그 뒤로 젊은 연인이 따라 왔다. 두 사람은 손을 잡고 사랑을 속삭이고 있다. 잠시 뒤에 웅성거리는 소리가 나면서 술에 취한 건달 무리가 나타났다. 이들은 자기들끼리 떠들면서 줄의 맨 앞으로 다가갔다. 이들의 위세에 놀란 중년 부부가 자리를 양보했다.

가만히 있을 내가 아니다. "이봐! 여기 줄을 서고 있는 사람이 안 보이나? 새치기하지 말고 뒤로 가!"

단호한 나의 말에 처음에는 어리둥절하던 건달들이 우리 세 사람밖에 없는 것을 보고 겁도 없이 덤벼들었다. "쓸데없는 소리 하지 말고 얌전히 기다렸다 먹고 가! 감히 누구에게 뭐라 는 거야!"

나베간테가 품에서 총을 꺼내려는 것을 제지하고 말했다. "흥, 좋은 말 할 때 내 말 들어."

건달 중의 한 명이 기가 차는지 주먹을 들어 올렸다. "당신 죽고 싶어? 어디서 명령이야!"

"너 그 손 안 내리면 네가 죽는다." 나베간테가 조용하면서 섬뜩한 말로 그를 위협했다. 어두운 골목 구석에서 경호원 중의 한 명이 이미 몰래 총을 꺼내 들고 이놈을 겨냥하고 있었다.

나베간테가 누구인가? 칼리 카르텔의 최고 암살자이다. 지금까지 얼마나 많은 사람을 죽였는지 모른다. 그의 위세에 손을 든 건달 한 명이 움찔했다. 그렇지만 동료를 지원하기 위해 다른 건달들이 달려들었다.

이때 우리 앞에 줄을 선 젊은 친구들이 나섰다. "아저씨들이 잘못했어요. 왜 모두 줄을 서고 있는데 새치기하려고 그래요. 이분을 건드리면 우리도 가만있지 않겠어요!"

　젊은 친구들이 용감하게 나서자 숨을 죽이고 있던 손님들이 건달들을 질책하기 시작했다. 가게 앞이 시끄러워지자 주인이 나와 만류했다. 건달들과 안면이 있는지 조용히 그들을 설득해서 데려갔다.

　나베간테가 웃으며 말했다. "보스, 이놈들 손 좀 볼까요?"

　"아냐, 내버려 둬. 저러다 어디서 한번 경을 칠 거야."

　나는 앞의 젊은이들에게 다가갔다. "고마워요. 덕분에 험한 꼴을 당하지 않았습니다."

　"아닙니다. 당연히 우리가 먼저 나서야 했는데, 부끄러울 따름입니다."

　"다들 친구인가?"

　"네, 안티오키아주에서 온 고향 친구들입니다. 저녁을 먹으러 나왔습니다."

　"오 그래? 나도 안티오키아주 출신이야. 만나서 반갑네."

　"고향 분이네요. 보고타에서 뭐 하세요?"

　"조그만한 사업을 하고 있지. 오늘 밥을 사고 싶은데 괜찮으면 같이 식사를 하지."

　"그래도 될까요?"

　나베간테를 시켜 넓은 좌석으로 만들어 달라고 했다. 줄을 선지 10분 만에 자리가 나왔다. 젊은이들에게 마음껏 시키라고 권유했지만 눈치를 보았다. 평소 제대로 먹지 못하는 티가 났다. 내가 나서서 음식과 맥주를 주문했다.

　건배하고 식사를 시작했다. 배가 고팠는지 젊은 친구들은 음식을 빨리 비워내기 시작했다. 더 주문했다.

　"천천히 먹어. 음식은 계속 나올 거야. 그런데 보고타에서 뭐 하고 있나?"

　"이 친구들은 건설현장에서 일하고 있고 우리는 경비회사에서 다니고 있습니다."

　"회사 일은 할 만하나? 급여는 어떤가?"

　"회사 일은 힘들지만 견딜 만합니다. 급여도 시골 동네에서 받는 것보다 훨씬 많기는 하지만 집값이 문제입니다."

"그러면 지금은 어떻게 사는가?"

"네 명이 방 하나를 빌려서 살고 있습니다. 그래야 집에 돈을 조금 보낼 수 있습니다."

이 친구들의 말에 따르면 새로운 대통령이 취임하면서 임금도 오르고 일자리가 많아졌지만 집값이 큰 폭으로 오르면서 보고타 살이는 더 고단해졌다는 것이다.

"저희는 집은 고사하고 콘도 하나 사는 것도 이제 불가능하게 되었습니다." 한 젊은이가 한숨을 쉬며 말했다.

"은행에서 대출을 해주지 않나?"

"아이고, 은행이 왜 우리 같은 가난뱅이에게 돈을 빌려주겠습니까? 담보가 있어야지요."

"이 친구는 얼마 전에 건설현장에서 사고를 당했는데 지금 병원도 가기 힘듭니다." 조용히 있던 젊은 친구가 옆에 침울하게 얘기만 듣던 친구를 가리키며 말했다.

"건설사에서 치료를 책임지지 않는가?"

"아뇨. 월급 한 달 치 주고 그냥 나가라고 합니다."

"그럼 치료를 어떻게 하고 있나?"

"치료는…… 그냥 아프면 약 사 먹고 견디고 있습니다. 친구들이 도와주어서 밥은 먹을 수 있습니다."

젊은 친구들과 오랫동안 얘기했다. 시중에 돈이 돌고 경제는 좋아졌지만, 아직 그 효과는 밑으로 내려가지 않았다. 아니, 오히려 빈부의 격차는 더욱 커졌다. 상처를 입은 젊은 친구에게 치료비를 하라며 돈을 주었.

다음날, 경제 비서관에게 빈부 격차에 대한 최신 동향을 조사하라는 지시를 내렸다. 며칠 뒤에 보고서를 받고 고메즈를 불렀다.

"고메즈, 지난 6개월간 경제는 좋아졌지만 덕을 본 놈들은 부동산 업자야. 임금은 15퍼센트 올랐지만 집값은 두 배가 올랐어. 임대료도 거의 30퍼센트 가까이 올랐어. 자네도 이 보고서 보았지?"

"그래, 초안을 검토했어. 이 나라에 달리 좌파가 왜 번성하겠어? 바로 이런 빈부격차가 근본적으로 없어지지 않으니까 좌익 운동이 발생하는 거지."

"보고타의 부동산을 가진 딥스테이트 놈들만 그동안 신난 거지. 내가 마치 그들을 위해 정권을 잡은 것 같아."

"딥스테이트는 처음에는 자네에 대해 부정적이었지만 지금은 쌍수를 들고 환영하고 있어. 그 동안 문제점이었던 치안을 잡았지, 전쟁한다면서 경기를 살렸지, 자네가 얼마나 예뻐 보이겠는가? 하하하."

"농담하지마. 나 심각해. 이 사태를 어떻게 하지? 젊은 친구들은 주택 문제로 고통을 받고 있어. 아무리 벌어도 집을 사기는커녕 올라가는 월세를 감당하기도 어려워해."

"주택 문제에 대해 근본적인 처방을 내놓아야 해. 보고타는 이제 한계에 도달했어."

"해방자(볼리바르)가 왜 보고타를 수도로 정했는지 원망스러워."

"그 시대를 이해해야지. 보고타는 지리적으로 콜롬비아의 중심에 있어. 그리고 19세기에 해방자가 에스파냐 왕당파군으로부터 이 도시를 탈환했을 때, 사실 콜롬비아에는 사람이 살만한 도시가 없었어. 해안가는 해적에다가 콜레라, 모기 등으로 사람들이 죽어 나갔고 메데인은 너무 골짜기고…… 그래서 이 고원이 수도가 된 거지."

"딥스테이트놈들은 어떻게 보고타의 땅을 다 갖게 되었는가?"

"이놈들은 본래 다 지방의 지주 가문들이잖아. 콜롬비아에 토지개혁을 요구하는 운동이 일어나자 신변에 불안을 느끼면서 서서히 보고타로 이주했지. 이놈들의 신념은 토지야말로 돈이다는 생각이야. 야금야금 보고타의 땅을 사들였지. 어느 나라고 수도의 땅값은 절대 내려가지 않으니까."

"콜롬비아군과 경찰에 뿌리를 내린 가르시아 가문이 쿠데타를 시도하지 않는 이유가 여기에 있었네. 내가 알아서 자기들 땅값과 임대료를 올려주니까 굳이 위험한 행동에 나서지 않은 거야."

"나도 그렇게 생각해. 역대 콜롬비아 대통령 중에 자네가 이 나라 딥스테이트에 가장 효자야."

"농담이라도 그런 말 하지 마, 고메즈. 나도 괴로워. 내가 그놈들이 잘되라고 대통령이 된 게 아니야."

"미안하네. 그래도 6개월 성적표가 이 정도면 아주 양호한 거야. 올해 GDP 성장률이 최소 7퍼센트 이상 기록할 거야. 그리고 무엇보다 치안이 안정되어서 사람들이 이제 살만하다고 느끼고 있어."

"경제가 좋아지는 게 중요한 것이 아니야! 그 혜택을 국민 모두가 누려야지. 여기 지표를 봐! 우리 콜롬비아의 문제는 투자가 형편없다는 거야. 그리고 재투자율은 더 형편이 없어. 이익이 나면 돈이 어디론가 사라지고 있어."

한국 경제의 기적에는 기업의 왕성한 투자가 큰 역할을 했다. 해마다 삼성이 반도체에 투자하는 금액은 투자 수익률을 넘어선다. 그렇지만 콜롬비아의 기업들은 이익이 생기면 돈을 국외로 빼돌린다. 아니면 경제에 도움이 되지 않는 부동산을 사들인다. 이렇게 해서야 경제가 선순환될 수 없다.

콜롬비아의 재벌들을 불러들였다. 보통 새로운 대통령이 취임하면 재벌들을 불러서 축하금을 받는다. 나도 삼페르, 파스트라나에게 축하금이라는 세금을 냈었다. 그렇지만 이미 콜롬비아 최고 재벌인 나는 굳이 그런 돈을 받을 필요는 없다. 오늘 나리뇨궁에 모인 재벌들은 축하금을 얼마 내야 할지 고민했을 것이다. 모두 내가 무슨 말을 하나 주목했다.

"여러분 덕에 지난 6개월을 잘 보냈습니다. 올해 경제성장률은 7퍼센트 이상이 될 것이고 페소화도 안정적입니다. 인플레이션도 5퍼센트를 넘지 않으리라고 전문가들은 예측합니다."

"탁월하신 파블로 대통령의 지도력 덕분입니다."

모두 용비어천가를 부르면서 눈알을 굴렸다. 내가 자화자찬하기 위해 자기들을 불렀다고는 절대 생각하지 않는다.

"콜롬비아 경제는 좋아지고 있는데 여전히 빈부격차는 심각합니다. 지역 간 격차도 심각해지고 있는데 수도 보고타와 다른 지역의 차이가 갈수록 벌어지고 있습니다."

"……."

"경제학에 낙수효과라고 있습니다. 그렇지만 저는 이 이론을 믿지 않습니다. 기업들은 투자 이익을 얻으면 그걸 재투자해 더 많은 수익을 올리기를 원하지 세금이나 복지 분야에 돈을 사용하기를 원하지 않기 때문입니다. 저도 굳이 여러분에게 그걸 강요할 생각은 없습니다. 빈부 격차나 지역 간 격차를 줄이는 것은 정부의 일이지 기업인의 역할은 아닙니다."

"맞습니다. 대통령께서는 역시 기업을 해보아서 각자의 역할을 제대로 이해하고 있습니다." 어떤 재벌이 안도의 한숨을 쉬며 맞장구를 쳤다. 복지에 돈 내라고 강요할까 봐 겁을 냈다.

"기업이 그런 사회적 역할을 하지 않는 것은 비난할 수 없지만, 투자 수익을 재투자하지 않고 부동산이나 국외로 돈을 빼돌리는 것은 절대 용납하지 않겠습니다."

나의 청천벽력 같은 말에 재벌들은 똥줄이 탔다. 여기 재벌들은 대개 미국의 자회사 아니면 카리브해 역외 금융센터로 돈을 빼돌린다.

"콜롬비아에 투자하십시오. 제가 책임지고 안전하고 사업하기 좋은 나라를 만들겠습니다. 만약 세금을 탈루하고 불법으로 돈을 빼돌리면 절대 용서하지 않겠습니다."

스테이크 얘기로 이놈들을 겁주려고 생각했지만 이건 공적인 자리다. 기업인이 없으면 콜롬비아 경제가 어떻게 돌아가겠는가?

"한 달 이내 어떻게 콜롬비아에 투자할지 사업계획서를 작성해서 올리시기 바랍니다. 투자하는 기업에 특혜와 우대조치를 해주겠습니다. 투자하지 않거나 돈을 빼돌리는 기업에게는……. 여러분, 제 전직이 뭔지 다들 아시죠? 저 파블로는 저를 모욕한 놈을 절대 용서하지 않겠습니다."

[쾅!]

책상을 내려쳤다. 커피와 물잔이 떨어지며 산산조각이 났다. 모두 혼이 나간 것 같았다. 이렇게 내가 알아듣게끔 쇼를 벌였지만 내 말을 듣지 않는 재벌들이 있었다. 그놈 중의 한 놈이 언론에 대통령이 법에도 없는 투자계획서를 강요한다고 찌르는 놈도 있었다. 이를 갈았다.

그나마 제출된 투자계획서를 보니 가관이다. 전혀 실현성이 없는 사업계획서도 있고 아주 오래전부터 추진하던 사업을 신규 사업으로 버젓이 제출하는 기업도 있다. 언론사와 부동산이 주업인 로페즈 가문도 말도 안 되는 계획서를 제출했다. 국세청장을 불러 로페즈 가문을 세무조사하라고 지시했다. 보고타 부동산 임대료는 전년 대비 100퍼센트 이상 올랐는데 로페즈 가문의 신고는 10퍼센트에 불과했다.

국세청장이 조사결과를 나에게 먼저 서면 보고를 했다. 보고서를 보다가 머리에 스팀이 올라 죽을 뻔했다. 내가 잘 나갔던 CFO 출신이다. 이 자식이, 내가 깡패 출신이라고 나를 우습게 보구나. 회계장부도 제대로 검토하지 않다니! 이놈을 불렀다.

"국세청장, 회계사 자격은 있나?"

"그럼요. 30년 전에 땄습니다."

"그런데 이 보고서의 숫자는 뭐야. 재무상태표와 손익계산서가 맞지를 않잖아!" 보고서를 그놈의 머리 위로 던졌다. 이놈이 재빨리 피해서 맞지는 않았다.

"그 보고서 들고 이리 와봐!"

벼락같은 호통에 겁을 집어먹은 국세청장이 벌벌 떨면서 보고서를 들고 왔다.

"여기를 봐! 매출에서 당기순이익을 이렇게 계산하는 법이 어디 있나?"

보고서에는 말도 안 되는 판관비와 감각상각비를 집어넣어서 순이익 규모를 줄였다. 그건 좋다 치더라도 전체 자산과 부채가 맞지를 않는다.

"너, 내가 깡패 출신이라고 회계도 모른다고 생각한 거지?"

"아, 아닙니다. 로페즈 가문에서 이틀 전에 보고서를 제출해서 제대로 검토할 시간이 없었습니다."

"아무리 시간이 없다고 하더라도 대통령에게 올리는 보고서가 이게 뭐야?"

"죄송합니다. 제가 최종 검토를 못 해서······."

"뭐? 검토를 안 했다고?" 재떨이를 잡았다.

벨라스케스가 한술 더 떴다. "보스, 이 자식을 스테이크 구이로 만들까요?"

국세청장이 벌벌 떨면서 오줌을 지렸다. 이런 겁 많은 놈이 대통령을 무시하다니! 이건 로페즈 가문의 영향이 그만큼 크다는 것이다. 이놈을 구이로 만드는 게 무슨 의미가 있나.

"검찰총장을 빨리 들어오라고 해!"

검찰총장이 들어왔다. 고개를 까딱하고 인사를 했다. 이 녀석도 뻣뻣하다. 마르티네즈 가문의 둘째인가, 셋째인가? 잘나가는 집안 출신이라 대통령 보기를 우습게 생각한다.

꾹 참고 그에게 말했다. "검찰총장, 국세청장을 조사해보게. 로페즈 가문을 조사하라고 시키니 말도 안 되는 엉터리 보고서를 들고 왔어. 이 자식이 돈을 받아먹지 않았더라면 그런 대담한 일을 벌이지 않았을 거야."

"법과 원칙에 따라 철저하게 조사하겠습니다."

며칠 뒤, 결과는? 계산 오류는 분명하지만, 국세청장이 특별히 뇌물을 받았다는 증거는 없다는 것이다. 이 개자식을 총으로 쏴주고 싶었다.

고메즈가 나를 달랬다. "자네가 뽑은 사람들이야. 포커페이스 개혁을 한다고 기득권층에서 다 충원하지 않았나? 이들이 자네를 위해서, 국가를 위해서 일할 거로 생각해서는 안 돼! 이들은 자기를 이 자리까지 이끌어준 기득권 세력에 충성한 것뿐이야."

"그래도 나를 이렇게 무시하다니 참을 수가 없어."

"그렇다고 마피아식으로 처리하면 안 돼! 자네는 이제 한 나라의 대통령이야. 법과 절차에 따라 이놈들을 다스려야 해."

화가 나지만 고메즈의 말이 맞다. 그에게 지시한 다른 업무도 물어보았다. "보고타 임대료 가격 규제와 건설현장 산업재해 처리 강화는 어떻게 되었나?"

고메즈는 지난 한 달 동안 내가 지시한 이 업무를 처리했다.

"미안하지만 의회에서 거부당했네. 자유당의 반대도 집요하고 보수당은 여전히 우리에게 호의적이지 않아. 정부 조례 개정을 통해 최대한 반영할 예정이야."

"고메즈, 우리가 정권을 잡은 게 맞나? 내 사익을 추구하는 것도 아니고 국가와 민족을 위해서 일하는데 여기에 태클을 거는 놈들만 한가득해."

"개혁은 혁명보다 어려운 거야. 총론에는 찬성하지만 각론에 들어가면 이해관계를 앞세우는 게 인간이야."

"어떻게 했으면 좋겠나?"

"두 달 뒤 총선에서 이겨야지. 의회의 뒷받침없이 개혁을 추진하는 것은 어려워. 아무리 자네가 국민의 지지를 등에 업고 있다지만 의회에서 시간을 끌거나 반대하면 개혁은 실종되는 거야."

"'콜롬비아 퍼스트'는 보수 자유 양당제도를 넘을 수 있겠나?"

지난 대선에서 지역 마피아 조직과 축구 팬클럽 조직을 통합하여 나를 지지하는 '콜롬비아 퍼스트'라는 정치 운동 조직이자 팬클럽을 결성했다.

"대통령 선거에서는 효과적이었지만 의회 선거에서는 메데인과 안티오키아주를 제외하고는 힘들어. 농촌 지역에서 오랫동안 밭갈이한 보수당과 자유당을 넘을 수 없어."

"자유당놈들은 도저히 상대할 수 없어. 그럼 보수당을 지원해야 하나?"

"보수당이라는 당을 지원할 필요는 없어. 개별적으로 자네를 지지하고 당선 가능성 큰 의원을 지원해야지. 그리고 민주동맹과 산소녹색당도 보고타서는 강세야. 여기도 지원해주어야 해. 적어도 우리에게 우호적인 의원을 반 이상 확보해야 앞으로 개혁을 추진할 수 있어."

"바쁘겠지만 자네가 리스트를 만들어주게."

"그건 문제가 없지만 나머지는 자네가 처리하게."

고메즈는 정치 공작에는 나서지 않겠다는 뜻을 분명히 밝혔다. 본래 그는 민주동맹의 당수이기도 하다.

"알았어. 그리고 국세청장은 업무 태만 혐의로 해임해!"

"알았어. 그놈 천만다행이야. 스테이크 구이가 안 되고 해임으로 끝나니! 하하하."

국세청장을 개판으로 조사한 검찰총장도 해임하고 싶었지만 그럴 수는 없다. 이 나라 사법 권력을 장악한 마르티네즈 가문과 지금 척을 져서는 안 된다.

정치자금 마련을 위해 에스코바르 건설을 매각했다. 동서남북 고속도로 건설을 시작하면서 특혜 우려도 제기되고 있기 때문이다. 매각 대금을 현금화했다. 리코를 시켜 나를 지지하는 보수당, 민주동맹, 산소녹색당, 콜롬비아 퍼스트에 돈을 뿌렸다. 지금 법이 문제가 아니다. 검은돈을 주고 이들에게 충성 맹세를 받았다.

콜롬비아 총선은 이슈보다는 이익 선거에 가깝다. 특히 농촌 지역은 오랜 세월을 연고로 정치인이 밭을 갈아야 하는데, 결국 돈이 승패를 가른다. 엄청난 돈을 뿌렸지만 여론조사 결과는 신통찮았다. 에스코바르 개혁을 지지하는 표가 과반수에 미달했다. 보수적인 콜롬비아 유권자는 사실 메데인 뒷골목 출신 마피아 보스에게 호감을 느끼지 않는다. 특히 농촌 유권자들이 그랬다. 이들의 표심은 거의 움직이지 않는다고 보아야 한다.

반면에 보고타, 메데인, 칼리 등 도시 유권자가 움직여야 하는데 이들은 지금 폭등하는 집값 때문에 화가 단단히 난 상태이다. 일자리와 치안은 안정되었지만, 이들에게 쥐어진 떡은 없다. 오히려 에스코바르 개혁에 반대하는 지주와 건물주 등 기득권은 고속도로 건설과 치안 안정으로 큰 이익을 보고 있지만 나를 지지하지 않는다.

고메즈가 심각한 표정으로 들어왔다. "파블로, 이대로 가다가는 총선에서 에스코바르 개혁 연대가 과반수는커녕 3분의 1도 되기 힘들어. 뭔가 돌파구가 필요해."

"좋은 방법이 없나?"

"자네가 나서면 좋겠지만 그러면 정치 개입이 되니까 그건 안 되고……."

"고메즈 자네가 나서야 하는데 내가 놓아주지를 못했어. 미안해."

고메즈는 이번 총선에 출마하고 싶어 했다. 그렇지만 그 없이 이 정부를 꾸려나갈 생각 하니 보내줄 수가 없었다.

"일단 개혁의 필요성을 국민에게 계속 메시지로 알리고 간접적으로 호소하는 수밖에 없어."

"그래야지. 선거 상황이 안 좋으니 재벌놈들도 사업계획서 수정본을 제출하지 않네. 이것들이……."

"여기서 힘으로 해결하려고 생각도 하지 마. 로페즈 가문에서 자꾸 자네를 폭력과 연결하려는 기사를 내고 있어. 보수적인 유권자는 그런 걸 싫어해."

"알았어."

고메즈가 나가고 국방부 장관 바르카스를 불렀다. "지금 게릴라와의 전선은 어떤가?"

"각하의 지시로 서서히 전선을 좁혀 나가고 있습니다. 게릴라도 쉽게 도발하지 못하는 상황입니다. 일종의 소강상태라고 할 수 있습니다."

"볼리바르주에서 좀 더 공격적인 작전을 수행하시기 바라네. 베탕쿠르 의원이 인질로 잡힌 지가 거의 1년이 되어가고 있는데 뭔가 성과가 있어야 하지 않겠나?"

"네, 알겠습니다."

바르카스 장관을 보내고 나베간테를 불러 특별지시를 내렸다.

다음날부터 신문에 정부군과 게릴라와의 교전 상황이 보도되었다. 정부군이 게릴라의 완강한 저항을 물리치고 중요한 교두보를 확보했다는 것이다. 바르카스가 이번 작전의 목표는 베탕쿠르 의원을 찾는 데 있다고 밝혔다. 며칠 뒤에 정부군이 확보한 진지에 게릴라군이 이례적으로 반격했다. 정부군에 사상자가 발생하였지만 진지를 고수하는 데 성공했다.

격렬한 선거 과정에서 이 뉴스는 시선을 끌지는 못했지만, 에스코바르 개혁이 갖는 의미를 실감나게 해주었다. 사람들은 파블로가 이 나라에 50년 가까이 진행되는 내전을 끝내기를 소망했다. 조금씩 에스코바르 개혁 연대에 대한 지지율이 올라갔다.

볼리바르주의 주도인 카르타헤나를 방문했다. 게릴라와 싸우고 있는 정부군을 격려하기 위해서이다. 카리브해의 해안 도시 카르타헤나는 한때 에스코바르 방송국의 사장이었던 작가 가브리엘 마르케스의 《콜레라 시대의 사랑》의 무대이기도 하다. 마그달레나강 선착장에서 배를 타고 정부군이 장악한 진지를 방문했다. 병사들을 격려하고 전황을 보고 받았다.

"FARC 게릴라가 저쪽 강 너머를 장악하고 있는 건가?" 바르카스에게 물었다.
"그렇습니다. 저쪽은 정부의 영향력이 미치지 않습니다. 저 너머에는 베네수엘라가 있는데, 차베스 정권이 게릴라와 내통하고 있다는 소문도 있습니다."
"아냐, 그렇지는 않을 거야. 차베스는 내 친구야."

말은 그렇게 했지만 확신할 수 없었다. 빨리 차베스를 만나야 하는데 복잡한 개혁 때문에 시간을 낼 수가 없다.

정부군이 방어하고 있는 캠프 방문을 끝내고 다시 배를 타고 카르타헤나로 들어왔다. 열대 지방의 이 도시는 찌는 더위로 낮에는 활동할 수 없다. 저녁시간이 되자 선착장에 많은 지지자들이 나와 나를 환영하고 있었다.

"파블로! 파블로! 우리 대통령!"

콜롬비아 퍼스트 단체 회원들도 '비바 콜롬비아' 깃발을 흔들며 소리쳤다. 지지자들의 환대에 나는 미소를 띠며 다가갔다. 그들과 악수하며 감사 인사를 전했다. 그 순간 어떤 놈이 청중 속에 잠입해있다가 나에게 다가와 10센티미터가량의 커터칼로 나의 우측 뺨을 그어버렸다.

[짜악!]

"으악!"

이를 지켜보던 군중이 비명을 터뜨렸다. 대통령에 대한 암살이 시도된 것이다. 벨라스케스가 사람들을 뿌리치고 나를 업고 경호차량으로 달려갔다. 나는 카르타헤나 주립병원으로 옮겨져 긴급 봉합수술을 받았다.

기자들이 벌떼처럼 병원 로비에 모여 수술을 집도한 의사에게 물었다. "대통령의 상태는 어떻습니까?"

"파블로 대통령이 입은 상처는 아슬아슬하게 안면신경을 비껴갔습니다. 만약 경동맥에 상처를 입었다면 죽을 수도 있었습니다. 지금 수술을 무사히 끝내고 안정을 취하고 있습니다."

"대통령께서 특별히 하신 말씀은 없으신가요?"

"있었습니다."

"어떤 내용인가요?"

"'지금 전선은 어떤가'라며 게릴라와의 전쟁을 걱정하고 계십니다."

커터칼을 휘두른 범인은 전 FARC 게릴라였다. 그는 파블로가 게릴라 공격을 진두지휘한 것에 불만을 품고 경고하려고 일을 저질렀다고 진술했다. 카르타헤나 주립병원에 철통같은 경비가 펼쳐졌다. 경찰이 아니라 군이 주도하여 출입하는 모든 사람을 철저하게 검색했다.

보고타에서 달려온 발레리아가 걱정스러운 표정으로 말했다. "파블로, 내가 들은 것이 있어. 지금 당신이 주도하는 개혁에 반대하는 사람들이 가만히 있지 않겠다고 해. 제발 몸조심하고 밖으로 돌아다니는 것을 조심해."

"나는 괜찮아. 의사도 내일 보고타로 돌아갈 수 있데. 내 주변에는 항상 적들이 있었어. 대통령이 되었다고 달라지지 않아."

"그런 깡패가 아니야. 이 나라의 기득권 세력이 당신을 못마땅하게 생각해. 이들이 얼마나 집요하고 악독한지 당신은 아직 몰라."

"나를 해친 놈은 FARC 게릴라야. 이 나라 기득권 세력은 지금 내가 집값을 올려줘서 고맙게 생각해."

"FARC 게릴라와 이 나라 기득권 세력은 적대적 공생관계라는 걸 당신이 알잖아. 당신을 해친 그 게릴라의 배후를 조사해봐."

"알았어. 지금 피곤해. 내일 아침 보고타로 가야 하니까 좀 잤으면 좋겠어." 부담스러운 그녀를 쫓아냈다.

"그래. 너무 무리하지마. 당신이 건강하고 행복했으면 좋겠어."

그녀가 조용히 문을 닫고 나갔다. 순간 가슴이 아팠다. 발레리아의 진심을 나는 왜 받아주지 못하는가? 처음에는 그녀가 나의 정체를 눈치챌까봐 거리를 두었는데, 아직도 나는 여전히 그것을 극복하지 못했다.

곧 나베간테가 나타났다. "보스, 그 자식이 사람들이 고함지르는 바람에 놀라서 진짜 칼을 휘둘렀어요. 제가 손을 좀 보았습니다."

"내버려 둬. 그놈도 얼마나 충격을 받았겠어. 얼굴에 약간 스친 것뿐이니까 금방 괜찮아질 거야."

"다행입니다. 덕분에 사람들이 전혀 의심하지 않습니다."

"오히려 잘된 거야. 그 자식을 철저하게 감시하고 엉뚱한 말이 세어 나가지 않도록 해."

"네, 우리 요원 한 팀을 붙일 예정입니다."

"자네도 수고했으니 이만 물러나게."

이번 커터칼 피습 사건은 자작극이었다. 총선에서 에스코바르 개혁 연대가 승리하기 위한 신의 한 수였다. 나베간테가 경제적으로 어려운 처지에 놓인 전 FARC 출신 게릴라를 돈과 공갈로 위협하여 사건을 만든 것이다. 이 사건으로 총선은 에스코바르 개혁 연대의 압도적 승리로 끝났다. 나에 대한 동정표가 선거 승리에 도움이 됐다. 개혁 연대는 선거 중반부터 초반의 부정적 평가를 조금씩 극복하는 단계였는데, 이 사건이 수도 보고타와 주요 도시에서 판세를 뒤엎는 데 결정적 역할을 했다.

11

수도 이전

　대통령 인기가 올라가고 그를 뒷받침해주는 안정적 다수가 의회에 출현하자 내가 내리는 지시에 힘이 실렸다. 재벌들에게 다시 사업계획서를 작성해서 올리라고 지시했더니 이번에는 모두 기한을 맞추어 사업계획서를 제출했다.
　에스코바르 에너지 사장을 하다가 새로 신설된 국가기획처의 두 번째 처장이 된 나의 심복 마테오가 심각한 얼굴로 말했다. "각하, 이 나라 재벌들의 사업계획서가 대부분 부동산 개발밖에 없습니다. 성장의 과실만 따 먹겠다는 겁니다. 이래서야 경제가 지속적으로 발전하겠습니까?"
　"부동산 개발사업만 올린 계획서는 전부 반려해. 제조업이나 정보통신, 농업, 유통, 자원 개발 등을 중심으로 다시 계획서를 짜서 올리라고 해."
　이런 구체적인 지시를 했는데도 재벌들은 죽는소리해가며 부동산 개발 계획을 승인해달라고 압력을 가했다. 심지어 발레리아에게도 청탁이 들어왔다. 안 되겠다. 숨겨둔 결정적 수를 사용하기로 했다.
　새로운 국회 구성과 함께 대통령의 특별 연설이 있었다. 내가 국회의사당에 입장하자 박수 소리가 터졌다. 여기 의원들의 반 정도는 내 돈과 인기로 당선되었다. 내가 구세주인 것이다.
　연설대에서 기대에 가득 찬 의원들을 주시했다. 그리고 청천벽력 같은 정책을 발표했다. "콜롬비아의 땅은 광대하지만 대부분 공간이 고립되어 있습니다. 콜롬비아의 남쪽과 북쪽에서는 게릴라들이 치외법권 지대를 형성해 국가 통합을 가로막고 있습니다. 현 정부가 추진하고 있는 동서남북 고속도로는 태평양과 대서양을 연결하는 콜롬비아의 지정학적 강점을 구체화하는 역사적 프로젝트입니다."

[짝짝짝!]

우레와 같은 박수가 터졌다. 일부 흥분한 의원들은 '파블로 만세'라고 외쳤다. 테러와의 전쟁을 핑계로 시작된 고속도로 건설은 지금 콜롬비아 경제의 성장 엔진이 되고 있기 때문이다. 일자리가 증가하고 소비도 폭발했다.

손을 들어 환호를 중지시켰다. 박수받으려고 이 자리에 선 것은 아니다. "해방자(볼리바르)가 콜롬비아를 건국한 이후, 우리는 낮은 인구밀도, 낮은 인구 배분, 광범위한 공간으로부터 떨어진 채 사람에게 유용한 공간에 집중적으로 살게 되면서 나라를 하나로 묶는 정치가 불가능했습니다. 특히 수도 보고타에 사람이 모이면서 이 지역의 환경적 재앙은 갈수록 심각해지고 있습니다."

의원들은 이게 무슨 소리인지 박수를 멈추고 눈만 깜빡거렸다.

"고원에 세워진 수도 보고타는 도시로서의 확장 기능이 근본적으로 불가능한 도시입니다. 지금 이곳에 얼마나 심각한 환경 재앙이 닥치고 있는지는 여러분이 더 잘 알 것입니다. 대기오염과 온실가스가 시민의 건강을 위협하고 도시 확장이 불가능한 환경 때문에 땅값과 집값이 콜롬비아 수준에 맞지 않게 오르고 있습니다."

사람들의 눈이 점점 커졌다. 아마 TV로 지금 현장을 보고 있는 보고타시민은 가슴이 두근거리고 있을 것이다. 저 인간이 무슨 일을 저지르려고 하나?

"한계에 부딪힌 수도 보고타의 집중 억제와 낙후된 콜롬비아 지역경제 문제의 근본적 해결을 위해, 그리고 콜롬비아의 진정한 국민 통합을 위해 저는 수도를 이전하기로 결심했습니다."

"오, 마이 갓!"

"이런 미친!"

"맞습니다. 찬성입니다!"

의원석에서 저마다 입장을 반영하는 탄식과 환호, 그리고 경악의 목소리가 터져 나왔다.

"저는 수도를 산탄데르주의 석유 도시 바랑카베르메하로 옮기겠습니다. 바랑카베르메하는 이 나라의 남북을 흐르는 마그달레나강 상류에 위치해 카리브해로 나갈 수 있는 중요한 지리적 장점을 갖고 있습니다. 게다가 이 도시는 앞으로 콜롬비아의 새로운 먹거리인 자원 개발의 거점이 될 것입니다. 마그달레나강 동쪽은 아직 개발되지 않은 엄청난 자원의 보고입니다. 여기에 석유와 석탄, 광물들이 지천으로 깔려 있습니다. 바랑카베르메하가 이 나라 수도가 되면 콜롬비아의 지리적 통합과 새로운 경제성장의 엔진을 만들어나갈 수 있습니다."

"찬성입니다. 이 춥고, 임대료만 비싼 동네를 탈출해야 합니다!"

"좀 더 신중해야 합니다. 우리가 수도 이전할 비용이 있습니까?"

의원석에서 벌써 찬반양론이 나누어졌다. 그렇지만 대부분의 의원이 내 도움으로 이번 선거에서 당선되었다. 이들 새로운 의원들은 전통적 지주 계급보다는 중산층과 서민의 입장을 대변한다.

수도를 이전하면 새로운 계급이 생긴다. 새로운 일자리가 쏟아진다. 찬성하는 의원들은 기대에 부풀었지만, 보고타에 땅과 집을 가진 의원들은 얼굴이 창백해졌다.

"수도 보고타의 집중과 비대화는 더 이상 내버려둘 수 없는 상황에 이르렀습니다. 국가적 결단이 필요합니다. 조속히 수도 이전에 관한 법을 제정해주시기를 부탁드립니다."

이날 연설은 이후 콜롬비아의 모든 주제를 압도했다. 심지어 밥보다 좋아하는 축구 얘기도 화제에 오르지 못했다. '신수도 이전을 위한 추진단'이 만들어졌고 비서실장 고메즈가 나를 대신해 단장이 되었다. 고메즈가 여론조사

결과를 들고 왔다.

"파블로, 여론은 우리 편이야. 70퍼센트 이상이 수도 이전을 지지해. 반대하는 여론은 약 20퍼센트이고 나머지는 잘 모르겠다는 것이야."

"보고타에 집 가진 사람 말고는 대부분 찬성하지. 수도를 이전하면 일자리가 얼마나 생기는 데 찬성하지 않겠나."

"수도 이전은 압도적으로 찬성하지만, 바랑카베르메하가 왜 신수도가 되어야 하는가에 대해서는 부정적 여론이 50퍼센트가 넘어. 이걸 제대로 해명하지 못하면 수도 이전 프로젝트가 좌절될 수 있어."

"언론 대책을 세우게. 경제비서관에게 바랑카베르메하가 가진 경제적 효과를 수치로 연구하라고 지시해. 앞으로 콜롬비아 경제는 바랑카베르메하를 중심으로 갈 수밖에 없어."

"그런데 바랑카베르메하는 늪지가 많아서 충분한 토지가 나오지 않는 게 문제야. 적어도 인구 5백만 명 이상이 이주해야 하는데 이들을 위한 주거시설과 공공건물을 위한 충분한 토지가 없어."

"제정 러시아의 수도인 상트페테르부르크를 아는가?"

"표트르 대제가 건설한 도시 말인가?"

"그렇지. 그 도시는 늪지대를 돌로 메워 만들어졌어. 거기에 비하면 바랑카베르메하는 아무것도 아니야. 여기는 습지라고 해도 나무가 있어. 러시아처럼 혹독한 겨울 추위도 없어. 공사가 시작되면 1년 내내 작업이 가능해."

"그래, 러시아인도 했는데 우리가 못할 리 없지. 자네가 기자회견을 한번 하게. 왜 바랑카베르메하가 신수도가 되어야 하는가를 설득하게."

고메즈의 권유로 기자회견을 했다. 먼저 모두 발언을 했다. "역사는 전략과 정책에 의해 이뤄지는 게 아니라 인간의 꿈과 의지로 이뤄집니다. 꿈이 먼저 있고 전략이 있습니다. 우리는 신수도라는 꿈을 가져야 합니다. 바랑카베르메하가 과거 도시로서 발전이 극히 제한적이었던 것은 환경과 기술 수준이 낮았기 때문입니다. 이제 이 지역은 자체 생산이 가능한 풍부한 에너지 자원으로 값싼 전기를 사용할 수 있습니다. 콜레라나 말라리아는 현대 의학으로 극복 가능합니다. 늪지대는 모래와 시멘트로 메울 수 있습니다. 마그달레나 강은 다리를 놓으면 됩니다. 바랑카베르메하는 수도로서 역할을 충분히 수행할 수 있습니다."

기자가 손을 들고 질문을 했다.

"바랑카베르메하에는 에스코바르 에너지 본사가 있습니다. 수도 이전이 대통령의 사익 추구라는 지적이 있습니다."

"제가 가진 에스코바르 에너지 지분 전부를 매각할 예정입니다. 그리고 그 매각 대금 전액을 바랑카베르메하 수도 건설에 사용하겠습니다."

단호하고 확실한 나의 답변에 박수가 터졌다. 속이 쓰렸지만 어떻게 하겠나? 내가 회사를 계속 소유하고 바랑카베르메하로 수도를 이전하면 누구도 그 진정성을 믿지 않을 것이다. 시가 20억 달러가 넘는 회사를 콜롬비아에 바쳤다.

"의회 통과를 낙관하십니까?" 다른 기자가 물었다.

"이미 여론조사에서 압도적 수도 이전 지지가 나왔습니다. 의원들은 국민의 여망에 부응할 것입니다."

'수도 이전을 위한 특별조치법'은 압도적으로 국회를 통과했다. 그렇지만 난관은 다른 데서 찾아왔다.

보고타의 토지 부자이자 언론 재벌인 로페즈 가문이 《엘파이스》를 통해 수도 이전이 부당하다는 주장을 계속 제기했다. 보고타는 1819년 시몬 볼리바르가 에스파냐 왕당파를 몰아낸 이후 파나마, 콜롬비아, 베네수엘라, 에콰도르를 포괄한 그란 콜롬비아의 수도가 되었다. 그란 콜롬비아가 분열하자 보고타는 누에바그라나다의 수도로 남았으며, 이 나라가 오늘날의 콜롬비아 공화국이다.

《엘파이스》는 이 점을 지적하며 파블로가 볼리바르 정신을 배반했다고 비난했다. 콜롬비아 정치에서 반볼리바르는 이단을 의미한다. 졸지에 나는 건국의 아버지를 배신한 놈이 되었다. 물론 가만히 당하고 있지 않았다. 준비한 카드를 꺼냈다.

라디오 방송국에서 속보를 보냈다.

"여러분, 볼리바르의 검이 돌아왔습니다. 1974년 보고타의 몬세라트 언덕 밑의 볼리바르 자택에서 사라졌던 볼리바르의 검이 바랑카베르메하에서 발견되었습니다. 이 검은 바랑카베르메하의 성당 지하에 숨겨져 있었습니다. 주임신부가 신성한 빛이 흘러나오는 것을 보고 지난 30년 동안 행방을 감추었던 이 나라의 보물을 우연히 발견하였습니다. 정부는 볼리바르의 검의 진위를 확인하기 위해 특별 조사단을 보내기로 했습니다."

메데인 우리 집에 숨겨져 있는 볼리바르의 검이 제 발로 바랑카베르메하로 간 것은 아니다. 내가 애들을 시켜서 몰래 옮겨 놓은 것이다. 검을 감싼 종이에 반사 젤을 발라 놓았다. 어두운 곳에서 보면 마치 신성한 기운이 흘러나오는 것처럼 보인다.

검을 옮기고 이 성당의 늙은이들을 상대로 작업을 했다. 밤마다 성당에서 신성한 빛이 흘러나온다고. 처음에는 긴가민가하던 신도들이 나중에 직접 확인하고 주임신부에게 얘기했다. 주임신부는 그 빛이 나오는 곳이 창고라는 것을 발견하고 조심스럽게 뒤지다가 검을 찾은 것이다.

특별 조사단은 바랑카베르메하에서 발견된 검이 볼리바르의 것이 맞다는 것을 확인해주었다. 그들은 이 검을 본래의 장소인 보고타로 옮기려고 했다. 나는 '국민과의 대화' 방송에서 옮기는 것을 즉시 멈추라고 지시했다.

"30년 동안 사라졌다가 홀연히 나타난 볼리바르의 검이 상징하는 의미는 적지 않습니다. 특별 조사위를 확대해서 어떻게 이 검이 여기에 나타났는지 확실한 경위를 알아보겠습니다. 국민 여론에 따라 이 신성한 검을 어디에 둘 것인가를 결정하겠습니다."

이 방송이 나가자마자 콜롬비아의 무속인들이 대거 나섰다. 그들은 자신들이 볼리바르에게 받은 계시를 전했다.

"하늘에 계신 볼리바르님이 저에게 말했습니다. 자신의 검은 보고타가 아니라 바랑카베르메하에 두어야 한다고. 수도 보고타는 생명력이 다 했고, 신수도 바랑카베르메하가 앞으로 콜롬비아의 번영을 이끌 것이라고 말했습니다."

"볼리바르는 자신의 칼이 보고타에 돌아가는 것을 거부했습니다. 새 생명이 바랑카베르메하에 있다고 합니다. 거기에 천주님 은혜가 바다의 파도처럼 영원히 내려올 것이라고 저에게 계시했습니다."

"볼리바르의 검은 M-19 게릴라가 아니라 스스로 보고타에서 바랑카베르메하로 날아갔습니다. 30년 동안 보이지 않다가 지금 홀연히 나타난 것은 파블로 대통령이 있는 지금이 자신의 시대라는 것을 의미합니다."

무속인들이 바랑카베르메하에 대거 모여 들여 은혜와 찬사의 노래를 하면서 볼리바르 검의 이동을 반대했다. 물론 이들이 자발적으로 나선 것은 아니다. 돈이 필요했다. 그렇지만 이렇게 물꼬를 터놓으니 돈을 주지 않아도 계시를 받았다는 무속인들이 대거 등장했다.

콜롬비아는 가톨릭 국가이지만 에스파냐 이전 현지 원주민은 마야 문명이나 점성술에 크게 의지했다. 이 나라가 지난 100년 동안 내전을 겪으면서 사람들은 영혼의 축복보다는 내일 죽을지도 모르는 미래에 더 관심이 많았다. 무속신앙과 점성술은 이 틈을 타고 번창했다.

애써 만든 이 기회를 놓칠 내가 아니다. 특별 조치를 발표했다.

"세 차례에 걸친 국민 여론조사를 통해 다수의 국민이 볼리바르의 검을 바랑카베르메하의 성당에 두는 것을 원한다고 밝혀졌습니다. 저는 신성한 국민의 뜻을 받들어 볼리바르의 검이 발견된 성당을 크게 증축하고 거기에 볼리바르의 검을 두기로 했습니다. 그리고 바랑카베르메하시의 이름을 볼리바르시로 바꾸겠습니다."

이런 결정은 보고타를 제외한 다른 콜롬비아 지역에서 압도적 지지를 받았다. 수도 보고타가 콜롬비아의 다른 지역을 제치고 그동안 특권을 누렸던 것에 대한 반발이 엄청나기 때문이다. 사람들은 새로운 기대와 희망에 항상 열광한다.

볼리바르를 핑계로 수도 이전 반대를 노렸던 로페즈 가문의 반격은 실패로 돌아갔다. 그렇다고 가만히 있을 그들이 아니다. 이미 보고타 땅값은 급락하기 시작했다.

보고타시의원, 교수, 언론인 등 169명으로 구성된 청구인단이 수도이전특별법 위헌 확인 헌법소원을 제기했다. 이들은 개헌이나 국민투표를 거치지 않는 수도 이전은 불법이라고 주장했다. 자유당 의원들도 국민투표에 수도 이전 조항이 없다는 것을 알면서도 이들과 동조했다.

딥스테이트 세력은 자신들이 통제하는 보고타시민사회를 동원해 수도 이전 반대 시위를 벌이기 시작했다. 보고타에 땅이나 집이 있는 중산층도 여기에 참여하면서 볼리바르 광장은 시위가 매일 벌어졌다.

수도 이전 추진단장을 맡은 고메즈가 직접 시위 현장에 나가 시위대와 대화하며 달랬다.

"여러분, 수도를 보고타에서 볼리바르시로 옮긴다고 보고타가 불이익을 당하는 경우는 절대 없습니다. 보고타는 이 나라 경제 수도로서 그 역할을 지속할 것입니다."

"믿을 수 없어요. 수도를 볼리바르로 옮긴다면 공무원 10만 명, 그 가족 등 50만 명이 빠져나가는데 보고타가 경제적 활력을 유지할 수가 없습니다. 지금 당장 집값 내려가는 것을 보세요." 시위대를 이끄는 지도자가 반박했다.

"파블로 대통령이 집권한 이후 경제성장률이 7퍼센트대를 넘어서고 있습니다. 동서남북 고속도로와 신수도 건설이 본격화되고 자원 개발 바람이 불면 콜롬비아 경제는 9퍼센트까지 성장합니다. 그러면 보고타시도 충분히, 아니 콜롬비아 전체 도시 가운데 가장 큰 혜택을 볼 것입니다."

"싫습니다. 왜 가만히 있는 수도를 옮기려고 해요? 에스코바르 기업들이 볼리바르시에 있어서 그런 것 아니에요?"

"대통령 소유의 기업들은 곧 매각 정리될 예정입니다. 우리나라 모든 자원이 보고타로 집중되고 전 국토가 지금 심각한 불균형 상태입니다. 모이기는 쉬워도 분산하기는 어렵습니다. 수도 이전을 통해 균형발전 사업을 꾸준히 추진해 나가야 합니다. 제발 정부를 믿고 따라와 주시기 바랍니다."

착한 고메즈가 성의를 다해 설득했지만, 집값에 눈이 먼 시위대의 마음을 돌리지는 못했다. 여론이 조금씩 돌아서고 있다고 판단한 수도 이전 반대 세력은 긴요한 사안이라는 이유로 대법원 직접 심판을 신청했다. 대법원도 이를 받아들였다.

고메즈가 심각한 표정으로 말했다. "파블로, 대법원 직접 심판을 우습게 보아서는 안 돼. 창피한 얘기이지만 대법원 판사들은 법과 정의가 아니라 이 나라 기득권을 방어하는데 더 관심이 많아."

"법정은 정의를 따지는 곳이 아니라는 것을 잘 알아. 자네는 수도 이전을 위한 행정절차와 신수도 플랜을 책임져주게. 대법원 심판은 내가 맡겠네."

고메즈를 보내고 나베간테를 불렀다. "나베간테, 지금부터 대법원 판사 9명에 대한 모든 정보를 수집하게. 특히 수도 이전을 반대하는 판사 정보는 철저하게 조사하게."

"그냥 없애 버리면 안 됩니까? 의회까지 통과되고 국민 여론이 수도 이전에 찬성하는데 거기에 반대하는 놈들을 죽인다고 문제 될 것은 없습니다."

"콜롬비아는 법치 국가야. 민주주의 국가이기도 하고. 게임의 규칙이 있는데 이런 일로 게임 자체를 못 하게 하면 앞으로 어떻게 국정운영을 해나가겠어. 최대한 게임을 자신에게 유리한 방향으로 이끌어나가면 승산이 있어."

"알겠습니다."

"마르티네즈 가문의 영향을 받는 판사들을 알아봐. 그리고 이들이 회의할 때 무슨 수를 써서라도 도청을 해. 앞으로 서너 차례 회의가 있을 테니 그때마다 정확한 상황을 알아 오게."

"네, 알겠습니다."

나베간테가 자신 있게 대답을 했지만 상황은 쉽지 않았다. 일단 도청이 되지 않았다. 대법관들은 도청할 수 없는 보안 회의실을 사용해 회의를 진행했다. 매수도 쉽지 않았다. 그들은 마약왕 출신인 나를 경멸했고, 대법관 커리어를 쌓을 때까지 나름 자기 관리를 했기 때문이다.

나베간테가 어려움을 호소했다. "보스, 도저히 도청도 매수도 되지 않습니다. 간접적으로 들은 얘기로는 수도 이전 반대 여론이 많다고 합니다. 그냥 싹 죽여버립시다. 그게 가장 확실한 해결책입니다."

"쓸데없는 소리 말고 대기하고 있어."

나도 나베간테처럼 하고 싶다. 그러면 누가 보더라도 내가 그 공작을 지휘했다는 게 분명하다. 대통령이 먼저 나서 법에 따른 절차와 과정을 무시하면 앞으로 국정을 어떻게 운영할 것인가?

삼페르, 파스트라나 전 대통령들과 면담했다. 두 사람에게 스페인 대사와 UN 대사직을 제안했다. 가난한 콜롬비아는 전직 대통령 처우가 형편없다. 그리고 두 사람 다 이제 나이 오십 대다. 한창 일할 나이인 것이다.

개인 돈으로 두둑한 용돈도 주었다. 삼페르는 말로만 수도 이전을 지원해주겠다고 했고, 파스트라나는 자신이 임명한 대법관 한 명을 소개해주었다. 다행히 그는 메데인 출신이다.

대통령이 대법관을 공개적으로 만날 수는 없어서 직접 그를 찾아가기로 했다. 보고타 시내의 고급 주택가에 그의 집이 있다. 나베간테와 경호실의 핵심 요원 몇 명만 데리고 그의 집을 방문했다. 대법관 혼자 나를 기다리고 있었는데, 가족들 모두 다른 데로 보냈다고 한다. 초조한 표정의 그와 악수를 나누었다.

"이런 누추한 곳을 찾아오시게 해서 죄송합니다."

"아닙니다. 사안이 사안인지라 직접 보고 얘기 듣고 싶었습니다."

"지금 상황이 좋지 못합니다. 이대로 가면 수도 이전은 대법원에 의해 위헌 결정을 받게 될 것입니다."

"비중이 어떻게 됩니까?"

"6대3입니다. 저를 포함한 세 명이 합헌이고 나머지 6명이 위헌으로 기울고 있습니다."

"마르티네즈 가문의 영향력을 받는 법관은 누구입니까?"

"산티아고와 마테오는 마르티네즈 가문이고, 세바스티안, 마티아스는 그들의 영향에 놓여 있습니다."

"그럼 루카스와 티아고 대법관이 중립적이라는 얘기네요."

"글쎄요. 두 사람 다 자기 의견을 잘 내놓지 않아 속마음을 잘 모르겠습니다만 그동안의 친분관계 등을 고려하면 마르티네즈 가문에 가깝다고 할 수 있습니다."

"감사합니다. 대법관님이 조금 더 관심을 기울여주기 부탁드립니다. 수도 이전은 우리 시대의 사명이고 앞으로 콜롬비아 번영이 달려있습니다."

"동감합니다. 저는 메데인 출신이라 각하를 항상 존경하고 지지해왔습니다. 대법관 분위기를 바꾸려면 여론도 중요합니다. 보고타 시위대가 알게 모르게 대법관들에게 영향을 미치고 있습니다. 물론 언론도 중요하고요."

"좋은 지적 감사합니다. 그럼 이만 가보겠습니다."

나리뇨궁으로 돌아와서 나베간테에게 루카스와 티아고를 더 철저하게 조사하라고 지시했다. 고메즈에게는 수도 이전 찬성 시위를 조직하라고 지시했다.

한 번도 대통령궁으로 부르지 않은 발레리아를 호출했다. 그녀가 자유롭게 살기를 바라면서 가급적 개인적 연락은 피했는데 상황이 상황인지라 도움을 호소하지 않을 수 없다. 에스코바르 방송은 베르다드(진실) 방송국으로 이름을 개편했다. 발레리아는 대주주이자 사장 역할도 겸임하고 있다.

"파블로, 무슨 도움이 필요해." 그녀는 아주 사무적으로 접근했다. 나에게 사적인 목적이 없다는 것을 이제 확실하게 알고 있기 때문이다.

"맞아. 당신의 도움이 필요해."

"얘기만 해. 콜롬비아를 배신하라는 것 말고 당신 도움은 다 들어줄 수 있어."

"고마워." 나는 그녀의 손을 잡았지만 그녀가 살며시 손을 뺐다. 정말 이제 나에게는 마음이 없다는 말인가?

"당신도 알다시피 지금 수도 이전을 둘러싸고 치열한 공방이 열리고 있는데, 언론들이 다 기득권이라 수도 이전에 반대하고 있어. 베르다드 방송이 이걸 바꾸어주었으면 좋겠어."

"그렇지 않아도 우리 방송이 수도 이전 계획과 관련되어 본격적인 토론 프로그램을 가질 계획이야. 파블로도 준비하고 있어."

"토론은 환영이야. 논리적으로는 우리가 이길 수 있어."

"그건 맞아. 하지만 정치는 논리가 아니야! 숫자지. 그리고 힘이기도 하고. 우리 기자가 그러는데 군 동향이 심상치 않데. 가르시아 가문에서 사람들이 밤마다 모인다고 하네."

"나도 나베간테에게서 들었어. 가르시아 가문의 수장인 후안의 칠순 생일을 대대적으로 준비한다는 거야."

"아, 그런 거였어. 괜히 걱정했구나." 발레리아가 안도의 한숨을 쉬었다.

군과 경찰이 중심이던 가르시아 가문은 지난번 숙군 작업을 통해 대대적으로 정리가 되어 지금은 별 영향력이 없다.

"우리 방송국에서 대대적으로 수도 이전 토론회를 개최할 테니 잘 준비해. 난 바빠서 이만 가볼게."

발레리아는 일이 끝나자 지체하지 않았다. 그녀가 이렇게 냉랭하게 나오자 그녀를 붙잡고 싶었다. 남자는 여자가 도망갈 때 잡고 싶어한다.

발레리아가 나가고 로베르트를 불렀다. 로베르트가 도박과 마약 중개 혐의로 집행유예를 받고 나온 뒤 거리를 두고 있었다. 그는 지금 나에게 마지막 남은 기업인 에스코바르 경비의 사장이다.

"무슨 일이야? 이런 늦은 밤에." 로베르트는 투덜거리며 나타났다.

"그냥 형님과 맥주나 한잔하고 싶어서요."

오랜만에 형제끼리 술을 마셨다. 가만 보니 로베르트도 많이 늙었다.

"에스코바르 에너지를 팔 때 나에게도 얘기 좀 하지. 나도 그 회사 키우는 데 공헌한 게 있는데."

"형님 지분이 있지 않습니까? 그거 팔지 말고 잘 보관하고 있어요. 나중에 주가가 몇 배 올라갈 겁니다."

"너는 무슨 생각으로 그 큰돈을 국가에 기부했어?"

"제가 돈을 목적으로 사업한 게 아니니까요. 두고 보십시오. 앞으로 콜롬비아를 먹여 살리는 산업은 자원 개발과 그 가공산업입니다. 저는 그게 돈이 된다는 것을 보여주고 싶어요."

"잘났어. 하기야 돈이 많아도 물려줄 자식도 없으니……. 마로킨이라도 살아있었더라면 그런 어리석은 결정은 하지 않았을 텐데."

"가슴 아픈 얘기는 하지 마세요. 그나저나 사무라이 시카리오들은 어떻습니까?"

대통령 취임 이후 사무라이 시카리오는 바랑카베르메하의 정유공장과 석유화학 플랜트, 그리고 유전을 보호하기 위해 파견되었다.

"그놈들이야 잘하고 있지. 이제 시카리오가 아닌 거의 정규 군대 수준이야. 좌익 게릴라와의 전투를 통해 많이 단련되었어."

"사무라이 시카리오를 보고타로 부르세요. 에스코바르 경비 사무실에서 대기해주십시오."

"무슨 일 있어? 30만 콜롬비아군의 최고사령관이 개인 부대를 사용할 일이 뭐야?"

"지금 보고타 상황이 심상치 않습니다. 만사는 불여튼튼이지요."

"다른 지역은 몰라도 보고타 민심은 수도 이전 반대가 대세야. 집값만 올라간다면 악마하고도 손잡을 놈들이 보고타의 부자들이야."

"바다는 메워도 사람들의 욕심은 채울 수 없습니다. 법을 넘어 욕심을 채우려고 하면 본때를 보여주겠습니다."

"알았어. 수도 이전하면 나는 메데인으로 내려갈 거야. 이 춥고 공기 나쁜 보고타도 싫고, 덥고 습한 바랑카베르메하도 싫어. 낙원은 메데인이야. 너도 대통령 끝나면 고향으로 내려와."

"……."

과연 살아서 무사히 메데인으로 돌아갈 수 있을까? 모르겠다.

수도 이전을 위한 공청회와 토론회가 우후죽순으로 열렸다. 처음에는 수도 이전 반대가 우세했다. 그렇지만 토론회를 거듭할수록 수도 이전이 갖는 논리적 타당성이 반대 논리를 압도했다. 고메즈가 토론회에서 큰 역할을 했다. 차분하며 지적인 논리와 몸에 밴 겸손한 자세는 상대방의 고성 및 억지와 비교되었다.

수도 이전 찬성 시위대도 볼리바르 광장에 나타났다. 보고타시민도 있었지만, 지방에서 올라온 사람들이 그동안 수도 보고타에 당한 서러움과 울분을 터뜨렸다. 수도 이전 찬반 시위대끼리 부딪치며 폭력이 발생하는 사태가 발생하기도 했다.

대법관 중에 루카스를 포섭하는 데 성공했다. 나베간테가 루카스의 숨겨놓은 여자를 찾아낸 것이다. 그 여자는 루카스 부하 직원의 아내였다. 나베간테는 먼저 그 여자에게 불륜 진술을 받아냈다. 국가정보원에 끌려온 그 여자는 나베간테의 공갈에 놀라 루카스가 좋아하는 체위까지도 상세하게 진술했다. 두케를 보내 루카스와 협상을 벌였다. 루카스는 수도 이전을 찬성하는 조건으로 불륜 사건을 덮을 것과 거액의 돈을 요구했다. 도장을 찍었다. 이제 남은 것은 티아고 대법관이다. 그런데 문제는 티아고에겐 약점이 없다는 것이다. 티아고는 대법관 중에 가장 깨끗한 사람으로 알려져 있으며 자식도 없다.

나베간테가 머리를 절레절레 흔들며 말했다. "티아고는 사생활이라고는 없습니다. 집과 법원만 왔다 갔다 합니다. 골프도 치지 않고 술도 마시지 않으며 주말에는 성당의 미사만 참석합니다."

"그런 깨끗한 놈이 어떻게 마르티네즈 가문의 영향력 안에 있나?"

"티아고가 하급 판사를 할 때 마피아의 모략으로 옷 벗을 위기가 있었습니다. 그때 마르티네즈 가문에서 그를 구해주었고 이후 대법관까지 밀어주었습니다. 아마 그 의리 때문에 마르티네즈 가문을 지지하는 것 같습니다."

"그놈의 아버지와 어머니는 어떤가?"

"마피아와의 전쟁에서 돌아가셨다고 합니다. 우연히 히트맨의 자리에 같이 끼여있다가……."

"그 마피아가 누구야?"

"그게…… 보스입니다."

"뭐?"

아이고, 내가 기억 못 하는 것은 환생 이전 파블로 자식이 저지른 사건일 것이다. 티아고를 설득하는 것은 불가능하게 되었다. 아마 나를 원수로 생각할 것이다.

대법원 심판의 날이 다가오고 있다. 현재까지 5대4로 우리가 한 표 뒤지고 있다. 저쪽의 4표는 마르티네즈 가문이라 절대 변동이 없고 티아고가 관건이다. 다행히 여론조사는 점차 수도 이전을 지지하는 분위기로 바뀌고 있다. 보고타와 쿤디나마르카주를 제외한 다른 지역에서는 압도적 찬성이다. 보고타에서도 집이 없거나 중하류 계층도 수도 이전을 찬성한다.

어떤 정치 평론가는 수도 이전을 '콜롬비아 100년 체제의 해체'라고 주장했는데, 지금 상황을 정확히 반영한다. 건국의 아버지 시몬 볼리바르는 콜롬비아 단독의 독립국가를 꿈꾸지 않았다. 5개국 연합 국가 계획이 실패하고 콜롬비아가 단독 국가가 되면서 토지귀족은 성장하는 상공인 계층과 연대해 자유 보수 양당 체제를 만들었는데, 그 토대가 보고타라는 것이다.

이런 이유로 기존 정치권은 점차 수도 이전을 반대하기 시작했다. 자유당은 이제 노골적으로 반대하고, 내 도움에 국회의원이 된 에스코바르 개혁 연대도 점차 수도 이전 반대의 목소리를 내기 시작했다. 이런 마당에 대법원에서 위헌결정이 내려지면 수도 이전은 물론이고 내 정치 생명도 끝날 수 있다.

나베간테가 친위 쿠데타를 일으키자고 주장했지만 그건 나라를 또 다른 내전으로 모는 길이다. 좌익 게릴라가 이미 콜롬비아를 내전 상태로 만들고 있지만 친위 쿠데타는 그런 수준을 넘어설 것이다. 아마 보고타강을 피로 물들일 것이다.

물론 그런 피 정도는 충분히 감수할 수 있지만 그 이후에 경제는 어떻게 될 것인가? 어지러운 내전 상태에 빠진 콜롬비아에 어떤 기업이 투자하겠는가? 고속도로 건설에 필요한 재원은 전쟁비용으로 사용될 것이다.

며칠을 고민해도 결론은 티아고를 설득해야 한다는 것이다. 그를 찾아가고 싶었지만, 사전 요청을 한다면 거부할 우려가 크다. 만약 그가 이걸 언론에 알리면 그나마 여론전에서 우위를 가진 우리에게 치명적일 가능성이 있다.

그냥 직접 전화를 거는 게 그나마 현실적인 대안이다. 그에게 전화를 걸었다. "안녕하십니까? 파블로 에스코바르입니다."

- 혹시…… 대통령이십니까?

"그렇습니다. 갑자기 전화를 드려 죄송합니다. 꼭 하고 싶은 얘기가 있어서 실례를 무릅쓰고 연락드렸습니다."

- 중요한 재판을 앞두고 대통령께서 대법관에게 전화로 영향력을 행사하는 것은 엄연히 불법이라는 것은 아실 텐데요.

"잘 알고 있습니다. 그렇지만 나라를 내전으로 몰고 가기 전 마지막으로 호소하고 싶습니다. 대통령에게는 법보다는 이 나라의 안정과 번영이 더 중요한 과제입니다."

- …….

티아고는 아무 말도 하지 않았다. 그렇다고 전화를 끊지도 않았다. 증거를 남기기 위해 녹음을 하는지 모른다.

"먼저 티아고 대법관님께 사과드립니다. 저 때문에 부모님이 불의의 사고로 돌아가시게 되어 정말 죄송합니다. 제가 의도한 것은 아니라도 하더라도 뭐라고 드릴 말씀이 없습니다."

- 이미 지나간 일입니다. 당신의 하수인은 법의 심판을 받았고 당신도 법망을 잘 빠져나갔는데 굳이 사과할 이유가 없습니다.

"다시 한번 사과드립니다. 다음에 정식으로 그분들의 묘소에 가서 사과드리겠습니다."

- 사과하려고 전화하신 거 아닌 거 다 아니까 말씀하세요. 물론 그렇다고 제 법률적 입장이 바뀔 것이라고는 기대하지 마시기 바랍니다. 저는 당신을 이 나라 대통령으로서 예우하는 것일 뿐입니다.

타아고는 요지부동이었다. 대법원 최후의 수비수라는 별명이 맞다.

"만약 모레 수도 이전 위헌결정이 나오면 저는 가만히 있지 않겠습니다."

- 저는 상관없습니다. 저는 저에게 주어진 소명과 책임을 다할 뿐입니다. 오로지 법과 정의의 관점으로 심판하겠습니다.

"좋습니다. 저도 타아고 대법관님이 법률적 판정을 내릴 것으로 확신합니다. 그러나 만약 비법률적 판단을 내리게 되면 당장 계엄을 선언하고 행동에 나설 겁니다."

- 협박하시는 겁니까? 그래도 소용없습니다. 저는 죽어도 상관없습니다. 오직 진실과 정의에 근거해 판단 내릴 겁니다.

요지부동이다. 이 인간을 어떻게 설득해야 하나?

"대법관님, 저는 과거 온실 속에 자라난 이 나라 대통령들과는 근본적으로 다른 사람이라는 것을 아셔야 합니다. 저는 목적을 위해서라면 지옥을 마다하지 않습니다. 콜롬비아의 통합과 발전을 위해서라면 보고타의 기득권 세력을 쓸어버릴 수 있습니다."

- 지난 대통령 선거 당시 저의 판단이 옳았네요. 저는 파블로 에스코바르가 콜롬비아의 법을 지키지 않을 것 같아 찍지 않았습니다. 지금 얘기를 들어보니 정말 그런 분이라는 것을 확인했습니다.

타아고는 이제 나를 비꼬기까지 했다. 이미 마음이 완전히 돌아선 듯.

"대통령은 대법관이 아닙니다. 법은 과정의 문제이고 대통령에게 가장 소중한 가치는 이 나라의 안정과 통합, 그리고 발전입니다. 이런 점에서 저는 잘했다고 생각합니다. 좌익 게릴라를 나라의 구석으로 몰아넣어 실질적으로 무력화시켰고, 경제는 연간 7퍼센트 성장 중입니다. 그리고 마피아와 깡패가 장악했던 밤거리가 안전해지고 있습니다. 그런데 법원이 정치적 이유로 대통령의 정당한 권한 행사를 가로막는다면 저 또한 저에게 주어진 권한으로 대응하겠습니다."

- 어떻게 대응한다는 말입니까?

"대법원의 권한을 중지하고 국회를 해산하여 국민투표에 부치겠습니다. 그리고 계엄을 실시하여 정치적 혼란을 일으킨 세력에게 철퇴를 가하겠습니다. 보고타강이 피로 물들 것입니다."

- …….

"정말 수도 이전이 나라를 망하게 하는가요? 저는 이미 모든 재산을 국가에 기부했습니다. 저에겐 자식도 아내도 없습니다. 보고타에서 바랑카베르메하로 수도를 옮긴다고 저에겐 무슨 개인적 이득이 있겠습니까? 저는 대법관님이 마르티네즈 가문의 인연과 저의 악연에 얽매이지 않고 정말 법률적 관점에서 심판해줄 것을 호소합니다. 늦은 시간에 전화해 죄송합니다."

타아고가 특별하게 반응하지 않아서 먼저 전화를 끊었다. 이제 그의 양심에 기대하는 수밖에 없다.

재판 때문에 밤새 뒤척거리다가 새벽녘에 간신히 눈을 붙였는데, 전화가 왔다. 불길한 예감이 들었다. 이 시간에 대통령의 잠을 깨우는 전화가 좋은 내용일 리가 없다.

"무슨 일이야?"

- 보스, 큰일 났습니다. 쿠데타가 발생한 것 같습니다.

나베간테가 다급한 목소리로 말했다.

머리가 멍했다. 이틀 전에 발레리아가 전한 가르시아 가문의 동향이 수상쩍다는 얘기가 생각이 났다.

"확실한가?"

- 네. 지금 푸드라(신속배치군)가 나리뇨궁으로 진격하고 있습니다. 육군참모총장도 연락이 되지 않습니다.

푸드라는 콜롬비아 육군의 최고 경보병 공수사단이다. 공중 공격 작전을 전문으로 하는 이 부대는 국경의 어떤 위기에도 신속하게 대응할 수 있는 능력을 갖추고 있는데, 4개 여단으로 구성되어 있다.

"37보병대는 연락이 되나?"

37보병대는 대통령 근위대 대대로 대통령 관저인 나리뇨궁을 보호하는 부대인데, 9개 중대로 구성되어 있다.

- 지금 연락하고 있습니다.

"37보병대장은 즉시 나에게 전화하라고 하게. 국방부 장관은 연락이 되나?"

- 거기도 연락이 되지 않습니다. 제 생각에 사전에 이미 제압당한 게 아닌가라는 생각이 듭니다.

고개를 끄덕였다. 내가 쿠데타를 모의해도 머리부터 제압해놓고 시작했을 것이다.

"통신은 어떤가?"

- 핸드폰은 작동되지 않습니다. 유선전화는 부분적으로 연결이 되고 있습니다.

"누가 쿠데타를 일으켰나?"

- 확실하지 않습니다. 주축은 푸드라인데, 사령관 딜란이 가르시아 가문과 가깝다는 소문이 돌긴 돌았습니다.

지난번 숙군 작업을 할 때 딜란도 해임 리스트에 올랐지만 직접 가르시아 가문과의 연관성은 없는 데다 그의 탁월한 능력을 고려하여 직위를 유지했다.

"국가정보원은 돌아가는 상황을 체크하고 국영방송사를 반드시 확보하게. 국민에게 이 사태를 빨리 알려야 해."

- 알겠습니다. 다시 연락드리겠습니다.

전화를 끊자 밖에서 대포 소리가 들렸다. 동시에 고메즈가 달려 들어왔다.

"파블로, 쿠데타야. 바르카스를 부르게."

"바르카스에게 연락이 가질 않아. 국방부 차관이라도 부르게."

"알았어. 비상 각료회의도 당장 소집하겠어."

"쿠데타가 발생했다는 소식을 알고 국민이 동요하지 말라는 메시지를 빨리 작성해주게. 당장 방송을 통해 이 사실을 알려야 해."

대충 옷을 입고 집무실로 나왔다. 벨라스케스도 금방 일어난 듯 정신없는 옷차림으로 나타났다.

"37보병대장은 어디 갔나? 밖에서 대포 소리가 나는데 대통령궁을 보호한다는 놈은 어디 간 거야? 빨리 확인해보고 여기 37보병대 소장이라도 있으면 데리고 와."

"네, 알겠습니다. 보스!" 벨라스케스가 밖으로 나갔다.

물을 한잔 마셨다. 잠시 생각을 정리했다. 쿠데타라니! 이걸 염두에 두고 정권을 잡자마자 군부부터 정리했는데 뒤통수를 세게 맞았다. 가르시아 가문이 의외로 숙군 작업에 반항하지 않아서 이상하다고 생각했는데 이걸 노리고 있었구나. 이놈들은 후안의 칠순잔치를 핑계로 회합하고 쿠데타를 모의한 것이다.

그런데 하필이면 오늘인가? 내일이 대법원 심판의 날인데, 그 전날에 쿠데타를 감행하는 이유는 뭘까? 머리를 흔들었다. 지금은 누가, 무슨 이유로 쿠데타를 일으켰는지가 중요하지 않다. 이놈들을 어떻게 막아낼지가 더 중요하다. 쿠데타는 이유 여하를 불문하고 명분이 없는 일이다. 국민이 실상을 제대로 알면 절대 가만두지 않을 것이다.

[따르릉!]

비상전화가 울렸다. "무슨 일인가?"

- 보스, 콜롬비아 국영 방송 RTVC가 쿠데타군에 의해 장악되었습니다. 지금 긴급뉴스를 발표하고 있습니다.

나베간테가 다급한 목소리로 상황을 전했다. TV를 켰다. RTVC의 여자 아나운서가 얼어붙은 얼굴로 준비한 성명서를 읽고 있다.

"콜롬비아의 정의와 진실을 위한 애국 군인들이 아드리안 가르시아 준장의 지휘하에 오늘 새벽 헌법을 짓밟는 파블로 정부를 무너뜨리기 위해 총을 들고 거리에 나왔습니다. 국민 여러분은 절대 동요하지 마시고 사태를 지켜봐 주시기 바랍니다. 이미 콜롬비아군은 애국 군인들을 지지하고 있으며 곧 파블로 대통령을 법정에 기소할 것입니다."

아드리안 가르시아 준장은 콜롬비아 북동부 지역을 관할하는 8사단장이다. 이놈이 그 먼 곳에서 보고타까지 어떻게 왔을까? 보안사령부 자식들은 이런 불법을 제대로 감지도 못했을까? 다시 비상전화가 울렸다.

- 각하, 국방부 차관입니다. 바르카스 장관님은 오늘 새벽에 정체를 알 수 없는 무리에 의해 납치당했습니다.

"자네는 당장 전군에 비상을 내리고 절대 반군에 가담하지 말라는 메시지를 전하게. 나는 안전하게 있고 쿠데타군은 한 줌 무리에 불과하다는 점을 분명히 알리게. 그리고 5사단에 당장 보고타로 진격하라고 지시하게."

콜롬비아 중부 지역을 관할하는 5사단은 보고타에서 가장 가까이 있다. 이들은 4개의 보병여단을 움직이는 막강한 전력을 자랑한다.

- 알겠습니다.

문 여는 소리가 들렸다. 벨라스케스가 군복 차림의 장군을 데리고 왔다. 이 와중에도 그놈은 경례했다.

"37보병대 브루노 소장입니다. 대장님과는 연락이 되지 않습니다."

"그놈은 해임이야. 브루노 자네가 이제 37보병대 대장이야!"

"네, 알겠습니다."

"지금 밖의 상황은 어떤가?"

"푸드라는 지금 장갑차를 앞세워 보고타 대교를 넘어 대통령궁으로 진격 중입니다. 이미 헬기 두 대에서 소대 병력이 근처에 내리는 것을 목격하고 교전 중입니다."

"여기를 절대 사수하게. 우리가 여기를 고수하면 시간은 우리 편이야. 지금 5사단이 보고타로 진격하고 있어."

"그렇지만 전력 면에서 차이가 큽니다. 37보병대가 최대한 버티겠지만 하루를 넘기기 힘듭니다. 각하께서는 당장 피신하셔야 합니다."

"나는 도망가지 않아. 죽어도 여기서 죽을 각오야. 자네들도 그런 각오로 임해주게."

"네!"

고메즈가 긴급하게 작성된 성명서를 갖고 왔다. 보태고 뺄 것도 없는 완벽한 문장이다.

"국영방송사는 쿠데타군이 장악했네. 어디에 이 성명을 발표할 생각인가?"

"인터넷에 올려주게. 메일로도 뿌려주게."

"최대한 알리도록 하겠네. 그리고 자네는 나리뇨궁을 빠져나가는 게 좋겠네. 자네가 붙잡히면 우리에겐 희망이 없어."

"도망가서는 안 돼. 나는 절대 붙잡히지 않을 거야. 차라리 여기서 죽을 거야."

"그래." 고메즈는 한숨을 쉬며 동의했다. "헌법을 짓밟는 쿠데타군에게 양보란 있을 수 없는 일이지. 나도 자네와 같이하겠네. 저승갈 때 친구가 필요해. 하하하."

"고마워, 고메즈. 잠시만 기다려줘."

발레리아에게 전화를 했다. 핸드폰이 연결되지 않아 방송국 전화로 간신히 그녀와 통화가 가능했다.

- 파블로, 괜찮아? 이 미친놈의 군인이 콜롬비아를 망치고 있어.

"나는 괜찮아. 발레리아, 부탁이 있어."

- 뭔데?

"지금 국영방송사가 쿠데타군에 의해 장악되었어. 대국민 메시지를 발표해야 하는데 베르다드 방송국은 가능할까?"

- 당연히 해야지. 내가 직접 준비할게.

그녀는 망설임 없이 받았다.

"고마워. 거기는 쿠데타군이 지키고 있지 않나?"

- 이미 들어와 있어. 조금 전에 무장 군인들이 들어와서 주조종실을 통제하고 있어. 지금은 고전 영화만 방송하고 있어.

"그럼 지금 할까? 나는 원고 준비되었어."

- 잠시만. 내가 무장 군인들을 따돌리고 시간을 벌어놓을게. 하다가 중단되면 아니함만 못해.

잠시 뒤, 발레리아에게 전화가 왔다.

- 지금이야. 방송실과 부조종실에 바리케이드를 쳤어. 10분은 버틸 수 있을 거야. 시작해.

나는 전화로 대국민 메시지를 발표했다. "존경하는 국민 여러분! 오늘 새벽 콜롬비아의 헌법 질서를 부정하는 쿠데타가 발생했습니다. 저 파블로는 군의 최고통수권자로서 전군에 비상소집을 내립니다. 지금 모든 군은 헌법 질서를 짓밟는 쿠데타군에게 대항해야 하며, 예비군은 집결지에 모이고 휴가나 외부에 나간 군인은 원대 복귀하여 쿠데타군과 싸울 것을 명령합니다. 저는 나리뇨궁에서 절대 물러나지 않고 싸우겠습니다. 시간은 우리 편입니다. 이미 보고타 방위를 책임지는 5사단이 움직이고 있습니다 ……."

수화기 너머로 총소리가 들렸다. 아마 방송국을 장악한 군인들이 나의 메시지가 방송되는 것을 보고 중단시키기 위해 방송실에 난입하는 모양이다. 빨리 방송을 마쳐야 한다.

"미국도 불법적인 쿠데타를 용서하지 않겠다는 메시지를 저에게 보냈습니다. 국민 여러분도 거리로 나와주셔서 애국 콜롬비아군을 지지해주시고 쿠데타군에게는 일체의 도움도 거부하시기 바랍니다. 슬픔도 노여움도 없이 살아가는 자는 조국을 사랑하고 있지 않습니다……."

[탕탕탕]

"악!"

총소리가 나고 비명이 들렸다. 그리고 전화가 끊어졌다.

"고메즈, 방송은 나갔어?"

"기적적으로 방송이 나가고 나서 전원이 나갔어. 아마 쿠데타군이 전력시설을 장악하고 보고타시의 전원을 내렸을 거야. 여기는 UPS(무정전전원장치)로 간신히 돌아가고 있어."

"그래도 다행이다. 이제 내 메시지를 전했으니 군이 그냥 항복하는 사태는 없을 거야."

"그런데…… 정말 미국이 자네에게 메시지를 보냈나?"

"아니, 아직 받은 것은 없어. 그렇지만 민주주의 국가인 미국이 불법 쿠데타를 인정하지는 않겠지? 하하하."

"아니야, 인정한 경우도 많아. 칠레의 피노체트 쿠데타도 미국이 인정했어. 한국의 전두환 쿠데타도 미국의 최종 승인을 받았는데, 콜롬비아라고 안 할 리가 없지. 쿠데타가 성공만 한다면."

"몰라. 지금은 어찌 되었든 국민에게 희망적인 메시지를 보내야지. 당장 미국이 그런 말 한 적 없다고 부정하지는 않을 거야."

"파블로, 자네는 괴짜야. 목적을 위해서라면 무엇이라도 하는 마키아벨리스트이고."

"마약왕이 되어 봐. 뭐든지 할 수 있어."

우리가 잠시 여유 있는 대화를 나누고 있는데 벨라스케스가 뛰어 들어왔다. 동시에 나리뇨궁에 떨어진 대표와 기관총 소리가 울려 퍼졌다.

[쾅!]

[타타타탕!]

"보스, 쿠데타군이 바로 앞에까지 쳐들어왔습니다."

"총을 줘. 나도 나가 싸울 거야. 이놈들에게 전투라는 게 뭔지 보여주겠어."

"나도 총을 줘. 정글에서는 내가 명사수였어." 고메즈가 맞장구를 쳤다.

우리 두 사람이 총을 들고 밖으로 나가려고 하자 벨라스케스가 가로막았다. "두 분은 절대 나가시면 안 됩니다. 만에 하나 사고라도 나면 쿠데타 세력에 좋은 일만 시키는 겁니다. 여기 남아서 지휘해주십시오."

"벨라스케스 말이 맞네. 싸움은 젊은 애들에게 맡기고 우리는 쿠데타 이후 정국을 구상해보자." 고메즈가 총을 내려놓으면서 말했다.

두 사람의 말이 맞다. 우리가 나가서 싸운다고 상황이 크게 바뀌는 것은 없다. 오히려 다치거나 죽으면 쿠데타는 성공하게 된다.

총을 내려놓았다. 대기하고 있던 여비서가 커피를 들고 왔다. 뜨거운 커피를 마시며 이성을 되찾았다.

"나는 이해가 안 되는 게, 내일이 대법원 심판의 날이잖아. 지금 상황으로는 6대3으로 수도 이전이 위헌으로 결정될 텐데, 왜 하필 오늘 무리하게 쿠데타를 감행했을까?" 고메즈가 물었다.

"대법원이 정신 차려서 법리대로 결정한다면 쿠데타 명분이 사라지는 것을 우려했을 가능성이 커. 위헌이라면 쿠데타를 감행할 이유가 없어."

"기득권을 대변하는 대법원이 그런 정의의 심판을 내렸을까?"

순진한 고메즈는 내가 벌인 추잡한 작업을 모른다.

"나라를 혼란으로 몰아넣어 큰 손해를 보는 것보다 자신이 조금만 손해 본다고 생각하면 정의로운 판단을 내릴 수 있어."

"그런가? 이번 쿠데타를 주도한 가르시아 가문은 어떻게 모의를 했지?"

"가르시아 가문의 가주인 후안이 칠순잔치를 핑계로 역적모의를 한 것으로 보여. 그들의 뿌리는 우리가 생각한 이상으로 깊고 단단해. 그러나 분명한 것은 가르시아 가문 단독으로 이 쿠데타를 조직한 것은 아니야. 로페즈 가문과 사법부의 마르티네즈 가문도 쿠데타 연판장에 도장을 찍었을 거야. 지난 한 주 동안 《엘파이스》의 논조를 보게. 수도 이전은 위헌이라는 말도 안 되는 주장이 신문 지면의 반 이상을 차지했어. 그건 마르티네즈 가문으로부터 대법원 정보를 받았기 때문에 가능한 거야."

"진짜 이 나라 기득권 세력은 자신들밖에 몰라. 나라가 마약과 좌익 게릴라로 지옥이 되어도 절대 자신의 이익을 포기하지 않아."

"자신의 욕심만 채운다고 그들만 비난할 수 없어. 그런 한 줌 기득권 세력을 청산하지 못하는 정치와 국민이 반성해야지. 만약 이번 쿠데타를 제압할 수 있다면 콜롬비아 정치는 완전히 달라질 거야. 토지에 바탕을 둔 구체제가 붕괴하고 산업화를 배경으로 하는 새로운 체제가 등장하는 거지. 그렇지만 나는 새 시대의 첫차가 아니라 구시대의 막차가 될 거야. 구태와 잘못된 관행을 깨끗하게 청산하여 다음 정권이 다시는 이런 진흙탕 길을 걷지 않게 만들어 줄 거야."

"하하하. 새로운 정권을 맡은 사람은 파블로 덕분에 좋겠네. 이 악몽 같은 시대를 겪지 않으니까." 고메즈는 밝은 미소를 띠며 웃었다.

보고만 있어도 사람을 행복하게 만드는 이 친구가 다음 정권을 맡아주면 어떨까 하는 생각이 들었다.

문이 열렸다. 나베간테가 뛰어 들어왔다. 밖에는 여전히 대포와 총소리가 난무했다. "보스, 여기를 피하셔야 합니다. 저놈들이 나리뇨궁 안으로 진격했습니다."

"어디로 가야 하나?"

"제2부속실이 좋겠습니다. 놈들이 거기까지 오기는 쉽지 않습니다. 저격여단이 그쪽에 대기하고 있습니다."

"그래. 당장 옮겨! 우리는 5사단이 올 때까지 버티면 되는 거야!"

경호원, 비서들과 함께 본래 영부인 거처인 제2부속실로 옮겼다. 거기로 가기 위해서는 나리뇨궁의 조그마한 건물들을 지나야 하는데, 이미 저격부대가 배치되어 있다.

[두두두두]

헬기 한 대가 우리를 보고 따라왔다.

[타타타탕]

"으악!"

기관총이 발사되었다. 마지막으로 따라오던 여비서가 총을 맞았다. 저격부대가 헬기를 향해 기관총을 발사했다.

[타타타탕]

헬기가 겁을 먹고 도망갔다. 그사이 고메즈가 부상을 입은 여비서를 업고 왔다.

"지체 말고 당장 이동해. 다시 헬기가 날아올지 몰라." 고메즈가 소리치며 일행을 지휘했다. 사람은 과거 직업을 속일 수 없다.

제2부속실로 들어온 우리는 바리케이드를 쳤다. 적들이 저격부대를 돌파하고 여기에 들어오더라도 쉽게 진입하지는 못할 것이다.

나베간테가 무전기를 바꾸어주었다.

- 37보병대의 브루노 대장입니다.

"지금 상황은 어떤가?"

- 37보병대가 최대한 버티고 있습니다. 다행히 지금 적들이 헬기 위주 공습부대라서 시간을 끌고 있습니다. 문제는 이들을 뒤따르는 탱크부대가 나타나고 있습니다. 5사단이 몇 시간 안에 나타나지 않으면 나리뇨궁이 점령되는 것은 시간문제입니다.

"5사단은 지금 최대한 빠른 속도로 여기를 달려오고 있어. 힘들지만 조금 더 버텨보게."

- 알겠습니다.

그렇지만 시간이 지날수록 상황은 악화되었다. 5사단이 어디까지 와 있는지도 확인이 되지 않았다. 국방부 장관과 참모총장이 유고하는 바람에 통신과 명령 계통이 죽어버렸다. 그 사이 헬기에서 내린 특수부대원이 저격부대를 간신히 진압하고 제2부속실로 들어오기 시작했다. 고메즈의 지휘하에 경호원들과 심지어 비서들까지 나서 그들과 교전했다.

[탕탕탕]

"으악!"

바리케이드를 앞에 둔 시가전에서 벨라스케스가 빛나는 활약을 했다. 그는 사방을 날아다니면서 특수부대원들을 사살했다. 그렇지만 눈이 먼 총알을 피할 수 없었다.

[탕탕탕]

벨라스케스가 쓰러졌다. 나는 총알을 피해 그에게 달려갔다. "벨라스케스, 괜찮아?"

"괜찮습니다. 보스, 빨리 이 자리를 피해야…… 합니다. 죽으면 무슨 …… 소용인가요?"

"그런 걱정하지 말고 자네나 살아날 생각을 해."

나는 총에 맞은 그의 다리와 팔을 지혈했다. 여기서 버티는 것도 이제 거의 한계에 도달했다. 그 순간 멀리서 헬기들이 이쪽으로 날아왔다. 아, 이제 정말 끝이라는 생각이 들었다. 그런데 헬기는 우리가 아니라 푸드라를 향해 총과 폭탄을 날렸다.

[다다다탕!]

[쾅!]

"으악!"

푸드라를 쫓아내고 헬기가 공터에 착륙했다. 로베르트가 손을 흔들며 소리쳤다. "파블로, 걱정하지 마! 우리가 왔어!"

사무라이 시카리오가 극적으로 우릴 구출하러 온 것이다. 푸드라가 아무리 특수군이라고 하더라도 죽음의 현장에서 수많은 경험을 쌓은 사무라이 시카리오와는 전투력에서 대적이 되지 않는다.

"형님! 어떻게 알고 왔습니까?"

"쿠데타가 발생하자마자 나베간테에게서 연락이 왔어. 애들을 소집하고 헬기를 대기하고 있었지만 어디로 출동하는지 몰라서 지체하다가 적들의 무전을 도청했지. 그건 내 전문이니까. 하하하. 그래서 때맞춰 날아온 거야."

"감사합니다. 덕분에 살았습니다. 그렇지만 적의 공격이 끝나지 않았습니다. 우리는 5사단이 올 때까지 여기를 지켜야 합니다."

"그런 것 같지는 않아. 저기 함성이 들리지 않나?"

"네?"

"지금 보고타시민이 다 들고일어났어. 쿠데타에 반대하는 대대적인 시위가 벌어지고 있어. 그래서 탱크도 여기를 진입하지 못하는 거야."

그동안 생사를 오가는 전투 때문에 들리지 않던 목소리가 바람에 실려 왔다. 그 소리는 점점 더 커졌다.

"쿠데타 세력은 물러가라!"

"파블로 대통령 만세!"

"콜롬비아 민주주의 만세!"

가슴이 울컥했다. 아침에 급하게 방송을 보낸 게 효과를 발휘한 것이다. 고메즈가 무전기를 들고 왔다. "브루노 대장이 급하게 찾네."

- 각하, 우리가 이겼습니다. 푸드라가 항복했습니다. 탱크는 시위대에 갇혀 꼼짝달싹하지 못하고 있습니다.

"위대한 콜롬비아 국민의 승리야. 빨리 쿠데타군의 무기를 회수해 치안을 안정시키게. 항복하면 살려주고 반항하면 용서 없이 진압해!"

무전기를 내려놓고 고메즈에게 말했다. "5사단이 올라오기 전에 상황이 정리되어서 천만다행이야. 만약 내전이 벌어졌더라면 보고타는 피에 젖은 땅이 되었을 거야. 고메즈, 대국민 성명을 작성해주게. 쿠데타는 실패했다. 위대한 콜롬비아 국민과 민주주의의 승리라는 것을 강조해주게."

"파블로, 정말 이 기분 뭐라고 말할 수가 없네. 콜롬비아 국민이 이 나라를 살렸어."

푸드라가 항복함으로써 쿠데타는 실패로 돌아갔다. 보고타시 입구까지 진격한 5사단은 다시 본거지로 돌아갔다. 적들에 의해 감금되었던 국방부 장관과 참모총장은 복귀했다.

나베간테와 국군 보안사령부는 쿠데타 주도 세력 체포에 돌입했다. 푸드라의 딜란이 체포되었지만 후안 가르시아와 아드리안 가르시아는 자살했다고 한다. 쿠데타에 조금이라도 가담한 자들에게는 예외가 없었다.

대국민 성명을 발표하고 내각회의를 열었다. 국민의 동요를 불러일으키는 세력에 대해 단호한 조치를 주문했다. 그리고 어지러운 사회 분위기와 시장의 불안을 잠재우기 위해 식품 창고를 개방했다.

몇 개의 회의를 끝내고 잠시 쉬고 있는데, 메데인 출신 대법관에게서 전화가 왔다.

- 각하, 제가 빨리 보고를 드리려고 했는데 그동안 상황이 여의치 못했습니다.

"괜찮습니다. 내일 대법원 심판은 어떻게 되겠습니까?"

- 지금 분위기라면 만장일치로 기각될 것으로 보입니다.

"쿠데타 실패 때문인가요? 만약 그런 일이 없었더라면?"

- 그래도 기각될 예정이었습니다. 티아고 대법관이 합헌으로 입장을 바꾸었기 때문입니다.

이제야 쿠데타가 오늘 갑자기 발생한 이유가 납득이 되었다. 딥스테이트는 대법원 판결을 사전에 입수하고 명분을 빼앗기지 않기 위해 오늘 새벽에 쿠데타를 감행한 것이다.

"그동안 수고 많았습니다. 쿠데타는 마르티네즈 가문과 밀접한 관련이 있습니다. 사법부 안에서 이들 가문과 직간접적으로 연결된 검사와 판사 명단을 작성해주시기 바랍니다. 이 기회에 사법부 적폐를 청산하겠습니다."

결국 이번 쿠데타의 주도 세력은 예상대로 이 나라의 딥스테이트이다. 이제 이들 토지귀족의 잔재를 콜롬비아에서 깨끗이 몰아내야 한다.

나베간테가 조심스럽게 다가왔다. "보스, 드릴 말씀이 있습니다."

"뭔가?"

"발레리아가······."

가슴이 덜컥했다. "그녀가 다쳤는가?"

"······ 쿠데타군에 살해당했습니다."

"뭐라고? 정말인가?" 나베간테가 고개를 끄덕이자 나는 주저앉았다.

발레리아의 죽음 이후 며칠을 자지도 못했다. 옆에서 그녀의 죽음을 목격한 비서는 죽기 전에 그녀가 남긴 메시지를 전해주었다.

"파블로, 당신의 소망이 꼭 이루어지기를 빌게."

내 소망이 뭐라고 자신이 죽어가면서까지도 빈다는 말인가? 발레리아를 생각하면 항상 그녀의 눈이 떠오른다. 호기심이 잔뜩 들어있는 반짝이는 그녀의 눈은 늘씬한 키나 흑발 등 다른 매력을 압도한다. 놀람, 공감, 안타까움, 사랑, 상처 등의 감정을 시시각각 그 눈동자 속에서 발견할 수 있었다. 그녀가 가장 인터뷰하고 싶은 언론인이 된 이유가 바로 이 눈동자에 있다. 그녀 앞에 서면 사람들은 무엇보다 편안함을 느끼며, 그녀가 자신의 진심을 전달해주리라 생각한다. 그녀는 타고난 언론인이었다.

발레리아는 나의 정체를 알았을까? 한번은 그녀가 "파블로, 가끔 당신이 낯설게 느껴져. 마약왕이 아니라 그냥 평범한 남자 같아."라고 말한 적이 있다. 그 후 나는 정체를 숨긴다고 그녀를 의도적으로 멀리했다. 그게 두 번, 세 번 반복되다 보니 그녀가 부담스럽게만 느껴졌다.

내가 그렇게 거리를 두었음에도 그녀가 내 옆에 있었던 이유는 '마약왕을 빈민가의 정치인'으로 만들려는 기획이 착착 진행되었기 때문일 것이다. 그녀의 기획대로 나는 콜롬비아의 대통령이 되었다. 이것이 그녀가 내가 거리를 두었음에도 내 옆에 남아 있었던 이유다.

그녀에겐 꿈이 있었다. 범죄와 테러로부터 안전한 콜롬비아, 번영하는 콜롬비아, 그리고 메스티소든 백인이든 흑인이든 아메리카 원주민이든 차별받지 않고 서로 화합하는 콜롬비아를 만들겠다는 소망. 그녀에게 파블로는 연인이상의 비즈니스 파트너, 아니 동지였다.

발레리아 죽음의 충격을 딛고 국무회의를 열었다. 쿠데타 기도 세력에 대한 처벌과 부패 방지를 위한 새로운 법안을 만들기 위해서다. 국무회의에 새로 임명된 인물들이 많이 들어왔다. 쿠데타 관련 인물이나 업무 능력이 떨어지는 사람들을 쫓아내다 보니 거의 개각 수준의 인사가 있었다.

바르카스가 쿠데타 관련자들의 처리를 발표했다. "먼저 쿠데타 세력의 인질이 되어 정부의 부담이 된 제가 그만두는 게 순리이지만 각하의 명령을 받고 군 인사를 처리했습니다. 이번 쿠데타를 주도한 가르시아 가문의 핵심인사는 자살하였지만, 그 관련자들은 전부 구속하였습니다. 이들은 법에 따른 엄격한 처벌을 받을 것입니다."

"좋습니다. 하지만 사람만 처벌해서는 안 됩니다. 군 내에서 다시는 사조직이 공조직을 우롱하는 그런 사태가 발생해서는 안 됩니다. 제도적으로 군의 독립과 인사의 공정성이 유지하는 법안을 제출해주시기 바랍니다." 내가 덧붙였다.

법무부 장관이 손을 들고 발언했다. "법원 내에서도 마르티네즈 가문에게 자리를 보전받은 검찰과 판사에 대해 인사상의 불이익을 줄 생각입니다. 이미 검찰총장은 경질되었고 정치 판사들의 보직을 연구직으로 전환했습니다."

"잘하셨습니다. 앞으로 법원도 다른 임명직과 마찬가지로 탄핵과 소추의 대상이 된다는 것을 보여주십시오. 미국 판사는 실적이 부족하거나 부적절한 재판으로 연간 5퍼센트 이상 재임용을 받지 못하는데 우리 콜롬비아는 그런 사례가 없다는 게 말이 되나요?"

"네, 그런 제도를 연구해서 적용해보도록 하겠습니다."

마음 같아서는 무능하고 부패한 검찰과 판사 전부를 갈아엎고 싶지만 지금 우리는 혁명을 하는 게 아니다. 총부리를 거꾸로 든 쿠데타 세력과 달리 법원은 스텝 바이 스텝으로 나가는 수밖에 없다.

새로 임명된 문화부 장관이 손을 들고 발언했다. "이번에 쿠데타를 노골적으로 지지하고 조장한 언론사들을 폐간할 예정입니다. 특히《엘파이스》는 쿠데타군과 내통한 흔적이 있어 가장 먼저 폐간 조처를 내렸고, 관련자들을 법무부에 고발했습니다."

"헌정 질서를 부정한《엘파이스》의 폐간은 당연합니다. 그리고 쿠데타군의 동정을 그렇게 빨리 보도한 것은 사전 내통이 있었기 때문입니다. 법무부 장관은 이런 점을 고려하여《엘파이스》의 경영진을 확실하게 조사하시오. 그

뿐만 아니라 사주라는 지위를 악용하여 경영진에게 반란을 사주한 로페즈 가문과의 관련성도 밝혀내야 합니다."

"네, 알겠습니다." 법무부 장관이 대답했다.

"그리고 국세청장은 막대한 부동산 세액을 탈루한 혐의가 있는 로페즈 가문을 철저하게 조사하여 조세정의를 보여주십시오. 서민들이 한푼 두푼 받는 월급에는 세금이 빠지지 않지만, 현금으로 받는 임대료는 제대로 신고된 것이 없지 않습니까?"

"네, 그렇지 않아도 최근 로페즈 가문의 탈세 제보가 쏟아지고 있습니다. 철저하게 조사하겠습니다." 국세청장이 굳은 얼굴로 답변했다.

"지금 대통령께서도 지적하셨지만, 콜롬비아 비즈니스의 가장 큰 걸림돌은 인프라 부족과 부정부패입니다. 인프라 부족은 동서남북 고속도로 건설사업과 신수도 이전을 통해 어느 정도 진행되고 있지만 부정부패 문제는 여전히 우리의 발목을 붙잡고 있습니다. 콜롬비아는 부정부패로 인해 GDP의 약 2퍼센트의 손실을 보고 있으며 국민 중에 부정부패를 경험한 비율이 90퍼센트에 달합니다. 특히 콜롬비아 정부기관의 부패위험도가 약 46퍼센트로 심각한 상황입니다. 그래서 특단의 조치가 필요합니다." 대통령 비서실장인 고메즈가 부정부패 문제를 제기했다.

법무부 장관이 손을 들고 말했다. "대통령께서 취임 초기 부정부패를 잡기 위해 경찰공무원을 재임명하고 급여를 두 배나 올려주었음에도 이런 참담한 결과가 나온 것에 대해 송구스럽게 생각합니다. 저는 부정부패 관련 공무원에 대한 과감한 처벌이 필요하다고 봅니다. 뇌물 액수에 따른 가중 처벌과 부패 관련 범죄에 관해서는 조건부 사면이나 집행유예와 같은 범죄자에게 유리할 수 있는 조건을 적용하지 못하도록 하는 게 필요합니다."

"그렇습니다. 나아가 앞으로 뇌물공여를 시도하는 사람을 정부 입찰에서 20년간 배제하고, 정부 공무원이 재임 시 맡았던 업무와 연관된 업종에 2년간 취직을 제한하는 조치가 필요합니다." 고메즈가 내용을 보충했다.

부정부패는 많이 겪어서 잘 알고 있다. 이게 한쪽만 처벌한다고 되는 일이 아니다.

"좋은 제안입니다. 여기에 추가하고 싶은 게 있습니다. 부정부패를 공무원만의 문제라고만 생각하는데 주는 놈도 문제입니다. 뇌물을 주는 게 부담스러운 사회가 되어야 합니다. 앞으로 뇌물 시도에 대해 공무원이 자진신고하면 그 액수만큼 공무원에게 보상하세요. 뇌물 공여죄를 강화하세요. 함부로 돈 주면 패가망신한다는 것을 보여주어야 합니다."

모두 굳은 표정이다. 오늘 국무회의를 통해 군, 법원, 공무원 사회에 변화가 몰아칠 것이다. 콜롬비아 사회를 변화시키려면 공무원부터 깨끗하고 능력을 갖추어야 한다. 아무리 법이 좋아도 법을 집행하는 인간이 썩어 있다면 제대로 법이 실행되겠는가?

"뇌물을 주는 것이 거래비용보다 훨씬 높게 하자는 각하의 생각에 전적으로 동의합니다. 그렇지만 신속하고 투명한 법 처리가 되지 않아 할 수 없이 급행료 등의 명목으로 뇌물을 주는 게 콜롬비아에 너무 흔합니다. 뇌물을 줄 수밖에 없는 제도나 법률을 바꾸지 않으면 오히려 국민의 불만이 터져 나올 겁니다." 국가기획처의 마테오가 의견을 제시했다.

"좋은 제안입니다. 당장 회사를 설립해야 하는데 공무원이 이 핑계 저 핑계로 도장을 찍어주지 않으면 급행료를 내서라도 일을 처리하고 싶은 게 사람의 심리입니다. 그래서 부정부패 문제는 투자환경과 밀접한 관련이 있습니다."

이 분야는 외국에서 수많은 투자를 진행한 나의 전공이다. 일사천리로 진행했다. "지금 세계은행에서 Doing Business 지수를 발표하고 있습니다. 우리 콜롬비아는 창피하게도 지금 전 세계에서 92위라는 참담한 수준입니다. 앞으로 3년 동안 30위 안에 들 수 있도록 콜롬비아 투자환경을 바꾸어 나가겠습니다. 마테오 처장이 책임지고 이 문제를 맡아주시기 바랍니다."

"네?" 그렇지 않아도 고속도로 만든다고 정신없는 마테오는 뜻밖의 일을 떠맡아 울상이다.

"각하, 지금 건설현장에 사람이 없어서 곤란할 지경입니다. 10만 공병단이 도움이 되고 있지만 신수도 건설에 투입할 인력이 절대 부족합니다." 신수도 건설을 책임지고 있는 고메즈가 하소연했다.

신수도 볼리바르는 이제 토지 작업을 시작해야 한다. 늪을 메우고 도로를 놓고 공공시설을 만들기 위해서는 대규모 인력이 동원되어야 하는데 고속도로라는 대규모 토목사업 때문에 차질이 발생하고 있다.

비상한 시기에는 비상한 방법을 사용해야 한다. "법무부 장관, 지금 콜롬비아 교도소의 수용 실태는 어떻습니까?"

"지금 교정시설의 과밀화가 심각한 문제입니다. 부정부패 관련 사범과 강력한 치안 대책으로 6인실에 10명이 수용되고 있습니다. 이에 따라 기본적인 인권 침해뿐만 아니라 수용자 간 범죄, 재사회화를 위한 교정 처우 어려움, 교도관의 업무부담이 가중되고 있습니다." 법무부 장관이 답변했다.

"그러면 전국 교도소에서 2만 명 정도 뽑아서 신수도 건설에 투입합시다. 대신 이들에게는 최저임금을 주는 인센티브를 제공하는 것입니다. 그러면 몇 년 현장에서 일하면 출소할 때 목돈을 만질 수 있을 겁니다."

"2만 명이나 외부에서 일하게 되면 관리가 힘들지 않겠습니까?" 법무부 장관이 물었다.

"장관님은 바랑카베르메하에 가보지 않았죠?"

"네, 그렇습니다."

여기 각료 중의 절반 이상은 바랑카베르메하에 가보지 않았을 것이다. 보고타에서 바랑카베르메하까지 거리는 430킬로미터밖에 되지 않지만, 자동차로 이동하려면 10시간이나 걸린다. 지금 이 구간도 고속도로 건설이 한창인데, 5시간까지 줄일 예정이다.

"바랑카베르메하에서 다른 지역으로 이동은 쉽지 않습니다. 도로와 다리만 잘 장악하면 빠져나갈 길이 별로 없습니다. 그리고 죄수 노동은 형기가 5년 이하로 남은 경범죄자들만 시키세요. 이들이 굳이 탈옥할 이유가 없습니다."

"아, 그렇군요."

"고메즈 비서실장은 오늘 국무회의에서 논의된 내용을 정리하여 당장 실행 가능한 조치는 행정명령을 내리고 입법이 필요한 것은 의회와 협조하여 신속하게 통과시키기 바랍니다."

"네, 알겠습니다."

정부 안에서 내 앞을 가로막는 장애물이 없다 보니 개혁 과제는 시원하게 추진되었다. 의회도 법원도 쿠데타를 막아낸 내 앞에 바짝 엎드리고 있다.

회의를 끝내고 가려는 데 재무부 장관이 면담을 신청했다. 표정이 좋지 않다.

"무슨 일인가?"

"큰일 났습니다. IMF 감독관이 눈치챈 것 같습니다."

지금 콜롬비아의 대역사는 돈이 있어 하는 게 아니다. 국가재무제표를 속여 몰래 돈을 찍어내면서 하는 사업이다. 이게 들키면 이 정권도 끝난다. 어떻게 알았지? 자식이 생각보다 똑똑하네.

나베간테를 불렀다. "지난번에 IMF 감독관 도미니크 칸을 작업하라고 시켰는데 성과가 있나?"

"문제가 있습니다. 이놈이 곳곳에 바람을 피우고 다니는 바람에 작업이 되지 않았습니다. 하나 건진 게 있긴 있습니다."

"어떤 거야?"

"말보다는 이 테이프를 보시는 게 이해가 빠를 겁니다."

나베간테가 비디오테이프를 돌렸다. 고급 호텔 스위트룸에 미모의 여성 객실 청소원이 청소하러 들어왔다. 마침 샤워를 마치고 몸에 아무것도 걸치지 않은 채 욕실에서 나오던 도미니크 칸은 이 여자랑 뭔가 말을 나누었다. 여자가 옷을 벗고 둘이 사랑을 나누다가 여자가 돌연 도미니크 칸을 뿌리치고 방을 빠져나왔다. 도미니크 칸은 서둘러 옷을 입고 호텔을 빠져나갔는데 얼마나 급했는지 휴대전화와 소지품을 남기고 방을 빠져나갔다.

"둘이 뭐라고 대화한 거야?"

"여자가 말하기를 도미니크 칸이 5백 달러를 제안했답니다. 그녀는 자기는 몸 파는 여자가 아니니까 그런 말 하지 말라고 거부했는데 강제로 자신을 추행했다는 겁니다."

"아니, 여자가 먼저 옷을 벗지 않았나?"

"그녀는 비디오테이프가 있는 것을 모릅니다."

"그 여자는 어디에 있나?"

"마이애미로 이주했습니다."

"어떻게 그게 가능해? 보고타의 호텔 청소부가 미국으로 이주하다니!"

"그건 잘 모르겠습니다. 조사해보겠습니다."

"제대로 확인해봐!"

"네, 알겠습니다."

뭔가 이상하지만 지금 그런 거를 따질 때가 아니다. 곧 IMF 총회가 워싱턴 D.C.에서 열린다. 여기서 도미니크 칸이 콜롬비아 정부의 회계부정을 터뜨리면 돌이킬 수가 없다. 말을 안 들으면 이 비디오테이프라도 들고 그놈 입을 막아야 한다.

마침 쿠데타 이후 외교관을 위한 파티가 나리뇨궁에서 열렸다. 도미니크 칸도 당연히 초대되었다. 나는 기조연설을 끝내고 주요 외교 인사를 만나며 파티를 즐기는 척했다.

중국 대사가 거머리처럼 달라붙어서 고속도로 공사에 참여시켜달라고 졸랐다. 자기들이 돈을 싸 들고 오겠다는 것이다. 대신 장비나 공사장 인부도 자국민으로 채워달라는 조건을 내걸었다. 이게 당장은 싸게 먹히지만, 결국에는 중국 놈들만 좋은 일 시키는 것이다. 수많은 일자리를 창출하는 토목공사에 콜롬비아인을 써서 실업률을 낮춰야하는데 중국인을 쓴다는 것은 말이 안된다. 특히 중국놈들은 콜롬비아에 자국산 장비와 자재는 물론이고 물까지도 들고 들어올 가능성이 크다.

파티장에서 도미니크 칸의 행적을 조용히 보니 주로 젊은 대사 부인들 꽁무니만 쫓아다닌다. 타고난 호색한이다. 샴페인을 들고 조용히 그의 자리로 갔다.

"도미니크 칸 박사, 오늘따라 얼굴이 더 좋아 보입니다. 여기 레이디들이 전부 박사님만 보고 있어요. 하하하."

"아닙니다. 저는 유부남이라서 인기가 없습니다. 싱글인 대통령을 보는 레이디들의 눈빛이 심상치 않습니다."

만만치 않은 놈이다.

"이제 겨우 죽다가 살아났는데 딴 데 관심을 돌릴 여유가 없어서 양보하겠습니다. 요즘 하시는 일은 어떤가요?"

"그렇지 않아도 대통령께 물어보고 싶은 일이 있었는데 마침 잘되었습니다. 앉아서 얘기 좀 해도 될까요? 내용이 깁니다."

"그럽시다."

우리 두 사람은 파티장 뒤편으로 자리를 옮겼다. 벨라스케스에게 다른 사람은 접근하지 말라는 신호를 보냈다.

"제가 최근 콜롬비아 정부 회계에서 이상한 점을 발견했습니다. 돈의 지출은 엄청나게 늘어났는데 정부 부채는 거의 증가하지 않았습니다. 그래서 재무부 장관에게 정부 재무제표 제출을 요구했는데 아직 자료를 받지 못했습니다."

"아, 제가 지시하겠습니다. 그놈이 왜 박사님의 권한을 무시하는지 혼내겠습니다."

IMF 감독관은 정부 재무제표를 볼 권한이 있다. 나는 속으로 재무부 장관 새끼를 욕했다. 내가 날밤을 새워서 장부를 조작해놓았는데 왜 그걸 숨겨서 이런 의심을 불러일으킨다 말인가! 잘라야겠다.

"콜롬비아 정부가 뭔가 숨기는 게 있는 거 아닌가요?"

"우리 정부는 투명합니다. 지금 부패와의 전쟁을 벌이고 있는데 정부가 그런 일을 하지는 않습니다." 시치미를 뗐다.

"제가 대략 파악한 것만 해도 콜롬비아 정부는 약 1조 페소를 고속도로 공사에 사용하고 있습니다. 이는 재정적자가 이미 5퍼센트를 넘어선 것으로 추정됩니다. 하반기 지출을 고려한다면 올해는 10퍼센트 이상 적자가 불가피합니다. 그러면 IMF의 공여 조건을 콜롬비아 정부가 위반한 것입니다."

이놈이 스탠퍼드 경제학 박사는 맞기는 맞는 모양이다. 입학이 어려워서 그렇지 설렁설렁 졸업시키는 하버드 경제학 박사와는 수준이 다르다.

의심을 갖고 정부 재무제표를 꼼꼼히 보면 조작은 발각되기 어렵지 않다. 다시 속으로 재무부 장관 새끼를 욕했다. 정공법을 택하기로 했다. 이왕 드러날 거 먼저 선수를 치는 것이다. 이게 안 먹히면 비디오테이프로 공격할 생각이다.

"도미니크 칸 박사님은 크루그먼 교수의 제자로 알고 있습니다."

"그렇습니다. 그분을 아세요?"

"제가 전직 마약왕이라고 세계적인 경제학자를 모른다고 생각하십니까? 하하하."

"죄송합니다. 각하를 비하하려고 한 말이 아닙니다."

"괜찮습니다. 한가지 질문이 있습니다. 크루그먼 교수님은 인플레이션에 대해 어떻게 가르쳤습니까?"

"네?"

도미니크 칸의 눈이 커졌다. 설마 전직 마약왕과 대화하면서 경제학의 가장 핵심 주제인 인플레이션 문제를 논의할 것이라고는 생각도 못 했기 때문이다.

도미니크 칸은 목이 마른 지 물을 마셨다. "크루그먼 교수님은 인플레이션을 유발하는 요인은 인플레이션에 대한 우려라고 보고 계십니다. 1970년대 인플레이션 경험 때문에 정부가 재정지출을 줄이는 것은 옳지 못하다고 생각하십니다."

"역시 세계적인 경제학자는 보는 눈이 다르군요. 저도 그분의 의견에 동감합니다. 경기가 침체되었을 때, 혹은 경제외적인 사정으로 소비가 침체되었을 때는 정부가 먼저 나서서 돈을 써야 합니다. 지금 콜롬비아는 마약과의 전쟁이나 쿠데타 후유증으로 가계나 기업이 소비를 극도로 주저합니다. 그러면 정부가 나서 투자를 하는 게 맞지 않습니까?"

"그렇습니다. 경제학 교과서에서는 그렇게 가르칩니다."

도미니크 칸은 안경을 들어 올렸다. 마약왕 출신이라고 무식할 줄 알았는데 경제적 식견이 풍부했다. 영어도 생각보다 너무 유창했다.

내가 그래도 한때 잘나가던 국제 비즈니스맨이다. 세계 경제동향을 계속 주시하고 미국 연준이나 투자은행의 보고서를 해마다 정독한 사람이다.

"콜롬비아는 가진 자원에 비해 인프라가 절대 부족한 국가입니다. 특히 교통 물류가 이 나라 발전을 가로막고 있어요. 그래서 제가 지금 빚을 내서 고속도로 건설에 나서고 있습니다."

"그렇지만 IMF의 차관을 받는 상황에서 당초 약속을 지키지 않으면 안 됩니다. 당장은 고통스럽더라도 재정 건전성을 유지하는 것이 장기적으로 콜롬비아 경제에 도움이 됩니다."

"그런 처방전으로 성공한 국가가 어디 있습니까? 지금 잘나가는 한국도 과잉투자의 행운을 누리고 있습니다. 아니, 당장 미국을 보십시오. 경제위기에 처할 때마다 달러의 발권력을 통해 경제를 살려놓지 않았습니까? 왜 거기에는 재정 건전성을 요구하지 않습니까?"

"그래서 콜롬비아도 IMF와의 약속을 어기고 정부지출을 늘리고 있는 겁니까?"

"네, 그렇습니다."

도미니크 칸은 콜롬비아 정부가 IMF 한도 이상으로 정부 부채를 발행하고 있다는 자신의 추측이 맞았다는 것을 알았다. 그런데 다른 누구도 아니 대통령이 바로 시인하니까 황당한 표정이다.

"대통령께서는 IMF의 제재가 무섭지 않습니까? 콜롬비아 정부는 GDP 대비 5퍼센트 이하의 재정적자를 약속했습니다. 게다가 국가 회계까지 조작했다면 당장 IMF의 강력한 제재를 받을 겁니다."

"도미니크 칸 박사! 저하고 실험 한번 하지 않겠습니까?"

"네? 무슨 말씀이신지…….."

묻는 말에 대답은 하지 않고 갑자기 실험을 하자고 하니 당황한 표정이다.

"콜롬비아가 GDP 대비 10퍼센트의 재정적자를 발생했는데도 인플레이션을 잡는 실험입니다. 거기에 경제성장률을 최소 5퍼센트 이상 달성하는 것입니다."

"그건 하나 마나 한 실험입니다. 돈을 찍어내는데 인플레이션이 발생하지 않을 수 없습니다."

"지금 콜롬비아에서는 인플레이션이 발생하지 않고 있습니다."

"그건 사람들이 정부가 돈을 찍어낸다는 것을 모르기 때문에 그런 걸 겁니다."

"맞습니다. 크루그먼 교수님도 그 점을 지적한 것입니다. 경제 주체가 인플레이션을 의식하지 않는다면, 아니 겁내지 않는다면 인플레이션은 일어나지 않는다는 실험을 해봅시다. 콜롬비아 입장에서도 지금 인플레이션을 겁내서는 안 됩니다. 재정적자를 겁내서도 안 됩니다."

"그게 어떻게 가능합니까? 풀려난 돈이 실물 경제에 돌아다닐 텐데."

"인플레이션에 대한 트레이드 오프(Trade-off)가 발생하면 됩니다. 지금 유가가 오르고 있습니다. 저는 앞으로 대규모 석유 개발을 진행할 예정입니다. 이 투자가 인플레이션을 잡을 겁니다."

도미니크 칸의 눈이 점점 더 커졌다. "혹시 경제학을 전공하셨나요? 누가 따로 가르치는 사람이 있는가요?"

"그런 거 없습니다. 집이 가난해서 중학교만 간신히 졸업했습니다. 그렇지만 실물 경제를 많이 접하고 투자를 통해 지혜를 얻었습니다."

거짓말과 진실을 반반 섞었다. 파블로는 고작 중학교만 졸업했지만 전생의 나는 대학을 졸업하고 대기업에서 무역과 투자담당으로 오랫동안 근무했다. 현대 경제학의 미스터리는 인플레이션의 실종이다. 이 주제를 흥미있게 본 적이 있다.

나는 도미니크 칸의 손을 잡았다. 간절히 부탁했다. "콜롬비아는 유가가 상승하는 이 기회를 이용해 그동안 부족한 인프라 투자에 올인해야만 제대로 된 나라를 만들 수 있습니다. 박사님이 도와주시기 바랍니다. 부탁드립니다."

"제가 왜 도와야 합니까? 저는 콜롬비아 사람도 아닌 IMF 직원에 불과합니다. 그러면 IMF의 직업윤리에 충실해야 합니다. 보고 들은 대로 IMF에 보고할 예정입니다."

'내가 네 비디오테이프를 가지고 있다.'라는 말을 필사적으로 참았다. 사람을 위협해서는 절대 좋은 관계를 맺을 수 없다. 그의 욕망을 자극해야 한다. 그를 유혹해야 한다.

"콜롬비아는 박사님께 논문 데이터를 제공하겠습니다. 한 국가를 상대로 경제학 실험을 하는 겁니다. 무려 프로젝트 규모가 약 백억 달러입니다. 만약 이 가정이 맞는다면 노벨경제학상도 받을 수 있습니다. 그거야말로 경제학의 오랜 난제인 인플레이션 문제를 해결하는 것입니다."

도미니크 칸의 눈이 흔들렸다. 이놈의 약점은 여자도 돈도 아닌 지적인 성취 욕구에 있는지도 모른다. 어디 가서 이런 경제학 실험을 할 수 있겠는가? 그리고 이것을 논문으로 만들면 노벨경제학상도 가능할 수 있다는 욕망이 그를 흔들리게 만들고 있다.

그에게 간절히 호소했다. "IMF 보고를 3년만 늦추어 주십시오. 만약 그게 문제가 되어 해고된다면 콜롬비아 정부에서 박사님을 고용하겠습니다. 원하신다면 돈으로 드릴 수 있습니다."

"돈은 필요 없습니다. 그런데 왜 3년입니까?"

"3년 안에 정부 재정적자를 IMF가 약속한 5퍼센트로 맞추어 놓겠습니다."

"그게 어떻게 가능하죠?"

"조금 전에도 말했지만 유가 때문입니다. 콜롬비아 경제는 많은 소비재를 수입하고 있지만 석유는 수출하는 국가입니다. 지금 유가가 상승하고 있습니다. 석유 수출이 본격화되면 그동안의 재정적자는 충분히 메꾸고도 남습니다."

도미니크 칸은 물을 마시며 한참 고민했다. 나라도 망설였을 것이다. 지금 자신의 커리어를 걸고 도박을 하는 것이다.

"정말 그 데이터를 줄 수 있습니까? 나중에 대통령께서는 엄청난 비난을 받을 수 있습니다. 정부 회계장부를 조작하는 대통령이라는 오명을 뒤집어쓸 겁니다."

"저는 이미 지옥에 다녀왔습니다. 이 나라가 잘되는 일이라면 어떤 비난도 오해도 두렵지 않습니다. 아시다시피 저에게는 가족도 없습니다."

도미니크 칸은 입술을 깨물었다. 결심했다. "시몬 볼리바르의 환생이군요. 좋습니다. 파블로 대통령과 계약을 맺겠습니다."

"감사합니다. 절대 실망하게 해드리지 않겠습니다."

"나중에 우리 동료가 보면 저를 미쳤다고 할지도 모르겠습니다. 그렇지만 저는 경제학도로서 콜롬비아의 실험이 정말 흥미진진합니다. 만약 이 실험이 성공한다면 앞으로 개도국의 새로운 발전 모델이 될 것이라고 봅니다."

"그리고 이왕 이리된 거, 앞으로 종종 경제 문제에 자문을 구하겠습니다."

"네, 저도 커리어를 파블로 대통령께 걸었습니다. 잘해봅시다." 우리는 계약의 의미로 진한 악수를 했다.

국가기획처장인 마테오를 불렀다. 얼마나 일에 치였는지 눈밑에 기미가 끼어 있다. 하기야 고속도로 건설도 모자라 투자환경 순위를 30위로 올리는 제도 개혁까지 맡고 있으니 정신이 없을 것이다.

"마테오, 미안하지만 일을 또 하나 맡아주어야겠어."

"각하, 못합니다. 지금 하는 일도 몸이 두 개라도 모자랄 지경입니다."

"자네가 가장 잘할 수 있는 자원 개발이라서 그래. 다른 누구에게는 못 시키겠어."

마테오는 에스코바르 에너지 사장을 맡아 몇 년 동안 자원 개발 업무에 종사한 적이 있다.

"휴…… 어떤 일입니까?" 체념한 표정으로 말했다.

"동부대개발을 맡아주게."

"그게 가능할까요? 안데스산맥에 고속도로를 놓는 것과는 비교할 수 없는 어려운 일입니다."

콜롬비아의 동부 지역은 마그달레나강 동편에서 시작하여 베네수엘라와 브라질의 국경까지이다. 여기 면적은 약 70만제곱킬로미터로 국가 전체 면적의 5분의 3에 해당하지만, 콜롬비아인은 이곳을 외계인의 땅으로 보고 있다.

열대우림으로 뒤덮인 동부 평원은 수많은 식물과 야생 동물의 보고이며 지구의 허파 역할을 하는 아마존과 연결되어 있다. 스페인이 콜롬비아를 접수한 지 수백 년이 넘었지만, 원시의 이 땅에는 여전히 접근하고 있지 못하고 있다. 여기는 지금 인구의 3퍼센트만 살고 있는데, 그것도 그나마 최근 석유 개발붐이 일어나면서 증가한 것이다. 동부 지역은 콜롬비아의 미래이다. 여기 지하자원을 어떻게 개발하느냐에 따라 콜롬비아 경제는 완전히 달라질 수 있다.

"다행히 지금 유가가 계속 상승하고 있어. 석유를 당근으로 사람과 기업을 동부에 끌어들여야 해. 미국의 서부 개발을 보게. 사람들이 금광 개발을 위해 아메리카 대륙을 횡단하여 서부로 갔지만 정작 대규모 금은 발견되지 않았어. 미국 정부는 서부 개발을 위해 땅을 공짜로 나누어주고 원주민을 쫓아냈지. 우리는 그렇게까지는 하지 않겠지만 열대우림에 길을 놓고 도시를 만들어야 해. 콜롬비아의 미래는 동부에 있는 거야."

"동부에 석유, 석탄, 비철금속 등 엄청난 자원이 묻혀 있다는 것은 알고 있습니다. 그렇지만 자원 개발이라는 게 돈과 시간이 엄청나게 듭니다. 성공할 가능성도 그리 크지 않습니다. 에스코바르 에너지도 유전 10개를 뚫으면 하나 성공했습니다."

"그래서 PSA(생산물분배계약)를 도입하겠네."

"네?"

마테오의 얼굴이 불타올랐다. "그건 외국 자본에 이 나라 자원을 내주겠다는 항복선언과 같습니다."

PSA는 1960년 인도네시아에서 처음 도입되었다. 인도네시아는 열악한 자원 개발 환경을 극복하기 위해 국제 메이저에게 유리한 계약 방식을 도입했다. 투자자가 자원 개발을 위한 탐사, 개발, 생산 및 판매와 관련된 일체의 비용을 지불하여 자원을 생산하고, 이후 지출된 비용만큼의 생산물을 차감한 나머지 이익생산물을 국가와 투자자가 협상으로 체결한 분배율로 나누는 계약이다. PSA는 비용을 먼저 계산하기 때문에 자원 개발업체에 유리하다. 무엇보다도 기존 세법과는 많은 차이가 있어 특혜 시비가 반드시 뒤따르게 된다.

"그런 특혜를 주지 않고 어떤 기업이 도로도 제대로 깔려 있지 않은 열대우림에 들어오겠나?"

"그렇지 않아도 좌익 세력이 파블로 정부가 지나치게 우경화되었다고 비난하는데 어떻게 감당하시려고 합니까?"

"그런 비난이 무서워서 해야 하는 일을 멈추지는 않을 거야. 우리가 일본으로 코카인을 수출할 때 기억이 나나?"

"네, 그때 보스를 완전히 달리 보게 되었습니다. 그 사업이 기반이 되어 에스코바르 그룹이 성장했습니다." 마테오는 행복한 기억이 가득한 그때를 회상하며 웃었다.

"그때와 마찬가지야. 열대우림은 극복할 수 있어. 인간과 자연이 공존하는 새로운 세계를 만들 거야. 마테오 자네가 동부대개발을 책임져주게."

마테오는 한숨을 쉬며 고개를 끄덕였다. "좋습니다. 뭐부터 해야 합니까?"

"일단 임시 도로를 놓고 주요 거점에 도시를 만들어야지. 그 전에 발전소를 만들어야 해. 범람하는 강물을 막아 소수력발전소를 곳곳에 만들게. 전기가 들어오고 냉장고와 에어컨이 가동되면 열대우림은 개발할 수 있어."

"임시 도로, 발전소, 도시, 정식 도로 이런 순서입니까?"

"그렇지. 싱가포르가 열대우림을 개발한 방식이야. 거긴 강물이 약해서 수력발전을 못 했지만 콜롬비아는 그게 가능해. 여긴 축복받은 거야."

"필요한 자금과 인력은 어떻게 합니까? 지금 고속도로 건설에서 돈을 빼 나갈 생각은 하지 마십시오." 마테오가 단호하게 선을 그었다. 그에게 절체절명의 과제는 동서남북 고속도로 건설이기 때문이다.

"그건 나에게 맡겨 둬. 자네는 이제 동부대개발의 그림을 그려. 최고의 전문가를 모으고 현지 원주민도 개발위원회에 참가시켜 잡음이 나지 않게 만들어주게."

"알겠습니다. 고속도로, 신수도, 동부대개발 이게 우리 당대에 이루어질 수 있다면 제 목숨을 바쳐도 아깝지 않겠습니다."

"이루어질 거야. 모든 지원은 내가 책임질 테니 너는 일만 잘하면 돼!"

말은 그렇게 했지만 실제 상황은 달랐다. 인력 보충은 죄수 노동을 통해 가능하겠지만 이놈들에게 주는 급여는 따로 조달해야 한다. 돈도 안 주고 일을 시켰다가는 폭동이 날 것이다.

도로와 도시, 발전소 등 사회간접자본은 투자 수익이 당장 나지 않는다. 결국 국가 돈을 사용해야 하는데 이미 재정적자로 IMF를 속이고 있다. 재무부 장관은 나라 곳간이 비었다고 딱 잘라 거절했다.

동부대개발 프로젝트가 발표되고 나서 야당과 시민사회가 들고 일어섰다. 이들은 개발이 지구 허파인 아마존을 망치고 콜롬비아 환경에 재앙이 된다는 논리를 들고 나왔다. 보고타 시내에 동부대개발에 반대하는 시위가 거의 매일 열렸다. 이들의 주장은 구체성이 부족했지만 환경보호라는 명분이 있었다. 이 시위가 국제사회로 퍼지면 안 된다. 국무회의를 열어 대책을 논의했다.

환경부 장관이 심각한 표정으로 말했다. "보고타 시위에 국제 환경단체들이 주목하고 있습니다. 이들을 저지하지 않으면 동부대개발사업은 첫 삽부터 난관에 부닥칠 가능성이 있습니다."

"각하, 명령만 내려주시면 볼리바르 광장을 정리하겠습니다. 시위대의 규모는 천 명을 넘어가지 않고 있습니다. 이놈들은 그냥 정치꾼입니다. 무조건 반대만 외치면서 나라에 하나도 도움이 되지 않는 기생충입니다." 내무부 장관이 주먹을 불끈 쥐며 강력 진압을 제시했다.

"장관님, 그런 말씀하시면 안 됩니다. 이들 또한 소중한 콜롬비아 국민입니다. 이들의 의견을 그냥 묵살하면 앞으로 누가 정의를 위해 외치겠습니까?" 고메즈 비서실장이 말했다.

할 수 없다. 수도 이전 대책으로 치아가 빠져 임플란트를 10개 박았다는 고메즈에게 또 어려운 숙제를 맡겼다.

"비서실장의 말이 맞습니다. 우리 국민에겐 집회의 자유, 언론의 자유가 있는데 그걸 정부가 부정해서는 안 됩니다. 그렇지만 이들은 동부대개발에 대해 오해하는 게 너무 많습니다. 예를 들어 도로와 도시가 건설되면 주민의 삶의 질이 개선되는 건데, 이걸 반대한다는 것은 말이 안 되는 거에요. 고메즈 비서실장이 바쁘지만 이 시위대를 잘 설득하기를 바랍니다."

"네, 제가 책임지고 시위대와의 대화를 통해 문제를 해결하겠습니다."

고메즈가 고맙다. 나라가 어렵고 고비에 처할 때마다 몸을 돌보지 않는 사람이다. 천연자원부 장관이 손을 들고 발언했다.

"동부대개발을 위한 PSA 때문에 국내외적으로 말이 많습니다. 국내에서는 우리의 천연자원을 외국인에게 싼값에 넘긴다는 비판이 제기되고, 해외에서는 콜롬비아 정부가 정말로 이 법을 추진하느냐는 의구심이 있습니다."

"우리 콜롬비아의 천연자원은 안타깝게도 해안이 아닌 내륙 지방, 특히 동부 지역에 집중되어 있습니다. 자원이 있어도 개발과 생산 비용 때문에 그동안 사업 추진이 거의 없었습니다. 그런데 지금 유가가 상승하면서 내륙 깊은 곳에 있는 유전도 가치가 올라가고 있습니다. 유전 개발업체에 떡을 하나 주어야 사업이 가능합니다. 잘 아시겠지만 석유 시추의 경우 성공할 확률이 10퍼센트도 되지 않습니다."

"그렇지만 유전이 개발되면 업체는 PSA 때문에 엄청난 과실을 따 먹게 될 것입니다. 국민 정서가 그걸 용납하기는 쉽지 않습니다." 농업부 장관이 부정적 의견을 피력했다.

"PSA는 석유에 국한되고 10년마다 재계약할 예정입니다. 만약 석유가 개발되면 그 업체는 파이프라인이나 교통망을 깔아야 합니다. 우리는 그것을 바탕으로 동부 개발을 진행할 겁니다. 그리고 앞으로는 석유뿐만 아니라 가스도 중요한 자원이 됩니다. 가스 개발은 PSA를 적용하지 않을 생각입니다."

"가스 개발을 위해서는 파이프라인을 깔아야 합니다. 그것도 동부대개발에 포함되어 있습니까?" 천연자원부 장관이 질문했다.

"포함되어 있습니다."

"그런데 계획서에는 없는데요?"

"그걸 하겠다고 말하는 순간 여러 가지 오해를 불러일으키 때문에 일단 빼놓았습니다. 여러분도 어디 가서 이런 계획을 말하지 마세요."

사실 동부대개발의 핵심은 파이프라인이다. 동부의 석유와 가스를 태평양으로 연결하여 아시아 시장으로 보내는 원대한 계획이 있다.

"다 좋습니다만 개발에 필요한 비용 조달 계획은 확실합니까?" 천연자원부 장관이 핵심적인 질문을 했다.

"그건 다 계획이 있습니다. 돈은 제가 갖고 올 테니 여러분은 제대로 된 계획을 세우시기를 바랍니다."

계획은 개뿔! 이제 돈을 찾아야 한다. 세상일이 그렇다. 돈이 있고 계획을 세우는 게 아니라 계획이 있어야 돈을 만들어낸다. 하늘은 스스로 돕는 자를 돕는다. 재무부 장관을 따로 불러 돈을 더 찍어내라고 윽박질렀다. 그놈은 울상이 되어 "각하, 이미 한도까지 돈을 발행했습니다. IMF도 눈치채고 있는데 여기에 돈을 더 찍어내면 숨길 수 없습니다."라고 결사반대했다.

그놈 말이 맞다. 몇 푼 더 찍어내려다 역풍을 맞을 수 있다. 지금 시중에 엄청난 돈이 풀렸음에도 불구하고 인플레이션이 오지 않는 이유는 정부가 그것을 숨기고 있기 때문이다. 또한 경제 호황으로 가계와 기업들이 대규모 투자에 나서면서 부동산이나 현물 자산가격이 올라가지 않았다. 이런 마당에 돈을 찍어내다가 부동산 가격만 올릴 가능성이 크다.

미국 대사를 나리뇨궁으로 불렀다. "대사님, 최근 콜롬비아에서 코카잎 재배가 증가하고 있습니다. 코카잎 재배 농가가 합법적 농작물을 키우도록 보조금을 지급하고 있지만 재정이 여의치 않습니다. 농작물 전환신청자 가운데 보조금을 받는 비율이 4분의 1에 불과합니다."

"대통령의 관심이 마약 단속이 아니라 고속도로 건설에만 있기 때문이 아닌가요?" 미국 대사는 퉁명스럽게 말했다.

"그렇지는 않습니다. 마약을 강력하게 단속하기로 한 부시 대통령과의 약속을 잘 지키고 있습니다. 그런데 코카인 가격이 오르면서 콜롬비아 농민들이 다른 작물에 비해 월등히 비싼 코카잎 농사에 매력을 느끼고 있습니다. 농민들이 코카잎 농사를 포기하려면 추가 지원금이 필요합니다."

"미국은 추가적으로 자금을 지원할 수는 없습니다. 성과가 보여야 저도 본국에다 말을 할 수 있지요."

안 되겠다. 비장의 카드를 꺼냈다. "제가 다음 달에 차베스 대통령과 정상회담을 가질 예정입니다. 미국이 더 자금을 지원하지 못하면 다른 방법이라도 찾아봐야겠습니다."

"아……."

미국 대사가 머리를 흔들었다. 지금 그렇지 않아도 베네수엘라가 반미 노선을 노골화하는데 중남미에서 가장 친미 국가인 콜롬비아가 거기에 동조하면 미국 대사는 자기 할 일을 하지 못한 것이다.

"제가 어떻게 도와드려야 합니까? 마약과의 전쟁에 추가 자금 지원은 의회의 통과를 받기 어렵습니다."

매년 미국은 콜롬비아에 마약과의 전쟁에 필요한 20억 달러를 지원한다. 그렇지만 의회가 액수가 너무 많다고 시비를 거는 상황이다.

"콜롬비아 국채를 미국 시장에서 발행하게 해주십시오. 지금 유가가 폭등하고 있습니다. 콜롬비아 수출의 3분의 1이 석유입니다. 충분히 채권을 상환할 수 있습니다."

"그게 과연 가능할까요? 지금 콜롬비아는 재정적자 때문에 IMF 지원금을 받는 상황이라 국가신용이 B등급에 불과합니다. 투자부적격 국가입니다."

"그러니까 미국의 도움이 필요합니다. 미국이 도와주지 않아서 콜롬비아 경제가 힘들어진다면 차베스가 얼마나 신이 날까요?"

"알겠습니다. 워싱턴에 연락하겠습니다."

미국 대사를 설득시키고 한 달 뒤 베네수엘라의 카라카스로 날아갔다. 시몬 볼리비아 국제공항에는 뜻밖에도 차베스가 나왔다.

"아이고, 자네가 직접 공항에 나오다니. 고맙네."

"다른 사람도 아니고 우리 혁명의 동지가 대통령이 되어 나를 방문하러 왔는데 내가 안 나올 수가 없지."

1992년 차베스는 쿠데타를 시도했지만 실패하여 2년 동안 감옥살이를 한 적이 있다. 그때 나는 그를 재정적으로 뒷받침했다. 차베스는 자신이 가장 어려웠던 시절에 도와주었던 나를 고맙게 생각한다.

우리는 시몬 볼리바르를 존경했다. 그의 영웅적 생애에 감탄하고 그가 구상한 정치 이념을 현실에 구현하자며 동지적 관계를 맺었다.

공항에서 간단히 의전을 마치고 같이 카라카스 영빈관으로 갔다. 우리 두 사람은 다른 사람을 물리치고 비공식 정상회담을 했다.

"파블로 대통령은 왜 진작 베네수엘라를 방문하지 않았나? 너무 미국 눈치를 보는 거 아닌가?"

"아냐. 자네도 아는 것처럼 지난 몇 년 동안 콜롬비아는 정신이 없었네. FARC와 전쟁을 하고 고속도로를 만들고 수도를 이전하고 기득권 세력의 쿠데타가 일어나고…… 자고 일어나면 새로운 일이 닥쳐 시간을 내지 못한 거요."

"이해하네. 나도 대통령 처음 할 때 난리가 아니었지. 우파가 쿠데타를 일으키고 카라카스 시민이 시내로 뛰쳐나와 이들과 대치하면서 겨우 사태를 진정시켰지."

"나도 마찬가지요. 보고타에서 쿠데타가 일어났을 때 시민들이 탱크부대를 저지했지. 민중의 지지가 얼마나 중요한지를 우리 둘 다 겪었군."

"하늘에 계신 볼리바르가 도운 거라네. 그러니까 우리는 그의 정신을 계승해야하오. 온두라스, 볼리비아, 니카라과가 나를 지지하고 있으니, 이제 콜롬비아가 여기에 동참하면 게임은 끝난 것이오."

"하하하. 무슨 게임인가?"

"미국에 대항하는 그란 콜롬비아를 결성하는 거요. 우리끼리 뭉쳐야만 미국과 비슷한 체급이 될 수 있소."

"그래. 남미 국가는 남미 국가끼리 서로 돕고 살아야지."

마음에 들지 않지만 맞장구를 쳤다. 반미를 위한 반미가 무슨 의미가 있나? 그렇지만 저렇게 좋아하는데 앞에서 아니라고 말하기는 그렇다.

"우리는 볼리바르 정신으로 뭉쳐야 한다네. 볼리바르의 검이 바랑카베르메하에서 발견되었다는 뉴스에 내가 얼마나 흥분했는지 자네는 모를 걸세. 다음에 우리가 만날 때 그 검의 귀환을 축하하는 행사를 열었으면 좋겠군."

"자네는 그 검을 본 적이 있나?"

"아직 없지. 지난번 보고타를 방문했을 때 그 검을 보지 못해서 너무 안타까웠소."

"이제는 잘 보관하고 있으니 언제든지 오게."

"바랑카베르메하에 있는 거 맞소?"

"네, 지금 임시로 검이 발견된 그 성당에 잘 보관하고 있다네."

"그 검이 사라졌다가 바랑카베르메하에 나왔다는 것은 의미하는 바가 있군."

"자네는 어떤 의미가 있다고 보나?"

"구시대와 작별하고 새로운 시대를 열라는 일종의 계시. 많은 점성사들도 그렇게 해석하더군."

차베스는 모순적인 인물이다. 사회주의를 주장하면서도 점성술에 관심이 많다. 사회주의 혁명을 외치고 피델 카스트로를 존경한다고 하면서도 일당제를 도입하지는 않았다. 2021년까지 장기집권할 것이라며 대놓고 권력욕을 드러내면서도 대통령 국민소환제도를 기꺼이 주장해서 자신이 그 대상이 되기도 했다. 심지어 반미주의를 주장하면서도 맥도날드나 코카콜라 같은 미국 기업들은 베네수엘라에서 잘만 장사했다.

차베스는 국가의 100년보다는 향후 1년을 더 소중히 여긴다. 인프라를 건설하기보다는 돈을 뿌리는 것을 더 좋아한다. 엄밀한 정치적 잣대를 들이대고 분석적이고 이성적이기보다는 즉흥적이고 감정적이다. 한마디로 기분파고 자신의 영감을 믿는다. 이래서야 나라가 장기적으로 발전하겠는가!

"나는 그 검이 스스로 바랑카베르메하를 찾아갔다는 점성술사의 말을 믿소. 볼리바르는 그만큼 신성하니까."

"맞소." 또 마지못해 맞장구를 쳤다.

내가 그 검을 몰래 옮겨 놓았지만, 차베스 또한 그 검이 스스로 날아간 것으로 확신한다.

"자네가 바랑카베르메하를 볼리바르로 이름을 바꾼 것은 정말 잘한 일이군. 보고타는 자본주의 기득권 세력의 도시지. 볼리바르가 꿈꾼 것은 민중의 직접 참여를 민주적으로 보장하고 각 민족의 고유한 역사 조건과 지역 특색을 고려한 사회주의였다네."

"그게 자네가 주장하는 21세기 사회주의지?"

"그렇지. 우리의 사회주의는 소비에트와는 다르오. 거긴 엘리트와 위로부터의 사회주의고 우리는 아래로부터의 사회주의를 추진해야 하오."

몇 년 안 보는 사이 차베스는 독재자 특유의 자기확신과 자기기만에 빠졌다. 베네수엘라에서 그에게 충고하는 사람이 없다. 쿠데타를 극복하고 몇 번의 선거에서 압도적 지지를 받으면서 마치 신이라도 된 듯한 기분이다. 독재자의 오만과 독선은 그렇게 배양된다.

차베스는 21세기 사회주의를 내세우고 돈을 뿌리고 있다. 지금은 고유가라서 가능하지만 나중에는 고생문이 보인다. 어차피 허공에 사라질 그의 돈을 써야겠다.

"남미 국가들이 서로 협력하려면 제도적 틀과 하드웨어를 갖추어야 하오. 왜냐하면 정권이란 일시적이지. 내일 볼리비아 총선 결과가 달라지면 베네수엘라가 아니라 미국과의 협력을 선택할 수 있다네."

"나도 그게 고민이야. 파블로 대통령은 뭐 좋은 아이디어 없나?"

"제도적 틀로는 경제협력을 확대하기 위해 관세동맹이나 공동시장을 형성하는 거지. 지금 EU가 하는 그런 경제협력 말이야."

"오, 그거 좋은 아이디어야. 우리가 그런 조직을 만들어보세."

"시몬 볼리바르가 구상한 그란 콜롬비아에 경제협력체가 없다는 것은 말도 안 되지. 심지어 브라질이 주도하는 메르코수르(남미공동시장)도 있다고."

"아, 그건 얘기를 들었네. 그렇지만 있으나 마나 한 이름뿐인 조직이라던데."

"메르코수르는 외부 시장에 대한 공동의 관세 체제를 만들었지. 1999년부터는 회원국 간 무역에서 90퍼센트 품목에 대해 무관세를 시행하고 있다네. 하지만 브라질을 제외한 국가들의 경제력이 형편없고 상호 보완성이 떨어져 유명무실화되고 있소."

"그러면 우리는 어떻게 해야 하나?"

"먼저 그란 콜롬비아 국가끼리 관세동맹을 결성해야 하오. 그래야 미국이나 일본 상품을 견제할 수 있고 경제규모를 키울 수 있지."

"파블로, 자네 참 똑똑하군. 전직 마약상이 아니라 경제학 교수 같아. 하하하."

"그런가? 신문과 책을 열심히 봐야지. 그래야 머리가 굳지 않아. 주변의 아첨꾼들을 멀리하게."

차베스에게 자신과 생각이 다른 사람의 의견을 들어보라고 권유하고 싶었지만 그러면 분위기가 깨어질 것 같아서 삼갔다.

"그런데 우리 그란 콜롬비아가 공동시장이나 관세동맹을 결성할 수 있을까?"

"당장은 힘들지. 일단 파나마와 코스타리카는 완전 친미 국가라서 남미 국가끼리 뭉치는 것을 싫어하니."

"그렇다면 다른 방법이 없겠소?"
"일단 우리 콜롬비아와 베네수엘라가 경제협력을 강화해야 하네."
"어떻게?"
"일단 베네수엘라의 석유로 큰 사업을 하나 하세."
"무슨 말이오?"
"지금 베네수엘라는 석유가 남아돌잖아. 수출을 못 해 유전을 막아둔다고 들었네."

"그것 때문에 골치요. OPEC이 생산량 규제를 요구하는데다 미국이 수출을 방해하고 있다네."

"그 남아도는 석유를 우리에게 수출하게."

"콜롬비아도 석유 수출국이잖소. 굳이 베네수엘라 석유가 필요하나?"

"그렇다네. 우리가 얼마 전에 바랑카베르메하에 대규모 석유화학 플랜트를 만들었는데 거기에 엄청난 석유가 필요하네."

"오, 얘기는 들었는데 정말 완공이 되었네. 그런데 석유로 큰 사업을 한다는 게 무슨 말이오?"

"베네수엘라에서 콜롬비아를 거쳐 태평양으로 가는 송유관을 만드는데 그 석유를 사용하자는 거요."

"오, 국제 송유관이라니!"

"베네수엘라가 미국의 방해 때문에 석유를 제값에 못 팔고 있잖소. 그런데 지금 석유를 가장 필요로 하는 지역은 동아시아 국가들이라네. 한국, 일본, 중국 등은 석유가 없어 난리요. 심지어 중동놈들은 동아시아에 석유를 수출할 때 아시아 프리미엄이라고 배럴당 1달러를 더 매기고 있고. 베네수엘라의 오리노코 석유 벨트에서 부에나벤투라 항구까지 송유관이 완공되면 베네수엘라의 석유를 미국 눈치 보지 않고 아시아에 팔 수 있소. 우리 콜롬비아도 나중에 석유가 개발되면 그 파이프라인에 물량을 올릴 수가 있지."

"그거 당장 합시다! 우리 둘 사이만 결정하면 되는 거 아니오."

"그렇소. 문제는 지금 우리 콜롬비아에 송유관을 건설할 돈이 없다는 거야. 얼마 전 IMF를 맞아서 재정을 통제받고 있거든."

"자네 말대로 우리가 석유만 준다면 자네가 그걸 현금화해서 공사할 수 있는 거요?"

"그렇지. 우리는 그 석유를 석유화학 플랜트로 보내 현금화할 수 있소."

"좋아! 그러면 송유관 건설부터 합시다!"

12

하케 작전

  그날 저녁 비공식 만찬 이후 장관들이 배석한 두 차례 정상회담을 통해 중요한 합의를 했다. 외교란 주고받는 것이다. 베네수엘라의 돈을 받는 대신 차베스에게 명분을 주었다.
  차베스가 기자회견을 자처했다. 그는 속사포를 날리듯 합의사항을 발표했다. 차베스는 흥분하면 말이 빨라진다. "콜롬비아와 베네수엘라는 중요한 합의에 도달했습니다. 우리 두 나라는 건국의 아버지 시몬 볼리바르의 정신으로 한 단계 높은 경제협력을 추진하기로 했습니다. 먼저 베네수엘라의 오리노코 석유 벨트에서 콜롬비아의 태평양 연안 부에나벤투라 항구까지 국제 송유관을 건설하기로 했습니다. 이름도 지었습니다. 볼리바르 송유관이라고!"
  "오!"
  "정말입니까?"
  대부분 정상회담이 그렇듯 의례적인 말만의 경제협력 방안이 나올 줄 알았는데 이런 대형 이벤트가 발생했다.
  "그렇습니다. 우리 베네수엘라는 풍부한 석유 자원이 있음에도 불구하고 이를 주로 남미와 일부 유럽 시장으로만 수출하고 있습니다. 이 송유관이 건설되면 가장 빠르게 석유 소비가 늘어나는 동아시아 시장에 진출할 수 있습니다. 공사 기간은 3년으로 잡았으며 콜롬비아와 베네수엘라가 각각 50퍼센트의 지분을 가지고 투자할 것입니다."

"오리노코에서 콜롬비아 국경까지는 얼마 되지 않습니다만 거기에서 부에나벤투라 항구까지 가기 위해서는 밀림과 안데스산맥을 넘어야 합니다. 이 난공사 구간을 어떻게 건설할 예정입니까?" 기자가 옆에 배석한 나를 보며 물었다.

"이미 우리 콜롬비아는 동서남북 고속도로를 건설하고 있습니다. 이 노하우를 충분히 살려 산맥은 터널 공법으로 통과할 예정이며, 밀림은 교량형 파이프라인으로 만들 예정입니다. 3년이면 충분히 건설 가능합니다."

"콜롬비아 석유도 수출할 예정입니까?"

"당연합니다. 우리도 석유 수출국입니다. 지금 콜롬비아와 베네수엘라의 석유가 유조선으로 아시아 시장으로 가려면 파나마 운하를 통과해야 합니다. 그런데 그 비용이 만만치 않고 시간이 오래 걸립니다. 파이프라인으로 보내면 시간과 비용이 엄청나게 줄어들게 됩니다."

"만약 두 나라가 싸우면 송유관이 분쟁 대상이 될 것 같은데, 그런 갈등이 생기면 어떻게 합니까?" 다른 기자가 심각한 표정으로 물었다.

"이 송유관은 정치를 배제한 완전히 사업적 관점에서만 진행될 것입니다. 분쟁과 갈등을 대비한 법적 안전장치를 충분히 확보할 예정입니다."

나는 사무적으로 대답했다. 볼리바르 송유관이 건설되면 미국이 당장 고민에 빠지게 된다. 베네수엘라를 남미의 왕따로 만들려고 하고 있는데 내가 훼방을 놓은 셈이 된다. 그래서 가급적 정치가 들어가지 않도록 송유관 거버넌스를 설계해야 하는데, 차베스는 그게 아니었다.

차베스가 또 마이크를 잡았다. "송유관 리스크와 관련하여 또 하나의 합의 결과를 발표하겠습니다. 콜롬비아, 베네수엘라, 그리고 볼리비아가 중남미경제공동체를 만들기로 했습니다."

"오!"

"정말입니까?"

또 다른 대형 이벤트에 기자들의 손이 바빠지기 시작했다.

차베스는 자신만만한 표정으로 말했다. "네, 그렇습니다. 우리는 모두 시몬 볼리바르의 자식입니다. 지금까지 서로 분열되어 있었지만 앞으로 서로 협력하여 상생할 것입니다. 그 첫 단계가 중남미에 공동시장을 만드는 것입니다. 먼저 세 나라의 대통령이 기본 합의를 했고 이를 바탕으로 에콰도르, 페루, 가이아나, 파나마, 코스타리카에 합류할 것을 제안할 예정입니다. 볼리바르 송유관은 바로 그 사업의 출발점이라고 할 수 있습니다."

차베스의 신나는 표정을 보면서 나는 겉으로는 웃었지만, 속으로는 울고 싶었다. 첫날 내가 너무 오버했다. 송유관을 꺼내면서 지역 통합이라는 영감을 차베스에게 준 것이다. 차베스는 그날 당장 21세기 사회주의 파트너 국가인 에보 모랄레스 볼리비아 대통령에게 전화를 걸어 동참을 권유했고 그도 구두로 참여하겠다는 의사를 밝혔다. 라파엘 코레아 에콰도르 대통령도 원칙적으로 찬성한다는 의사를 보냈다.

문제는 미국이다. 미국은 전통적으로 카리브해와 중남미를 자신의 안방으로 간주하고, 반미 국가의 출현을 극도로 경계했다. 그런 점에서 쿠바와 베네수엘라는 미국의 적이며 미국과 FTA를 체결한 콜롬비아는 미국의 친구다.

당장 부시 대통령이 오늘 저녁에 전화할 것 같다. 그래서 나는 경제공동체는 천천히 하자고 차베스를 설득했지만 이미 필받은 그를 저지할 수 없었다. 대신 그는 송유관에 묻지 않고 투자를 선언했다.

"정말 콜롬비아도 이 경제공동체에 가입할 예정입니까?" 기자가 나에게 질문했다.

"지금 세계는 국가를 넘어 지역 경제통합으로 나가고 있습니다. 중남미에 거대한 시장이 생기는데 콜롬비아가 참여하지 않을 이유가 없습니다."

"그렇지만 콜롬비아는 전통적으로 친미 국가인데 기존 외교 노선과 다른 게 아닌가요?"

"중남미경제공동체는 반미를 주장하는 정치 단체가 아닙니다. 또한 사회주의를 주장하는 21세기 사회주의 노선도 아닙니다. 미국도 나프타라는 북미무역협력을 추진하고 있습니다. 이런 맥락에서 봐주시기 바랍니다."

나는 기자들의 질문에 답하면서 속으로 차베스를 욕했다. 괜히 잠자는 호랑이 수염을 뽑는 일을 벌인 게 아닌가라는 걱정이 들었다.

"파블로 대통령의 말이 맞습니다. 중남미경제공동체는 볼리바르가 뿌린 그란 콜롬비아의 형제 국가들이 경제협력을 목적으로 만든 조직입니다. 여기에 정치가 끼어들 여지는 없습니다."

차베스가 입장이 곤란한 나를 두둔한다고 이렇게 말을 했지만 미국의 입장은 전혀 다르다. 아마 부시는 나에 대해 배신감마저 느꼈을지도 모른다.

곤혹스러운 기자회견을 간신히 끝냈다. 그날 저녁 차베스와 다시 중남미경제공동체 창설 문제를 논의했다. 일단 콜롬비아, 베네수엘라, 볼리비아 등 세 국가로 시작하고 에콰도르도 조만간 합류시키기로 했다. 내년 봄에 4개 국가가 모여 창립 대회를 가지고 이후 주변 국가의 참여를 끌어내기로 했다.

차베스는 중남미경제공동체의 본부를 카라카스에 둘 것을 주장했다. 그는 베네수엘라가 이 공동체에 가장 많이 기여할 것이라는 근거를 대었다. 나는 결사코 반대했다. 그렇지 않아도 미국의 의심을 딱 사기 좋은데 본부를 베네수엘라에 두는 것은 말이 안 된다. 카라카스 대신 4년마다 돌아가면서 각 나라가 본부를 맡는 게 어떠냐는 안을 제시했다. 이것도 내년 봄에 결정하기로 했다.

이번 베네수엘라 방문의 가장 성과는 볼리바르 송유관의 건설이다. 베네수엘라는 송유관 건설비용 100억 달러 가운데 50억 달러를 3년에 걸쳐 석유로 내기로 했다. 실제 공사는 콜롬비아가 맡는다. 당장 송유관에 사용될 강판 자재를 구입해야 하고 3년 뒤에 사용할 유조선도 임차해야 한다. 문제는 결국 또 돈이다. 50억 달러를 어디서 만들지?

베네수엘라 방문에서 거둔 또 하나의 성과는 많은 석유 엔지니어들을 채용할 수 있었다는 것이다. 차베스 정부에 대항하여 베네수엘라 석유노조는 대대적인 총파업을 벌였는데, 차베스는 이들을 '일반적인 노동자가 아니라 그동안 기득권을 누려온 석유 관련업 종사자, 간부들의 파업'이라고 평가절하하고 국영석유기업(PDVSA) 연구개발부서 인력의 약 80퍼센트를 해고했다.

나는 차베스에게 특별히 부탁하여 베네수엘라에서 석유 관련 업종에 다시는 취업하지 못하게 되어있는 숙련 노동자와 연구개발자들을 콜롬비아에 데리고 왔다. 그들에게 집과 베네수엘라 임금의 두 배를 약속했다. 콜롬비아는 지금 유전 개발 붐이다. 전문가가 터무니없이 부족하기 때문에 같은 스페인어를 쓰고 문화적 동질감이 높은 이들이 큰 도움이 될 것이다.

이런 큰 성과를 갖고 보고타로 돌아왔지만, 언론은 냉랭한 반응을 보였다. 친미 국가인 콜롬비아가 반미 국가인 베네수엘라에 고개를 숙였다는 부정적 보도가 많았다. 아마 언론 재벌인 로페즈 가문이 살아있었더라면 난도질을 당했을 것이다.

미국 대사가 나리뇨궁을 방문했다. 그의 표정이 좋지 못했다. "미국 정부는 그간 파블로 정부에 성의를 보였다고 생각합니다. 마약 퇴치 지원금도 본래 10억 달러에서 두 배나 증액했고 지난 쿠데타도 반대했습니다. 그런데 이번 파블로 대통령의 베네수엘라 방문은 정말 실망입니다. 아니, 일부 사람들은 배신당했다고 생각합니다."

"미국의 우려에 동감합니다. 사전에 그런 민감한 문제를 조율하지 못한 제 책임이 큽니다. 부시 대통령에게 사과의 말씀 전해주십시오."

"볼리바르 송유관과 중남미경제공동체에 참가를 거부하십시오. 그러면 미국에서 국채 발행도 가능할 것입니다."

"그럴 수는 없습니다. 송유관은 베네수엘라 석유 수출에도 중요하지만 콜롬비아 석유 수출에도 중요합니다. 아시겠지만 우리의 주요 유전도 동부 지역에 몰려 있습니다. 거기에서 원유를 채굴하여 마그달레나강을 거쳐 카리브해로 빠지는 루트는 물류비용이 너무 많이 듭니다. 게다가 대서양 시장은 원유 구매 국가가 별로 없는 실정입니다."

"송유관을 포기하면 파나마 운하 통과료를 특별 인하해드릴 용의가 있습니다." 미국 대사가 준비한 카드를 꺼냈다. 파나마 운하는 여전히 미국이 통제하고 있다.

"파나마 운하를 공짜로 쓴다고 하더라도 송유관보다 훨씬 비용이 많이 듭니다. 미국은 왜 송유관이 베네수엘라에 이득이 된다고 생각합니까?"

"베네수엘라 석유가 동아시아 시장으로 나가면 경제제재가 근본적으로 불가능해지기 때문입니다."

나는 고개를 가로저었다. "그렇지 않습니다. 베네수엘라가 송유관에 의존하면 할수록 결과적으로 콜롬비아에 더 의존하게 됩니다. 미국은 우리나라를 통해 베네수엘라를 간접적으로 통제할 수 있습니다."

"좋습니다. 그 의견을 전달하겠습니다. 대신 중남미경제공동체는 절대 안 됩니다. 미국은 남미에 반미 동맹이 결성되는 것은 절대 용납하지 않습니다."

"대사님, 중남미경제공동체는 차베스가 주장하는 21세기 사회주의 연대가 아닙니다. 이 조직의 그저 지역의 경제통합입니다. 중남미 국가 간의 규제를 없애고 제도를 합리적으로 개선하고 시장의 규모를 늘리는 것입니다. 미국은 자유무역에 찬성하지 않습니까? 절대 정치적으로 미국에 반대하는 그런 조직이 아닙니다."

"콜롬비아를 제외하고 베네수엘라, 볼리비아, 에콰도르는 이미 21세기 사회주의를 지향하는 나라입니다. 니카라과와 쿠바만 참여하면 반미 동맹이 완성됩니다." 미 대사는 삐딱한 시선으로 말했다.

"만약 중남미경제공동체에 반미라는 정치적 요소가 도입되면 콜롬비아가 가장 먼저 탈퇴하겠습니다. 믿어주십시오."

나는 그에게 조목조목 따져가며 중남미경제공동체를 설명했다. 나중에는 파나마, 코스타리카와 카리브해의 국가를 참여시켜 미국이 주도하자고 외쳤지만, 미 대사는 들으려고 하지 않았다.

"지난번 요청한 콜롬비아 국채의 미국 시장 발행은 이라크전 때문에 힘들게 되었습니다. 내년에 마약 퇴치 기금 20억 달러도 쉽지 않을 겁니다." 미 대사는 냉랭하게 통고하며 물러갔다.

아, 이 사태를 어떻게 한다는 말인가? 미국을 설득하기 위해 정말 백방으로 노력했다. 부시 대통령에게 친서를 보내고 마약사범을 미국으로 추방하며 콜롬비아는 반미가 아니라는 것을 알렸다. 그렇게 해도 듣는 척도 하지 않았다.

할 수 없이 비상한 방법을 동원하기로 했다. 사실 미국은 지금 이라크와의 전쟁 때문에 콜롬비아를 그냥 내버려 두는 거지 평상시라면 쿠데타를 사주했을지도 모른다. 다행히 콜롬비아는 지난 쿠데타 이후 군부가 완전히 물갈이 되었고 수구 기득권 세력인 딥스테이트가 청산되었다. 게다가 경제는 잘나가기 때문에 나의 외교정책에 대한 불만이 있어도 큰 문제가 되지 않았다.

그렇지만 매년 미국 돈 20억 달러가 들어오지 않으면 고속도로와 신수도, 동부 개발이 중단될 수 있다. 그러면 콜롬비아는 다시 10년, 아니 20년을 후퇴해야 한다. 결국 미국이 원하는 것을 들어주었다. 미국의 이라크 전쟁에 콜롬비아 최정예 공수부대를 파병하기로 한 것이다.

미국은 이라크가 대량살상무기를 개발했다는 이유 하나만으로 침공했다. 미국의 가공할 폭격으로 단 2주 만에 후세인 정부가 무너지면서 이라크 전쟁도 끝나는 줄 알았지만, 전쟁은 그때부터 시작이었다. 전쟁으로 중동의 국경이 사실상 사라지면서 온갖 곳에서 듣도 보도 못한 범죄자와 깡패, 무장세력이 이라크로 기어들어 와서는 반미 저항을 주도했다. 게다가 수니파와 시아파가 충돌하며 자기들끼리 서로 총을 겨눴다. 그래서 미국은 그들과도 싸워야만 했고, 수백 명의 사망자가 발생했다.

이런 내전에 가장 특화된 부대가 부끄럽지만 콜롬비아군이다. 우리는 지난 100년 동안 지옥 같은 좌익 게릴라와의 전쟁을 치르면서 더러운 전쟁에 익숙하다. 콜롬비아 젊은이들을 아무런 명분도 없는 이런 전쟁에 보내고 싶지 않았지만, 미국과의 관계 때문에 눈물을 머금고 머나먼 사막으로 이들을 보내야만 했다.

그들에게 마지막으로 당부했다. "여러분의 일은 국가를 위한 일이다. 뒷날 어떤 역사적 평가가 있다고 할지라도 그것에 대해서는 내가 책임질 것이다. 반드시 살아서 돌아와라!"

"충성!"

없는 예산을 만들어 파병 군인에게 특별수당을 책정했다. 파병 현장에서 공수부대원들은 굳은 표정이지만 자신만만했다. 어떻게 보면 동족을 상대로 전쟁을 하기보다 이슬람 테러리스트와 싸우는 게 그들에게 속 편할 수도 있다.

미국이 나의 노력을 인정하여 마약퇴치기금을 삭감하지 않았다. 그러나 국채 발행은 실패했다. 이제 송유관 건설비용은 어떻게 조달한다는 말인가?

내가 역점사업으로 추진하는 동부 개발의 핵심은 송유관이다. 이 지역에 도시를 만들고 인구를 이주시키기 위해서는 먹고사는 문제가 해결되어야 한다. 유전개발이 본격화되면 실업도 줄이고 동부로의 대규모 이주가 일어날 것이다.

그러나 동부에서 개발된 원유를 마그달레나강을 따라 이동하면 물류비용 때문에 배보다 배꼽이 클 수가 있다. 송유관이 있어야 대규모 유전 개발이 가능해진다. 미국의 오해까지 받아가며 베네수엘라의 참여를 유도했는데 송유관 건설을 위해서라면 과부 땡빚을 내서라도 만들어야 한다.

조국 대한민국에 손을 벌리기로 했다. 한국은 노무현 정부가 들어서면서 경제가 잘나가고 있다. 국제 유가가 폭등하면서 노무현 정부는 자원 외교를 국정 목표로 제시했다. 주콜롬비아 한국 대사를 불러 한국 방문을 타진했다. 며칠 뒤에 대사가 올해는 바쁜 일정 때문에 힘들다고 얘기를 전해왔다.

또 하나의 카드를 꺼냈다. "대사님, 여기 계신 한국전 참전용사 분들의 수명이 얼마 남지 않았습니다. 이분들의 마지막 소망이 한국을 방문하는 것인데 어떻게 합니까? 내년에는 몇 분이나 살아 계실는지 모르겠습니다. 조선일보에 알려야겠습니다."

다음날 한국 대사가 급하게 찾아왔다. "다음 달은 어떻습니까? 노 대통령께서 다른 일정을 취소하고 파블로 대통령을 초청하신다고 합니다."

"감사합니다. 우리도 참전용사 방문단을 조직하여 가도록 하겠습니다."

노무현 대통령은 평생 제도 언론의 희생자였다. 나처럼 화끈하게 무력으로 정리할 생각은 못 하고 그들에게 끌려다녔다. 콜롬비아 한국전 참전용사가 한국을 방문하고 싶은데 노무현 정부가 거부했다는 뉴스를 조중동에게 흘리면 또 얼마나 괴롭힘을 당하겠는가?

대통령 특별기에 참전용사 50여 명을 태우고 서울을 방문했다. 참전용사 덕분에 노 대통령이 직접 성남 서울공항에 나왔다.

"파블로 대통령, 한국 방문을 환영합니다. 귀한 시간을 내주셔서 진심으로 감사합니다." 노 대통령이 인사를 했다.

"이렇게 공항까지 나와주셔서 정말 감사합니다. 우리 참전용사분들도 오랜 비행시간에도 불구하고 한국 방문을 손꼽아 기다렸는데 대통령께서 직접 나와주셔서 감격해 합니다."

오랜만에 그냥 한국말을 하고 싶었지만 옛날처럼 사기를 칠 수 없다. 옆의 통역원이 친절하게 통역했다. 군악대가 양국 국가를 연주하고 의전이 진행되었다. 대통령 자격으로 한국을 방문하다니 감개가 무량했다. 그날은 오랜 비행 때문에 호텔에서 쉬었다.

다음날 오전 일찍 국립묘지에 참배하고 경기도 하남시 창우동 산에 묻혀 있는 정주영 회장 묘소를 방문했다. 이분의 도움이 없었더라면 메데인의 에스코바르 스타디움은 완공되지 못했을 것이다. 정 회장은 콜롬비아 산업의 초석이 되었던 바랑키야 섬유단지와 석유화학 플랜트 결정적 역할을 했다.

묘소에 화환을 증정하고 콜롬비아산 증류주인 아과르디엔테를 따랐다. 현대 관계자는 외국인인 내가 신발을 벗고 무릎을 꿇고 두 번 절을 하자 놀란 표정을 지었다.

"정 명예회장님은 콜롬비아 산업화에 크게 이바지했습니다. 저는 의회의 동의를 얻어 보야카 훈장을 추서하기로 했습니다."

"감사합니다. 선친은 평소 파블로 대통령에 관한 얘기를 많이 하셨습니다.

콜롬비아를 방문하고 싶어 하셨는데 말년에 정치하신다고 가지 못한 것을 아쉬워하셨습니다." 정몽구 회장이 현대가를 대표하여 인사했다.

"저도 명예회장님이 힘들 때 도와드렸어야 했는데 너무 후회스럽습니다. 명예회장님은 콜롬비아의 현대 건축물을 대표하는 에스코바르 스타디움의 설계자였습니다. 거기 캐노피는 그분의 아이디어 덕분에 가능했습니다."

"저도 그 얘기 들었습니다. 선친은 창의력이 정말 풍부하신 분이었습니다."

"정 회장님이 한번 콜롬비아를 방문해주십시오. 콜롬비아는 한국과의 자동차 합작사업에도 관심이 많습니다. 콜롬비아는 앞으로 중남미경제공동체의 중심 국가가 될 것입니다. 약 2억 명의 인구가 있는 성장 가능성이 큰 시장입니다."

"네, 감사합니다. 시간을 내어보겠습니다."

오후에 청와대에서 정상회담을 했다. 달변의 노 대통령이 회담을 주도했다. "먼저 파블로 대통령께 사과드립니다. 한국전쟁 참여 콜롬비아 용사분들을 진작 한국에 초청해야 했는데 우리 정부가 챙기지 못했습니다. 앞으로 이분들께 보훈의 혜택이 돌아갈 방안을 찾아보겠습니다."

"감사합니다. 이분들이 다 연로하셔서 한국의 선진 의료혜택이 돌아갔으면 좋겠습니다."

"제가 그렇게 조치하겠습니다."

우리 두 사람은 양국 간의 경제협력에 대해 논의를 시작했다.

"콜롬비아는 한국보다 경제 사정이 좋지 못합니다. 이제 산업화의 초기 단계입니다. 자본과 기술력이 절대 부족합니다. 한국과의 경제협력이 절실하게 요구됩니다."

"우리가 도울 수 있는 길이 있다면 말씀해주십시오."

"돕는다기보다는 서로 경제협력을 추진해야 합니다. 우리 콜롬비아는 자원이 풍부하지만 반대로 한국은 자원이 부족하지 않습니까? 한국이 콜롬비아의 자원 개발에 참여해주십시오."

"좋은 생각입니다. 우리도 지금 자원 외교를 추진하고 있습니다. 중앙아시아와 아프리카 유전과 광산에 투자하고 있습니다."

"콜롬비아에 가능성 있는 유전이 마그달레나강과 동부 밀림지역에 많이 있습니다. 한국이 유전 개발에 투자한다면 제가 적극적으로 지원하겠습니다."

"어떤 지원이 있습니까? 하하하." 노 대통령은 특유의 웃음을 지으며 구체적인 조건을 물었다. 이분은 듣기 좋으라고 그냥 하는 말이 없다.

"콜롬비아는 자원 개발업체에 유리한 PSA를 시행하고 있습니다. 이 조건은 몇 년 뒤에는 사라질 가능성이 큽니다. 지금 투자하는 게 가장 적기입니다."

"아, 그렇군요. 저희도 단순 지분참여 중심의 유전 개발에서 벗어나 기술과 경험을 바탕으로 운영권을 확보한 사업장을 확보하고자 합니다."

"저희가 한국에 개발 가능성이 큰 유전을 드리겠습니다. 대신 한국은 베네수엘라에서 콜롬비아 안데스산맥을 가로질러 태평양으로 가는 송유관 건설에 참여해주십시오."

"송유관 건설은 굳이 한국 건설업체가 참여하지 않아도 별 어려움이 없는 공사가 아닌가요?"

"단순한 송유관이 아닙니다. 밀림을 뚫고 수많은 마그달레나강 지류들을 지나며 안데스산맥을 가로질러야 하는 난공사입니다. 물론 콜롬비아가 할 수는 있지만 우리는 지금 고속도로 건설과 신수도 건설에도 인력과 자본이 부족한 실정입니다."

"그 얘기는 들었습니다. 파블로 대통령께서 콜롬비아의 박정희 대통령이라고 하더군요."

"과찬입니다. 이 송유관 건설을 위해 도로도 놓아야 합니다. 송유관의 압력을 통제하기 위해 전기도 필수입니다. 미래에는 가스관도 옆에 놓을 예정입니다. 단순한 석유 파이프라인이 아닙니다."

"아, 대통령께서는 원대한 비전으로 송유관을 건설하실 생각이네요. 대단하십니다."

말 나온 김에 이분의 관심을 훅 끌만 한 얘기도 꺼냈다.

"한국이 중앙아시아에 유전을 개발해도 한국으로 그 석유를 가지고 올 수는 없지 않습니까? 이 송유관이 완공되면 한국이 콜롬비아 동부에서 생산한 석유를 부에나벤투라 항구를 통해 한국까지 가지고 올 수 있다는 매력이 있습니다. 이를 위해 콜롬비아는 대형 유조선 3척을 한국 조선소에 발주할 계획입니다."

"좋습니다." 노 대통령이 손뼉을 치며 환호성을 냈다.

"한국으로서는 꿩 먹고 알 먹는 일석이조의 효과입니다. 자주 유전도 개발하고 콜롬비아 인프라 개발에도 참여하고 유조선도 팔 수 있는 비즈니스군요. 이런 좋은 사업 기회를 주신 파블로 대통령님께 감사드립니다."

"아닙니다. 콜롬비아도 마찬가지입니다. 한국은 단순히 자원만 캐가는 게 아니라 콜롬비아의 인프라 건설에도 참여하니 이게 진짜 전략적 동반자가 아닌가요?"

"하하하. 맞습니다."

이번 나의 방문을 계기로 한국과 콜롬비아는 전략적 동반자 관계로 격상되었다.

"그런데 또 한 가지 부탁드릴 말씀이 있습니다."

"어떤 겁니까? 파블로 대통령이 부탁하는 내용이라면 적극적으로 들어드리겠습니다."

"송유관 공사를 서둘러 달라는 겁니다. 밤이 길면 꿈이 길다는 속담이 있습니다. 이런 국가 간 대형 사업은 기회가 왔을 때 빨리 추진해야지 시간을 끌다 보면 무산되는 경우가 많습니다. 베네수엘라의 입장도 바뀔 수 있고, 미국이 지금 이라크에 몰두하면서 남미에 관심을 쏟을 여유가 없는 것도 적기입니다. 몇 년 지나면 이 지역의 정세가 또 어떻게 바뀔지 모르니 기회가 될 때 일단 빨리 완공을 하고 보아야 합니다."

"동감합니다. 빨리 짓는 건 걱정하지 마세요. 우리 대한민국의 특기가 빨리 빨리 아닙니까? 물론 튼튼하게 하는 것도 잘하는 나라입니다. 하하하."

저녁 만찬까지 우리는 새로운 사업 구상을 하나하나씩 정리했다. 콜롬비아는 한국에 매장량 1억 배럴의 유전 개발을 허가한다. 한국은 20억 달러 규모의 송유관 공사에 당장 착공한다. 콜롬비아는 대형 유조선 3척을 발주한다는 것이다.

성공적인 한국 방문을 마치고 귀국 비행기 길에 올랐다. 마음 같아서는 며칠 더 있고 싶지만, 콜롬비아 의회를 상대로 설득을 해야 한다. 대신 참전용사들은 1주일 더 한국 방문을 연장하기로 했다. 한국의 대우가 극진했다.

오랜만에 콜롬비아 언론도 대통령의 방한 성과를 크게 다루었다. 이제 발을 좀 뻗고 잘 수 있겠다. 보고타 공항에는 고메즈가 나왔다. 그런데 그의 표정이 심상치 않다.

"파블로, 먼 길에서 왔는데 나쁜 소식이 있어."

"무슨 일인데 그래? 자네 얼굴이 너무 안 좋아."

"FARC가 바랑카베르메하를 습격했어. 완공 검사 중인 대통령궁을 습격하고 대성당에 안치된 볼리바르의 검을 탈취하려고 시도했어."

"뭐라고? 언제 벌어졌나?"

"자네가 서울을 떠나 비행기를 타는 시점이어서 공교롭게 적시에 보고가 되지 않았어." 고메즈가 고개를 숙였다.

"검은 어떻게 되었나?"

"다행히 콜롬비아군의 완강한 반격으로 볼리바르의 검은 지켰지만, 미국인 엔지니어 세 명을 납치해갔어."

만약 볼리바르의 검을 빼앗겼더라면 민심이 요동쳤을 것이다. 내가 온갖 수단을 동원해 수도 이전의 명분으로 만들었던 게 볼리바르 검이 스스로 이동했다라는 전설이다.

그런데 외국인이 인질로 납치되었다는 뉴스도 악재 중의 악재다. 머리가 아팠다. 외국인이 납치되면 언론에서는 집요하게 파고든다. 지난 몇 년간 좌익 게릴라 대책이 도마 위에 올라갈 것이다. 미국에서 받은 돈이 실제로는 고속도로 만드는 데 사용되었다는 것이 드러날 지도 모른다.

미국이 이라크와의 전쟁 중이라 꼼꼼히 따지지 않아서 그렇지, 실사하면 지원을 철회할 정도로 예산이 엉뚱하게 사용되는 것을 금방 확인할 것이다. 외국인 인질사건이 터지면 이게 도화선이 될 수도 있기 때문이다.

"가울라(GAULA)군을 보내게. 납치는 시간을 끌면 끌수록 우리에게 불리해."

가울라군은 인질 문제 해결을 전문으로 하는 엘리트 부대이다.

"알았어."

"지금 바랑카베르메하 상황은 어떤가?"

"일단 추가 병력을 배치해서 시내는 안전해. 그렇지만 외곽으로 나가는 도로는 여전히 게릴라가 일부 장악하고 있어서 통행료를 내지 않으면 자유로운 이동이 불가능할 정도야."

"거기가 신수도 아닌가? 내가 그렇게 치안을 강조했는데 왜 그런가?"

"국가정보국 분석에 의하면 볼리바르 송유관이 본격화되면 게릴라들의 활동반경이 대폭 줄어들기 때문에 송유관 건설을 방해하기 위해서라더군."

"나베간테는 어디 갔나?"

"바랑카베르메하에 가서 정보 활동을 하고 있어."

"바르카스 장관은 왜 여기 나오지 않았나?"

"몸이 안 좋아서 병원에 입원했어."

바르카스는 지난번 쿠데타 이후 건강이 많이 악화되었다. 자진해서 사표를 냈지만 믿을 사람이 없어 계속 일하게했다. 이제 그의 사임을 받아주어야겠다.

"신임 국방부 장관은 누가 좋겠나? 충성도보다 능력으로 추천해보게."

지난 두 차례에 걸친 숙군 작업으로 군의 사조직은 거의 붕괴하였고 급여 인상으로 군의 충성도는 이제 확실하다.

"후안 산토스는 어때? 가르비아 대통령 시절 외교부 장관으로 출중한 능력을 보였어."

"능력이야 뛰어나지만 로페즈 가문의 후원을 받지 않았나? 《엘파이스》에 근무했던 게 걸려."

"그런 식으로 스크린하면 능력 있는 인물을 찾기 힘들어."

"한번 생각해볼게. 아침 9시에 예정대로 국무회의를 소집하게."

피곤한 몸을 이끌고 나리뇨궁으로 돌아갔다. 한국에 있다가 콜롬비아에 돌아오니, 마치 출장 온 느낌이다. 밤새 바랑카베르메하에 나타난 좌익 게릴라 문제와 국방부 장관 인선 문제로 고민했다. 이제 단호하게 대처할 때이다.

다음날 오전 국무회의에서 두 가지를 지시했다. 국방부 장관에 후안 산토스를 지명했다. 그리고 석 달 뒤 대통령궁을 비롯한 행정부처, 의회, 대법원을 동시에 바랑카베르메하로 이전하라고 지시했다. 임시 건물이라도 거기에서 일을 시작해야 한다. 좌익 게릴라를 잡기 위해서는 그들의 본진에 가야 한다. 수도 이전을 머뭇거리면 온갖 이해집단의 로비가 터져 나올 것이다. 천막 안에서 일을 하더라도 권력의 중심이 움직이면 나머지는 따라온다.

내무부 장관이 책임을 지고 반대에 나섰다. "각하, 6개월 안에 정부 부처의 이동은 현실적으로 힘듭니다. 건물이야 거의 다 지어졌지만, 사람이 살 주택이 완공되려면 적어도 1년은 더 걸립니다. 강가에 해머를 걸어놓고 잘 수는 없지 않습니까?"

"해머를 걸고 자든 텐트 안에 자든 그건 장관들이 알아서 할 문제야. 지금 우리는 시간이 없어. 이번에 대한민국을 방문해보니 거기는 이미 인터넷이 세상을 바꾸고 있어. 정부 문서가 인터넷을 통해 발행되는 수준이야. 그런데 우리 콜롬비아는 어떤가? 아직도 19세기야. 게릴라 때문에 자신의 영토조차 제대로 관리가 안 되는 나라가 어떻게 21세기를 준비하겠나? 누누이 얘기했지만, 수도 이전은 새로운 시대로 가는 첫 출발이야. 볼리바르시로 가기 싫으면 가지 마. 사표를 던지고 살기 좋은 보고타에서 인생을 즐기면 되는 거야!"

"……."

"마테오 국가기획처장은 볼리바르시에 4개월 안에 모든 공공건물을 완공하게. 그리고 두 달에 걸쳐 수도 이전 계획을 잡게. 절대 이 기간을 넘기면 안 돼!"

"알겠습니다. 밤을 새워서라도 목표를 달성하겠습니다." 이런 일에 익숙한 마테오가 우렁찬 목소리로 답변했다.

건설부 장관을 향해 말했다. "신수도 볼리바르시에 주택 건설을 적극적으로 지원하게. 건설 인허가 서류는 원스탑 서비스를 동원해 빠른 속도로 처리하게. 그리고 대규모 택지개발을 본격적으로 시도하게. 인구 5백만 명의 도시를 만든다고 생각하고 공간을 배치하고 설계하기 바라네."

"네, 알겠습니다."

다른 부서는 몰라도 건설부는 신이 났다. 이 엄청난 건설 물량에 떨어질 떡고물이 엄청나기 때문이다.

"여러분들은 어제 볼리바르시에 FARC가 쳐들어와 대통령궁을 공격하고 미국인 엔지니어 세 명을 납치한 소식을 들었을 것입니다. 그래서 가족들은 아마 볼리바르시로 이전을 꺼릴지도 모릅니다. 신수도를 이전한다면 제가 책임지고 도시의 안전을 최우선 과제로 추진하겠습니다. 볼리바르시 반경 300킬로미터 안에는 좌익 게릴라들이 발도 붙이지 못하게 만들겠습니다."

"아이들 학교는 어떻게 됩니까?" 법무부 장관이 물었다.

"이미 10개의 초등학교, 7개의 중고등학교가 6개월 이내에 설립됩니다. 바랑카베르메하 대학교도 종합대학으로 승격시킬 예정입니다. 거기로 이주할 선생님 선정도 이미 끝났습니다." 교육부 장관이 답변했다.

"여러 가지로 불편한 점이 많을 겁니다. 특히 조직의 수장으로서 여러분의 직원과 가족에게 신경써야 할 게 한두 가지가 아니라는 점을 잘 압니다. 그렇지만 신수도의 첫 번째 장관, 책임자였다는 명예는 여러분의 경력에 끝까지 따라다닐 겁니다. 자부심을 느끼고 차질없이 수도 이전을 추진해주십시오."

6개월 안에 정부 핵심 부처를 옮기겠다는 소식이 전해지자 보고타는 난리가 났다. 집값이 폭락하고 보고타에서 진행되는 모든 건설은 멈추었다. 대신 볼리바르시에서는 밤낮을 가리지 않고 망치 소리를 들을 수 있다.

공무원들은 물설고 낯선 곳으로 이사할 생각에 밤잠을 설쳤다. 사표를 던지는 공무원이 늘어났다. 특히 전관예우가 보장되는 대법관과 고위 법관의 20퍼센트 이상이 그만두었다.

볼리바르시에 엄청난 건설 물량이 쏟아지자 콜롬비아의 민간 건설업체는 다 거기로 몰려들었다. 콜롬비아와 심지어 베네수엘라에서도 건설 노동자들이 일자리를 얻기 위해 볼리바르시로 몰려들었다. 수도 선정 이전에 부동산 가격을 동결시키지 않았더라면 볼리바르시의 땅값은 천정부지로 올랐을 것이다.

동서남북 고속도로 가운데 가장 먼저 건설된 보고타와 볼리바르 도로는 오가는 사람으로 정체를 이룰 정도로 붐볐다. 한 가지 확실한 것은 사람들이 과거 10시간이나 걸렸던 주 지역 간의 거리가 5시간으로 줄어든 효과를 체감하는 것이다. 발 빠른 사람들은 이미 볼리바르시로 이동을 시작했다. 젊은 친구들은 신수도의 상권을 선점하기 위해 보고타에서 집을 빼고 이주했다. 이들은 간이주택을 만들고 시장을 형성했으며 정부나 민간 발주의 일거리로 돈을 벌기 시작했다.

6개월 뒤에 마침내 신수도로의 이전이 마무리되었다. 이날을 기념해 카니발을 개최하고 저녁에는 불꽃 쇼를 벌였다. 마그달레나강 동편에 자리 잡은 대통령궁에서도 파티를 열었다. 외국 대사들도 대거 참석했다. 발 빠르게 볼리바르시에 공관을 만든 베네수엘라, 미국, 중국, 한국 등도 있었지만 대부분 공관은 보고타에 있고 대사들은 출장차 볼리바르시로 왔다. 이들이 투숙하는 호텔은 몇 달 전부터 예약이 다 차서 일부 대사들은 파티에 참여하고 바로 보고타로 귀환할 정도다.

미국 대사가 나를 찾아왔다. "파블로 대통령, 축하드립니다. 정말 반년 만에 수도를 옮겼다는 게 믿기지 않았는데 와서 보니 여기는 새로운 세상이군요."

"감사합니다. 미국 대사관저도 빨리 완공되었으면 좋겠습니다."

"저희도 최대한 서두르고 있습니다만 사람 구하는 게 너무 힘듭니다."

"제가 건설부에 특별히 요청해놓겠습니다."

"감사합니다. 그리고 지난번에 납치된 우리 미국인 엔지니어들도 빨리 석방되기를 기원합니다. 필요하다면 미군도 지원해드릴 수 있습니다."

"아, 정말 죄송합니다. 최대한 빨리 해결하도록 노력하겠습니다."

미국 대사 뒤에는 프랑스 대사가 기다리고 있었다. 축하 인사를 하러 온 게 아니라 빚 받으러 온 사람 같았다. "베탕쿠르 의원은 어떻습니까? 프랑스에 있는 가족들이 많이 걱정하고 있습니다."

베탕쿠르 의원은 콜롬비아와 프랑스의 이중국적자다. 그녀의 자식들은 프랑스 국적을 갖고 있다.

"특별한 변동은 없는 것으로 알고 있습니다. FARC는 베탕쿠르 의원의 안전을 보장하고 있습니다."

"인질이 된 지 이제 4년이 넘었습니다. 콜롬비아의 적극적인 조치를 기대합니다."

프랑스 대사는 콜롬비아 정부가 미적지근하게 인질문제를 대하고 있다고 생각하고 간접적으로 비난했다.

"죄송합니다."

할 말이 없다. 지난 몇 년 동안 좌익 게릴라와의 전면전보다는 포위와 청야전술로 대응했다. 청야전술 자체가 시간이 필요하다. 우리도 힘들지만 FARC도 지금 상당히 지친 상황이다. 콜롬비아 정부는 좌익 게릴라에게 왜 화끈하게 공격하지 않느냐라는 비난을 받지만, 좌익 게릴라들이 근거지를 가진 게 아니라 정글을 옮겨 다니는 상황에서 그들을 찾는 자체가 쉽지 않다.

다음날 오전 산토스 국방부 장관, 나베간테 국가정보원 부원장, 고메즈 비서실장을 불렀다. "어제 파티장에서 외국 대사님들이 인질들 걱정을 많이 하십니다. 그동안 우리는 좌익 게릴라와 직접 싸우지 않고 이들을 고립시키는 전략을 추진했는데 이제 바뀌어야 할 것 같습니다."

"그렇습니다. 지난 6개월간 콜롬비아군은 확고한 방어기지를 구축해 게릴라들의 도발을 저지하는 데 성공했습니다. 특히 수도 볼리바르시를 중심으로 치안은 크게 안정되었습니다." 산토스 국방부 장관이 보고했다.

"장관님 덕분입니다. 수도 이전 성공에는 치안이 큰 역할을 했습니다. 볼리바르시를 가지 않겠다고 거부하던 고위 공무원 가족들이 지난 반년간의 안정된 치안을 보고 이주를 결심한다고 합니다."

"감사합니다."

"이제 게릴라 전선에 변화가 있어야 합니다. 특히 인질 구출에 성과가 필요합니다. 국가정보원을 중심으로 게릴라 본부에 침투해서 중요 정보를 확보하고 공격 포인트를 만드세요. 나베간테, 준비가 되었나?"

"네, 지난 반년간 요원들을 충분히 훈련시켰고 침투 포인트도 확보했습니다."

"그러면 작전을 시작하게."

"작전 이름을 뭐라고 할까요?"

"지금이 7월이잖아. 그리고 원래 작전 이름이 체스니까 7월과 체스의 체크의 첫 글자를 따서 하케 작전(Operación Jaque)이라고 부릅시다." 이렇게 콜롬비아의 근대사를 바꾼 하케 작전이 시작되었다.

"지금 베탕쿠르 의원의 상황은 어떤가?" 나베간테에게 물었다.

"좋지 않습니다. FARC의 인질이었다가 극적으로 탈출한 경찰 말에 따르면 그녀는 다섯 번이나 탈출을 시도했다가 실패했다고 합니다. 베탕쿠르는 B형 간염에 걸린 후에는 극도로 건강이 쇠약해져서 정글 속에서 지칠 대로 지쳐 시체처럼 하루하루를 보내고 있다고 합니다."

"벌써 4년째 정글에 갇혀 있으니······."

"육체적으로 쇠약해졌고 머리숱도 무더기로 빠지고 있다고 합니다. 한마디로 의욕 상실 상태입니다. 가지고 있는 책이라고는 성경책이 유일하고, 반군에 브리태니커 백과사전을 요구했지만 받아들여지지 않았습니다."

"만에 하나 그녀가 죽기라도 하면 큰일이야."

"그렇습니다. 지금 갈수록 프랑스 정부가 강경한 태도입니다. 그녀가 풀려만 난다면 반군에게 돈이라도 주겠다는 입장입니다." 산토스 국방부 장관이 대답했다.

"게릴라 반군은 돈이 아쉬운 집단은 아니야. 마약 팔아서 얼마나 돈을 많이 버는데."

"그렇습니다. FARC는 베탕쿠르를 포함한 인질 40명의 석방조건으로 우리 정부에 비무장지대를 달라는 것입니다."

"그건 절대 들어줄 수 없어. FARC가 지방에 뿌리를 내리게 되면 제거가 만만치 않아. 자네들은 잘 모르겠지만 1930년대 중국 공산당은 국민당군에 의해 토벌 일보 직전까지 몰렸어. 그런데 마침 중일전쟁이 발생하면서 국공합작을 하게 되었지. 국민당은 할 수 없이 공산당의 지방 지배를 인정했다가 결국 중국이 공산화되는 결과를 맞이했어. 지금 FARC는 독 안의 쥐처럼 잡히기 일보 직전인데 그들이 지배하는 지역을 준다는 것은 말이 안 돼."

"지금 FARC는 내부적으로 심각한 도전에 직면하고 있습니다. 40여 년간 조직을 이끌어온 최고 지도자 마누엘 마루란다가 지난 3월 말 사망한 이후 응집력이 급속도로 약화되고 있습니다." 나베간테가 보고했다.

"포섭한 FARC놈에게서 최근 들어온 소식은 없나?"

나베간테는 전직 마약상인 FARC 게릴라 한 명을 돈과 가족을 인질로 삼아 포섭했다. 문제는 그놈이 고위직이 아니라 중간 간부라서 제대로 된 정보가 아직 들어오지 못하고 있다는 것이다.

"고참 혁명가들은 라울 레예스를 밀고 젊은 층은 알폰소 카노를 차기 지도자로 추대하고 있다고 합니다. 지금으로서는 카노가 가능성을 굳히고 있다고 합니다. 카노는 전쟁 자금을 조달하기 위해 정치인과 부자를 납치해야 한다고 주장합니다. 고리타분한 이론가보다는 돈 벌어오는 경영자가 낫다는 분위기라네요."

"마피아 조직이네." 나는 퉁명스럽게 말했다. 주위가 썰렁해졌다. 내가 한때 마피아 조직의 최종 보스였다는 것은 세상이 다 아는 일이다.

고메즈는 조심스럽게 말을 꺼냈다. "각하, 아직 확인은 안 되었지만 충격적인 정보를 최근 FARC를 탈퇴한 게릴라를 통해 들었습니다."

"무슨 일인가?"

"베탕쿠르 의원과 같이 인질로 잡힌 클라라 로하스를 아시지요?"

"알고 있지. 대단한 여걸이지. FARC가 석방해주겠다고 했는데도 의리 때문에 같이 남아 있었던 그 여자 아냐?"

"저도 로하스를 잘 압니다." 산토스 장관이 말했다.

"로하스는 대학에서 강사를 하다가 베탕쿠르와의 우정으로 정치판에 들어섰고 피랍 후 산소녹색당의 부통령 후보 지명을 받았습니다. 로하스가 베탕쿠르를 처음 만난 것은 외교부에서 근무할 때입니다. 당시 제가 외교부 장관이었습니다."

"어떤 여자인가?"

"강단이 있고 의리가 있는 여자입니다. 이혼한 것으로 알고 있습니다."

"로하스가 정글에서 아이를 낳은 사실은 아십니까?" 고메즈가 물었다.

"들은 적은 있어. 그게 사실이야?"

로하스가 인질로 붙잡혀 있으면서 제왕절개 수술로 아들을 낳았다는 소문은 몇 년 전 언론 보도에 나왔다. 정글의 열악한 의료 환경 때문에 게릴라 단원이 부엌칼로 수술했다는 비참한 얘기도 있다. 아들의 아버지는 게릴라로 추정되는데, 강간을 당한 것인지 아니면 사랑하는 사이인지는 확인할 수 있는 정보가 없어 그동안 억측이 분분했다.

"그 아들이 실제로 있고 그 행방을 추적할 수 있는 단서를 찾았습니다."

"뭐라고?" 충격적인 소식이다.

"로하스가 하느님의 아들이라고 생각해 아이에게 엠마누엘이라고 이름을 지어주었다고 합니다. 게릴라들은 아이에게 장난감도 만들어주면서 보호했는데, 아이가 태어날 때 팔이 부러진 데다 풍토병을 앓고 있어 치료를 위해

로하스로부터 아이를 분리했습니다."

"지금 그 아이는 어디에 있는가?"

"그 게릴라 말에 따르면 인근 농가에 아이를 맡겼다고 합니다."

"구체적으로 확인할 수 있는가?"

"네, 그렇습니다."

"나베간테! 당장 그 아이를 찾아서 나에게 데리고 오게."

"알겠습니다."

"그리고 하케 작전을 시작하게. 이 작전은 절대 실패가 있어서는 안 돼! 베탕쿠르를 구출하지 못하면 이 정부의 체면은 돌이킬 수 없이 손상되는 거야."

수도 이전과 신수도 건설은 다른 문제다. 볼리바르로의 수도 이전은 의지의 문제였지만 수도 볼리바르를 건설하기 위해서는 시간과 돈이 필요하다. 그중에 가장 중요한 게 전기다.

볼리바르시에 전기를 공급하기 위해 수력발전소를 만들었지만, 용량은 터무니없이 적었다. 결국 화력발전소를 만들어서 필요한 전기를 공급했는데, 도시를 완전히 새로 짓다 보니 이것도 부족했다.

다행히 볼리바르시가 콜롬비아 석유산업의 도시라 원유는 풍부했지만, 이 비싼 에너지원을 전기로 돌릴 수는 없다. 다른 대안으로 콜롬비아 북부에 있는 엘세레흔 광산에서 채굴한 석탄을 원료로 한 석탄발전소를 짓자는 의견이 올라왔다. 그러나 나는 산업부 장관에서 석탄발전소가 아닌 가스 발전을 적극적으로 도모하라고 지시했다. 볼리바르시 외곽에 수많은 원유 채굴지가 있는데 여기서 필수적으로 생산되는 가스는 파이프라인이 없어 태워버리고 만다. 지역 내에 가스 파이프라인을 구축하면 저렴한 가격으로 가스 발전이 가능해진다. 장기적으로 낮에는 40도에 육박할 정도로 더운 이 지역의 특성을 이용해 태양광 발전을 추진해야 한다.

하루하루를 정신없이 보냈다. 가끔 저녁에 벨라스케스를 데리고 야간 순찰을 나가보면 도시가 활력이 넘친다는 것을 알 수가 있다. 이곳은 더운 낮을 피해 주로 밤에 시장이 열린다. 시장에 가보면 경제 상황이 좋은지 웃는 얼굴의 사람들이 거리를 가득 메우고 있다.

치안도 콜롬비아 그 어디보다 좋다. 고용이 거의 100퍼센트인데다 신도시라 우범지대나 빈민가가 없기 때문이다. 밤늦게 여자 혼자서도 안전하게 다닐 수 있는 도시가 볼리바르시다. 사람들이 붐비는 야외 맥주 바가 보였다. 오늘 동행한 나베간테에게 "저기서 맥주 한잔하고 가자."라고 말했다.

벨라스케스가 옆의 경호원에게 눈으로 지시했다. 그 경호원이 뛰어 들어가 사장에게 사정해서 겨우 자리를 만들었다. 종업원이 맥주 세 잔을 가지고 왔다. 우리 세 사람은 가볍게 건배를 했다. 나베간테는 입만 대고 마시지 않았다. 갑자기 사람들이 TV 앞에 모여들었다. 베르다드 방송에서 긴급속보를 발표했기 때문이다.

"소리 좀 올려줘요. 잘 들리지 않아요." 손님이 소리를 질렀다.

"네, 알겠습니다. 크게 틀 테니 조용히들 하세요." 주인이 볼륨을 키웠다.

"여러분, 안녕하십니까? 오늘 우리 정부는 FARC에 납치된 클라라 로하스의 아들을 확인했습니다." 여자 아나운서가 긴급 보도를 발표했다.

"와! 정말인가? 로하스가 정글에서 아이를 낳았다고 했을 때 믿지 않았는데……."

"아이고 불쌍한 아기, 엄마는 어디에 있고……."

사람들은 안타까운 마음에 TV에서 눈을 떼지 못했다. 아나운서가 계속 발표했다.

"콜롬비아 가족복지부는 2005년부터 다비드 타피에로라는 이름의 아이가 보육원에서 지내고 있는 것을 확인했습니다. 이 아이의 엄마가 클라라 로하스라는 주장이 제기되면서 가족복지부는 미토콘드리아 DNA 검사를 했습니다. 콜롬비아 법의학 연구소는 로하스의 어머니 유전자 확인을 통해 이 아이가 99.99퍼센트로 클라라 로하스의 아들임을 확인했습니다."

"와! 만세!"

TV를 보는 사람들이 만세를 부르며 손뼉을 쳤다. TV에서 로하스의 어머니가 손자를 붙잡고 우는 장면이 나왔다.

"아이가 너무 불쌍해. 엄마는 어디 있는 거야?"

"게릴라한테 납치되서 정글에 있다잖아!"

"정부는 도대체 뭐 하는 거야? 로하스도 그렇고 베탕쿠르도 아직 인질 신세야."

쓴웃음을 지었다. 이런 좋은 일을 하고도 욕을 먹다니!

맥주를 들이켰다. "나베간테, 수고했어. 너도 한잔해!"

"제가 어떻게 감히 보스랑……."

"아냐, 엠마누엘의 소재를 확인하고 찾아냈잖아. 칭찬받을 일이지."

나베간테와 국가정보원은 게릴라들이 아이를 맡긴 농가를 찾는다고 지난 몇 달 동안 정글을 뒤지며 엄청난 고생을 했다. 정보가 부정확해서 수색을 반경 100킬로미터로 확대하여 간신히 엠마누엘을 양육했던 농가를 찾았다.

그 농부는 엠마누엘을 1년간 돌보았지만 가난한 가정에 자식이 더 생기자 아이를 보육원에 맡겼다. 국가정보원은 전국의 보육원을 뒤진 끝에 엠마누엘을 찾았다. 그리고 1년간 양육한 농가 내외로부터 그 아이가 맞다는 확인을 받았다.

이런 우여곡절 끝에 발견한 아이를 정확히 확인하기 위해 클라라 로하스 어머니에게 검사를 요청했다. 딸을 잃은 상실감에 고통받는 그녀는 기꺼이 검사에 응했고 어제 병원의 결과를 받은 것이다.

"아이는 어떤가?"

"몸은 건강하지만, 정신적으로 트라우마가 있는 것 같습니다. 결과적으로 두 번이나 버림을 받아서 대인기피증 증세를 보입니다."

"이 시대의 비극이야. 빨리 엄마를 아이에게 돌려보내야 해."

"FARC가 그 대가를 요구할 것입니다."

"흥, 다른 사람의 인생을 망쳐놓고 무슨 대가야! 복수를 받아야지."

"맞습니다. 보스에게 방안이 있는 것 같습니다."

"그래, 자네들의 일은 여기까지야. 나머지는 내가 처리할게."

TV에서 클라라 로하스의 어머니가 눈물로 호소하는 장면이 나왔다. "존경하는 파블로 대통령님, 빨리 우리 엠마누엘이 엄마랑 같이 살 수 있도록 우리 딸 클라라를 집으로 보내주세요."

가슴이 아팠다. 대통령은 먹고사는 문제만 해결해서는 안 된다. 국민이 흘리는 눈물을 닦아주어야 한다.

TV를 보는 사람들이 눈시울을 적시며 말했다. "정글 소년이 엄마를 제대로 알아나 볼까?"

"아이에게는 본능적으로 엄마를 알아보는 냄새와 느낌이 있어. 로하스가 아이를 낳고 1년을 키웠다고 했잖아. 아이는 엄마를 보면 그 자리에서 알 수가 있어."

"그럴리는 없지만 우리 정부가 로하스를 구출하지 못하면 어떻게 되나?"

"그러면 나는 더는 이 정부를 지지 안 해. 불쌍한 아이 엄마 하나 못 구하는 무능한 정부를 밀어줄 수는 없지."

아이고, 로하스를 구출하는 게 정부의 명운을 거는 문제가 되었다. 여기서 맥주 마실 때가 아니다. "일하러 가자!"

고메즈와 산토스, 그리고 나베간테를 불렀다. "지난 몇 달 동안 국가정보원이 수고해서 엠마누엘을 찾아낸 것은 대단한 성과야. 그렇지만 시중 여론은 빨리 엄마를 찾아주어야 한다고 바뀌었어. 로하스를 구출할 방안이 없겠나?"

"지금 그녀의 흔적을 찾을 수 없습니다. 이놈들이 끊임없이 이동하면서 머무는 경우가 없습니다."

"우리 두더지는 알 수 있을까?"

두더지는 나베간테가 FARC에 심어놓은 첩자를 의미한다.

"두더지에게 명령을 내렸지만 쉽지 않을 겁니다. 아직 그놈이 핵심에 올라가지 못했습니다." 나베간테가 답변했다.

"각하, 의심되는 곳에 특수부대를 보내 집중적으로 수색하는 것은 어떤가요? 작년에 그녀가 있었던 동남부 정글에 FARC 캠프가 지금도 운영되고 있습니다." 산토스 장관이 제안했다.

"그건 별로 좋지 못한 방안입니다. 실패할 가능성도 있고 오히려 로하스의 인질 가치만 높이게 될 것입니다. 그러면 일은 더 꼬일 가능성이 큽니다." 나베간테가 반대했다.

"제가 알폰소 카노랑도 안면이 있습니다. 한번 편지를 보내겠습니다. 아이의 어머니를 석방하라는 인도주의적 감정에 호소해보겠습니다." 고메즈가 말했다.

"아냐, 그런 식으로 부탁을 하면 오히려 저쪽에서 다른 조건을 요구할 거야. 그러면 게릴라 반군과 비타협 투쟁을 하겠다는 우리의 대원칙이 무너져." 내가 반대했다.

"……."

모두 침묵했다. 당장 힘을 동원해 로하스를 구출할 수도 없고 게릴라 반군과 거래도 할 수 없는 딜레마에 빠졌기 때문이다.

"알폰소 카노가 여론에 상당히 민감하다는 정보가 있던데 사실인가?"

"네, 고리타분한 이론가인 라예스와 달리 정치 공작과 여론을 중시합니다." 고메즈가 답했다.

"그러면 로하스 석방은 여론전으로 갑시다. 카노 개자식이 로하스를 석방하지 않으면 안 되는 상황을 연출해야지."

그다음 주 일요일. 엠마누엘과 할머니가 볼리바르시를 방문했다. 로하스 가족은 일요일을 맞아 볼리바르 대성당 미사에 참석했다. 나도 오랜만에 교회를 방문했다. 미사를 드리기 전에 엠마누엘을 만났다. 이제 겨우 5살이 된 엠마누엘은 왜소한 몸매에 사람을 정면으로 바라보지 못했다.

"아이야, 이리 오렴. 아저씨가 한번 안아보고 싶구나."

아이의 눈높이에 맞추어 앉아서 두 손을 벌렸지만 아이는 오지 않았다. 낯선 사람을 무서워한다.

엠마누엘의 할머니가 말했다. "엠마누엘, 이분은 이 나라의 대통령이야. 엄마의 석방을 위해 지금 노력을 다하고 계신단다. 엄마를 만나고 싶으면 이분에게 인사해."

아이는 낯선 사람이 싫었지만, 엄마를 찾아야 한다는 할머니 말에 마지못해 내 곁으로 왔다. 아이를 껴안고 들어 올렸다. 그 순간 카메라 플래시가 사방에서 터졌다. 이건 신문보도를 위해 억지로 연출하려고 한 장면이지만 진짜 슬퍼서 눈물이 나왔다.

이 애는 태어나 아빠는 누군지도 모르고, 엄마는 1년 만에 헤어졌다. 고아로 3년이나 자라면서 제대로 정을 받아보지 못했을 것이다. 죽은 아들 마로킨이 생각났다.

"아이야, 내가 책임지고 엄마를 찾아줄게. 그동안 너는 많이 먹고 건강해야 해."

"…… 네."

엠마누엘은 많은 사람이 이 광경을 지켜보자 놀란 듯 간신히 대답했다.

아이를 할머니에게 돌려주고 미사에 참석했다. 신부가 미사 내내 엠마누엘을 언급하며 "같은 콜롬비아 사람이라면 FARC는 즉각 아이의 엄마를 돌려주라. 이게 하느님의 뜻이다!"라고 강조했다.

신부의 설교가 끝나고 난 뒤 특별 초청된 콜롬비아 국립합창단이 성가《어머니 마리아여 돌아오소서》를 불렀다. 미사가 끝난 뒤 성당의 여자들이 엠마누엘을 위해 특별 기도를 했다.

"우리 콜롬비아 사람들은 세상 무엇보다도 어머니를 존경하고 사랑하며, 어머니를 위해서라면 죽음까지 각오합니다. 아기 예수님과 성모 마리아님이시여, 엠마누엘에게 자비와 보호를 내려주소서!" 성당 안에 흐느끼는 여자들의 목소리로 가득 찼다.

꼭 이렇게 연출을 하려고 한 것은 아니지만 상황은 급속하게 발전되었다. 그날 저녁 콜롬비아 도시마다 엠마누엘에게 어머니를 돌려주라는 촛불시위가 벌어졌다. 콜롬비아 대주교는 "어머니를 존경하고, 어머니를 위해서라면 목숨까지도 마다하지 않을 감정이 있는 인간! 보호해주고 싶은 아내와 선량한 어린 자식들이 있는 인간 카노에게 자비를 부탁드립니다."라는 특별 메시지를 발표했다.

언론을 통한 로하스 석방 운동이 진행되었다. 전국에서 밤마다 로하스 석방을 위한 촛불기도회가 열렸다. 전 FARC 게릴라도 즉각 로하스를 석방해야 한다고 주장했다.

반정부군 FARC에 가장 중요한 것은 명분이다. 정부와의 전쟁을 마다하지 않는 게릴라 전사를 대중이 외면한다면 장기적으로 전쟁을 수행할 수가 없다. 로하스 문제는 콜롬비아 국민의 감정선을 세게 건드린 것이다.

카노의 항복은 엉뚱하게 전달되었다. 차베스 대통령에게서 전화가 왔다.

- 파블로, 잘 지내고 있소? 신수도 볼리바르를 방문하고 싶은데 언제 초청장을 보내줄 거요?

"그렇지 않아도 자네와 만나야 해. 지금 송유관 공사 1단계가 완공되었다오. 이제 안데스산맥을 통과하고 조만간 콜롬비아와 베네수엘라 국경을 연결해야 하네."

- 오, 축하하네. 나도 송유관만 완공되기를 학수고대하고 있다네. 더러운 미국 자식들 눈치 안 보고 아시아 시장에 우리나라 석유를 판매하고 싶네.

"얼마 안 남았어. 자네가 시간 되면 올해 말 정도 초대하고 싶은데."

- 그래, 내가 일정을 비워 두겠소. 오늘 전화를 한 이유는 따로 있소. 알폰소 카노에게 연락이 왔는데, 로하스를 석방하겠데. 나보고 중재를 서달라고 하더군.

"정말인가? 아, 잘 되었네. 지금 그렇지 않아도 콜롬비아에서는 로하스 석방 때문에 난리라네."

- 나도 보았어. 엠마누엘 그 어린애가 엄마 품을 떠난 지가 4년이 넘었다던데, 미사 장면을 보고 한참 울었네. 우리 남미 현대사의 비극이야.

"그런데 중재라니 그게 무슨 말인가?"

- 로하스를 풀어주는 대신 감옥에 있는 게릴라 몇 명을 풀어달라는 거요. 그러면 그렇지, 이놈들이 공짜로 로하스를 풀어줄 리가 없다.

"차베스, 그놈들에게 내 욕을 전해주게. 개자식들이라고! 엠마누엘의 반쪽은 자기들 게릴라 아닌가? 자식을 팔아먹는 놈은 개새끼야."

- 하하하. 그건 맞는 얘기야.

"우리 정부는 절대 게릴라와 협상하지 않아. 그놈들은 이제 단순한 반군이 아니라 마약업자이자 범죄자야. 우린 이미 오래전부터 일체의 인질 거래를 받아들이지 않았어.

- 알겠네. 자네의 입장을 전해주겠네.

차베스와의 통화는 이렇게 끝났다. FARC에 대한 콜롬비아 여론은 더 악화되었다. FARC 세력이 약한 안티오키아주의 게릴라들이 카노를 비난하고 대규모로 투항하는 사태까지 벌어졌다. 언론기관들과 NGO(비정부기구)들도 로하스의 석방 요구 캠페인을 시작했다.

FARC가 마침내 항복했다. 차베스의 전화가 다시 왔다. 카노가 아무런 조건 없이 로하스를 석방하겠다는 의사를 전했다.

"고맙네. 우리 콜롬비아 국민은 자네에게 고마워할 거야."

- 우린 같은 시몬 볼리바르의 후손이야. 내가 엠마누엘을 위해 조금의 역할을 할 수 있어 다행이네.

카노는 로하스 석방을 위해 콜롬비아가 아닌 베네수엘라에 도움을 요청했다. 생각하면 국내 정치에 외세를 불러들인 게 괘씸하지만 지금 찬밥 더운밥 가릴 처지가 아니다. 고메즈, 나베간테, 산토스를 불러 차베스의 제안을 설명했다.

"우리 방공식별구역을 오픈하게. 베네수엘라 헬기 두 대가 들어올 거야. 국제적십자위원회가 FARC가 지정한 한 장소로 헬기를 보낼걸세."

"사전에 그 위치를 알 수 있을까요?" 산토스가 물었다.

"알 수만 있다면 우리가 직접 구출하는 것도 나쁘지 않지. 그렇지만 그런 위험을 굳이 감수할 필요는 없어. 지금은 로하스를 무사히 데리고 오는 게 중요해. 우리 국민이 저렇게 간절히 원하고 있잖아."

"우리 요원 한 명 정도는 헬기에 함께 타야 합니다. 저쪽의 상황을 파악할 수 있는 절호의 기회입니다." 나베간테가 말했다.

"좋은 아이디어야. 요원 한 명을 콜롬비아 적십자위원회로 위장해서 보내게. 몰래카메라를 장착해서 최대한 FARC 동향을 파악하도록 해."

"네."

"산토스 장관은 그날 전군에 비상을 걸어 놓아. 인질을 양도하면서 FARC가 무슨 장난을 칠지 몰라."

"네, 알겠습니다."

"고메즈 자네는 엠마누엘과 할머니를 대통령궁으로 모셔오게. 절대 로하스가 귀환한다는 말을 해서는 안 돼. 만에 하나 이 작전이 실패로 끝날 수 있으니. 헬기가 무사히 볼리바르시로 귀환하면 그때 말하게."

"기자들에게 엠마누엘 엠바고를 요청하고 기다리라고 할까요?"

"그래. 헬기가 무사히 도착하고 난 다음에 보도가 나가도록 해."

적십자위원회로부터 메시지가 왔다. 로하스가 있는 좌표를 받았다는 것이다. 산토스는 즉각 대기하고 있던 베네수엘라 헬기에 연락했다. 로하스를 데리고 오는 헬기가 마침내 떴다. 나베간테에게 연락이 왔다.

- 보스, 로하스와 다른 인질 한 명을 싣고 헬기가 볼리바르시로 오고 있습니다.

"인질들 상태는 어떤가?"

- 두 사람 다 좋지 못하지만 누워 있을 정도는 아니라고 합니다.

"알겠네. 계속 추적하게."

고메즈를 불러 엠마누엘과 할머니를 볼리바르시 외곽 군 캠프로 보내라고 지시했다.

반군이 득실대는 정글에서 로하스를 싣고 날아온 헬기는 두 시간 만에 볼리바르 외곽 군 캠프에 무사히 도착했다. 헬기의 로터 소리가 줄어들면서 문이 열렸다. 의료진의 부축을 받고 수척한 모습의 로하스가 땅을 밟고 걸어 나왔다. 당당하고 거칠 것 없었던 5년 전의 모습은 온데간데없었다.

그녀의 어머니가 대기 선에서 기다리지 못하고 달려나갔다. "클라라, 내 딸!"
"엄마!"
로하스는 마중 나온 노모를 부둥켜안고 울었다.
"아가야, 몸은 어떻니?"
"괜찮아요. 다시 태어난 기분이에요." 첫 소감을 건넨 그녀의 얼굴에는 풀려났다는 기쁨보다는 회한과 고통, 슬픔이 짙게 배어 있었다.

멀리서 엠마누엘이 간호 요원의 손을 잡고 나타났다. 어린애는 사방에 즐비한 군인과 헬기의 진동 때문에 위축된 표정이다. 로하스는 본능적으로 지금 걸어오고 있는 아이가 자기 아들임을 직감했다.

"엄마, 저 아이는……."
"그래, 네 아들 엠마누엘이야."
"아……. 정말이야?"
로하스의 어머니가 엠마누엘의 손을 잡고 말했다. "엠마누엘, 이 사람이 네 엄마야! 엄마라고 불러야지."

엠마누엘은 어리둥절한 표정을 지으며 말을 하지 못했다. 보안 때문에 엠마누엘에게도 엄마의 귀환을 설명하지 않았기 때문이다.

"엠마누엘, 말 안 해도 돼. 이리 와. 안아보자."
로하스는 눈물을 흘리며 엠마누엘을 껴안았다. 아이는 여전히 놀란 표정이다. 이 기회를 놓칠세라 사진기자들이 카메라 셔터를 쉴 새 없이 눌렀다.

눈물 없이는 볼 수 없는 로하스의 재회를 대대적으로 전하는 콜롬비아 신문기사 옆에는 여전히 정글 속에 억류된 채 초점을 잃고 바닥을 응시하는 베탕쿠르의 체념한 듯한 모습의 사진이 실려 있다. 이제 그녀를 구출해야 한다.

베탕쿠르 구출을 위한 회의를 열었다. 가장 중요한 게 그녀가 어디에 있는가다. 나베간테가 정보를 종합해서 몇 군데 지역을 찍었다.

산토스가 고개를 가로저었다. "그런 정보로는 공격할 수 없네. 한 군데 공격했다가 거짓 정보로 판명이 나면 적들이 경계를 강화해 더 찾기 힘들어져."

맞는 말이다. "지금 그 두더지는 어디에 있나?"

"그놈은 과비아레주에 있습니다. 그렇지 않아도 그놈에게 연락이 왔습니다." 나베간테가 대답했다.

"작전을 하나 맡았는데 도와달라는 겁니다."

"어떤 작전이야?"

"과비아레주의 주도인 산호세델과비아레의 무기창고를 털기로 했는데 경계가 심해서 접근이 어렵다고 합니다. 무기고를 털 수 있게끔 도와주면 자신이 승진하는 데 도움이 된다고 합니다."

"저는 반대합니다. 이놈이 이중 첩자가 아닌가도 의심해야 합니다. 무기고를 털게 되면 결국 피해는 콜롬비아군이 받습니다." 산토스가 반대했다.

나는 고개를 가로저었다. 내 살을 내어주어야 상대방의 뼈를 자를 수 있다.

"두더지가 원하는 대로 해줘. 대신 무기고에 최신형은 빼고 구형 무기를 갖다 놔."

"네, 알겠습니다." 산토스가 마지못해 대답했다.

지금 인질들을 추적할 수 있는 유일한 길이 두더지다. 그놈이 원하는 대로 해줄 수밖에 없다. 주변을 조금 정리하고 고메즈를 불렀다. "고메즈 실장은 준비한 초안을 발표해보게."

"네, 지금까지 게릴라 반군 FARC에 대한 대책은 주먹구구식이었습니다. 파스트라나 정권은 FARC와 협상한다면서 사면권을 남발했습니다. 그 결과

FARC가 협상의 무기로 납치를 들고 나왔습니다. 반면, 우리 정부는 납치와 인질에 대해 일체의 무관용 정책을 추진하고 있습니다. 그러다 보니 FARC 전사 개개인도 항복하지 않는 경우가 많았습니다. 이제 이 정책을 수정하여 FARC 게릴라가 항복하면 사면과 일자리, 정착 지원금을 주는 방안을 만들었습니다."

"좋은 아이디어입니다. 반군 게릴라가 항복했는데도 정작 일자리도 없고 돈도 없어 다시 정글로 돌아가는 사례를 자주 보았습니다. 일자리와 정착 지원금이 있으면 게릴라 활동에 다시는 가담하지 않을 겁니다." 나베간테가 자신의 의견을 밝혔다.

"나도 동의해. 독 안에 든 쥐를 구석으로 몰아서 악에 받치게 해서는 안 돼! 살길을 만들어주고 몰아붙여야 우리 편도 덜 피해를 보고 장기적으로 FARC 뿌리를 뽑을 수 있어."

"네, 맞습니다."

"거기에다 이런 정책을 추가하면 어떤가?"

"어떤 정책입니까?"

"친구추천 마케팅을 하는 거지. 항복한 게릴라가 친구 게릴라를 데리고 오면 보상금을 주는 거야. 두 명이면 더 많이 주고 소대를 데리고 오면 집 하나 살 돈이 될 거야."

"하하하. 정말 좋은 아이디어입니다. 항복한 게릴라에게 일거리를 주는 셈입니다." 산토스가 적극적으로 찬성했다.

"엉뚱한 민간인을 돈 때문에 게릴라로 데리고 오면 어떻게 하죠?" 나베간테가 물었다.

"우리 정부가 그 정도 옥석은 가릴 수 있을 거야. 게릴라로 낙인찍히면 불이익을 받을 수가 있는데, 그런 사기극을 벌이기는 쉽지 않아."

"저도 좋다고 생각합니다. 문제는 결국 돈입니다. 예산에 여유가 있는지, 의회에서 반대는 하지 않을지 걱정입니다." 고메즈가 걱정하며 찬성했다.

"내게 맡겨 둬."

그리고 나베간테에게 물었다. "마피아들 간의 전쟁과 게릴라와의 전쟁의 차이점이 뭐라고 생각하나?"

"글쎄요. 마피아들 간의 전쟁은 두목만 잡으면 끝나고 게릴라와의 전쟁은 끝이 없는 것 같습니다."

"잘 보았네. 반군 게릴라와의 전쟁은 이해가 아니라 가치관의 전쟁이니까 그렇지. 반군은 위에 누가 있는가가 중요하지 않아. 그렇지만 FARC는 타락했어. 과거에는 콜롬비아에 마약 카르텔이 있었지만 다 소탕되고 지금은 가장 큰 마약밀매업자가 FARC이야. 우리는 이놈들에게 마피아식 전쟁으로 접근해야 해."

"무슨 말씀입니까?" 산토스가 물었다.

"FARC와 무력과 무력으로 부딪치기보다 핵심 두목들을 하나씩 찾아서 죽이는 거지. 마피아끼리 전쟁은 두목부터 죽이면 밑에 부하는 자동으로 항복해. FARC도 지금은 좌익 무장단체가 아니라 코카인 밀매 마피아야. 가치가 아니라 이해를 중심으로 움직여. 두목을 죽이면 밑에 애들은 그냥 해산하게 되어있어."

"아……"

"사무라이 시카리오를 특수 저격단으로 재조직하게. 이놈들만큼 표적 살인을 전문적으로 하는 집단은 없어."

"사무라이 시카리오는 보스를 최종적으로 보호하는 조직인데 애들을 전선으로 동원하면 만에 하나 보스를 보호할 수 없습니다. 지난번 쿠데타에서도 사무라이 시카리오가 있어 최후의 방어선을 칠 수 있었습니다." 나베간테가 반대했다.

"지금 나는 안전해. 여기는 새 수도야. 무엇보다 빨리 반군 문제를 정리하고 국가 발전으로 국력을 모아야 해. 21세기에 영토 통합이 되지 않은 나라가 세상 어디에 있나? 반군을 정리해야 동부대개발도 가능하고 송유관도 놓을 수 있어."

"......."

"나베간테는 FARC의 핵심 두목들에 대한 정보를 수집하게. 어떻게 이동하는지, 어디에 있는지, 얼굴은 어떤지. 그놈들의 위치가 확인되면 사무라이 시카리오를 보내 죽이게. 가급적 FARC와 군사적 충돌은 자제하고 앞으로는 마피아식 전쟁으로 대응하는 거야."

"네, 알겠습니다."

FARC와의 전쟁 대응방식의 변화는 큰 효과를 보았다. 특히 친구추천 마케팅은 엄청난 반응을 불러일으켰다. 한 달 새에 거의 천 명의 FARC 게릴라가 투항했다. 재무부 장관이 돈이 없다고 마케팅 중단을 요청했지만 거부했다. FARC와의 전쟁비용보다 이 마케팅비용이 훨씬 싸다. 사람도 죽지 않는다.

FARC와의 군사적 대결보다 두목급 암살을 추진한 전략도 성과를 거두었다. FARC의 제2인자인 라울 레예스와 다른 간부들을 콜롬비아 국경에서 1.8킬로미터 떨어진 에콰도르 영토 안에서 암살했다. 이번 작전에서 콜롬비아군은 누구도 죽지 않았다. FARC도 핵심 간부들만 죽은 것이다. 이런 식으로 전쟁을 끝낼 수 있다면 얼마나 좋을까.

두더지의 요청대로 과비아레주의 주도인 산호세델과비아레의 무기창고를 개방했다. 문제는 그곳을 지키는 경찰이 거의 몰살되었다는 것이다. 그들의 죽음에 마음이 아팠다.

두더지가 승진했고 중요한 정보를 보내왔다. 과비아레주 행정 구역의 아파포리스강 근처에서 베탕쿠르를 비롯한 인질들이 있다는 것이다.

"이것을 어떻게 확인하지? 이놈 말만 믿고 군을 보낼 수는 없지 않은가?"

"수색대를 보내 확인하는 것은 어떻습니까?" 나베간테가 대답했다.

"그건 안 됩니다. 만에 하나 걸리면 FARC는 인질들을 다른 지역으로 이동시킬 겁니다. 그러면 다시 찾기는 쉽지 않습니다. 그놈들에게 이제 남은 중요한 인질은 베탕쿠르가 유일하기 때문입니다." 산토스가 반대했다.

"그러면 다른 방안은 있는가?"

"미군이 사용하고 있는 무인 적외선 카메라를 강 주변에 설치하는 겁니다. 거기서 인질들의 흔적을 발견하면 본격적으로 작전을 추진하는 것은 어떻습니까?" 산토스가 의견을 제시했다.

"좋아. 그 카메라로 인질들의 존재를 확인하게."

특수부대원을 보내 아파포리스강 주변을 따라 무인 감시카메라를 설치했다. 한 달 뒤 카메라의 메모리 카드를 회수해 영상을 확인했다. 재무부 장관과 힘겨운 돈 씨름을 하고 있는데 나베간테가 들어왔다. 저놈 얼굴이 좋아 죽는 표정이다. 재무부 장관을 쫓아냈다.

"보스, 베탕쿠르를 찾았습니다. 미국인을 포함하여 인질들이 강 하류 쪽에서 목욕을 하는 장면이 확인했습니다."

"오, 듣던 중 반가운 소식이야. 정확한 정보를 찾아서 오게. 필요하다면 미국의 위성 카메라도 그쪽으로 돌려서 사진을 부탁하게."

며칠 뒤, 다시 안보회의를 열었다. "베탕쿠르 의원과 미국인 인질, 그리고 콜롬비아 인질들이 같이 모여있는 것을 확인했습니다." 나베간테가 슬라이드를 가르키며 말했다.

"정확한 위치가 어디쯤 되나?"

"아파포리스강 하류의 브라질과 접경지대입니다. 조금만 더 들어가면 아마존 정글입니다."

"산토스 장관, 거기에 우리 특수군을 투입할 수 있는가?"

"과비아레주는 본래 아마존 고무붐 동안 식민지가 된 지역 중 하나입니다. 지금은 현지 농민들 대부분이 코카잎을 생산하고 있습니다. 지역 마피아와 FARC도 그 지역을 완전히 장악하지 못한 상황입니다. 1985년 이후 과비아레 내전으로 10만 명의 희생자가 발생했습니다. 우리 군을 보내면 대규모 교전을 염두에 두어야 합니다."

"그걸 감수해야지. 지금 베탕쿠르 의원 때문에 프랑스가 난리야. 지난번 라예스 건도 프랑스가 독자적으로 베탕쿠르 협상을 시도하는 과정에서 나온 문제야. 그냥 내버려 두었다면 우리 정부가 구경꾼 신세가 되었을 거야."

프랑스는 납치에 비타협적인 콜롬비아 정부에 실망하여 FARC의 2인자인 라예스를 통해 베탕쿠르 의원 석방을 추진했다. 그런데 콜롬비아군이 그를 저격해 죽이자 화가 잔뜩 나 있는 상태다. 프랑스에서는 베탕쿠르 석방을 요구하는 움직임이 활발하다.

"베탕쿠르 의원이 B형 간염과 레슈마니아병에 걸려있고 영양실조에 시달리고 있다는 보도가 나가고 난 이후 프랑스 의료 비행기가 인질 석방의 해결을 기다리며 군용기지에 머물며 대기하고 있습니다." 고메즈가 프랑스 동향을 설명했다.

"보스, 정면 공격은 아무래도 힘들 것 같습니다. 거기 갔다 온 우리 요원 말에 따르면 FARC가 철저하게 인질을 감시한다고 합니다. 정면 공격하면 인질의 희생이 불가피합니다." 나베간테가 말했다.

"각하, 제 생각도 마찬가지입니다. 지금 FARC에 남은 유일한 가치 있는 인질은 베탕쿠르 의원밖에 없습니다. 죽기를 각오하고 저항할 것입니다." 고메즈도 정면 공격을 반대했다.

가만 생각해보니 이 두 사람의 의견이 맞다. 지금 우리가 전쟁하자는 게 아니다. 인질을 구출하는 것이다. 뭔가 다른 아이디어를 찾아야 한다.

"지난번 적십자 직원으로 위장하여 클라라 로하스를 데리러 갔던 국가정보원 요원이 있지?"

"네."

"그놈을 지금 당장 데려와."

잠시 쉬며 커피를 마시는 동안 그놈이 긴장한 표정으로 나타났다. "지난번 클라라 로하스를 데려올 때 주변 상황에 대해 하나도 빠짐없이 말해보게."

"네."

훈련받은 요원답게 시간을 기준으로 데려올 당시 상황을 꼼꼼하게 설명했다. 인질을 넘겨줄 때 FARC의 확인 절차를 묻고 또 물었다.

"수고했어. 그만 들어가 보게."

인질들이 하나도 다치지 않고 우리 편도 무사할 수 있는 작전이 생각났다.

"모여봐! 이런 작전은 어떤가? 지난번에 라예스가 소지하고 있던 노트북에서 FARC의 명령서 양식을 찾았지?"

"네, 최고 지도부만 공유하는 명령서 파일이 있습니다." 나베간테가 대답했다.

"그 명령서를 위조하는 거야!"

"그게 무슨 말씀입니까?" 산토스가 물었다.

"지금 마누엘 마루란다가 사망한 이후 알폰소 카노가 최고 지도자로 선출되었지만, FARC 조직력은 옛날 같지 않아. 라예스 사망 이후 정부군의 추격을 피하고자 제대로 연락이 되지 않을 거야."

"네, 그건 맞습니다. 미군의 첩보 위성 감청 때문에 통신망도 제대로 사용하지 못하고 있습니다." 나베간테가 말했다.

"그걸 이용하는 거지!"

"조금 구체적으로 말씀해주십시오." 산토스가 속이 타는지 빨리 말하라고 재촉했다.

"우리 두더지를 통해 위조된 명령서를 인질들을 지키고 있는 두목에게 보내는 거야."

"네?"

"새로운 최고 지도자인 카노가 인질들을 데리고 오라고 하는 명령서를 제시하고 인질들을 우리가 데리고 오는 거야."

"인질들을 지키고 있는 책임자가 그것을 믿을까요?" 산토스가 물었다.

"그놈이 안 믿고 어떻게 하겠어? 사전에 명령서도 받았는데."

"만약 그놈이 전화로나 구두로 카노에게 물어보면 어떻게 합니까?"

"지금 FARC 상황으로 보아서 절대 전화 연락이 되지 않아. 그놈은 명령서를 믿고 보내든지 아니면 규율을 위반하든지 둘 중의 하나인데, 전자를 선택할 가능성이 커."

"명령서를 들고 가는 우리 군 병사를 고문하여 심문할 수도 있지 않습니까?"

"잘 보았네. 그래서 연기를 잘해야 해. 콜롬비아군이 아니라 게릴라로 믿게끔 철저하게 위장해야지. 전향한 게릴라로부터 행동이며 말투며 조직 규범 이런 것들을 학습시켜."

"그 두더지가 이 일을 할 수 있을까요? 이놈이 배반하면 모든 게 어긋납니다." 고메즈가 말했다.

"나베간테, 그 두더지를 믿을 수 있나?"

"지금까지 일을 잘하고 있지 않습니까? 인질들의 소재를 파악하는데도 결정적 공헌을 했습니다. 명령서 전달도 문제없을 것 같습니다."

"우리가 확보한 그놈의 약점은 뭔가?"

"가족들입니다. 보고타에 그놈 아내랑 아이들 두 명을 우리가 감시하고 있습니다. 현재 우리는 월 5천 달러를 가족에게 전달하고 있으며, 두더지 작전을 잘하면 10만 달러의 보상금을 약속했습니다."

"그놈의 전직은 뭐야?"

"마약 밀거래자입니다. FARC의 마약을 보고타에 공급하는 놈인데, 가족들을 만나러 왔다가 붙잡혔습니다."

"신중하셔야 합니다. 잘못하면 작전에 참여한 군인들의 생명은 물론이고 인질들도 위험할 수 있습니다." 산토스는 여전히 조심스러웠다.

"네, 그렇습니다. 베탕쿠르 의원도 그렇지만 인질로 붙잡힌 세 명의 미국인도 중요합니다. 만약 실패해서 인질들 생명이 위협받으면 프랑스와 미국으로부터 압력이 장난 아닐 겁니다." 고메즈가 말했다.

"당연히 신중해야지. 산토스 장관과 나베간테는 이 작전을 원점에서 검토해 리스크 요인을 철저하게 분석하게. 인질들이 언제 다시 이동할지 몰라. 우리에겐 시간이 많지가 않아."

한 달 뒤, 마침내 하케 작전을 최종 승인했다. 인질들이 이동할 가능성이 있다는 정보를 입수했기 때문이다. 가짜 명령서는 1주일 전에 우리 요원을 통해 두더지에게 은밀히 전달되었다. 두더지는 인질들을 붙잡고 있는 현지 FARC 사령관 세자르에게 전달했다.

다행인 것은 세자르가 두더지에게 어떻게 이 공문서를 입수했는지 꼼꼼하게 묻지 않았다는 것이다. 이것은 FARC의 명령 체계가 붕괴하였다는 것을 의미한다. 우리에겐 다행스러운 일이다.

이 작전을 위해 나는 과비아레주의 주도인 산호세델과비아레 근처의 카탐 공군기지로 날아갔다. 두 대의 헬리콥터와 콜롬비아 정부군 소속 특수부대원이 대기하고 있었다. 이들의 복장은 체 게바라가 그려진 게릴라 복장으로 위장했다.

이 작전에서 가장 힘든 것은 헬기 사용이 그럴듯해야 한다는 것이다. 그래서 NGO 요원으로 위장하기로 했다. 지난번 로하스 석방 때의 베네수엘라 헬기가 동원되었다.

마음 같아서는 베네수엘라군으로 위장하고 싶었지만 이건 나중에 외교 문제가 될 수 있다. 베네수엘라와 FARC는 공식적으로는 어떠한 연대도 없지만, 심정적인 공감대가 있다. 새로운 FARC의 최고 지도자가 된 카노도 마르크스주의를 버리고 시몬 볼리바르를 혁명의 모델로 삼고 있다.

콜롬비아 내전에 NGO는 인도주의 목적으로 참여한 경우가 많다. 이들은 부상자를 치료하고 열대우림을 보호하며, 코카잎 재배를 금지하는 활동을 하고 있다. 군용 헬기를 NGO 헬기로 위장했다.

작전에 참여하고 있는 요원들을 불러모았다. 2명은 게릴라 전사로, 4명은 구호 활동가로 분장했다. "일동 차렷!" 산토스가 명령했다.

나는 손으로 편하게 쉬라는 자세를 취하며 말했다. "여러분들은 지금 콜롬비아 역사상 가장 위대한 작전에 참여하고 있다. 중국의 손자라는 전략가는 백전백승보다는 싸우지 않고 적을 굴복시키는 것을 최고의 전략이라고 했지.

그렇지만 실제 그런 전략을 추진하는 여러분에게는 엄청난 위험과 도전이라는 것을 부정할 수 없어. 여러분은 오늘 이 작전을 위해 지난 한 달 동안 외부와의 접촉이 일절 금지된 가운데 힘든 훈련을 받았어. 우리는 수많은 경우의 수를 모두 검토하고 리스크를 최소화했다. 나는 승리를 확신한다. 무사히 잘 다녀와라."

"충성!"

특수부대원들이 구호를 외치며 헬기를 타러 나갔다. 산토스가 뒤따라오며 다른 준비 상황을 설명했다. "지금 2천여 명의 병력과 39대의 헬리콥터 함대가 준비 중입니다. 만약 이상 상황이 발생하면 즉각 이들이 출동하여 게릴라를 진압할 것입니다."

"시간은 얼마나 걸리나?"

"15분입니다."

"그런 일이 없어야 하는데……. 영상 촬영 전송장비 잘 작동하지?"

"네, 지시대로 헬기 출발부터 4대의 카메라가 위성 통신의 도움으로 본부로 자동 전송되게끔 세팅했습니다."

"미국놈들 동향은 어떤가?"

"미 특수부대가 개입하려는 것을 말린다고 고생했습니다. 각하의 명령대로 의료 헬기와 위성 통신만 도움받기로 했습니다."

"잘했어. 이번 작전은 일체 외부 도움 없이 콜롬비아군만의 독자적인 작전이 되어야 해. 성모마리아가 우리를 보호할 거야!"

산토스와 군 고위 장성들과 함께 헬기 안의 카메라와 연결된 모니터실로 갔다. 모두 초긴장된 표정이다. 만에 하나 이 작전이 실패하면 당장 대기하고 있는 군부대가 출동해야 하기 때문이다.

두 대의 Mi-17 헬리콥터 2대가 과비아레주의 정글 한가운데로 날아가 목표 지점에 착륙했다. 거기에는 이미 FARC 게릴라 부대가 나와 있었다. 게릴라로 위장한 두 명의 콜롬비아군 병사가 체 게바라의 티셔츠를 입고 헬기 밖으로 나왔다.

"저놈들이 반군 게릴라처럼 보이나?" 모니터 영상을 보면서 한때 게릴라였던 고메즈 비서실장에게 조용히 물었다.

"완벽합니다. 수염도 깎지 않고 햇볕에 탄 얼굴까지도."

두 명의 위장 게릴라가 현지 게릴라 두목에게 경례했다. "카노 대장님의 명령으로 인질들을 데리러 왔습니다."

"명령서를 주게."

현지 게릴라 두목이 우리 군이 준 가짜 명령서를 받아서 꼼꼼하게 대조했다. 지난번 받은 명령서와 일련번호가 같은 것을 확인했다.

"인질들은 어디 있습니까?"

"저기 뒤편에 대기하고 있네."

"혹시 헬기 안에서 난동을 부릴지 모르니 인질들에게 수갑을 채워주십시오."

"그렇지 않아도 그렇게 준비했어."

"감사합니다. 시간을 줄여주셔서. 그리고 카노 대장님이 세자르 사령관님도 같이 오라는 지시를 내렸습니다. 하실 말씀이 있다고 합니다."

"알았어. 이제 출발하지."

세자르가 부하에게 신호를 주자 마당 뒤편에서 인질들이 굴비 엮이듯 줄줄이 걸어 나왔다. 초췌한 표정의 베탕쿠르 의원이 보였다.

모니터를 지켜보던 군 장성들 사이에 환호가 터졌다. 그러나 만에 하나 그녀를 구출하지 못하면 오늘 작전은 실패. 좋아할 일만은 아니다.

인질들이 두 대의 헬기에 나누어 타고 세자르와 부하 한 명도 헬기에 올라탔다. 겨우 22분밖에 지나지 않았다. 작전의 성공이 눈앞에 있다. 긴장 때문에 담배를 피우는 장군도 있다. 나는 물을 마셨다.

[두두두두두]

두 개의 헬기가 이륙했다. 게릴라로 위장한 우리 요원이 세자르에게 말했다. "헬기의 안전규칙으로 총을 잠시 압수하겠습니다. 부탁드립니다."

"그래." 세자르와 그의 부하가 순순히 총을 넘겼다.

총을 넘겨받은 뒤, NGO로 위장한 군인 두 명이 총을 들고 일어섰다.

"우리는 콜롬비아군이다. 너희들은 체포되었다. 옷을 벗고 바닥을 향해 엎드려라!"

"뭐라고? 콜롬비아군이라고! 카노 대장님이 보낸 게 아니야?"

"그렇다. 잔말하지 말고 빨리 옷을 벗고 바닥에 엎드려!"

세자르는 반항하려고 했지만 중과부적임을 깨달았다. 위장한 콜롬비아 병사들이 모두 총을 겨누고 있기 때문이다.

세자르와 그의 부하의 손을 뒤로 수갑을 채우고 병사는 베탕쿠르 의원에게 다가갔다. 베탕쿠르는 지금 어떤 상황이 벌어졌는지 조금도 인식하지 못했다. 수갑에 묶인 채 얼굴을 바닥에 엎드린 상태이기 때문이다. 헬기의 엄청난 소리는 조금 전의 상황을 다 지워버렸다.

그녀는 게릴라가 자신에게 다가오자 공포감을 느낀 듯 눈이 커졌다.

"의원님, 우리는 콜롬비아군입니다. 당신은 이제 자유입니다."

"뭐라고요! 당신들이 콜롬비아군이라고요?"

"네, 그렇습니다."

옆에 NGO로 분장한 요원이 인질들의 손을 풀어주었다. 인질들은 어리둥절한 표정으로 위장 게릴라를 쳐다보았다.

"여러분, 저희는 콜롬비아군입니다. 이제 여러분은 사랑하는 가족 품에 돌아갈 수 있습니다." 우리 요원의 설명에도 오랜 기간 납치 생활을 한 인질들은 반신반의하는 표정이다. 그들은 옷이 벗겨진 채 뒤로는 수갑이 채워진 세자르와 그 부하를 보고 현실을 파악했다.

"아, 감사합니다. 이제 정말 우리는 돌아갈 수 있나요?"

"그렇습니다."

"만세!" 인질들이 목메어 소리쳤다.

이 장면을 지켜보던 모니터실에도 상황은 똑같았다. "만세!" "콜롬비아 만세!", "감사합니다. 성모마리아님이시여!"라는 소리가 터져 나왔다.

"다 각하의 덕분입니다." 산토스가 축하 인사했다.

"아냐, 우리 모두 지난 몇 달 동안 고생한 결과야. 신이 우리 콜롬비아를 버리지 않았어!"

"인질들과 우리 요원들을 환영하러 착륙장으로 나가시지요." 산토스가 앞장섰다.

자유의 감격을 마음껏 누리기도 전에 헬기는 카탐 기지에 도착했다. 베탕쿠르가 가냘픈 몸을 움직이며 헬기 밖으로 나왔다. 헬기에 내리는 그녀를 내가 직접 부축했다.

"의원님, 그동안 고생 많았습니다. 일찍 구해드리지 못해 죄송합니다."

"아뇨. 이렇게 무사히 살아 돌아온 게 어디입니까? 파블로, 고마워요."

나는 그녀를 껴안고 위로했다. "다 성모마리아님 덕분입니다. 의원님 가족이 누구보다 당신을 기다려왔습니다."

산토스가 위성전화기를 가져왔다. "부시 대통령입니다."

- 파블로 대통령, 축하합니다. 덕분에 우리 미국인 세 사람이 무사히 돌아왔어요. 정말 기적 같은 작전입니다.

"감사합니다. 대통령께서 적극적으로 도와주셔서 이 작전이 가능했습니다."

- 이제 미국과 콜롬비아 관계도 잘해봅시다. 그 망할 놈의 송유관만 빼고.

부시 대통령과의 통화는 뒤끝이 씁쓸했다. 미국은 머나먼 사막에서 전쟁을 끝내고 보니 자신의 뒷마당에서 황당한 일이 벌어지고 있는 것을 이제야 깨달은 모양이다. 다행히 지금은 정권 교체기라 당장 콜롬비아에 적극적으로 개입하지는 못한다. 그전에 빨리 송유관을 완공해야 한다. 물에 떨어진 잉크처럼 불안한 예감이 마음속에 번져갔다.

이번에 풀려난 인질은 15명이다. 미국인 인질 3명은 대기하고 있던 의료 수송용 비행기를 타고 텍사스의 래크랜드 공군기지로 돌아갔다. 베탕쿠르 의원은 보고타에서 며칠을 보낸 뒤 가족이 있는 프랑스로 떠날 것이다.

경찰관과 군인들이 포함된 콜롬비아 인질 11명은 보고타 국군병원에 입원하여 건강을 검진받고 정글에서 얻은 병을 치료했다. 물론 가족 면회가 허용되었다. 어떤 작전인지 궁금한 기자들이 이들을 취재하기 위해 쇄도했다.

15명 인질의 석방 발표는 콜롬비아와 세계를 환희로 뒤덮었다. 콜롬비아 신문은 '오래전부터 우리가 알아 온 것 중에 가장 큰 행복감이며, FARC에는 가장 큰 타격'이었다고 기사화하였다. 어떤 일간지는 이번 작전을 '적이 방심하도록 유도하며 총 한 발 쏘지 않고 인질을 모두 구출해 낸 영화 같은 작전'이라고 표현했다.

인질 석방 발표가 나는 날, 콜롬비아 전역에서는 도로를 지나가는 자동차들이 경적을 울렸으며 오토바이를 타는 젊은이들은 국기를 흔들며 '파블로!'라고 외쳤다. 이를 지켜보던 시민들이 호응하여 거대한 축제의 장이 되었다. 교회와 성당에는 감사 기도를 올리려는 사람들로 가득 찼다. 국민은 박수갈채를 보내며 기쁨의 눈물을 흘렸다. 이제 콜롬비아는 구원받았다.

인질 구출 직후 나에 대한 지지율은 73퍼센트에서 91퍼센트로 급증했다. 베탕쿠르는 프랑스로 떠나기 전 기자회견에서 "나는 이런 완벽한 작전을 내가 경험하리라고는 생각도 못 했어요. 파블로 대통령은 성모마리아가 콜롬비아를 구원하기 위해 보낸 아기 예수님입니다."라고 극찬했다.

하케 작전은 끝나지 않았다. 지금까지 포위 위주 전술에서 한 단계 위의 공격적인 전술로 바꾸었다. FARC 지도자에 대한 마피아식 처형을 진행한 것이다. 한때 내 속을 태웠던 FARC의 마약 거래의 핵심 두목인 이반 리오스는 칼다스 서부의 산악 지역에서 사무라이 시카리오 대장인 카를로스에 의해 살해당했다.

이제 남은 거물은 FARC의 공식적인 최고 지도자 카노이다. 카노를 잡기 위해 투항한 게릴라들을 두둑이 회유하여 FARC에 풀어놓았다. 카노는 콜롬비아 서부와 태평양과 접하고 있으며 무려 6개 나라와 국경을 접하고 있는 발레 데 카우타 계곡에서 마침내 포착되었다.

사무라이 시카리오 부대는 비가 쏟아지는 이틀간의 추적 끝에 총을 쏘며 저항하는 카노 일당을 계곡 구석으로 몰아넣었다. 카노가 항복했지만, 그의 요구는 받아들여지지 않았다. 저항하는 게릴라는 사살한다는 예외 없는 원칙이 적용되었기 때문이다. 사실 카를로스에게 카노는 항복해도 죽이라고 명령을 내렸다. 그놈을 살려둬 봐야 사법 절차를 통해 일만 복잡해질 뿐이다.

카노의 죽음은 콜롬비아군이 FARC 게릴라 조직에 가한 역사상 가장 큰 타격이다. 그렇지만 그 이전에 FARC는 이미 조직적으로 사망한 것과 마찬가지다. FARC는 '가장 값비싼 인질'인 베탕쿠르를 놓치면서 말 그대로 와해 직전 위기에 직면했다.

콜롬비아 정부의 회유정책과 친구추천 마케팅으로 정부군에 투항한 게릴라는 갈수록 눈덩이처럼 불어났다. 재무부 장관은 더는 줄 돈이 없다고 찡찡거렸지만 나는 돈을 찍어서라도 만들어내라고 윽박질렀다.

사실 대부분 게릴라는 거창한 이념 때문에 조직에 가담하는 것이 아니다. 정부로부터 압력을 받거나 먹고살기 위해 그나마 밥이라도 제때 주고 불법을 저질러도 보호해주는 반군 게릴라 조직에 가담한다.

그런데 그 조직은 붕괴 일보 직전이지만, 콜롬비아 정부군의 무력은 압도적이다. 이미 투항한 게릴라들이 돈을 벌기 위해 친구추천 마케팅에 적극적으로 가담하면서 항복만 하면 사면받고 돈도 받으며 일자리를 얻는다는 소문이 정글 깊숙이 퍼져나갔다. 결국 이들은 게릴라 지도부의 감시를 피해 정글을 빠져나와 투항했다. 수용소에서 전 게릴라들은 기본 조사를 받고 콜롬비아 시민 교육을 두 달 받은 뒤에 고속도로 건설에 투입되었다. 건설 경기가 무섭게 성장하고 있어서 일자리는 널려 있었다.

산토스가 보고차 들어왔다. "각하, 지금 남은 FARC 게릴라는 이제 천 명에 지나지 않습니다. 게다가 이들은 지역적으로 분리되어 있어서 에콰도르 국경선에 약 2백여 명이 모여 있는 것을 제외하고 대부분 소수부대로 고립되어 있습니다. 전면 공격 명령을 내려주십시오."

"그건 안 돼!" 나는 단호하게 거부했다.

"우리가 피해받을 가능성은 전혀 없습니다. 군도 지금 사기가 하늘을 찌를 듯이 높습니다."

"게릴라 문제를 단순한 군사적인 관점에서 바라보아서는 해결이 안 돼. 좌파 게릴라는 콜롬비아가 가진 문제를 정치권이 해결하지 못해서 생긴 정치적 문제야."

"그러면 어떻게 해야 합니까?"

"평화협상을 하게! 그들에게 명분을 주고 총을 내려놓게 만드는 거야."

"어떤 명분을 주는 겁니까?"

"토지개혁을 할 거야! 그리고 FARC의 정치 참여를 보장해줄 거야. 내전 기간 희생자도 보상해주어야지."

"우리가 압도적으로 이기고 있는데 굳이 그럴 필요가 있습니까?"

"하하하. 자네는 내가 게릴라와의 전쟁을 마피아와의 전쟁으로 대응하라고 하니까 자꾸 군사 문제로만 보고 있어. 이들이 선거에 참여하지 않고 정글로 들어가 무장투쟁을 벌인 그 원인을 제거하지 않으면 게릴라 문제는 또 발생할 수 있어. 나는 그런 지엽적 해결책을 원하지 않아."

"맞습니다. 게릴라를 죽이고 없애는 것만이 능사가 아닙니다. 이런 폭력적인 운동이 다시는 발생하지 않도록 근본 환경을 바꾸어야 합니다." 고메즈가 내 말에 동의했다.

"산토스 장관, 자네가 FARC와 협상을 하게. 1년 안에 이들이 스스로 총을 버리고 볼리바르시로 스스로 걸어오도록 하는 게 자네의 역할이야."

"그건 전직 게릴라인 고메즈 실장이 더 잘할 수 있는 일이 아닌가요?"

"고메즈는 다른 할 일이 있어. 협상장에는 강경파가 나가야 저놈들도 쫄 거 아냐! 산토스 자네가 적격이야."

13

혁명보다 힘든 개혁

 지난 50년간 콜롬비아 사회를 비극으로 몰아넣었던 FARC와의 종전 협상이 시작되었다. 고메즈는 다른 임무를 부여받았다. 이제 콜롬비아 사회를 근본적으로 바꾸는 4대 개혁 입법을 추진해야 한다. 개혁은 혁명보다 힘들다. 내 지지율이 90퍼센트까지 올라간 지금이 개혁을 밀어붙일 절호의 기회다.

 고메즈를 중심으로 대통령 비서실에 '시스테마'라는 비밀조직을 꾸렸다. 콜롬비아 학계와 정부 관료들, 그리고 변호사 가운데 최고의 에이스만 뽑았다. 이들에게 부여된 임무는 4대 개혁법안의 작성!

 물론 이들 엘리트의 성향은 개혁적이라기보다는 보수적이다. 그렇지만 그게 중요한 게 아니다. 시스테마 첫 회의 때 나는 내 생각을 분명히 밝혔다.

 "여러분의 생각이 어떤지는 중요하지 않습니다. 제가 4대 개혁법안의 요지와 핵심을 정리해서 이미 간략한 책자를 만들었습니다. 이것을 법리적으로 완벽하게 만들어 주십시오. 기간은 한 달입니다."

 "이거 너무하지 않습니까? 집에 연락도 하지 말고 회사에도 이런 장기간 출장을 통고만 하다니! 아무리 이 나라 대통령이라고 하더라도 이것은 심각한 인권침해입니다." 중년의 변호사가 울분을 터뜨렸다.

 "죄송합니다. 이 일이 외부로 알려지면 콜롬비아에 엄청난 충격을 주기 때문입니다. 여러분이 고생하는 대신, 돈으로 보답하겠습니다. 여러분은 나중에 4대 개혁 입법에 참여한 것을 커다란 보람으로 생각할 것입니다."

"저는 이 법안의 필요성을 모르겠습니다. 사람을 강요해서 일을 시킬 수는 없습니다. 집으로 가겠습니다." 변호사는 일어섰다.

"집으로 갈 수 없습니다. 이 일이 끝날 때까지 보안을 지켜야 하기 때문입니다." 벨라스케스에게 눈치를 주었다.

벨라스케스는 그 변호사에게 다가가 탁자에 놓인 책자를 수거하고 그를 일으켰다. "나가시지요."

"어디로 간다는 말입니까?" 그는 벨라스케스를 밀치며 저항하려고 했지만 헛수고였다.

"가보면 아십니다."

다른 경호원 두 명이 달려들어 그 변호사를 밖으로 끌고 갔다.

"이럴 수는 없어! 콜롬비아의 대통령이 납치를 자행하다니 내가 다 폭로할 거야." 그 변호사는 소리치며 사라졌다.

"페드로 변호사는 어디로 갔습니까?" 다른 참석자가 물었다.

"호텔 방에 모셨습니다. 한 달 동안 거기서 이 일이 끝날 때까지 격리되어 있을 예정입니다."

"각하, 이건 불법이 아닙니까? 이 나라 법을 지키려고 대통령이 되셨는데 법을 위반해서 되겠습니까?"

"나중에 이 일로 처벌을 기꺼이 받겠습니다. 묻겠습니다. 이 일을 하기 싫으면 자리에서 일어나주세요."

아무도 일어나지 않았다. 한 달 동안 호텔 방 안에 격리되는 게 끔찍하기 때문이다. 그리고 일에 대한 호기심도 있다. 콜롬비아를 바꿀 4대 법안이라고 하지 않나!

"자, 그러면 여기 계신 분들은 일하는 데 동의하신 것으로 간주하겠습니다. 고메즈 실장이 4대 개혁 입법안에 대해 간략하게 설명해주세요."

고메즈가 자리에서 일어나 칠판 앞으로 나왔다.

"여러분을 이렇게 모셔서 죄송합니다. 그만큼 보안이 중요한 법안이기 때문입니다."

고메즈는 목이 타는지 물을 마시며 계속 말을 이어갔다.

"대통령께서 약 50년간 지속된 이 나라의 내전을 종식했습니다. 우리는 여기에 멈추지 않고 이제 콜롬비아 사회의 근본적인 개혁에 착수해야 합니다. 첫째, 토지법입니다. 잘 아시다시피 피비린내 나는 내전의 근본 원인은 대토지 소유 문제였습니다. 둘째, 최저임금제입니다. 다른 모든 산업화한 나라들이 시행하고 있는 이 제도가 아직 콜롬비아에서는 실시되지 않고 있습니다. 셋째, 의료보험제도입니다. 지금 이 나라에는 돈이 없어 치료를 받지 못하고 죽어가는 국민이 너무 많습니다. 마지막으로 국민연금제도입니다. 노후에 생활이 안정되어야 국민이 마음놓고 일할 수 있으며 범죄나 마약 거래의 유혹에 빠지지 않습니다."

"와!"

"말도 안 됩니다."

"이걸 하나만 해도 정권의 운명이 바뀔 수 있는데 4개를 동시에 추진하다니!"

개혁 입법안을 듣고 사람들은 말문이 막히는 심정이다. 이 중에 진보적이고 개혁적인 사람은 가슴이 두근거렸다. 보수적인 사람은 자기 이해와 다른 이 법안을 자기 손으로 만들어야 하는 모순 때문에 머리가 아팠다.

"여러분께 부탁드리는 것은 이 법안의 가치를 평가해달라는 게 아닙니다. 그건 이미 대통령께서 결정했습니다. 여러분이 해야 할 일은 완벽한 입법안을 만들어 헌법과 다른 법률 사이 모순이 없어야 한다는 것입니다."

고메즈가 시스테마 모임의 취지를 설명했다.

"저는 좋습니다. 언젠가 이런 제도를 만드는 것을 꿈꾸어 왔는데 기회를 주셔서 감사합니다. 그런데 가족과 연락할 수 없는 것은 참을 수 없습니다. 제가 해외 출장을 간다고 왔는데 전화 한 통 없으면 어머니가 얼마나 걱정하겠습니까?" 젊은 학자가 문제를 제기했다.

"자네 말이 맞아. 그러면 1주일에 한 통화는 허락하겠네. 대신 감시 하에 통화를 해야 해."

"아, 그래도 상관없습니다. 제가 무사히 잘 있다는 것만 알리면 됩니다."

참석자들이 안도의 한숨을 쉬었다. 그래도 1주일에 한 통화 하는 게 어디냐.

"자, 그러면 지금부터 소책자를 보시고 4대 개혁 입법안의 취지를 이해하는 시간을 갖겠습니다. 오후 6시에 저녁 식사를 하고 7시부터 본격적인 토론 작업을 먼저 시작하겠습니다."

회의장을 나가기 전에 감사 인사를 전했다.

"여러분에게 진심으로 감사합니다. 4대 개혁법안은 콜롬비아 사회를 새로운 길로 이끌어나가는 초석이 될 것입니다."

시스테마 작업은 어떻게 보면 쉬운 문제다. 진짜 문제는 이 법안이 이 나라 기득권 세력인 토지귀족과 산업자본가에게 양보를 강요한다는 것이다. 이들이 절대 가만히 있지를 않을 것이다.

한 달 뒤 4대 개혁 입법안이 발표되자 콜롬비아 사회는 폭탄을 맞은 듯 뒤집혔다. 마치 진도 9의 강진이 예고도 없이 떨어진 것과 비슷했다. 일반 시민들은 4대 개혁을 열렬히 환호했다. 어떤 여론조사에 의하자면 거의 70퍼센트 이상의 찬성을 보였다고 한다.

그러나 하나하나 개혁법안의 내용이 알려지면서 반대여론이 나타나기 시작했다. 사람들은 자기에게 돌아올 이익은 막연하고 반대로 손해가 되는 상황이 분명해지면, 후자가 전자를 압도하기 마련이다.

조직화된 이익집단은 국민 전체의 이해를 무시하고 자신의 피해에 민감하다. 4대 개혁법안의 가장 큰 반대세력은 대토지 소유자들이다. 이들은 지난번 쿠데타와 관련하여 힘이 많이 빠졌지만, 콜롬비아 농촌에 여전히 막강한 영향력을 행사한다. 여당이나 다를 바 없는 보수당의 분위기가 심상치 않다.

보수당과 접촉한 고메즈가 당내 상황을 보고했다. "분위기가 심상치 않아. 농촌 출신의 의원들이 다른 법안은 몰라도 토지법은 절대 받아들이지 않겠다고 하네."

"그건 안 돼. FARC와의 종전 협상에서 토지법을 처리하겠다고 약속했는데, 지켜야지. 좌익 게릴라가 왜 출현했겠나? 대지주가 이 나라 토지를 다 차지하고 있으니 땅이 없는 농민들이 토지를 주겠다는 좌익의 선동에 넘어갔기 때문이야."

"다행히 국가연합사회당에서는 토지법 처리를 환영하고 있어. 라미레즈 대표가 콜롬비아에 가장 시급한 법이 토지법이라고 언급했어."

지금 제1당인 국가연합사회당은 원래 자유당에 속했으나 나를 지지하기 위해 일부 의원들이 뛰쳐나와 새롭게 창당한 친여당이다. 이 당은 중도 우익 성향으로 주로 도시에서 많은 지지를 받고 있다. 당이 추구하는 이념이 불분명하고 선거에서의 승리만을 위한 연합에 불과하다는 비판을 받고 있지만 실질적인 여당이라고 할 수 있다.

"이번 개혁안 중에 다른 법안은 조정할 수 있지만 토지법은 어떠한 타협도 있을 수 없어. 라티푼디오(Latifundio, 대토지소유제) 해체 없이는 미래의 콜롬비아는 없어. 남미 국가들이 왜 근대화가 못 되었는가? 바로 농촌의 이 봉건 지주들이 악귀처럼 나라의 자산을 빨아먹고 있기 때문이야. 지난번 딥스테이트 청산 이후 이 법을 곧장 실행했어야 했는데 FARC와의 전쟁 때문에 놓쳤어."

남미에서 일부 지주에 의한 대토지소유제는 끝없는 혁명과 정치 갈등을 불러일으켰다. 1910년 멕시코 혁명, 1970년대 칠레와 페루의 사회주의 실험, 1980년대 브라질의 토지개혁도 지주 계급 정치세력의 반발과 방해 공작에 부딪혀 좌절되었다.

남미 국가가 후진국으로 여전히 남아있는 이유는 산업화와 근대화를 가로막는 대지주 때문이다. 다행히 한국은 한국전쟁이라는 초유의 사태로 대지주가 자동으로 정리되었다. 반면, 아직도 농촌에서 영향력을 행사하는 지주 세력 때문에 일본은 제대로 된 근대화를 이루지 못해 지금 망해가고 있다.

"이들이 끝까지 반항한다면 어떻게 할까?"

"흥, 이미 콜롬비아는 농업사회가 아니야. GDP의 40퍼센트가 광업이고 제조업이 25퍼센트 이상이야. 농업은 이제 겨우 20퍼센트도 되지 않아. 지주 놈들을 마그달레나강에 다 빠뜨려 매장해도 콜롬비아는 끄떡없이 돌아가게 되어 있어. 보수당에 분명히 얘기해. 토지법은 나 파블로가 반드시 관철할 테니까 반대할 생각을 말라고!"

"나도 동감이야. 다른 법안에 대해서도 말들이 많아."

"국가연합사회당에서는 최저임금제를 반대한다면서?"

"그 당은 산업자본가와 소상공인이 지지 기반이라 임금제도에 예민해. 연금제도도 기존보다 너무 부담이 많다며 반대한다고 하네."

"보편적 의료보험제도도 반대한다면서?"

"맞아. 기업주가 의료보험의 반 이상을 부담하는 게 싫은 거지. 그렇지만 공개적으로 반발하지는 못하고 있어. 국민의 압도적 찬성을 받는 게 의료보험제도거든."

콜롬비아 의료보험은 전형적인 미국식 시스템이다. 직장 의료보험은 있지만 이 의료보험을 취급하는 병원은 터무니없이 부족하고 설비나 의료 수준이 낮다. 정부 지원 빈민층 보험은 있으나 마나 한 제도다. 부실한 보험제도 때문에 중산층은 따로 보험을 드는 실정이다. 의료보험 없이 병원을 이용할 경우 매우 비싸며 진료 거부를 당할 수도 있다. 의료보험이 없는 국민은 암 같은 큰 병이 걸리면 집안이 거덜 나거나 병원 치료를 포기하는 경우도 있다.

새로운 의료보험은 한국식 모델을 적극적으로 도입했다. 그러다 보니 병원과 의사들의 반발이 만만찮다. 벌써 보편적 의료보험 반대를 외치며 시위를 벌이는 의대생도 있다고 한다. 반면, 국민은 열렬하게 이 제도 도입을 환영한다.

"이원화된 의료보험제도를 하나로 통합해 국민 모두에게 양질의 의료혜택을 부여한다는 점을 강조하게. 진료받는 사람이 많으면 의사의 소득도 올라간다는 점을 의대생에게 설득시키게. 아니, 의사라면 아픈 사람을 돈 때문에 외면해서는 안 되는 거 아냐!"

"알았어. 교육부와 보건부를 통해 학생들을 설득할게."

"국민연금제도는 재무부가 반대한다면서?"

"재무부의 입장이 완강해. 이 제도를 도입하면 콜롬비아 정부는 파산한다고 주장하고 있어."

콜롬비아에 연금제도가 없는 것은 아니다. 그렇지만 연금을 받는 조건이 까다롭고 연금액수도 매우 적다. 내가 제시한 연금제도는 누구나 받을 수 있는 보편적 제도이다. 심지어 콜롬비아에 만연한 남녀 간의 차이도 없앴다.

"재무부와 상의하여 연금수급 나이를 상향 조정하게. 분명한 것은 직장이 없는 사람도 돈을 내면 연금을 탈 수 있도록 제도를 확대해야 해. 연금이 있어야 사람들이 죄짓지 않고 미래를 대비하며 살 수 있는 거야. 내가 한때 마피아 두목을 할 때, 10년 무사고면 콘도를 준다고 우리 조직원에게 약속했어. 미래를 보장하니까 조직원들이 이탈하지 않고 사고도 치지 않았어. 그 효과로 에스코바르 패밀리가 콜롬비아를 먹었지."

"파블로, 마피아 얘기는 대외적으로 하지 말게." 고메즈가 난처한 표정을 지었다.

"알았어."

"초안에 제시된 연금제도라면 정부 재정에 큰 부담이 돼. 후대 정부가 감당할 수 없을 문제가 될 수 있어."

"고메즈, 왜 연금을 정부의 쌈짓돈으로 준다고 생각하나? 이 제도를 도입하면 당분간 들어오는 돈이 훨씬 더 많아. 그 돈으로 투자를 해서 돈을 불리면 되지 않나? 우리도 국부펀드를 만들어 국민의 자산을 증가시켜야 해. 투자를 모르면 이제 망하는 시대가 오고 있어. 재무부 장관을 불러. 내가 직접 설득할게."

"그래. 그 문제는 그렇게 하고 의회 상황이 만만치 않아. 급진변화당을 제외하고는 정당마다 4대 개혁법안에 대한 입장이 달라. 이들의 이해를 조정하는 게 가장 중요해."

"밤이 길면 꿈이 긴 법이야. 이번에 이 법률들을 통과 못 시키면 언제 다시 기회가 오겠나? 지금 나에 대한 지지율이 80퍼센트 이상이고 국민은 4대 개혁법안을 70퍼센트 이상 지지하고 있어. 라미레즈에게 밀어붙이라고 하게."

내가 대통령이 되고 나서 콜롬비아 정당체계는 보수와 자유 양당 체제에서 다당제로 전환되었다. 국가연합사회당, 급진변화당, 녹색당 등이 신규 정당으로 제도권으로 들어왔다. 나는 국가연합사회당, 보수당, 급진변화당을 비롯해 일부 자유당, 녹색당까지 연정에 참여시켰다.

4대 개혁 입법안은 이런 연정을 붕괴시켰다. 법안을 둘러싸고 국회 안에서 고성이 오고 갔으며 일부 의원들은 몸싸움을 마다하지 않았다.

가장 심각한 것은 이해관계가 걸린 집단이 거리로 뛰쳐나오기 시작한 것이다. 의대생들이 거리로 뛰쳐나와 보편적 의료보험제도를 거부하는 시위를 벌였다. 의사 중 일부는 파업을 벌였다. 자신에게 돌아올 혜택을 더 달라는 시위도 벌어졌다. 노동자들은 최저임금을 올려주고 연금도 조기에 받을 수 있도록 개정안을 촉구했다. 농민들은 대토지를 무상으로 나누어 달라고 주장하며 볼리바르시로 올라와 시위를 벌였다.

직접적 이해관계가 있는 시위는 소리는 요란하지만 영향력은 크지 않다. 가장 무서운 것은 기득권 세력의 보이지 않는 거부와 태업이다. 대지주와 자본가들은 거리로 나가는 대신 그들이 돈을 주는 정당과 언론을 통해 공격했다.

언론은 파블로 정부를 '좌파 포퓰리스트'라고 규정하고 공격했다. 파블로가 나라의 곳간을 펑펑 써대고 국민에게 인기를 구걸한다는 것이다. 여기에 자극받은 보수당과 자유당 의원도 이런 공격에 동참했다. 4대 법안 심사 과정에서 좌익 독재에 반대한다면서 회의장을 빠져나와 의원 정족수를 채우지 못하는 상황이 발생하기도 했다.

일부 기업들이 투자를 지연하고 벌어들인 수익을 역외 탈세 지대로 옮기는 사례도 적발되었다. 대지주들은 소작농을 내쫓고 땅을 그대로 내버려 뒀다.

일부 정부 관료는 눈에 보이지 않는 고의적 태업을 벌였다.

4대 개혁법안을 6개월 이내에 처리하라고 지시했지만 결국 의회의 반발로 회기를 놓쳤다. 라미레즈 국가연합사회당대표를 대통령궁으로 불렀다.

"각하, 죄송합니다. 워낙 반대가 심해서 이번 회기 안에 통과시키지 못했습니다."

"다음번에는 통과시킬 수 있는가요?"

"죄송하지만 그것도 장담할 수 없습니다."

"좋습니다. 의회가 협조를 안 해주면 나도 방법이 있습니다."

"네?"

라미레즈의 얼굴이 창백해졌다. 이 대통령은 보통 사람이 아니기 때문이다.

"4대 개혁법안을 둘러싼 이해관계가 너무 달라서 여론을 모을 수 없습니다. 보수당은 토지법을 반대하고 급진변화당은 최저임금제의 기준이 너무 낮다고 반대합니다." 라미레즈가 고민을 털어놓았다.

"그걸 조정하려고 의회가 있는 게 아닙니까? 그러면 적어도 회기 내에 투표해서 결과가 나와야지."

"죄송합니다." 라미레즈는 고개를 숙였다.

"내가 여론을 반전시켜볼 테니까 다음 회기에는 반드시 통과시키게."

"네."

국민 여론을 반전시키기 위해 '국민과의 대화'라는 프로그램을 만들었다. 국영방송사는 난감한 상황을 맞이했다. 지금까지 콜롬비아에서 이런 행사를 단 한 번도 진행하지 않았기 때문이다. 대국민 소통 창구라고 해봐야 기껏해야 기자회견뿐이었다.

1940년대 40만 명을 희생시킨 자유당과 보수당의 내전 이후 콜롬비아는 의외로 군사 독재를 겪지 않았고 4년 임기의 대통령 선거가 정상적으로 치러졌지만, 어떤 대통령도 TV라는 매체를 통해 국민과 직접 대화 같은 것은 하지 않았다. 이 나라는 상당히 폐쇄적인 국정운영 기조를 가졌으며 대국민 소통은 주로 선거를 통해서만 확인되었다.

대통령이 직접 나서 4대 개혁 입법안을 놓고 국민과 직접 대화를 하겠다고 하니 난리가 났다. 국민 패널 3백 명을 공개 모집했는데, 신청자가 무려 백만 명이 넘었다. 방송사는 나이, 성별, 지역 등 인구 비율을 고려해 최종 국민 패널을 선정했다. 대화는 정해진 각본 없이 타운홀 형식으로 진행되었으며, 패널과 제작진은 사전 인터뷰로 정보와 질문을 공유하지만 누가 어떤 질문을 할지 알 수 없다.

이 프로그램을 진행하면서 가장 바쁜 조직은 대통령 비서실이다. 고메즈는 또 한 번 임플란트를 심을 만큼 밤을 새우며 고생했다. "파블로, 혹시 모르니까 질문할 패널을 사전에 정해놓는 게 어떤가? 엉뚱한 질문이 나와 행사를 망칠까 봐 두렵네."

"그런 쇼를 하기 위해 이런 프로그램을 준비한 게 아니야. 열심히 공부하고 있으니까 어떤 질문이 나와도 대답할 수 있네."

"만약 이상한 질문이 나오면 신호를 하게. 방송사에서는 그걸 대비해 광고도 준비했다고 해."

"우리 국민이 바보인가! 그런 짓 하지 말라고 해. 창피당하면 창피당하는 대로 진행할 거야."

"인터넷을 통해서도 중개하라는 아이디어는 어디서 얻었는가?"

"미국에서도 가끔 하잖아. 우리 콜롬비아도 빨리 정보화가 추진되어야 해. 이번 국민과의 대화를 통해 인터넷이 어떤 역할을 하는지 깨달았으면 좋겠어."

다른 남미 국가와 비교해 콜롬비아의 정보화는 빠른 편이지만 여전히 속도는 느리다. 이번 국민과의 대화에서는 현장뿐만 아니라 인터넷을 통한 질문도 받으라고 지시했다.

"자넨 보면 볼수록 신기하고 대단한 사람이야. 대학도 못 나온 전직 마약 카르텔의 보스가 이 방대한 국정을 이해하고, 세계의 트랜드도 쫓아가고 있으니."

"그런 거 하나도 중요하지 않아. 4대 개혁법안을 통과하고 제대로 시행하는 게 내 마지막 남은 꿈이네."

"알겠네. 오전에 보낸 답안지에 틀린 수치가 몇 개 발견되었어. 있다가 보내줄 테니 잘 숙지하게."

"자네도 너무 고생이야. 벌써 이빨이 몇 개째 빠지고 있는 건가? 항상 고마워."

방송국에 도착하니 주변에 긴장감이 흘러넘쳤다. 방송국은 대통령이 어떠한 사전조율 없이 생방송으로 국민과 토론하는 자리를 조직하고 방영하는 포맷을 해본 경험이 없다. 방송사고라도 난다면 난감한 상황이 된다.

유명 시사 앵커가 사회자로 나왔다. 그도 긴장한 모양이다. 대통령 앞에서도 넥타이를 고치며 대본 읽기에 급급했다. PD가 큐 사인을 내면서 방송이 시작되었다. 앵커가 간략하게 방송의 취지를 말하고 나를 소개했다.

마이크를 잡았다. "존경하는 콜롬비아 국민 여러분! 우리는 마침내 이 나라를 분열시키고 폭력의 시대를 초래한 좌익 게릴라와의 전쟁에서 승리했습니다. 그렇지만 이러한 불행한 시대를 잉태하게 만든 사회구조 개혁 없이는 다시 그런 일이 벌어지지 않는다고 누가 장담하겠습니까? 4대 개혁법안은 비록 힘들지만 콜롬비아 사회를 지속가능한 발전의 시대로 만들 것입니다. 4대 개혁법안은 시장이 하지 못하는 불평등과 배분의 문제를 해결할 것입니다. 이 법안을 알리려고 큰 노력을 했지만, 여전히 많은 국민은 잘 모르고 있습니다. 그래서 이 법안을 설명하기 위해 오늘 이 자리를 만들었습니다. 여러분의 궁금증과 오해가 풀릴 때까지 토론은 계속될 것입니다. 어떠한 질문도 좋으니 물어보시기 바랍니다. 궁금증이 해소되지 않으면 다시 물어봐도 좋습니다."

사회자가 보충 설명을 했다. "본래 방송사에서는 국민과의 대화 시간을 두 시간 정도 잡았습니다. 그런데 대통령께서 시간에 구애받지 말고 국민의 의

문점이 해소될 때까지 최대한 대화를 진행하라고 말씀하셨습니다. 이에 본 방송국은 여러 가지 여건을 고려해 시간을 늘리기로 했습니다. 자, 그럼 먼저 질문을 받겠습니다."

방청객 중에 젊은 남자가 가장 먼저 손을 들어 첫 질문자가 되었다.

"저는 보고타 의과대학의 인턴입니다. 대통령께서 도입하려는 보편적 의료보험제도에 관해 질문하겠습니다. 지금 콜롬비아 국민소득은 1인당 5천 달러가 되지 않습니다. 국민의 소득 수준이 미치지 못함에도 의료보험제도를 도입하게 되면 보험료를 낮게 책정할 수밖에 없습니다. 그러면 당연히 국민은 제대로 된 서비스를 받지 못할 뿐만 아니라 의료업계는 부실화될 것입니다. 우리는 쿠바식 의료제도가 가진 문제점을 잘 알고 있습니다. 대통령께서는 사회주의자인가요?"

논리를 살짝 비약해 사람을 낙인찍는 아주 고약한 놈이다. 2층에서 벨라스케스가 부들부들 떨면서 이놈을 째려보고 있다.

"국민소득과 의료보험제도는 어떠한 상관도 없습니다. 사람이 아프면 치료받아야 하는데 소득이 무슨 상관입니까? 쿠바의 무상의료제도는 병원의 문턱은 낮추었지만, 의료의 질을 떨어지게 만드는 부작용을 초래했습니다. 보편적 의료보험제도는 소득에 따라서 보험료에 차별을 둘 것이며 의사는 일한 만큼, 숙련도가 높은 만큼 더 많은 소득이 보장됩니다. 사회주의와는 어떠한 관련성도 없습니다."

왼쪽에서 젊은 여자가 손을 들었다. "저는 대통령께서 추진하는 최저임금제에 찬성합니다. 그렇지만 지금의 최저임금으로는 볼리바르시에서 방 하나 얻을 수 없고 한 달 식비에도 미치지 못합니다. 최저임금을 현실화시켜주시기 바랍니다."

"저도 노동자의 현실에 가슴이 아픕니다. 우리가 채택한 최저임금제는 물가상승률을 기준으로 잡았습니다. 그렇지만 또 하나 눈여겨볼 것은 대부분의 콜롬비아 가정 내 경제활동 인구가 2명 이상 되는 점을 감안해야 합니다. 2명이 일했을 때 최저임금은 최소한의 생계를 보장할 수 있도록 설계되었습니다."

토론 시작부터 오른쪽에서 흥분해서 얼굴이 달아오른 중년 남자가 손을 들었다. "대통령께서 도입하려는 토지법은 콜롬비아 헌법이 보장한 사유재산의 원칙과 완전히 어긋납니다. 저는 보수당이지만 파블로 대통령께서는 시장주의자라고 생각해 표를 찍었습니다. 그렇지만 토지법을 처리하는 것을 보면 좌파 게릴라와의 주장과 하나도 다를 게 없습니다."

"그건 그렇지 않습니다. FARC는 대지주 토지를 무상 몰수하자고 했습니다. 저는 경작하지 않는 일부 토지를 매각해야 한다고 법제화했습니다. 몰수도 아닙니다. 법에 따라 시시비비를 가릴 수 있도록 절차를 만들었습니다."

가운데 줄에 있는 중년 여자가 손을 들었다. "저는 가정주부입니다. 국민연금제가 도입되면 저도 연금을 받을 수 있나요? 국가에 지금까지 낸 세금이 없어요."

"가능합니다. 소득이 없는 국민도 연금제에 가입할 수 있습니다. 연금은 여러분이 저축하거나 투자를 하는 것보다 훨씬 안전하고 수입이 높을 것으로 예상합니다. 여러분이 낸 돈은 우리나라 최고의 투자전문가들이 자산을 불려줄 겁니다. 국가는 계약 당시 맺은 대로 연금을 지불할 것입니다."

"아, 감사합니다. 꼭 가입하도록 하겠습니다."

"저는 연금제도 도입을 반대합니다." 2층 중간에서 어떤 남자가 소리쳤다.

"누구시지요? 자기소개하고 질문하시기 바랍니다." 사회자가 말했다.

"저는 대학에서 경제학을 가르치는 교수입니다. 이번 연금제도는 사회주의 정책과 다를 바 없습니다. 여러분 소련이 망했을 때 국민이 받는 연금은 10달러도 되지 못했습니다. 무엇보다 연금제도가 도입되면 외국인이 콜롬비아 투자에 부담을 느껴 떠나게 될 것입니다."

"그건 맞지 않습니다. 많은 외국인투자가들은 연금의 강제비율이 콜롬비아보다 높은 나라에 투자하고 있습니다. 외국인투자가들에게 중요한 것은 수익이지 전체비용의 2퍼센트에도 되지 않은 연금은 고려사항이 아닙니다."

4대 개혁법안에 대한 격렬한 토론이 계속 진행되었다. 2시간이 넘어서 잠시 정회를 하고 10분 뒤에 재개하기로 했다. 초조한 표정의 고메즈가 화장실까지 달려왔다.

"괜찮아? 피곤하면 중단할 수 있어."

"아니야, 할만해. 지금 시청률은 얼마 나왔나?"

"70퍼센트가 넘었어. 인터넷에는 난리가 났고, 서버가 작동이 안 될 정도야."

10분 휴식 후 진행된 국민과의 대화 열기는 갈수록 뜨거워졌다. 4대 개혁법안과 상관없는 질문들도 나왔다.

"베네수엘라에서 콜롬비아를 거쳐 태평양으로 연결되는 송유관에 대해 미국이 부정적이라고 합니다. 대통령께서는 어떤 생각입니까?"

"송유관에 대한 저의 원칙은 이게 경제성이 있느냐 없느냐입니다. 이 송유관은 베네수엘라는 물론이고 콜롬비아 경제에 큰 도움이 됩니다. 우리는 통과료를 받을 수 있고 동부대개발을 촉진할 수 있기 때문입니다. 저는 뿌리부터 친미주의자입니다. 부시 대통령이 이것을 확인해주었습니다."

"대통령께서 콜롬비아 축구협회장을 하실 때 월드컵 준우승까지 했는데 왜 지금 콜롬비아 국대 성적은 월드컵에 진출도 하지 못하는가요? 대책을 만들어야 합니다."

"죄송합니다. 세계 축구는 이미 평준화되었습니다. 우리의 전면압박전술도 다 알려졌습니다. 이제 중요한 것은 자국 리그의 수준입니다. 우리 콜롬비아는 경제 사정 때문에 아쉽게도 좋은 선수를 많이 놓치고 있습니다. 경제가 좋아지면 축구에 더 투자하겠습니다."

"대통령께서는 왜 아직 독신인가요? 결혼할 의향이 없으신가요?" 어떤 아주머니가 노골적으로 질문했다.

"건국의 아버지 시몬 볼리바르도 사랑하는 여자가 죽은 후 계속 독신이었습니다. 저도 마찬가지입니다. 저는 조국 콜롬비아와 결혼했습니다." 말도 안 되는 답변을 했지만, 사람들은 존경하는 눈빛으로 바라보았다.

그리고 말하기 어려운 질문들도 이어졌다. 여전히 계속되고 있는 마약 문제나 4대 개혁법안이 의회에서 통과되지 못하면 어떻게 할 것인가 등의 질문이 나왔다. 이건 생각해보겠다며 넘어갔다.

국민과의 대화가 5시간 넘게 진행되었지만, 모두 생생했다. 콜롬비아 국민은 한 번도 이런 정치 행사를 경험하지 못했기 때문이다.

"본래 이 프로그램은 2시간 정도를 예상했습니다. 그렇지만 국민 여러분의 적극적인 참여 덕분에 3시간을 초과했습니다. 지금 분위기라면 내일 아침까지 할 수 있을 것 같습니다." 사회자가 웃으며 말했다.

"하하하"

방청객에서 웃음이 터졌다.

"그렇지만 국민 여러분이 잠들어야 하는 시간인 관계로 방송을 마치고자 합니다. 장시간 이 프로그램을 시청하신 국민 여러분, 오늘 이 자리에 참석하신 패널 여러분, 그리고 파블로 대통령께 감사드립니다."

국민과의 대화가 성공적으로 끝났다. 나는 참석한 패널들에게 대통령 시계를 선물했다. 그다음 날, 4대 개혁법안에 대한 찬성이 마침내 60퍼센트까지 올라갔다. 이제 의회에서 통과되는 일만 남았다.

국민과의 대화는 큰 성공을 거두었지만 오래 가지 못했다. 재수 없게도 다른 사건이 나의 성과를 묻은 것이다. 그동안 좌익 게릴라와의 전쟁에서 부유층들의 자위조직으로 성장한 우익민병대원들이 소작료 인하를 요구하는 농민들을 학살한 사건이 발생했다. 농민들은 토지법에 큰 지지를 보내고 기대했지만, 법안이 나온 지 1년이 되도록 성과가 없자 직접 해결에 나섰다가 변을 당한 것이다.

산토스를 불렀다. "그놈들을 쫓고 있나?"

"네, 사건을 보고받고 즉시 군을 출동시켰습니다. 사건을 일으킨 민병대원들은 약 천여 명으로 추정되는데 현재 안티오키아 정글로 도주한 상태입니다."

"그놈들과 연락은 되나?"

"네, 예전에 합동 작전을 수행한 적이 있어 연락은 가능합니다."

"그러면 그놈들에게 통고해. 자수하지 않으면 놈들에게 돈을 준 현지 지주와 기업가 놈들을 잡아넣겠다고."

"네? 그게 무슨 말씀입니까?"

"민병대의 자금은 지주와 기업인들이야. 그놈들이 돈을 주어서 이 사태를 만든 거 아냐. 민병대에게 돈을 지원해준 놈들을 다 잡아넣으면 정글로 들어간 민병대 놈들은 버틸 수가 없어. 잘해봐야 마약이나 밀매하겠지. 이놈들은 이념으로 뭉친 집단이 아니기 때문에 돈이 없으면 그냥 무너지게 되어 있어."

"네, 알겠습니다."

"보스, 그 민병대의 두목이 체페 산타크루즈라고 합니다." 나베간테가 말했다.

"뭐라고? 그놈은 아직 안 죽고 살아 있었나?"

체페 산타크루즈는 칼리 카르텔의 마지막 남은 보스였다. 오지의 커피농장을 탈옥한 이놈은 민병대에 합류해서 옛날 마그달레나강에서 나를 괴롭힌 적이 있다. 그 후 소식이 없어 죽은 줄 알았는데 다시 나타나다니! 악연이 따로 없다.

"네, 저도 최근까지 체페를 쫓았지만 찾지 못했습니다. 그런데 그동안 안티오키아주에서 헤수스라는 가명을 쓰고 민병대장으로 살았습니다."

"체페가 그쪽 보스라면 그 민병대는 마약과 관련되어 있을 거야. 이들이 항복하지 않는다면 마약 거래를 통해 돈을 벌고 있다는 증거지."

"그렇습니다. 체페가 뉴욕과 미국의 마약 네트워크를 잘 압니다. 그냥 가만히 있을 놈이 아닙니다."

"체페를 먼저 처리해. 잡아넣든 죽이든 더 이상 설치지 못하게 해야 해."

"네." 나베간테가 대답했다.

"산토스 장관, 말 나온 김에 이번에 전국적으로 우익민병대를 해체하게. 이제 좌익 게릴라도 사라지고 치안도 안정되었는데 굳이 우익민병대와 합동 작전할 이유가 없어. 이놈들 총을 다 압수하고 민간으로 돌려보내. 말은 안 들으면 진압해도 좋아."

"네, 알겠습니다."

우익민병대가 일으킨 사건과 민병대 해체 소동으로 몇 달이 지나자 국민과의 대화 효과는 눈 녹듯 사라졌다. 국회 개원을 앞두고 이해단체들이 다시 들고 일어섰다. 볼리바르시에서는 하루가 멀다 하고 데모와 농성이 벌어졌다.

무임승차 이론으로 유명한 프린스턴 대학의 맨슈어 올슨 교수는 조직화된 이익집단의 이해는 항상 국민 전체의 이해보다 우선시된다고 주장했다. 4대 개혁법안은 콜롬비아 국민 전체의 이익이지만 보통은 그것을 실현하려고 노력하기보다 무임승차를 선호한다. 노동자, 농민, 기업인, 자영업자, 의사들은 자신의 이익을 위해 데모와 농성에 나선다.

국회도 마찬가지다. 국민 전체의 이익을 대변하는 4대 개혁법안보다는 자신의 지지계층을 위한 법안에 더 관심이 많다. 국회의원들은 말로는 국가와 국민을 위한다고 하지만 마음은 항상 차기 선거라는 콩밭에 가 있다. 결국 이번 회기에도 4대 개혁법안을 통과시키지 못했다.

라미레즈를 불렀다. "자네는 내가 우습게 보이나?"

"아, 아닙니다. 절대……. 제가 얼마나 열심히 했는지는 우리 의원들에게 물어보시면 다 알 수 있습니다" 라미레즈는 몸을 떨면서 간신히 대답했다.

"각하, 맞습니다. 라미레즈는 최선을 다했습니다." 옆에서 고메즈가 침통한 얼굴로 말했다.

"그러면 의원들이 대통령을 우습게 보고 있나?"

"의원들도 각하를 존경하고 무섭게 생각합니다. 4대 개혁법안의 총론에는 다 동의하지만, 각론에 들어가면 이해가 엇갈려 의결 정족수를 끌어내지 못했습니다."

"그걸 사보타지라고 하는 거야. 싫다고 말 못 하니까 그런 자리를 안 만드는 거지."

"……."

"법무부 장관, 의회에서 행정부가 요청한 법안을 2회 이상 거부하면 우리가 사용할 수 있는 카드가 뭐가 있나?"

오늘 이 자리에 불려온 젊은 법무부 장관이 명쾌하게 말했다. "의회를 해산하고 총선을 다시 실시할 수 있습니다."

"그러면 내일 의회를 해산하고 총선을 실시한다는 정부 포고령을 내게."

"아, 그건 안 됩니다!" 라미레즈가 외쳤다.

"왜? 법률이 정하는 대로 하는데!"

"의원 배지 단 지 이제 2년밖에 지나지 않습니다. 의원들은 선거를 싫어합니다. 총선을 실시한다면 대통령을 탄핵하게 될 것입니다."

"하라고 해! 누구 잘못인지 국민은 분명히 알 거야. 법안 하나 제대로 심의 못 하는 국회의원들은 돈버러지에 불과해."

[쾅!]

나는 탁자를 내려쳤다. 정말 화가 났다. 4대 개혁법안이 제출된 지 1년이 지났다. 차라리 법안이 부결되었다면 후속 대책이라도 찾았을 텐데 이놈들은 그걸 뭉개고 시간을 벌고 있다.

"……."

"법무부 장관은 내일 아침까지 포고령 초안을 작성해서 오게. 잘 알겠지만 당분간은 절대 보안을 지켜. 그럼 다들 나가봐."

모두 집무실을 떠났지만 고메즈는 남아 있었다. "파블로, 의회 해산은 좀 더 고민해보자. 국회도 충격을 받았으니까 다음 회기에는 통과시켜줄 거야."

"믿을 수 없어. 그놈들은. 다음에 또 의결 정족수를 못 채우거나 부결시키면 내 체면은 어떻게 되나. 무슨 염치로 대통령 자리에 앉아 있겠나?"

"우리가 법안을 하나씩 제출해야 했는데 4개의 개혁법안을 일괄 제출하는 바람에 이해 집단의 목소리가 커졌어. 반대하는 세력이 똘똘 뭉칠 계기를 만든 거지."

이건 나도 인정하지 않을 수 없는 실수다. 국민의 지지만 믿고 개혁법안들의 일괄 처리를 낙관했다.

"의원들이 제일 싫어하는 게 선거야. 돈 들어가고 당선도 불확실하고…… 아마 저쪽은 탄핵을 들고나올 거야."

"내가 탄핵받을 일을 했나?"

"그런 거 없어. 자네가 이 나라 경제를 살리고 나라를 안전하게 만들었는데 상을 줘도 모자라지. 그런데 저쪽은 죽기 살기로 탄핵의 핑계를 만들 거야. 어떻게 보면 그런 첨예한 대립보다는 시간이 걸리더라도 개혁을 하나씩 밀고 나가는 게 더 합리적이라는 거야."

"고메즈, 자네 생각도 맞아. 나도 그렇게 하고 싶어. 그렇지만 시간은 결코 우리 편이 아니야. 물 들어올 때 노 저어야 해. 지금 국제 유가가 올라 경제 사정이 많이 좋아졌어. 복지에 지출해도 큰 부담을 못 느낄 거야. 게다가 미국이 중동 문제에 골머리를 썩으며 자신의 안방인 남미 문제에 무관심할 때 우리는 비약해야 하는 거야."

"……."

"나는 배짱의 문제라고 봐. 아무런 빽도 없이 메데인의 빈민가에 태어난 내가 이 자리에 올 수 있었던 것은 항상 운명에 도전했기 때문에 가능했어. 나는 로베르트 형 말고 가족도 없어. 사랑하는 여자도 쿠데타 때 죽었어. 무서울 게 없는 사람이야. 오직 콜롬비아의 미래와 국민을 위해서만 걸어갈 거야."

고메즈가 다가와 손을 잡았다. "자네 하고 싶은 대로 하게. 나는 적극적으로 돕겠네."

다음날 오후 나는 대국민 담화문을 발표했다. "존경하는 국민 여러분! 저는 지난 1년 동안 우리 사회를 근본적으로 바꿀 4대 개혁법안을 추진해왔습니다. 그런데 의회는 두 차례나 거부했습니다. 저는 더 이상 국회를 신뢰할 수 없습니다. 이에 현 국회를 해산하고 총선을 실시하여 국민 여러분께 직접 심판을 구하겠습니다."

국회 해산과 총선 실시라는 메가톤급 폭탄이 터졌다. 국민은 열광적 환영을 보냈지만 졸지에 직장을 잃은 의원들은 증오에 찬 광기 어린 행동을 벌였다. 이틀 뒤에 보수당을 중심으로 대통령 탄핵안이 대법원에 제출되었다. 고메즈가 파랗게 질린 얼굴로 들어왔다.

"파블로, 저놈들이 마침내 탄핵 카드를 꺼냈어."

"당연한 거 아냐. 죽기 전에 뭐라도 해보고 싶은 거지."

"그런데 내용이 좀 그래."

"궁금한데. 무슨 이유를 내걸었어."

"자네가 정부 회계를 조작했다는 거야. 이게 말이 되나?"

"휴!" 한숨을 길게 내셨다. 가장 우려하던 게 터졌다.

"맞아. 내가 우리 정부 부채를 숨겼어."

"왜 그런 일을……"

"고속도로와 신수도 건설을 무슨 돈으로 하겠나? 그런데 IMF 이놈들은 정부지출과 복지를 줄여 물가상승 요인을 제거하라며 긴축을 요구하는데 들어줄 수 없었어."

"내가 평소 우려하던 게 맞았네. 어떻게 우리 정부는 예산을 쓰고 또 써도 모자라지 않는지 이상했어."

"로메로 재무부 장관을 부르게."

"그놈은 도망가고 없어."

"뭐?"

"내가 여기 오기 전에 사태를 파악하려고 전화를 하니까 비서가 어제저녁에 사직서를 작성해놓았데."

"로메로 개자식이 야당에 붙었네. 내 이놈을……."

"이제 어쩔 수 없어. 로메로에게 뭔가 문제가 발생하면 다 자네가 한 짓이라고 사람들은 생각할 거야."

"경제부 장관을 부르게. 그놈이 폭로한 거는 폭로한 거고, 우리 경제에 미치는 충격을 최소화해야 해."
"알겠네."

야당 의원들의 호위를 받으며 로메로 전 재무부 장관이 기자회견을 했다.
"파블로 대통령은 국가 재건에 필요한 막대한 공사비를 조성하기 위해 국가 재정을 조작했습니다. 본래 IMF가 GDP의 5퍼센트에 묶어 놓은 재정적자를 10퍼센트 이상까지 늘렸습니다. 파블로 대통령은 회계 조작범이자 국가 공문서를 위조한 범죄인으로 마땅히 탄핵을 받아야 합니다."
기자가 물었다. "그 증거가 있나요?"
"네, 서류를 들고 나왔습니다. 법정에서 이것을 증명하겠습니다."
"왜 갑자기 대통령을 배신했나요?" 다른 기자가 물었다.
"정의를 위해서입니다." 로메로가 실쭉 웃으며 말했다. 자기도 말도 안 된다는 것 알기 때문이다. 정의는 개뿔!
"파블로 대통령이 분식한 돈으로 개인적 치부를 쌓은 게 있습니까?" 다른 기자가 물었다.
"그건…… 잘 모르겠습니다. 돈을 쓸데가 없는 분이라서."
이 자식도 내가 개인적 이유로 돈을 쓰지는 않았다고 알고 있다. 돈이 어디에 나갔는지를 자기가 다 결제했기 때문이다.
"파블로 대통령이 무섭지 않습니까? 이분 뒤끝이 장난 아닌데……." 친야당지의 기자가 물었다.
"솔직히 어제 잠을 한숨도 자지 못했습니다. 파블로 대통령은 제가 이 사실을 폭로한다면 나를 죽여서 바비큐를 만들어 우리 가족에게 먹이겠다고 위협했습니다. 만약 제가 죽게 된다면 우리 가족은 채식주의자가 될 것입니다."
요란한 기자회견이 끝나자마자 대통령궁에서 메시지를 발표했다. 대통령 대변인은 로메로 재무부 장관의 국가 회계 통계 조작 주장에 대해 정면으로 반박했다.

"로메로 전 장관은 고위 공직자로서 책임 있는 자세를 보이기 바랍니다. 파블로 대통령이 국가 회계를 조작했다는 증거를 당장 제시하시기 바랍니다. 이로 인해 콜롬비아 경제가 흔들리는 사태를 절대 방관하지 않겠다는 대통령의 말씀이 있었습니다."

로메로 이놈 때문에 지금 시장이 말이 아니다. 주가는 거의 7퍼센트 가량 떨어졌고 환율도 5퍼센트 가까이 폭등했다. 이놈이 선물거래 롱에 전 재산을 걸었다는 데 내 손을 건다. 죽일 놈의 새끼!

"대통령께서는 주식시장 안정화를 위한 특별 자금을 투입하라고 지시했습니다. 환율 안정을 위해 외환 시장에 달러를 풀기로 했습니다."

콜롬비아 경제는 나의 집권 기간 동안에 엄청나게 성장했다. 특히 외환보유고가 급격히 증가하여 지난 몇 년 동안 콜롬비아 페소화가 강세를 보였다. 그동안 달러를 충분히 사두었다.

로메로 측의 즉각적인 반발이 나왔다. 내일 기자회견에서 구체적인 증거를 제시하겠다는 것이다.

고메즈가 걱정스러운 표정으로 말했다. "파블로, 어떻게 할 건가? 로메로가 증거를 제시하면 우리가 거짓말했다는 게 드러나는데……."

"당분간 그런 일은 없을 거야. 내가 그놈이 이따위 짓 할까 봐 일과 끝나고 작업을 해놓았어."

"어떤 작업을?"

"숫자를 조작했지. 웬만한 전문가 아니면 알 수가 없어. 도미니크 칸이라면 몰라도."

"IMF 감독관 도미니크 칸? 그도 이 사실을 알고 있나?" 고메즈가 경악에 찬 목소리로 말했다.

"응. 그놈은 알아. 나하고 딜을 했어. 그래서 지금까지 회계 조작에 대해 묵인하고 있어."

"그놈이 어떻게 뛸지 모르잖아."

"도니미크 칸은 거의 2년 이상 이 문제에 침묵했어. 지금 상황에서 그놈이 먼저 나서서 문제를 꺼내기는 쉽지 않아. 그러면 나랑 공모했다는 것이 다 드러나니까."

"참 자네는 배짱이 좋아. 어떻게 국가 회계를 조작할 생각을 하나?"

"고속도로랑 신수도 건설, 동부대개발과 송유관에 얼마나 많은 돈이 드는지 자네도 잘 알고 있잖아. 그런데 IMF는 재정안정성이라는 말도 안 되는 논리로 묶고 있으니 다른 수가 없었어."

"언젠가는 드러날 일이 아닌가? 국가의 신뢰성이 무너질 수 있는 그런 일을 하다니……."

"들키면 그렇지. 안 들키면 회계는 분식할 수 있어. 사실 지난 5년 동안 콜롬비아 경제가 고도성장하는 바람에 조금씩 분식시켰어. 몇 년만 더 지나면 톤톤을 만들 수 있는데 지금 드러나다니 너무 유감이야."

"아, 정말 자네는 예측 불허의 인물이야."

"어쨌든 이 문제는 내가 책임질 테니까 고메즈 자네는 절대 개입하지 말게."

"아니야. 내가 명색이 대통령 비서실장인데 잘못도 책임져야지."

"그러지 말게. 자네는 내 영광과 잘한 것만 안고 가게. 똥물과 오명은 내가 가져갈게."

고메즈는 정치인이다. 내가 억지로 비서실장에 앉혀 놓았다. 이빨이 다 빠지며 충성했다. 어떤 경우든 그의 커리어에 나쁜 영향을 주기 싫다.

다음날 로메로가 문서를 들고 기자회견에 나섰다. "파블로 대통령은 지금 정부가 돈 쓸 일은 많은데 IMF 규정 때문에 돈을 풀 수 없다며 국가 재정적자를 조작하라고 지시했습니다. 이것이 조작된 파일입니다. 원본 문서와 대조해보면 숫자가 조작되었다는 걸 알 수 있습니다."

"원본 문서는 어디에 있습니까?" 기자가 물었다.

"정부 문서보관실에 있습니다. 그 파일은 조작할 수 없게끔 보안 코드가 삽입되어 있습니다."

"파블로 대통령은 왜 이런 엄청난 일을 저질렀습니까?" 다른 기자가 물었다.

"국가 대건설에 필요한 자금을 조달하기 위해서입니다."

"그렇다면 선의로 한 일이 아닌가요? 개인적으로 돈을 빼돌렸다며 큰 문제지만……." 기자가 안타까운 표정으로 말했다.

"그건…… 어떤 경우든 정부가 신뢰를 잃으면 안 됩니다." 로메로는 땀을 뻘뻘 흘리며 말했다.

"로메로 전 장관님은 안티오키아주의 대지주 출신입니다. 이번 토지법 개혁을 찬성하십니까?"

"그건 노 코멘트 하겠습니다."

로메로의 기자회견이 나간 다음 날, 대통령 대변인이 반격했다. "대통령께서 문서보관실을 개방하라고 지시했습니다. 여기에 로메로 전 장관이 제시한 문서가 있습니다. 숫자가 일치합니다. 이것은 로메로 장관이 허위 주장했다는 증거입니다."

물론 이 문서는 내가 퇴근 시간 이후 엑셀을 사용하여 조작한 문서다. 바보 같은 로메로는 내가 조작만 지시하고 설마 원본까지 손보지는 못했을 것으로 생각했을 것이다. 수많은 불면의 밤을 새우며 문서 원본까지 조작한 내가 장하다는 생각까지 들었다.

여론은 다시 바뀌었다. 로메로는 콜롬비아 사람들이 제일 싫어하는 배신자가 되었다. 어떤 경우든 자기 상관과 조직을 배신한 자는 이 사회에서 환영받기 힘들다. 자유와 보수 양당 그리고 정글의 반군 게릴라까지 이 나라는 배신자를 싫어한다.

로메로가 이런 행동에 나선 이유도 비난받았다. 그는 대통령이 추진하는 토지법이 자신의 계급적 이익과 상충하자 파블로를 배신했다는 주장이 제기되었다. 내가 반격을 시작하자 며칠 동안 약세를 보였던 주가와 환율도 원상 회복되었다. 로메로 개자식이 롱에다가 돈을 걸었으면 손해를 많이 보았을 것이다.

　그러나 사태는 여기서 끝나지 않았다. 로메로는 작년 회계 전체를 검증할 것을 요구했다. 그러면 반드시 정부 재정적자가 GDP의 5퍼센트 이상이라는 게 드러난다는 것이다.

　'이 자식을······.'

　이런 이유로 탄핵 재판이 시작되었다.

　아침에 헬기를 타고 메데인으로 날아갔다. 오늘은 마로킨 사후 10주년이 되는 날이다. 마로킨은 가차에게 납치되었다가 구출 과정에서 죽었다. 지금까지도 마로킨이 내가 자신의 아버지라는 것을 의심하던 눈초리가 잊혀지지 않는다.

　그걸 떠나서 내가 그놈에게 너무 무심했다. 어머니와 마리아가 동시에 죽고 난 이후 마로킨을 로베르트에게 맡기고 거의 내버려 뒀다. 그놈은 내가 아니라 자신을 납치한 가차와 그 아들놈과 더 친해진 이유도 거기에 있다.

　사방이 탁 트인 몬테사크로 공동묘지 구석에 가족묘가 있다. 어머니, 아내, 마로킨이 거기에 묻혀 있다. 여기 공동묘지를 와본 것이 거의 6년 전이다. 평상시에는 꽃다발을 보내는 것으로 조문을 대신했다.

　은퇴하고 메데인에서 한가롭게 놀고 있는 로베르트가 다가왔다. "온다고 고생했다. 그런데 웬일이냐? 어머니 기일에도 오지 않는 네가?"

　"오늘은 마로킨 10주년 되는 해가 아닙니까? 아무리 무심해도 내가 아비인데 이런 날까지 빠질 수는 없습니다."

　"자주 와라. 어머니와 네 아내도 좀 챙기고."

　"네, 알겠습니다."

　특별히 초청된 신부님이 오셨다. 미사가 진행되었다. 참가자는 나와 로베르트 부부, 그리고 로베르트의 아들과 딸 등 단출했다. 성호경을 긋고 시작 성가를 불렀다. 성서를 봉독하고 신부님이 미사를 집도했다.

"언제나 저희를 자비로이 돌보시는 하느님 아버지, 가브리엘 마로킨의 영원한 안식을 빕니다. 가브리엘은 이제 주님과 더불어 영원한 행복을 누리고 있으며, 우리를 위해 기도하고 있음을 믿습니다."

가브리엘은 마로킨의 세례명이다. 나는 그에게 장미꽃을 바쳤다. 천국에서 영원한 행복을 누리기를 진심으로 빌었다.

내가 고개를 숙이는 순간 로베르트가 외쳤다. "파블로, 빨리 피해!"

"네?"

내가 돌아보는 순간 로베르트가 나를 밀어뜨렸다.

[탕!]

"으악!"

저격이다. 그렇지만 총을 맞은 사람은 내가 아닌 로베르트이다. 로베르트는 에스코바르 경비회사에서 오랫동안 일했다. 아마 저격할 때 총알이 반짝거리는 신호를 본능적으로 알아차리고 나를 구한 것이다.

총소리가 울리자 대통령 경호실에서 즉각 대응에 나섰다. 벨라스케스가 외쳤다. "1급 상황이다. 산토스 장관에게 보고하고 메데인 경찰은 전부 여기에 집결해!"

[탕탕탕]

경호실 저격부대가 총소리가 들려온 곳을 향해 대응 사격을 했다. 부대원들이 그쪽으로 달려나갔다. 다행히 더 이상 그쪽에서 총탄이 날아오지는 않았다.

"형, 괜찮아?"

나 대신 로베르트가 총을 맞았다.

"아빠! 괜찮아요?"

"여보, 어떤가요?"

"보스, 괜찮습니까?" 벨라스케스가 다가와 물었다.

"나는 괜찮아. 빨리 의사를 불러와!"

"네." 벨라스케스는 대기하고 있던 의사를 불렀다.

"파……블로!" 로베르트가 불렀다.

"형, 괜찮을 거에요. 말하지 마세요!"

"아냐, 나는…… 가망 없어. 내가…… 언제 가장 행복했는지 알아?"

"형님하고는 항상 행복했습니다. 더 이상 말하지 마세요."

로베르트는 자신은 가망이 없다고 고개를 저으며 계속 말했다.

"옛날 우리가 마약 대금 백만 달러를 받아서 오다가 적의…… 추격을 받고 밀림과 늪을 지나고 강을 헤엄쳐…… 건널 때 난 우리가 형제라는 것을 느꼈어. 그때가…… 제일 행복했어. 우리는…… 메데인의 가장 가난한…… 빈민가에 태어났지만 한 번도 가족을…… 원망한 적이 없었지. 너하고 같이 산…… 인생 즐거웠어. 우리 가족을 부탁해……."

로베르트가 숨을 거두었다. 의사가 달려와서 확인해주었다.

"형님! 죽지마세요! 형님이 가면 이제 내 곁에 누가 있습니까? 안돼! 형님 정신 차려요!"

로베르트의 가족들이 통곡했다. "여보! 이렇게 가면 안 돼요."

벨라스케스가 말했다. "보스, 빨리 여기를 빠져나가야 합니다."

"여긴 이제 안전해. 저격한 놈을 빨리 잡아! 누가 배후인지 확실히 알아내!"

"네, 알겠습니다."

"그런데 나베간테는 어디 갔나?"

"이틀 전 병가를 냈습니다."

메데인 방문은 대통령의 공식적인 행사가 아니다. 경호도 최소화했다. 무엇보다 메데인은 나의 정치적 고향 아닌가? 여기서 문제를 일으킬만한 사람은 없다고 생각했는데 그게 오판이었다.

그런데 오늘 방문은 1급 보안사항인데 킬러가 어떻게 알고 대기하고 있었지? 가만히 보니 몬테사크로 공원묘지는 사방이 개방되어 있어서 저격에 딱 알맞은 장소이다.

로베르트의 시체를 성당에 안치하고 본가라고 할 수 있는 나폴레스 농장에 돌아갔다. 농장은 몇 년 전 대통령 취임으로 보고타로 떠났을 때와 달라진 게 없었다. 로베르트가 관리를 잘했다. 농장 관리원들이 많이 줄었다. 하마와 기린 등 관리가 곤란한 동물들은 이미 동물원에 기증했다. 간단하게 저녁을 먹고 혼자 산책에 나섰다. 벨라스케스와 경호원들이 뒤를 따라왔다.

이제 내 주위에 살아남은 사람이 없다. 어머니와 아내, 아들 마로킨, 구스타보와 로베르트, 발레리아 등 나와 가까운 사람은 다 죽었다. 메데인 카르텔의 가차는 죽고 오초아 형제, 레흐더는 감옥에 있다.

콜롬비아 사회를 뒤흔든 카르텔 간 마약 전쟁은 이미 끝난 지 오래다. 나는 그 마약 전쟁에서 유일하게 성공적으로 살아남았다. 그 보답으로 50년 가까이 지속된 콜롬비아 내전을 종식했다. 그리고 이제 콜롬비아를 어느 정도 발전의 길목으로 인도했다. 이 나라의 인프라를 대폭 확충하고 자원 개발과 제조업 경제를 만들어 농업사회를 벗어나게 했다. 여기까지가 나의 역할인가?

산책을 끝내고 돌아오니 고메즈와 산토스가 기다리고 있었다. "내일 올라가니 오지 말라고 했는데 자네는 왜 왔나?" 나는 고메즈를 질책했.

"비서실장이 어떻게 대통령을 혼자 내버려 둘 수 있나? 로베르트가 죽은 것은 정말 유감이야."

"로베르트는 단순한 친형님이 아니지. 사업의 동반자이자 친구였어. 그런 형님이 나를 위해 죽다니 참을 수가 없어."

"각하, 저격한 놈들을 잡았습니다." 산토스가 보고했다.

"어떤 놈들이야?"

"한 명은 검거 과정에서 과다 출혈로 죽었고 지금 심문 중인 다른 한 놈에게서 중요한 진술을 받았습니다."

"말하게!"

"이놈들은 체페가 이끄는 민병대원들입니다. 암살을 지시한 사람은 당연히 체페입니다."

"흥! 체페 개자식이 나하고 원수지만 그놈 혼자 이런 일을 할 수 없어. 분명히 체페에게 이 일을 청부한 세력이 있을 거야. 로메로도 마찬가지야."

"그렇습니다. 보수당이 가장 의심스럽지만 딥스테이트의 남은 잔당이 공작을 벌였을 가능성이 큽니다." 고메즈가 분석했다.

"체페는 지금 추격하고 있나?"

"네, 특수부대 제1대대가 안티오키아 정글을 뒤지고 있습니다. 그놈 민병대 잔당이 고작 백여 명이 되지 않는다고 합니다. 곧 붙잡을 것으로 보입니다."

"푸드라도 투입해서 체페 일당을 빨리 잡아들이게. 가능하면 체페 그 개자식을 살려서 나에게 데리고 와!"

"네, 알겠습니다."

"그리고 지난번에 얘기했던 우익민병대도 해체하지 않으면 돈 주는 놈들을 모조리 감방에 처넣겠다고 분명히 얘기하게. 천신만고 끝에 좌익 게릴라와의 전쟁에서 승리했는데, 우익민병대 놈들이 그 자리를 차지하고 있다는 것은 말이 안 돼!"

"네, 다시 한번 지주 놈들에게 경고하겠습니다."

부유층들의 자위조직으로 조직됐으나 반군과의 전쟁 과정에서 인권유린을 일삼았던 우익민병대 대원들은 정부의 강력한 규제 이후 해체되었지만, 일부는 체페처럼 떠돌아다니면서 납치나 마약밀매를 일삼고 있다. 나는 고개를 문 쪽으로 돌리면서 산토스를 방에서 쫓아냈다. 형이 죽은 날에 잘 모르는 사람과 오래 얘기하고 싶지가 않다.

산토스가 나가고 난 다음 고메즈가 코냑을 한잔 갖고 왔다. "한잔하게! 메데인은 볼리바르보다 추운 지역이야. 몸을 따뜻하게 해야지."

"그래. 죽은 로베르트 형님을 위해 한잔하지."

우리 두 사람은 로베르트를 묵념하며 코냑을 마셨다.

"나라 분위기는 어떤가?"

"자네 암살 시도 사건 때문에 모든 뉴스가 중단되었어. 자네의 무사를 비는 촛불기도 집회가 콜롬비아 곳곳에서 일어나고 있어. 회계 조작 건은 완전히 묻혔고 탄핵도 힘을 잃어버렸어. 야당 내부에서도 승산도 확실하지 않은 탄핵을 꼭 해야 하냐라는 반발이 있을 정도야."

"나는 개의치 않아. 그 힘든 헌법 재판도 받았는데, 탄핵 재판은 이겨낼 수 있어."

"자네는 괜찮지만 나라가 문제지. 탄핵은 온갖 이슈를 빨아들이고 경제에도 좋지 않아. 송유관 공사도 이제 막바지인데 다른 일로 발목을 잡혀서는 안 되지."

"그쪽하고 얘기는 잘 되고 있나?"

"협상은 하고 있는데 요구하는 금액이 턱도 없이 높아서 마테오 국가기획처장이 애를 먹고 있어."

콜롬비아의 태평양 연안 도시 부에나벤투라 항구에서 시작된 송유관 공사는 안데스산맥을 통과하여 마그달레나강에 도착했다. 이 송유관은 다시 콜롬비아 동부의 밀림과 유전지대를 뚫고 이제 베네수엘라 국경으로 뻗어 나가고 있다. 문제는 국경에서 베네수엘라의 오리노코 석유 벨트까지 송유관을 연결해야 하는데, 이 지역은 차베스조차 건드릴 수 없는 베네수엘라 군부가 통제하고 있다. 베네수엘라 군부는 정부로부터 월급을 받는 게 아니라 자체적으로 동부 아르코 미네르 지역에서 석유와 광물을 생산하거나 다른 다국적 기업에게 인허가를 내주면서 돈을 벌고 있다. 이놈들이 송유관 공사에 돈을 요구하고 있다.

[똑똑똑]

비서가 문을 열고 들어왔다. "차베스 대통령에게서 전화가 왔습니다. 어떻게 할까요?"

"전화기를 주게."

- 오, 파블로! 괜찮나? 자네가 암살 시도를 당했다는 말을 듣고 종일 불안에 시달렸어.

"고맙군. 난 괜찮소. 대신 로베르트 형님이 죽었네."

- 정말 유감이오. 마음속으로 깊은 조의를 표하네. 그분은 천국 가실 거요.

"자네의 따뜻한 말이 큰 위로가 되는군. 말 나온 김에 송유관 문제 좀 도와주게. 베네수엘라 군부가 터무니없는 돈을 요구하고 있소."

- 휴! 나도 말이 안 되는 얘기라고 생각하네. 그놈들도 베네수엘라 국민이 아닌가? 송유관이 생기면 자기들도 이익이 되는데 그걸 가지고 돈을 요구하다니, 창피할 노릇이군.

본래 송유관은 부에나벤투라 항구와 베네수엘라의 아르코 미네르 지역에서 양방향으로 뚫기로 했지만, 베네수엘라가 자체 기술력이 없다고 일찍이 포기하는 바람에 모든 구간을 콜롬비아가 시공하기로 했다. 이제 콜롬비아 기술자가 베네수엘라 지역으로 넘어가서 작업해야 하는데, 이걸 베네수엘라 군부가 돈을 내놓으라고 억지 주장하는 것이다.

"차베스, 시간은 우리 편이 아냐. 미국이 다시 남미에 관심을 기울이고 있소. 그놈들이 초를 치기 전에 빨리 완공해야 한다네. 베네수엘라 구간 200킬로미터는 어려운 공사가 아니야. 지난 3년 동안 우리의 기술력이 많이 올라갔다네."

- 내가 설득을 했지만 요즘 사정이 힘드네. 콜롬비아 경제가 잘나가지 않나? 자네가 도와주었으면 좋겠네.

할 수 없다. 여기서 멈추면 송유관은 고철 덩어리가 된다. 내가 해결해야지.

"알았네. 대신 공사가 시작되면 자네가 책임지고 밀어주게. 계속 말하지만 우리에겐 시간이 없어."

- 오케이. 고맙소. 조만간 한번 보세.

통화를 듣던 고메즈가 물었다. "파블로, 우리 정부도 이제 예산이 없어. 어떻게 하려고 그러나?"

"베네수엘라 군부에 달러가 아닌 볼리바르화로 지급하는 것으로 하지. 그들의 요구 금액을 들어주는 대신 계약 기간을 10년 정도 나누어 내는 것으로 추진해주게."

"나중에 의회에서 문제가 될 수 있어. 그러면 거의 공사비용의 10퍼센트가 추가가 되는데 어떻게 감당하려고 하는가?"

"모든 책임은 내가 질게. 마테오 처장에게 볼리바르화로 베네수엘라 군부의 요구를 들어주는 협상을 추진하라고 전하게."

베네수엘라는 고유가 파티를 분수에 넘치게 즐겼다. 자국 화폐 가치는 올라가면서 국민은 수입 소비재를 싸게 구매하고 정부는 곳곳에 보조금을 뿌렸다. 그러나 유가가 폭락하면 볼리바르화도 폭락한다. 특히 베네수엘라 화폐는 2년 뒤가 되면 휴지가 된다. 10년을 나누어 주어도 실질적으로는 2년만 지급하는 것이다.

14

다 이루었다!

로베르트의 상을 치르고 볼리바르시로 돌아왔다. 대통령이 저격을 당하는 사건이 벌어지는 바람에 야당도 언론도 공격을 삼갔다. 탄핵 재판도 이 기회에 없어졌으면 얼마나 좋을까?

그런데 탄핵 재판보다 더 심각한 문제가 발생했다. 미국 대사가 특별 면담을 요청한 것이다.

"오바마 대통령의 따뜻한 조문에 콜롬비아와 저의 에스코바르 집안을 대표해 진심으로 감사드립니다."

"아닙니다. 제가 본국에 급한 일이 있어 메데인까지 가지 못해서 유감입니다." 콜롬비아 주재 에드워드 대사가 말했다.

"언제 기회 되시면 메데인에 꼭 한번 방문해보세요. 세상에 그런 날씨를 경험할 수 있는 곳이 없습니다."

"저도 그럴 생각입니다. 오늘 대통령께 뵙자고 한 이유는 미국 정부의 우려를 전달하기 위해서입니다."

"……"

올 게 왔다. 무슨 카드를 가지고 왔을까?

"미국은 그동안 콜롬비아 정부의 마약 퇴치 운동을 지원하기 위해 연간 20억 달러를 지원해주었습니다."

"네, 그 덕분에 콜롬비아의 마약 문제는 많이 좋아졌습니다. 코카잎의 경작 면적도 줄었고 마약 반출도 많이 감소했습니다."

"물론 그런 성과는 있었지만 우리 정부는 20억 달러가 제대로 마약 문제에 투입되었는지 궁금하게 생각합니다."

"예산은 투명하게 사용되었습니다. 필요하다면 얼마든지 정부 회계 자료를 공개할 수 있습니다."

"야당에서 대통령이 직접 예산을 조작했다는 주장이 있습니다. 미국 정부는 지금 콜롬비아 정부를 의심하고 있습니다."

"로메로 전 재무부 장관은 토지법 때문에 저를 모함하고 있는 겁니다. 탄핵 재판에서 모든 게 분명히 드러날 것입니다."

내가 완벽하게 방어하자 에드워드는 자신감을 잃었다. 그렇지만 그가 전하고자 하는 메시지는 분명히 말했다.

"미국 정부는 차베스 정부가 반미 연대를 확산시키고 남미에서 정치적 불안을 부추기고 있다고 생각합니다. 미국 기업이 베네수엘라 유전에 투자한 돈도 제대로 회수하고 있지 못하는 실정입니다. 이런 상황에서 가장 중요한 우방인 콜롬비아가 베네수엘라의 핑크 연대에 동참하는 것은 있을 수 없는 일입니다."

"우리 정부는 베네수엘라와 지극히 호혜적인 상호 외교관계를 맺고 있습니다. 핑크 연대에 동참한다는 게 무엇입니까?"

에드워드 대사는 자신의 주장이 논리적으로 막히자 긴장하기 시작했다. 그는 직설적으로 말했다. "당장 송유관 공사를 중단하십시오. 만약 콜롬비아가 베네수엘라 간의 송유관이 연결되면 연간 20억 달러의 마약 퇴치 기금은 받지 못할 것입니다."

"대사님, 마약 퇴치 기금과 송유관이 무슨 상관입니까? 우리 정부는 20억 달러를 그 용도에 맞게 사용하고 있습니다. 송유관은 콜롬비아 석유사업을 필요한 사업입니다. 이미 3년 전에 합의한 사업을 이제 와서 미국이 뭐라 그럴 수는 없습니다."

"그때는……."

에드워드 대사는 말이 막히는지 문장을 잇지 못했다. 논리적으로 자신의 주장이 말이 안 된다는 것을 잘 알고 있기 때문이다. 그렇지만 국제 관계는 논리적으로 합리적으로 결정 나는 게 아니다. 힘에 의한 질서가 작동한다. 마피아 사회보다 더한 강자존의 세계이다.

"미국 정부 입장은 이렇습니다. 베네수엘라와 송유관을 연결하면 20억 달러 지원은 물론이고 앞으로 미국과 콜롬비아 관계는 우방이라고 할 수 없다는 것을 전달하려고 제가 여기에 왔습니다."

미국 대사의 말은 장난이 아니었다. 워싱턴 주재 콜롬비아 대사가 급하게 전화를 했다.

- 각하, 내년에 플랜 콜롬비아 예산을 무려 80퍼센트나 깎는 법안을 민주당이 제출한다고 합니다.

"이유가 뭔가?"

- 콜롬비아 정부가 미국 정책에 협조적이지 않기 때문이라고 하는데…… 제 생각에는 아마 송유관 때문으로 보입니다.

가슴이 답답했다. 미국이 노골적으로 견제하고 있다.

"송유관은 반미 핑크 연대와는 아무런 상관이 없다는 것을 잘 설명하게. 오히려 송유관 때문에 베네수엘라가 콜롬비아에 더 의존할 것이며, 콜롬비아는 베네수엘라를 반미 국가로 절대 만들지 않겠다고 하게."

- 네, 알겠습니다. 그렇지만 여기서는 베네수엘라가 이 송유관 때문에 석유 수입이 더 늘어나고 그걸 핑크 연대 국가에 뿌릴 것을 걱정합니다.

"미국의 친구 콜롬비아가 있는 한 그런 일을 절대 없을 거라고 설득하게."

말은 이렇게 했지만 이게 설득의 문제는 아니다. 송유관을 포기하든지 아니면 미국의 연간 20억 달러에 이르는 마약 퇴치 예산(실제로는 콜롬비아 건설사업에 사용되는)을 포기하든지 둘 중의 하나를 결정해야 한다.

경제 관련 부처 장관들과 한참 예산안을 얘기하다가 결론을 짓지 못하고 집무실로 돌아왔다. 피곤해서 잠시 낮잠을 자고 나니 다시 정신이 돌아오는 것 같다.

벨라스케스를 불었다. "나베간테는 찾았나?"

"여전히 연락되지 않습니다. 가족도 모두 사라졌습니다."

로베르트 암살 사건에 나베간테가 개입되었다는 의심을 산토스가 제기했다. 그날 내 일정을 알고 있는 사람들의 동선과 전화를 모두 조사했는데 나베간테를 제외하고는 특별히 의심스러운 게 발견되지 않았기 때문이다.

나베간테는 그 전날 병가를 내고 퇴근한 이후 행적이 묘연하다. 그의 가족들도 같이 사라졌다. 공항 출입국을 뒤져보았지만 흔적은 보이지 않는다. 보안 전문가의 깔끔한 퇴장이다.

나베간테는 왜 나를 체페에게 팔았을까? 두 사람은 한때 칼리 카르텔에서 보스와 경호원으로 일한 바가 있다. 그렇지만 나베간테는 칼리 카르텔을 배신하고 나에게 왔다.

한번은 나베간테가 이런 말을 한 적이 있다. "저는 보스를 존경합니다. 많은 보스를 모셨지만 충성심에서가 아니라 조직원의 의무로 최선을 다했습니다. 그렇지만 파블로 보스는 애국자입니다. 인간적으로 존경하기에 따라다녔습니다."

실제로 나베간테는 칼리 카르텔과 결별하고 난 뒤 나를 따라다니며 잡일을 처리해주었다. 나중에는 국가정보원에서 정말 중요한 문제들을 해결해주었다. 그의 도움이 없었더라면 베탕쿠르 의원도 풀려나지 못했을 것이고 FARC 문제도 이렇게 빨리 해결할 수 없었을 것이다.

올해가 지나면 그를 국장으로 승진시켜줄 예정이었는데 나를 체페에게 팔아먹고 사라졌다. 체페가 그를 유혹했을까? 그건 아닌 것 같다. 이미 죽을 날만 받아놓은 전직 보스에게 무슨 미련이 있겠는가? 오히려 나베간테가 나를 제거하기 위해 체페를 이용했는지도 모른다. 이놈은 어디로 갔을까? 정글 아니면 외국인데, 가족이 있으니까 절대 정글로 도망가지는 않았을 것이다.

"전국 공항 카메라를 뒤져 국외 출국자를 확인하라고 국가정보원에 지시하게."

"네, 알겠습니다."

탄핵 재판은 예상대로 쉽지 않았다. 나에 대한 동정 여론이 사라지자 대법원은 본격적인 심리에 들어갔다. 나를 대변하는 두케가 다시 소환되어 대통령궁 정원에서 미팅을 가졌다. 밖으로는 멀리 마그달레나강 언덕이 보인다.

"파블로, 솔직히 말해주게. 자네가 국가 회계를 조작한 게 맞지? 내가 며칠 동안 숫자를 맞춰보니 로메로 말이 맞는 것 같아." 두케가 조심스럽게 물었다.

"맞아, 내가 손을 좀 보았지." 쿨하게 대답했다.

"아…… 자네의 배짱은 어디까지인지 모르겠어. 이걸 어떻게 변호해야 하나?"

"일단 시간을 끌게. 우리가 몇 년 전에도 헌법 재판을 받지 않았나? 이 재판은 실체적 진실이 중요한 게 아니야. 대법관들은 국민 여론을 살피고 있어. 만약 내 지지율이 70퍼센트 이상이 되면 절대 탄핵을 때릴 수가 없어. 지금은 거의 60퍼센트 정도니까 재판을 끄는 방향으로 나가게."

"그래 보았자 3개월이야. 그 안에 무조건 선고하는 거라고."

"시간이 많이 남았네."

"무슨 소리야?"

"3개월이면 어떤 일이 벌어질지 몰라."

"또 무슨 일을 꾸미는 거야. 담당 변호사에게는 말해줘야지."

"자네는 모르는 게 나아. 그 시간에 로메로 자식의 더러운 흔적이나 찾아보게. 약점이 많으니까 목숨을 내놓고 배신했을 거야."

"그렇지 않아도 찾고 있네. 토지법과 집안과의 연관성도 있고…… 로메로 자식새끼도 수상해."

"뭐가?"

"그놈 아들과 딸이 다 미국에 있잖아. 아들은 사업한다며 여기를 오가고 딸은 미국 로펌에 다니고 있어. 그런데 좋은 집안 출신이긴 하지만 너무 흥청망청이야. 뉴욕의 고급 아파트, 최고급 승용차, 심지어 요트까지 있는 것으로 알고 있어."

"더 조사해봐. 어쩌면 그놈 입을 닫게 할 수도 있을 거야."

로메로 뒤에 미국이 있는 게 아닐까? 나베간테는 왜 이 중요한 정보를 나에게 보고하지 않았을까? 의심이 뭉개구름처럼 피어올랐다.

산토스가 들어왔다. "각하, 체페의 흔적을 발견했습니다."

"어디에 있나?"

"안티오키아주에서 다리엔 갭으로 넘어가는 치치놀 근처에 숨어 있는 것으로 추정됩니다."

다리엔 갭! 불과 87킬로미터의 짧은 구역으로 콜롬비아와 파나마와 사이에 놓인 거대한 열대우림 늪지대이다. 완전한 원시 정글인데다 가시덤불, 말벌, 악어, 자칼, 도적 떼, 범죄자, 그 밖에 안 좋은 모든 것이 다 있다. 이 지역은 현대에 와서도 지구상 극한 오지 중 하나로, 팬 아메리칸 하이웨이에서 유일하게 끊긴 구간이기도 하다.

여기를 지나려면 목숨을 걸어야 한다. 자칫 잘못하다가 실종되면 못 찾게 되는 불상사가 난다. 그래서 이 지역 사람들 대부분은 정글을 우회해 페리를 타고 파나마와 콜롬비아를 이동한다.

경찰과 문명이 없는 다리엔 갭 지역에는 원주민, 소수의 FARC 게릴라 반군이 활동하고 이 틈을 타서 마약 카르텔과 범죄자들이 이곳저곳을 오간다. 메데인 카르텔도 한때 마약 루트로 이 정글을 이용한 적이 있다.

"거기 FARC 잔당이 얼마 정도 있나?"

"천 명이 채 안 되는 것으로 추정됩니다. 최근에는 거기에서 이탈하는 놈들이 많습니다."

"다리엔 갭은 좌익 게릴라의 최후의 근거지야. 이 기회에 거기를 완전히 소탕해야 해."

"그러긴 하지만 지역이 너무 넓고 보급 루트가 쉽지 않아 대규모 작전을 하기엔 부적절합니다."

"그러니까 지금까지 좌익 게릴라들과 마약밀매업자가 설치지. 모레 합동참모회의를 소집하게. 콜롬비아 전군을 동원해서 이번 기회에 다리엔 갭을 정리할 거야. 체페 자식도 그쪽 정글로 몰아넣어. 지금은 군이 잡으려고 하지 마."

산토스는 내가 말하는 의도를 이해하진 못했지만, 일단 "네, 알겠습니다."라고 대답했다. 국방부 장관 입장에서 전군을 동원한 작전만큼 신나는 행사는 없다.

옆에서 듣고 있던 고메즈가 반대하고 나섰다. "각하, 설마 모르지는 않으시죠? 다리엔 갭 대부분은 파나마 영토입니다. 거기에서 작전을 펼치면 콜롬비아군이 파나마 영토를 넘어갈 수 있습니다."

"잘 알고 있어. 다리엔 갭은 한때 메데인 카르텔의 마약 루트였지. 파나마 다리엔주의 주도인 라팔마에는 우리가 지어놓은 창고도 있었어."

"각하, 제발 마약 얘기는 하지 마세요." 고메즈가 충고했다. 옆에서 산토스가 어색한 웃음을 짓고 있다.

"파나마는 역사적으로 콜롬비아의 땅이야! 우리 선조는 억울하게 미국에 이 땅을 빼앗겼어. 우리는 잘못된 역사를 바로잡아야 해!"

"그게 무슨 말입니까! 미국과 전쟁이라도 하겠다는 건가요?" 고메즈가 경악에 찬 목소리로 물었다.

"파나마에 미군도 없는데 미국과 어떻게 전쟁하겠다는 말인가? 하하하. 그리고 내가 아무리 배짱이 좋아도 미국과 대결하는 바보는 아니야. 자네들은 그냥 두고 보게."

파나마는 스페인의 땅이었다. 19세기 시몬 볼리바르가 독립 전쟁을 통해 스페인의 지배에서 벗어나 베네수엘라, 콜롬비아, 파나마를 포함한 그란 콜롬비아를 창설했다. 이후 콜롬비아와 베네수엘라로 나뉘었는데, 1903년까지 파나마는 콜롬비아의 영토였다.

19세기 후반부터 미국은 파나마의 지정학적 가치에 주목했다. 미국은 대서양과 태평양을 동시에 갖고 있지만 해상물류를 통한 두 지역의 이동은 남극까지 내려왔어야 했다. 이 문제를 해결하는 게 파나마 운하였다.

미국은 콜롬비아 정부에 파나마 운하 착공을 위한 자금을 제시하고 사업에 착수하려 했지만 콜롬비아가 더 많은 대가를 요구하자 전략을 바꾸었다. 파나마 지역의 토착 세력들을 사주해 콜롬비아 정부에 맞서 반란을 일으키고 나중에는 아예 미군까지 파견해서 1903년 파나마를 콜롬비아에서 분리하여 독립국으로 만들어버렸다. 이후 미국은 우여곡절 끝에 1914년에 파나마 운하를 개통시켰다. 미국은 파나마를 속국처럼 마음대로 다루며 파나마 운하를 통제했다. 1960년대 이후 중남미에서도 민족주의의 열기가 고조되자 파나마에서도 운하에 대한 이권을 회수하려는 운동이 거세게 전개되었다.

파나마는 운하 수입으로 먹고사는 나라이다. 전 세계의 이목이 쏠린 이 문제를 미국은 과거처럼 무력 진압을 통해 해결할 수 없었고 할 수 없이 1999년에 운하의 소유권을 파나마에 완전히 넘겼다.

그럼에도 미국은 파나마를 전략적 요충지로 설정하고 이 지역의 동향에 민감하다. 여전히 미국의 군함과 상선들은 파나마 운하를 통해 대서양과 태평양을 연결하기 때문이다.

이틀 뒤, 대통령이 주재하는 합동참모회의가 열렸다. 회의에서 좌익 게릴라, 우익민병대 그리고 마약업자들의 최후의 보루인 다리엔 갭 지역을 정리하라는 대통령의 지시가 내려졌다. 콜롬비아 전역에서 5개의 사단, 푸드라, 특수공병단, 해군 등 총 10만 명의 군대가 다리엔 갭 지역으로 향했다. 어차피 최근 반군 조직을 소탕해서 놀고 있는 병력이다.

TV 화면에는 다리엔 갭으로 이동하는 엄청난 규모의 헬기 부대가 시시각각 보도되었다. 가까운 메데인 지역에서는 밀림에서 무쓸모인 탱크까지 이동하는 장면이 나왔다. 콜롬비아해군 함정이 다리엔 갭 근처 조그마한 항구 도시인 네코클리에 집결하자 바다가 좁아 보였다.

파나마와 미국 대사가 나를 만나자고 읍소하며 연락했지만 개무시했다. 나는 콜롬비아 역사학회가 주최한 '파나마의 역사적 기원'이라는 세미나에 참석했다. 민족주의 성향의 역사학자들은 '파나마는 콜롬비아의 땅'이라며 침을 튀기며 주장했다. 그들에게 박수를 보냈다.

TV에서는 1903년 다큐멘터리를 통해 콜롬비아가 어떻게 돈 한 푼 받지 못하고 파나마를 빼앗기게 되었는가를 조명했다. 볼리바르시와 보고타, 메데인에서 파나마는 우리 땅이라는 시위가 벌어졌다.

당장 발등의 불이 떨어진 나라는 파나마다. 지금 파나마에는 군은 없고 고작 경찰만 존재한다. 10만 콜롬비아군이 쳐들어오면 하루아침에 나라를 빼앗길 판이다. 파나마 대통령은 미국에 긴급 지원요청을 벌였다. 미국 또한 황당하기는 마찬가지다. 남미 최대 우방국이라고 생각했던 콜롬비아가 갑자기 파나마에 쳐들어갈 거라고는 꿈에도 생각지 못했기 때문이다.

오바마 대통령의 간곡한 요청으로 전화 통화를 수락했다.

- 파블로 대통령, 통화하게 되어 반갑습니다.

오바마는 친절하게 말문을 열었다.

"저도 반갑습니다. 요즘 일이 너무 많아서 통화를 미루었습니다."

- 괜찮습니다. 다름이 아니라 지금 콜롬비아군이 파나마로 가는 다리엔 갭 입구에 집결하고 있는데, 이게 무슨 의미입니까?

"미국과 콜롬비아 정부가 추진하는 마약 퇴치 운동인 '플랜 콜롬비아'의 마지막 단계입니다. 지금 이 나라의 최대 마약 산지는 안티오키아 북부입니다. 좌익 게릴라와 마약상들이 다리엔 갭의 험난한 지형과 국경이라는 지정학적 약점을 이용해 단속을 피하고 있습니다."

- 제가 듣기로는 그놈들이 다 합쳐봐야 고작 1~2천 명이라고 하던데, 10만

콜롬비아군이 집결하는 것은 너무 오버가 아닌가요?

"그건 대통령께서 몰라서 그렇습니다. 정글 지역의 마약상 한 명을 잡으려면 적어도 소대 규모가 움직여야 합니다. 거기에는 길이 없습니다. 식량도 조달해야 합니다. 모기, 재규어, 독사들도 경계해야 합니다."

- 알겠습니다. 우리 미국도 마약 문제에는 관용이 없습니다. 콜롬비아군의 작전을 지지합니다.

"감사합니다."

- 그런데 최근 콜롬비아 내부에서 파나마를 원상회복해야 한다는 주장이 나오던데, 혹시 이번 작전이 그것과 관련이 있는 것은 아닌가요?

여기에서 말조심해야 한다. 안 그렇다고 말하면서 최대한 그렇다는 인상을 주어야 한다.

"저도 몇 번 그런 세미나에 참석해보았는데, 1903년 콜롬비아가 파나마를 내어주었을 때 어떠한 대가도 받지 못했고, 심지어 우리가 양보하겠다는 내용이 담긴 문서조차 없다는 것을 알았습니다. 그런 의미에서 파나마는 여전히 콜롬비아 땅입니다."

- …….

오바마가 기가 차는지 한참 동안 말이 없었다. 옆의 보좌관들이 큰소리로 관련 문서를 검토하는 목소리가 들린다.

- 그러면 콜롬비아는 파나마 땅을 되찾겠다는 겁니까?

"영토 불변에 관한 국제법이 있는데, 어떻게 콜롬비아가 그것을 어기겠습니까? 다만 우리는 과거 백년 전의 사건이 너무 부당하게 이루어졌다는 것을 분명히 하고자 합니다. 파나마 운하로 미국과 파나마 정부는 엄청난 수익을 올리고 있는데 콜롬비아는 여전히 가난합니다."

- 우리 보좌관들이 조사한 바에 의하면, 미국이 헤이-헤란 조약을 콜롬비아에 제안했지만 콜롬비아가 천일 전쟁의 혼란 때문에 비준 절차를 중지했다고 합니다. 그리고 파나마 혁명 운동이 일어나 독립하게 된 것입니다. 이것은 전

혀 부당한 일이 아닙니다.

"그건 아닙니다. 미국이 헤이-헤란 조약을 통해 일시금으로 천만 달러, 연간 25만 달러를 백 년간 내기보다 파나마에 있는 불한당을 사주하여 독립을 추진했다는 게 사료에 다 나옵니다. 콜롬비아는 한 푼도 받지 못하고 파나마를 빼앗겼습니다. 지금 영토를 다시 찾을 수는 없지만, 최소한 금전적 손해는 보상받아야 하지 않겠습니까?"

- 이건 전화상으로 나눌 얘기는 아니군요. 한 가지 말씀드리고 싶은 것은 콜롬비아군이 다리엔 갭의 파나마 영토로 들어오면 미군은 좌시하지 않겠습니다. 파나마와 미국은 동맹 관계라는 것을 잊지 말아 주시기 바랍니다.

"당연한 거 아닙니까? 우리는 국제법을 준수합니다. 함부로 파나마 영토에 들어가지 않을 겁니다."

- 감사합니다. 빨리 만나서 파나마 문제를 얘기해봅시다.

미국의 입장은 분명했다. 콜롬비아군이 파나마 영토로 들어오면 침공으로 간주하겠다는 것이다. 미국 입장에서는 남미 최대 우방인 콜롬비아보다 파나마 운하가 훨씬 전략적 가치가 높기 때문이다. 사실 콜롬비아에서 수입되는 것은 코카인 말고 뭐가 있는가?

1주일 뒤에 수도 볼리바르시에서 국가안전보장회의를 열기로 했다. 그것도 TV로 중계되는 생방송 형식이다. 나라가 발칵 뒤집혔다. 회의를 공개한다는 것은 어떤 주제를 토론하는 게 아니라 이미 결정된 메시지를 강력하게 전달하겠다는 의도이다. 특히 미국 기자들의 참여 신청이 쇄도했다.

이 회의를 위해 대통령궁의 연회장을 대대적으로 손보았다. 가능한 한 웅장하고 장엄하게 꾸밀 것을 지시했다. 국교나 다를 바 없는 가톨릭 성당의 고딕 양식으로 벽을 손보고 곳곳에 콜롬비아 문장을 달아놓았다. 회의장도 멋지게 꾸몄지만, 더 중요한 것은 오늘 시나리오를 완벽하게 만들기 위해 나를 제외한 국가안전보장회의 구성원들에게 사전 리허설까지 시키며 철저하게 준비하도록 했다.

회의장에는 바늘 하나 떨어져도 천둥소리가 날 만큼 고요한 정적이 흘렀다. 개회식을 선언했다.

"오늘 이 자리는 콜롬비아의 안보와 미래를 결정하는 중요한 자리입니다. 국가안전보장회의 구성원 여러분들에게 묻겠습니다."

내가 각료들에게 질문하고 각료들이 자기 의견을 개진한다. 사실상 짜여진 쇼다. 나는 각료들의 의견을 수렴하고 받아들여 결정을 내린다. 편중되지 않고 균형을 갖춘 통합의 지도자라는 것을 보여주는 것이다.

나는 혹시 전쟁까지 발생할지도 모르는 최악의 상황을 염두에 두고 나의 결정이 독단적인 것이 아니며, 콜롬비아 최고위급 각료들이 모두 동의하는 만장일치의 결과라는 점을 과시하고 싶었다.

이 장면을 지켜보는 국민도 마찬가지다. 모두가 나의 결정에 동의했다는 일종의 공범 의식을 심어주어야 한다. 마치 마피아 조직에 신참이 들어오면 먼저 살인을 지시하고 자포자기하게끔 만드는 수법과 유사하다.

"먼저 산토스 장관!"

산토스가 일어섰다. 사전에 준비했지만, 그도 떨리는 가슴을 보이지 않기 위해 얼굴 근육에다 힘을 주었다.

"묻겠습니다. 지금 우리 콜롬비아의 최대 안보 과제는 무엇입니까?"

"지난 몇 년 동안 대통령의 주도로 좌익 게릴라가 거의 소탕되었습니다. 이제 남은 게릴라들은 파나마 국경을 보호막 삼아 다리엔 갭 정글에 모여 있습니다. 이들을 제거하지 않으면 언제 내전이 재발할지 모릅니다."

육군참모총장을 불렀다. "다리엔 갭 지역은 정말 난공불락의 밀림입니까? 우리 콜롬비아군이 그곳을 확실히 장악할 수 있습니까?"

"다리엔 갭 지역은 21세기 현대 기술로도 접근하기 힘든 지역인 것은 사실입니다. 그렇지만 우리 콜롬비아군은 지난 50년간 정글에서의 전쟁을 통해 훈련되었습니다. 특히 특수공병단은 늪지대와 울창한 밀림에서도 길을 만들 수 있는 능력을 갖추고 있습니다. 시간만 주신다면 팬 아메리칸 하이웨이를 완성하여 게릴라들과 마약상들을 일망타진하겠습니다."

외교부 장관을 불렀다. "콜롬비아의 파나마에 대한 권리를 세계는 어떻게 반응하고 있습니까? 국제법적으로 1903년 이전으로 돌아가지는 못하더라도 우리가 놓쳐서는 안 되는 게 무엇이 있습니까?"

"이미 베네수엘라는 콜롬비아가 파나마에 대한 권리를 가지고 있다고 발표했습니다. 쿠바도 같은 입장입니다. 중국과 러시아도 이 문제를 국제사법재판에 올리면 적극적으로 검토하겠다고 합니다. 미래는 알 수 없습니다. 우리는 이 문제에 대해 분명한 태도를 견지해야 우리 후손들에게 당당할 수 있습니다."

국가정보원장을 불렀다. "파나마 시민의 입장이 어떻습니까? 그들도 시몬 볼리바르의 후손들인데 어떤 생각을 갖고 있는지 듣고 싶습니다."

"네, 그들 또한 콜롬비아의 상황을 이해하고 있습니다. 다만 우려하는 것은…… 충돌이 발생하는 것을……."

이 영감이 마음이 불안한지 말을 더듬었다. 사실 국가정보원은 나베간테가 주도했고 원장은 얼굴마담이었다.

"충돌이라는 게 뭡니까? 전쟁입니까? 누구와의 충돌입니까?"

내가 그를 다그치자 국가정보원 원장의 안색을 파래졌다.

"콜롬비아와 미국과의 충돌을…… 무서워하고 있습니다. 우리는 최악의 시나리오를 준비해야 합니다."

"뭐, 최악의 시나리오? 그래서 우리 보고 협상하라는 겁니까?"

내가 호통을 치자 국가정보원장의 얼굴은 이제 사색이 되었다.

"그게 아니고……."

"일 제대로 하지 않을 겁니까!"

장내가 얼어붙었다. 모두가 지켜보는 공개석상에서 타협이나 신중하자는 말은 절대 나오지 않았다. 과격한 발언이 속출되었다. 미국과 전쟁하자는 놈도 나왔다. 모두 나에게 결단을 촉구했다.

나는 손을 올려 진정시켰다. "여러분들의 충정은 잘 알겠습니다. 그렇지만 우리는 신중해야 합니다. 우리의 최대 우방국 미국과의 관계를 그르쳐서는 안 됩니다. 나는 파나마 정부에게 물을 겁니다. 1903년 체제를 어떻게 할 것이냐고."

대통령은 신중하고 객관적이며 편향되지 않은 진중한 지도자여야 한다. 그렇지만 또한 단호해야 한다.

"콜롬비아군은 다리엔 갭 정글의 게릴라, 마약상을 최후의 한 명까지도 소탕하시오. 그 지역에 우리 군이 언제라도 투입될 수 있도록 하시오. 그리고 파나마와의 육로 연결을 위해 팬 아메리칸 하이웨이를 완성하시오. 이것은 대통령의 명령으로 당장 실행하시오."

"충성!"

취임 초기 대게릴라 전술과 마찬가지로 콜롬비아군은 게릴라와 마약상을 직접 쫓기보다는 물량으로 대처했다. 먼저 다리엔 갭 정글의 입구에 해당하는 투르보에 공군기지를 건설하여 헬기나 비행기로 건설 장비를 실어날랐다. 특수공병단이 길을 만들기 시작했다. 사실 다리엔 갭 정글은 공사 구간이 험해서 그렇지 길이는 87킬로미터에 불과하다. 험한 지형이 나오면 우회한다고 하더라도 100킬로미터도 되지 않는다.

열대우림에 조금씩 길이 만들어지기 시작했다. 환경론자들에게 미안하지만 길을 내기 위해 밀림을 일부 불태우고 터널을 뚫기 위해 산을 일부 폭파했다. 다리를 만들기 위해 시멘트와 철골을 강물에 묻었다.

다리엔 갭에 천지개벽이 일어나자 먼저 마약상들이 도주하기 시작했다. 그렇지만 콜롬비아군은 그들을 체포하기보다 파나마 쪽으로 몰아붙였다.

게릴라도 마찬가지다. 고작 천 명에 불과한 게릴라가 10만 명의 정예 군대와 싸울 수 없다. 게릴라 중의 일부는 항복했지만 받아주지 않았다. 이들도 할 수 없이 파나마로 도망가기 시작했다.

다리엔 갭 정글에는 원주민들이 산다. 이들도 날마다 밀림을 뚫고 들어오는 콜롬비아군에 놀라 도망가기 시작했다. 마약상, 게릴라, 민병대, 원주민들이 떼를 지어 다리엔 갭의 파나마 초입인 야비자로 몰려갔다.

밀려드는 난민들로 파나마 정부는 공황에 빠졌다. 콜롬비아의 파나마 대사가 나를 만나기 위해 1주일 내내 전화기를 붙잡아야만 했다. 그를 대통령궁으로 불렀다.

파나마 대사는 나를 만나자마자 읍소했다. "파나마와 콜롬비아는 같은 배에서 나온 한민족입니다. 지금 파나마는 극도의 안보 위기에 놓여 있습니다. 파블로 대통령께서는 어떤 생각으로 다리엔 갭 밀림에 고속도로를 만들고 있습니까?"

"마약상과 좌익 게릴라를 영구 퇴치하기 위해서입니다. 언론에 이미 여러 차례 보도가 되었는데……."

"지금 그곳 원주민들은 전쟁 난다며 파나마로 들어오고 있습니다. 진정 뜻이 그렇다면 '전쟁은 일어나지 않을 것이다.'라고 발표해주십시오."

"국가 간 전쟁은 항상 발생할 수 있습니다. 우리가 스스로 발목을 잡는 얘기는 할 수 없습니다."

"1903년 파나마 혁명을 부정하겠다는 얘기입니까? 미국과 국제 사회가 가만히 있지 않을 겁니다."

"1903년 콜롬비아는 아무런 대가 없이 파나마를 내어주었습니다. 당시 파나마 정부는 독립이나 혁명 사상을 가진 집단이 아니라 미국의 사주를 받은 깡패 조직에 불과했습니다."

"이미 백년이라는 시간이 지났습니다. 그런 논리라면 2차 대전 이후 아프리카 국경은 다 무시해야 한다는 논리입니다."

"아프리카는 아프리카이고 콜롬비아는 콜롬비아입니다. 설마 저하고 역사 논쟁을 하러 오신 것은 아니겠지요?"

"……."

파마나 대사는 긴 한숨을 내쉬었다. 협상 카드를 꺼냈다. "콜롬비아가 군사적 대치를 물린다면 파나마 정부는 10억 달러를 원조하겠습니다. 향후 콜롬비아에 투자를 더 확대하겠습니다."

"그 제안을 거부합니다. 우리는 돈을 보고 움직이지는 않습니다."

"그러면 대통령께서 원하는 것이 무엇입니까?"

"아까도 말하지 않았나요? 1903년 이후 형성된 체제를 재평가하고 콜롬비아의 정당한 권리를 인정받아야 한다고."

"그게……."

파나마 대사는 입이 마른 모양이다. 하나도 양보할 수 없다는 단호한 나의 태도에 절망을 느낀 표정이다.

"그런 역사적 논쟁보다 대사님이 여기까지 왔으니 말씀드리겠습니다. 지금 콜롬비아군을 피해 파나마로 넘어가는 마약상과 게릴라를 파나마 정부가 내버려 둔다면 우리 군은 좌시하지 않겠습니다."

"그게 무슨 말씀입니까?"

"말 그대로요. 내 말을 명심하시오."

나는 파나마 대사를 쫓아냈다. 고작 10억 달러를 받으려고 10만 대군을 움직인 것은 아니다. 파나마 대사는 오히려 파나마로 몰려드는 콜롬비아 난민이라는 골치 아픈 문제를 떠안고 갔다.

며칠 뒤, 탄핵 재판에 중대한 변수가 발생했다. 두케가 파랗게 질린 얼굴로 찾아왔다. "파블로, 도미니크 칸이 콜롬비아에 왔어."

"뭐라고? 그놈은 미국에 있지 않은가?"

"어제 급히 귀국했다고 하네."

"아…….”

나베간테가 국가정보원을 나가고 난 뒤, 정보체계가 개판이 되었다. 늙고 무능한 원장은 부하들을 장악하지 못하고 제대로 된 정보 하나 올리지 못하고 있다.

"그놈은 왜 온 거야?"

"지금 로메로의 변호사와 만나고 있어. 거기 우리 첩자가 한 명 있어."

"로메로가 도미니크 칸을 증인으로 신청했는가?"

"아직 그런 움직임은 없어. 그렇지만 도미니크 칸이 멀리 미국서 온 이유는 그것 말고는 설명이 안되지 않는가?"

골치가 아파 머리가 욱신거렸다.

"만약 칸이 폭로한다면 재판 결과에 어떠한 영향을 미칠 것으로 보이나?"

"객관적 실체가 드러나면 대법원 판사들도 동요할 거야."

그동안 전쟁 위기 고조로 내 지지율은 거의 80퍼센트까지 올라갔다. 대법관들이 로메로의 진술이 옳다고 하더라도 유죄를 내리기가 쉽지 않은 상황이다. 그런데 변수가 하나 등장한 것이다.

"뉴욕에서 근무하고 있는 칸이 왜 콜롬비아에 내려왔겠는가? 설마 같잖은 로메로를 변호하기 위해서 그런 수고를 했을 것 같지는 않아." 두케가 나를 쳐다보며 말했다.

"CIA가 개입했을 거야. 내가 파나마와 전쟁을 불사하겠다는 것을 미국은 묵과할 수 없지. 마침 탄핵 재판이 진행되고 있으니까 거기에 기름을 붓겠다는 속셈이야."

"그래. 체페의 암살 시도와 로메로의 배신, 그리고 칸의 귀환 모두 CIA의 작품이야. 이 재판이 쉽지 않겠네."

"맞아. 우리는 실체적 진실에 초점을 맞추지 말고, 내가 그런 조작을 하면서도 할 수밖에 없었던 명분을 부각하게. 내가 국가 돈을 횡령한 게 아니잖아. 다 고속도로 건설에 들어간 돈이야. 어찌 보면 우리 모두 공범자야. 그 돈으로 다 혜택을 받았기 때문에."

도미니크 칸에게 연락하려고 시도했지만, 두케가 막았다. 자칫 잘못하면 증인 매수에 걸릴 수 있다는 것이다. 나베간테가 있었더라면 몰래 칸을 만날 수 있었을 텐데, 뭔가 손 하나가 잘린 느낌이다.

그런데 도미니크 칸이 먼저 나를 만나자며 연락이 왔다. 나는 수도 볼리바르시 외곽에 알려지지 않는 별장으로 그를 초대했다. 이 만남은 절대 드러나면 안 된다.

회의실에서 기다리고 있던 도미니크 칸은 초조한 표정이다. 뜻밖의 사건에 휘말려 원치 않는 일을 해야 하는 짜증과 불안을 그의 얼굴 속에서 읽을 수 있었다.

"귀국을 축하하네. 이렇게 갑자기 콜롬비아에 올 줄 몰랐군. 연락을 좀 하고 오지 그랬나."

"파블로 대통령 때문에 죽을 지경입니다. IMF에서 제 경력이 끝났습니다."

"자, 일단 앉아서 얘기합시다. 커피도 한잔하고."

벨라스케스가 직접 커피를 가져왔다. 칸이 담배를 꺼내어 불을 붙였다. 연기를 깊게 내뿜고 말했다. "제가 콜롬비아에 왜 오게 되었는지 아십니까?"

"로메로 전 장관 재판 때문에 온 거라고 알고 있어. 나에게 불리한 진술을 할 거라고 들었네."

"사실 그대로를 말할 겁니다. 더 할 것도 뺄 것도 없이. 저에겐 숫자가 있으니까요."

"그렇게 하게. 그런데 굳이 나를 몰래 만나자고 하는 이유가 뭡니까?"

"미국 정부가 중재를 부탁했습니다. 이 재판을 포함해서요."

"……."

"대통령께서 파나마 침공을 멈추면 이 거지 같은 재판도 멈추어 주고 송유관 공사도 방해하지 않답니다. 심지어 플랜 콜롬비아 예산도 손대지 않겠다고 했습니다. 제발 그만두십시오. 이러다가 우리 다 죽습니다."

"파나마 문제와 내 탄핵 재판, 송유관 문제는 별개야. 그런데 누가 이런 제안을 한 거요? 오바마 대통령이?"

"당연히 최종 결재는 했겠죠. 실무진은 대통령께서도 아시는 콜롬비아 CIA의 전 책임자 빌 스테크너입니다."

"그놈이……."

빌 스테크너는 콜롬비아가 마약 전쟁을 벌일 때 민병대 제6사단을 배후 조종하여 FARC와의 전쟁을 부추긴 놈이다. 그놈은 심지어 나도 유혹하여 FARC와의 전쟁에 동원하려고 했다. 나는 당연히 거절했다. 내가 미국의 꼭두각시가 되려고 환생한 것은 아니니까.

"빌은, 아니 미국은 콜롬비아가 미국의 패권에 도전하는 것을 절대 용납하지 않을 겁니다. 그러니 대통령께서도 여기서 멈추십시오."

"빌이 한때 나도 포섭하려고 했던 것을 아는가?"

"그런 일이 있었습니까?"

"얼마 전의 일이야. 나는 그때 미국의 대콜롬비아, 아니 중남미 정책의 실체를 이해해버렸소. 그들은 콜롬비아의 마약 문제를 진짜 걱정하는 게 아냐."

"미국의 목적이 뭐라고 생각하십니까?"

"미국은 자신의 안마당이나 다름없는 카리브해와 중남미에서 강대국이 출현하는 것을 원하지 않아."

"그게 무슨 말입니까?"

"콜롬비아나 베네수엘라가 만신창이가 되어 경제적으로 미국의 도움이 절실한 국가로 만드는 게 최상의 정책이지. 만약 그란 콜롬비아가 출현하면 미국이 마음대로 남미 대륙에서 영향력을 행사할 수 없으니까."

"그게 빌 스테크너랑 무슨 상관입니까?"

"빌은 콜롬비아가 마약전쟁으로 외부에 눈을 돌리지 않게 만드는 게 최종 목적이야. 그러니까 누구도 상대방을 압도하지 못하고 소모적인 전쟁을 되풀이하게끔. 어떨 때는 심지어 FARC를 지원하고, 어떨 때는 민병대를 지원하여 세력균형을 맞추는 더러운 작업을 했던 거야."

"저는 그런 거시적인 전략에는 관심이 없습니다. 지금 당장 제게 필요한 것은 빨리 이 복잡한 문제를 중재하고 무사히 뉴욕에 돌아가는 것입니다."

"이해해. 그전에 한 가지 궁금한 게 있소. 당당한 IMF 재무관인 자네가 왜 이런 더러운 전쟁에 협상을 맡고 나선거야? 자네는 뉴욕에 앉아 우아하게 숫자만 움직여도 돈과 명예를 다 가질 수 있었을텐데요. 미인은 물론이고."

"빌어먹을 나베간테 때문이오."

"무슨 말이야! 그놈은 지금 어디에 있어?"

"대통령께서 저를 협박하려고 만든 비디오 있지 않습니까?"

"어떻게 그걸 알았소?"

"나베간테가 그걸 CIA에 팔아먹었습니다. 아니, 본래 CIA 첩자라서 그런 걸 만들었는지 모릅니다."

"……."

그러고 보니 나는 나베간테를 잘 몰랐던 것 같다. 나를 존경한다는 말만으로 그를 너무 선의적으로 해석했다. 이놈은 본래 이중, 아니 삼중 첩자였나? 도대체 이놈의 실체는 뭘까?

"빌이 그 비디오로 저를 협박해 로메로 증언을 강요했습니다. 그 비디오가 나오면 제 커리어는 엉망이 되는 겁니다. 아니, 당장 이혼소송을 맞이하게 될 겁니다."

속이 탔다. 벨라스케스에게 맥주를 가지고 오라고 했다. 우리 두 사람은 맥주를 마셨다.

"나베간테를 만났소?"

"네, 뉴욕에 있습니다. 이 일을 꾸민 게 바로 나베간테입니다. 물론 그 위에 빌 스테크너가 있지만요."

나베간테는 결국 누구도 눈치채지 못하게 콜롬비아를 탈출한 것이다. 역시 난 놈이다.

"뭐라고 하던가?"

"자기는 여전히 파블로를 존경한답니다. 콜롬비아 역사에서 시몬 볼리바르 다음으로 위대한 인물이라고 극찬을 했습니다."

"그런 놈이 왜 나를 체페에게 팔아먹는단 말이오? 자칫 죽을 뻔했는데!"

"그건 저도 모릅니다. 저는 정치적 음모를 좋아하지 않습니다. 어떻게 할 건가요? 이 정도 선에서 멈추시겠습니까, 아니면 대통령께서 하고 싶은 대로 하시겠습니까?"

"지금 당장 대답할 수 없어. 시간을 주시오."

"빨리 결정하십시오. 저는 이 지옥 같은 볼리바르시의 더위가 싫습니다. 빨리 가족을 보고 싶어요."

"심심하다면 미인을 불러줄 수 있어. 여자 좋아하잖소."

"크크크. 그것 때문에 약점이 잡혀 콜롬비아까지 끌려 왔는데 또 여자를! 사양입니다. 여자를 불러도 파블로 대통령과 CIA가 모르는 곳에서 부를 겁니다."

"하하하. 좋아. 조금만 기다려주시오."

겉으로는 웃었지만 속으로는 답답했다. 이 상황을 어떻게 타개할 것인가?

도미니크 칸을 만나고 대통령궁으로 돌아왔다. 산토스가 기다리고 있었다.

"각하, 팬 아메리칸 하이웨이 건설이 거의 완료되었습니다. 이제 어떻게 할까요?"

"우리가 그 도로를 만든 목적이 뭔가?"

"마약상과 게릴라를 붙잡기 위해서입니다."

"지금 그들은 어디에 있는가?"

"파나마로 도망갔습니다."

"지옥 끝까지 가더라도 그놈들을 붙잡아서 다시는 콜롬비아에 마약과 전쟁이 일어나지 않도록 해."

"네, 알겠습니다."

"파나마 시민은 우리와 같은 민족이야. 절대 시민들은 건드리지 말게."

"조심해서 작전을 진행하겠습니다."

콜롬비아군이 마침내 파나마 국경을 넘었다. 주사위는 던져졌다.

리카르도 마르티넬리 파나마 대통령이 간곡하게 전화통화를 요청했다.

- 파블로 대통령, 진작 찾아뵙지 못해 죄송합니다.

"아닙니다. 그런데 어쩐 일이십니까?"

- 지금 콜롬비아군이 국경을 넘어 야비자까지 들어왔습니다. 이것은 국제법 위반입니다. 빨리 철수해주시기 바랍니다.

"죄송합니다. 지금 콜롬비아군은 작전 중입니다. 마약상과 좌익 게릴라들이 먼저 국경을 넘어 파나마로 도망갔습니다. 저는 이미 콜롬비아 주재 파나마 대사에게 경고했습니다. 이들을 철저히 막아달라고 했는데, 파나마는 내버려 뒀습니다. 이들을 다 붙잡고 콜롬비아로 돌아가겠습니다."

- 말도 안 되는 소리! 콜롬비아는 주권 국가의 영토를 침범했습니다. UN에 제소하겠습니다.

"그렇게 하십시오. 저희도 UN에 제소하겠습니다. 1903년 파나마의 무뢰한들이 불법적으로 콜롬비아의 영토를 빼앗아 간 문제를 국제사회에 공론화시키겠습니다."

- 미국이 가만히 지켜보지만은 않을 겁니다.

"파나마는 미국이 노리에가 정권을 축출하기 위해 불법적으로 진입한 것에 대해서는 말도 못 하다가 형제 국가가 안보를 위해 불가피하게 국경을 넘은 것은 왜 이리 시비입니까? 파나마 야당도 가만히 있지 않을 겁니다."

마르티넬리 파나마 대통령의 정적은 노리에가 정권을 지지하고 베네수엘라의 차베스와 가까운 여성 정치인 발비나 에레라이다. 그녀는 이미 사전 공작을 통해 친콜롬비아 정치인이 되었다.

내가 파나마 정치를 거론하자 마르티넬리는 움찔했다. 그렇지 않아도 최근 발비나 에레라가 자신의 부패 문제를 들고나오며 탄핵을 외치고 있다.

- 파블로 대통령, 도대체 원하는 게 뭐요? 그 범죄자를 잡아 달라면 내가 책임지고 한 달 안에 다 붙잡아서 넘겨드리겠습니다. 10억 달러 원조가 부족하면 더 드릴 수 있습니다.

"돈은 관심이 없습니다. 제가 원하는 것은 1903년 체제에 대해 진지하게 한번 의논해보자는 것입니다. 그 문제를 매듭짓지 않으면 콜롬비아와 파나마의 관계는 정상화되기 힘듭니다."

- 지나가도 한참 지나간 역사를 지금 와서 논의하는 게 무슨 도움이 된다는 말입니까? 제발 합리적으로 사태를 해결합시다.

"일단 마약상과 게릴라를 소탕하고 얘기합시다."

냉정하게 전화를 끊었다. 먼저 기선을 잡았는데 싸게 협상할 생각이 없다.

마르티넬리가 나에게 매달리는 이유는 파나마에는 군대가 없기 때문이다. 콜롬비아의 푸드라 만 명을 고작 총이나 쏘는 경찰력으로 막을 수 없다. 게다가 콜롬비아군은 지난 50년 동안 내전을 통해 단련되었다.

다리엔 갭 정글을 헤치고 콜롬비아 탱크부대가 파나마 국경에 도착하자 주민들은 놀라서 도망가기 시작했다. 여기서 2차선 국도를 타고 5시간만 가면 파나마의 수도 파나마시티다. 불과 282킬로미터의 거리다.

전 세계 신문과 방송에서는 난리가 났다. CNN에서는 '콜롬비아, 파나마 침공!'이라는 헤드라인의 뉴스가 떴다. 미국 주가가 폭락하고 파나마 운하를 통과하는 해운선물지수는 폭등했다.

마침내 미국이 움직이기 시작했다. 오바마 대통령이 직접 합동참모부에 파나마 사태를 해결하라고 지시했다. 파나마 운하는 미국이 가장 중요시하는 해외 전략 요충지이기 때문이다. 운하가 막히면 미국의 혈관이 막히는 것과 같다.

플로리다에 주둔한 미 함대가 발진했다. 구축함 3척, 이지스 순양함 2척과 함께 항공모함이 급히 파나마로 달려왔다. 스텔스 전투기는 이미 파나마 상공에 도착하여 콜롬비아군의 이동을 감시했다.

콜롬비아에서도 5사단을 파나마에 추가 파병했다. 콜롬비아 국내에서도 서서히 이러다가 정말 미국과 전쟁하는 게 아니냐는 우려가 일어났다. 나는 기자회견을 자청해서 "접경지역의 군대 집결은 콜롬비아의 게릴라와 마약상을 퇴치하기 위해서 하는 것이며 이 작전이 종료되면 철수할 것입니다."라고 거듭 밝혔다.

"콜롬비아의 최대 우방은 미국입니다. 우리는 미국과 전쟁을 할 수도, 할 생각도 없습니다."

기자들이 질문을 요청했지만 답변하지 않았다. 지금 여기서 말을 길게 늘어놓았다가는 나중에 문제될 소지가 있다.

미 국무부 차관이 전화했다.

- 파블로 대통령, 지금 콜롬비아군은 국제법을 엄연히 위반하고 있습니다. 즉각 군대를 철수하시기 바랍니다.

"작전이 끝나면 철수할 것입니다. 우리는 파나마 정부에게 콜롬비아의 범죄자들을 막아달라고 요청했는데 파나마는 그럴 생각도 능력도 없습니다. 그래서 부득이하게 파나마를 넘어오게 된 것입니다."

- 파나마 정부가 잘못했다는 것은 알겠지만 그렇다고 콜롬비아군이 국제법을 지키지 않아도 된다는 것을 의미하는 것은 아닙니다. 미군은 파나마 정부의 요청으로 콜롬비아군을 파나마로부터 몰아낼 것입니다.

"파나마 진보당의 발비나 에레라 대표는 이 기회에 파나마에 만연한 마약 카르텔을 소탕해달라고 요청했습니다. 1903년 미국은 불법적인 파나마 무뢰한들의 요구를 근거로 콜롬비아의 땅이었던 파나마를 쳐들어왔습니다. 거기에 비하면 지금 우리의 행동은 명분과 정당성을 갖고 있습니다."

- 더 이상 외교적 토론은 필요 없는 것 같군요. 콜롬비아군이 즉각 나가지 않으면 우리는 선전포고를 하겠습니다.

그러나 미국의 선전포고는 쉽지 않다. 과거 자신들은 반미 정권이라는 이유 하나만으로 노리에가 정부를 축출하기 위해 파나마에 진입한 적이 있기 때문이다. 콜롬비아군의 파나마 진입은 마약상을 소탕한다는 명분도 있다.

무엇보다 미국이 가장 피하고 싶어 하는 이유는 콜롬비아와의 전쟁이 중남미에서 핑크 연대, 즉 반미 연대를 불러일으킬지도 모른다는 우려 때문이다. 중남미에 쿠바, 니카라과, 엘살바도르, 과테말라, 베네수엘라 등은 죄다 좌파 정권이다. 파나마와 코스타리카만이 친미 정권이고 그나마 콜롬비아가 그동안 믿을만한 친구였다. 그런 콜롬비아와 전쟁을 한다는 것은 미국의 글로벌 전략, 중남미 전략의 대폭적인 수정을 요구한다.

게다가 오바마 정부는 러시아와의 지속적인 갈등 때문에 쉽사리 병력을 빼올 수가 없다. 중동에서는 아프가니스탄에 발목이 잡혀 수만 명의 미군이 몇 년째 황량한 고원 지대에서 헤매고 있다.

미군과 콜롬비아군이 대치하는 동안 탄핵 재판이 진행되었다. 아마 미국은 탄핵 재판을 통해 나를 합법적으로 물러나게 만드는 것을 최선의 방안으로 간주하고 공작에 들어갔을 것이다. 콜롬비아에서 좌파가 정권을 잡은 적이 없다. 지난 백년 동안 콜롬비아의 기득권은 친미 세력이었다. 이들의 뿌리는 깊고 넓었다.

로메로 전 재무부 장관이 주장하는 회계 부정 사건은 전 IMF 감독관인 도미니크 칸이 증인으로 참여하면서 뜨겁게 달아오르기 시작했다. 도미니크 칸은 우리가 제시한 공문서 숫자의 오류를 하나하나 지적했다. 지적이라고 말할 것도 없이 칸과 내가 공모한 사건이라 회계 조작은 분명한 것으로 드러났다.

두케의 변호 전략은 대통령의 의도가 순수하다는 점을 강조했다. 재판부도 그 점을 부정하지는 않았지만 콜롬비아와 미국과의 전쟁이 현실화될지 모른다는 우려 때문에 대통령을 제어해야 한다는 주장에도 조금씩 귀 기울이기 시작했다.

최종 선고를 앞두고 두케는 만약 탄핵이 내려진다면 국민이 가만히 있겠냐라며 대법원을 공략했다. 나의 지지율은 거의 80퍼센트에 육박했고, 혹시 모르는 전쟁을 앞두고 나라에 혼란을 불러일으켜서는 안 된다는 것이다.

로메로는 실체적 진실을 주목하자고 주장했다. 회계 부정은 명백한 사실이고 그것을 도미니크 칸이 증명했다는 것이다. 그러면 탄핵법의 규정에 그대로 해당한다는 것이다.

마지막으로 도미니크 칸의 진술이 있었다.

"파블로 대통령이 회계 부정을 저질렀다는 것은 명백한 사실입니다. 변호

인도 그 점을 인정했습니다. 그러나 그 의도를 따져보는 게 필요합니다. 파블로 대통령은 콜롬비아의 대규모 인프라 사업에 필요한 자금을 조달하기 위해 IMF가 규정한 레드라인을 넘어섰습니다. 그 결과 콜롬비아 경제는 성장에 필요한 자금을 구애받지 않고 동원할 수 있었고 고도성장을 기록했습니다. 파블로 대통령은 이웃이 병들고 아플 때 율법을 핑계로 도망간 사제가 아니라 위험을 감수하고 기꺼이 치료한 '선한 사마리아인'이라고 생각합니다."

칸의 충격적인 최후 진술로 로메로와 그에 동조하는 대법관들의 얼굴은 창백해졌다. 1주일 뒤 재판 결과도 큰 영향을 미쳤다. 대법원의 압도적 다수가 '무죄'를 선고했기 때문이다.

미국으로 떠나기 전에 칸을 대통령궁으로 불렀다. "고맙소. 자네 덕분에 죽다가 살았군. 만약 유죄가 선고되어 대통령에서 물러났다면 나는 살지도 못했을 거야."

"다음에 대통령께서도 제 부탁 하나 들어주어야 합니다. 제가 직장을 잃었거든요."

"무슨 말이오?"

"IMF에 사직서를 냈습니다. 내지 않아도 잘렸을 겁니다. 거기 최대 주주가 미국이지 않습니까."

"콜롬비아에 자네가 원하는 일자리를 아무거나 선택하게. 내가 책임지고 밀어줄 테니까."

"고맙지만 콜롬비아는 사양하겠습니다. 로메로 측에서 자객을 보낼지도 모르지 않습니까. 그런 위협을 안고 살고 싶지는 않습니다."

"그 비디오는 어떻게 되었어? CIA가 보복 차원에서 언론에 먹잇감으로 던져줄지도 모르는데."

"그러면 비난을 받아야지요. 제 잘못이니까요. 그 비디오는 계속해 제 발목을 잡을 겁니다. 차라리 한번 욕을 얻어먹고 끝내는 게 속이 편합니다."

"가족은 어떻게 하려고요?"

"이미 와이프와 이혼 일보 직전입니다. 이 기회에 헤어져야죠."

"나 때문에 직장도 잃고 이혼도 하고…… 정말 미안하네."

"아닙니다. 대통령 덕분에 엄청난 논문을 쓰게 되었습니다. 대통령께서 조작한 데이터는 21세기 가장 위대한 경제학적 실험입니다. 무려 백억 달러 가까이 투입된 실험이지요. 그걸 잘 쓰면 노벨경제학상을 받을 수 있습니다."

"그러면 콜롬비아 대학에 자리를 알아보겠소. 내가 연봉 이외 다른 수입도 보장해주지."

"싫습니다. 그렇게 하면 정치적 오해를 받을 수 있습니다. 마침 런던대학에서 교수 자리 오퍼가 와서 거기에서 콜롬비아 케이스를 논문으로 만들어 볼 생각입니다."

다음날 도미니크 칸은 떠났다. IMF가 그를 내부 공모자라는 이유로 해임했고 며칠 뒤에 도미니크 칸이 성폭력을 시도했다는 기사가 나왔다. 미국 정치도 여자 문제를 통한 공격이 성행하고 있다. 내가 이래서 여자에게 관심이 없다.

재판이 진행되는 동안 파나마에 들어간 푸드라는 작전을 수행했다. 다리엔 갭을 넘어 파나마로 도망친 마약상과 게릴라들을 잡아들이기 시작했다. 콜롬비아군의 작전은 파나마시티와 야비자의 중간인 산타페시까지 이어졌다. 파나마 정부는 거의 패닉 상태에 빠졌다. 산타페시에서 파나마시티까지 거리는 120킬로미터도 되지 않는다. 도로도 6차선으로 바뀐다. 탱크도 두 시간이면 파나마의 수도로 진입할 수 있는 것이다.

파나마의 마르티넬리 대통령은 미군이 복잡한 내부 문제로 움직이지 못하자 속이 타는지 은밀히 처음의 10억 달러에서 30억 달러로 금액을 높여 협상을 제안했다. 일단 이 금액을 받는 것처럼 말했다. 너무 상대방을 몰아붙이면 같이 죽자고 덤벼들 수가 있기 때문이다. 협상의 가능성을 열어주면서 상대방의 전의를 떨어뜨려야 한다.

산토스 장관이 반가운 소식을 들고 왔다. "체페가 마침내 붙잡혔습니다. 어떻게 할까요?"

"오, 좋은 소식이 계속 들어오네. 그놈을 여기로 데리고 오게." 로베르트를 죽인 체페 개자식을 직접 손봐야겠다.

체페가 볼리바르시의 대통령궁으로 끌려왔다. 고생을 많이 해서인지 몸집이 거의 반으로 줄어들었다. 얼굴은 검게 탔으며 수염은 제멋대로 자라고 있었다.

체페는 나를 보자마자 고개를 숙이며 용서를 빌었다.

"파블로, 미안해. 용서해주게. 나도 강요를 받아 어쩔 수 없이 저지른 일이야."

체페는 나를 죽이려고 저격범을 보냈다. 로베르트는 이놈 때문에 죽었다.

"자세히 말해보게. 나베간테가 어떻게 말했어?"

"나베간테는 내가 자네를 죽이면 사면 복권은 물론이고 칼리 카르텔의 재건을 지원하겠다고 말했어."

"그런 배신자 말을 믿었어? 나베간테는 한때 자네 밑의 청부살인업자에 불과했던 놈이야."

"아니야! 그놈이 힐베르트 로드리게스 보스와의 통화를 주선했어. 깜짝 놀랐지! 힐베르트 보스는 미국 감옥에 있는데 콜롬비아에서 통화가 되다니."

나베간테는 CIA의 첩자라는 게 확실하다. 미국의 중범죄 수용 감옥에 무기징역을 받고 갇힌 죄수가 콜롬비아로 전화할 수 없다. CIA이니까 가능하다.

"나를 죽이는 대가가 정확하게 뭐야?"

"일단 힐베르트 보스가 숨겨놓은 비자금 백만 달러를 받을 수 있었어. 그리고 내가 자네를…… 성공적으로 일을 완수하면 힐베르트 보스를 콜롬비아로 돌려보내 주겠다고 했어. 추가로 비자금 천만 달러도 풀어주는 조건이었어."

체페가 일을 벌인 게 이해가 되었다. 나라도 이런 상황이라면 한 나라의 대통령을 죽이는 유혹을 받았을 것이다.

"체페, 그동안 고생이 많았어. 알고 보면 우리도 참 질기고 오랜 인연을 끌고왔어. 뉴욕에서 부에나벤투라, 그리고 여기 볼리바르까지 지독하게 싸웠지. 이젠 끝이야."

"파블로, 제발 살려줘. 나는 이제 조직도 없는 외톨이야. 그냥 감옥에 가겠네. 제발 죽이지만 말아줘."

회의실 구석에서 감시하던 벨라스케스에게 눈짓을 보냈다. 이놈이 건수 맞았다는 듯 웃으며 다가왔다.

"보스, 체페를 어떻게 죽일까요? 바비큐를 할까요? 산채로 토막 내 마그달레나강 악어 떼의 먹이로 던질까요?"

"파블로, 제발 재판을 받게 해주게. 자네는 그래도 이 나라 대통령이지 않은가? 법대로 진행해주게."

체페 이놈은 어떻게 하든 조금 더 살겠다고 발버둥이다. 재판하면 최소 2~3년은 살 수 있다. 그리고 콜롬비아에는 사형 제도가 없다.

"싫어. 자네가 재판을 받으며 내 과거인 메데인 카르텔 얘기가 나오는 게 싫어. 하늘에 있는 로베르트는 자네가 가장 고통스럽게 죽기를 바랄 거야."

벨라스케스가 체페를 끌고 가려고 하자 체페가 절규했다. "파블로, 나랑 거래하자. 중요한 비밀을 말해줄게."

"어떤 비밀이야?"

"대신 나를 풀어주겠다고 약속하게."

"어떤 내용인지 들어보고 판단하겠네. 지금 말하게. 1년 내내 고문받다가 죽기 전에."

체페는 할 수 없다는 듯 한숨을 쉬며 말했다. "내가 자네 저격을 주저하니까 나베간테가 그러더군. 굳이 이렇게 자네를 암살하지 않아도 처리할 수 있는데 보는 눈이 있어 그런다고. '마약왕 대통령이 다른 마약왕에게 죽는 게 가장 그럴듯하지 않나?' 이런 말을 했어."

"그게 무슨 말이야?"

"자네를 죽일 방법이 많다는 거 아닌가? 그렇지만 내 손에 죽는 게 가장 그럴듯한 시나리오라는 얘기야."

여러 가지로 고민하게 만드는 말이다. 나베간테 이 자식은 무슨 속셈이지?

"파블로, 제발 나를 재판에 넘겨주게. 몇 가지 다른 말도 있는데 지금은 기억이 나지 않아. 시간이 나면 생각이 날 거야."

내가 고민하는 표정을 보고 체페는 감을 잡았는지 협박을 했다.

"나베간테가 그런 말을 했는지 안 했는지도 모르잖아. 무엇보다 형님을 죽인 원수랑 거래하기 싫어. 이제 그만 가게." 나는 벨라스케스에게 총을 빼앗아 체페의 머리에 박아넣었다.

[탕탕탕]

미국은 마침내 하와이에 주둔하고 있는 태평양 함대를 파나마로 불렀다. 지금 콜롬비아군이 주둔하고 있는 곳은 대서양이 아닌 태평양에 있는 다리엔주의 주도인 라팔마이기 때문이다.

파나마 정부도 최종 결심을 했다. 더 이상 콜롬비아군이 파나마에 붙어있는 것을 인정하지 않겠다는 것이다. 미 7함대가 라팔마로 다가오고 있다. 이제 선전포고만 하면 미국과 콜롬비아 전쟁이 일어난다.

콜롬비아 주식과 채권 가격이 폭락했다. 미 국무부가 콜롬비아를 상대로 경제제재에 들어갈 거라고 선언했기 때문이다.

고메즈가 찾아왔다. "파블로, 슐츠 미 국무부 차관이 어제 전화로 얘기했어. 미국은 콜롬비아군의 파나마 불법 주둔을 용서하지 않겠다고 하네. 이미 파나마 정부로부터 개입 요청을 받았어. 어떻게 할 생각인가? 정말 미국과 전쟁을 할 생각인가?"

"우리가 어떻게 미국과 전쟁을 할 수 있어? 그렇지만 콜롬비아가 만만한 상대가 아니라는 것을 보여주어야지."

"미국이 공격해올 때까지 푸드라와 5사단은 라팔마에 참호를 파고 버티고 있으라고 하게. 그리고 7사단을 추가로 파견하고. 미국에 이렇게 통고하게.

미국이 콜롬비아군을 건드리면 절대 가만히 있지 않겠다고."

"그러다가 정말 미국이 상륙하면 어떻게 하나?"

"절대 우리가 먼저 총을 쏘는 일은 삼가라고 하게. 미국은 콜롬비아군을 건드릴 수 없어."

"내가 간이 쫄려서 못 살겠네. 이건 완전히 치킨 게임이야. 자네의 배짱이 어디까지인지 모르겠어."

"두고 봐. 콜롬비아가 만만한 나라가 아니라는 것을 보여줄 거야."

파나마 상륙을 앞두고 오바마 정부도 골머리를 썩었다. 정말 콜롬비아와 전쟁해야 하나 고민했다. 그렇지 않아도 러시아, 중동, 아프가니스탄에서 계속 문제가 생기고 있는데 자신의 안마당인 중남미에서까지 전쟁을 벌이고 싶지는 않았다.

결국 오바마 정부는 파나마 정부의 계속되는 요청 때문에 라팔마 상륙을 결정했다. 라팔마는 파나마 동부 카나리아 제도 중 5번째로 큰 섬으로 고속도로는 없지만 작은 공항이 있다. 미군은 콜롬비아군이 상륙부대를 저지하기 위한 방어진지를 구축하지 않았다는 사전정보가 있었음에도 조심스럽게 접근했다. 미 해병대가 무사히 라팔마 인근 파티뇨 해변에 도착했다. 이들은 후속 부대가 상륙하게끔 경계를 하며 콜롬비아군의 동향을 살폈다.

라팔마에 주둔한 콜롬비아군은 미군에 대해 어떠한 적대적 행위도 하지 않았다. 미군은 치열한 전투를 예상했지만 콜롬비아군이 가만히 있는 바람에 어떻게 해야 할지 어리둥절했다. 펜타곤은 다시 고민에 빠졌다. 자칫 콜롬비아군과 전쟁을 벌였다가 걷잡을 수 없는 사태가 벌어질 것을 두려워했기 때문이다. 미군은 일단 파티뇨에 전진 기지를 구축하고 사태를 관망하기로 했다.

라팔마는 온화하고 따뜻한 아열대 기후를 갖고 있다. 해변에는 길고 높은 키의 야자수가 늘어져 있고, 산에서는 꽃향기가 내려온다. 특히 라팔마 계곡의 천연광천수는 시원하고 청량감이 높다. 한바탕 전쟁을 각오했던 미군은 오히려 카리브해의 휴양지에 놀러 온 기분이 들었다.

미군이 이렇게 편안한 휴식을 취하는 동안 남미에서는 새로운 바람이 불어닥쳤다. 베네수엘라의 차베스가 그 포문을 열었다. 차베스가 기자회견에 나섰다.

 "미군은 즉각 파나마에서 물러나야 합니다. 파나마는 그란 콜롬비아의 땅입니다. 미국은 1903년 이 땅을 강탈해 식민 국가를 만들고 파나마 운하를 건설해 막대한 수익을 올리고 있습니다. 이제 파나마인의 주권 의사가 확인되자 영구 식민지를 만들기 위해 군함을 파견했습니다. 베네수엘라는 콜롬비아와 연대하여 미군의 행동을 좌시하지 않겠습니다."

 콜롬비아, 베네수엘라, 에콰도로 그리고 볼리비아가 참여한 중남미경제공동체 회의를 콜롬비아의 수도 볼리바르시에서 긴급 개최했다. 동시에 이들은 초라하지만 그래도 군함을 파나마로 급파했다. 미군과의 긴장이 극도로 높아졌다.

 물론 이들 나라의 함대라고 해봐야 미군 구축함 1대의 전력에도 미치지 못하지만, 남미 국가들이 동시에 미군에 대응한다는 상징적 의미가 있다. 만약 여기서 전투라도 벌어지면 미국은 중남미 국가 전체와 대결하게 되는 것이다. 이것은 미국이 절대 피하고 싶어 하는 구도이다. 중남미의 니카라과와 엘살바도르, 과테말라까지 가세하면 미국은 이 지역에서 왕따가 되는 것이다.

 볼리바르시에서 개최된 중남미경제공동체 회의는 중요한 결의사항을 채택했다. 먼저 미군은 즉각 파나마에서 철수해야 하며 1903년 체제는 부당한 것이라고 결의했다. 회의가 끝나고 차베스와 둘만의 대화를 가졌다.

 "파블로, 자네의 배짱이 부럽군. 미국과 맞짱을 뜨다니! 그런데 자네 생각을 모르겠어. 정말 미국과 전쟁을 할 생각이오?"

 "중남미경제공동체 국가들이 다 모여도 미국 경제의 10퍼센트도 되지 않소. 군사력은 아예 비교 불가지. 우리는 미국과 전쟁을 할 수 없네. 잘못했다가는 쿠바 꼴이 날 뿐이야."

 "그러면 자네가 원하는 것은 뭔가? 진짜 파나마를 다시 합병할 수 있다고 생각하는가?"

"이혼한 지 백년이 넘었는데 어떻게 재결합하겠나? 그렇지만 콜롬비아가 파나마에 권리가 있다는 것을 확실하게 짚고 넘어갈 생각이네. 미국은 절대 파나마 운하를 포기할 수 없을테고. 그게 미국의 가장 큰 약점이지. 우리가 파나마 운하로 소동을 벌이니까 송유관 공사에 대해서는 미국이 아무런 소리도 하지 않잖소. 하하하."

"그게 자네가 노리는 거라고 나도 생각하네. 베네수엘라 군부도 미국과 대결을 주저하지 않는 파블로를 존경한다고 해. 망할 놈의 자식들이! 송유관 공사가 다 자기들을 위하는 건데 돈이나 받아 처먹고."

"송유관은 내년에 완공될 걸세. 이제 베네수엘라의 석유도 아시아 시장에 팔아먹을 수 있어 큰 도움이 될 걸세."

"고맙소. 자네가 이런 대역사를 벌이지 않았더라면 우리는 여전히 가난한 남미에만 석유를 팔 수밖에 없었을 걸세."

"그런데 베네수엘라 경제가 자꾸 안 좋아지는 조짐이 있더군. 외국인투자가도 대거 떠나는 거 알고 있소? 시장을 존중하게. 국가가 모두를 먹여 살릴 수는 없어."

차베스의 포퓰리즘은 경제를 망치고 있다. 기업의 수익을 30퍼센트에만 제한한 그 유명한 '마진율 30퍼센트'는 보기에는 그럴듯하지만 실제로는 최악의 반시장 정책이다. 마진율을 지키지 않는 기업주는 감옥에 간다. 이에 따라 생산자가 줄어들고 공급도 준다. 소비자는 시장에서 물건을 살 수 없다. 결국 가격이 폭등한다. 베네수엘라의 경제 몰락은 이렇게 시작되고 있었다.

나의 지적에 화가 난 차베스가 대꾸했다. "콜롬비아 경제 회복이 뚜렷해진 것은 분명하지만 그 혜택은 중산층과 상류층에 집중되어 있다네. 빈곤층은 여전히 고통을 받고 있으며, 빈부격차는 악화되고 있어. 자네가 신경을 써야 해. 인민을 위한다면 신자유주의 정책을 포기하게."

우리 두 사람은 거친 논쟁을 주고받고 헤어졌다.

미국은 중남미 국가가 반미 분위기로 돌아서자 크게 당황했다. 차마 파나마에 있는 콜롬비아군을 힘으로 몰아낼 수 없다. 전쟁을 벌였다가는 뒷감당이 안 되는 것이다. 오바마 대통령이 콜롬비아로 특사를 보냈다. 미국의 제안이 뭔지 들어나보자.

특사는 미국의 전 대통령 조지 부시였다. 나하고 이런저런 인연이 많은 분이다. 부시가 없었더라면 오늘날의 나는 있을 수 없다. CIA는 나에 관한 모든 기록을 뒤져 가장 적합한 특사로 부시 전 대통령을 찾았다. 오바마 대통령이 예를 다해 부탁했을 것이다.

볼리바르시의 대통령궁에서 그와 인사했다. 부시는 연로했지만, 여전히 눈빛은 총명했다. 우리 두 사람은 깊은 포옹을 했다.

"파블로, 축하해. 나는 처음 만났을 때부터 자네가 큰 인물이 될 거로 생각했어. 그런데 정말 콜롬비아의 대통령은 물론이고 이 나라 역사를 바꿀 위인이 되었어. 하하하."

"감사합니다. 대통령께서 도와주시지 않았다면 아직도 미국 감옥에 있었을 겁니다."

"자네가 자발적으로 미국에 건너왔을 때 나는 알아보았지. 그 망할 놈의 노리에가 자식 때문에 자네는 살아난 거야. 그리고 노리에가 자식이 또 미국을 힘들게 만들고 있어. 그놈을 제거한다고 미군을 파견한 게 지금 우리 발목을 잡고 있어."

내가 마약왕 파블로였을 때 미국은 남미의 좌익 정부와 싸운다고 부패한 정권이 마약 거래에 손대는 것을 봐주었다. 내가 그걸 무기로 부시와 거래하여 미국 감옥 가는 것을 겨우 피했다. 결국 미국은 노리에가 정부가 반미로 나가는 것을 견디다 못해 미군을 보내 파나마 정치에 직접 개입했다. 이게 오늘날 콜롬비아군의 개입을 정면으로 부정하지 못하는 이유이다.

"여기가 텍사스와 비슷한 날씨야. 나는 워싱턴의 춥고 마른 기후가 싫었어. 볼리바르시가 참 좋네. 저기 시원한 마그달레나강도 보이고 말이야. 자네는 대단한 사람이야. 무려 나라의 수도를 옮기고 사방에 고속도로를 만들고 게다가 베네수엘라와 연결하여 송유관까지도 만들고!"

"다 미국의 도움이 있었기 때문입니다."

"우리 아들놈이 바보야. 플랜 콜롬비아라는 말에 속아서 매년 20억 달러를 콜롬비아에 갖다 바쳤으니! 그놈은 국제정치를 보는 눈이 없어. 그래서 이라크도 대차게 말아먹었어."

아버지 부시는 아들 부시를 비난했다. 아들 부시가 준 돈으로 고속도로 건설사업을 했으니 맞는 말이다. 그것 때문에 콜롬비아 경제는 살아났다.

"아닙니다. 부시 대통령 때문에 콜롬비아 마약 문제는 많이 해결되었습니다. 콜롬비아에서 미국으로 보내는 코카인은 계속 줄고 있습니다."

"줄면 뭐하나? 멕시코가 이제 콜롬비아인데. 자네가 했던 말이 기억이 나. 마약 시장에서 통용되는 규칙은 '선수가 바뀌어도 게임은 계속된다.'라고 했지. 미국의 정책이 근본적으로 바뀌야 해. 단속으로 대응하다가는 끝이 없어."

"그렇습니다. 이미 콜롬비아를 비롯한 남미 국가들은 마리화나 같은 마약은 허용하고 있습니다. 코카잎을 재배하는 농민에게 다른 작물을 재배했을 때 기본 수익을 보장합니다. 이런 조치가 마약을 줄이는 데 큰 역할을 하고 있습니다."

"그런 것도 있지만 콜롬비아 경제가 안정적으로 성장한 게 가장 컸어. 자네의 취임 초기 1인당 GDP가 3천 달려도 되지 않았는데, 지금은 무려 만 달러에 가까워. 사람들이 먹고살 만하면 감옥에 가는 위험한 비즈니스는 안 하게 되어있어."

"감사합니다."

"그건 그렇고 내가 자네에게 덕담이나 하려고 여기 온 것은 아니야. 나에게 솔직히 말해보게. 파나마에서 콜롬비아군을 철수하는 조건이 뭔가?"

"콜롬비아 정부는 1903년 체제를 인정할 수 없습니다."

"그런 쓸데없는 소리는 말고 자네가 원하는 것을 말하게. 우리는 거래를 많이 했잖아. 텍사스 면화를 사는 조건으로 니카라과 침공 구실도 만들어 주고 말이야. 그리고 나는 자네가 반미주의자가 아니라고 보증도 했어. 덕분에 자네는 대통령에 당선되지 않았나? 이제 그 빚을 받으러 온 거야. 하하하."

이 빠꿈이 노인은 토론을 싫어한다. 그는 주고받는 거래를 통해 타협과 절충을 좋아한다. 내 속마음을 털어놓아야 대화가 진행된다.

"이혼한 지 백년이 지났는데 재결합하기는 쉽지가 않다는 것은 인정합니다. 마르티넬리 파나마 대통령이 30억 달러를 부르더군요. 그렇지만 콜롬비아는 절대 돈 때문에 파나마를 포기할 수는 없습니다."

"말이 길어. 빨리 본론에 들어가!"

"콜롬비아는 파나마 운하의 운영에 참여하고 싶습니다. 그건 본래 콜롬비아가 1차 공사를 프랑스에 준 공식 계약에 근거한 것입니다."

"그럴 수는 없어. 미국은 이미 파나마 운하에 손을 뗐어. 그렇지만 여기에 다른 국가가 개입하면 미국은 항해의 자유가 침범당한다고 생각해. 미국 정부는 파나마 운하 때문에 미국의 안보와 경제가 흔들리는 것을 절대 용납할 수 없어. 콜롬비아와 전쟁도 불사할 거야."

이 카드는 각오했다. 미국이 어떻게 나오나 보자!

"매년 돈으로 받는 것은 어떤가? 형식은 파나마 운하가 아니라 파나마와 콜롬비아의 경제협력기금으로."

"그건 콜롬비아가 다시 파나마를 팔아먹었다는 비난을 받게 됩니다. 여기 콜롬비아도 이제 극우 민족주의 세력이 만만치 않습니다."

"그러면 자네가 생각하는 다른 대안은 뭔가?"

"콜롬비아 국적의 배에 대해 파나마 운하 무료 통과를 허락해주십시오."

"그건…… 글쎄."

부시가 생각에 잠겼다. 노인은 지혜롭지만 수학에 약하다. 당장 그로서는 계산이 되지 않을 것이다.

"이건 내가 뭐라고 말할 수 없네. 경제학자들이 계산기를 두드리고 답할 수 있는 문제야. 중요한 것은 우리가 타협할 수 있는 길을 열었다는 것이지. 무료 통과가 되었든 반값 통과가 되었든 세부적인 것은 실무진이 검토해서 결정하도록 하지."

"네, 좋습니다."

"좋아. 자, 그러면 이제 만찬을 즐기며 놀아볼까? 여기 기후가 너무 좋아! 하하하."

부시가 돌아간 그다음 날 고메즈를 불렀다. "고메즈, 파나마 사태를 끝낼 때가 되었어."

"다행이야. 그렇지 않아도 모두 걱정을 많이 하고 있어. 미국과 싸워서 어떻게 하겠냐며 우려가 커."

"우리 콜롬비아 국민은 자신의 나라가 얼마나 대단한지 몰라서 그래. 이제 콜롬비아는 미국이 던져주는 뼈다귀나 먹는 나라가 아니야. 앞으로 남미에서 가장 중요한 나라가 될 거야."

"한 세대는 지나야 실감할 거야. 부시 전 대통령과 어떻게 타협을 보았는가?"

"파나마에 주둔하고 있는 콜롬비아군을 철군하는 조건으로 파나마 운하에서 콜롬비아 배의 통과를 어떤 식으로든 보장받는 것이야. 경제부의 최고 엘리트로 팀을 꾸려 우리가 최대한의 이익을 가져올 방안을 연구해. 참고로 파나마 대통령은 철군 조건으로 30억 달러를 불렀어."

"정말 잘 되었어." 고메즈는 손뼉을 쳤다.

"만약 돈을 받고 물러났다면 자네가 원칙을 지키지 않았다는 비난을 받았을 거야. 요즘 극우 세력이 난리야. 파나마를 다시 찾아야 한다며 연일 데모를 벌이고 있어."

"앞으로 우리 정치에 극우 세력도 큰 영향을 미칠 거야. 지금까지는 사실 콜롬비아가 자랑스럽다 할만한 나라는 아니었지."

"다 자네가 만든 업적 때문이야."

"그런가? 중요한 것은 이번 협상을 통해 콜롬비아가 파나마 운하에 지분을 주장할 근거를 만들었다는 거야. 이게 역사적으로 중요해. 아마 이번 협상에서 콜롬비아 국적 배의 무료 통과는 힘들 거야. 그렇지만 적어도 반값 통과는 얻어내야 해. 당장 다음 주 파나마시티에서 파나마 정부와 협상 테이블을 가지기로 했어. 물론 파나마 정부 뒤에는 미국 정부가 코치하고 있지. 자네가 대표단을 이끌고 나가게."

"그래, 철저하게 준비해서 성공적인 협상을 만들어볼게."

"자네 남은 이가 몇 개인가?"

"7개 남았네. 왜?"

"무리하지 마. 건강을 챙기게."

"고마워. 정글에서 그냥 썩다가 죽을 뻔한 인생인데, 자네 덕분에 살아났어. 조국 콜롬비아를 위해 일하다가 죽으면 영광이야."

이 자식 이러다가 남은 이도 다 빠지고 임플란트로 다 때울 것 같다. 고메즈 덕분에 내 정치 인생이 잘 풀렸다. 다시 그에게 고맙다고 인사하며 껴안았다.

볼리바르시는 과거 석유 도시 바랑카베르메하에서 시작되었다. 그때의 정유공장은 이미 다른 곳으로 이전했다. 그리고 여기 뻘과 늪지대에 거대한 돌과 모래를 메꾸고 강의 지류 사이에 수많은 다리를 만들어 지금은 인구 3백만의 거대 도시가 되었다.

이 도시를 바꿀 수 있었던 것은 값싼 전기 때문이다. 전기 때문에 에어컨이 가동되고 덥고 습한 날씨를 충분히 견딜 수 있게 되었다. 냉장고는 마그달레나강의 신선한 물고기와 열대 과일을 보존해주었다.

저녁에 마그달레나강 위에 붉은 황혼이 드리우면 공기는 시원해진다. 강 저편의 열대우림에서는 이름 모르는 새들이 지저귀고 가끔은 내가 풀어놓은 하마들이 강물을 따라 헤엄치는 것을 볼 수 있다.

벨라스케스와 소수의 경호 인력을 데리고 저녁 시간에 산책을 하다가 목이 말라 선상 카페를 갔다. 맥주를 파는 카페에는 손님들로 가득 차 있다. 하루의 일과를 마치고 강을 바라보며 맥주 한잔을 즐기고 있다.

카페에 손님이 너무 많아 주인이 합석을 권유했다. 벨라스케스가 인상을 찡그리는 것을 막았다. 같이 자리한 손님은 30대 부부였다.

"감사합니다. 자리를 내어주어서."

"아닙니다. 바쁜 시간대에는 합석이 당연합니다. 카페 사장님도 먹고 살아야지요."

"하하하. 그런가요. 실례지만 무슨 일을 하세요."

"저희 부부는 조그마한 핸드폰 가게를 하고 있습니다. 메데인 출신이고요."

"아 반갑습니다. 저도 메데인 출신입니다. 요즘 경기는 어떻습니까?"

"할만합니다. 사람들이 돈이 많아서 그런지 핸드폰을 자주 교체합니다."

"저는 경기보다는 총소리를 듣지 않아서 지금 너무 좋아요. 여자가 저녁 늦게 혼자 산책을 다녀도 안전해요." 여자가 말했다.

"파블로 대통령의 큰 업적이지요. 범죄와 전쟁이 없는 나라를 만들었어요. 저희 부부는 무일푼으로 볼리바르시에 왔는데 3년 만에 자리를 잡았어요. 아파트도 샀고요. 우리 부부의 꿈은 빨리 자동차를 사서 콜롬비아 전국을 여행 다니는 것입니다. 이제 사방에 고속도로가 깔려서 어디든 금방 갈 수 있어요. 차를 사서 메데인의 어머니에게 가면 얼마나 좋아할까요?"

"그럼요. 어머니의 보람은 자식이 잘되는 데 있지요."

"그런데 선생님은 누구랑 많이 닮았어요."

"그런가요? 하하하. 맥주 잘 마셨습니다. 제가 바쁜 일이 있어 그만 가보겠습니다. 고향 사람 만난 기념으로 맥줏값은 제가 계산하겠습니다."

대통령궁으로 돌아왔다. 어제에 이어 계속 술을 마셔서 그대로 쓰러져 잤다. 한참 자고 있는데 누가 내 몸을 깨운다.

"파블로, 잠시 일어나보게."

"아, 그래. 잠시만……."

눈을 비비고 일어나려고 했는데 뭔가 이상했다. 혼자 자고 있는 대통령 몸에 누가 손을 댄다는 말인가? 게다가 여기는 내 침실이 아닌가?

일어나 불을 켰다. 내 앞에 한 남자가 있다. 오, 맙소사 나베간테다.

"자네가 웬일인가?"

"나도 이러고 싶지 않았는데 도저히 다른 방법이 없었어."

"벨라스케스는?"

내 침실 앞에는 항상 벨라스케스가 경호를 서고 있다.

"미안하지만 죽였어."

20년 내 경호원이 이렇게 죽다니! 그놈이랑 가장 많은 시간을 보냈는데. 천국에 가기를!

"어떻게 여기까지 들어왔어?"

"대통령궁을 설계하고 지을 때 국가정보원이 관여했잖아. 그때 뒷구멍을 하나 만들어 놓았지. 내 부하들도 몇 명 여기 경호실에서 일하고 있고. 여기 들어오는 것은 일도 아니었어."

"나를 죽이려고 왔나?"

"당연한 것 아닌가? 협상하려고 밤늦게 몰래 오지는 않아."

그런데 이놈 말이 짧다. 본색을 드러냈으니 막가자는 건가.

"자네 정체가 뭔가? 칼리 카르텔에서 시작해서 가차의 심복이 되었다가 에스코바르 그룹에 들어와서 국가정보원 부국장까지 하지 않았나? 정말 요원인가?"

나베간테가 고개를 끄덕였다. "맞아. CIA 요원이지. 처음에는 칼리 카르텔을 선동해 메데인 카르텔과 전쟁을 만들기 위해 잠입했는데, 어떻게 하다보니 계속 작전이 발전해서 콜롬비아 국가정보원 부국장까지 되었더군요."

"자네가 원장이 되어주게. 위험한 첩자질보다는 한 나라의 정보 수장이 더 낫지 않나?"

"나도 그러고 싶어. 파블로 보스랑 끝까지 일하고 싶었어. 그렇지만 CIA는 나의 약점을 너무 많이 알아. 내가 자네랑 손잡는 순간 내 인생과 가족은 처절하게 파멸하게 되어있어."

"이해하네. 그런데 어제 부시 전 대통령이랑 협상했는데 왜 미국이 나를 죽이려고 하나?"

"미국이 죽이는 게 아니야. CIA가 죽이는 거지."

"이유를 알고 싶네."

"내가 남을 죽일 때 이런 구질구질한 얘기는 싫어하는데, 존경하는 보스니까 말을 해줄게. CIA가 콜롬비아에서 원하는 것은 마약의 퇴치가 아니야. CIA가 원하는 것은 콜롬비아가 마약과 게릴라와의 내전으로 외부에 신경을 못 쓰게 만드는 거야. 미국은 중남미에서 강력한 패권 국가가 등장하는 것을 꺼려 해. 가장 끔찍한 시나리오가 그란 콜롬비아야. 그런데 파블로 보스가 그 일을 하는 거 아닌가! 나도 원치 않았지만 거기에 일조했고."

"내가 죽는다고 콜롬비아가 옛날로 돌아가지는 않아. 이미 우리는 절망의 시대를 지나 미래로 가는 길을 발견했어. 다시는 과거 마약과 내전으로 찌든 시대로 가지는 않을 거야."

"그건 모르지. 정치인은 어리석어. 자신의 이권이 있으면 조국을 서슴없이 배신하는 놈들 천지야. 그래서 제대로 된 지도자가 중요한 거야."

나베간테가 총을 나에게 겨누었다. "자, 이제 눈을 감게! 자네와의 여행 참 재미있었어!"

그 순간 벽 위쪽에서 나베간테에게 총알이 날아왔다.

[탕탕탕]

"아, 아악!"

나베간테가 비명을 지르며 쓰러졌다.

"파블로, 어떻게 된 거야?"

"체페가 말했지. 나베간테는 나를 죽일 방법이 많이 있다고. 그래서 혹시 몰라 내 경호를 위해 천정에 경호원을 배치했지. 내가 신호를 주면 그놈이 움직이는 거지."

"역시 보스는 보스야. 하하하. 같이 지옥에 가게 되어서 반가워……."

[쾅!]

나베간테가 자기 몸에 두른 자폭 장치를 눌렀다. 파편이 내 몸을 뚫고 지나갔다. 천정이 무너지기 시작했다. 정신이 아득해졌다. 그래, 이렇게 죽어도 아쉽지 않다. 다 이루었다!

후기

　제가 이 얘기를 쓰게 된 계기는 콜롬비아의 노벨문학상 작가 가브리엘 마르케스의 《백년의 고독》을 읽었던 약 20년 전이었습니다. 그 소설에서는 콜롬비아의 역사, 신화, 마술, 미신, 민담 등을 한데 모아 버무린 환상적인 얘기들이 밑도 끝도 없이 나옵니다. 정말 재미있게 보았습니다. 마르케스야말로 《반지의 제왕》을 능가하는 진정한 판타지 소설의 창시자였습니다.
　다른 한편으로 제가 주목한 것은 '백년'이라는 의미입니다. 해방자 볼리바르가 중남미를 식민지 지배에서 해방시켰지만 콜롬비아에는 미국의 파나마 침략, 지주와 자본가의 내전, 좌익무장세력의 발흥, 마약 마피아의 창궐 등에 따른 백년의 혼란이 지속되었습니다. 주인공 부엔디아 대령은 현실에 좌절해 방문을 걸어 잠그고 고독을 선택하게 됩니다. 콜롬비아는 왜 한국이나 일본 등 동아시아 국가처럼 제대로 된 근대화를 이루지 못하고 만성적 저개발 상태에 놓여 있는지 많은 고민을 했습니다.
　2021년 저는 마침내 콜롬비아 여행을 갔습니다. 보고타, 메데인, 카르타헤나 등을 다니면서 낙천적이고 삶을 즐길 줄 아는 콜롬비아 사람들과 좋은 시간을 보냈습니다. 아침마다 싱그러운 메데인도 좋았고 마그달레나강도 인상적이었습니다. 한국으로 돌아와 마르케스의 《콜레라 시대의 사랑》을 읽었습니다. 마그달레나강이야말로 콜롬비아를 통합시키는 혈관이라는 것을 알았습니다. 바랑카베르메하로의 수도 이전은 거기서 힌트를 받았습니다.
　지정학적으로 보면 콜롬비아는 축복받은 나라입니다. 막대한 석유 자원과 카리브해, 대서양과 태평양을 동시에 갖고 있으며, 나라를 관통하는 마그달레나강이 있는데 왜 이 나라는 발전은커녕 백년의 혼란을 거듭하고 있을까요? 스페인계와 원주민 등 인종적으로나 문화적으로 분열되어 있기 때문일까요? 아니면 전통 무역 루트에서 너무 멀리 떨어져 있고, 또 거대한 안데스 산맥과 열대우림으로 인해 물류 흐름이 막혀있기 때문일까요?

이 소설에서 주인공 파블로 에스코바르는 대통령 선거 공약으로 '안전한 콜롬비아, 잘사는 콜롬비아, 하나되는 콜롬비아'를 내걸었습니다. 물론 여기에는 나름 성공적인 근대화에 성공한 한국 모델을 많이 빌렸습니다. 섬유산업과 같은 노동집중형 초기발전전략, 고속도로와 송유관 건설, 석유화학과 같은 중공업 산업화 추진, 수도 이전, 4대 개혁법안 등은 개발 시대 한국이 채택한 발전 전략이었습니다.

오늘날 한류, K-팝, K-드라마, K-영화 등이 지구촌에서 인기입니다. 유튜브에도 국뽕 콘텐츠의 조회 수는 폭발적입니다. 심지어 반도체, 배터리, 자동차, 조선 등 K-경제도 전 세계에서 주목을 받고 있습니다. 저는 이 모든 것의 출발은 K-정치에 있다고 생각합니다. 우리가 근대화, 민주화, 산업화, 정보화에 성공했기에 가능한 기적이었습니다. K-정치는 갈등과 극한적 대립이라는 부정적 현상이 아니라 시대의 변화를 적극적으로 추진해나가고 벼랑 끝 타협을 통해 사회적 통합을 보장하는 한국식 민주주의라고 할 수 있습니다.

이 소설은 K-정치의 핵심 아젠더와 성과를 콜롬비아 정치에 대입해보았습니다. 군부 쿠테타, 선거 혁명, 민주화, 하나회 척결, 개혁 법안, 수도 이전, 헌법재판과 탄핵, 국민과의 직접 대화, 월드컵 4강과 시민의 정치 참여 등 한국의 민주화와 선진화를 이끈 비슷한 사건 등을 통해 콜롬비아도 점차 발전해 나갑니다. 제 소설이 콜롬비아 문제에 대한 답을 주었다고 생각하지는 않습니다만 이런 꿈을 어떻게 실현해나갈 수 있는지는 용감하게 써보았습니다. 소설이니까요.

글을 쓰고 교정과 편집하는 내내 즐거운 기분이었습니다. 많은 분이 헌신적으로 저를 도와주었기 때문이지요. 영상물등급위원회 김형중 위원님은 소설 전반의 구성과 전략에 많은 시사점을 주셨습니다. 대학 교우인 김봉환 대표는 언제든 조언과 지원을 아끼지 않았습니다. 책의 출간 과정에서 김한청 대표는 해결사 역할을 하셨습니다. 고려대학교 스페인 라틴아메리카 연구소 김희순 교수님은 바쁘신 가운데 기꺼이 작품해설을 써주셨습니다. 김유정 박사님은 꼼꼼하게 교정을 봐주시고 더 좋은 문장과 단어를 추천해주셨습니다. 이밖에도 많은 분이 도와주셨기에 이 소설을 세상에 내보낼 수 있었습니다. 감사합니다.

작품 해설

김희순
고려대학교 스페인 라틴아메리카 연구소 교수

"Plata o plomo!"

이 말은 파블로 에스코바르가 밀수산업과 마약산업을 하며 공직자들을 매수할 때 쓴 말이다. 뒷돈을 받고 에스코바르에게 협조하거나, 아니면 원칙을 지키다가 죽음을 맞거나……. 대부분 사람이 뒷돈을 받을 수밖에 없는 상황을 만든 이 말은 이후 파블로 에스코바르를 중심으로 하는 마약상들에 의해 콜롬비아 정부가 무력화되는, 그 시작점이 되었다. 콜롬비아에서 시작된 코카인의 미국으로의 수출은 마약 카르텔의 시대를 열었고, 수많은 평범한 시민들의 일상을 앗아갔다. 미국에 의한 마약전쟁이 콜롬비아에서 진행되자, 소위 풍선효과가 나타나 마약으로 인한 라틴아메리카의 폭력 상황은 다른 국가로 전이되었다. 브라질의 리우는 코카인의 주요 중개지가 되었고, 마약상들은 자연스레 도시의 불량주택지구인 파벨라에 둥지를 틀었다. 멕시코의 전통적인 마약 카르텔과 연합한 MS-13, B-18 등 중앙아메리카의 폭력 조직은 세계에서 가장 잔인하고 폭력적인 조직으로, 많은 이들이 고향을 버리고 미국으로 이주하게 하는 원인을 제공하고 있다. 콜롬비아의 마약산업, 특히 파블로 에스코바르에 의해 시작된 강력한 폭력 상황은 라틴아메리카 대륙을 폭력의 대륙으로 만들었다. 라틴아메리카에 관해 관심이 있는 이들은 현재 상황, 특히 마약과 관련된 폭력과 사회적 무질서가 난무한 상황에 대해 고개를 젓곤 한다.

10여 년이 넘는 기간 동안 대학에서 라틴아메리카 지역학에 대해 강의하면서, 수업시간에 가끔 "만약 ~하지 않았다면"이라는 이야기를 하곤 한다. 역사에서는 If라는 가정은 쓸모없는 것이라지만, 만약 그랬다면 역사 속의 수많은 사람이 조금 더 안온한 삶을 살 수 있었지 않을까 하는 생각을 하면서 말이다. 넷플릭스에서 방영된 《나르코스》라는 드라마를 보면서, 만약 파블로 에스코바르가 미국 마이애미로 마약을 수출하지 않았다면, 그가 그렇게 능숙하게 미국 마약시장을 차지하지 않았다면, 그가 국회의원이 되겠다고, 대통령이 되겠다고 설치지 않았다면, 이런 일이 조금 덜 복잡하게 진행되지 않았을까 하는, 쓸모없는 가정을 하곤 했다. 나만이 그런 생각을 한 게 아닌가 보다. 이 소설은 "에스코바르가 마약상이 아니라 비즈니스맨이었다면……"이라는 가정에서 출발한다.

이야기는 대한민국 국적의 박건우라는 중년 남성이 콜롬비아의 마약왕 에스코바르로 환생하면서 시작한다. 물론 에스코바르는 지금부터 20년 전에 죽었으며, 박건우가 환생한 시점은 그보다 10년 가까이 앞선 1984년, 에스코바르가 콜롬비아 정부와 대립각을 세우기 시작할 때이다. 이런 소설의 시작은 지리학을 전공하고, 라틴아메리카 지역학을 업으로 삼고 있는 독자의 입장에서는 매우 비현실적이다. 라틴아메리카 문학을 전공한 동료들한테 가끔 귀동냥으로 들었던 마술적 사실주의라는 말이 떠오를 정도다. 그러나 이 소설의 배경과 사건들은 매우 사실적이다. 이 소설의 매력과 가치는 이러한 부분에 있다. 현실 세계의 국제 무역과 관행, 콜롬비아의 사회, 정치, 지역 등에 관한 정확한 정보를 바탕으로 한국 대기업 상사맨의 경험이 더해지면서 마치 성공한 재콜롬비아 한인 사업가의 경험담을 듣는 듯하다.

소설의 주인공인 에스코바르가, 실은 20여 년간 한국의 대기업 상사에서 근무한 박건우의 환생이기 때문에, 소설에서 다루는 내용은 경제와 관련된 내용이 주를 이루지만, 콜롬비아나 라틴아메리카 사람들의 의식에 관한 부분, 국제 무역에 관한 지식 등도 상세하게 사실적으로 다루고 있다. 주인공이

거침없이 사업을 계획하고 실행하며 역경을 딛고 마침내 성공에 이르는 과정을 보는 것도 매우 흥미롭다. 마치 캐릭터 키우기 게임에서 각 단계의 미션을 성공시키는 기분이랄까? 그러나 그 과정의 배경이 되는 콜롬비아의 지역별 상황, 경제 상황, 국제 정치 및 무역 관계 등은 사실에 바탕을 두고 있다.

언젠가 학생들로부터 이런 이야기를 들은 적도 있다. 자원이 풍부한 멕시코의 학생들이 자원이라고는 인적 자원밖에 없는 한국 학생들과 이야기를 하면서, 만약 "우리나라 같은 자원 부국에 너희 나라 사람들이 산다면 어떻게 될까?"라고 물었다고 한다. 저명한 미국의 지리학자 사우어(Sauer)는 개인이 가진 문화적 배경의 중요성에 대해 강조했다. 실제로, 아메리카 원주민에게는 메마르고 거친 황무지로 보이는 땅이 유럽에서 건너온 이민자들에게는 밀을 재배하기에 알맞은 평원으로 보였고, 오랜 기간 원주민들이 내버려 두었던 땅은 유럽인들의 곡창지대가 되었다. 즉, 동일한 자연경관을 맞닥뜨리더라도, 각자가 지닌 문화적 배경에 따라 다르게 이해한다는 것이다. 라틴아메리카를 처음 방문하는 여행객이나 라틴아메리카를 처음 공부하는 학생들은 그 풍부한 자원과 풍요로운 자연환경을 보고 이런 생각하곤 한다. 우리가 저런 환경을 지녔다면, 우리가 좀 더 이들과 경제협력을 할 가능성이 있다면, 정말 많은 기회를 얻게 될 텐데……. 에스코바르가 박건우의 지식과 경험을 지녔다면, 콜롬비아는, 라틴아메리카는 지금보다 더 살기 좋은 곳이었을까.

라틴아메리카는 우리에게는 매우 낯선 지역이다. 인터넷이 발달하고 해외여행이 일상이 되었지만, 지리적으로 지구 반대편에 있는 라틴아메리카라고 하는 지역은 우리나라 사람들에게는 매우 멀고 먼 지역이다. 라티노를 이웃으로 두고 사는 미국인들과 달리, 우리에게 라틴아메리카는 낯설다. 특히 우리나라의 교역이 멕시코나 브라질, 칠레, 아르헨티나 등을 중심으로 이루어지기 때문에 더욱 그러하다. 따라서 학생들에게 중앙아메리카 지역에 대해 가르칠 때는 동영상도 보여주고, 사진도 보여주고, 상상력을 불러일으킬 수 있는 온갖 말을 해야 한다. 때때로 학생들에게 라틴아메리카는, 특히 중앙아메리카나 안데스의 국가들은 마치 유니콘 같이 느껴질 것이다.

　이 소설은 이러한 면에서 하나의 답을 준다. 만약 내가 에스코바르라면, 그래서 그 시대의 한가운데를 살아가야 한다면, 마치 조선왕조 5백 년 드라마 시리즈를 통해 조선의 역사를 대충 꿰게 된 장년층들처럼, 이 소설은 콜롬비아를 중심으로 하는 라틴아메리카 사회, 그리고 미국과의 관계에 대해 자연스러운 이해를 가능하게 한다. 물론 에스코바르가 2000년대까지 살아 있다는, 그리고 마약 대신 국가발전을 위한 비즈니스를 했다는 면에서는 현실과 다르지만, 라틴아메리카 지역학 2과목에나 다루는(지역학 1과목에서는 절대 다룰 수 없는), 이 지역에 대한 매우 해박한 지식을 바탕으로 이야기가 전개된다. 이 소설은 라틴아메리카 지역학의 보조교재로 사용하면 좋겠다는 생각이 들었다.

　대부분의 타임슬립 소설들이 그러하듯이 마약으로 인한 콜롬비아의 폭력 상황도 메데인 카르텔과 칼리 카르텔, 미국 DEA 및 콜롬비아 군경 조직에 의해, 현실에서와 마찬가지로 일어난다. 라틴아메리카의 폭력은 에스코바르 개인의 잘못은 결코 아니다. 또한, 에스코바르로 분한 박건우는 메데인 시장을 거쳐 콜롬비아의 대통령에 올라서, 1993년 미국 DEA에 의해 사망한 에스코바르의 소원을 이루어준다. 그러나 마약으로 벌어들인 검은돈으로 매수한 민심이 아니라, 국가 경제 개발에 대한 스스로 능력과 노력, 그 결과에 따른 시민들의 인정에 의해 시장이 되고 대통령이 된다. 게다가 소설의 중간중간 위기 상황에서도 불사조처럼 일어서고, 한정적인 자본을 여러 분야에서 조달하는 박건우를 보고 있노라면, 역시 한국의 직장인은 못 하는 게 없다는 생각을 하게 된다. 또한, 라틴아메리카의 폭력은 에스코바르만의 문제는 아니지만, 경제 발전으로 마약 문제가 없는 평화로운 사회를 이룰 수 있지 않을까하는 매우 희망찬 생각 또한 하게 된다.

　미국의 바이든 정부가 취임하면서 라틴아메리카, 특히 중앙아메리카 국가들의 주민들은 큰 기대를 걸었다. 트럼프 행정부에서 걸어 잠갔던 미국의 남서부 국경이 바이든 행정부에서는 열리고, 국경을 넘고자 하는 카라반들의 입국이 쉬워질 것이라는 기대를 말이다. 그러나 그들의 기대가 무색하게도 해리스 부통령은 그녀의 첫 해외 순방이었던 중앙아메리카 지역 순방 길에 "Do not come, please do not come(오지마, 제발 오지마)."라고 명확하게 미국의 입장을 밝혔다. 그와 함께 미국은 중미 지역의 경제 발전을 돕고, 이를 통해 이 지역의 안정을 이루는 데 도움을 줄 것이라고 하였으며, 그 과정에 대한민국의 참여를 요청했다. 갑작스러운 미국의 이러한 제안에 우리나라 행정부가 적잖이 당황했다는 후문이다. 그들에게 이 소설을 권하고 싶다. 라틴아메리카에 대한 이해와 해결책을 한꺼번에 제시할 수 있는 이야기이니, 많이 참고하시길 바란다고. 물론 소설과 현실은 크게 다를 것이다, 그러나 누가 아는가? 현실 속의 플레이어들이 가진 문화적 배경과 우리가 가진 문화적 배경이 다르니, 우리의 해결책이 일반적인 예상과는 다른 결과를 낼 수도 있지 않을까.

마약왕 파블로 에스코바르의 반전

초판	1쇄 2022년 7월 5일
저자	윤성학
발행인	황일민
디자인	조아라
편집	김유정
인쇄·제본	에이프린트
펴낸곳	K북스
등록번호	제 2021-000025호
등록일자	2021년 2월 10일
주소	04578 서울시 중구 신당동 151-29
전화/팩스	02-2234-7762
메일	kbooks2021@daum.net
ISBN	979-11-974896-7-9(00810)

책값은 뒤표지에 있습니다.